WAR

战争与回忆

（1941—1945）

AND

[美] 赫尔曼·沃克（Herman Wouk）◎著

陈良廷等◎译

REMEMBRANCE 上

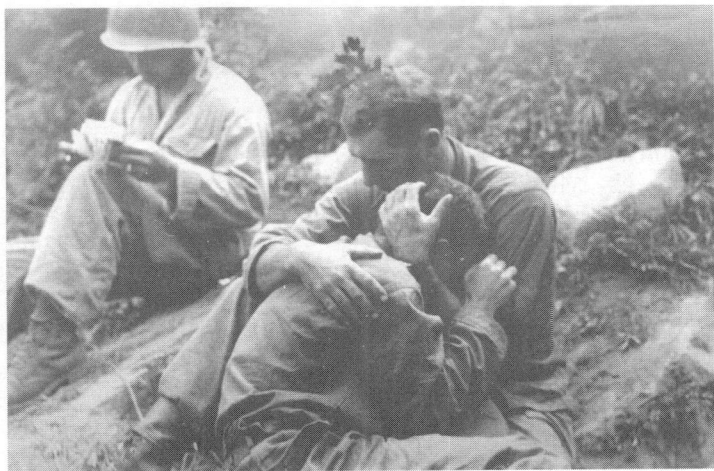

湖南文艺出版社
HUNAN LITERATURE AND ART PUBLISHING HOUSE
博集天卷
CS-BOOKY

著作权合同登记号：图字18-2015-158

图书在版编目（CIP）数据

战争与回忆：全2册 /（美）沃克（Wouk，H.）著；陈良廷等译. —长沙：湖南文艺出版社，2016.1
    书名原文：War and Remembrance
    ISBN 978-7-5404-7377-8

    Ⅰ.①战… Ⅱ.①沃… ②陈… Ⅲ.①长篇小说—美国—现代 Ⅳ.①I712.45

中国版本图书馆CIP数据核字（2015）第270161号

上架建议：畅销书·军事小说

战争与回忆：全2册

作　　者：〔美〕赫尔曼·沃克
译　　者：陈良廷　等
出 版 人：刘清华
责任编辑：薛　健　刘诗哲
监　　制：于向勇　马占国
联合策划：博集天卷　咪咕阅读
特约编辑：刘　毅　肖　莹
版权支持：辛　艳
营销编辑：刘　健
封面设计：李彦生
出　　版：湖南文艺出版社
　　　　　（长沙市雨花区东二环一段508号　邮编：410014）
网　　址：www.hnwy.net
印　　刷：三河市鑫金马印装有限公司
经　　销：新华书店
开　　本：787mm×1092mm　1/16
字　　数：1336千字
印　　张：70.5
版　　次：2016年1月第1版
印　　次：2019年12月第2次印刷
书　　号：ISBN 978-7-5404-7377-8
定　　价：128.00元（全2册）

若有质量问题，请致电质量监督电话：010-59096394
团购电话：010-59320018

作者前言

《战争与回忆》是一部历史传奇，主题是第二次世界大战，观点是美国的。

《战争风云》是序幕，出版于一九七一年，通过描述一系列导致珍珠港事变的事件，为本书定下了历史的框架。《战争与回忆》是一部关于美国作战的小说——从珍珠港到广岛。

这是我要叙述的主要故事。我当然希望即使是在这繁忙的年代里，也有一些读者能挤出时间看这两部小说，但《战争与回忆》本身自成一个故事，不看序幕也看得下去。

这两部小说的主题只有一个，它清楚地表现在维克多·亨利评论莱特湾战役所说的最后一句话中：

"要么结束战争，要么我们完蛋。"

我运用小说艺术的色彩和动作来表现这一主题，使"能走路的人个个读得懂"，并记住在这场最糟的世界性灾难中发生了一些什么事情。至于这两部小说中的史实，我相信有见识的读者将发现它们都是写得慎重负责的。

从这两部连续的小说中只能得出一个结论：战争是一种古老的思想习惯、一种古老的心理状态、一种古老的政治手段，就像人的牺牲和人的奴役已经成为历史陈迹那样，战争今后也一定会成为历史陈迹。我深信人类的精神会证明：它是能胜任结束战争这一漫长而艰巨的任务的。尽管我们这个时代充满了悲观情绪，尽管我在本书中写了有阴暗的一面，但我想，人类的精神在本质上是英勇无畏的。这部小说中所叙述的种种英雄事迹，就表现了这种英勇无畏的本质在行动。

　　结束战争的开端就寓于回忆之中。

赫尔曼·沃克

于华盛顿

一九七八年三月二十三日

犹太历五七三八年普珥节①

译　者

---

① 普珥节，犹太人的节日，纪念哈曼谋杀犹太人失败的日子。

目录
CONTENTS

CONTENTS

战 争 与 回 忆

第一部 "娜塔丽在哪里?"

一艘自由轮满载着睡眼蒙眬、宿醒初醒的水兵，横靠上
美国军舰"北安普敦"号舰舷时，发出铿锵的声响。

第一章

一艘自由轮①满载着睡眼蒙眬、宿醒初醒的水兵，横靠上美国军舰"北安普敦"号舰舷时，发出铛铛的声响。一位矮胖的上校穿着一身雪白制服，一个箭步跳出来，跨上舷梯。那艘重型巡洋舰系在一个浮筒上，在珍珠港内，随着港外涌进的潮水漂动着，灰色的舰身和大炮被初升的太阳蒙上一层粉红色。当自由轮噗噗噗地向停泊在西海湾中的那些驱逐舰驶去时，上校从陡直的舷梯爬到舰上，对军旗和军官敬礼。

"我请求准许登舰。"

"同意，长官。"

"我叫维克多·亨利。"

值班军官的眼睛瞪圆了，他穿着浆得笔挺的、钉着镀金纽扣的白军服，戴着白手套，腋下夹着长望远镜。这位满脸朝气的海军少尉已经站得够直挺挺的了，可他如今把身子挺得更直了。

"哦，是，长官。我这就去通知希克曼上校，长官——传令兵！"

"先不用打搅他。他不知道我来，我先到甲板上走走。"

"长官，我知道他醒着呢。"

"那好吧。"

亨利顺着前甲板向前走去，那里已经有穿粗蓝布工作服的作业队在走动了，他们正忙着躲闪光脚的甲板水兵冲洗甲板时水龙带里喷出来的水。脚底下的铁甲板踩上去很舒服。海港里的和风带有刺鼻的气味，闻起来也很舒服。这正是帕格·亨利②熟悉的世界，由庞大的战舰、强有力的机械设备、活跃的青年水兵、重炮和大海所组成的井井有条的世界。长期在外游历之后，他终于回家了。但他一看到舰艏右舷外面的

①美国在第二次世界大战时大量建造的一种万吨左右的货船。
②即维克多·亨利。

悲惨景象，兴致就淡下去了。海港水面上浮着一层黑黑的油，突出水面的是翻了身的"犹他"号战列舰的有条纹的红色船底，这令人厌恶的象征，表明了整个太平洋舰队的奇耻大辱。在这片被炸成废墟的战列舰停泊区中，美国战列舰"加利福尼亚"号搁浅在帕格望不见的海底淤泥里。这原是他到夏威夷来要统率的战列舰，如今水已淹到大炮那里，在遭受这场灾难十天之后还在冒烟。

"北安普敦"号当然不能和"加利福尼亚"号相比，它是一艘按条约①规定建造的巡洋舰，长度跟"加利福尼亚"号差不多，达六百英尺，但宽度只有它的一半，吨位只及它的四分之一，主炮较小，舰身较薄，对鱼雷的抵抗力要差得多。可是，亨利海军上校在岸上长期工作之后，这艘战舰在他看来显得很大。他站在飘扬着的蓝色舰艉旗和锚链近旁，回头望着炮塔、三脚桅杆和重重阳光中的桥楼，简直觉得这艘战舰比那艘被毁的驱逐舰大很多倍。当战列舰的舰长一直是他的梦想，但接到"加利福尼亚"号的委任状总不像是十分真实的，到头来，还是被一场灾难攫走了。他曾经在重型巡洋舰上服役过，但是当舰长毕竟是另一回事。

矮胖的舷梯传令兵看上去不过十三岁左右，他快步过来敬了个礼。总的说来，这伙水兵都显得特别年轻。有两个年轻人神气活现地戴着海军少校的镀金领章，帕格乍看之下，还当他们是中尉呢。他们肯定没像他这样苦干了十五年才戴上这两道半金杠！战争时期给人的好处就是提升快。

"亨利上校，长官，希克曼上校向您致意，长官。他正在淋浴，马上就完。他说他舱里有您的信件，是从'加利福尼亚'号陆上办事处转来的。他邀请您去吃早餐，长官，请随我来。"

"你叫什么名字，什么级别？"

"长官，我叫蒂尔顿，是帆缆下士，长官！"他热切地回答了即将上任的舰长的问题。

"蒂尔顿，你今年几岁了？"

"二十岁，长官。"

岁月催人老，而其他人呢，每一个看上去都年轻得要命。

舰长的舱房有点儿皇家气派，有一个菲律宾侍者，雪白的上衣、褐色的圆面孔、黑眼睛、一头浓密的黑发。"我叫阿里蒙，长官。"他把信件递给亨利上校的时候，那笑眯眯的、机灵的目光，端庄地把头一点的姿势，显示出对自己身份的自豪超过对

---

① 指《五国海军条约》，1922年2月6日由美、英、法、意、日五国签订，要求按一定比例规定海军力量，限制军舰吨位和大炮口径。

上司的奉承。"希克曼上校马上就出来。长官，要咖啡还是橘子汁？"

宽敞的外舱、侍者、漂亮的蓝皮家具和像是皇室用的书桌都使帕格·亨利扬扬自得。这个顶呱呱的舰长职位很快就要属于他，这些特权享有的东西满足了他的虚荣心，他按捺不住这种心情。向上爬了多长的路啊！有许多新的负担，却无额外的钱，他心里暗想，一边翻着那沓函件。其中有一封是罗达写来的，一看到妻子的笔迹（这曾经是多大的喜悦啊），他那得意的劲儿就泄掉了，恰像"犹他"号船底朝天的情景给他的重新漫步甲板之乐蒙上了一层阴影一样。在一阵孤寂难过的波动中，他撕开了那粉红色信封，一边看信，一边喝着咖啡，那咖啡是和一只镶有海军标记的银奶壶一起放在银茶盘上端上来的。

亲爱的帕格：

我此刻刚发了份电报给你，要收回那封荒谬愚蠢的信。收音机里仍在叽里呱啦地播着关于珍珠港的可怕消息。我今生心里还没这么七上八下过。这些黄皮肤的小猴子多么可怕啊！我知道我们会把他们消灭干净的，但我这时有一个儿子在潜艇上，另一个在俯冲轰炸机上，而你，天知道此时此刻在什么地方。我祈求上苍，但愿"加利福尼亚"号没有被击中。而最要不得的是，我竟在六天之前写给你那封糟糕透顶、不可原谅的信！如果我能在你看信之前就把它收回，叫我付出任何代价我都愿意。我究竟干吗要写那封信呢？我当初真是莫名其妙得昏了头。

我再也不要求离婚了，如果你不怪我行为不检点，而且仍真心要我的话，随你怎么办都可以，但不要责怪或怨恨巴穆·柯比，他是一个非常正派的人，我想这你也知道。

帕格，我这一阵真寂寞得要命，并且——我说不准，也许我正进入更年期什么的——但我几个月来情绪变化得十分厉害，老是忽高忽低的。我的心情非常不安。我真的认为我身体不太好。现在我觉得就像是一个罪犯在等待判决一样，想来我要等收到你的下一封信后才能睡得安稳。

有一件事是真的，那就是我爱你，而且始终爱着你。有了这种感情就可以继续下去，不是吗？我的心乱极了。我要等你有了回音，才能再写下去。

不过，有一点得说说。娜塔丽的母亲不到半小时前打过电话给我，她都快急疯了。奇怪的是，我们竟从来没见过面，也没讲过话！她有好几个星期不曾得到她女儿的消息了，最后的消息是娜塔丽和婴孩在十五日飞回罗马。

后来怎样了呢？时刻表肯定都给打乱了。而如果我们要和德国、意大利交战，那怎么办呢？拜伦一定急得要发疯了。我从来没为这件事反对过他，我指的是他娶了一个犹太姑娘，但是这平添了不少危险，使情况复杂多了！让我们祷告上帝，保佑她无论如何能脱身出来。

杰斯特罗太太的声音听上去挺悦耳，没有任何外国口音，地地道道是一个纽约人！要是你得到娜塔丽的消息，务必打个电报给那可怜的女人，这可是桩好事啊。

唉，帕格，我们终于卷入战争了！我们的整个世界崩溃了！你坚强得像块岩石，我可不行。原谅我吧，可能我们还会破镜重圆呢。

一心爱你的罗
十二月七日

这封信看了并不使人安心，他想，不过十足是罗达的风格。关于他儿媳妇的那一节加重了帕格的心病，他明知道她陷入了困境，但又把它置于脑后，因为他自己心事重重，对她也爱莫能助。他身处的世界崩溃了，他的私生活也崩溃了，他只能过一日算一日，逆来顺受。

"喂，阿里蒙对你招待得好吗？欢迎你登舰！"一位高个子军官，长着一头浓密的金色直发，下巴下面有像青蛙那样鼓起的袋袋，肚子被皮带勒成两堆凸出的肉，由内舱匆匆出来，一边扣着烫得笔挺的卡其衬衫。他们握了手。"吃点儿东西吗？"

阿里蒙把早点和闪闪发亮的刀叉一起放在雪白的亚麻桌布上，这比维克多·亨利几个月来吃过的东西强得多：半个鲜菠萝、热面包、热气腾腾的咖啡，以及一盘有火腿、菠菜、融化的干酪的丰盛的炒蛋。帕格为了打破沉默，先开口说他有意简化了一般的礼仪，就这样跑上船来，是因为听说"北安普敦"号也许马上要跟一支航空母舰特混舰队出发，去增援威克岛。如果希克曼想在开船前交卸舰长的职务，他愿意从命。

"好极啦！我非常高兴你来报到。就快打仗了，我不愿这时候离舰，但是我得动个小手术，已经推迟很久了，并且早就超过换班的时间了。"希克曼那张和蔼可亲的大脸上显出了忧伤的纹路。"实在不瞒你，亨利，我和老婆有纠纷哩。事情出在十月里。华盛顿某个在军部里坐办公室的王八蛋——"他那厚实的双肩丧气地耷拉了下来，"真他妈的。结婚二十九年了，她呢，已经是三个孙子的奶奶了，还干出这等事来！可露丝还是挺漂亮，你明白吗？我发誓，露丝的身材还活像个歌舞女郎。我倒有一半的时间撇下她一个人过——呃，那就成问题啦！这种事你是知道的。"

帕格心想，以前他经常听到这种诉苦，这是海军里最司空见惯的不幸，然而在这种不幸落到他自己头上之前，他一点儿也无法想象它能给人带来多大的痛苦。希克曼或其他人怎么能这样随便讲出来？关于这种事情，他自己就无法从嗓子眼儿里挤出一个字来，对牧师不能说，对精神病医生不能说，对上帝做祷告时也不能说，更不要说对一个陌生人讲起了。他很感激希克曼这时转过他那双金鱼眼来瞧着他，忧伤地咧着嘴说："得了，让它见鬼去吧！我听说你在柏林和莫斯科都担任过职务，是吗？真是少有的怪事。"

"我跟着第一个《租借法案》使团去过莫斯科，那是一项短期的特殊使命。在柏林，我担任过海军武官。"

"想必很有劲，那儿闹得天翻地覆啦！"

"可我来接管'北安普敦'号啦。"

希克曼听维克多·亨利用尖刻的语调表示不迷恋几年来的岸上生活，机警地眨眨眼睛，说："好，我倒是要说，亨利，这是艘很好的军舰，舰上人员也都挺能干。只是舰队这样大扩充，我们都快累死了，我们这些天来一直在干该死的教练舰干的事。"希克曼从舱壁的电话架上拿起正在响铃的电话。"嗳，哈尔西的专用汽艇靠上来了。"他把咖啡一饮而尽，站起身来戴上他的包金边的帽子，急急地抓起一条黑领带。

帕格大吃一惊。"北安普敦"号是海军少将斯普鲁恩斯的旗舰，他是统帅哈尔西的屏护舰队的。应该是斯普鲁恩斯去拜访哈尔西，而不应该倒过来。希克曼整理着领带和帽子，说道："别客气，吃完你的早点吧。今天上午我们就能开始办交接工作了，我的文书军士长已把航海日记和其他记录都整理好了。我们刚巧列出了一份B项目清单。最近到的文件都登记好了，移交报告也准备好了。这些登记簿，你随时可以过目。"

"哈尔西常上船来吗？"

"有史以来第一次。"希克曼眼睛瞪得大大的，递给帕格一个文件夹，"看来要有重大行动。你或许还要看一下这些文件，从威克岛侦听来不少消息。"

透过舷窗，帕格能够听到哈尔西登舰的哨子声。他把这些薄薄的文件粗粗看了一下，因为罗达而感到的痛苦渐渐消失了。只消看一眼、摸一下舰队的通信，这些复印得很模糊的文件中所含有的战争电波马上激起了他生命的活力。希克曼很快又回来了，说道："就是那个老头儿，他像是为什么事疯狂得要命呢。我们去办公舱吧！"

穿着一尘不染的自制服的年轻文书军士们，把无懈可击的清单、账簿和轮机操作记录都摊在维克多·亨利面前，让这位头发灰白的长官睁大了眼检查。将军的副官来电话时，两位舰长正专心审阅那些记录，他说，斯普鲁恩斯的舰队司令部要求维克多·亨利上校到场。希克曼看上去有点儿困惑，把这句话转告给他的来访者。"要我带你去那儿吗，亨利？"

"我认得路。"

"想得出是怎么回事吗？"

"没一点儿影子。"

希克曼搔搔头皮，说："你认识斯普鲁恩斯吗？"

"有一点儿认得，是在作战学院①认识的。"

"你看能在我们出击前替换我吗？我们接到通知，七十二小时内出发。"

"我打算如此。"

"好极了！"希克曼紧握他的手说，"我们得谈谈关于这艘船的稳定性的事情，有不少问题呢。"

"喂，帕格！"哈尔西说。

粗眉毛下面是那熟悉的坚韧不拔、狡猾的目光，但是眉毛灰白了，双目下陷了。他已经不是比利·哈尔西——"昌西"号驱逐舰上那个暴躁的舰长了，他是领章上有三颗银星的太平洋舰队空军司令威廉·弗·哈尔西海军中将。哈尔西的肚子松垂了下来，他那曾经浓密的褐色头发灰白了，散乱着，随着年事增长，脸上有了雀斑和皱纹，但是方方的下巴、咧着嘴淡淡一笑时机灵的样子、伸出手来画曲线似的姿势和那紧紧的一握，都还是老样子。"你那位妻子好吗？"

"谢谢，将军，罗达很好。"

哈尔西朝着雷蒙德·斯普鲁恩斯转过身去，后者站在他身边，双手放在屁股上，正在细细打量桌上的太平洋航海图。斯普鲁恩斯只稍微年轻一些，然而岁月在他脸上留下的痕迹要少得多，可能是他一丝不苟的生活习惯的缘故。他气色挺好，皮肤上没有斑点，头发很多，只有一点儿灰白。自从帕格跟随他去视察作战学院以来，他看上去一点儿都没变。哈尔西有句名言，他不信任不喝酒、不抽烟的人。斯普鲁恩斯两样都不碰，但他们是互相信得过的老朋友。帕格在海上服役的初期，斯普鲁恩斯已经在哈尔西的驱逐舰队里任级别较低的舰长了。

"你也知道，雷，在当时舰队里所有的海军少尉中，就数这家伙的新娘最漂亮

---

① 指海军作战学院，在罗得岛的纽波特，属海军部，专供有经验的军官进修。

了。"哈尔西刚抽罢一支烟，接着又点起一支，他的手有点儿颤抖，"你见过她吗？"

斯普鲁恩斯摇摇头，眼光严肃而冷漠，说："亨利上校，你在作战学院搞过威克岛战役问题，是吗？"

"是的，长官。"

"想想看，雷，你为什么要在一九三六年就研究威克岛问题呢？"哈尔西说，"威克岛那时只有灌木丛和黑脚信天翁。"

斯普鲁恩斯留神地瞧着维克多·亨利，后者大声说："将军，目的是试验一下战术原则，假设'橙色'①已控制海域，距离很远，敌方的空军有地面基地。"

"听上去熟悉吗？"斯普鲁恩斯对哈尔西说。

"哦，见鬼，很久以前演习的一次沙盘说明什么呢？"

"一样的距离、一样的舰艇和飞机的战术技术性能。"

"原则也一样——像是发现敌人，歼灭敌人。"哈尔西的下巴翘了起来，帕格很熟悉这副样子，"你听过正在澳大利亚流传的笑话吗？他们说，很快这两种黄种人②——日本人和美国人——就会在太平洋上真的开战。"

"这句双关语不错。"斯普鲁恩斯把圆规向航海图一指，说，"可是到威克岛有两千多英里路程，比尔③。我们应该说，明天就出击，这不太可能，但是——"

"让我打断你的话。如果我们需要，我们就得干！"

"即便如此，看看会发生什么吧。"

两位将军伏在航海图上。帕格很快就猜测到，增援威克岛的工作已在进行中。"列克星敦"号和"萨拉托加"号航空母舰以及支援它们的舰艇已经向西驶去，一艘要搞掉在威克岛南面的马绍尔群岛的空军基地，另一艘要去增援海军陆战队，并攻击它所碰到的任何日本海军。但是，哈尔西的"企业"号奉命开往离威克岛不到一半路的一个停泊地，在那里，它能掩护夏威夷群岛。哈尔西要老远赶去。他争论说，夏威夷已有陆军航空部队做战斗警戒，日本舰队绝不敢再一次偷袭，航空母舰一起出动，大大地增强了它们的力量，假如日本人向夏威夷迂回冲来，他可以及时赶回予以截击。

帕格意识到，一九三六年的沙盘演习是有预见性的。在那次演习中，在日本人偷袭马尼拉之后，威克岛上的海军陆战队就受到了围攻。于是，太平洋舰队驶去救援他们，迫使日本主力参战，但任务没完成。"橙色"空军把"蓝色"打得掉头逃跑。演习裁判员裁判说，由于天气不好，飞行员缺乏经验，以及对日本防空和飞机方面的力

---

① 指美国海军举行过的一次演习。在这次演习中，"橙色"代表日本，"蓝色"代表美国。
② 英语"黄色"还有"懦弱""卑怯"的意思，因此下文说是双关语。
③ 比利·哈尔西的昵称。

量估计不足，"蓝色"航空母舰没有摧毁敌人在岛上的机场。

斯普鲁恩斯标出一个个距离、时间和危险所在的记号，哈尔西忍不住叫起来："耶稣基督啊，杰克逊将军哪①，雷，这些我都知道。我要将一些论据扔给太平洋舰队总司令，这样我自己就能甩开膀子干啦！"

斯普鲁恩斯把圆规放在航海图上，耸了耸肩。"我疑心整个作战会取消。"

"取消？见鬼！为什么？那些海军陆战队官兵正出色地坚持着呢！"

帕格完全赞同哈尔西的话，他插进来说，当他自己乘泛美航空公司的飞剪型客机由马尼拉飞到夏威夷时，就在威克岛受到了炮击。

"嘿，什么？你在那儿吗？"哈尔西转过来，生气地看着他，"你看到些什么？他们运气如何？"

帕格描述了海军陆战队的防御工事，说他认为他们可以坚持抵抗几个星期。他提到了他为海军陆战队司令官带给太平洋舰队总司令部的那封信，并且引用了那位上校在珊瑚地下掩蔽部里临别时说的话："我们的结局大概是不得不到铁丝网后面吃鱼和米饭去，不过至少我们能叫那些兔崽子花点儿力气来夺得这块地方。"

"听见没有，雷？"哈尔西用瘦骨嶙峋、长着灰色汗毛的拳头敲着桌子，"难道你不认为我们有光荣的责任去援助和支持他们吗？哼，发回的报道中除了威克岛的英雄外，什么都不提！'多打发些日本人来啊！'我从来没听到过有比这更鼓舞人心的。"

"我十分怀疑是否真有消息从威克岛来，都是新闻界的玩意儿。"斯普鲁恩斯说，"亨利，你在马尼拉驻扎过吗？"

"我从苏联来，路过马尼拉，将军。我是《租借法案》使团的海军顾问。"

"什么？俄国？"哈尔西打趣地用两根手指戳了维克多·亨利一下，"啊，这就对了！我听人说起过你，帕格，和总统有交情，我却不知道所有这些都讲的是谁！嗯，老穆斯·本顿告诉我，你乘了轰炸机在柏林上空兜风。嘿，你真的去了吗？"

"将军，我是一个观察员，我多半是观察自己会害怕到何等地步。"

哈尔西搓了搓下巴，看上去一副调皮相。"你是登舰来接替萨姆·希克曼的，是吗？"

"是的，将军。"

"愿不愿换个工作，跟我在一起，管作战处？"

维克多·亨利争辩道："我已接到命令了，将军。"

---

① 惊叹时用的口头语，和"天哪"一样意思。

"命令可以更改的嘛。"

从在驱逐舰上相处的日子起，帕格就十分了解这个人，哈尔西少校给了他第一张海上服役"优秀"的成绩单。一旦比尔·哈尔西负责舰队战斗行动——他早晚总会这样做的，他总是热衷于追求荣誉，不惜一战——他就会很信赖部下，所以他的作战处军官能够决定重大战役的进程。这是一种诱惑，比起帕格推辞掉的太平洋舰队总司令部参谋的委任来，这诱惑要大得多。

可是，维克多·亨利对做大人物的跟班已经感到厌倦了，对重要问题担负无名责任也厌倦了。"北安普敦"号倒是意味着回到往日直截了当的事业阶梯上来：海上服役，岸上间歇，更多的海上服役，最后获得舰队的指挥权，大有希望达到海军将级军衔。"北安普敦"号就是获得那海上指挥大权非常重要的最后一个阶段。他将在战斗中放八英寸口径大炮，他是一个地地道道的炮手。

可是，当面回绝哈尔西海军中将的做法不太好。帕格犹豫不决，不知怎么应付才好。雷蒙德·斯普鲁恩斯正拿着圆规俯身在航海图上，这时说道："比尔，这不是一个中校的职位吗？"

哈尔西转过身，朝着他说："不应该是这样，这跟正在扩充的作战处不相称！我会很快改变这情况的。"

斯普鲁恩斯随口一句话使帕格·亨利摆脱了困境，他甚至不必开口。哈尔西细细打量了帕格一下，拿起他的帽子。"好吧，我要到太平洋舰队总司令部去了。雷，我是打算要赢得那场争论的，准备明天出发。能看见你太好了，帕格，你保养得很好。"他猛地伸出多节的手，"还打网球吗？"

"有机会就打，将军。"

"还是每天早上看《圣经》，晚上看莎士比亚吗？"

"是的，可以这么说，至少我还是尽力这么做。"

"你那么规矩地过日子真使我扫兴。"

"啊，我现在喝酒、抽烟都很厉害。"

"真是这样吗？"哈尔西咧着嘴笑了，"这倒是一个进步。"

斯普鲁恩斯说："我要上岸去，比尔。"

"好，走吧。你呢，帕格？想去海滨吗？"

"啊，要是可以的话，那就谢谢了，将军。"

在后甲板上，他把给希克曼的信交给舰上的值日军官，然后下了梯子，到豪华的黑色汽艇上去。他不和将军们坐在一起。汽艇像渡船一样穿过尽是恶臭的油和舰艇残骸的水面，自从日本人发动进攻以来，海港就被弄脏了。在舰队的登陆处停着一辆灰色的海军雪佛兰轿车，三星旗飘扬在前挡板上面，一个穿军装的直挺挺的海军陆战士兵开了门。"嘿，先生们，"哈尔西说，"有谁要搭我的车？"

斯普鲁恩斯摇摇头。

"谢谢，将军，"维克多·亨利说，"我要到我儿子的住处去。"

"你儿子住哪儿？"在雪佛兰汽车开走时，斯普鲁恩斯问。

"珍珠城上面的山里，长官。"

"我们走着去，好吗？"

"有五英里路呢，将军。"

"你时间紧吗？"

"啊，不，长官。"

斯普鲁恩斯大踏步穿过铿锵作响的海军造船厂，帕格为了在晚上尽量忘掉罗达，这一个星期酒喝得很厉害，因此得费劲才跟得上他。他们开始爬一条穿过青山的柏油路。尽管斯普鲁恩斯的卡其衬衫被汗弄黑了，但他的步子并没放慢。他不说话，但并不是因为喘不过气来。这个年纪更大的人反倒呼吸均匀，帕格自己却喘着粗气。相形之下，他感到有点儿不好意思。他们在上坡路上转了一个弯，俯视基地的宽阔全景：船码头、起重机、驱逐舰与潜艇的停泊地，以及支离破碎得可怕的、下沉了一半的战列舰，焚毁的飞机和变黑了的、只剩下屋架的飞机库。

斯普鲁恩斯说："景色真美。"

"太好了，将军。"帕格的脸转了过来，冷静的大眼睛闪出赞同的神色。"我原来打算在'北安普敦'号上过这一天的，长官。"既然他们在谈话了，帕格便喘着气讲，"可是哈尔西将军想要明天就出发，我想我最好还是去拿我的东西。"

"嗯，我想不会那么着急吧。"斯普鲁恩斯用折叠好的一方白手帕擦了擦汗湿的额头。

他说，威克岛那么遥远而又暴露在外，像这样的位置，加上海军目前的虚弱，差不多排除了一场战斗的可能性。十二月七日以后，金梅尔将军毫无疑问要挽回面子，他赶在总统撤他职之前下令救援。然而，舰队在等待新的太平洋舰队总司令，临时指挥官派伊中将也另有打算。放弃这次援救任务可能会引起一场大争论，双方都有很好的理由，但斯普鲁恩斯怀疑，这些海军陆战队官兵就像作战学院演习时那些事实上不存在的士兵一样，命中注定将在俘虏营度过战争年代。

斯普鲁恩斯的语气像在作战学院时一样平静，走路的步子快得使维克多·亨利的心脏剧烈跳动，他说，十二月七日改变了太平洋上力量的对比，美国已被解除了一半武装。力量的对比在于十艘或十一艘航空母舰对三艘，十艘做好战斗准备的战列舰对一艘也没有，而且谁都不知道敌方的重兵布置在哪儿。日本人已经显示了出色的战斗能力和后勤能力，他们把世界上最好的舰艇、飞机和战斗人员亮了出来。菲律宾、东南亚和东印度群岛都可能被他们弄到手。英国人把兵力铺得太开，力量显得单薄。就在此刻，海军简直没有什么可干的，除非搞些"打了就跑"的袭击来提高战斗技能，同时使日本人心神不安。但是，海军得通过日本飞机航程以外的那些组成弧形的岛屿，不惜任何代价保持一条从夏威夷到澳大利亚的战线，新的航空母舰和战列舰要及时加入舰队。从夏威夷和澳大利亚出发，他们将由东面和南面开始反击日本。然而，这需要一年或更长的时间。同时得把澳大利亚守住，因为这是白种人的大陆，如果被非白种人占领了，可能会触发一场摧毁文明的世界革命。雷蒙德·斯普鲁恩斯做了这一耸人听闻的评论后，便默不作声了。

他们穿过高高的、带着甜丝丝气味的绿色甘蔗林，顶着越来越火辣辣的烈日，在鸟儿安闲的歌声中艰难地爬上坡。

"前途悲观啊，将军。"维克多·亨利大胆地说。

"倒不见得，我认为日本成不了大事。薄弱的工业基础，物资供应无法维持长期斗争。有一阵它会闹得很欢，然而如果我们国内的斗志旺盛的话，我们将赢得这场战争。我们有一位坚强的总统，这是不可否认的。不过，我国是在两条战线上作战，德国战线则是起决定作用的，因此，我们这里按次序是第二。我们一上来就已经吃了一场大败仗，因此实际情况不利于在太平洋上过早地采取英雄行动，譬如全力以赴打一场增援威克岛的仗。"

华伦的房子离开大路，坐落在草地与花园中，走廊宽敞曲折，如果让一位将军去住，看上去倒比一个海军飞行员合适得多。他们站定以后，斯普鲁恩斯汗如雨下，说道："你儿子就住在这儿吗？"

"他的岳父为他们买了这所房子。她是独生女。他是佛罗里达州的拉古秋参议员。事实上，房子里面并不那么大。"

斯普鲁恩斯用手帕擦着他红红的脸，说道："拉古秋参议员！哦。他对战争的看法有所改变了，是吗？"

"将军，许多很好的人都认为我们不应该介入战争。"

拉古秋在十二月八日以前一直是一名爱嚷嚷的主要孤立主义①者。

"的确。"

---

① 孤立主义是美国早期的一种对外政策思想，主张美国在对外关系中避免卷入欧洲的政治和军事冲突。

斯普鲁恩斯不肯进去歇息，只要了一杯水，就在门口喝了，递还杯子时说："那么，你今天就要把你的东西拿上船喽？"

"是的，长官。我最好尽快上任，接过指挥权。"帕格说，"各种情况都应当考虑到。"

斯普鲁恩斯的灰眼睛露出了惊喜的神色。"啊，好！你总是立即执行命令。"他们俩谁都不曾提到哈尔西要帕格当他的参谋的打算。"那么，来和我一起吃晚饭吧，我很想听听你在柏林上空飞行的故事。"

"那我太荣幸了，将军。"

杰妮丝穿着湿漉漉的淡紫色背心、弄脏了的灰短裤和凉鞋，蹲在后面草地上一大块被翻掘过的棕色土地里。她灰黄色的头发搞乱了，裸露的长腿和手臂被晒黑了。由于对日本菜农进行了特别管制，新鲜蔬菜已很缺乏，她开始种菜，因此还觉得很高兴。

杰妮丝直起身子，笑着用手臂擦擦额角，说，"我的天哪，瞧你这副模样！是在种东西呢，还是在干什么呀？"

"斯普鲁恩斯让我从海军造船厂走来的。"

"啊，他啊！我听说他到甲板上来的时候，所有的低级军官都不露脸了。指挥'北安普敦'号要是没把你累垮，倒是会让你振作起来的。华伦来电话说，他回家吃午饭。"

"好，那样的话，他可以开车把我和我的东西一起送到舰队登陆处去了。"

"你要走了？"她收起了笑容，"我们可要惦记你啦。"

"爸爸？"过了一些时候，华伦的声音由卧室门外传来。帕格开了门，把整理了一半的两只小扁箱推到旁边，制服和书都堆在床上。"嘿，我路过'加利福尼亚'号陆上办事处停了一下，他们正要把给你的邮件送到'北安普敦'号去。不过，这些也是刚刚寄来的。"

一眼看到英国邮票，帕格吃了一惊，埃里斯特·塔茨伯利的办公室地址在那个信封上。他先打开电报，一句话也没说，便把电报递给了华伦。

望急询国务院娜塔丽下落，电告我，马里韦莱斯基地"乌贼"号潜艇。

拜伦

华伦皱起他那凑在电报上的晒黑了的额头。他穿着飞行服，紧闭的嘴上总是叼着烟卷，看上去疲劳、冷酷。

"你认得国务院的什么人吗，爸爸？"

"嗯，认识一些。"

"你干吗不打电话试试呢？在马尼拉，勃拉尼①的消息很闭塞。"

"我要打的，我早就该打了。"

华伦摇摇头。"她可能在什么鬼地方进退两难呢。"他指指伦敦来的信，"埃里斯特·塔茨伯利，是那个英国广播员吗？"

"正是他，你母亲和我在去法国的船上碰到过他。"

"口才呱呱叫。过半小时就吃午饭，爸爸。"

帕格等华伦走后，打开了那封信。他一到珍珠港，就伤心地寄了一封干巴巴的短信给帕米拉·塔茨伯利，终于和她决裂了，她不可能已收到那封信并且写了回信。两封信错过了。他发现，她信上的日期是一个月前。

我亲爱的：

我希望这封信好歹能送到你手中。有件新闻，英国广播公司要我父亲搞一趟菲莱亚斯·福格那种样子的广播旅行，环绕这个受苦受难的星球兜一圈，到主要的军事基地转一转：亚历山大、锡兰、新加坡、澳大利亚、珍珠港、巴拿马运河等等。主题是英国国旗上的太阳永不落。可是，除希特勒以外，还可能有一个敌人——日本，使用英语的各个民族（包括勉勉强强的美国人）必须坚守阵地。韬基已讲好要我跟了去，近来他越来越感到疲劳或是对气候不适应——他的视力下降得很厉害，女儿就代写广播稿甚至文章。现在，文章虽是代笔的，倒也顶用呢。

他对我谈起这件事时，我光听见这几个字——珍珠港！要是整个计划不告吹，要是我们能保住我们冒险的"飞机和轮船"计划，我们就会在一个月内左右到夏威夷。你和你那老天保佑的"加利福尼亚"号将在什么地方，我不知道，可是我会找到你的。

喂，你得胜了！我知道你该在我开口之前先写信给我的。对不起，我打破了你的规定，可是据我所知，你的电报或信要下个星期才到，而那时我已不在这里了。可能已经有给我的一封长信由符拉迪沃斯托克、东京或马尼拉寄来，真是这样的话，我希望那是一封情书，而不是措辞审慎的决

---

① 勃拉尼是拜伦的昵称。

裂信。我就是这样既害怕又期待着你的信。不管那是一封什么信，帕格，我反正收不到了。

最亲爱的，你可以在爱你妻子的同时也爱我呀。我让你吓了一跳吧？咳，事实是你已经这样做了。你知道自己是爱你妻子也爱我的，你甚至已告诉过我了。你只不过对此装出一副讲求实际的模样罢了。老实说，就你妻子来讲，也完全可能在爱你的同时爱另外一个男人，可能这更让你吓一跳吧。但是，这类事情一直都有。我的爱人啊，我打赌真是这样的，特别是战争年代里，连很好、很体面的人都是这样。你和亨利太太被关在一个非常特别的由教堂到海军的小天地里过了四分之一个世纪。哦，亲爱的！我没有时间把这信打完，要不我还是截掉这傻乎乎的最后一段吧。我明白再怎么争论也是无望的。

终于给你写信了，我真讨厌就此打住，这正像水坝决了口一样，可是我得打住了。你不再是听到我的消息，而是要看到我了，谢天谢地。

伦敦的天气真没法儿说，战争消息也同样没法儿说。看来，我们从莫斯科跑得不算太快，它真有可能沦陷，就像它落到过拿破仑手中一样！那将是怎么样的一番景象啊！可是对我来说，老实讲，唯一算得上消息的——而且是令人高兴的消息——是忽然有了个机会能够再见到你。尽管你非常亲切和甜蜜，但我在莫斯科有个可怕的感觉，仿佛我是在看你最后一眼。现在（求神明保佑一切顺利）我来了。

爱你的帕姆

一九四一年十一月十七日

他能想象出那年轻的脸蛋，能听到那年轻、热诚、语调优雅的声音急急忙忙地倾吐出这些话来。他和塔茨伯利的女儿这段令人留恋而又无望的小小浪漫史曾在莫斯科昙花一现，现在最好一刀两断。这一点帕格是知道的。他已经做过努力了，而且直到现在为止，他以为自己已经成功了。这种奇怪、脆弱的战时关系残余——比调情略微过头些，又可怜巴巴地算不上露水夫妻——使他能更好地理解罗达已发生的事情，而且终于渐渐开始宽恕她了，他只要他的妻子回到他的怀抱。他已经用强烈的措辞给帕米拉写过信了，同这个二十九或三十岁、跟随她那有名气的父亲漂泊的年轻女人相处，很难想象会有什么前途。

最好一刀两断。然而，他脑海中思潮翻腾，猜测着他们现在可能在什么地方。

他们是不是可能在十二月七日之前就已经去新加坡了呢？塔茨伯利是一个拼命的旅行家、一个像推土机似的人，只要他能搭上军舰或轰炸机，他就会不停地走。没准儿突然塔茨伯利父女俩就在檀香山出现了呢？帕姆无意中为罗达所做的辩护是多么厉害的嘲弄啊！帕格把那封信撕掉了。

华伦和杰妮丝正在后阳台上吃午饭。当帕格身穿蓝色军服哼着歌走出来时，他俩面面相觑。

"我们太一本正经了。"杰妮丝说。

"要是我穿着军服上船，就不会把它弄得太皱。"

"您好像挺高兴。"华伦评论道。

"想到可以拿海上津贴了。"帕格在铁架玻璃面的桌子旁边的一把椅子上坐了下来。他吃光了一大盆很可口的炖肉，又让添了些洋葱和土豆。自从他到珍珠港以来，他们还没看到过他中午吃这么多东西。

"您的胃口好极了。"看着他父亲吃饭，华伦说。他和杰妮丝对罗达来信要求离婚的事一无所知，他们把他喝酒和垂头丧气归结为失掉"加利福尼亚"号的缘故，现在他看起来兴致好了。

"斯普鲁恩斯将军硬拖着要我爬坡，走了五英里路。"

"爸爸，杰妮丝对娜塔丽的事有一个主意。"

"是啊，您干吗不直接给我父亲打电话或电报呢？"帕格机警地看了他儿媳妇一眼，"他一定能够让国务院快点儿采取一些措施，要是这办得到的话。"

"嗯，现在华盛顿该是几点啦？这会儿他在那里吗？"

"有五个钟头的时差，他可能刚好离开他的办公室。过一会儿试试看，打个电话到他家里去。"

"这个主意不错，杰妮丝。"

在华伦帮着帕格拿箱子的时候，杰妮丝正给小孩洗澡。小维克多咯咯咯地笑着，朝她拍着水。她是一个红光满面、快快活活、性感的年轻妇人，一点儿也不因为自己湿透的背心显出乳房而感到难为情。帕格脑中浮现出罗达在他们圣迭戈基地的平房里给华伦洗澡时的情景，也是这副样子。比四分之一个世纪还要多些的时间就像吸口气一样地过去了！一个也是这样的婴儿，已经变成了身穿飞行服、高个子、面容严峻的年轻人，正朝他自己的儿子低头微笑着。帕格摆脱了为时光流逝而悲哀的可怕感觉，开玩笑说已经把杰妮丝家里所有的酒都喝光了，他还吻了一下她那潮湿而光滑的脸颊。

"只要停泊在港内就回来，爸爸。房间会为你准备好的，酒柜也会装满的。"

他举起摊开的巴掌说："我只要在海上担任指挥职务，就又要戒酒了。"

华伦用一只手把公家的吉普车开下山，他嘴里的香烟一晃一晃的。沉默了一会儿，他说道："'企业'号是不是要马上赶到威克岛去，爸爸？"

"是什么让你这样想的？"

"就是你急急忙忙去接管那艘屏护舰队的旗舰！"

"你摩拳擦掌地想打仗，是吗？"

"我可没这么说。"华伦透过香烟的烟雾斜着眼看了他父亲一下，"我对急于开走我们的最后一艘航空母舰有疑问。我不相信陆军航空部队会很好地保护这个基地，保护我的妻子和孩子。嗯？不说话了？"

"我真不知道，华伦。"

"'企业'号上人人都在说，为了让我们能出发，哈尔西在太平洋舰队总司令部大叫大嚷。"

"这倒是可能的。你们那儿的新飞机驾驶员考核得怎么样了？"

"爸爸，他们还嫩，嫩得很。他们还没有飞行过多少小时！可中队需要他们，他们或者会撞到障碍物上折断脖子，或者会淹死，或者也就学会了。等我们在港口停泊的时候，我要把他们训练得不那么傻。"

"你现在当教练啦？这倒真快。"

"我的指挥官把分遣队交给我了。我并不争。他也已推荐我在国内任教练，我为这事大吵了一场，现在不是离开太平洋的时候。"

华伦让他父亲在电话局那儿下了车，说是他会把箱子送到舰队登陆处去的。他们的分手几乎像是一会儿又能在一起吃晚饭那样随便，但他们握了手，而平时他们很少这样做，并且还微笑着互相看了一会儿。

小小的电话局里烟雾弥漫，挤满了等着的水手和军官。总接线员是一个四十岁左右、南方口音很重的、长得丰满的女人，帕格提到拉古秋时，她马上活跃起来了。

"那可是一个大人物啊！要是他当了总统，我们就不会这么一团糟了，是吗，上校？我会尽力帮您接通的。"

半小时之内，拉古秋参议员就在乔治敦他的家里接电话了。听到是帕格的声音，他大吃一惊，很快地掌握了情况，简单扼要地问了几个问题。"对对对，好的，知道了。我记得结婚宴会上有她。再说一遍，她娘家姓什么？好，杰斯特罗，和他那有名的叔叔一样。娜塔丽·杰斯特罗·亨利。皮肤黑黑的姑娘，很漂亮，说话很快。作为犹太人，她可能会遇到一些麻烦，但意大利在那方面还不算坏，而且跟一个名作家一起旅行也会沾一点儿光的。啊，连我都听说过埃伦·杰斯特罗呢！"拉古秋声音嘶哑地咯咯笑，"她可能挺好，但是最好要有把握。我怎么回你的话呢？"

"只要打电话给人事局的达德利·布朗就行了，参议员先生，他会把信息转给海军部门的。收信人写'乌贼'号上的拜伦。"

"知道了。你在指挥'加利福尼亚'号，对吧？"

"'北安普敦'号，CA-26，参议员先生。"

拉古秋停顿了一下："'加利福尼亚'号出什么事了？"

帕格也停了一下："我在指挥'北安普敦'号。"

参议员的声音又低又严肃："帕格，我们在那儿对付得了他们吗？"

"可要费很大劲哩。"

"喂，我要辞去参议院里的职务参军，你认为怎样？陆军在木材和纸张方面吃亏很大，我一年可以节省几百万美元战争经费。他们已提出让我当上校，可是我坚持要当准将。"

"我当然希望你能当上。"

"好吧，代我向孩子们问好。我会把那犹太姑娘的情况告诉你的。"

二十四小时过去了，维克多·亨利觉得像是已在"北安普敦"号上度过了一个星期。他参观了船上各处——从舱底到大炮射击指挥仪，会见了军官们，留神观察了全体船员工作，视察了机舱、锅炉间、弹药舱和炮塔，还和副舰长吉姆·格里格做了长时间谈话。吉姆·格里格是爱达荷州人，是一个说话简短、愣头愣脑的指挥官，他眼圈发黑，脸色疲倦苍白，略带着适合一个吹毛求疵的副舰长的蛮横神气。帕格发现没有理由不去马上接替希克曼，格里格正在指挥这艘船，随便什么笨蛋都可以接替他，他的无能显不出来。帕格并不认为他自己是一个笨蛋，只不过老朽了，神经过于紧张。

第二天，帕格省去了和平时期冠冕堂皇的一套，举行简单的接任仪式。军官们和全体船员面对面地分两排在船尾三号炮塔处列队，阳光照耀下的白制服在暖和的微风中飘动着。维克多·亨利没有和希克曼、格里格站在一处，他在扩音器前宣读他负责指挥的命令。他从飘动着的文件上抬起眼来，就能在船员们列队的后边看到"犹他"号有油漆条纹的大红船底。

他转过身来朝着希克曼敬礼："我接替您，长官。"

"很好，长官。"

这就是全部仪式，维克多·亨利当上了舰长。"格里格中校，舰艇的全部标准作战规定继续有效。全体船员从后甲板解散。"

"是，长官。"格里格像海军中士似的敬了个礼，向后转，发了命令。队伍解散了。帕格用舷侧吹哨致敬的仪式送别他的前任。希克曼的举动像是在过生日，他妻子又来了一封信，暗示说所有一切都不会失掉。这使他像年轻人一样迫不及待地想回到她身边去，他头也不回，看也不看，一个劲儿跑下舷梯，上了快艇。

整整一个下午，帕格都在翻阅格里格中校堆在他书桌上的文件和舰艇的文献。阿里蒙为他单独准备了丰盛的晚餐，有甲鱼汤、薄牛排、沙拉和冰激凌。他正坐在扶手椅上喝咖啡时，一名海军通信兵给他送来一张手写的条子，信封和里面的信纸上都印有两颗蓝星，字迹挺拔、清楚、朴素：

亨利上校：

　　我很高兴你已接任。我们明天出击，你半夜时会收到作战命令。新的太平洋舰队总司令是尼米兹。对威克岛的救援看上去希望更渺茫了。祝你幸运、顺利。

雷·艾·斯普鲁恩斯

一九四一年十二月十九日

第二天早晨，阳光灿烂，风平浪静，这艘巡洋舰起航了。舱面船员动作熟练，轻而易举地解缆拔锚。船艏朝着海峡外面，随着潮水摆动。维克多·亨利装出一副镇定的样子，骗过了驾驶室全体人员，说道："三分之一马力，减速前进。"航信士官通过机舱传令钟传达了命令。甲板开始摇摆——帕格心里真有一种说不出的热乎乎的感觉——"北安普敦"号在新舰长的指挥下出发投入战斗。他还没从拉古秋参议员那里听到娜塔丽·杰斯特罗·亨利的消息。

第二章

她上了一艘非常不同的船。这是一艘生了锈、油漆斑驳、尽是蟑螂的沿海岸行驶的土耳其货船，名叫"救世主"号。它正停靠在那不勒斯海港的一个码头上进行修理，人们认为它要开往土耳其，实际上它要去巴勒斯坦。自从她上船以来，这一星期里总是起着风暴，这艘破船免不了要晃动。它向石码头倾斜着，锚绳随海潮涨落，拉得很紧，而当波浪起伏涌过防波堤时，它就颠簸摇摆。

娜塔丽带着她的婴孩坐在狭窄的后甲板上一面飘扬着的旗子下，旗子很脏，深红色底子上嵌着黄色的星和新月[1]。一度天色晴朗，她就带他出来坐在下午的阳光下，留着胡子的男人们和披着围巾的女人们都围拢来，赞叹不已。在"救世主"号上有一些瘦瘦的、眼神忧郁的孩子，而路易斯则是唯一还得抱在怀里的娃娃，他依偎在她膝上看着四周，活泼的蓝眼睛在寒风中眨巴着。

"哦，真是一幅朝拜圣婴图[2]，"埃伦·杰斯特罗说，他呼出来的气冒着白烟，"活生生的朝拜圣婴图，路易斯成了一个迷人的圣婴基督。"

娜塔丽咕哝道："那我则是一个糟透了的不合格的圣母。"

"不合格吗？不，我亲爱的。"杰斯特罗裹在蓝色的旅行斗篷里，灰色的帽子低低地戴在头上。他安详地摸着整齐的胡子说："很合格，我要说，面孔、身材和出身种族都合格！"

在倾斜着的甲板上的其他地方，犹太人挤满了走道，他们正从臭气熏天的舱房里蜂拥而出，到阳光下散步。他们拥挤着走过救生艇、板条箱、木桶和甲板上的建筑物，或是聚在舱口，七嘴八舌地交谈着，讲意第绪语的人居多。只有杰斯特罗和娜塔丽盖着毯子坐在躺椅上。这次巴勒斯坦之行的组织者阿夫兰·拉宾诺维茨从舱底把这

---

① 土耳其国旗是红底上嵌着白色的星和新月，此处写作黄色，意为这旗子已经很脏了。

② 指圣母马利亚抱着耶稣，周围有许多人在看的图画。这是一个被许多画家采用的宗教题材。

些椅子挖了出来，虽说长了霉，又被耗子啃过，倒也还能用。婴儿崇拜者们渐渐散去，尽管散步的人不断地瞟他们一眼。那两个美国人的四周都留出了一点儿生锈的铁板，这是人们对他们表示尊敬，特意空出来的。杰斯特罗上船后就被认为是"伟大的美国作家"，他很少对什么人讲话，这使他的形象更高大。

娜塔丽朝远在海湾对岸的两座山峰挥了挥手，说："看维苏威火山①哪！这么明显清楚，还是头一回哩！"

"游览庞贝②的好时光咧！"杰斯特罗说。

"庞贝！"娜塔丽指了指一个胖胖的警察，他穿着一件绿色的大衣，正在码头上巡逻，"我们一下跳板就会被逮住的。"

"这我完全明白。"

"反正庞贝是非常差劲的。你认为是吗？数千幢没有屋顶的闹鬼的房子，城市里的人突然死得一个也不剩。哼，没有庞贝和那些猥亵的壁画，我一样生活。"

赫伯特·罗斯在甲板上侧身挤过来，他比人群中大多数的人要高出一个头，他的加利福尼亚运动衫色彩鲜艳，在这帮衣衫褴褛的人中，像是霓虹灯广告似的。娜塔丽和杰斯特罗很少见到他，虽然他为他们安排了离开罗马乘上"救世主"号。他和难民们一起待在下面的铺位上。这个自作聪明的电影发行人在意大利发行了大部分美国影片，直到宣战为止。他正在显露出犹太复国主义者的色彩，拒绝和组织者同住一个舱房，因为——照他所说——他现在也正好是又一个逃亡的犹太人，而且他要练习讲希伯来语。

"娜塔丽，阿夫兰·拉宾诺维茨要和你讲话。"

"只叫娜塔丽吗？"杰斯特罗问。

"只叫娜塔丽。"

她把路易斯塞在篮子里厚厚的咖啡色毯子下，拉宾诺维茨在那不勒斯买了这个篮子，另外还买了婴儿的用品和给娜塔丽与她叔叔的几样东西。娜塔丽与她叔叔和罗斯一起逃离罗马时只有随身穿的衣服。这个巴勒斯坦人还将一些罐头牛奶带上了船，路易斯就是靠这些牛奶过活的。在罗马，甚至连美国大使馆里，罐头牛奶也早已没有了。她喜出望外地问："你到底是从哪里搞到这些东西的？"拉宾诺维茨听了以后，只是眨眨眼睛，把话岔开。

"埃伦，你看着他好吗？要是他哭了，就把这橡皮奶头塞到他嘴里去。"

---

① 在意大利南部，靠近那不勒斯海湾。
② 意大利西南部的一座古城，在公元79年因维苏威火山爆发而埋入地下。

"是不是关于我们出发的事？"她走开时，杰斯特罗问罗斯。

罗斯在空着的躺椅上坐下，跷起了他细长的腿。"关于什么事情，他会告诉她的。"他的胡子刮得光光的，头发秃了，瘦瘦的，有一个像动画片里犹太人那样的鼻子。他的举止风度完全是美国人的样子，充满自信，随随便便，不自觉地自高自大。"舒服极了，"他说，惬意地靠在躺椅上，"你们北方佬真懂得怎么过日子。"

"在这方面你还有别的想法吗，赫伯特？"

"哪方面？"

"坐这艘破驳船航行。"

"我并不认为这是艘破驳船。"

"它可不是'玛丽王后'号。"

"'玛丽王后'号可不会装犹太人去巴勒斯坦！呸！它可以一下子装两万人，跑一趟赚一百万美元。"

"我们为什么浪费了一个星期的时间呢？"

"装发电机的电枢用了两天，然后这三天刮大风。我们会开走的，别着急。"

一阵冷风吹开了路易斯身上的毯子，罗斯把它重新裹好。

"赫伯特，难道我们——我们这三个人——没有在罗马饱受惊吓吗？美国大使馆周围的那些暴徒就是大批流氓，我确信，他们是想在宣战后来点儿刺激。"

"喂，警察当局从四面八方把想要进使馆的人抓起来。这些我们俩都看到了。天知道他们会怎么样。再说，他们可能还不是犹太人哩！"

"我敢打赌，"杰斯特罗说，"只要他们的护照没问题，不管是不是犹太人，现在都要被安置在哪家舒适的旅馆里，等着和在美国被抓起来的意大利人交换。"

罗斯顶了他一句："我能不回罗马就不回，我过得挺快活。"

杰斯特罗用地道的希伯来语说："新语言你学得怎么样了？"

"天哪！"罗斯瞪着他，"你能教，是吗？"

"波兰的犹太教经院教育是不能被什么取代的。"杰斯特罗笑了笑，摸着胡子，又重新用波士顿口音的英语说。

"你干吗不在经院念下去呢？我甚至没有受过戒，我不能原谅我的父母。"

"唉，真是年幼无知。"杰斯特罗说，"我迫不及待地逃离了经院，那地方简直像监狱。"

这时，娜塔丽正朝驾驶室下面拉宾诺维茨的舱房走去。在这之前，她从未去过那里。他请她在他桌边的那张椅子上坐下，桌上堆满了文件、脏衣服和油腻的工具。他坐在没有铺好的床上，弓着背靠着舱壁，壁上装饰着从杂志上撕下来的深棕色裸体画，唯一的一盏电灯发出的光是这么暗，烟草的烟雾是这么浓，以至娜塔丽只能看出这些东西。面对她尴尬的微笑，拉宾诺维茨耸了耸肩，他穿着油渍斑斑、大得累赘的工作服，圆脸因过度疲劳都变成土灰色的了。

"这是轮机长的艺术收藏，我占用了他的房间。亨利太太，我需要三百美元，你跟你叔叔能帮忙出一点儿吗？"她吃了一惊，什么也没说。他继续说："赫伯特·罗斯愿意拿出这笔钱来，可是他已经付得太多了。要不是他，我们就不能把事情推进到这地步。我希望你和你叔叔每人能给一百美元，那才比较公平。老头子们都比较小气，所以我想还是提请你考虑。"拉宾诺维茨的英语讲得很清楚，但是外国口音很重，而且他用的俚语已过时，像是从旧小说里看来的。

"这钱干什么用？"

"Fetchi-metchi，"他把粗粗的拇指放在两根指头上来回移动，疲倦地微笑了，"行贿。港务监督不让我们离港，我不知道是什么原因，他开始时很友好，但是后来变了。"

"你认为你能贿赂他吗？"

"嗬，不是贿赂他，是贿赂我们船长。你见过他的，就是那个穿蓝色上衣、长着胡子、醉醺醺的老无赖。要是我们非法离开，他就得失去他轮船的证件，港务当局掌握着这些证件。我相信他经常干这事，他是专干走私这一行的。可这得另外付钱。"

"那不会太危险吗？"

"我认为不会。要是海岸警卫队拦住我们，我们就说我们正在试验修理过的轮机，并且往回开。我们不会比现在的处境更糟。"

"要是我们被拦住，他会把钱退还吗？"

"问得好！我的答复是：我们离开三英里后，他才拿钱。"

整整一个星期以来，娜塔丽花费了太多的时间思索，想象出种种不能起航的不幸理由，她拿不准自己逃离罗马是否做对了。她天天想着要乘这样笨重的船横渡地中海，越想越觉得前途黯淡。然而，她还是认定，这样至少能让她的孩子从德国人手里逃出去。可是，这得违反法西斯的法律才能启程，要努力逃过海岸警卫队的炮舰！

当她坐着一言不发时，拉宾诺维茨用一种虽不含敌意但是严厉的语调说："好吧，没关系，我会从罗斯那里拿到全部钱的。"

"不，我会提供帮助的，"娜塔丽说，"我相信埃伦也会。我只是不喜欢这么做。"

"我也不喜欢，亨利太太，可是我们不能在这里坐着，我们得努力做些事呀。"

杰斯特罗博士正在笔记本上写字，在他附近的一个舱口盖上，两个年轻人正对着一本翻开了的破旧的《塔木德》①争论着。罗斯走了。杰斯特罗中断了工作，听着他们辩论Gittin（关于离婚的论著）里的一个论点。杰斯特罗在波兰经院里曾为阐明Gittin里的问题而被他的老师们吻过许多次，那种湿乎乎、毛茸茸的感觉现在呈现在他的脑海中，他不由得笑了。那两个争论的人看见他在笑，也腼腆地朝他笑笑。其中一个碰了碰他的破帽子，并且用意第绪语说："这位伟大的作家理解这些伤脑筋的论点吗？"

杰斯特罗慈祥地点点头。

另一个年轻人长着一张瘦削的黄脸，乱蓬蓬的小胡子，凹陷的发亮的眼睛，一副经院学生的派头。他激动地讲起来："你愿意加入我们的讨论吗？或许还能教教我们？"

"我小时候确实学过《塔木德》，"杰斯特罗用正确的波兰话冷冷地说，"可是我想那是很久以前的事了。我现在相当忙。"

那两个人心服了，继续他们的学习。不久，他们就走开了，这使杰斯特罗舒了一口气。当他继续写作时，他心想要是和那两个小伙子一起，用非凡的记忆力使他们吃惊，可能挺有趣。五十年之后，他还记得他们争论的这一章节。儿时的记忆力真强啊！可是，前面还有漫长的旅程，在这么拥挤的环境里，特别是在这些从宗教关系来说非常亲密的犹太人中间，不要和他们过分接近是唯一的办法。

杰斯特罗正开始写一本新书，借此消磨时间，同时也多少利用一下他这不愉快的尴尬的处境。为了故意同他获得巨大成功的著作《一个犹太人的耶稣》相呼应，他把新书取名为《一个犹太人的旅程》，然而他头脑中的东西并不是旅行日记。正如马可·奥勒留②在战场上就着烛光写不朽的《沉思录》，杰斯特罗也打算通过描写他自己在战争时代的逃亡来反映他关于信仰、战争、人类现状和个人生活的光辉思想。他认为，这个主意能让他的出版商着迷，而且要是他写了出来，它甚至又可能成为一本读书会推荐的书。无论如何，在他这年纪，这将会是有益的精神寄托。杰斯特罗把思想性、想象力和赚钱的念头结合在一起了，他根据这个富有特色的想法，已经在第一本向拉宾诺维茨借来的笔记本上写了不少。他知道这本书绝不可能获得《一个犹太人的耶稣》那样的成功。《一个犹太人的耶稣》以新颖的手法把生活在朴素现实中的耶稣描绘成一个精通《塔木德》的奇才和巴勒斯坦的巡回传道士，在读书会获得巨大成

---

① 犹太教法典。
② 马可·奥勒留（121—180），古罗马皇帝，是晚期斯多亚派哲学的代表人物。

功，并且被列在最畅销的书单上。

那两个经院里的小伙子走开后，他感到这个小小的场面有写下来的价值。他详述了关于离婚的部分中那微妙的论点。很久以前，在奥斯威辛经院喧闹的读经厅里，他曾与他聪明的堂弟班瑞尔·杰斯特罗用许多相同的话就这一论点进行过多次辩论。他描述了那遥远的场面，班瑞尔温和地取笑自己逐渐转变为一个冷静的西方化的不可知论者。要是班瑞尔还活着，他写到，要是有人请他就第二十七页关于离婚的部分中第一个论点进行辩论，他会满腔热情地理出头绪，驳倒那两个经院里的小伙子。班瑞尔一直忠实恪守古老的正统观念。现在谁能讲清他们俩中哪个的选择更明智呢？

可是班瑞尔怎么样了？他还活着吗？我最后一次看到他是通过我那喜爱冒险、旅行过许多地方的侄女的眼睛。一九三九年，他站在遭到德国轰炸的华沙犹太人住宅区硝烟弥漫的废墟中——挺直着身子，忙忙碌碌，虽上了年纪，但强健结实得像农人一样，留着正统的灰白大胡子。他身为一家之长、犹太人区的领袖、富商，在那遵守习俗的外表下，则是一个钢铁一样坚强的死里逃生者，基督教传说中的一位亚哈随鲁①，一个不可摧毁的流浪的犹太人。班瑞尔比我小七八岁，第一次世界大战时，他在前线服役四年。他当过士兵，做过战俘，逃跑过，他在几处前线和三支不同的军队里打过仗。在那段时间里，他经历了所有危险（他曾在信中这样告诉我，我也是这样相信的）。他不仅安然无恙，而且没吃过一点儿犹太教规不许吃的食物。一个能够如此念念不忘我们古老的上帝和我们古代律法的人，从勇敢的一面来说，确实使他那个写作耶稣题材被同化了的堂兄感到羞愧。开明的人文主义呼声虽然对此表示敬意，但完全能够问一下是否生活在梦想中，不论这生活如何舒适和有力量——

"该死，埃伦！他这样什么东西也不盖，有多久啦？"娜塔丽俯身在篮子上，生气地把滚动着的毯子拉回到开始哭的路易斯身上。

"哦，没盖吗？"埃伦吓了一跳，说道，"真抱歉，他安静得像一只小耗子。"

"哦，该是喂他的时候了。"她提起篮子，十分恼火地瞪了他一眼，"如果他还

---

① 中古传说中的犹太人，因嘲弄了受难的耶稣而被罚永世流浪。

没冻僵，还能吃东西的话，是该喂他的时候了。"

"拉宾诺维茨要什么啊？"

她直接告诉了他。

"真的哩，娜塔丽！那么多钱啊！非法起航！那真是烦死人啊。我们对钱可要小心，你要知道，那可是我们唯一的生路。"

"我们总得从这里跑出去，这才是我们的生路。"

"不过，拉宾诺维茨有点儿敲诈有钱的美国人——喂，娜塔丽，别这么绷起脸嘛！我只不过是说——"

"听着，要是你不信任他，那就上岸，把自己交出去。我和罗斯分担这三百美元。"

"天哪！你干吗对我这样恶狠狠地说话啊？我会出钱的。"

很厉害的震动把她弄醒了。她坐起来，攥住她睡觉时穿在睡衣上的羊毛衫，通过开着的舷窗向外看。寒冷的、雾蒙蒙的、带着鱼腥味的空气飘进来。码头在雾夜里向后退去。她能听到螺旋桨的溅水声，埃伦在上铺打鼾，在她身边的甲板上，婴孩在他的篮子里发出窸窸窣窣、呼哧呼哧的响声。

她又蜷缩到粗硬的毯子里，因为天气很冷。开船了！起航总是令人兴高采烈的，冒险从纳粹欧洲的陷阱里偷偷溜走，加倍地令人兴高采烈。她睡眼蒙眬，迷迷糊糊地想着一路到了巴勒斯坦，把消息告诉拜伦，动身回家。中东的地理她是不清楚的，她大概能由苏伊士找到去澳大利亚的路，再由那里到夏威夷吧？在巴勒斯坦等到战争结束是不行的，那无非是一个疾病流行的穷国。在北非的德国人是一个威胁，阿拉伯人也是。

她随着发动机声的每一次改变而越来越清醒了。就在这港口，已经颠簸摇晃得很厉害了，到了公海上，还不知会成什么样儿呢！焊在主甲板上的附加油罐显然使船很不平稳。抵达三英里线要多久呀？黎明在舷窗上形成一个紫色的光圈，在这样的雾中，船长只能缓慢地行驶，而白天只会增加被捉住的可能性。多么为难的事情啊！多么危险的处境啊！就这样，娜塔丽神经紧张、忧心忡忡地躺着，紧贴住不稳的床铺熬过了很长的半小时，这时舷窗外已泛鱼肚白。

轰隆一声！

她马上由铺上跳起来，光着脚踩在冰凉彻骨的铁甲板上。她穿上了一件粗布浴衣。娜塔丽已经在华沙听到过许多炮火声，她熟悉这种声音。湿冷的风由舷窗吹进来，把她的头发吹乱了。风大浪急的海面上，雾散了一些，她看见前面远处有一艘灰白色的船，船头有白色的号码，烟雾弥漫的黄色闪光就来自那船头。

又轰隆一声！

发动机嗒嗒嗒地响着，甲板颤抖、倾斜，船突然转向了。她匆匆忙忙穿好衣服，在湿冷的空气里直打哆嗦。房间太小了，她的双肘和双膝碰到冷水盆、床铺和门上的圆把手，擦破了皮。埃伦仍然睡着，她想还是别去叫醒他，他只会吓得发抖。

在舷窗口，出现了一个巨大的"白色22"，把黑色的波浪与灰白的天空都挡住了。大炮慢慢地进入视线——并不很大，漆成灰色，由穿着黑色短雨衣的孩子气的水兵掌控着。两艘船都减慢了速度。那些炮手正看着"救世主"号大笑着。她可以猜到那是为什么：斑驳的油漆，一块块红底漆、白面漆、没刮掉的陈旧的铁锈，额外附加的油罐伸展在甲板上，像是老头儿嘴里的坏牙齿。外面粗声粗气的意大利语来回吆喝着。

甲板摇摆了，海岸警卫船离开了。透过舷窗，娜塔丽看到了卡普里岛和伊斯基亚岛青青的峭壁。随后，船身一转，正前方进入视线的是微弱的阳光照耀着的那不勒斯群山和山上的一排排白房子。发生这一切时，埃伦·杰斯特罗还在睡着。船掉转回去啦！她倒在床铺上，脸埋在枕头里。这艘船现在看来像是通往丧失幸福的航道，被追捕的感觉重新在她心头浮现。

"天哪，闹得多厉害啊！"埃伦从铺位上伸出他那邋里邋遢的脑袋来。阳光射进了舷窗，船员们在外面喊着、骂着。"救世主"号正停靠在原来的码头上，原来那个穿着绿制服、大腹便便的警察在码头上巡逻。"哎哟，大白天了啊！你衣服都穿好了！出了什么事？我们要开走吗？"

"我们已经开走过，又回来了。海岸警卫队拦住了我们。"

杰斯特罗面色阴沉地说："哎呀！二百美元哩！"

拉宾诺维茨来到他们的房间门口。他才刮过胡子，穿了沾着污点的深色衣服和灰衬衫，打着红领带。他脸上显出恼怒的表情，拿出一些美钞说："我只能归还一半，对不起。他一定要我先付出半数，才肯开船。我只好碰碰运气了。"

"你说不定会需要剩下的钱，"娜塔丽说，"留着吧！"

"如果需要，我会再来要的。"

杰斯特罗在上面的铺位上说："我们并没有讨论过要付船费的事呀，你是知道的，而且——"

拉宾诺维茨啪的一下把钱放到娜塔丽手中："对不起，我要去找那该死的港务监督算账啦！我们是中立国的船，我们只是停泊在这里进行紧急修理的。这样拦住我们是该死的违法行为！"

当拉宾诺维茨又在他们的房门口出现时，他们正在吃中午茶点。"今天早上我脾气不好，很对不起。"

"进来吧。"娜塔丽温柔地说，"要茶吗？"

"谢谢，要的。你的娃娃怎么啦？"路易斯正在他的篮子里啜泣。

"他着凉了。有什么消息吗？"

拉宾诺维茨背对着门蹲着，两只手捧着玻璃杯，呷着茶说："杰斯特罗博士，在我们那么突然离开罗马的时候，看上去你为不得不丢下的手稿感到很不高兴。"

"我现在还没高兴呢！我四年的心血啊！"

"你的书名是什么？"

"《君士坦丁的拱门》。怎么啦？"

"在罗马，你认得德国大使馆的什么人吗？"

"德国大使馆？显然没有。"

"你能肯定吗？"

"我和德国大使馆没有任何关系。"

"你从来没听说过一个叫维尔纳·贝克的家伙吗？"

"维尔纳·贝克？"杰斯特罗重复说，多半是对他自己说的，"哎呀，是的，我确实认得一个叫维尔纳·贝克的，已经是好多年前了。他怎么啦？"

"在舷梯那儿就有一个维尔纳·贝克博士。罗斯和我去找你们时，他就是我在你们罗马的旅馆房间里看到的那两个德国人中的一个。他开了一辆梅赛德斯来，刚刚到。他说，他从罗马的德国大使馆来，是你的老朋友。他还说，他带来了你的《君士坦丁的拱门》手稿。"

一阵严肃的沉默，只听到那婴孩的鼻子呼哧呼哧的响声，娜塔丽和她叔叔互相望着。"说说他的模样吧。"杰斯特罗说。

"中等身材，胖胖的，脸色苍白，一头浓密的金发，高嗓门，很有礼貌。"

"戴眼镜吗？"

"厚厚的无边眼镜。"

"大概真是维尔纳·贝克，尽管他那时并不胖。"

娜塔丽得清了清嗓子才能开口说话。"他是谁呀，埃伦？"

"哦，维尔纳是耶鲁大学我最后的研究生班上的学生，德国好学生之一，工作起来精力过人。他在语言上有困难，我帮助他克服了一些障碍。从那以后，我就没见过他，也没听到过他的消息。"

"他说他从你房间里拿了手稿。"拉宾诺维茨说，"他当时在场，这一点我能向你担保。他倒是挺和气，另一个凶得要命。"

"他怎么会找我找到这里来呢？"杰斯特罗显出茫然不知所措的样子，"这看起来很不妙，是吗？"

"嗯，我说不上来。假如我们不承认你在这儿的话，意大利秘密警察就会来船上搜查。德国秘密警察要他们干什么事，他们都会干的。"

娜塔丽颤声插嘴道："土耳其国旗怎么样呀？"

"在一定程度上，土耳其国旗是顶用的。"

杰斯特罗果断地说："真的没有选择余地了，是吗？要我到舷梯那儿去吗？"

"我会把他带到这里来的。"

对娜塔丽来说，这个巴勒斯坦人显得这么镇定，多少是一种安慰。发生这种事情，对她来说是情况进一步严重而可怕的恶化，她从心底里为她的婴孩担惊受怕。拉宾诺维茨走了。杰斯特罗心事重重地说："维尔纳·贝克！老天哪！我认识维尔纳的时候，希特勒甚至还没掌权呢。"

"他拥护过希特勒吗？"

"哦，不。他是那种保守、温和、勤学的人，要是我没记错的话，他还笃信宗教。好人家出身。他立志进外交部，我还记得这事呢。"

婴孩打喷嚏了，娜塔丽忙着把他堵塞的小鼻子弄干净。她吓坏了，无法有条理地思考。

"杰斯特罗教授，维尔纳·贝克博士来了。"拉宾诺维茨步入舱房。一个穿灰大衣、戴灰帽子的男子在门口一边鞠躬，一边举起帽子，双脚后跟并拢，在他的左臂下夹着一个用绳子捆扎好的很厚的黄纸包。

"您一定记得我吧，杰斯特罗教授？"他的声音古板而高亢，他笑得很尴尬，几乎像在道歉，眼睛半闭着，"已经有十二年半了。"

"是啊，维尔纳。"杰斯特罗小心翼翼地伸出手来，"你只是胖了些。"

"是呀，太胖了。哦，这是《君士坦丁的拱门》。"

杰斯特罗把纸包放在铺位上那手脚不停地动的婴孩旁边，用发抖的手指解开绳子，很快地翻过大量薄而半透明的纸。"娜塔丽，全在这儿哪！"他望着站在门口的那人，眼睛闪闪发亮，"维尔纳，我能说些什么呢？除了谢谢你，谢谢你！"

"这得来不易，教授。可我明白它对您来说意味着什么。"贝克博士转过身来对着拉宾诺维茨，"是我的德国秘密警察同事——你要明白——是他把它从意大利秘密警察那里拿走的，我想我自己是拿不到的。我很遗憾你和他吵了嘴，可是你回骂了他一些很难听的话，你知道。"拉宾诺维茨耸耸肩，脸上毫无表情。贝克回头看着杰斯特罗，他正抚弄他的稿纸。"我自作主张地拜读了您的大作，教授。远胜过《一个犹太人的耶稣》！您对早期拜占庭和东正教有非常特殊的了解，您使整个已经过去的世界恢复生命。这本书将保证让您声名远扬，而且这一回，那些学究也会赞美您的学识了。这是您最大的成就！"

"嘿，你真是太好了，维尔纳。"杰斯特罗装出他对付钦佩者的那种微笑，"至于你，你的英语有了惊人的进步。还记得你口试方面的困难吗？"

"我当然记得，您挽救了我的前途。"

"哦，不敢当。"

"从那时起，我在华盛顿任职七年。我的儿子——我有四个儿子——都能使用英语和德语两种语言。现在我在罗马当一等秘书。这些全都得感谢您呀。"

"四个儿子，哦，真想不到。"

娜塔丽对这样谈家常感到难以相信。这简直像是梦中的对话，那个人站在舱房门口——一个纳粹德国的官员，一个胖墩墩的、看上去并无敌意的人，戴着眼镜，这使他显得书生气。他双手拿着帽子，用一种安宁的、简直像教士一样的姿势捧在胸前。他谈及他的孩子们，称赞埃伦的著作，表现出一副和蔼可亲的样子。要说有什么区别的话——特别是那男高音的嗓子和有礼貌的态度，那就是态度相当温和和学究气。婴孩咳嗽了，维尔纳·贝克看了看他，说："你的孩子身体好吗，亨利太太？"

她刺耳的声音脱口而出："你怎么知道我的名字？你怎么知道我们住在高雅旅馆？你又是怎么发现我们到这儿来了？"

她可以看到埃伦因她的举止而感觉痛苦，拉宾诺维茨仍面无表情。贝克用耐心的口吻回答："当然啦，德国秘密警察有罗马旅馆里外国来往旅客的名单。意大利秘密警察又向德国秘密警察报告，你们上了这条船。"

"那么，你也是德国秘密警察的人喽？"

"不，亨利太太。我说过了，我是外交部官员。嗯，你和你的叔叔是不是愿意和我一起在大旅馆吃中午饭呢？据说那儿有那不勒斯最好的餐厅。"

娜塔丽的嘴张着，她一声不吭，像是失去了知觉似的。她朝杰斯特罗看看，他说道："你肯定不是真有这个意思，维尔纳。"

"为什么不是呢？你们可以享受一些好酒好菜。你们明天就要开始漫长而艰苦的航行！"

"明天？这我还不知道呢，"拉宾诺维茨大声说，"而且我是才从港务监督那里来的！"

"哦，这是我的消息。"

娜塔丽几乎嚷了起来："我们的脚一踩上岸，我们就会被抓起来拘留的。这一点你是知道的，我们也知道。"

"我给你们俩准备好了警察当局发的通行证。"她对杰斯特罗拼命摇头。贝克博士心平气和地继续说："我想我还是走开好，让你们能就这事谈一谈。要是你们难以决定，那就在我离开之前让我们到舷梯那儿谈一下吧！跟我一起上岸对你们来说是很安全的，而且也确实有许多事要商讨一下。"

杰斯特罗严厉地插话说："你在我旅馆的房间里干什么，维尔纳？"

"教授，墨索里尼宣战的时候，我想我最好帮帮您的忙。我把那个德国秘密警察带去跟意大利警察当局周旋。"

"那么，在那之前很久，你为什么不来看我呢？"

贝克突然做贼心虚地看了娜塔丽一眼，回答说："我坦白讲好吗？这是为了免得打扰您，让您讨厌。"他举起帽子，鞠了躬，走开了。

杰斯特罗满腹狐疑地看看巴勒斯坦人，又看看他的侄女。

"埃伦，我可不离开路易斯！一分钟都不！"娜塔丽一下子尖叫起来，"我甚至不愿走到舷梯那儿去！"

"你以为怎样？"杰斯特罗对拉宾诺维茨说，拉宾诺维茨把双手向上翻了翻。"呃，你以为这全是精心策划要捉住我的圈套吗？既然他已经找到了我，要是他的确打算这样做，他就不能让意大利秘密警察把我从你们的船上拉走吗？"

"他这样做可以避免一场风波！"

"风波有多大？"

拉宾诺维茨苦笑一下："不会太大。"

杰斯特罗拉了拉胡子，看了看瞪着眼的侄女，然后他伸手去取帽子和斗篷，说道："嗯，娜塔丽，我一直都是一个昏头昏脑的傻瓜。我还是按照我的性格办事吧。我和维尔纳·贝克一起上岸去。"

"哦，当然啦！"婴孩现在正大哭着，娜塔丽几乎气疯了，"享用你的午餐去吧！说不定他那个德国秘密警察的好朋友会和你们凑到一起，把事情搞得更快活呢。"

拉宾诺维茨帮着杰斯特罗披上斗篷，说："尽可能打听打听有关我们起航的事。"

"好的。要是我不回来，"当娜塔丽把她那大哭大叫的婴孩抱在怀里摇着时，杰斯特罗对她说，"你不过是摆脱了一个累赘，不是吗？"

两个钟头过去了。暴雨使在甲板上闲逛的人都跑光了，娜塔丽独自撑着伞等在舷梯口，注视着湿淋淋的警察在码头上踱来踱去。终于，在雨中出现了一辆小小的黑色梅赛德斯。贝克博士出来为杰斯特罗博士开了车门，对她挥了挥手，开车走了。杰斯特罗登上了跳板，张开蓝斗篷下的双臂说：“好啦，亲爱的！你瞧，我回来了。”

“感谢上帝，你回来了。”

“是啊。现在让我们和拉宾诺维茨谈一下。”

“你真的不要先打个盹儿？”

“我不困。”

那个巴勒斯坦人穿着油腻的工作服，听到他们的敲门声，打开了舱房门。那间小屋里有强烈的汗臭、机油和烟灰的气味。杰斯特罗对钉在舱壁上的那些裸体女人画眨眨眼睛。“请坐。”拉宾诺维茨说，“我得拿掉那些可爱的姑娘了，我对她们并不注意，可是其他人都注意，就是这么回事。你回来了，我真高兴。你真有胆量。午餐吃得有趣吗？”

“还可以。”杰斯特罗在办公桌边的椅子上坐得笔直，娜塔丽坐在他旁边的一张凳子上，“首先，你的土耳其船长出卖了你，他告诉海岸警卫队说你们要偷偷起航。这就是你们被抓住的原因。维尔纳是这么说的。”

拉宾诺维茨点点头，绷着脸说：“这我也想到了。我们不能租别的船，所以我们不得不忘记这事——暂时忘记。”

“那个土耳其人也报告了我们是上星期上船的。港务监督决定通知罗马的意大利秘密警察，并在让你们走之前，解决逃亡的美国人的问题。因此，耽搁了一星期。”

“好哇，所以事情都碰到一块儿啦！”拉宾诺维茨摆在膝盖上的手握紧了又放开，“我们明天能开走吗？”

“哦，他说你们可以开走。还有，关于那件事。”杰斯特罗的声调提高了，“这船以前可叫‘伊兹密尔’？”

“它就是‘伊兹密尔’。”

“最近你们检查过这船的适航性吗？”

“港口检查员来给我们开了证明。”

“维尔纳说他附添了一页意见，你们超员又超载，甲板上的附加油罐减弱了你们这条船的稳定性。万一乘客们在惊慌失措中都冲到一边，这船就免不了倾覆，对吗？”

“他们是一群守纪律的人，”拉宾诺维茨很厌烦地回答，“他们不会惊慌的。”

“你们船上的食物、水和卫生设备都比一般标准低得多。”杰斯特罗接下去说，“当然，娜塔丽和我早已注意到这一点了。医疗设备也差。发动机用了三十五个年头了，航海日志上写着有好几处新近发生的故障。你们只有沿海岸行驶的证明，而不是公海上的。"

拉宾诺维茨的声音变得尖厉起来："你可曾提到我们犹太人为了逃避德国人的迫害，不得不冒这些危险吗？"

"差不多就是这话，他不爱听。可是他说要是把巴勒斯坦委托给德国管辖，大多数欧洲的犹太人早就用适合航海的船送去了。你们要用这么一条破船来漂洋过海，应该归咎于同盟国的政策，而不是德国的政策。英国为了争取阿拉伯人，封锁了巴勒斯坦——这真是一个愚蠢的姿态，因为阿拉伯人是全心全意地拥护希特勒的。美国已经关上了它的大门，所以你们的组织（他全都了解）必须试图用像'伊兹密尔'这种没人要的破船把难民偷偷送进巴勒斯坦。"

"不错，纳粹是热心的犹太复国主义者，"拉宾诺维茨说，"这我们是知道的。"

杰斯特罗从胸前里袋里掏出一个信封，说："好，这些是意大利警察当局关于美国拘留民的规定，他们正被遣送到锡耶纳去等候交换。正巧，我的家就在锡耶纳，我的用人还住在那儿。"

拉宾诺维茨看完了那些油印的纸页，眼神显得忧郁而呆滞。

"这些规定可能是伪造的！"娜塔丽嚷了起来。

"这些都是真的。"拉宾诺维茨把纸页交给她，"这么说来，这就安排好了？你们俩要下船到锡耶纳去吗？"

"我对维尔纳讲过了，"杰斯特罗答道，"这全要看娜塔丽。假如她跟着你们乘船，那我也乘船。假如她选择回锡耶纳，那我也回去。"

"我懂了，很好。"拉宾诺维茨朝娜塔丽瞟了一眼，她脸色苍白，一动不动地坐着。他问道："贝克博士对这说了些什么呢？"

"呃，他说，作为母亲，她无疑会做出明智的决定，冒险航行对她的婴孩来说是毫无意义的，也是受不了的，她并不是无国籍的难民。这就是他要告诉她的。"

"你有十二年没见过这人了，埃伦。"娜塔丽才讲了半句，声音就几乎发抖了，她的两只手揉着那几张油印纸，"他要你留在这儿。为什么呢？"

"呃，到底是为什么呢？你以为他会谋害我吗？"杰斯特罗说，显出瑟瑟发抖的滑稽样子，"他为什么要这样呢？他在我研究生班上那会儿，我总是给他最高分的。"

拉宾诺维茨说："他并不是要谋害你。"

"是呀。我相信他是想帮助他以前的老师的。"

"上帝在上，"娜塔丽几乎喊起来，"你能不能表现出一丝一毫有常识的样子来？这人是一个地位很高的纳粹，是什么让你愿意把他讲的全盘接受下来？"

"他不是纳粹，"杰斯特罗摆出心平气和的学究态度说，"他是一个职业外交官。他把那个党的党徒说成是一群粗野的、缺乏教养的机会主义者。他确实称赞希特勒把德国统一了起来，可是他对战争正在进行的方式感到十分担忧。犹太人政策把他吓坏了，他一度学习当牧师，我认为他身上并没有排犹主义的骨头，不像我们一直打交道的一些美国领事。"

有人敲了两下门，拉宾诺维茨那个看上去很粗野的助手朝里面瞧了瞧，递给他一个用红蜡封着的信封。拉宾诺维茨看了信，站了起来，脱掉了罩在干净的白衬衫和深色裤子上的工作服，说："嗯，好吧。我们以后再谈吧。"

"什么事呀？"娜塔丽脱口问道。

"我们可以办离港手续了，我马上要到港务监督那儿去拿这船的证件。"

第三章

　　班瑞尔·杰斯特罗穿着一件破破烂烂的苏军厚大衣，沿着波兰西南部的一条路拖着脚步往前走，雪厚得没过了他的脚踝。这支俄国战俘的长长队伍，弯弯曲曲地穿过历史学家称为"上西里西亚"的那个地区平坦的、白茫茫的田野。穿绿衣服的党卫军士兵手持棍棒或者机关枪，监视着这行队列。队伍的前面和后面，开着两辆当啷当啷直响的军用大卡车，装载着更多的党卫军士兵。这支从莱姆斯多夫战俘营最壮实的囚犯中挑出来的劳工队一路都是步行的，途中死了大约三分之一。每天上午十点钟的饭食是一片类似面包的黑乎乎的木头一样的东西，用荨麻、坏土豆、烂菜根等诸如此类的东西做成的半凉不热的汤。连这样的口粮也经常没有，于是这些人就被解散，在党卫军士兵的枪口下像山羊一样在田地里寻找可吃的东西。每天有十二到十四个小时，他们得跟上那些身强力壮的押送士兵的速度，一步步走着，而押送的士兵则每两个小时一班，轮换着步行和乘车。

　　班瑞尔·杰斯特罗像橡树一样结实的身体也几乎被拖垮了。在他周围，人们走着走着就倒下了，经常是一声不吭，有时候发出一声呻吟或叫喊。当棒打脚踢都不能使倒下的人醒来的时候，就用一颗子弹打穿他的脑袋。这是一种例行的预防措施，免得游击队可能把他救活并招募他。德国人镇静而仔细地用枪把每一颗头颅打得粉碎，在雪地上缩成一团的俄国军大衣的领边留下一大摊红彤彤的东西。

　　现在这支队伍正由克拉科夫向卡托维兹行进，新的路标上用粗黑的德文字母写着"KATTOWITZ"。班瑞尔·杰斯特罗麻木地猜想，这场长途跋涉很快就要结束了，因为卡托维兹是工矿中心。他太缺少生命力了，寒冷、饥饿和招架不住的疲劳使他萎靡不振，以致对命运怎么会把他带到这些熟悉的地方来也不感到奇怪了。他把越来越差的注意力全都集中在盯着前面的那个人上。他的腿移动着，但双膝僵直，因为他只怕关节万一放松了，就会弯下去，那么他就会摔倒，于是脑袋就会被打掉。

在四十个年头里，这条老路没大改变，班瑞尔能预先说出每一个转弯，并知道什么时候另一间农屋或木头盖的教堂会透过细细的、纷飞的干雪出现。特遣队正朝卡托维兹煤矿去吗？命运还不坏呀！在冬天，矿里要比野外暖和。矿工得吃饱才能干活儿。

尽管步行过程中经历了所有这些苦难，班瑞尔还是感激上帝，因为他是在这支劳工队伍中终于离开那个战俘营的。他在上次战争中的经历也好，他在华沙犹太人区的生活也好，都无法跟他在莱姆斯多夫所看到的情况相比。这个战俘营并不是真正的战俘营，那儿没有兵营，没有建筑物，没有点名，没有管理机构，没有维持秩序的手段，除了对架在岗楼上的机枪和对夜里耀眼的探照灯所怀的恐惧，全部设施是一片用带刺的铁丝网围起来的露天场地，延伸出去望不到边，里面圈着二十万快要饿死的人。在东方战线，《日内瓦公约》①并不存在，苏联从未在上面签过字。

德国人无论如何都不准备背这么大的战俘包袱。缺乏食物和水的供应，莱姆斯多夫的生活准则是自我保存。战俘们在污秽、恶臭的环境里为了一点儿可吃的东西吵得面红耳赤，大打出手，生了病也没人过问，死尸乱七八糟地倒在粪土和雪地上。每天在带刺的铁丝网外，死人都在一堆堆被焚化，用木材和废油当燃料，焚尸的火光在晚上照得很远。集中营臭得就像附近有一家庞大的肉类罐头厂，就像那里的动物在进行处理，皮上的毛发或鬃毛被烧焦。

德国人十一月进攻莫斯科时抓获的战俘补足了这支劳工特遣队的人数。那些在莱姆斯多夫快要死亡的人却是在夏季战役中被俘获的。现在他们成了在走动的骷髅，随时都有倒下的人，不管白天黑夜，遍地都是。在莱姆斯多夫形形色色的恐惧中，有一件事仍然使杰斯特罗吓得没命。他亲眼看见在探照灯外阴暗的夜色中，一小群战俘饿得发疯，在集中营一个个结冰的垃圾堆旁转来转去，吃那才倒毙的尸体里柔软的内脏。他白天看到过这种残缺不全的尸体。岗楼上看守的士兵一发现这些吃人的人，就向他们开枪。其他战俘抓住了他们，就对他们拳打脚踢，结果了他们的性命。可是，在这些人身上，求生的本能超过了人的天性，因此不再有恐惧。吃人肉的是发了疯的梦游者，只想填饱肚子的白痴，他们枯竭的脑子里还剩下足够的机智在晚上找东西吃，像小狼一样在阴暗处躲躲藏藏。无论在卡托维兹是什么前景，班瑞尔·杰斯特罗知道，不可能比莱姆斯多夫更糟。

然而，看来队伍不是朝卡托维兹进发。前头的队伍向左拐了个弯，这样特遣队就会朝南到奥斯威辛去，班瑞尔是明白这一点的。可是，奥斯威辛要这么大批的劳动力

① 1864年，欧洲诸强国在瑞士日内瓦签订协定，给予战俘人道待遇。

去干什么呢？他少年时代进的经院就在那个地方，那是一个只有小制造业的小镇，孤零零地坐落在索拉河和维斯图拉河汇合的沼泽地带。它主要是一个铁路联轨站，那里没有重活。在路的转弯处，他看见一块写有黑体字的新箭头牌子，钉在褪了色的"奥斯威辛"路标上，德国人在上面用了旧名字。班瑞尔从年轻时就记得这名字，那时奥斯威辛还属于奥地利，它不仅像德国名字通常听起来那样刺耳，而且听上去甚至不像奥斯威辛了。

第四章

拉宾诺维茨坐着装满生活用品的陈旧货车回来了，后面跟着两辆装着淡水和柴油的槽车。这就激起了人们的工作热情，从黄昏一直干到深夜。犹太人叫着、笑着、唱着，把货物传递到舷梯，传过甲板，传下舱口——一袋袋面粉和土豆，一网袋一网袋生了虫的卷心菜和别的没长好的、疙疙瘩瘩的蔬菜，一捆捆鱼干，以及一箱箱罐头食品。衣衫褴褛的土耳其船员把输油管和输水管搬到船上，只见这些管子不住地颠簸、跳动着，发出呻吟声。他们扣下舱口盖，笨手笨脚地修理着起锚机，盘起绳索，骂天骂地，用锤子敲打，东奔西跑。这艘旧船像是感染到即将起航所引起的兴奋，嘎嘎吱吱地响着，摇摇摆摆，把停泊的缆绳绷得紧紧的。寒风阵阵，掀起的大浪涌过防波堤，然而高兴地说个没完的乘客不顾寒风，仍然挤在摇晃不定的甲板上观看准备工作。当他们下去就餐时，在耀眼的半圆月下，风已越来越大，将近八级了。

娜塔丽穿着一件紫色的绉绸衣服，脸上搽了点儿胭脂和口红，犹豫不决地站在拉宾诺维茨舱房门外摇晃的甲板上，紧紧裹住她双肩的是埃伦的灰围巾。她叹了一口气，敲了敲门。

"喂，亨利太太。"

在肮脏的舱壁上原来钉那些裸体姑娘画片儿的地方显出一块块淡黄的长方形。除此之外，舱房内还是和以前一样充满臭气和凌乱：没有铺好的床、乱堆着的文件、盘旋的烟草烟雾和挂在衣钩上晃动着的衣服散发出的劳动者气味。他关门时说："这不是萨拉·爱罗斯基的衣服吗？"

"我是从她那儿买来的。"娜塔丽靠在门口稳住身子，"我讨厌老穿在身上的那件咖啡色羊毛衣服，真是讨厌极了。"

"我们去和尼斯当局谈话的时候，萨拉总是穿这件衣服，她对付法国人倒很有一套。"

"我对她简直不了解，我对你们所有的人都太不了解！"

"你的娃娃怎样啦？"

"病了。他老是抓自己的右耳，他还发烧。"

"你带他去过医务室吗？"

"去过了，他们给了我一些药丸让他吃。"

"嗯。你们和我们一起走吗？"

"我还没拿定主意。"

"这并不困难。"他把办公桌前的那张椅子让给她坐，自己蹲在铁甲板上，"怎么对你自己最有利，就决定怎么做。"

"你到底为什么把我们带上船来呢？你这是给自己找麻烦！"

"心血来潮，亨利太太。"他使劲吸烟，"我们由尼斯开船的时候，并没打算停在这儿。发电机烧坏了，我只好在罗马弄一台发电机的电枢，同时再弄点儿钱。我和赫伯特·罗斯联系，他告诉我你叔叔在那儿。我很钦佩他，所以——"

"你的乘客都是从尼斯来的人吗？"

"不，都不是。他们是犹太复国主义的先锋，现在是难民了，大多数是波兰人和匈牙利人。他们本打算由黑海边的康斯坦察走——一般都是走这条路线的，可是为他们疏通的那个罗马尼亚人拿了他们的钱跑掉了。他们被犹太人代办处转来转去，转了几个月，最后到了法国的意大利占领区。对犹太人来说，那倒是一个不坏的地方，可是不管怎么样他们都要继续到巴勒斯坦去。这正是我要做的事，把犹太人送到巴勒斯坦去。瞧，就是这么回事。"

"你们是直接去巴勒斯坦，还是经过土耳其？我听到过两种说法。"

"我说不准。关于这一点，我会在海上收到无线电信号的。"

"要是你们经过土耳其，你就得带你们的人非法穿过叙利亚的山区，是吗？敌对的阿拉伯国家？"

"我以前就这么干过。如果我们能直接回家，我们当然会这么做的。"

"你们的发动机会在海上出毛病吗？"

"不会的。我是船舶机械师。这条船是旧了，可这是法国货，法国人造的船都挺好。"

"可是超员呢？底下那些重重叠叠的铺位，简直像厕所里敞着的长槽！假如又来一次连续三天的暴风雨呢？疾病不就蔓延了吗？

"亨利太太，这些人是经常受到恶劣条件锻炼的。"

"难道你就没想过，"她拧着手里的围巾，"你们这条船开不成吗？办理离港手续可能只是一个圈套，为了把我叔叔悄悄骗走吗？就在维尔纳·贝克露面之后，你们拿到了你们的文件，这太巧了。"拉宾诺维茨做出表示怀疑的鬼脸，她很快地讲下去，"我现在想到一件事。要是我们离开'救世主'号的话，我不是说我们会离开，可要是我们离开，埃伦就可以坚持要求直接去土耳其领事馆。我们在那儿等你通过海岸警卫队转播的信号，说你们已经过了三英里线。要是没有信号，我们就要求土耳其给予避难权，并且——你笑什么呀？"

"这儿没有土耳其领事馆。"

"你说过有的呀。"

"他是名誉领事，一个意大利银行家，可巧是一个改变了宗教信仰的犹太人，挺帮忙的。最近的领事馆在亚得里亚海边的巴里。"

"唉，见鬼！"

"不管怎样，领事馆不像大使馆那样能给予避难权。"他笑得更厉害了，"你很费了些脑筋，是吗？"

"唉，我连信号都想好了。"

"真的吗？是什么呢？"

"嗯——"她有些窘地讲了出来，"'明年在耶路撒冷'，就是逾越节家宴①祈祷的最后一句。"

"我懂得这是什么。"他的笑容消失了，显出严肃认真的表情，"听着，亨利太太，意大利人不需要大量饥饿的无国籍犹太人。我们会走的，你也应该来。"

"哦，我应该？为什么呢？"船和码头碰撞，这个烟雾腾腾的小房间也不住地摇晃，使娜塔丽想要呕吐。

"就说因为你的娃娃是犹太血统，所以你该去犹太人的故国吧！"

"他只有一半犹太血统。"

"是吗？问问德国人。"

"嘿，难道你不知道我对巴勒斯坦没有感情吗？一点儿都没有！我是一个美国人，完全没有宗教信仰，嫁给了一个信基督教的海军军官。"

"给我讲讲你的丈夫吧。"

这个问题吓了她一跳。她很不自然地回答说："我有很久没见到他了，他在太平

---

① 逾越节第一天晚上犹太人举行家宴，纪念他们的祖先离开埃及，餐前需做祈祷。娜塔丽引用的是祈祷词的最后一句。

洋什么地方的潜艇上。"

　　他拿出一个破旧的皮夹，给她看了一个胸脯很大、头发浓密的黝黑姑娘的相片。他说："那是我妻子，她是在乘公共汽车的时候被阿拉伯人炸死的，公共汽车炸掉了。"

　　"那太可怕了。"

　　"这是八年前发生的事。"

　　"可你还要我带我的孩子到那种地方去？"

　　"犹太人到哪儿都是生活在危险中。"

　　"在美国就不。"

　　"在那里你们也是异乡之客，在巴勒斯坦你们就是在家里了。"

　　娜塔丽从她的钱包里拿出一张拜伦穿军装的小彩色照片，说："这是我丈夫。"

　　当拉宾诺维茨皱着眉头看照片时，拜伦的形象又在娜塔丽的记忆中浮现了。"他看上去挺年轻。你们是什么时候结婚的？"

　　几个月来，她一直把她结婚的事置于脑后——那些愚蠢的决定把她弄得晕头转向，结果独自躺在外国医院里生产，痛得神志模糊，周围尽是陌生的面孔，耳朵里听到的是似懂非懂的用意大利语讲的医学用语。尽管一看到红彤彤的皱皮肤娃娃，她的心中就充满了美妙的爱情，但她当时认为自己的生活已经毁了，她现在或多或少仍然这么认为。可是，当她向这个巴勒斯坦人简单叙述往事的时候，拜伦·亨利的魔力和闯劲儿，他的机灵，他的孩子气的吸引力，又从她心底涌起。还有，不管事情办得多么轻率，在里斯本短暂的蜜月都是无比甜蜜的。她想——尽管她没对拉宾诺维茨说这些——享受过那样的欢乐，哪怕一辈子不能恢复健康也是值得的。何况，她又有了路易斯。

　　拉宾诺维茨倾听着，接着刚抽完的烟又点了一支烟。"你从来没碰到过像他那样的犹太小伙子吗？"

　　"是呀，和我一起出去玩的全都是些立志做医生、律师、作家、会计师或大学教授的人。"

　　"中产阶级类型的。"

　　"是的。"

　　"带你儿子到巴勒斯坦去，他会长成像他父亲那样讲求实干的人。"

　　"万一发生意外呢？"娜塔丽怕自己在这码头旁边就可能晕船，这样摇摆真叫人想呕吐，她从椅子上站起身，靠着舱壁，"我希望这条船能横渡地中海，可是以后怎么样呢？最终被关进英国的集中营？要不然带着一个娃娃穿过阿拉伯山区，被开枪打死或被俘后杀死？"

"亨利太太，带他到锡耶纳去很危险。"

"那我也不知道。我叔叔和贝克一起吃午饭的时候，打电话和我们在罗马的代办谈过。代办劝埃伦去锡耶纳，他把这次航行称作我们的一次不必要冒险。"

"你们的代办让他相信一个希特勒的官僚吗？"

"他说他很了解贝克，他不是纳粹分子，我们自己的外交部门尊重他。贝克提出明天开车带我们回罗马去，直接去大使馆。我不知道该相信什么，而且，老实讲——嗬！"这小舱房的甲板剧烈地颠簸了一下，娜塔丽站不稳了，他跳起来扶住她，她倒在他身上，她的乳房撞在他的胸上，他紧紧地攥住她的两只上臂，随后轻轻地把她拉开。

"稳住。"

"对不起。"

"没关系。"

他松手把她放开了。她勉强笑了笑，她的双臂和乳房都感到痛。

"风向一直逆转着，气象报告也不好，可我们还是天一亮就开船。"

"这倒可能解决了我的问题，也许贝克不会那么早就来。"

"他会的，你最好做出决定。不过，对你来说，这是一个麻烦的问题，我看得出来。"

埃伦·杰斯特罗身穿蓝色的浴衣，稀疏的灰白头发都被吹乱了，他敲了敲门，随即打开门。"对不起，打扰了。娃娃动得很奇怪，娜塔丽。"她的脸吓得变了样。"先别害怕，马上来看看。"

拉宾诺维茨抓住她的手臂，他们一起走了出去。他们在月光下狂风扫过的甲板上急匆匆地跑着，娜塔丽被吹得披头散发。路易斯躺在床铺上的篮子里，眼睛闭着，紧握着的拳头不断地向左右挥动。

"路易斯！"她俯身朝着他，两只手放在他扭动着的小身体上，"孩子，孩子！醒醒——啊，他怎么不睁开眼睛啦！怎么回事啊？他这么乱扭着身子！"

拉宾诺维茨把裹着毯子的孩子抱了起来。"这是发烧引起的痉挛。别着急，婴儿痉挛很快就会好的。"路易斯的脑袋猛地从毯子上抬起来，眼睛仍然闭着。"我们带他去医务室吧。"

娜塔丽跟着他，跑到下层甲板上。那里光线阴暗、臭气扑鼻——厕所的臭气、挤在一起好久没洗澡的身体和衣服发出的臭气、人嘴里呼出的陈腐的臭气，混成一股恶臭。拉宾诺维茨挤过医务室门外阻塞了通道的长队。在窄小的漆着白漆的舱房里，他把婴孩递给医生。那是一个形容枯槁的灰胡子老头儿，穿着一件肮脏的白大褂。医生愁容满面地解开裹着路易斯的毯子，看了看扭动着的身子，同意说这是痉挛。他无药可给。他的声音嘶哑、虚弱，他用德国意第绪语让娜塔丽放心："就是这只发炎的右耳朵引起的，你知道，发烧是并发症。我肯定这跟脑子无关。他很快就会好，不会有不好的后果。"他看上去并不像他说的话那么让人高兴。

"洗个热水澡怎么样？"拉宾诺维茨说。

"行啊，有好处，可是这条船上没有热水，只有冷水淋浴。"

拉宾诺维茨抱起了路易斯，对娜塔丽说："来。"

他们急急忙忙走下通道，到船上的厨房里去。这厨房哪怕在晚上已经收拾干净，关上了门，就像现在这样，但仍是臭烘烘、油腻腻的。不过，有一件器具——一只巨大的桶，在摇曳的电灯光中闪闪发亮。汤是难民伙食中的主要东西。拉宾诺维茨不知从什么地方弄到了这个饭店锅炉，安装在这里。他敏捷地打开龙头和阀门，水流进了大桶，蒸汽噗噗地从桶底下一个喷嘴里冒了出来。

"试一试，"几秒钟后他说，"太烫吗？"

她把一只手浸了一下，说："不。"

她挽起了自己紫色的衣袖，脱光那个扭动着的婴孩的衣服，把那小身体浸在温水里，直浸到下巴。"在他头上也弄一点儿水。"她照做了，路易斯僵直的背不久便放松了。拉宾诺维茨又放进了一些冷水。痉挛减轻了，她的儿子在她手里变软了，她怀着紧张的希望看了拉宾诺维茨一眼。

"我的小弟弟痉挛的时候，"他说，"我母亲总是这么办的。"

蓝眼睛睁开了，婴孩的眼光对着娜塔丽，他有气无力地向她流露出小小的微笑，这一笑使她心痛得不得了。她对拉宾诺维茨说："上帝保佑你。"

"把他带回上面去，让他一直保持暖和，"拉宾诺维茨说，"我弟弟事后常常要睡几个小时哩。要是你还有什么事，就告诉我。如果必要的话，岸上有一个我们能去的诊所。"

过了些时候，他来到她的舱房，往里看了看，里面点了两支蜡烛。他的脸和双手都被机油搞黑了。埃伦在上铺睡着了。娜塔丽坐在婴孩身边，她穿着浴衣，头发别了上去，一只手搭在盖着毯子的篮子上。

"他怎么样？"

"他睡熟了，不过睡熟的时候还老是揉那只耳朵呢。"

拉宾诺维茨拿出一个小小的扁瓶，倒满了一小玻璃杯。"喝这个，"他对娜塔丽说，"斯力伏维茨①。你知道这是什么吧？"

"我喝过斯力伏维茨，喝过许多。"她一饮而尽，"谢谢你。这电是怎么搞的？"

"发电机又不行了，我正尽力修。你的蜡烛够吗？"

"够的。要是修不好，你们能开船吗？"

"会修好的，我们会开走。再喝点儿斯力伏维茨吗？"

"不了，这样挺好。"

"回头见。"

凌晨两点左右，电灯忽明忽暗地亮了起来，娜塔丽开始收拾她从一个乘客那里买来的硬纸板箱子。只用了几分钟时间，她又继续熬夜照看孩子。这是漫长而痛苦的一夜，她心潮起伏，毫无结果地懊悔和思考往事，一直追溯到她的少女时代，中间断断续续地打了几次做着噩梦的瞌睡。婴孩睡得不安稳，翻来覆去。她不断地摸着他的前额，觉得前额似乎还凉，然而，当舷窗外开始发白时，他突然出了一身大汗，她只得给他换上干净的褪裤。

她提着箱子到舷梯去时，赫伯特·罗斯在微风吹拂的甲板上碰到了她。天开始亮了，一个晴朗愉快的日子。甲板上满是兴高采烈的乘客，有些乘客正在舱口盖上面围住一个拉六角手风琴的人唱歌，他们的手臂互相搭在肩上。一些土耳其船员大声地从码头到甲板来回吆喝，滑车那边传来闹哄哄的起吊声。

"天哪！"罗斯说道，"你不会真的这么干吧，娜塔丽？你不会把自己送到德国人手里去吧？"

"我的孩子病得厉害。"

"亲爱的，孩子发烧是吓人的，可是他们好起来也快得惊人。只要在海上待几天，你们就安全了，以后就永远安全了。安全和自由了！"

"你们可能要在海上待几个星期呢，也许还得翻山越岭。"

"我们会成功的，你的娃娃也会好的。看看天气嘛，这可是一个好预兆哩！"

他讲的关于天气的话倒是真的。海港平静了下来，风似乎也小了，维苏威火山好像是用墨水画在苹果绿的地平线上，幸福像花儿的芬芳一样散布在拥挤的甲板上。可是，方才娜塔丽给路易斯换衣服时，他又打哆嗦了，乱抓耳朵，哭哭啼啼。她回想起那阵痉挛、医务室、可怕的夜、空气恶浊的下层甲板，就受不了了。她把箱子放在舷梯口，说："我想不会有人来偷这个的，不过还是请看一下，只一会儿。"

---

① 一种用梅子蒸馏酿的白酒，即青梅白兰地。

"娜塔丽，你在做错事哪！"

她很快回来了，带着躺在篮子里裹得严严的路易斯，她后面跟着披斗篷、戴帽子的杰斯特罗。贝克的梅赛德斯水箱上有个很大的外交标志——大红色的盾牌，白色的圆圈，粗黑的卐字——车到码头上就停住了。拉宾诺维茨这时站在舷梯口罗斯旁边，他的手、脸和工作服都弄脏了，他正用破布擦着双手。

随着梅赛德斯的到来，甲板上乘客们欢乐的合唱声一下子停止了，他们一动也不动地瞧着那辆汽车和两个美国人，只剩下船员们沙哑的咒骂声、海水的溅泼声、海鸟的鸣叫声。拉宾诺维茨提起箱子，又从娜塔丽手中接过那个篮子，说："好，我来帮你拿。"

"你太好了。"

她正要踏上跳板时，赫伯特·罗斯朝她冲过来，抓住了她的胳膊。"娜塔丽！看在上帝的分儿上，要是你叔叔坚持的话，就让他下船去吧。他已经活够了，你和你的小孩还没有！"

拉宾诺维茨把这个美国人推到一边，对他咬牙切齿地说："别做一个该死的傻瓜！"

维尔纳·贝克博士打扮得很花哨，穿着花呢外套，戴着灯芯绒帽子。他跳下梅赛德斯，打开了前后车门，鞠了个躬，微笑着。这个场面在娜塔丽眼前旋转。当贝克把两只箱子装入汽车尾部的行李厢时，杰斯特罗从前门上了车。阿夫兰·拉宾诺维茨小心翼翼地把篮子放在后座上。"好啦，再见吧，杰斯特罗博士。"他说，"再见了，亨利太太。"

贝克坐在驾驶座上。

她哽咽地对拉宾诺维茨说："我做得对吗？"

"算了。"他用粗糙的手摸了摸她的脸颊，"明年在耶路撒冷。"

泪水涌到她的眼眶里。她吻了吻他胡子拉碴、沾着油污的脸，蹒跚地上了车。他给她关上车门。"我们走吧！"他用意大利语对那些船员喊道，"收起跳板！"

随着杰斯特罗和贝克愉快地交谈，梅赛德斯驶下码头。娜塔丽俯身在婴孩的篮子上，强忍着眼泪的哽咽使她的喉咙抽搐了。当这辆车朝北驶出那不勒斯，在一条没有人的碎石公路上行驶时，太阳升起来了，发出耀眼的白光。维尔纳·贝克把车停在美国大使馆门口，帮着娜塔丽下车的时候，下午的阳光正斜射到威尼托路。路易斯发高烧了。

红十字会在为被拘留者传递着邮件。在娜塔丽离开这里去锡耶纳之前，她给拜伦写了封信，告诉了他发生的事情，内容大致如下：

由于我又回到了文明世界——要是你把墨索里尼的意大利叫作文明世界的话——我发现自己做了一件慎重的事情。我们安全而舒适。一个美国医生在给路易斯治病，他在康复中。那艘船真可怕，天知道那些人会有什么遭遇。不过，我仍希望自己不曾对那艘船感到那么恶心。我要听到"救世主"号的下落后才能安下心来。

第五章

除了牵挂下落不明的妻子和儿子，拜伦·亨利倒是挺喜欢这场和日本进行的新战争。这使他一度摆脱了"乌贼"号和它吹毛求疵的艇长，承担了甲米地海军基地废墟的物资挖掘工作。在炸毁了的碎石和烧焦了的断木下面，在烧焦了的盒子和板条箱里，装有大量珍贵的军需品——电子装备、衣服、食物、机械、水雷、弹药，千百种让舰队发挥作用的必需品。首先，各种零件现在比金刚钻更需要。拜伦带着一支相当大的工作队天天挖掘这些物资，装车朝西运到巴丹。

在甲米地受到袭击时，他从炮火中抢救鱼雷的功绩，使他直接从哈特将军的司令部得到这一委任，只要他能从这个西面环抱着海湾的半岛上——美军正从这里挖进山去，为可能受到长期围困做准备——提供物资，他在烧毁了的废墟中就享有全权委托。这样的行动自由使拜伦着魔。他对文书工作和规章制度的蔑视使他在"乌贼"号上的日子非常难过，但干捡垃圾这一行，倒是他最大的优点。为了推动工作，他签署任何文件，编造任何谎话。他征用闲着的人手和车辆，好像他就是将军本人。为了克服障碍，消除争端，他利用被烟火熏黑了的一箱箱啤酒和烟卷，这些东西他是从废墟中偶然发现的一个大地窖里弄到的，它们像金币一样顶事，他的司机和搬运工也都得到了很多这类东西。他确保他们吃得好，必要的时候，他还厚着脸皮以紧急情况为借口，把他们带到军官食堂去。

有一次空袭期间，他让他的十七个人长驱直入马尼拉旅馆的餐厅。当炸弹在海滨爆炸的时候，这帮满身污垢、汗流浃背的工人，围着白餐巾，一边听弦乐，一边吃着豪华的午饭。他用印刷精致的海军支票付这餐很贵的饭钱，还自己掏腰包，另加一张五美元的小费。接着，他很快地走出去，撇下侍者头儿半信半疑地瞪着那张薄薄的蓝纸。就这样，拜伦使得他那帮由水手、码头工人、海军陆战队士兵和卡车司机杂凑起来的挖掘工人——菲律宾人、美国人、中国人，他全都不在乎——高高兴兴地由黎明苦干到黄昏。他们紧紧地跟着他，因为他让他们老是有事干，像驯兽人把鱼儿扔给他的海豹一样给他们好处，对他们在碎石堆里小偷小摸的行为只当没看见。

被摧毁的臭气冲天的甲米地基地使他想起了战火纷飞的华沙，在那儿他和娜塔丽正赶上希特勒入侵。这可是另一种战争：从热带晴朗的天空中偶尔投下的炸弹使舰艇起火，使海滨棕榈树丛中冒起许多火焰，和摧毁波兰首都的暴风雨似的德国炮弹和炸弹全然不同，也没有敌人逼近的恐怖。甲米地已被炸得一塌糊涂，是一个被彻底炸毁了的军事目标，但那基地只是马尼拉湾一百英里长的安然无恙的海岸线上一个硝烟滚滚的污点。城市本身仍保持着和平时期的样子：灼人的暑热，强烈得炫目的阳光，来来往往的拥挤的汽车和慢腾腾的牛车，几个白人和成群的菲律宾人在人行道上溜达。警报、大火、沙袋，小小的日本轰炸机在尽是棕榈树的绿色小山上空隐隐出现，带着黑烟的轰轰响的高射炮弹差着一大截，根本打不到。这一切构成了这座城市的战争场面——在感觉上略微有点儿像电影中的战争。

拜伦知道事情会变得更棘手。悲观的谣言大量流传。譬如说，整个太平洋舰队已经在珍珠港被炸沉，包括全部航空母舰在内，但应该承担罪责的总统扣压着这个灾难性消息。再不就是说，麦克阿瑟宣布的"小股"敌人在吕宋岛登陆是在扯谎。又说，日本军队已经大批登陆，有几千辆坦克在隆隆开向马尼拉，等等。大多数人相信麦克阿瑟将军告诉他们的话：日本人在北部登陆是少量佯攻，已经被遏制住了，而且大量援军正在途中。同样也有乐观的谣传，说是有一支庞大的增援护航舰队已经从圣弗朗西斯科出发，运来一个海军陆战师和三个机械化陆军师，外加两艘满载战斗机和轰炸机的航空母舰。

拜伦对任何一种讲法都不太感兴趣。潜艇一接到通知，半小时内就能离开吕宋岛。至于他在珍珠港的父亲和哥哥，维克多·亨利在他看来是不可摧毁的，而他怀疑"企业"号已经沉没。这总会水落石出的。只要他肯定娜塔丽和婴孩已在回家的途中，他就会很高兴了。这项工作真是上天恩赐的，它使他白天太忙，而晚上又太累，以至无法操心太多。

这段美好的时光突然结束了。他让送货的卡车队停在马尼拉商业区，自己去汇报工作进展情况，碰到手里拿着一个厚信封的布朗奇·胡班正从马思曼大楼里出来。胡班在阳光中眨巴着眼睛。

"好哇，好哇，正巧是勃拉尼·亨利本人，无拘无束得像只鹅啦！""乌贼"号艇长抓住了他的胳膊，"这下子倒省事了。"

胡班漂亮的脸上有一种严厉的神情，下巴朝前翘得厉害，整齐的克拉克·盖博[1]式的小胡子看上去竖了起来。他斜睨了一下那四辆满载货物的卡车，又朝拜伦的那帮工人看了一眼。他们都光着胸脯，或穿着肮脏的汗衫，喝着罐头里微温的啤酒。"到马里韦莱斯去，对吗？"

"是的，长官，等我汇报之后。"

"我也一路乘车去。你这里的职务要解除了。"

"长官，柏西菲尔中校等着要见我，而且——"

"柏西菲尔中校的意思我全知道。去吧！我等着。"

柏西菲尔告诉拜伦少将要见他，并且加了几句："亨利少尉，你已经完成了一件了不起的工作。我们会想念你的。把你的人手和车辆都移交给马里韦莱斯的塔利上校吧。"

拜伦被一个文书军士领去见亚洲舰队总司令，一个穿一身白制服的干瘪小老头儿。他坐在特大的办公桌前，面对着棕榈树成行的蓝色海湾的壮丽全景。

"你是帕格·亨利的儿子，是吗？华伦的弟弟？"哈特带着鼻音这样说，但没打招呼。他的圆脸饱经风霜，有红褐色的道道斑斑，显出一副受尽煎熬的样子，脖子上全是一条条粗粗细细的晒斑。他在转椅上坐得直挺挺的。

"是的，少将。"

"我想也是的。我主管海军学院的时候，华伦是大队长。真是一个前途无量的人啊，华伦。你父亲是一个杰出的人物。看一下这个。"他把一份电报递给拜伦。

发件人：人事局局长
收件人：维克多（无中间名）亨利上校
　　解除"加利福尼亚"号（BB-44）舰长职务，改任"北安普敦"号（CA-26）舰长。

看来"加利福尼亚"号失去战斗力了，他父亲仅仅弄到一艘巡洋舰！这倒是一个新闻哩！可是，这个在整个亚洲战场上负责海军的托马斯·哈特为什么要对一个少尉特别注意呢？

"谢谢，将军。"

"'北安普敦'号，一个不坏的安慰奖。"哈特用粗鲁低哑的声调说，"'加利

---

[1] 克拉克·盖博（1901—1960），美国电影明星，曾在《乱世佳人》等许多影片中担任角色。

福尼亚'号陷在珍珠港的泥浆里了，船身被鱼雷炸了一个该死的大洞。这可是机密。喂，你看上去是一个异乎寻常的小伙子，少尉？"少将拿起两份夹在一起的文件，"看来，因为你在轰炸中从甲米地抢出了大量鱼雷，已经有一封保举信提到了你。作为一个潜艇人员，我很欣赏这功绩。我们很缺乏鱼雷。而且你还一直搞回其他有用的东西，我知道，包括水雷。干得好！另一方面，年轻人——"他翻过一页纸，脸色不高兴了，"你竟然请求调到大西洋去服役！"哈特向后靠到椅背上，手指交叉放在下巴下面，瞪着眼，"我要看一下亨利的这个孩子，他在这样的时候居然提出这种要求来。"

"长官，我妻子——"

哈特敌对的表情缓和了，声调也缓和了："是的，我听说你妻子是犹太人，并且她带着一个婴儿，可能会在意大利被捕。这事情很糟，我是同情的，可是你又能对这情况做些什么事呢？"

"长官，要是碰巧有什么要做的话，我就会离他们近一万英里。"

"可是我们这儿需要潜艇军官，我正从供应部门和岸上搜罗这些人哪。也许你妻子现在已经回家了，谁说得准。难道这不可能是真的吗？"

"不大可能，不过即使真的是这样，我还从来没看到过我儿子呢，将军。"

哈特盯着拜伦，不耐烦地摇了摇头："你可以走了。"

在一辆装满一箱箱水雷、嘎吱嘎吱开着的军用卡车里，布朗奇·胡班挨着拜伦坐在司机座上，到巴丹去的路程真是又长又闷。拜伦在马里韦莱斯海军司令部向他的那帮工人告别，他们正开始卸货，只是随随便便地挥挥手，咕哝了几句作为回答。他怀疑他们能在一起待多久。

"喂，"当军舰上的小艇慢悠悠地驶出去，经过绿色的、处处岩石的科雷希多岛，进入吹拂着微风的海湾时，胡班快活地说，"下一个问题是，'乌贼'号在哪里？"他留神四顾周围一片空荡荡的海面。马尼拉在地平线那边三十英里外，空袭后的烟雾标明了它的位置所在。看不到一艘船，看不到一条拖船，看不到一艘运垃圾的驳船。因为害怕轰炸，海湾里的船都开走了。"中队就潜伏在这一带海底，拜伦。我们等着吧。"过了大约一个小时，潜望镜从波面上升起，四面看看，又消失了。这时，那条小艇顶风停着，摇摇摆摆。终于，一只潜望镜冒了出来，转了一下，像海蛇的湿漉漉的脑袋一样凝视着小艇，朝它移去。深色的船身浮出海面，冲出一道道白色的水花。不久，拜伦又回到了狭窄的"乌贼"号上。尽管他很不喜欢，它还是使他有回家的感觉和味道。

副艇长说艇上已经接到他的调令，这使他吃了一惊。他不相信地叫起来，埃斯特上尉却坚持说：“接替的人在这儿了，我告诉你，就是奎恩少尉，你认得他，离开可怜的老'海狮'号的时候，那家伙喝了不少海水呢。他们正在重新安排那艘潜艇上的军官。有一封你的保举信，我的小伙子，可是将军要把你调到大西洋去。”

拜伦假装若无其事地说：“那么，我什么时候可以走呢，'夫人'①？”

“忍耐一下吧。奎恩只在海上待过四个月，他要取得资格才行。顺便提一句，军官室开会，还有两分钟就开始了。”

脸色苍白、爱咬手指甲的奎恩少尉最近才离开一艘在甲米地沉没的潜艇，在那张绿面小桌旁，他是唯一的新面孔。胡班艇长胡子刮得干干净净地出席了。拜伦心想，他不但显得年轻了一些，而且也不那么叫人反感了，这个爱好打扮的、在和平时期飞黄腾达并在女人中厮混惯了的家伙，这会儿成了挺顶真的军官。

“要是你们哪一位对这艘潜艇有疑问，”胡班咧了咧嘴，把用旧磨损了的北太平洋的水道测量局航海图摊在桌上，“这是一艘在战斗中受过伤的潜艇，没有很多机会让它在海上被彻底修好，因此——司令部下令说，诸位，要做好准备，进行一级战备侦察。三天之内完成维修工作，要不然就别修了。我们维修完，装上给养和鱼雷就出发。有情报说，大队的运输船由战列舰、航空母舰、巡洋舰和天知道还有什么舰只护航，已经离开日本本国诸岛，要大举进犯吕宋岛。目的地嘛，很可能是林加延湾。'乌贼'号和中队的大部分舰艇都把侦察当作过圣诞节一样。我们的命令很简单。目标嘛，先后的次序是：第一，运载部队的船只；第二，主要的作战舰；第三，任何战舰；第四，任何日本船只。”

拜伦背上一阵战栗。他看见桌子周围尽是紧闭的嘴巴、睁大的眼睛、严肃的表情，卡塔尔·埃斯特的长脸上闪过古怪的微笑。

艇长拍了拍蓝黄色的航海图：“好吧。首先，研究一下基本情况。我们这儿离东京一千八百英里，离一直出动飞机对我们狂轰滥炸的台湾轰炸机基地五百英里，离圣弗朗西斯科七千英里，小伙子们，离珍珠港四千多英里。

“你们也知道，关岛和威克岛看来是保不住了。它们可能会在一星期内成为日本采取军事行动的空军基地。”胡班的手指在破破烂烂、皱皱巴巴的航海图上从一个点跳到另一个点，“因此，我们的交通线被切断了。我们就在日本的后院里，被包围了，陷入了罗网。就是这么回事。我们怎么会落入这样的困境的，有朝一日你们可以问问那些政客。此刻，救助只能由海上到菲律宾，经过日本空军航程够不到的萨摩亚群岛和澳大利亚这条漫长的路程，每条路都长一万英里。”他意味深长地环顾了一下

---

① “夫人”是埃斯特上尉的绰号。

桌子四周。

"顺便提一句，关于从圣弗朗西斯科开来庞大护航队的说法是安抚民心的空话，别当它一回事。我们将在受敌人控制的海域里侦察。亚洲舰队的其他舰艇将朝南开往爪哇，它们禁不起轰炸机袭击。只有潜艇留下。我们的任务是扰乱日本远征军主力的登陆——在那里，自然不用说，驱逐舰会像狗背上的跳蚤那么多。"他又朝四周看了一眼，露出刚强而高兴的微笑，"有问题吗？"

埃斯特没精打采、懒懒散散地坐着，举起了一只手："先后次序的第四条是什么，长官？任何日本船只？"

"一点儿不错。"

"没有武装的商船和油轮也一样？"

"我说的是任何日本船只。"

"我们遵守《日内瓦公约》规定的程序，当然啦——警告、搜查、让船员上小船，以及其他等等。"

胡班从一个吕宋纸信封里抽出几张印着文字的粗糙、灰色的纸。"好，这是关于那一点的命令。"他轻轻弹了弹那几张纸，他的声音变成朗读式的单调语气，"在这儿哪——'十二月八日，本部接到太平洋舰队总司令发来的如下紧急命令：不断地、无限制地对日进行潜艇战。'"胡班停下来，意味深长地看了他的军官们一眼，"'乌贼'号将奉命执行。"

"艇长，"拜伦说，"难道一九一七年我们不就是因为德国这么做而对德宣战的吗？"

"你提出这一点来很好。情况不一样，德国人打沉中立国的船只，我们只进攻敌船。'无限制'在这儿意味着不论军舰还是商船，一样对待。"

"长官，那么第二十二条呢？"奎恩少尉举起一根指甲被啃过的瘦骨嶙峋的手指说。

胡班没有了小胡子，笑起来很孩子气。"好，你为了取得资格而记住这些条例。再背一遍。"

奎恩用呆板平淡的声音很不自然地背道："除了商船在接到正式命令后坚持拒绝停航的情况，如果商船上的乘客、船员和该船的证明文件尚未被送到安全地点，潜艇不得将商船击沉或使其丧失航行能力。就此而言，商船上的救生艇不被认为是安全地点，除非在当时的海洋和天气条件下，附近有陆地或者有另一艘能够接纳乘客和船员的船在场，乘客和船员的安全能获得保证。"

"好极了，"胡班说，"忘掉它吧。"奎恩看上去像只受惊的家禽。"诸位，日本人在和平谈判的过程中，只字不提就进攻珍珠港。我们没有抛开文明战争的规则，他们却抛开了。我们受的训练不是用来对付这种战争的，可是我们确确实实遇到了这种战争。遇到了也好，等我们搞完了那套烦琐的仪式，我们的目标早就发出呼救信号，日本飞机也已经像蝗虫似的在我们头顶上了。"

"艇长，让我领会一下你的意思。"埃斯特擦着一根火柴，点上一支粗粗的灰色雪茄，"这就是说，假如我们看到它们，我们就击沉它们吗？"

"我们看到它们，'夫人'，我们认出它们，然后我们击沉它们。"他脸上流露出开玩笑的狞笑，"拿不准的话，当然，我们就便宜它们。我们拍照。还有什么问题吗？那么会就开到这儿吧，诸位。"

军官们离开军官室时，艇长说："勃拉尼！"

"是，长官。"

拜伦转过身来。胡班伸出一只手，微笑着。这无声的动作、这年轻的笑容，像是把六个月来紧张的敌意一笔勾销了。这就是领导艺术，拜伦想道。他握住了艇长的手。胡班说："我真高兴你至少可以和我们一起做一次战备侦察。"

"我正盼着哩，艇长。"

天一亮，他就起来了，拼命地干活儿。他在鱼雷舱里同他的上司和船员们一起干到很晚，为战备侦察做好准备。拜伦·亨利难得睡不着觉，可是今晚他一个劲儿地怀念起他的妻子和儿子来。在他现在和奎恩合住的舱房里，全是他的纪念品：贴在舱壁上的她的照片，那些看了又看、看得破烂发皱的信，在里斯本从她那里偷偷拿来的围巾，以及婴儿唯一的快照。他在黑夜里完全清醒地躺着，发觉自己在重温匆匆忙忙的浪漫史里那些最美好的时刻——他们的初次相见、他们在波兰的历险、她在杰斯特罗别墅粉红色闺房里的爱情表白、迈阿密的约会、里斯本三天蜜月中疯狂的爱情生活和在雾蒙蒙的黎明码头上的道别。他能够详细回忆起这些情景、她的和他的话、她最细微的动作、她眼睛里的神情，可是这些记忆已经变得迟钝了，就像旧唱片放的次数太多一样。他试着想象如今她在哪里，他的孩子长什么模样，他尽情幻想着热情的团聚。听到他的调令已到艇上，他就像得了一颗宝石似的，这第一次的战备侦察将是他在"乌贼"号上的最后一次航行，要是他经过这次侦察能保住性命，他就要去大西洋了。

第六章

在帕米拉·塔茨伯利写信给亨利上校那天——袭击珍珠港前三个星期——十一月寒夜的冷雾使伦敦变得黑沉沉的已有一星期之久，雾从窗户和钥匙孔里渗进来，透过关着的门，穿过每一道裂缝。门的球形把手和楼梯扶手碰上去都黏糊糊的。室内外，人们呼吸到的都是雾气，没有地方可以避开潮气。她整理热带旅行用的东西时，支气管炎使她发烧、颤抖，咳出痰来。

她床头的收音机里六点钟那次新闻广播低沉单调的报道像那雾一样令人发冷。日本参战的威胁越来越厉害了，他们拒绝了罗斯福最近提出的和平方案，正在法属印度支那海岸集结大量军队和舰艇，明显地威胁着马来亚和新加坡。莫斯科广播电台正在否认高加索及其大油田的门户罗斯托夫已落到德国人手中。可是，这些日子里纳粹宣称的每一次胜利，不出一个星期，苏联人总是七折八扣地承认。现在他们已经证实列宁格勒同外界的联系被切断了，正在受到围攻，而且德国军队正朝莫斯科汹涌推进。事实上，还有一艘德国潜艇——正如柏林广播电台几天前宣称的——在直布罗陀海峡外面击沉了"皇家方舟"号航空母舰。广播员宣布这一系列倒霉消息时，用的还是英国广播公司的镇静口吻，但已显得越来越乏味了。她还是高高兴兴地整理着行装，因为她可以在地球的另一边看到维克多·亨利了。对于新闻，她早已麻木不仁了，因为几个月来只有坏消息。

电话铃响了，她关上收音机去接电话。

"帕米拉吗？我是菲尔·鲁尔。"

来自过去的声音，低沉、自信、讨厌的声音。她抑制住挂断电话的冲动，说："什么事？"

"这声'什么事'说得真是有气无力，帕姆，你好吗？"

"我感冒得厉害。"

"你听上去真像感冒了，真糟。你在干什么？"

"此时此刻吗？整理行装。"

"哦？就为韬基宣布的环球旅行吗？"

"是啊。"

"计划中有新加坡吗？"

"有。怎么啦？"

"我自己下个星期要为《快报》去那儿，坐布伦海姆式轰炸机直接去。"

帕米拉沉默了一会儿，没有搭话。

"帕姆，莱斯里·斯鲁特从莫斯科来了，在城里。他正在打听你呢。我想，你大概会来和我们一起吃晚饭的。他告诉我许多关于你的朋友亨利上校的事。"

"哦？他有什么消息吗？"

"呃，帕姆，我不知道你最近听到亨利上校的消息是什么时候了。"

"莱斯里在这里干什么？"

"他是到伯尔尼的美国公使馆去，路过这儿。那是他的新职务。"

"真怪，他在莫斯科才待了几个月呀。"

"他在那儿惹上麻烦了。"

"哪方面的事？"

"我猜是关于犹太人的事。这是一个痛疮疤，你别跟他提这件事。"

"你们在哪儿吃晚饭？"

"在萨伏依。"

"我可没法儿在这灯火管制的大雾里跑到萨伏依去。"

"我来接你，亲爱的。七点钟，怎么样？"

听到这种有意做作的亲昵口吻，帕米拉说："你妻子好吗？"

"天知道，我最后听到的消息是她在莫斯科郊外一家工厂里干活儿。那么，就七点钟见啦？"

帕米拉犹豫起来，她已经下决心避开菲尔·鲁尔，可是她又想知道斯鲁特所了解的关于帕格·亨利的情况。莱斯里·斯鲁特是一个枯燥乏味、野心勃勃的外交官。过去在巴黎，他们四个人一起开开心心地过了大约一年以后，他把娜塔丽·杰斯特罗抛弃了。那时，他和菲尔看上去都很没良心。她现在对斯鲁特比较好，因为他后悔自己做过的事情。他竟跟犹太人的事务发生了关系，这显得特别怪，因为他抛弃娜塔丽主要就是怕有了犹太老婆会影响他的前程。

"你在听着吗，帕米拉？"

"哦，好吧，七点钟。"

一眼看上去，拥挤的萨伏依饭店丝毫不受战争的影响。可是，暗淡无光的壁灯、尘埃满布的帷幕、洗得露出线头来的桌布、上了年纪的手脚不灵的侍者穿着袖口与肘部都已泛绿的黑制服，表明光景艰难。来吃饭的人也是这样，最富裕的伦敦人都有一副憔悴的寒酸相。斯鲁特喝了一匙黏糊糊的苏格兰肉汤，他为这盆汤已经等了二十五分钟。他做了个鬼脸，放下汤匙："萨伏依走下坡路了。"

"还有什么不走下坡路呢？"帕米拉摆弄了一下紧围在她细脖子上的珠宝项链。斯鲁特猜想，她一定在发烧：她双颊上有红晕，眼睛闪闪发光，断断续续咳嗽，灰色的开襟羊毛衫纽扣全扣着。

"新加坡就没走下坡路嘛。"菲尔·鲁尔说，"今天我采访了一位休病假回来的将军，他们那地方大炮林立、飞机成群，他们已准备好对付日本人啦。他们的勇气鼓起来了，俱乐部里的威士忌苏打到处哗哗地流着，连老莱佛士旅馆都拥挤不堪，充满了欢乐。他是这么说的。他发现伦敦越来越不行了，吓坏人。"

帕米拉咳嗽着说："像这里的居民一样。"

鲁尔拉了拉他浓密的红色小胡子，咧开嘴笑着："你呀，亲爱的，你的模样真迷人。"

很久以前，这歪嘴一笑曾像酒精一样使她兴奋。鲁尔有点儿方的脸胖了一些，从前很密的头发稀了一些，可是他热切的蓝眼睛仍然使她激动。她原以为自己对他已没什么感情了，事实并非如此！

他们在巴黎的恋爱从一开始就不顺利，她为了他那些女侍者、妓女大闹，而他认为没有理由要为她改变这些低级趣味。她因为一个漂亮的耶鲁大学生——一个由布里奇波特来的安提诺乌斯①——真的大闹一场，鲁尔和他溜到马略卡岛非常快活地过了三个星期。这一嗜好鲁尔是在中学里养成的，虽然总的来说他更喜欢同女人鬼混。等他回来后，她大发脾气，闹得天翻地覆，他把她揍得直挺挺地趴在地上。于是，她又羞又火，几乎发疯，喝了一瓶碘酊，痛得又打滚又呕吐，他在凌晨三点钟开车送她进医院。这件事情终于使他们断绝了关系。鲁尔继续过他的这种生活，像是什么也没发生过一样。而从他的观点看，这实在不算一回事。

他像斯鲁特一样在巴黎学俄语，这就是他们同住一间房的原因。他被派到苏联当记者以后，碰到"大剧院"剧团里的一个姑娘。那姑娘非常漂亮，于是他就和她

———————————
① 古罗马皇帝哈德良的侍从和宠臣，以美貌著称。

结了婚——他是这么写信告诉帕米拉的——仅仅为了占有那姑娘的身子，因为她非常一本正经，什么事都听不进去。他把共产主义的"婚礼宫殿"里的仪式描写成一场笑话：瓦伦泰娜的父母、亲戚和"大剧院"里的好朋友站在四周傻笑，一位神情严厉的胖女士，穿着一套裁剪考究的衣服，简短地给他们上了一段共产主义婚姻课，而新娘子呢，脸臊得通红，一只手紧紧地攥住她漂亮的英国心上人，还有一只手拿着一束蔫了的黄玫瑰。就这样，鲁尔有了一个俄国妻子。他一离开俄国，就把这件事丢在脑后了。

帕米拉避开他亲昵的凝视，哑着嗓子说："你相信新加坡真是那样吗？"

"干吗不相信呢？我们的垄断资本家通过几个和平主义部门，就在我们鼻子底下，在这英国老家建立了呱呱叫的强大空军和防御体系。不但德国佬，连我们自己的人民都感到惊奇哩！大英帝国是以新加坡为枢轴的，帕姆。要是我们想继续压迫和榨取五亿亚洲人，并且从澳大利亚和新西兰愚昧的土著居民手中盗窃他们的财富，就一定要使新加坡坚不可摧。因此，这是毫无疑义的。"

"哎呀，不管怎么样，帝国已经完蛋了！"斯鲁特说。

"别说得太肯定，莱斯·温尼①毕竟又建立起一个联盟，使它能苟延残喘。俄国人会为我们打败德国人的。你那些在打瞌睡的同胞迟早会参战并战胜日本人。整个垄断资本制度和它的殖民地都是腐朽的，注定要灭亡，只是还不到时候。白人剥削者是顽强的世界主人，要消灭他们，就得发动一场全球性革命。估计那是半个世纪以后的事了。"

"到底是什么让你认为俄国人会打败德国人呢？"帕米拉插嘴说，"你没听见傍晚的新闻广播吗？"

鲁尔又是歪嘴一笑，庞大的身躯在椅子上懒洋洋地挪动，毛茸茸的双手大幅度地挥动一下："亲爱的，你不了解苏联啊。"

"我了解，"斯鲁特说，"我在莫斯科一直待到上星期四。我还从来没看到过这样的精神崩溃哩，凡是能弄到车子或马的人都溜走了。"

"他们不过是凡人呀。他们会恢复过来的。"鲁尔压低了嗓子，"老弟，希特勒的主力部队从五十英里外朝你冲来，难道不叫人心慌吗？"

"我经历过两次了，这的确可怕。不过，我自己是一个该死的胆小鬼。我原来认为俄国人比较勇敢。"

帕米拉和鲁尔都笑了。帕米拉比较喜欢斯鲁特，因为他老实，虽然他再怎么看也

---

① 温尼是温斯顿的昵称，此处指当时的英国首相温斯顿·丘吉尔。

没有一点儿吸引力。这个骨瘦如柴、脸色苍白的前罗德奖学金获得者戴着无边眼镜，时常叼着烟斗，一副神经质的样子，总是让她觉得他像是一个生理上发育不全的人。在莫斯科时，他曾向她大献殷勤，都被她厌烦地拒绝了。她始终不理解娜塔丽·杰斯特罗过去对他的那阵激情。

一阵冷战使她很难受。"莱斯里，亨利上校在莫斯科待了多久？"她不顾自己生病，赶到萨伏依来，就是为了提出这个问题。

"嗯，让我们想想看。你和韬基是十六日走的，是吗？正是最人心惶惶的时候吧？"

"是的。"

"他又待了一个星期，设法弄到比古比雪夫更远的火车票。我原以为在那样慌乱的时候，这是办不到的事，可是最后他弄到了。于是他朝东去，穿过西伯利亚去夏威夷。"

"那么，他现在已经到那儿了？"

"应该是这样。"

"太好了。"

鲁尔用最愉快的口吻对帕米拉说："你们是情人吗？"

她的声调也同样愉快："这跟你一点儿也不相干嘛。"

"莱斯里说，"鲁尔听到这冷冰冰的答复，眨了眨眼睛，钉着这个话题谈下去，"杰斯特罗就是和这个人的儿子结婚的，是一个潜艇军官，比她年轻得多。他还极秘密地透露，他自己内心里还在为娜塔丽感到痛苦。她干吗要做出这么荒唐的事来呢？那小伙子让她怀孕了吗？"

帕米拉耸耸肩："你去问莱斯里。"

"他们与世隔绝，待在锡耶纳郊外的别墅里，"斯鲁特阴郁地说，"我告诉过你，一个月又一个月地待在一起，这是在他加入海军之前。当时他正为埃伦·杰斯特罗做研究工作。我想，留在托斯卡纳的美国人中，只有他们两个年龄在六十岁以下。毫无疑问，事情就按照自然发展的规律发生了。我在华盛顿花了整整一个晚上和她就这个不相配的结合辩论。她很不理智，变得和顽石一般。"

"你的意思是她爱上了他，"帕米拉说，"而不再爱你了。"

"事实上，我就是这个意思。"斯鲁特突然伤心地咧开嘴笑笑，回答道。这使帕米拉感觉到他的可爱。"她过去一向都理智得要命，现在却变得轻率了：嫁给这么个青年，和杰斯特罗待在意大利，而且我最近听说，她还在那里，还带着个娃娃。"

鲁尔发出轻微的咯咯的笑声："你们不应该把华盛顿那个夜晚都用在辩论上。"

"我要是想干其他什么事情，就会被打得鼻青脸肿。"

"得了，这也许对你有些安慰吧。亨利上校曾设法拆散过他们，可是没成功。"帕米拉说，"他们俩感情非常热烈呢。"

"这个人我倒很想见见呢，"鲁尔说，"亨利上校。"

"再容易不过了。你自己安排一下，去采访在夏威夷的美国'加利福尼亚'号舰长好啦。"帕米拉厉声说。

"你喜欢他什么呢，帕姆？"

"他正派极了。"

"我明白了。新奇的魅力啊！"

晚餐吃完了，他们的甜食——淡而无味、黏糊糊的粉红色胶冻状布丁——留着没吃。钱已经付给侍者。斯鲁特巴不得鲁尔走掉，他有意要再在帕米拉身上试一试，不管她发不发烧。他已经有几个月没碰过女人了，而且他不像鲁尔，他不玩妓女。鲁尔自称是一个浪荡子，斯鲁特认为他简直是一个畜生。他自己也曾经待娜塔丽不好，可是绝不会使出把帕米拉逼得寻死觅活那样的粗暴手段。斯鲁特在莫斯科没勾引上帕米拉，他相信那是因为有亨利上校在场。现在亨利离得很远。帕姆又漂亮又可爱，而且又随和又开通，或者说，斯鲁特希望她是这样的。

"好吧！莱斯里今天才从斯德哥尔摩来，帕姆，"鲁尔说，明摆着他怀有同样的意图，"也许我们不该让他熬夜。我开车送你到你的公寓去吧。"

"说实在的，我听见有音乐呢。"帕姆说，"我真想跳舞。"

"亲爱的，这是从什么时候开始的啊？自从我认识你以来，你可是从来不跳舞的。"

"我的美国朋友们教会了我，可惜你不跳舞。怎么样，莱斯里？"

"乐于奉陪。"

鲁尔站了起来，在惨败中咧嘴笑着："那么，代我向韬基问好。我星期一去新加坡。没问题，那儿见吧。"

帕米拉注视着他离去的背影，红晕泛上了她的灰白色脸颊。

斯鲁特说："你真的想跳舞吗？"

"什么？当然不想跳。我感到讨厌死了，我只是想打发那个爱搞同性恋的家伙滚蛋。"

"到我的房间去喝一杯吧。"这邀请的用意显而易见，不过他说得并不轻佻。

她的脸上顿时流露出微笑——会意，觉得有趣，微微有点儿得意。即使在病中，她的脸也显得很可爱。她把一只汗津津的手放到他的脸颊上："我的天哪，莱斯里，你还在对我打坏主意！是吗？你多么有意思啊！对不起，我可是病得不行了，我在发高烧，不管怎么样，不行。"

"好吧。"斯鲁特说，无可奈何地耸耸肩膀。

"你真该在巴黎跟娜塔丽结婚的，她当时的要求可强烈呢！"

"唉！帕米拉，去你的吧。"

她大笑起来，抓起他的手放在自己潮湿、滚烫的额头上："摸摸看。老实说，最好找辆出租车送我回家，你说对不对？祝你在瑞士顺利。谢谢你带来了亨利上校的消息。"

一回到她自己的寓所，她就写了那封热情洋溢的信。

在绕着新加坡上空转圈的飞船里，埃里斯特·塔茨伯利扯掉了自己的领带，敞开了紧贴大肚皮的白亚麻布外衣，用一顶草帽扇着汗湿的脸颊上的肥肉。"这儿比锡兰还糟啊，帕姆。我们正掉进一个该死的地狱呢。"

"安宁的小地狱。"帕米拉说，透过倾斜的窗户朝下看着，"庞大的壁垒、多得数不清的大炮、密密麻麻的喷火式和飓风式战斗机都在哪儿呢？"

"自然什么也看不见的。可是下面那只小小的绿蝎子可蜇得死人呢。嘿，'威尔士亲王'号就在那儿！舰上的那些炮塔一眼就看得出来。"

从空中看，新加坡像是从峻峭的马来亚山脉切断下来的一个尖端，波浪起伏的公海上一片绿色的三角形土地，窄长的堤道使它和大陆相连。两个灰色的"瘤子"破坏了它那丛林的美景，东南面是一座现代化城市，这里那里点缀着红屋顶，北面靠近堤道的是一大片小棚屋、起重机、营房、街道、房屋以及宽阔的绿色场地——新加坡海军基地。基地显得特别安静，在码头和广阔的抛锚地上看不见一条船。岛的另一边，战舰和商船都聚集在城市的海滨。

"喂！"

在移民棚里，菲尔·鲁尔推开人群，穿过木栏杆走来。他穿着短军裤和衬衫，他的脸和双臂都晒成了红褐色，肿起来的、缠着绷带的手里拿着一朵紫兰花。"正好赶上，你们两位被邀请参加菲利普斯上将在'威尔士亲王'号上举行的招待会。"

"上将举行的招待会！"塔茨伯利一瘸一拐地走上前来握手，"那太好啦！"

鲁尔把紫兰花递给帕米拉，说："欢迎你来到帝国的堡垒，亲爱的。这种东西长在这路边。来，我带你们很快地把入境手续办好！"

"你的手怎么啦，菲尔？"

鲁尔带着他们到一间小小的办公室去，他高高兴兴地回过头来说："哦，我随着阿盖尔和萨瑟兰两地的苏格兰高原部队外出，到丛林里演习，被一只蜈蚣咬了一口。它厉害极了，有一英尺长呢，我简直不知道该用脚踩呢，还是用枪打！这就是热带地区的可爱之处。"一个满头大汗的红脸小个子，穿着铜扣子外套在这儿给护照盖章。

"好哇，好哇！埃里斯特·塔茨伯利先生，真是荣幸！新闻记者现在简直像潮水似的涌来，可您还是最大名鼎鼎的。"

"呃，谢谢。"

"我想，先生，我们以前也为日本人闹得人心惶惶过。总是闹上一阵，就被人忘掉了。不妨说，秃头鹰在白白地聚集起来。仗是打不起来的，先生。祝您在这儿过得愉快，先生。"

鲁尔把他们的行李集中在一起，堆在他的汽车里，把他们很快地送到了市区。在市区，他把车慢慢地开过狭窄而闷热的街道。街上挤满了各种年龄与各种肤色的亚洲人：有的穿着本地服装，有的穿着西式服装，有的显得养尊处优、肥头大耳，有的骨瘦如柴、衣不蔽体。甜丝丝、香喷喷和令人作呕的气味一阵阵地吹进车窗。街的两旁到处是用稀奇古怪的字母写的色彩鲜艳的商店招牌。

当汽车驶上大路时，景色变了：宽阔的林荫道、绿色棕榈树林立的公园、英文招牌、高大的建筑；一幅幅海滨景象，一阵阵清新的海风；面孔黝黑、手套雪白的警察在指挥着交通；一座英国海港城市被火辣辣的非英国热气烤着，人行道上挤满了有色人种的脸。鲁尔把他们的行李卸在庞大的摇摇欲坠的莱佛士旅馆里。然后，他们从盖有拱形屋顶的钢筋混凝土码头登上一艘海军汽艇，汽艇把他们送到一艘系在浮筒上、花里胡哨地伪装起来的战列舰上。帕米拉拉紧了自己薄薄的裙子，由鲁尔帮着爬上舷梯。在她后面，塔茨伯利痛苦地粗声喘着气。

"哎哟！"她踏上甲板时说，"英国人！我真想知道他们在哪里呢。"

"每一个重要人物都在这儿了。"鲁尔说。

在棕色的遮篷下谈笑风生的来宾们站成一圈在喝鸡尾酒，或是排成欢迎行列等待着，队列一直延伸到阳光照着的前甲板上。男人们穿着白亚麻布衣服或颜色鲜艳的运动衫，妇女们穿着在微风中飘拂的印花衣服。除了端盘子的人外，所有人都是白种人。四门大炮涂得花花绿绿的，像蛇皮一样，伸在遮篷外。

"塔茨伯利先生吗？"在舷梯口，一个青年军官说。

"上将向您致意，先生，请跟我来。"

他们走到行列的最前面。上将的个子小得出人意料，白制服上佩着包金的肩章。他伸出一只长满短毛的小手："非常高兴，我很喜欢听您的广播。"

他把他们介绍给排在他旁边的几个直挺挺的老人。他们裁剪得很漂亮的热带军服下露出了长着灰色汗毛的圆滚滚的膝盖和胳膊肘。他们的军衔都很高，是新加坡最高级别的军官。飞机的轰鸣打断了谈笑，一批接一批的飞机从海面低飞而来，几乎穿过"威尔士亲王"号的桅杆，然后飞到海滨上空。远处的大炮发出隆隆的响声。城市的另一边，一团团白色烟云升上蓝天。塔茨伯利朝上将喊道："那些就是我们有名的海岸大炮吗？"

"正是，是世界上口径最大的。据我的拖靶船报告，打得非常准。气势汹汹地从海上逼近新加坡是不聪明的！"

"我很想参观那些大炮。"

"可以安排。"

吵闹的空中表演使他们不得不喊叫着说话。塔茨伯利朝天上指指："这些飞机呢？"

站在上将旁边的是一个身穿皇家空军制服的灰白头发的高个子，眼角尽是皱纹，朦胧的眼中闪出骄傲的光芒。"维尔比斯特式鱼雷轰炸机和布伦海姆式轰炸机领队。战斗机是美国的水牛式，比不上我们的喷火式，可是也很好，比日本人现有的好。"

"您是怎么知道的，长官？"

"哎呀，日本飞机在中国被击落过，你知道。"他灰白的眉毛狡黠地拱了起来，"我们有介绍他们的书。确切地说，是第二流的。"

鲁尔和帕米拉站在栏杆那边一群笑容满面的英国人中，看着飞机。他从一个中国侍者递过来的盘子中挑了两杯酒。"上帝，帕姆，你父亲跟高级军官打交道确实有办法。那个在跟他讲话的是布鲁克-波帕姆空军上将，整个战区的指挥官，远东总司令。他们像老同学一样在谈话呢。"

"嘿，人人都想得到报刊广播的好评。"

"不错。而且他们知道他掌握了受人欢迎的风格，是吗？通篇语气尖刻、清醒，到最后干脆变成拉迪亚德·吉卜林①的口吻，每回都这样。为了上帝和帝国，帕姆？"

"那有什么不对吗？"

"呃，这可是好极啦。完全是背叛未来。可他既然相信这一套，当然不会在乎。"

飞机在远处越来越小。帕米拉喝了一小口酒，顺着巨大的甲板从船头看到船尾。"要知道，菲尔，丘吉尔乘这艘船到纽芬兰去的时候，亨利上校曾上船访问过。现在

---

① 拉迪亚德·吉卜林（1865—1936），英国小说家和诗人，曾获1907年诺贝尔文学奖，其作品有鼓吹英国殖民主义的倾向。

我们在马来亚海边这艘船的甲板上漫步，而他正在夏威夷指挥着和这一样的庞然大物。真像梦境一样。"

"你还常想到你的美国上校吗？"

"这就是我上这儿来的原因，珍珠港是我的目的地。韬基知道这一点。"

鲁尔扮了个鬼脸，抹了抹自己的胡子。"喂，我住在马来亚广播局局长杰夫·麦克马洪家里。我们今晚都去莱佛士吃饭吧，好吗？杰夫要见见你父亲，并请他广播。韬基会喜欢埃尔莎的，她是新加坡顶漂亮的女人。"

"那么，她的丈夫把你留在家里可就是一个大傻瓜了。"

"嘿，亲爱的，我绝不会辜负主人的好客。"帕米拉拱起眉毛，轻蔑地撇了撇嘴，算是回答。"那么，你们会来吃饭吗？"

"我倒没什么，可是我不能代韬基做主。"

后来，那个心情极高兴的胖老记者欣然同意和新加坡顶漂亮的女人一起吃晚饭。"当然啦，老弟。好极啦！哎呀，空军上将是一个好心人。我将去参观这里最机密的军事设施，没有我不可以看的地方。我将写我顶中意的事。"

埃尔莎·麦克马洪穿着乳白色紧身绸衣，这是帕米拉在这个殖民地看到的唯一的时髦服装。她那浓密光滑的黑发发式像是在巴黎梳的。四个孩子在杂乱无章的屋子里叽叽呱呱笑着打转，仆人们一边责骂，一边追他们。那女人有苗条的身材、浮雕一样的脸、姑娘一般洁净光滑的皮肤，因为打网球，她的皮肤晒得像琥珀一样红润。她带帕米拉看了她的房子、她的藏书、整整一墙的留声机唱片，又在日落之前看了她的网球场和花园：一大片乱七八糟的草地、高高的棕榈树、开花的灌木和乔木——栀子、木槿、茉莉、蓝花楹——空气中的香味浓得几乎令人窒息。她那口流利的英语有斯堪的纳维亚人的声调，因为她父亲曾经是挪威海船上的船长。她的丈夫不住地拿眼看她，好像他们才结婚一个月似的。

他们喝酒消磨时间，等塔茨伯利访问总督回来。不久，塔茨伯利打电话来了，说总督刚请他在坦格林俱乐部吃饭，他现在就在那个俱乐部，帕米拉和她的朋友们能不能原谅他，并且接受总督的邀请，来和他们一起喝一杯。

帕姆还没挂上电话，鲁尔就恼火地说："帕米拉，他可是太没礼貌啦，我们的晚饭全都定好了呀。告诉他和自命不凡的蠢驴总督，叫他俩都见鬼去吧。"

"胡说八道，他不能回绝总督呀。"杰夫·麦克马洪和蔼可亲地说，"坦格林俱乐部正好顺路，我们走吧。"

从麦克马洪家出来只开了一小段路。马来亚广播局局长在俱乐部门口把车停住，转过身来对帕米拉说："你们到啦。埃尔莎和我继续往前走，到莱佛士旅馆的酒吧间。你们不妨多待会儿再来吃饭，音乐一直到午夜呢。"

"瞎扯。停好车进来，总督邀请我们全体。"

"帕姆，我和埃尔莎结婚后就不再去坦格林了。"

"你说什么呀？"

坐在前面座位上的埃尔莎·麦克马洪回过头来，乌黑的眼睛神情严肃，可爱的嘴讥讽地紧绷着。"我母亲是缅甸人，亲爱的。莱佛士见吧。"

坦格林地方倒很大，但是散漫、闷热。国王和王后的全身宫廷装画像高挂在门厅处，伦敦出版的杂志和报纸到处乱放着，在缓缓转动着的电扇下，不断有穿白制服的有色人种男仆端着饮料匆匆走着。俱乐部里充满了刺耳的纵酒的闹声，因为已经相当晚了。在酒吧间，塔茨伯利坐在帕米拉在"威尔士亲王"号上看到过的那些人中间。这些男人都喝得醉醺醺的，女人们的晚礼服跟她们白天的装束一样过时。总督是一个温和、迟钝得叫人难以相信的人。帕米拉和鲁尔喝了一杯酒便走了。

他们出来，走到带着浓郁花香的月光下的夜色中。她说："嗯，麦克马洪夫妇不去，也没什么损失嘛！"帕米拉是彻头彻尾的英国人，尽管她从来不讲，但她是相信种族优越性这种妙论的。她知道，这类俱乐部都有这种规矩，尽管这样，把埃尔莎·麦克马洪排斥在外还是使她恼怒不堪。

"来吧，你肯定还没发现帝国主义种种冷酷的事实呢。"鲁尔招呼一辆等着的出租车，"你是怎么想象两万个白人——他们当中大多数还是意志薄弱的蠢货——设法统治四百五十万马来亚人的？不是靠跟他们一起喝酒啊！"

"她跟我一样是非英国出生的英国人嘛。"

"人是不能允许例外的，亲爱的。势利的英帝国堤坝阻挡着狂怒的有色人种的海洋。只要有一个针眼，那些堤坝就崩溃了。这是原则。埃尔莎是东方人。"他模仿贵族气派用鼻音说，"真遗憾哪，这套玩意儿——得了，你上车吧，让我们去跟我们的东方女朋友相会！"

在莱佛士棕榈树排列成行的露天院子里，一支由五个白种老头儿组成的乐队在演奏没精打采的过时的爵士乐曲。这里很热，很潮湿。麦克马洪夫妇坐在桌旁，看着三对头发灰白的夫妇汗流浃背地在地板上跳舞。他们向帕米拉和鲁尔打招呼的时候，并没有流露出怨恨的神情。他们一边吃，一边很有兴趣地宽容地谈着总督的事。

他们说，他是一个不怀恶意的人，一个教区牧师的儿子。炎热的天气、官僚政治，以及他工作的错综复杂和混乱，在七个年头里已使他变成一个仁慈的和稀泥老手。没有什么事情能够动摇、改变或者触怒他。马来亚政府混乱得简直像是一所疯人院，要跟十一个分散的地方政府——还包括一些难对付的苏丹——打交道。不管怎样，民主国家用的半数的锡和三分之一的橡胶都来自这片混乱的土地。有钱可赚，而且已经赚到了。美元不断地涌进英国，作为战争基金。干活儿的人们——二百万信伊斯兰教的马来西亚人、二百万信佛教的中国人、五十万左右的印度人——彼此并无好感，可是一致厌恶以那个沉静、软弱的白人为首的一小撮掌权的白人。这个白人住在大公园里的一座高山上的官邸里，远远地离开新加坡本地人的拥挤和气味。由于管理得当，他已经连续七年受到伦敦方面的表扬。除了听其自然以外，他其实什么都没干。而在英国殖民部门中，照杰夫·麦克马洪的话说，这就算是天才了。

"看法各有不同，"鲁尔说，"我今天听到了一次长达三小时的反对他的激烈议论。美联社记者蒂姆·波伊尔说，他是一个有新闻检查癖的霸道的恶棍。蒂姆写过一篇关于这里夜生活的文章，给新闻检查官枪毙了。蒂姆要求和这位总督见面，被他当作苦力骂了出去。这位总督的头一句话就是：'我看了那篇文章。如果你是亚洲人，我就要把你关到牢房里去！'"

"啊，那可是不一样，"埃尔莎说，"英国殖民部门的记性好得很哪。美国起初也是一个殖民地呀。一旦是一个土著，就永远是土著。"

麦克马洪夫妇简直没吃什么。喝过咖啡，他们就起来和着不堪入耳的音乐扭来扭去跳舞。鲁尔伸出手："帕米拉？"

"别丢人现眼了。我在这儿动一下都要出一身汗。反正你也知道自己不会跳舞，我也不会。"

"在伦敦，你要求斯鲁特跟你跳舞。"

"哦，那是为了甩掉你。"

"亲爱的，你不能还跟我生气。"他毫不生气地咧开嘴笑起来，红红的唇髭舒展开来，"那些全是很久以前的事了。"

"就算是吧，菲尔。你是墙上发黄的文凭，就该挂在那儿。"

"又把我整垮了！呃，我很高兴你为埃尔莎抱不平。不过，她是一个很受欢迎的女人，而且坦格林俱乐部讨厌得很，她没有它也能过日子。你在郊区附近看到像耗子一样挤在垃圾堆里的中国人和印度人，又会怎么样呢？那才是新加坡真正的有色人种问题呢。"

帕米拉迟迟没有作答。她在政治、社会和宗教方面没有确切的见解。生活对她来说是一场丰富多彩而痛苦的表演，是非标准是其中摇摆不定的码尺，随着时间、地点的不同，价值和道德会发生变化。例如，维克多·亨利的基督教道德和鲁尔的军事社会主义，只会带来痛苦，只会破坏本来就已少得可怜的幸福，她就是这样认为的。

"在那些问题上，我是一个糊涂人，菲尔，这你是知道的。难道亚洲或多或少不一直是这样的吗——几个王公和苏丹用金盘吃东西，建造庙宇和泰姬陵①，老百姓却在牛粪和泥地上繁殖？"

"我们就是为改变这一切情况而来的，亲爱的。吉卜林是这么说的，还有埃里斯特·塔茨伯利。"

"我们没有把事情改变得好一些吗？"

"从某一方面来讲，是变得好一些了，铁路、行政机构、近代语言②。可是，帕姆，在这儿，坦格林俱乐部正为一件事闹翻天，他们禁止印度军官进他们的游泳池。我再说一遍，是印度第五团的军官！受过教育的军人，驻扎在这里带领士兵们准备为坦格林俱乐部战斗和牺牲！这决定硬是不改！这样一来，吉卜林白白浪费了五十年光阴。"

麦克马洪夫妇很早就离开，回到他们的孩子们身边去了。尽管他们对韬基的失约表现得很有礼貌，这件事仍然使这个晚上过得很没有意义。菲尔·鲁尔和帕米拉一起穿过旅馆的门厅。"把你的蚊帐塞紧，亲爱的，"他在楼梯上说，"每一边都检查一下。几只这种小虫会像吸血鬼一样吸干你的血。"

帕米拉环顾四周，看着穿白制服的中国男仆端着盘子穿梭来往，走过宽阔的门厅。"喝酒，喝酒！还有完没完啦！"

"我来这儿头一天就听说了，"鲁尔说，"而且从那以后，我已在白人的俱乐部里听到过四十遍了——新加坡是一个到处有'酒和臭气'的地方。"他吻了吻她的脸，"晚安，我现在要把自己挂回到墙上去了。"

第一批炸弹在清晨四点钟落到新加坡。帕米拉半睡半醒，正在蚊帐里出汗。当她听到头顶上有一阵轻轻的声音时，她模模糊糊地认为这是一场夜间战斗机演习。她一听到远处砰砰的响声，就坐了起来，把帐子甩到一边，跑进起居室。塔茨伯利茫然地眨着眼睛，紧抓着睡衣去遮住他那毛茸茸的肚子，从自己的房间里蹒跚着走出来。"这是轰炸，帕姆！"

"我知道是轰炸呀。"

"嘿，这帮黄皮肤的杂种！他们真的干起来了，是吗？老天啊，他们会后悔的！"

飞机在头顶上轰隆隆地来去，炸弹的爆炸声越来越近、越来越响。塔茨伯利一边

---

① 印度莫卧儿帝国皇帝沙贾汗为其妃建造的一座美丽的大理石陵墓。

② 近代语言有德语、法语、西班牙语、英语等，以区别于古希腊语和古拉丁语。此处指殖民地流行的英语。

摘睡帽，一边磕磕绊绊地回到自己的房间。帕米拉在长落地窗边喊道："韬基，我们甚至还没有灯火管制哩！"街上灯火辉煌，头上的云彩都受到了这光辉的反射。她根本看不到探照灯和曳光弹，听不到警报和高射炮声。这和伦敦的空袭毫无相同之处。事实上，唯一不同于其他温暖、芬芳的新加坡之夜的，只是头上有看不见的飞机正在扔炸弹，而这座城市对此无动于衷。

他压低嗓门答道："是啊，谁都没料到这个。停在陆上基地的日本轰炸机飞不到这么远来轰炸，这是布鲁克－波帕姆亲自告诉我的。"

"那么现在是怎么回事呢？"

"大约是航空母舰上的轰炸机。当然啦，要是皇家空军不先把在附近一带发现的任何一艘航空母舰炸掉，'威尔士亲王'号也会拦截和击沉它们。谁也估计不到敌人会有近于自杀的疯狂行为。"

不久，他衣服都没穿整齐，就急急忙忙跑出了自己的房间。轰炸已经离得远些了，可是飞机依然在天上轰隆隆地响着。她半裸地穿着短睡衣，在桌边迟钝地翻动着一篇打字稿，头发披在脸边。"这篇广播稿现在过时了，韬基。"

"怎么会呢？我写的军事概况还行。这是文章的要点。现在正好格外适合形势！关于这场空袭，我需要一段新的开场白和一段有力的结束语。把这写一下，好吗？等我回来，就根据你的草稿口授文章。"

"现在正空袭，你究竟想到什么地方去？"

"到陆军部新闻处去。我给费希尔上校打过电话，这会儿他正开记者招待会呢，而且——怎么啦？"

她在桌前把头埋在裸着的双臂中："哦，这真叫我沮丧！这一切突然又在这儿出现啦！"

"鼓起勇气来，姑娘。这些并不是德国人，那上面的飞机是用竹笋和宣纸造的，我们会粉碎这些狗杂种的。神明啊，看看那些光吧，好不好？这座城市可真亮得像棵圣诞树了。要是有人在值班的时候睡着，准会受到处分的！我要走了，你就起草新稿子吧，好吗？"

"好啦，去吧。"她把头埋在两臂之间，喃喃地说。

帕米拉心想，飞剪型客机当然会马上停开，到夏威夷去的海上航道会受到日本潜艇的干扰。事实上，她和维克多·亨利的联系已经断了，也许几年，也许永远不会见面了。白白这么老远地跑来！她还能离开新加坡吗？

天蒙蒙亮，一阵微弱的凉风从开着的落地窗外吹进来，使房间充满花园里清新的芳香。这时，她的父亲好似一头疯了的大象一样吼着冲了进来："帕姆，帕姆，你听到了吗？"她还穿着睡衣，从打字机上泪眼模糊地抬起头来看着他："我听到了什么呀？"

"哎哟，你这小笨蛋，我们打赢了！"塔茨伯利的眼睛从他的脸上鼓了出来，他的手在发抖，"那些黄皮肤的兔崽子已经袭击珍珠港啦！"

"什么！"

"我说的话你听到了吗？航空母舰上的飞机大举进攻！各种各样的巨大损失。美国佬陷进去了，帕姆！这回他们陷到脖子那儿了！别的还有什么要紧的呢？我告诉你，我们已经打赢了这场该死的战争！为此我得喝一杯，要不我就活不下去了。"

他把威士忌一下子倒进一只无脚酒杯，一饮而尽，咳嗽起来。"嘿！我们已经战胜了！战胜了！多么紧张的战斗啊！我们真的已经打赢了这场该死的战争。我得从第一页起重写那篇文章了。可是上帝啊，这是生活在一个多么光荣的时刻！这是巨人们的日子啊，帕姆！他们的脚步在震撼着地球——"

"什么船被打中了？"

"啊，美国佬自然闭口不谈，可损失是巨大的。这些都是檀香山的通讯社直接报道的。我们没有在这儿被当场抓起来，感谢上帝！他们试图在哥打巴鲁机场登陆，可是我们把他们撵回海里去了。他们在泰国确实获得了一个登陆点。今天早上我们就将出发到那里去，给他们一次迎头痛击。两个精锐师在边境上，准备出击。这回日本人真的已经把脑袋套进绞索里了，而且——喂，有什么不对吗？"

帕米拉用手背捂住眼睛，正朝她的卧室大步走去。"没什么，没什么，没什么！"她指指办公桌，"你那该死的草稿在那儿呢。"

塔茨伯利的广播引来了从伦敦、悉尼和纽约打来的祝贺电报和电话。他谈到了自己亲眼看见的大量秘密储备和防御工事，谈到了他从最高军方人士那里得知装备了重武器的援军已经在途中，谈到了不论是欧洲人还是亚洲人在轰炸时都保持了惊人的镇静。他的广播稿还引证了空袭期间亮着的街灯，作为新加坡临危沉着的一个幽默例子。新闻检查官吞吞吐吐地、抱歉地要把他这一点删去，他也就和颜悦色地同意了。

塔茨伯利滔滔不绝地列举美国巨大工业资源的统计数字，以这段夸夸其谈的话作为结束："确实，战争并非靠索然无味的统计数字来打，而是靠热血沸腾、受苦受难的人。然而，统计数字预示着结果。尽管这场战争还会给人类带来可怖的悲剧，但它还是会打赢的。这一点我们现在已经知道了。

"我可以报道说，新加坡要塞对这场恶狠狠地逼来的战斗是做好了准备的。新加坡要塞并不指望这是一场茶话会，可是它为那些不速之客做好了充分准备。有一件事，外面世界尽可以放心。要是日本人真的跑近了，来尝一尝新加坡要塞为他们准备的苦酒，那他们是不会喜欢的。"

他广播后走进坦格林俱乐部的酒吧间时，那里的人全都不约而同地站起来鼓掌，他的胖脸上热泪纵横。

轰炸机没再来新加坡，也很少有人提起内地的战事。这勾起了帕米拉一种奇怪的联想，觉得一九三九年的"假战争"又在热带重演了：同样令人兴奋、同样古怪和不真实、同样"照常工作"。由于缺乏黑布，俱乐部里的女士们在闷热的花园里坐着卷绷带时虽然忧心忡忡、喊喊喳喳，但灯火管制被看作一种不方便的新鲜玩意儿。应付空袭的民防队员戴着钢盔，神气活现地在街上昂首阔步，却没有挖防空洞。

没有防空洞使塔茨伯利不放心。他去问总督，总督回答说："地基多水，亲爱的朋友。"塔茨伯利指出，就在海军基地上，他看到巨大的混凝土地下室修建在很深的地底下，无边无际地堆着炮弹、食物和燃料。那么地基多水是怎么回事？总督对他犀利的词锋报以微笑。说真的，为了英帝国的安全，那些地下室是花了巨大代价在潮湿的土地上挖出来的。可是在城市里，姑且不谈费用，这样严厉的措施会把亚洲老百姓吓坏的。适当的指示已经下达：在地窖和石头的建筑物里躲避空袭。需要的话，一个详尽的疏散计划已准备就绪。塔茨伯利勉强同意了这一切。他是坦格林俱乐部里的名人，是新加坡安定全世界人心的广播喉舌。

可是，他为排满自己的广播时间而感到烦恼。在第一次的陆军公报里，日本的入侵船只据报告正在撤退，在被包围的登陆点上撒下几支部队，而且这些流落在海滩上的侵略者正在被有计划地消灭掉。从此以后，报道就越来越少，出现的地名总是奇怪地向南移。有一天，整个公报只有一句："无可奉告。"白种人的俱乐部里有一种说法流传开了：像俄国人同希特勒作战一样，军事指挥部正在巧妙地以空间来换取时间，把日本人拖垮在赤道附近的丛林里，赤道附近的丛林像俄国的冬季一样使部队受不了。

随后又出现了"季风"的说法。军事专家们早就认为，十月以后，新加坡就能安安稳稳地度过半年，因为在东北季风期间，敌人是无法登陆的。可是事实上，日本人已经登陆了。专家们如今解释说，任何轻率的军事计划当然都可以一试，不过入侵的日本军队已因季风的巨浪遭受了致命的损失，不久一定会在丛林中逐渐被消灭掉。尽管塔茨伯利广播了这些说法，缺乏确实的消息仍然使他烦恼。他受到的欢迎方式和他第一次广播的效果迫使他不得不扮演一个乐观者的角色，然而他感到自己是在一个即将被放弃的地方说话。

随后传来了"威尔士亲王"号和"反击"号被击沉的消息。这是确实的消息！一开头就遇上灾难，很明显是犯了大错误。这虽令人恶心，但在英国人指挥的战争中并不是新鲜事。两名记者带着有历史意义的最新消息活着从"反击"号上回来了，吓坏了，生病了。塔茨伯利不得不进行竞争。他突然闯到他那些高级军官的朋友面前，要求了解事情真相，并且如愿以偿。那个勇敢的小个子上将曾经乘船北去，打算奇袭侵略军，迅速粉碎他们，但遇上了日本陆上基地的轰炸机，只得逃出来。他没有空中掩护，离得最近的英国航空母舰在印度。本地的皇家空军指挥部缺少飞机，要不就是没发现信号，这部分讲得含混不清。日本鱼雷飞机和俯冲轰炸机轰隆隆地飞来，把那两艘第一流的军舰都炸沉了。上将淹死了。帝国现在听凭日本海军进攻了。这支日本海军拥有十艘战列舰和六艘大型航空母舰，它们背后只有已被大大削弱的美国海军需要提防。

塔茨伯利冲到莱佛士旅馆，对帕米拉口述了这个最新消息，文章集中在一个主题上：空中力量。他的广播稿是半社论性的。英国用血的代价弄懂了战列舰抵挡不住陆上基地的飞机！他要求吸取教训，用同样的手段回击敌人！皇家空军是世界上最伟大的空中部队，迅速地从马来亚派去大量空军增援力量就能切断日本侵略者的退路，并且置之于死地。这可是一个值得其他战线做出任何牺牲的机会，是消除灾难、保全帝国的转折点。

他让送信人把稿件送到新闻检查官办公室。新闻检查官在广播时间前三小时打电话给他，说广播稿很好，只是他不能说舰艇缺乏空中掩护。埃里斯特·塔茨伯利对这样的干预很不习惯，匆匆坐着出租车，汗流满面、喃喃自语地赶到新闻检查官办公室。新闻检查官是一个脆弱的金发男子，噘着嘴在微笑。他被塔茨伯利的怒吼声吓坏了，用泪汪汪的小圆眼睛瞪着他。他的军事顾问穿着笔挺的热带白军服，胖墩墩的样子，白头发，脸色红润，是一个海军上校，对自己的决定从不做任何解释，只是重复说道："十分抱歉，老朋友，但是我们不能这么报道。"

塔茨伯利争辩了许久以后，猛地把涨成紫红色的脸直冲到他面前，吼道："好吧，我要直接去找布鲁克－波帕姆空军上将。你们先说说为什么不能报道？"

"这是生死攸关的军事情报呀，我们决不能让敌人知道。"

"敌人？！哎呀，你们以为是谁把那舰艇炸沉的呢？我的广播能给新加坡带来一大批战斗机，以后再也不会有这样的事了！"

"不错，先生，那部分写得非常精彩，你说得对。"

"不过，要是我不提没有空中掩护，这样写就没有意义了！明白吗？莫名其妙！笨蛋！"

"十分抱歉，先生，但是我们不能这么报道。"

塔茨伯利蹿出去，抓起离得最近的电话，空军上将接不通，总督出去检查防务了。离他广播的时间越来越近了。他怒气冲冲地赶到播音室，他求杰夫·麦克马洪让他马上广播，照读原稿，自己承担后果。

"老天，我们在打仗呢，塔茨伯利！"麦克马洪拦住了他，"你打算让我们都进监狱吗？我们得把开关关掉。"

这个胖胖的老记者的火气和活力渐渐耗尽了。"我在柏林广播了四年哩，麦克马洪。"他咬牙切齿地说，"连戈培尔本人都从来不敢这样改我的稿件。从来没有过！新加坡的英国行政机关竟然敢改，这是怎么搞的？"

"我亲爱的朋友，德国人称自己是'主宰种族'，只不过说说罢了。"埃尔莎·麦克马洪的丈夫干巴巴地说，"还有十分钟就该你广播啦。"

第七章

在波涛汹涌的大海上，天还没破晓，早班值勤期间，美国潜艇"乌贼"号正沿着吕宋岛西岸向林加延湾破浪前进。拜伦穿着黏糊糊的雨衣，紧挨着陀螺仪重发器，站在小舰桥上。前甲板每次往下一沉的时候，温暖的黑色水花就扑面打来。望过去，监视哨只是些无声的人影罢了。今晚他们该不至于打瞌睡了吧，拜伦想道。他意识到，他们正投身虎穴，并在偷偷潜行。除了这种感觉以外，拜伦在战时的这第一次作为"值日军官"的值夜，就跟平时任何一次值夜没有什么两样——无非是站在受风的、湿淋淋的、大摇大晃的舰桥上，向那黑沉沉的一片望去，时间显得又长又空虚。

说到投身虎穴，他比一般的水兵们了解得多些。这次出航与其说是战备侦察，还不如说是执行自杀性的任务。埃斯特指给他看了林加延湾海图上标出的浅水的深度，以及那些几乎封住海湾出入口的珊瑚礁。东面有一个畅通的入口，但那儿布满了日本的反潜舰艇。如果一艘美国潜艇运气特别好，从日本的反潜舰艇旁边溜过去发射鱼雷，袭击一艘部队运输船，这一下子就捅了整个侵略军的马蜂窝——好吧，从这一刻起，正像埃斯特所说的，潜艇里的日子就不会怎么好过，也不会太长久了。

这一切，拜伦都认为说得有理。但是，普伦指挥的那艘潜艇深入斯卡帕湾，击沉"皇家橡树"号，不是同样冒着九死一生的风险吗？那个德国潜艇艇长一举成功，安全返航，成为英雄人物，受到国内热烈欢迎，希特勒还亲自授予他一枚奖章呢。现在，这孤零零的一艘潜艇在黑暗中前进，驶向那控制着天空和海洋的庞大的敌军。这种景象让拜伦兴奋激昂得不得了。这也许是一种愚蠢的感情吧，他明白，可这是真实的感情。很明显，副艇长也有同样的感觉。今天晚上，卡塔尔·埃斯特正抽着一支长长的棕色哈瓦那雪茄。可以看出他劲头很足，平时他只抽劣质的灰色菲律宾雪茄。至于胡班艇长，投入战斗的急切心情几乎让他达到了兴奋的状态。

拜伦对他的上司不再生气了。艇长曾对他压制得厉害，但是现在看来，这场赌气还是他自己不对。他一个劲儿地懒懒散散，实在太孩子气了。布朗奇·胡班是带领潜艇的能手。这一点在上一回再度证明了：他让潜艇像踩着一片荆棘似的穿过马尼拉湾新布的鱼雷区布放鱼雷，是为了阻挡日本的潜艇。他还是一个技术高明的轮机手，他那双手跟柴油发动机打起交道来十分敏捷，不怕脏，也不怕被蓄电池中的酸液刺疼。他的缺点无非是像任何海军学院出身的勤奋学员那样，急于立功，对日常文书工作拘泥得要命，往往要拿些什么去孝敬"四道杠"和海军将领。这又怎么样呢？他曾在操纵轮机、发射鱼雷的演习中获得"优"等奖。打起仗来，这两手可是不能等闲视之的。现在正在向敌人驶去的当口儿，胡班是一个让人信得过的领班。

东方吐出了鱼白色，艇长走上小舰桥，望望那阴沉沉的夜空："'夫人'主张在六点钟下潜。能见度这样低，我们干吗要往水里钻呢？离林加延湾还远着呢。我才不准备爬行到那儿去，一个钟点走三海里，让'鲑鱼'号和'海豚'号抢在咱们头里进攻。另外，多布置四个监视哨，不间断地搜索天空，开足马力前进。"

"是，艇长。"

天亮起来了。"乌贼"号在海风卷起的一阵阵灰色浪涛中左右盘旋，轧轧作响地以二十海里的时速前进，叫人直想呕吐。胡班喝了一杯又一杯咖啡，四根手指虚握着香烟，一支接一支地抽，扑面的浪花打湿了身子，他也不管。拜伦从监视哨上下来，只见埃斯特正在司令塔里埋头看着一张航海图，心事重重地咬着一支已熄灭的雪茄。拜伦跟他打招呼："早晨好！"他只是在喉咙里嗯了一声，算是答应。

"有什么心事呀，'夫人'？"

埃斯特往斜里看了舵手一眼，咆哮道："我们怎么能知道日本飞机上没有雷达呢？他们处处都打你个措手不及——这帮黄色的猴崽子！再说，你想到日本的潜艇没有？在大白天，我们给人当活靶子打了。我也想尽快赶到林加延湾，可是我要确实到达那儿啊。"

拜伦从埃斯特的肩头向航海图望了一眼。那半岛从吕宋岛岛身朝西北伸出来，就像黄色连指手套上的一根拇指。"拇指"和"手"中间的虎口，那U字形的一片蓝色，就是林加延湾。看图上的航线，潜艇已开到这"拇指"的中部。按照计划好的路线，等到驶过"指尖"后，就往东一转，沿着珊瑚礁和浅滩直驶，再折向南，又沿着"拇指"一路南下，最后来到预定的敌人登陆的滩头阵地——离马尼拉最近的地点。

"喂，'夫人'，你听说过贡特尔·普伦这个人吗？"

"怎么没听说过，那个在斯卡帕湾击沉'皇家橡树'号的德国佬。他又怎么样啦？"

"他在柏林讲了一堂课，我去听了。"拜伦伸出一根手指沿着地图上那道珊瑚礁画了一下，"他当初就是穿过这种劳什子，钻进斯卡帕湾，找到一个缺口，从水面上溜过去。"

埃斯特把他那张长下巴的脸转向拜伦，只见他眉心紧皱，嘴角一弯，带着一个奇怪的冷笑，说道："呃，勃拉尼·亨利，你巴不得擦亮你的勋章吧？你？"

"哎，要是我们能从珊瑚礁穿过去，就可以早些到达目的地，是不是？这样我们就可以躲开港湾入口那儿的驱逐舰。"

埃斯特那副冷笑的面孔不见了，他伸手去拿沿海导航手册。

啊—呜嘎！啊—呜嘎！啊—呜嘎！

"下潜，下潜，下潜。"整艘艇上，轰隆隆地响起了布朗奇·胡班迫切而又平静的声音。甲板向前往水里直冲。监视哨的水兵们猛地跌进了湿淋淋的升降舱口，跟着跌进来的是值日军官、艇长，最后一个是航信士官，他把舱门砰地关上，用钩子钩牢。拜伦耳边听到了那已经听熟的咝咝声和叹息声，好像那艘潜艇是一头有生命的怪兽，正在大口地呼气，他的耳鼓顿时感到空气的压力，接着听见轮机长在下面大声吼道："艇内加压！"

"乌贼"号的速度放慢了，懒洋洋地往深水里钻，汩汩地发出水声。

胡班擦了擦他那直淌着水的脸。"怀蒂·普林格尔发现了一架低飞飞机的黑影，也许只是一只海鸥。普林格尔的眼力很好。我没争论，反正太阳就要出来了。'夫人'，下潜到三百英尺，保持水平航行。"

"是，艇长。"埃斯特答应道。

拜伦摇摇晃晃地滑进下面的驾驶室，在朝前倾的甲板上往前走。左舷舱壁上像圣诞树般闪烁的小灯呈一片绿色，显示出艇身上每一窗孔门洞的情况。水平舵手掌着大舵轮，镇静自若地紧盯着深度表。在这儿，没有一丝战斗前的焦虑。

"负槽排水到测标！"

对于惯常的一套工作程序，拜伦几乎未加注意。在前部的鱼雷舱里，他看见汉逊班长和他的手下正在给新运到艇上的两枚鱼雷装上弹头。拜伦感到两眼刺痛，自从离开马尼拉以来，他还没睡过觉呢，但他还是要亲自检查一下鱼雷是否准备好了，一声令下，就可以发射。汉逊报告艇首的六根鱼雷发射管已全部装上了鱼雷，一条条"鱼"都已按照工作程序检查过了，新的秘密雷管随时可以插进弹头。沿着舱壁的架子上装着一排黄色的假弹头，在和平时期，这些假弹头里装满了水，用作射击练习。压缩空气会把弹头里的水全部挤出来，鱼雷就会浮出水面，等待回收。没有漆过的铁弹头里填满了TNT，现在都已装在鱼雷的弹头上。没有雷管是不可能爆炸的，可是拜伦曾看到水兵们跟这些灰色的弹头打交道时，总是战战兢兢、恭而敬之，害怕它们那潜在的杀伤力和破坏力。

拜伦蹲在一枚鱼雷上面的一个铺位上，正在和鱼雷兵们一起喝咖啡，埃斯特上尉出现了。"老天啊，勃拉尼，他准备要试一试了。"

"试什么？"

"呃，试一试你出的主意呀。他一直在研究航海图和航行方向。我们准备浮出海面，寻找珊瑚礁的缺口。他要跟你谈谈那个德国潜艇艇长的讲话。"

在万点金光的中午，潜艇的黑鼻子冒出了海面。拜伦摇摇晃晃地踏上颠簸的、被海浪的泡沫弄得湿滑的前甲板，也就是走进了一片明亮、炎热的阳光中。监视哨和测深员穿着胀鼓鼓的救生衣，跌跌撞撞地跟在他后面。他不禁向那没有云的晴空望了一眼。在船舱下面浑浊的空气里待了那么一阵子，清新的海风总是让人感到舒服极了，尤其是今天，因为要投身虎穴，那美滋滋的感觉更加鲜明。正前方，深色的海洋融入绿色的浅滩，泡沫四溅的激浪发出一片怒吼声，冲击着那些弹丸似的棕榈树小岛和棕色的嶙峋岩石。白色的海鸥在潜艇上空呱呱尖叫。

"三分之一马力，减速前进！把测深锤抛出去！"胡班在舰桥上喊道。浪涛沉重地拍打着艇身，一阵阵碎浪在沙滩上呼啸，这片喧闹把胡班的喊声压下去了。珊瑚礁从深海里探出头来——粉红色的螺旋形体，圆形的灰色穹盖。"乌贼"号正向两个小小的岩岛之间的缺口驶去。

"记上！四英寻[①]，右舷！"

拜伦看到水下那一片黄色的珊瑚细沙在缓缓斜着上升，上面是密密麻麻摆动着的海扇。压舱水已经排干，"乌贼"号吃水十三英尺光景。

"记上！三英寻，左舷！"

十八英尺。龙骨下面足足还有五英尺水深。潜艇随着浪潮的起伏颠簸得厉害，拜伦和他的一伙人站也站不稳，全身都给浪花打湿了。那较小的岛屿越漂越近，连树上的椰子都数得清了。在舰桥上，在牛鼻般的艇艏上，在鱼尾般的艇艄上，监视哨正用双筒望远镜搜索着天空。然而，在这一大片阳光照射下的空气、水、棕榈以及岩石的景色中，唯一显示出入迹象的，就是那艘从海洋深处浮起来的奇形怪状的黑船。

"关上全部发动机！"

在舰桥上，埃斯特把双手拢在嘴边，大声喊道："回声测深仪上十五英尺，勃拉

---

① 计量水深的长度单位，一英寻约合六英尺。

尼！你看到的是什么？"

拜伦浑身湿透了，一步一滑地走过来，两手往前挥着。"没问题！继续向前！"他高声喊道。穿过了缺口，海水的颜色又一点点蓝起来了。潜艇两边，乌糟糟的激浪不断地在冲击棕色的、坑坑洼洼的岩石，碎浪消失后，留下一片白色泡沫。

螺旋桨破浪前进，一股巨大的浪头卷过，把船抬起来又摔下去。"乌贼"号发出了一阵嘎吱嘎吱的金属声，打了一个战栗，跌跌撞撞地往前扑过去。岛屿从两旁溜过去，拜伦闻到了一股棕榈树叶的清香味——棕榈树离得很近，只消把帽子用力一扔就能打着。

"四英寻，左舷！"

"四英寻，右舷！"

一簇簇的珊瑚头像锚雷似的从艇下漂过，越来越深。这时，艇艏正直着朝碧蓝的海水里驶去。在激浪的撞击和泼溅声中，只听得艇长心花怒放地在那里吼道："撤下测深员和监视哨！准备下潜！"

拜伦站在舱里，赤裸着身子，脚下是一堆湿透的衣服，他正用一条肮脏的粗毛巾擦干身子。埃斯特探进头来，满脸笑意地把嘴咧得大大的，一双碧绿的眼睛像翡翠那样闪着光亮。"这一手怎么样？干得真不赖呀！"

"是你找到了缺口。"拜伦说。

"运气也真好。那张航海图真他妈的太不清楚了，多亏巡逻机上的驾驶员正在吃他们的中午'寿喜烧'①什么的。"

"出了什么事啦？我们搁浅了吗？"

"右舷的螺旋桨碰上了一簇珊瑚头，曲轴没有受伤。艇长高兴得什么似的。勃拉尼，歇一会儿吧。"

拜伦接连打着呵欠，一骨碌爬上那发了霉的、热烘烘的床铺。他心想，这下"乌贼"号可钻进死坑里去了，再要挣脱出来可难呀。不过，这让艇长操心去吧。他像关上电灯似的切断了自己的思路——拜伦能做到这一点，这对他结实的身子大有好处，虽说这常常让他的父亲、他的海军上司气得要命——一下子就睡熟了。

一阵摇撼和一声沙哑的耳语把他弄醒了，他闻到一股嚼烟草的人吐出来的气息——那是艇上的军士长德林格。"进入战斗岗位，亨利先生。"

"呃？什么？"拜伦把帘子拉开，从过道那儿照过来的暗淡的灯光下，显现出一张有两个下巴和浓重烟味的脸，和他面对着面。"进入战斗岗位吗？"

_____

① 一种日式火锅。

"别作声。"

"哦，嘿。"

这会儿，隔着薄薄的艇壳，拜伦能听到船身下翻滚的水声，以及乒的一声，声音尖锐、轻微、发颤。在海上演习时，从进攻教练舰那儿，这一声是听熟了的。目前这声回声测距声却不同：音调更高，颤动得更厉害，带一种特殊的音色。

是敌人。

他们正在静悄悄地行驶，他意识到这一点。通风装置都关掉了，空气令人窒息。军士长德林格那张肥厚的脸上，皱纹由于担心和兴奋而绷得紧紧的。拜伦激动地伸出手去。军士长用他那多茧的大手握了握拜伦的手，就走。拜伦看看表，知道他睡了一个小时。

每逢进入战备状态，他就担任潜水军官。他匆匆赶到他的战斗岗位，只见操纵室里每个人都镇静地在干自己的工作，他也就放了心。操纵艇艏和艇艉水平舵的人员在大舵轮边注视着深度表；德林格和他的标图人员围着自动航迹推算描绘仪，挤成一团；怀蒂·普林格尔站在纵倾调整器旁边，就像和平时期在珍珠港外演习时一样。他们已经历过成百上千次了。拜伦想，这会儿就看出胡班那种单调刻板的操练日程表的好处来了。埃斯特抽着一支长长的、喷香的哈瓦那雪茄，跟军士长站在一起，注视着逐渐绘制出来的图。回声测距仪越来越响了，好些推进器的混杂的声响[1]也越来越响。奎恩少尉正站在潜水军官的岗位上，在操纵室里的所有人中，只有他一个人眼睛睁得大大的，嘴唇吓得发抖。奎恩目前还不是小组成员，他刚遭遇过一次沉船，他离开潜艇学校也不久。想到了这一点，拜伦也就不怪他了，他换了奎恩的班。

"'夫人'，什么时候来了这个突然变化？"

"我们在九千码左右用声呐捡到了这些宝贝。突如其来的事。我们准是刚通过了一道暖流层。"

"听声音对方好像来了一大批呢。"拜伦说。

"听声音好像有一整批该死的登陆部队呢，这些东西的反射波扩展到了一百度。我们目前还搞不清究竟是什么玩意儿。"埃斯特轻快地登上司令塔的梯子，走过拜伦身边时，在他肩上紧抓了一下。

拜伦竖起耳朵听埃斯特和艇长在司令塔中低声说些什么。从传话筒中传来了一道命令，是胡班充满自信的声音，平静又紧张："勃拉尼，上升到七十英尺，不要再高，听见吗？七十英尺。"

---

[1] 这表明附近有不少敌舰。

"七十英尺。是，艇长。"

水平舵手们转着舵轮。"乌贼"号翘起来了，深度表上的指数不断地在上升。外面的声响更大了：声呐的乒乓声，螺旋桨的嗒嗒声。现在很明显了，声响来自前方。

"七十英尺了，艇长。"

"很好。现在，勃拉尼，仔细听好，我要你把第二号潜望镜①不断地升高。"艇长的声音很坚决，但又是压低了的，"然后，我要你升高恰好一英尺，平航一阵，再升高一英尺，再平航一阵，就像我们最后一次进攻'利奇菲尔德'号时所干的那样。稳稳当当的，你明白吗？"

"是，艇长。"

勃拉尼背后，进攻潜望镜的细镜筒悄悄地升起，最后停住了。

"升到六十九英尺了，艇长。"

"很好。"

保持水平航行。顿了一下。"升到六十八英尺了，艇长。"

那两个水平舵手要算是船上最得力的水兵，他们配成一对真可说是阴差阳错：史比勒——那个满脸雀斑的得克萨斯人——是三句话不离一个"他妈的"；而玛里诺呢——从芝加哥来的一个严肃的意大利人——脖子上永远挂着一个耶稣受难像，连"该死的"都从不说一声。可是他们干活的当口儿，配合得像一对双胞胎，让潜艇一英寸一英寸地平稳上升。

"好！保持这高度！这就行啦！"胡班提高了嗓门，声音很响亮，几乎是狂热的，"乖乖！我的老天！记上！前缘进入角，右舷四十度。降下潜望镜！"

一阵沉默。扬声器中传来噼啪一声响。

"乒——乒——"

艇长的声音传遍了肃静的潜艇，这声音不动声色，但是有战斗的激情在内："全体官兵注意听着，我艇已发现三艘列成纵队的大型运输舰，由两艘驱逐舰护航，位于左舷艇艏一个罗经点。在所有这些军舰上都飘扬着太阳旗，可以看得清清楚楚。那边水面上一片灿烂的阳光。一点儿不错！我要采取正交进迫航向。艇艏鱼雷发射管做好准备。"

拜伦两肩和两臂起了一阵热辣辣的针扎的感觉。他听见埃斯特和艇长在争论射程的问题。他背后的潜望镜突然冒了起来，随即又缩了回去。只听见司令塔里有一番迅速的讨论，是关于桅顶高度的问题，跟着艇长催促航信士官给他识别手册。回声测

---

① 即进攻潜望镜，指挥作战时使用，镜筒比搜索潜望镜短而细，放大倍数也较低，位于搜索潜望镜前。

距仪叫得越来越响、越来越尖了，螺旋桨声也更大了。拜伦过去常使用鱼雷发射数据计算机，因此他头脑里很自然地出现了三角学上的关系。在自动航迹推算描绘仪上，问题很明白地摆了出来："乌贼"号由一个移动着的光点来表示，敌舰的航线和潜艇的航线由两条向心铅笔线来表示。可是，目标的路线是锯齿形的，这些运输舰正以"之"字形前进。据埃斯特估计，它们仍然在鱼雷的射程之外；或者按照艇长的判断，它们已勉强进入射程。他们两个都是根据桅顶高度推测距离的行家。在潜艇上，没有比他们更精确的测距仪了。运输舰在以"之"字形前进，它们的速度比在水下爬行的潜艇快得多。

司令塔里寂静无声，整个艇上一片肃静。现在一切声响都来自艇外，机器的嘈杂声，日本船的声呐在探索时发出的声响。

乒！乒！乒——！乒——！

"升起潜望镜。对了，他们来啦！他们掉转头来啦！记上！距离四千五百码。记上！方位〇二〇。记上！前缘进入角，右舷七十度。降下潜望镜！"

停了一会儿，扩音系统里传来了艇长压低了的、急迫的声音："现在，全体官兵，我准备发射啦。把艇艏发射管的外盖打开。"

司令塔里是他原来的声音："妈的！非常好的目标，'夫人'，可是在射程之外。照这个前缘角度，我们很难接近日本船。运气真坏！"

"艇长，我们为什么不可以慢些放鱼雷，跟踪一阵再说？这是一个千载难逢的机会。他们走'之'字形路线，前进的速度就减慢了。也许我们可以追上去，缩短距离。"

"不不不。我们的机会是在眼前，'夫人'。他们开足马力，每小时走十五海里。如果他们再掉过头去，我们怕是赶不上这帮狗杂种了。我有了进攻目标，也有了进攻方案，我打算现在就发射。"

"是，长官。"

"发射管的外盖已经打开，长官！"

"很好。慢速发射！"

拜伦全神贯注地保持规定的深度，因此几乎不大理会这一回可是真枪实弹——并不是在发射一枚有黄色弹头的假鱼雷，而是在用装上TNT弹头的鱼雷去轰击满载日本兵的运输舰。除了声呐发出的声响不同以及紧张得简直透不过气来，跟海军学校的进攻训练或海上的演习没有什么两样！现在，情势按照熟悉的老路子发展得多快啊。胡班甚至采用这种慢速发射命中"利奇菲尔德"号而获得了"优"等奖。

"升起潜望镜！记上！方位：〇二五。距离：四千码。降下潜望镜！"

用慢速发射瞄准起来比较困难，失误的机会也比较多，鱼雷的尾波也更有可能被敌人发觉。这是胡班在战时第一次用慢速发射鱼雷，他做出这个决定，实在是没有办法的办法。他当了十五年海军军官，做了十年和平时期干得十分出色的潜艇人员，有了这么深厚的底子，才能想出这个点子来……拜伦的心怦怦乱跳，他的嘴干得像塞满了一口灰尘……

"发射一！……发射二！……发射三！……发射四！"

照例一阵颠簸和一阵水浪声，一枚枚鱼雷从"乌贼"号上发射出去了。

"升起潜望镜。哦，乖乖。四条尾波！四条漂亮的尾波，火热一团直奔而去，一切正常。降下潜望镜！"

整个"乌贼"号上又是一阵无言的、令人心脏都停止跳动的期待。拜伦注视着操纵室里时钟的秒针。根据最后喊出的距离，用慢速发射，击中目标的时间是不难计算的。

"升起潜望镜！"

长长的一阵静默。所有四枚鱼雷击中目标所需的时间都过去了，拜伦惊慌得身子都僵直了。没有击中目标。潜望镜冒出水面也已经有十秒钟了，而且还待在那儿！最长的安全暴露时间是六秒钟。

"降下潜望镜！四枚都没打中，'夫人'。他奶奶的！"艇长很难受地说，"至少有两条尾波应该钻到那带头的运输舰底下去。我眼看它们直奔而去，我不知道什么地方出了毛病。这会儿他们发现了尾波，掉头而去啦。最近的一艘驱逐舰正向我们赶来，看它那种破浪前进的狠劲儿！我们加速行驶，每小时十海里。"他凑上传话筒叫道："拜伦！下潜到两百五十英尺。"

在扬声器中，他的声音变得沉闷，听起来很别扭："现在，全体官兵，火速准备深水炸弹袭击。"

两百五十英尺？在林加延湾里，没有一个地方深度超过一百七十英尺。艇长的命令是不可能执行的，这让拜伦大吃一惊，不知如何是好。亏得埃斯特出来干预，他的语气很轻松："你是说一百五十英尺吧，艇长。在这儿，这深度差不多要碰到水底的泥浆了。"

"说得对。谢谢，'夫人'———百五十英尺，拜伦。"

加速时，艇身不出声地那么一抖，于是潜艇尾巴一翘，沉下去了。埃斯特又说话了："走什么航向，艇长？"

这个问题可以说问得真傻，可是那万分重要的躲避转弯，胡班并不下令。在潜艇头顶的海面上，有四条整整齐齐的、冒着白泡的鱼雷尾波直接指向"乌贼"号，那还用说，驱逐舰一定会以每小时四十海里的速度顺着这可见的轨迹冲来。回声测距仪发出的音调高到了尖叫的程度。窄频带脉冲信号越来越频繁、急促：乒，乒，乒，乒！

"航向？哦，对了，对了，左全舵！转到——哦，转到二七〇。"

"左转到二七〇，长官。"舵手叫道。

下潜中的潜艇朝旁边一侧。那正在冲来的日本军舰发出的声响听起来很像"利奇菲尔德"号演习时发出的，只是更响，充满怒气，不过这很可能是拜伦的想象，就像一列火车在松了的旧铁轨上开过：咔嗒——特隆，咔嗒——特隆，咔嗒——特隆！

在整个"乌贼"号上，只听得叫喊声、砰砰的关门声、旋上最大限度密封的螺丝扣时发出的铿锵声。

驱逐舰更迫近了，就从头上开过——咔嗒——特隆——特隆——特隆，开过去了。

声呐的音调降低下来，操纵室里那几张煞白的脸转过来互相望着。

拜伦听得清脆的咔嗒一声响，好像潜艇身上绷掉了一个滚珠轴承。又寂静了一秒钟，深水炸弹爆炸了。

第八章

圣诞颂歌透过带有醉意的大声谈话和铁轮子的咔嗒咔嗒声传过来，有些刺耳。巴穆·柯比不喜欢俱乐部的专车，圣诞颂歌又让他听了难受，可是他需要喝酒。在这雪夜，这列快车一路怒吼着奔向华盛顿，车上的乘客再也没有比他更满脸阴霾的了。

罗达·亨利大概会到联邦车站来接他。他像一个饥饿者似的感到高兴，可是又对他这种饥馋感到羞愧。她是有夫之妇，她丈夫是一个正在和日本作战的战列舰舰长。他坠入了情网以后，为了不一错再错，曾经求她和他做长久夫妻。她起初也动了心，后来却缩回去了。经过了这番波折，再去偷情，就不太光彩了——他现在就是这样想着，情绪很低。柯比博士并没有宗教上的禁忌或是道德上的顾虑，他是一个严格的、正派的无神论者，是一个老派的鳏夫。这种不自然的、不可告人的私情，也算是聊慰无妻之苦吧，但未免太糟糕了。他不得不有所节制，免得引起流言蜚语，可是他又有荣誉感，觉得自己像一个有妇之夫似的受到约束。现在他在旅途中，不再理睬那些富有引诱力的女秘书和女接待员——她们有时候把眼光投向这个个子高大、脸庞消瘦、难看的、一头浓密花白头发的男人。他经常跟罗达通电话，帕格从珍珠港发来了海底电报："身体甚健，战斗刚开始。"罗达在电话中把电报读给柯比听，使他感到既高兴又惭愧。他给帕格戴上了绿帽子，但是又喜欢、钦佩这个男人。干出这种事来，真糟糕透了。

不过，柯比博士心事重重的根源是战争。从国际公法上讲，美国已是一个交战国，但是他旅行所到之处，只见这个国家由于轻浮、优柔寡断、缺乏领导而陷于瘫痪——尤其是由于一个节日到来了：圣诞节，圣诞节，圣诞节！这一阵闹哄哄的抢购呀，销售呀，张灯结彩呀，大吃大喝呀，伴随着宾·克劳斯贝[1]那甜嗓子没完没了的

---

① 宾·克劳斯贝（1904—1977），美国歌手，专唱流行歌曲。第二次世界大战期间，他唱的《白色圣诞节》风靡一时。他还录了不少传统的圣诞颂歌，1944年，因主演影片《与我同行》而获奥斯卡金像奖。

低声吟唱，你就是不想听，要躲避也躲避不了。年年都要照例来这一番热闹，假惺惺地算是庆祝耶稣圣诞；年年仲冬，全国上下照例都要狂欢一番，好像世上并不存在希特勒这个人，好像珍珠港还没有人来碰过，好像威克岛并不危在旦夕。在幸福牌香烟广告上，只见一个乐呵呵的红脸盘儿圣诞老公公，戴着一顶马口铁军帽，还是很有样子地歪戴着的，这形象叫人看了难过，但那就是全国的精神状态。

在西海岸一带，柯比发现多少有一些战时的气氛：歇斯底里的空袭警报，一阵短暂的人心惶惶，东一区西一区的灯火管制，从陆军当局和民防系统来的混乱而互相抵触的命令，日本潜艇炮轰圣弗朗西斯科的谣传，与害怕日本的心理交杂在一起的美国必胜的盲目乐观情绪。一路往东，连这点儿肤浅的战时意识也淡薄下去了。到了芝加哥，战争已淡薄到成为喝酒时助兴的话题了，或者成为一个发财的新途径了。吃败仗这个念头谁也没想到过。谁能打败美国呢？一场大决战正在莫斯科前方杀得难解难分——红军向德国军队发起了声势浩大的反攻，但对大多数美国人来说，戴着马口铁军帽的圣诞老人倒是真实得多。

富兰克林·罗斯福的管理机构、生产委员会、应急委员会，正在像阿米巴那样在华盛顿迅速增加。这些机构尽管乱作一团，但也许终究办了几件事。那些军营、海军基地、船坞、飞机工厂的作战能力也许在增长。柯比不太了解，他只了解他怀着失望的心情从调查全国生产放射性铀资源的巡视中回来。他看到有一家国家经办的工厂，淹没在雪片似的飞来的军用品订货单中，正常的生产秩序都被破坏了，即使科学家在理论上解决了核爆炸的问题，那些工厂也绝对造不出核武器来。到处都在哭诉：铜不够啊，钢材不够啊，劳动力不够啊，部件不够啊，工作母机不够啊。扶摇直上的物价，什么也不懂的政府官员，任人唯亲，腐败成风，乱七八糟。他怀里揣着从华盛顿开出的来头不小的证明书，去全国旅行，可是有成批的人带着这种证明书在国内到处跑呢。他不能泄露他要调查的是什么，即使他能这样做（事实上，他已稍许露过一些口风），也帮不了他什么忙。对于那些忙得焦头烂额的工厂经理来说，原子弹正像宇宙飞船和时间机器一样，属于科学幻想小说里的东西。预告核子威力的文章早就刊登在科学杂志上了，甚至在《时代》杂志和《生活》画报上也刊登过，可是人们无法领会这一未来世界的恐怖竟然降临到他们头上来了。

然而，这是事实。

亿万年来，铀一直在无害地衰变。人类发现放射性现象还不到五十年。大约有四十年时间，人们只是把这种放射性当作一种无足轻重的反常的自然现象罢了。接着，在一九三二年——富兰克林·罗斯福和阿道夫·希特勒同时登台的前一年，有一个英国人发现了中子，就是原子中不带电的微粒。仅仅七年之后——在漫长的历史中，七年只不过是百万分之一秒罢了——在意大利、法国、德国和美国进一步揭开（还不是根本搞清）原子内部的秘密之后，德国人证明了用中子轰击铀原子可以使之分裂，并释放出从原始时代开始就存在着的巨大能量。

柯比在一九三九年参加了一个物理学家的会议，会上传开了一个使人寒心的消息——起初只是悄悄地耳语，到后来增强为一片喧嚷声。哥伦比亚大学有些科学家根据德国人的实验继续研究下去，证明了一个分裂的铀原子平均放射出一个以上的中子。这就回答了理论上的一个关键问题：铀原子内有没有出现连锁反应的可能？不祥的回答是：有可能。这样就开启了可供人应用的能源的新黄金时代。可是，另外还有十分可怕的一面。四年前发现的一种同位素，叫作铀-235或"放射性铀"，可以设想它一旦爆发，就会以无可计数的级数持续爆炸。但是，有哪个国家能生产出足够的纯铀-235来制造炸弹，在这场战争中使用？或者，在处理大量的而不是实验室里的小剂量的铀-235时，会不会意外出现什么自然界的可喜的情况，使得毁灭人类的整个计划成为毫无杀伤能力的败局，成为在物理上不可能的事？对于这些事，天下没有一个人目前能说得准。

因此，目前的竞赛是怎样分离出足够的可怕的同位素来制造炸弹。根据巴穆·柯比个人的感觉，以及他所能掌握的情报，一切都说明阿道夫·希特勒手下的科学家将会轻而易举地在这场比赛中取得胜利，他们遥遥领先。英国的科学和工业已经焦头烂额，再也不能全力以赴地去研究原子弹了。除非美国能够赶在德国前面，否则纳粹的那些设备精良的军工厂很可能会向疯狂的元首提供足够的铀-235炸弹，把世界上的首都一个个从地图上抹去，直到有一天各国政府全都趴在他脚下为止。

这就是巴穆·柯比眼里所看到的放射性铀的前景。如果将来不出所料，那么其他军事计划或军事行动又有什么意义呢？人和人的关系又有什么意义呢？

罗达·亨利穿着一件镶着银狐皮领子的黑色布料大衣，斜戴着一顶小小的灰色帽子，手戴灰色手套，在站台门口踱来踱去，其实这时候离火车到这儿还早呢。她这是在冒险，说不定会被人看到她在这儿接他，但是他出差几乎有一个月了，这次小别重逢肯定会有关键意义。柯比还不知道她曾写信给帕格提出离婚，偷袭珍珠港的事件又打乱了她的安排，现在她正在迷迷糊糊地往后退缩。这一切如今都要由她来透露。

给帕格写那封信是一件顾前不顾后的事。接连几件不如意的事让罗达像一只受惊的猫似的直跳起来。首先，他从莫斯科寄来的关于"加利福尼亚"号的家信已到达了，虽然这是一个好消息，但她担心他接着会要求她到夏威夷去。巴穆·柯比远不如帕格那样能抑制自己的情欲，他在她心中煽动起一片迟来的情欲。她舍不得丢下他。

她爱华盛顿，厌恶国外海军基地的生活。柯比就待在华盛顿，干他那点儿不透露口风的工作，也不知究竟是什么工作，她从来也没问过，有他在身边就好了。

可是，帕格来信的当口儿，她跟柯比的关系有些动摇了。他的工作让他长期在外面走南闯北。他妻子去世的周年到了，使他的心情很不好。他又一次咕哝着说感到自己做了没脸的事，两人还是一刀两断吧。有一回在饭店里吃饭，他讲了一大通泄气的话，真叫她吃了一惊，本来总是她带着他一起回家的，那天晚上却是她陪着他回到他的公寓。也真有那样倒霉的事，偏偏在门厅里面对面地跟玛奇和杰里·纳德森碰上了。玛奇这张嘴是封都封不住的，而海军人员的老婆们的小道新闻又有世界上传播最迅速的通信网。这不光彩的事只怕已吹到夏威夷帕格的耳朵里去了！

事情糟到了叫人走投无路的地步。一连整整三天，外面下着雨夹雪，她独自一人待在那有十二个房间的狐狸厅路的家里。柯比又出差去了，连电话也没跟她通一个，她禁不住豁了出去。她心想，现在孩子们都长大成人了，她一生中就只剩下那么五年、八年风光了，再往后她就是一个干瘪老太婆了。跟帕格一起过日子，已经索然无味。柯比是一个有劲的情人，是一个靠个人奋斗发大财的人。他对她迷恋得像疯了似的，而这许多年来，帕格看来已经没有那股热情了。也许这婚姻的垮台要怪她，她大概不是一个好女人（她在给丈夫写信的时候，这些想法从她的笔下透露出一些），可这是千载难逢的最后机会了。说到底，在海军军官中，离婚的事也是常有的。海军的家庭搭起来又拆散，两地分居的日子一长，有些就不免出事。谈到这一点，玛奇·纳德森的丑事也有一两件在她肚子里呢！

那封信就是这样发出去的。万想不到，她这信写得真不是时候，紧接着就是日本军队的偷袭，把罗达私下的种种小打算一齐炸得粉碎。罗达对轰炸珍珠港所产生的反应也许并不值得称道，但是合乎人之常情。在一阵震惊过去之后，她首先想到的是，现在战争爆发了，海军军官的前程大有希望，说不定一下子连升几级。帕格·亨利如今在太平洋上指挥一艘战列舰，运气又会来了，真是不可限量，他会成为——谁能说得准呢？获得将领的军衔是不用说的，也许会当上海军作战部部长呢！正好在这当口儿提出离婚，她会不会犯了一个大错误？就像一个藏了二十年石油股票的华尔街人物，恰好在石油公司发现一片新油田之前一星期把他的股票全都卖了。

随着这些实际盘算而来的是真诚的内疚，她不该在这样紧张的当口儿打击自己的丈夫。她还是爱他的，多少有些像她还是爱她那些已成年的孩子一样。他是她生命中的一部分。因此，她就赶紧发了一份表示忏悔的电报，还写了一封激动的短信，取消她提出的离婚要求，这就是他在"北安普敦"号上读到的那封信。他的回信使她充满了悔恨和得意，也使她松了一口气。悔恨的是她使丈夫感到痛苦，这从他信中的每句话里都可以感觉到；得意的是帕格仍然需要她，这可让她松了一口气。

这样不可告人的情况帕格已经知道了，而他仍然少不了她。但是，柯比又怎么样呢？在滚滚的蒸汽中，只见他大衣也没穿，帽子也不戴，只顾撒开他的长腿，三脚两步顺着站台走过来，罗达只消朝他望一眼，就知道这个男人也是少不了她的。她这样不顾前后地豁出去，结果却很好。天下的事怎么能说得准呢！她站在那儿等待着，伸出了戴着灰色手套的双手，睁大着一双发亮的眼睛。他们并没接吻，他们从来没在公开的场合接过吻。

"巴穆，大衣也不穿一件？户外是冰天雪地啊。"

"我在芝加哥穿上了长秋裤。"

她朝他淘气而亲密地瞟了一眼："长秋裤！有点儿麦金莱总统①的味道，亲爱的。"

他们俩并肩走出旅客摩肩接踵的终点站，只听得广播喇叭中客车班次的报道和宾·克劳斯贝的高歌声，闹成一片。他们走出车站，外面是点点灯火的黑夜。柯比博士从漫天飞舞的雪片中望出去，说道："好吧，好吧！国会大厦的圆顶没有照明，准是真的在打仗啦。"

"哦，还有各种各样的仗在打呢。铺子里的东西已经紧张了，还有那价钱！"她抱住他的手臂，她的动作灵活而快乐，"我是一个非常不爱国的囤积者，亲爱的。你厌恶我吗？昨天我买了两打长筒丝袜。比起三星期前，价格涨了一倍。我把两家商店中我的尺码的丝袜全买来了！听说丝绸全拿去做降落伞了，要不了多久，哪怕能买到尼龙袜子也算是运气了。哼！尼龙！尼龙袜子在脚脖子上会鼓起来，贴在肉上黏糊糊的。"

"帕格那儿又有消息了吗？"

"再没有一言半句了。"

"罗达，西海岸那边大家都在传说，我们在珍珠港的战列舰全都给炸沉了，'加利福尼亚'号也在内。"

"我也听说了，帕格的来信中也有点儿这种味道。真泄气。但是，如果真有其事，那他会另有重用的。这是势所必然的。"

他们来到黑沉沉的停车场，柯比把他的手提箱往罗达的汽车里一扔。两人一钻进汽车就接起吻来，低声地说些亲热的话，他的双手溜进了她的衣服里面，不过时间不长。罗达坐起身，开亮灯，发动了引擎。

---

① 麦金莱（1843—1901），美国第二十五任总统。

"哦，听说了吗，梅德琳来了，亲爱的。"

"梅德琳？真的？来了多久啦？"

"今天下午，她闯到我这儿来了。"

"她要住下去吗？"

"谁知道？她咕哝着说要去当个海军助理护士。"

"她的广播工作怎么啦？"

"我看她要不干了——嘿，真该死，你这白痴！"一辆红色别克汽车突然从她前面的路边蹿出来，她不得不马上刹车，拼命转动方向盘，把车子让到一边。"说真的，现在这世道，只要有钱，白痴也能买汽车！真把人气坏了。"

这种发脾气、破口骂人的事，罗达是常有的，她的丈夫甚至都不拿它当回事，但巴穆·柯比是第一遭碰到，他听了觉得有些刺耳。"呃，在战时，市面倒好起来了，沾光的人也多了，罗达。如今好事不多见，这正好算是一桩吧。"

"也许是吧。我只知道华盛顿变得住不下去了，"她的声调还是那样尖锐、生硬，"给那些肮脏的、到处乱闯的外地人闹得乱成一片。"

柯比没接嘴，他在心里盘算着梅德琳在家的那个消息。罗达肯到他的公寓去吗？她不大肯去，大楼里她有许多熟人。看来这次小别重逢只落得兴趣索然了——至少今天晚上是这样。他的情妇是一个有子女的妈妈，他只能迁就一些。

真实的情况是，罗达就是想借梅德琳的突然回家来帮助她度过这处境困难的一夜。梅德琳在家里真是一件巧事，她趁势可以把怎样对付的问题、某些良心上的问题搁一搁。譬如说，她已经写信给帕格，要仍旧跟他做夫妻，那么她该不该还和巴穆睡觉呢？左右为难的罗达的一个办法是："如果可能，先不要干出什么来。"现在有她的女儿在家，不要干出什么来倒是很容易。她轻描淡写地提起梅德琳在家，表面上很随便，内心却十分紧张，不知道柯比对此会有怎么样的反应，这也使她方才对那辆别克发了一通小脾气。她天生脾气不好，但是在柯比面前发脾气，以前是不能想象的，逢到要发作的当口儿，她就咬住自己的舌尖，硬是把火气压下去，让脸上保持着笑容，说话的声音仍是甜腻腻的。看到他的反应和帕格一模一样，她感到又好玩儿又松了一口气，他只劝说了一句，就再不说什么了。他也同样是好打发的。

他们的车子沿着草坪那一边开过已熄了灯的白宫，草坪上有一株圣诞树，四周围着一群看热闹的人。"我想你大概知道丘吉尔正在白宫里吧，"她高高兴兴地说，感到沉默的时间未免太长了，"丘吉尔本人来了。我们生活在一个什么样的时代呀，亲爱的！"

"一个什么样的时代！真的。"他回答道，心里十分不得劲。

像大多数俏丽的姑娘一样，梅德琳·亨利有一个赶都赶不走的追求者。她曾经有短短一段时间爱上了海军学院学员西蒙·安德森，那是在她生平第一次应邀参加的海军学院舞会上。只见他穿着一身白色制服，十分合身，伦巴舞又跳得那么出色，她不由得对他有了情意。而他呢，也爱上了她，神魂颠倒、疯疯癫癫地围着这个亨利家的漂亮姑娘转，送给她好些糟糕透顶的情诗。他一毕业，就去向她求婚，只不过是讨个没趣罢了，她还没满十七岁呢。这么年轻脚底下就匍匐着一个被生擒活捉的俘虏，梅德琳那股得意劲儿也就别提啦，她自然当面拒绝了他。

不管做了人家的俘虏没有，西蒙·安德森都是一个死乞白赖的家伙。五年过去了，他还在那儿追求梅德琳·亨利。今天晚上，他跟她在一起。那天下午，她从纽约打了个电话给他，他得了她一声召唤，特地请了个假。在海军学院，他是一个物理考试得奖的优秀生；现在他是安德森上尉了，在军械局服役，研究怎样彻底改进高射炮弹导火线的性能，这是一个保密项目。但是，对于梅德琳来说，西姆①依然是一个死心塌地的追求者，哪天晚上要他来填补空当，总是一声呼唤，随叫随到。有时候她的自我主义缺少一点儿刺激时，就需要他来鼓鼓气。安德森接受他这种屈辱的地位，甘心受她的践踏，眼巴巴地等待他的机会。

罗达带着柯比博士回到狐狸厅路的住宅，只见他们俩正在宽敞的起居室里，在木柴烧的炉火前喝酒。罗达走进厨房去了。柯比接过一大杯加苏打水的白兰地，在熊熊的炉火前伸直了腿，因为尽管穿着长秋裤，腿还是感到冷。梅德琳那股风骚劲儿叫他吃了一惊，她那身红羊毛衣服的领子开得很低，穿着丝袜的双腿搁了起来，露出了膝盖，她的眼睛里还闪露出一种调皮捣蛋的神气。"啊，柯比博士，你正是我想要谈话的人。"

"非常高兴。要谈什么呢？"

当然，梅德琳做梦也想不到她母亲和柯比之间除了长辈间的情谊外，还有其他什么关系。罗达的教会活动一如往常，她那正派的谈吐举止也一点儿没变。柯比看起来是一个规规矩矩的老先生，只能从他的眼神里多少看出他对女人是感兴趣的，在二三十年前，也许那种眼神能把人迷住呢。

"哦，我们刚才谈的话真是疯狂！我给弄得晕头转向了。西姆说，已经有可能制造出放射性炸弹，把世界炸个精光。"

安德森说得非常干脆："我说的是可以设想。"

---

① 西蒙的昵称。

柯比谨慎地看了安德森一眼。这个金发碧眼、中等身材的上尉外表上看来跟其他下级海军军官一样：年轻、轮廓分明、没有特点。"你是物理学家吗，上尉？"

"这是我在学院里主修的科目，先生。毕业后，我在加州理工学院当研究生。我是这一专业的合格的军官。"

"你现在在哪一工作岗位上？"

安德森坐直了身子，像在回答口试问题似的毫不含糊地说："军械局试验场，先生。"

"我手下有一个从加州理工学院来的电气工程师。你打算怎样着手制造这种可怕的炸弹呢？"

"哦，先生——"他看了梅德琳一眼，"这需要一种新技术。这你当然是知道的。我刚才说的只是在这方面，很可能德国人已经走了一大段路了。他们的技术真了不起，是他们首先发现的，何况他们又有强烈的军事上的动机。"

"如果我真相信这类话，乖乖，那不是要叫我吓得目瞪口呆吗？"梅德琳嚷道，"想想看！希特勒光为了显显他的威力，拿出一颗这种东西来扔在北极，把那儿的冰山融化掉一半，使黑夜的天空照得通亮，连赤道上也可以看得清清楚楚。那会发生什么样的灾难呀？"

"问得好，"柯比黯然地搭腔道，"我回答不出。你准备在华盛顿待多久，梅德琳？"

"我也许要在这儿待下去了。"

柯比看到安德森脸上露出又惊又喜的神色。"啊，你不想干电台这行了？"他刚说到这里，罗达走进来了，灰色绸衣上系着一条有褶边的围裙。

"我还说不准。这工作越来越叫人受不了——老是那种白痴般的自得其乐，老是那种讨厌的商业广告——不管打仗也好，不打仗也好，只不过是嘴面上的爱国文章。嘿，就在昨天晚上的节目中，有一个写歌曲的，唱起他那新出笼的战争小调来：'我要去找个老兄，长着一张黄面孔，先打得他红又白，再打得他青又肿！'多叫人讨厌啊！"

安德森那张一本正经的脸上绽出一个孩子气的笑容："你在哄人，梅蒂①。"

她的母亲问道："呃，怎么回事，心肝儿？你已经辞职不干了吗？"

"我正在盘算着拿个主意。至于说到休·克里弗兰，那个自私自利得要命的人，我就是在给他干活儿——妈妈，你以为他在为战争出什么力？哼，他给他的老婆买了

---

① 梅德琳的昵称。

一件貂皮大衣，就是这么一回事。他还陪她到棕榈泉去玩呢。把电台的节目塞给了我，只留一个不开口的丑角，叫作莱斯特·奥谢的，去接待业余的表演者。天哪，那是一件什么样的大衣哪，妈妈！那领子，那袖口，大极了，全都是纯貂皮的，一直挂到腿肚子上。我说，在战争时期，买这样一件大衣，穿这样一件大衣，那真是太粗俗了。我感到厌烦透了，就回家来了。我自己也要度假期呢。"

梅德琳曾气呼呼地告诉罗达，克里弗兰太太毫无来由地怀疑她和克里弗兰有什么关系。做母亲的现在对梅德琳的行动听出一点儿苗头来了。"梅德琳，心肝儿，你这样一走了之，对工作是不是不负责呢？"

"干吗不走？他不是站起身来就走了吗？"她跳起身来，"来，西姆，请我去吃饭吧。"

"你们俩不在家里吃吗，心肝儿？这儿吃的东西多着哪。"

梅德琳看了柯比一眼，这带着嘲笑的眼光使他感到了自己的年岁，那分明是说，她才不想在家吃饭呢。

"我们只是赶着在电影放映前去吃一顿快餐罢了，妈妈，多谢啦。"

罗达照顾她的情夫，就像照顾她的丈夫那样，让他喝得好，吃得高兴。她给他端来一盘烧得极可口的羊肉米饭，再加上一瓶好酒。她还给他做了热腾腾的碎肉馅饼，浓浓地煮了一壶他喜欢喝的意大利咖啡。他们把咖啡带进起居室，在壁炉边坐下来。柯比把一双长腿懒洋洋地搁在沙发上，拿起一杯咖啡，对她和悦地微笑着，心里洋溢着一股温暖的幸福感。

时机到了，罗达心里想，于是她硬着头皮走钢丝了。"巴穆，我有话跟你说。大约一个月前，我写信给帕格，要求离婚。"

他的笑容消失了，他那浓眉毛聚拢了。他放下咖啡杯，坐直了身子。虽说这是一种泄气的表示，罗达却并不感到意外。他原本可能听了会表现出喜悦的。她保持着很好的平衡，在钢丝上轻快地走过去。"现在，亲爱的，听着，你像空气一样自由。记住这个！我不知道自己到底想不想再结一次婚，我心里乱得很。你知道，我原以为他会叫我到檀香山去安家的。我就是舍不得离开你。所以，我写了那封信，反正已经摊牌了。"

"你向他提出的是什么理由，罗达？"

"我就是说我们经常见面，我已沉溺在爱河里没法儿自拔了，我不把这事告诉他，就对不起他了。"

他慢慢地、沉重地摇摇头："时间选得真糟。"

"我同意。我可没先见之明呀，亲爱的。我怎么会知道日本马上就要轰炸珍珠港呢。"

"他的回信来了没有？"

"来了。真是一封动人的、使人心碎的信。"

"让我看看。"

她到卧室去拿信。

柯比将紧握着的双手夹在两膝中间，呆呆地望着炉火。他立即想到再次向她提出结婚的要求，在目前的情况下，看来这是势在必行的。不过，如果现在娶罗达·亨利的话，那情况就跟他在旅馆里所幻想的不一样了。他正处在不得不做出决定的位置。柯比忽然觉得，事情这样发展，是对方的一种策略。他不是一个好打发的人，他懂得运用策略，而且根据原则，他是不肯让人用策略把他打败的。

他心里不禁又想起了战争。话又要说回来，他比起他所瞧不起的那些欢度节日的人，又好得了多少呢？吃饱了羊肉米饭、碎肉馅饼，喝够了酒，一心想和别人的老婆睡觉，也许还打算趁着那男人在前线杀敌的时候，干脆把他的老婆偷走，难道还有什么比这更缺德、更自私的吗？他这会儿原本该待在自己的公寓里，写一份明天和万尼瓦尔·布什①会面时用的报告……

这时候，罗达正在自己的卧室里重读丈夫的来信，她好像是用那位工程师的眼睛来读的。在那一会儿里，她看到自己只是一个穿得花花绿绿、浅薄庸俗的女人，不配得到她丈夫或情夫的爱。她盘算着最好用什么托词不让柯比看到这封信。可是整个晚上，她从他的眼色中看出他有求欢的意思，这是最重要的一点，其他的就顾不上了。她把信带进起居室，只见他正弓着背，坐在那儿拨炉火。他读了信，又仔细看了娜塔丽和路易斯的照片（照片已经有些破损了），然后一言不发地把信交还给她。他把头靠在沙发背上，擦擦眼睛。

"怎么啦，亲爱的？"

"哦，没什么。今天晚上我还有篇报告要写。"

"这真是尴尬，是吗？我是说梅德琳回家来了和这类事。"

巴穆·柯比做了个苦脸，把一只肩膀耸了一下，说道："没什么关系，真的。"

这句话多叫人寒心啊，罗达近来才感到对这个男人有把握了，这一下子可全吹啦。"巴穆，"她的声音里充满着感情，"带我到你的公寓去吧。"

他的眼皮本来耷拉着，她这么一说，他的两眼顿时放出了光彩。"什么？你要我带你去吗？"

---

① 万尼瓦尔·布什（1890—1974），美国著名电气工程师。

"你没想到吗，你这个傻瓜？"他们俩对了对眼光，火热的情意从罗达的脸上显露出来，一抹淡淡的微笑使她那好看的薄嘴唇形成一条曲线，"你不想吗？"

罗达回到家里时已是一点钟光景，起居室里没有灯光，梅德琳也不在她的卧室里。她已在柯比的公寓里洗过澡了，如今就换上一件便服，走下楼来。这样心急地穿衣脱衣，她不禁感到有些好笑。除了这一点以外，她的确觉得非常舒坦——周身有一种暖洋洋的余温，她的心境又恢复了平静。在寻欢作乐一番之后，柯比果然提出要她嫁给他。她坚决拒绝了他。她对他说，这种不得已表态的求婚，她不加考虑。回答得真出色！他真是心花怒放，他本来尽责任的表态，现在成为咧嘴一笑和一次紧紧的拥抱。

"那么，这阵子，罗达，我们还要——呃，继续见面吧？"

"亲爱的，要是你把这回事叫作'见面'，那很好，没有第二句话。今天晚上，我就非常高兴跟你'见了面'。你的眼光真凶。"罗达跟柯比说这类俏皮的粗话，觉得很得劲，她跟维克多·亨利在一起的时候，难得开这类玩笑。她这话让柯比一下子笑了起来，笑得那样粗俗，把牙齿、牙龈都露了出来。后来过了一会儿，她要走了，他不假思索地问道："什么时候我能再跟你'见面'呢？"引得两人都扑哧一声笑了出来。

她向暗红的余烬上加了几块木柴，给自己调了一杯酒，又把帕格的回信读了一遍。由于柯比方才向她求了婚，这封信给她的感受就不一样了。她已是有了两个孙儿的奶奶了，而现在有两个出色的男人争着爱她、要她！自从她情窦初开，电话铃声一次次响起来，请她去跳舞，她接连拒绝了两个男孩子，料想还有第三个她更中意的人会打电话来邀请她——自从那时以来，她还不曾对自己的吸引力这样得意过。

她心里正在思量着这些事，电话铃响起来了，把她吓了一跳。原来是长途电话，从棕榈泉打来的，要梅德琳·亨利听电话。

"她不在，我是她母亲。"

罗达清清楚楚地听到是克里弗兰的声音。"接线员！接线员！我要跟对方通话……喂，亨利夫人吗？对不起，打扰你了。"那大大有名的、丰满而低沉的声音送进了她的耳里，"梅蒂真的在华盛顿吗？"

"是呀，但是今天晚上她出去应酬了。"

"听着，她是不是一心一意想当助理护士？我是说，爱国心我是完全拥护的，亨利夫人，可这个念头是要叫人笑话的。助理护士嘛，哪个黑鬼小丫头不能当啊！"

"跟您说实话，克里弗兰先生，我很钦佩她，现在正在打仗呀。"

"这我懂得。"克里弗兰叹了一大口气，"可是'快乐时光'能起到振奋人心的作用，也是为战争出了大力呀，我可以向你保证。你真该看看我办公室里挂在镜框里的那些海陆军将领的来信！"电话里的声音越发热情亲密了，"罗达——要是我可以这样冒昧称呼你——两个儿子，一个丈夫，都打仗去了，你做出的牺牲难道还不够大吗？假使他们把她送到海外去呢？那么在打完仗之前，只剩下你一个人了。"

"梅德琳不赞成你在这个时候出门去休假，克里弗兰先生。她认为你对战争漠不关心，她还说了关于什么貂皮的一些话。"

"哦，天哪！她怎么说到貂皮了？"

"说到你太太的貂皮大衣来着，我相信。"

克里弗兰低声地叹了一口气，说："天哪，如果不是为了这件事，还有另一件事。她管后台的工作，罗达。我走开一星期还不打紧，她可是不行啊。我们得训练一个人来随时替代她。等她回来了，请她跟我通个电话。"

"也许那时候我已经睡了，我给她留张条子吧。"

"谢谢，用唇膏写在她的镜子上吧。"这话让罗达笑了出来，"我不是在哄骗你，今天晚上我一定要跟她说话。"

罗达在炉火边刚喝完酒，就听到梅德琳在过道里跟西姆·安德森说再会。梅德琳得意扬扬地大踏步走了进来，说："嘿，妈妈，临睡前喝杯酒？我想陪你喝一杯。"

"心肝儿，休·克里弗兰打过电话了。"

女儿停住脚步，皱皱眉头："什么时候？"

"刚打来。他在棕榈泉的电话号码在放电话机的桌子上。"

梅德琳把鼻子朝天一翘，活像小姑娘的样子。她在逐渐熄灭的炉火边坐下来，捡起放在她父亲的信旁的那张快照。"乖乖，勃拉尼的娃娃？可怜的娜塔丽！从照片上看，她胖得像头母牛了。妈妈，你能打听到他们的消息吗？"

"她的母亲给国务院写过信。从那以后，我没接到过她的来信。"

"反正这真是一段奇怪的姻缘。大多数婚姻看来都是意想不到的。拿克莱尔·克里弗兰来说吧，她没有时时刻刻跟休打成一片，这使她那股酸劲儿像疯了一般。我写了一封傻里傻气的信给爸爸，他在信中提到了没有？"

"只是顺便带了一句。"

"他怎么说的？"

罗达翻看那三张信笺。"在这儿呢。短短几句话。'梅德琳出了什么事，我不太清楚。对她的事，我感到有些厌烦，所以不打算多谈了。如果那家伙准备跟她结婚，把乱子收拾干净，那就再好不过。不然的话，我一定要唯他是问。'"

"天哪，多可怜的爸爸呀！"梅德琳把一只小拳头在沙发上嘭地敲了一下，"她当然不会跟休离婚！我真不该写那封信。我只是心里一阵慌张，因为我万万想不到她会提出控诉。"

"再给他写封信，心肝儿。跟他说，上次写的全是废话。"

"我想写。"梅德琳站起身来，打了个大哈欠，"西姆倒多少有点儿亲热劲儿，你知道那样低头伏小吧？那样百依百顺！就算我要他把自己的头割下来，他也会去拿把斧子照着我的话做。可说实话，叫人腻烦。"

"去给克里弗兰先生打个电话吧，梅德琳。"

女儿走出去了。后来休·克里弗兰又打电话来了，铃声响了好一阵，结果还是罗达去接。她到女儿房中，隔着浴室的门，夹杂着水龙头哗哗的放水声，叫她去听电话。

"天哪，他到底有什么事呀？"梅德琳叫道，"我不要人来打扰我。告诉他，我正泡在肥皂水里。"

克里弗兰说，他可以等到梅德琳把身子擦干。

"哦，上帝！对他说，我喜欢在上床前在浴缸里泡半个小时。真是岂有此理，在凌晨两点半钟跟我纠缠不清！"

"梅德琳，我不乐意再隔着门像白痴似的大喊大叫了，你擦干身子出来吧。"

"我才不呢。如果这不称他的心，告诉他我不干了，那他不如找根绳子上吊去吧。"

"喂？克里弗兰先生吗？还是等早晨再说吧，她这会儿情绪实在很坏哪。"

"他早晨再跟你通电话。"她好声好气地说，她那种哄人的、平稳的声调表示梅德琳取得了胜利。

"管他呢。"梅德琳也有腔有调地回答。

差不多有一个小时，罗达在黑暗中翻来覆去地睡不着，于是她起身拿了一本信笺和一支笔，在床上坐起来。

最亲爱的帕格：

　　我能写上四十张信笺，表达我对你的感情、对我们俩共同生活的感情，以及我读了你的那封了不起的信之后是怎样想的。可是，我要把这信写得短些。有一件事我是说得准的，现在你忙得要命！

　　第一件事，梅德琳。说来话长，主要的一点是她受到人家彻头彻尾的诬告，并被人家彻头彻尾的卑鄙威胁吓坏了。我有把握说，她没有什么不正当的行为，她是清白的。她回家来和我一起过圣诞节，所以我并不感到自己是孤零零的一个人。我还得说，她已长成一个顶呱呱的纽约姑娘了。信不信由你，西姆·安德森还在她身边转来转去地献殷勤呢！今天晚上，他带她出去玩了。她是能够拿稳主意并应付得了种种情况的，你不必把这个问题放在心上。

如果你能不再为女儿操心，那么在今后几个月里，也请不必为我操心吧，就把我看作一个留在后方家里的小老太太好了。你有一场仗要打。我在上一封信中说的话仍然算数，可是我们信札往返的时间长得真可怕，我们没法儿靠这种方式来解决什么问题。我是一个过来人，我不会做出什么顾前不顾后的事来。等你从前方回来，我会像一个海军人员的好妻子那样，在这狐狸厅路的宅子里等着你，穿着我最漂亮的衣裳，准备好满满一壶马提尼酒。

你说你愿意忘掉我那封信，与我和好如初，我读到这里，哭起来了。真不愧为你，你那样宽宏大量，真让人受之有愧。我们俩都该静下心来好好思考这个问题。我已经"不是一个女学生"了，这话是不错的，我也确实经历了中年妇女的所谓"热情冲动"。我正在尽我的力把我自己"理出个头绪"来，从头到脚。你愿意宽恕我——那是别人简直无法想象的，因为他们不像我那样深切地了解你。请相信我，读了你的那封信之后，我从来没那样敬你、爱你，从来没那样为你自豪。

娜塔丽和她的娃娃至今不知下落，是吗？这儿没有一点儿消息。拜伦的点滴情况也请告诉我。向华伦、杰妮丝和小维克问好。

当然，还有你，永远惦着你。

罗

写好了这封信，信里的每一句都是她的真心话，罗达就熄了灯，像一个问心无愧的人那样睡熟了。

第九章

有人在砰砰地敲门。

帕米拉一边急忙奔出去开门，一边摸索着把一件长睡衣披在身上。古老的莱佛士旅馆的寝室地板震得直摇动。

"是谁？"

"菲尔·鲁尔。"

她打开房门，吓了一大跳。

她上次看到他是在日本发动进攻后的第二天早晨，当时他穿着一身丛林战的军装，慷慨激昂地正要驾着一架租来的私人飞机到前线去。鲁尔是一个飞行员，为了搜求战场上的事迹，他肯豁出去蛮干。当初西班牙内战期间，他那些凭着一股疯劲儿驾着飞机去和敌机搏斗的故事让她听得入了迷。他那些富于浪漫气息的奇谈，添上马克思主义的辞藻，使她想起马尔罗①。这会儿他却浑身湿透，头发一绺绺地垂下来，没有刮过的脸十分憔悴，两眼陷了下去，一只包扎着绷带的手红肿得可怕。他身边还有一个人，只见他个子矮小，相貌严厉，铁灰的头发，也是浑身湿透。他是一个陆军军官，手里拿着一根湿淋淋的轻便手杖，在拍打着自己的掌心。

"我的天哪，菲尔！进来吧。"

"这位是登顿·谢普少校。"

塔茨伯利穿着一套松垂的黄色绸睡衣，从他的卧室里一瘸一拐地走出来。"老天，菲尔，你掉到河里啦。"他打着哈欠道。

"外面在下大暴雨。能给我们一些白兰地吗？槟榔屿已经失陷了，我们刚从那里来。"

---

① 马尔罗（1901—1976），法国作家、政治家。1927年加入法国共产党，广州起义时首次来中国访问，1965年再次访问中国。代表作有小说《征服者》《人类的处境》《希望》。

"我的上帝，槟榔屿？没有的事。"

"丢了，我跟你说。丢了。"

"他们已经向南推进到这么远了吗？呃，那座岛屿像城堡一样坚固呢！"

"过去是这样。整个马来亚都快失陷了。这是一场溃败，你广播的新闻都是可耻的谎言。老天爷啊，你干吗要去奉承那些谎报战果、一无所能的孬种呢？他们把这场戏弄糟了，说不定还要把一个帝国也断送了——这倒不是说这个帝国值得挽救。"

"我报道的都是真相，菲尔，"塔茨伯利给两个人递了两杯白兰地，面孔涨得红红的，"我说出了我所能打听到的。"

"胡说八道。还不是《统治吧，不列颠尼亚》①那一大套好听的劳什子。马来亚已经丢了，丢了！"

"我说，这白兰地倒呱呱叫！"少校的嗓音又高又甜，简直像女孩子的声线，真叫人吃惊，"别理睬菲尔，他受了惊吓啦。他从没吃过这样的败仗。马来亚并没失掉，我们还是能够打败这帮小杂种的。"

"登顿在多比将军的参谋部工作，"鲁尔用嘶哑的声音对塔茨伯利说，"我并不同意他，但是听听他怎么说吧，他会给你提供一点儿可以广播的东西。"

帕米拉回到她的房里披上一件浴衣，免得菲尔·鲁尔老是瞪着眼盯着她那薄薄的绸睡衣里的乳房和大腿。

塔茨伯利把酒杯重新斟满时，谢普尖着嗓子问道："你手边有马来亚的地图吗？"

"这儿就是。"塔茨伯利走到屋子中央，把柳条桌上面的一盏吊灯开亮了。

谢普把他的轻便手杖当作指示棒在地图上比画着，说明这次战役完全是早就预料到的。他本人就在多比将军的参谋部制订演习方案时出过一份力。许多年以前，他们就预测日军进犯时可能登陆的地点，以及他们将怎样进军，多比甚至在季风期间布置了一场模拟进攻，来证明它是行得通的。但是，目前马来亚的司令部中似乎谁都不知道多比所做的研究工作。在晚上袭来的一场暴风雨中，北部的印度军和英军猝不及防地被日本人建立起滩头堡，防守部队溃不成军，败退下来。日军的进攻势如破竹，英军建立在日得拉周围、配备着充分给养的第二道防线，原来以为可以坚守一个月，却在几个钟点里失陷了。从此，英军节节败退，根本没有一个作战计划。

再说，英军分散在半岛上——谢普用他的手杖这儿指指、那儿点点——兵力单薄，而要保护的各机场的地点，皇家空军又选择得那样愚蠢，事先也不跟陆军磋商一

① 英国皇家海军军歌，其副歌为：守护神把这支歌曲高唱：统治吧，不列颠尼亚！不列颠尼亚统辖海洋，不列颠人永不为奴！

下。他们没有办法协调作战，保卫机场。有几个机场已经失陷了。这样，日军就夺得了制空权。更糟的是，日军拥有坦克，在马来亚，英国一辆坦克也没有。伦敦的陆军部做出过这样的决断：在丛林战中，坦克没用。可惜的是，谢普用枯燥的、从鼻腔里发出来的高音调说，日军并未获悉这一真知灼见。尽管他们的坦克不是很好，但一路上横冲直撞，没遭到任何抵抗，亚洲人的部队望风而逃。在新加坡，防坦克的障碍物高高地堆积着，可就是没有人把它们放到应该放的位置上。

尽管吃了败仗，英国的防守力量还是占据着优势，谢普坚持说。登陆的日军有三个师。英军可以调集五个师的兵力，空中的和地面的援军还在源源而来。日军对于丛林战是训练有素的——轻装便服，能拿果子和野生植物的根充饥，配备了几千辆自行车，一旦占领了公路，就可以迅速前进——但是日军在太平洋全线出击，很可能这支登陆军队的给养和弹药全是它自己带来的或抢到手的。如果守军实行焦土政策，跟侵略军拖下去，迫使他们在南下的长长的路线上把粮食、燃料、弹药都消耗干净，等到弹尽粮绝，他们就只得停止前进，那时就可以一举把他们消灭掉。

谢普在地图上指出哪些地方早就应该有坚固的防御工事。多比将军当初打过报告，要求在和平时期就把它们建筑起来，可是什么也没有做——真是大错特错——不过还来得及。建筑工事所需的物资，库房里有的是。一支两百万中国人和马来人（他们对日本人都又恨又怕）组成的劳动大军，随时可以召集。他们能在一星期或十天之内把工事筑起来。他们需要筑两条十分坚固的防线，紧贴着城市：一条在海峡对面的柔佛州；另一条就沿着新加坡岛本身的北岸，包括水下障碍物、输油管、探照灯、碉堡、带刺的铁丝网、机枪掩体……

"可是那儿的工事已经筑好了啊，"塔茨伯利打断他的话说，"北岸早就固若金汤了。"

"你错了，"谢普回答道，他那奇特的姑娘般的细嗓子因为喝了白兰地而变粗了，"这座岛的北岸除了沼泽地之外，再没别的什么了。"

埃里斯特·塔茨伯利瞪大了眼睛，沉默了一会儿，才开口说："我亲眼看见那儿有很结实的防御工事。"

"你看到的是基地的外墙，这道墙可以挡住那些爱管闲事的人。这不是一个可以防守的基地。"

"你这话是不是说英国广播公司听信了谎言，受了新加坡最高当局的蒙骗呢？"

"啊，我的好朋友，英国广播公司是一个宣传渠道。人家利用你。我到这里来就是为了这个，我希望你有什么办法叫马来亚司令部动起来。"谢普似笑非笑地在手掌上轻叩着手杖，"菲尔说你是一个刚强勇敢的人，还说了这一类夸奖的话。帝国在摇摇欲坠，塔茨伯利。那不是报纸上的宣传，那是军事上的事实。"

塔茨伯利眼睁睁地看着这个沉静的、具有强烈说服力而身上湿淋淋的军官。"好吧。早上九点钟左右，你能再到这儿来一次吗？"他激动地在室内一瘸一拐地走着，"我准备通宵把这篇报道赶出来，然后我要你把稿子核实一下。"

"当真吗？九点钟？太好啦！我乐于帮忙。"

"可是你必须掩护登顿，"鲁尔插进来说，"哪怕人家用烧红的夹钳钳出你的鸟丸。"

谢普走了。鲁尔问是否可以让他留下来在扶手椅上打个盹儿，他准备天一亮就上医院。

"听着，把湿衣服脱掉，挂起来。你去洗个澡，"塔茨伯利说，"我屋子里有一张空床，洗过澡就去睡吧。"

"那太感谢啦！我浑身都发臭啦。在日得拉，我们步行着从泥水塘里穿过去。我从自己身上拉掉四十条水蛭，这些小小的怕人的脏东西！"

"你手上怎么啦？"帕米拉问，"看起来很吓人。"

"唉，那是在日得拉被一个白痴般的军医用柳叶刀弄成这样的。"鲁尔可怜巴巴地、担心地往自己的手望了一眼，"但愿别让我丢了这只手才好。也许已经有点儿血液中毒了，帕姆，我全身都在发抖呢。"

帕米拉笑了笑。尽管鲁尔天不怕地不怕，但这个人一向是疑神疑鬼的，以为自己得了什么病。塔茨伯利问道："你的飞机呢，菲尔？"

"在马六甲飞机场，我们在那儿搭上一辆军用卡车，他们不肯给我的飞机添汽油。登顿和我是从槟榔屿飞到那儿的。在槟榔屿，我们还得守住飞机，赶开那些人，韬基，我是指白种人。事实上，是陆军部队的军官！"

帕米拉在浴盆里放了水，给他放上干净毛巾，可是一看，他已经和衣睡熟了。她脱下了他的靴子和他外面的制服（制服散发出沼泽地的臭气），替他把蚊帐在四边塞好。她翻动他的身子的时候，他还说着梦话呢。

她突然想起了往事。到目前为止，在新加坡，他一直是她过去的情人：上了些年纪，喜欢油腔滑调地调情，令人讨厌。可是眼前这个精疲力竭、头发蓬乱的白皮肤大个子，穿着湿漉漉的汗衫小裤，一无遮掩，睡在那儿，更像是当年在巴黎时的菲尔·鲁尔。娶了一个俄国老婆，还有其他一切，都说明他至少是不同寻常的！在巴黎的时候，他——不修边幅，真叫人感到寒碜——总是使人觉得很有趣。

"在闹什么呀，帕米拉？"塔茨伯利叫道，"坐到打字机旁边来，咱们干活儿吧。"

他迈着沉重的步伐踱来踱去，挥动着双臂，口述了一篇广播稿——《和一个失败主义者的对话》。他这样报道：在高尔夫球俱乐部里，他曾经跟一个已退役的陆军上校谈过一次话，这个陆军上校是一个危言耸听的老顽固。登顿·谢普的看法结果从这个吹毛求疵的老头儿的嘴里讲出来了。塔茨伯利指出，失败主义往往会唤起这类噩梦，而这篇报道也显示了新加坡防守者具有人性的一面。作者本人表示，他深信固定防线是存在的，边战边退的行动完全是按照计划执行的，新加坡岛的北岸已经布置好了圈套，刀枪林立，将是来犯者的葬身之地。以上这段小插曲无非证明在新加坡要塞仍然享有言论自由，"民主"在马来亚仍保持着自信云云。

他口述完毕之后，帕米拉开灯火管制用的窗帘。东方已经露出了鱼白色，雨仍然下得很猛。

"很有策略，是不是？"她爸爸看到她并不对这篇文章表示意见，就这样问道，"把情况捅出去了，可是叫他们没法儿找我的碴儿。"

她揉揉眼睛，说道："这篇东西一拿出去，你就永远也脱不了身啦。"

"我们走着瞧吧。这会儿我得抓紧时间睡一小时觉。"

谢普少校打扮得整洁多了，戴着一顶编织着木髓的钢盔，正好在九点到来。他用铅笔在打字稿上匆匆地做了几处小修改，尖着嗓子嚷道："我说，你的记忆力真强，没说的，塔茨伯利。"

"干这一行不是一年两年了。"

"很好，这是一篇呱呱叫的报道，写得太妙了。祝贺你！希望能产生影响。我将在北部收听它的广播。菲尔陪着我到这儿来，太让我高兴了。"

帕米拉把稿子送到新闻检查官办公室，就上街买东西去了。只见铺子里挤满了进进出出的顾客，这些铺子多半是中国人开设的，日常用品的备货仍然十分充足，价格比伦敦低廉多了——妇女的绸内衣啊，首饰啊，精美的食品啊，酒啊，小山羊皮手套啊，以及雅致的鞋子和钱包等。可是现在几乎家家铺子都挂着同样的布告，上面是用印刷体新近写成的红色字样，有些像出于东南亚人的手笔："一律现金交易，概不赊账。"

"你回来了吗，帕姆？"塔茨伯利听到她正把买来的东西扔在放地图的桌上，喊道。

"是我。有消息吗？"

"有啊，政府办公厅把我叫去了。"他从自己的房间里出来，刚剃了胡子，脸上红光光的，穿着一身白亚麻布衣裤，帽子歪戴着，像个浪荡子，眼睛里露出两道凶光，"柏林老文章又来啦！"

"菲尔到底醒了没有？"

"早就醒了，他在你的卧室里留下一张便条。再会吧！"

鲁尔写的是孩子般的印刷体："亲人，我用左手写印刷体，出于无奈，祈谅。多承关怀，罩以蚊帐。往事历历，我情不自禁，致使尊体不得不披上浴衣，甚以为歉。我的手疼痛异常。祝好，马尔罗。"

她把便条扔进纸篓，倒在榻上就睡熟了。电话铃声把她吵醒了，已经过了一个小时。

"喂，帕姆？"塔茨伯利的声音听起来又兴奋又轻快，"给我收拾一个旅行包，我要出门一个星期光景。"

"出门？到哪儿去？"

"这会儿还不能说。"

"我也要收拾吗？"

"不要。"

不一会儿，他就回来了，只见他腋窝的汗水浸透了他的上衣，成了黑黑的两大摊。"旅行包在哪儿？"

"在你床上，都收拾好了。"

"让我来一杯烈性的杜松子酒。捅了马蜂窝啦，帕米拉。我的目的地是澳大利亚。"

"澳大利亚！"

"我的日子大大不好过了，亲爱的，"他慌忙脱下上装，解开领带，一屁股坐进扶手椅里，椅子发出嘎吱一声响，"比在柏林还要糟哪。老天，那篇稿子叫有些人心惊肉跳！总督和布鲁克-波帕姆正暴跳如雷呢。我受到了当地毫无道理的亏待，帕姆。这两位大老爷当真想要威吓我。该死的傻瓜，他们自己才是碰到了麻烦呢。可是，谁要叫他们从迷梦的世界中醒过来，他们就下定决心要掐死谁。到了该暴露真相的时刻了，帕姆，令人痛苦的、兆头不妙的真相。我看到的是弥漫在最上层的那片乌烟瘴气。啊，谢谢。"他把酒一口咽了下去。

"我该怎么办？跟你走吗？"

"不。布鲁克-波帕姆就要换班了。你要想办法去打听，要在本子上记下来。我会赶回来收拾这场战斗，可是那篇稿子一定要广播出去。"

"韬基，澳大利亚也有新闻检查呀。"

"跟这儿不能比，那是不可能的。岂有此理，岂有此理！自相矛盾！你可知道，

他们先是说，他们已有了固定的防线，接着又说不是这么回事，他们承认还没有那条
防线，因为缺乏劳动力！关于谢普的设想——利用当地的劳动大军，他们称之为胡说
八道的废话。马来亚的任务是赚钱，哪怕从橡胶园里或者从锡矿里抽调一个本地人，
都会妨害备战的部署——要注意，说这些话的时候，每天都有矿山和种植园一个个落
到日本人手里！再说，种植园主和矿山公司所付的工资，政府付不起。按照政府支付
工资的标准征用劳动力，要跟陆军部信件往返三个月。这就是他们考虑问题的方式，
帕米拉。而这当口儿，槟榔屿失陷了，日军正气势汹汹地朝南进军！"

"新加坡早晚要失陷。"帕姆说。她茫然无绪，不知将来怎样从这地方脱身
出去。

"要是当局采纳了谢普的意见，它就不会失陷。我一直替这个政府的自杀性骗
局卖力，现在我可得将功赎罪啦。感谢上帝，菲尔把谢普带来看我——哈，这可来
啦！"他向那响起铃声的电话扑去，"什么？什么？啊，干得漂亮！好极了，谢谢
你——帕姆，他们办好啦！他们把一个可怜的美国商人在水上飞机上的位置挤掉了，
我要上路啦。"

"这么说，圣诞节你要在澳大利亚过了。我呢，却要在这里过。"

"帕姆，有什么办法呢？这是战争呀。这次广播将会是一次历史性的广播。英
国广播公司事后尽可以把我解雇，我并不怎么在乎。等这桩事干完了，这场风波平
息了，我就回来，要不然你乘飞机到澳大利亚来。"塔茨伯利一边唠唠叨叨，一边
忙着梳头发、整领带，奔过去拿旅行包，"真抱歉，我就这样溜了，好在也不过几
天罢了。"

"可是，在这几天里，日本人会不会来呢？我心里就是在想这个问题。"

"你想我会抛开你不管，让你自个儿去面对困难吗？日本人还在三百英里以外
呢，一天不过推进几英里罢了。"

"得了，好吧。要是我有选择的机会，我可不愿让整排整排的淌着口水的东方人
把我强奸啊。"

"听着，你觉得我亏待了你吗？"

"得了，韬基，你上路吧！祝你圣诞节快乐！"

"这才是我的好孩子。再会吧！"

谢普少校讲的是真实情况。新加坡要塞不过是一个幻象罢了，塔茨伯利父女刚来
时就从飞机上看得一清二楚，并没有这样一个要塞。

帝国的消亡就像阴云密布的一天的消逝，看不到日落的景象。收音机里并没宣布

它寿终正寝，读者也并没在早晨的报纸上读到它的噩耗。不列颠帝国在击退希特勒的这场伟大的却行动迟缓的斗争中，把自己搞到了山穷水尽的地步。英国人民早就希望这个帝国快快完蛋，好推选出绥靖主义的领袖，大刀阔斧地削减军事预算。话虽然这样说，等到末日临头的时候，仍然让人受不了。幻想是镇痛剂，产生于主观愿望和客观现实之间的差距。这种幻想就是新加坡要塞。

说这话不是存心吓唬人。只要读一读丘吉尔的回忆录就再清楚不过了，就连他也当真以为新加坡是一座要塞呢。当地的所有人员——陆军军官、海军军官、殖民地行政长官，沿着这一庞大的指挥系统一直通上去——他们中哪一个也不曾向首相报告新加坡要塞并不存在。但英国人对"帝国的铜墙铁壁"的信仰是有感染力的——至少对欧洲人来说是如此。在日军发动进攻的好几个月之前，赫尔曼·戈林向一个来访的日本将军提出过警告，新加坡要塞能坚守一年又六个月。可是后来，正是这位将军[①]在七十天内攻克了新加坡。

这一幻想并不是凭空产生的。新加坡位于印度洋和南中国海之间的航道上，控制着主要的东方贸易航线。在那些虚度的绥靖主义年月里，好几百万英镑作为军事拨款被源源不断地送往新加坡，这是因为日本的威胁早在预料之中。在二十世纪初，正是英国人自己帮日本建立起现代化的海军，英国造船厂捞到了好大一笔红利。古怪而封建的日本人很快就赶了上来，把沙皇俄国的海军打败了，博得英国报纸一片热烈的喝彩声。可是，等第一次世界大战的硝烟消散之后，世界力量对比的变化使人料想到，也许正是这些古怪的日本人有朝一日会来跟大英帝国较量一下。于是，英国在新加坡建立了巨大的海军基地，拥有容纳、维修整个皇家舰队的能力。原来的计划是，如果日本蠢蠢欲动，那么主力舰队立即驶往新加坡，用威慑或者用武力不许它轻举妄动。如果偏偏在这当口儿德国人也出来捣乱，那就需要主力舰队留守本土，这一点似乎被忽略了。

因此，新加坡贮藏的粮食、燃料和军火足以抵挡七十天的围攻。在这七十天内，尽可以调集舰队赶到新加坡。它还筑有巨大的炮台，炮口对准海面，在援军赶到之前，可以抵挡日本舰队所发动的任何进攻。这一切都给人一种要塞的感觉。

可是，海洋并没像一条护城河那样把新加坡团团围住。敌人可以从北方沿着荒凉的马来半岛南下，跨过狭窄的柔佛海峡，走陆路来犯。决策者们认为，长达四百英里的热带丛林比设防的壁垒更加坚固。再说，他们觉得如果在岛屿北岸当真树立起一道

---

① 指山下奉文（1885—1946），日本陆军大将，1941年12月8日率领日军第25集团军在马来亚登陆，翌年2月15日攻占新加坡。

壁垒，那岂不意味着害怕日本军也许有一天会从北方打过来，而英国军队会抵挡不住他们吗？大英帝国以无敌于天下的威望统治着亚洲，主力舰队七十天内就可赶到，还有什么紧迫的需要非采取这种屈辱的预防措施不可呢？这道壁垒终究没有建造。为了放心再放心，却把新加坡岛上的贮藏物资增加了一倍，足以维持一百四十天。

这就是"新加坡要塞"这个形象的由来。多年来的计划啊，不惜工本的大笔拨款啊，用在报纸、杂志宣传上的已经成了河流的墨水啊，震天价响的政治上和军事上的辩论啊——这一切都助长了一个几乎传布到全世界的幻想，它进入了英国最高领导阶层的脑子里，也传遍了整个西方世界：新加坡已筑起了一座要塞。英国工人阶级的衣食、血肉都消耗在这二十英里见方的海军基地上了，那儿有世界上最大的船坞，有起重机，有机修车间，有各种各样的机器和配件，有讲究的住房和娱乐设施；还有足够的军火、粮食和石油，可以供整个舰队消耗几个月，这些物资都贮藏在沼泽地下面庞大的混凝土地下室里。它自成一格，就像马其诺防线那样，是工程上的奇迹，使人惊叹。

可是，直到二月份，最后一旅苏格兰军吹着风笛，跨过堤道撤退，炸药包把连接大陆的那个环洞炸出一个窟窿，大陆上的日本军正蜂拥而来。直到这最后一刻，新加坡的北岸始终没有设防——丘吉尔却始终以为那儿早已设防了，用他自己的话说，他还以为"没有船底的战列舰休想下水"。

结果英国舰队根本没来，它在大西洋上、在地中海上、在本国的领海上跟德国海军厮杀都来不及呢。大量设备始终无人使用，直到日本陆军逼近到只有一英里了，英军才想尽办法把这些设备炸的炸、烧的烧。然而，基地陷入敌人之手时，还是相当完好，这是一个惊人的军事上的收获。丘吉尔却不顾一切，抱住七十天计划不放，哪怕已经到了七零八落的地步，也还是要试一试。他派遣"威尔士亲王"号和"反击"号前去支援，却只是叫它们葬身海底罢了。

马来亚还开辟了不少机场，配备了许多物资——就是没有飞机。英国皇家空军从没派大批飞机来过，它为了保卫英国上空，不让德国空军侵犯，损失了不少飞机，又运了几百架到苏联去，其中有好多从没起飞过，在运送的途中就被德国潜艇的鱼雷送到了海底。马来亚现有的少数飞机很快就被击落了。据说"用竹笋和宣纸"做成的日本飞机原来是零式飞机——当时，这是全世界最先进的战斗机。日军夺取了那些出色的简易机场，他们称之为"丘吉尔机场"，从这些给养充足的机场，他们的飞机配合陆军出击，迫使新加坡投降。

关于新加坡的记载，今天看来就是这样一笔糊涂账。美国国会调查了珍珠港事件，英国议会却没有调查新加坡问题。丘吉尔把全部过失承担下来，他的身子向下弯了一两英寸，但是继续战斗下去。

就连地名也都是稀里糊涂的一回事。"新加坡"说明什么呀？新加坡是指那座城市？新加坡是指那座岛屿？新加坡是指那个海军基地？新加坡是指那个"帝国的堡垒"？说穿了，"新加坡"只是一个起麻醉作用的神话，当白种人的欧洲那只紧紧攥着亚洲的手臂被锯掉时，它把痛苦变成一种迟钝的感觉罢了。

第二次世界大战之后才发现，那没有被采用的多比将军的战略部署的确十分高明——原来侵略军开进新加坡时，当真只剩最后一口气了，他们的人数大大少于当地的守军，差不多已经到了油干弹尽的地步。日军在发动最后一次攻击时，下定了破釜沉舟的决心，把现存的燃料、弹药全部用光。新加坡的最高司令部垮台了，于是有色的马来人换来了有色的新主人。

埃里斯特·塔茨伯利在澳大利亚把他的稿子广播了，帕米拉在麦克马洪家的客舍里听到了这一广播。菲尔·鲁尔，一只胳臂裹着吊带，正在那里卧床养伤。他那只手又开了一次刀，他得休息一个星期。在正屋里，麦克马洪夫妇和他们请来吃饭的宾客并不想听她爸爸的广播。他们喝了大量"巴喜特"，吃了一顿有好几种美酒的丰盛晚餐之后，围着钢琴唱起圣诞颂歌来。茫茫的黑夜里，大雨哗哗地泼下来，附近红树林里的牛蛙发出一阵低沉的鼓噪，但是在小屋里的帕米拉还是隐隐约约听到了飘过来的歌声。她正坐在缓缓旋转的大电风扇底下，风吹动了她的头发，她的薄薄的长裙子也在不停地飘动。从收音机的刻度盘上透出的微光（亮度也许只抵得上烛光的一半）给室内染上一层淡淡的橘黄色。雨水从开着的窗子外溅进来，淡淡的赤素馨花香味也透了进来。

收音机的接收情况良好，广播稿几乎原封未动。那位虚构的上校不再申述新加坡岛北岸没有设防了，他说，这防线需要"十万火急地予以加强"，也不再指责皇家空军只知道设立飞机场，却不管这些飞机场是否守得住。塔茨伯利在结束时撇清自己和这事的关系，语气更加强烈。

"为了这篇报道，值得费那么大力气吗，菲尔？"帕米拉问道，把收音机的声音压低下去，却让刻度盘上的小灯继续亮着。

他抽着一支烟，脸上深深的皱纹显示出一种辛酸、讥嘲的神气。他的气色好多了。鲁尔身强力壮，不消几天休息，就摆脱了那一阵阵的坏脾气。"有点儿卖弄小聪明。这个痴痴癫癫的怪老头儿在广播里听起来倒活像本人说话的口气。谁也不会认真对待它的——至少那些有权有势的人是不会理睬它的。"

"韬基不这么干，还能怎样呢？"

"我说不上来。他总算通过这一关，抛了出来，已经叫我吃一惊了。"

"菲尔，新加坡会失守吗？"

鲁尔的笑声很难听。"亲爱的，我怕免不了。责备总督，或者责备布鲁克-波帕姆，或者责备达夫·库珀[1]，甚至责备丘吉尔，都是白搭。情况就是这样：总崩溃。无可救药了。整个机器都锈掉了，部件一个个都掉下来了。在北方，根本就无人领导。弟兄们是要拼一下的，他们想办法要拼一下，就连印度军队都要拼一下。谁知道，从新加坡接二连三地发下命令，真怯懦——都是后退啊，撤离啊，退却啊。我看到弟兄们拿着命令哭了起来。坦格林俱乐部里的那帮土皇帝是没有人性的，帕姆。他们只是玩儿完了的废物。他们害怕日本军队，也害怕我们自己的亚洲人。说起这一点，由欧洲的白种人来统治亚洲，这种事实在是再蠢不过了。这种事是长久不了的。现在这局面要结束了，为什么要为它感到悲痛呢？"

"我怎样才能从新加坡脱身出去呢？"

"哦，你能走掉的，日本军队还远着呢。有几艘船准备好把白种妇女和儿童撤出去。你知道，他们在槟榔屿就是这样办的，他们把欧洲人——士兵等等——撤走了，丢下亚洲人和他们的妇女儿童去面对日本人。你知道那回事吗？事后，达夫·库珀在广播中宣布：槟榔屿的全体居民都已脱险！他说这话是真心实意的，帕米拉。对达夫·库珀来说，亚洲人只是生长在槟榔屿的一种动物罢了。现在正引起强烈的反应——关于当时发生的事和他所说的话。我看，亚洲人才一点儿也不在乎谁来做这儿的主人呢。也许我们比起日本人来手段温和一些，至少日本人也是有色人种。比起忍受轻蔑，亚洲人宁可忍受暴虐。"

"大家都在谈美国派远征军来救我们，你相信吗？"

"这是一厢情愿的空想罢了。美国没有舰队，舰队都沉没在珍珠港了。"

"珍珠港发生的事谁都不了解。"

"可登顿·谢普知道。他们一共有八艘战列舰，全都沉没了。今后两年，且不说永久如此，太平洋上是没有美国的事了。从美国给新加坡派救兵来，就像从瑞士派救兵来一样不可能，可是——你到底怎么啦？"

帕米拉·塔茨伯利把她的脸埋在搁在椅背上的一只手臂的臂弯里。

"帕米拉！什么事？"她不回答。"噢，天哪，你是在想念你的美国佬！我为你难受，大姑娘。登顿当初告诉我的时候，我也想起他来。帕姆，关于伤亡的情况，我一点儿都不知道。你的心上人安然无恙是有极大可能的。那些军舰是沉没在港湾内的，沉没在浅水里。"

---

[1] 英国政治家，1940年至1941年任新闻大臣。

她还是一句话也不说，一动不动。小屋外边，只听得雨声、牛蛙声和远处传来的合唱声：

> 愿上帝保佑，你们快快乐乐，
> 别让什么叫各位闷闷不乐——

忽然，就在窗子外边，好像有一个受惊了的疯子在那儿胡言乱语和傻笑似的。帕米拉坐直了身子，叫了起来："哦，我的天！那是什么呀？"

"别怕，那是我们这儿的杏猴。它在树林里来来去去，叫声听起来很可怕，但它是不伤人的。"

"老天，我恨新加坡！就是不打仗，我也恨它。"帕米拉跌跌撞撞地站起身来，抹了抹潮润的额头，"让日本人把新加坡拿去吧，拿去了只有好处！我要回正屋去了。你没有问题吗？你还需要些什么吗？"

"我会感到寂寞，可是我没有理由不让你去开心一下。快去吧。"

"开心！我只是不愿对主人失礼罢了，他们可能以为我跟一个病人睡在一张床上了。"

"好吧，那你为什么不睡过来呀，帕姆？"她朝他瞪了一眼。"真的，这不是很有意思吗？圣诞节前夜和这一切？记得在蒙马特尔度过的圣诞节前夜吗？那一天，斯鲁特和娜塔丽在黎明时分打了一架，这一架真值得大书特书，而我们两个悄悄溜到了莱哈尔饭店去喝洋葱汤。"菲尔的小胡子扭动着，慢慢地露出了一个逗人的怪熟悉的笑容，映着收音机的橘黄色微光，显得很朦胧。他伸出他那只没受伤的手臂："来吧，塔茨伯利。"

"你是头猪，菲尔，一头贼性不改的猪。"帕姆的声音发抖了，"在巴士底狱纪念日①那天的小谈话中，我骂你的那些话都骂得对。"

"心肝儿，我出生在一个腐朽的社会里，所以我可能是一个腐朽的人——如果'腐朽的人'这个词讲得通的话。我们不要再把过去的争吵搬出来，不过，你是不是有些前后矛盾？在这社会总崩溃的时候，除了寻欢作乐，还能怎么样。你自己也相信这一点。我是爱逢场作戏的，你却坚持要戏剧中的爱情。本性难改啊，错不了。我爱着你呢。"

"那么，对你的妻子呢？我只是感到好奇，问问罢了。在巴黎，至少你还没

---

① 即7月14日，法国国庆日。

有妻子。"

"心肝儿，我不知道她现在是不是还活着。如果还活着，我希望她把哪个正在休假的、有资格享乐的漂亮俄国战士勾上了。话虽这么说，我不相信她会干得出来，她比今天的大多数英国妇女要古板。"

帕米拉一头冲出门去。

"你该拿把伞呀！"他冲着她的背影叫道。

她拐回来，拿起雨伞就朝外冲。她在黑暗中还没跨出十步，那猴子就几乎在她耳边怪叫起来，让人听着血都凝住了。帕米拉轻轻叫了一声，往前直冲，直撞在一棵树上，树皮剐破了她的脸，树枝横扫过来，打落了她手里的伞，树上的雨珠都泻落在她身上。她把伞捡起来，呆呆地站在那儿，浑身都湿透了。几乎就在她正前方，她听到有歌声送来：

> 只要村里还有一条小路，
> 总会有一个英国在。

可是，那一夜一片漆黑。她本是趁两场骤雨之间雨势稍歇的当口儿在星光下寻路而来的，如今她闹不清楚该怎样往前走了。小路在两行夹竹桃和热带花草之间弯弯曲曲，很是陡峭。

这一刻，帕米拉心里太不好受了。她父亲的广播使她灰心丧气。她本来因为孤孤单单的一个人，没人保护，心里已很不安，现在又听到从千里外传来的亲人的声音，心里就越发不安。近来，日本人在广播里用蹩脚的英语发出威胁，她听了害怕。外邦人带着喉音的声音听起来就像在你面前，真叫人害怕！她几乎感到有双指甲粗厚、长满老茧的手伸过来在扯破她的衬裤，使劲掰开她的两条大腿。在大难临头的许许多多妇女中，就她知道得最清楚，新加坡是多么不中用。

加上现在鲁尔又从谢普那儿听说了维克多·亨利的那艘军舰已经沉没了！即使亨利死里逃生，也会重新委派他别的差事。即使她从新加坡脱身出来，也说不定会从此再见不到他了。即使凭着某种异乎寻常的巧遇再见到他，那又怎么样呢？他不是有妇之夫吗？她走遍了天涯海角，却如海底捞月，现在只落得一个人，在这炎热的黑夜里，撑着一把雨伞，顶着倾盆大雨，在陌生人的花园里，浑身湿透，四顾茫茫。而今天正是圣诞节前夜——也许这是她一生中的最后一个圣诞节了。

不怕会少掉一个英国，

英国总是会自由——

　　她可不愿去跟这些喝醉了酒的新加坡英国人一起唱歌。这支廉价的小曲儿难以忍受地把她带回到战争的初期，那时正是明朗的夏天，也是她生命中最美好的时刻，"不列颠之战"正在进行，海军中校亨利在空袭柏林之后飞回英国，她扑进了他的怀抱。这段光荣史现在都已化为灰烬了。她喜欢麦克马洪夫妇俩，可是他们的那些朋友是从俱乐部和陆军部来的蠢货。自从喝了"巴喜特"以后，参谋部的两个年轻中尉一直在向她献殷勤。这两个人都讨厌到极点，倒是两头漂亮的牲口——尤其是那个金发长脸的中尉，懒洋洋的，带着莱斯利·霍华德[①]那种神情。只要她一回到正屋，他们就又会来追求她（如果她在黑夜里寻路没有一跤跌得满脸污泥的话）。很明显，他们两个都一心想要跟她睡觉——假使不是在今夜，就是在明夜、后夜。

　　他们错到哪儿去了啊！这又有什么关系呢？她这样不明不白地为维克多·亨利洁身自守，算得上什么呢？这不过是愚蠢的笑话罢了。守身如玉，完全用不到她身上，因为她早已不止一次地跟人胡搞过了。

　　在她背后，客舍里敞开着的窗子看上去像黑夜中一块淡黄色的长方形。不知道那里确有一座客舍的人，会以为这是视神经的幻觉呢。前后左右一团漆黑，大雨滂沱，只有那儿有一点儿隐隐约约的光亮，她也只有这一条路好走。

---

① 莱斯利·霍华德（1893—1943），英国著名演员，20世纪30年代曾在好莱坞拍摄《乱世佳人》等影片。第二次世界大战中参加空军，因飞行事故死亡。

第十章

拜伦从来没听到过深水炸弹在水下爆炸的声音，"乌贼"号上别的人也都没听到过。

只听得轰隆一声，惊天动地，震耳欲聋，像大锤撞巨钟似的，震撼着整艘潜艇。操纵室里折腾得如同闹地震，让人五脏六腑不得安生。就在这片震天价响的霹雳声中，玻璃粉碎，没系牢的东西四处横飞，灯光吓人地忽明忽暗。水平舵手拼命把住舵轮，标图人员跌跌撞撞，军士长德林格摔得趴在地上，其他的人都撞在舱壁上。拜伦觉得两个脚脖子一阵钻心的剧痛，痛得他直担心两脚都摔断了。一只仪表盒唰地当头掉下，吊在一根电缆上摇来晃去，迸射出蓝色火花，冒起一股烧焦橡皮的臭烟。全艇一片嚷嚷声，乱成一团。

轰隆！

第二声金属撞击的巨响把灯火都震灭了，甲板也被震得随着艇艏朝上翘。在黑暗里，只见蓝色火花闪个不停，艇里呼天喊地，声音盖过了艇壳外轰隆隆的怒吼。一个双臂乱挥的沉甸甸的身子猛地向拜伦撞了过来，把拜伦的背脊撞到通司令塔的梯子上，痛得他够呛。

潜艇艇身惊人地往上翘，到处传来破裂的声音，德林格像一具还有暖气的尸体般沉甸甸地压在他身上——他还闻得到这人满嘴的烟味。日本人的声呐正得意扬扬地以窄频带脉冲信号响亮而急促地频频发声：乒——乒——乒——乒！这一回真像是末日来临了！又是一声爆炸，炸得受尽折磨的艇壳发出尖锐刺耳的声响。一股凉水兜头冲到拜伦脸上。

"乌贼"号上除了鱼雷这一致命法宝外，装备非常薄弱，行动也非常迟缓。哪怕浮到水面，它的航速也只及得上头顶上那艘驱逐舰的一半。在水底，它的全速是时速十一海里，通常缓行速度是时速三海里。驱逐舰可以盯着它绕圈子，用声呐来探测它，从舰上翻滚下海的深水炸弹甚至不必直接命中，海水自会把爆炸形成的冲击波辐射开去。就算误差三十英尺，也能叫"乌贼"号完蛋，它无非是九节细长的圆筒连接在一起的一段可以容纳人的排水管罢了。它的耐压艇壳还不到一英寸厚。

要弥补行动迟缓这一缺点，只有靠它军事上唯一的长处，那就是出奇制胜。而出奇制胜的希望已经告吹了，如今它成了一只在电筒光束照射下爬行的蝎子。它唯一的办法就是潜水，潜得越深，被回声测距仪发现和咬住的机会就越小。可是，在林加延湾，这个权宜之计也行不通。一艘舰队潜艇经过试验的下潜深度是四百二十英尺，这一点当时还是保密的，这个深度的安全系数将近百分之百。万不得已的时候，潜艇艇长可以下令潜到六百英尺，心里存着几分希望，但愿可怜的艇身能经受住接缝处涌进的漏水。潜得再深的话，海水那沉重的黑拳会把钢板艇壳像锡箔似的捏得粉碎。眼前胡班倒乐于把"乌贼"号冒险潜到试验深度以下，可是在林加延湾的大部分地区，最多潜到一百英尺左右就碰到浅淤泥层了。

还有另外种种风险。水面上的船只自然保持平衡，而水下的潜艇是浸满水但尚未完全下沉的物体。气舱里密封的空气使潜艇悬在水里，成了一个摇摆不定的东西，很难控制。通过密如蛛网的管道，这儿用水泵抽水，那儿用油泵抽柴油，弄得长长的艇身东倒西歪，而艇身就靠伸展出那很像飞机机翼的水平舵来保持平稳。不过，潜艇得不断开动，否则水平舵就不起作用。

像"乌贼"号这样的潜艇，时间停得太久就会完蛋。它会慢慢地沉到试验深度之下，在眼前这个情况下，就会沉到淤泥层里去，要不就会冒出水面，迎面对着驱逐舰上五英寸口径的大炮。而且在水下，不管任何速度，它都开不满两三个小时，因为在水下，根本没有空气可以供内燃机使用。由于每次下潜，艇上只有那么多贮存空气可供艇上人员使用，因此可供应用的贮存电力也只有那么多。这样一来，它要么只得停下来待在水底，要么升上水面补充烧燃料所需的空气，以便重新开动。

潜艇要在水面上为潜航做好准备。内燃机不仅推动潜艇前进，而且还为两排巨大的蓄电池充电。一旦下潜，"乌贼"号就靠这些蓄电池供电。它在水下开得越快，蓄电池的电消耗得也越快。保持时速三四海里的话，它在水下可以待上二十四小时左右。要是采取时速十海里的紧急逃跑行动，不消个把小时，它就完蛋了。实在到了走投无路的地步，艇长可以在艇上人员把空气消耗光的这段时间里让潜艇躲在水底，想办法同驱逐舰泡蘑菇。潜艇在水下隐伏不动的时间极限是四十八小时到七十二小时，过了这段时间，它就只有两条路：不愿在水下憋死，就得浮上水面挨驱逐舰炮轰。

灯光恹恹地闪烁不定。拜伦抹去脸上的海水——这是由于深水炸弹爆炸而从某处接缝里渗进来的，不过谢天谢地，缝总算没有裂开！那军士长从拜伦身上撑起身，嘴里叽里咕噜地赔不是，可惜拜伦少尉耳朵聋得听不见，仿佛里面塞了团棉花，隐隐只听见埃斯特就在头顶大声叫唤："艇长，咱们在这个深度要出毛病啦。咱们净挨打，何不升到五十英尺的地方，给他来个'旋浪花'①？"

艇长在传话筒里大声吼道："勃拉尼，升到五十英尺！五十英尺！回话！"

"五十英尺！是，长官！"

水平舵手稳住艇身准备上升。虽然他两人都脸色铁青，眼睛睁得圆圆地回过头来看着拜伦，但他们的反应倒是既镇静又熟练。"乌贼"号升过深水炸弹形成的湍流，猛地来个急转弯，搞了个"旋浪花"，把湍流搞得更加汹涌澎湃，来干扰回声测距。水手们紧紧抓住手边任何能抓住的东西，拜伦用手肘扣住梯子，在深度表上看出发电间一定还在发电，因为根据上升的角度和速度来看，时速达十海里之多。又响起了四声爆炸声，震得甲板直摇晃，声音虽然吓人，不过已经离得很远了。这回操纵室里没什么损坏，只是水手们踉踉跄跄、东倒西歪，还有刚才震碎的东西噼里啪啦地掉在拜伦的脸上。

"艇长，在五十英尺深处保持水平航行！"

"好极了。下面一切都没问题吗？"

"看来没问题，长官。"德林格正使劲拉着发出火花的断电缆，其他水手一边晃着身子咒天骂地，一边把掉在甲板上的仪表和废物捡起来。

水下又传来几声炸弹的隆隆声，一声比一声闷，一声比一声远。随着日本驱逐舰的脉冲信号换成宽频带——乒——乒，拜伦的一颗心也怦怦直跳！当初在珍珠港操练，碰到搜索舰只发出悲鸣，承认线索中断，只得恢复常规搜查，那就是潜艇胜利的时刻。而低多普勒回声②——声调越来越低——说明驱逐舰已经掉转方向，离开了"乌贼"号。

拜伦不由得感到一阵喜悦，就像刚才的恐惧那样强烈，这是一股遍体舒泰的暖流。他们总算脱险了，他乘在一艘久经考验的潜艇里！"乌贼"号好容易熬过了一场深水炸弹的袭击！它吃够了苦头，终于摆脱了穷追不舍的敌舰。他曾经读过的一切有关潜艇战的文章一下子都黯然失色，只是一堆枯燥无味的空话而已。和平时期的操练

---

① 船身急转弯时，船舵激起的旋浪。
② 多普勒是以奥地利物理学家多普勒（1803—1853）命名的物理学名词，根据他提出的原理，声波或光波频率的变化因声源或光源与测定器之间的相对距离变化而异。如果声源或光源接近测定器，则测定的频率高于发出的频率，是谓高多普勒；反之，则频率低，即低多普勒。潜艇根据这一变化，可推断追逐它行踪的驱逐舰是否已远去。

似乎都成了儿戏。谁也形容不了一场深水炸弹的袭击是什么滋味，一定得有亲身经历才行。相形之下，他在华沙和甲米地经历过的空袭更是小巫见大巫了。这才是真刀实枪地干呢，死神令人胆战心惊的狞笑，对任何一个战士的考验都够可怕的。拜伦·亨利耳边听到那艘驱逐舰以低多普勒回声又发出宽频带的脉冲信号，不由得怀着喜悦的轻松心情，脑子里掠过这些念头。

情况平静下来了，标图组又围着自动航迹推算描绘仪了。埃斯特和艇长胡班从司令塔下来查看标图纸。图上的轨迹一下子就连起了两条航线，驱逐舰直奔林加延湾的滩头阵地，"乌贼"号则正朝相反方向行驶。

埃斯特松了一口气，咧开嘴笑着说："我猜想，敌人还以为咱们仍旧想开往登陆地区呢。"

"我不知道敌人怎么猜测，不过这真是太妙了！"胡班又回过头来对拜伦说，"好吧，到各个舱里去走一趟，勃拉尼，让我全面了解一下损伤情况。"

"是，长官。"

"再跟艇上人员聊聊，看看他们情况怎么样。我们听到艇艉鱼雷舱里有人拼命叫嚷进水了，说不定有个阀门松开了一会儿或者怎么的。"

艇长说话的声调镇定自若，处处显得十分自然，然而身上总有点儿异样。难道是刮掉了胡子的关系？不，不是这个。拜伦揣摩，异样的是他的眼神，尽管仿佛由于疲劳过度而出现两个黑眼圈，但这对眼睛倒是显得更大更亮了。现在胡班脸上这对棕色的眼睛最神气，机灵活泼，目光炯炯，流露出关切的神情。当头儿的可体会到了他这副担子的分量啦。一压上担子，任何人的头脑都会清醒起来。拜伦走出驾驶室时，"夫人"埃斯特一边把一支哈瓦那雪茄的烟头舔舔湿，一边对他挤挤眉。

每间舱房总有些小毛病或机件失灵的事故上报，譬如铺位摇来晃去地吊着啦、灯泡震得粉碎啦、桌子翻倒啦、水管堵塞啦，等等。不过在这次打击下，"乌贼"号居然显得特别富有冲击韧性，这就是拜伦看到的全部情况。作战少不了的东西没一件损坏。艇上人员的情况可是另一码事了。有的吓得脸无人色，有的天不怕地不怕，什么样的人都有，不过整艘潜艇的气氛是灰心丧气的。尽管大家议论起这场恐怖袭击来用了不少污言秽语——有一间舱房里还有屙脏的裤子，弄得臭气冲天——其实这么灰心丧气倒也不见得是挨了深水炸弹轰炸的缘故，而是因为发射的鱼雷没打中。他们白白挨了揍。在操练中成绩门门优良，如今落得这个下场，真让人心里别扭。艇上人员开惯了顺风船，有些水兵竟敢对拜伦嘀咕，嗔怪艇长测位迟缓，发射仓促。

拜伦收集完报告回到军官室，埃斯特和胡班已经在埋头搞一份附在战报中的略图。艇长正在描绘他那场攻击的示意图，用橙色墨水笔画敌舰的航迹，蓝色墨水笔画

"乌贼"号的艇迹，红色墨水笔画鱼雷的轨迹。胡班的示意图一向够得上做作战教材的典范。"他妈的，'夫人'，当时我明明看清了鱼雷的轨迹，"他一边用墨水笔和直尺画线，一边愁闷地说，"那些新型磁性雷管有毛病。老天在上，我在作战日记和战斗汇报里都要这么写明。哪怕为此绞死我，我也不在乎。我知道咱们的射程很长，可是咱们一切都计算得绝对精确。鱼雷的轨迹明明直通第一艘敌舰和第三艘敌舰的水下部分。按说，这两艘敌舰应当被一炸两段，可鱼雷根本没炸响。"

"趁没接班，你最好先核对一下标图。咱们正开往海湾口呢。"埃斯特顺口对拜伦说。

"海湾口？"

艇长听出他纳闷的口气，那对有黑眼圈的眼睛忽闪了一下。"那还用说。眼前整个登陆地区都处于警戒状态，防止潜艇骚扰，勃拉尼。咱们在那儿什么都干不成，倒不如上海湾口还可以捡点儿大便宜呢。"

"是，艇长。"

胡班低下头去绘图，埃斯特从他的头顶上又怪模怪样地挤挤眼。这个含意是清楚的，但拜伦觉得不是味儿。"乌贼"号的作战任务就是不惜冒任何风险，阻挡日本人在滩头阵地登陆，眼前只有这么办才能证明它二十年来养精蓄锐、练兵备战绝不是白费功夫。他们拿饷银就是为了执行特别冒险的任务！拜伦心里料定，一旦脱离敌人进攻的地区，胡班必然会迂回航行，去袭击运兵船。这可是潜艇露一手的时刻，也是当初建造潜艇并配备人员的原因。现摆着一艘完整的潜艇，艇上仍然装载着二十枚鱼雷，布朗奇·胡班却谨慎行事，振振有词，偏偏放弃潜艇原来的作战任务。

他们虽然躲过了驱逐舰，但是并没摆脱掉它。"乌贼"号的声呐接收器上还隐隐约约收得到敌舰那宽频带的脉冲信号正颤声颤气地在悲鸣。

根据德林格的标图，他们一下子就把日本人的搜索计划摸清了：一种呈直角形的迂回搜索，这模式跟美国的反潜艇教规讲的相仿。当初在珍珠港外边举行平时演习，每逢潜艇摆脱了追逐的舰只，就要发出一个声呐信号，这样驱逐舰就会加快速度再来追击一次。这种搜索过程实在沉闷乏味，令人厌烦，徒然浪费时间，糟蹋燃料。可是，眼前这过程一点儿也不令人厌烦，这一回是真刀真枪，紧张可怕，险象丛生。在头顶上搜索的敌舰一心想要找到"乌贼"号，把它击沉。敌舰的机会仍然很好。

因为尽管目前这只蝎子逃出了电筒的光束，趁着黑暗爬开了，可是它找不到称心的藏身地方。"乌贼"号的蓄电池已经快耗尽了；追逐的敌舰刚从日本开来，油舱里存油充足，比"乌贼"号正常的水下速度快八九倍。不消两三个钟点，"乌贼"号就会剩下个"空电池",一点儿电也没有了。如今多半要碰运气了。"乌贼"号正从驱逐舰失掉他们踪迹的那个方位笔直地开走。虽然拜伦(明摆着还有埃斯特)认为胡班不应当直接开往海湾口,可那是按教规办事啊。驱逐舰舰长已按直角形搜遍两圈,现在要来一次扩大范围的搜索了。如果他偏巧在拐弯时碰个正着,也许会重新找到这条潜在水中看不见的爬虫。不过,夜色朦胧的海上茫茫一片,浊浪翻滚,千条路万条路挑哪条好呢,要是找不到,就会让人灰心丧气。再说,他也可能奉命调去执行其他任务。这些都是问题的有利因素。可惜,"问题"是一个和平时期使用的字眼,眼前遭到这个无名威胁穷追不放,用这字眼就未免过于平淡了。

拜伦在司令塔里值班,听见艇长和副艇长在讨论战术。日落以后,埃斯特就想要浮上水面。靠内燃机开行,他们能以全速前进,打破驱逐舰的搜索布局,把电池充满了电,以便继续在水下行动,说不定还可以对这艘追逐的敌舰发动进攻。胡班断然否定了这一主意:"岂有此理,'夫人',浮上水面吗?咱们怎么能把赌注押在未知数上?上面的气候怎么样?万一是明净如镜、无风无浪的夜晚呢?咱们或许就介于月光和敌舰当中,这一点你可曾想到啊?月光衬托下的一个黑铅皮靶子!在望远镜里,连咱们的潜望镜都能看得清。咱们的声呐测距可靠不可靠?就算它误差一英里吧,不过上面明摆着五英寸的炮口在等着咱们,最好还是算它两英里吧,嗯?得,标图上他们目前在什么地方——七千码外?"

"七千五百码,而且距离正在拉开,长官,低多普勒回声强烈。"

"得了,就算这样吧!隔开三四千码,监视哨用望远镜就能把咱们找到。谁说日本鬼子在夜里看不见,完全是放屁!要是那艘驱逐舰看到咱们电池用光了,浮上水面,咱们可就完了。要是咱们这下能把距离拉开到一万两千码到一万四千码,那么浮上水面也许还有些道理。其实,那才是值得想法子试试的事。勃拉尼,加速到时速七海里。"

"七海里吗,长官?"

"你聋了?七海里!"

"七海里。是,长官。"

这个决定弄得拜伦莫名其妙,埃斯特吓得脸无人色。"乌贼"号开到时速七海里,那在水下至多只能开一小时了。艇长胡班力图小心谨慎,现在看来反而要打破仅剩的安全系数了。

标图组报告日本驱逐舰在转弯,隔了一会儿,又转了个弯。声呐组报告:"高多普勒回声。"现在驱逐舰正在朝"乌贼"号进逼。埃斯特和艇长在司令塔里揣摩敌舰这最新行动的时候,又多拖了一会儿消耗电力的时间。难道日本鬼子收到了偶尔发出一下的声呐的反射波了？难道无巧不成书，敌人在潜艇的方向收到了鱼群的反射波了？他们应当改变航向吗？胡班决定一直朝海湾口开去。声呐测距渐渐降到七千码，过了二十分钟，降到六千码——快三英里了。拜伦心想，如果是黑夜或雨夜，他们仍旧可以浮上水面，以二十一海里的时速逃走。艇长干吗不冒一下险，至少用潜望镜探测一下气候也好呀？等到测距降到四千码的时候，升上水面的机会就暗淡了。眼下整个艇身里开始隐隐回荡着声呐的脉冲信号。拜伦剩下一线希望，就是但愿驱逐舰没收到一次反射波就开过去了。不过，当他听到德林格在下面用阴沉的声音宣布驱逐舰改为迎面开来的航向时，这一线希望也消失了。

埃斯特三步两步爬上梯子，眯起眼睛，牙缝里咬住熄灭的灰色雪茄。"进入战斗岗位，勃拉尼。"

"怎么啦？"

"唉，敌人果然发现咱们了。艇长要下潜到水底了。"

"那行吗？"

"走着瞧吧。"

"瞧什么？"

"首先，得瞧敌人的声呐有多灵敏。说不定他们无法鉴别水底的反射信号。"

拜伦还记得在新伦敦外边海面上潜艇学校演习时的这一战术。对水底船只的回声测距是不精确的，不规则的反射信号会扩散仪表读数。他匆匆下梯，回到负责潜艇下潜的军官岗位上，看见艇长胡班正目不转睛地盯着标图，图上铅笔画的驱逐舰的弧形航迹正一点点靠近用白点标出的"乌贼"号的航迹。

"负槽灌水！声呐导流罩缩进！"胡班冲到梯级那儿，仰头对着舱口大声嚷嚷，"'夫人'，向我报告回声测深仪读数，并向全体人员传话，坚守岗位，准备下潜到底。右满舵！"

潜艇半失速地下潜，慢下来了，掉过头来。拜伦让潜艇在不到回声测深仪读数的深度上保持水平航行。不一会儿，猛地震摇了一下，接着又是一下，"乌贼"号摇摇晃晃、叽叽嘎嘎地停靠在泥层上了；根据深度表来看，正好在回声测深仪的读数上——八十七英尺。

在"乌贼"号里，一片寂静，大家在死寂中等候着，外面是响亮的宽频带脉冲信号，还有螺旋桨发出的声音。在自动航迹推算描绘仪上，驱逐舰的航迹越来越逼近那个停止不动的亮点了。螺旋桨一声紧似一声。德林格现在不用声呐来测距了，因为对方太逼近了，他正凭着耳朵和判断来标明驱逐舰的航迹。正在拜伦差点儿透不过气来的当口儿，铅笔线画过亮点，慢慢移开了。宽频带脉冲信号的声调一下子低了下来，变成低多普勒回声，证明德林格凭猜测画的标图丝毫不差。操纵室里个个都听见了这声音——年轻的水手、年轻的军官、年老的军士长——大家怀着微弱的希望面面相觑，左右环顾。

拜伦心里想，一个潜艇兵对艇长的依靠是多么彻底啊，对他的信赖是多么重要啊！尽管他曾经恨过胡班，可是他从未怀疑过胡班的本领，实际上他不满的只是胡班盛气凌人罢了。如今恐慌正像耗子般在啃噬拜伦的心灵。毕竟是身处一百英尺的海底，关在一个不堪一击的长钢管里，听候水面上的船只把他炸得惨遭淹死，难道他的命运不是被抓在发抖的生手的掌心里吗？漆黑的海水在强大的压力下紧紧抓住薄薄的艇壳，只消出现一条裂缝，爆裂一个阀门，他这条命就会被涌进来的海水收拾掉。他就再也见不到娜塔丽了，连亲生的娃娃都看不到一眼了。他就会在林加延湾的海底腐烂，鱼儿会在他的枯骨堆里游来游去。

潜艇官兵压抑在心头但一刻也无法完全忘怀的就是这种在水底下的危急处境，如今这股意识正无情地紧紧揪住拜伦·亨利。就在他去军部大楼报到之前，他还顶着炙热的阳光，沿着马尼拉的林荫大道，蹲在一辆卡车后面的一箱水雷上面，一路颠簸，一路跟后勤组的伙伴有说有笑地喝着啤酒。这事离现在还不到四十八小时呢，谁知如今——

德林格嗓子沙哑地说："亨利先生，我看敌人又掉回头来了。"

外面传来的脉冲信号又变成窄频带的了。

这时，一阵恐惧突然扎进拜伦心眼儿里，这回潜艇可落网了。一动不动，而且几乎耗尽了动力，在海底被活捉了。他呢，就关在里边逃不掉，虽然这阵恐惧恍如梦境，但是所有这一切都不是梦。葬身海底的厄运迫在眉睫了，死神正通过窄频带的脉冲信号居心叵测、得意扬扬地越叫越响："抓住了！抓住了！抓住了！"

操纵室里的几张脸都是一副神色——完全吓坏了。军士长德林格不再望着标图，而是茫然朝天翻着两眼，张开厚唇大嘴，胖嘟嘟的大脸活像戴上一个显示惊慌表情的希腊面具。这个人有五个子女、两个孙儿女呢。螺旋桨声又一次冲着头顶上频频传来：咔嗒——特隆！特隆！特隆！艇艏水平舵手莫雷利攥住挂着的十字架，在胸口画十字，低声祈祷。

咔嗒！咔嗒！咔嗒！就像小石子或弹子在艇壳上弹跳似的。原来是深水炸弹在事先调整的深度上打开引信的声音，可拜伦并不知道这是什么东西发出的声音，他也在做祈祷，祈祷词并不复杂，只是念叨着："上帝啊，让我活下去吧。上帝啊，让我活下去吧。"

第十一章

清晨四点半，俄国俘虏正惴惴不安地打着盹儿，管棚子的头头儿就又叫又骂，把大家吵醒。隔离营的一间间木棚里又冷又臭，三个人紧紧挤在一张铺上，躺在爬满蚤虱的草垫子上，这就是他们仅有的睡眠了。班瑞尔·杰斯特罗跳下上铺听候点名，嘴里还念叨着每天必做的晨祷祈祷词：听啊，以色列。他应当先洗脸再祈祷的，但是办不到，因为水在一百码以外的地方，而且这时候禁止用水。他又添上一段《塔木德》上应付危急情况的简短祈祷词，临了念道："让我活下去吧，让我活下去吧。"接下来可要立正站队了，在波兰的仲冬时分，只穿着一套薄薄的条纹布囚衣，冒着刺骨寒风，在黑暗里站上一个多小时。

"让我活下去吧"是一个现实的衷心愿望。一方面，由于不管有没有得罪看守人员，俘虏都要挨重重拷打，再加上体操做个没完，做到身体最弱的倒下来才算了事，还有罚饿肚子，在零下的冰冻天气里，叫几乎赤身裸体的人们站队点名，点上老半天，还有干苦活——挖排水沟啊，拖木材啊，拉石块啊，在疏散的村庄里拆毁农民房屋啊，搬运物资到盖新棚的工地啊，有时一搬就是好几公里路；另一方面，由于看守人员把步履踉跄或摔倒在地的人都当场枪毙，要不就用枪托把这些人活活打死，奥斯威辛隔离营里俄国俘虏花名册上的人数就这样在迅速减少。

其实，俄国战俘正成为司令官一大扫兴的事。

一批又一批的战俘，报到的只有讲定人数的一半，这里头病的病、弱的弱，有的筋疲力尽差点儿倒在地上，还有一半人已经死在路上了。他就靠这批每况愈下的垃圾当劳动大军，奉命来开展不是一项而是好几项紧急建筑工程。一项是把坐落在烟草专卖公司建筑物和波兰军队旧营房的集中营本部扩大一倍；一项是为野心勃勃地发展实验农场和养鱼场做出安排，部署人员，德国秘密警察总监希姆莱计划拿这作为奥斯威辛机构中装门面的实物展览；一项是在西面三公里以外的白桦林镇盖一座规模空前庞大的崭新集中营，容纳十万名战俘为军械厂干活儿；还有一项是着手勘定和筹划建厂工地！迄今为止，德国还没有一座集中营容纳得了一万多名战俘。这是一个惊心动魄的差事，一项值得骄傲的任务，也是一次高升的好机会，司令官对此非常了解。

可是，上面不给他人手。假如他手头没有一批还能足足干一整天活儿的波兰和捷克的政治犯做可靠的基本力量，加上源源不断地新到的人手，那么整个工程就完不成。在劳动队中，只有身体最棒的俄罗斯人还有点儿用处，这种人每一批中也许有百分之十。只消给这些人吃点儿东西，他们就能恢复精力，重新干活儿。这些家伙真能吃苦耐劳！谁知眼前却碰到了一个大难题：关于奥斯威辛控制区这块分配给司令官管辖的四十平方公里沼泽地的真正任务是什么，现在可被上面搞糊涂了。他深感赋予区区一个党卫军少校的重任，巴不得想干番事业。一年半工夫，他全副身心都投在奥斯威辛上。一九四〇年，他来此建营时，这里只是一片荒凉的沼泽地，只有零零星星几幢房子、稀稀拉拉几个小村。如今，这里总算像个样子了！可是，对他的真正要求到底是什么呢？是最大限度地发展军工生产呢，还是最大限度地消灭国家敌人？他仍旧弄不明白。

司令官自命为一个军人，他随便干哪一件事都心甘情愿。两件事同时并行可不成！然而，上面不断下达一个个自相矛盾的命令。就拿俄国战俘这件事来说吧，为了报复苏联残酷虐待德国俘虏，对待俄国俘虏就得"毫不留情"。对那些负责政治工作的，不管地位多低，一律立即枪决；对其他人，赶紧让他们干活儿累死，干的是奴隶的活儿，吃的是狗食不如的口粮。

……好极了，希姆莱总监。可是顺便问一下，您命令我在白桦林镇（用野蛮的波兰语拼写叫布热津卡，换成优美的德文就叫比克瑙）那边建造千百座营房怎么办呢？啊，对了，就是营房。啊，对了，还有实验农场。啊，对了，还有工厂！得了，得了，就让冲锋队队长霍斯去为这一切事情操心吧。霍斯是一个不负所望的家伙。他光会发牢骚，打调子悲观的长篇报告，说任务不可能完成，可到头来他还是执行了命令。这个家伙倒靠得住……

司令官很珍惜自己的这份声誉。哪怕在这种令人伤心的情况下，他也决意要保持这一点，办不到的话，为之牺牲也在所不惜。像别人一样，他也想在行伍中青云直上，也想让全家人都沾沾光，等等。可是，秘密警察总监希姆莱趁机利用了他办事一贯特别认真负责这一点，真让他心灰意懒。这事简直不公平。

有一个阴天的晌午，司令官穿着一件厚大衣抵御利刃般的寒风，站在焚化场外边的雪地里，等候三百名俄国俘虏到来。这三百名俘虏是从几批战俘中作为政工官员或有军阶的人剔出来的，他们已被卡托维兹的巡回军事法庭判处了死刑。司令官对这判决并无怨言。这场战争事关同布尔什维主义的生死搏斗。如果要拯救欧洲文化，对这些野蛮的东方敌寇就决不能容情。只是有几个判死罪的人身子那么壮实，未免太可惜了。

至少要他们死得不至于完全浪费才是，要他们交出重要情报。霍斯少校不喜欢下级报喜不报忧。在萨克森豪森当情报组长时，他吃尽苦头才学会了事必躬亲。集中营上上下下的各级领导往往喜欢谎报成绩、掩盖真相，把办事效率吹得大大超过实际。上一回，当司令官在柏林向秘密警察总监希姆莱汇报时，在十一号营房地下室里对俄国死刑犯使用营里最毒的杀虫剂的各个报告就矛盾百出。一个下级——这主意其实就是他想出来的——声称他们差不多都是当场就死的。别人则说花了老半天工夫，这些俄国人才咽气，还说尽管他们正被毒气熏着，他们还是朝地下室的一扇门冲击，差点儿把门砸开。假如他们当真夺门而出，把那阵臭不可闻的蓝色毒气放出来，弥漫整个营部，那岂不是要把事情搞得一团糟了？

还是老毛病，对细节不加注意。地下室的门加固得不够严实，地下室那所谓的密封口原来用的是黏土。多么荒唐可笑！焚化场死亡室的这项实验是在司令官亲自监督下进行的。密封性能还曾用氯气加压试验过，结果圆满，只是门口附近隐隐有点儿游泳池的味儿。从那时起，这扇门加厚了橡皮垫圈。焚尸间远在集中营外的草场上，不像十一号营房那样恰好设在主要建筑物中。就缺少一点点常识！

俄国人走过来了，愁眉苦脸，脸色可怕，两眼凹陷，眼圈发黑，穿着破破烂烂的制服，上面缀着偌大的两个黑字：苏联。两边都有手持冲锋枪的看守押送着。他们的脸色表明他们已经明白自己正在去送死，可是他们的队形依然整整齐齐。他们的木底鞋踩在雪地上吱吱嘎嘎直响，像军队行军那样整齐地发出阴森森的回响。真是不可思议的人！他曾经看见他们在工区像饿狼似的，围着党卫军伙房里扔出来的泔水桶大打出手，为了一个烂土豆互相掐着脖子，又吼又骂的。他还曾经看见他们像梦游者似的在转悠，瘦得皮包骨，无异于行尸走肉，任凭看守拳打脚踢、百般威胁，身子缩成一团，血淋淋地倒在地上，却毫无怨言。可是，一旦把他们编成队伍，对他们下道命令，让他们意识到自己是在一个团体里，那么，这些俄国人尽管身体虚弱、胆战心惊，还是会一下子苏醒过来，像常人一样又会干活儿又会行军了。

这些俘虏排成单行，走进灰色的平顶房子就不见了。看守拿着毒药罐待在房顶上，守在新近开凿的管状窥视孔旁。这间宽敞而低矮的水泥房间可以挤进三百个人，这一细节经过检验了。窥视孔上的活门都封得严严的，这一点也经过检验了。司令官在雪地里走来走去，不断挥着胳膊取暖，三名副官随侍在侧，个个穿着合身的绿军装。他对制服要求非常严格。身为看守，衣冠不整是集中营风纪败坏的开端。他早先在达豪任职时就看到过这种情况……

屋顶上行动了！

到了一定时候，他在副官陪同下走进屋子。看见戴着防毒面具在屋内值勤的党卫军，司令官一时回想起上次大战时自己当兵的情形。他接过一个防毒面具便戴上了，他发现，死亡室里这一幕情景并不是悄悄地进行的。这一点可不在话下。隔着门传出闷声闷气的叫喊和嚷嚷，只是这声音在室外传不远。他看了一下手表，从屋顶上开始行动以来，已经过了七分钟。他走上一步，凑近装在门上那有厚玻璃的窥视孔。

死亡室里耀眼的灯光一闪一闪的，可是这块混账玻璃一定得换掉，质量太差，看上去什么东西都发黄，而且晃来晃去，走了样儿。大半俘虏都已经倒下了，一个叠一个，有的一动也不动，有的还在打滚折腾。可能有五十来个人仍然站着，跌跌撞撞，活蹦乱跳。贴近门口的几个人一味地捶着门，抓啊挠啊，发狂的脸容，拼命张开嘴在嚷嚷。真是难看极了！不过，就在他观看的时候，他们一个接着一个，像喷了除虫菊制剂的苍蝇似的纷纷倒下。司令官亲眼看见过多次拷打、绞刑和枪决，在魏玛共和国时期，他本人作为一个被不合理判刑的政治犯也坐过八年牢，后来又当了八年集中营的长官[1]。你学会了忍受这一套，你的心肠才硬得起来。可是，他看到这一过程，竟也感到相当恶心。这可有点儿不同啊。话又说回来，你有什么办法呢？你是在执行命令嘛。

毫无疑问，这玩意儿管用。有了严实的密封性能，这件事看来的确能行。司令官把防毒面具拉开了一会儿。走廊这儿没有一点儿气味，什么味儿也没有。这一点是很重要的，对人员无害。说不定到时候可以免戴防毒面具。

眼下里边越来越安静了。要不是这儿那儿还有些身体在起伏翻动，这大堆尸体可真算得上安宁。没有理由停留。他把防毒面具交给门口的看守，起身走了。刚才吸着防毒面具滤过的空气，一股橡皮和化学药品的污浊味，现在到了外边，他不由得把两肺吸满了多雪的奥斯威辛的冷空气，感到格外清香，沁人心脾。

他仔细盘问了负责死亡室里通风工作的中尉。在室内还不安全以前，不准任何想逞英雄的人进去，哪怕戴上防毒面具也不行。中尉承认，通风设备很糟糕，要使用大型轻便电扇，一个小时内应该能完成这项工作。司令官发布了一道干脆的命令：通风工作开始以后的三小时里，任何人都不得入内！安全系数要达到百分之二百，实施一项有风险的行动计划就得这么办。

---

[1] 鲁道夫·霍斯在1922年加入纳粹党；1923年因与一件谋杀案有牵连，被判无期徒刑；1928年大赦时被释；两年后加入党卫军。1934年成为党卫军骷髅队成员，主要任务是看守集中营，最初任职于达豪，后来做了奥斯威辛集中营司令官。战后在纽伦堡受审，1947年3月在奥斯威辛被处绞刑。

他的亲信副官用公家汽车把他送到公馆去，他的妻子、儿女正在公馆里等着他回去吃圣诞节晚餐呢。司令官可没兴致过节。干刚才这个勾当时，他始终摆出一副冷若冰霜的严峻脸色。他理应以身作则嘛！但是，他是有人性的，尽管集中营控制区里并没人特别想到这一点。他也是奉命办事，没有办法。他洗了个热水淋浴，拼命擦着身子，还换上一套干净的军装，虽说身上那套军装也很干净，一点儿气味也没有。在后方基地，他没法儿松弛一下。只要不在睡觉，他总是穿着军装。要是仍旧穿上刚才穿的那套军装吃圣诞节晚餐，未免有点儿不大合适。

但是，等他洗完淋浴，换上装，尽量冷静下来，实事求是地思考了一下之后，他不得不对这些成绩感到满意。早在七月里，总监希姆莱就在机要办公室长时间地单独接见过他一回，总监告诉他有关大规模处理犹太人的方案。这个方案非常秘密，他始终藏着不敢说，连想都不敢想。这是元首直接下达的命令，因此不容有异议。其他几个集中营都要分担一些任务，不过奥斯威辛将是一个主要的处置中心。

司令官一直希望这也许是一个夸大其词的规划——希姆莱有不少主意净是空谈，可是他仍然只好把这问题调查一下。视察了几个已经小规模实行这类措施的集中营以后，他深信目前的一切方法都应付不了希姆莱计划要搞的行动。在特雷布林卡使用一氧化碳进行窒息的方法是耗时费劲的麻烦事，既费燃料又费功夫，而且不是百分之百有效。根据计划的规模予以枪决也办不到，行刑队的心理影响受不了，更别提严重的弹药问题了。

在大面积的房间里使用毒气的办法倒一向是值得一试的好主意。可是，用什么毒气好呢？今天的实验证明，集中营里一向拿来做营房烟熏消毒用的"齐克隆B"这种烈性杀虫剂，可能是意想不到的解决问题的简单办法。百闻不如一见。在一个密不通风的空间里，大剂量地使用这种蓝绿色结晶药物，那三百个家伙没拖多久就死了！如果改用精心建造、面积更大的房间，用一种有条不紊的人道主义方式，在同一时间把大批人驱入室内，必能取得圆满成绩。问题就在于如何处理尸体。这个棘手的问题照例堆在他身上。上面是不会出什么高见的，让霍斯去伤脑筋吧。可是，目前这个焚化场勉强只够焚化自然死亡和因犯法而被枪毙或绞死的俘虏。

得了吧，该吃圣诞节晚餐了。司令官一家人团团圆圆。虽然布置得漂漂亮亮的公馆里满是精致的摆设，门厅里一棵圣诞树装饰得闪闪发光，可这场合并不令人愉快。他妻子不断给他往酒杯里斟满摩泽尔白葡萄酒，脸上罩着一种忧戚的神色。孩子们个个穿上盛装，脸上喜气洋洋，但是他们也流露出害怕的神情。司令官恨不得创造出一种温暖的家庭气氛，可是他重担在身，力不从心。他不能随心所欲地做个德国的好丈夫和好父亲。他心里闷得慌，他的寥寥几句话里带着一种怒冲冲的口气。他实在没办法。烤鹅做得好吃极了，波兰女用人手勤脚快的侍候也挑不出毛病，可是司令官这一天过得真倒霉。圣诞节也罢，不是圣诞节也罢，就是这么回事。

他真替孩子们感到惋惜。他拿走一瓶白兰地酒，独自去抽雪茄，自斟自酌。这时，他又揣摩着把孩子们送回德国去上学的事。他妻子不赞成，她不断叨咕，其实在后方基地生活已经够冷清的了。不用说，她对大路对面铁丝网后面的事一点儿也不知情。她哪里知道奥斯威辛的气氛不适合成长中的孩子。他不得不把这问题再研究一下。目前，由党卫军中有教养的青年军官私人教课的方法根本不适合德国儿童的成长，他们需要同年龄的朋友、有趣的游戏和体育活动，过正常的生活。

司令官慢条斯理地喝光瓶中的白兰地，尽管酒精的麻醉作用很中他的意，他还是惦记着自己的孩子，惦记着集中营里一连串迫切的问题，同时脑子里还断断续续地掠过刚才从发黄的窥视孔里看到的一幕幕令人扫兴的情景：一堆堆俄国人在打滚翻腾。他边喝边想，不知不觉，暮色已降临到隔离营里一长排的木棚上了。俄国战俘在比克瑙工地上干完一天活儿，正收工齐步走来。有的战俘身背穿着条纹布囚衣的还没发硬的尸体，给压得禁不住打着趔趄。工地上倒毙的尸首必须带回来对付晚上点名，因为活人加上死人的数字一定得同早上出工的人数相符，这样保管谁都逃不出奥斯威辛，除非是死人。俘虏组成的乐队正敲啊打的演奏一支进行曲，因为干活儿的人出工收工一向都有轻松愉快的铜管乐伴奏。

班瑞尔·杰斯特罗弯着腰，背着一具非常轻的尸体，尸体的脑袋像绳子吊着的一块石头般不断晃着。这个人他并不认识，在贮木场上，刚要收工，这个人忽然倒下了，当着他的面死去了。他把这具尸体放在操场上的一排死尸里，就赶紧站到队伍中。等到点完名，天已经黑了。班瑞尔回到自己的棚子里，发现屋里没先前那么挤了。有几个被毒气熏死的人就是从这屋里出去的。

"尤里·戈拉乔夫！"管棚子的队长吆喝道。这是班瑞尔在莫斯科加入红军时用的假名。他一听，顿时浑身僵硬，不由得脱下条纹囚帽，两臂笔直地贴着身体两侧。管棚子的队长是一个乌克兰籍小头目，这家伙长相十分丑陋，手里拿着一张纸，在黑暗里向他走近。

"拿着你的东西！"

杰斯特罗提着他那个破破烂烂的小包，跟着那人开步走，到了雪地里，又沿着一排探照灯照明的建筑物远远走去。班瑞尔太疲劳了，肚子又饿，冻得浑身麻木，而且经常担心害怕，已经顾不上近在眼前的死亡威胁了。上帝的意志要怎么样就怎么样吧。

他们走进大门附近的一个棚子。这棚子里的灯光格外明亮，挤得满满的俘虏看上去干净些，吃得也好些。他们也不是俄国人，因为班瑞尔在他们身上看不到像他自己背上缀着的偌大两个黑字——苏联。

那个乌克兰人把这张灰乎乎的纸交给一个戴着小头目臂章的大个子，这人长着一脸吓人的红胡子，一对小小的蓝眼睛周围全是鱼鳞纹。那个乌克兰人朝班瑞尔做做手势，用生搬硬套的德国话嘀咕了几句就走了。红胡子粗暴地拖着这俘虏的胳膊肘，顺着一排双层木铺位，把他硬拖到棚子的一头去。杰斯特罗在那儿看到萨米·穆特普尔正背靠着床架，同另一个俘虏在谈话。

这正像死刑缓期执行一样令人大吃一惊，喜出望外。

因为当天下午在贮木场里，就在他收起那具分量很轻的死尸之前，他认出了穆特普尔。班瑞尔还豁出命去悄悄同他说话。要知道，俘虏间私下谈话处罚起来不是当场用乱棍打死，就是用鞭子抽死，再不就是枪毙。不过，穆特普尔分明是一个有特殊身份的俘虏——他不是小头目，倒有些像工头，因为他正对着一队在堆放木材的大个子波兰佬发号施令。错不了，正是穆特普尔，奥斯威辛的建筑包工头，从前经院的老同学，为人虔诚，身体非常壮实，有回建筑工程出了事故，摔坏了鼻子。因此，班瑞尔冒险挨过他身边，悄悄通报了自己的姓名和囚号。穆特普尔穿着条纹囚衣，照旧那样肥头胖耳、威风凛凛，那头缠结的蓬发和连鬓胡子照旧几乎全是红棕色的，那人丝毫也没表示出认出他或听见他声音的样子来。

红胡子小头目做了个手势，吩咐班瑞尔睡在穆特普尔背靠着的那张木床的上铺，说完就走了。穆特普尔正眼也不朝杰斯特罗看一下，径自用波兰话同另一个俘虏闲扯，中间插了一句："你好，班瑞尔。"

这是杰斯特罗第一次得到暗示，上帝也许能让他活下来。

第十二章

这回"乌贼"号遭到了接二连三的猛烈打击。轰隆轰隆的金属撞击声，地动山摇的震晃，耳际的剧痛，灯火的全部熄灭，一片漆黑的潜艇在海底拼命蹦跳折腾，艇身破裂的声响，惊恐万状的呼喊，看不见的东西在拜伦脸上打了个正着——有一件东西怪尖锐的，把他的腮帮子割开了——所有这一切似乎都很自然，令人不可思议，似乎都是一段普通经历的一部分，一次飞来横祸，意味着他要死在"乌贼"号上了。黑灯瞎火的，只听得轰隆隆地闹得不可开交，眼看性命就要被炸掉了，一片混乱。相比之下，甚至刚才挨深水炸弹轰炸都算不了一回事了。

"我要把潜艇升上去。水槽排水！浮出水面！浮出水面！"他好容易才听见艇长在传话筒里声嘶力竭的喊叫，可是他还没来得及向水平舵手下达命令，又传来了粗声粗气地吼叫："停，拜伦！把潜艇升到五十英尺！负槽排水！最大艉倾角度！全速前进！"

灯光亮了，照出水平舵手正拼命在掌舵。这个空间东也矗出一块铁，西也矗出一块铁，不知有多少块铁呢！现在正不断在颠簸，不断在震动，其他水兵都紧紧抓着柱子、阀头，凡是可以防止折臂断腿、砸破脑壳的东西，都紧紧抓在手里。深水炸弹隆隆爆炸，炸得天翻地覆，闹个没完没了。书本啊，杯子啊，测量仪器啊，都乒乒乓乓，到处乱飞，软木碎片撒得像下雨似的。尽管如此，水平舵手们还是遵守命令，拼命扭转着舵轮。潜艇嘎啦啦一响，蹦了一下就往前开了，在翻腾的海水里颠啊颠、晃啊晃的，一撅一撅地朝前开。这艘潜艇果然结实。不管到目前为止这场浩劫有多大，艇壳还是经受住了。蓄电池里还剩下些电，引擎还在转动，可是操纵室里一派劫后残景，有两名水兵在流血——拜伦也一手捂住腮帮子上一块湿漉漉的伤口，手一拿开就见红——军士长德林格伏在自动航迹推算描绘仪后面又吐又呕。死神仍然近在眼前。

然而，从这次袭击中，潜艇终于获得了一丁点儿有利的隐蔽条件。即使是在深海中，猛烈的爆炸也会形成声呐透不过的湍流屏障，因此又有了一个溜走的机会。由于"乌贼"号躲在海底，深水炸弹的弹雨扬起了一阵泥浆，潜艇穿过这大片泥浆驶走，一时躲开了敌人的声呐搜索。深水炸弹在艇艉后面猛烈轰击，隆隆作响。这艘驱逐舰的舰长分明是靠回声测深仪的测定来轰炸的，他正在滥炸这一地区，想把残骸碎片炸到水面上来作为胜利的证据。

可是，拜伦对这一战局毫无所知。他只知道一点：这艘潜艇不知怎的又在行进了。他刚用一块手绢捂住脸上伤口的血，扩音器里就传来卡塔尔·埃斯特的声音，把他吓了一跳。"请医助火速上司令塔。"航信士官从司令塔噔噔噔地冲下来，低声告诉拜伦，艇长被刚才的一次爆炸震得站不住，在黑暗里摔倒了，撞伤了头部。等到灯光亮起，埃斯特才看到他躺在甲板上，眼睛闭着，前额上淌着血。到目前为止，他还没苏醒过来。副艇长不想惊动艇上人员，他派航信士官来通知拜伦，暂时要由他来通过传话筒发布命令。

埃斯特并没改变胡班的战术。医助在为艇长治疗的这段工夫，"乌贼"号紧贴着海底，耗费最后一点儿储备电压，以十海里的时速前进。艇艉后面的深水炸弹停止轰击了。声呐的脉冲信号继续以窄频带发出高多普勒回声。这就是说，驱逐舰再一次采取行动，现在越来越近了。到底是在搜索呢，还是在直接追踪？这就说不上来了。

这时声呐组报告，接收到另外两艘敌舰的推进器声音，它们正从海湾口的方向高速开来。德林格开始在描绘仪上标出敌舰的位置，距离五英里。"亨利先生，又来了两艘混账驱逐舰，"军士长两眼骨碌碌地打量着拜伦说，"时速三十海里。"他在打给司令塔的电话里把这消息重复了一遍。

埃斯特在传话筒里的声音哽咽，很紧张："潜望镜深度，勃拉尼！"

"是，长官。潜望镜深度。"

水平舵手转着舵轮。进攻潜望镜油光锃亮的镜杆悄没声儿地从拜伦身后升上去了。潜艇上升了。

"长官，水平调整到六十一——"

拜伦的话还没说完，就给一声欢呼打断了。"好哇，下雨了！倾盆大雨！好猛的狂风暴雨，黑得像锅底！"埃斯特转向扩音器说，"浮出水面！浮出水面！浮出水面！一等战斗准备，时速二十一海里！"

拜伦·亨利听到了正在充气的水槽里发出哗啦啦的排水声，他可难得听到比这更令人心花怒放的言语或声音了。"乌贼"号轻捷地上升了。他感觉到大海的波动，艇身大起大落地前后颠簸，恢复水平航行，心里明白潜艇碰上了雨夜。他两耳觉得出压力的变化。惬意的、湿润的空气从通风孔里灌进来。内燃机咳呛着，咆哮着，苏醒过来了。"乌贼"号乘风破浪，勇往直前，又成为一艘呼吸和消耗露天新鲜空气的水面舰只了！

这艘长长的潜艇的每一间舱房里都响彻了粗野的欢呼声、快活的咒骂声和喧闹的下流话。不管怎样，求上帝保佑的时间暂时过去了。

他们仍在战斗岗位上。拜伦用一块被血迹染红的手绢捂着脸，登上梯子，走向他在舰桥上的岗位。埃斯特在海图桌前说道："一等战斗准备，勃拉尼。"医助正弯着腰在照顾艇长，艇长背对鱼雷发射数据计算机坐着，睁着两眼，脸色发青，头部扎着绷带，卡其衬衫上溅着鲜血。胡班病恹恹地对拜伦一笑："嘿，我看你也挂了彩。"他的嗓音嘶哑无力。

"只不过割了道口子，长官。"

"你可比我走运。"

埃斯特说："艇长，你要试试走路吗？"

"过一会儿。你说你是在朝南行驶？干吗朝南？"这句质问的话说得有气无力，但带着点儿火气，"海湾口在另一头呢。"

"对啦，长官。敌人盯上咱们啦，他们知道咱们的航向。他们看到两个切点之间的一条直线就明白了。还有两艘驱逐舰正冲着咱们来呢，我想，咱们最好还是来个大迂回吧。朝南开十英里，朝东开十英里，然后顺着东海岸朝海湾口开去。"

"好极了。帮我站起来。"埃斯特和医助挽住他的胳膊肘，把他扶起来。胡班摇摇晃晃地站着，赶紧扶住一根柱子，说："呦！头昏眼花。'夫人'，这计划倒不坏，可是要让大家坚守战斗岗位。我最好还是在铺位上睡上半个钟点再说。"

"是，长官。"

艇长在医助的挽扶下跌跌撞撞摸到梯子那儿，走下舱口，血糊糊扎着绷带的头部在舱口不见了。埃斯特拿起直尺和圆规："勃拉尼，最好让赫维斯滕大夫给你治治。"

"我没什么，'夫人'，我这就到岗位上去。"拜伦想要爬出舱外，看看海浪，吸吸新鲜空气。

埃斯特目光锐利地看了他一眼："照吩咐去做吧。穿上雨衣、套鞋。"

"是，长官。"

等他登上舰桥，只见黑茫茫一片，浪花飞溅，狂风怒吼，波涛滚滚。这些在他看来都很美。射击指挥军官全面负责甲板上的一切事务，他是一个金发碧眼的弗吉尼亚人，上尉军衔，名叫威尔逊·塔凯尔二世，诨号"呼呼"，那是从在安纳波利斯发生的一件早已被遗忘的事里叫开头的，如今只有艇长和埃斯特还叫他"呼呼"。他是一个多才多艺的军官，有两个突出的癖性：一是除了艇上事务之外，一声不吭；二是一上岸就喜欢独个儿喝得烂醉。拜伦走到甲板上的时候，塔凯尔一言不发，此后也没吭声。

舰桥是艇长的战斗岗位，过了半个钟点，他还没来。埃斯特从敞开的舱口大声发布了一道命令，吩咐转向东。这时，塔凯尔那黑乎乎的人影说了五个字："这事真糟糕。"拜伦听了暗吃一惊，几乎就像听到一棵树开了口一样。

"你说什么？为什么，威尔逊？"

不料"树"说出木头一样的几句话后，再也不吭声了。除了发布命令之外，塔凯尔什么话也没说。

半个钟点就在大雨滂沱、前后颠簸、左右摇晃的岑寂中和一片漆黑里度过。声呐找不到那三艘驱逐舰了。"乌贼"号又回过头来沿着海岸开了。扩音器里发出刺耳的喊声："解除战斗岗位的值勤任务，在军官室里举行军官会议。"

艇长没有出席会议。埃斯特坐在他的位子上，脸色铁青，抽着一支灰色的雪茄。等到全体军官就座，他就拉上绿色的帘子。"得，我简短说吧。"他用不安的声调轻轻说，"刚才的一个钟点我一直陪着艇长，他的脑震荡看来很严重。赫维斯滕大夫说他的脉搏加快了，血压也升高了，视力也减退了，可能颅骨折裂。'乌贼'号只好返回基地。"

埃斯特顿了一下，挨个儿看着在座军官惊愕的脸色。没有人吭一声，也没有人做手势。他深深抽了一口臭味难当的雪茄烟："眼下我揣摩诸位的心情全都像我一样不是滋味，咱们是到这儿来执行任务的，可是没有第二条路好走。咱们的无线电不能通话，如果能通话，潜艇二十六中队司令也准会命令咱们回去的。胡班艇长无法指挥进攻，他也不能委派代表来指挥。要知道，保住潜艇和全艇人员的生命是当务之急。唯一的办法就是赶紧离开这儿。但愿'鲑鱼'号、'海豚'号和其他潜艇的弟兄在登陆滩头那里多少有点儿收获。"

"咱们怎样脱身，'夫人'？"塔凯尔随口问，"几时脱身？"

"从水面上走，'呼呼'，以二十一海里的时速笔直穿过海湾口。"埃斯特看了一下表，"约莫再过四十分钟。"

塔凯尔只是明显地撇了撇嘴，点了一下头，表示回答。"有什么意见？"沉默一会儿后，埃斯特问，"咱们是有难同当。"

轮机军官举起手来，这在"乌贼"号的军官中倒是一种尴尬的虚礼。他是费城人，名叫萨姆托，说话尖刻，个子矮小，是一个海军中尉。他在机械维修方面是毫无幽默感的狂热分子，但其他时候说话很逗。"艇长神志清楚吗？他知道情况怎样吗？"

"当然知道。他病了，头昏眼花。他感到精力不济，不能指挥进攻，再说浪费鱼雷也没意思。"

"他可知道咱们要在水面上通过海湾口？"

"知道。"

塔凯尔的嘴唇勉强动了动："那是他的意思？"

"哦，'呼呼'，我们俩反复琢磨过啦。"埃斯特一副没精打采的样子，喷着雪茄烟，放下几分勉强摆出来的架子，"这事可难办。那边的驱逐舰和猎潜艇多得密密麻麻，就像菜市街的妓女一样。这个情况我们是了解的。这些毛猴子甚至可能在海湾口布下雷。虽然咱们的情报机关说他们没有雷达，但据我们所知，他们也有雷达。"埃斯特把两臂朝外一摊，耸耸肩膀，"另一方面，咱们在海面上舷侧的能见度是零吧？咱们用内燃机，不消一刻钟就能开过去，逃之夭夭。这个湾子有十二英里宽，在雨夜里，这一大片水域要用巡逻艇来牢牢把守，那可不得了。不过，如果咱们放掉空气下潜的话，因为有那么多驱逐舰用脉冲声呐在搜索咱们，咱们就得花上四倍时间才能通过这个危险地带。不错，我承认，头顶上有着两百英尺深的海水确是很好的安全系数。艇长最后说由我来指挥，一切照我的意思办。所以，我再说一遍，有什么意见？"

军官们面面相觑。

"只有这么个走法。"塔凯尔说。

埃斯特等了一会儿，大家都一言不发。他点点头："那好吧。还有一件事，胡班艇长委托我代他对中断巡逻表示歉意。他说，整个潜艇、艇上人员和军官都表现良好。要不是鱼雷失灵，咱们这回返航就可以记上两大笔击沉敌舰的功劳。我们知道'乌贼'号尽管吃尽苦头，仍能继续战斗。巡逻任务并没有一败涂地，他说干得很出色。"这番话，埃斯特完全是用一种单调的干巴巴的口吻说的。说罢，他又用平时的声调说："就是这么回事。回到战斗岗位上去，我暂时解除战斗任务只是为了给艇上人员有个机会啃口三明治和撒泡尿。"

萨姆托说："你是说，这艇上还有人没尿裤子？"

这次会议就在粗俗而轻松的笑声中一哄而散。从海湾口逃走给人以虎头蛇尾之感。埃斯特、拜伦和塔凯尔穿着橡胶雨衣站在舰桥上，凝视着黑乎乎的瓢泼大雨。声呐兵激动得结结巴巴，报告螺旋桨的声音和脉冲信号越来越多，开头还只是在前边远远的地方，接着越来越近，再接着就在"乌贼"号周围。显然声呐接收器上三百六十度各个角度都送来回声，闹成一团，十分可怕。舰桥上却一片潮湿，乌漆墨黑，太平无事。他们就这样笔直地开过重兵驻守的日军巡逻线，当他们趁着夜色一颠一颠地安然冲出海湾开到公海时，竟看不到丝毫动静。

尽管声呐兵喋喋不休地接连报警，埃斯特却径自讲道："勃拉尼，就是要让你瞧瞧，无知才是福。咱们被这帮黄鬼团团包围，可这倒像一次游览。千万别叫咱们撞上一个鬼子才好。"

他让潜艇做好战斗准备，直到声呐接收器上的脉冲信号逐渐消失，远远落在艇艉后面为止。于是，他安排了一下值班。"勃拉尼，你换了班到我舱里来一趟。"

"是，长官。"

拜伦进舱的时候，他正穿着宽松的短裤躺在铺位上，抽着雪茄。"嘿，拉上帘子，坐下吧。"埃斯特用一个胳膊肘撑起身子，"你喜欢潜艇的任务吗？"

拜伦隔了半晌才回答上来，他实话实说："对我来说倒合适。"

埃斯特那双绿眼睛炯炯发光，嘴角一抿，露出极为独特的、几乎是闷闷不乐的淡笑。"好，仔细听着，"埃斯特向他凑过身去，两人的脑袋相距只有一英尺光景，简直像在耳语，"胡班艇长什么事也没有，他只是吓得屁滚尿流罢了。"

"什么？不是脑震荡？"

"才没哪！他亲口对赫维斯滕大夫说的，大夫告诉了我，于是，我们三个人把这事谈开了。他的确摔倒了，不过没摔昏过去，他佯装这样罢了。这倒不是装病临阵脱逃，也不是胆小怕事，他实在是受不了啦，勃拉尼。第一次深水炸弹爆炸时，他就有这个预兆了。你知道，我是看着他的样子心里这么猜的。真是可怜见的。他的身子缩成一团，就像个光身子的姑娘给人当场撞见似的。我觉得他做得对，因为他肯定指挥不了一场攻击啦。他垮了，他感到心惊胆战。大夫只得给他一帖强力镇静剂，让他吃了睡觉。等咱们一到马尼拉，他就要调出潜艇。"

听了这消息，拜伦不由得暗吃一惊。"哦，这件事他回头会重新考虑一下吧。他的整个前程——"

"不，他不会考虑的。他完蛋了。他对我这么说的，勃拉尼。"

"十年的潜艇生活，'夫人'——"

"瞧，他干错了行当。当初他也是没法儿弄明白这一点的。凡是什么人拿定主意认为自己受不了，我绝不怪他，我替他难受。根据他这种情况，他确实干得不错了。他控制住了自己，在敌人的进攻下，他的调度也恰当。"

"还有什么人知道他的情况？"

"说起来，'呼呼'正在场，你骗不过'呼呼'，可他倒不是快嘴。赫维斯滕大夫也不会声张，他为人非常讲道德。我心里想，水兵们害怕都来不及，不会发觉的。

我支持胡班本人这套说法。等他调走后，自然会真相大白。现在呢，咱们只得自己来驾驶这艘潜艇啦。咱们现在正夹着尾巴返回基地，这对艇上人员的士气不利。所以，如果在返航途中碰到一条大鱼，我可要去请求胡班批准开火。咱们不是还剩下二十枚鱼雷吗？如果咱们出击，'呼呼'就做我的参谋，让他按一下方位表，你来操作鱼雷发射数据计算机，明白吗？也许除了我自己之外，你要算我平生看到的最好的下潜军官了，不过这项工作得让奎恩去干了。"

"天哪！"

"有什么困难？"

"我摆弄不了鱼雷发射数据计算机。"

"你在攻击教练艇里干得挺好的，比萨姆托强。我挑不出第二个人来了。"

"下潜，下潜，下潜。"拜伦睡得迷迷糊糊的，隐隐约约听到扩音器里的话音，还有压舱水槽进水的哗哗声，他顿时光着身子跳下铺位。和他住在同一舱房的萨姆托正坐在一张小小的书桌边写报告，打着哈欠说："别着急。天快亮了，所以'夫人'正在放掉空气。"

"天亮了？真的？我怎么会一睡就是五个小时？"

"能耐大嘛。"

"出了什么事？"

"咱们离马尼拉还有五十英里。"

"艇长怎么样啦？"

萨姆托耸耸肩膀："连他的影子也没看到。"

拜伦穿上衣服，喝了咖啡，就到艇艏艇艉的鱼雷舱去检查工作。潜艇里一股臭味。到处都有人没精打采地在清扫和修理，可是失败的情绪就像机件失灵损坏的臭味一样弥漫全艇。大多数水兵都沉默寡言，但是他们的感受都一清二楚——情绪高涨的"乌贼"号官兵们初次出巡竟然就挨日本人痛打，好容易才保住性命，落得两手空空，偷偷溜回去，真是丢尽脸面，让人大吃一惊。

后来，声呐兵报告收到推进器微弱的噗噗声。标图组都来值班了，从推进器每分钟的转速推算出这艘船的大致速度。同潜艇相比，这艘船的行动非常缓慢，约莫离此四十英里。这个距离是惊人的，不过根据海上情况的变化，声呐有时也能接收到远程的螺旋桨声音。有好几回信号中断了又恢复，这艘船仍旧以同样的速度，在同样的航线上朝此迫近。

各个舱房一下子传遍了一个谣言，说是埃斯特上尉正在追踪这艘船。于是，就像刮来一股压缩空气似的，艇上那种病恹恹的气氛竟一扫而光。鱼雷兵恢复了活力，兴奋地检查着武器。轮机组都起劲地埋头修理堵塞的阀门、失灵的抽水机、破裂的输油管和水管。水兵们开始紧张地大扫除。一股诱人的炸鸡香味一下子驱走了渗漏的排水管和肮脏的人体的那股臭味。将近晌午，拜伦的好奇心油然而生。他走进埃斯特的舱房，撩开门帘一看，只见副艇长赤身裸体地坐着，正在校对打好的航海日志。"'夫人'，有什么内幕消息？"

"什么消息？"

"咱们要攻击这个目标吗？"

"哦，你需要一份特别情况简报吗？"

"请原谅我的冒昧。"

"得了，既然你问起，我就告诉你，艇长批准我靠拢那艘船，观察一下。"埃斯特的态度冷淡无礼。

推进器的声音渐渐响起来，一个钟点比一个钟点响。德林格的标图表明，像这样在水下迫近，"乌贼"号要将近傍晚才能看见这艘船，不过大白天在这一带海面上航行又委实太冒险了。

拜伦下午值班。五点钟的时候，埃斯特来到司令塔。他穿着干净的卡其军服，刚刮过脸，一边抽着一支长长的哈瓦那雪茄，一边哼着《华盛顿邮报进行曲》，碰上他高兴时，他就喜欢这样。"呃，好啊，诸位，咱们就来瞧瞧现在看得见这浑蛋了吗？按标图看，应当看得见了。升上潜望镜！好，好，好！我的天哪，咱们的朋友来啦。注意，方位！二一〇。注意，距离！一万四千码。降下潜望镜！"

他对着传话筒大声喊道："军士长，押宝押得彩了！这艘船就在那边地平线上，只见桅杆不见船身。"操纵室里响起愉快的笑声。埃斯特回过头来对着拜伦，满面春风地说："勃拉尼，咱们进入战备状态吧。"

一声警报令下，顿时照例一片忙乱：喧闹的匆匆奔跑声，吆喝声，不透水的舱门哐啷哐啷的开关声，电话传令兵哇啦哇啦的汇报声。塔凯尔到了，脖子上吊着方位表，这是一个复杂的塑料仪器，一旦鱼雷发射数据计算机失灵，它就可以给鱼雷发射提供方位。拜伦紧张不安地坐在计算机旁。他在潜艇学校念书时，还有在岸上实习操作模拟设备时，曾经摆弄过这个黑盘面的仪器和指针不停跳动的刻度盘，可是从来没在海上操作过这玩意儿。这玩意儿就是把攻击问题中的三个活动的因素——鱼雷、潜艇、活靶子凑在一起，将所有这些在变化的数据归纳为一个关键性的数字：给发射鱼雷做依据的最终方位。它得出的数据资料的可靠性因事而异。"乌贼"号的航向和速度是精确的，可是靶船的数据（包括声呐读数和潜望镜的观察）往往不精确，而且瞬息万变。鱼雷发射数据计算机的操作军官在将新数字不断输入机器时，必须考虑哪些读数是变化无常的，哪些读数多少有点儿正确。威尔逊·塔凯尔对这一点有独到之功。压在拜伦肩上的这副担子使他心情沉重，可也使他心情激动。

在标图上也好，在计算机上也好，潜艇和靶船都继续在靠拢。埃斯特踱来踱去，抽着雪茄，等待日落，以便再升上潜望镜。他对塔凯尔说："我可不想把上面咱们这个胖墩墩的小朋友吓跑。"他那张经常苍白的脸涨得绯红，他这样轻捷灵活、紧张不安地踱步，手指头还不断打着框子，更引起攻击组人员的心理紧张，这一点拜伦从水兵们的脸色上就看得出来。

埃斯特蹲在潜望镜套筒边，终于说了一句话："行了，升上潜望镜！"他抓住手柄，啪地拉下，就像胡班过去那样手脚干净利落。他的身子随着潜望镜一起上升，趁着镜杆上升，他凑在接目镜前看着。"距离，注意！六千码。方位，注意！二二四。"潜望镜刚刚升上去，他就下令重新降下。"好。艇艏角度，左舷二十度。这是艘中型油船，'呼呼'，大约有五千吨。"

"日本船的轮廓？"

"见鬼，油船的轮廓！还有哪国船只在南中国海突突地开来开去的？"

"那咱们可就不知道了，'夫人'。"一个忧郁的声音说道。

布朗奇·胡班那张胡子拉碴的脸像鬼脸似的浮现在舱口。他爬上司令塔，两眼像见鬼似的亮得近乎病态，头部血糊糊地扎着绷带，瘦削的骨架弯腰曲背的，披着一件虎斑旧浴衣，浴衣拖在甲板上。"也许是哪艘混账鬼船不知道在打仗。也许是咱们自己的一艘船开出来同一支舰队会合，咱们不知道罢了。"

"长官，绝对可以肯定这不像美国船。"

"'夫人'，咱们得弄弄清楚才行。"

"好吧。快拿日本商船、油船的识别手册来！"埃斯特对航信士官厉声说。他重新升上潜望镜，大声报着距离、方位和艇艏角度。"快点儿，快点儿，鲍丁。手册呢？"

"这就是，长官！"那个水兵匆匆把打开的手册摊在领航员的桌子上，"油船的轮廓。"

"我看到了。"埃斯特两眼盯住手册，抓起一支红铅笔，在一条船的轮廓上粗粗画了个圈，拿给胡班看，"就是这个类型，四千五百吨。凭那桥楼曲折的轮廓，准错不了。看上去甚至像一座他妈的宝塔。长官，请看一下吧。在夕阳里真像硬纸板的剪影。"

"升上潜望镜。"胡班说。他的动作慢慢腾腾、懒懒散散。他凑在接目镜上看着，嘴里并不报出数据。"好了，降下潜望镜。得，这个对手容易对付，'夫人'。我的眼力很模糊。你既然认出了，那就放手干吧。"

"进攻吗，艇长？"

"对，你要攻就攻吧，开火打吧。"

"拜伦！正常战斗前进航向？"

"正常战斗前进航向一六〇，长官！"拜伦大声报道。

"舵手，舵转一六〇。"

"舵转一六〇，长官！"

"时速十海里！"

埃斯特拿起扩音器话筒："全体人员注意，'乌贼'号对油船发动攻击。"

胡班急忙嘶哑地说："奉劝一句。那些新的磁性雷管糟透了，几年前，我为此在军械局干过一仗。我心里有数。它们害得我昨天两发没打中。鱼雷对准船体打，否则就会像我昨天那样打不中。"

"长官，我们奉命打龙骨下面十英尺的部位。"

"主意不错，可是我听说日本人正在造平底油船，'夫人'。"胡班眨眨眼，那张煞白的脸上满面愁容，这样一来显得特别滑稽可笑，"难道这个你还不知道？吃水连六英寸都不到。"

埃斯特上尉艇长目光敏锐地看了一眼，下令把鱼雷对准近水面的目标。

这场第二次进攻一开头就很像当初在甲米地攻击教练艇上的操练，那么像，弄得拜伦的现实感都模模糊糊了。埃斯特指挥过几十次模拟鱼雷发射，都是由塔凯尔当参谋，拜伦操作计算机。这一回，情况看起来活像当初学校里的操练，同样的那一套连珠炮似的报告、命令、提问和不断地变换航向，忙得那鱼雷发射数据计算机的操作军官不停地工作。当初海滨教练艇上的司令塔看上去也是这副模样，连气味都一模一样——主要不外乎水兵们身上的汗臭、埃斯特的雪茄烟味和电气设备那股刺鼻臭味。拜伦一下子全神贯注了。他要在这次比赛中表现出色，受到表扬。他知道他们现在是在水下，而且有艘真正的靶船在提供数据，不过那只是一种模模糊糊的意识罢了，哪里比得上现在思想正高度集中于数字、三角计算和刻度盘上跳动的指针，集中于即将由他来得出答案的时刻，这个答案就是关系重大的最终方位，根据这个方位才能确定鱼雷的陀螺仪角度。

整个事情看来正飞速发展。埃斯特甚至比当初操练时更加接近敌船。等到计算机显示出目标距离九百码，他才以精神饱满的紧张声调下令说："确定最终方位再放。升上潜望镜。注意！方位一九八。降下潜望镜！"

"方位对准，"拜伦喊道，"陀螺仪角度左舷十七度！"

"放！"

"一号开火！"鱼雷兵按下火力发射按钮，"二号开火！"

鱼雷发射出去引起艇身猛地震晃起来，震得拜伦顿时醒悟了，原来那两枚装载TNT的鱼雷现在正从水里发射出去，消灭一艘船和船上那些没有防备的人员，这两枚鱼雷就是由他运算出来的致命数字导向的。那艘油船根本没有改变过航向或速度。没关系，这场战争是不受约束的，他寻思道：打鸽子，鸟枪要对准头部。但愿这一回鱼雷顶用就好了！嘀嗒，嘀嗒，时间一秒一秒地过去——

轰隆！

轰隆！

又爆了一下冷门！在九百码以外爆炸的鱼雷对"乌贼"号的冲击几乎就像深水炸弹一样，甲板颠簸，艇身隆隆直响，攻击组人员个个摇摇晃晃。潜艇内顿时欢声雷动，"夫人"埃斯特也大声嚷着："哎哟，乖乖！天哪！我的上帝呀，多好看啊！艇长，艇长！"

胡班赶忙跑到潜望镜跟前，浴衣在光腿上啪嗒啪嗒地拍动。他弯下腰，凑近接目镜："啊，真美！天哪，'夫人'，这次巡逻告捷啦！这回得手了！正好打中一艘！哎呀，真好看！好极了！"

拜伦从抽屉里抓起船上的照相机，等艇长一走开，就把照相机对准接目镜。埃斯特哈哈大笑，拍着他的背说："妈的，勃拉尼，干得好！刚好中了两发，再看一眼，乖乖，看一眼。这艘船要烧上好一阵子呢。千载难逢的眼福啊！'呼呼'！下一个该你看。让大伙儿都来看一眼。攻击组全体人员个个都来看！"

拜伦刚弯下腰凑近接目镜，潜望镜的黑圆框里就显出一幕壮观的夜景。衬着布满星星的夜空，一片烈火如同高烧的巨烛，足有几百英尺高，正从半掩没在色泽更深的一团火球中的黑色油船上熊熊燃起。滚滚黑烟就从烛焰上方那片烈火中不断喷发出来，把星群都遮暗了。海面上浴着一片金光。"夫人"埃斯特拍拍他弯着的背脊："怎么样？你这小瞌睡虫，居然算得一丝不差！好极了！两发两中！干得好！你一生中可曾见过比这更美的景色吗？"

拜伦正尽力想理解这一切：这一切都是真的，这是一场屠杀，挨深水炸弹轰炸的大仇总算报了，日本人正惨死在这场叹为观止的大屠杀中。但是，他还是困惑不解，好像这都不是真实的。他真心的感觉主要是打中敌船后那种激荡人心的胜利感，对这幕扣人心弦的野火壮观的赞赏，以及看到一出戏或一场斗牛结尾时不由得产生的一丝戏剧性的淡淡哀愁。就在在潜望镜里观看的短短几秒钟里，他想在心里寻找对那些被烤死的日本水兵的同情，可是一点儿也找不到。他们是抽象概念，是敌人，是踩在脚下的蚂蚁。

"我从没见过有这一半美的景色，"拜伦把潜望镜让给塔凯尔，"长官，我可以发誓，真的没见过。"

"你当然没见过！"埃斯特伸出两只长臂，搂住这个海军少尉，像大猩猩似的紧紧揪住他，"祝你圣诞节快乐！现在你有个故事可以讲给娜塔丽听啦！"

第十三章

　　莱斯里·斯鲁特只要看见哪个姑娘身材颀长，体态轻盈，一头卷曲柔润的浓密乌发往后梳，就往往把她当成娜塔丽·亨利。有一回，他在伯尔尼的一场酒会上看到了一个姑娘，浑身神经不由得感到一阵轻微的震颤。不消说，又是一场虚惊。娜塔丽固然可能在几乎任何一个地方露面，不过他知道她在哪里。

　　这个假娜塔丽正在跟圣诞节酒会的主人——英国代办聊天，他们站在一幅色彩鲜艳的乔治六世肖像画下面，画中人物全副戎装，挂满勋章。斯鲁特在人声鼎沸、说着几国语言的宾客中想法挤过去，好一饱眼福。但见她长着鹅蛋脸，一对大大的黑眼睛分得很开，眼角上翘，高高的颧骨，微微凹陷的面颊，连橙红色的唇膏也搽得过于浓艳，和娜塔丽真是极其相似啊！她一定是一个犹太人。她的身段比较苗条，因此比娜塔丽更加诱人，就斯鲁特的审美观来说，娜塔丽未免有点儿骨骼太大。他一直目送着这姑娘穿过烟雾腾腾的会客室。她回眸朝他看看。他跟着她走进一间镶嵌着护墙板的书房，她在一个铜架地球仪边停了步，呷着一大杯酒。

　　"你好。"

　　"你好。"这对仰望着他的热情的眼睛清澈而天真，虽然她看上去有二十来岁了，可是眼睛还像个聪明的少女。

　　"鄙人是美国公使馆一等秘书莱斯里·斯鲁特。"

　　"哦，我知道。"

　　"啊，咱们见过面吗？"

　　"因为你一直盯着我看，我就向人家打听你是什么人。"她用柔和悦耳的嗓音说，一口略带德国腔的英国口音。

　　"请别见怪。你看上去特别像我爱上的一个姑娘，她结婚了，很美满。所以，说来我也未免太痴情了，不过好歹这就是我盯着你看的原因。"

"真的吗？这回我已经深深了解你啦，尽管你连我的名字都不知道呢。我叫塞尔玛·阿舍尔。"她伸出一只纤细的手和他握了一下，手劲没娜塔丽大，可比娜塔丽更带点儿少女气息。她手上没戴戒指。"我朋友说你太偏向犹太人，就从莫斯科调任了。"

斯鲁特听了这句话很恼火。伯尔尼到处都这么传说，这是公使馆里的哪个人散播的？"但愿我真能名副其实地为这些人做出牺牲。我的调任是例行公事。能找到个地方有好酒好菜，晚上有灯有火，不打枪不打炮，我就高兴了。"

她对他伸出食指点点戳戳，像个小学教师似的。"别这样！别为这事感到惭愧。难道你不明白这件事使你在外交界更出名吗？"她伸出一只苍白的手，转着吱吱嘎嘎响的地球仪，"这世界够大的吧？可就是没有一个地方容得了犹太人。多少世纪以来，至少一向还有一扇大门敞开着，如今门全堵死了。"

斯鲁特哪想得到自己偏偏又找上这么个麻烦。这个姑娘穿着漂漂亮亮的时髦衣服，态度充满自信，同别的男人在一起谈笑自若，难道会是一个难民吗？那些被赶出家园的倒霉人老是到公使馆纠缠不休，他对他们的苦难早已无动于衷了。除此之外，没别的办法来保持神志正常啦。

"你有困难吗？"

"我本人吗？没有。我小时候全家人就离开德国了，我们是瑞士公民。当时人们都把希特勒当笑柄，可爸爸并不觉得好笑。"她把头往后一仰，声调也变了，"好吧！给我说说跟我相像的那个姑娘吧。不过，还是请你先给我再弄点儿柠檬苏打水来。"

他在酒吧前歇下来，一口干了一大杯杜松子酒。等他回来时，只见塞尔玛·阿舍尔站在地球仪旁，叉起了胳膊，屁股和一条腿朝一边挺出，贴身的蓝裙子衬托出一条大腿的美妙轮廓。这是娜塔丽喜欢摆的老姿势。"说起来，这姑娘嘛，"他说，"就是埃伦·杰斯特罗的侄女，他是一个作家，也许你听说过他吧。"

"哦，写过《一个犹太人的耶稣》和《一个名叫保罗的犹太人》？当然听说过。我不大爱看书。这些书写得机智聪明，不过相当浅薄，而且是无神论。原来她是犹太人！你们是怎么认识的？现在她在哪儿？"

塞尔玛·阿舍尔劲头十足地听他讲娜塔丽的故事，她那对清澈的棕色眼睛像电光似的凝视着他。斯鲁特的眼睛却一直盯着露在她花边蓝衬衫下雪白的颈前那激烈跳动的血脉，这是神经高度兴奋的表现。

"多离奇的事啊！管她叔叔是名人也罢，不是名人也罢，她干吗不把这个死缠不休的老东西摆脱掉呢？"

"她是一步步卷进去的。等她拼命想使自己和孩子摆脱出来的时候，已经来不及了。偷袭珍珠港的事把她拖住了。"

"那么她孩子的父亲，这个异教徒青年海军军官如今在什么地方呢？"

"在太平洋的一艘潜艇里。"

"怪极了！我真替她难受，可她的眼力一定很糟糕。你怎么知道她在锡耶纳？"

"我在负责被扣留的侨民的交换工作。意大利把我们一方的记者就扣留在那里。她跟杰斯特罗博士都上了名册。"

"她可知道你在争取释放她？"

"但愿她知道。瑞士驻罗马公使馆替我们转信，我给她写过信。"

"你决心要弄她出来吗？"

"我不知道有什么理由不这样做。她叔叔在杂志上发表文章，她一直在做他手下的研究员。我们国内也扣住了不少意大利记者。这事得花时间，可是不至于有太多的麻烦。"

"真是十分迷人。"塞尔玛·阿舍尔伸出手来，"你一定要写信告诉她，你在伯尔尼碰见一个长得像她的姑娘。"

"我送你回家吧。"

"谢谢，我自己有车。"

"可是我很想再见到你。"

"哦，不成，不成。"她心里一乐，眼睛睁得圆溜溜的，令人啼笑皆非，"我只会惹得你伤心，叫你想起你失去的心上人。"

她屁股一扭，就走出书房，像圆舞曲一样轻松愉快。

"那你认为苏联决心坚持到底吗？"阿舍尔博士问。他的身材胖墩墩的，一头浓密的花白头发，很大的鹰钩鼻。他坐在桌子首席，一张疲惫得要命的脸耷拉在胸前。

斯鲁特听到这个直截了当的问题，不由得又感到惶恐不安，一则想不到这回人家竟会请他吃饭，二则只看阿舍尔家这阔绰的排场，他就已经感到惶恐不安了。他们的餐具一色都是笨重的金边瓷器。方格板壁上挂着两幅马奈[①]的画，在小天窗透进来的道道光线下发亮。塞尔玛隔着桌子对斯鲁特莞尔一笑。"爸爸，你别想从一个外交家嘴里掏出一句干脆的话来。"

她的座位一边是一个教士打扮的红脸神父，他正畅快地大吃大喝；一边是一个皮包骨的瘦高个儿英国老头儿，鼻子上长着个难看的疣子，上菜时他只要素的，可又

---

① 爱德华·马奈（1832—1883），法国画家，印象派绘画的先驱。

几乎碰也不碰，就搁在那里了。宾主共有十人，除了塞尔玛之外，斯鲁特一个也不认识。塞尔玛的哥哥是一个头发早秃的小个子，他和他父亲都戴着室内戴的黑便帽。莱斯里·斯鲁特走了这么多地方，可从没跟戴着便帽的犹太人同桌吃过饭。

塞尔玛的母亲碰了碰斯鲁特的手，她的纤指上戴着两枚大钻戒，闪耀着红光和青光。"可你是刚从莫斯科来的，务必请你给我们讲讲你的印象。"

"说起来，我十一月份离开的时候情况最糟糕，此后多少有些起色。"

斯鲁特说得顺口，就不知不觉地独个儿说开了。他谈到了冬季大反攻的情况：《真理报》上随着报捷的大标题刚刚刊出将领的照片，胆小的官员就源源不断从古比雪夫回到莫斯科来，粮食供应有所改善，空袭次数日益减少，一队队没刮胡子的、形容枯槁的德国人在红军冲锋枪的押送下，一边在高尔基大街的雪地里行进，一边还用破破烂烂的袖口擦着鼻涕。"俄国人管这些家伙叫'冬天里的德国佬'，"斯鲁特说，听的人都哄堂大笑，面露喜色，"不过目前是一月中旬。虽然德国人稍微失利，但希特勒依然盘踞着俄国西部。大反攻看起来接近尾声了，大家应当尽量乐观才好。只是俄国人的干劲、爱国精神和人多势众确实给我留下了深刻印象。"

阿舍尔博士萎靡不振地点点头。"对，对。不过，失去了百分之九十的重工业，苏联怎能继续打下去呢？"

"一九四一年他们打败仗时，他们把工厂都搬到乌拉尔山脉后边去了。这真是一项超人的工作。"

"斯鲁特先生，希特勒的工厂可不必搬动啊。这些工厂都是世界上设备最好的，一直都在稳步生产出大量武器。只等来年春天解冻，泥泞干燥了，他就会发动一次大规模新攻势。你说，那些内迁的工厂能给俄国人生产足够的武器吗？"

"俄国人还能得到《租借法案》的物资。"

"不够，"英国老头儿喝道，"他们不够，英国也不够。"

阿舍尔悲哀地说："我担心的是，如果希特勒在一九四二年拿下高加索，而列宁格勒和莫斯科还是和外界隔绝的话，你可不能排除人家单独媾和的可能性。"

英国老头儿说："正如列宁在一九一七年所干的那样。"

塞尔玛的母亲说："那么一来，俄国的犹太人就完蛋了。"

神父本来在穷凶极恶地对付半只鸭子，忽然住了手，一对小眼睛朝斯鲁特瞟了一眼："目前俄国的那些犹太人是怎么个情况啊？"

"在德国后方的吗？大概很糟糕吧。别的地方嘛，还算过得去。当局把他们当牲口似的赶来赶去，不过俄国多多少少也是这样对付每一个人的。"

"从俄国和波兰传出来的各种说法是真的吗？"阿舍尔博士问，斯鲁特没搭理他，"我指的是大屠杀。"

四座都向斯鲁特投来严峻的眼光。

"这类事情是很难核实的，"他吞吞吐吐地说，"战争时期嘛。那些地区禁止外界的新闻人士进出，连德国的也不准。大屠杀的受害者开不了口，杀人凶手当然不肯谈。"

"醉鬼酒后吐真言，德国也有爱喝酒的人。"塞尔玛说。

阿舍尔太太又碰碰他的手。这个年近花甲的女人，头发里夹着几绺银丝，皱纹密布的脸庞清癯秀丽，一身长袖黑礼服直扣到脖子，这些都赋予她一种雍容华贵的美。"你为什么说在德国后方的情况很糟糕？"

"我离开莫斯科前看到过一些档案材料。"

"哪类档案材料？"神父马上尖锐地发问。

斯鲁特越来越不安，躲躲闪闪地说："不外乎是人们听说的那种吧。"

那个英国人清清嗓子，用指关节敲敲桌面，像含着口痰似的说："斯鲁特先生，伯尔尼就是这么一座充满流言蜚语的小城市，你知道吗？听说你太关心犹太人，你们国务院就把你从莫斯科调到瑞士来了。"

"完全是无稽之谈，我国国务院本身就非常关心犹太人。"

那个英国人缠住不放，说："事实上，听说你对美国新闻界人士透露了你的档案材料，因此引起了你的上级的不满。"

斯鲁特无法圆滑地对付这个刺探，他只能说："流言蜚语简直不值得讨论。"

接着，大家陷入长时间的沉默，这时有个女用人在每一个席位上放了一本小小的祈祷书。阿舍尔博士父子都一本正经地用希伯来语念了一段祈祷词。这当口儿，斯鲁特感到尴尬，就顺手翻着德译本的祈祷文。等到男女宾客分别走到各自的休息室去喝咖啡时，塞尔玛在一条过道里拦住斯鲁特，伸出两臂搂住他。她身上穿着一件黑丝绒紧身胸衣，半掩半露着一对漂亮的乳房，比娜塔丽的略小一些。她四顾无人，就依偎着他，在他嘴上轻轻一吻。

"这是为什么？"

"你太瘦了，我们一定要把你喂胖。"她匆匆走开了。

这个公馆里有整整一层都是阿舍尔博士的书房：长长一间，黑沉沉的，从地板到天花板都是成排的书，多半都是皮面精装书。一股浓烈的、发霉的书卷味。在堆得乱七八糟的大书桌后面的那堵墙上，挂着一些政治家和歌剧明星的签名照。附近的一个木架上摊开着一幅世界军事地图，上面插满彩色图钉。

"你还一直收听柏林电台呢，雅各布？"那个英国人伸出颤抖的手指，在地图上马来半岛那儿"笃笃"敲着，"日本人早就给打退到比这儿更远的北边了。"

阿舍尔对斯鲁特说："你瞧，我真糊涂，竟把战争带进我修身养性的地方了。"

"你这儿的地图倒比我们公使馆的详细。我们往往把整个太平洋都忘了。"

"不过，斯鲁特先生，这可是一个关键地区啊，对不对？要是新加坡丢了，那就不免引起一场土崩瓦解，"他伸出指头，从印度到澳大利亚往下一扫，"不闹得天下大乱才不会罢休呢。"他又把指头朝上一挥，指着德国在俄国的战线，那是一排红色图钉标出的南北向曲线，从黑海一直到北冰洋，"瞧希特勒占据的地方！苏联是一个断臂缺腿的残废啦。"

"新加坡丢不了。"那英国人说。

"再说一个主权国家能长出新手新脚来，"斯鲁特说，"它是一个顽强的原始生物，就像螃蟹似的。"

阿舍尔听了这番比较，苍白的脸上微露喜色。"唉，可是德国人如此强大。但愿能从他们的后方包抄过去！"他的指头一下子跳到大西洋东岸，"不过如今东亚的土崩瓦解会把美、英拖到另一个方向。"阿舍尔郁郁不乐地叹了口气，颓然地坐在斯鲁特身边的棕色皮沙发上。

"哪能让这种事出现呢！"那个英国人坐在一张高背椅上，开始拿大西洋沿岸德国潜艇击沉盟国舰船的事来逗莱斯里·斯鲁特。难道斯鲁特的同胞连在战时都不能尽力克制一下，在沿海城市实行灯火管制吗？柏林电台公开吹嘘说，辉煌的灯火为德国潜艇提供了战争中最方便的搜索条件。英国广播公司刚才证实了德国发布的十二月份在美国沿海击沉舰船的惊人数字。照这样下去，盟军是输定了。

再说——那老头儿越说气越大，竟差点儿从椅子上跳起来——日本人在吕宋岛为什么进展如此迅速？英国兵力分散在全球，而且已经打了两年多的仗，所以难怪新加坡岌岌可危。可是，驻菲律宾的美军已经多赢得了两个宝贵的和平年头练兵备战，况且美国在世界其他地方都没作战。为什么不把侵略者撵到海里去？如果在这次大战中，美国连这副担子都挑不起来，那也好，英国愿意单独拯救文明世界，事后再回过头来对付俄国熊。不过，任重道远啊。美国有的是资源，就是缺少斗志。

斯鲁特听了这番慷慨激昂的长篇宏论，倒没怎么发火，因为凭这人的态度和嘶哑的声音，他真是老糊涂了。斯鲁特不动声色地回答道，一个爱好和平的国家要做好战争的思想准备是需要时间的，这一点在张伯伦执政下的英国已经看得很清楚了。不过，他也有一两个问题要请教。不准从希特勒那里逃亡出来的犹太难民进入巴勒斯坦，对英国的作战有何好处？一个自称为文明民主的国家，怎能迫使妇女儿童乘坐危险的旧船，绕着地中海毫无指望地不断漂流呢？

"理由可多着哪，有地区政策的种种理由，有国家的种种理由。"那个英国人泪汪汪的，猛地伸出手在眼睛上一抹，"不瞒你说，大英帝国肩负种种重任，处境为难哪——一个人还往往进退两难呢。对不起，告辞了。"他站起身，赶紧夺门而出。不一会儿，他那个不施脂粉、貌不惊人的女儿出场说："我们该告辞了。"她嗔怨地白了斯鲁特一眼，转过身走了。

"得罪，得罪。"斯鲁特对阿舍尔说。

"当初托莱佛在这儿的公使馆任职时，他就成了我们家的好朋友。他身体有病，热爱祖国，可是人老了。"阿舍尔沉着地说。

宴会就此散了。斯鲁特和神父一起走到寒风料峭、星光灿烂的夜空下。斯鲁特翻起衣领，说要走回自己的寓所。神父提出陪他走走，练练筋骨。斯鲁特心里原来寻思跟这个小胖子神父一起走兴许走不快，他们两人在枝干光秃秃的树下迈开大步走过干涸的喷泉时，倒是他得加快步伐。在寂静的深夜里，斯鲁特听得见神父均匀的深呼吸，大鼻子像小小的蒸汽机似的冒出热气。他们走了约莫一英里，大家都一言不发。

"好了，我到家了，"斯鲁特在自己公寓门口停步说，"谢谢你作陪。"

神父直盯着他的脸。"还有一些有关犹太人遭遇的档案材料，你感兴趣吗？"这句话是突然用干脆的德国话说的。

"什么？啊，我刚才在宴会上说过了，我国政府当然关心减轻犹太人苦难的问题。"

神父朝马路对面一个暗沉沉的儿童小公园挥挥手，公园里空荡荡的一排排长凳间有秋千，有跷跷板。他们过了马路，默默无声地在公园里走了一圈。

"真可怕，真可怕，真可怕。"神父骤然一连声地说，声调那么异样、那么忧伤、那么紧张，斯鲁特听了不由得停住脚步，大为震惊。神父抬头看着他，在远处一盏路灯的暗淡光线下，那张脸变了相。"斯鲁特先生，我原是巴伐利亚人。一九二三年在慕尼黑，我亲眼看见阿道夫·希特勒这摊狗屎在街头对着二十来个人演讲。暴动失败以后，一九二四年，我看见他在受审时大放厥词。一九三六年，在纳粹党代会上，我又看见他对一百万人演说。他始终是那么一摊狗屎。他从来没改变过，直到今天也没改变。同样一只手撑在屁股上，同样一个拳头挥舞不休，同样粗俗的嗓音、下流的语言、愚蠢而原始的念头。然而，他是德国的主宰，他是我国人民的凶神恶煞，他是上帝降下的大祸星。"

忽然，神父又开步走了，斯鲁特只得跑了几步跟随在他身边。"你必须了解德国，斯鲁特先生。"他的声调冷静些了，"这是另一个世界，我们是一个政治上缺乏经验的民族，我们只知道服从上面的命令。那是我们的历史的产物，是一种持久的封建制度。一个半世纪以来，我们一直犹豫不决，是要崇尚空想的社会主义的乐观主义者呢，还是要偏重浪漫的实利主义的悲观主义者呢？是要乌托邦的美妙幻想，还是要专制蛮横的强权理论？到今天为止，我们基本上还不知所从，是要西方民主国家的放纵的享乐主义呢，还是要东方布尔什维克的激进的无神论？"神父一边嘴里熟练流利地说出这些抽象的词句，一边张开两臂做着手势，"而这两者之间，有多大的鸿沟、多大的真空、多大的空白啊！这两种现代思潮的人文主义都提出不信上帝。我们德国人心里都明白，这两种论点都过分简单化和虚伪。在这一点上，我们算对了。在这一点上，我们没有上当受骗。我们一直摸索着在现代生活中恢复爱和信仰，哦，还有基督。可是，我们天真幼稚，我们受蒙蔽啦。一个反基督的恶魔欺骗了我们，他利用他那种野蛮的、伪宗教的民族主义，把我们引到通向地狱之路。不幸的是，我们的宗教狂热和不动脑筋的一味盲从竟如此严重，简直没有个底儿。德国人真心渴望着获得信仰、希望和一种站得住脚的现代形而上学，希特勒和国家社会主义是对这种渴望的极大歪曲。我们正在饮鸩止渴。假如不斩断他的魔爪，结果将是一场无法估量的大灾难。"

一半因为神父这双有力的手越握越紧，一半因为他这番充满热情的谈话，斯鲁特竟被深深感动了，他说："这番话我全信，你说得好。"

神父那圆溜溜的小脑袋点了点。他傻笑了一下，忽然滑稽地换成一副随随便便的口吻说："你喜欢看电影吗？我本人可是非常偏爱电影。我承认，这有点儿无聊，浪费时间。"

"喜欢，我就爱看电影。"

"好极了，改天我们一起去看。"

经常有人找上门来给外交官送情报，而电影院就是一个通常的接头地点。斯鲁特倒从没碰到过这等事。他左右为难，只好闪烁其词说："再请教一下大名。我很抱歉，可惜我先前没听清楚。"

"我是马丁神父。过几天我们约好一起去看场电影吧，我给你打个电话。"

隔了半晌，斯鲁特才点点头。

为什么点头呢？此后莱斯里·斯鲁特心里时常在琢磨，因为这件事决定了他下半辈子的命运。说起来，一是他有一种代表美国的概念；二是他感到尽管表面上有逆流、有偏见，美国人骨子里还是同情犹太人的；三是他一直耿耿于怀，认为自己竟会拒绝一个绝色犹太姑娘，真是目光短浅的傻瓜；四是他巴不得克服自己的胆怯怕事，他已经开始感到这种胆怯的可恶了；五是他意识到尽管上回他向美联社泄露明斯克文件这事害得他丢了官，可是这仍然不失为产生一种反常的自豪感的因素；最后一点，也同其他几点一样起作用，那就是好奇心。这几点把他推进了一种新的生活。

三个星期过去了。斯鲁特脑子里早把这次深夜的离奇谈话淡忘了。蓦地，马丁神父打来了电话。"斯鲁特先生，你喜欢宾·克劳斯贝吗？我觉得他逗极了。你知道吗，宾·克劳斯贝的新片就在碧珠电影院上映。"

神父拿了预先买好的戏票等着。七点钟开始的电影，影院还没满座。马丁神父找了一个边座，斯鲁特悄悄坐在他旁边。他们看着宾·克劳斯贝打扮得像个大学生，同穿着短裙的漂亮姑娘鬼混逗乐，看了半个小时光景，神父一声不吭换了一个座位，远远坐到前排去了。不一会儿，来了一个戴眼镜的瘦子，坐在这位子上，手里摆弄着一顶帽子、一把雨伞和一包厚厚的东西。帽子掉到地板上了。他蹲下来在座位下找帽子的当口儿，顺手把那包东西搁在斯鲁特膝上，嘴里说声"劳驾"。斯鲁特那边邻座上坐着一个满脸脓疱的姑娘，只顾着看宾·克劳斯贝，正看得出神，一点儿也没注意到这件事。那人找到了帽子，就安心看电影了。斯鲁特拿了这包东西。等到电影散场，他把东西夹在腋下就走，一颗心怦怦直跳。在夜色朦胧的场外，散戏回去的观众没一个朝斯鲁特看一眼。

他拼命克制自己，不敢加快步伐，其实是不敢奔跑，信步走回寓所。锁上门，拉上百叶窗，这才从那包里抽出一捆影印品，黑底白字，是一份德国官方文件，有几页上面沾着一块褐色的污迹，把字都弄糊了。他匆匆翻弄这些深色的纸页时，纸上冒出一股辛辣的药水味。

面上一页盖着一个黑底白字的橡皮印，字迹清楚：国家机密。文件的标题是：

会议纪要

一九四二年一月二十日

在格罗斯—万湖召开的政府各部次长级会议

开头几页列举了十五名官衔显赫的高级官员的名字。党卫军第二把手赖因哈德·海德里希主持了这次在柏林郊区万湖召开的会议。斯鲁特正打算一边看着文件，一边翻译出来，这时电话铃响了。

"喂，我是塞尔玛·阿舍尔。你肯请我吃饭吗？"

"塞尔玛！天哪，好呀！"她听出他一股子热情，不由得哈哈大笑，"什么时候？什么地方？"

趁还没换装，他匆匆翻了一下文件，主要论点是把大批欧洲犹太人由铁路运送到被征服的东方地区，强迫他们修筑公路。这件事既不新奇，也不怎么骇人听闻。要知道，俄国和法国的战俘也被当作奴隶劳动力使用呢。德国人甚至还强迫意大利人进厂干活儿。德国人称王称霸，对犹太人尤其残酷，因此才搞出了这个筑路工程计划。斯鲁特弄不懂神父为什么要花这么大力气把这些材料给他。他把这包东西塞到床垫子下，回头再细看。

塞尔玛开了她那辆灰色的双人座小菲亚特来接他。她跟他打招呼的时候，脸蛋半掩在雪白的狐皮领子里，一脸正色，眼睛明亮，羞羞答答。她把车子开到一条偏僻马路上的一家小饭馆前。

"自从认识你以来，我平生第一回做了两件坏事。"塞尔玛一双纤细的手搁在方格台布上，一会儿捏紧，一会儿放松，"其中一件就是开口叫一个男人请我吃饭。"

"这件事不算坏呀，幸亏你做了，我很高兴。还有一件呢？"

"更坏了。"她突然尽情大笑，用手碰碰他的手，一下又赶紧缩回去了。

"塞尔玛，你的手好凉。"

"怪不得，我紧张极了。"

"可为什么呢？"

"嗯——为了把一件事讲清楚，上个月请你去吃饭可不是我的主意。是爸爸出乎我的意料请的。根据你谈到的那位在锡耶纳的朋友的情况，看来你对大胆的姑娘并不介意，其实我偏偏不是这种人。我把我遇见你的事告诉了父母，他们对你是久仰了。爸爸在此地当了多年犹太人协会的头头儿。随着德国人每次取得胜利，我们在伯尔尼这儿的朋友一天比一天少，这对我倒是一种教育，"塞尔玛开头几句话说说停停，以后就呱啦呱啦谈开了，她大声道，"一种冷眼看人生的真正教育。爸爸资助过医院、歌剧院、定期换演剧目的剧院，样样都资助！我们家过去宾客盈门，可如今——唉——"

"塞尔玛，我在你家遇见的那个神父是什么人？"

"马丁神父？一个善良的德国人。善良的德国人确实有呀，人数还不少哪，可惜还不足以起什么影响。马丁神父帮爸爸搞了不少南美的入境签证。"

"他向我提供了德国虐待犹太人的秘密情报。"

"真的？"

"他的情报可靠吗？"

"我实在不能对神父下判断，哪怕他是至亲好友。抱歉了。"她两手一挥，激动地做了一个表示否定的手势，仿佛要把这个话题挥开似的，"家里闹腾得不像话！我今晚只好出来。爸爸正把他的企业搬到美国去呢。他忙得筋疲力尽，妈妈可不愿眼看着他一味操心担忧，把命都送掉。这桩事非常复杂，牵涉到把在土耳其和巴西的工厂卖掉，别的我就不懂了。哎哟，瞧我唠唠叨叨说了一大堆。"

"承蒙你向我推心置腹，我很荣幸。我决不会把人家的话再讲出去。"

"娜塔丽的话多吗？"

"多得多了。她十分武断，还好争辩。"

"我看我们并不真正相像。"

"我竟一下子忘了你们的相似之处。"

"真的吗？可怜哪，原来你对我感兴趣的只是我跟她相似。"

"你话一少，就不相似了。"

塞尔玛·阿舍尔脸红了，慌忙扭过头去，然后再仰起脖子，回头望着他。"另外一个原因，我父亲搬家的真正原因，就是我就要嫁给一个美国人，巴尔的摩的一个律师，地道的正教徒。"

"你——呃，你本人真心信教吗？还是你遵照父母的意思？"

"我受过良好的希伯来教育，甚至还懂得一点儿《塔木德》，按说姑娘家是不该学的。我念书一向很认真，我父亲看了很高兴。目前他正跟我一起研究以赛亚①，这的确非常有趣。至于说到上帝——"她又激动地做了一个表示否定的手势，"我越来越怀疑了。如今上帝到哪儿去了啊？上帝怎能听任这类事情出现呢？我还可能会成为一个被打入地狱不得翻身的幽魂呢。"

"那么，你要嫁那个虔诚的年轻人又是怎么回事？"

"哦，我决不能随便嫁给别的什么人。"她看到他莫名其妙地皱着眉头，暗自好笑，"这一点你不了解吧？说起来，你也用不着了解。"

现在斯鲁特完全清楚了，他跟这个姑娘的关系告吹了。他们一直七扯八扯地谈到上菜为止。他开始在她身上寻找短处，每逢他想打退堂鼓，他总是这么做，所有的姑娘都难保没有缺点。塞尔玛那串长长的耳坠子挑得糟极了，她的时髦观也有毛病：那件高领子的衣服遮住了脖子，却挑逗性地突出了一对小山般的乳房，既要显示出女性美，又要假正经，弄得不伦不类。她的眉毛长得太浓，没有拔过。早先看来那份天真稚气倒也引人注目，现在看来分明只是过分矜持的小家子气罢了。他怎么偏偏同一个虔诚的黄毛丫头一起吃饭！他开始感到上当了。这顿饭吃得有什么意思呢？

"你喜欢跳舞吗？"塞尔玛正懒懒散散、挑精拣肥地吃着清蒸鱼。

---

① 《圣经》人物，相传他是《圣经·以赛亚书》的作者，在犹太国王乌西雅、约坦、亚哈斯、希西家四朝做先知。

"马马虎虎。"斯鲁特有点儿不客气地说，"你呢？"

"我跳得糟极了。我过去难得跳舞，今晚我倒很想跳跳。"

"一定奉陪。"这倒是把这个虔诚的黄毛丫头搂在怀里的一个办法，虽然这办法不一定使人十分满意。

"你在生我的气吧。"

"哪里呀。"

"你猜得出我生平第一回做的另一件坏事是什么吗？"

"恐怕猜不出。"

"那好吧，我来告诉你，就是吻了一个非犹太人。不过，我也没吻过多少犹太人。"

他们到一家夜总会去玩，那里有两支乐队轮番演奏。她老是踩他的脚，转错方向，身体跟他保持一英尺距离，看起来又狼狈、又激动、又高兴。不管怀里相距多远地搂着这个粗俗的黄毛丫头，脚趾不知吃了多少苦头，他都不禁回想起当年在中学舞会上的情景。她不断瞧着墙上的一只大挂钟，恰好在十一点一刻的时候，她说："咱们现在该走了，玩得痛快极了。"

她用那辆菲亚特把他送到他的寓所，手也没握就让他下了车，轰隆隆地开走了。他拖着沉重的脚步上了楼，心里知道，塞尔玛的情影和搂住她身体、闻着她发香那种令人难忘的感觉，将害得他好几个钟头睡不着觉。他自己调了一杯兑水的威士忌，一屁股坐在一张扶手椅上。他的眼光落在床上，叹了口气，站起身去拿《万湖会议纪要》，心里揣摩着翻译官方的德国文章兴许会引起睡意。他拿了一本黄纸笺、一支铅笔和那沓黑色文件，专心致志地边看边写起来。

过了个把小时，他正看的那张文件不由得从他手里掉到地板上。"耶稣……基督啊！"他失声喊道，大吃一惊地两眼直盯着墙上镜子里自己那张惨白的脸，比平时更清醒了，"耶稣……基督啊！"

第十四章

世界大屠杀

阿尔明·冯·隆将军　著　　维克多·亨利　英译
（摘自他的《第二次世界大战的陆、海、空战役》）

英译者前言
（附对《万湖会议纪要》一文的按语）

对一个退役的海军军官来说，时间往往难以打发，不过，近年来我一直在专心埋头翻译阿尔明·冯·隆将军的《失去的世界帝国》及其续篇《世界大屠杀》。

这些战略概要都摘自隆那厚厚两卷对第二次世界大战的作战分析，这是他作为战犯在狱中服刑期间写的。抽去了为这些概要提供佐证的战役分析，隆的看法也许太笼统。然而，他的整部著作是为军事专家写的，他们都能直接阅读德文。一个德国出版商最早把它编纂成一部上下两集的战争通俗历史，其他人只能从这个删节版本来了解隆的观点。

虽然这两卷书带有作者浓厚的民族主义色彩，但是书里的总的战略观点理当能引起读者的兴趣，他们需要有本详细叙述大战全过程的"反面"观点的值得一读的著作。隆对太平洋历次海战的透彻分析，显示了德国军事专业的登峰造极，要知道太平洋是远离其本国的一个战场。凡是我感到无法同意隆的观点的地方，我的批注都以仿宋字标明。

我在本书前面加上隆在临死前不久为一本军事杂志写的一篇文章作为

序，题名《万湖会议纪要》。我认为，这篇文章应列为所有军事院校一年级学生的必读物。

自从《失去的世界帝国》出版以来，我收到了许多来信，有的来自老朋友和战友（其中有位苏联将军），他们对我甘愿宣扬一个已定罪的德国战犯的观点表示惊讶。我并不是为德国人辩护。他们发动了人类有史以来最罪大恶极的战争，几乎取得胜利，并在战时保密的借口下犯下了史无前例的罪行。我认为我们必须研究德国人的心理状态，这种心理状态导致大规模袭击（从军事角度上看是出色的），以及他们对一个疯狂的暴君那种死心塌地的效忠。要是没有阿尔明·冯·隆之流跟随他，为他奋战到底，阿道夫·希特勒这一辈子就只能做一个不中用的、狂热的吹牛大王，绝不会成为历史上最强大的魔王，差一点儿把文明世界摧毁。这就是我翻译阿尔明·冯·隆的著作的原因，也是我认为《万湖会议纪要》应当成为军人必读物的原因。

维克多·亨利于弗吉尼亚州奥克顿
一九七〇年九月十二日

第三版按语

读者继续来信同我争论，仿佛我和阿尔明·冯·隆持有同样观点，其实我翻译他的著作，正是因为他的观点使我大为震惊。

作为一个专业军事分析家，隆往往颇有见地，有时非常高明。他引用的事实难得出差错，如有错误，我一律在批注中指出。不过，他对这些事实做出的解释往往受到德国民族主义的歪曲，这种民族主义就是产生希特勒的根源。但如果我把自己的全部不同见解都作为按语，本书篇幅就要增加一倍。因此，在这些篇幅里，你看到的是一种富有才智而不是很正常的见解。如果读者不知不觉中竟同意阿尔明·冯·隆的观点，那最好还是好好严格检查一下自己和自己的思想。凡是不同意他的观点的读者，恐怕都是和我一派的。

维克多·亨利于弗吉尼亚州奥克顿
一九七三年十月十七日

《万湖会议纪要》

阿尔明·冯·隆将军　著

　　军事作家往往回避本文的命题，不过犹太人问题对第二次世界大战的进行及其后果都有影响。这个问题不能永远置之不理。人们也用不着害怕就这个问题做一番坦率的探讨，因为这丝毫无损德国军人的荣誉。

　　远在大战以前，国社党的犹太民族政策已经造成了军事上的混乱。一千一百万散居在欧洲各地的居民早已被称为我国血统上的大敌。在德国，《纽伦堡法令》①早已剥夺了他们的公民资格以及从事商业活动和专业工作的资格。第三帝国一旦采取军事行动来实现欧洲正常化，势必一开头就得认真对付这个遍布欧洲大陆的紧密结合的侨民团体，他们有神通广大的社会关系以及雄厚的海外资源。军队对这个问题是无法追根溯源的，他们只能就事论事来处理这个有关国家安全的问题。

　　我们不能不把犹太人列为有潜在力量的地下组织，无论人数方面也好，聪明才智方面也好，物质手段方面也好，都难以对付。最可怕的敌人往往是铤而走险的人，他们没有什么可失去的。其他民族的游击队可以改变他们的效忠对象，同我们站在一起。犹太人就没有这种选择余地。军队没有别的选择，只有同当局这些特殊对待犹太人的措施合作。

　　这些措施的性质如何，不属于军队的职责范围。共同执行这一任务的有各个联邦警察机构，如德国中央保安局、盖世太保、党卫军保安处、正规的党卫军等等，五花八门，各自代表争权夺利的纳粹权贵。所有这些机构汇合成一个单一的执行阿道夫·希特勒意志的有力工具，因为有关犹太人的政策是由阿道夫·希特勒一个人制定的。这一政策的实质就是消灭欧洲的犹太民族。应该指出的是，这一政策失败了。尽管希特勒政权在欧洲大陆统治将近四年，但欧洲仍约有一半的犹太人死里逃生。这个政策的执行自始至终都是被官僚主义搞坏的，完全与军队无关。

　　实际上，直到大战结束，战胜国的军队揭露了所谓死亡营的秘密以后，德国军队——从最下级的步兵直到最高司令部里的最高级将领，才对希特勒的真正目的有所听闻。

---

① 1935年9月15日，希特勒颁布了对付犹太人的法令，即所谓《纽伦堡法令》，剥夺了犹太人的公民权，使他们沦为"属民"，并禁止犹太人同雅利安人通婚。以后几年又陆续补充了十三项法令，使犹太人遭到完全取缔，不得竞选公职，不得担任文官职务，不得在文教部门工作，不得从事交易活动，不得从事医药业和商业等活动。在纳粹上台的头四年中，犹太人连日常生活都遭到种种束缚、刁难和限制。

关于这项秘密政策的文献，劫后残存的自然为数不多。因为这项政策的贯彻极为谨慎，关键性的命令都是口头下达的，"只有你知我知"。白纸黑字的材料确实是如此稀少，以至某些权威人士经过冷静思考都坚决认为，所谓"灭绝"的命令，根本纯属子虚乌有。根据这种论调，除了几十万犹太人之外，其他所有的犹太人实际上都逃到了苏联，逃到了西方，或者逃到了巴勒斯坦。所谓死亡营无非是囚禁不法分子的集中营而已，那里的条件理所当然是苛刻的，而焚尸炉只是专门焚化那些死于囚禁的人的一种常规卫生设备而已。

不幸的是，这些书面文字记录虽然寥寥无几，但偏偏提出了相反的情况。例如，目前残存的集中营花名册上标明被处死的人极少，而好几千囚犯往往在同一天死于"心力衰竭"。显然，这种大批人员同时发生心力衰竭的情况一定得有诱发原因。硬要把这样死亡的人同判处死刑的人区分开来，无疑是为了追究法律责任而做过细的分析。

何况，还有讨论"齐克隆B"毒气的无痛苦致死功效，拿它同枪毙以及一氧化碳窒息对比的党卫军文件，等等；还有德国工业厂商同党卫军军官关于设计和修建特大规模的焚尸炉的详细来往信札，等等。所有这些确凿无疑的文件都表明，有一项有计划地制造及处理大批人类尸体的计划。因此，人们不得不承认确实有过消灭尸体的做法。

在这些残存的德国文件中，没有哪份比一九四二年一月二十日的《万湖会议纪要》更能说明问题。

《万湖会议纪要》

由于我方各条战线突然崩溃，这份会议纪要才得以见天日。我国数以吨计的许多绝密文件，按标准保密惯例本来应该销毁，现在都原封不动地落到美、英、苏三国手中。《万湖会议纪要》就是其中之一。

假如莫斯科在一九四一年十二月突然陷入我方中央集团军群之手，那么同样有损声誉的文件就会落入我方手中。斯大林是一个完全跟希特勒一样残酷无情的人物。他下令对自己的俄国人民多次进行大规模秘密屠杀，他的走卒都乖乖地照办了。估计被杀人数高达六千万之多！可是，至今也没有一份官方档案把这件事揭露出来震惊世界。因此，也就没有人把俄国人民污蔑为杀人凶犯的民族。

再者，假如我们按照我在一九四〇年六月白白鼓吹了一阵子的方案，一举跨过英吉利海峡对英国实行闪电式袭击，攻占了伦敦呢？那样一来，有什么丢人现眼的白厅档案逃得过我们的揭露呢？在印度，在埃及，在马来亚，在南非，事实上，凡是英帝国主义打出英国国旗的地方，凡是当地人民奋起反抗，不愿被榨干血汗来养肥盎格鲁-撒克逊人，因而遭到英国军队野蛮镇压的地方，这种骇人听闻的事件本来都有案可查。可如今，这些事情依然是一个蒙在鼓里的秘密。

只有德国蒙受了本国档案被揭露的耻辱，只有德国被暴露在光天化日之下。甚至战败国日本都被允许保留他们的天皇和政府机构，这样一来他们就可以把南京屠城[①]和巴丹死亡行军事件[②]的有关文件都隐藏起来。

其实，《万湖会议纪要》这类文件在每个国家的秘密档案里都存在。天下人性到处都一样。让美国公开有关自己灭绝红印第安人的档案吧，公开有关自己从墨西哥手里抢走得克萨斯的档案吧，公开有关珍珠港事件以后自己迫害美籍日本人的档案吧。然后，我们来看看这类事实比起《万湖会议纪要》揭露出来的真相究竟如何吧。

万湖会议

这份会议纪要是共计十五页的油印密件，是美国调查人员在翻阅缴获的大量我国外交部的档案时发现的。有条注解说明原来印了三十份，如今只剩下编号为第十六的外交部的那一份了。世界史学者要深入了解希特勒的犹太人政策，全靠这么细的一根线索。秘密差一点儿被保住了！

文件记述了美国参战后不久，一九四二年一月二十日，在柏林的格罗斯—万湖区国际警察组织总部大厦里举行的一次会议。会议主席是海德里希，一个曾因丑事被撤职的海军军官，在一片混乱的纳粹时代当上了保安警察的头子和德国中央保安局（德文为Reichs-Sicherheits-haupt-amt，组成一个字，简称RSHA。——英译者注）的头头儿。这个叫海德里希的家伙在党卫军里位居不得人心的希姆莱之下，是第二号人物。早在一九四二年年初，党卫军就已经掌握我国保安和警察各部门的大权了，因此，当海德里希召开这次会议的时候，各部次长都纷纷赶来。他们同七个党卫军人员会晤了大约一个半小时，由其中之一的阿道夫·艾希曼中校[③]做会议记录。这些会议

---

① 1937年12月13日，日军占领南京后，曾对无辜的南京人民进行大屠杀，受害者达30万人以上。

② 1941年12月至1942年1月期间，美国与菲律宾军队撤退到菲律宾的巴丹半岛，被日军包围，虽然没有海空军支援，仍坚持与日军奋战，终因弹尽粮绝，于1942年4月9日无条件投降。日军胁迫美、菲军战俘步行转移至约80英里外的战俘营。因酷热、干渴、饥饿和日军的棒击、枪杀，约有上万人（美军约2000多人）死亡，史称"巴丹死亡行军"。

③ 纳粹军官，曾任纳粹秘密警察犹太处处长，他经手杀死了五六百万犹太人。1945年，他从一个美国拘留营中逃跑。60年代被捕获并处死。

记录由海德里希审订，成为《万湖会议纪要》。

这八名高级官员分别来自司法部、内务部、外交部、东方占领区区事务部、波兰总督辖区、德国总理府，以及四年计划全权代表办公室等——事实上，除了武装部队之外，每一个重要政府部门都有人参加。没有证据可证明武装部队部门有任何人员知道这次会议的举行。

这是《万湖会议纪要》暴露出来的严峻事实。德国的国家荣誉委托给我们武装部队，而我们武装部队却一无所知。这是秘密警察与联邦官僚机构的一次联席会议。艾希曼—海德里希这个文件证明了这一点。

英译者按：冯·隆将军在自己的著作中并不靠捏造事实来推诿责任。可是，他在这里不是作为一个军事历史学家，而是作为一个特别辩护人。事实上，虽然没有德国武装部队的代表出席万湖会议，但德国军队的确参与过执行对犹太人的政策，这一史实材料是千真万确而令人沮丧的。

海德里希召开这次会议似乎是要取悦他的上级。六个月以前，在一九四一年七月三十一日，当我们大举进攻苏联时，德国元帅赫尔曼·戈林就在一封绝密信件中命令他组织部署一下对付犹太人的问题，必要时吸收政府其他部门参加，并且"尽快"提交一份草案给戈林，写明已经采取了什么行动，进一步的计划是什么。尽管按党卫军的惯例，这类事情并不见诸文字，《万湖会议纪要》的产生显然是为了要戈林对海德里希的巴结有个深刻印象。

戈林在信件中使用了"犹太人的彻底解决办法"的字句。自从会议纪要被揭露以来，"彻底解决"（德文是Endlösung。——英译者注）这一说法在反德作品中具有了讨厌的附带含义。海德里希经常使用一个更为确切的名词"区域解决办法"，本文即使用这一名词。

区域解决办法

那些年来，在各种政策分析文章中，出现过三种解决犹太人问题的办法：移民解决办法、驱逐出境解决办法以及区域解决办法。

起初纳粹分子认为他们一旦掌了权，大多数犹太人就会移往国外。结果德国的犹太人不愿放弃自己的家园和事业以及祖先的坟墓，甚至在希特勒的《纽伦堡法令》

把他们贬成下层贱民以后还不愿走。他们希望纳粹政权只是一阵转眼就过去的暴风骤雨。欧洲别处的犹太人看来也没什么人认为会发生大战，也没什么人认为一旦打起仗来，德国会打胜。因此，留在德国的犹太人比离开德国的要多得多。在德国国境以外，犹太移民就更微不足道了。

不过，即使对少数想离开的犹太人来说，移民解决办法也搁浅了。如果德国不再欢迎希伯来人，那看来其他地方也不十分欢迎。希特勒上台以后，西欧各国对犹太人入境的限制一年比一年严格。新世界那些人烟稀少、幅员广袤的国家，在"被压迫人类的避难所"美国的带头下，纷纷当着犹太人的面嘭地关上一扇扇铁门。这是人对人不讲人道的历史上一个黑暗的篇章。

等到希特勒政权明白犹太人不愿移往国外，而且发现反正要想法进入别国也不容易，驱逐出境的解决办法就提出来了，即强迫他们迁移。棘手的问题是：迁到什么地方去？

在所有的驱逐出境计划中，现在残存的文件中最突出的一个就是马达加斯加计划。强迫欧洲的犹太人在南非沿海这个法属岛屿上定居的问题曾经有过一些研究。但是，由于困难重重——缺少船只来运送这一千一百万人，敌人控制着海面，开支浩大，又生怕得罪法国维希政府，而我国正在寻求同他们通力合作，还有就是这个尚未开发的热带岛屿不适宜欧洲人生存——因此很难说清这一规划所产生的问题有多严重。海军方面后来向希特勒指出，总有一天英国会在马达加斯加登陆，以保卫他们在印度洋上的海上交通线，这时把犹太人安置在该岛上的一切谈论才告终止。元首宣称，英国只会"把这些害人的杆菌重新散布到全世界"。

事态就这样发展到只能在欧洲的土地上就地解决，这就产生了区域解决办法。海德里希在万湖揭开了这秘密上蒙着的纱幕，这样联邦的官僚们就能一劳永逸地清楚了解他们要干的工作的性质了。

方　案

照理来说，在二十世纪，应该不容许这个残酷的方案存在。真可惜! 科隆[①]、德累斯顿[②]、

---

① 科隆：德国西部城市，位于莱茵河畔。第二次世界大战时，英、美轮番轰炸该城，全城历史古迹遭受严重破坏。

② 德累斯顿：德国东部城市。第二次世界大战结束前，1945年2月，英、美曾对该城进行猛烈轰炸，全城古迹大半被毁。

卡廷①和广岛②说明了这种在战时的道德沦丧的情况确实不仅限于德国。区域解决犹太人问题的办法是一个轻率的方案，是那帮不负责任且不称职的坐办公室的柏林官员凭空想出来的。从行政的角度看，这个方案自始至终都搞得一团糟。正像人们去政府大厦那些舒适的套房里凭空想出来的大部分计划一样，它看起来头头是道、井井有条，一到现场就碰壁了。在执行的过程中，确实有许许多多犹太人送了命，但总的来说，这是一个前所未有的可耻失败。

区域解决办法的关键在于一九四一年我们占领了大片土地。千寻万觅终于找到了东方占领区这块能把犹太人送去的地方，因为这儿用不着同什么政府磋商，用不着对当地百姓进行抚慰。这里是处在德国炮口下的半个欧洲大陆，人口稀少。

海德里希提出了一个最言之成理的简单计划，要把欧洲的犹太人"从西方清理到东方去"，先暂时集中在过境犹太人隔离区，然后按性别编成庞大的劳动大队，运送到东方占领区去。到了那里，叫他们修路，出于军用目的，这一落后地区非常需要公路。在采取这项行动的过程中，"多数犹太人无疑会受到自然因素的淘汰"，如生活条件恶劣和劳动削弱体力等。至于少数几个经过考验、死里逃生的人，海德里希直率地说，只得对他们做出"相应处理"了，因为自然淘汰结果证明他们是顽强的，不把他们处理掉，他们就会构成犹太民族新生的苗子。这就是当时的政府残酷无情的思想。

内阁官员的一致反应是高度的热忱，纷纷提出建议以改进或加速计划的执行。会议在一致同意的良好气氛中结束，会后还按照上层官场的惯例举行了美酒佳肴的盛宴。

不过，这个方案几乎一开始就搞不成。劳动大队根本没有建立起来，公路也没有修建。从一九四三年起，在我军撤出俄国的急行军过程中，军队深深感到因该方案未能实现而大受影响。确实，全欧洲的犹太人都被集中起来，装运到东方去，运到波兰的过境犹太人隔离区去。可是，他们就在那儿待下来了——这些被囚禁的难民数量庞大，给德国的人力物力造成极大的负担，在卫生方面和治安方面都对后方构成日益严重的威胁。

后来的那些党卫军会议纪要现在一份也没有了，无法说明为什么放弃了海德里希的计划。区域解决办法被胡乱地改头换面，变成了在日益扩大的过境犹太人隔离区附

---

① 卡廷：位于苏联斯摩棱斯克附近的一处乡村。1941年8月被德国占领，1943年德国当局宣称在村外森林里发掘出一个万人冢，埋葬着4421名波兰军官，均系1939年被苏联俘虏拘禁后来集体屠杀的。但苏方矢口否认，并拒绝国际红十字会组织调查。1990年，苏联政府正式承认卡廷惨案为苏联所为。

② 广岛：日本城市。1945年8月6日，美国在该地扔下第一颗原子弹，造成14万左右人员死亡，城市几乎被夷为平地。

近修建大工厂，并就地利用犹太人的强迫劳动。他们试图通过削减营养、强化劳动进度等办法，来实现预期的自然缩减人数。可是，要把一千一百万人口连根拔掉、重新安置，终究是一件难以想象的行政工作，完全不是负责这项规划的柏林那帮蠢材解决得了的，结果正如上文所述，有一半犹太人逃过了这场浩劫。由于这个规划而罹难的犹太人不过五百五十万，最高估计为六百万。

减少痛苦的处决

我们至今还不清楚到底是什么时候一下子改用毒气室进行无痛致死的（减少痛苦的处决），也不清楚是怎样一下子这样做的。人们对这个弄不清楚的问题普遍存在曲解和误解。

海德里希的这一计划是一帮养尊处优的官僚搞出来的，他们不像军人那样受过那么多折磨，吃过那么多苦头，经历过那么多次出生入死。结果搞出来的这个计划竟是一场荒谬透顶的大丑剧。人类精神和肉体的应变能力是异常惊人的，战俘忍受了好几年的恶劣生活条件，他们几乎学会了把任何东西都拿来吃喝。在求生欲的驱使下，他们精力枯竭的身体的需要几乎缩减到零。所有这些现象都发生在过境犹太人隔离区。自然淘汰的速度缓慢，令人头痛。突然，瘟疫蔓延了，病菌才不分抓俘虏的和被俘虏的呢。因此，病弱的犹太人成了当地居民和我们武装部队的一个长期威胁。

这些事态的发展分明引起了这种想法：反正这些人无异已经被判了死刑，那么何不采用一种迅雷不及掩耳的无痛致死法，免得他们长期受苦呢？同时，岂不又可去掉我们军队的一大包袱？这个包袱竟有这么沉，当初倒没及时料到呢。

原来，采用毒气室的理由完全基于这些实质上属于人道主义的精神。挽救犹太人的生命是根本办不到的。阿道夫·希特勒亲自发布命令要弄死他们，他的意旨就是法律。人们只能用最正当、最实用、最文明的方式来执行。关于一百万名儿童就这样被毒死这个无可抵赖的事实早已被大肆宣传，这件事回想起来是令人遗憾的。然而，活活饿死对儿童来说会是一种更加痛苦的慢性死亡，这样做父母的也得忍受眼看孩子日渐消瘦而死的痛苦。

至于掠夺那些新来的犹太人，甚至掠夺那些不幸死难者的尸体，这种行径的确是不能原谅的。党卫军用这种方式积累了价值好几十亿马克的金银财宝，但这对德国的作战方面是否有好处还是一个疑问，因为希姆莱—海德里希的特务机构飞扬跋扈，贪污腐化。至于利用尸体制造肥皂的说法，当然是英国重谈第一次世界大战的无稽之谈。

军事影响：（一）人力

这不是一个毫无军事影响的后方问题，区域解决办法严重地损害了我们的军事行动。

最大的损害是在人力方面。大批健壮的德国男子从作战任务中被抽出来，去管理犹太人。搜捕队、集中营看守等等，都是从当地居民中征募的。尽管如此，仍然足足有好几个师的德国人不去打仗，偏偏在政府机关和集中营里瞎忙着犹太人事务。

人力不足的问题在我们的工厂里也是经常发生的。战俘和占领区来的强迫劳动者充其量只是半心半意地在干活儿，而且不管枪毙掉多少人，他们依旧坚持搞破坏活动。不过，犹太人人才济济，有能工巧匠，有专业人士，男男女女对任何技术性劳动都是一学就会。事实上，在毫不容情的搜捕队来把他们运走之前，他们就是被这样使用的。他们不大搞破坏活动，相反，他们工作得非常出色，这说明他们拼命想维持自己的生命和自己亲人的生命。我们就这样丧失了几百万非常可靠、动机高尚、生产能力高强的劳动力。

最后一点，在纳粹主义统治下，瞧不起犹太人的作战能力是普遍风气。固然，他们在党卫军的管教下，看起来好像是一帮温顺驯良而不堪一击的人，然而这种情况是可以来一个一百八十度的惊人大转变的，这一点已由战后在巴勒斯坦所发生的情况证明了。要是我们当初能在东线用上一两百万像目前的犹太军人这种素质的战士，那该有多好呀！当时这种想法会被当作笑话看待。今天，悔之已晚，我们只能表示惊讶而已。

军事影响：（二）军需和后勤

当时对铁路运输所造成的负担真是不堪设想，而且是经常性的。不管列车塞得如何满——这种超载是众所周知的——大部分车皮被占用始终是一个严重问题。前线始终没有足够的车皮和火车头。作战师的官兵坐在后方车站簌簌发抖，而专门用来运送犹太人的列车却装得满满的，车轮滚滚开向东方，然后空车回来，不做其他用途。这种非作战的用途有一种压倒一切的秘密优先权，这种优先权在美国只给过制造原子弹的单位。

军事影响：（三）士气

尽管这政策的最终意图始终是保密的，可是许多德国部队确实亲眼看到了执行的情况。这是有案可查的。遗憾的是，有些部队也被吸收进去，不仅在运送犹太人或看守犹太人这方面出了力，而且在屠杀这方面也效了劳。

当地的部队司令官有时也提供并运送流动行刑队，因为他们办的是官家的事。这些党卫军行刑队名叫特别行动队，紧随在我们挺进的军队后面开进了俄国。为了把游击队活动在萌芽状态时就消灭掉，他们奉命不经审讯就可以把政治委员枪毙。这就是一九四一年三月发布的著名的《政治委员命令》^①。他们还奉命把凡是搜捕抓到的犹太人都当作德国安全的主要威胁，立即予以消灭。当地居民都高高兴兴、自告奋勇地加入特别行动队来对付当地的犹太人，结果骇人听闻的事层出不穷，特别是在立陶宛、罗马尼亚和匈牙利。几十万犹太人在军管区范围之内，遭到了比较守纪律的德国行刑队有计划的枪杀。

德国士兵无法始终避而不看正在发生的事情，在个别情况下，也有受错误思想指导的当地部队司令官竟然准许他们的部队——甚至命令他们的部队——参加屠杀。结果事实俱在，还有照片为证：身穿德国武装部队制服的士兵在枪杀怀里抱着婴儿的犹太妇女。这类事件无疑在我们的队伍里起了某种瓦解士气的作用，并引起人们对我们打仗的目的产生怀疑。一支军队出现这种情况，其战斗精神就受到了破坏。正如区域解决办法的许多方面一样，这个破坏我军士气的作用是不能以百分比或其他说明问题的数字来表达的。然而，这是东线的一个真实因素。像失败主义一样，缺乏自信对作战方面产生的影响虽然看不见摸不着，却是非常重大的。

一个军人受训练就是为了杀人，就是拿自己的命去跟敌人的命拼，这是最正大光明的当兵准则。军人有时也不得不执行比较遗憾、比较肮脏的任务。他们必须枪毙蒙住眼睛、无能为力、站着等死的间谍或游击队队员。按照命令，他们有时必须把可能成为游击队好战士的小伙子、小姑娘和妇女绞死。不过，这并不说明军人始终忍受得了这种差事，特别是一个德国军人，受的训练是既要在战场上骁勇善战，又要讲究体面、顾全廉耻。在这一点上，纳粹对我们德国青年造的孽是令人难以忘怀的，也是不可原谅的。

---

① 1941年3月，希特勒召集三军首脑和重要的战地指挥官，向他们指出，对俄国的战争不能以侠义方式进行。这场斗争是一场意识形态和种族差别的斗争，必须以空前残酷无情的严厉方式进行。政治委员是跟国家社会主义背道而驰的意识形态的传播者，因此要消灭政治委员。这就是所谓《政治委员命令》。

敌人的本质

因此，我们就归结到整个问题的核心上：这个解决办法弊端重重，究竟是不是一种绝对必要的战时保安措施？难道犹太人真是希特勒所假设的危害帝国安全的根本大敌？在这一问题里，连带产生了另一个问题——"哪一种帝国？"

自从法国大革命以来，我们在哲学上和政治上出现了两种不可调和的帝国概念。

（一）自由主义的概念：一个爱好和平的帝国，在文化上主张对外开放，兼收并蓄，给犹太人以自由权，仿照法国和英国的榜样建立资产阶级民主政体，使德国在军事上处于次要地位。

（二）国家主义的概念：帝国作为一支新兴的世界力量，是大英帝国的天然继承者；建立一种荡涤一切外国色彩的德国文化；根据波拿巴主义者的"举国皆兵"的思想，建立武装部队，盲目忠于国王，忠于国土，忠于基督教的古老美德。

在这两种思想上忽然冒出社会主义来了，它带来了四海一家、平均主义和废除私有财产那种感情用事、毒害匪浅的大杂烩。但国家主义才是德国的真正精髓。凡是国家主义的帝国占上风的时候——一八六六年，一八七〇年至一八七一年，一九一四年，一九一七年——我们就强大胜利。凡是自由主义和社会主义分子露面的时候，德国就受苦受难。

全靠阿道夫·希特勒的政治天才，把国家主义帝国的奥秘同社会主义那鼓舞平民的吸引力融合在一起，因此就产生了国家社会主义，一种一触即发的群众运动。希特勒这种改良的社会主义不会引起军方反对。这种社会主义就是实行严格的经济控制，对除了犹太人以外的全体人民采取基本的就业、保健和福利措施。

然而，犹太人是德国自由主义的主心骨。自由主义给了他们公民权和优惠，自由主义让他们在金融界、自由职业界和艺术界自由发挥他们的干劲和才智。这些过去受歧视的人，那时到处抛头露面——兴旺发达，一副外国派头，身居要职，不加检点地炫耀他们暴发的财富。对犹太人来说，自由主义是他们的救星。因此，对阿道夫·希特勒这样一个献身国家主义的人来说，犹太人看来就是根本大敌了。

说来伤心，一切做法都是基于这个观点的。

犹太人的真正实力

然而，在一桩历史事实面前，所有为区域解决办法辩解的企图都落空了。事实证明犹太人没有能力拯救自己，也没有能力促使别人来拯救他们，而自卫本能正是对一个民族的真正实力的试金石。

在希特勒掌心外的犹太人只能一筹莫展地旁观，眼看着他们在欧洲的骨肉兄弟落得个不明不白、凶险可怕的下场。那么，希特勒作为信念的那个论点，所谓犹太人在政治上牢牢地控制着西方世界的根据究竟何在呢？犹太人既说不服一个国家为他们敞开大门，也买不通一个国家这样做，连对南美洲区区一个共和国都起不了作用，那么所谓他们无穷无尽的财富又究竟何在呢？一九四四年，在秘密开始泄露的时候，他们苦苦哀求英美人士去轰炸奥斯威辛，结果白费口舌，那么所谓他们无孔不入的影响又究竟何在呢？

这些事情都是不言而喻的。希特勒夸大了犹太人的威胁，把本意善良的德国人民引上了邪路。犹太人原可以对我们大有用处的。我们这一方要是加上了他们在人力、技能和国际影响等方面所起的重要作用，而不是减去这部分的重要作用，那就会众望所归。说不定到后来连这场战争的结局都会不同了！

因为即使在欧洲以外的犹太人没有力量进行解救，他们制造的舆论也是强有力的。他们的大喊大叫使人们相信罗斯福和丘吉尔对我国人民的歪曲，罗斯福和丘吉尔把我国人民描绘成匈奴和鬼子。这就产生了两个同我们的事业生死攸关的政策——"德国第一"和"无条件投降"——这种政策把两个强大的财阀统治集团不可挽回地推到欧亚布尔什维主义一边去了。

如果纳粹政权把我们统治下的几百万犹太人处理得英明得体，就决不会闹出这类事来，这就是区域解决办法在军事上所造成的悲惨的矛盾局面。犹太人并不是强大的敌人，他们原可以成为强大的朋友的。由此可见，纳粹对犹太人的政策应该被认为是代价惨重的军事上的失策。不过，这事没有同武装部队商量过，不能责怪武装部队。这就是从这份硕果仅存的主要文件——《万湖会议纪要》中得出的必然结论。

英译者按：我初次把本文的译稿递交《美国海军学会会议记录汇编》编辑特恩布尔·C."巴克"富勒海军中将时，他原稿退回，并用红墨水大字草草写着："把这种微不足道的、冷酷而令人恶心的狗屁塞到《会议记录汇编》里来，用意何在？"他是一个老海员了，也是我的一个好朋友。我在他的批语下写道："为了向我们自己表明我们原本可以做到哪些事。"写好后，我就把稿件寄回去了。过了六个月，文章在《会议记录汇编》上刊出了。以后，我在好些场合碰见过巴克·富勒，他都绝口不提阿尔明·冯·隆的文章。他至今还未提起呢。

第十五章

美国军舰"北安普敦"号
战斗序列，一九四二年二月一日

1. 黎明开始行动，第八特混舰队第一支队（本舰协同"盐湖城"号与"邓拉普"号）同时炮轰马绍尔群岛北部沃杰环礁①。

（1）炮轰前，"企业"号发动空袭，压制敌军空中力量及海岸炮台。

（2）由于这些敌方海域的海图陈旧，并不可靠，珊瑚礁密布，危险重重，从零点整开始进入Z级戒备状态。

2. 值此太平洋舰队终于在马绍尔群岛与吉尔伯特群岛全线对背信弃义的日寇展开回击之际，"北安普敦"号在哈尔西海军中将指挥的第八特混舰队属下，作为北路炮击队旗舰，感到自豪。

3. 全体舰艇人员相应自制。

特此布告。

副舰长

詹姆斯·C.格里格

"开始炮击！"

"北安普敦"号三座炮塔轰隆隆地冒出白烟和淡淡的火光。甲板震得摇摇晃晃，颠簸不止。维克多·亨利耳朵里塞着棉花还感到隆隆作响。敌军曾经摧毁珍珠港，炸

---

① 沃杰环礁是西太平洋马绍尔群岛中的一组珊瑚岛，共有65个小岛。1943年到1944年，美军曾在这里狂轰滥炸。

毁了"加利福尼亚"号,如今对敌军发射了第一阵排炮,看到了闪闪火光,听到了隆隆炮声,闻到了阵阵硝烟,他不由得感到欢欣鼓舞。就在这时候,舰艉后面,"盐湖城"号的主炮组猛烈开火了,望远镜里清清楚楚看得见八英寸口径的炮口里射出两串炮弹,顺着弓形的弹道飞向停泊在环礁湖内的船只。

在左舷后部的海面上,轮廓鲜明的地平线上,一轮旭日喷薄欲出。两艘巡洋舰和驱逐舰"邓拉普"号扯着大幅战旗,列成纵队,正全速行驶,舷侧对着海面上那块硝烟弥漫的绿土:沃杰环礁。"企业"号上的机群正飞回航空母舰,隐隐只见北方天际星星点点,不用说,华伦准在其中。他们已按战斗日程在拂晓时分袭击了这座岛屿。

帕格眼看着他舰上的四架侦察机在弹射起飞时搞得乱糟糟,现在心里依然像滚油在煎熬。一架飞机差点儿掉进海里;另一架足足花了二十分钟才安到弹射器上,因为吊车发生了故障。这个开端真糟糕透了!斯普鲁恩斯海军少将浴着越来越亮的晨光,在舰桥上站在他旁边,没有说过一句话,只是流露出对弹射行动的失望。他对沃杰环礁上没有军事目标分明也感到失望。那里一艘军舰也没有,只有稀稀拉拉的商船。如果其他珊瑚岛上的油水也不大,那么哈尔西对日军初次试行打了就跑的偷袭就没多大意思了。

谁知就连这次小规模的炮击也是开门不利。敌船都起了锚,放出烟幕,在环礁湖里东躲西闪,盘旋穿行,既难以看清,更难以打中。尽管大炮不断猛轰,但是一艘船也不见沉没,连起火焚烧的都没有。侦察机把溅起的水柱汇报成命中,然后自行更正。一艘胆大包天的小型扫雷艇从环礁湖出击,一边开着小口径的炮,一边呈"之"字形行进。驱逐舰"邓拉普"号在近距离同它接火,五英寸口径大炮一齐放射,徒然在海面上溅起一股股水柱。接着,三艘军舰上的监视哨都开始看到潜望镜,一窝蜂似的接连报告,帕格·亨利和海军少将却看不见。可是,斯普鲁恩斯已经别无他法了,只好下令来个紧急掉头。这次攻击没有得逞。三艘军舰在那座硝烟弥漫的岛屿外阳光灿烂的宁静海面上转悠,只顾忙着躲闪报告上来的鱼雷轨迹,并避免互相碰撞。帕格·亨利终于决定不顾他自己看不见的潜望镜和鱼雷轨迹。他对准躲躲闪闪的商船猛烈开炮,靠火力开路,直捣沃杰环礁。他不惜工本,滥发炮弹,一则至少可以使全舰人员得到点儿失败的经验教训,尝尝暴露在敌方海岸炮台猛烈火力下的味道,练习练习怎样从弹药库匆匆把炮弹搬运到炮尾,闻闻火药味,听听炮声,经历经历作战的恐惧;二则一套军舰制度仍然充满和平时期的安乐气氛,趁此也可以把这种丢人现眼的现状公开化一下。

海军少将斯普鲁恩斯通过短程无线电对讲机发布一道又一道命令,总算有点儿像重新控制了局面。"邓拉普"号击沉了那艘扫雷艇。三艘军舰编成队,向海岸进逼,把岛上大部分东倒西歪的房子轰得烈火冲天。不料海岸炮台测定了射程,于是攻击一方的周围开始呼呼地激起一道道五色缤纷的水柱。斯普鲁恩斯看到"盐湖城"号两次处在交叉炮击下,便下令停火。他命令海军上校亨利率领第八特混舰队第一支队返航,去掩护"企业"号,然后脸绷得铁板似的离开舰桥。这场战斗持续了一个半小时。

"凡是不值班的军官都到军官室去开会。"帕格对吉姆·格里格说。

"是,长官。"副舰长说,那顶蓝漆新钢盔下的面容像斯普鲁恩斯的一样阴沉。

舰长一踏进那间狭长的军官室,一批穿卡其军装的年轻人当即乖乖地全体起立,他就让大家站着听他三言两语把话说完。他说,他们刚才参加了一场扰乱性袭击,收获不大,接下来是一场长期战争,"北安普敦"号要着手改进它的战备状态。解散。

当天,一天到晚,直到午夜过后,各部门的头头儿都被叫到舰长室。他不用草稿,随口讲着,列举了种种弱点,并下令采取补救办法。"北安普敦"号这次表现不好,帕格·亨利并没感到多大意外。他就任舰长的头一个月里,在舰上摸情况的时候,一直睁开眼睛多看,竖起耳朵多听,尽量少开口说话。舰上的新兵和应征入伍的人太多了,有经验的老手,无论官也好兵也好,都寥寥无几。舰上的日常工作进行得很好,打扫擦洗工作也还过得去,可是一切都松松垮垮,墨守成规,得过且过,隐隐有些老百姓办事的味道。话又说回来,这些战士在帕格看来还是不错的,他一直在等待这么一个决定性时刻来阐明自己的意图。

他态度严厉,批评得一针见血,包括副舰长在内的全体军官都大吃一惊,因为这么些年来他都在岸上工作,不接触实际情况,大家还一直把他当成是一个性情温和的人呢。这些会议一连开了足足十四个小时。阿里蒙一直在煮咖啡,煮了一壶又一壶,把煮好的咖啡端上来,还为他们做牛肉饼当饭菜,格里格和舰长就边吃边谈。格里格在他的"要事"笔记本里记下了几百条意见,喝下了十几杯咖啡提精神,这时看上去快支持不住了,帕格才作罢。他说:"准备发一份电报给太平洋舰队巡洋舰司令,要求在我们回到基地时调拨一艘带靶的拖船。"

"长官,这么办可不行,咱们眼前不能用无线电发报。"格里格紧张不安地说。

"我知道,派架侦察机带信去。"

哈尔西的特混舰队返航了,长长一列灰色的军舰战旗飘扬,驶进珍珠港时受到了狂热的欢迎:号声频传,汽笛齐鸣,钟声不绝,欢声雷动,港内每艘船上都是彩旗飞舞。对新闻记者和电台的时事评论员来说,这次出击是一大兴奋剂。他们为哈尔西海军中将对马绍尔群岛和吉尔伯特群岛的进攻而欢呼,誉之为美国在太平洋上重振旧威，扭转了时代的潮流，证明了自由政体具有惊人的恢复力，等等，不一而足。侦听到的战报译文给维克多·亨利提供了不同的情况。原来空袭夸贾林岛竟只炸毁了几架飞机，可能还炸沉了两三艘小船。"约克敦"号的协同空袭在吉尔伯特群岛只取得了小小的战果，海面舰只的炮击也毫无建树。

"北安普敦"号一停泊好，舰长就把军官召到军官室去了。他们刚才全到甲板上去凑了热闹，欢庆胜利，所以看上去都精神饱满，兴高采烈。舰长说："有一件事咱们心里得明白，外面那样大吹大擂的目的无非是要鼓舞一下民心。这次袭击搞得不行，裕仁才不会睡不着觉呢。至于'北安普敦'号打得怎么样，还是少说为妙。咱们明天黎明出动去举行打靶演习。"

他花了不少劲才搞来了靶船。太平洋舰队巡洋舰司令在传令公函上召他前去述职，要他解释为什么经过这番艰苦的作战巡航，还不让全舰人员自由活动。他上岸去，鲁莽地当面同参谋长——他过去的一个同班同学——顶撞。他说，"北安普敦"号一定得在战争中经历一下风浪。等到这艘巡洋舰经过四十八小时的艰苦操练返航以后，老婆、女朋友、酒吧间、床铺都跑不了。参谋长听了，才答应给他拖靶。

回到舰上，他看到书桌上堆着一沓私人信件：两封是罗达写来的；一封厚信是梅德琳写来的；一封是他父亲写来的，老人家八十一岁了，可难得写信；一封是他哥哥写来的，他哥哥是西雅图一个经营不含酒精饮料的商人；还有一封是参议员拉古秋写来的。他在里舱扶手椅上坐下来，先拆开最后一封信。看到娜塔丽在锡耶纳跟一批新闻记者一起遭到扣留的消息，他深为不安，虽然同时附来的国务院的信件说她有希望回国，多少叫他放下心来。这总比不知道她的下落强，至少他希望拜伦也会这样对待这个消息。罗达在圣诞节写的那封长信口气婉转温顺——"等你从前方回来，我会像一个海军人员的好妻子那样，在这狐狸厅路的宅子里等着你，穿着我最漂亮的衣裳，准备好满满一壶马提尼酒……我从来没那样敬你、爱你……"另一封是短札，仿佛根本没出过什么差池，只是闲聊什么大除夕下过一场大雪啦，什么在陆海军人俱乐部吃饭啦。

梅德琳的厚信原来是骗骗人的，信只有一张黄色信笺，用打字机每隔两行打的，还附了戏剧报上的一页，折好了放在信封里。梅德琳滔滔不绝地说她最恨这样宣扬得大家都知道，真想不到这种混账事怎么会登上报纸的，偏偏登出来了。

……如果您看见拜伦和华伦，代为问好。告诉他们，我很快就会给他们各写一封长信。也给您写一封长信，这一封不作数。休正对我大叫大嚷，吵着要开广播稿讨论会。只是想要让您知道一下，您那个漂泊江湖的女儿很好、很快乐，不再是默默无闻的了。

爱你的梅德琳

又及：啊，关于我上次那封稀里糊涂写的信，您就当没收到过吧。克里弗兰太太病得很厉害。幸好她没拿那一套吓唬人的话来大做文章，特别是对我提名道姓的事。我猜，她还不至于那样疯。我可以跟她打官司一直打到天国。

在《综艺》周刊那一页上，用笔画出了一段休·克里弗兰的助手梅德琳·亨利的消息。"梅蒂"出身于一个了不起的海军世家。她父亲指挥一艘航空母舰，一个哥哥率领一支战斗机中队，另一个哥哥是潜艇艇长。这分明是搞宣传的利用了亨利家的出身来抬高克里弗兰的身份，文中竟提到他四次之多。暂且不说这消息错误百出和用了自作聪明的俚语，整个事情都让帕格看了反感。他这个聪明漂亮的女儿，从前还是他的心肝宝贝儿呢，如今却整天跟一帮大傻瓜泡在一起，自己也快变成这么一个大傻瓜了。他对此实在毫无办法，最好还是别把这件倒霉事往心上挂。

一个棕黄色的信封，用绿墨水笔写的姓名地址，笔迹陌生，邮戳是华盛顿的，邮戳日期模糊不清。光是一张信纸，上面没署明日期，也没具名。

亲爱的帕格：

这封信是一个认识你和罗达已有多年的好心好意的朋友写的。我了解战争对婚姻能起什么破坏作用，可是我不忍眼看着你们这对一贯那样恩爱的"模范夫妇"出这等事。

写信给罗达，向她打听一下同她在圣奥尔本斯球场玩网球的那个高个儿（此人的名字以"柯"字开头）。她"玩"的还不仅仅是网球呢，有人还看到她在不恰当的地点和不恰当的时间同他在一起——假如你懂我意思的话，我想你是懂得的。在华盛顿，凡是认识你们俩的人都在谈论这事。我们大伙儿都敬畏你，罗达同样也敬畏你，你说一句话恐怕还能叫她"迷途知返，恪守妇道"。最好马上就写，免得来不及。善意相劝，"明人不必细说"，好心人上。

这是一封平信。可能是好几个月前写的，早在罗达提出离婚之前。然而，这封信又让他尝到了丑闻初次泄露时心头尝遍的痛苦，还让他了解到自己的不幸已成为众人飞短流长的话题。他又添上了一段新愁。

正当哈尔西那支特混舰队其他舰上的人员在岸上欢庆胜利之际，"北安普敦"号又出海去了。甲板上四处沸沸扬扬，埋怨这个王八蛋竟然说到做到。等第一批怨言平息下来，真正感到不满的人倒也不多。水兵们都尝过了打炮不准的丢丑滋味，敌人的阵阵炮火纷纷落在近旁，差点儿打中，激起一股股温暖的海水，他们的舰只就在阵雨般的海水中穿行。他们看到了"盐湖城"号处在交叉炮击下，还听说了双管四十毫米火炮装置的五名炮手被打中了，打得血肉模糊。他们准备学习如何打仗。他们还没驶出港口的航道，就响起了警报，敲起了警钟，开始了第一课的碰撞应急演习。水兵们都闻风而动。水上飞机的弹射和返航，原来是希克曼当舰长那时的老毛病和沃杰环礁那一仗的奇耻大辱，如今一天之内就顺利解决，应付裕如了。进入Z级戒备状态所需的时间也减少了一半。还随时突然举行突击消防演习、空袭演习和弃船演习。这一天演习得真够呛，不过到二十三点整，帕格规定的那套严格演习终于结束了。这时候水兵们虽然都筋疲力尽，但也兴高采烈的。

帕格却并非如此，那封匿名信使他大伤元气。他在舱里一直坐到半夜过后，翻阅着积了三个星期的新闻杂志。从傻气十足的广告来看，这个国家还在自得其乐，举凡军工生产、军事训练、实地作战等各个方面，都说明人们依然意识不到失败不仅是可能的，而且近在眼前了。举国上下就像"北安普敦"号在沃杰环礁时一样。与此同时，德国潜艇对美国船舶穷凶极恶地发动攻击。这个数字简直令人难以相信：一个月内击沉一百多万吨！隆美尔正横扫北非，击溃了英国军队。由于美军溃退到巴丹岛，英军后撤到新加坡要塞，除了俄国人的大反攻之外，帕格看不出哪儿还有什么希望。其实，这些反攻无非只是牵制行动而已，而顽强庞大的德国军队正重新集结起来，准备夏季攻势。

维克多·亨利在作战计划处供职期间，早已深深了解武装部队的库存物资和地球上的自然资源。局面的不断变化使他感到惊恐不安，爪哇岛、苏门答腊和婆罗洲看来势在必失，这些地方都是极大的聚宝盆，地方比日本本土大，军工原料的潜力也比日本本国大。日本人进军缅甸威胁到了美国，因为这动摇了英国对几亿怨声载道的印度人的统治。印度一丢，波斯湾就可能被封锁。要知道，波斯湾正是把《租借法案》的物资运往苏联的最佳路线，也是石油的大源泉，而这场世界大灾难正是石油引起的。在战略上，所有的大陆，所有的大洋，在这场战争中都联结在一起了。除了俄国那条战线之外，全世界各地的局势都日益恶化，面临大难。综观这整个烽火连天的动乱景象，最糟糕的莫过于美国人民不断示弱，愚昧无知，偏偏又踌躇满志。

他白天看的密信使他情绪更加低落。登陆艇的规划搁浅了，生产远比他在作战计划处亲自制订的进度表落后得多。一场危机就像千里外的海啸激起的大浪潮一样，正向罗斯福总统滚滚涌来，登陆艇不足，总有一天会使大规模登陆行动搁浅，或者只能搞些小规模袭击，最后一败涂地。帕格感到自己能够防止这一点，他深知问题的症结，他同搞设计和制造的主要人物做过斗争，他知道如何搞到优先照顾的原料。海军方面的决策人士都听他的，连欧内斯特·金在登陆艇的问题上也听他的。许多四条杠的军官都能指挥一艘重型巡洋舰，但是对战争中的这一关键问题，谁也没有他了解得这么透彻。

他终于面对了这个事实：他已沉湎于随着年龄增长而忘却的往事中。指挥大型军舰固然是一种鞭策，也是一种荣誉，可是比起他能为战争所尽的最大努力来，就差远了。总之，沃杰环礁一战加深了他对重型巡洋舰的怀疑。对潜艇的恐慌反映了"盐湖城"号舰长心里的畏惧——他本人也感到过这层畏惧——生怕这些外形美观、重炮轻甲的庞然大物不堪一击。现在一切作战计划都由航空母舰担当重头角色，战列舰不中用了，"北安普敦"号又算得了什么？不过是一艘不堪一击的战列舰而已，只消一枚鱼雷或炸弹就能把它报销。沃杰环礁一战也迫使他正视自己的错误，错就错在他挑的职业不当，他当初没当海军航空兵，偏偏去做官。他的儿子华伦驾驶了一架蚊子般的俯冲轰炸机，机上只有一个当兵的炮手；他呢，率领了一艘万吨级巡洋舰和舰上的一千两百名官兵。可是，华伦在夸贾林岛给敌人造成的破坏也许要超过他在沃杰环礁的战果呢。

替华伦担心也使他深为苦恼。直到他去太平洋舰队巡洋舰司令部打电话到华伦的家里，听到他儿子欢快地信口说声"喂"，他才放下心来。每当夜里他梦魂不安的时候，华伦飞机坠毁、华伦人机俱焚都是在他脑际浮现的担忧情景，今晚又是他梦魂不安的时候。到凌晨两点，他去叫醒驻舰大夫，一个大腹便便的老古板，向他讨一片安眠药。大夫睡眼惺忪，提议他喝一大杯有益健康的白兰地。他说，一杯白兰地比一片安眠药更能催舰长入眠，而且此中乐趣要大得多。维克多·亨利穿着一件旧睡衣，站在大夫的舱房内，大肆咆哮道："别再叫人喝酒啦，大夫！别叫我喝！也别叫本舰其他官兵喝！不能用酒来催眠。"

大夫结结巴巴地说："我说，呃，上校，有时碰到神经过度疲劳等情况——不瞒你说，希克曼上校，他——"

"战时出海闹失眠和神经紧张不算紧急情况，这些只是寻常的小毛病罢了。你替他们开白兰地的方子，那我的军官室里岂不都挤满醉鬼了吗？既然他们不能喝酒，我也不能喝，明白吗？"

"哦——明白了，上校。"

第二天，大家集中打靶。太平洋舰队巡洋舰司令部派出了一艘带有拖靶的扫雷艇，一架拖着红色筒形拖靶的飞机。巡洋舰上的射击技术，例如射速啊，弹药搬运啊，通信联络啊，射击指挥啊，命中率啊，都有所改善。帕格的情绪也有所改善。不管是调来的新兵也好，刚应征入伍的也好，这些水兵都是一学就会。到了黄昏时分，"北安普敦"号停泊在珍珠港内。副舰长宣布除了留下基干人员值班之外，全体人员一律可以上岸，通常总是一次只放一半人员上岸。全舰顿时响起一片欢呼，从此亨利海军上校的地位稳固了，他不再是新舰长，而是老总了。

海军少将的副官给帕格送来一张手写的便条：

海军上校：

你上岸同家人吃饭吗？不去的话，请到我这里来吃顿便饭。八点钟，部队电台将重播贵友塔茨伯利在新加坡的节目。

雷·艾·斯普鲁恩斯

自从上回在沃杰环礁海军少将突然离开舰桥以来，维克多·亨利一次也没见到过他。一连几天的好天气，他都没在甲板上露面。帕格洗了个淋浴，正换上晚礼服准备去赴宴，通信兵进来了。只有一封私人信，又是棕黄色的信封，用绿墨水笔写的姓名地址。这一回是寄的航空信，邮戳清晰，印着一月二十五日，正好同罗达圣诞节写的那封悔过信相隔一个月。

亲爱的帕格：

你不妨"背地里"恨我，因为事实真相往往令人痛心。但是，这回事已经变得太招摇了，简直没法儿说，除非你"赶紧"采取什么措施，否则你的婚姻生活就吹了。他们现在一起上戏院看戏，上饭馆吃饭，还有，我也不知道"全部底细"。凡是认识你们俩的人，个个都在谈论此事，我说的是谈论。给常驻华盛顿的任何"老朋友"写封信，告诉他你收到这个"可恶家伙"（鄙人）的信，请他以名誉担保，把他了解的罗达的情况告诉你。"要说的话都说清了！"

帕格·亨利心里就憋着这股酸溜溜的味儿去赴海军少将的宴。

只见斯普鲁恩斯还是那样衣冠楚楚，身子笔直，不过愁眉不展，眼神迟钝。席间双方都默默无言，可是都不觉得窘迫，因为他们早已彼此了解。两人都喜爱锻炼，这成了他们的共同爱好。碰到好天，斯普鲁恩斯会在主甲板上昂首阔步，走上一个多小时；在港口的时候，每天就走上五英里或十英里。帕格有工夫总是陪他一起走，他们多半时间都是这样长时间沉默的。每当斯普鲁恩斯请他到寓所吃饭，两人有时谈起他们在潜艇里作战的儿子，有时谈谈自己的事。海军少将也像帕格一样，对自己留在水面舰艇上的事想了又想，追悔莫及。哈尔西有先见之明，五十岁左右学会了飞行，斯普鲁恩斯认为这一招儿很高。他对率领一支巡洋舰支队的差事并不满意，预料这一生的战争生涯将吃力不讨好，落得默默无闻的下场。帕格心想，沃杰环礁一战的惨败必定使他心情沉重，认为是对前程很大的一个打击。

在吃罐头桃子这道甜点时，斯普鲁恩斯出其不意地吩咐帕格在第二天早晨集合时准备一个授奖仪式。他，斯普鲁恩斯将由尼米兹亲自授予海军勋章，以表彰他在炮轰沃杰环礁一战中的出色指挥功绩。海军少将说到这里，眼睛里闪现着一丝苦笑。"海军方面此刻正需要树些英雄呢。要得勋章也不难，只消挨人家炮轰就行了。我在沃杰环礁连区区一支特混舰队支队都指挥不了，遑论其他。打开收音机吧，你朋友播音的时间到了。顺便想起来了，祝贺你这次'北安普敦'号演习成功。这么做是必要的。"

塔茨伯利的声音听起来在颤抖，调子沉重。这位通讯记者报道说，日本人的重炮正隔着柔佛海峡轰击新加坡的商业区，每天打死几百名老百姓。在新加坡可以清清楚楚看见对面海岸上的敌军，他们正在大规模做越过这水道的准备工作。军事当局进一步承认（说到这里，塔茨伯利的嗓门提高了），新加坡的唯一希望就在于让民主世界确切知道局势何等危急，因为援军要真来的话，现在就该来了。

广播快结束时，斯普鲁恩斯和帕格·亨利交换了一下探询的眼色，因为这时塔茨伯利说："请我的美国朋友们原谅，这里流传着不少大难临头时说的幽默笑话，恕我引用其中的一则。这则笑话说：'你可知道美国海军在哪里？哦，美国海军不能作战，因为它跟米高梅电影公司签订的合同期限还没满呢。'

"话又说回来，不管救兵是不是来，我都相信新加坡的欧洲人和亚洲人会并肩团结战斗，即使为时已晚，也能自己扭转局势，打垮元气丧尽的侵略者。我愿意拿我这张老脸皮做赌注，押在这个信念上。不过，拿我女儿帕米拉做赌注可不行，她是一个聪明可爱的年轻妇女，协助我工作。明天她就要随着其他妇女儿童一起撤走了。不到两小时前，她给我讲了个故事，我要她也讲给诸位听听。好，现在就请帕米拉说说。"

帕格拼命控制自己，好容易才装得脸色镇静，态度轻松。

"我说的是一段小故事。"这魂牵梦萦的沙哑的甜嗓音铭刻在他心头，给他一种近乎痛苦的惊喜感觉，"最近两个星期以来，我一直在一个部队医院做志愿医务人员。今天，一个身负重伤的人离开病床，把我带到一旁，给我一样叫作卵形弹的东西。这是一种手榴弹。这个人脸色沉着，态度严肃。他用动听的澳大利亚口音说：'小姐，您一向待我们很好。如果您觉得一个日本鬼子打算强奸您，小姐，您只要拉开这个保险，就一了百了啦。'

"我只有一句话要补充的，我是被逼走的。晚安。"

广播中又换了原来的嗓音："新加坡埃里斯特·塔茨伯利祝各位听众晚安。"

斯普鲁恩斯伸过手来关上收音机，说："亨利，在马来亚和吕宋岛的作战问题上，有耐人寻味的类似情况。白人驻军加上混合的地方部队保卫着一片片住着亚洲人的岛屿。一支亚洲人的侵略军由北到南步步进逼，守军节节败退，直退到极南端的一座有重兵利甲的海岛堡垒。在这个问题上，咱们看来似乎比英国人略胜一筹。等到战后，把这两场战役详细比较一下，一定颇有教益。"

"是，长官。"帕格说。这一次，他竟丝毫也摸不准这位海军少将在说些什么。

第十六章

莱斯里·斯鲁特把《万湖会议纪要》影印本交给美国驻伯尔尼的公使，把这份材料说成"十万火急"。

威廉·塔特尔是加利福尼亚铁道界一个退休的百万富翁，西点军校毕业生，第一次世界大战中挨了德军一块弹片，被炸瞎了一只眼睛，就此退出军界。这么一来，他反而发了财。这个高个儿、大肚子的共和党元老自然痛恨新政，并且强烈反对白宫里那个信奉社会主义的狗崽子三度出任总统。可是，由于法国在一九四〇年六月沦陷，共和党在七月提名一个叫温德尔·威尔基的外行政治家为总统候选人，塔特尔竟然认为还是让那个信奉社会主义的狗崽子留在白宫比较好。他领导了"共和党人支持罗斯福"的加利福尼亚支部，在大选前遭到了亲友们的唾弃，大选后捞到一份外交官的差事。斯鲁特喜欢这个自行其是的公使。如果说这个经营铁路公司的人缺乏外交经验，那他倒颇有些起码的常识，他不用犹疑再三，就可以立即对棘手的问题做出决定。

斯鲁特三天没听到塔特尔的音信，后来在上午九、十点钟，这位公使打电话给他了。"哦，喂，莱斯[①]，快来吧，咱们聊聊。"

对美利坚合众国驻瑞士代表的身份来说，这间办公室未免朴素了些：书架上堆满了看来没人翻阅的公文卷宗，黑黝黝的旧家具，三扇窗子面对外边迷雾中的秃树，碰上晴天，从窗子里可以看到阿尔卑斯山脉。公使仰面靠在一张转椅上，叉起十根粗指头搁在肚子上，天南地北地谈着战事，弄得斯鲁特莫名其妙。他说，德国的"沙恩霍斯特"号和"格奈森瑙"号安然从布雷斯特开出，是英国衰落的一个迹象[②]，比在马

---

① 莱斯里的昵称。

② 1942年2月11日至12日，德国两艘负了重伤的战列舰"沙恩霍斯特"号和"格奈森瑙"号从法国西部港口布雷斯特开出，在光天化日下闯过英吉利海峡，英国海空军竟未能加以阻拦。这被认为是17世纪以来素称海军强国的英国所蒙受的空前奇耻大辱。

来亚惨败还要糟糕。"我的老天爷哪，莱斯！马来亚是在地球的另一边。可要是皇家海军加上空军都阻止不了两艘受了重创的德国战列舰在他们的炮口下打英吉利海峡溜走，那准有毛病——不是他们的情报工作有毛病，就是他们的战备状态有毛病，要不两者都有毛病。"

斯鲁特闻到一阵带有甜酒香味的烟味，只见三等秘书奥古斯特·范怀南格带了文件夹走进来，就是斯鲁特放万湖会议文件的夹子。斯鲁特一看，心都凉了。范怀南格是公使馆里对犹太人事务最反感的，到底是因为他是领事出身——前不久，他才通过驻外机关事务局的途径调来——还是因为他抱着上流人士那种刻骨的反犹主义，斯鲁特可说不上来。他知道，杰斯特罗跟这个家伙在佛罗伦萨闹过别扭。斯鲁特认为范怀南格是一个自高自大的讨厌鬼，荒唐地死抱着自己的家谱不放。

"莱斯，奥吉①有过一些干情报工作的经历，请他参加一起谈好吗？"塔特尔说。

"那敢情好，阁下。"

范怀南格笑着坐下，跷起了肉鼓鼓的短腿，把文件夹搁在写字台上。

"那好吧，你对这材料的评价如何，莱斯？你建议采取什么行动？"公使说。

"我认为这是一份十分重要的权威性文件。公使馆应当向国务卿拍发一份急电介绍概要，然后由特别航空信使向他呈交这份文件。"

公使朝范怀南格看看，范怀南格正宽厚地满脸堆着笑容。"奥吉可不以为然哪。"

"我的确不以为然。说得客气点儿，这是'出于同情心搞的骗局'。"

斯鲁特勉强咧开嘴一笑："倒要领教高见，奥吉。"

范怀南格面带笑容，喷出一口带甜酒香味的蓝烟，说："好吧，咱们就从接关系的时间地点谈起吧。莱斯里，你在宴会上碰到一个漂亮姑娘。没多久，她父亲，一个叫雅各布·阿舍尔博士的，突然请你去吃饭。你素有同情犹太人的名声，初来乍到，对伯尔尼的情况也不太熟悉。于是——"

"得了，别再说下去了——"

"让我把话说完，老兄。"范怀南格眼睛对着公使骨碌碌转，一手捋着那头剪得短短的金发，"于是席上就有个神父提出要把有关犹太人情况的档案材料塞给你。妙啊！雅各布·阿舍尔凑巧是伯尔尼犹太人协会主席，一个紧盯着各国公使馆给难民发入境签证的财主。但他毕竟是一个老实人，所以不妨说是什么诡计多端的伪造文件者蒙骗了他和你那个神父，大概就是拿的这份所谓文件，在阿舍尔身上说

---

① 奥吉是奥古斯特的昵称。

不定还诈去了一大笔钱呢。当然啰，他也巴不得拿到手，这对他来说不失为绝妙的宣传工具。"

"奥吉，你这话只是推理罢了。如果德国人以战争为借口大肆屠杀——我猜是这么回事——罗斯福总统利用这文件就可以调动世界舆论来反对他们。"

"哦，得啦，老兄。纳粹虐待犹太人这档子事好几年前就榨不出油水来了，人们对此无动于衷。至于大规模罪行嘛，这文件纯粹是想入非非。"

"为什么？"

"为什么？唉，请你千万别纠缠了吧，你想内阁部长级官员开会，讨论这么一个骇人听闻的计划，竟会如此平静——还写成了文件！这类事情绝不会见诸文字的。唉，这种夸张的文字，煞费苦心的玩笑，茶余酒后的语气！整篇东西就是浅薄之徒的虚构，莱斯里，写得非常蹩脚。"范怀南格慢条斯理地拿起文件夹，抽出那沓黑纸，散发出那股难闻的药水味，"瞧瞧这乱七八糟的东西！德国人拥有世界上最出色的复制设备。顺便说一下，他们复印的文件一向不是黑底白字，他们用底片翻印，印出来全是白底黑字。我是说，我钦佩你的同情心，不过——"

"别管我的同情心，"斯鲁特厉声喝道，"我完全了解阿舍尔博士的为人！至于说到文件嘛，我说这是真的。文体华而不实，令人厌烦，就像咱们俩都啃过的多数德国官方文件一样。会上人人都是语言乏味的空谈家，人人都一味按照德国风气巴结这个主席海德里希。这篇东西活生生是日耳曼人的官腔。再说到把一个惨无人道的方案见诸文字嘛——"斯鲁特把脸转向塔特尔，"阁下，那可再也没比这更像是德国人的作风了。我是专攻德国政治历史取得学位的。听着，奥吉，你去念念特赖奇克[1]吧，念念卢埃格尔[2]吧，念念拉加德[3]吧。天哪，念念《我的奋斗》吧！希特勒无非是一个自学出身的街头煽动家罢了，可是连他也使用政治色彩浓厚的术语，还使用了一种堂而皇之的冒牌哲学的道德框框，来证明他那些绝顶残忍的主意是正确的。我并不想就这题目讲堂课，不过——"

"我念过《我的奋斗》。"塔特尔说。

斯鲁特用拳头捶着写字台说："得了，阁下，我看哪，这份文件是一个地下德国的人、自由德国的人复制的。我看他是冒着严刑拷打、死亡威胁和暴露他那个反纳粹组织的危险干的。我看，他偷偷把一台袖珍影印机带进绝密档案室，他心惊胆战，匆

---

[1] 特赖奇克（1834—1896），德国历史学家，著有《十九世纪德国史》。

[2] 卢埃格尔（1844—1910），奥地利基督教社会党创始人和领导人，曾任维也纳市长，以反犹主义著称。他的观点对希特勒影响极大。

[3] 拉加德（1827—1891），德国东方学专家，圣经学家。

忙从事。复印这份文件还不是跟偷拍照片一样冒险吗？今天在德国，你要是不签一张能送你上绞架的收据，谅你连这种能印白底黑字的影印纸也休想买到。"

"你是一个热心的辩护者，老兄。"范怀南格又露出了笑容，"要注意这玩意儿注明一月二十日。一份绝密报告经过正式成文、批准、油印归档、偷偷复制，再秘密运到伯尔尼，这一切都不到三个星期？不，莱斯，我对你的同情心深表赞同，可是——"

"天哪，奥吉！"斯鲁特气炸了，"别再使用'同情心'这个混账字眼啦！这种文件当然会火速送到外界来的！这文件讲述的一桩罪行，人们简直想都想不到！"

"哎呀！我钦佩你的同情心，莱斯，"范怀南格柔声答道，"且让我讲个小故事给你听听。在佛罗伦萨，有份文件传到我手里，也是用这一套特务活动的方式，内容涉及意大利的绝密作战计划。从文字上和外表上看，它不像这份那样粗制滥造，完全无懈可击。尽管如此，我还是看出它是伪造的。我这样说了。可是，我们驻罗马的大使馆竟信以为真，把它交给了英国人。咳，他们仔细分析了这文件，就一笑置之。原来满纸荒唐，目的在于把他们的整个北非战略引向邪路。因此，事情很明白。那些玩意儿才是精心制作的，而这个嘛，"他用软绵绵的手指对着影印本挥了挥，"是一个低级笨蛋的作品。"

"行了，奥吉，多谢多谢。"威廉·塔特尔说。

三等秘书满脸堆着笑容，客客气气，甚至含着歉意，把烟斗一挥，站起身来就走了。

塔特尔把转椅转过半圈，叉起手指抱着后脑勺说："抱歉，莱斯，我同意奥吉的看法。那玩意儿是毫无知识的人的荒唐空想，拼凑成一个恐怖故事，搞出一份一文不值的假情报。"

尽管斯鲁特早就料到范怀南格会有什么反应，可是塔特尔说出这番话来，倒真叫他大吃一惊。"请问你为什么这样说？"

塔特尔正在点雪茄，他津津有味地把雪茄含在嘴里咂着，然后拈着雪茄朝文件夹挥了挥。"就说铁路运输那一点吧。自从我到这儿以来，我一直在收集有关欧洲铁路的情报。马歇尔将军叫我干的——我认识乔治[1]很久很久啦——我给他送定期的情况简报。在欧洲的德国占领区，所有的车皮都办不了这事。莱斯里，你这里牵涉到由一个已经处于困境而且每况愈下的铁路系统来运输几百万老百姓的问题。希特勒光是运送他的军队、给养和外国劳工就已经焦头烂额了。车站里堆满了粮食、燃料、坦克，还有炮弹这类必不可少的物资。整师整师的官兵干坐在侧线上，因为火车无法运送他

---

[1] 乔治是马歇尔的名字。

们上前线去。英国人又把他们的机车厂和铁路调车场炸得一塌糊涂。情况不会好转，只会越来越糟，明白吗？因此，这么一个周转不灵的铁路系统怎能来回运送遍布全欧洲的一千一百万人，实行什么疯狂的大屠杀计划呢？"塔特尔摇摇头，"这真是痴人说梦，胡说八道。伪造这份文件的人根本就不懂得铁路情况，可惜他没做些调查研究。"

公使发表这番长篇宏论的时候，斯鲁特咬着他那熄了火的烟斗，颓然倒在扶手椅上，一副心灰意冷的样子。"阁下，我不怕被人家看作同情犹太人，容我答辩吗？"

"要说就说吧。"塔特尔咧开嘴笑笑。

"这事根本不用这么大费周折。只要在整个西欧撒下网，用扇形包抄的办法来个一网打尽，"斯鲁特张开手指在半空中画了个半圆形，"把斯堪的纳维亚、荷兰、比利时、法国，接下来是意大利和巴尔干半岛的犹太人，统统扫到波兰和俄国沦陷区去。这些地方红十字会和新闻界都进不去，跟自由地区的居民又离得远，都是落后地区，交通不便，消息闭塞，而且反犹主义猖獗。不过，阁下，大多数犹太人都已经在波兰和俄国沦陷区了，这就是最要紧的一点。即使要搬动的话，他们也用不着搬多远。从西欧运送犹太人绝不会增加铁路负担，西欧没有战事啊。"

公使抽着雪茄，睁开那只好眼睛盯着斯鲁特："你打算怎样鉴定这份文件的真伪呢？"

"你认为要怎样鉴定才算数呢，阁下？"

"问题就在这里，这桩混账事情我一点儿也不信。我说铁路运输问题是克服不了的。好，我不是叫你忘了这档子事。办得到的话，搞个鉴定来，同时还要尽最大努力保管好这份文件。"

"一定办到，阁下。"

"尽最大努力保管好这份文件，可并不是说把它交到比方说美联社记者的手里啊。"

斯鲁特满脸火辣辣的，答道："保证不让人看到，除非由你把它发表出去。"

"那好吧。"

斯鲁特带了文件夹回到办公室，不由得感到精疲力竭、一蹶不振，愣愣地不知怎么办才好。他受了挫折，心里老是想不开，连嘴唇都发抖了，就埋头看起公文来，午饭时间也不休息。三点钟光景，一个秘书探头进来问："你见不见让·赫西博士？"

"当然见。"

这位瑞士外交官精神抖擞地走进门来，他是一个正派人，小个子，愁眉苦脸的，长着一簇红色的山羊胡子，斯鲁特早在华沙的时候就认识他了。他们有时下下棋，下棋时，赫西曾用施本格勒①的口吻对欧洲人的精神破产深表忧伤。"唉，我到锡耶纳去过了，我见到了娜塔丽·亨利太太。"赫西嚓地拉开公文包，说，"是一个漂亮女人，犹太人，对吗？"

"对，她是犹太人。"

"嗯！"他的眼光朝旁边一瞟，捋了捋胡子，同时装出一副色眯眯的轻薄相，"我把你的信交给她了。这是她的回信。"

"谢谢你，让。其他新闻记者怎么样？"

"无聊透顶啦，整天喝得醉醺醺的。就这一点来说，我真羡慕他们。我这就要向你们的公使去报告了。照交涉的发展情况看，这些记者可能在三四月间出来。"

斯鲁特锁上门，撕开信，在窗口对着几张黄信笺看起来。

亲爱的斯鲁特：

哎呀，收到来信真是喜出望外！趁着你那位好心的赫西博士同埃伦在外面柠檬房里喝茶，我赶紧把这封信打出来。

首先向你报告，我很好，路易斯也很好。说来真怪，我们在这里竟过得舒舒服服。可是，我一想到"伊兹密尔"号就忧心忡忡。我们差点儿就乘上那艘船出航了，莱斯里！一个认识埃伦的德国外交官把我们拉下船，用汽车送我们到罗马。我至今仍然不知道他的动机是什么，可是他把我们从大难中救了出来，也可能是从死神手中救了出来。英国广播公司对这事的经过并未大事渲染，不过看来在土耳其人勒令"伊兹密尔"号离开伊斯坦布尔以后，这艘船就失踪了。天哪，这艘船到底出了什么事？你知道吗？这里的消息真闭塞！我一想起这事就心有余悸。什么世道呀！我救了孩子，我想我应当感到欣慰才对，但我一直在想着那些人。

我们看到屋子完整无损。揭掉家具上的布罩，床上铺起被单，生上火，我们就安顿下来了，玛丽亚和托玛索还是完全照往常那样干着活儿。天气寒冷，不过晨雾一消倒也明媚宜人，只有留在高雅旅馆里走不掉的那帮人才使我们想起了战争。他们到这儿来吃饭，一次来一两个人，警察对此很客气。有不少记者、家眷，还有一名歌唱家、两位牧师——古里古怪的一帮人，日子过得厌烦死了，多半都灌饱了托斯卡纳酒，喝得烂醉，满肚子荒唐无聊的

---

① 施本格勒（1880—1936），德国哲学家、历史学家，曾在其名著《西方的没落》中哀叹西方文明的精神破产。

牢骚。不过，情况很好。

哦，天哪，我简直无法说起我收到你的信有多愉快！赫西博士刚走出房间这工夫，我竟哭了。这儿的生活真是寂寞得要命！你呢，在伯尔尼——相隔这么近，为争取我们的自由而奔走！我还没喘过气来呢！

唉，一下子只能说一件事，我还是赶紧把我脑子里想得最多的事先跟你说说吧。

斯鲁特，埃伦正在打这个主意，不管打不打仗，都决定留在这儿了。

大主教和警察局局长都是他的老朋友，他们待他都有如流亡的皇亲贵族。对我们来说，奇怪的是这儿完全像和平时期一样。上星期天，人家居然允许他到佛罗伦萨郊外伯纳德·贝伦森①的府邸去吃饭——你知道吗，贝伦森就是那个年高德劭的美国艺术评论家。嘿！贝伦森竟对埃伦说，他不想离开，他年纪太大了，动不了啦，意大利就是他的家，等等，等等，他还是住下不走，听天由命吧。贝伦森也是一个犹太人——像埃伦一样，勉强称得上一个犹太人吧。埃伦回来时脑子里也这么胡思乱想，如果贝伦森能待下来，他为什么不能呢？至于我呢，当然可以自由回家。

乖乖！

我曾说过，伯纳德·贝伦森有很重要的、很有权力的社会关系，他为亿万富翁、王公贵族、国立博物馆、巨头大王鉴定名画，他很可能受到墨索里尼的庇护。这些对埃伦来说一点儿都沾不上边，他非常不情愿地勉强承认这一点。可是，他说他年纪也大了，意大利也是他的家。他的风湿病越来越不见好（那倒是真的），乘火车长途旅行，加上横渡大西洋，可能会把他拖垮，说不定就此落得个残废。他已经动手写他自命为最重要的著作，他那套著作中的"最后一部"是关于马丁·路德和宗教改革运动的。这本书开头写得很顺利，要知道，这本书把我们两人都忙坏了。

不过，他显然无法想象一旦我们统统走了，他会落得个什么样的苦境。他一个人与世隔绝的日子可不好受。万一他病了，就会落到敌对的外国人手里。他是在敌人的国土上呢！这就是他不愿面对的残酷事实。他说，墨索里尼向美国宣战是封住德国人嘴的一出喜剧。反正事无论大小，他都有话说。

---

① 伯纳德·贝伦森（1865—1959），美国艺术评论家、历史学家。原籍立陶宛，是意大利艺术研究权威，对文艺复兴时期的艺术造诣极深，长年居住在意大利。

他有条备而不用的锦囊妙计，心满意足地抱着不放，莱斯里。原来埃伦在二十多岁时闹了一段小小的风流韵事，结果一场空，其间他一度改信了天主教。这件事你知道吗？他很快就放弃了，不过再也没恢复原来的信仰，如果真有其事的话。他有个在梵蒂冈的朋友搞到了他在美国皈依天主教证件的复本，把复本给了他。埃伦现在把这些一文不值的照片当成他的护身符和挡箭牌。他搞到了这些证件可真倒了大霉啦！

要知道，他熟读了《纽伦堡法令》，具体内容如何我不清楚，不过据说对德国的犹太人来说，凡是在一九三三年希特勒上台前改变宗教信仰的可以得到区别对待，也许这只对一半犹太血统的人有效。总之，埃伦说他对付得了意大利人，至于德国人嘛，哎呀，有了他那宝贵的改变宗教信仰的证件，加上美国新闻记者的身份，他才不担心呢。一句话，他只有几年好活啦，他唯一关心的事就是写作，而他在这儿写作条件最好。

我求你劝埃伦打消这个念头，可能他会听你的话，我对他再也无能为力了。他对我抱有歉意，千方百计想安慰我。他立我为他的全部财产和版权的继承人。埃伦为人深谋远虑，大小也算个财主。可是我仍然对他很恼火，而且极为担心。

我真不知道自己干吗要为埃伦如此烦心，这毕竟是他的命啊。在那段白白逝去的岁月里，日子过得稀里糊涂，我操心的只是谈情说爱（天哪，当时我多年轻啊！），跑来帮他工作无非是想跟你接近一点儿。那时我简直一点儿也不了解他，如今我的命运跟他的命运息息相关了。我的父亲过世了，我的母亲，人不在我身边，心也不在我身边，远在万里之外。尽管天下大乱，她却在迈阿密海滩打打卡纳斯塔牌①，参加参加哈达萨②的会议。我叔叔几乎是我唯一的亲人，仅次于路易斯而已。跟埃伦相比，拜伦本人只是一个没有血肉的概念，一段光辉灿烂的回忆而已，我对你的了解甚至比对自己孩子父亲的了解还要深呢。

哎呦！我听到埃伦和你那位瑞士朋友的声音了，我得结束这封信。

好斯鲁特，亲爱的人儿，你简直想象不到我知道你就在我附近，我心里感到多舒服。当初在巴黎我提出嫁给你时，你不娶我，真是一个大傻瓜。

---

① 一种纸牌游戏。
② 哈达萨是美国的犹太复国主义妇女组织，成立于1912年，主要从事教育和慈善活动。

我当时多爱你啊！唉，事情往往只发生一次，过后就烟消云散，成为过去。它在你身上留下了烙印，使你永远变了样儿。人们要是早些明白这一点就好了——得了，这篇匆匆打出的胡言乱语有什么用啊。亲爱的，请你替埃伦想想有什么办法吧！

附上照片，你看我又瘦多了，不过至少脸上还露着笑容。路易斯逗人喜爱吗？

爱你的娜

斯鲁特坐在书桌边，目不转睛地看着这张快照，把心目中的塞尔玛·阿舍尔同这个穿着普通家常衣服、怀里抱着一个漂亮娃娃的年轻女人相比，塞尔玛多么相形见绌啊！他心里想，自己出了什么毛病啦。当你失去一个情人的时候，应该就像拔掉一颗牙那样，短短一阵子剧痛，痛定之后，牙洞立即就愈合了。人人都经历过这种事。可是，娜塔丽·杰斯特罗虽然一去不复返了，却还像一个撩人心弦的娇娘那样迷住了他。单单看这封信，就给他一种甜酸苦辣都有的感觉。唉，她就用这种黄信笺，用这台y字字面已磨损的雷明顿打字机，向他倾吐了多少激情流露的心里话啊！一去不复返了，那种如火如荼的爱情，那种人生难得一回逢的大好机会，全都一去不复返了！

尽管通过外交途径，要给她发封信恐怕也得花上两个星期，但他还是放下工作，给她写了一封三张纸的回信。向娜塔丽·亨利倾诉衷肠本身就是一种真正的乐趣，尽管带着点儿令人灰心丧气的味儿。然后，他给杰斯特罗写了一封短信，告诫他打消留在意大利的念头。他撕掉了一份草稿，这上面提到了偶然落到他手里的那份犹太人大难临头的"新材料"，他不想让娜塔丽白白吓一场。公使叮嘱过他在文件没有鉴定真伪之前必须保密，这番呵责也使他深为不安。

可是，该怎样来鉴定真伪呢？

第十七章

娜塔丽用冰凉的水淋了浴，浑身通红。她打着寒战，从浴室里走出来，赶紧用浴巾使劲擦干身子，站在镶着金边木框的古董穿衣镜前，把身子转过来转过去，看到自己扁平的肚子，不由得感到欣慰。说起来路易斯的出世只在她身上留下了几道淡紫色斑纹而已，甚至一对乳房也不太难看。战时配给口粮不足倒也好！她看起来也就二十岁。

她光着身子，不禁陷入一阵回忆，想起了他们在里斯本度蜜月的情景。有时候，她简直想不起拜伦是怎么一副长相，想得起来的也只是还在手头的那几张旧照片上的模样。这会儿她竟想象得出他过去嘿嘿假笑时那张歪着的嘴，感觉到自己的手指摸着他浓密的红棕色头发，感觉到他的一双硬邦邦的手的抚摸。这样活着等于死去，多么枯燥无味啊！真是爱情枉抛，青春虚度！她微微屈下一膝，这个柔美的姿势在米洛斯岛的维纳斯雕像①和拉宾诺维茨的女子裸体画中是常见的。脑子里一想到拉宾诺维茨，她马上清醒过来。"虚荣的婆娘！"她心里摸不准该怎么打扮来迎接来吃饭的贵客，不禁说出声来。电话铃响了，她用湿浴巾裹住身子，去接电话。

"喂，亨利太太，我是贝克博士啊。银行里的会已经开完了，所以我还来得及赶到佛罗伦萨搭七点钟开往罗马的火车。我可以陪你和杰斯特罗教授先喝杯茶吗？"

"喝茶？我们正等着你来吃晚饭呢。"

"你真客气，不过战时请客吃饭是件麻烦事，而喝茶嘛——"

"贝克博士，我们弄到了小牛肉。"

"小牛肉！真了不起！"

"大主教送给埃伦过生日的，我们省下来请你吃。一准来吧。"

"我感到不胜荣幸，而且肚子也饿起来啦！哈哈！反正早班火车的速度更快。小

---

① 此雕像于1820年在希腊爱琴海的米洛斯岛上出土时两臂已断，现藏法国卢浮宫博物馆，为最著名的维纳斯像。

牛肉！我领情了！"

从杰斯特罗家起居室的几扇落地长窗望出去，黑白分明的大教堂在夕阳斜照下，高踞在锡耶纳古老的城墙和高耸的朱红屋顶之上，构成一幅美景。不过，意大利多的是美景，真正缺的是苏格兰威士忌。娜塔丽端上一瓶黑格—黑格牌苏格兰威士忌、几只酒杯、苏打水和冰块，真让贝克博士不由得刮目相看。杰斯特罗说，这威士忌是伯纳德·贝伦森送给他的，"他完全是出于又听到了一个美国人的声音的一片感激之情"。她把娃娃抱出来了一会儿，贝克博士逗着路易斯，他的眼睛模糊了，脸上泛着红晕。"唉，我真想念自己的孩子啊。"他说。

杰斯特罗一杯酒落肚，不由得产生了一股逗乐和挖苦人的兴致。哲学家乔治·桑塔亚那[1]也和他同贝伦森一起吃过饭，他就拿他们俩在席间出的洋相挖苦一番。他取笑桑塔亚那灌下了整整一瓶酒；取笑贝伦森说起话来只顾自己一个人包场，取笑他欣赏自己一双匀称的小手做的手势。他坏心肠地用这些笑料来引人发笑，贝克博士听得哈哈大笑，娜塔丽也忍不住嘻嘻笑了几声。

她不知不觉中对这位来客有了点儿好感。她根本无法真正喜欢他，也无法真正信任他，不过他夸她的娃娃使她很高兴，而且他们一家目前太平无事也全靠他。他长着一张四方脸，披着一头浓密的金丝长发，不算难看，甚至自有一套不太高明的逗趣本领。她问他最后一次吃小牛肉是什么时候。他说："亨利太太，我说不准。两星期前，我在罗马吃过一顿小牛肉，不过我想那头小牛犊准是配了鞍子驯养了的。"

这顿饭显然吃得皆大欢喜。女管家看见又有小牛肉可以烹调，心里高兴，就用马尔萨拉甜葡萄酒调味，做了一道出色的嫩肉片。大主教还送来了一瓶香槟酒给埃伦做生日礼物，有了两瓶酒，大家就开怀畅饮，喝得精光。娜塔丽喝得多了点儿，她本来不想喝这么多，主要是为了不让埃伦把她那一份也一起喝了。他这一阵与世隔绝，也许神经处于压抑的状态，他就喝起酒来，快成酒鬼了。一旦酒喝过了量，他的情绪就不稳定，说话也就口无遮拦。这顿饭吃到最后，大家正吃着树莓馅饼和冰激凌，忽然飘来一股清香。

"我的好教授啊，是咖啡吗？"贝克问。

杰斯特罗不断拍着两只手的指尖，含笑说："瑞士代办常给贝伦森带来点儿小礼物，我这位慷慨的朋友就跟我分享半磅。"

---

[1] 乔治·桑塔亚那（1863—1952），哲学家、诗人，生于西班牙马德里，在哈佛大学执教多年，后返回欧洲，隐居意大利修道院。

"现在才开始明白为什么贝伦森决定不走了。"贝克说。

"唉，物质享受不能代替一切啊，维尔纳。伊·塔蒂别墅①也有不足之处啊。这地方年久失修，糟极了，伯·贝②对此常常感到很不痛快。可是，他说现在这里是他唯一的家园，照他的说法，他要'抛下锚来挺过这场风暴'。"他脸上露出狡黠而不十分清醒的笑容，加上一句说，"伯·贝认为最后一切都会好转，就是说你们这一方要失败。当然，他对意大利绘画是一个专家，对战争可不是内行。"

"从新加坡、缅甸、大西洋和北非的战局看起来，弗洛伊德博士③会把这叫作单凭主观愿望的想法。"贝克噘起嘴答道，"不过，不管哪一方战胜，这么一位杰出的人物是用不着担心的。"

"一个杰出的犹太人？"娜塔丽能把这句话说得不带一点儿火气，这就能看出她的随和。

"亨利太太，胜利会把硬性的战时政策软化的。"贝克的声调倒平静，"这是我个人深切的希望。"

女管家自豪地把咖啡端进来。他们眼看着热气腾腾的咖啡注满了杯子，仿佛是魔术师从空壶里倒出来似的。

"哎呀！"贝克刚呷了一口就大声叫道，"到锡耶纳来真是不虚此行啊！"

"当然，桑塔亚那不会有什么问题，他既不是犹太人，又不是美国人。"杰斯特罗呷着咖啡，自言自语道，"他是一个怪人，维尔纳，他是一个真正具有异国情调的人。在哈佛大学一待就是二十年，写书说话用的都是精通的英语，却保留了西班牙国籍。他解释过这是什么原因，可是我听不懂。当时不是他酒喝得太多了，就是我喝得太多了。他是一个彻头彻尾的异教徒，有点儿西班牙大公的味道，他本人对犹太人不大喜欢。你可以从他含蓄地挖苦贝伦森阔绰的排场的话里听出这层意思。桑塔亚那躲在罗马一个修道院的小房间里写他的回忆录。他说，一个学者住在靠近一幢大藏书楼的小房间里，就是人生最大的幸福了。"

"一位真正的哲学家。"贝克说。

"说起来，我也能这样生活。"杰斯特罗伸出手，对四壁挥了一圈，"当初我用读书会给《一个犹太人的耶稣》这本书的钱买下这地方，那时我才五十四岁。这是我

---

① 伊·塔蒂别墅是贝伦森在1900年结婚后购买的，在佛罗伦萨附近的塞蒂格纳诺，别墅中收藏有大批艺术瑰宝及珍本图书，为欧美知识分子心目中的艺术圣地。贝伦森死后，根据其遗嘱，该别墅捐赠给其母校美国哈佛大学。

② 即伯纳德·贝伦森。

③ 弗洛伊德（1856—1939），奥地利精神病学家，精神分析学派创始人。

一时的放纵，我现在可以高高兴兴地扔下，毫不痛惜。"

"你也是一位哲学家。"贝克说。

"可我一提起叫我侄女带娃娃回国，让我跟贝伦森一样，抛下锚来挺过这场风暴，就老是惹得她发火。"杰斯特罗微带醉意地偷偷瞅着娜塔丽。

"我正津津有味地喝着咖啡呢。"娜塔丽厉声说。

"你为什么一定要这样做呢？"贝克说。

"因为一个哲学家不屑操心集中营的事。"娜塔丽说，杰斯特罗懊恼地看了她一眼，"这话失礼了吗？我叫埃伦面对现实可费事呢。总得有个人这样做呀。"

"不见得所有的德国人都热衷于搞集中营吧。"贝克的声音和蔼而忧伤，胖嘟嘟的脸涨得通红。

"贝克博士，那么东欧传来那些事又怎么说呢？不是传说贵国士兵一直在屠杀犹太人吗？"

杰斯特罗站起身，扯着嗓子说："咱们到起居室里再喝些白兰地和咖啡吧。"

他们俩的肚量都容不了对方半句话，这一点太明显了。贝克在起居室里安坐在沙发的一个角落里，小心地点上一支雪茄，把嗓音放得又从容又柔和，说道："亨利太太，我认为你的问题不仅仅是挑衅性的。对于一般挑衅性的问题，我自有一般性的答复。如果你叔叔决定留在这里，我还能开诚布公地就他的安全问题提出一个看法。"

"真的吗？"她紧张地坐在沙发边上，面对着贝克。杰斯特罗站在窗口，手里拿着一杯白兰地，悻悻地看着她。"你对犹太人出了什么事究竟真正了解多少？"

"在意大利吗？什么事也没出啊。"

"在别处呢？"

"在占领区，外事部门是不起作用的，亨利太太。作战地区是由军方管制的。在当地采取激烈的措施也是必要的，占领者也好，被占领者也好，日子都不好过。"

"不用说，犹太人的日子更难过。"娜塔丽说。

"这一点我不否认。东欧到处都盛行反犹主义，亨利太太。我对我们自己人的暴行并不感到自豪，可是为了犹太人自身的安全，非得把他们集中起来不可！这一点我可以向你担保。否则，在立陶宛、波兰和乌克兰等地，他们就会遭到抢劫和集体杀害。德国军队开到的时候，当地的流氓地痞看到德军不让他们立即参加抢劫和杀害犹太人，都大为吃惊。可以说一句，他们盼望有个'大开杀戒的机会'哪。"

杰斯特罗插嘴道："那你们部队的暴行是什么呢？"

"教授，我们的警察部队素质一向不高，简直算不上先进文明的代表。"贝克看上去不大高兴地答道，"处理得过火的行为是有的。犹太人这一冬过得真够呛，还闹过几场流行病。说真的，我们的士兵在莫斯科和列宁格勒郊外的雪地里也吃足了苦头。战争是一件万恶的事。"他转过脸来对着娜塔丽，提高嗓门说："不过，亨利太太，你问起我德国军队是不是屠杀犹太人，我回答说这全是谎话。我兄弟是一个军官，他在罗马尼亚和波兰待过不少时间。他向我担保说，军队不仅不准干暴行，而且经常出头干涉，保护犹太人不受当地居民欺侮。据我所知，这是千真万确的。"

埃伦·杰斯特罗说："我生在东欧，长在东欧。我相信你。"

"可别让我含糊过去。我们的政权对好多坏事都得负责。"维尔纳·贝克摊开肉嘟嘟的双手，抽了口雪茄，喝了口白兰地，"我敢向你保证，即使我们胜利了，正派的德国人也不会忘掉这一点。这白兰地真好极了，教授，又是你那朋友贝伦森送的吗？"

"不是。"杰斯特罗带着高兴的神色，把酒杯凑在鼻子底下，"我最喜欢法国白兰地，早在一九三八年，我就有先见之明，囤积了好几箱这玩意儿。"

"对了，我兄弟跟我说起过几件奇事。说来也怪，一个人竟可以去参观这些悲惨的犹太区。想想看！有时仪态万方的波兰淑女同我们的军官去逛贫民区，在犹太人那里鬼混一夜。那里甚至也有稀奇古怪的小夜总会。赫尔穆特去过好几回，他要亲自去看看情况怎么样。他想多改善改善供应情况。他在军需部门，在罗兹，他倒做出了一些成绩。可是整个看来情况还是很糟，糟得很哪。"

"你兄弟去参观集中营了吗？"娜塔丽非常客气地问。

"咱们换个话题吧。"杰斯特罗说。

"亨利太太，那些是秘密的政治犯监狱。"贝克无可奈何地耸耸肩膀。

"可正是在那些地方干出最可怕的暴行。"尽管娜塔丽的火气越来越大，他却有意保持着非常有耐心的态度，这使她很感动。她深悔不该提出这个话题，可是埃伦为什么偏偏要提出留在意大利这个荒谬可笑而令人恼火的想法呢？

"亨利太太，独裁政权是利用恐怖手段来维持秩序的。那是历来如此的政治。究竟是什么强制德国人民服从一个独裁政权，这是一个由来已久的复杂问题，可是外界——包括美国——也并非清白无辜。我根本连集中营外面的大墙都没见到过。你参观过美国监狱吗？"

"这个比较不伦不类。"

"我只是拿你我两人对刑法机构的无知做个比较罢了。我敢说美国的监狱糟得很，我料想我们的集中营要更糟。不过——"他用手抹了抹脑门儿，清了清嗓子，"咱们刚才是从你叔叔的安全问题说起的，那是说，如果他要在意大利待下去的话。"

"不必谈了！"杰斯特罗狠狠地对他侄女皱起眉头，"娜塔丽，咱们邀请维尔纳到这儿来，是为了好好招待他吃顿饭。这个问题跟他不相干。伯纳德·贝伦森是一个非常精明、老于世故的人，可他也——"

"去他的贝伦森！"娜塔丽大喝一声，伸出一根手指对贝克戳戳，像是指责似的，"假如德国占领意大利呢？这一点难道不可能吗？或者假如墨索里尼决定把所有的犹太人都送到波兰的犹太区去呢？或者假如哪个法西斯大人物突然决定要住进这幢别墅呢？我的意思是说，连想一想冒这种风险都是不可思议的、幼稚可笑的——"

"冒这种风险的是我，只是我一个人！"埃伦·杰斯特罗大叫道，把酒杯砰地放在桌上，连酒都洒了，"老实说，我对这已经感到腻了。维尔纳是咱们的客人，你们母子俩还不全靠他救了才活着？不管怎样，我从没说过我不愿走啊。"杰斯特罗猛地一下推开一扇玻璃窗，一股冷空气涌进屋里，一道蓝幽幽的月光射在东方款式的地毯上。他背靠着窗子站着，一只抖得厉害的手重新拿起了酒杯。"娜塔丽，你我之间一个关键性的差别就在于你简直算不上犹太人，你对咱们犹太人的文化和历史根本一窍不通，而且你也不感兴趣。你居然不动声色地嫁给一个基督教徒。我是一个彻头彻尾的犹太人，我是一个波兰犹太人！"这句话，他是骄傲地瞪着眼说的，"我是一个专门研究《塔森德》的学者！只要我高兴，我明天就可以恢复研究。我的全部著作关键就在我这身份上。我的神经末梢是触角，对反犹主义可敏感呢，我和乔治·桑塔亚那待在一间房里不到五分钟，就看出他也有反犹主义情绪。用不着你来警告我做个犹太人要冒什么风险！"他冲着贝克博士说："你身上一根反犹的骨头都没有。你为一个可恶的政权效劳，至于你应不应该为他们效劳，这是另外一个问题，也是一个非常重大的问题。这一问题你我改天应当讨论一下，不过——"

"教授，这个问题对我来说，仍然是一个很难两全其美的根本道德问题。"

"我也这样想。贵国政府对犹太人的所作所为是不能原谅的。不过真遗憾，这回事追溯起来根子有多深啊！在阿奎那①的《神学大全》里就有反犹太人的规定了，这使你们的《纽伦堡法令》相形之下也变得温和了。教会至今尚未否定这些规定！我们在信基督教的欧洲永远是陌生人，是局外人。每当多事之秋，我们总是首当其冲，受难最深。在十字军东征时期，我们遇到了这等事；在闹瘟疫的年月里，也碰到了；大凡在战争和革命的年头里，都碰到了。美国是现代自由人士的绿洲，自然资源丰富，有海洋做它的屏障。我们精明能干，我们工作卖力，因此我们在美国混得挺好。不

---

① 托马斯·阿奎那（约1225—1274），意大利神学家、经院哲学家，主要著作为《神学大全》。在这本著作里，他提出神学与科学不能抵触。

过，娜塔丽啊，要是你认为我们在美国不会像在德国那样被当作外人，那太天真的就是你，不是我！如果这场大战急转直下，美国打了败仗，它就会比纳粹德国更恶劣。路易斯在美国也就不会比在这儿更安全，说不定更不安全呢，因为意大利人至少还喜欢儿童，不太凶狠。这些都是你无法理解的简单真理，因为你身上的犹太血液太少了。"

"胡扯！完全胡扯！"娜塔丽回击道，"纳粹德国是历史的畸形怪物，既不是基督教国家，也不是西方国家，甚至也不是欧洲国家。拿它同美国相提并论，竟然假定美国打了败仗，真是醉后胡言乱语。至于我的犹太血液嘛——"

"什么？希特勒有什么畸形的？为什么德国人企图主宰世界，就比两个世纪以前真正主宰了世界的英国人更坏？或者比目前也在企图当主宰的美国人更坏？你看这场战争究竟为个什么呢？为了民主吗？为了自由吗？乱弹琴！为的是下回轮到谁来坐天下，谁来制定币值，谁来控制市场，谁来掌握原料，谁来剥削那些未开化大陆的广大廉价劳动力！"杰斯特罗这回可上劲了，酒后没遮拦的这张嘴更说个没完，一点儿也不含糊其词，而是像个被激怒的教授在课堂上讲课，声调干脆尖锐，"你听着，我猜我们会打胜的。对于这一点，我很高兴，因为我是一个不受清规戒律约束的人道主义者。像希特勒或斯大林那种过激的民族主义往往要扼杀自由思想、艺术和言论。可是娜塔丽，我活到这么一大把年纪，实在弄不懂到底是在专制统治下，靠几条死板的法规，实行恐怖手段迫使大家沉默，光叫大家尽尽本分，人性比较满足呢。还是在自由政体的困境和混乱状况下，人性比较满足？拜占庭帝国长达一千多年，不知美国是不是维持得了两百年？我在一个法西斯国家过了不止十年，可是比起在一味追逐金钱、骚乱不止的国内来，我过的日子着实要太平得多了。娜塔丽，我真担心来一个美国的一九一八年[1]，我担心那些由共同追求金钱利益而抱成一团的离心离德分子一下子又散了伙。我预见到了失败引起的恐怖活动，荒无人烟的摩天大楼和杂草丛生的公路，连南北战争都将黯然失色！一场地区对地区、种族对种族、兄弟对兄弟、众人对犹太人的大屠杀就会发生。"

维尔纳·贝克做了个手势，对娜塔丽使了个眼色，仿佛在说，别再惹那老家伙发火啦。他用一种安慰人心的口吻，甜言蜜语似的说："教授，你对美国这番精辟的见解使我大为吃惊。老实说，当初我在华盛顿的时候也深为震动，有几个专门结交上层人士的人物悄悄跟我说，他们完全赞同元首对犹太人的立场，一点儿都不想想我或许不同意这看法。"

"唉，上流阶层的反犹主义是种流行病，维尔纳。社会名流对天赋聪明、多才多

---

[1] 1918年是发动第一次世界大战的德国以失败告终的一年。

艺的局外人一向嫌恶。是谁制定英国拒绝难民船进港的政策的？还不是那帮一个鼻孔出气的守旧派反犹分子？掌管我们国务院的那些上层的反犹分子把南北美洲的大门都对难民堵死了。为什么至今我还在这儿？无非是因为人家暗中在我的证件上捣鬼罢了。"

娜塔丽力求用一种平静的声调说："埃伦，是你拖拖拉拉。"

"就算是吧，亲爱的，就算是吧。"他一屁股坐到一张扶手椅上，"是我的过失，是我的过失，是我极大的过失①。可是事到如今也没办法了，问题是下一步该怎么办？我十分了解高雅旅馆那帮闷得发慌、整天泡在酒里的新闻界人士都巴不得快点儿离开锡耶纳，我知道你也想带路易斯回国。不过，我认为今年可能会讲和，至少我对此表示欢迎。"

"欢迎？"娜塔丽和贝克两人的脸上几乎流露出同样程度的惊讶。"欢迎同希特勒讲和？"

"亲爱的，为了使人类能够生存下去，最好的出路就是结束这场战争，越早越好。人类文明的社会结构早已被工业革命和科学革命、宗教的崩溃以及两次机械化的世界大战破坏了。它再也经不起一次打击了。说来心酸，我几乎庆幸新加坡的沦陷——"

"新加坡没有沦陷——"

"哦，那是日子问题，"贝克插嘴道，"或者是钟点问题也未可知。英国人在亚洲可完蛋了。"

"咱们正视一下这个问题，"杰斯特罗说，"日本人是亚洲的本地人，欧洲人可是外人。俄国的战线相持不下，大西洋战线又是相持不下。讲和无论对世界还是对美国，当然还有对犹太人来说，都是最好的事情。总比进行一场报复性的消灭穷国的五年圣战②更加顺天应人吧。我想如果我们调动我们所有的工业潜力，是打得垮他们的，可是这有什么意义呢？他们已经显示他们的能耐了。霸权可以分享的嘛，英、法经过几世纪的流血争夺，懂得了这样做。到头来可就不得不同俄国人分享天下。战争拖得越久，纳粹后方犹太人的处境就越惨。亲爱的，如果我们当真打垮了德国，结果只会打出一个苏维埃欧洲来。难道这是令人满意的吗？为什么我们不应当希望这场血腥的狂暴行动趁早结束呢？如果一旦真的结束了，那么我白白把自己整个一生的老窝

---

① 原文是拉丁文。

② 指第一次世界大战。德、奥匈等国与英、法、俄等国相比，自以为是穷国，要求重新瓜分世界市场，点燃战火，协约国以世界文明保卫者自居，双方打了五年（1914—1918），以同盟国失败告终。希特勒上台不久，又提出要求"生存空间"，发动了第二次世界大战，故杰斯特罗这么说。

连根拔掉岂不荒唐可笑？可话又说回来，没有我跟着你，你是不肯走的，那么我就走吧。我从来没二话。不过，我不是一个自己拿不定主意、只考虑留下来的老糊涂，我不容许你再用这口吻跟我说话，娜塔丽。"

她没搭理他。

"亨利太太，我看你叔叔对战争的高见真是透彻，发人深省，他赋予了这场荒谬的大屠杀一个主题、一个目标和一个希望。"维尔纳·贝克激动地说。

"真的吗？同希特勒媾和？希特勒说的话，谁信得过？希特勒签的文件，谁信得过？"

"这问题并非解决不了。"贝克不动声色地答道。

"对极了。还有其他德国人哪，甚至还有其他纳粹分子，"杰斯特罗说，"暴君的皮可不是钢板做的。历史这样告诉我们。"

"教授，我除了跟自己的兄弟之外，有好长时间没这样推心置腹地谈话了。"维尔纳·贝克的眼睛对着杰斯特罗异样地闪闪发光，声音也颤抖了，"我将装作从来没听到过这种话。不过，你是我衷心信赖的好老师，我要告诉你，我跟自己的兄弟不止一次地讨论过诛戮暴君的道德问题，一直谈到天亮。"

"我这会儿该去喂孩子了。"娜塔丽站起身，维尔纳·贝克也一跃而起。

"亨利太太，请容许我感谢你请我吃这么丰盛的饭菜，我有好几个月没吃过这么好的饭菜了。"

"哎呀，我们能保住性命恐怕还多亏你呢。这一点我可不是不知道。所以，如果我——"她对她叔叔连看都不看一眼，就径自打断话头，匆匆离开房间。杰斯特罗站在敞开的窗子前，一头稀发随风飘拂，脸上被月光照得阴影重重。

"教授，你对战争的论述使我大为震动，你这番话像修昔底德[①]的思想一样精辟。"贝克博士说。

"唉，维尔纳，这只是气头上说的话罢了。可怜的娜塔丽，哪怕是动物，做母亲的也会为自己的娃担心呢。这些天来跟她真不大好相处。"

"杰斯特罗博士，等你回了国，我倒要劝你写本篇幅短小的书，发表这些见解。写一本像《最后一场赛马》这样的书，就是你哀悼签订了《凡尔赛和约》的欧洲那篇短小精悍的绝妙挽歌。"

"哦，原来你看过那篇东西，"听上去杰斯特罗有点儿受宠若惊，"耍弄笔杆子的小玩意儿罢了！"

---

① 修昔底德（约公元前460—前400），古希腊历史学家。

"不过，你对战争的那番远见真绝！像你这样一个人，一个人道主义者，一个犹太人，竟这样通情达理地谈到日本问题，谈到德国革命问题，多了不起啊！甚至提出分享霸权这种才华洋溢的说法，认为这样做可能比五年相互流血残杀更可取！这话真激动人心。这话让人对人类之间可能存在兄弟情谊这一点恢复了信心。这对犹太人的精神是多么意味深长的颂扬啊！"

"你过奖了，可我对这场该死的战争什么东西都不写。我要赶紧写马丁·路德。得了，咱们临睡前喝一杯吧！"

"好。我打个电话叫我的车子来接。"

贝克打了电话，杰斯特罗呢，在矮脚酒杯里斟了两杯酒，比平时斟得更满。他们站在敞开的窗子前喝着，闲扯着窗外的景色和锡耶纳这种幽静的美。"我理解你为什么不愿离开此地，你在此地有一个小小的私人乐园。"贝克说。

"是啊，我在这儿过得很愉快。"杰斯特罗的情绪大为好转了，"白兰地帮我捕捉了不少难以捉摸的主题和思想。"

"教授，你愿意考虑上罗马去，同中立国家的新闻记者谈谈吗？光同中立国家的。戈培尔的宣传人员也好，盖达的雇佣文人也好，一个都不要。"

"有什么用处呢？"

"你对战争的看法会引起人们的注意。这些看法别出心裁，大气磅礴，英明睿智。这些话能造成极大的影响。老实对你说，"这个外交官的声音低下去了，"德国那些善良的人士听了会深受鼓舞。"

杰斯特罗捋捋胡子，笑得脸上都深深打起皱来："未必吧，我只是一个作家。"

"哪儿的话。你有新闻价值，除了你之外，只有贝伦森和桑塔亚那在意大利独裁政权下生活得这么久。这一点我劝你好好想想。"

"这怎么成？我一回国，就要被人拿来示众啦。"一辆汽车辘辘地开进车行道，就是外交官来时坐的那辆银行公用的大轿车。"唉，你这就要走吗？"杰斯特罗说，"真可惜，我还想让你参观一下我的书房呢。"

贝克从窗口探出身子，跟司机简短地说了句话，杰斯特罗就带他上楼到书房去。他们手里拿着酒杯，在书房里绕了一圈。贝克说："哎哟，天哪，你私人收藏的基督教书籍那样齐全，哪儿也比不上吧？"

"唉，哪里谈得上呀！马马虎虎，可怜得很。可是——"杰斯特罗顺着书架一一看去，他的脸色看起来深为悲哀，"不瞒你说，维尔纳，我一向没有家庭生活，没有子女。如果我的爱有一个对象，那就是这些藏书了。当然，桑塔亚那说得对，公共图书馆最好。然而，待在这间房里，对我来说，多少有点儿亲切——听上去未免有点儿幼稚可笑——活着的感觉。这些书本跟我说话，书本的作者全是我的朋友和同事，尽管有些作者早在一千五百年前就化为灰烬了。我离开这幢别墅原不足惜，伤心的是扔下这些书，我心里明白兴许是这些书本的末日到了。"

"杰斯特罗博士，等你走了，我能不能替你把书装进箱子，捎到瑞士或瑞典去？战争总要结束的，那时你就可以重新拿到手了。"

这双忧伤的老眼露出喜悦的光辉。"我的好伙伴，你办得到吗？能行吗？"

"我回到罗马打听仔细了，再打电话告诉你。"

"哎呀，我一辈子也不会忘记你！我已经欠了你不少情啦。"

"请别客气！你提拔我获得了博士学位，造就了我一生的前程。眼下我要向你告辞了，多谢你今晚盛宴款待。杰斯特罗博士，我还要再劝说你一下，把你那番先知先觉的见解发表出来，让受苦受难的世人共享吧。我是好言相劝。"

"我不是先知，也不是先知的儿子，维尔纳。"杰斯特罗调皮地说，"祝你一路顺风。"

第十八章

莱斯里·斯鲁特情绪低落，百无聊赖，只得饱餐一顿聊以解闷。这顿瑞士菜吃得过于油腻，瑞士酒也喝得过了量。他吃饱喝足，拖着沉重的脚步回到公使馆去。他竖起衣领，低着头，顶着风雨，差点儿一头撞上刚走出公使馆大楼的奥吉·范怀南格。

"留神，老兄。"

"嘿！"

"昨天我们会面时我说的一番话，请你不要见怪。"

"不见怪。"

"好。要是你进一步搞下去的话，会闹出大笑话来，说不定更糟。"

斯鲁特在办公室里扔掉了湿衣湿帽，一把抓起电话机，就给塞尔玛·阿舍尔挂电话。话筒里传来一个睡意正浓的声音："喂？哪一位呀？"

"哦，阿舍尔博士，我是莱斯里·斯鲁特呀。"

"哦。"声音歇了片刻，"你想跟我女儿说话？我女儿不在家。"

"不要紧，谢谢你。"

"我女儿六点钟回来，要她给你回电话吗？"

"她有空就打吧。"

他着手工作，辛辛苦苦地钻在文件堆里，速度却只有平时的一半。钟敲六下，电话铃响了。"喂，我是塞尔玛·阿舍尔。"

"你有工夫谈谈吗，塞尔玛？"

"当然有。有什么事要我效劳吗？"

声调生硬冰凉，他一听就心中有数了。"呃，我很想打个电话给上回在你府上见到过的英国姑娘。"

"你是说南希·布里滕吗？她家住在泰伦大街十九号加芬公寓。你要南希的电话号码吗？"

"劳驾啦，真不好意思麻烦你。"

"不麻烦。等一下——啊，有了！南希的电话是68215。"

"真太谢谢了。"

"那么再见吧，斯鲁特先生。"

电话铃又响起来的时候，他正沮丧地往公文包里塞文件，听她的声音气喘吁吁、兴高采烈的。"呃，莱斯里吗？我在拐角汽车房打公用电话呢。"

"塞尔玛，我在你府上见到过的那个神父——"

"马丁神父吗？他怎么样？"

"我得找他谈谈。千万不能让你父亲知道，我又不能打电话到他教区神父的住宅里去。"

"呃，明白了，就这么回事吗？"稚气未脱的声调活泼起来，"回头我还得再给你打个电话。"

"我就要回寓所去了，电话号码是——"

"别，你等着别走。"

过了半小时，她又打电话来了。"菲尔德大街和林荫大道的拐角上。你认识那地方吗？"

"当然认识。"

"在那儿等着，我开车来接你。"

他刚赶到那条热闹的林荫大道路口，那辆灰色的菲亚特跑车就飞驰而来，车门呼地一下打开了。"南希·布里腾，装得可真像。"塞尔玛心烦意乱地一笑，喊着说，"上车吧。"

"哦，我总得找句话说说啊。"他砰地关上车门。他闻到了一股座椅的皮革味和她身上那股香味，他不由得回想起他们上回晚上一起出来玩的狼狈心情。"刚才你父亲就站在你身边吗？"

"可不是。"她挂上挡，刺溜一下车子就开动了，"我跟马丁神父不大熟，不过我刚才开车去找了他。他给了我几道奇怪的指示。我只能把你送到半道上，他说你千万不能再把我牵扯进去。我以前从没经历过这等事，真像电影。"斯鲁特听了笑起来。她又找补一句说："别笑，说真的。有危险吗？"

"没有。"

"这件事跟他说的犹太人的消息有关系吗？"

"别问啦。"

"我父亲知道咱们那晚在一起了。"

"怎么知道的？"

"他问我的呗。我不能对他说谎。我没听他的话，又同你见面啦。"

"他究竟反对我哪一条？"

"哦，莱斯里，别说废话了。"

"我说的是正经话，他的态度真让我莫名其妙。"

"难道你不觉得我逗吗？"她把汽车飞快地开进一条黑沉沉的小巷，突然问了他一句。

"逗极了。"

"我觉得你才逗呢。我已经订婚啦，我们是信教的人家。我父亲的态度哪点让你莫名其妙？"听了这一连串干脆利落、明明白白的话，斯鲁特觉得仿佛听到的是娜塔丽·杰斯特罗的声音，像在过去的日子里那样，把他追问得哑口无言。

塞尔玛在一座耸立着一排排住宅的小山前刹住车子，近旁有盏路灯，有两个穿得鼓鼓囊囊的孩子在灯光下玩"造房子"。"我就在这儿跟你分手了。你一直走到山顶，向左拐弯，沿着公园一直走，走到一座石砌的教区神父的住宅，石墙上有一扇木头的花园门。趁眼前没人，敲门就是。"

"塞尔玛，咱们难道不再见面啦？"

"不啦。"

那对圆溜溜的、充满柔情的眼睛在一块红披巾下闪闪发光。娜塔丽也经常这样裹着披巾御寒，看上去也是这个模样——如梦初醒，意气消沉，由于拼命克制自己而显得神情紧张。他不由得心头怦怦直跳，又一次因为在她身上找到娜塔丽的影子而追悔莫及。她握住他的手，用冰凉的指头紧紧握了一下："千万珍重。再见了。"

"谁？"他敲敲厚厚的木头花园门，一个来应门的女人问了一声。

"我是斯鲁特先生。"

大门嘎吱一声开了。一个难看的矮子在头里走，领着他朝一扇在暗处亮着橘黄色灯光的凸窗走去，他看到神父坐在一张点着蜡烛的桌子边。斯鲁特走进屋，马丁神父就站起身，指着身边摆好的饭菜请他入座。"欢迎！陪我一起吃吧。"他揭开一只大汤碗的盖子，"这是红烩牛肚。"

"真可惜，"斯鲁特低头朝那碗热气腾腾、辛辣刺鼻的酱色东西瞧了一眼，他生平吃过一回牛肚，觉得像嚼橡皮，就此把它列为章鱼一类忌吃的讨厌食物，"我吃过了。"

"那好吧，"他们就座时，马丁神父从一只陶土酒壶里斟出红酒来，一边说，"尝尝这个。"

"谢谢你——哎呀，这酒好极啦！"

"哦？"神父看上去高兴了，"这是我兄弟在维尔茨堡附近老家的葡萄园里自己酿的。"

马丁神父不再说话了，只是不慌不忙、平静地把一整个面包都吃光。他把面包掰成一块块的，就着牛肚，在盘子里蘸着酱汁吃。他每掰开一块面包，那个手势和红光满面的样子，都流露出他对面包色香味的满意。他不断给自己和斯鲁特的杯子里斟酒。一张圆脸，嘴唇厚厚的，神色安详得简直有点儿傻相了。那个矮胖的管家婆是一个长着一嘴浓密汗毛的中年女人，穿着一条拖到地板的黑长裙，端来了一块黄色的干酪和一块面包。

"你尝一口干酪吧，"神父说，"包你爱吃。"

"谢谢，想来一定合我的胃口。"这会儿斯鲁特狼吞虎咽，干酪、新鲜面包、葡萄酒全都美味可口。

马丁神父满意地出了口气，把大半块干酪吃得精光以后，抹了抹嘴。"咱们这就去吸点儿新鲜空气吧。"

户外正起风，刮得园子里几棵高高的老树光秃秃的枝丫嘎啦啦响。"你有何贵干？"这声音变得一本正经、焦急不安，"在屋子里我不便说话，哪怕是在自己的屋子里。"

"就是关于我在电影院里拿到的文件。你看过没有？"

"没有。"

"我得鉴定一下它是不是真的。"

"据说这文件绝对可靠，不需要证明。"

他们不吭声，只有两人踩着砾石路的嚓嚓声。

"雅各布·阿舍尔知道这事吗？"

"不知道。"

"是他安排我们在他家见面的吗？"

"他没有安排过。"

"我跟你说说我这一头的经过，好吗？"

"好吧。"

斯鲁特就把他会见公使和范怀南格的事讲了一遍，他还把《会议纪要》的内容说了一下。神父听得怪腔怪调地喘着气，嘴里咕哝咕哝的。风呼呼地刮着，刮得树木唰啦啦响，他们在园子里踱来踱去。

"可怕啊，可怕！不过，说到可靠性嘛，斯鲁特先生，人家偏偏不肯相信，这种态度好比一堵石墙，你如今不是正拿头去撞吗？"他慢条斯理、又严峻又沉痛地吐着一字一句，一边抓着斯鲁特的胳膊肘，伸出一根粗短的指头对着他的脸戳戳，"偏偏不肯相信！这种态度对我来说可不是新鲜事。人家临终时我碰到过，人家忏悔时我听到过。我听到受骗的丈夫这样说过，听到有儿子在战场上失踪的父母这样说过，听到上当破产的人这样说过。偏偏不肯相信，这原是人之常情。凡是思想上无法理解一个可怕的事实，或者不肯正视它，那就掉过头去，仿佛只要坚决不相信，就能凭魔法把这事实变得没有似的。你目前遇到的情况就是这样。"

"马丁神父，我们的公使是一个精明能干、意志坚强的人。如果我能提供铁的事实，他就不会回避。"

"什么铁的事实啊？斯鲁特先生，你们的公使要什么样的证明才肯承认呢？偏偏不肯相信，争论又何济于事？让我去说服德国公使馆某个人同他当面会见吗？你可知道这有多危险？伯尔尼到处都是德国秘密警察布下的罗网，这可能会要了那人的命，而你能得到些什么好处呢？你们的公使疑心他看到了伪造的文件，是吗？那他不会干脆怀疑跟他说话的也是一个骗子吗？"

"德国公使馆来的人我倒认得出来。你最好还是跟你们那个人说，到目前为止，一切冒险都是白费，跟他说美国人说这文件'内容可疑，来路不明'。"

神父松了他的胳膊，打开花园门，朝外面张望一下，说："再见。笔直走到公园那边，在威廉·特尔咖啡馆外面就有个出租汽车站。"

"你不再帮助我了吗？"

"斯鲁特先生，我已经请求我教区的大主教把我从伯尔尼调走。"神父的声音颤抖得厉害，"你千万不能再来找我了。你们美国人的确不了解欧洲。看在上帝的分儿上，别再把阿舍尔父女牵扯进去。"

过了几天，奥古斯特·范怀南格把头探进斯鲁特的办公室说："嘿，我刚才跟你的一位朋友进行了一次热烈的长谈，他想问候你。"

"好呀。是哪一位？"

"雅各布·阿舍尔博士。"

阿舍尔博士戴了一顶黑色的窄边帽，身上一套黑衣服宽松地披在两只塌陷的肩膀上，看样子就像个碰到紧急情况被迫从病床上爬起来的病人，不过他握手出人意料地有力。

"好吧，我就让你们这一对相思鸟待在一起，管保你们有一大堆话要谈呢。"范怀南格打趣地使了个眼色。

"我只待一会儿工夫，我请求你也参加，我们一起谈。"阿舍尔说。

范怀南格朝他摇摇一根手指，声音单调地回答说："啊——啊。两个是伴儿，三……三个嘛成群，哈哈！"他嬉皮笑脸，眨眨眼睛，跳着舞步走了。

阿舍尔博士颓然坐在斯鲁特请他坐的一张椅子上。"谢谢你。我们就要到美国去了，比预期的日子早，其实就在下星期四。这件事牵涉到匆匆履行的几项复杂的国际合同，所以我才来找范怀南格先生。"

"奥吉帮了你忙？"

"哦，对。"阿舍尔博士两道灰白的浓眉下的眼神看不清是什么含义，"帮了不少忙。好吧！"阿舍尔两眼深陷，显出两个可怕的黑窟窿，严峻地盯着斯鲁特，"我难得向别人求情。虽然我跟你不大认识，先生，可我还是来向你求这么个情了。"

"请说吧！"斯鲁特应道。

"从现在起，我们还有八天就要走了，如果在这期间我女儿塞尔玛打电话给你，我求你不要见她。"斯鲁特在这个脸绷得铁板似的犹太老头儿面前，不由得心虚胆怯。"这个请求难办吗？"

"阿舍尔博士，我凑巧工作忙得很，没法子跟她见面。"

阿舍尔博士痛苦地伸出手来。

"祝你们在美国生活愉快。"斯鲁特说。

阿舍尔摇摇头："我在伯尔尼待了十六年才有家的感觉，如今我要上巴尔的摩了，这个地方我根本不熟悉，而且我今年七十三岁了。不过还是塞尔玛要紧，虽然姑娘家有时都很难弄，但她倒是一个有才华的好姑娘。因为我儿子是一个老光棍，所以她的终身大事也是我唯一的终身大事了。再见，先生。"

斯鲁特回过头来继续工作，他在公使馆里承担着跟法国维希政府打交道的任务。尽管正在打仗，瑞士、美国和法国沦陷区为继续进行三方贸易，正在谈判签订一项条约。德国人出于实用的理由，对此也听之任之。不过这件事实在难办，文件已经堆积如山。斯鲁特正快写完当天下午一次会议的发言稿的时候，电话铃响了。

"是莱斯里·斯鲁特先生吗？"对方的声音苍老而高亢，十足英国腔，"我是托莱佛·布里滕。咱们在阿舍尔府上见过面。"

"对，对。你好吗？"

"好极了。那天晚上咱们不是谈得很投机吗？啊，你知道吗，温斯顿·丘吉尔今晚要广播。啊，我女儿南希和我想请你来我们家吃饭——不过是些家常素菜，可是南希做得还不坏。咱们可以一起收听丘吉尔的讲话，讨论讨论事态的新发展。"

"那可太荣幸啦，"斯鲁特说，心想没有比这更乏味的邀请了，"可惜我得赶个通宵，差不多要一整夜呢。"

对方不再哼哼哈哈了："斯鲁特先生，你不来可不成。"

斯鲁特听出这个苍老的声音里有了一种职业上的强硬口吻，这是一个暗示啊，此人毕竟是英国外交部门的工作人员。"蒙你再三邀请，实在过意不去。"

"泰伦大街十九号，加芬公寓，三号甲。七点钟左右。"

当天晚上，斯鲁特在伯尔尼一个破落地区的一幢满目凄凉的公寓大楼前面，看到停着一辆汽车，不由得暗自寻思，伯尔尼也许还有一辆和塞尔玛·阿舍尔那辆一样的灰色菲亚特跑车。问题来了：他已对塞尔玛的父亲下了保证，现在他是不是不能上楼去看一看了？他用诡辩术在心里盘算了一下，就一步跨两级地上了楼。反正塞尔玛不曾打电话给他，他也摸不准她是不是在布里滕家里，人家真心诚意请他吃饭，他接受了。一句话，让那个忧心忡忡的做父亲的犹太老头儿见鬼去吧！尽管斯鲁特打算由着性子干，但塞尔玛·阿舍尔离开伯尔尼时准还会是没破过身的处女①。

她穿了一件不大洁净的蓝上衣，跟家常便服差不多，头发用发卡随随便便地别住。她神情慵倦，闷闷不乐，跟他打招呼时一点儿也不轻佻，态度着实简慢，隐隐有些怨气。她跟那英国姑娘在厨房里忙着，这工夫，布里滕在一间塞满旧书旧杂志、充满霉味的小书房里，斟着烈性威士忌。"幸亏酒是用植物酿造的，怎么样？如果是用什么动物尸体蒸馏出来的，那我奉行的素食原则就得全部抛弃了。嘻嘻！"斯鲁特觉得布里滕说的这番笑话至少说过千百回了，这么傻笑少说也笑过千百回了。

老头儿巴不得谈谈新加坡的事。他说，一旦日本人在马来亚登陆，明摆着的战略就是且战且退，诱敌深入，一直朝南退到新加坡猛烈的炮火射程内。这期间的新闻虽然早已令人沮丧，不过转机必将到来，而且就在眼前了，今晚温斯顿显然有什么有关新加坡的惊人消息要发表。"偏偏不肯相信。"斯鲁特心想，现摆着一个多么触目惊心的例子啊！甚至英国广播公司都公开透露新加坡正沦入敌手。可是，布里滕粗哑的嗓音里流露出的乐观精神是完全真诚的。

这顿饭吃得很紧张，非常寒酸。四个人挤在一张小桌子上，南希端上来的少见的素香肠和炖菜都是淡而无味的东西。塞尔玛吃得很少，眼睛也不往上抬，脸蛋绷得紧紧的，拉得长长的。他们正动手吃一道点心，那是非常辛辣的炖大黄②，这时短波电

---

① 原文是拉丁文。
② 大黄粗大多汁，一般当水果炖煮，作为主餐尾食。

台里开始传出丘吉尔那抑扬顿挫的声调。他那篇阴沉的讲话里有好长时间没提到新加坡，布里滕不断使眼色、做手势，叫人放心，向斯鲁特表示一切都不出他所料，好消息就要透露出来啦。

丘吉尔顿住了，听得出在换口气。

　　说到这里，我有则令人心情沉重的消息要宣布：新加坡失守了。大英帝国这座强大的堡垒，面对难以克服的强大优势，坚持多时，终于光荣放弃，以免该地平民百姓继续遭受无谓屠杀……

老头儿那张皱纹密布的脸上挤出一丝苦笑，脸越来越红，一双泪汪汪的眼睛闪着古怪的光芒。他们默默无言，一直听到讲话结束：

　　……因此，让我们迎着风浪，穿过风浪前进吧。

布里滕颤抖着伸出手去关上收音机，说："好哇！这下我可错到家了。"

"唉，大英帝国完蛋了。"南希带着酸溜溜的满意心情说，"爸爸，该是我们大家正视这事实的时候了。尤其是温斯顿，好一个老掉牙的浪漫派！"

"一点儿不错！黑夜来临了，一种新的世界秩序形成了。"布里滕的声音跟丘吉尔的腔调一模一样，听上去像是怪腔怪调、尖声尖气的应声虫，"匈奴人将跟蒙古人携手合作。斯拉夫人，天生的农奴将侍奉新的主子。基督教信仰和人道主义成了僵死的教条，技术上处于蒙昧状态的千年长夜来临了。唉，我们英国人总算打过一场恶仗了，我这辈子也算活到头了，我可怜你们这些年轻人呀。"

他明摆着一副心烦意乱的样子，塞尔玛和斯鲁特看了马上就告辞了。她在楼梯上说："新加坡的陷落真的那么糟糕吗？"

"呃，对他来说这等于世界末日。这也许意味着大英帝国的末日，可战争还是要进行下去的。"

走到街上，她抓住他的手，手指勾住手指。"上我的车吧。"

她开到一条热闹的林荫大道，停在人行道旁，没有关上马达。"马丁神父叫我给你转个口信。他的原话是这样的：'事已安排妥当。星期日晚上六点，在你寓所等候一位来客。'"

斯鲁特大吃一惊，说："我原以为他不希望你卷进去呢。"

"昨晚他来我家，爸爸跟他说我们下星期四要走了。我猜，既然我马上就要走了，他一定就此认定我是一个保险的信使。"

"很可惜，你不得不违背你父亲的意志。"

"南希的蹩脚饭菜倒胃口吗？"

"这顿饭吃得很值得。"

她直勾勾地望着他，顺手关上马达。"我看，你跟这个娜塔丽姑娘有过一手吧。"

"的确有过一手，我不是早告诉你了嘛。"

"没讲过多少，你很有外交辞令。你可想到跟我也可能来上这么一手吗？"

"这我做梦也没想到过。"

"为什么不呢？我还以为我长得像她呢。我有什么不同？引不起性欲？"

"这种话谈起来多荒唐，塞尔玛。谢谢你的口信。"

"我不能原谅我父亲去找你。真是丢人！"

"他本来不应该跟你说的。"

"我从他嘴里套出来的。我们拌了几句嘴。唉，你说得很对，这话是说得荒唐。再见吧。"她发动了马达，伸出一只手来。

"天哪，塞尔玛，你血脉不和，一双手老是冰凉的。"

"人家都不说，只有你老提这个。得了——有句英国话怎么说？'一不做，二不休'。"她向他凑过身子，在他嘴上使劲吻着，一阵温馨的暖流撩拨得他心旌摇曳。她放低了声音，悄悄说："好啦！既然你觉得我还这么撩人，那就稍微记住我一点儿吧。我会永远记住你的。"

"我也会永远记住你。"

她摇摇头："不，你不会的。你有过那么多奇遇！你还会有更多的奇遇！我可只有过一桩奇遇，我那桩小小的奇遇。但愿你能找回娜塔丽，她跟你在一起比跟那个当海军的家伙要幸福。"塞尔玛的表情隐隐带着调皮味，"那是说，如果她还一定要嫁一个异教徒的话。"

斯鲁特打开了车门。

"莱斯里，我不知道你跟马丁神父在搞什么名堂，"塞尔玛大声说，"不过要多加小心！我从没见过一个人比他更像惊弓之鸟了。"

星期日晚上没人来到斯鲁特的寓所。星期一早上，他的书桌上放着一份苏黎世《日报》，第一版上整版都刊登着日军在新加坡告捷的照片，是由德国新闻处转发的：受降仪式，英国军队的士兵成群地坐在俘房营里的泥地上，东京的庆祝活动，等等。有关马丁神父的报道很短，斯鲁特几乎错过了，不过这段消息就登在这头版的底下。卡车司机声称他的车闸失灵了，现正在拘留审讯中。神父死了，是被轧死的。

第十九章

一个犹太人的旅程

（摘自埃伦·杰斯特罗的手稿）

一九四二年四月二十三日

美国轰炸机空袭了东京！

我的脉搏噗噗噗地加快了，就像当初作为一个爱上了美国一切事物的侨民，染上了棒球热，看到宝贝鲁思①来个"本垒打"②那时的情况一样。对我来说，美国就是我的宝贝鲁思。这一点我说出来不怕见笑。"宝贝鲁思"终于摆脱了萎靡不振的状态，"啪地一球打到了看台上"③！

说也奇怪，盟军飞机的炸弹总是掉在教堂、学校和医院上，精确到这个地步，这在军事上是何等辉煌的成就啊！如果柏林电台说的都是真话——请问，德国人为什么要说谎呢？——那么英国皇家空军如今几乎已把德国的宗教信仰机构、学校、医院全部夷为平地了，而其他目标偏偏没有命中！现在据说东京在这次空袭中，除了不少学校、医院和庙宇遭到野蛮的美国人炸毁以外，其他地方毫无损伤。实在离奇之至。

我的侄女称这回"杜立特空袭"（杜立特是指挥这次空袭的一位勇猛的陆军航空兵团的中校）只是一个花招儿，一次象征性的轰炸。照她说，这对战争不起什么作用。当英国广播公司播送这消息的时候，她竟然把娃娃托给厨娘，赶到我们的新闻记者同僚聚居的高雅旅馆，跟他们开怀痛饮，喝得烂醉。这帮人差不多老是喝得酩酊大

---

① 宝贝鲁思是美国球迷对著名棒球明星乔治·赫尔曼·鲁思（1895—1948）的爱称，他曾累计创造了714个"本垒打"纪录。
② 棒球比赛中，击球手打出一球后，依次跑过一、二、三垒，并回到本垒，即为"本垒打"。
③ 棒球比赛中，杰出的击球手往往能把球打出场子，有时甚至打到看台上，这样就可稳得"本垒打"了。

醉，可是我有多年没见娜塔丽喝醉了。大概那天是当地一个爱慕她的人——一个头脑迂腐的美联社记者——护送她回来的，尽管她差点儿连路都走不了，她还是一肚子逗乐的笑料。

她的心情是那么愉快，我情不自禁地想当场就把我两个星期来一直憋在心头的重大秘密泄露出来，这桩秘密我连在本文中都不肯轻易透露呢。可是，我终于忍住了。她为了我已经吃足了苦头，保险丝烧到危险点以前，有的是机会来透露这件出人意料的事，保险丝也可能永远不会烧断。

被扣在锡耶纳的美国人员动身的日期已定于五月份的第一个星期，我们将动身到那不勒斯或里斯本去，搭上一艘瑞典的豪华邮船，开回祖国。四月一日（我记得那天是愚人节），我的老朋友、锡耶纳的警察局局长来探望我。他一派托斯卡纳人的作风，连连唉声叹气，频频耸肩，讲话绕了不少圈子，露出口风表示对我们来说还有困难。具体情况他不肯做详细说明。

过不几天，详情就从我们驻罗马大使馆的一封来信里透露出来。情况主要是这样：纳粹声称有三名意大利记者被扣在里约热内卢静候审讯，说他们是德国间谍乔装的，实际上他们是真正的记者，现今在同盟国的挑动下，竟遭巴西当局野蛮扣押。因为德国人对巴西人鞭长莫及，为了以牙还牙，他们要求意大利人扣押三名美国人，以此要挟我国国务院劝说巴西释放这些人。当然，这是十足粗野的日耳曼作风，一种营救他们那些因笨头笨脑而落入罗网的间谍的伎俩。不幸的是，如果真闹到这地步，这三个人质可能轮到我本人、我侄女和她的娃娃，因为且不说别的，就连我们自己的"记者"身份证也勉强得很呢。实际上，这场国际交易已经在进行中了，而我们就在那些内定可能扣押的人员中。这就是大使馆透露的消息。

不过，这件事也未必真会发生。巴西大概会接受我国国务院的斡旋，再说，我们的朋友和救命恩人维尔纳·贝克博士正竭尽全力解救我们，一旦真的事到临头，无论如何也要从名单上指定其他三个美国人做人质。我恐怕应当劝止他这么做，不过我在战时也已经学会了狠心，时兴的风尚就是各自逃命。

我对娜塔丽瞒住了这消息。她既怕德国人，又怕他们可能加害于她的孩子，这种恐惧心理已经使她近乎患上神经病了。至于我呢，我并不着慌，我心甘情愿在这里一直工作到死，并且一旦灾祸临头，无论怎样临头，就让人把我的骨灰撒在这花园里吧。不管怎样，我尸骨化灰的日子都不远啦。我说不上怎么会知道这一点，我的健康情况并不坏，然而我的确知道这一点。这一点既吓不倒我，也愁不死我，只会加强我的决心，在来日无多的岁月中竭尽全力地工作，写完我的《路德传》。

可是，为了娜塔丽，我必须尽一切力量确保我们走得成。我一做完早上的工作，就要去找大主教谈谈。他对意大利外交部不无影响。是时候了，利用一切门路，想尽一切办法。

第二十章

红胡子扎在杰妮丝·亨利的脸蛋上，撩得她怪痒痒的。她紧紧搂住拜伦，心想，他乘那艘潜艇出海已经相当久了，这回久别重逢，所以不免搂得紧了一点儿，超过了一般叔嫂之情的分寸。再说，尽管她心里丝毫不存在乱伦这个念头，就跟丝毫不存在忤逆这个念头一样，但她倒真心觉得华伦的弟弟隐隐有股难以捉摸的魅力，而且她一向感受得到他的这股魅力。她并不在乎他满嘴酒味，也不在乎他那身皱巴巴的卡其军装上油腻斑驳，因为她知道他是开完了"乌贼"号的祝捷大会直接来的。他晒黑的脖颈上挂着一个双圈的赤素馨花环，散发出浓醇的馥郁香味。

"哎哟！"她摸摸他的胡子说，"你打算留着这把胡子吗？"

"为什么不留？"他取下花环，挂在她脖子上。

她被弄得心慌意乱，凑近鲜花闻闻，说道："你的电话把我弄糊涂了。不瞒你说，你跟他的声音听起来真像啊。"

杰妮丝在电话里一听到他的声音，曾经脱口冒出一句妻子对丈夫的体己话。"听着，我是拜伦。"他打断她的话头，尴尬地静默了片刻，双方都不由得哈哈大笑。

拜伦腼腆地咧开嘴笑笑："盼着华伦回来，是吗？"

"哦，都在传哈尔西率领航空母舰要回来了。"

"听说丢了一艘'列克斯'号[1]。"

"丢了一艘'列克斯'号，"她忧伤地摇摇头，"在珊瑚海沉没的。那可错不了。"

"我侄儿呢？"

"在孩子自己房里呢。洗完澡，吃个饱，睡个觉，像朵玫瑰花似的香喷喷。"

---

[1] 即"列克星敦"号，水兵们爱称之为"列克斯"。在珊瑚海之战中，该舰中了日军鱼雷和炸弹，爆炸下沉。

"我想，对我你就不能这么说了。"实际上，拜伦浑身上下真的臭气扑鼻。"我们刚下艇就开庆祝会——嘿，维克。乖乖，杰妮丝，"拜伦在婴儿房里喊道，"他个儿真大！"

"别吵醒他，他一醒就不会让咱们安宁。"

过了一会儿，拜伦溜进厨房，一屁股坐在一张椅子上。"多好的小子。"他神思恍惚地说，听上去似乎有些悲哀。

杰妮丝穿着衬衫短裤，系着围裙，弯着腰在灶头做菜，粉红色的花环悬空挂着。她撩开披在脸上的金黄色头发："原谅我身上弄得这么乱七八糟的。看来我再也打扮不成了，华伦实在难得回家。"

"我要打个电话到华盛顿去，"拜伦说，"不过现在那里正是深更半夜，我还是等到早上再打吧。娜塔丽和我的孩子被扣在意大利，这一点大概你已经知道了吧。"

"勃拉尼，他们已经走了。"

"什么！他们走了？"拜伦兴高采烈地跳起身，"杰妮丝，你是怎么知道的？"

"我跟待在华盛顿的父亲通过话了——哦，就在三四天前，他一直在向国务院打听这件事呢。"

"可是，他肯定吗？"

"当然肯定。有艘瑞典邮船从里斯本载了那些被扣的美国人，目前正在途中，她跟孩子就在船上。"

"真想不到！"他一把抓住杰妮丝，紧紧把她搂在怀里，吻了她，"我看还是给他打个电话吧。"

"他离开那儿了。他现在是准将衔，要被派到澳大利亚去当麦克阿瑟的参谋。他路过这儿的时候，你可以跟他谈谈，说不定星期六就到。"

"啊，天哪，这好消息我盼了多久啦！"

"没错。你快团聚啦，嗯？"他放开了她，她淘气地咧开嘴一笑，"你们俩在一起度过多少天蜜月，三天吗？"

"还没三天呢。真不知什么时候还能团聚啊。"他又一屁股坐到椅子上，"埃斯特要我留在'乌贼'号上。我们中队大半都调回来，不干巡逻工作了。情况很不寻常，潜艇基地有股味儿，看来在酝酿什么。"

她担忧地朝他看了一眼："是吗？连太平洋舰队总司令部那儿也这样？"

"埃斯特听说日本人打算攻取夏威夷群岛，大战中的最大一场战役即将发生。眼前我不能离艇，这就是他的意见。"

"你不是接到大西洋潜艇部队的调令了吗？"

"他只好让我走。如果眼前就要打一仗，我可以留在艇上作战。也许我应当留下，我真搞不清啦。"

"这么说，埃斯特当了艇长啦？"

"可不，现在人家是埃斯特艇长啦，不再叫'夫人'了。"

"我不喜欢他。"

"为什么不喜欢？"

"哦，他是专门在女人堆里厮混的活宝吧？"她咧开嘴一笑，"就像歌剧院里的幽灵①。"

拜伦听得大笑："歌剧院里的幽灵！这说法不错。"

他帮她把饭菜和酒端到阳台上一张熟铁架的玻璃面桌子上。虽然夕阳还在树林那边照耀，她还是点上了蜡烛。他们喝着加利福尼亚葡萄酒，吃着她匆匆做出来的肉卷。拜伦一边谈着埃斯特初次指挥巡逻的事，一边接连干了几杯。在他们奉命返回基地以前，他们击沉了两艘敌船，于是拜伦认为卡塔尔·埃斯特就要成为大战中一位了不起的潜艇艇长啦。他的眼睛开始炯炯发光。"嘿，杰妮丝，你能保守秘密吗？"

"那还用说。"

"我们击沉了一艘医院船。"

"我的上帝呀，拜伦！"她目瞪口呆，喘不过气来，"哎呀，这可是件暴行哪，这是——"

"请你听我讲下去，行不行？这是我生平最糟心的经历。半夜时分，我在甲板上值勤的时候，亲眼发现了这艘船。没有护航舰只，白色的船壳亮着探照灯，船上灯火辉煌，船舷漆着偌大的红十字。这是在爪哇岛北边的望加锡海峡。埃斯特登上舷侧观察了一下，就命令下潜，向它靠近。嘿，我寻思这是一次演习呢，谁知他说了声'打开鱼雷发射管前盖'，我一听顿时吓坏了。我说：'艇长，打算攻击吗？'他不理我，只顾一味驶近。我在计算机上操作，约莫相距一千五百码时，我已经得出一个完美的答数了，可是我觉得内疚得要命，副艇长只顾抓头皮，一声不吭。我就说：'艇长，这目标是一艘医院船哪。万一最高军事法庭开庭，我只能直说啦。''好，勃拉尼，你要说就说吧，我现在可要对它开火啦。'他说，态度像冰棍一样冷，咂着雪茄，'准备行动！升上潜望镜。确定最后目标方位，开火！'于是，放出了四枚鱼雷。"

---

① 出自20世纪40年代初的一部美国电影《歌剧魅影》，影片描写一个英俊的歌剧明星被毁容，变得丑陋可怕，被人当成作祟的鬼怪。

"拜伦，他是一个疯子！"

"杰妮丝，你听下去好吗？那艘船炸成个火球，你在一百英里外都看得清！原来这是一艘伪装的军火船，别的船决不会像那样爆炸。我们升上水面，眼看它燃烧。它不断发出呼啦啦和轰隆隆的爆炸声，火花飞溅，烧了好久好久才下沉。弹药像烟花般不断爆炸。等船身沉下去，嘿，海上顿时漂满了奇形怪状的黑乎乎的东西。我们在海面上停到天亮，这些黑乎乎的东西原来是大块大块的生橡胶球，有十到十五英尺那么宽。这些东西在海面上浮动着，好大一片，一直到地平线那头。宝贝儿，那艘船原是从爪哇装运橡胶的，还有一大批军火呢，大概都是缴获的荷兰货。"

"他怎么会知道这秘密的？弄错了他会害得两千个伤员淹死呢。"

"他猜中了。杰妮丝，可别对其他人讲这件事。"

"不讲，太吓人啦。"

门铃响了。她离开桌子，一会儿就回来了。"说到他，他就到。"卡塔尔·埃斯特身穿白制服，胡子刮得精光，腋下夹着军帽，身材瘦长、挺直，跟着她走进来。

"勃拉尼，基地车库里的吉普车都开走了。十点钟光景，你顺便把我捎下山去好吗？宵禁时间出租汽车不肯上山来。"

"你要上哪儿？"

"我回头再上这儿来。"埃斯特冲着杰妮丝怪模怪样地笑着，硬线条的嘴角微微翘起，"要是你不在意的话。"

杰妮丝对拜伦说："你不是要在这儿过夜吗？"

"我还没想到这个呢。洗个热水澡，睡张真正的床？谢谢，我一准留下。"

"咱们一接到命令，二十四小时内就出发，拜伦。"埃斯特说。

"艇长，我早上八点准回去。"

"已经打定主意留在艇上了吗？"

"早上再告诉你。"

杰妮丝猜得出为什么拜伦绝口不提娜塔丽，因为埃斯特听了这个消息，只会更加逼他留在"乌贼"号上。

"最新消息是敌人将大举进犯阿拉斯加。"埃斯特对杰妮丝说，"在太平洋舰队总司令部听到什么类似的消息吗？"

她毫无笑容，摇了摇头。他冲她咧嘴一笑就走了。

"他上这儿来拜访哪一位有福分的太太？"杰妮丝问。

拜伦只是耸耸肩膀，避而不答。

"干这种事真不要脸，勃拉尼。山上每一个做妻子的我都觉得可疑。"

"杰妮丝，你心眼儿坏才会往这上面想。"

天色越来越黑了，他们一边闲扯着家常和战事，一边把东西搬进屋去。拉上了防空窗帘，拜伦的态度渐渐使杰妮丝觉得古怪了，他说话东拉西扯的，而且常常又尴尬又忧郁地瞅着她。酒喝得太多了？欲火上升了？在他小叔子身上，这情况似乎令人难以相信。不过，他毕竟是一个海上归来的年轻水兵呀。等他去洗澡的时候，她决定不换衣服，把灯亮着，再把酒藏好。

"天哪，真是妙极了。"他穿着华伦的睡衣裤和浴衣露面了，用毛巾擦着头发，"自从离开奥尔巴尼以后，我还没洗过澡呢。"

"奥尔巴尼①？"

"澳大利亚的奥尔巴尼。"他猛地倒在藤榻上，四肢肌肉放松，"可爱的小镇，要多远有多远，总算还在上帝创造的这个绿色大地上。当地的人好极了，我们的供应船就停泊在那儿。杰妮丝，你有波旁威士忌吗？"他的态度相当正经。

杰妮丝对自己刚才的胡思乱想不由得感到害臊。她端来了两杯酒。他直挺挺地躺在藤榻上，喝了一大口酒，然后苦闷地摇摇头："上帝啊，竟然又要见到娜塔丽了！还有娃娃。真令人难以相信。"

"听上去你并不那么高兴。"

"在奥尔巴尼有个姑娘，可能我有点儿内疚。"

"乖乖！"她演戏似的跌进一张扶手椅里。

"我是在教堂里认识她的。她在唱诗班里唱圣诗，这是一个小小的唱诗班，奥尔巴尼一切都是小小的。这班子只有三个歌手，加上这姑娘。她还弹风琴。这是一个小得好玩儿的海港，奥尔巴尼——只有三条街、一座教堂和一个镇公所。干净，可爱，有不少草场、花坛、精美的老房子和老橡树，十足英国风味和十九世纪风光。这真是别有天地。"

"她是什么人？"

"她名叫乌苏拉·科顿，小镇那家银行就是她父亲开的。她非常可爱，非常大方。她男人是坦克兵团的军官，在北非。我们的潜艇有过两次大检修，中间隔开两个月。这两次只要我有机会上岸，我们每分钟都形影不离。"

"后来呢？"

拜伦两手一摊，做了个绝望的手势。"后来？后来我们就起航了，我就到了这儿。"

---

① 美国也有奥尔巴尼，是纽约州州府，所以杰妮丝听了感到纳闷。

"拜伦，我有一点不明白。出了什么事吗？"

"出了什么事吗？"他愤愤地皱着眉，"你是说我有没有扒下她的裤衩？"

"唉，你这话说得多难听。"

"天哪！你也这样想？每回我回到潜艇，卡塔尔·埃斯特总说：'咦，你有没有扒下她的裤衩？'最后我忍不住说，如果他肯上岸去，暂且抛下自己的艇长身份，我就把乌苏拉这笔账跟他彻底算算清。这样一说，他才罢休。"

"亲爱的，这关系可大呢——"

"听着，我说过她男人在北非打仗。你把我当成什么人了？这种事真把人折腾死了，不过话说回来，这倒也美滋滋的，这使我当时的日子好过了些。我永远不会写信给她，这没意思。不过，天哪，我永远也忘不了乌苏拉。"

杰妮丝从椅子上站起来，双手搁在他的肩上，向他凑下身子，一头芳香的金发瀑布似的泻在他身上。她吻了他的嘴。她拿大拇指在他嘴上认真地抹了抹，说："娜塔丽是有福分的。两兄弟竟能如此大不相同，华伦让我熬了多少苦日子啊！"

"得了，你嫁了一个捣蛋鬼，这一点你不是不知道。"

"一点儿不错，我知道。"

拜伦打了个哈欠，摇了摇头，说："说来也怪，那段日子里，我对娜塔丽越发迷恋了，我不断想念她。乌苏拉很可爱，可是比起娜塔丽来？娜塔丽是一个充满活力的女人，天底下没人比得上她！"

"说起来，我真妒忌娜塔丽，我也妒忌小乌苏拉。娜塔丽会原谅你和乌苏拉的，我是这么看的。"她嘴角一撇，带着一丝苦笑，"哪怕你像'夫人'埃斯特说的那样，真的扒下过她的裤衩。你也知道，这是战争时期啊。晚安，拜伦。维克一早五点钟就要把我闹醒。"

第二天早晨，她正在厨房里喂娃娃，忽听得一辆吉普车吱的一声停住了。华伦穿着整洁的卡其军装走了进来。她几乎有一个月没见到他了，他比拜伦个子大得多，身子沉得多，晒得非常黑，目光炯炯的。"杰妮丝，怎么搞的，门外还停着一辆吉普车？壁橱里藏着个野汉子，都快憋死了？"

他呼地一下子把她狠命搂在怀里，她拿一根指头堵住他的嘴："拜伦睡在客房里呢。"

"什么？拜伦回来了？好哇！"

杰妮丝的嘴巴贴住他的嘴巴，话也说不清楚。"亲爱的，维克坐在高脚椅子里——"

华伦大步跨进厨房，娃娃朝他转过涂满蛋黄的小脸来，两只大眼睛一本正经地看着他，然后咧开嘴巴笑开了。华伦吻了他。"他真香。每回我出门，他就长高半英尺。来吧，小家伙。"

"你把他带到哪儿去？"

飞行员给儿子擦了脸，抱着他走进婴儿房，放到一张有栏杆的小床上，递给他一只玩具熊。

"亲爱的，听着，"杰妮丝跟在他后面，低声低气说，"拜伦随时都会闯出来，找鸡蛋和咖啡——"

他伸出一只有力的胳臂，勾住她的腰肢，把她带进卧室，随手悄悄锁上房门。

她俯卧在床上，光着身子，似睡非睡的，忽听得嚓的一声划火柴的声音，不由得睁开眼，眼皮沉重，眼神暗淡，淘气地瞅着她丈夫。只见他已在床上坐了起来。"说真的。"她说，声音粗得像男人，两人不由得哈哈大笑。太阳在华伦古铜色的胸膛上洒下一抹抹金光，他的烟卷里喷出的烟在阳光下蓝雾缭绕。

"我说，你是一个海员的妻子。"

"天哪，可不要是一个环绕地球的麦哲伦①手下的海员。"

"杰妮丝，我听见拜伦在走动了。"

"哎呀，不要紧，咖啡早煮好了。我看他找得到的。"

他声音有点儿粗哑地说："我爱你。"她用一个胳膊肘撑着身子看着他。他大口大口地抽着烟，喷出一大团灰蒙蒙的烟云。"最近这一回，真是一次操练。就是说，白跑了一趟。两艘航空母舰组成一支特混舰队，轰隆隆地开了三千五百英里路程，赶到珊瑚海，又赶回来，迟到了三天，没赶上这场海战。如果我们及时赶到，就可以揍垮日本人，不至于损失'列克斯'号了。'约克敦'号也受了重创。开了七千英里路程，落得一场空。哈尔西还算走运，用不着他来付石油账。"

杰妮丝说："现在人家在酝酿什么？你知道吗？"

"哦，你听到小道新闻了。总有什么重要大事，这错不了。我们在两天内又要出动了。"

"两天！"

"是啊，后勤人员日日夜夜都在为舰艇补充燃料给养。"他打了个哈欠，伸出一只棕色的胳膊搂住她，"这次战斗行动一定是什么新鲜玩意儿。我们那七千英里路程

---

① 费尔南·麦哲伦（约1480—1521），葡萄牙航海家，人类历史上首次完成环绕地球航行的人，证实了地圆说。

一路上光是搞巡逻，宝贝儿。巡逻啊，巡逻！飞出去两百英里，飞回来两百英里，一连几小时，一连几天，在云层上，在海面上空轰隆隆飞着。除了鲸鱼，我什么都没看见。我有不少闲工夫可以、好好想想。我寻思时间越来越宝贵，我不应当再这样混下去，害得你伤心。过去我太让你伤心了，我很抱歉。再也不啦，好不好？我要洗个淋浴，跟勃拉尼聊聊。他的气色怎么样？"

"呃，有点儿憔悴，有点儿消瘦。"杰妮丝听到他忏悔的话，高兴得目瞪口呆，拼命把声音放得跟他一样随便，"一脸浓密的红胡子，就和爸爸跟我们说的一样。"她摸摸他的脸，"我不知道你留了胡子是怎么一副长相？"

"不行！长出来会是夹白的。得了，爸爸见了勃拉尼包管高兴，随他胡子拉碴什么的。'北安普敦'号跟在我们后边进港的。"

"拜伦说，'乌贼'号干掉了两艘日本船。"

"嘿，这下爸爸听了可够乐的啦！"

帕格·亨利在"北安普敦"号舰桥上向阳的一侧，指挥手下在强劲有力的落潮中朝浮筒靠去。他看见斯普鲁恩斯在下面主甲板上踱来踱去，那艘等着送他们到"企业"号上去的专用汽艇停靠在舰边，原来海军少将要到"企业"号上去拜见哈尔西。接着，他们要走五英里路，到华伦家去。这是他们的老规矩了。浑身打湿的水兵们正在下面颠簸不停的浮筒上使劲摆弄着粗大的锚链上的钩环，帕格正在同格里格海军中校商谈有些要船坞检修的项目急需在再次出海之前完成。上回白白赶到珊瑚海一趟，弹药库里还贮藏充足，粮食和燃料可不足了。经过七千英里的高速行驶，四十八小时内就要掉转头去！太平洋准保马上要大闹一场了，至于到底是怎么回事，帕格·亨利心里可没谱。

"企业"号泊在港内时，通常总显得凄凉、冷清，舰上的铁鸟在拂晓前就在港外一百英里处起飞了，如今只剩下一个空鸟巢。不过这回舰上缺乏生气的样子看了使人害怕：斯普鲁恩斯的专用汽艇开近时没有鸣笛；没有扩音喇叭召唤舰上人员到通道列队，举行仪式；舷梯上阒无一人，连值班军官也看不见。在洞窟似的机库甲板上，有一股鬼船上的阴森气氛。海军中将的通信副官一路小跑，向他们奔来，嗒嗒嗒的脚步声在空洞洞的钢铁机库里发出回响。通信副官不顾礼仪地握住雷蒙德·斯普鲁恩斯的胳膊肘，把他拉到一边，同时转过没刮胡子的苍白的脸说："对不起，亨利上校。我想起来了，你儿子在凌晨三点起飞之前，还跟我一起喝过咖啡。"

帕格点点头，感到放心了，但面上一点儿都没流露出来。他在新赫布里底群岛沿海曾亲眼看见一架无畏式俯冲轰炸机从"企业"号上一个横翻筋斗栽进了海里，看样子大概不会是华伦，不过直到这会儿，他始终纳着闷，担着心。

"好了，亨利，咱们走吧。"斯普鲁恩斯轻声谈了几句以后说。专用汽艇乘风破浪一路开到潜艇基地去，斯普鲁恩斯什么都没说，帕格也什么都没问。海军少将的脸上镇静自若，几乎毫无表情。他们上岸时，他才打破沉默："亨利，我在太平洋舰队总司令部还有点儿事。我想，你大概想马上回去跟家人团聚吧？"从他的声调听来，他明明不愿放弃一起散步的机会。

"悉听尊便，将军。"

"跟我一起去吧，要不了多长时间。"

帕格在尼米兹办公室镶嵌金星的门外的一张硬板椅上等候着，一边把军帽拿在手上打着转，一边注意到四下里分外忙乱：打字机咔嗒咔嗒，电话铃丁零丁零，文书军士、海军妇女后备队队员和下级军官的脚步匆匆，来往不绝。太平洋舰队总司令部大楼里的忙乱跟"企业"号上的死寂一样奇怪。看这光景就是要发生什么重要大事，错不了。帕格希望不要再来一次"杜立特空袭"。他是一个因循守旧的军事思想家，自从特混舰队出航以来，他始终对杜立特这一招儿持怀疑态度。

他在"北安普敦"号广播喇叭里宣读了一遍哈尔西的电报。"本舰队开往东京"，他一边读，一边不由得脊梁上感到一阵冷战。他心里顿时揣摩，两艘航空母舰怎能冒险开到以地面为基地的日本空军的虎口里去呢？在舰上人员的欢呼和呐喊声中，他对斯普鲁恩斯怀疑地摇摇头。第二天，"大黄蜂"号开来会师的时候，舰面甲板上停满了陆军的B-25型轰炸机，这才解开了这个谜。斯普鲁恩斯望着迎面开来的航空母舰，说道："怎么样，上校？"

"我向这些陆军航空兵致敬，将军。"

"我也一样。他们受了好多个月的训练哪。他们将来只能一直飞到中国去，你明白吗？舰上甲板没法儿让他们飞回来降落。"

"我明白了。真是勇敢的人。"

"这不是很好的对敌作战吗，上校？"

"阁下，我理解力差，无法理解这次任务的绝对正确性。"

自从帕格认识斯普鲁恩斯以来，还是第一次听到他尽情大笑呢。直到几天前，他们才又谈起那次空袭。那天在斯普鲁恩斯的寓所里吃饭，斯普鲁恩斯对他们没有赶上参加珊瑚海之战一事表示惋惜。有史以来第一次，敌对双方的军舰彼此没有打过照面儿，这是一场双方相隔七十五英里、全由飞机作战的决战。"海战史上，这还是新鲜事，亨利。不少军校的传统观念被推翻了。可能你对空袭东京的看法是对的，也许咱们早就应该一直待在南方，而不应该在太平洋上开来开过去，大做宣传。话又说回来，咱们还不知道杜立特把日本人的作战部署打乱到什么程度了。"

斯普鲁恩斯这次在太平洋舰队总司令部的密室里待了半个小时光景，他出来时，脸上带着一种异样的神色。"咱们就要上路了，亨利。"他们走出海军造船厂，顺着一条柏油路吃力地爬坡，穿过野草丛生、灰土蒙蒙的甘蔗田。他冷不防说道："唉，我要离开'北安普敦'号了。"

"哦？我听了不胜遗憾，阁下。"

"我也不胜遗憾，因为我就要回到陆地上工作了，他们叫我去当尼米兹海军上将的参谋长。"

"哎呀，那好极了。恭喜恭喜，将军。"

"谢谢。"斯普鲁恩斯冷冷地说，"可是请你当参谋的时候，我不记得你马上接受了任务。"

话题到此结束。他们拖着脚步绕过一个弯，基地出现在眼前，横在山下远处，在鲜花盛开的树丛和蔬菜农场的层层绿色菜地那边，有码头，有泊满军舰的抛锚地和干船坞，有挤满来往小艇的航道。那些损坏的战列舰上都临时搭起了脚手架，上面密密麻麻都是工人，而最壮观的是沿着"俄克拉何马"号倾覆的舰身，有一长排使舰身复位的缆绳一直通到福特岛的绞车上。

"亨利，你看到'约克敦'号伤情报告公文了。你说修理好要多久？"

"得三五个月，阁下。"

"哈利·华伦道夫海军上校是你的同班同学不是？就是造船厂的厂长？"

"哦，我跟哈利很熟。"

"他能让这艘军舰在七十二小时之内回到海上去吗？因为他非这么办不可，尼米兹海军上将下了命令。"

"如果说有谁办得到的话，那只有哈利。"帕格答道，心里暗暗吃惊，"可这只能是修修补补凑合一下。"

"是啊，不过三艘航空母舰要比两艘航空母舰增加百分之五十的打击力量，这力量咱们很快就用得着了。"

拜伦和华伦在后阳台上吃着牛排和鸡蛋，他正把自己在甲米地抢救鱼雷的经过讲给华伦听。两兄弟都光着脚，都穿着短裤和汗衫，已经叽叽呱呱谈了一小时。

"二十六枚鱼雷！"华伦大声叫道，"怪不得把你调到大西洋去。"

这样谈话拜伦觉得挺高兴，说实在的，还扬扬得意呢。好多个月以前，早在和平时期，华伦就警告过他，要是想得到海豚奖章，就得对布朗奇·胡班低头服软。如今华伦知道胡班垮了，而海豚奖章已别在客房里挂着的那件浸透汗水的卡其衬衫上。

"华伦，埃斯特硬要我留在'乌贼'号上。"

"你有选择权吗？"

"我已经接到了调令，总有办法好想的。"

"还不是潜艇上那套陈腐的行政制度吗？"

"差不多。"

华伦没有现成的话好奉劝。他一向满怀自信，这是根深蒂固的。他从小就压得拜伦低他一头，可是他一向感到勃拉尼身上有股独特的气质，这正是他所没有的。迷上了一个著名作家的侄女，一个出色的犹太女人，跟她结了婚，这件事他就办不到。由于战时的升迁机会多，拜伦当上了海军军官，这才很快拉平了这段差距。

"好吧，拜伦，我来告诉你一件事。哈尔西把杜立特一伙飞行员送到了起飞的地点，我想这件事你总知道吧。"

"潜艇基地有这说法。"

"这是真的。当这些陆军轰炸机从'大黄蜂'号上起飞时，我站在我们自己航空母舰的飞行甲板上，目送他们编队向西直飞东京。这时我不由得眼泪直淌，拜伦，我放声大哭了。"

"我相信你这话不假。"

"好。这是一种非常勇敢的行动，可又有什么意义呢？只是一场鼓舞大后方的象征性轰炸罢了。目前太平洋只有一个兵种能真正给敌人重创，那就是潜艇，像这种机会，你一生也难得碰上第二回啊。如果你到大西洋潜艇部队去，那就错过好机会啦。既然你征求我的意见，我就告诉你。你知道娜塔丽现在没问题了，而且——"

杰妮丝从厨房里探出头来说："兄弟们，你们的爸爸跟斯普鲁恩斯少将绕过坡上史密斯家的屋子来了，正全速前进呢。"

拜伦低头朝自己的汗衫短裤看了一眼，捋捋胡子："斯普鲁恩斯？"

华伦打了个哈欠，搔搔一只肮脏的光脚："他不过来喝杯水，马上就要下山去的。"

门铃响了，杰妮丝去开了门。身穿雪白制服的海军少将脸上冒着热汗，在他们的父亲陪同下走到阳台上，两兄弟顿时一骨碌跳起身。

"拜伦！"帕格一把抓住儿子的手，父子俩拥抱了，"呃，将军，这就是我的潜艇兵。从感恩节以来，我还没见过他呢。"

"我那潜艇兵可乘着'坦博尔'号出海去了。"斯普鲁恩斯用一块折得方方正正的手帕抹抹红彤彤的脸，"出猎结果如何，中尉？"

"已证实有两艘击沉，将军。一万一千吨。"

维克多·亨利的眼睛里喜气洋洋。斯普鲁恩斯露出笑容："真的吗？你们可胜过了'坦博尔'号。马克-14型鱼雷怎么样？"

"糟透了，将军。真是丢脸。我们艇长连中三元全靠触发雷管，虽然违反命令，倒是每发必中。"

帕格一听儿子的回答如此冒失放肆，喜意顿消。"勃拉尼，鱼雷打不中往往就怪雷管不好。"

"抱歉，爸爸。我知道你跟磁性雷管装置那事有关系，"在和平时期，维克多·亨利曾经收到过一封表彰他这项工作成就的信，"我只能跟你说一句，生产过程中就出毛病了。即使用上触发雷管，马克-14型鱼雷也照样不行。太平洋潜艇部队所有的艇长都竭力反对，可军械局就是不听。真叫人讨厌。说真的，航行五千英里去进行鱼雷袭击，结果鱼雷命中目标只发出'笃'的一声。"

斯普鲁恩斯发表意见说："我儿子对这事说的也一样，尼米兹海军上将已经向军械局提出这个问题了。"帕格听了才放下心来。斯普鲁恩斯从杰妮丝手里接过一杯冰镇红茶，又回过头对华伦说："顺便再问一句，上尉，无畏式飞机的航程是多少？"

"我们往往是用小时来计算的，将军。飞行时间约莫是三个半小时。"

海军少将有点儿神思恍惚："你们设计时规定的航程是七百五十英里。"

华伦尖刻地笑了笑："阁下，光是编队就耗了不少汽油。等飞到目标上空，燃料已经用光了，就像油箱上有个窟窿似的，我们多半飞到两百英里外的目的地就回不来了。"

"那么战斗机和鱼雷轰炸机呢？"斯普鲁恩斯一边喝茶，一边问，"同样速度和同样航程吗？"

"差不多，阁下。"华伦听了这些问题莫名其妙，但没流露出来，活泼地回答说，"不过TBD型鱼雷轰炸机[①]的速度要慢得多。"

"好！"斯普鲁恩斯一饮而尽，站起身来，"真解渴，杰妮丝。我现在可要下山去了。"

大家听了个个肃立。帕格说："将军，可以叫孩子开车送您回去。"

"为什么？"

"如果您有急事的话，阁下。"

"用不着。"斯普鲁恩斯出去时，招手叫帕格跟着他。他关上前门，歇了口气，

---

① 又称蹂躏者式鱼雷轰炸机，美国海军第一代鱼雷轰炸机。

在晌午的太阳底下眯着眼看着维克多·亨利。他如今戴上了雪白的大盖帽，神色看上去更严肃了。"你那两个孩子性格虽然不同，倒都是块料儿啊。"

"拜伦说话应该有个分寸。"

"据我所知，潜艇兵都是个人主义者。好在他们俩都回来了，你尽量陪他们就是了。"

"将军，我舰上要办的事多得很呢。"

斯普鲁恩斯的脸色突然沉了下来。"亨利，这件事只对你一个人说。日本人打算向东方大举进犯，他们已经出海了，他们的目的是夺取中途岛。离夏威夷一千英里的地方有个日本人的基地怎么行？所以，尼米兹海军上将要把我们的一切力量都派到那里，我们即将打一场这次大战中规模最大的仗。"

帕格听了这番令人目瞪口呆的话，琢磨着想找一句合适的答话，听来既不像失败主义者，也不大惊小怪或虚张声势，更不愚蠢可笑。"大黄蜂"号、"企业"号，可能加上那艘补好漏洞的"约克敦"号，以及他们那数量不足的护航舰艇，来对付日本人的大舰队！人家至少有八艘航空母舰，也许有十艘战列舰，天知道还有多少艘巡洋舰、驱逐舰和潜艇！从舰队实力的问题来说，双方实在相差太远了，在和平时期，随便哪个演习裁判都不会提出这样双方实力悬殊的习题来做演习。他不由得声音嘶哑地脱口而出："现在我才明白为什么您不愿回到陆地上去工作。"

"我眼前还不会回去。"斯普鲁恩斯眼神镇静，目光炯炯，这副神色维克多·亨利永远也忘不了。"哈尔西海军中将上太平洋舰队总司令部医院去了，不巧他皮肤病发作，不能参加这场战役。他向尼米兹海军上将推荐我指挥第十六特混舰队，所以今天下午，我就要把我的行李用具搬到哈尔西的旗舰上去了。要等这场战役结束，我再到新的岗位去上任。"

这句话就像起先泄露战役消息一样叫帕格听得目瞪口呆。斯普鲁恩斯，不是飞行员出身，居然指挥"企业"号和"大黄蜂"号投入战斗！帕格竭力保持一种平稳的声调问："这么说，情报当真是完全可靠的啦？"

"我们认为如此。如果一切顺利，我们可能出奇制胜。顺便说一句，我打算请你参加作战会议。"他伸出手来，"好，就照我的话，好歹陪陪你的孩子们吧。"

帕格·亨利回到后阳台上，在门洞背阴处停下脚步来。两个儿子现在到草地上交谈了，折叠椅拉得很近，每人手里都拿了一罐啤酒。一块料儿！他们看上去真是这样。他们如此起劲，到底在讨论些什么？他不忙着去打扰他们。他靠在门洞里，一面尽量多看看这幕也许要有好久看不见的情景，一面竭力揣摩着斯普鲁恩斯那凶讯的意思。他自己已经准备好在这些实力悬殊的条件下驾驶薄装甲的"北安普敦"号出航。

他吃了三十年俸禄，早已做好打这场遭遇战的准备，可是华伦和拜伦都只有二十来岁，才刚开始尝到人生的滋味。然而，他待在"北安普敦"号上，算是父子三人中处境最安全的一个。

这两个年轻人穿着花哨的汗衫和棕色的短裤，一个是瘦子，满脸红胡子；一个是大个子，身材结实，头发斑白。他在他俩的身上还看得到当年小时候朦胧的影子。拜伦在五岁时就是这么微笑；华伦两手使劲向外一推的动作，正是他在海军学院参加辩论时常做的手势。帕格想起了华伦生命中那个重大的时刻，他从海军学院毕业，成了营级指挥官，还得了现代史的优等奖；还想起了可怜的拜伦在哥伦比亚大学那次糟心的毕业典礼，因为学期论文迟交，差点儿不能毕业。他想起了一九三九年三月那个雨天，他接到调往德国的命令，当时华伦刚打完网球，满身大汗地跑进来说他已申请参加飞行训练，那时也收到了拜伦从锡耶纳寄来的信，第一次提到娜塔丽·杰斯特罗。帕格心想，他得尽快插进他们的谈话，问问她的情况。可是不忙，他还要再多看他们一会儿。

帕格心想，关于华伦嘛，他原是不必帮什么忙的。华伦一向向往着当海军，当上了海军航空兵，他已经胜过了他努力想赶超的父亲。侥幸活下来的航空兵有一天会当上海军下一代的将官，这已经是明摆着的事了。至于拜伦嘛，帕格想起当初正是自己逼他去学潜艇，害得他跟犹太妻子分居两地。每当他们父子俩在一起时，这问题总是像一块暗礁，不得不回避。要知道，拜伦反正会被征入伍的，而且很可能他自己也会挑上潜艇这一行。可是，尽管帕格也为"乌贼"号击沉了敌船感到骄傲，但他还是不能原谅自己打乱了拜伦的生活，把他推进了危险的境地。

他深切感到岁月流逝，一去不回，谁要是做出轻率的决定，凭一时冲动犯了点儿小错误，就会铸成大错，影响一个人的命运。他陷入了这种深切的感觉，不能自拔。这两个他曾经严格加以训导、在心坎上默默疼爱的小孩子，已经变成了海军军官和战斗经验丰富的老兵了，如今他们就坐在那儿。就好像是一个魔术大师施展的魔法，他要是高兴的话，还可以同样轻而易举地扭转时光，把这个红胡子的潜艇兵和这个阔胸脯的飞行员变回去，变成两个坐在马尼拉草坪上吵架的小孩子。不过，帕格也明白，这两个小孩子一去不回了。他本人已变成一个严肃的老家伙，他们呢，也会不断朝特定的方向转变。最终，拜伦会在外形和性格方面都成为一个大人，这是他如今还做不到的。华伦嘛——

说也奇怪，维克多·亨利竟然无法想象华伦还会怎样变。华伦如今坐在那边太阳底下，拿着一罐啤酒，薄薄的嘴角叼着烟卷，发育完美，肌肉丰满，孔武有力，脸上深刻的线条充分流露出自信和果断，一双蓝眼睛里闪现出不大外露的幽默感。华伦将会永远是这副样子吧，做父亲的情不自禁地这样想，这想法在心头一扎下根，他就不由得浑身感到一阵寒意。他从门洞里走出来，嘴里大声叫道："喂，还有啤酒吗？还是全给你们两个叫人伤脑筋的酒鬼喝光了？"

拜伦赶紧跳起身，给他父亲端来一大杯冰镇啤酒。

"爸爸，娜塔丽乘一艘瑞典船回国啦！至少杰妮丝的父亲是听人家这么说来着。怎么样？"

"嗬！那倒是惊人的好消息，勃拉尼。"

"是啊，我还是想打个电话到国务院去证实一下。可是华伦认为我不应当调动，因为太平洋舰队潜艇部队是最光荣的地方。"

"我可没提到过光荣，"华伦说，"难道我说到过光荣吗？我才不管他娘的什么光荣呢——请原谅，爸爸——我是说潜艇在太平洋的战斗中挑大梁，你总算捞到这毕生难逢的好机会来参加永垂史册的行动了。"

"还有什么算光荣呢？"他父亲说。

拜伦说："你怎么说呢，爸爸？"

帕格心想，又碰到暗礁啦。他立即答道："接受调令就走吧。这场太平洋战争将是一场长期战争，你还来得及赶回来，尽量做出永垂史册的事情。你还没见过自己的儿子呢——呃，干吗这么调皮地笑呀？"

"我真没料到你会这么说，就是这么回事。"

屋子里的电话丁零丁零地响个不停。

"上帝啊，"帕格说，"这是值得庆祝的大事，娜塔丽回国啦！好歹说来，咱们上回像这样团聚是多久前的事啦？是不是华伦的婚礼？看来早该举行一次结婚周年宴会了。"

"对，"华伦说，"我没忘记这日子，可是当时我正在萨摩亚一带巡逻飞行。"

电话铃不响了。

"得，我主张明天晚上在莫阿纳饭店举行一场香槟酒会。"帕格说，"怎么样？"

"嘿，这主意杰妮丝准喜欢，爸爸。下山去，也许跳跳舞——"

"我也参加，"拜伦说着，站起身朝厨房门走去，"我来买酒。也许那是我打到华盛顿的电话接通了。"

杰妮丝从屋里奔到阳台上，脸蛋涨得通红，两眼睁得大大的。"爸爸，您的电话，猜猜是谁打来的？埃里斯特·塔茨伯利，他从莫阿纳饭店打来的。"

战 争 与 回 忆

第二部 中途岛

珍珠港事件以后，我们不得不把美国当作一个正式的和
愤怒的交战国来对付。

第二十一章

通向中途岛之路

（摘自阿尔明·冯·隆的《世界大屠杀》）

英译者按： 在德文原著中，一开始是一篇对苏联在一九四一年和一九四二年之间的冬天进行反攻的分析。对美国的读者来说，最好是以隆所写的关于中途岛战役的出色前言开始，这篇前言也提到了俄国的形势。不同战场间的互相影响超出一般人的料想，而隆是充分意识到这种联系的。

日本的崛起

珍珠港事件以后，我们不得不把美国当作一个正式的和愤怒的交战国来对付。我们获得了一个勇敢但是贫穷的战友，一个遥远的亚洲岛国民族，他们的土地面积和自然财富还不及美国的一个州——加利福尼亚，而战场上的那个新敌人掌握着世界上最大的作战潜力。力量的对比对我们不利。然而，在我们的总参谋部里，我们仍然能够在这种形势中看到取得意外胜利的因素。

因为战争的基岩是地理，而在地理上，我们的局面仍然是令人畏惧的。元首的一只皮靴踩在大西洋的岸上，另一只踩在莫斯科城外的雪地里，他胯下的欧洲比拿破仑占领的版图最大时的欧洲、比西班牙的查理五世①占领的欧洲，或者比安东尼王朝②时

---

① 查理五世（1500—1558），西班牙国王和神圣罗马帝国的皇帝。他统治的欧洲版图包括神圣罗马帝国、西班牙、尼德兰、西西里和撒丁等地区。

② 安东尼王朝（96—192），从罗马帝国皇帝涅尔瓦（96—98在位）继位到L.A.A.康茂德（180—192在位）被杀的古罗马时期。

的欧洲更大。从北极到地中海，所有的国家不是我们的盟国，就是友好的中立国或者是被征服的属国。在我们的潜艇的猛烈攻击下，美国《租借法案》的援助物资和英国殖民地的资源纷纷沉入海底。每个月，同盟国航行的船只都有所减少，尽管他们在造船厂里拼命地工作。丘吉尔本人在回忆录中承认："战争期间，只有一件事确实使我惊慌，那就是德国潜艇的袭击。"

至于苏联，它的冬季反攻以惨重的代价取得了局部胜利。但是，当这场攻势逐渐减退的时候，我们越战越强的部队仍然控制着伏尔加河西面大部分富饶的俄罗斯土地。作为一个国家，我们已经破釜沉舟，同心协力进行战斗，尽管英国飞机前来轰炸，我们的军工生产仍然在扩大。

眼前，日本正以辉煌的胜利登上世界战场！

阿道夫·希特勒马上拥抱这些勇敢、矮小的亚洲人，把他们当作战友。那套关于北欧日耳曼民族优越性的莫名其妙的废话，是说给纳粹狂热分子听的。我们德国军官都鄙视它，我们宽慰地看到希特勒也是这样。如果一个民族能够在一万二千英里外帮助我们赢得世界帝国，他们的肤色是黄的、黑的或绿的，元首根本不在乎。日本人丝毫不受纳粹理论的干扰，因为按照他们的神道教信仰，他们自己是"主宰种族"。同我们的总参谋部不一样，日本的最高指挥部人员似乎容许这套废话影响他们的判断。

军事上的判断决不应该远离时间、空间和力量这三个基本因素。轴心国是否能取得意外的胜利，关键在于时间。至于空间，我们有利地在坚强的欧洲内线作战，而我们的敌人都散布在我们的外围，我们唯一有战斗力的盟国却位于地球的另一面。根据冷酷的力量对比，从长远观点来看，情况将对我们越来越不利。然而，美国人眼下是软弱的，他们至少要在一年以后才能在战场上发挥影响。因为他们急于要对日本进行报复，我们可以估计他们对那些处境极为困难的英国人和俄国人根据《租借法案》提供的援助会有所削减。总之，我们仍然具有时间优势，去夺取胜利或者强制缔结差强人意的和约。

全球战场

一九四一年十二月，由于北半球的工业文明世界都已经燃烧着战火，在硝烟弥漫中隐隐呈现出一个重大的主题：地球的表面都已经成为战场。这就提出了前所未有的战略抉择。为了遏制德国，英国和苏联都不得不竭尽全力，但是日本、美国和第三帝国现在不得不决定："向哪儿出击？"

　　自从一九一八年以来，众所周知，美国部队一直在准备同时对德国和日本作战。他们那臭名昭著的"彩虹五号"计划远在阿道夫·希特勒进军好多年以前就已经制订出来，对这个问题提供了现成的答案：东进，或者说"德国第一"，按照克劳塞维茨①的原则，直捣心脏。富兰克林·罗斯福面对国内反对日本的风暴，有意志力和理智保持着这个正确的军事见解。罗斯福总统伪装出一副兴高采烈的基督教博爱主义的外貌，骨子里却是一个狡猾和冷漠的征服者，远比性情冲动的、浪漫主义的、欧洲人头脑的元首更适宜于进行一场全球战争。

　　日本遇到的问题更复杂：北方是富饶的西伯利亚，为了保卫莫斯科，原来驻扎在那里的苏联部队只剩下一半；西方是中国，它在节节败退，但是仍然在有气无力地抵抗；西南方是资源丰富的印度支那、东印度群岛和辽阔的印度；南方是新几内亚岛和白人的澳大利亚；东南方是横在从澳大利亚到美国的补给线上的一座座有用的岛屿。美国对遥远而衰弱的东方怒目而视，把它帝国主义的前哨中途岛和夏威夷像针似的插入日本的生存空间。

　　日本的石油贮存量像蜡烛似的逐渐耗尽。六个月以前，富兰克林·罗斯福下令对日本实行燃料禁运，这个残酷、蛮横的措施逼得它发动战争。它缺乏钢材；它缺乏食物；它缺乏大多数进行长期战争的必需品，它不得不对它早先所向披靡的胜利做一番估计。由于力量有限、时间有限，日本不得不进行一次决定性的打击。但是，"向哪儿出击"呢？

　　西伯利亚暂时是排除在外的，在进攻帝国主义财阀统治的国家以前，日本深谋远虑地同苏联签订了中立条约。希特勒愚昧地没有要求日本宣布废除这一条约和参加对俄作战，作为他向美国宣战的交换条件。因此，日本的后方是安全的，而我们不能同它联合起来对付布尔什维克。

　　德国的形势确实是异乎寻常的！遍布全世界的同盟国都在进攻我们，而日本——我们最强的盟国，却同俄国——我们最强的敌国保持和平！德国人民已经在为领袖原则②付出昂贵的代价，这个原则就是对希特勒的政治完全信赖。意大利有一支相当规模的海军，还有空军和人员众多的陆军，但是，它有一个纸糊的独裁者和不爱战争的人民，因此只是徒然消耗我们的燃料和钢材，而它那过长的、不设防的地中海的海岸线是我们最薄弱的环节。

　　这些因素全都说明一个问题。对英国作战，所有三个轴心国仍然能够联合起来，

---

① 克劳塞维茨（1780—1831），普鲁士将军和军事理论家，著有《战争论》。
② 领袖原则，一译"元首制"，德国纳粹党和第三帝国的独裁制度。

甚至意大利在地中海和北非也会有点儿用处。显而易见，我们有一个最好的办法：一方面对我们较强的敌人采取守势——在我们方面是俄国，在日本方面是美国；另一方面迅速采取联合行动，击溃摇摇欲坠的大英帝国。这是能够办到的，而且这是能够及时办到的。没有其他任何事情可以同英国的覆灭相比，英国的覆灭将在世界历史上标记一个转折点，将大大增强日本在远东所取得的胜利的冲击力。

地中海战略

摧毁大英帝国的办法是封锁地中海，切断它通向印度和澳大利亚的生命线。

海军元帅雷德尔在一九四〇年第一次提出这个计划。它要求占领直布罗陀海峡，在突尼斯登陆，越过利比亚和埃及，直捣苏伊士运河和中东，我们在那里可以指望得到阿拉伯人和波斯人高举双臂的热烈欢迎。只要看一看地图，就会发觉这种设想非常出色，西班牙、法国和土耳其，我们势力范围内的三个主要的薄弱地点就会投入我们的阵营。掌握了法属北非，大德意志帝国就会变成一座坚固的金字塔：在南方，它的底边在撒哈拉沙漠上，从达喀尔经过埃及、巴勒斯坦和叙利亚，一直到波斯湾；它的顶点是午夜太阳照耀下的挪威；西面的斜边是大西洋和设防的海岸线；东面（在一九四〇年）的斜边是同苏联的交界线。

我们南方那个虚弱的盟国意大利，会安全地被锁在一个轴心国统治的内湖[1]里。马耳他岛，英国在中地中海的小小的坚固的军事堡垒，会饿得支撑不住。非洲的财富会一船船运到德国的欧洲。我们会得到波斯湾的石油和亚洲的原料。从达喀尔那个突出的海角，我们会控制富饶的南美洲。这是黄金时代的召唤，德意志世界帝国的曙光。

早在一九四〇年，后来在一九四一年有过一个时期，希特勒对这个具有远见的计划抱有极大兴趣。那个地区的阿拉伯人憎恨他们的法国和英国主人，而"阿拉伯自由运动"欢迎我们的宣传和代理人。希特勒确实同佛朗哥探讨过直布罗陀问题，但是这个谨小慎微的西班牙人不置可否，而元首的心思已经放在即将到来的对俄国的进攻上，所以巴巴罗萨计划[2]暂时掩盖了地中海战略的光芒。

但是，实现这个具有历史意义的设想的时刻已经到来。希腊、克里特和南斯拉夫无不处于一个强大的德国的统治下；隆美尔正在非洲进军；苏联受到打击，其军队差

---

① 此处暗喻地中海已成为轴心国统治下的内湖。
② 1940年12月纳粹德国秘密制订的侵略苏联的战争计划。

不多后退了一千英里，它的轰炸机航程远远到达不了我国；英国的海军被迫拉长战线，战斗力变得像纸一样薄弱，而"威尔士亲王"号和"反击"号的沉没造成了印度洋水上力量的真空；澳大利亚和新西兰要把它们的部队从北非调回，用来保卫新加坡和它们自己的国土。事实上，我们正亲眼看到大英帝国的世界体系在我们面前分崩离析。

敌人已经摇摇欲坠，我们就应该及时把它打倒。当时，我们拥有世界上最强大的海军和最强大的陆军。如果日本通过印度洋向西进攻大英帝国，而我们沿着地中海沿岸向东攻击，这个老朽的帝国不是会像纯钢的胡桃夹子夹着的一颗腐烂的榛子那样被夹得粉碎吗？

黑岛战略

当时在日本海军界出现了一份设想奇妙的秘密作战计划：黑岛战略。黑岛显示出高明的专业眼光和魄力，足以和曼施泰因①媲美。如果实行这个计划，英国财阀政权确实可能迅速崩溃，而第二次世界大战就可能会有不同的结局。

黑岛龟人大佐是日本海军中高级作战计划的制订人员，一个具有非军人习性的、古怪的知识分子，但是往往会迸发出电光石火般的战略才能。那份出色的袭击珍珠港的计划就是他设计的。从此以后，日本海军一直在研究继续出击的长期计划：向东、向南、向西挺进的计划。海军士气旺盛。黑岛大佐的"向西进军"设想完全符合我们的地中海战略，他的主意今天仍然激动人心：

> 进军的时间必须同德国在近东和中东的进攻密切配合。
>
> 目标将是：
>
> 1. 摧毁英国舰队；
>
> 2. 占领战略要点和消灭敌人的基地；
>
> 3. 建立日本和欧洲轴心国军队间的联系。

黑岛的上级——海军少将宇垣，把他自己那份占领夏威夷群岛的惊险计划搁在一边，吩咐所有的参谋人员研究黑岛的方案。当时在柏林确实在议订一项日德军事协

---

① 曼施泰因（1887—1973），德国元帅，率领德军长期包围塞瓦斯托波尔后，终于在1942年7月攻克该港口城市。

定。不幸的是，结果它竟是一份空洞的文件，薄薄的两页文件既没规定双方的参谋人员要共同研究，也没规定要制定联合战略。地球被一条通过西印度的线划分为两个"作战区域"，接着是冠冕堂皇的笼统原则：线的西面，德国和意大利将消灭敌人；线的东面，日本将同样办理；等等。这份废话连篇的文件最后以交换情报、合作供应和进行"贸易战"这类空洞的玩笑话结束。外交上的贻误使日本海军计划制订人员寒心，他们放弃了"向西进军"，认为那是一个没有办法实现的主张。

唉！

希特勒发狂了

具有讽刺意味的是，希特勒当时正在重新审查雷德尔的地中海战略。

一家孤立主义的美国报纸《芝加哥论坛报》掌握了绝密的"彩虹五号"作战计划，用大号黑体字加上反对罗斯福的标题，刊登了全文。（隆弄错了，《芝加哥论坛报》刊登的是一份绝密的资源分析文件，即《胜利纲领》的摘要。——英译者注）这种奇特的叛国行为，对我们来说当然是一次幸运的获得情报的机会。文件毫无疑问是真的，希特勒在对美国宣战时提到了这份文件。它要求在一九四三年派遣几百万新征的美国士兵和大量的英国支援部队在欧洲大规模登陆，以英伦三岛作为主要登陆基地。海军元帅雷德尔抓住了这一情报大做文章。显然，英国的垮台会使整个"彩虹五号"作战计划成为泡影，并且使美国不知所措。

恰恰在希特勒反复考虑这些情况的时候，日本人击毁了珍珠港。接下来是欢欣鼓舞的日子。希特勒听到海军、陆军（陆军并不拥护。我支持雷德的备忘录保存在我的文件中。俄国前线的将军们讥笑地中海战略是一个"幻想"。事实证明：它顶多同战胜苏联的观念一样，是一个"幻想"。——阿尔明·冯·隆）、空军纷纷发表议论，支持雷德尔的计划。他完全理解这个中心思想——轴心国共同迅速进攻，摧毁最弱的敌人——最后他勉强表示赞成，接着就动身到东线去了。我们的参谋部迅速制定出第三十九号元首指令：在俄罗斯转入防守，做一些必要的撤退并为后方阵地做好准备措施。我们把计划送到他的司令部里。

结果惹出了一场大乱子！

希特勒把陆军总司令冯·布劳希奇将军和他的参谋长海德尔将军召去参加一个午夜会议。他尖声辱骂，说第三十九号元首指令"尽是胡说八道"，接着宣布东线上决不撤退，每一个德国士兵必须坚守岗位，不得后退一步，不战斗就处决。他当场免去了冯·布劳希奇的职务，亲自掌握部队的指挥权——一个下士①竟然免去了陆军元帅的职务！雷德尔的新战略当然暗淡无光了，因为它的中心思想是要从东线抽调四五十个师去扫荡地中海。毫无疑问，这就是我们正月里同日本签订的协议内容这么空洞和浮泛的原因。

希特勒为什么会改变想法呢？

他回到黑暗阴郁、冰天雪地的战地司令部里，不得不面对一些棘手的事情。他不顾总参谋部的意见，一路向莫斯科挺进，直到十二月。气候和补给的困难使我们寒冷和精疲力竭的部队停止在没有掩蔽的阵地上。俄国人的反攻开始了，局部突破正在出现。真叫人心神不定，因为一个独裁者只习惯于胜利，别的都不习惯！

希特勒摆脱不了拿破仑的幽灵，这我们大家都知道。科兰古②的《回忆录》在总参谋部里，像淫书在男学生的宿舍里那样，确实是被禁止的。我们担惊受怕的元首毫无疑问想象到前线崩溃，德国军队败退，德国人被哥萨克人赶出俄国。这不过是梦魇罢了，我们从列宁格勒到黑海的辽阔和坚固的前线，同拿破仑依靠几条纤细的补给线带领人马孤军深入莫斯科的情况完全不一样。但是，希特勒的心窍被这错误的比拟迷住了，所以他发布了严酷的"不坚守就处决"的命令，而且亲自担任指挥，使部队服从这道命令。

就算每个最高统帅都有权心怀失眠之夜的恐惧，也用不着把一道这样令人沮丧的命令送去给日本人啊。如果希特勒派一个小小的军事代表团到东京去——也许是海军元帅雷德尔率领瓦尔利蒙特将军或者我自己吧——那就有可能扭转局面，使黑岛战略受到重视。或者如果希特勒在珍珠港事件以后邀请几位日本高级指挥官到柏林来考虑制订联合作战计划，那么即使俄罗斯前线仍然是大雪中两军对峙，即使我们准备在高加索发动夏季攻势，我们也有可能封锁地中海，逼迫英国屈膝投降。但是，没有日本联络官被允许到最高司令部里来。

"不坚守就处决"

有些历史学家和军事分析家仍然大加赞扬在东线"不坚守就处决"这道命令是希特勒的一大成就，是一个"拯救"德国军队的纯意志力的行动。但是，事实是：这道命令一颁布，这个奥地利冒险家的星辰就开始暗淡了。政治领袖需要避免陷在战争的

---

① 下士是第一次世界大战时希特勒的军衔。
② 科兰古（1773—1827），法国外交家，1808年被拿破仑封为维琴察公爵，著有《回忆录》。

具体事务中，保持开阔的眼界。一旦希特勒接管最高战地指挥权（对这一行，他不过是一个刚愎自用的、只懂得一点儿皮毛的人），他就每况愈下了。

"不坚守就处决"这道命令事实上是一个歇斯底里的军事错误。在不利形势下，顽强的对抗是一条正确的原则，然而灵活的防守也是一条正确的原则。在俄国，我们的人数大大少于斯拉夫人，但是我们在领导才能、战斗能力和调动部队的艺术方面胜过他们。希特勒的命令要求做无谓的牺牲，这样就冻结了部队的调动，取消了领导，挫伤了斗志。我们战无不胜的形象化为泡影了。俄国的宣传画上出现了一个新的德国士兵的形象："冬天里的德国佬"，一个戴着钢盔、瘦成一把骨头的可怜巴巴的人，冻红的鼻子上挂着冰柱，"坚守和死亡"在一个守不住的岗位上。

雷德尔的计划，争取德国胜利的最后一个有条有理的设想，就这样消失了。人们可以无拘无束地运用想象力去幻想可能会出现的无法预料的情景：日本的战列舰和航空母舰挂着太阳旗，穿过飘扬着卐字旗的苏伊士运河，开进地中海！这样的政治影响将震撼全球，而且这是办得到的。我们在俄国的防线，如果根据第三十九号指令适当地缩短和加强，就会被顽强地守住，将会使布尔什维克的鲜血流满俄罗斯的大地。在一九四二年春天，日本用少数的防守兵力，就可以毫不费力地守卫它那条防守相对虚弱的美国人的太平洋环形防线。

但是，把这一切当作可望而不可即的爱情一样撇开吧。这仍然是一个千真万确的事实，这个事实已由丘吉尔的回忆录证实：日本原可以任意占领马达加斯加岛，切断顺着东非海岸北上到埃及的补给线。如果是这样，就不会有阿拉曼战役。隆美尔对图卜鲁格发动出色的奇袭以后，挨饿的非洲英国军队原会在六月里向他投降的。那么，丘吉尔也许就会垮台，而战争也会变得大大对我们有利。

结果，地中海战略却退化为一个有名无实的"伟大的计划"，一次全面的出击，希特勒在击败俄国以后，就会以此一举结束战争。他喜欢在晚餐桌上谈论这个计划，而它始终只是晚餐桌上的谈话资料。

遗忘了的胜利

强大的日本海军磨磨蹭蹭，一再延宕，直到三月底，海军中将南云——珍珠港的征服者——才真正接到一项任务。在这以前，他带着航空母舰一直在蓝色的海洋上转悠，进行小规模的攻击，正如评论员渊田所说的，"用大锤砸蛋壳"。时光一天天过去，日本快速的战列舰一直停泊在广岛附近的基地里。三月里，南云终于向西进攻印度洋里的英国海军和空军，目的是支援挺进缅甸的日本陆军。

这里终于对黑岛战略进行了一次试验，结果是取得了巨大胜利。南云的俯冲轰炸机炸沉了一艘航空母舰、两艘重型巡洋舰和一艘驱逐舰；他摧毁了锡兰的两个基地和不少商船；他的零式战斗机把防守的剑鱼式飞机、飓风式飞机和喷火式飞机打得一败涂地，温斯顿·丘吉尔在回忆录中承认英国皇家空军在欧洲从来没有这样惨败过。剩下来的英国军舰逃到英属东非，掌握了两个世纪霸权的英国海军在印度洋上销声匿迹了。事实上，印度洋成了日本的内海。西方的历史学家都忽略了这件了不起的事情，只有丘吉尔坦率地写下了他当时真心感到的震惊和恐惧。

黑岛的设想就是这样被证明是正确的。马达加斯加、非洲海岸、苏伊士运河、波斯湾、地中海本身，都敞开着，听凭日本舰队挺进。但是现在已经太迟了，南云应召去执行别的军事行动。轴心国在时间上的有利因素被白白浪费掉，没有利用。

杜立特空袭

当时，美国从事了一个虽然轻率但是勇敢的宣传活动，那就是杜立特对东京的恐怖空袭。这惹得日本的最高统帅部对"向哪儿出击"这个拖了好久的问题终于做出决断，他们几乎惊慌失措地选择了一条最行不通的道路。

低估美国人是他们的敌人经常犯的一个错误。他们看上去好像轻浮和随便，事实上，他们有着像机械似的非常有条理的头脑，一旦激动起来，他们能变得相当凶猛。美国佬当时在太平洋上还太弱，除了把航空母舰上的飞机派出去进行小规模的空袭以外，干不出任何别的事情来。但是，他们策划了这个野蛮的小花招儿，从一艘航空母舰的甲板上起飞十几架陆军航空兵团的轰炸机去骚扰东京。因为日本巡逻机的航程只能达到航空母舰上飞机的航程，这次空袭获得了完全出人意料的效果。这次行动除了滥杀平民以外，在军事上并无丝毫作用，但是美国人一直采取这种行动，后来在德累斯顿和广岛也是这样干的。他们的目的是鼓舞国内的人民，使敌人感到惊慌。

在技术上，这是极不容易办到的，但是美国人以他们惯常的聪明方式改装了轰炸机，并且改变了航空母舰的操作规程。一群志愿参加的飞机驾驶员在能干的陆军飞行员杜立特的率领下进行偷袭。炸弹从晴朗的天空中扔下来，在东京爆炸。美国欢欣鼓舞；全世界目瞪口呆；日本震得连地基都动摇了。战争仅仅爆发了四个月，神圣的天皇就受到美国佬的炸弹威胁啦！

山本——做出袭击珍珠港决定的大胆的海军最高统帅——现在下定决心，绝对不让这类事再发生，放肆的美国人必须受到教训，必须把他们驱逐得远远的，使他们航空母舰上的飞机永远飞不到日本。明确而事关重大的"向哪儿出击"的答案就这样产生了："东进！"东进，那里没有具体的好处可以获得，但是东进，那里美国的舰队可能会被迫出动并且被消灭。而日本将占领敌人的一个前哨基地，在那里，它能够防止一切未来的杜立特空袭。于是，南云被召回去了。事情已经决定，无可挽回了。东进！

就是这样，由于这种错误的领导，我们和日本人以背相向，放过了大英帝国。我们在全球战场上各自奔向错误的方向：德国军队长途跋涉，向斯大林格勒挺进，而日本海军则开往中途岛。

英译者按：这篇分析文章在海军作战学院里是用来做研究课题的，我曾为这一课题做过讲解。作为一个陆军军官，隆倾向于把贯穿整个印度洋的海上补给线这个后勤问题，以及来自印度的海上和空中的侧翼威胁，贬低到无足轻重的程度。但是，一九四二年春天，轴心国最好的方针很可能确实是一方面抵挡住我们和俄国，另一方面从两面狠狠地夹击英国人。德国潜艇造成的损失正达到顶峰，日本人向苏伊士运河进逼，加上隆美尔在北非挺进，可能会给丘吉尔政府造成可怕的后果。如果丘吉尔垮台，那么单独媾和的可能性就大大增加。

但是，隆自始至终都忽略了一个事实：极权主义的政府不适宜于联合作战。这种政府的特点是，它们都是由极端主义者和狂热分子组成的，他们都是通过阴谋和犯罪掌权的。一旦掌了权，阴谋家夺取了政权，这些特性仍然存在。正如盗贼动不动就翻脸，所以极权主义者无法牢固地结盟。

第二十二章

拉古秋准将得到的关于娜塔丽在哪儿的消息不正确。

中午，一场天昏地暗的暴风雨从锡耶纳上空倾泻下来。杰斯特罗情绪恶劣，正坐在淌着雨水的窗边，就着灯光，伏在书桌上写作。一到下雨天，他的肩膀就感到痛，他那老年人的手指头也变得不灵活起来。他在室外阳光下写出来的字句总是比较流畅。娜塔丽轻轻的敲门声暗示："无关紧要的小事。你如果没有空，就不必理睬。"

"嗯？进来。"

他正在写的章节需要再详细地查一查马丁·路德对于独身生活的见解。杰斯特罗感到人上了年纪一动就累，而且工作反正也干不完，倒欢迎这会儿有人来打断。在灯光的阴影里，她那张瘦得皮包骨头的脸显得苍白和悲伤。她仍然没从遭到扣留的打击中恢复过来，他想。

"埃伦，你认识莫塞·萨切尔多特吗？"

"那个开电影院、拥有半条巴尔基·迪·索普拉街①的犹太人？"他恼火地使劲取下眼镜，"我也许认识。我知道这个人。"

"他打电话来，他说你们在大主教的府上遇见过。"

"他有什么事？"杰斯特罗烦恼地挥挥眼镜，"如果他是我记得的那个人，就是一个老是哭丧着脸的白眼老头儿。"

"他想请你在他那本《一个犹太人的耶稣》上签个名。"

"什么？我在这儿待了十一年，他才来要求我签名？"

"我去回答你没空好不？"

杰斯特罗慢腾腾地露出一丝深思熟虑的微笑，在眼镜上哈了口气，把眼镜擦擦干

---

① 锡耶纳最宽的一条街。

净。"'萨切尔多特',你知道,是意大利语,等于库汉①,是'教士'的意思。我们最好弄弄清楚莫塞·库汉先生到底要什么。通知他在我午睡以后来。"

暴风雨过去了,阳光灿烂,雨珠在平台的鲜花上闪闪发亮。这时候,一辆老式汽车呼哧呼哧地开到大门前。娜塔丽绕过一个个水坑去迎接这个穿着一身黑衣服的矮胖老人。杰斯特罗坐在一张躺椅上喝茶,摆摆手招呼萨切尔多特在他身旁的一张长凳上坐下。

那个老人带来两本书,当他把其中一本不起眼的、包着蓝书皮的书递给杰斯特罗的时候,杰斯特罗说:"嗯,嗯。意大利文版,《一个犹太人的耶稣》。"他戴上眼镜,翻着那纸张低劣粗糙的书页。"我自己一本也没有了。恐怕只有藏书家才会有吧?那一版印数只有一千册左右,还是一九三四年出版的。"

"啊,说得对。非常稀有,非常珍贵。啊,谢谢你,不要牛奶,也不要糖。"娜塔丽正在一张轻便的小桌子旁倒茶。萨切尔多特说的是纯粹的托斯卡纳口音的意大利语,甜美而清晰。"一件珍品,杰斯特罗博士。这是一本好书,譬如说,你对'最后的晚餐'的论述对我们的年轻人起了多大影响啊!他们看到教堂墙上的《最后的晚餐》,他们参加逾越节的家宴——经常不是心甘情愿的——不过,他们没把这两件事情联系起来,直到你为他们指出。你证明罗马人把耶稣作为政治激进分子处决,还证明普通的犹太人真心实意地爱他,这是非常重要的。要是你的证明能得到更好的了解,那该有多好啊!咱们共同的朋友大主教有一次对我谈到过这段文字。"

杰斯特罗低下头去,流露出微笑。他喜爱被夸奖,不管是多么琐碎的,然而近来几乎一点儿都得不到了。"还有一本是什么书?"

萨切尔多特把一本磨损了的小书递给杰斯特罗,说:"也是一本难得的珍本。我近来在这本书上花了不少时间。"

"呦!我不知道竟然出过这本书。"他把书递过去给娜塔丽看,"《当代希伯来语》。真想不到!"

"米兰的犹太复国主义组织在好久以前出版的。这是一个小团体,可是资金挺充足。"萨切尔多特放低声音说,"我们一家人可能到巴勒斯坦去。"

娜塔丽停止切蛋糕,清了清嗓子说:"你们到底用什么办法上那儿去呢?"

"我的女婿在安排这件事。我想你认识他,贝尔纳多·卡斯泰尔诺沃医生,他给你的娃娃看过病的。"

"一点儿不错。他是你的女婿吗?"

———————————————

① 希伯来语"教士"的音译。

萨切尔多特听到这种惊奇的口气，疲倦地微笑起来，露出金牙，点点头。

"那么，他是犹太人？"

"眼下这样的日子里，谁也不会夸耀这个身份呀，亨利太太。"

"嗯，我感到惊奇，我过去一直没想到。"

杰斯特罗把那本语文课本递还给他，拧开笔帽，在《一个犹太人的耶稣》的空白页上开始签名。"你在这儿感到不安全吗？你在考虑的旅行是很冒险的，我们是亲身经历过才知道的。"

"你是指你们那次乘'伊兹密尔'号航行的事吗？我的女婿和我为'伊兹密尔'号的航行提供了部分费用。"娜塔丽和杰斯特罗交换了一下惊奇的眼神，"今天是安息日①前夜，杰斯特罗博士。你跟你的侄女来同我们一起吃晚饭，好吗？贝尔纳多也在。你们有多久没吃过一顿真正的安息日前夜的饭菜了？"

"约莫有四十年了。感谢你的一片好意，可是我想，我们的厨子已经在做饭了，所以——"

娜塔丽干脆地说："我倒很想去。"

埃伦说："那么路易斯呢？"

"啊，你们一定要把娃娃带去！"萨切尔多特说，"我的外孙女米丽娅姆会把他当宝贝的。"

杰斯特罗在空白页上匆匆签了名。"嗯，那好，我们去吧。谢谢你。"

萨切尔多特紧紧地抓住那本书，说："现在我们全家有一件宝贝了。"

娜塔丽用手把头发捋到脑后，缩成一个发髻。"那艘'伊兹密尔'号后来怎么样啦？阿夫兰·拉宾诺维茨怎么样啦？你知道吗？他还活着吗？"

"贝尔纳多会把一切告诉你的。"

萨切尔多特一家和卡斯泰尔诺沃一家住在锡耶纳古老的城墙外的新建区里，住在莫塞·萨切尔多特自有的一所难看的拉毛水泥的公寓的顶层，萨切尔多特管这公寓叫"堡垒"。电梯停止使用，他们不得不爬上五层陈旧的楼梯。他先后用几把钥匙开了不同的锁，把他们领进一个宽敞的公寓房间，房间里充满了刺激食欲的饭菜香味，摆放着擦得闪闪发亮的笨重家具，靠墙都摆着藏书，大柜子里尽是精美的银器和瓷器。

卡斯泰尔诺沃医生在过道里迎接他们。娜塔丽从来没重视过他：一个小城市的医生，不过在锡耶纳算是最好的了。他殷勤的职业态度使她有点儿好感。他长着浓密的

———————————————

① 犹太人每周一次的圣日。

黑头发、水汪汪的棕色眼睛和黑黢黢的长脸，看上去同人们在古老的锡耶纳油画上看到的托斯卡纳人一模一样。娜塔丽的脑子里从来没想过这个男人可能是犹太人。

在餐厅里，医生向他们介绍他的妻子和岳母，她们看上去也很像是意大利人：两个人都长得身材结实，都穿着黑绸衣服，都是双眼皮、大下巴，流露出相似的甜蜜、天真的微笑。做母亲的头发已经花白，脸上不施脂粉；做女儿的一头棕发，嘴唇上抹了点儿唇膏。落日的余晖映红了那些长窗，她们在夕照里点亮了摆在陈设奢华的饭桌上的安息日蜡烛。当她们戴上黑色的有花边的便帽时，一个穿着棕色天鹅绒衣服、脸色憔悴的小姑娘轻巧地跑进房间来。她在她母亲身旁站住，望着娜塔丽怀里的婴儿微笑。蜡烛在四个华丽的银烛台上闪闪发光，两个女人捂住眼睛，喃喃地念着祈祷词。小姑娘坐在一张椅子上，伸出两只胳膊，用清晰的意大利语尖声说："我爱他，让我抱吧。"

娜塔丽把婴儿放在米丽娅姆怀里。两只细瘦、苍白的胳膊紧紧搂着婴儿，显出一副滑稽的能干样子。路易斯仔细地打量她，靠在她身上，钩住她的脖子。

萨切尔多特犹豫不决地说："杰斯特罗博士，你愿意跟我们一起到会堂去吗？"

"啊，对啦，大主教几年以前就告诉过我，在田野广场附近什么地方有一座会堂。"杰斯特罗的声音听起来好像既感到惊奇，又感到高兴，"它的建筑有趣吗？"

"只是一座古老的会堂。"卡斯泰尔诺沃烦躁地说，"我们并不是很信宗教。爸爸是主席，找十个人来也绝不是一件容易的事，所以我去。那儿有时候能听到一些消息。"

"我要是不去的话，你们会见谅吧？"杰斯特罗微笑着说，"我会叫全能的上帝大吃一惊，可能毁了他的安息日。我还是在这儿欣赏一下你的藏书吧。"

娜塔丽和医生的妻子在厨房里喂两个孩子吃饭，安娜·卡斯泰尔诺沃带着女人跟女人说话的态度叽叽呱呱地说个不停。她压根儿不信宗教，她直截了当地承认，但是她遵守一切宗教仪式，为了让她的父母高兴。她对自己丈夫的犹太复国主义也漠不关心。她的爱好是看小说，尤其是美国作家写的。有一位美国作家到她家里来做客，哪怕他不是小说家，也使她非常激动。听娜塔丽讲她同一个潜艇军官结婚的故事，那个医生的妻子听得入迷了。"呦！这简直像是一部小说，"她说，"一部欧内斯特·海明威写的小说，充满传奇色彩。"米丽娅姆喂起路易斯饭来，两个孩子对这件事都显出一副庄严得可笑的神情，他们忍不住哈哈大笑起来。后来，她们把米丽娅姆和婴儿安置在小姑娘那个堆满玩具的房间里。"她对他的照顾会比任何一个女管家都好。"安娜说，"我听到了爸爸和贝尔纳多的声音，来吃晚饭吧。"

萨切尔多特和卡斯泰尔诺沃医生回到家里来了，脸色阴沉。老人戴上一项旧的白便帽，对着酒念祈祷词，接着就把便帽脱掉了。娜塔丽从这家人的低声交谈中发现有一个人还没来。"嗯，咱们吃吧，"萨切尔多特说，"咱们坐下吧。"有一个座位空着。

饭菜既不是意大利式的，也不像娜塔丽隐隐约约预料的那样，按犹太教的规矩烧。一道加香料的鱼、一道水果汤、一道仔鸡、用红花做作料的米饭和茄子烧肉。谈话慢条斯理地进行着。饭吃到一半，有一个叫阿诺尔多的儿子走进来：瘦削、矮小，约莫二十岁，他的肮脏的运动衫、蓬松的长头发和敞开着领子的衬衫，同这家人注重礼节的习惯形成强烈对比。他默不作声、狼吞虎咽地吃着。他一走进来，时断时续的谈话就停止了。萨切尔多特又戴上便帽，领头唱一支希伯来语短歌，其他人都随着他唱，但是阿诺尔多不唱。

娜塔丽开始懊悔硬要埃伦来吃这顿晚饭。埃伦呢，只要医生的妻子在他的酒杯里一倒满酒，就马上喝干，借此来打发时间。这家人的脸上一直流露出一种不自在的神情，而且似乎有一种模糊的恐惧造成了这种阴郁气氛。娜塔丽一心想要问医生关于拉宾诺维茨和"伊兹密尔"号的事情，但是他脸上神情严峻，使她不敢开口。

犹太教的仪式总使娜塔丽感到心情沮丧，而仍然点在桌子上的安息日蜡烛尤其刺痛她的心。今晚看到米丽娅姆，她感到一个往昔的、遗忘了的厉害创伤又痛起来了。二十年前，她也是这样站在她母亲身旁，问她母亲为什么要在白天点蜡烛。回答是，在安息日前夜，禁止在日落以后点火。这听上去完全合情合理，因为对一个小姑娘来说，生活里充满了蛮不讲理的禁忌。但是，吃罢星期五丰盛的晚饭以后，她的父亲划了一根发出火焰的火柴点他的长雪茄。她天真地说："爸爸，日落以后是不准点火的。"她的父母窘迫而感到有趣地交换了一个眼神。她记不得她父亲一边抽烟，一边怎么回答，但是她永远忘不了那个眼神，因为在那一刹那，它毁了她对犹太教的信仰。从那一夜开始，她在主日学校里就调皮捣蛋起来。不久，尽管她父亲是圣殿的工作人员，做父母的也没法儿叫她上那里去了。

阿诺尔多拉平他污迹斑斑的运动衫，站起身来，而别人都还在吃。他带着讨人喜欢的微笑，露出雪白的牙齿，用意大利语很快地对杰斯特罗说："对不起，我得出去。我看过您的书，先生，是本好书。"

她的母亲悲伤地说："在安息日前夜，家里还有客人，阿诺尔多，你不能多待一会儿吗？"

微笑的脸顿时沉了下来，他带着敌意咬牙切齿地吐出一个姑娘的名字："弗兰切斯卡在等我。再见。"

他撇下他们，房间里一片沉重的静默。卡斯泰尔诺沃医生转过来对杰斯特罗和娜塔丽说话，借此打破僵局。"嗯！现在我来告诉你们一个好消息吧。'伊兹密尔'号那艘船已经到了巴勒斯坦，而且旅客上岸的时候，英国人没有逮捕他们。"

"啊，我的上帝！"娜塔丽叫嚷起来，高兴地松了一口气，"你说的消息靠得住吗？"

"我跟阿夫兰·拉宾诺维茨有接触。他们遇到过糟糕的情况，可是整个说来，这一次是成功的。"

杰斯特罗把一只潮湿的小手放在娜塔丽的手上："了不起的消息！"

"这一次航行花了我们不少钱。"萨切尔多特高兴地笑了，"令人满意的是，结果圆满。事情并不一直是这样顺利的。"

娜塔丽对医生说："可是报纸上和广播里都说船失踪了。我做了不少噩梦，梦见它跟'斯特鲁玛'号有同样的遭遇。"

卡斯泰尔诺沃辛酸地扮了个鬼脸："是啊，不幸的消息你们总是听得到的。犹太人一旦遭了殃，全世界的新闻界总是不乏热情地大事宣扬，对他们的成功却是最好不加报道。"

"还有拉宾诺维茨呢？他怎么样啦？"

"他已经回马赛去了，那儿是他的基地。他眼下在那儿。"

"你同他怎么联系呢？我可以知道吗？"

卡斯泰尔诺沃耸耸肩膀，说："为什么不可以呢？我岳父过去经常向乘那条船走的赫伯特·罗斯租影片。拉宾诺维茨在那不勒斯由于耽搁、修理短了钱，罗斯提出我们是不是可以帮助他。阿夫兰乘火车上这儿来，我们给了他一大笔钱。"

"不过干这种事可得小心谨慎才是，"萨切尔多特闷闷不乐地插嘴说，"千万要小心！我们的处境在这儿是微妙的，非常微妙。"

医生说："嗯，是这样。从那时起，他跟我一直有接触。他是一个值得认识的好人。"

卡斯泰尔诺沃谈到意大利籍的犹太人处境越来越危险了。犹太人不管在欧洲什么地方都没有前途，他说。他好久以前就已经看到这一点了，那还是在锡耶纳上医科学校的时候。这场艰难困苦的战斗使他成为一个犹太复国主义者。整个欧洲都被民族主义者对犹太人的憎恨毒害了，好久以前，极端自由主义的法国出了那桩德雷福斯①事件，就是一个警告的信号。在墨索里尼的排犹主义法律下，他自己还能够行医，只是因为锡耶纳的卫生当局公开表示需要他。他岳父靠一些微妙的法律上的花招儿仍然控制着他的产业，这样一来，他的命运就完全操纵在那些信天主教的合伙人手里了。就在当天晚上，他们刚在会堂里听到，法西斯政权正在给意大利籍的犹太人建造集

---

① 阿尔弗雷德·德雷福斯（1859—1935），法籍犹太军官，受排犹分子的陷害，被法国军事法庭判决监禁在魔鬼岛。广大法国人民，包括左拉等著名人士，对这一种族歧视的诬陷事件纷纷抗议，轰动全世界。在世界舆论的压力下，德雷福斯最后获释，并恢复军籍。

中营，就像已经有的关犹太侨民的集中营那样。四个月以后，围捕队将在赎罪日①下手，那时候可以在会堂里把犹太人一网打尽。一旦把犹太人集中起来，就要把他们移交给德国人，运到东方去，那儿正在发生可怕的大屠杀。

萨切尔多特打断医生的话，坚持说那个消息是吓破了胆的人胡言乱语。传消息的人是一个同上层人士没有联系的散播谣言的人，秘密大屠杀的故事尽是愚蠢的胡说。大主教本人向萨切尔多特保证过，梵蒂冈的情报网是欧洲消息最灵通的，如果这种消息有一点儿真实性，教皇早就会谴责纳粹德国，不承认希特勒是一个基督徒了。

"我为大主教的那些计划提供了大量经费。"萨切尔多特转过那双眼泪汪汪的、焦虑的黑眼睛，盯着杰斯特罗看，"我是孤儿院的主席，那是他最骄傲和心爱的事业，他不会让我陷入困境的。你认识他，你同意我的话吗？"

"大主教阁下是一位意大利绅士，一个善良的人。"杰斯特罗又干了一杯，他的脸已经很红了，但是他说话还很清楚，"我同意你的话。哪怕德国人的领袖是一个疯子——因为我已经肯定，希特勒是精神失常的——他们先进的文化、他们对秩序的热爱和他们对法律的拘泥，都排除了这些谣言真实的可能性。纳粹分子确实是赤裸裸的、野蛮的排犹主义者，而在这样一个事实基础上，编出一些可怕的无中生有的谣言来，那真是太简单了。"

"杰斯特罗博士，"卡斯泰尔诺沃说，"利迪策②是怎么回事？先进文明的产物吗？"

"海德里希那个家伙是一个党卫军头子，报复性的措施在战争中不是新鲜事，"杰斯特罗用冷冷的、学术讨论时用的针锋相对的声调敏捷地回答，"别要求我去为德国佬有计划的军事暴行辩护。他才不需要人为他辩护呢，他公布了这个消息，他大吹大擂地公布已经消灭了那个可怜的捷克村庄。"

卡斯泰尔诺沃用意大利语干巴巴地、迅速地说了一通。教皇知道的事情，大主教并不全知道。教皇有理由保持沉默，主要是为了保护教会在德国占领下的那些国家里的财产和影响，也是为了那条古老的基督教义：犹太人必须世世代代受苦受难，以此来证明他们曾经错怪了基督，而且有一天他们一定会承认他。米丽娅姆再也不能在德国人的魔爪中生活下去；他和他的妻子已经打定主意了，他已经在同拉宾诺维茨联系出走的办法和措施。

那个老人在这当口儿又插嘴了。出走这个主意对他自己和他的妻子来说是多么可

---

① 犹太人一年中最重要的节日，时间为犹太历每年的7月10日（公历9—10月）。节日前夜，犹太人要在会堂集体祈祷。

② 捷克首都布拉格西北的一个村庄。1942年，因德国驻捷克总督海德里希被刺杀，纳粹德国杀尽该村居民，焚烧全村，作为报复。

怕啊。锡耶纳是他们的家，意大利语是他们的语言。更糟糕的是，阿诺尔多决定留下来，他同一个锡耶纳姑娘在谈恋爱。一家人会落得东分西散，攒了一辈子的财产会化为乌有。

路易斯和米丽娅姆在一个隔得比较远的房间里哈哈大笑。"哎呀，真叫人不能相信，这孩子到现在还没睡着。"娜塔丽说，"他从来没玩得这么畅快过，可是我得带他回家，让他去睡了。"

"亨利太太，你为什么没跟别的美国人一起离开？"医生突然直截了当地问，"拉宾诺维茨始终摸不透，而且感到担心，他再三问起你。"

她望望她叔叔，感到自己的脸涨红了。"我们被暂时扣留了。"

"可是为了什么事？"

杰斯特罗回答说："又是报复性措施。有三个德国间谍在巴西冒充意大利新闻记者，被逮捕了，所以——"

"德国间谍在巴西？"卡斯泰尔诺沃皱起眉头，打断了他的话，"这跟你们有什么相干？你们是美国人嘛。"

他的妻子说："这完全不讲道理。"

"哪有什么道理可讲。"杰斯特罗说，"我们的国务院通过伯尔尼在对意大利政府施加压力，要他们把我们马上送到瑞士去。他们还在做工作，设法释放那几个在巴西的间谍，以防施压失败。我不担心。"

"我担心。"娜塔丽说。

杰斯特罗轻松地说："除了我们获得释放以外，我们的政府还有一两件别的事要考虑，但我的侄女不能同意这一点。就像，譬如说，看来眼下各条战线上都在打败仗。不过，我们还受到别的保护，一种不同寻常的保护。"他醉醺醺地带着揶揄的神情对娜塔丽微笑了一下："你看该怎么说，我亲爱的？咱们把秘密告诉这些可爱的新朋友好吗？"

"随你的便，埃伦。"娜塔丽把椅子往后一推，他对这些有钱但是痛苦的人摆出一副神气活现的架子，令她恼火，"真奇怪，两个孩子突然一点儿声音也没有了。我得去看一看路易斯。"

她发现他在米丽娅姆的床上睡着了，按照他喜爱的那个睡觉姿势：脸朝下，膝盖蜷缩着，屁股撅在空中，胳膊伸开着，看上去非常不舒服。她时常把他的姿势摆正，但是又眼睁睁地看着他恢复老样子，仍然熟睡着，好像他是一个橡皮娃娃，总是回复到制造出来的形状。米丽娅姆坐在他身旁，双手合拢着摆在膝上，脚踝交叉着，摇晃着两只脚。

"他睡着多久啦，亲爱的？"

"才几分钟。我给他盖点儿东西，好不？"

"别盖了，我马上带他回家去。"

"要是他能待在这儿，那该有多好！"

"嗯，明天上我们家来，跟他一起玩吧。"

"啊，我可以来吗？"那个小姑娘轻轻地拍拍手，"请你跟我妈妈说一声，好不？"

"当然啦。你应该有一个小弟弟，我希望有一天你会有。"

"我有过，他死掉了。"小姑娘说，她平静的神态使娜塔丽打了个冷战。

她回到餐桌旁。埃伦在讲在犹太侨民被拘留的时候，由于维尔纳·贝克的斡旋，秘密警察撤销了传票。"从此以后，我们一直太平无事地生活着。"杰斯特罗说，"维尔纳真是关怀备至，处处保护我们，他甚至给我带来非法传递的美国来信。请想一想！一个高级的德国外交官使两个犹太人避免被法西斯分子拘留，就因为我从前帮助过一个热诚的年轻历史研究生写博士论文。我压根儿没指望得到报答！"

那个老太太说话了。"那么，他为什么不帮助你，杰斯特罗博士，解决那桩节外生枝的巴西事件呢？"

"他在帮忙，他一直心急火燎地给柏林打电报。他向我们保证，这种不合理的做法会得到纠正，我们通过瑞士得到释放只是一个时间问题罢了。"

"你相信这些话吗？"卡斯泰尔诺沃问娜塔丽。

她咬着下嘴唇："嗯，我们知道，外交活动是在匆匆忙忙地进行，他是在关心这件事。我有一个朋友在美国驻伯尔尼的公使馆，他来信告诉我同样的情况。"

"我的猜想是，"那个医生说，"这个贝克博士是在阻止你们离开意大利。"

"多么荒谬啊！"杰斯特罗叫起来。

但是，卡斯泰尔诺沃的话在娜塔丽的心中激起了可怕的、凶多吉少的担心。"为什么？他这样做有什么好处呢？"

"你这个问题提得好。把大名鼎鼎的杰斯特罗博士扣在意大利，使博士一切都得依靠他，这对他来说是有利的。至于哪一方面对他有利，你们会知道的。"

"你真是一个愤世嫉俗的人。"杰斯特罗说，他开始生气了。

"想到我是一个犹太人，此时此地我只相信最坏的可能性。这不是愤世嫉俗，这是常识。现在我给你们俩传达一个阿夫兰·拉宾诺维茨托带的口信，"医生对娜塔丽说，"他说：'一有可能，就走。'"

"可是怎么走呢？"她几乎对卡斯泰尔诺沃尖叫起来，"难道你以为我不想走吗？"

杰斯特罗看了看表，对萨切尔多特全家生硬地说："你们全家像招待自己人一样招待我们，我衷心地感谢你们。我们该走了，再见。"

第二十三章

帕格·亨利同他的两个儿子、杰妮丝和卡塔尔·埃斯特一起站在总督府大草坪游园会的欢迎行列里。那位贵宾处在棕榈树、鲜艳的热带灌木丛和那一大群闹嚷嚷的时髦人士中间，显得很突出。虽然埃里斯特·塔茨伯利乘着一艘没有甲板的小船在公海上受了苦，但并没有消瘦。要不然，即使消瘦过，他也已经把自己喂得不但恢复了老样子，而且更胖了。他穿着一套黄绸衣服，系着一条色彩鲜明的黄领带，脖子上戴着一个黄花环，用一根黄棕榈手杖支撑着身子，在将近黄昏的夏威夷的黄色阳光里，从头到脚活像个奶油人。他左眼上戴着一个黑眼罩。

帕格走上前去的时候，塔茨伯利像熊似的一把紧紧抱住他。"啊——哈！帕格·亨利，我的上帝！刚从柏林、伦敦和莫斯科转了一圈回来啊！我的上帝，帕格，你好啊！"

他走上前来拥抱帕格，露出站在他背后的他的女儿，她穿着一身灰色紧身连衣裙。直到那时候，帕格一直拿不准她有没有来参加游园会，虽然报纸上说她已经同塔茨伯利一起来到夏威夷。那个通讯员由于不好意思或者恶作剧，在电话里没有提到她。维克多·亨利被塔茨伯利拥抱着，眼前尽是香喷喷的黄花，看不见她，心里想，她的个子多么小，她裸露出的苗条的胳膊多么白，她在热带待了好几个月，难道一直没晒到阳光吗？她的淡棕色头发同以往一样高高地堆在头上，一点儿也不时髦。

"好啊，美国佬，"塔茨伯利凑着他的耳朵说，声音响得像打雷，嘴里喷出一股潮湿的热气，"你们现在跟我们一起陷在战争中啦！陷得齐脖子深啦！不见个你死我活不罢休啦！"他放开帕格。"啊——哈——哈！这一天总算盼到啦，总算盼到啦，我的上帝。嗯！你总记得帕姆吧，是不？还是你已经把她给忘啦？"

"你好。"低低的声音，干巴巴的、简短的握手。她苍白的脸上显出平静、冷淡和不认识的神情，就像他们在"不来梅"号上初次会面时那样。但是，由于她父亲庞大的身躯遮住了她，帕格才产生了她个子矮小这个错觉。帕米拉的灰绿色眼睛同帕格的眼睛差不多一样高低，她的胸脯在灰色的连衣裙下比他记忆中更丰满了。

塔茨伯利说："总督，这位是'北安普敦'号的维克多·亨利上校。我告诉过您，他是许多总统和首相的亲密朋友。"他这样吹捧的介绍，对总督来说是白白浪费。他是一个满脸皱纹、神情疲倦的人，穿着一身泡泡纱，向帕格淡淡地微笑一下，这是一种适合巡洋舰舰长身份的待遇。塔茨伯利的声音，压倒了游园会上的闹声："好啊，帕格，三个结实的儿子①，嗯？我想我记得是两个。你好，参议员的漂亮的女儿来了。"

帕格介绍埃斯特少校的时候，总督厌烦的眼神活泛起来。"啊，'乌贼'号艇长？说真的！嗯，好啊，我听说过你。让日本人也尝尝他们让我们尝的滋味嘛，是吗，艇长？干得好！"

"谢谢您，总督。"埃斯特谦虚地点点头。

塔茨伯利那只好眼睛机灵地闪闪发光，他说："潜艇英雄，嗯？咱们以后谈谈。"

埃斯特冷淡地咧开嘴笑笑，算是回答。

在花园深处一棵棕榈树下，斯普鲁恩斯站在海军上将尼米兹身旁。尼米兹双手交叉在胸前，斯普鲁恩斯的双手却放在自己的屁股上，好像他不知道还有别的地方可以放手似的。两位海军将领都用苦恼的眼光在斜视。斯普鲁恩斯向帕格招招手。他走近太平洋舰队总司令，心里有点儿慌张，因为他从来没见过尼米兹。

"长官，这是亨利上校。"

"嗯！我们在今天晚上制订计划的会议上将见到你，上校。"

尼米兹的胸前口袋上佩着海豚奖章和一排排色彩鲜艳的作战勋表。剪得很短的白头发、红润的皮肤、安详的蓝眼睛、方下巴、平坦的肚子，他是一个饱经风霜、身强力壮、神情温和的老潜艇人员，然而充分具有最高统帅的气派。尼米兹把脑袋向欢迎的行列斜了一下，说："我听说你是那个新闻记者的朋友。"

"我在欧洲服役的时候，我们就认识了，长官。"

"有人劝我在这儿露露脸，因为陆军大规模出动了。"尼米兹指指挤在军事总督理查森将军周围的那些穿卡其军服的人，接着，他向密密匝匝地拥在草坪上的那帮欢乐的夏威夷上流社会人士挥挥手。"值得用这样的场面来欢迎这个人吗？"

"全世界都听他的广播，长官。"

"新闻处也要我明天同他谈谈。"蓝眼睛里流露出探询的神情。他这句话实际上

---

① 塔茨伯利误认为埃斯特也是帕格·亨利的儿子，所以说"三个"儿子。

是提出了一个问题。尼米兹已经感到即将到来的战斗的分量了，帕格心里想。这个要求使他想到《综艺》上那篇吹捧梅德琳的短文。

"长官，您要是有时间接待记者，他倒是挺好的人选。"

尼米兹扮了个鬼脸，说："时间可是一个问题啊。不过他们老是对我说，我们得鼓舞国内的人心。"

"有一个鼓舞人心的好办法，长官，就是胜利。"

尼米兹眼睛一亮，点点头，就让他走开了。几分钟以后，帕格看到两个海军将领一前一后穿过人群，溜出花园。塔茨伯利这个穿着黄衣眼的庞然大物现在站在帐篷酒吧前理查森将军身旁，一圈服装鲜艳、只想往前挤的女人围着他。

帕格独自站着，没去喝酒。为了免得被熙来攘往的客人挤着，他退到那棵棕榈树前，不知不觉地像斯普鲁恩斯那样把他的手指关节贴在屁股上，几乎同样苦恼地斜视着周围。帕米拉·塔茨伯利同杰妮丝、他的两个儿子和埃斯特在一起喝酒，她在讲故事，那是一件新加坡的逸事，帕格根据那些人聚精会神的模样这么猜想。他很高兴看到拜伦过得很快活，因为他今天下午看上去一直垂头丧气、闷闷不乐，这种心情是两天里他同国务院里一个言语支吾的小人物进行了第二次没解决问题的谈话后造成的，那个人既不肯证实又不肯否认娜塔丽是否已经启程回国。至于帕米拉，尽管帕格急于想同她谈谈，但他不愿去打扰那群年轻人。自从他们在莫斯科分手以来，已经有半年了，再等几分钟也没什么关系。归根结底，她看上去是多么年轻啊！她三十一岁了，比他那两个儿子年纪大，但是大得不多。

帕格的心上沉甸甸地压着一个念头：日本舰队正在公海上乘风破浪地逼近中途岛。同这个念头相比，另一个是一件可笑的微不足道的事，但是在他心头有同样的分量，那就是帕米拉·塔茨伯利对他冷淡的招呼。他并不指望得到热情奔放的对待，但是哪怕在欢迎行列里，这个女人也能用嘴唇一抿、手指一按、眼睛一瞟来暗暗表达感情啊。什么也没有！第一眼看到的帕姆没他料想的那样吸引人：有点儿差劲，甚至单调乏味，而且相当憔悴。但是现在，隔开了几码，她生气勃勃地在同年轻人谈话，正在恢复他在回忆和幻想中赋予她的彩虹似的光芒。他白天在海上想念她的时候总会不由自主地沮丧起来，他眼下又感到了同样的心情，虽然她站在那里有血有肉，生气勃勃。

这次洋溢着谈笑声的欢乐盛会，在他阴郁的眼光中，看上去好像是穿着大人的盛装的孩子们的一场游戏。他头脑里栩栩如生地浮现出了诗歌、小说和电影中再现的滑铁卢战役前夕在布鲁塞尔举行的那场盛大舞会的情景：美丽的女人、英俊的军官、音乐、酒、威灵顿公爵自己也在跳舞。接着是远处传来法国大炮低沉的隆隆声，于是一片欢乐烟消云散，变成惊慌、乱窜、眼泪、告别和匆匆拿起武器。也许华盛顿大厦花园里这次闹嚷嚷的豪华招待会不及拿破仑时代那样丰富多彩，但是即将发生的战争，在维克多·亨利的幻想中，已像滑铁卢战役那样隆隆地逼近。它的后果，他认为，将会给打败的一方带来更大的灾难。

"你怎么啦，帕格·亨利？"埃里斯特·塔茨伯利离开酒吧，一瘸一拐地向他走来，"独自站在一旁，在你男子汉的脸上显出了一副为世界担忧的神情？"

"嘿！给你举办了这场游园会，玩得高兴吗？"

"啊，人有时候不能说不。"塔茨伯利扮了个古怪的鬼脸，"白白浪费了一个下午。那场结婚周年纪念的晚宴仍然安排在今晚吗？"

"安排在今晚。"

"真了不起。"

"你的眼睛怎么啦，韬基？"

"有一点儿发炎。明天会见尼米兹以后，我上你们海军医院去检查一下。"

"你拿得准能见到他？"

"嘿，帕格，这个人刚才还来参加这场无聊的游园会了呢，是不？这帮人从来不会忙得不见我的，他们老是迫不及待地争取名满天下。嘿，空军元帅道丁在戈林的九月七日①空袭高潮中还跟我谈话哪！要是当初我在滑铁卢，拿破仑从战场上逃跑的时候，在马背上还会跟我谈话哪，准错不了，不管他的痔疮多么使他痛苦。啊——哈——哈！"

帕格对他周围欢乐的人群做了个手势："我刚才想到了拿破仑，想到了滑铁卢战役前在布鲁塞尔举行的那场舞会。"

"啊，说得对。'那晚上可听到盛大酒宴的喧哗声'②，但是眼下至少还没有听到越来越近的隆隆炮声。"那只独眼眨了眨，瞪着，"难道有人听到了吗？"

"我不知道。"

"得啦，帕格！"那张肥胖的脸沉下来，显出机灵、顽强的神情，"这座岛上正在酝酿着什么事情，一定是极大的事情。告诉我你知道的情况。"

"没法儿给你帮忙。"

"你脸上显出一副心事重重的模样。"

一个穿着云雾似的白蝉翼纱衣服的金发姑娘咪咪地笑着走到塔茨伯利跟前，从这

---

① 1940年9月7日，德国空军开始空袭英国伦敦。
② 此句引自英国诗人拜伦的诗作《恰尔德·哈洛尔德游记》第三章第二十一首第一行。诗中所指是1815年6月15日晚，滑铁卢战役前夕，理查蒙德公爵夫人在布鲁塞尔举行的那场盛大舞会。

团云雾里露出一双拿着一本纪念册和一支铅笔的粉红色小手。"请签个名好不，塔茨伯利先生？"她用银铃似的声音说。他哼了一声，草草地签了名。那个姑娘在咏咏的笑声中像一朵白云一样飘走了。

"我告诉你这叫我想起了什么事情，"塔茨伯利嚷着说，"想起了我在新加坡参加过的'巴喜特'酒会和舞会，那时候，那帮黄皮肤的矮鬼正在马来半岛向南挺进，有的骑着自行车。你们海港里的那些庞然大物都被炸得稀巴烂，接着美国在菲律宾的整个部队被黄种人俘虏了，这些黄种人还挤满在东南亚和东印度群岛上，搜刮必要的物资来进行一场准备打一百年的战争。新加坡丢了，大英帝国四分五裂了，澳大利亚像一个赤身裸体的新娘，随时都可能受到蹂躏，日本舰队比你们残剩在太平洋的那一点儿力量强大四五倍——由于这一切情况，我们可不可以说，人们在夏威夷会指望有一种担心的气氛、一点儿紧急的感觉、一丝痛下决心的迹象，就像我们的英国老家在受到狂轰滥炸的时候所表现出来的那样？但是，热带使白人不适宜进行现代战争。"塔茨伯利用一只胖手拍拍花环，"土著看上去好像非常容易被控制，这叫人产生一种虚假的无敌的感觉。在澳大利亚就没有这种错觉，人们吓得要命。他们知道杜立特那次空袭是美国人巧妙的、勇敢的表演，可是对日本的作战能力毫无损伤。这场游园会上有三分之一的人问我杜立特空袭的情况，骄傲地把纽扣弹得啪啪响。嘿，伙计，英国皇家空军一个月有几次派几百架轰炸机到德国去——有一夜，我们派了一千架轰炸机去轰炸科隆——可我们仍然没有削弱敌人的斗志。也许我的神经不行了，但是我看眼前这一切真有点儿像是一个充满美国口音的新加坡。"

"听起来这好像是你下一次的广播，韬基。"

"大体上是这样。这些人需要唤醒。我当初不喜欢在亚洲人的炮火下从一座即将沦陷的英国堡垒里匆匆忙忙地逃出来，这些人也不会喜欢的。我更不喜欢的是被亚洲人的鱼雷打中，我真巴不得那一个星期不用在赤道的阳光下坐着捕鲸船或救生艇在辽阔的海面上漂流。"

"你跟尼米兹谈了话，就会放心了。"

帕米拉挽着卡塔尔·埃斯特的胳膊踱过去，两个人谈得很热烈。"你看我的帕姆脸色怎样？"

"看来有点儿累了。"

"她前段时间吃了苦。他们那时候把一群妇女送上一艘开往爪哇的旧希腊船，我们就分手了。帕姆在船上害痢疾，病倒了，不得不在爪哇住院治疗。接着，我的上帝，日本人开始在那儿登陆，所以她又得匆匆忙忙地逃上船去，当时她几乎路都走不动了。不过帕姆的恢复能力很强，她很快就好转了。喂，那个潜艇英雄要来参加你的宴会吗？"

"没有请他。"

"你请他好不，老兄？我很想跟他谈谈。嗯，我还得再跟理查森将军扯扯。他非常迟钝，是不？"

塔茨伯利一瘸一拐地走开了。帕格固执地决定不邀请埃斯特，他不喜欢"乌贼"号艇长。在他虚伪的礼貌下，明显地流露出顽固的自负，对一个指挥一艘在条约限制下建成的巡洋舰的前辈隐隐约约地表示自己的高明。海军生活有助于使人克服小心眼儿，而帕格·亨利也经常让别人得到赞扬，但是夏威夷总督当着帕米拉的面对他态度冷淡，却夸奖那个年轻军官，这使他恼火。

拜伦弯弯曲曲地穿过人堆走来，手里拿着一大玻璃杯潘趣酒①。"嘿，爸爸！给你来一杯，好吗？"他的眼睛闪亮、通红，龇牙咧嘴地傻笑着，"盛大的游园会？嘿，你要喝什么，爸爸？"

帕格的眼睛从酒杯上瞟到他儿子的脸上，说："还剩下什么吗？"

拜伦哈哈大笑："爸爸，你不能控制我喝酒，至少今天下午不成。我实在感到太高兴了，我有一年没感到这么高兴了。瞧，爸爸，咱们请'夫人'埃斯特来吃晚饭吧，成不成？他生性古怪，可是待在潜艇里的人总免不了多少有点儿愣头愣脑。他是一个了不起的艇长。"

维克多·亨利从人群中的一个缺口望过去，可以看到帕米拉和埃斯特在酒吧跟前，仍然在愉快地谈着。好吧，帕格想。这个能干的军官刚结束一次战备侦察，获得辉煌的战果回来，即使他喜欢帕姆，而她也喜欢他，又怎么样呢？对这件事有什么可反对的呢？我对她有什么权力呢？要是有的话，我又怎么提出履行权力的要求呢？

"当然啰，一定请他。你要是给自己找到一个好姑娘的话，也请她来吧。"

"我有一个。"

"好啊！我考虑了一下，给我带一个柯林斯②来，胸口长毛的。"

"你在开玩笑。"拜伦用一只胳膊搂住他的爸爸，含混不清地咕哝了一句使维克多·亨利大吃一惊的话："我爱你"或者是"上帝爱你"。帕格没听清楚。

拜伦歪歪斜斜地向条纹帐篷下的长酒吧跑去，那里，杰妮丝在同一个长着浓密白发的陆军将领谈话。帕格看到她兴奋地向拜伦招手，在她身旁，帕米拉和埃斯特四目

---

① 一种用甜酒、果汁、香料等调制的饮料。

② 此处帕格在开玩笑。柯林斯是一种用甜酒、柠檬汁等调制的鸡尾酒，酒名来自原来纽约的一个著名调酒师约翰·柯林斯。帕格联想到他刚同拜伦谈到过姑娘，而柯林斯恰巧是一个姓，所以他把一杯鸡尾酒说成带一个胸口长毛的柯林斯来，换句话说，他要的柯林斯是男的。

相对地哈哈大笑着。维克多·亨利想到自己可笑的痛苦，不禁流露出微笑来。接着，他认出那个白发的军人正是参议员拉古秋。他迈开大步走到酒吧前说："你好，将军！欢迎你，并恭喜你。"

"哦，谢谢，帕格。"准将的军服崭新，铜纽扣简直太亮了。

参议员那过分红润的脸上流露出高兴的神情，说："是啊，我对当军人还没完全习惯哪！嘿，理查森将军的驾驶员到机场来接我，刺溜一下子，飞快地把我直接送到这场游园会上。我想我快要喜欢陆军了，哈哈！"

拜伦用毫无感情的、冷淡而清醒的声音说："她不在那条船上。"

"什么！"

"他们把她和杰斯特罗扣留了，她仍然在锡耶纳。其他美国人全都马上要回国了，可是她回不了。"

"不错，不过别担心，年轻人，"拉古秋兴高采烈地说，"国务院里不知哪一个办事疏忽，没打电报通知你。很抱歉，我得到的消息不可靠。这是一个暂时的困难，国务院向我保证，最多几个星期就可以解决，牵涉到意大利记者在巴西的问题。"

"参议员，这儿有两位很美丽的太太非常想要见见你。"理查森将军叫他。

拉古秋急忙赶去。

"胸口长毛的柯林斯来啦，"拜伦平静地说，脸色煞白，"来吧，爸爸。"

"拜伦——"

拜伦背对着他，从穿着棕色陆军制服的人群里挤过去，挤到酒吧跟前。

莫阿纳饭店的大餐厅里，穿铜纽扣军服的男人和穿五光十色衣服的女人转来转去，像是不断变化的万花筒。人挤得靠墙，谈话声和铜管乐器演奏的爵士音乐汇合成一片闹声。年轻的军官大多数是从夏威夷皇家饭店附近的太平洋舰队潜艇人员疗养中心来的，搂着兴奋的姑娘不断旋转，跳着林迪舞[①]。乐队的女歌手穿着一件没有背带的红色晚礼服，露出起伏的胸脯，对着拥挤地坐在舞池周围桌子旁的那些听众扭动、摇晃，唱着"那个摇摆的洗衣女人漂走了"。坐在那些桌子旁的大多数是穿军服的男人和嘻嘻哈哈的漂亮姑娘，她们都戴着首饰，涂脂抹粉，穿着袒胸露背的豪华晚礼服。有几张桌子旁坐着上了年纪的老百姓，看上去好像是退了休的有钱人，他们映着从敞开的窗子外面射进来的夕照，羡慕地注视着这个令人眼花缭乱的战时爱情场面。虽然还是白天，但饭店里像午夜的舞厅一样人声沸腾，因为这种狂欢不得不在十点钟

---

① 一种动作生硬的吉特巴舞。

结束，所以开始得早。十点钟开始宵禁，这是铁定的。

帕格预订了一张舞池旁的大桌子，卡塔尔·埃斯特独自坐在那里。看到帕格陪同塔茨伯利父女两人进来，那个潜艇军官就跳起身来。

"拜伦在哪儿？"帕格问。

"长官，我原以为他跟你在一起呢，我在游园会上找不到他的踪影。"埃斯特用殷勤得夸张的姿态为帕米拉拉出一张椅子，"我甚至到总督府里去找过。我原以为他一定搭你们的车走了。"

"他没有。"

华伦跳着舞从他们身旁经过，嚷着说："勃拉尼在哪儿，爸爸？"

帕格两手向上一翻。

"那个摇摆的洗衣女人漂走了……"华伦被一对对拥挤的舞侣挡得看不见了。埃斯特和帕米拉马上起劲地谈起来。帕格想，照这种情形，他可能再也没机会同她谈话了。太平洋舰队总司令部会议预定在十点召开，舰队一大早就要开往中途岛。刚才在汽车里，塔茨伯利不停地唠叨着新加坡、俄罗斯前线、隆美尔、日本人向印度挺进以及这一类令人讨厌的事情。当时帕米拉坐在后座上，沉默得像一条鱼。现在塔茨伯利几乎把他的嘴凑到帕格的耳朵上，又开始缠着他要他透露内幕消息，即将发生什么大事。那个像胶冻一样颤动的女歌手紧接着"摇摆的洗衣女人"那一句，乱嚷一些完全莫名其妙的歌词，"Hut-Sut rawlson on the riller-ah and a braw-la, braw-la soo-it"就是帕格大致听到的嚷叫。他一只耳朵听着这种"众神的黄昏"①的胡言乱语，另一只耳朵听着塔茨伯利扯着嗓门提出那些令人恼火的问题，看着埃斯特和帕米拉站起来跳舞，牵肠挂肚地担心着拜伦的失踪，越来越清楚地感到日本舰队在逼近——帕格·亨利的兴致是不会太好的。

只见拜伦进来了，拿着一个棕色的大信封，带着一个姑娘。"嘿，爸爸。哦，塔茨伯利先生。这是乌苏拉·西格彭。还记得乌苏拉吗，塔茨伯利先生？你在她的纪念册上签过名。你认为乌苏拉是一个漂亮的名字吗？"

乌苏拉不等塔茨伯利回答，就一下子坐在这个记者身旁的椅子上。"瞧，西格彭就是这样拼的，埃里斯特·塔茨伯利先生。"她用一根小小的伸直的粉红指头在他的胳膊上一边轻轻敲，一边拼，"T-h-i-g-p-e-n！西格彭！不是'皮格彭'。也许你会在广播中提到我吧，嘻嘻！"

---

① "众神的黄昏"是德国作曲家瓦格纳的歌剧四部曲的最后一部的剧名，此处作者借用做"世界末日"之意。

"嗯，勃拉尼！你总算浮出水面啦，"埃斯特同帕米拉从舞池里走回来，说，"你到底上哪儿去啦？"

华伦和杰妮丝回到桌子旁。"像是挤在地铁高峰时间的乘客堆里跳舞。"

"Hut-Sut rawlson on the riller-ah……"乌苏拉问杰妮丝和帕米拉谁要去小便。拜伦带着她坐吉普车转遍了全岛，她说。他甚至带她上了"乌贼"号，可是潜艇上没有给小姑娘用的房间。"我憋坏啦。"她说。

杰妮丝带她去女盥洗间，不明白拜伦为什么带这么个白痴来。乌苏拉在女盥洗间涂脂抹粉的时候，她的小手提包里掉出了一个避孕套，她满不在乎地把它放回去，咔咔地笑着说，在夏威夷很难说什么时候会下雨，对不？"虽然坦白地说，你的小叔子看来不准是那种人。"她说，"他很帅，可也很怪。"

"你们在潜艇上干了些什么？"

"啊，他去搬一个大木箱，箱子现在就在外面的吉普车上。把它搬上那些铁梯子可真是一个问题，可是跟我的问题比起来根本算不了什么，亲爱的。嘿，潜艇上那帮水兵坏透了！他们什么都看见了。他们哪肯不看啊！我敢打赌，这帮人看得眼睛都发酸了。"乌苏拉一路上嘻嘻哈哈地说着这件事，走回桌子旁。一个侍者在那里倒酒。

拜伦同帕米拉这时在舞池里跳林迪舞，她同他保持着一只胳膊长短的距离。帕米拉带着既有点儿沮丧又有点儿兴奋的神情，瞅着他优美的滑稽动作。

华伦对杰妮丝说："拜伦今晚飞往圣弗朗西斯科，带着他那个木箱。他说要我们九点半送他到海军航空运输站，把他送上飞机。"

杰妮丝对埃斯特说："你已经委派他了吗？"

"这就是他的调令。"埃斯特无可奈何、没精打采地向桌上那个信封摆摆手，"我刚签了字。"

"空运优先权办好了吗？"

"他弄到了空运优先权。这些事情是拜伦自己办的。"

"拜伦有两种办事效率，"他父亲发表意见说，"一种像蜗牛似的爬行，另一种像真空里的光速。"他在看拜伦跳舞，在眼前这些人中，他的吉特巴舞跳得最好，把林迪舞眼下流行的生硬的抬膝动作和疯狂的旋转变成看上去挺可爱的柔软的舞姿。帕米拉·塔茨伯利的舞步稳重谨慎，伸直的那只手简直同拜伦的手不大碰到，这同他的舞姿一比，显得很可笑。

"乌尔西[①]·西格彭！"一个胖乎乎的、满头大汗的海军上尉伸出一只粗大的胳膊

---

① 乌尔西是乌苏拉的昵称。

搂住她的腰，他的海豚奖章被海水泡得发绿了，"我的好乌尔西啊！跳一支舞怎么样，乌尔斯①？你们同意她离开吗，伙计们？"说罢，他们旋转着跳起舞来，一路跳开去。

华伦跳起身来，伸出一只手给杰妮丝，说："嗯，咱们跳吧，结婚周年纪念的姑娘。今晚是你的夜晚。"

"这些该死的林迪舞曲！"杰妮丝嘟嘟囔囔，"他们就不奏一些给结了婚的人跳的曲子吗？"

"跳得糟透了。"帕米拉在帕格身旁的一张椅子上猛地坐下来，用一块灰色的小手绢在额头上轻轻地按按。她抬起头，微笑着对拜伦说："你居然受得了跟我跳舞，真是一个可爱的人。"

"你不肯跳下去了，真遗憾。"拜伦回到自己的座位上，像喝水似的一口气喝干了一大杯冰镇柯林斯酒，接着招呼侍者再来一杯。

埃斯特和塔茨伯利在热烈地低声交谈，谈话声完全被音乐声淹没了。这正是帕格同帕米拉谈话的好机会，怎么开始呢？她没朝着他，而是扭头望着舞池。他多么想念她啊，如今她活生生的就在他身旁，反而使他心神不宁，好像她是不真实的，似乎她只是一个次要演员，不能完全胜任扮演那个了不起的角色——他所渴望和想象的帕米拉。她的脸近在眼前，显得比以前憔悴和苍老了，脸颊深深地凹下去，唇膏抹得马马虎虎，上嘴唇上有一抹淡淡的潮湿的汗毛。他碰碰她露着的雪白前臂。

"听说你生了一场病，我听了很难受，帕姆。"

她向他转过脸来，她的声调同他的一样低："我一脸病容，是不？"

"我不是这个意思，你看上去气色好极了。"一开头就糟糕！他笨嘴拙舌地硬着头皮说下去："你始终没收到我从这儿发出的一封信吧？那是几个月以前的事。"

"一封信？没有，我从来没收到过你的信。"

"我倒收到过一封你写的。"

"啊，那封信你真的收到了吗？在另一个时代里写的，对不对？"

"我收到了可真高兴。"

"你妻子怎么样？"

"她要求跟我离婚。"

帕米拉身子一挺，握紧双手，把她露着的两只苍白的胳膊一下子伸出去，搁在桌子上，闪闪发亮的眼睛热切地盯着他说："她怎么会呢？你不可能给她抓到什么把柄。"

"她说她爱上了另一个人。"

---

① 乌尔斯也是乌苏拉的昵称。

"那对你来说多糟糕啊。"

"嗯，她后来对这件事表示懊悔，多少有点儿后悔。我还不知道怎么解决哪。"

她直勾勾地望着朝他们看的拜伦，低声说："你的两个儿子知道了吗？"

"他们一点儿也不知道。"

"我听到这消息真难受，再说你还失掉了你那艘战列舰。"

维克多·亨利本来想要回答"既然你在这儿，一切就都好了"，但是她的冷淡和漫不经心的态度使他这句话说不出口。

"你跟你爸爸要在檀香山待多久？"

"我说不上。"

杰妮丝和华伦滑行过去，在弯腰抬膝的跳舞人群中，只有这一对是挺直了身子的。"你在'不来梅'号上不是提出过要把我跟你的一个儿子配成一对吗？"

"啊，你还记得那件事情？"

"没错，准是华伦吧？"

"对。不过那时候，杰妮丝把他拴住了。"

帕米拉嘴角一皱，摇摇头说："绝对不成。拜伦，倒有可能。虽然你头一回告诉我他和娜塔丽·杰斯特罗的事情的时候，我承认自己感到惊奇。我想这才叫怪啊，娜塔丽，年纪跟我一样大，竟和你的一个儿子……一个儿子……"

"我仍然想着这件事。"

她打量着拜伦，只见他斜靠在椅子上，面前摆着第二杯柯林斯酒，暗红色的头发披在眼睛上。"啊，我现在可了解娜塔丽啦。他有股没法儿抗拒的魅力，沉默寡言，轻松自在，简直要人的命。至于华伦，他人是长得不错，可是令人害怕。娜塔丽和她的孩子真的有危险吗？"

"我想，他们会安全脱身的。"

"拜伦为什么要调到大西洋去？他能为他们做些什么呢？"

"别问我。"

侍者们端来一瓶瓶香槟酒和凉拌虾仁。乌苏拉在附近活泼地一转身，把裙子捋捋平，手指头啪地捻了一下，离开了她的舞伴。"啊，香槟，太好啦，太好啦！再见，当兵的！"拜伦吩咐马上开香槟酒。

"呃，宴会的主人，"他对帕格说，"为谁头一个祝酒？"

"好，举起你们的酒杯。杰妮丝，祝你长寿。为了今天这个好日子和你的丈夫。华伦，祝你顺利。"

接着，拜伦举起酒杯，恰巧这时候音乐停下来了。"为了妈妈的健康。"他说。

维克多·亨利毫无提防地听到这句清晰刺耳的话。

华伦举起酒杯："还有梅德琳。"

杰妮丝说："还有娜塔丽和她的孩子，愿他们安全归来。"

拜伦阴郁地瞟了她一眼，朝她举起酒杯，把酒喝干。

帕格只顾吃凉拌虾仁，帕米拉又被埃斯特吸引过去了。潜艇军官讲了句笑话，他听不见，帕米拉仰起头哈哈大笑。接着，他们又站起来去跳舞了。其他人也都去了，桌子旁只剩下他和塔茨伯利。塔茨伯利凑过身子来，轻轻推他的胳膊肘，说："我说，帕格，你跟这个潜艇艇长很熟吗？他喜欢叫人上当吗？"

"帕米拉能照顾她自己。"

"帕米拉？她跟这扯得上什么关系？他刚告诉了我他上次战备侦察的时候发生的最惊人的故事。"

"大致讲了些什么？"

塔茨伯利摇摇头，说："吃罢晚饭，上我们房间来，好不？音乐这么响，没法儿大叫大嚷地谈这种事。"

帕格想到太平洋舰队总司令部的会议，说："要是有时间的话，我就来。"

上烤仔鸡的时候，又端来了香槟，帕格不知道拜伦凭什么手段弄来这么多难得的加利福尼亚酒。将近九点的时候，舞池里挤满了一对对狂热地跳舞的男女，侍者好不容易才穿过人堆把蛋糕端到他们桌子上。蛋糕表面的糖霜上的图案是白底上一架轮廓模糊的蓝色飞机，飞机尾部拖着一道用烟雾组成的红色文字：杰妮丝和华伦。

"真可爱。"杰妮丝说。

"弄错了一次战争，"华伦说，"不应该是双翼飞机啊。"

华伦切蛋糕的时候，侍者倒了最后一巡酒。

塔茨伯利一把抓起酒杯。"呃，在这次豪华的宴会即将结束的时候，"他站起来，夸张地大声说，"我提议为我们宴会的主人和他的两个儿子干杯。先生们，你们扮演的纯朴的美国水兵是令人信服的，但是仍然让人看出你们是荷马笔下的英雄，你们是《伊利昂纪》中的三个人物。我为你们的健康和你们的胜利干杯。"

"我的老天啊！这真是精彩的祝酒词。"帕格说。

"三个什么人物？"乌苏拉问拜伦。

"《白痴》①中的三个人物，"他说，"那是一部俄国小说。"

---

① 英语中，陀思妥耶夫斯基的《白痴》（*The Idiot*）和荷马的《伊利昂纪》（*The Iliad*）发音相近。拜伦借此讥讽乌苏拉是一个白痴。

帕米拉突然尖声大笑起来，把她的香槟酒都泼出来了。

餐厅里的灯光暗下来，因为表演开始了。一个极力模仿鲍勃·霍普①谈吐的司仪说了一些关于食品配给、希特勒、东条英机和宵禁的笑话。两个夏威夷人一边弹吉他，一边唱。接着，六个跳呼啦圈舞的姑娘赤着脚，扭着波浪起伏似的舞步，进入粉红色的聚光灯照明圈，她们的草裙发出窸窸窣窣的声音。她们边唱边跳，后来打破合舞的队形，在空舞池中分散开来，邀请就餐的客人同她们一起跳舞。男人们一个接一个跳起来，面对姑娘们，跳起呼啦圈舞来，有的甩掉了他们的皮鞋。他们大都只是做出一些滑稽的动作罢了。那个最漂亮的姑娘，看上去更像欧亚混血儿而不太像夏威夷人，扭着屁股向亨利的桌子走过来。看到华伦座位前那个花式蛋糕，她向他娇媚地微笑，伸出双手来招呼他。

"去吧，亲爱的，"杰妮丝说，"让他们看看应该怎么跳。"

华伦带着严肃的表情站起来，面对着那个穿草裙的姑娘。他没脱掉皮鞋，优雅地摆动着身子，保持着他那身有一对金翼的白军服的尊严，冷冰冰地跳着循规蹈矩的呼啦圈舞，使帕格想起了《蝴蝶夫人》②中的那个海军军官，那个同亚洲美女调情的、气派十足的、沉着的年轻白人。

"我以前不知道男人也跳这种舞。"帕米拉对帕格说。

"看来他真的能跳呢。"

那个跳呼啦圈舞的姑娘脸上那种歌舞女郎经常流露出的笑容变成了甜蜜的欢笑，她直勾勾地盯着华伦的眼睛看，而且感情冲动地把她的花环套在他的脖子上。她的舞姿更富于性感了。其他桌子旁的客人望着，低声谈论起来。维克多·亨利向他自己的桌子周围瞟了一眼，看到杰妮丝、帕米拉和乌苏拉赞美的眼光停留在华伦身上，而埃斯特和塔茨伯利兴致勃勃地紧盯着那个跳舞的姑娘。拜伦没看她，他的脸上凝着一副喝醉了的神情，他正注视着他的哥哥，眼泪正从他的脸颊上淌下来。

---

① 美国喜剧电影演员。
② 意大利作曲家普契尼（1858—1924）的著名歌剧。

第二十四章

可想而知，塔茨伯利住的是总统套房；可想而知，套房中有一间摆满了填得又厚又软的现代派沙发和扶手椅的大起居室；但没法儿预先知道的是，墙上竟然都裱糊了印着奔腾的红色大种马的糊墙纸。塔茨伯利对帕格说，这套房最好的特色被灯火管制用的落地黑窗帘挡住了，那是一个面对大海和戴蒙德火山口的宽阔的阳台，"在月光下景色迷人。"他一边说，一边同帕格走进套间，帕米拉沿着过道回到她自己的房间去。"你要喝什么，维克多？白兰地，还是来杯不放冰的威士忌苏打？冰箱倒是有一台，可是不能使。处处都跟新加坡差不多。"

自从指挥"北安普敦"号以来，直到今天黄昏，帕格都没喝过烈酒，他要了白兰地。他尝了一口，就隐隐约约地想起了当初接到罗达要求离婚的那封信时感到的强烈痛苦。塔茨伯利猛地坐在一张扶手椅上，咕嘟咕嘟地喝着深色的威士忌苏打。"晚饭真精彩，维克多，真的。我非常喜欢你的两个儿子。眼下很少见到这样深厚的家庭情谊了。嗯，你感到怎么样，老兄？有什么真正的新闻？说吧！正在准备一场大海战吧，对不对？"

"埃斯特那件震惊人的事是什么？"

"你真的不知道？嘿，我亲爱的伙计，'乌贼'号打沉的第二艘船是医院船。"

帕格坐得笔直，伸出食指指着塔茨伯利的脸说："他不可能告诉你这种事的。"

"可是他告诉我了，老弟。"

"你听错了。"

"轻点儿，轻点儿。原来那是一艘伪装的弹药船，他有照片为证。那艘船沉下去以前噼噼啪啪地爆炸了半个钟头，像一家烟火厂，而且还装着多少吨的生橡胶。他取回了样品。"

"埃斯特当时喝得烂醉了吗？"

"没有。也许帕姆使他说个没完。她相当喜欢他，我想。"

"把你听到的事忘得干干净净。"

"为什么？用红十字伪装一艘弹药船是下流的勾当，这是日本人悍然不顾文明战争准则的典型事例。他们是野蛮人，帕格。"一个肥胖的拳头在空中挥舞，"埃斯特少校是一个白种战士，他能够跟他们一样残酷，他一个知情识趣的年轻美国人，有一颗杀人者的心。一篇呱呱叫的稿子。"

"你要他继续杀人吗？"

"那当然啦。"

"那么，别把这件事记在脑子里，全是醉酒后胡说。你有什么打算，韬基？你接下来上哪儿去？"

"圣弗朗西斯科、华盛顿，然后回英国老家，再从那儿到北非沙漠里的陆军中去。"他向前探出身子，那只好眼睛瞪得老大，大肚子在黄色的绸衣服里绷得很紧。他从牙齿缝里发出压低了的声音："说啊，帕格·亨利，要出什么事？我直截了当地问你，要出什么事？他妈的，我是你的朋友，也是你们国家的朋友啊。"

喝了使人愉快的白兰地，帕格感到脑子里像有一片烟雾。战斗即将到来，他想，塔茨伯利呢，恰巧在这里，如果他走掉，对同盟国来说将是一个损失。在这样的情况下，不妨通融处理，改变一下根深蒂固的绝对保密观念。"好吧，你忘了那艘医院船，我就告诉你一点儿消息。"他伸出一只手来，"行不行？"

"可你这是尽吆喝不亮货呢。"

"不错。"

"好，就这一回，我愿意相信一个美国佬。"塔茨伯利交叉紧握十指，"行！现在说吧。"

"别离开檀香山。"

"别离开？好啊！干吗别离开呢？说下去，说下去啊，把情况全告诉我啊，老朋友。我急得气都透不过来啦。"塔茨伯利真的气喘吁吁起来，有点儿像一个漏气的风箱，呼哧呼哧的声音相当大。

"就是这么回事。"

"到底怎么回事？"

亨利用平板、单调而着重的语调，好像是从军舰上的电子扩音器里发出来似的，一字一顿地重复说："别……离开……檀香山。"

"就这么一句？你这个该死的骗子！"塔茨伯利勃然大怒，气得脸都扭曲了，

"我知道我不该离开。你的太平洋舰队总司令部忙得像蚁山①一样不可开交，这我亲眼看到啦！你到底告诉了我些什么呢？"

"确证。"帕格说。

塔茨伯利那只眼睛里愤怒的光芒慢慢地消失了，他斜视着露出狡猾的让步神情。"好吧，老弟。不过这回上当的可是你啊，你知道，不是我。因为我向埃斯特用名誉保证过绝不发表，他才肯告诉我啊。同盟国的记者没一个能够报道这条消息。嘻嘻！你这个容易上当的傻瓜。"他探出身去，拍拍亨利的胳膊，"正在准备一场大战吧，是不？太平洋上的特拉法尔加战役②，对不对？那帮黄皮肤的鬼子已经出动了吗？打算来侵犯夏威夷吗？"

帕米拉走进来了。她额头和太阳穴的头发上沾着水珠，脸色煞白，简直有点儿病态。帕格站起来，她父亲向她挥挥酒杯。

"啊，我的迷人的姑娘，我的得力助手来了。谁也没法儿知道，维克多啊，我这个姑娘帮了我多大的忙。这六个月来，我带着她火里冲水里闯，她从来没一点儿犹豫和怨言。你给自己倒一杯，帕姆，再给我来一杯威士忌苏打，威士忌要多。"

"韬基，去睡吧。"

"对不起，你说什么？"

"你折腾了整整一天，够累的了。去睡吧。"

"可是帕姆，我要跟维克多谈话哪。"

"我也要跟他谈哪。"

塔茨伯利盯着他女儿的冷冰冰的、神情紧张的脸，不乐意地从扶手椅上撑起身来。"你对我凶起来了，帕米拉，真凶啊。"他叽叽咕咕地发牢骚。

"我得帮他包扎眼睛，"她干脆地对帕格说，"用不了多久。你去看一下我们这儿的景色。"

维克多·亨利轻轻地穿过被风吹动的灯火管制用的落地黑窗帘。星星在黑夜里闪烁，低垂着的月亮在平静的海面上照出一条金色的道路。还有八九天才会月圆，日本人的作战计划显然需要利用满月的夜晚。这儿是一片虚假的和平景象：像磷火一样闪闪烁烁的拍岸浪涛送来轻轻的哗哗声，下面花园里飘来阵阵花香，在灯火管制的夏威夷皇家饭店后面是月光映照的戴蒙德火山口。就在这同一轮月亮下——一直往西，几千英里外的天空中，月亮的位置更低一些——日本的舰队甚至在这会儿都在向中途岛

① 非洲的蚂蚁能借一段枯树桩做梁架，用土粒堆出几丈高的土山，作为巢穴。

② 1805年10月21日，英国舰队在海军统帅纳尔逊指挥下，于特拉法尔加角击败法国和西班牙联合舰队。在该战中，纳尔逊阵亡，但英国从此奠定了海上霸权地位。

挺进，一朵朵大浪在几百艘军舰的钢铁舰艏迸裂，浪花四溅。塔形桅杆的战列舰；制造粗糙的航空母舰，舰上的飞行甲板由一根根光秃秃的铁柱支撑着；舰身肥大的运输舰，装满了登陆部队；还有大队的随从舰艇像水虱似的密密麻麻一大片，从地平线的这一头到另一头。

"原来你在这儿。"他感到有人碰碰他的肩膀，是帕米拉的声音，冷静而低沉。

"嘿，"他向她黑黢黢的身影转过身来，"手脚真快。他的眼病严重吗？"

"你们的海军医生说是溃疡，他们说会好的。"她停顿了一下，"你的妻子要求离婚，可是一个大打击。"

"嗯，当时被别的事情冲淡了，帕米拉，譬如说'加利福尼亚'号被击沉。还有从飞机上看到珍珠港，一片浓烟弥漫的垃圾场。"

"有点儿像我最后一眼看到的新加坡。"

"我听到你在那儿的广播，关于卵形手榴弹的。"

"啊，你听到了？"她又尴尬地停住了。她抱着胳膊，凝视着大海。

"上一次我们像这样站在阳台上，景色可完全不同啊。"他鼓起勇气说。

"是啊。泰晤士河边的船坞在燃烧，探照灯光照射着漆黑的天空，空袭警报，轰轰的高射炮声，德国飞机被击落……"她向他转过脸来，"后来，你乘一架轰炸机到柏林上空去转了一圈。"

"这件事可把你惹火了。"

"一点儿不错。瞧，我不再喜爱热带的夜晚了。南克罗斯现在只能勾起我——也许将永远勾起我——可怕的反感和恐惧。咱们进去吧。"她领他穿过落地长窗和窸窣作响的灯火管制用的落地黑窗帘，卧房门底下透出一线黄光。

房内传来一声含糊的叫唤："喂，帕姆，是你吗？"

"是的，韬基。干吗不睡？"

"在修改稿子。维克多还在吗？"

"他马上就要走啦。"

"啊，要走啦？嗯，明儿见，维克多。"

"明儿见，韬基。"帕格嚷着。

"帕米拉，你把本子拿来，给我记录一点儿文字，好不？"

"不，我不来了。把灯关掉，你累了。"

"嗯，既然你这么想上床睡觉，那好吧。"那一线黄光不见了，"做个愉快的梦吧，帕姆。"塔茨伯利用逗人的声音嚷着说。

"真像一个小孩，"帕米拉咕哝着，"到我的屋里去吧。"

走廊里完全是一副旅馆派头，电灯光亮得刺眼。她从一个灰色小钱包里掏钥匙的时候，电梯门开了，有人走出来。亨利一看，是他的儿子华伦，吓得心怦地一跳。这种不自在的心情只保持了一两秒钟，原来不是华伦，而是一个穿着有金翼的白军服的高个子年轻人。他走过他们身旁，羡慕地瞟了帕米拉一眼。

她开了门，他们走进去，房间又小又简陋。果然不出帕格所料，旅馆靠陆地那一面的房间就是这副模样的：灰色的油漆已经褪色和剥落，红窗帘需要好好掸掸灰尘，那张双人铜床遮盖着一条磨光了绒毛的毯子。

"我猜想这是侍女住的房间，"帕米拉说，"我没法儿计较。旅馆里客人很挤，而且他们已经给了他最高贵的套房。反正我原来也不打算招待客人。"她把钥匙和钱包扔在一旁，伸出胳膊，"不过，我现在想招待客人了。"

帕格把她搂在怀里。

"啊，万能的上帝，是时候了。"帕米拉气喘吁吁地说。她使劲地吻他，使他浑身燃烧起爱情的火焰。帕格心里涌起了一种自蜜月以来早就遗忘了的感觉，把其他的事情——什么作战会议啦，即将到来的敌人啦，儿子啦，妻子啦——全都忘得干干净净，只感到怀里搂着一个用嘴唇和肉体来表达她的爱情和初次委身的女人所感到的那种独特和令人极度兴奋的快感。

这个心灰意懒、寂寞孤单、受尽痛苦的男人把她紧紧地搂在怀里，连连回吻她。他们狂热地接吻，断断续续地说上一两句话，这样相亲相爱了好一阵子，最后终于平静下来。他们不再气喘吁吁了。寒碜的小房间、一张大床，还是老样子。

"这真让我万万料想不到。"他贴着她急于接吻的嘴咕哝。

"料想不到？"她在他的怀抱里向后仰了一下，眼睛里闪烁着欢乐的光芒，"怎么会呢？为什么呢？我在莫斯科不是向你露骨地表明了我的心迹吗？"

"今天晚上，我看到你的那种态度，原以为一切都完了。"

"最亲爱的，你的儿子都在场嘛。"

"我还以为你喜欢年轻的埃斯特。"

"什么？他正巧在我身旁啊。"她用手指头轻抚着他的脸，"我当时的困难是不能眼睛老盯着你看。喂，今晚那个会议到底是怎么回事？"

"我不得不待半个钟头就走。"

"半个钟头！我的上帝！咱们明天能在一起待一天吗？"

"帕姆，舰队一早就要出发。"

"不能！真该死！啊，该死！真该死！"她从他的怀抱里抽出身子，向一张破旧的小扶手椅激动地挥挥手，"真倒霉！坐下。真该死！明天一早！总是没有时间！对不对？没有！我们一到这儿，我就应该马上来找你。"她坐在床边，用一个握紧的雪白的拳头揍了铜床架一下。"我想到过这样做，可是我拿不准你是什么想法。已经有半年了，你知道，再说我始终没接到过你的信。你给我的那封信里写了些什么？"

帕格痛苦地说："我想跟你了结这件事。"

"你写信的时候，收到你妻子的那封信了吗？"

"没有。"

"是她暂时豁免了我。这个误入歧途的女人怎么能做出这种事情来？你知道那个男人是谁吗？"

"你在我们家里见过他，那个高个子工程师，弗莱德·柯比。他不是一个坏人。"

"我对他没有印象。半个钟头！啊，真该死！啊，真见鬼！"

她把两条腿蜷起来，搂着膝盖，背靠在床架上。这个女孩子生气的姿势使帕格心烦。梅德琳有时候也这样坐。帕姆看上去亲切可爱，能引起人的刻骨相思，但是她太年轻了，弓着背坐着，两只苗条的白胳膊紧紧抱着在灰色的绸裙下显出轮廓的蜷起的大腿和小腿。

"听着，亲爱的，"她说得很快，"我离开伦敦以前，去打听了长期留在檀香山的种种办法。我们在这儿的首席军事联络官——海军准将亚历山大·派克相当喜欢我，我还带了一封勃纳-沃克勋爵写得助力很大的信。这位勋爵大人是一个令人厌烦得要命的人，但他乐于为我做任何事情。总而言之，亲爱的，在这儿已经有人答应给我一个职位。就在今天，我转租到一小套公寓，付了一个月房租。你瞧——"她好像一个行政干事，有条有理地说着，但是一看到他摇摇头，她就停住嘴，咧开嘴笑了。"我是不是有点儿太激进了，我的老头儿？我的打算是把我自己摆在一只银盘上端给你，全都安排好，一点儿问题也没有。我没法儿预见到今天晚上咱们只有这么一点儿时间，也没法儿预见到你的妻子会跟你闹别扭。情况到底怎么样，帕格？"

他把深深印在脑子里的那封罗达提出离婚的信背了几段，接着他提到从那以后，她信上的语调倒轻松起来了，还提到那两封匿名短信。

"嘿，别把那种下流行为放在心上！"帕米拉厌恶地摇摇头，"只有罗达自己写的才算数。"

"她在骗我，帕姆，我强烈地感觉到。也许她觉得这是她应尽的责任，因为我离开了家在这儿打仗。要不，也许她跟那个家伙还没敲定。她的信里有一种虚情假意的口气。"

"你拿不准。她心里有鬼，帕格。她把自己摆在尴尬的地位上，难道你看不到这一点吗？别匆匆忙忙地对她下结论。"帕米拉望了一下自己的手表，"见鬼，时间过得真快，像燃烧的导火线。你要出发到海上去了，而韬基打算动身到美国去。罗达闹出了这么大的乱子！这是我的大好机会，那不用说。不过，我要是待下去的话，会使你可怜的生活变得复杂化吗？"

"韬基不走了，我劝他待着。"

"你劝他？"她等他说下去。他没再说什么。"嗯，真有意思！不过，我还是把找到职位的事通知亚历山大·派克的好。"

这个可爱的女人不是一个梦想家，帕格心里想。她几乎像她父亲一样意志坚强而积极主动。她就坐在那里，一伸手就可以碰到，像岩石一样真实，脸色苍白，神情迫切，要求他做出决断。经过了漫长、迟缓、空白的几个月，他们的关系如火如荼地发展了。

"原来球打到我这一面的场地上来了。"他说。

她一下子板起脸来。"没有球，也没有场地，根本不在打球。"她坐着，身子挺得笔直，两条腿垂在地板上，"我在这儿。你要我，我就待着；你不要，我就走。这还不够干脆吗？我巴不得跟你待在一起。我爱你，对我来说，你就是命根子。你在为罗达苦恼，这我不能怪你。嗯，定出你的规章制度来吧，我会遵守的。不过我离开这儿后没处去，维克多，除非你打发我走。你懂吗，还是不懂？"

有多少男人为了听到这样一个女人说出这样的话，愿意献出他们的一切？这是一个天赐的良机，让他重建毁坏了的生活。他站起来，把她拉起来搂在怀里。他想到眼前这个女人完全听凭他摆布，并且是她主动追求他，高兴得几乎不知怎么办才好，只憋了一句话出来："对你来说，我他妈的太老了。"

"我得告诉你一件事情。"她说，紧紧地靠在他身上，耷拉着脑袋，脸贴在他的白上装上，话说得很快，声音被捂住而听上去含糊，"在新加坡，我又跟菲尔·鲁尔好过。他在那儿，我不知为了什么，那时候就像是世界末日来临了。他还是那个蠢猪，不过，我又跟他好过。就那么一次。我不是有意的，我到现在还感到恶心。"她抬起脸来，脸色看上去像早先一样苍白而憔悴。

帕格强忍着痛苦的愤怒和委屈，说："你对我并不负有任何义务。好吧，你刚才要我定规章制度。听着，这是头一条，千万不要让我去参加海军会议迟到。"

"啊，天哪，那个该死的会议！时间到了吗？"她的声音都发抖了，"那就去吧。不，等一等。拿去。"她冲过去拿起钱包，从包里掏出一张白卡片放在他手里，"你回来的时候，到这个地方来找我，那是一套带家具出租的公寓。"

"迪林厄姆大院，"他念着，"它还在吗？"

"是啊。破旧，可是方便，而且——你干吗这么古怪地微笑？"

“罗达跟我在那儿待过一次，那时还没生孩子。”

她直勾勾地望着他的眼睛：“你什么时候回来？你知道吗？”

他的脸变得严肃起来：“我只告诉你一个人。我们要出发去打一场拼个你死我活的大仗，帕姆，情况对我们不利。我现在是到尼米兹上将的司令部去。”

她的脸紧张地绷着，眼睛睁得老大，闪闪发亮。她双手捧住他的头，恋恋不舍地亲他的嘴唇：“我爱你，帕格，我永远不会变心。你回来的时候，你会回来的，我还会在这儿。”

她为他开了门。

“北安普敦”号已经起锚，准备启程，烟囱里飘出一缕缕棕色的轻烟。朝阳透过烟雾照下来，在甲板上投下斑斑点点的阴影。甲板上生气勃勃，在长长的大炮和安装在弹射器上的水上飞机下，到处都是奔来跑去的水兵，正做着这艘重型巡洋舰出海的准备工作。维克多·亨利在他的舱房里狼吞虎咽地吃早饭，什么新鲜菠萝啦，燕麦粥啦，火腿鸡蛋啦，炸土豆条啦。他的勤务兵给他一杯又一杯地倒着热气腾腾的咖啡，看得惊奇了。

“今天早晨胃口很好啊，上校。”

“伙食好嘛。”帕格说。

阳光从舷窗外射进来，一片椭圆形的亮光照在浆过的白桌布上，似乎照进了他的心灵。他只睡了两三个钟头，然而感到精神好极了，半年的意志消沉一下子化为乌有，像一阵清新的海风把浓雾吹得无踪无影。他醒后没有马上从铺位上跳下来做体操和洗凉水淋浴，而是躺在黑暗里把事情仔细地考虑了一番：同那个出岔子的可怜的罗达心平气和地解决，第二次结婚，也许第二次生儿育女——为什么不行，为什么不行呢？他认识一些同他一样年纪的男人跟青春年少的妻子（哪一个及得上帕米拉呢！）过着幸福的生活，甚至又生了一群小孩。幻想已经结束，现实显得更可爱。

他的精神已经振作起来，所以他对这场战斗不再担心，而是非常激动，而且他知道战局可能会怎么发展——更确切地说，如果太平洋舰队总司令部的密码分析员没有搞错的话。尽管幸运地得到了这份情报，根据对战局的估计，太平洋舰队幸存的机会仍然是非常小的。然而，日本这个进攻计划订得奇怪，其中似乎有可乘之机。他们的兵力将分布在从阿留申群岛到马里亚纳群岛这一线。尽管受了伤的“约克郭”号和从未受战火洗礼的“大黄蜂”号同久经战斗的日本航空母舰相比是敌强我弱，但至少在第一阶段，航空母舰跟航空母舰较量，也许还是顶得住的。反正这回是开到前线去作战，而且他还是一个战士。再说，帕米拉的爱情使他觉得他能够应付任何不利的情况。

丁零零的电话铃声打断了帕格的沉思。

"长官，我是值日军官。你的儿子登舰了。"

"叫他来吧。"

华伦在门洞里露面了，穿着日常的卡其制服，褪色的衬衫上佩着金翼。"嘿，爸爸，要是您没空见我，尽管说就是。"

"进来，吃一点儿吧。"

"不，谢谢。"华伦举起一只手，坐在一张扶手椅上，"杰妮丝准备了丰盛的菜肴给我饯行，早饭吃的是牛排和煎蛋。"他向阳光明媚的舱房四下望了一眼，"嗯，我还没见过你的排场哩！多好的地方。"

"嗯，我不是常请你来吗？"

"我知道，这得怪我。"

"拜伦已经走了吗？"

"啊，他这时候已经到圣弗朗西斯科了。他参加了一次有历史意义的宴会，不用说，是带着宿醉走的。"

帕格向勤务兵瞟了一眼，他点点头，就走了。华伦点了一支烟，平静地说："开往中途岛，是不，爸爸？去对付那整个该死的日本舰队？"

"你从哪儿听来的？"

"哈尔西手下的一个参谋人员。"

"很遗憾，哈尔西的参谋人员竟然泄密。"

"那位斯普鲁恩斯海军少将怎么样？你在他身旁干了好几个月。"

"他怎么样？"

"嗯，首先，他是一个战列舰派，对不对？听说他是一个电气工程师，是军事学院出身的。跟哈尔西不一样，他在飞行方面是一点儿资格也没有的。他们说他是哈尔西的老朋友，正因为这个缘故，他才弄到了这个职位。参谋人员都在担心哪。"

"太平洋舰队总司令挑选特混舰队司令，这不是你的事情，也不是参谋人员的事情。"

华伦同他父亲针锋相对，语气强硬起来："爸爸，这出戏的领班非了解飞行员不可。哈尔西的飞行资格也不见得怎么样，不过他自己至少干过。实际上，他跟飞行员想不到一起去。我们袭击马绍尔群岛那一回，他要叫没有护航的轰炸机在超过航程的地点起飞，这样他就用不上参谋本部的导航。我们有一半人在飞回选择点的时候，就会掉进海里。我们这些驾驶员几乎静坐罢工，才使他改变命令。"他父亲严肃地摇摇头，表示不赞成。华伦举起双手说："嗯，这就是发生过的事情。你不能把俯冲轰炸机像十六英寸的炮弹那样发射出去，它们得掉头飞回来。这可是大不相同啊，可是要海军将领们记得这一点，真是太困难了。"

"斯普鲁恩斯会记得的。"

"嗯，你说这话我很高兴。要是他肯让我们离敌方近些起飞，给我们飞回来的机会，我们会为他干一番的。"华伦吐出一个浓浓的烟圈，"两艘航空母舰跟整个日本海军作战。真有意思。"

"三艘航空母舰。"帕格有点儿恼火，加了一句，"还有大约九艘巡洋舰，华伦。"

"三艘？'萨拉'号①吗？它在加利福尼亚，对不对？"

"'约克敦'号。"

"爸爸，'约克敦'号内部炸坏了，得花六个月才能修好。"

"造船厂保证让它在七十二小时内重新参加战斗。"

华伦吹了一声口哨："我要亲眼看到才相信。顺便问一下，你听到今天早晨的新闻了吗——关于哈尔科夫一带的战斗？"

"没有。"

"有史以来最大规模的坦克战，双方都这么说。你去过哈尔科夫吗？"

"我在莫斯科的时候，德国人已经占领哈尔科夫了。后来反复争夺，几次易手。我闹不清了。"

华伦点点头，说："隆美尔又在非洲打了一场坦克战。德国人从哪儿来那么多坦克啊？据说英国皇家空军不是把他们的工厂都炸平了吗？"

帕格觉得这种闲谈有点儿空洞和不着边际，不像是华伦说的。"听着，现在是八点十四分，我九点钟要起航。要我用我的快艇送你到福特岛去吗？"

"等一下。"华伦捻熄香烟，出声地吐出一阵灰色的烟，"瞧，我本想把这个交给拜伦，可是他走了。"华伦从后裤袋里掏出一个白信封，"这是一份家里的经济情况清单。杰妮丝是一个聪明漂亮的姑娘，你也知道，可是要她算账，她就傻眼了。"维克多·亨利默不作声地接过信封，丢进抽屉。"爸爸，每次出击回来，我会从'北安普敦'号的上空飞过，摇摆一下机翼。要是我不这么干，那也不见得是出事了。我也许在编队飞行，或是汽油不足，或是有别的情况。不过，我会设法做到的。"

"我完全了解。这很好，华伦，可是我也不会指望你每次都做到。"

---

① "萨拉"号是"萨拉托加"号的简称。

　　华伦的眼光避开他父亲的眼光，盯着桌子上一张罗达的相片，旁边是一张他自己、拜伦和梅德琳非常年轻时的相片。"昨晚妈妈和梅德琳不在场，我真想念她们啊。"

　　"一家人还会重新团聚的，华伦。你会再给我们跳呼啦圈舞的。"

　　"呼啦圈舞！哈！到那时候，该跳别的舞了。"

　　他们一路走到走廊上，维克多·亨利忍不住问："你对塔茨伯利父女印象怎么样？"

　　"他有点儿喜欢吹，我喜欢他那个女儿。'

　　"啊，你喜欢？为什么？"

　　"嗯，她这么一心一意地为她的爸爸工作。再说，尽管她很少说话，她还是强烈地勾起我的兴趣。"

　　这个评语使维克多·亨利感到一种早已遗忘的男性的满意，像海军军官学院学生听到别人称赞他的女朋友时感到的那种喜悦。

　　在阳光下的主甲板上，华伦乜斜着眼睛，戴上太阳镜，从船头看到船尾，看着六百英尺长的甲板，甲板上挤满了忙着干活儿的人。"这是一艘出色的军舰，爸爸。"

　　"这可不是一艘航空母舰。"

　　"立正！"值日军官大声发出命令，来回奔跑的水兵们突然站住了。维克多·亨利和他的儿子在舷梯口握手，华伦紧盯着他父亲的眼睛，微笑起来。他从来没对他父亲这么微笑过，一种陌生的让人放心的微笑，简直像是在拍拍他父亲的肩膀对他说："我不再是你的毛孩子了，尽管你还是不大相信我。我是一个俯冲轰炸机驾驶员，我会干得很好的。"

　　帕格·亨利的脑子里突然想起了哈里·霍普金斯的那句话：换岗。

　　"祝你顺利，华伦。"华伦紧紧地握了握他父亲的手，转过身去，对值日军官敬礼："请准许离舰。"

　　"请吧，长官。"

　　华伦甩手甩脚、扬扬得意地走下舷梯。"继续干活儿。"帕格说，让那些一动不动地站着的水兵自由活动。他站在舷梯口，望着快艇离开舰舷，向福特岛驶去。他那高个子的儿子双手叉着腰站在艇尾，尽管波浪起伏，人站得很稳。

　　特混舰队的屏护舰队的一艘艘驱逐舰沿着航道出动了，信号旗迎风飘扬。有一艘驱逐舰长长的灰色舰身紧挨着这艘巡洋舰边上驶过，挡住了华伦的身影。仅仅是为了再看儿子一眼而逗留在后甲板上，他感到不好意思。他走上舰桥，去指挥"北安普敦"号出海。

第二十五章

维尔纳·贝克遇到了难题。

他桌子上摆着一封从德国中央保安局第四处B4科的来信，要求他汇报把意大利籍犹太人驱逐到东方去的可能性。贝克为了这类棘手的事情，同墨索里尼那个拖拖拉拉的官僚机构打交道。譬如说，就是他在把一批批意大利工人运送到德国工厂去。贝克懂得怎样对付罗马的官员——那些面带微笑、态度圆滑的家伙，他们一生的特长就是用个人的魅力、烦琐的公文和敷衍的谈吐来使积极的行动瘫痪。每一次，意大利秘密警察一施加压力，这帮面带微笑、态度圆滑的家伙就吓得像触电似的，不再微笑和滑溜，马上身子笔直，态度老实，把要他们解决的事情办妥。

然而，贝克并不是一个奇迹创造者，他认为这个对付犹太人的计划是行不通的，没有一个意大利人——甚至上至墨索里尼本人——可能会采取合作的态度，把犹太人打发去送命。哪怕是狂热的法西斯分子，对排犹主义的法律也感到可笑。大多数意大利人喜欢犹太人，或者至少为他们感到难受。所以，贝克采取了最恰当的叫人摸不透的策略：他向意大利有关单位写了正式公文，提出质问，得到了敷衍搪塞的正式复文；同他们举行了正式约会，进行了一事无成的秘密商谈，并且把经过情形写成了正式记录。他向德国中央保安局送了一份态度消极的正式纪要，还附上意大利人反应消极的全部复文卷宗，相信这件事情将就此结束。

不料负责第四处B4科的党卫军中校寄来一封回信，说他将亲自来罗马。作为一个中校，这个人信中的口气未免太专横了。党卫军的军衔同真正的德国军队委任的军衔根本不是一码事。党卫军的前身是希特勒的暴力行动小组，眼下已成为一支由纳粹信徒组成的机构臃肿的私人部队，在贝克眼里，它不过是政府警察中的恐怖分子虚假的"精华"罢了——尽管党卫军的后备役身份已经成为效忠于纳粹的象征，而贝克本人也是一个后备役的冲锋队中队长。但是，这位艾希曼中校看来来头不小，因为大使接着收到了那个令人战栗的声誉仅次于希姆莱的党卫军将军——海德里希寄来的一封简短、严厉的绝密信件，信中说"一切按艾希曼中校的意图办"，吓得簌簌发抖的大使要求贝克提供一份关于艾希曼中校的第四处B4科的详尽报告。这使得贝克不得不把整个令人沮丧和难以理解的盘根错节的安全机构系统叙述了一下，这种内幕连资格最老的外交界人士也闹不清楚。

这是一个控制政治界的乱七八糟的机构。德国中央保安局第四处原来是最早的秘密警察，是戈林把普鲁士警察训练成的一个特务组织。党卫军的希姆莱和海德里希吸收秘密警察人员进入德国中央保安局，它是一个章鱼似的把腕足伸进柏林各办公大楼的官僚机构，把政府和纳粹党两者的情报和警察职能结合在一起。在纳粹所有的国家机构中，没有比它更糟糕的大杂烩了。德国中央保安局是一个作恶多端、不受限制、包罗一切的机构，但它显然正是那个党所需要的：一支极权的秘密警察力量，不受联邦法律的约束，只对希特勒负责。

秘密警察的B科是专门对付"各种教派"的，第四种"教派"是犹太人，德国中央保安局第四处B4科因而就成为秘密警察处理犹太人事务的机构。因此，这个艾希曼中校掌握着德国占领下的欧洲的所有犹太人的命运，因为他们是被列为保安问题的，他的专横作风就变得更可以理解了。艾希曼统治着八百万到一千万人，管辖的版图比瑞典更大。贝克对他有一种有点儿提心吊胆的好奇心。

在海德里希被刺后不久，艾希曼坐汽车来到罗马。尽管汽油奇缺，他还是从柏林一路坐汽车来。他在大使的陈设豪华的会客室里同大使和贝克会面，当时他发表的第一个意见就是他从来不乘飞机，飞机太不可靠了。这次会面，他们三个人只是喝喝咖啡，随便聊聊。艾希曼中校虽然穿着一身惹人注目和使人望而生畏的带有银色标志的黑色党卫军制服，但他的神情和动作看上去很讨人喜欢——简直没有军人习气，倒像是一个高级会计师，一副生气勃勃、精明干练、干脆利落的样子。但是，他缺乏风度，他喝咖啡的时候发出粗俗的响声。大使身材笔挺，脸色红润，是一个富于实干精神、举止文雅、上了年纪的上等人，他是元帅的后代。然而，正是这个年老的大使对那个三十多岁的讲求实际的官僚毕恭毕敬，而不是相反的情况。大使向艾希曼保证，大使馆内的一切由他支配，还请求艾希曼向党卫军国家领袖[①]希姆莱转达他对海德里希将军的不幸逝世表示真挚的悼念，接着他就把中校交给维尔纳·贝克去应付了。

在贝克的办公室里，艾希曼又变得专横起来，他对罗马的官员那种消极的反应表

---

① 在纳粹德国，除希特勒称"元首"外，其他纳粹头子如戈林、希姆莱等被称为"国家领袖"。希姆莱是党卫军头子，故又称"党卫军国家领袖"。

示露骨的藐视。意大利人是不能谈正经事的，他说，只会摆摆架子、装装样子，根本不懂犹太人问题。尽管意大利有政府，但这件关于犹太人的事情将由安全警察和外交部来解决。因为在元首看来——艾希曼时不时地伸直一根食指，摆出一副学究式的架势说——犹太人问题不受国境线的限制。譬如说，欧洲有一场黑死病，如果细菌在地面上那些看不见的线——所谓国境线——以外，就听凭它们去繁殖，那么鼠疫怎么能扑灭呢？元首的不可动摇的意图是把欧洲大陆上的犹太人消灭干净。因此，贝克博士作为驻罗马的政治秘书，不应该仅仅送上一些消极的报告，而应该干得更好一些。

"可意大利不是一个被占领的国家，"贝克温和地反驳，"它是主权国家，并且用不着我来指出，它是一个正式的军事同盟国，而那些犹太人仍然是意大利的国民。"

艾希曼脸上浮现出一丝表示赞许的微笑，他那张又阔又薄的嘴显得更阔了。归根结底，贝克博士是一个现实主义者！不错，在被占领国的首都，事情就比较简单了。德国中央保安局能够把人安插在德国大使馆里，接管犹太人问题。但是在罗马，这样做会刺痛意大利人敏感的国家荣誉感。正因为这是一项棘手的任务，所以干起来格外有劲。

他，艾希曼，是来给贝克提供指导方针的。远在战争爆发以前，他就一直处理各方面的犹太人事务。除了第三帝国以外，没有一个政府完全了解元首的目光远大的政策，艾希曼说，像一个教师那样使劲摇着他的食指。别的政府全被基督教的或自由主义的观念闹糊涂了。那些政府很乐意恢复欧洲所有法典中一度都有的排犹主义的法令，把它们国内的犹太人从政府内、各种专业的职位上和他们居住的高级住宅区内清除出去，用税收来剥夺得他们一个子儿也没有。至于更激烈的措施嘛，那些政客就要思前想后、犹豫不决了。

艾希曼越谈越起劲，香烟一支接一支地抽，接着说，贝克应该记住一个关键性步骤：最要紧的是使意大利立即移交一些犹太人给德国，不管人数多么少和根据什么原则。一旦跨出了第一步，原则就确立了，局面就打开了，违抗德国政策的现象就会渐渐被消灭。这是他不止一次的经验。因为尽管税收奇重，犹太人总是能够用这样或那样的花招儿巧妙地保全他们的财产。但是，一旦他们被送走，那就完蛋啦！遗留下来的财富就能被没收。一旦一个政府能够被说服交出一些犹太人，并且第一次得到了因此带来的惊人收入，他们的态度通常就会变得狂热起来。这种情况在一个又一个国家接连发生。那些怯头怯脑的政客需要弄懂的只是那样做多么容易，他们的人民并不那么真正反对，犹太人是多么心甘情愿地服从，世界上其他国家是多么冷淡地旁观，最重要的是，从元首英明的政策中有多少利益可得。

举一个例子吧，艾希曼说，他眼下正在同保加利亚谈一项交易。那是一个糟糕的体制，一个摇摆不定的卫星国，随时都可能倒向任何方面。德国军队在夏季攻势中取得了进展，保加利亚国王才软下来。隆美尔的节节胜利，在克里米亚的不断挺进，终于使他真正肯谈买卖了。把所有保加利亚犹太人一网打尽的关键是一小撮现在居住在德国的保加利亚犹太人，交换条件正在达成。保加利亚将控制所有逃到它那里去的德国犹太人，而德国将对付帝国土地上的保加利亚犹太人。在经济利益方面，保加利亚人占了便宜，但是他们正式默认了德国的基本政策，他们把犹太裔的保加利亚公民抛给了德国人。在这个主要问题上，德国取得了胜利。意大利同保加利亚没有多大不同，也是一个弱国，由一伙反复无常的政客管理着，所以贝克博士可以试一试同样的办法。

艾希曼接着说，问题全在于各种不同的犹太人目前所处的地位。现在居住在意大利的、土生土长的犹太人将是最难弄到手的。犹太侨民就比较容易，但是他们仍然享有某种庇护权。首先应该向居住在德国的意大利犹太人下手，那批可爱的人的确切人数是一百一十八人，艾希曼说。他会给贝克博士送来他们每一个人的档案材料，那上面有他们的出生地点、目前在德国的地址、年龄、健康情况、主要的社会关系和财产清单。接着，贝克博士就应该向法西斯要人们推荐保加利亚的处理方式，而且贝克博士还可以提出一个极好的人道主义理由。如果说德国对待犹太人的政策确实太严厉——不过，他当然应该否认这一点——那么这项交易只会对犹太人有好处，对不对？能摆脱德国控制的犹太人将比交给它处理的犹太人多得多，因为在意大利有好几百名德国犹太人哪。艾希曼像一个吝啬的讨价还价的商人那样带着狡猾的笑容加了一句，贝克用不着担心那些拿来做交换条件的在意大利的德国犹太人，他们到头来总是会被设法弄到手的。

总而言之，艾希曼说，打开缺口最为要紧。贝克博士同小姑娘睡过觉吗？这就是整个的诀窍：开头是温柔地哄，一大套的甜言蜜语使她神魂颠倒，遇到适当的时机，马上下手！干了第一回，以后就没问题啦。这个意大利犹太人的问题需要有一个会哄的外交家来处理。劳工部热烈推荐贝克博士，国家领袖希姆莱满怀信心地期待着积极的结果。

艾希曼的意思越是说得清楚，维尔纳·贝克越是感到不喜欢，他听够了熟悉内幕的人悄悄透露的关于东方犹太人集中营的消息。排犹主义者在外交部里多的是，全是里宾特洛甫一手培养出来的。其中最坏的是一个副部长，不恰当地名叫马丁·路德，是一个绝密的叫"德意志"的小组的头子，它是处理犹太人的事情的。有一次在柏林的宴会上，贝克同这个粗俗的醉汉谈过话。路德不知喝了多少，带着幸灾乐祸的微笑，眨眨眼，用手捂着嘴自动透露，犹太人在东方的集中营里终于"屁股狠狠地挨打"，就像元首预言的那样。在较高级的德国人中间，这个问题是避而不谈的。维尔纳·贝克从来没向任何人打听过这种事的细节，而且设法避免去想这整个不幸的事。他在部队里的那个兄弟近来也绝口不提这种事情了。

眼前这个名不见经传的官员，圆肩膀，长着瘦削的长脸、狐狸似的尖鼻子、高高的秃脑门，动作敏捷，穿着一身使他这个坐办公室的人脸色越发苍白的黑军服，正在劝他自动跳进这个泥塘，深深地陷在里面。作为一个经验丰富的外交人员和历史学博士，有一件事情贝克怎么也忘不了：一切战争都要结束，而战后的清算可能会给人惹麻烦的。他对自己在征集意大利劳工这件事上所起的作用，心里感到有点儿不安。他大批否决过反映情况艰苦的申诉书，这使他烦恼。战争是战争，命令是命令，但是这样对付犹太人实在太不像话了。

他打算把事情消灭在萌芽状态，直截了当地说："让我指出一个事实：在征集劳工的时候，我不得不在保证书上明确地写明目的地、工资和劳动条件。"

"那当然啦，不过那些是意大利人，这些可是犹太人。"

说话的声调使贝克感到狼狈，因为艾希曼仿佛在说："这些可是马。"

"罗马的官员仍然拿他们当意大利公民看待。他们将问我那一百一十八名犹太人在哪里重新安家，他们将在那里干什么，生活在怎样的环境里。我将不得不写一份外交部的正式复文摆在案卷里。"

"好极了！"艾希曼耸耸肩膀，微笑起来，丝毫没有被打动的样子，"你爱怎么写就怎么写嘛，那一套屁话算得了什么？"

贝克倒抽了一口冷气，但是他设法按捺住性子。他已经对纳粹分子的粗俗感到习惯了，而且不得不容忍。"外交部门可不是这么工作的，你知道，我们在劳工问题上是非常讲求实际的。我们说的话都是有根据的，就是因为这样，我们才得到这么顺利的结果。"

两个人瞪着眼互相看着。艾希曼中校的脸色一下子变了，他脸上所有的皱纹都稍微显得僵硬起来，一双小眼睛里流露出奇怪的、呆呆的神情。"要是你喜欢的话，"他用低沉的讽刺声调说，声音是从空洞洞的胸膛里发出来的，"我乐意确切地告诉你，按照元首亲自下的命令，那些犹太人将到哪里去，他们将受到怎样的安排。然后，你自己决定编一个什么故事去写给意大利人吧。"那个人的眼睛里没有焦点，在他闪闪发亮的眼镜后面，看上去好像有两个黑窟窿张开着，而在那两个窟窿里，维尔纳·贝克博士看到了恐怖，看到了尸体堆成山的幻景。他们两人一句话都没说，但是这沉默的片刻使那个政治秘书明白了那些被放逐的犹太人的下场。不得不面对这样的局面，真令人沮丧。他的脊背上感到一阵阵寒冷，只好抓救命稻草了。"一定要让大使知道。"

"啊，我懂得你这话是什么意思。"那张铁青的长脸上神色缓和了。艾希曼用富于幽默感的亲切声调说："他就是那种给我们添麻烦的、落后的老浑蛋，对不对？哦，外交部长会亲自跟他讲明情况的。这会治得他乖乖闭上嘴，我向你保证，他会老实得屁也不敢放。他不敢对里宾特洛甫说'呸'。"艾希曼高兴地叹了一口气，摇摇食指："我告诉你，你只要把这件事情办妥，就可以指望大大高升。老兄，你办公室里有点儿白兰地吗？我今天早晨坐汽车赶了两百公里，还没吃上早饭哩。"

维尔纳端来了一瓶酒、两只酒杯。他一边倒酒，一边迅速地思忖。他甚至不应该流露出同意的样子，要不然，万一他交不出人来，就会大难临头。关于犹太人的问题，意大利人是不肯让步的，这一点他拿得稳。他们可能会把犹太人围在集中营里，虐待他们，但是把他们交出来，放逐出去，那可办不到。他们碰碰杯，喝着酒。他说："嗯，我试一试。不过，成不成得看意大利人怎么说。我没办法，谁都没办法，除非咱们占领意大利。"

"是这样吗？你没办法。"艾希曼粗暴地像对待一个侍者似的把空酒杯递过去。贝克又在杯子里倒满酒。中校又干了一杯，双手交叉着放在肚子上。"我现在要求你，"他说，"解释一下杰斯特罗的情况。"

"杰斯特罗的情况？"贝克结结巴巴地说。

"你在锡耶纳，贝克博士，扣住了一个无国籍的犹太人，名叫埃伦·杰斯特罗，六十五岁，是一位从美国来的著名作家，带着一个侄女和他侄女的小孩。你去看过他们，你给他们写过信，你给他们打过电话，是不是？"

在处理有关杰斯特罗的问题时，贝克当然一再利用过他同德国秘密警察的关系，他知道那一定是艾希曼的消息来源。他一向是抛头露面、公开活动的，这没什么可害怕的。中校突然改变态度，显示出他对细节的惊人的记忆力，无非是为了使他大吃一惊罢了。艾希曼眼下坐得笔挺，皱起了脸皮，流露出怀疑的神情，简直就是恶毒成性的秘密警察官员的活标本。

贝克尽可能显得若无其事，解释他打算要埃伦·杰斯特罗干什么。

艾希曼从一盒烟里摇出一支香烟，叼在嘴上，说："不过贝克博士，这一切真叫人摸不透。你谈到诗人埃兹拉·庞德和他给罗马电台做短波广播[①]。这是一个好材料，好得很。宣传部将录下这些广播，并用它们来做宣传。可是诗人埃兹拉·庞德是

[①] 埃兹拉·庞德（1885—1972），美国意象派诗人，第二次世界大战期间曾为意大利法西斯政府广播，反对同盟国。

一个难得的人，是一个非常有学问的美国排犹主义者。他揍犹太银行家和罗斯福的屁股，比我们自己的短波广播更厉害。你怎么能拿这个叫杰斯特罗的人跟他去比？杰斯特罗是一个纯血统的犹太人啊。"

"埃兹拉·庞德的广播对美国听众不起作用。请相信我的话，我了解美国，他一定被那边当作一个卖国贼或疯子看待。我给杰斯特罗安排的是——"

"我们知道你在美国念过书，我们还知道杰斯特罗是你的老师。"

贝克感到他是在白费口舌，他的设想是党卫军军官的头脑没法儿理解的，但是他不得不继续磨嘴皮子。他希望的是，他说，"一次或一系列有远见和宽恕精神的崇高的广播，把德国人和日本人说成是被剥夺、被误解的富有自豪感的民族，把同盟国说成是霸占着用武力获得的财富不放的大富豪，并且把整个战争说成是一场毫无意义的流血事件，应该立即用'分享霸权'的办法来解决"。这出色的措辞是杰斯特罗本人创造出来的。由一位声誉卓著的犹太作家亲口说出这样的话来，在美国会产生极大的影响，会削弱人们为战争所做的努力和鼓励人们从事和平运动。说不定其他侨居意大利的高级知识分子，像桑塔亚那和贝伦森，也会效法杰斯特罗。

艾希曼脸上流露出不相信的神情。桑塔亚那这个名字显然对他来说是完全陌生的。一听到"贝伦森"，他的目光尖锐起来了："贝伦森？那是一个精明的犹太百万富翁。贝伦森受到许多保护。哦，好吧，那个杰斯特罗什么时候开始广播？"

"这还没有肯定。"艾希曼用严厉和惊奇的目光盯着贝克，他又加了一句，"问题在于要说服他，这需要时间。"

中校温和地微笑了："真的？为什么需要时间？说服一个犹太人还不简单。"

"为了取得效果，做这件事一定要出于他自愿。"

"不过，你要犹太人做什么，他们就会做什么，而且是自愿去做的。话得说回来，我相信我现在懂得你的意思了。他是你从前的老师，一个好人，你心里对他还有感情。你不愿意使他烦恼或吓唬他。这算不上你在照顾或保护一个犹太人，"艾希曼快活地微笑，像教师那样摇摇食指，"不是这么回事，而是，更确切地说，你认为用蜂蜜比用香醋能逮到更多的苍蝇，嗯？"

贝克博士开始感到担心。这个人有点儿像演员，他的变化无常的情绪和态度是难以对付的。然而贝克告诉自己，不管他对犹太人有多大权力，他都不过是一个党卫军中校罢了。他，贝克，绝不应该受他的威吓去承担一项办不到的任务。他回答得尽可能轻松而充满信心："我确信我采用的办法是正确的，会得到满意的结果的。"

艾希曼点点头，短促地咯咯笑起来。"说得对，说得对，如果你在战争结束以前能得到结果的话。顺便问一下，你的家眷跟你一起在罗马这儿吗？"

"不，他们待在老家。"

"老家在哪儿？"

"斯图加特。"

"你有几个孩子？"

"四个。"

"男孩吗？还是小姑娘？"

"三个男孩，一个小姑娘。"

"小姑娘真讨人喜欢。我有三个男孩，没有福气生个小姑娘。"艾希曼叹了口气，又伸出食指来，"不管怎么样，我总是设法一星期回家一次去看看孩子。哪怕只待一个钟头，我严格地做到每个星期非去看一次孩子不可。连海德里希将军也尊重这个事实，他啊，是一个很难待候的主子。"艾希曼又叹了口气，"我猜想你跟我一样喜欢孩子吧。"每一次说到"孩子"，艾希曼都把这个词念得带着令人毛骨悚然的威胁意味。

"我爱自己的孩子，"贝克说，尽可能控制自己的声音，"不过我并不是每个星期去看他们一次，甚至一个月一次都做不到。"

艾希曼脸上流露出阴沉、恍惚的神情。"得了，贝克博士，咱们直截了当地谈吧。国家领袖希姆莱能够指望在较短时期内得到一份关于那一百一十八个犹太人的进度报告吗？你明天能够从外交信使那儿收到他们的全部档案材料。"

"我尽力去办。"

艾希曼咧开嘴亲切地大笑，说："我真高兴，这次上这儿来，咱们讨论出了一个结果。这件关于杰斯特罗的事可不是'合法'①的。"艾希曼带着粗鲁的兴趣把这个犹太词重复了一遍："不是'合法'的，贝克博士。你在粪堆上走，大粪就沾在你的皮鞋上。所以，通知那个犹太老头儿快广播，然后就让意大利秘密警察把他和他的侄女同其他犹太人一起关起来。"

"可是他们得到保证，可以安全返回美国，他们被算作做交换的新闻记者。"

"这怎么可能呢？所有的美国记者都已经离开意大利了。不管怎么说，他不是新闻记者，他是写书的。"

"是我亲自把他们拦下来的。这是暂时的措施，我们把他们跟巴西的一起纠纷牵涉在一起，那起纠纷早晚会解决的。"

---

① 原文是希伯来语，意为"合适的""恰当的"，在英语中发展为"按照犹太教规烹调的"之意，后演变为"合法的"或"按规矩办事的"之意。

中校的瘦削的脸上浮现出高兴的微笑："嗯，是你拦住了他们！这还不清楚？只要你愿意干，你有的是办法。因此，现在为元首干一件事吧。"

艾希曼又接受了一杯白兰地。维尔纳·贝克一路陪他走到大使馆的大门口，他们交谈着战争的进展情况，无非是讲了一些陈词滥调。中校穿着一双擦得亮晃晃的黑皮靴，走起路来好像是罗圈儿腿似的。他的皮靴踩在大理石的地面上，发出吱吱嘎嘎和咔嗒咔嗒的响声。他又非常像是一个想得出神的公务人员。在门口，他转过身来敬了一个礼。"你这项任务可不轻啊，贝克博士，因此，祝你好运。希特勒万岁。"

这种敬礼和伸直胳膊的姿势在大使馆里差不多是完全不用的，这两者贝克都感到生疏。"希特勒万岁。"他说。

那个穿黑军服的人迈着沉重的脚步从台阶上走下去，吓得在大使馆园子里逍遥自在的那两只孔雀逃到开着花的灌木丛里去了。贝克急忙回他的办公室，打电话到锡耶纳去。

电话铃响的时候，娜塔丽恰巧把手放在电话机上。她站在杰斯特罗的书桌旁，一只手抱着娃娃。卡斯泰尔诺沃太太正在欣赏壁炉架上的圣母与圣婴画像，米丽娅姆紧紧地贴在她的裙子旁。那个小女孩不断地把目光从画上的娃娃身上移到真的娃娃身上，好像她弄不懂为什么那个画上的娃娃脑后有一圈灵光。贝克博士的声音从电话里传来，快活而兴奋。"早晨好，亨利太太！我希望你过得很好。杰斯特罗博士在家吗？"贝克在兴奋或紧张的时候，说英语有一个古怪的毛病：把"f"和"th"两个音搞错。娜塔丽头一回注意到这个情况，是当初他们坐那辆梅赛德斯从那不勒斯开往罗马，在公路上被巡逻车拦住的时候。

"我去叫他，贝克博士。"她走到外面的平台上，杰斯特罗在那里的阳光下写作。

"维尔纳？那还用说。他的口气听起来高兴吗？"

"啊，再快活不过了。"

"嗯！也许是释放我们的消息。"他费劲地从躺椅上站起来，开始一瘸一拐地走进屋去。"怎么啦，我的天哪，我的两条腿都麻啦！我像玛士撒拉①，站也站不稳了。"

娜塔丽把米丽娅姆和安娜带到自己的卧房里，那里粉红缎子帘子和床罩用得日子太久，都有点儿磨损了。天花板上画着的那些小天使由于泥灰的剥落看上去好像生了麻风病，在冒汗似的。她把路易斯放在小床上，但是他马上用小手紧紧抓着床栏杆站

---

① 传说中的犹太老人，活了九百六十九岁。详见《圣经·旧约·创世记》。

了起来。米丽娅姆陪他在玩，两个女人坐着闲谈。

娜塔丽变得非常喜欢安娜·卡斯泰尔诺沃。她看清了，仅仅是由于势利，她才让自己孤独地生活，在整个漫长的意大利寄居生活中错过了同这个热情聪明的女人做伴的机会。真是白白浪费了时间！不管是她还是埃伦都没有想到，锡耶纳那几个寥寥可数的幽灵似的犹太人也许是值得结交的。毫无疑问，卡斯泰尔诺沃医生正是因为感觉到了这一点，当初才没有告诉她他是犹太人。

埃伦探进头来。"娜塔丽，他坐夜车赶来，明天来吃午饭。他给咱们带来了美国的来信，听他的口气，他还有在电话里不能谈的重要消息。"杰斯特罗生出了希望，那张尽是皱纹的脸显得生气勃勃起来，"所以通知玛丽亚准备午饭，我亲爱的，再告诉她，我现在想要喝点儿茶，吃点儿糖水煨水果，让她送到平台上来。"

路易斯睡着的时候，屁股撅得老高。娜塔丽陪安娜·卡斯泰尔诺沃和她的女儿一起蹓到公共汽车站去。她们坐在歪歪斜斜的候车木棚里谈了又谈，谈个不停，直到看见那辆古老的公共汽车沿着山脊，在一个个绿色的葡萄园之间冒着烟弯弯曲曲地远远开来。安娜说："嗯，我希望你们的消息真的是好消息。真古怪，你们的恩人竟是一个德国官员。"

"是啊，这明摆着古怪。"她们苦着脸，交换了一个怀疑的眼色。

公共汽车开走了。她走回别墅去，感到非常孤独。

第二天，贝克博士一到，就马上把两封信交给娜塔丽，一封信交给杰斯特罗博士。他们早就在平台上等他了。"请别客气，去看信吧。"他们拆开信封的时候，他坐在阳光下一张长凳上温和地微笑着。

"《君士坦丁的拱门》！它安全地寄到啦！"杰斯特罗突然叫起来，"维尔纳，你一定要告诉斯潘涅利神父和蒂特曼大使。娜塔丽，听我念，这是内德·邓肯写来的。'我们对梵蒂冈感激不尽。……《君士坦丁的拱门》是你迄今为止的最佳作品……对公众深刻理解犹太教和基督教都做出了永久性的贡献……'我说，这措辞写得多么令人满意啊！'……可以同古典著作媲美……一定会受到读书会的推荐……衰落的罗马的绚烂画卷……荣幸地出版这样一部见解新颖、有真知灼见的著作……'嗯，嗯，嗯！这不是头等重要的消息吗，娜塔丽？"

"这是一个好消息，"贝克博士说，"不过好消息还不止这一个。"

娜塔丽在看斯鲁特的令人泄气的来信，警惕地抬起眼睛望望。德国和意大利关于巴西那件事情烦琐的公文来往好像没有个完似的，他在信上说。最后总会有个结局，但是他再也估计不出要多少时间。她把信递给贝克，他瞟了一眼，耸耸肩，微笑着还给她。他脸色很苍白，眼睛里尽是血丝，不过他的神态里还是显出幽默感。"是啊，是啊，可这全是好久以前的事啦。咱们可以吃午饭了吗？咱们有这么多话要谈，可能把吃饭都给忘了。"

娜塔丽正在匆匆忙忙地看一张拜伦寄来的微缩胶卷拍的胜利邮件①相片，放大得很差，几乎没法儿看清，那是附在她母亲那封写了三页的字迹潦草的信里的。两封信里确实都没有新内容。拜伦的信是在澳大利亚写的，他感到寂寞；而她的母亲在抱怨多少年来迈阿密海滩从未有过的最冷的春天，并且因为娜塔丽被扣留而发愁。她跳起身来："午饭只有蛋奶酥②和沙拉，贝克博士。"

"啊，我可没指望再吃到你那呱呱叫的小牛肉。"

"不管怎么样，"杰斯特罗说，"咱们一起来把剩下的那一点儿贝伦森送的咖啡喝掉。"

吃罢午饭，贝克请求娜塔丽允许他点上一支粗黑的雪茄。他喷了第一口烟，就靠在椅背上，叹了一口气，朝开着的窗子做了个手势。"嗯，杰斯特罗博士，你撇下这片景色会感到舍不得吗？"

"我们快要离开了吗？"

"我就是为这件事来的。"

他谈了好一会儿。他说话的速度和声调是从容不迫的，还时常深深地吸一口雪茄，然而他开始把"f"和"th"两个音发错了。意大利的官方电台，他吐露真情了，要杰斯特罗广播！短波部门在计划搞一套交战国著名人士的讲话，向国外造成法西斯意大利对知识分子宽宏大量的形象。讲话的人不受任何限制。这个计划需要借重大人物：伯纳德·贝伦森、乔治·桑塔亚那，当然也有埃伦·杰斯特罗。意大利秘密警察刚把一份书面保证交给贝克，只要一广播，杰斯特罗、他的侄女，还有那个娃娃就可以马上动身到瑞士去。所以，事情这样发展，倒是一个迅速解决离境纠纷的办法。只要杰斯特罗愿意同亨利太太和她的娃娃一起到罗马去，接受一次两小时的从容不迫的录音采访或是做四次半小时的广播——这由他选择——那个巴西问题就撇开不谈了。贝克会预先安排好三张出国签证和从罗马到苏黎世的飞机票。他们甚至用不着回锡耶纳！事情办得越早越好，罗马电台非常热衷于这个设想。

说罢了这些话，贝克向后一靠，神情轻松，微笑着。"嗯，教授？你认为怎样？"

"哎呀，老实说，我给搞糊涂了。他们要我谈一些有关我的专业的事，譬如说君士坦丁吗？"

---

① 第二次世界大战期间，美国人把寄给在外作战的军队的信件拍成极小的照片，寄到目的地，放大后递给收信人。因为预祝胜利，所以这种邮件叫胜利邮件。
② 一种用牛奶和鸡蛋焙制的甜食。

"啊，不，不。根本不是这么一回事！他们需要你从哲学观点来谈谈战争，只要说明正义并不全在一方就行了。还记得咱们在这个房间里吃那顿有名的小牛肉晚饭的时候，杰斯特罗博士，你说过的那些话吗？那正好符合需要。"

"啊，可是维尔纳，那天晚上我酒喝得太多了。我不能在敌人的短波里这么谩骂我自己的国家啊，这你是能够明白的。"

贝克噘起了那叼着雪茄的嘴，脑袋一歪。"教授，你在制造困难，是吗？你在运用语言和巧妙地阐述概念方面是一个天才。你对这场世界性的灾难有一种伟大的、独特的远见，对整个悲惨的场面有一种卓越的、洞察一切的眼光。'分享主权'这个主题是再好不过了。你只要一心想着它，话就会顺利地讲出来。我拿得稳，你不但会使罗马电台感到满意，也会给你自己的同胞留下深刻的印象。把事情挑明了说，你马上就可以离开意大利。"

杰斯特罗转过脸去问他的侄女："怎么样？"

"嘿，你和埃兹拉·庞德一个样儿。"娜塔丽说。

贝克肥胖的脸上掠过一丝不愉快的表情："拿人做比较是令人讨厌的，亨利太太。"

"贝伦森和桑塔亚那怎么样？"杰斯特罗问，"他们都同意这么办吗？"

贝克深深吸了一口雪茄："意大利电台的人员认为你是关键人物。桑塔亚那很老了，你也知道，他好像生活在云端，抱着他的本质论和那一大套晦涩的哲学。他会把老百姓弄得摸不着头脑。不过，还是一个大人物嘛。贝伦森呢，嗯，贝伦森是一个异想天开、不受拘束的人。罗马电台认为，你一旦同意，他们就能说服贝伦森，他是非常钦佩你的。"

"这么说，他们俩还一个也不知道这件事哩。"娜塔丽说。

贝克不乐意地摇摇头。

"不行，不行，不行！"杰斯特罗突然嚷起来，"我再怎么也不能跟埃兹拉·庞德成为一路人。不可否认，他的批评文章是有才气的。他有独特的见解，可是他的诗故意写得晦涩难懂。我们见过几次，我发现他是一个邋里邋遢、自高自大、唯我独尊的人，不过这并不重要。问题是，我听过他的广播，维尔纳。他对犹太人的攻击甚至比你们柏林广播的任何一篇都更不像话，而他对罗斯福和金本位的疯狂谩骂简直是叛国行为。战争结束以后，他会被绞死，或关进疯人院。我想象不出他中了什么邪，可是我情愿困死在锡耶纳这儿，也不情愿去做另一个埃兹拉·庞德。"

贝克嘴唇一噘，反驳起来，他把"f"和"th"这两个音完全发错了。"不过，还有亨利太太和她的娃娃'困死在这儿'的问题呢。再说，更严重的问题是，你还能在锡耶纳待多久。"他掏出一块金怀表，"我老远赶来告诉你这件事，没料到当场就被拒绝了，我原以为我是得到了你的信任的。"

娜塔丽插嘴说："我们待在锡耶纳有什么问题？"

贝克一边从容不迫地把雪茄弄熄，在烟灰缸里碾碎，一边回答说："嘿，意大利秘密警察从来没放松对我施加压力，亨利太太。你知道，你们原该跟其他外国犹太人一样待在集中营里。他们提出了这个广播的主意，就非常露骨地提醒了我这一点，并且——"

"可是我想不通！"杰斯特罗不服气地反驳，一双斑斑点点的小手搁在他身前的桌子上，在簌簌发抖，"我们得到早晚可以到瑞士去的保证！对不对？甚至莱斯里·斯鲁特这次来信也证实了这一点。罗马广播电台怎么能够威胁我，要我糟蹋自己的名誉呢？坚强起来，维尔纳，通知他们死了这条心吧，我不会考虑的。"

贝克尽是血丝的眼睛对着娜塔丽骨碌碌地转："我不得不告诉你，这是一个严肃的声明啊，教授。"

"不管怎样，这是我的回答，"杰斯特罗嚷起来，越来越激动了，"而且是最后的回答！"

外面传来一阵汽车喇叭声。

"贝克博士，你叫过出租车吗？"娜塔丽把餐巾折好，摆在餐桌上。她的声调低沉而安详，她的脸看上去瘦得皮包骨头，眼睛瞪得老大。

"是啊。"

"我送你出去。不，埃伦，你别走动了。"

"维尔纳，要是我看上去态度固执，我表示抱歉。"杰斯特罗站起来，向贝克博士伸出一只哆嗦的手，"马丁·路德有一次说得好：'我不能再改变了。①'"

贝克僵硬地鞠了一躬，跟在娜塔丽后面走出去。走到平台上，她说："他会干的。"

"他会干什么？广播吗？"

"对。他会干的。"

"亨利太太，他的反抗可非常坚决啊。"贝克的眼睛里流露出严酷、探索和担心的神情。

大门外面又传来断断续续的粗哑的喇叭声。

"我很了解他，这样发过一通脾气以后，他就会心平气和的。我提到庞德，把他

---

① 原文是德语。

惹火了，我感到非常抱歉。罗马电台什么时候要他广播？"

"这还没确定，"贝克热切地说，"可是我迫切需要从他那里得到一封同意广播的信。这会消除那些狗东西在我身上施加的压力，并且能使我开始进行活动——释放你们的活动，亨利太太。"

"你要的这封信在本星期末会得到的。"

他们站在开着的大门口，一辆陈旧的大游览车停在那儿。贝克用刺耳的、烦恼的声调说："我巴不得现在就把信带回罗马，这样就解除了压在我心头的一个巨大负担，我甚至情愿推迟回去的时间。"

"他情绪这么糟，我不能逼他写了。我答应你，信会给你的。"

他盯着她看，接着果断地把手一挥，伸出手去："那么，我只得把希望寄托在你的通情达理上了。"

"你可以把希望寄托在我对自己孩子的关心上。"

"我最大的愉快是，"贝克站住脚说，一只手摆在出租汽车的车门上，"看到你们全都动身到苏黎世去，我急切地等着这封信。"

她匆匆地回到别墅。杰斯特罗仍然坐在餐桌旁，手里拿着酒杯，眼睛盯着外面的大教堂。他带着惭愧的神情看着她，用仍然颤抖的声音说："我实在没办法，娜塔丽，这个建议真是岂有此理。维尔纳没法儿像美国人那样思想。"

"他确实不能，可是你不该斩钉截铁地拒绝他，埃伦，你应该推托和拖延。"

"这话也许不错，可是我再怎么也不会按照他的要求去广播，绝不会！他把那一回吃小牛肉的时候，我那番负气的、半真半假的、慷慨激昂的话完全按字面来理解。你瞧，德国人就是这副模样！你当时惹火了我，我又喝多了，反正我爱为错误的一方辩护，这你是知道的。我当然恨轴心国的独裁政权。我侨居在外国是为了省钱和安静地生活，显然这是我铸成的终生大错。不管国务院多么亏待我，我都爱美国，我不会上电台去为轴心国广播，玷污我的学者身份，使自己成为卖国贼。"老人抬起长着胡子的下巴，绷着脸，没有一丝表情，"他们可以杀死我，可是我死也不干。"

娜塔丽又惊慌又激动，说："那么，咱们的处境就危险了。"

"可能是这样，归根结底，你还是去找卡斯泰尔诺沃医生商量逃走计划的好。"

"什么！"

"豁出去准备这么干，看起来好像是想入非非，可是事情可能会闹到这个地步的，我亲爱的。"杰斯特罗倒了一杯酒，振作起精神，笑嘻嘻地说，"拉宾诺维茨是一个很能干的人，那个年轻的医生看来很有决断能力。最好还是有所准备。可能在这期间咱们会被释放，不过我没法儿说我喜欢贝克的新调子。"

"全能的基督，埃伦，你可是改变主意啦。"

杰斯特罗疲倦地把头搁在一只手上。"我这么一把年纪，原来不指望去冒这个险，最要紧的是把你和路易斯安全地送出去，对不对？我喝了这杯酒要打个盹儿。请起草一封给维尔纳的信，亲爱的，原则上表示同意，对我的发脾气表示抱歉。就说我现在开始在准备四次广播的稿子，脱稿的日子千万要说得含糊，因为我将要模仿珀涅罗珀①织布，你知道。接着，你还是找那个年轻的医生去谈谈的好。意大利秘密警察很可能在监视他，所以你最好装出像是去看病，带上娃娃。"

娜塔丽默不作声地点点头。她到图书室去起草那封信，感到既有点儿害怕，又好像有点儿安心———眨眼，她的叔叔跑到她前面去了——又感到她和她的孩子现在正在黑沉沉的急流中漂流。

---

① 珀涅罗珀：荷马史诗《奥德赛》中奥德修斯忠贞的妻子。奥德修斯外出多年，许多求婚者强迫珀涅罗珀改嫁，她佯称此事必须等她为奥德修斯的父亲织成一匹做柩衣的布后始可考虑。她在夜晚把白天织成的布拆去，所以那匹布始终织不成。

第二十六章

六月，奥斯威辛到处鲜花盛开，甚至在泥泞的、被人沉重地践踏的集中营营地里，在囚徒的木底鞋走不到的营房角落里，也冒出了花朵。

党卫军的奥斯威辛集中营控制区约莫占地四十平方公里，既有草木青葱的空地，又有树林，位于索瓦河和维斯瓦河汇合的地方。从这里，维斯瓦河开始漫长地、蜿蜒曲折地向北流经华沙，注入波罗的海。高高的倒钩铁丝网围着这片广大的飞地，在铁丝网背后，每隔一段距离就竖立着用德语和波兰语写的警告牌：擅自闯入，立即处死。集中营里处处开着星星点点、鲜艳夺目的野花，只有一队队建筑工人干活儿的地方除外，他们在把长着绿草的沼泽地折腾得变成棕色的烂泥地，修建起营房来。班瑞尔·杰斯特罗就在这样一伙建筑工人中干活儿。

原来住在这片土地上的那些村子里的庄稼人都离开了，他们腾空了的草房仍然有几所屹立着。大多数已经被夷平，碎砖残瓦被用来盖集中营的营房。在从前盖着房子如今成为一个个烂泥塘的地方附近，有一些开满了鲜花的果园，使六月里的暖风带来芳香。香味在一排排囚徒营房间化为乌有，因为那里的厕所糟透了。但是，班瑞尔干活儿的田野里，空气中仍然弥漫着果园里飘来的芳香。在过去六个月里，班瑞尔从前鼓鼓囊囊的肌肉恢复了一点儿。他是萨米·穆特普尔手下的副工头儿，戴着一个"领班工人"①的臂章，就是领班的工人，虽然生活也是够糟糕的，但是比大多数奥斯威辛集中营里的囚犯吃得好、睡得好。

穆特普尔戴着"小囚犯头儿"②的臂章，但是他的身份还不止这一个。党卫军军士长恩斯特·克林格尔的劳工分队③，实际上就是由穆特普尔管辖的一队建筑工人，

---

① 原文是德语，集中营里从事苦役的工头儿，其地位高于一般劳工囚犯，低于小囚犯头儿。
② 原文是德语，集中营里管理其他囚犯的犯人，其地位低于囚犯头儿，高于领班工人。
③ 原文是德语。

那是B-Ⅰ营里两所牢房里的六百名囚犯。这里的任务是赶着修建比克瑙B-Ⅱ-d营，这是六个分营之一，每个分营三十二所牢房。一旦全部建成，这个营地将一共有一百五十所牢房，这是中央建筑委员会计划在干道北面修建的。除了B-Ⅱ以外，还有两个营地：还没有动工的B-Ⅲ和已经建成的B-Ⅰ。在中央建筑委员会的规划中，比克瑙将成为世界上最大的拘留中心。将要有十万名以上做工的囚犯关在比克瑙，作为党卫军工厂的奴隶劳工。

萨米·穆特普尔如今在奥斯威辛集中营里干的活儿，当初在奥斯威辛城里是一个自由人的时候就干了。他在那里是一个包工头儿，他在这里也是一个特殊形式的包工头儿。他的主顾现在是奥斯威辛集中营的司令官，而克林格尔军士长是司令官的现场代表。从理论上讲，党卫军国家领袖希姆莱是最高的主顾，但是在奥斯威辛集中营里，希姆莱是一个不露面的神。连党卫军人员都难得提到他的名字，一提到他，都显出敬畏的神情。然而，司令部那辆有专人驾驶的黑色梅赛德斯在这一带经常出现，车头上飘扬着党卫军双闪电标志的旗子，令人心惊胆战。班瑞尔时常瞥见那辆汽车，司令官相信他的上司的应该亲临现场，进行监督——按照他的说法，叫"主人的监视"。

克林格尔的劳工分队很长时间来活儿干得很出色，不管在什么天气里，总是迅速、沉默和顺从地干活儿。这伙劳工日常受到党卫军人员和囚犯头儿的咒骂和痛打。囚徒们由于虚弱昏厥过去，倒在地上，被囚犯头儿当作装病偷懒，打得死去活来。如果他们真的看上去不中用了，囚犯头儿就用铁锹或者木棍送他们"回老家"，其他劳工把他们的尸体拖回去，晚上点名的时候好交差。等到下一班，自有新的囚犯来顶他们干活儿，反正囚犯是源源不绝的。

就奥斯威辛的情况来说，穆特普尔认为，在克林格尔这支劳工分队里干活儿已经算不错了。他来到奥斯威辛集中营有一年半了。一九四一年，那个司令官被柏林发来的发疯似的扩大集中营的命令逼得走投无路，在四乡拼命搜罗建筑工人和技工，立即叫他们干活儿。什么犹太人啦，波兰人啦，捷克人啦，克罗地亚人啦，罗马尼亚人啦，反正都是一个样儿，不再区别对待，穆特普尔就在他们中间。拿外面的标准来说，居住和营养的条件，以及纪律的苛刻，都是不堪设想的，但是在奥斯威辛集中营里，这里要算是十分舒适的了。

萨米终于对奥斯威辛集中营非常熟悉了。可以说，他处在非常有利的地位，所以方便地保全了性命。因为急于要动工建造，他没被送到隔离营去住过，没被可怕地隔离几个星期，遭受虐待和挨饿；许多囚徒在隔离营里被治得皮包骨头，像是机器人，什么思想也没有，只求好歹活下去。克林格尔当党卫军监工，穆特普尔当犹太族工头儿，一年以前，他们两人承担这项建筑党卫军营房的工作以来，一起干到了现在。两人都是鬼点子多、身子结实的家伙，年纪都快六十了，都急着要干出点儿名堂来。克林格尔为的是讨好上司，穆特普尔呢，为的是保全性命。克林格尔为了自己的利益，逐渐把这个犹太人安置在非正式的受保护的地位上，叫他当建筑工头儿。就凭这种身份，萨米能够为劳工分队征调囚犯，他就是利用这一点营救班瑞尔的。把一个苏联战俘拉进来不符合规定手续，但是奥斯威辛集中营的规章制度不是前后一致、互相连贯的。党卫军的军士和军官经常互相讨好，贪赃枉法，按照他们自己的心意曲解规章。干起这一行来，没有人比一级小队长①恩斯特·克林格尔更拿手了。

克林格尔是集中营里的老狐狸，一个身材结实的巴伐利亚人，一头金发已经有点儿灰白了。同司令官一样，他是达豪和萨克森豪森②的老兵。事实上，正是司令官申请把他调到奥斯威辛来的。克林格尔从前在慕尼黑当警察，在萧条时期丢了差事，变成一个纳粹分子，在党卫军里找到了容身之地。既然工作要求他心狠手辣，这个爱好家庭生活的人就不再像从前那样随和，变得心狠起来。克林格尔在执行任务的时候，把囚犯的脊背鞭打得皮开肉绽。当受到拷打的人鲜血淋漓、人事不知地倒下去的时候，他带着满不在乎的微笑擦掉皮鞭上滴下来的鲜血。他亲自排在行刑队里，枪决判处死刑的囚犯；他同囚犯谈话的时候，通常的声调是威胁的咆哮；他用棍子狠狠地揍一下，能把一个人揍得像枯枝扎的稻草人那样垮下来。尽管这样，萨米·穆特普尔仍然认为他"挺不错"。克林格尔跟许多党卫军人员和囚犯头儿不一样，尽管他也用恐惧、痛苦和死亡来折磨吓破了胆的、瘦得像骷髅的囚犯，但他并不从中得到乐趣。再说，他贪污成性，这可大有帮助，你可以同克林格尔做买卖。

克林格尔也认为，这个犹太人作为犹太人来说"挺不错"。当他同他的党卫军伙伴在一起喝得醉醺醺的时候，他甚至会拿"我那个能干的犹太佬萨米"夸奖一番。因为在集中营总部的中央建筑委员会办公室里，有几百名德国建筑师、工程师和绘图员在舒服地工作，制订出那个永远没完的奥斯威辛集中营扩建规划。他们遇到一项需要取得立竿见影的效果的任务时，总是说："把它交给克林格尔。"对克林格尔的工作效率的好评，自从他离开萨克森豪森以来，简直是与日俱增。他快要被提升为少尉三级突击队中队长③了。在他这样的年纪，从没有军官衔变成有军官衔，这是显著的高升，在声望和收入方面都会大有收获。如果这真的成为事实，他的妻子和儿女会多么高兴啊！他知道他这一切全得归功于萨米，所以他完全是从自身利益出发，关怀着这个犹太人。

---

① 一级小队长是党卫军中的一种职称，相当于军士长的军衔。
② 指设在德国这两个地方的集中营。
③ 三级突击队中队长是党卫军中的一种职称，相当于少尉的军衔。

克林格尔眼下正承担一项巨大的紧急任务：把比克瑙B-Ⅱ-d营三十二所牢房的屋架迅速搭起来。先不管墙和屋顶，委员会说光搭屋架、屋架、屋架，凡是看得到的地方都要搭起来。有一个大人物要来检查。克林格尔的劳工分队在比克瑙新扩建区的边缘。再向西，有一大群剃了光头、穿着条纹布衣服的囚犯，在长着齐膝高野草的沼泽地里清除石头，拔掉树根，用铲子和锄头平整土地，准备建筑更多的营房，但是那些营房还只是绘图板上的图样。B-Ⅱ-d已经动工，实际能给人看到的建筑越多，对司令官越有利。

每一天，奥斯威辛都可能发生意料不到的事情。这一天，在克林格尔的工地上出现了一件可怕的、令人大吃一惊的事情。七辆有帆布顶的灰色卡车在大路上停下来。克林格尔命令班瑞尔那支劳工分队的七十个人——包括党卫军看守人员、囚犯头儿，所有的人——上卡车，到贮木场去装柱子和椽子。这是一件非常奇怪的事情。在奥斯威辛集中营，工时和人力是无限制供应的，不需要花一个子儿。囚犯们把木料扛到建筑工地上，如果需要的话，哪怕走几英里都行，德国人在这种事情上是舍不得浪费汽油、消耗轮胎的。那么，到底是什么事情呢？囚犯们上卡车的时候，他们的脸都吓得变形了。有几个磨磨蹭蹭地拖着脚步，骂骂咧咧的囚犯头儿就用木棍撵他们上车。

但是，卡车的确是开到贮木场去的。在囚犯头儿们的叫骂和毒打下，囚犯们匆匆忙忙地装货，接着又乱七八糟地挤上了车，一路轰隆隆地开回B-Ⅱ-d营。班瑞尔猜想，规定的期限已经逼近，所以这一次只得破例迅速行动。在一般情况下，奥斯威辛集中营是一个节奏缓慢的、不用机器的世界，一切都按照人力的速度来进行。高级奴隶揍低级奴隶，而官方的监工则高、低级奴隶都揍，使他时常想起这简直是倒退到了犹太教经书上所写到的法老统治下的埃及。只是在这个埃及，有时候有二十世纪的卡车吱吱嘎嘎地开过，监工们有二十世纪的机关枪，而且处死的也不只是犹太小男孩[①]。

卡车开到的时候，又出现了一件料想不到的事情。只见司令官本人同两个穿绿制服的副官一起站在那里，他在阳光里皱起眉头望着奴隶乘汽车这个奇怪的景象。他那辆梅赛德斯就停在路旁，克林格尔在他面前巴结奉承。囚犯头儿和看守们在囚犯们卸木料的时候不停地打骂。囚徒们扛着木头拼命地向几百码外最北面的建筑地点跑去，接着匆匆忙忙地赶回来再搬。一个长着一张青蛙脸的年老囚犯头儿早就想和班瑞尔过不去，他原来是维也纳的银行抢劫犯，佩着一枚表明他那职业罪犯身份的高级绿色三

---

① 埃及的法老迫害以色列人和杀害初生的以色列小男孩事详见《圣经·旧约·出埃及记》第一章：
"于是埃及人派督工的辖制他们，加重担苦害他们。……法老吩咐他的众民说：'以色列人所生的男孩，你们都要丢在河里……'"

角臂章，突然在班瑞尔的头盖骨上用木棍揍了一下，揍得班瑞尔两眼发黑。"你这懒惰的老畜生，你有了一个臭臂章，就自以为了不起了吗？去搬木板，快跑！"班瑞尔被打了个趔趄，差一点儿摔倒，好歹抓起一根支柱，扛在肩上就跑，头昏眼花地想，这囚犯头儿挑的时候可真恰当。在奥斯威辛集中营里，有司令官在场看着，谁都不能指望得到保护，但是好在司令官哪一回都不会待得太久。

司令官自己日子也不好过，尽管他那张沉着的方脸上没流露出丝毫迹象。从前在魏玛共和国时期，因为一起政治谋杀案，他在勃兰登堡的隔离牢房里被关过，从那件事以来，他的胃一直没出现过像现在这样的剧烈绞痛。不管是喝威士忌、吃镇痛剂，还是服其他任何药，都不起作用，还是照样痛。他只得硬着头皮忍受，继续干下去。

他忙着同一个副官低声说话。过了一会儿，那个副官把克林格尔叫到一边。新的命令：在探照灯下干通宵！司令官连防空条例都顾不得了。停止搭屋架，改为装墙板和盖屋顶，只消在沿大路的那一面装上墙板，而且只消每隔一所牢房装上就行。

司令官坐上他的梅赛德斯。他对驾驶员说，回公馆去吃午饭。午饭！能在胃里好歹装点儿东西下去，就算是幸运的了。整个早晨，他一直奔驶在他们明天要经过的路线上。他亲自查看每一个工地，估计可能会提出的问题，先向党卫军监工提出，使他们有所准备。筑坝工地是一个最糟糕的问题，柏林没提供劳动力、材料和监督人员。I.G.法本公司为它在莫诺维茨分营的橡胶厂把什么都用去了。谁也不能用殴打的办法使挨饿的、不熟练的波兰人和犹太人建成一道坝。把他们活活打死，那行，但是维斯瓦河仍然会按照它的路线欢乐地奔流！如果党卫军国家领袖希姆莱真的要在维斯瓦河上建一道坝，那么让他来看看这规划到底落后了多少，才好提供必要的人力和物力。卡姆勒博士，奥斯威辛的总建筑师，是一个党卫军少将，可不是像司令官那样，仅仅是一个地位低微的少校。柏林大可以发出这些办不到的命令，卡姆勒博士在奥斯威辛集中营里的那些代表却不得不完成任务啊。希姆莱会听卡姆勒的话的。司令官感到，在那道坝的问题上，他是相当安全的。

在整个这次检查过程中，他唯一担心的是运送那些犹太人来的问题。希姆莱要把整个过程从头到尾看一遍。司令官设法估计到一切可能出错的事情，而在这方面，早几个月出过差错：有些人闹事，尖叫起来，引起了别人的恐慌；卫生队的蠢货们投进去的那玩意儿分量不够，所以人没死；等等。现在，一切障碍都已排除，整个过程通常是顺顺利利的。但是万一事情出点儿毛病，那么受到谴责的不会是别人，只会是他自己。

283 · · · 第二十六章

再说还有处理尸体的问题。这种万人冢埋葬的技术要不了多久就会行不通了，在奥斯威辛集中营里行不通。这里可不像切尔诺或者索比堡那样小规模地清除犹太人。柏林那些摇笔杆子的人哪里想象得到处理成千上万的尸体会成为什么问题。他们才不在乎呢，他们只是一味追求令人深刻印象的数字，去送给头头儿看。但是，这么些吨——许多许多吨——有机物一星期又一星期地堆在奥斯威辛的土地上，是一个他妈的令人头痛的问题，而且会危害健康。再说，这还是刚开头呢！让国家领袖亲眼来看看吧！

柏林那些婆婆妈妈的家伙对大头头儿这次来参观感到极为紧张。他们一直呈给他看成绩斐然的报告，把司令官对人力和物力的紧急申请以及对不可能实现的计划的抱怨都搁在一边，不予理睬。现在，他们不得不祈求司令官来保护他们的屁股了。他们才不愿意让自己擦得亮晃晃的皮靴沾上奥斯威辛的泥土呢；他们这帮整天伏在办公桌上的旗队长和一级大队长①在国内过着舒服的生活，才不愿意来哪！他呢，只是一个少校，管理着这个比任何军营更大的机构，可能比世界上任何军事设施更大，而且还在扩大！柏林方面一直对他说，别老是抱怨，强调正面的东西。让他们统统见鬼去吧。

梅赛德斯开到公馆前美丽的鲜花盛开的花园前，司令官的妻子戴着阔边遮阳帽在整修花草，那时他已痛得身子扭来扭去。他很清楚为什么胃痛得这么厉害。他的前程将取决于未来的七十二小时：他可能被可耻地撤职，从党卫军中撵出去，也可能被当场提升为中校——一级突击队大队长——说起来真气人，早就该提升了。这是两个极端，而在这两者之间，还有许许多多可能性。党卫军国家领袖希姆莱可不是天天都亲自驾到的啊！

他的妻子要他看看玫瑰花开得多么茂盛，但是他粗鲁地从她身旁走过，不理不睬。他的副官正站在凸窗后面等着呢。她看到他们在屋里说话，她的丈夫专心地看着副官递给他的一份文件。他看上去挺高兴，可是突然两眼一瞪，发起火来。他大发雷霆，把文件扔在副官的脸上，挥动着两个拳头，她在关着的窗子外都听得到他的骂声。他做了一个惯常的狂怒的手势：上楼去！这就是说，要在卧房旁那间小密室里进行绝密谈话。她急急忙忙走进屋去，提醒厨子不要把烤肉烧干。

实际上，司令官第一眼看到这份纸质优良、打印精美的东西，是感到满意的。这张时间表开头安排得很好：

---

① 旗队长和一级突击队大队长都是党卫军的职称，相当于上校和中校。

国家领袖参观奥斯威辛集中营时间表

8:00—8:30	飞机场。抵达和迎接,车队去营本部。
8:30—8:45	练兵场。行军旗敬礼分列式,奏乐,检阅仪仗队。
8:45—9:30	军官食堂。早餐,观看集中营布局示图。
9:30—10:00	建筑师办公室、中央建筑委员会。党卫军国家领袖参观模型:维斯瓦河河坝、新下水道系统、畜牧中心、比克瑙营。
10:00—11:00	坐汽车巡视。莫诺维茨、赖斯科、布迪。一般视察:I.G.法本厂房建筑、河坝工地、农业区、开垦地带、植物研究室、树苗圃、牲畜饲养场。
11:00—13:30	特殊项目。
13:30—15:00	午餐。

正是看到了这最后两项,司令官才把时间表扔到副官的脸上,命令他上楼去。

司令官大叫大嚷,要求做出解释,声音大得尽管关着门,整所房子里还是听得到,吓得他的孩子们在自己的房间里簌簌发抖,他的妻子和厨子在厨房里担惊受怕地交换着眼色。副官浑身颤抖,结结巴巴地说,奥珀伦铁路管理局安排运输车在午饭以前到达,而且指示空车要迅速回转。如果司令官亲自打个电话到奥珀伦去问问,列车能不能在奥斯威辛货运场上多停几个钟头,那么犹太人也许就可以在列车上等到吃罢午饭才下来。

接下来,司令官大发雷霆,这是他妻子以前从来没看到过的。她想,希姆莱要来参观,闹得人人都精神崩溃了。挨过这场风波,她会多么高兴啊!一星期以来,他夜夜喝得酩酊大醉,还吃强烈的镇静剂,可还是睡不着。这差事真叫人受不了。拿孩子们和她自己来说,越早离开这里越好。天天给小孩子们弄来的许多新玩具和图画书、给那个大孩子添置的好衣服、出色的用人、熟练的园丁、她自己那一摞摞可爱的高价内衣和长睡衣,这一切都很好,但是正常的家庭生活比这一切更好。

楼上,司令官在咆哮,整个时间表必须立即重新打印。那个特殊项目必须按照他以前的命令安排在午餐以后。他,司令官,亲自命令这么做。火车得在货运场上需要停多久就停多久!如果奥珀伦铁路局的负责人想不通,他们可以在奥斯威辛的隔离营里待上几个月,彻底想一想。这是给党卫军国家领袖办差事啊!明白吗?不容许任何、任何干扰。哪个没脑子的白痴居然想让国家领袖在午饭前看一次特殊操作?看了这种玩意儿，他哪还有胃口吃饭呢？

这顿持续了十分钟的臭骂的要点就是这些。副官本人是一个冷酷的党卫军上尉，在萨克森豪森干过，被骂得面色煞白，像一个在隔离营里将要挨打的犹太人那样簌簌发抖。司令官从来没发过这么大的脾气，他打发副官离开的时候，自己也直打哆嗦。副官急急忙忙地跑出去，刚跑到花园里，就把胃里的东西一股脑儿吐了出来，吐出来的脏东西里还夹着血丝呢。

司令官喝下了半杯白兰地，酒使他平静下来。他下楼吃午饭的时候，胃里不再感到绞痛了。他吃得挺香，对他的妻子和孩子们也挺和气，在这个月里，他还没这么和气过呢。话得说回来，时间表的其余部分看起来还不错嘛。不过，上帝保佑，如果他不坚持要看那份打印好的时间表，那就糟啦！他的老规矩永远错不了——"主人的监视！"

火车停在弯道那一边看不见的地方。三点差五分，它那尖声哭叫似的汽笛声响起来了。

党卫军国家领袖和他的那些高级助手同司令官一起站在一条长长的木板平台上等着。幸好，这一天又是晴天。旁轨附近，多叶的树木的可爱浓荫挡住了下午炎热的阳光。他们全在高级军官食堂里美美吃了一餐，到目前为止，整个检查过程顺利地进行着。希姆莱对那道窝工的坝表示出非常通情达理的态度，集中营的飞速扩大显然给他留下了深刻的印象。真正让他高兴的是农业设施，那始终是他在奥斯威辛最喜爱的项目，他原来就是干农业这一行的。给人留下深刻印象的I.G.法本公司在莫诺维茨的还没完工的工厂也得到他的赞赏。司令官急得如坐针毡，如果这件事顺利完成，不出岔子，那么这次视察的积极后果就可能近在眼前。

火车头里冒出来的烟在树顶上出现了，只见列车开过来了。那是一列小规模的运输车，司令官故意这么安排，十节货车厢，约莫八百个人。卡托维兹的警察局已经把他们抓起来关了几天。那间密室挤得密密匝匝，顶多只能容纳八百个人。希姆莱给司令官的亲笔信写得明明白白："一次完整过程，从开头到结束。"分两批进行将会拖长时间，使党卫军国家领袖扫兴。现在这样子，也够糟糕的啦！

司令官已经看过好多次这种过程了——"主人的监视"——但是他始终没完全习惯。他是心狠手辣的，他知道那位国家领袖也是心狠手辣的。他听说，希姆莱有一回在俄国观看特别行动队处决一大批犹太人。据别人说，干得真粗糙：吩咐他们给自己挖好万人冢，然后用机关枪把他们扫死，就那么连衣服什么的埋掉。奥斯威辛集中营的处理方式要仁慈得多、切实得多，也更德国式。但是，就它本身来说，它还是令人不愉快的。司令官知道这件事情使他自己手下的那些军官多么难受。他非常好奇，想要看看海因里希·希姆莱会有什么反应。归根结底，这样的做法也真他妈的够呛。万一德国人打败了，那怎么办？司令官当然从来不会吐露这种顾虑。他的下属只要有一丁点儿暗示，他就把这种念头压制下去。不过，这些念头还是时不时使他不安。

火车停住了，犹太人开始下车。沿旁轨站着的党卫军守卫们向后退，免得造成任何吓唬或者威胁的印象。那是一批从大城市来的犹太人，看上去很富裕。他们从装牲口的车厢里笨手笨脚、磕磕绊绊地走下来，被阳光照得眨巴着眼。他们搀扶着老人、瘸子和小孩下车。他们焦急地东张西望，做妈妈的把孩子搂得紧紧的。但是，他们没显出惊慌失措的神情，专心倾听着三级突击队中队长赫斯勒流利地宣布他们将在哪里安家，哪种技术是最需要的，等等。这些话真说得叫人不由得不信，赫斯勒和他的助手奥迈尔不断地润饰和改进这一套熟极了的鬼话。

接着，那些犹太人毫无困难地排着队听凭挑选。不一会儿，有几个被挑出来送到劳动营去，他们迈开脚步穿过一些大树向比克瑙走去，其余的人默不作声地爬上等着的卡车。人走空了的平台上高高堆着他们的行李，净是漂亮的物件，还有不少是真皮的呢。等清理队来把它们分门别类地清理好，倒是一笔相当大的外快呢。那些犹太人看来对赫斯勒说的话句句相信，包括将把行李全部送到他们的住所那样的细节。住所！他们的轻信是非常符合人性的，没有一个人肯相信自己已经死到临头，尤其是在六月里这么美丽的一天，阳光灿烂，小鸟在树上啭鸣。有几个犹太人带着害怕的神情向那伙望着这个过程的党卫军军官瞟了几眼，但是在司令官看来，他们好像谁也没认出那个伟大的党卫军国家领袖希姆莱，也许他们太专心了。

装满人的卡车没马上开动，让那帮来检查的党卫军军官坐汽车先赶去匆匆看一看那个密室所在。司令官引以为荣的是它的外貌一点儿也不露破绽。路旁有一块大木牌，牌上写着：消毒灭菌。人们看到的只是一所庄稼人住的草顶大木房，坐落在一个苹果园里——波兰农村里有几千所同它差不多的木房呢。木房门上有一块干净的箭形木牌，上面写着：消毒灭菌由此进。几米外有几所供脱衣服用的小木房，是用斫下来不久的木材新盖起来的，模样一点儿也不可怕。那帮来检查的党卫军军官走进有妇女和儿童标记的小木房，墙上有一个个编有号码的衣钩，下面是顺着墙排着的长凳，那是给犹太人挂衣服和折叠衣服用的。墙上有一块写着几种文字的牌子：

记住衣钩号码，以便消毒灭菌后找到你自己的物件！

衣服要折叠得整齐！

不得乱堆乱放！

不准闲谈！

炎热的阳光使木房里那些斫下来不久的木材散发出一股强烈的气味，同从开着的门外飘进来的苹果花香味混在一起。希姆莱没发表什么意见。他迅速地点点头，动作短促而剧烈，表明他已经看够了，去看下面的吧！

党卫军军官们穿过苹果园，走进那所大木房。这里有四个墙上刷着白粉的空洞洞的大房间，那些非常厚的木房门和一扇上面挂着"通往浴室"大指示牌的后门看上去有点儿古怪。一个穿白大褂的党卫军人员站在走廊里一张堆着毛巾和肥皂的桌子旁。这里有一股强烈的消毒药水味。房门都开着，用钩子钩住。司令官解开一个钩子，把门关上，让希姆莱看。沉甸甸的铁杆一拧紧，门就关得密不通风。他默不作声地指指墙上投进毒气的那些小通气孔。党卫军国家领袖点点头，用手指指，算是询问那块关于浴室的指示牌是怎么回事。"通到外面，"司令官说，"处理。"

短促而剧烈地点点头。

那些卡车咕噜噜开来了。那伙检查的人离开密室，聚集在几棵苹果树下，保持着恰当的距离，看操作。

同往常一样，头一辆卡车里是十来个特别分队人员，这是一批被利用来参与操作过程的犹太囚犯。这一小队人员会讲几种语言。他们从卡车上跳下来，跑去帮助他们的犹太同胞从别的卡车上下来。他们体面地穿着便服：在这温暖的天气里，他们穿着上好的衬衫、长裤和皮鞋。这些特别分队人员没穿条纹衣服，当然也没穿木底鞋，只是戴着必须戴的条纹的集中营帽子。他们帮助妇女和儿童下车，用意第绪语或者波兰语讲着消毒灭菌的步骤、集中营里的膳宿供应和工作条件。事到如今，这批刚运来的犹太人只有九分钟好活了，所以必须采取措施，以防万一。党卫军守卫人员牵着狗，拿着枪和木棍排成两道警戒线，从卡车前一直排到脱衣服的小木房前。那些犹太人没别的选择，只得由特别分队人员陪同着一直向木房走去。特别分队人员还在谈着伙食、邮政服务和探望的特权。司令官向默不作声的希姆莱解释，那帮家伙一直要陪他们走进密室，一直要把这个人道主义的骗局保持到最后一秒钟。要等到党卫军看守进去把那些毒气也透不过的大门关上的时候，他们才能逃到外面来。

司令官在说明的时候，没把功劳算给赫斯勒和奥迈尔，就是那两个党卫军军官想出了利用特别分队这个确实巧妙的安排。归根结底，万一出了什么差错，不是他们，而是他自己受到责怪！但是，这套办法正是这两个军官设想出来的。他们训练了一批批特别分队人员。他们定期地用煤气杀死一批，然后再训练一批。特别分队人员是从隔离营里新来的人当中找来的。那些软弱的人、容易吓慌的人和容易被奥斯威辛集中营的残酷情况吓破胆的没出息的人，就是他们要物色的。赫斯勒和奥迈尔把他们挑出来，让他们单独住在一所特殊的营房里，用直截了当的措辞同他们谈明这个任务。他们能够按照吩咐的去做，就活命，否则当场枪决。他们可以选择。许多人虽然吓坏了，但情愿挨子弹，脖子上挨一颗子弹。尽管这样，特别分队人员还是有的是，他们的需要一直能得到满足。但是，后来还是有一些人受不了这个活儿，想法提醒新来的人，甚至同他们一起脱去衣服自杀。党卫军密切提防着这种人，经常能逮住他们。为了警诫别人，他们受到严厉惩罚：被活活烧死。真是明智的手段。

司令官看着这帮可怜虫催促妇女和儿童去送命，跟往常一样想不通他们究竟是怎么回事。他们怎么能对一切天赋的感情这么毫无反应呢，尤其是对宗教信仰跟他们相同的人？犹太人真是一个谜，就是这么回事。他偷偷地向海因里希·希姆莱瞟了一眼，差一点儿吓得没命。希姆莱正呆滞地紧盯着他在看哪。司令官打了个冷战，认识到这可能是整个检查的决定性时刻，只有这才是真正的关键。国家领袖来亲眼看看——"主人的监视"——奥斯威辛集中营的司令官是不是胜任这个职位。如果他现在退退缩缩，流露出一丁点儿神经质或者内疚的神情，那他就会断送自己的前程，说不定会断送自己的性命。如果他不能符合要求，却知道其中那些事情，那他们还能容许他活多久呢？他看到过党卫军人员——也有职位很高的——挨到一颗子弹。

那些犹太人现在匆匆忙忙一起向那所用来脱衣服的小木房走去。他看到了一个意料不到的景象，这景象使他紧张的神经受不了。一条狗向一个顶多四五岁的孩子扑过去，对她乱叫。那是一个穿着蓝色短连衣裙的小女孩，跟他自己最小的女儿长得很像：黄头发、蓝眼睛、圆滚滚的德国人的脸蛋，一点儿也不像犹太人。这个漂亮的小妞儿紧紧地缩在她母亲的身旁尖叫。做妈妈的把她抱起来，为了哄她，折了一根长着苹果花的细枝，送到小女孩的鼻子前。她们就这样挤在那群犹太人中间走进木房，不见了。司令官在这里看到过几十次令人心酸的事情，但是这个小女孩的神情，那个做妈妈的冲动地一把折断那长着花朵的树枝的动作，令人受不了——那个母亲看上去也不像犹太人。宣传漫画全是胡闹，第三帝国的这些不共戴天的敌人看上去同其他欧洲人没有什么不一样，大多数都是这样。他早就发现这个情况了。司令官感到肚子痛，绞痛又发作了。他紧绷着脸，不露出一丝表情。

如今至少事情会迅速进行了。

党卫军守卫人员又排成两道警戒线，从小木房排到那所大木房，中间是一条狭窄的小道。赤身裸体的男人先走出来，同往常一样，可怜巴巴的一群——矮胖的、瘦得只剩一把骨头的、瘸腿的、头发灰白的或者秃头的——他们因为害怕，割过包皮的可怜巴巴的生殖器都缩了起来，那不用说。他难得在这里看到一个犹太人有真正的大生

殖器，也许身强力壮的人才更富有男性气概。穿得整整齐齐的特别分队人员还混在他
们中间讲着，想方设法使他们高兴起来。但是现在这些犹太人死到临头了，脸上免不
了流露出恐惧。特别分队人员的脸色也很难看。司令官是一个狠心人，但是他始终不
喜欢看走到密室去的犹太人的脸，尤其是男人。

不知什么原因，女人的勇气倒比较大，也许是因为羞耻心分散了她们的注意力，
除此以外，还有对孩子们的担心。她们跟在后面走出来，在两排穿军服的年轻德国人
中间赤身裸体地穿过，脸色倒并不怎么可怕。这些党卫军人员接到严格的命令，必须
一言不发，态度严肃，不过他们还是忍不住对几个长得可爱的女人咧开了嘴傻笑。她们
中间总是有相貌漂亮的，而且说到头，世界上再也没有什么比一个赤身裸体的女人更
迷人了。当她抱着或带着一个赤身裸体的孩子的时候，说也奇怪，她就越发美丽了。

对司令官来说，在整个过程中，赤身裸体的女人同她们的孩子们走进密室，始终
是一个最重要的时刻，美丽、悲伤而恐怖。他想望望希姆莱，但他害怕。他一直板着
脸，但是在最后一批从小木房里走出来的女人中间，他看到了那个折树枝的母亲，那
时候他差一点儿没法儿保持他沉着安详的态度。她有一个可爱的身段，可怜的人儿。
像其他许多女人一样，她一条胳膊抱着孩子，另一只手遮住下身，只得让奶头露着。
如果她们抱着一个孩子，她们总是毫无例外地遮住阴毛，露出奶头。这是一个反映妇
女天性的奇怪事实。但是，使司令官震动的是那个赤身裸体的小女孩，她还拿着那根
开着苹果花的树枝呢。

最后一个女人的粉红色背脊消失在大木房里了。党卫军人员冲进去，接着，特别
分队人员同站在肥皂和毛巾旁的穿白大褂的人一起走出来。那帮来检查的人听到响亮
的砰砰关门的声音和吱吱嘎嘎地把门闩紧的声音。一辆漆着红十字的救护车在犹太
人脱衣服的时候已经开来，现在党卫军的卫生队人员从车上走下来，戴着防毒面具，提
着装氰化物结晶体的罐子。刚才看了赤身裸体的女人，这个场面可不太好看！话得说
回来，他们摆弄的是性命攸关的东西，预防措施规定严格。他们打开罐子，把东西从
墙上的窄孔里倒进去，一转眼就把活儿干完了。他们重新跨进救护车，车就开走了。

司令官用绝对平稳的声调问党卫军国家领袖，他是不是高兴到密室门外去听听，
看看里面。希姆莱就同指挥官一起走去。一帮犹太人的叫声听起来不一样，他们的哀
号和呻吟是痛苦而听天由命的，几乎像在祷告，不像俄国俘虏或者波兰人发出野兽似
的尖叫和咆哮。当希姆莱把眼睛凑到窥视孔上的时候，他的脸变样儿了：到底是扮了
个厌恶的鬼脸，还是浮出高兴的微笑，司令官可拿不准。

希姆莱干了一件令人惊奇的事情，他向一个副官要了一支香烟。同元首一样，希
姆莱是不抽烟的，或者说他是被认为不抽烟的。但是现在，当司令官带他转到密室的

后面，等待毒气发挥作用的时候，他点起了香烟，安详地抽着。司令官指给希姆莱看那一大片不断扩展的万人冢区域，把碰到的越来越多的问题向他说明。只见周围几百米的草地上处处都是一个个高大的土堆。一条铁轨在这些土堆中穿过，直通到一个大坑边，坑旁高高堆着泥土，特别分队人员还在那里挖掘呢。希姆莱脸上的表情变得严厉起来，他以古怪的方式鼓起嘴唇周围的面颊，使得嘴唇看不见了。这分明是表示，他非常关心这个问题。

他们来到密室以来，他头一回开口了。他用平静的声音说得很轻，不是对司令官，而是对一个副官，一个漂亮的高个子上校。上校脱掉一只黑手套，在本子上迅速记录。

后栅栏门一下子开了。从开着的密室后门那儿，一辆高高堆满赤裸尸体的手推车由另一批特别分队人员——埋葬队人员，前拉后推地顺着铁轨向那帮来检查的人咕噜噜地过来。车从党卫军军官们身旁经过的时候，散发出一股消毒剂的气味，有点儿像石炭酸。那些赤身裸体的人看上去同不到半小时以前没多大不同，只是他们现在都一动也不动，身上沾着一道道粪便，乱七八糟地堆在一起。有的张着嘴，有的呆呆地瞪着眼——老人、小孩、漂亮的女人，一堆没有生命的肉体。那些女人的容貌和孩子的妩媚仍然可能被人喜爱。

这帮犹太特别分队人员从头到尾真是干得有条有理极了。在铁轨尽头，他们把手推车的手柄抬起来，这样尸体就卸到地面上，胡乱堆成一堆。有几个人把车推回密室去，其他的人留下来同正从坑里爬出来的挖土人一起，抓住一只胳膊或一条大腿把尸体拉到坑边——有几个人用大肉钩，司令官本人对这种做法感到厌恶——把死人一个个扔下去，尸体就看不见了。国家领袖希姆莱感到有趣，他走到坑边，看队员们在把赤身裸体的温暖尸体一排排摆好，在他们身上撒一层白粉。司令官解释，这是生石灰。一定要采取某种措施，因为整个地区的地下水正遭到污染，甚至党卫军营房里的饮用水含菌量也已经上升到危险标准。他几次向柏林反映困难，从长远的观点看来，埋葬可不是一个办法。艾希曼中校建议的每隔几个星期消灭几十万犹太人的大规模行动一旦开始，埋葬当然不是一个办法。

如果不马上采取果断的措施，他坚持说，整个体系就会垮台。什么都不对头。农舍型的密室是凑合着使用的，另一所在附近即将完工，但是这也只能应付一下眼前。焚化场仍然只是中央建筑委员会办公室里漂亮的模型，而柏林根本不管处理尸体的问题。那些特别分队人员不断地在把尸体一车车运出来，扔进坑去，一排排堆好。这时候，司令官开诚布公、全神贯注地向党卫军国家领袖谈着他对这个严重问题的看法。他是这么专心地在提出要求，所以看到那个还握着断树枝的小女孩的尸体从车里滚下来，他也不觉得难受。

他的一片诚心没有白费，他看得出对方被打动了。希姆莱猛地使劲点点头，他噘起了嘴，使嘴唇又看不见了，接着他向副官们瞟了一眼。

"好了吗？"国家领袖说，"下一项是什么？"

"焚化场得盖起来。"他第二天到飞机场去以前，秘密接见司令官时说。

接见快要结束了，司令官有点儿慌张地提出最后一个重大要求，要求准许用犹太人做灭菌试验，这个要求被愉快地同意了。他们在中央建筑委员会办公室的一个内室里，只有掌管整个波兰南部因此也是掌管奥斯威辛集中营的党卫军将军施毛泽在场。

"建设焚化场甚至要排在建造I.G.法本的工厂前面，"希姆莱说，"年底以前要完成。施毛泽要把本省其他一切计划搁在一边，优先提供劳动力和材料。"希姆莱对那个将军挥挥他那黑色的短手杖，将军急忙点头。"你以后还会听到我关于处理尸体问题的指示。你把一切困难告诉了我，让我看到了奥斯威辛的真实情况，我对你在非常困难的条件下尽了最大的努力感到满意。眼下是战争期间，我们不得不按照战争的要求来考虑问题。把你最好的建筑人员派去盖焚化场，等他们一盖好，把他们全干掉，懂吗？"

"懂，国家领袖先生。"

"我提升你为一级突击队大队长，恭喜你。现在我要动身了。"

中校！当场提升！

一星期以后，恩斯特·克林格尔也被提升为三级突击队中队长。同时，他接到他的建筑人员另有任务的命令。他们有一个新的职位：二号焚化场劳工分队。

第二十七章

中途岛

（摘自阿尔明·冯·隆的《世界大屠杀》）

世界历史上一场关键性的战役这时候正在地球另一面的海上进行，在德国，甚至在我们的最高统帅部里，却没人注意。我们的日本盟友未能给我们提供关于中途岛之战的真相，无疑是背信弃义。然而，希特勒不喜欢听坏消息，哪怕一份反映真实情况的报告，很可能他也不会重视。认真的德国读者要了解整个战争的进程，一定要掌握一九四二年六月在中途岛发生的事情。

说也奇怪，那些民主国家本身当时对中途岛之战没大肆宣传。在美国，关于这场战役的消息既简略又不正确。直到今天，只有很少的美国人知道，他们的海军在中途岛赢得了一场同萨拉米①和勒班陀②一样记载在军事史上的海上胜利。在这个星球的历史上，亚洲第三次驾驶军舰向西方大举进攻，为博取世界统治权而孤注一掷。在萨拉米，希腊人把波斯人赶回去；在勒班陀，威尼斯联合舰队挡住了伊斯兰教徒；在中途岛，美国人，至少在我们这个世纪，阻止了亚洲有色人种的崛起。以后的那些太平洋战役基本上是日本徒劳无功地试图夺回在中途岛之战中丧失的主动权。

在中途岛战役以前，尽管阿道夫·希特勒和日本领导人一再错过机会和估计错误，战局仍然胜负未卜。如果美国这一仗打败，夏威夷群岛很可能守不住。由于美国

---

① 萨拉米位于阿提卡半岛西面。公元前480年，波斯国王泽尔士一世率舰队，入侵希腊，在该地附近与希军发生激烈海战，遭到失败。

② 勒班陀位于希腊科林斯湾西北岸。1571年，罗马教皇、西班牙人和威尼斯人结成反对土耳其人的神圣同盟，该同盟的联合舰队在这里打败了土耳其的舰队。

的西海岸突然暴露在日本的武力下，罗斯福可能不得不彻底改变他那臭名昭著的"德国第一"政策，整个战争局势就可能有不同的转变。

那么，为什么这一关键性事件这样被低估？这种反常现象是这次战役的性质造成的。中途岛战役的胜利部分是依靠分析日本的密码电报取得的，这个办法在战时是不能透露的。（事实上，一家芝加哥报纸发现并发表了破译密码的真相，日本人显然没有注意。罗斯福总统英明地对这个泄密行为置之不理，没有大张旗鼓地依法起诉。——英译者注）美国海军当局关于中途岛战役的战报是含混不清和小心谨慎的，而且是拖了几天后才发布的。过了很长时间，人们才充分估计到这一战挫败了日本的战争计划。所以，中途岛之战的真相被掩盖起来了。战争在炮声隆隆中继续进行，这场战役在人们的眼前消失了，就像一辆卡车扬起的一阵灰尘能遮住埃佛勒斯峰[1]一样。但是，随着时间的推移，这个转折点在人类的军事史上显得越来越巨大和清晰。

"平顶船"[2]战争

德国读者习惯于陆地上的战争，对于海上的战术问题，需要有一个简略的说明。在海面上，当然是没有地形差别的。整个战场是一片平滑的、无边无际的水面。陆地上的士兵都知道，这简化了战斗，但是增加了那些基本因素的重要性。航空母舰的发展使火力射程有了根本性的提高。

在古代的海战中，战舰互相冲撞，互相摧毁一排排的桨，隔着几英尺阔的海面发射箭、石头、铁弹或者燃烧的物体。有时候，战舰互相用抓钩钩住，并排靠在一起，士兵们跳到敌舰上去，在甲板上厮杀。军舰上装置大炮好久以后，水面上的肉搏战还在继续进行。约翰·保罗·琼斯[3]用抓钩钩住英国军舰"塞拉皮斯"号，登上该舰，为美国赢得了第一场大海战的胜利，同一个罗马的舰长对一艘迦太基战舰所做的一模一样。

但是，十九世纪那些伟大的科学和工业革命创造出了战列舰，一种蒸汽推动的钢铁巨船，装着旋转中心线大炮，这种炮可以朝左舷或者右舷把一吨重的炮弹发射到几乎十英里外。所有现代国家都争先恐后地建造或者购买战列舰。我们自己和英国的造

---

[1] 即喜马拉雅山珠穆朗玛峰。
[2] 在美国俚语中，航空母舰被叫作平顶船。隆此处用了这个美国俚语，所以加了引号。
[3] 约翰·保罗·琼斯（1747—1792），美国海军军官。1779年9月23日美国独立战争期间，琼斯率领美国海军击败并俘获"塞拉皮斯"号。

船厂在建造越来越大的战列舰上展开了竞赛，双方都想争取领先地位，这是第一次世界大战的一个基本原因。甚至在此以前，英国资本家已经乐于为日本人建造一支这种可怕的舰队。一九〇五年，日本人用它在对马海峡打败了沙俄。除此之外，只发生过一次大规模的战列舰交战。一九一六年，在斯卡格拉克战役①中，我们的远洋舰队在一次可以作为范例的战斗中击败了大英帝国的舰队。二十五年以后，在珍珠港，这种类型的军舰终于因毫无用处而黯然失色。

战列舰是海战中的恐龙，出生既不合法，寿命又不长。每一艘都像好多陆军师的装备那样，是消耗国家资源的无底洞。但是，它把远程大炮的火力带进了海战。由于地球的表面是弯曲的，它那大炮炮弹的弹道需要做出相应的校正！工业时代就这样使人不得不应付他那个小小星球的自然限制的问题。

第一次世界大战以后，有一些眼光远大的海军军官看出飞机的航程可以远远超过战列舰上大炮的射程。飞机可以飞行几百英里，飞机驾驶员几乎可以把炸弹一直带到目标上空。他们驳斥那些顽固地鼓吹战列舰的海军将领，终于赢得了这场支持建造海上活动飞机场——航空母舰的辩论。珍珠港事件在一小时内解决了二十年的争执，而太平洋上的这次较量成为一场航空母舰战争。

英译者按：我始终是一个战列舰派。隆忽略了在动乱的半个世纪中战列舰在保持均势方面所起的作用，尽管没有人能不同意它在珍珠港遭到的惨败。他不负责任地把日德兰半岛②附近那场不分胜负的战斗（斯卡格拉克战役）说成德国胜利，是可笑的。德意志帝国的远洋舰队在日德兰战斗以后从未出动作战过，大多数兵舰在斯卡帕湾被凿沉。"俾斯麦"号被击沉，其他的战列舰被英国皇家空军炸得停在停泊地无法动弹以后，最后希特勒把剩下的都拆毁了。

航空母舰战的战术

所有太平洋上的航空母舰，美国的和日本的，载着三种飞机。

战斗机是防御性的，它护卫攻击型飞机去袭击目标，击落试图拦截的敌方战斗机，保护攻击机的安全。它还飞翔在上空，进行空中战斗巡逻，来保护自己的舰队免

---

① 斯卡格拉克是北海一海峡，位于挪威南面。1916年5月31日至6月1日，英、德两国海军在该海峡进行激战。
② 日德兰半岛大部分是丹麦国土。此处日德兰半岛即指丹麦。

遭敌机攻击。

还有两种是攻击型飞机：俯冲轰炸机和鱼雷轰炸机。俯冲轰炸机在空中投弹；鱼雷轰炸机瞄准吃水线以下的目标给予致命的打击，它进攻的方式冒的风险更大，它投的弹更重。它不得不低低地贴近水面直线飞行许多分钟，然后放慢速度，投下鱼雷。在这样逼近敌人的过程中，鱼雷轰炸机的驾驶员非常容易被高射炮火或者战斗机击中，它的行为无异于自杀，所以它需要战斗机坚强的保护。

航空母舰战的原则对双方的海军来说都是同样的，三种类型的飞机编成一支支中队起飞去执行任务。战斗机、俯冲轰炸机和鱼雷轰炸机在空中联合起来，一起飞向目标。战斗机同对方的防御战斗机作战，俯冲轰炸机发动进攻，等到敌人的注意力最分散的时候，容易被击中的鱼雷轰炸机就悄悄地低飞上前去歼击敌人。这叫作协同进攻，或者叫分批出动。

在这个计划中也会有变动，譬如说，一架战斗机可以携带一枚轻型炸弹。而日本人一开始就把他们的鱼雷轰炸机——97型轰炸机，设计成一种两用飞机。如果不携带鱼雷，它可以携带一枚很大的杀伤炸弹，这样就使它对陆地上的目标也具有强大的破坏力。

结果，这种日本的两用轰炸机决定了整个战役的胜负。

密码本C

情报也是起决定作用的。由于分析了密码无线电报和部分破译了密码，美国人察觉了敌人的作战计划。日本人原应该预见到这一点而加以防止的。在现代战争中，密码和代号应该经常更换。在我们德国军队的指令中，这是一项标准规定。人们不得不假定，敌人在抄录我们广播的一切莫名其妙的话，而且凡是人脑能够想出来的，人脑就都能够阐明。日本的通信原则要求更换密码，但是它的海军在准备中途岛战役的过程中过于自信和行动匆忙，工作受到干扰。行动匆忙是杜立特领导的空袭所造成的结果。

自从珍珠港事件以来，日本海军一直使用密码本C。美国和英国的小组最早使用了IBM公司的机器，把这些电文不断地研究了半年。从四月一日起，日本人原该改用密码本D。如果更换了密码，日本进攻中途岛的暗号就绝对不会泄露。但是，杜立特空袭引起一片混乱，更换密码的事拖到五月一日，接着又拖到六月一日。从六月一日起，密码本D像一块密不透风的帷幕终于掩住了一切，但是当时离战斗开始只剩三天，日本的计划大部分已经被敌人知道了。

受伤的航空母舰

日本过于自信和行动匆忙这种错误在珊瑚海战役以后就暴露出来了，那是一次小规模的航空母舰战斗，当时日本人试图占领新几内亚的莫尔斯比港，给澳大利亚制造空中威胁。这支远征舰队同两艘美国航空母舰冲突起来。由于天气恶劣，作战双方的军舰始终没有互相看到，演出了一场充满错误的决断和空中捉迷藏的喜剧。在两天的混战中，日本人占了上风，打沉了大型航空母舰"列克星敦"号和一艘油轮，击伤了"约克敦"号。他们损失了一艘轻型航空母舰；另外，舰队中的航空母舰"翔鹤"号和"瑞鹤"号被炸弹炸伤，舰上的飞机有所减少。

双方的航空母舰从珊瑚海歪歪斜斜地回到自己的基地。一千四百名美国工人在珍珠港每天二十四小时连续不断地工作，三天内就把那艘受了重创的"约克敦"号修好了，它参加了中途岛战斗。但是，那两艘受伤的日本航空母舰没有投入战斗，最高统帅部拒绝推迟作战日期去训练和更换飞行人员，也没下令紧急修理。为了保证在一个月圆之夜登陆，或者出于诸如此类站不住脚的理由，两艘航空母舰的战斗力被无所谓地放弃了。

计划和反计划

山本的中途岛作战计划是黑岛大佐制订的，他曾经设想出那个伟大的但是流产了的"西进"战略。他的判断力似乎衰退了。中途岛计划就它的规模来说是宏大的，就它的复杂性来说是令人眼花缭乱的，但是它缺乏两个军事上的优点：单纯和集中力量。它是一个双重任务，这始终是一项冒险的行动。

　　1. 占领中途岛环礁。
　　2. 摧毁美国太平洋舰队。

这计划一开始完全是珍珠港事件的重演，一次航空母舰对环礁的偷袭。在海军中将南云指挥下，四艘航空母舰——而不是原来要求的六艘——将偷偷地从西北方进逼。他们将一举消灭美国的空中防御力量，然后在尼米兹能够出兵以前，就由登陆部队占领环礁。他们假定（想法完全正确），尽管尼米兹力量薄弱，他仍然将不得不出来应战。山本亲自计划，把他那些战列舰埋伏在南云后面，隔开几百英里，在飞机的航程以外，准备紧逼和消灭从南云的空中猛袭下逃出来的尼米兹舰队的残余。

这个计划包括对离阿拉斯加不远的阿留申群岛发动一次佯攻，另外几艘航空母舰将摧毁美国在那里的海军基地，然后派一支入侵部队登陆。这次佯攻可能把尼米兹薄弱的兵力远远地诱到北方，这样就能使山本得到一个大好的机会，插进太平洋舰队和夏威夷群岛之间。如果尼米兹不出动，日本仍然可以夺取和占领阿留申群岛，这样就拔掉了美国在太平洋的防线北端的据点。

所以，尽管山本在军事力量上占有压倒性的优势，他还是决定把他的军事行动建立在蒙骗和偷袭的基础上。但是，根本不存在偷袭的可能。尼米兹大胆地假定密码破译人员向他汇报的是真实情况，还假定他可能用偷袭偷袭者的方法在劣势下取得胜利，把他的全部赌注押在这样的假定上。他就这样快刀斩乱麻地解决了军事理论上的这个难题：作战计划应该建立在敌人可能会采取什么行动这一点上，还是建立在敌人可能采取的最厉害的行动这一点上？切斯特·冯·尼米兹连海军五星上将金从华盛顿拍来的那些唠唠叨叨的电报都不予理睬，金一再指出日本舰队可能开往夏威夷。如果事实证明尼米兹的判断是错误的，那他蒙受的耻辱将会比那位已撤职的珍珠港总司令蒙受的更大。

但是，切斯特·冯·尼米兹是好样的。他是纯粹的德国军人的后裔，而且受到良好的教育。他的得克萨斯家庭的世系可以直接上溯到十八世纪一位荣获王冠盾形纹章的德国少校恩斯特·冯·尼米兹男爵。这个祖先则出身世世代代当军人的冯·尼米兹家族，一直可以回溯到十字军东征时期。尼米兹这个家族最近几代维持不起贵族的生活方式，放弃了"冯"这个称号；当然，在得克萨斯，这个称号只能给人添麻烦。

尼米兹下了一个简单而伟大的决断：伏击山本。他做出决定，等南云的航空母舰从西北方开来的时候，他把自己的航空母舰全部布置在中途岛的东北方。中途岛是一片被海水包围的、广阔的、凸出的土地，在这片土地周围，将要发生一场你死我活的战斗，战斗的胜负很大程度上取决于谁先看见谁。尼米兹这样布置他的重型军舰，同对方保持一段距离，把它们隐蔽起来，占了很大便宜。

因为从中途岛（陆地上）起飞的飞机可以搜索七百英里范围内的一个弧形，而山本的航空母舰上的飞机最多只能巡逻三百英里。尼米兹还能在夏威夷收到从中途岛海底电缆传来的巡逻报告，这样环礁上就不会增加广播通信来提醒山本，美国人已处于戒备状态。尼米兹能够从夏威夷当场把巡逻报告用密码电报转发给他的航空母舰，而山本的舰队慢腾腾地闯进射程，懵懵懂懂，什么也没看见。

这就是尼米兹布下的埋伏，山本的舰队径直闯进了伏击圈。

然而，并不是一切伏击都一定会成功。偷袭是一种巨大的但是稍纵即逝的优势。

山本的骁勇善战的舰队在尼米兹的偷袭中迅速稳住阵势，在开头阶段，中途岛战役的形势是日本人取得了巨大胜利。

英译者按： 海军五星上将尼米兹是一个既有远见又有出色幽默感的、矜平躁释的人。在他去世前不久，他看过我这一章的译文原稿。当他看到隆用"冯·尼米兹"这个习惯用法的时候，他高兴地哈哈大笑起来，但是他表示关于他家谱的那些细节都是正确的。

有一句海军格言说："如果行得通，你就是英雄；如果行不通，你就是孬种。"关于中途岛战役中的情报破译，确实有许多是凭猜测得出的。必须拍发一些迷惑日方的信号来引诱他们泄露线索。海军上将尼米兹决定根据这种难以完全相信的"内幕消息"来行动，是大胆的。他不知道日本人的计划，更确切地说，他只能大致上觉察到可能会发生什么事情。他凭着事后证明是完全正确的预感采取行动。

德国军队预防密码被破译的措施并不怎么有效。在这里，我不能多费笔墨，不过事实上，德国的电讯已大量被破译。

第二十八章

在晴朗无风的天气，各中队从瓦胡岛起飞，去与已启程的航空母舰会合。"企业"号上带队的鱼雷轰炸机飞近母舰，一个旋冲，砰的一声撞在甲板上，碎片四迸地翻滚下海。华伦驾着一架崭新的俯冲轰炸机在高空中盘旋，在他看来，那场面真像一架玩具飞机在迸裂。护卫驱逐舰飞速驶向海中的残骸，像火车头般冒着滚滚浓烟，在海面上划出一道白痕。他在母舰上降落后得悉，机上人员都已获救。这种事故并不罕见，但这一次使他感到兆头不妙。

第十六特混舰队将出动，拦截日方对中途岛的登陆行动。

驾驶员们在舰上降落后不久，电传打字机屏幕上闪现的这些字样，在待命室里引起欢乐兴奋的情绪。可是，在接下来的冗长而又冗长、枯燥无味的一星期中，舰队总是以常规速度迂回曲折地朝北前进。兴奋情绪消逝了，人们变得厌烦而越来越紧张，心神不宁。"企业"号和"大黄蜂"号由一圈巡洋舰和驱逐舰护卫着，从阳光普照的热带海面慢腾腾地驶进灰色天空下翻滚着灰色大浪、刮着寒风的海域。有夏威夷的巡逻机群做掩护，飞行员们简直无事可做。那些新手，海军学院学了三年提早结业的学员或预备役海军少尉，像挑大梁的红角儿那样因不用做舰上的杂差而扬扬得意。他们睡懒觉，玩十五子游戏①，打牌，弄得待命室里一片香烟烟雾，喝下的咖啡和柠檬水要以加仑来计算，吃的是丰盛的饭菜和大量的冰激凌。除了操练和听课以外，就是谈谈男女私情、上岸度假、飞机失事等诸如此类的事情，笨手笨脚地拿人寻开心，借此消磨时间。总的来说，忸忸怩怩，一副嫩相，模仿着好莱坞影

---

① 一种棋类游戏。

片中第一线飞行员的样子。

华伦往常很欣赏待命室里同僚之间熟不拘礼的交往，这次出征却不然。多少从战争一开始就跟他在一起的中队里的战友，不是死了，就是失踪了，或者调离了。这些兴致勃勃的新兵大都尚未结婚，让他感到自己年老了，心情烦躁。这样没完没了地一天天闲混，使他苦恼。他是飞行作战军官，中队的第三号指挥官，因此他尽量忙个不停：温习战术条令；草拟导航习题和黑板上的实战作业；在飞行甲板上狠狠地操练；不断地出没在机库甲板上，把中队的飞机检查了又检查。

闲暇滋生闲话，闲暇加上紧张不会有好结果。日子慢腾腾地过去，待命室里的话题转到海军少将斯普鲁恩斯身上。从旗舰司令室有话透露出来，哈尔西的参谋人员对他没有好感。哈尔西把他的老朋友，这位前任屏护舰队司令，在他们面前吹捧为一个才华出众的知识分子。参谋人员却认为他是一个天大的怪人：冷漠、沉默、难以接近，跟老总截然相反。他在吃饭时情愿一声不吭地坐着。他使哈尔西那些忠心耿耿而热情奔放的部下不高兴，他们从老总身上学到了爱开玩笑的风格。明明有约翰·托尔斯①这种一团火似的空军人员可用，为什么哈尔西偏要提拔这个沉默寡言的非飞行员出身的人来打一场航空母舰战争呢？是出于交情吗？据说，出征第一天午餐时，斯普鲁恩斯在保持长时间令人心烦的沉默后开口了，说的是："诸位，我要你们明白，我对你们每个人都是放心的。要是你们没有什么优点，比尔·哈尔西才不会要你们呢。"他似乎不知道他自个儿也被人担心地注视着呢。

他的举止是十分古怪的。他独自在飞行甲板上溜达，一溜达就是一个钟点，可其他方面显得着实懒惰。他很早就上床，睡得又长又熟。有一个夜晚，和敌方水面舰只接触发出警报时，他竟没起床，仅仅下令改变航向回避一下，就又入睡了。他吃的早餐每天不变，总是烤面包和罐装糖水桃子，而且早上只喝一杯咖啡，那是用带上舰来的特种咖啡豆自己煮的，像老小姐般小题大做。碰到雨天或甲板上刮大风，他就坐在司令部餐室里阅读舰上图书室里的旧书。他简直像是出来兜风似的。哈尔西的参谋长——海军上校布朗宁统领着这支特混舰队，斯普鲁恩斯呢，不过是在布朗宁的命令上签上他姓名的第一个字母罢了。

总而言之，参谋们对斯普鲁恩斯不抱什么希望。布朗宁会打好这一仗，如果那艘抢修好的"约克敦"号能及时赶到现场，弗兰克·杰克·弗莱彻将负责指挥，因为他比斯普鲁恩斯资格老。弗莱彻在珊瑚海战役中干得不大好，但他至少在航空母舰战斗

---

① 约翰·托尔斯于1911年参加美国海军航空部队；1942年6月中途岛战役时，任海军部航空局局长，同年10月任太平洋舰队海军航空部队司令；大战结束后，曾任第五舰队司令。

中受过血的洗礼。待命室里就这样闲扯着，这使华伦着恼，也感到不安。

第十六特混舰队到达驻地——万里无垠的大海上一个被称为"幸运点"的地点，接着令人厌烦地来回转悠了两天，等待"约克敦"号到来。这是预定的伏击地点，离那环礁约莫三百二十五英里，在敌方航空母舰所载飞机的航程之外，但又离敌人相当近，一旦中途岛的飞机发现了敌人，可以立刻发动进攻。在缓缓前进的舰只之间欢跳着的海豚找不到可吃的残羹冷饭，舰上官兵连一只纸杯也不准抛到海里。

"约克敦"号以全速行驶，终于进入视线了，外表上没有一丝在珊瑚海受过重创的痕迹。跟这艘母舰一样，舰上的各个中队在珊瑚海之战中损失惨重，如今是把那些死里逃生者和"萨拉托加"号上的飞行员匆匆凑合起来的。可是，再来一艘航空母舰，不管它是修修补补的还是怎么的，总是大受欢迎。眼下有了弗莱彻来负责战术指挥，舰队开始越来越多地发警报了。"约克敦"号上一再传来发现敌方潜艇或敌机的消息，就少不得要来上那老一套手忙脚乱的常规操作：所有的舰只来个急转弯，飞行甲板拼命朝一边倾斜；水兵们慌忙赶上炮位，瞄准目标；驱逐舰溅起浪花，交叉来往行驶；然后是令人厌烦的等待，解除警报，回收飞机，恢复日常的例行值勤。这些警报结果全是一场虚惊。这两支特混舰队绕着"幸运点"转了又转。"约克敦"号带着它自己的巡洋舰和驱逐舰的屏护舰队，被称为第十七特混舰队；"大黄蜂"号和"企业"号仍被定名为第十六特混舰队，由斯普鲁恩斯指挥，作为弗莱彻的副手。

华伦把自己安排在第一次拂晓搜索飞行中。他那架崭新的无畏式在甲板上两行加罩的黄色导航灯之间蹦跳着前进，朝着满天繁星和银河，轰隆隆地冲进寒冷的夜空，他的精神也为之一振。新来的飞行员在待命室听取最后的训令时，听到绝对禁止用无线电通话的命令，脸色阴沉起来。航空母舰将不发出任何返航信号，即使不得已在海面上紧急降落，也不准拍发呼救信号。敌人在迫近这一令人寒心的现实，就这样突然降临到他们头上。华伦没驾驶SBD-3型飞机[①]巡逻过，对这些严格的规定也感到不自在。但这架新飞机噗噗噗地一气儿飞了两百英里，然后，迎着浅紫色的曙光和美丽的日出，机上的新型电子归航仪器使他丝毫无误地回到预定的选择点。多喜人的情景啊，只见两艘母舰的岛形上层建筑[②]在地平线上划出两个缺口！他在舰上降落时，干净利落地钩住第三道阻拦索。没错，是一架出色的飞机：先进的导航装置、称心的引擎、自动封闭的油箱、额外的机枪、增厚的装甲。甚至他的机枪手，一个难得开口、开起口来好像在讲外国语的从肯塔基州山区来的姓科尼特的阴郁的小伙子，也带着微

---

① 即道格拉斯无畏式俯冲轰炸机，第二次世界大战中，以航空母舰为基地，在中途岛战役中起决定性的作用。
② 航空母舰飞行甲板上的建筑物，包括司令塔与领航桥。

笑从后座爬下飞机来。

"这架飞机可真不坏。"华伦说。

科尼特啪地啐了口烟油，说了句似乎是这样的话："俺看蛮不赖。"

"华伦！华伦！动手啦，人家在轰炸荷兰港啦！"

"天哪！"华伦从铺位上坐起来，揉揉眼睛，一把抓起长裤，"你怎么说！阿拉斯加，嗯？又上当啦！"

他的同舱伙伴眼睛一闪。彼得·戈夫是一个新来中队的海军少尉，纽约州北部来的一个小伙子，留着跟拜伦一样的红胡子。他起劲地说："也许我们要朝北开拔，截断他们的退路，把他们砸烂。"

"海上可要走三天哪，老弟。"华伦光着脚跳到冷冰冰的铁甲板上。

他们赶到第六侦察机中队待命室时，那些大躺椅都被占满了。飞行员们一声不吭地紧盯着电传打字机黄色屏幕上爬行着的字样：

预料对阿拉斯加系佯攻，主攻方向将针对中途岛，荷兰港有备无患，防守严密。

第六侦察机中队队长，一个健壮、矮胖的老手，名叫厄尔·加拉赫，把一幅太平洋大海图挂在黑板上，讨论万一朝北对日方突击时的时间和距离问题。年纪较轻的飞行员们如饥似渴地听着。这才是干正经事哪。但是，华伦留意到刚写上的一个新的舰队航向：120度，东南。这航向背离阿留申群岛，背离中途岛，顺风行驶。仅仅是又一次环绕"幸运点"的例行迂回行动而已，不是作战行动。

不到一小时，屏幕上又滑过一道字样：

PBY[1]巡逻队报告："重型敌舰多艘，方位237，距离中途岛685。"

"中途岛"三个字在第六侦察机中队待命室里引起了一阵欢呼和怪叫声，人人都一下子讲起话来。中队长跳到海图前，在观测到敌舰的地点上画了一道浓浓的红粉笔圈。"好啊，总算来啦。距离一千英里左右。在十六七小时内，他们将进入攻击范围。"

---

[1] 即卡塔林纳式巡逻轰炸机，一般为双引擎水上飞机，常单机出勤。

飞行员们还是围着海图，拿手指比画着距离，争个不休。这当口儿，电传打字机又嗒嗒地响起来：

> 太平洋舰队总司令部急电：此非敌攻击舰队，而是登陆舰队，攻击舰队将于明天黎明从西北来犯。

"好家伙！"彼得·戈夫在华伦身边说，"人家蹲在珍珠港，怎么知道这么些啊？"

天黑了。午夜临近了。第六侦察机中队的驾驶员们几乎没有上床的，他们有的看书，有的写信，有的没完没了地谈女人和飞行。但这喊喊喳喳的话声跟过去不同了，听上去更低沉、更紧张。参谋部的小道消息还在不断传来。斯普鲁恩斯收到电报时不在旗舰指挥室，而是在司令部餐室里。他正坐在长沙发上读一本发了霉的乔治·华盛顿传记，仅仅在通知簿上签了姓名的第一个字母。这时候，在像翻了个儿的蜜蜂窝似的旗舰指挥室里，布朗宁上校已经在起草第一批作战命令了。

电传打字机不时嗒嗒地传出一道道关于荷兰港或即将到来的日本登陆舰队的消息。环礁上陆军航空兵团的轰炸机声称，在高空水平轰炸中重创、击沉战列舰和巡洋舰什么的。谁也不相信这一点。俯冲轰炸机驾驶员们对海上高空水平轰炸有个说法：正像企图拿一颗石弹去击中一只受惊的耗子。"那些航空母舰怎么啦？他们的母舰在哪儿？关于那些天杀的母舰，有什么内部消息？"这是各待命室里焦躁不安的念叨。

华伦到甲板上再去核查一下天气情况。月亮快圆了，天上是星星、薄云，刮着寒冷的侧风，北斗七星挂在右舷尾部的上空。舰只高速前进，下面远远地传来哗哗的泼溅声。正飞速地向敌方迫近！飞行甲板近舰艉处，月光在紧排在一起的飞机机翼上闪烁，这儿那儿隐约地显出机修工作用的手电打出的一道道红色光芒，看上去细得像铅笔。机长们一小簇一小簇地蹲着，不停地扯着舰上人员惯常扯的闲话：关于八月份要来舰的更好的鱼雷轰炸机、宗教信仰、体育运动、家庭琐事、檀香山的妓院，就是不大谈起每个人心上最主要的问题——随着黎明而来临的战斗。

华伦非常清醒，在微风中的平稳的甲板上迈着步。月光在四下的海面上跳跃。穿过下面的机库甲板时，他分外清晰地留意到周围的大量爆炸物：炸弹、加满汽油的飞机、满满的弹药架、油桶、鱼雷弹头。"企业"号是一个八百英尺长的铁蛋壳，装满了炸药和人。他心惊肉跳地注意到这一点，比以往任何时候都清楚。跟这完全一样的日本铁蛋壳可能离此只有几百英里，正在迫近。

哪一方来突袭哪一方呢？假定有艘敌人的潜艇发现了这支舰队，那怎么样呢？绝对不是不可能的啊！这样的话，日出时分日本飞机就可能来袭。即使这支舰队当真抢在日出之前下手，这次进攻会得手吗？即使舰队演习时，在没有敌方对抗的情况下，由战斗机、俯冲轰炸机和鱼雷轰炸机配合一致的进攻也从未奏效过。有个头头儿没接到指令啦，某某人的航向出了错啦，要不，坏天气打乱了中队的队形。"企业"号上像彼得·戈夫那样新入伍的飞行员太多了。受过重伤的"约克敦"号上的飞行员是帮外行，是在珊瑚海遭受伤亡后在海滩上搜罗起来的。同砸烂珍珠港并把英国海军逐出印度洋的身经百战的日本航空兵对抗，这样一支杂牌军能干出什么名堂来？

然而，不会再有演习的机会，不会再有练兵的机会了。正戏上场啦。除非来一次大获全胜的突袭，否则日本人会迅速而巧妙地采取报复行动，把"企业"号炸成一团雄伟壮观的火球。他不是在舰上被烧成灰烬，就是耗尽了燃料掉在海里，如果正在空中飞行的话。发生这种事的可能性可不止百分之五十呢。

然而，华伦还是把这看作不值得大惊小怪的平常事。他不以为自己会在即将来临的战斗中死去，就像从纽约买了飞机票到洛杉矶的旅客也不会这样想。他是一个职业飞行员，他不知多少次驾着飞机穿过敌人的炮火。他认为自己很在行，只要有点儿运气，就能闯过这一关。他站在飞行甲板舰部最后一排黑黝黝的飞机后边，裤腿被风刮得啪啪作响，眼睛望着月光下宽阔的舰舰航迹朝后方奔腾而去，心里在想，他情愿明天升空迎击日本人，也不愿到别处去，干任何别的事。

他真想抽支香烟。在回岛形上层建筑到下面去之前，他又抬眼望望天空，不禁站住脚，仰起头来，回想起好多年没想起过的一幕情景。他当时七岁，有天晚上，在同样的天空下，在一个铺满新雪的码头上，他跟爸爸手牵着手散步，爸爸跟他讲着星星之间的距离有多大和它们的体积有多大。

"爸，是谁把星星放在天上的？上帝吗？"

"哦，华伦，不错，我们相信是上帝干的。"

"你是说耶稣基督亲手把星星钉在天上的吗？"孩子正在想象那个头发老长、身穿白袍、和蔼可亲的人在漆黑的太空中挂上一个个巨大的火球。

他回想起他父亲沉默了一会儿，然后吞吞吐吐地回答："你啊，华伦，在这里多少有点儿糊涂了。耶稣是我们的主，这一点儿没错，可他也是上帝的儿子，而上帝创造了宇宙和宇宙间的万物。等你大了，对这一切会理解得更深的。"

华伦把这次交谈看作他产生疑问的开端。好多年以后，在一次难得的关于宗教的争论中，他父亲又引用夜空来证明上帝必然是存在的。

"爸，我不想冒犯你，不过依我看，这些星星看上去像是随意地布下的。凭什么去考虑它们的体积和它们之间的距离呢？世上的事有什么大不了啊。我们是一粒尘埃上的微生物。生命是一种无聊透顶而毫无意义的偶然现象，生命一旦终了，我们不过是一堆死肉。"

他父亲从此再没跟他谈过宗教问题。

星星在像长着刺的雷达天线桅杆上空壮丽地摇晃着。在华伦·亨利眼里，星星从没这样美过。尽管各个星座的形状很是分明，看上去还是好像随意地布下的。

他躺在舱里，在黑暗中一支接一支地抽烟。彼得·戈夫在另一张铺上轻轻地打着呼噜。还有一位同舱伙伴，副中队长，正在待命室里写信。华伦巴不得睡两三个小时。他想还是看点儿书试试，就开了铺位上的小灯。他的目光通常总是忽略书架上那本他父亲送的黑封皮的《圣经》，好像它不在架上似的。要催他入睡，这东西最好啦！他把上半身垫高，忽然心血来潮，想卜个吉凶，就随手打开《圣经》。他的目光落在《列王纪下》的这一节上：

耶和华如此说："你当留遗命与你的家，因为你必死，不能活了。"[1]

这使他惊呆了。他对上帝从没完全失去过信仰，尽管在他心目中，就容忍和幽默感来说，上帝准该更像他的父亲，而不大像传教士们嘴里的那个声如洪钟、满口说教的上帝。"唉，提了个愚蠢的问题，嗯？"他想，"我还是净管自己的事，让上帝来照料其他问题吧。"

他看了关于上帝创造世界的那几章[2]，接着看了关于挪亚和巴别塔的故事[3]。自从小时候在主日学校学过这些章节以后，他一直没再看过。说来也怪，这些章节并不让人乏味，倒是写得很简洁，富有洞察力。亚当逃避责任这码事，他在中队里每天都看得到；夏娃是一个可爱的捣蛋鬼，就像跟他有过瓜葛的那许多女人一样；该隐[4]活像任何忌妒成性、心怀仇恨的穿军服的孬种；而写洪水那章里，对暴风雨的描绘多出色啊，逼真极了。读到写先祖的那几段时，他开始迷迷糊糊了，而写雅各跟拉班之间的纠纷那几章使他如愿以偿了。[5]他衣服也没脱就睡着了，金翼徽章在他困得忘了关掉的小灯灯光里闪闪发亮。

---

① 见《旧约·列王纪下》第二十章第一节。
② 见《旧约·创世记》第一至第三章。
③ 分别见《创世记》第六章第九节至第九章末，以及第十一章第一至第九节。
④ 该隐为亚当和夏娃之子，因忌妒而杀其弟亚伯，见《创世记》第四章第一至第十五节。
⑤ 先祖指亚伯拉罕，其子以撒及孙子雅各，见《创世记》第十七至第二十七章。雅各及其岳父拉班之间的纠纷见《创世记》第二十八至第三十一章。

"战斗警报！战斗警报！立即进入战斗岗位。"

拂晓发出的战斗警报在刮着风的飞行甲板上回响。星星还在黑色的天空中闪烁，泛白的东方有朵浮云呈现出粉红色。水兵们戴上钢盔，穿上救生衣，源源不断地拥上夜色朦胧的甲板，有的走上炮位，有的赶到飞机边，有的把救火水龙带松开摊在甲板上。华伦坐在飞机内，检查拉来拉去不大灵活的座舱罩。大多数飞行员仍旧待在待命室里，他们都早已吃了早饭，光是等待着。华伦通常吃香肠煎蛋当早餐，今天只吃了烤面包，喝了一杯咖啡，使肠胃保持平静。在这黑黝黝的凌晨那几个小时内，电传打字机寂静无声。关于敌人的航空母舰，依然毫无消息。

座舱罩可以方便地开关了，但华伦仍逗留在飞机内。星星消隐了，天色从靛蓝变成青色，海面发亮了。一幅双方可能采取什么行动的示意图清清楚楚地浮现在华伦的头脑里。日方的航空母舰——如果珍珠港关于拂晓空袭的情报是正确的话——眼下会在"企业"号西面约莫两百英里的地方。用上帝的眼光向下望，这两支行进中的航空母舰舰队和那纹丝不动的中途岛环礁在海面上构成一个等边三角形，随着两支舰队都朝环礁飞速前进，这三角形越缩越小。今天早上某个时候，两支舰队将迫近攻击距离，这将是这场战役的爆发点。当然啦，日本人可能根本不在那儿，他们可能远在夏威夷附近。如果是这样的话，海军上将尼米兹可上了个史无前例的大当啦。

太阳在线条分明的地平线上探出一个熊熊燃烧的黄色弧形光轮，爬上天空。啊，哪儿来的日方破晓突袭，一次危机过去啦！这确实是华伦在盼着的事。他走下甲板到待命室去，正走进去，扩音器里发出刺耳的声音："驾驶员们，立即登机。"

"好啊……这可来啦……我们走吧……"

飞行员们从椅子上跳起身来，皮靴噔噔噔地在铁甲板上震响，脸色紧张而热烈。这一回，凭着不约而同的冲动，他们彼此转过身来握手，然后拍拍肩膀，打着哈哈。他们快有一半已经挤出门去，忽然过道上的扩音器高声叫道："前令取消，驾驶员们回待命室。"

像起跑不利后突然被勒住的赛马，飞行员们愤怒而心惊肉跳地拖着脚步回到椅子上，彼此没好气地指责"高高在上的那帮笨蛋"。事情搞糟了，华伦心想，那些指挥官神经过敏地举棋不定。

"高高在上"的地方发生的事是迈尔斯·布朗宁上校下了命令，海军少将斯普鲁恩斯把它撤回了。

斯普鲁恩斯在黎明前很久就使哈尔西的参谋长感到为难了。在发出战斗警报前，布朗宁和他的作战军官登上哈尔西在旗舰上的掩蔽部，那是一间小小的钢室，高高地凌驾在驾驶台之上。因为斯普鲁恩斯没有留言，所以布朗宁没去叫他。可是，钢室外的星光下有个矮小的模糊的身影跟他们打招呼："早上好，两位。"

"啊！是少将吗？"

"对。看来会有好天气来让我们干一场。"

破晓了，斯普鲁恩斯靠在室外舷墙上，望着航空母舰苏醒过来。布朗宁上校心里痒痒的，巴不得马上投入战斗，一脑门的应急方案，但这位心平气和的斯普鲁恩斯一大早就到场，让他觉得不自在。换了哈尔西，如今会像一只关在笼中的老虎般踱来踱去。但是，真正在不停地踱步的倒是这位参谋长自己，他身穿跟哈尔西一样的皮制防风外衣，模仿着哈尔西的姿势在一支接一支地抽烟，因为没有消息而大发脾气，跟作战军官争论日本航空母舰到底会在什么地方。

他蓦地一把抓起一个麦克风，对驾驶员们发出了那道华伦走进待命室时听到的命令。

斯普鲁恩斯朝室内叫道："凭什么这样做，上校？"

"请你看看这儿好吧，将军。"

斯普鲁恩斯和蔼可亲地走到海图桌边。

"眼前呢，长官，日本人肯定已经起飞了。已经是大白天啦。他们说不定早在黎明前就起飞了。我们知道他们的飞机的航程，他们一定已经到了这道弧线上的某处地方，误差二十英里。"他把食指伸直，在图上的中途岛附近画一个小圈，"他们随时会被我们观测到，我想做好打击他们的准备。"

"我们的驾驶员登机要花多少时间？"

布朗宁望望作战军官，那人带着几分自豪说："本舰上，将军，两分钟。"

"那干吗眼前不让他们在待命室里歇息？他们今天要在座舱里待好久呢。"

斯普鲁恩斯走到阳光普照的平台上，于是布朗宁恼火地播发撤销令。

舰上的掩蔽部面积不大，摆了那张海图桌和两三把长靠椅就已经很挤了。一个放机密资料的书架、一把咖啡壶以及几个麦克风、电话和广播扬声器，这就是全部设备。有只收听中途岛上巡逻机的无线电频率的受话器，正发出一阵电线的嗡嗡声和受静电干扰的响亮的爆裂声。日出后约莫半小时，这个受话器里突然迸出一阵咕噜声："敌方航空母舰。五十八飞行小队报告。"

"好啊，这就是啦！"布朗宁又一把抓起麦克风。斯普鲁恩斯走进来，三名军官瞪眼望着这嗡嗡作响、毕毕剥剥的受话器。布朗宁气炸了，砰地一拳擂在海图桌上。"哼！你这狗娘养的脓包！经纬度是多少啊？"他很气愤，又有点儿窘，不禁瞟了斯普鲁恩斯一眼，"妈的！我原以为这小子这回开口的时候会向我们报方位的。什么白痴在驾驶这些卡塔林纳式飞机啊？"

"对方的作战巡逻机可能袭击了他。"斯普鲁恩斯说。

"将军，我们发现了这帮黄脸杂种啦，我们叫驾驶员登机吧。"

"可如果敌人在航程以外，我们还得去靠拢他，对不对？也许要等个把钟头呢。"

斯普鲁恩斯走到外面的阳光里，布朗宁沮丧地苦着脸，把麦克风啪地嵌在托座上。

接下来的间歇拖得很长，然后那个声音盖过了不规则的毕毕剥剥声，这会儿清晰多了："敌机多架，方位320，距离150。五十八飞行小队报告。"

又是静默，只有嗡嗡声。

参谋长更狠地咒骂这PBY型飞机驾驶员，因为他没提位置。他倒了一杯咖啡，搁在那儿让它冷却。抽烟，踱步，仔细看海图，再踱了一会儿步，翻翻一本旧杂志，猛地把它扔在墙角里；而这时，他那作战军官，一个精壮、沉默的飞行员，正用圆规和直尺在海图上测量。斯普鲁恩斯在外边闲望，胳膊肘搁在舷墙上。

"九十二飞行小队报告。"这次是一个比较年轻的、更激动的声音在受话器里叫嚷，"航空母舰两艘和战列舰，方位320，距离中途岛180，航向135，速率25。狗爱。"

"啊哈！上帝保佑这个小家伙！"布朗宁扑到海图上，那个作战军官正在上面忙不迭地标出敌方的位置。

斯普鲁恩斯走进来，从墙上的书架上抽出一份他放在那里的卷着的舰艇机动绘算图，把它摊在长靠椅上自己的身边。"再说一遍，位置在哪里？那我们眼前的位置呢？"

布朗宁匆匆测量着，用笔草草地计算一下，通过对讲电话机大声问了几层甲板下面的旗舰指挥室一些问题，就叽叽呱呱地把经纬度对斯普鲁恩斯说了。

"这电文鉴定过真伪吗？"斯普鲁恩斯问。

"鉴定真伪，鉴定真伪？嗯，鉴定了没有？"布朗宁喝道。斯普鲁恩斯拿拇指和食指在他那张小图上比画着距离，作战军官啪地打开一本活页本。"'小山谷里有个庄稼汉，'"作战军官念道，"'任何两个相间的字母。'那驾驶员拍的是'狗爱'。这就对啦。"①

---

① 这是预先规定的暗码。"小山谷"原文为"dell"，"d"与"l"为两个相间的字母。"狗爱"原文为"Dog Love"，其首字母为"d"与"l"，故作战军官认为该电文是可靠的。

"是真的，将军。"布朗宁扭过头来说。

"起飞出击。"斯普鲁恩斯说。

布朗宁吃了一惊，把脑袋从海图上猛地扭过来，望着斯普鲁恩斯。"长官，我们还没接到弗莱彻少将的命令呢。"

"会接到的，动手吧。"

作战军官从海图上焦急地抬起头来："将军，我测出到目标的距离是一百八。就这距离看，我们的鱼雷轰炸机回不来。我建议至少靠拢到一百五。"

"你完全对，我原以为已经快靠拢到这个距离了。"少将转向布朗宁，"我们来换个航向，布朗宁上校，向他们全速进逼。通知'大黄蜂'号，我们在距离一百五十英里的时候起飞。"

一个身穿劳动布工作服、救生衣，头戴钢盔的水兵，带着一个电报夹噔噔噔地爬上长铁梯。斯普鲁恩斯签了姓名的第一个字母，把电报递给布朗宁："这是弗莱彻发来的命令。"

> 急件。十七特舰司致十六特舰司。朝西南进发，敌航空母舰行踪一明确即出击。我搜索机一回舰即跟上。

迈尔斯·布朗宁是一个好斗的人，这大家都承认，而他的行伍生涯中，多半时间老是盼着有一天看到这样一份急件。他的沮丧情绪消失了，他咧开了嘴，流露出富有男性美的诱人的微笑，这使他那瘦削而饱经风霜的脸显得容光焕发（他还是一个著名的情场老手呢）。他整整军帽，对雷蒙德·斯普鲁恩斯行了一个军礼。"好，将军，我们动手吧。"

斯普鲁恩斯回了礼，走到外边的阳光里。

当发现航空母舰的消息在电传打字机上显现出来时，待命室里的驾驶员们紧张烦躁的情绪顿时消失了。忘掉了刚才的虚惊，他们欢呼起来，接着就动手标绘、计算，彼此来来回回地猜测什么时候起飞。当然啦，问题在于鱼雷轰炸机的航程过短。驾驶员们保存自己的机会怎么计算都是不大的，而他们是理应该有公道的生还机会的。

华伦跑到第六鱼雷轰炸机中队的待命室去消磨这慢得令人难熬的时间，只见他的朋友、中队长林赛穿着飞行服和救生背心，绷带已经解掉了，一只手和苍白消瘦的脸上有些结了痂的伤疤。他就是第一天出海时飞机失事的人。"我的老天,吉恩,霍利韦尔大夫放你出来了吗?"

林赛中队长毫无笑容地说:"我受训就是为了干这事的啊,华伦。我要带中队投入战斗。"

鱼雷轰炸机中队待命室内静得异乎寻常。有些飞行员在写信,有些在航空地图上乱写乱画,大多数人在抽烟。跟俯冲轰炸机驾驶员一样,他们也不喝咖啡了,免得在长距离飞行时膀胱发胀。这儿给人的印象是紧张地等待,就像开刀时手术室门外的气氛。黑板前有个戴着耳机的水兵在"距离目标:153英里"等字的右边写下新的数字。

林赛瞟了一眼自己的标绘牌,对华伦说:"数据相符。我们在飞速进逼,我看要逼近到相隔一百三十英里。这样看,一小时左右后我们就要起飞。这是为了子孙万代的事,我们非得抢在这帮矮鬼前下手不可,因此,即使我们过分操劳一点儿——"

"驾驶员们,立即登机。"

第六鱼雷轰炸机中队的驾驶员们彼此望望,又望望脸色惨白的中队长,然后从椅子上站起来。他们的动作很迟钝,并不上劲,不过动还是动了。他们脸上那种严肃坚决的神情完全一模一样,简直像是十九个亲兄弟。华伦伸出一只胳膊钩住林赛的肩膀,他这过去的教官把身子微微缩了一下。

"祝你顺利,吉恩,叫他们吃不了兜着走。"

"祝你顺利,华伦。"

第六侦察机中队的飞行员们在过道上噔噔噔地走过去,心情紧张地大声说笑着。华伦加入了他们的队伍。中队的人员在阳光下刮着风的飞行甲板上跑开去,他看到一幕一向使他激动的景象:整个特混舰队迎风转舵,"企业"号"大黄蜂"号以及外围一大圈巡洋舰和驱逐舰全都平行地前进。他老爸的"北安普敦"号就在那边,在左舷外,正在拐弯,在刺眼的阳光里,转到一个差不多就在正前方的位置。在一片告别声和挥手中,驾驶员们爬上飞机。科尼特在后座上对华伦点头招呼,平静地嚼着烟草,下巴长而瘦削,一头红发在风中飘动。

"好啊,科尼特,我们走吧,去干掉一艘日本航空母舰。准备好了吗?"

"说得准十拿九稳。"科尼特回答的似乎是这个意思,然后他用清晰的英语加上一句,"座舱罩开关自如了。"

飞行甲板上有三十六架俯冲轰炸机散布在指定地点,发动机叽叽嘎嘎,轰轰作响,喷出浓浓的蓝烟。华伦的飞机在舰艉末端的那些飞机中,携带着一发一千磅重的炸弹;身为飞行作战军官,他保证做到这一点。其他有些飞机起飞滑跑的路程太短,它们带着一发五百磅重的炸弹和两枚一百磅重的。华伦飞机起飞时动作很迟缓，轰隆隆的不大顺利。这架SBD-3型飞机从甲板末端飞出，机身直朝下沉，离海面近极了，然后摇摇晃晃地爬上天空。温暖的海风刮进敞开的座舱，令人心旷神怡。华伦收起轮子和襟翼，检查了一下仪表上摆动着的指针，同一行直冲云霄的蓝色轰炸机一起爬升，心里感到一阵职业军人特有的宁静。"大黄蜂"号上的俯冲轰炸机在约莫一英里外也排成单行陡直地冲上天空。作战巡逻机群像一个个闪亮的小点，在高空中的一些云絮上面盘旋。

飞到两千英尺的空中，当中队的飞机平飞、盘旋的时候，华伦的兴奋劲儿消退了。他能够看到在离他很远的下面，在那缩得很小的"企业"号上，起飞工作在拖拖拉拉地进行。甲板上的方井里，升降机上上下下，看上去极小的人和机动车在把飞机拖来拖去，可是时间在慢慢地消逝，七点半过了，七点三刻了。一转眼，已经差不多花掉一小时的汽油啦，可是还没护航的战斗机或鱼雷轰炸机升空！两艘航空母舰依旧背朝着环礁和敌人，迎风朝东南破浪前进，飞机起飞或回收时都得依靠风向，就像旧日的帆船一样。

"企业"号上有盏信号灯正笔直地朝高空打信号。华伦一个一个字母地读出这份拍发给新任大队长麦克拉斯基中校的电文：立即执行指定任务。

起初是隔着极远的距离起飞，如今又来一桩惊人之举——忽然不搞协同进攻啦！出了什么事？没有战斗机护航，没有鱼雷轰炸机做最后的致命打击，"企业"号上的俯冲轰炸机受命单枪匹马地去对付日本的截击机！海军少将斯普鲁恩斯一开始就把整个作战方案，连同一年来的操练、多少年来的舰队演习，以及整个航空母舰作战规范全都抛到大海里去了——要不就是他听任哈尔西的参谋人员这样做。

为什么？

在华伦心里的晴雨表上，这次任务的危险性以及自己阵亡的可能性一下子直线上升了。他拿不准"这帮在下面海上的笨蛋"在打什么主意。他有个想法：在缺乏经验的斯普鲁恩斯和操之过急的布朗宁——他在老资格的驾驶员心目中，多少是一个笑柄——两人手里，由于心慌意乱、鲁莽行事，这三十六架"企业"号上的俯冲轰炸机正被孤注一掷。

对一个年轻飞行员来说，华伦·亨利对战争史懂得着实不少。在他看来，这一切真使人不由得想起巴拉克拉瓦战役：

他们命定不许问个为什么，

他们命定只有去送死——①

他怀着听天由命的心情，向僚机驾驶员们发出手势信号。他们驾机同他轰隆隆地一起飞行，在他下面和后面，隔开几码距离，他们咧嘴笑笑，挥手打招呼。他们俩都是新来的海军少尉，其中一位是彼得·戈夫，嘴里紧咬着一支没点上的玉米穗轴烟斗。麦克拉斯基上下摇摆机翼，拐弯朝西南猛扎。华伦跟麦克拉斯基不熟，见面不过打个招呼。他过去是战斗机中队队长，但是人们没法儿预言他当大队长怎么样。其他三十五架飞机姿势优美地跟着麦克拉斯基转向。华伦在屏护舰队上空掉头，从他那侧斜的座舱里看见小小的"北安普敦"号就在正下方，在"企业"号前面划出一道长长的尾迹。"唉，老爸，"他想，"你啊，就在下面远远的地方坐着，我呢，出发了。"

帕格·亨利站在"北安普敦"号的舰桥上，挤在一大批头戴灰色钢盔、身穿救生衣的军官和水兵中间。从黎明起，他一直注视着"企业"号。轰炸机越飞越远，缩成一个个小点了，他还是用双筒望远镜盯着它们不放。在巡洋舰舰桥上执勤的每个人都懂得这是为了什么。

风刮得信号旗哗啦啦地响。下面，哗哗的激浪拍打着舰体，像拍岸的浪花。帕格提高嗓门对身边的副舰长说："解除战斗警报，格里格中校。保持Z级戒备。高射炮人员在炮位上就地休息，水上飞机驾驶员在弹射器边待命出发，对敌机和潜艇的常设监视哨加双岗。全体人员警戒，谨防空袭。给留在战斗岗位上的人员送去咖啡和三明治。"

"遵命，长官。"

帕格换了一副口气说下去："哦，想起来了，那些SBD型飞机要飞到目标上空后才能使用无线电。我们有收听这些飞机用的频率的晶体检波器，对不对？"

"康纳斯军士长说我们有的，上校。"

"好。有什么消息，叫我。"

"是，长官。"

在舰桥上的应急舱内，维克多·亨利把钢盔和救生衣挂在铺位上。他感到眼睛刺痛，两腿铅般沉重，他整整一夜没睡着。为什么这些俯冲轰炸机没有护航，就飞出去

---

① 巴拉克拉瓦位于塞瓦斯托波尔东南部，在克里米亚战争中，是英国、法国、奥斯曼帝国和撒丁王国联军的补给港口。1854年10月25日，俄国军队发动攻击，英国将领卡迪根伯爵率领数百轻骑兵向俄军阵地冲锋，伤亡惨重。英国诗人丁尼生作《轻骑兵旅的进击》一诗歌颂之，这是该诗第二节中的两行。

对付一大片密密麻麻的日本截击机呢？他自己那出色的监视哨，特雷纳，芝加哥来的目光敏锐的黑人小伙子，见过一架日本水上飞机在低空云层中飞出飞进。难道是为了这个原因吗？帕格不知道下达给"约克敦"号和"大黄蜂"号上各中队的是什么样的命令，他只能指望整个战局比他如今能看清的更合乎情理。戏开场了，这是错不了的。

海图桌上那古旧的三联相框里，一边是梅德琳的相片，一边是拜伦的，中间一张是华伦的海军学院毕业照——一个头戴大白军官帽、瘦削而严肃的海军少尉，正严峻地望着他。唉，帕格心想，他如今已是一个呱呱叫的海军上尉，鉴定报告上一连串"优良"，还有扎扎实实的作战经历，正在飞去对付日本人。没问题，他的下一个差使将是担任国内飞行教练，航空兵学员培养计划非常需要有实战经验的老兵。然后他会得到轮换，调回太平洋一支空军大队，去积累指挥经验并获得奖章。他的前途光明灿烂，这一天正是他命运中的关键时刻。帕格铁了心等待无线电打破沉寂，就拿起一本侦探小说，靠在铺位上，心不在焉地好歹看起书来。

斯普鲁恩斯究竟为什么命令这些俯冲轰炸机出击呢？

一个司令官在战斗中的决断是不容易分析的，即使由他自己来分析，即使是事后心平气和地回忆，要做出分析也不容易。不是所有的军人都善于辞令。事件烟消云散，就此过去了，尤其是一场战役中那些转瞬即逝的片刻。事隔很久才撰写的回忆录常常既不说明问题，又使人误解。有些真正富有自豪感的人不愿多讲，也不大写作。雷蒙德·斯普鲁恩斯关于他在中途岛战役中的作为，简直没留下片言只语。

他在本战役中是遵循一条有案可查的尼米兹的指令行事的："你该以有计划的冒险的原则为指导，该原则你该理解为：在敌人的优势兵力攻击下，避免暴露自己的兵力，除非这种暴露能造成予敌以重创的良机。"海军对此有一个酸溜溜的、用俚语表达的说法："对敌人猛敲猛打，可别做赔本生意。"这是对一支以弱敌强的兵力的标准告诫。归根结底，这无非是说："用稳健的战术想法打胜仗。"很少有比这更难遵奉的军令啦。他还得到尼米兹的口头指令，不得损失航空母舰，即使这意味着得放弃中途岛。"我们往后能收复它的"，尼米兹说过，"保全舰队"。

在这些碍手碍脚的指示的压力下，还有些严峻的事实牵制着斯普鲁恩斯。他对这艘航空母舰、哈尔西的参谋人员以及空中作战都是陌生的，他不可能单靠发发少将脾气就能迫使"企业"号或"大黄蜂"号上慢得骇人听闻的起飞工作快起来。在这方面，他确实是无能为力的。"约克敦"号在回收它的搜索机时朝后方漂航，没在地平线下，所以他没法儿找弗莱彻商量。发现了一架日方的水上飞机，那个懂日语的特种情报官说，它拍发过一份方位报告。所以，突击的优势像热煎锅上的黄油般化掉了。据悉，中途岛环礁正挨着敌机的空袭。他的俯冲轰炸机呢，却在头顶上空不断地盘旋，白白消耗汽油。

既然这三角形作战区每条边的距离都是已知数，飞机的航程和速率也是知道的，斯普鲁恩斯就可以指望，他的俯冲轰炸机如果现在就出发，就可能在敌机力量薄弱时同它们交锋，因为那时它们从中途岛回来，缺乏弹药和汽油。不过，这方面有个严峻的难题。那架PBY巡逻机只看见两艘航空母舰，尼米兹的情报人员料想有四五艘，那些没找到的航空母舰在哪儿？它们会从北方、南方，甚至一个包抄从东方来袭击第十六特混舰队吗？它们会趁他的俯冲轰炸机全部出动去袭击那两艘母舰的当口儿，猛扑过来吗？

他面临着一个事关重大、迫在眉睫的抉择：不是把轰炸机扣住等待来一次完全的协同进攻，同时盼望得到关于那两三艘不见踪影的航空母舰的消息，就是眼下就出击，冒一下风险，也许它们会在那两艘已发现的航空母舰附近露面。

斯普鲁恩斯出击了。这实在说不上是"有计划的冒险"，这是拿他的海军和他的祖国的前途在这最凶险、最重大的赌局中孤注一掷。这种决断——这种一生中只有一次的个人决断——是对一位司令官的考验。就在这一小时内，他那经验丰富得多、实力强大得多的对手——海军中将南云忠一，也将面临同样艰难的抉择。

第二十九章

一个犹太人的旅程

（摘自埃伦·杰斯特罗的手稿）

一九四二年六月四日，午夜

锡耶纳

我刚收听英国广播公司和柏林电台的广播，自己也不知道希望听到些什么，也许是想听到战局方面最后关头来个大转机，来证明我迟迟不做出孤注一掷的决定是有道理的。什么转机也没有。透过宣传的脂粉——德国人打扮得像一个婊子，英国人一副贵妇人的派头——只见战事的面貌依旧那样冷酷无情：德国和日本占着上风。

今天会见大主教时，我察觉出一丝微妙的变化。大主教大人有几分像农民，一张下颌宽厚的红脸，身子结实，谈吐朴实，但他富有教养，生性宽容。我喜欢他，并一向信任他。这次他不是在他那有护墙板的舒适的书房里，而是在冰冷的外面的大办公室里接待我。他坐在一张豪华的旧书桌后边。我走进去时，他没站起来，仅仅做了个手势要我就座。我会意了。我不再是一位著名的美国作家，他可以在我的别墅里不时享受一顿丰盛的晚餐和上等美酒，并参加妙趣横生、卖弄学问的谈话；我是一个祈求者。命运转变了，大主教也跟着变。

话说回来，他过问了那桩事。就意大利当局来说，眼下没什么直接的危害威胁着我们。在这方面他要我放心，他没听说什么新的把犹太人集中起来的方案。我们那受软禁的敌侨身份当然是异乎寻常的。他被告知，我们是享有特殊待遇的，等种种问题澄清了，将被释放去瑞士，所以也许并不存在躲藏的问题。

不过，如果的确存在这个问题的话，躲到乡下去未尝不是一个可行的办法，这他同意。可是，躲藏在锡耶纳四郊并不明智。关于那位著名的美国作家①被战车困住这一点，在锡耶纳已经成为家家闲谈的话题了，所以这一带不会有靠得住的避难所。

他曾谨慎地跟沃尔泰拉的主教谈起这问题，那是在西北五十英里光景一座有城墙的古城，在向下通往比萨的盘绕曲折的山路旁。很多年前，我观光过沃尔泰拉的埃特鲁里亚人的古迹。我在那里买的一只雪花石膏碗如今还搁在我的案头，供着玫瑰花。那是一座被时间遗忘的小城，居民是一些黝黑、俊俏、阴郁的人。大主教大人开玩笑说，他们说不定在血统上是埃特鲁里亚人，内心里却是异教徒。有几个被法西斯政府通缉的人躲藏在沃尔泰拉。如果情况变得不可收拾，他可以使我们同沃尔泰拉的主教取得联系，他会关怀我们的。不过，他认为我们应该保持镇静，等待有一天得到释放。他笑吟吟地站起来送我出去，就这样大大缩短了交谈的时间。

他竟和沃尔泰拉的主教谈起我们，使我感到震惊。我怎么能知道他是可靠的呢？尽管大主教和蔼可亲地要我安心，但他本人没向我们提供躲藏的地方。至于万一将来出现紧急情况，他仅仅给了一个承诺：从沃尔泰拉的主教，从一个与我素昧平生、不欠我任何恩情的人那里可以得到关怀。这个暧昧的前景使我考虑采用另一个办法。

[下面那段摘自《一个犹太人的旅程》中的引文，共计八页半手写的稿纸，在原稿上是一连串奇特的符号。在那些笔记本上，六月四日以后所写的部分中经常出现这种段落。下面这段英语文本清楚地提供了这种暗码的解答。]

我在这些记录中至今一直避免谈及另一个办法。一旦我这笔记本里包含了这种材料，它就成为一发定时炸弹。我不禁想起了莱奥纳多的倒写手迹。我决定用英语来阐明那些富于危险性的事情，不过是用意第绪语的字母来倒写，这在不懂个中秘密的人眼里，看起来就像母鸡的爪痕。这是一个临时性的保护措施，用来对付爱刺探的人的目光，或者意大利警方的突然袭击。办法很简单，但是在短期内，安全效果是可靠的。

当我着手写《一个犹太人的旅程》时，哪里想得到竟会采用间谍的伎俩！我的生命之烛即将燃尽，毕剥作响，回光返照，在我周围投下跳跃不停、令人注目的影子。然而，我打算从现在起把每桩发生的重大事件都记录下来。只消用一根火柴点上我壁炉里像火绒般干燥的劈柴，我就可以在几秒钟内使这部著作化为灰烬。

且来谈这另一个办法吧。

有个锡耶纳的医生对我们透露他是一个犹太人，并且是一个秘密的犹太复国主义者。他计划带着全家逃出意大利，巴望能到达巴勒斯坦；他相信所有的欧洲犹太人都注定要灭亡。组织那次"伊兹密尔"号航行的坚强的巴勒斯坦人阿夫兰·拉宾诺维茨

---

① 原文是意大利语。

一直跟此人保持着联系，他的出走计划如今已经安排妥当了。明天，他将拍一份肯定出发的电报给拉宾诺维茨。他们很乐意让我们也参加这次外逃计划，我必须在早上通知医生我们想不想一起走。

这个计划设想的逃亡路线是经过皮翁比诺、厄尔巴和科西嘉到达里斯本。它的关键又是一条土耳其船，这回是一条货船，它每两个月从伊斯坦布尔装一船土耳其烟草到里斯本。这种芳香的烟草对同盟国的战争事业来说是关系重大的，因此这条船得到英国的出入许可。船长深夜在科西嘉岛沿岸停下，收下黄金，让犹太人当偷渡乘客，借此发一笔财。到了里斯本，我们可以跟这些犹太复国主义朋友分手。他们指望好歹继续赶路到圣地去，我们呢，当然只消走进美国领事馆就行了。

医生并不忽视这方案中的种种危险，牵涉到意大利和法国的地下工作小组，拉宾诺维茨跟两方面都打交道。从锡耶纳乘长途汽车出发到里斯本的一个码头，一路上困难重重，整个计划简直没什么吸引人的地方。

然而，这是我们争取自由的最后机会了，否则我们只得在越来越黑暗的战争氛围中一筹莫展地等待。如果我相信真正有希望被释放去瑞士，那我会在这里熬到底。我那条原则——每逢举棋不定，就等待观望——在我过去的生活中对我帮助很大。可是，我开始看出，对一个在欧洲的犹太人来说，所有的原则全混乱了，罗盘的指针在激烈的磁暴中转个不停。即使没有那些不堪设想的广播来找我的麻烦，我也忍不住要逃跑。大主教对那些有关纳粹秘密屠杀犹太人的传说嗤之以鼻，表示不信。他说，反正意大利政府永远不会把犹太人移交给德国人，就像那些被占领的国家正在干的那样。他是这样想的。他稳坐在大主教管区的府第里，我的安全却是千钧一发。

只消盟军胜利在望，哪怕这胜利还只像从地平线下冒出的一线光芒，我也不愿离开。一个月前，这正是我下的决心。同盟国有大量的原料、工厂和人力资源，我无法想象德国和日本会一直打胜仗。相反，我相信托克维尔[1]的预见即将实现，由美国和俄国来平分世界。这两个大联邦，在勇猛善战然而日渐没落的不列颠帝国的协助下，会大张旗鼓地打进中欧，摧毁疯狂成性的希特勒暴政，不但解放那些沦陷的国家，也解放那些处在黑暗中的、被榨尽血汗的德国人。希特勒一完蛋，日本的日子就长不了啦。

可是，受到一次次冲击后，如今深印在我头脑里的是马其顿的例子。跟亚洲那些游牧部落相比，亚历山大的部队人数极少，但他的方阵打垮了一个个庞大的帝国，使整个已知的世界臣服于他那个小国。那个爱冒险的屠夫科尔特斯率领一小撮亡命之

---

[1] 亚历克西·托克维尔（1805—1859），法国历史学家、政治学家，曾被政府派往美国考察，写成《论美国的民主制》两卷。

徒，掳掠、摧毁了蒙提祖马的帝国。①皮萨罗对伟大的印加文明干了同样的事情。②
战争是靠意志、靠不怕死、靠杀人的本领取胜的，不是靠人数方面的优势，不管多
么悬殊。

　　既然俄国的冬天使德国人停止在莫斯科的外围，人们期望它也许能一劳永逸地挫
败"条顿人的狂热"。可是，这头怪物不过是倚着宝剑歇口气，准备再扑上前去。意
大利报纸上刊出了塞瓦斯托波尔之围的令人胆战心惊的照片。大得吓人的大炮朝城市
发射出同房子一样高的炮弹。雨点般的炮弹和飞机扔的炸弹把塞瓦斯托波尔完全笼
罩在烟雾中，像爆发中的火山。俄国人在哈尔科夫附近打了败仗后，那咧着嘴笑的侏
儒戈培尔博士在宣布战果了：俘虏人数达到天文数字。公海上，希特勒的潜艇几乎完
全切断了美国到欧洲的供应线，以至同盟国的报纸本身也在大惊小怪地嚷叫，承认被
击沉的吨位达到几百万之多。在北非，英国人又在隆美尔的攻势下溃逃。

　　与此同时，日本在军事地位方面的形象越发高大，像从瓶子里冒出来屹立着的妖
魔。日本简直把吉卜林笔下所写到的那些地方都攻占了：新加坡、缅甸、爪哇，眼下
正在威胁印度！战败被俘的白种人的照片，看上去像是文明的末日。新加坡的意气消
沉的英国俘虏蹲在地上，队伍一路伸出去，直到照相机无法聚焦的地方；而在菲律宾
的棕榈成行的道路上，一行行胡子拉碴、衣衫褴褛、低垂着头的美国人，由瞪目怒视
的黄皮肤矮子拿枪押着，从巴丹走向俘虏营。

　　修昔底德在基督诞生前几世纪就明明白白地写下了这种教训。民主制度最充分地
满足人对自由的渴望，然而，由于纪律松弛、秩序混乱、贪图安逸，它一再向严峻刻
苦、专心一志的专制主义屈服。

　　我也许正变得情绪低落，因为消息稀少和环境忧郁而变得闭塞。意大利战争时期
那种令人恼火的寒酸的艰苦生活，加上粗劣的饮食，使人身心交瘁。自从美国记者们
离开以来，我没尝到过像样的肉和酒，配给的蔬菜不是没长成的就是已经腐烂的，黏
土般的面包卡住人的嗓子眼儿。然而，我相信我的思路还是清晰的。在我看来，设想
在不久的将来同盟国会得胜是愚蠢的，不值一谈。战局不会这么容易地扭转过来，近
在眼前的结果可能恰恰相反：苏联崩溃，英国人被赶出亚洲，美国人被赶出太平洋，
被迫媾和，轴心国取得胜利。不然的话，前景只能是僵局。如果战争拖延得足够久，
等轴心国掠夺到的金属、燃料和食品消耗殆尽，同盟国也许能通过曲折的道路获胜。
然而，希特勒在一九四五年或一九四六年才垮台，帮不了娜塔丽、她的娃娃或我什么

---

① 1519—1521年，西班牙人科尔特斯征服在今墨西哥的阿兹特克人的帝国，其皇帝蒙提祖马被俘。
② 1531—1533年，西班牙人皮萨罗征服在今秘鲁的印加帝国。至此，印第安人在美洲的两大文明都
　被白种殖民者毁灭。

忙，我们可能等不到那么久就会死去。可这还不算，跟维尔纳·贝克迟早得摊牌，不可能推迟许多个月，更不用说几年了。

我不怕世界末日来临。德国和日本的军队不会在新英格兰和加利福尼亚登陆。海洋是辽阔的，而美国依旧人口众多和实力坚强，不过不会及时发挥自己的力量罢了。这些暴君一旦吞下了他们征服的地方，就会停下来消化，会有一段勉强的和平时期，也许一二十年吧。要是美国采用了类似维希的政体，那也许根本不会有第三次大战，而仅仅是一个由这些专制国家来逐渐吸干美国资源的长期过程。我只需要规划五年或至多十年的生活就够了。我死后，哪怕洪水滔天？[1]而我必须尽力搭救娜塔丽和路易斯。

决定权看来真的全在自己手里。娜塔丽简直瘫痪了。这个在战争爆发时冲到华沙去找她的情人、在战争期间在里斯本碰到另一个情人就当场嫁给他的淘气姑娘，已经做了母亲。这使她变了样儿。她说，她愿意让我来带头。如果说她甘心带着一个婴孩参加这次轻率的旅行，那只能是因为那个在"伊兹密尔"号上使她敬畏而又对她有吸引力的人——阿夫兰·拉宾诺维茨也同这件事有关。她那个在潜艇上服役的丈夫正远在半个地球外，如果他确实还活着的话。对拉宾诺维茨那样古怪成性而又难以捉摸的冒险家，她只可能有短暂的好感，但我庆幸有这一点儿精神上的信念来给她做依靠。

这么说，我们要动身上里斯本去啦。上帝保佑我们吧！但愿我同上帝的关系更密切才好。可是很糟糕，就和我同沃尔泰拉那位主教的关系一样，我不认识上帝，他也不欠我任何恩情。

万一情况糟得不能再糟，娜塔丽将会发现，我不完全是一个常犯错误的蠢货。像哈姆雷特一样，风从南方吹来的时候，我不会把一只鹰当作一只鹭鸶。[2]还有那些钻石呢。

---

① 原文是法语，是法国国王路易十五所说。
② 见《哈姆雷特》第二幕第二场，意谓在大多数情况下，他是头脑清醒，能分辨是非的。

第三十章

海军中将南云在战时拍的照片上是一个严肃的秃顶日本老绅士，穿着欧洲式中将制服——很厚的金色肩章、斜挂的绶带、一排排勋章——看上去穿得气都透不过来，一副拘束相。南云在军阶和成就方面都远远超过雷蒙德·斯普鲁恩斯。他没参加珊瑚海战役，这场混战是由一些次要人物弄糟的。他那支突击舰队从珍珠港直到印度洋的胜利战绩是没一点儿污点的。武士阶层出身，他是赫赫有名的驱逐舰和巡洋舰的专家，是世界上航空母舰作战方面的老资格大师。

从掩护了他一个星期的令人忧郁的雨和雾中驶出来，南云在拂晓发动了对中途岛的袭击，派出了每艘航空母舰上半数的战斗机、俯冲轰炸机和97型鱼雷轰炸机。最后这一种是两用飞机，装上了用来袭击陆上目标的杀伤炸弹。然后他命令四艘航空母舰上留下的一百零八架飞机在甲板上各就各位，随时准备袭击任何可能露面的敌方舰只，其中97型飞机像往常那样配备着鱼雷，俯冲轰炸机则配备着穿甲弹。但南云和他的参谋人员并不认为会和敌人遭遇，这不过是一个稳健的预防措施而已。

在即将起飞出击前，南云亲笔草拟了一份《情况估计》：

一、一旦中途岛登陆行动开始，敌方舰队就可能出动应战。

……

四、敌方尚未发觉我方计划，迄今尚未发现我特混舰队。

五、附近海域没有敌方特混舰队的任何踪迹。

六、因此我方有可能袭击中途岛，摧毁以陆地为基地的飞机，并支援登陆行动。然后我们能转过头来，迎击前来的敌特混舰队，并摧毁之。

七、敌方以陆地为基地的飞机可能发动的反攻，当然能被我截击机和高射炮火击退。

　　一份份司空见惯但使人振奋的捷报，由袭击中途岛的飞行员用无线电不断拍来。环礁派了一支庞大的战斗机队伍升上天空，但零式飞机把它们像刈草般击落，轰炸机则一无损失，把中途岛的两座小岛炸成一片焦土。飞机库、发电厂、营房一片火海，大炮寂静了，弹药和燃料库被炸得飞上天空，而整个驻军营地成为一片浓烟滚滚、流血遍野的场所。

　　有一点儿令人失望，跟偷袭珍珠港时不同，美国佬的飞机没在地面上受到突然袭击。它们事先接到警报，紧急起飞，不见了踪影，飞机库和跑道看上去都是空的。当然啦，这些飞机不久将不得不降落加油，这将是歼灭它们的好机会。因此，出击机群的指挥官通过无线电说："有必要做第二次打击。"

　　这是当天的第一个意外障碍。中途岛的空中力量必须予以粉碎，否则登陆行动将拖长时间，增加伤亡。但是，如今分布在甲板上的飞机配备的是打击舰只的武器。97型飞机当然得调换武器，鱼雷对袭击陆上目标是不适用的。俯冲轰炸机上的穿甲弹也没有燃烧弹和杀伤炸弹那样合用。

　　南云和他的参谋人员正议论这个麻烦问题，空袭警报响了，驱逐舰喷出团团黑烟，作为发现敌机的信号。只见敌机低低地掠过浪峰，轰隆隆地直扑过来。错不了，正是蓝色的美国歼击机，机翼上漆着白色五角星。没有战斗机护航，敌机在高射炮和零式飞机的攻击下像中了枪的野禽般纷纷下坠。有几架着火坠落前发射了鱼雷，但这些武器在水中上下左右摆动，被风浪搞乱了走向，要不一碰水面就炸裂成碎片，没有一发击中目标或正常地运行。这幕可怜的景象显示出美国人的无能，是南云的战斗巡逻机群一次全面的辉煌胜利。有架飞机当着南云的面表的一声坠落在"赤城"号飞行甲板上，打横里一个跟头翻下舰舷，一点儿没损伤这艘航空母舰。中将和他的参谋人员看到它的双引擎、燃烧着的蓝色机身上的白色五角星，以及座舱罩内那浑身鲜血的驾驶员，说不定已经死了。这架飞机很大，无法从航空母舰上起飞。这是一架B-26型中型轰炸机，只能来自中途岛。

　　对南云来说，事情就这样决定了，他不得不发动第二次打击。至于附近有没有敌方舰队的问题，侦察机一大早就上天了，报告说没发现什么情况。必须取消不切实际的预防措施。如今在甲板上的飞机将用来袭击中途岛，为了加快步伐，只需调换97型鱼雷轰炸机上的武器就行了。他那支分队的两艘大型航空母舰"赤城"号和"加贺"号，得赶紧把这繁重的任务完成。第二分队那两艘较小的航空母舰"飞龙"号和"苍龙"号上的97型飞机都飞到中途岛去了，它们的甲板上只有随时准备出发的战斗机和俯冲轰炸机，所以命令是下达给南云的那支分队的。升降机嗖嗖地上上下下，那些大型的97型飞机被送到下面的机库甲板上，顶呱呱的舱面人员拥来拥去地调换武器。

七点半，传来一条确实惊人的消息。重型巡洋舰"利根"号转达它的一架侦察机发来的消息：在东方两百英里光景的地方发现十艘"显然属于敌方"的舰只，正背对南云和环礁，朝东南方行驶。电文对航空母舰只字未提。两百英里外的水面舰只如今已援救不了中途岛，一旦环礁上的空军被消灭，这些舰只可逐个加以解决。可是，最要紧的事得最先干，给97型飞机换上用作攻击陆上目标的炸弹的工作飞速地进行着。

接着，不知是南云还是哪一位参谋再仔细一想，不由得吃了一惊。敌人的航向朝东南——这航向是迎着风的，会不会那架水上飞机的驾驶员看见了航空母舰，却由于愚蠢而没识别出来？

命令各航空母舰："暂停重装炸弹！97型轰炸机上的鱼雷不要卸下！"

命令水上飞机："查明舰种，保持联系。"

因此，由于战争中的偶然因素，由于一架行将报废的巡洋舰载侦察机上一个年轻驾驶员的难以捉摸的行动，整个庞大的日本军事行动就此停顿了。有一半97型飞机已经装好了炸弹，重新在飞行甲板上就位，其余的依旧装着鱼雷在下面。这时又响起了空袭警报，驱逐舰喷出团团黑烟，只见天空中的小点逐渐变大，变成一架架道格拉斯俯冲轰炸机，它们从中途岛的方向飞来——又没战斗机护航——而且违反美国俯冲轰炸机惯常的战术，角度小得出奇。

这些飞机实际上是由最后关头增援中途岛的海军陆战队的生手驾驶着第一次飞上天的，而他们的司令官要试一试滑翔轰炸。接着是第二场大屠杀：在日本舱面水兵和炮手们的一片欢呼声中，零式飞机把这些蓝色飞机一架架击落，它们爆裂成团团烈火，像一朵朵漂亮的玫瑰花，冒着浓烟，划出弧线扎进海去。一发炸弹也没击中目标。

在这第二次没有战斗机护航的空袭中，美国驾驶员的生命被这样残酷地糟蹋，也许使南云感到吃惊。一个软弱而腐化的民主国家会这样做，真出人意料。话说回来，零式飞机可能已经把中途岛原来的战斗机全部击落了。有一点是非常突出的：天空在今天是属于他的。美国人尽管勇敢，还是被击败了。

这时候，远方水上飞机上那个糊涂蛋搭腔了：敌舰有五艘巡洋舰和五艘驱逐舰。好啊！没有航空母舰！可以继续调换97型飞机上的武器啦。可是，空袭警报又响了，这一次是一个编队的巨大的陆上基地飞机隆隆地从高高的上空飞来，看外形是B-17型，即令人害怕的"空中堡垒"。小小的中途岛像个狰狞的魔影，说来也怪，竟被安排来做空战的场所！然而，这批怪物的高空水平轰炸，究竟能拿行驶中的舰只怎么样呢？这些大型轰炸机在两万英尺的高空逼近，那个在和平时期长期争执不下的问题①面临考验了。

它们没有战斗机护航，它们有惊人的固定的机枪座舱，用不着护航。零式飞机并不飞上高空去跟它们较量。四艘航空母舰笨重地散开，这时，可以清清楚楚地看到黑色的重磅炸弹阵雨般落在两艘较小的航空母舰"苍龙"号和"飞龙"号上。爆炸激起的深色水柱一再把它们吞没。巨型飞机在高空中隆隆地飞走了，溅起的水花平静了，但见这两艘母舰完好无缺地驶出烟雾，驶到阳光下！

歼灭了两批低空的轰炸机群，加上这次防御战取得了历史性的胜利，南云扬扬自得。然而，中途岛上显然还密布着轰炸机。第二次打击是绝对必要的。他把97型飞机装上炸弹，做得很对，如今必须加速进行这项工作。

他还来不及采取行动，四桩突然事件几乎同时发生，使这位老英雄再度慌了手脚。

在作战行动中，南云周围总是一片惊人的喧嚣：当当的升降机警铃声啦，飞行甲板上扩音器的号叫啦，引擎发动时的轰鸣啦，收音机中的唠叨声啦，旗舰舰桥上信号兵的叫嚷声啦。多年的习惯使他能丝毫不受这片熟悉的喧闹声干扰，但是如今像洪水般涌到他头上来的一连串危急情况和混乱现象是前所未有的。他不得不匆忙而没有把握地在急风暴雨般的一片喧闹、惊恐、混乱、烦恼和相互矛盾的建议声中一次次地做出决定——有些决定关系到他祖国的前途，甚至世界大局的前途。一位高级司令官所以活着，就是为了这种时刻，他开始用老战士的沉着心情来应付这场风暴。

首先，又有一批轰炸机从云端俯冲下来。

其次，正当响起警报，甲板上剩下的战斗机都紧急起飞去支援战斗巡逻机群时，一个脸带伤疤的军官给南云送来"利根"号上的飞机驾驶员发来的补充报告：敌舰队似乎有一艘航空母舰殿后。

第三，正当南云在仔细考虑这惊人的消息时，整个特混舰队突然传遍一个不同的报警信号："潜艇！"

第四，恰恰在这关头，他自己的第一批出击的飞机开始从中途岛返航，出现在视线内，燃料快用完了，有几架被击伤，遭了难，要求在拥挤的母舰甲板上降落。

南云发现自己走投无路了。对中途岛进行第二次打击吧？不，眼前可不行，在航程内有艘满载着精锐的驾驶员的敌方航空母舰哪！他那两个战斗任务的次序一下子被颠倒过来了。他不再打算去袭击环礁了，他自己正受到以陆地为基地的轰炸机和航空

---

① 美国陆军当局主张多造以陆地为基地的重轰炸机，而海军则强调航空母舰载的俯冲轰炸机。

母舰舰载飞机夹击的威胁。首要的任务是,他必须干掉这艘航空母舰。

那场空袭不过是有几架老式的侦察轰炸机来俯冲骚扰屏护舰队中的一艘战列舰,在零式飞机的拦击下,它们就飞进薄云逃走了。驱逐舰纷纷驶往据说发现潜艇的地点,结果什么也没找到。现在该怎么办呢?明摆着的措施是立刻进击那艘航空母舰:掉头迎风,命令"苍龙"号和"飞龙"号让所有就位准备出击的飞机起飞,并把挤在他自己舰上甲板上的97型飞机派出去。当然啦,这些飞机如今都装着炸弹,不是鱼雷——装着鱼雷的在下面——然而有炸弹总比没有炸弹好些。这样可以腾出甲板来回收第一批出击的飞机,同时紧紧追击敌人。

可是,对南云这支大舰队来说,这一手未免太软弱了!只使出他力量的一小部分,没有鱼雷做打击,没有战斗机护航,因为战斗机大多数在空中,燃料快耗尽了。整个早晨,南云一直看着没有护航的敌方轰炸机被歼灭。那么,那条关于战争的基本原则——集中兵力,又怎么说呢?

因此,他大可以保持平心静气,召集一些头脑冷静、手脚麻利的人手;把飞机都送下去,清出所有的甲板,包括"苍龙"号和"飞龙"号;回收从中途岛返航的全部飞机,以及所有的战斗巡逻机;给所有的飞机加油添弹,同时以最高速率进逼敌人;然后遵照军事原则所规定的协同进攻的方式,集中全部空中力量去打击敌人。

这当然需要时间,也许要多达一小时吧。航空母舰对抗战中,拖延带来风险。

南云中将在旗舰舰桥上被他那些脸色焦急的参谋人员包围着,再三权衡着这个非同小可的抉择。这时候,特混舰队上依然处处响起高射炮声,舰只在平静得出奇的蔚蓝色海面上向一边倾侧、拐弯,划出一道道错综复杂的白色交叉尾迹;从中途岛返航的飞机从低空轧轧地飞来,绕着"赤城"号一圈又一圈地飞行,零式飞机把最后的那些敌方慢速轰炸机驱走。他的周围掀起一艘航空母舰在战斗中的千百种响声。就在这生死关头,南云从他的下属——"苍龙"号和"飞龙"号那支分队的司令官那里收到一份电讯:

急件。可取办法为立即投入攻击机群。

说不定那位把电讯递给南云的军官不敢正眼望他的脸。在世界上任何海军中,下属在激战中拍发这样的电讯会被看作侮辱行为。在日本帝国舰队中,这是自杀性的胆大妄为。这个山口,被看作除山本以外海军中最卓越的军官,他是注定要继任山本的。他当然明白自己这一行动的严重性,他显然认为,战役的胜负可能取决于这一刹那,因此拿自己的前程做牺牲也在所不惜。

上了年纪的人是不能被这样推着上阵的。南云马上干出截然相反的事来：他命令把所有的飞机——包括山口手下的飞机——送下去，并指示整个特混舰队回收飞机。事情就这样定局了，将做一次全面的协同进攻。

这时，他第一次打破了无线电禁令，报告那个带着主力舰队的七艘战列舰和一艘航空母舰在三百英里外闲荡的山本元帅，他正出发去歼灭一支由一艘航空母舰、五艘巡洋舰和五艘驱逐舰组成的敌方舰队。从广岛湾出发以来，直到这时，已经过了漫长的十天，这个总司令对他进攻计划的执行情况始终全不知晓。

因此，97型飞机又被推到升降机上，它们又下降到机库甲板上，换装武器的工作又开始了。起先是用炸弹来替代鱼雷，现在是用鱼雷来换下炸弹，而这些飞机始终没离舰起飞。扩音器里号叫着旗舰舰桥上播发的训令，在这些训令的驱使下，有些日本兵一边干着装弹手的繁重活儿，一边可能禁不住咕哝着埋怨"上边那帮白痴"。不过，即使这样，他们也一定还是心平气和的。这些水兵亲眼看到美国俯冲轰炸机在空中迸裂，朝海里直掉，燃烧着下坠，像流星般划出一条线，一批批地被歼。他们看到B-17型轰炸机为了使零式飞机无法对付，胆怯地飞在高空，扔下大炸弹，一点儿也没造成损害；还看到不中用的美国鱼雷歪歪斜斜地前进，迸裂开来。他们听到上空传来从中途岛胜利归来的第一批出击的飞机轰隆隆的声音。一场比偷袭珍珠港更辉煌的胜仗就在眼前啦！这些打着赤膊、汗流如注的苦干着的小伙子，一边把一千七百磅重的炸弹杂乱无章地卸在甲板上，并且发狂似的安上重磅鱼雷，一边毫无疑问地会这样想。

不到一小时，四艘航空母舰上的人员回收了所有的飞机，给它们再装上武器，灌满了燃料，安在飞行甲板的规定位置上，准备起飞。南云无疑对这出色的成绩、对自己那绝不仓促行事的坚决打算感到满意，他朝东北方向飞驶，为了摆脱中途岛上的轰炸机的骚扰，为了去打击那艘美国航空母舰。

这时，太阳升起已经快四个半小时了。

"企业"号上那些没有护航的俯冲轰炸机，飞到参谋部导航人员预测会与敌人遭遇的地点，一看四面八方五十英里以内什么都没有，只有云影斑驳的洋面。他们继续朝西进发。华伦飞机的油表指针在半满的标志下面颤动着。他计算了一下，如果二十分钟内就折回，他们也许能赶回"企业"号，因为这艘母舰也在稳步前进，缩短双方间的距离。但是，带着满满的炸弹架回去怎么行啊！多少年来，他幻想着在实战中朝一艘敌人的航空母舰俯冲，如今眼看快实现啦！从斯普鲁恩斯少将到麦克拉斯基中校那些负责人中，有谁知道自己究竟在搞什么名堂吗？这种冒冒失失地穿过云端的"轻骑兵旅的进击"，可不是日本野蛮职业军人作风的对手啊。他能不掉在水里，再看到

"企业"号吗？

一个庞大的俯冲轰炸机编队排成井井有条的梯队队形，满载着炸弹出击，从空中呼啸而下，可是没有目标，只有一片水——这好像真是一个又可怜又笨拙的圈套。敌人已经调到后方和东北方去了，这一点华伦是拿得稳的。布朗宁的参谋部导航人员准是以为日本人会继续以全速向环礁进逼，但是为了避免挨中途岛来的轰炸机的袭击，也许也为了打发自己的飞机起飞，他们显然放慢了速度。他受到不准用无线电通话的限制，怎样把这一点通知麦克拉斯基呢？此人这时正在前面几百码外的上空，驾机率领这批密集的蓝色轰炸机。华伦有资格这样做吗？再说，这位大队长到底会不会听他的？

他冲动地把沾有一条条油迹的座舱罩朝后推开，稀薄而凛冽的空气把闷热的座舱里的香烟烟雾和隔宿的机油气味吹掉了。他呼吸困难，如同在高山顶上一般，但是他不想使用氧气；湿漉漉的面罩令人难受，他呢，情愿抽烟。燃料用尽的问题并不让他太担心。那回轰炸马库斯岛回来，被打坏的发动机停了，只得被迫降落，砰地撞击在浪花四溅的大浪上，如同在陆地上坠毁一般。可是，他和他那后座机枪手——科尼特的前任，从下沉的轰炸机里取出了救生筏，吃吃巧克力，谈谈说说，漂流了六个小时，才被一艘驱逐舰救起。水面迫降虽然不愉快，却是一种容易掌握的手段。

两支俯冲轰炸机中队就这样白白转悠着，使他怒火中烧。他冷漠无情地希望"大黄蜂"号和"约克敦"号上的飞机，或者吉恩·林赛的鱼雷轰炸机中队会发现该死的日本鬼子，给他们一些厉害看；或者希望麦克拉斯基不再把三十三架[①]无畏式飞机抛弃不管，而是转向东北，或者拐回去，装满汽油后再来。

在这关头，韦德·麦克拉斯基当真下令转向东北了。

华伦无法知道——对他来说倒也是好事——这次美国的整个出击正沦为一出糟糕透顶的滑稽戏。

日本人这次对中途岛的进攻，由四艘航空母舰上的一百零八架飞机——战斗机、俯冲轰炸机、97型飞机——合并起来，作为一支攻击大队一起出击，按部就班地完成了战斗任务，排着整齐的队形返航。但美国在这次出击中，每艘航空母舰在不同的时间断断续续地派出自己的飞机，速度较慢的鱼雷轰炸机大队不久就跟战斗机和俯冲轰炸机失去了联系。没有一个美国驾驶员知道除他自己的中队以外，其他中队在干些什么，更不用说日本人在哪里了。简直不可能再有比这更无组织的情况了。

"大黄蜂"号上的俯冲轰炸机和战斗机全然空忙了一阵，已经退出了战斗。飞

---

① 应为三十六架。

到那一无所有的截击地点，他们的大队长下令朝南拐弯指向环礁，这样就背离了南云的舰队。这大队跟着就散了摊儿，有几架直飞中途岛去加油，其余的折回"大黄蜂"号，后者中的大多数将因发动机没油而溅落在海面上。

当麦克拉斯基率领的"企业"号上那两支中队冒冒失失地朝西进发时，"约克敦"号上的飞机终于起飞了，那时九点已过了好久——不过它只派出了一半飞机。弗莱彻少将保存了另一半以防万一。南云的几艘航空母舰这时正朝北破浪前进，他那支完好无缺的空中部队加了油，重新配备了武器，一百零二架飞机准备在十点半起飞，进行一次全面的协同进攻。

这场几乎快打完的牌局中只剩下一个不可捉摸的因素，就好像是一张"百搭"：那三支速度较慢的美国鱼雷轰炸机中队。它们在彼此看不见的情况下，无计划地随意行动，每支鱼雷轰炸机中队都一点儿不知道另一支在哪儿。这些脆弱而过时的飞机的指挥官，名叫沃尔德伦、林赛和梅西，是三头顽强的迷路的牛，在各自为自己领航。发现日本人的正是他们。

"十五架鱼雷轰炸机，方位130！"

南云和他的参谋人员并不觉得意外，尽管没有战斗机护航——又是这样——这一点准使他们震惊。这方位说明这些飞机正是从南云在迫近而企图歼灭的那艘航空母舰上飞来的。十五架飞机，一支中队。美国佬的航空母舰当然企图先下手啦。但这位中将自以为在舰只和飞机方面拥有四比一的优势，并不担心，他哪里知道他正在驶近三艘航空母舰呢。"利根"号巡洋舰上那个水上飞机驾驶员始终没报告还有另外两艘。

冥冥中令人啼笑皆非地安排了这个侦察机驾驶员，他起飞迟了半个小时，因此他那关键性的发现也相应地推迟了。他起初看见了一艘航空母舰没认出来，此后也没提起那另外的航空母舰。做出了这番拙劣的表演，他在历史中消失了。像咬死克娄巴特拉的那条毒蛇[1]，他是一个微不足道的人物，但一个帝国的命运在短时期内竟令人悲痛地取决于他。

这十五架朝南云扑来的飞机是"大黄蜂"号上的第八鱼雷轰炸机中队。中队长约翰·沃尔德伦是一个性情暴躁、意志坚强的飞行员，根据要求，他率领他的部下穿过一层高射炮弹片和烟雾的厚幕，以及零式飞机的密集进攻，笔直地以慢速度飞来。

[1] 古埃及女王克娄巴特拉（公元前69—前30）用毒蛇自杀，故事见莎士比亚悲剧《安东尼与克娄巴特拉》。

我们无法记下他当时的心情，因为他是第一批阵亡者之一。沃尔德伦的这些飞机企图展开队形，朝这两艘航空母舰的头部袭击，却一架接一架地着火，迸裂开来，掉在海里。只有几架来得及发射鱼雷，发出鱼雷的也没造成什么损伤，因为没一发命中。几分钟之内就结束了战斗，日本人又一次大获全胜。

就在第十五架飞机在"赤城"号舰艉附近猛地燃烧起来，冒着浓烟扎进蓝色海水的当口儿，从一艘护卫舰上传来一个刺耳的警报，使旗舰舰桥上的人个个不知所措："十四架鱼雷轰炸机来犯！"

又来十四架？难道正像某些令人毛骨悚然的古老传说中那样，死人从海里爬起来，乘上被打烂的飞机为他们的祖国继续作战吗？日本人的头脑是富于诗情的，这种想法很可能在南云的头脑里闪现过，但实际情况是相当清楚而令人震惊的。美国的每艘航空母舰上只有一支鱼雷轰炸机中队，这就是说至少还有另外一艘航空母舰前来对付他。"利根"号上那架可恶的水上飞机的报告当然是一文不值。可能还有四艘航空母舰，或者七艘呢，谁说得准那些诡计多端的美国人在搞什么鬼名堂？日本的情报工作彻头彻尾地失败了。就像南云一度偷偷地袭击珍珠港一样，敌人难道不能把几艘新的航空母舰偷偷地开进太平洋吗？

"加速一切准备工作，立刻起飞！"

这道匆忙地下达的放弃协同进攻的命令，发到了四艘航空母舰上。空袭警报响起来，屏护舰队的高射炮嗵嗵嗵地吐出一团团浓浓的黑烟，航空母舰打破了队形躲避来犯的飞机，零式飞机本在慢腾腾地爬升到战斗巡逻的高度，这时改为朝这又一批没有护航的飞机俯冲。这是"企业"号上吉恩·林赛的中队。当麦克拉斯基朝西搜索前进时，这位脸有伤疤、身体不适的中队长率领他的部下径直奔向敌人。十架飞机被击落，林赛的也在内。四架避开了刽子手，发射出鱼雷，掉头飞返航空母舰。即使有哪枚鱼雷击中，也没爆炸。

又是一次大捷！但是，这支航空母舰突击队的阵势完全给打乱啦。规避动作使"飞龙"号开到了远远的北方，几乎看不见了；"赤城"号、"加贺"号和"苍龙"号从西到东排成了一线。屏护的舰只被打散了，从天边到天边，冒着烟，一道道又长又弯的尾迹互相交叉。水兵和军官们在航空母舰的飞行甲板上保持着旺盛的斗志在继续操作。他们刚才为中途岛过来的几十架轰炸机焚烧着坠落而欢欣鼓舞，如今又有两批美国佬的鱼雷轰炸机被零式飞机击成齑粉！四块飞行甲板上尽是飞机，一架都还不能马上起飞，但已经全都加好油，装好炸弹，而甲板上遍地都是杂乱无章的加油管、炸弹和鱼雷，水兵们兴高采烈地淌着汗水在清理，这样飞机才能陡直地升空去杀敌。

华伦·亨利曾把"企业"号看作一个八百英尺长、满载着炸药和人的铁蛋壳,这儿正有四个这种铁蛋壳。更贴切地说,四个庞大的水上燃料弹药库,没有遮盖,擦根火柴就能点上。

"敌方鱼雷轰炸机,方位095!"

隔了短短的一段静寂,传来这第三份警报。零式飞机正朝预定的位置直飞,从那里可以从高空击退俯冲轰炸机,或者再击落一些在较低空飞掠的鱼雷轰炸机,反正不管哪一个先来都行。四艘航空母舰正掉头迎风,准备弹射飞机,可是现在又得迂回前进,躲避空袭。所有的眼睛都注视着低飞来袭的敌机,以及自己的战斗巡逻机群,它们一阵风似的俯冲下来,想再来一场泥鸽①射击。"约克敦"号上的十二架飞机轧轧地飞来。他们确实有几架护航战斗机不顾死活地在上空躲躲闪闪飞行,但是也帮不了什么忙。十架被击落了,两架徒劳地丢下了鱼雷后逃生了。三支鱼雷轰炸机中队如今都被歼灭了,而南云的航空母舰突击队完好无恙。这时是十点二十分。

"起飞出击!"

命令传遍整个舰队,第一批护航战斗机从"赤城"号甲板上腾空而起。

就在这当口儿,有个参谋发出一声惊叫,几乎听不出是他的声音了。这声惊叫也许一直在南云耳中震响,直到两年后在塞班岛受到雷蒙德·斯普鲁恩斯指挥的另一支特混舰队袭击而阵亡时为止:

"俯冲轰炸机!"

深蓝色的飞机排成倾斜的两行,顶端伸进高空的云层,朝旗舰和"加贺"号直冲而下,没有受到一架战斗机的阻截。零式飞机都在接近水面的低空,它们在那里击落了许多鱼雷轰炸机,正在继续搜索。在较远的地方,有个监视哨兵指着东方,只听得传来一声叫喊:"俯冲轰炸机!"只见另一行深蓝色飞机,一条虚线,正朝"苍龙"号流矢般直扎。

这是一次完美的协同进攻,时间精确得简直一秒不差。这是一桩异乎寻常的偶然事件。

韦德·麦克拉斯基发现了一艘孤零零的日本驱逐舰在朝北进发。他猜想,它准是执行了什么任务返回,要是这样,它正在海面上划出一个长长的指向南云的白色箭头。他直截了当而机敏地做出决定:掉头跟踪这个箭头。

---

① 射击比赛中用的一种活靶,一般为扁圆形,由弹射机射入空中。此处指美国鱼雷轰炸机,它们只有挨打的份儿。

与此同时，沃尔德伦、林赛和梅西的鱼雷轰炸机中队侥幸地一个接一个发动袭击。差不多就在下一刻，麦克拉斯基侥幸地发现了这支突击舰队。整整迟了一个小时起飞的"约克敦"号上的俯冲轰炸机侥幸地同时到达。

在有计划的协同进攻中，俯冲轰炸机是用来牵制敌方的战斗机的，这样可给脆弱的鱼雷轰炸机以进逼敌人的机会。相反，这一回是鱼雷轰炸机把零式飞机拉到了低空，给俯冲轰炸机扫清了高空。这些鱼雷轰炸机中队心甘情愿在力量悬殊、毫无希望的情况下投入战斗，这不是侥幸，恰恰是在战斗中的美利坚合众国的化身。正是这额外的一点儿军人精神，在决定性的几分钟内使历史的天平倒向一边。

只要人们仍然打算用屠杀青年人的办法来决定历史的转折——即使在美好的将来，这种用人做献祭的方式，跟古代那种出于迷信的但也不见得更可怕的献祭方式一样，被废除了——这三支美国鱼雷轰炸机中队就不会被人遗忘。古代的北欧英雄史诗会在叙述中列举英勇战斗的人们的姓名和诞生地，这本传奇小说也来遵照这个传统办事吧。下面是这三支中队的年轻人的名单，他们的名字是从一份已经快湮灭的案卷中找到的。

美国军舰"约克敦"号
第三鱼雷轰炸机中队阵亡人员名单

驾驶员	报务员—机枪手
兰斯·E.梅西，指挥官	利奥·E.佩里
加利福尼亚州德斯坎索	加利福尼亚州圣迭戈
理查德·W.休森斯	小哈罗德·C.伦迪
艾奥瓦州滑铁卢	内布拉斯加州林肯
韦斯利·F.奥斯默斯	小本杰明·R.多德森
伊利诺伊州芝加哥	北卡罗来纳州达勒姆
大维·J.罗奇	理查德·M.汉森
明尼苏达州希宾	明尼苏达州莱克菲尔德
帕特里克·H.哈特	约翰·R.科尔
加利福尼亚州洛杉矶	佐治亚州拉格兰奇
约翰·W.哈斯	雷蒙德·J.达斯
加利福尼亚州圣迭戈	路易斯安那州新奥尔良

奥斯瓦德·A.鲍尔斯

  密歇根州底特律

伦纳德·L.史密斯

  加利福尼亚州安大略

柯蒂斯·W.霍华德

  华盛顿州奥林匹亚

卡尔·A.奥斯伯格

  新罕布什尔州曼彻斯特

约瑟夫·E.曼德维尔

  新罕布什尔州曼彻斯特

威廉·A.菲利普斯

  华盛顿州奥林匹亚

查尔斯·L.穆尔

  得克萨斯州阿默斯特

特罗伊·C.巴克利

  密西西比州福克纳

罗伯特·B.布雷热

  犹他州盐湖城

生还人员名单

哈里·L.科尔

  密歇根州萨吉诺

威廉·G.埃斯德斯

  密苏里州圣约瑟夫

劳埃德·F.奇尔德斯

  俄克拉何马州俄克拉何马城

美国军舰"企业"号

第六鱼雷轰炸机中队阵亡人员名单

驾驶员

尤金·E.林赛，指挥官

  加利福尼亚州圣迭戈

塞弗林·L.龙巴克

  俄亥俄州克利夫兰

约翰·T.埃弗索尔

  爱达荷州波卡特洛

伦道夫·M.霍尔德

  密西西比州杰克逊

报务员—机枪手

查尔斯·T.格雷尼特

  夏威夷州檀香山

威尔伯恩·F.格伦

  得克萨斯州奥斯汀

约翰·U.莱恩

  伊利诺伊州罗克福德

格雷戈里·J.杜拉瓦

  威斯康星州密尔沃基

阿瑟·V.伊利
    宾夕法尼亚州匹兹堡

阿瑟·R.林格伦
    新泽西州蒙特克莱

弗卢努瓦·G.霍奇斯
    佐治亚州斯泰茨伯勒

约翰·H.贝茨
    印第安纳州瓦尔帕莱索

保罗·J.赖利
    阿肯色州温泉

埃德温·J.穆欣斯基
    佛罗里达州坦帕

约翰·W.布罗克
    亚拉巴马州蒙哥马利

约翰·M.布伦德尔
    印第安纳州韦恩堡

劳埃德·托马斯
    俄亥俄州昌西

哈罗德·F.利特菲尔德
    佛蒙特州本宁顿

生还人员名单

艾伯特·W.温切尔
    艾奥瓦州韦伯斯特城

道格拉斯·M.科西特
    加利福尼亚州奥克兰

罗伯特·E.劳布
    密苏里州里奇兰

小威廉·C.汉弗莱
    佐治亚州米利奇维尔

小爱德华·赫克
    密苏里州迦太基

多伊尔·L.里奇
    俄克拉何马州瑞安

欧文·H.麦克弗森
    伊利诺伊州格伦埃林

威廉·D.霍顿
    阿肯色州小石城

斯蒂芬·B.史密斯
    艾奥瓦州梅森城

威尔弗雷德·N.麦科伊
    加利福尼亚州圣迭戈

美国军舰"大黄蜂"号

第八鱼雷轰炸机中队阵亡人员名单

驾驶员

报务员—机枪手

约翰·C.沃尔德伦,指挥官
    南达科他州皮尔堡

霍勒斯·F.多布斯
    加利福尼亚州圣迭戈

小詹姆斯·C.欧文斯
    加利福尼亚州洛杉矶

阿米利奥·马菲
    加利福尼亚州圣罗莎

雷蒙德·A.穆尔

　弗吉尼亚州里士满

杰弗逊·D.伍德森

　加利福尼亚州贝弗利山庄

乔治·M.坎贝尔

　加利福尼亚州圣迭戈

威廉·W.艾伯克龙比

　堪萨斯州梅里厄姆

乌尔弗特·M.穆尔

　西弗吉尼亚州布卢菲尔德

威廉·W.克里默

　加利福尼亚州里弗赛德

约翰·P.格雷

　密苏里州哥伦比亚

哈罗德·J.埃利森

　纽约州布法罗

小亨利·R.凯尼恩

　纽约州芒特弗农

小威廉·R.埃文斯

　印第安纳州印第安纳波利斯

格兰特·W.蒂茨

　俄勒冈州谢里登

罗伯特·B.迈尔斯

　加利福尼亚州圣迭戈

汤姆·H.佩特里

　西弗吉尼亚州埃利森里奇

小奥特韦·D.克里西

　弗吉尼亚州文顿

罗纳德·J.费希尔

　科罗拉多州丹佛

伯纳德·P.菲尔普斯

　伊利诺伊州拉温顿

威廉·F.索希尔

　俄亥俄州曼斯菲尔德

弗朗亚斯·S.波尔斯顿

　密苏里州纳什维尔

马克斯·A.卡尔金斯

　内布拉斯加州怀莫尔

乔治·A.菲尔德

　纽约州布法罗

达尔文·L.克拉克

　艾奥瓦州罗德尼

小罗斯·E.比布

　亚拉巴马州沃里尔

霍利斯·马丁

　华盛顿州布雷默顿

艾什韦尔·L.比科

　路易斯安那州霍马

罗伯特·K.亨廷顿

　加利福尼亚州南帕萨迪纳

生还人员名单

小乔治·H.盖伊

　得克萨斯州休斯敦

华伦·亨利当然对这个战术上的奇迹一点儿也不知道。

紧闭在座舱里，由于禁止用无线电通话而同外界隔绝，他被卡在这蓝色轰炸机的队列里，在越来越厚的云层上面轰隆隆地穿过天空，只知道麦克拉斯基——出于某种值得庆幸的原因吧——终于下令转向东北了。而无线电禁令呢，也有一两次被一段声音微弱的飞机上播发的片断打破了，这说明准是有人发现了日本人。跟着是一艘军舰上的大功率无线电广播，没错，正是迈尔斯·布朗宁那激动的声音，他正粗声大气地叫着："进攻！我再说一遍，进攻！"

接着，两个多小时以来第一回，华伦听到麦克拉斯基的男中音，冷静、清晰，微带嘲讽味，是年轻的职业军人在叫激动、唠叨的老派人保持镇静："照办，只等我发现这帮狗杂种。"他心里顿时涌起一阵对麦克拉斯基的热烈信任。只过了几分钟，透过云层中的空隙，只见日本舰队陡然出现在眼前，一大片舰只，从天边展开到天边，令人瞠目结舌。

看上去真像太平洋舰队的一次大规模作战演习，这是华伦最初的印象，而对它们进行俯冲轰炸简直等于大屠杀。麦克拉斯基低沉地下令开始下降到进攻的高度。轰炸机大队朝耀眼的白云直沉，穿过上层白云，只见在一缕缕低空的云絮下，整个敌方舰队一览无余地展现在眼前。

舰队的队形一片混乱。长长的航迹在海面上打弯，纵横交叉，像小孩子用指头在蓝底上画的白道道。屏护舰只阵势凌乱，有的朝这边驶，有的朝那边开。整个场景上空飘浮着一团团高射炮的黑烟，像蒲公英的绒冠；处处地方，炮口闪着淡黄色的火光。华伦第一眼只看到一艘航空母舰，可眼前正有三艘几乎排成一个纵阵，全都迎风行驶着，冒着黑烟，长长的白色航迹笔直地拖在后边。而在远远的北方有另一艘大船，有一簇舰只护卫着，也许就是那第四艘航空母舰吧。

一大群微小的飞机掠过浪峰，在舰只之间冲刺。华伦看到有一架尾巴上冒着烟，另一架突然着火焚烧。下面已经在进行某种战斗，可是敌人的战斗巡逻机群在哪儿啊？天上空得出奇。麦克拉斯基已经在下进攻令啦！一支中队对付一艘航空母舰，第六侦察机中队对付殿后的那艘航空母舰，第六轰炸机中队对付第二艘，眼前且放过那第三艘。说时迟那时快，只见麦克拉斯基已经机头朝下开始俯冲了，而华伦的中队长紧跟在他后边。

从这时起，无非是熟悉的那一套，简直等于中队轰炸练习，俯冲轰炸的那套基本功。唯一的不同——在这最后关头，一手搭在俯冲的闸把上，他开始感到一辈子从没这样心情舒畅过——眼前唯一的不同在于远在下面一万五千英尺外的海面上，他得击中的长方形物体不是靶排，而是一艘航空母舰！这使得投弹分外容易，飞行甲板的面积是一条靶排的一百倍。他曾不止一次地用假炸弹击破靶排的边缘哪。

可是，战斗巡逻机群在哪儿呀？因为他们自己没有护航，他一直担心的就是这一点。这件事到现在为止真容易得令人难以相信。他老是扭回头去望望有没有零式飞机从云端猛扑下来，一点儿踪影也没有。麦克拉斯基和最前面那几架轰炸机已经一架接着一架，摇摇晃晃，一路陡峭地冲到下面老远的空中，竟连高射炮火也没有挨到。华伦曾时常想象、憧憬轰炸航空母舰的情景，但是从来没想到竟是这样走过场的事。

他兴高采烈地朝对讲机里说："我看，我们动手吧，科尼特。全准备好了？"

"是，亨利先生。"干巴巴地拖长了音调，"嘿，零式飞机到底在哪儿，亨利先生？"

"我哪知道，你有意见吗？"

"没有，亨利先生！把蛋下个准，长官。"

"试试看嘛。我们把右舷朝着阳光，他们很可能从那边出现。"

"行，亨利先生。我把眼睛擦得亮亮的，祝你走运。"

华伦扳扳操纵俯冲襟翼的手把，沿着两翼的有孔金属襟翼张开了，构成V字形①。飞机好像失灵似的慢下来，航空母舰转到机身的一边，被机翼遮住，看不见。机首往上抬，飞机一阵颤动，简直像是活的，在给人提警告。华伦把身子朝前一冲，头晕目眩地把机首冲着下面极远极远的海面，像滑行铁道上的游玩车般朝下直扎，然后挺直了身子。

天哪，航空母舰就在他的望远瞄准镜内，正在那颗颤动着的小珠上方。但愿他们下冲到比较温暖的空气里时，瞄准镜不致被水汽弄模糊才好！透过油污的座舱罩，能见度不会太高。

真是一次十全十美的俯冲。危险始终在于俯冲冲过了头，来个倒栽葱，那时再要控制简直就不可能了。但他正以非常完美的角度冲向这艘航空母舰，大概六十五度或七十度，几乎正对着舰尾，略微偏左，恰到好处。他这会儿已不坐在座位上，而是脸朝下紧贴在安全带上，纯然是俯冲时的感觉。他一向认为这正像从高台上跳水，同样的脑袋朝下栽的感觉，同样的肠子和睾丸间令人难受的感觉，这是难以消除的。下冲的路程很长，几乎整整一分钟，他有出色的操纵装置来校正侧滑或摇晃，但这次俯冲进行得很顺利。他死劲儿地踩住一个脚蹬来抵消这架SBD型飞机经常偏航的倾向，只

---

① 襟翼在飞机机翼的后侧，可上下开合，在飞机起飞、着陆时，起改变空气助力大小的作用。无畏式飞机的襟翼和主翼同样长度，上有两排方孔，开启时构成V字形。

听得减速的引擎呜呜地响，增加阻力的副翼被气流震撼得呼呼地叫。他们正欢快地朝下飞掠，而那飞行甲板就在他的一点儿没被弄模糊的小透镜内，越来越大，越来越清楚。硬木甲板在阳光里显出一片明亮的黄色，岛形上层建筑前面那块白色长方形中央有个显眼的红色大圆球，甲板后部杂乱无章地停满了飞机，细小的日本人像昆虫般在飞机周围奔忙。他的高度计指针在朝反方向转，他感到耳朵受压，飞机里热起来了。

他突然看见一发差一点儿命中的炸弹在岛形上层建筑边激起的一大片白色水花，接着是一片火红，一声大爆炸，把那肉丸似的红球四周的白漆掀个精光，猛地腾起一片黑烟。原来有发炸弹命中啦！他看见两架轰炸机陡直升上天空。他两耳痛得要命，他咽了一口口水，耳朵又感到受压。这艘航空母舰眼前正处在困境中，再好好送它一发炸弹就当真能使它报销。华伦在五千英尺的高空，条例上规定在三千英尺左右的上空投弹，但他打算至少下降到两千五百英尺。高高兴兴地控制着一切，注视着仪表刻度盘，注视着几乎就在他正下面的飞快增大的甲板，他打起精神，准备在临阵的一刹那当机立断。他打算把炸弹砰地扔在他瞄准镜中停着的那些飞机中间，不过，如果这艘母舰再先挨一发别人投的炸弹的话，他就不必用一发宝贵的半吨重的炸弹来再给它以重创，就还来得及掉转方向，去袭击远在前方的那第三艘航空母舰。

可是，眼前在望远瞄准镜中正朝他迎面拥来的这些凌乱地挤在一起的飞机，清晰得连机身上的白色号码都看得清，还有那些微小的日本人看见他迎面冲下来，四散奔逃，打着手势，这些是多出色的轰炸目标啊！至今尚未挨到别的炸弹，那么由他来吧。这会儿，他的心怦怦地跳，嘴里发干，耳朵好像快要爆裂开来。他使劲一拉投弹器，随着炸弹离机下坠，他感到机身一震，顿时轻起来。为了保证不把炸弹投偏，他没有忘记继续朝前直飞，然后爬升。

他身子朝后倒在座位上，头脑发晕，肚子好像啪地紧贴在脊骨上，眼前一片灰雾忽现忽隐。他把机尾一甩，朝后一望……乖乖，我的天！

一片白热的火焰从这些飞机中间升起，冒着滚滚黑烟。就在他望着的当口儿，火势蔓延开去，沿着甲板一路爆炸，向上直冒，一片美丽的颜色，红、黄、紫、粉红，还有五光十色的烟柱直冲云霄。仅仅一两秒钟，多大的变化啊！碎片朝四面八方飞迸，飞机的碎片、甲板的碎片，整个人体像被抛起的布娃娃般在空中翻跟头。多么可怕、多么令人难以相信的壮丽景象啊！这一大片充满疯狂的大屠杀的地方，烈火和浓烟轰隆隆地朝天上直冲，朝舰艉涌去，因为这艘被击伤的航空母舰依旧在以全速迎风前进。

"亨利先生，有架零式在大约一千英尺的空中，角度八点①。"对讲机里传来科尼特的声音，"它正朝我们冲来。"

"明白。"华伦把机头朝下，朝水面俯冲，拼命地躲闪、偏航。海面涌起一排排浪峰，又长又白。他穿过像雹子般打在他座舱罩上的浪花一路猛冲，捉摸不定地闪避着。这架SBD-3型飞机能始终灵敏地适应这样颠来倒去的飞行，使他感到庆幸。这是按规范办事：紧贴水面，让那个日本人打不中，诱使他扎进海里。科尼特的机枪嗒嗒嗒地怒吼起来，飞机震得华伦牙齿咯咯响。他看到机首前方几码外的水面被子弹溅起一行水花，抬眼一望，只见那架零式正朝他俯冲下来，喷射着黄色的火焰和白烟。在珍珠港上空把他击落的那架战斗机漆的是和平时期的银色，这架是肮脏的斑斑驳驳的棕绿两色，但机翼上那些红色大圆点是完全相同的。零式飞机直冲到水平面才爬升，消失在一片高射炮烟雾中。我的天，这些该死的玩意儿操纵起来可灵活哪。

华伦在飞行中打眼角瞥见了一幕悲惨的景象——一片上有一颗白色五角星的蓝色机翼突出在水面上，就只剩下一片机翼。它消失了。接着，一艘巨大的灰色军舰出现在他的风挡玻璃前，但见有四十道黄色光芒在朝他闪烁，准是一艘战列舰或重巡洋舰。高射炮弹在他周围砰砰地爆裂，冒出团团黑烟，震撼、冲击着他的飞机。几秒钟工夫，军舰横在他的正对面，拦住了他的去路，一大堵灰色的钢墙。华伦拼命把这无畏式飞机拉起，于是它越过前甲板蹿上天空，飞得比那弯曲的塔式桅杆低得多，差一点儿碰上前炮塔上那几根灰色的长炮筒。

他如今总算飞越屏护舰队啦！但愿好运能维持下去，能把正从背后朝他周围水面上撒弹片的高射炮群抛在后面——

"亨利先生，那狗杂种又来了，他一路盯着我们不放哪。"

"明白。"

华伦又想用那一套东躲西避的办法，放大胆子尽量紧贴水面飞行，可是飞机如今驾驶起来不灵活了。零式飞机发射出的红色曳光弹像雨点般沿着他的左舷落下，激起一股股白色水柱。他使劲朝右拐，一片机翼差一点儿被浪峰卷住。飞机不像刚才那样听人使唤了。

"呱呱叫！亨利先生，我看哪，也许把这狗杂种打中了。"科尼特的声音听上去像个在看中学垒球赛的孩子，"我敢说，他准是赶回家看妈妈去了。你瞧，亨利先生，他就在正后方，他在冒烟哪。"

---

① 导航用的罗盘盘面以极坐标表示，一般以圆周的度数来表示方位，也可用时钟数来表示，八点即等于二百四十度。

无畏式飞机掉头爬升。那架歼击机朝敌特混舰队退去，尾巴上拖着一条浓烟，而在它的后面，屏护舰只的后面，三艘航空母舰全在阳光灿烂的青天下冒着火焰和黑烟。他不禁纳闷，是谁击中那第三艘航空母舰的呢？另外有个驾驶员干下了他想干的事吗？这第三艘航空母舰在燃烧，这是绝对没问题的。这三根黑色烟柱直冲特混舰队的高空，像柩车上插的三片黑羽毛。

他看看表，望望油表，再望望航空地图。这时是十点半，而他是在十点二十五分飞来袭击的，这五分钟内他过了多长的一段生活呀！油太少了，不能多考虑了。他相信参谋部定的选择点的方位准是搞错了。这帮参谋部的笨蛋没准儿以为斯普鲁恩斯会以全速进军——他们对日本人同样也估计错误——实际上他很可能掉头迎风，去回收战斗巡逻机或者返航的飞机了。华伦朝十点方位飞去，心情沉重地意识到飞机的反应还是不大灵活。

"这一下真出色，亨利先生。乖乖，这小玩意儿可真一飞冲天哪！"

"喂，科尼特，察看一下机尾部分。我就要摇撼机尾操纵杆啦，如果翼面上有什么损伤，告诉我。"

"是，亨利先生。啊，老天爷，方向舵掉了，长官。只剩一小块破片啦。"

"没关系。"华伦硬压下心头涌起的一阵恐惧，"我们自己也要回家看妈妈去啦。"

"我们回得了吗，亨利先生？"

"哪有回不了的道理，"华伦愉快地说，心里可没这么乐观，"我们也许得扔两三块巧克力糖在油箱里。"

"哦，不管怎样，亨利先生，"科尼特带着他难得的欢乐笑声说，"不管会出什么事，光是投中那一下，看那帮狗杂种在那边挨火烧，就值得了。"

"同意。"

华伦这会儿想起禁止使用无线电的阶段已经过去了，这是一个可喜的意外。他把汽油孤注一掷，爬升到两千英尺，收听"企业"号上发出的Y-E返航信号。从正前方的十点方位，又响亮又清晰地传来他盼着的莫尔斯电码发送的字母。他把速度减到近乎失速的程度，下降到贴近覆盖着白色浪花的汹涌的大浪。这是桩千钧一发的事，不过总是有可能碰到救护驱逐舰的。他心里很得意，在海面上迫降可吓不倒他。他依旧看得到那艘日本母舰上火焰在翻腾，飞机在爆炸，人体在纷飞。是他干成的，干成了，而他呢，还活着，正光荣地返航。

机尾后好多英里的地方，南云中将正被他的参谋们拉着离开那在燃烧而朝一边倾侧的"赤城"号。炽热的铁甲板仍然被一声声爆炸震撼着，甲板上那些断肢缺腿的死尸被烤得发出一阵阵烤肉的气味，他一边在这些尸体中间小心地觅路前进，一边还在婆婆妈妈地嘀咕，实在还没必要弃舰而逃。他没授权那艘没中弹的"飞龙"号上的下属山口来指挥，甚至也没给山口任意出击的权力。这位心神错乱的老先生爬下绳梯，到一艘巡洋舰的救生艇上，仍旧是这支被击溃的航空母舰突击队的总司令。可是，山口不愿再等待南云的命令了——他也许刚替日本断送了战争的胜利。看到第一批炸弹使"加贺"号上冒起一片浓烟烈火，山口马上开始发动反击。

第三十一章

中途岛（续完）

（摘自阿尔明·冯·隆的《世界大屠杀》）

第二阶段

本战役的开始阶段包括六月四日上午的大部分时间。

中间阶段持续了五分钟。

结局花了四天。

从历史悠久、已难查考的中国和埃及关于战争的记载中，直到当代的武装冲突编年史，没有一次战役能和这历史性的第二阶段——中途岛战役的这五分钟相比。

在这生死攸关的一天，从上午十点二十五分到上午十点三十分，在这仅仅一刹那的战斗时间里，三艘日本航空母舰，连同它们编制内的全部飞机，变成了冒着烟在水上漂浮的残骸。这些庞大的牺牲品原来体现着日本的国力和宝贵财富，是花了半个世纪的英勇努力成为第一流军事力量的最高成就。在这爆炸性的五分钟里，日本通过从对马海峡到新加坡、马尼拉和缅甸各战役千辛万苦地建立起的世界性地位被粉碎了，尽管它还得再经受三年屡战屡败，最后还尝到原子弹爆炸的恐怖，才肯接受这个事实。

中途岛战役后，正如冯·尼米兹海军上将有一次所说："我们完全遵照二十年来在军事学院里制订的方案来打这场太平洋战争。"（这句话充分表明了英、美财阀统治集团蓄谋已久的侵略意图）这场战争的其他部分对德国读者来说利益关系不大，但这个出色的海战典范必须加以研究。

机遇把一个不为人知、资历较浅的海军将领在战役的中途硬推上全权指挥美国联合特混舰队的地位。海军中将哈尔西是一个富有闯劲儿、神气十足的海上巴顿将军[1]，舰队出动前刚好生病了，否则会由他来领导战斗的。他提议让他的朋友、指挥屏护舰队的沉默寡言的雷蒙德·艾·斯普鲁恩斯来接替。指挥第十七特混舰队的弗兰克·杰克·弗莱彻少将比斯普鲁恩斯资格老，尼米兹打算让弗莱彻来指挥这次战役。幸运之神把指挥权交到了斯普鲁恩斯手里，而斯普鲁恩斯就开始显示出他是世界史上伟大的海军将领之一。美利坚合众国一直是一个幸运的国家，而这份幸运在一九四二年六月四日也突出地保持着。它在将来还能保持多久呢？这只有那些邪神知道，他们把一片拥有几乎无限自然资源的原始大陆赐予了这个血统混杂、有牛仔文化的粗俗不堪而唯利是图的国家。

斯普鲁恩斯在中途岛战役中做出了三个历史性的决断。这个腼腆、沉默的人，没什么突出的家世或背景，在鏖战正酣之际在思考和行动上显露出惊人的才能。中途岛战役之后，他指挥越来越庞大的舰队打了不少胜仗。然而在历史上，正像特拉法尔加战役的纳尔逊那样，他将永远是中途岛战役中的斯普鲁恩斯。

第一个决断

斯普鲁恩斯的第一个伟大的决断是在早晨七点命令"大黄蜂"号和"企业"号上的全部飞机从极远距离起飞，不惜孤注一掷进行第一次突然袭击。这一招儿付出了极大的代价。有几支中队连敌人都没找到，几乎有一半飞机耗尽了汽油，降落在海里，有些带着炸弹回来，还有些没投入战斗，径直飞往中途岛环礁。然而，有相当数量的俯冲轰炸机飞到南云的舰队上空，进行一次闪电式空袭，使"赤城"号、"加贺"号和"苍龙"号起火燃烧。其他都无关紧要了，斯普鲁恩斯在这场世界范围内具有历史意义的赌博中赢了。

这一回，他也交上了美国人的好运，因为他那些在空中转悠的中队是碰巧在日本舰队上空相遇而协同进攻的。给敌人重创的全是俯冲轰炸机，鱼雷轰炸机被歼灭了。对比之下，当天晚些时候，"飞龙"号上的日本鱼雷轰炸机却发动袭击，击毁了"约克敦"号。在数量上和技术上，美国人在中途岛战役中都处于劣势，这一点反而更突出了斯普鲁恩斯的指挥才能。

弗莱彻少将谨慎地把"约克敦"号上的飞机的起飞时间推迟了一个多小时。他当

---

[1] 第二次世界大战中的美国陆军将军，1944年诺曼底登陆时任第三集团军司令，次年在德国因车祸逝世。

时只出动了一半飞机。当不得不撤离挨了鱼雷的"约克敦"号时，弗莱彻把司令旗搬上一艘护航的巡洋舰，把整个舰队的指挥权交给了斯普鲁恩斯。本历史学家能明确指出，这是弗莱彻整个军人生涯中唯一的重大作为。

英译者按：当弗莱彻不得不离弃"约克敦"号时，他用信号通知斯普鲁恩斯："我将遵照你的调遣行事。"就这样慷慨地让出了一场大战的领导权，这是南云始终没做到的。弗莱彻知道斯普鲁恩斯拥有把这次战役继续打下去的参谋人员、通信系统和航空母舰，他做得通情达理。

南云举棋不定

南云的表演同斯普鲁恩斯形成鲜明的对比。

斯普鲁恩斯经验不足，而这位航空母舰上的将领经验丰富，指挥着海洋上最出色的航空母舰舰队。南云拥有一支能迅速执行他的任何命令的饱经风霜的参谋队伍，以及行动像跳芭蕾舞般精确的舰只和飞行中队，但是，当面对像斯普鲁恩斯承受的那样的压力时，他就不知所措了，因此输掉了一场几乎不可能输的战役。

这次又是美国人交了好运。"利根"号巡洋舰的弹射器有问题，因此那架被派去侦察那片正巧躲藏着美国舰队的海域的飞机没及时起飞。那个驾驶员拍发了一些含混不清的报告。然而，那些广为流传的报道过分强调了这架出了名的"'利根'号上的水上飞机"所起的作用。在战争中，侦察机或哨兵的报告不可靠是再普通不过的。南云一得到关于美国军舰的消息，就应该设想它们是航空母舰，并迫不及待地准备出击。结果他反倒举棋不定，在中途岛来的、对他没什么影响的飞机的骚扰下，关于下一步的对策，他不断地改变主意，把他的97型飞机的武装配备换来换去。斯普鲁恩斯的俯冲轰炸机毁了他，从而解决了他的难题。

南云本人从舰桥上沿着一根绳子爬下"赤城"号，保全了性命。和弗莱彻不同，他抓住了指挥权不放，尽管他有一位出色的下属，"飞龙"号上的山口少将可以代替他继续作战。不知道南云中将坐在公海上的一艘小艇里，看着面前有三艘航空母舰在早上的阳光里熊熊燃烧，心里是什么滋味，这是日本一线航空母舰上的驾驶员和飞机的火葬典礼，是无法补偿的一大损失。事后的行动说明他吓呆了，因为他竟下令仓促地后撤，有一次竟向山本汇报说有五艘美国航空母舰在追他。山本在半夜时分解除了他的职务。原可以打赢这一仗的山口，却甘心跟"飞龙"号一起沉没。

除了举棋不定外，南云还犯了另一个不可原谅的错误。就在那致命的五分钟以前，他让整个战斗巡逻机群都放弃了高空，蜂拥而下，围攻鱼雷轰炸机。无论鱼雷轰炸机出现在哪里，俯冲轰炸机都紧随其后。如果有一半战斗机留在高空，这场战役并且第二次世界大战的整个局面很可能就会改观。然而，在最危急的关头，高空中却毫无戒备。

斯普鲁恩斯的第二个决断

这场灾难的悲惨消息，隔了好多小时紧张的静寂，才传到三百英里外的山本元帅那里，在那段时间里，他有充分的理由设想南云像往常一样无往不胜。好像预感到要出乱子似的，山本好些天来一直胃里不舒服。这会儿，得悉噩耗，这位害病的老人倒复原了。

好吧，他似乎得出这样的结论：日本输了第一个回合。咄咄逼人的美国海军条例无疑会促使南云的征服者朝西追击。这儿正有个大好机会，来一次反伏击，把尼米兹那力量单薄的舰队砸个稀巴烂！他的地位是稳固的，许多著名的胜仗都是开头失利，之后才取胜的。就山本的主力舰队来说，在人力和武器上都远远胜过敌人。可以把另外四艘散处各地的轻型航空母舰召集起来，"飞龙"号还完好无损。紧急电讯发到帝国舰队散在各地的舰只上，命令它们朝山本的战列舰靠拢。

从那时起直到六月四日黄昏，在那艘庞大的"大和"号战列舰的旗舰舰桥上，人们的情绪随着不断传来的消息起落。在阿留申群岛的那几艘航空母舰的回电使人沮丧，他们三天内来不及来会师。"飞龙"号报告，它的俯冲轰炸机驾驶员们投中了一艘敌方的航空母舰，后来又说它的鱼雷轰炸机使另一艘航空母舰在海里动弹不得。这使人们兴高采烈，可惜是搞错了。"飞龙"号对"约克敦"号袭击了两次——第一次用俯冲轰炸机，第二次用鱼雷轰炸机做了致命的打击，因为美国人采取出色的抢救措施把第一次袭击时引起的烈火完全扑灭了。日落时分，"飞龙"号来电，它也被击中，正在燃烧，于是这点儿欢乐也被打消了。

山本依旧坚决地朝东进发。他如今的目的是迫使对方来一场夜战，但愿他能亲自碰上那些装甲薄弱的美国航空母舰才好！他的大炮可以把它们像渡船般击沉，把屏护的舰只打得落花流水，转败为胜；跟着，他仍然可以拿下中途岛。眼前的希望全部寄托在美国人在紧迫情况下会自己扑在"大和"号的十八英寸的大炮炮口上，扑在其他战列舰和巡洋舰惊人的火力上，以及日本驱逐舰中队那破坏力强大的长矛鱼雷上。

假如威廉·弗·哈尔西中将在指挥美国军舰，这种事可能会发生。在这种情况下，哈尔西凭着他的本性，是会带着一股莽撞的好斗劲儿朝他那受了伤的敌人扑过去的。

可是，担任指挥官的是雷蒙德·斯普鲁恩斯。斯普鲁恩斯朝迎面而来的山本舰队直驶，直到碰上"飞龙"号，把它炸毁。他当即回收了飞机，掉转航向，背离敌人朝东而去。午夜过后，他又掉回头来，黎明时分回到适当的位置，能用空中掩护来保卫中途岛，打击可能的登陆行动。

这次调动是中途岛战役获胜的关键，是太平洋战争中最精彩的指挥官的决断，也是海战史上最精彩的决断之一。它是智慧的结晶，再简单不过了，却关系着世界大局。

当时人们却不这样看待它。战役尚在进行中，斯普鲁恩斯就受到了在珍珠港和华盛顿的上级的责备，因为当晚没紧紧追击受了重创的敌人。他自己的参谋人员——更确切地说，是哈尔西的参谋人员，他们不喜欢或者不了解这位非飞行员出身的将军——被他这决断弄得很狼狈。后来，参谋们坚持说雷达能发现迎面驶来的水面舰队，因此这支特混舰队绝对不应该跟敌方脱离接触。美国的军事文献中都坚持这种看法，而雷蒙德·斯普鲁恩斯有时候仍然被人称为过分小心谨慎的军官。

这种批评是错误的。用大大处于劣势的舰队打胜了一场决定性的战役，这位卓越的司令官为了确保胜利，不愿在一种新式的电子小玩意儿上冒风险。他不这样做，反倒把自己的舰队置于无疑是既安全又危险的地位。斯普鲁恩斯和尼米兹都不知道山本的那些战列舰在哪里。斯普鲁恩斯少将靠出色的军事直觉采取行动，才没落入山本那惊人的圈套里。好多个月后，美国情报当局才刺探出有关山本那些军事行动的真相，这证明了斯普鲁恩斯盲目的第二个决断是一个富有历史意义的妙招儿。

斯普鲁恩斯的第三个决断

午夜刚过不久，山本发觉自己的计划落空了，夜战打不起来，并且等到天亮，他也许会发现自己正处在中途岛上的飞机的航程内。接着是苦恼的旗舰司令部会议。山本和他的参谋们带着一支火力惊人的舰队驶了一夜，如今聚集在这艘海上最强大的战列舰那豪华而丝毫无损的旗舰司令室内商议，不免有点儿令人厌恶的灰心丧气之感。这支联合舰队像是在跟一条眼镜蛇对抗的大猩猩，但愿有一天能用爪子攫住这渺小的对手，把它扯个粉碎才解气哪！但是，这条眼镜蛇咬了一口，就溜掉了。

山本的作战军官，就是那位黑岛大佐，这时提出一个大胆的建议。帝国舰队要一直朝环礁进发，等曙光一露，就用炮火彻底摧毁飞行设施，着手登陆！环礁上的飞机毕竟已经败在南云手里，好些掉进了海里，剩下的那些准是一些破烂货。至于美国的航空母舰，它们已经损失了好多飞机，有两艘（他这样以为）丧失了战斗力，或者已经沉没了。主力舰队的密集高射炮火力，加上巡洋舰上的水上飞机和两艘轻型航空母舰上的飞机，准能对付得了美国航空母舰上的残余兵力。

但是，这个方案被贬斥为愚蠢的自杀行动，参谋人员已经没有大胆行事的闯劲儿了。山本直截了当地否定了黑岛的意见，本文作者尽管对这位伟大战士身后的英名非常崇敬，却不明白他为什么这样做。斯普鲁恩斯确实由于飞机的损失而实力大为削弱，中途岛的空中力量不过是一些无能的陆军和海军陆战队的航空部队以次充好的大杂烩。无奈战争自有它毫不容情的节奏，日本方面凭闯劲儿行事的日子已经过去了。

不过，山本还是一心想按他自己的方式打下去。眼前还不是去夺取环礁的时候，但是那支小小的太平洋舰队已被吸引到离珍珠港老远的地方，超出了它那空中保护伞的范围，这倒是一个大好机会。如果能迫使它交战，把它打垮的话，历史还是能把中途岛一役称为胜仗的。

山本又给敌人安排了两个圈套。他要朝西撤退。没问题，敌方会用骚扰战术来追击。他眼下巴望把敌人诱进威克岛半径七百英里的空中势力圈，然后用自己的大舰队——战列舰、重型巡洋舰和驱逐舰分队——猛扑上去。这支庞大的舰队至今没发过一炮，也没遇到过一架敌机。真荒唐，它为了两艘饱受战争创伤的美国航空母舰及其护航舰只，竟然要撤退。

同时，他命令在阿留申群岛的航空母舰再度发动进攻，继续争取攻占阿图岛和基斯卡岛。那时，美国舰队也许会奉命朝北开拨，就会碰上四艘重型巡洋舰、一艘轻型航空母舰，以及那终于修理好、补足了新的驾驶员和飞机、向阿留申群岛全速进发的令人生畏的"瑞鹤"号航空母舰[①]。

可以这样说，这只大猩猩的两条胳膊将从西方和北方朝那眼镜蛇抓去。

斯普鲁恩斯果然追上前来。海军人士说得好，"尾追旷日持久"。山本朝后撤，美国舰队搜索他，这个最后阶段拖了两天时间。斯普鲁恩斯残存的俯冲轰炸机对付比航空母舰小的目标成绩极糟，实际上，在这次长时间追击中，另外只击沉了一艘军舰。那是一艘重型巡洋舰，它有一次发现了潜艇，惊慌失措地跟一艘姐妹舰相撞，早已受伤。黑岛的看法可能完全正确，斯普鲁恩斯对这支重型的主力舰队并不构成威

---

① 此处似应为"翔鹤"号，因为这两艘航空母舰都参加了珊瑚海之战，结果"翔鹤"号中了三枚炸弹，退出战斗，而"瑞鹤"号未受损伤。

胁。然而，"企业"号上的参谋们不断地敦促斯普鲁恩斯一路朝西进击。在他们看来，必须追歼逃敌，这是天经地义的。

斯普鲁恩斯的第三个重大决断是不顾这种敦促，也不顾尼米兹发来的语气强烈的电报，他的决断是停止追击，结束战斗。他不愿掉进威克岛的空中势力圈。这简直像是天眼通，据说他曾对参谋们非常简明地说："我们给敌人的打击大致差不多了，也不会再多了。我们离开这儿吧。"他的舰只燃料不足了，飞行员们精疲力竭了，天边有支情况不明但实力强大的敌方舰队使他捉摸不定，而且明知道敌人有支以陆地为基地的空中威胁力量，使他不能按照追击的原则行事。雷蒙德·斯普鲁恩斯少将就这样决定了，确保了中途岛战役的胜利。

在最后关头，他的功业几乎被毁掉，因为切斯特·尼米兹中了佯攻阿留申群岛那个圈套，命令他朝北出动！幸亏尼米兹后来好好考虑了一下，撤销了命令。六月十一日，第十六特混舰队回到珍珠港，得悉陆军航空兵的轰炸机击沉了四艘航空母舰、几艘战列舰等等，从而打赢了中途岛之战。每张报纸上都登载着这条新闻，周刊上也刊出了，夏威夷人都深信不疑，一时整个美国都深信不疑。雷蒙德·斯普鲁恩斯始终没公开发表过不同的说明，陆军航空部队在战后的报告和回忆录的脚注中，承认它在中途岛战役中没给敌人以重创。

很久以后，雷蒙德·斯普鲁恩斯有一回听人赞扬他打的这次胜仗时，回答说："海军中有上百个斯普鲁恩斯，人家碰巧挑中我来干一下罢了。"确实只有一个斯普鲁恩斯，而幸运之神在生死存亡的关头把他赐给了美国。

从战略上讲，这场尼米兹和斯普鲁恩斯的伟大胜利取得了三个成果：

第一，美国潜艇可以继续不从珍珠港而是从中途岛满载着燃料出征，跑一次来回可缩短两千三百英里路程，这使它们在作战中的杀伤力成倍地增长。威廉·弗·哈尔西后来写道：潜艇战是导致日本失败的第一个原因。

第二，日本的一线航空母舰上的飞行中队不是随舰沉没，就是在中途岛附近的海域被击落。这一大批长机和教练机的骨干分子的损失是绝对无法弥补的。

第三，日本在士气方面一夜间从旺盛变为衰竭。从一九四二年六月四日上午十点半起，日本开始气馁。

山本：再见吧

挨了重创的帝国舰队偷偷摸摸地回到广岛湾。山本依旧不知道他不是被尼米兹打败的，甚至也不是被那大名鼎鼎的哈尔西，而是被一个从美国海军少将级军官里提拔出来代替哈尔西来指挥的无名之士打败的。

美方仅仅派出四位少将来投入战斗：弗莱彻、斯普鲁恩斯和两位屏护舰队司令。相比之下，帝国舰队是由伟大的山本元帅亲自统领出征，由五名中将和十三名少将辅助，山本实质上把他的司令部搬到了海上。尼米兹则情愿把他的司令部留在陆地上，在那里可以利用无线电获得情报并保持宽广的视野，正确地观察全局。尼米兹的方针更为明智。

在珍珠港取得不朽的空中大捷的山本，在中途岛战役中搭着世界上最大的战舰，一炮未发，空跑一场。今天回顾起来，看来他没好好领会他本人教给全世界的如何发挥海空联合作战威力的那一课。他的作战方案是，由航空母舰消灭以陆地为基地的空中威胁力量，然后带领他的主力舰队威风凛凛地驶上前去，迎面和尼米兹的舰队交火，打胜太平洋上的斯卡格拉克战役。这种狂妄的幻想使他在中途岛战役中毫无作为。

东京电台自称打了一场大胜仗，但此后日本的战况报道中就不再提到"中途岛"这个名字。生还者被隔离起来，不知多少文献被查禁或散失，以至永远无法得到适当的资料来弄清日方对这场战役的看法。然而，山本没倒下去。他当过驻美海军武官，他代表日本参加二十年代的海军会议，替日本赢得和白种人的海上霸权平起平坐的地位。他一向反对同美国作战，但接到了出击的命令，他尽了最大努力。

山本继续统领他的海军，直到一九四三年四月，那时冯·尼米兹上将得悉山本将飞行视察南太平洋，命令伏击并击落他的座机。归根结底，这是尼米兹的耻辱。在阿喀琉斯和赫克托耳的对抗中，可能要比这种鬼鬼祟祟的暗杀多讲一点儿道义吧[①]。

有色人种在工业时代引人注目的军事攻势在中途岛被挡住了，也许不会永远被挡住，因为人类的大多数是有色人种，但肯定将被挡住达五十到一百年之久。中途岛战役使白种人在新加坡垮台后重新占了上风。

然而，面对山本五十六这个人物，军事分析家不得不深思。如果说南云的表现——反复无常、拖拖拉拉、举棋不定——是有色人种在紧急关头的典型表现的话，那么山本以可与毛奇或曼施泰因比拟的坚决、机智等品质来应付一场灾难。欧洲和美洲应该记住亚洲能产生这样的人物。

---

① 在特洛伊战争中，双方主将阿喀琉斯和赫克托耳在城门前单独决斗，阿喀琉斯最终手刃赫克托耳。

中途岛战役：最后的教训

日本民族在中途岛战役那五分钟内所受到的打击，使人不得不做出一个最后的结论。

从那时起，由于工业和科学的发展，已经有可能对整个国家来一次中途岛战役式的闪电性大毁灭。众所周知，今天可能发生的新的中途岛战役，就是美国资本主义和俄国布尔什维主义之间用巨型火箭进行的原子弹突袭和反突袭。我们时代的这两个充满兽性的实利主义国家是精神上的荒漠，没有本领控制它们能运用的力量。今天，双方都大大发展了航空母舰作战的理论。他们的整片大陆和全体人民，现在就等于航空母舰和舰上人员。两个国家都是既易受袭击，而破坏性又大到前所未闻的程度。

这样发展下去一定会出现凄惨的结局，说不定我们自己那个被打垮、被分割为二、被肢解的祖国，经受了第二次世界大战的大苦难，将产生一位新的哲学家——一位康德、一位黑格尔、一位尼采——来指出一条走出人类那可怕的死胡同的道路。德国人的天才一向倾向于做这种超越已知领域的浮士德式的探索。

否则，前景将是暗淡的。美国人和俄国人在粗野和冷酷方面是一丘之貉，尽管美国人有时显得贪图享乐而俄国人笨头笨脑。这两个愚蠢的巨人在决斗时，地球上大多数生命将受到威胁，而人类从罗马时代以来的一切成就似乎都将被否定，但这对他们来说都没有什么了不起，或根本无关紧要。照眼前的情况看，他们那些小盟国中，总有一个会在无法预料的一天成为第三次世界大战的塞尔维亚或波兰。然而，这将不是传统意义上说的战争，这将是在大陆上进行的中途岛战役式的闪电战。

英译者按： 隆的种族主义观点不值一批。山本元帅被击落是由海军部部长弗兰克·诺克斯[①]——一个过去的报纸出版商——下的命令。切斯特·尼米兹被告知这个计划，签字赞同，理由是山本此人是无人可替代的，对日本来说，他在军事上也许等于四条艨空母舰的价值。日本人配合了希特勒对文明发动万恶的进攻，因此必须承担后果，山本也不例外。

[①] 诺克斯于1928年起任赫斯特报业集团总经理，1931年起自己经办《芝加哥每日新闻》。

第三十二章

亨利上校一手撑头，没精打采地坐在舰桥旁的应急舱里看侦探小说，手指间夹着的香烟快烧尽了。

"飞行员们开始用无线电通话了，上校。"航信士官海因斯在门口向他敬礼。

"好极了。"他跳起身来，连忙走进操舵室，坐在高脚椅上，装出一副舒坦的样子，但实在是骗不了谁的。舰上的调皮蛋早就在模仿他弯腰曲背的姿势和心情紧张地抽烟时那些急促的小动作。他只顾垂着头抽烟，眺望着大海，值班人员们彼此投射会意的目光。舰桥上的扩音器里播放出从远方飞机上声音微弱的送话器里传来的讲话片断："……厄尔，你对付左边那一架……开始进攻……嘿！十一点方位出现零式……维克多·赛尔，我是蒂姆·萨特利，我被击中了，要迫降，祝我平安吧……哇，瞧那大王八蛋烧得多欢！……"

"听上去他们干得很不错，长官。"副舰长放胆说。他正踱来踱去，擦着脸上的汗水。

帕格光是点了点头，他正徒劳地竖起耳朵辨别他儿子那特有的音色，但是那边空中心情激动的小伙子们的声音听上去都差不多。这些夹杂着火辣辣的粗话的只言片语，在舰桥上引起哈哈大笑和叽叽呱呱的闲话，帕格由于内心紧张，这一回没加理会。

飞机上传来的通话声逐渐消失了，亨利上校朝四下扫了一眼，舰桥上的谈话声就停止了。静寂了好一阵子，只有噼噼啪啪的静电干扰声。返航中的驾驶员开始冷静地报告自己的方位，有时无可奈何地说句笑话，因为油没有了，打算迫降在海面上；华伦却毫无音信。随后，雷达兵报告有"友机"在飞近。舰队笨重地掉头迎风。帕格的监视哨报告，西方低空中出现一些小黑点，它们逐渐变成轰隆隆地越过屏护舰队朝航空母舰飞去的飞机。舰身隐没在西方远处的"约克敦"号上也有飞机在甲板上降落。

飞机零零落落地进入帕格那双筒望远镜的视野，他打定主意，即使没有一架SBD型飞机飞过他头上时摇摆一下机翼，也决不担心。华伦可能跟别人一样碰到燃料耗尽的问题，不得不降落在海面上。不过，当俯冲轰炸机在"企业"号上降落时，他还是一架架地计着数。出发时是三十二架①，回来了十架……十一架……十二架……接着，好一阵子过去了，还是没有，反正他觉得是好一阵子。只见飞机一架接一架地不断在"大黄蜂"号上降落，"企业"号上也有几架，可是再也没有俯冲轰炸机了……

"右舷舰艇外有架无畏式飞来，上校！"从舰桥另一侧传来舵手的一声叫喊。帕格疾步穿过驾驶室，飞机摇摆了一下上有白色五角星的机翼，机声隆隆地掠过前甲板上空，掉头朝"企业"号飞去，戴风镜的驾驶员挥着一只长臂。维克多·亨利一直脸朝着海，看这架飞机飞近航空母舰，准备降落。他不想伸手去擦润湿的眼睛，舰桥上没人走近他。这样过了几分钟。

副舰长在驾驶室内叫道："'约克敦'号报告，雷达屏上出现不少来路不明的飞机，上校。方位二七五，距离四十，来袭的速度每小时两百海里。"

帕格好歹开口了："好吧，进入战备状态。"

"企业"号上，负责降落的军官咧着嘴拿信号板在喉头横划了一下。华伦的机轮噔噔噔地在甲板上震响，阻拦装置钩住轮子，一股阻力使他朝前猛冲，胸膛紧贴在安全带上，他高兴得心花怒放。到家啦！飞机朝前直冲过放倒在甲板上的挡板，他关掉引擎，拿了航空图板跳下机来，看见他的报务员科尼特也跳到甲板上，就啪的一声打了一下他的背脊。地勤人员马上把飞机推向升降机。

"好啊，我们成功了！"华伦大叫，想让声音压倒另一架正斜着机身降落的轰炸机的隆隆引擎声。战斗警报猛地响起，把他的声音淹没了。水兵们让开了砰砰地降落在飞行甲板上的无畏式飞机（是6-S-9号，彼得·戈夫的，真是谢天谢地！），川流不息地奔向各个战斗岗位。钟当当地响起来，高音喇叭吼叫着："战斗机准备起飞。"

科尼特一路小跑地走了，华伦跳进就近的高射炮炮位。头戴钢盔的炮手们吃惊地转眼望着这位掉在他们中间的飞行员，一个电话通信兵朝西方地平线上那灰色的平顶山般的东西挥挥手。"射击指挥部报告有批敌机袭击'约克敦'号，上尉。"

"对，他们首先对付它。不管怎样，还是提高警惕好。"

"真他妈的千真万确，"钢盔上印着"炮长"字样的那个水兵说，"长官。"他露出一口白牙补上一声，大家都笑起来。

---

① 原文如此，其实应为三十六架。

华伦得意扬扬，心想，这些美国小伙子长得多出色，天气好得出奇，世间再没有比作战更强的事啦。而这次乘着受了伤的飞机，油表的指针停在"零"字上，凯旋了，就像拿了一百万块钱重新开始生活一样。战斗机继续在起飞。华伦和炮手们用手指塞住耳朵，紧盯着"约克敦"号，这时飞机一架又一架呼啸着从甲板上飞出。当遥远的灰色舰体上腾起一股烟柱时，飞机还在起飞。"妈的，他们投中了它。"炮长伤心地说。

"没准儿他们的护航舰在放烟幕哪。"另一个水兵说。

"这哪是烟幕，笨蛋，"炮长说，"结结实实地挨了炸弹，并且——我的老天爷！"他发狂似的把高射炮瞄准阳光明媚的天空中的一簇小黑点，"一帮兔崽子来啦，径直朝我们飞来啦。"

"全体炮手，注意！"高音喇叭里的声调很迫切，"从左舷后部方向飞来的飞机不是，再说一遍，不是敌机，是友机。停止射击。它们是'约克敦'号上返航的飞机，油不够了，要求紧急降落。'约克敦'号被击中了。再说一遍，停止射击。行动起来，准备飞机降落。"

飞机地勤人员在甲板上东奔西跑，救生衣下边露出红、黄和绿色的针织套衫的边缘。华伦从高射炮炮位上跳出来，冒着风在甲板上飞奔，下到舱里。他朝鱼雷轰炸机中队待命室望了一眼，变得平静起来。电传打字机在嗒嗒地响，没人看的屏幕上字迹在移动：

"约克敦"号报告：中了三发炸弹，下舱受重创。

空无一人的皮靠椅周围搁着一些十五子游戏盘、纸牌、有半裸体女人相片的画报和体育杂志，堆满压熄了好久的雪茄头和香烟蒂的烟灰缸发出一股强烈的气味。天哪，林赛的中队准是碰上霉运啦！不过，也有可能他们正在别的地方，在军官室或舰上的医务处，这是指已经回来的人……

他自己那中队的待命室，虽然远远不能说挤满了人，却是一片生气，人声嘈杂。这里的十个飞行员中有两个是后备人员，当初没起飞。这么说，十八人中至今回来了八个。只有八个啊！他们又谈又笑，一手握着咖啡杯或者三明治，另一只手比画着飞机翻飞的动作。上面甲板上，"约克敦"号上的飞机在砰砰地降落，引擎轰轰地响，而电传打字机又嗒嗒地发来一条关于损伤情况的报告。"约克敦"号在燃烧，在海里动不了啦，抢救人员开始控制火势，但"企业"号还得把它的侦察机也收留下来。

华伦对听取汇报的军官谈了自己的作战经过，用粉笔在黑板上画出自己俯冲的动作。这时候，喜洋洋的驾驶员们谈个不停——谁击中了目标啦，谁没击中啦，谁挨了零式飞机的袭击啦，谁被人看见起火燃烧或掉进海里啦，谁可能在归航途中迫降啦。关于华伦投中的那发炸弹没一点儿争议，那是千真万确、效果惊人而确凿可靠的。其他情况却莫衷一是，连一共看到多少航空母舰都不肯定——五艘、两艘、三艘、四艘，根本没一致的意见。在这一点上不能肯定，投中多少炸弹不能肯定，甚至连差一点儿命中的炸弹的数量也不能肯定，有些不同意见都近似争吵了。

中队长打电话叫华伦到飞行作战部去，他就匆匆赶到那又黑又低的拥挤的标图室，那里扩音器在哇哇叫。加拉赫和一位"约克敦"号上避难来的上尉正凑在一起商议，周围是散发着臭氧、闪烁着绿光的雷达显示器，上面还留着用橘红色油彩笔标出日方来袭路线的大型有机玻璃罗盘。麦克拉斯基负伤回来了，加拉赫说，所以要由他率领大队去袭击那第四艘航空母舰。侦察机已经出去精确地测定它的位置了，他的副中队长失踪了，所以排下来就轮到华伦了。华伦得立刻从第六轰炸机中队和第六侦察机中队生还的驾驶员以及"约克敦"号上的飞行员中，凑齐一支轰炸机中队。在华伦看来，在这光辉的日子里一下子被提升为中队指挥官，也是挺正常的事。加拉赫被迈尔斯·布朗宁来电话叫走了，华伦和"约克敦"号上的中队长一起草拟了一份进攻方案。这位中队长是一个板着脸的南方人，他恨不得马上对那艘使他的航空母舰失去战斗力的日方航空母舰进行反击。

回到第六侦察机中队待命室，华伦把"企业"号上的无畏式飞机的飞行员和"约克敦"号上的避难人员召集在一起。他双手叉着腰站在黑板前，交代了新的命令，干脆地警告第六轰炸机中队和第六侦察机中队的人员，不许再为了早晨出击时命中不命中的问题争个不休。"这是给大家的又一次出击机会，"他说，"我们如果不像好弟兄般合伙干，就活该倒霉。所以，拿你们的好斗劲儿去对付日本鬼子吧。"

会议开得一帆风顺。第六轰炸机中队的飞行员和"约克敦"号上的生客一开始就接受华伦的指挥，飞行员和他们的临时队长很快就规定了谁做谁的僚机和各小队在飞行中的位置。他听他们谈着，意识到他们正在组成一支临时凑合的可以运转的中队。华伦忘记了疲劳，并且几乎忘记了还有一些驾驶员没返航。有件事他甚至比飞行更爱好，那就是担任任何领导工作。自从在海军学院带过大队以来，他还没担任过指挥官。

消息传来，"约克敦"号扑灭了火，恢复了舰队一般的速度后，又挨了一次空袭，中了鱼雷，在熊熊燃烧，朝一边倾侧，说不定不得不被离弃。即使是这消息，他也受得了。最主要的是那第四艘航空母舰已被发现，战斗已经打响。华伦像在做梦似的对他这匆忙组成的中队做了最后指示，就跨进一架SBD-2型飞机的座舱，后座上照例是科尼特。一阵眩晕、麻木而愉快的感觉充满了华伦的心灵。他仿佛驾驶着一艘只能飞几小时的火箭，神情紧张，浑身是劲儿，保持着警觉，毫不畏惧，心情愉快。伟大的事件正在他周围发生，但他必须明确而简单地履行自己的职责：驾驶这架飞机，率领这支中队，找到那艘航空母舰，投中一发炸弹。

华伦起飞时，几乎完全忘了自己正飞向前途未卜的未来。他带着苦笑，心想，这有点儿像跟一个女人第二次相好。不需要等待鱼雷轰炸机或战斗机来一起出击。战斗机得留在后边保卫"企业"号和冒着烟的"约克敦"号；鱼雷轰炸机呢，都已经报销了。据说，"大黄蜂"号上有支俯冲轰炸机中队将参加进攻，但是加拉赫发现"大黄蜂"号上毫无起飞的动静，便决定出发，率领大队西去。这次没干扰的飞行径直朝着太阳，越过万里无云的蓝色海洋。一小时后，日本航空母舰在地平线上出现了，就在正前方预测到的方位上，周围密集地围着一圈护航舰只。南方远处，一片耀眼的下午阳光里，其他三艘被击毁而在燃烧的航空母舰的躯壳依旧排成一条直线浮在水面上，怪模怪样地，有的东倒有的西歪，像丢在斗牛场外被屠杀了的公牛。加拉赫绕着这第四艘航空母舰来个大转弯，这样可背着落日的光辉发动进攻。华伦心想，这回燃料很充足，攻击的目标只有一艘航空母舰，他大可不必像早上那样胡乱地俯冲袭击，而是要尽量按照操练时的规章行事。

海面上闪烁着点点高射炮火，像一片满是萤火虫的草坪，空中一片爆裂的黑烟。零式飞机成群地升空迎击他们。这回情况可不同！航空母舰激起一道又宽又白的弯弯的尾迹，令人迷惑地朝一侧高速急转弯，舰身斜得好厉害。中队是新凑成的，这会儿现原形啦：俯冲得参差不齐。华伦看到一枚枚炸弹溅起水柱。轮到他自己来俯冲了，只听得科尼特的机枪嗒嗒嗒地连射，棕绿两色的零式飞机陡直上升，再像捉小鸡的老鹰般猛扎下来，吐出一串串红色曳光弹，弹片嗒嗒地打在机翼上，声音怪响的，还有这艘航空母舰可恶地弯弯曲曲前进，他想法把这些分散他注意力的事抛在脑后。他朝下冲了几千英尺，耳朵感到压痛，冒着冷汗，好歹把瞄准镜对准这艘军舰。可是，这架他没有驾驶过的飞机摇晃不定，使这艘航空母舰常常滑出瞄准镜的视野。他决定投弹了，但一转眼就后悔了。他的手顺从他的意志，一投下炸弹，他就知道不会投中。等他感到胃直朝下沉，腰部发痛，抬起机首爬升时，他回头一看，只见那母舰前面的海上腾起一股白色水柱。可是，就在海水溅上翘起的舰艉时，后甲板上冒出一大团烈火，像一朵惊人的红黄两色的花朵。接着，前甲板上也是一声爆炸，烟雾直冒，整个升降机从甲板上飞起，砰地朝后掉在岛形上层建筑上，吐着火焰，碎片四迸。原来别人投中了，谢天谢地，又击伤了一艘航空母舰。

华伦穿过一团团黑烟，贴着海面躲避高射炮火，高射炮的弹片激荡着冒着白沫的蓝色海浪。他加大油门径直穿过两艘闪着黄色火光的大军舰——他想，是一艘战列舰和一艘巡洋舰吧——朝辽阔的海面开足马力猛冲。尽管高射炮火密集如雨,零式飞机活跃非凡,但是,等到这些四散的飞机会合在一起由加拉赫统领着组成队形时,说也奇怪,华伦一数,竟只少了三架。在他们背后,航空母舰上的滚滚浓烟被舰内窜动的火舌和低垂的落日映照得通红。无线电对讲机中扬扬得意的通话说明肯定投中了四发炸弹,也许五发哪。这才像他心目中的战斗:冒了风险,损失了一些飞机,可是阵势没被打乱,胜利返航。这实在跟空袭一座岛屿差不了多少。相形之下,早晨那次出击可是搞得一团糟,拙劣透了。当然啦,多亏第一次空袭烧毁了大部分日方的空中力量,这第四艘母舰才会这么轻而易举地被击毁。只见那些姗姗来迟的"大黄蜂"号上的俯冲轰炸机,映着红彤彤的夕照在高空中朝反方向飞去,迟了半个小时,这才使人想起早上那糟的玩意儿。

华伦在一大片护航舰中找出"北安普敦"号,照例在飞越它时摇摆一下机翼。他在落日余晖中把机轮降在舰上时,觉得浑身上下筋疲力尽。他敷衍了事地做了汇报,眼睛都快睁不开了,跌跌撞撞地走进自己的舱房。他倒在铺上,心想准会马上睡去,哪知尽管累得浑身疼痛,却还是睡不着,只顾呆望着副中队长那整洁的铺位。他们是同舱的伙伴,但说不上是亲密朋友。毯子上搁着半包骆驼牌香烟,舱壁上挂着一张他女朋友带着笑容的照片,她叫洛伊斯,一位海军世家的姑娘。那个矮个儿、黑头发、面有菜色的弗吉尼亚州弗朗特罗亚尔人肯·特纳死去了,他永远不能去经营他父亲在赫里福德的农场了。他会不会还活着,就在那边某处地方的一个救生筏上呢?华伦拼命闭上眼睛,只见黄色的甲板正迎面而来,飞机砰砰地爆裂,迸出五色缤纷的火焰。

"去他妈的。"他大声地说。他到加拉赫的舱房去,有些不眠的驾驶员在那里讨论明天会出什么事,主要是讨论怎样分派侦察和攻击的任务。明摆着这整整一夜要全速追击;拂晓出去侦察,日出时分起飞出击。不能给日寇以喘息的机会。没有了空中掩护,他们的战列舰和巡洋舰就跟"威尔士亲王"号和"反击"号一般脆弱。这是一个歼灭日方舰队的大好战机,因此俯冲轰炸机明天有的是搜索任务。人们谈着这件事,还谈到摧毁了四艘航空母舰所感到的欢乐。没人见到它们下沉,所以把它们送到海底或许也在第二天的工作范围内。但是加拉赫认为,驱逐舰会放鱼雷去干这工作的。

飞行员在舱房里出出进进,"约克敦"号上的飞行员和第六轰炸机中队的驾驶员前来看望华伦那中队生还的人员。过了一会儿,有人提议上军官室去吃冷肉、喝咖啡,大家就兴高采烈地开步前去。华伦退出了,回到铺上就睡着了。他醒来时,迷迷糊糊地想该是第二天早上了吧,因为他感到精神焕发,睡足了,但夜光表指针指着十点四十五分。原来他打了个盹儿，半小时都不到。

这样可不行，他想。他洗了个淋浴，穿上军服和防风外衣，走上甲板。一轮明月，星光暗淡。华伦想起二十四小时前他曾寻思过，究竟能不能活着再看到星星。好啊，星星就在上空，他呢，还在这儿。他在凉快的微风中在飞行甲板上踱步，心里展开了长长一系列对前途的展望。这次战役在他生命中划下一道分界线——真是地道的"中途"啊！他曾是一个爱恶作剧的捣蛋鬼，但又是一个杰出的学员、杰出的工兵、杰出的舱面军官；他还晋升到佩戴金翼徽章的级别。他的为人实在是效法他父亲的，只是在有些方面他乐意背离他父亲那古板的思想和拘谨的作风。但在过去那二十四小时内，他把这一切全抛在脑后了。

飞行这一行真是了不起，再这样打上几仗，就能使他饱享荣誉，大获成就。在和平时期，海军这一行是处在不利条件下的苦差，油水不大，路子狭窄。他爸爸浪费了他一辈子的光阴和出色的才能，浪费得真不少啊。在五分钟的作战中，他，华伦，对国家的贡献比维克多·亨利在整个海军生涯中所取得的成就更大。他并不是瞧不起自己的父亲——这是万万不可以的，他认为他父亲比大多数人都优秀——但他为父亲感到惋惜。这个榜样过时了，他的岳父是一个更好的榜样。艾克·拉古秋在一个金钱和政治的现实世界中活动。相比之下，海军像一颗在严峻的太空中旋转的怪诞的小行星。它为某种目的服务，但它无非是真正大权在握的人手里的工具而已。

这些想法在华伦疲乏的头脑中闪现时，清新的晨风、有节奏的步伐使他感到轻松自在。战斗尚未结束，还完全需要依靠他的精力和运气去进行。这他明白，但挨过了这最危险的一天，星星依旧照耀在他身上。他站住脚伸伸懒腰，打个哈欠，这才留意到北斗七星和北极星清清楚楚地挂在左舷上空，而在舰艉的正后方，一轮黄澄澄的月亮正在下沉。

全能的上帝啊，这支特混舰队正在朝东行驶。斯普鲁恩斯少将撇下吃了败仗的敌人撤退啦！

这一发现使华伦大吃一惊，以往他从来没这样吃惊过。这违反了《岩石和暗礁》[①]中庄重阐明的海军的第一条法则：决不从可能发生的战斗中后撤，要始终寻找战机。它也违反了一条战争的基本准则：不给已战败的敌人以任何喘息机会。难道接到了什么关于庞大的日本增援舰队——六艘航空母舰什么的——在进逼中途岛的最新消息吗？

他匆匆走下甲板赶到待命室，发现只有彼得·戈夫一个人，正忧郁地靠在一把

---

① 《岩石和暗礁》（*Rocks and Shoals*）是美国海军法规的非正式名称。

靠背朝后倒的椅子上，抽着玉米穗轴烟斗，直勾勾地望着没有字的电传打字机屏幕。

"大伙儿在哪里，彼得？"

"哦，我看还在军官室里大吃吧。"

"有什么消息吗？"

少尉双眼蒙眬，面带愠色，望了他一眼。"消息？只知道我们遇到了一位胆小如鼠的将军。你可知道我们在撤退吗？"

"知道。到底是怎么回事？"

"谁知道啊，司令室里闹翻天啦。你去听听军官室里在谈些什么，他们说，为了这件事，斯普鲁恩斯可能会受到军法审判。"

"他的理由是什么？他一定有他的道理。"

"嘿，这小子就是没种打仗啊，华伦，"少尉说，气得脸都红了。"今天参谋人员差点儿没法儿使他叫飞机起飞。正是这么回事。他老是拖拖拉拉、磨磨蹭蹭地拿不定主意。要是没有布朗宁上校，我们永远不会从甲板上起飞去发动那第一次进攻。日本人就会打垮我们，而不是倒过来。天哪，要是哈尔西没害上那种怪病多好啊！"

"我们要上哪儿？关于这个，有什么风声？"

"我可说不准。依我看，到了早上，我们又会把航向掉回来，为了拂晓时可以给中途岛提供空中掩护。到那时候，不用说，这帮黄脸的鬼子会在回日本的半途中啦。"

华伦打了个哈欠，从堆满食物的盘子里取了一块三明治，在戈夫身边的椅子上懒洋洋地坐下来。他感到失望，但也隐隐约约地觉得宽慰。"哦，反正我们炸毁了那些航空母舰，没准儿他打算赢了钱就收手吧。这样打扑克可不赖。"

"华伦，他把我们歼灭日本舰队的机会葬送了。"

华伦很疲乏，不想跟这小伙子多费唇舌。"听着，也许人家还想在明天拿下中途岛。这样，明天又将是一个忙碌的日子，还是抓紧时间睡一会儿好。"

"华伦，投中那发炸弹，你当时究竟有什么感觉？"彼得·戈夫摸摸浓胡子，带着稚气，忸怩地咧嘴笑笑，"我两次都没投中，差得远哪。"

"哦，感到非常舒畅。舒畅极了，什么都比不上它。"华伦打了个哈欠，伸伸懒腰，"可是，彼得，我跟你说，在返航的长途中，我不禁想起那么多日本鬼子被活活烧死，身体飞散开来，那些飞机像爆竹般飞上天空，那艘呱呱叫的军舰毁个干净，人们全都火烤水淹。接着我想起，在这混账的海军里，我们拿了钱就是干些莫名其妙的名堂啊。"

天亮时阴云密布。没布置拂晓搜索，所以看来白天也不会出击。日出时分，特混舰队以每小时十五海里的航速安稳地冲破铁灰色的浪涛前进，没下达任何升空作战的命令。机库甲板上还是震响着通宵机修工作的叮叮当当的敲击声和人员的尖叫声，待命室里一片消沉的气氛。憋着一肚子气的飞行员凌晨三点钟就吃了早饭，等啊等啊，等着看会发生什么情况。十点钟，太阳破云而出，还是没有命令下来。没有警报，除了掉头迎风去弹射飞机和回收上空的战斗巡逻机以外，就像和平时期的航行一样。牢骚越来越多，说什么少将把日本人放跑了。

同时，电传打字机上嗒嗒嗒地传来互相冲突的消息。

中途岛上的侦察机找到了第四艘航空母舰，它正冒着烟，但没沉掉，仍在行进中。

不，那其实是第五艘航空母舰，是被陆军的B-17型轰炸机击中的。

不，那第四艘航空母舰失踪了。

不，日本舰队分成了两支，一支朝日本西行，另一支带着一艘冒烟的航空母舰正朝西北方向撤退。

报来的方位在海图上一会儿在东，一会儿在西，叫人摸不着头脑。驾驶员中间散布着一种看法：过了那光辉灿烂的第一天，"上面"出了什么非常非常糟糕的乱子。

实际的情况是，斯普鲁恩斯少将和哈尔西的参谋人员正在争论。

在参谋人员心目中，雷蒙德·斯普鲁恩斯仍然是一位屏护舰队战术指挥官，他凭着侥幸才被推上指挥这场战役的地位，而这一仗原本该由哈尔西来打。老总曾叫他们相信斯普鲁恩斯才华出众，但这次夜撤使他们的信心大为动摇。面临着实战的考验，他似乎要错过一场历史性的大捷了。

至于斯普鲁恩斯，他也对他们失去了信心。他原以为他们能以经验丰富的技能来执行作战计划，实际上这是他们打的第一场战役。哈尔西中将迄今为止只指挥过一些对那些环礁打了就跑的突袭。拖拖拉拉的第一次起飞、对敌人行动的错误估计、关于选择点的计算错误，都是令人泄气的失误。重创四艘敌方的航空母舰（因为斯普鲁恩斯尚未接到沉没的可靠消息）是一个大战果，但是，因耗尽燃料而迫降的美国飞机比敌人击落的还多。三支鱼雷轰炸机中队在没有护航的情况下投入了战斗。"大黄蜂"号上的飞行员，除了那自取灭亡的第八鱼雷轰炸机中队的以外，全部没赶上战斗。这是糟糕的玩意儿。后来，在第二次出击中，参谋人员竟然——真难以置信——忘了将进攻令通知那不幸的"大黄蜂"号，因此他们起飞得迟，白飞一趟。

参谋人员对前一夜的后撤还是耿耿于怀，这会儿要求全速追击敌人，立刻命令搜索和攻击的机群起飞，不管天空是否有云。但是，斯普鲁恩斯要得悉日本人驶出了能够空袭中途岛的航程范围，才肯让中途岛没有空中护卫；而且他要保留现存的飞机和飞行员，等掌握了敌人到底在哪里的确实情报，才肯发动直接的袭击。这就是旗舰司令室里的僵局。由于事关自己的生命，待命室里那些坐立不安的飞行员很准确地猜出了"上面"有些情况非常糟糕。

一点以后，命令终于下达。舰队航速将提高到每小时二十五海里。各中队将追击那支据说带着一艘"冒着烟的航空母舰"撤退的日方舰队。无畏式飞机将循着模糊的踪迹出发，多方进行搜索，发现什么就打击，并且要在天黑前赶回来，因为他们没训练过夜间降落。驾驶员们听了不禁面面相觑，他们按照命令在航空地图上标绘着。静寂得异乎寻常。

华伦·亨利被叫到厄尔·加拉赫的舱房去。韦德·麦克拉斯基脸色惨白，神情疲惫，坐在加拉赫的扶手椅上，卡其上装在身上扎绷带的地方鼓了起来。加拉赫咬着一支熄了火的雪茄，把门关上。"来得及把新的进攻方案标绘好吗，华伦？"

"行，长官。"

"你觉得怎么样？"

"这是一个请大家去游水的方案。"

韦德·麦克拉斯基溢满愁容的脸上皱纹密布，他插嘴说："你认识斯普鲁恩斯，是吗？"

"我父亲认识，长官。"

"这就行了。"麦克拉斯基吃力地站起来，"我们找指挥官谈谈去。"

"企业"号的舰长坐在书桌边等待着他们，那是间大办公室，阳光从开着的舱窗外泻进来。麦克拉斯基爽快地把问题摆出来，请他跟布朗宁去说情，必要的话跟斯普鲁恩斯去说情。舰长紧盯着他，慢腾腾地点头，漫不经心地用手指把一根粗橡皮筋一拉一放。他介于飞行员和将军的参谋之间，处境并不令人羡慕。"哦，好吧，韦德，"他说，想叹口气，结果只呻吟了一声，"我假定你们是会用圆规，会做加法的。说不定参谋中倒有人不会呢。我们上去，到旗舰掩蔽部去吧。"

迈尔斯·布朗宁上校坐在哈尔西心爱的那张圆凳上，正在察看一幅标明进攻方案的大海图。自哈尔西离舰以来，这位参谋长还是第一回感到愉快。少将等着中途岛上的搜索机发来发现敌人的确切情报，把行动一拖再拖。末了，布朗宁恼火了，指出太阳可不等人，如果他们不马上起飞，整整一个战斗日将白白过去，没采取一点儿进攻的行动。这一来，也许要不了多久就得到珍珠港去做交代，更不必提华盛顿啦。

斯普鲁恩斯若无其事地认输了，好像存心让所有人员多一点儿自由行动的余地似的。"很好，上校，制订一份进攻方案，立即执行吧。"

结果搞出了这张海图。它是由参谋们匆匆完成的，用蓝色和橙红色的墨水笔绘制得很漂亮。按照这个方案，需要在仍可能发现日寇的那片越来越宽的三角形海域来一次大规模扫荡。当然啦，随着时间一小时一小时地流逝，这个区域正像扇形似的越变越大。如果斯普鲁恩斯早一点儿听取大家的意见多好！然而，弟兄们仍可能逮住日本人。斯普鲁恩斯少将站在外边平台上，胳膊肘搁在舷墙上，观看一架架飞机被放在指定的地点，准备起飞。总算还好，此人被压服后倒并不怨恨别人。斯普鲁恩斯尽管沉默寡言，甚至比哈尔西更固执，但一旦让了步，并不怀恨在心。布朗宁不得不承认这一点。

铁扶梯上噔噔噔一阵脚步声，接着，这三名飞行员由舰长率领着走进掩蔽部。麦克拉斯基直截了当地对迈尔斯·布朗宁说，这个进攻方案会叫"企业"号上现有的每架俯冲轰炸机都掉进海里。即使只带五百磅重的炸弹，距离、时间和燃料等因素也都配合不起来，而方案上要求带一千磅重的炸弹。关于作战中的汽油消耗量，也没留下余地。舰长委婉地提议，是否请参谋们把方案复核一下。

布朗宁反驳说，根本没什么可复核的。方案就是一道命令。叫飞行员们注意节约用油，导航别出乱子，就不会掉进海里。麦克拉斯基也抬高了嗓门回敬，宣称即使要受军法审判，他也不愿凭这些命令带他的大队出发。双方都大叫大嚷起来。

斯普鲁恩斯少将踱进来，问到底是怎么回事。首先是布朗宁，接着是麦克拉斯基气冲冲地摆了自己的看法。斯普鲁恩斯瞟了一眼航海计时仪，在扶手椅上坐下，搔搔没刮胡子的脸。在战斗期间不刮胡子是哈尔西的参谋人员的习惯，而他也照着办，尽管跟他那浆过的无污点的卡其军服以及闪闪发亮的黑皮鞋一比，这夹白的棕色胡子楂儿看来确实很古怪。

"亨利上尉，你已经接到了命令！"斯普鲁恩斯突然声色俱厉地对华伦用刺耳的声音这么说，使他们都吃了一惊，"这份鲁莽劲儿究竟算什么呀？你操什么心呢？难道你以为参谋人员不是万分慎重地制订这个方案的吗？"

面对斯普鲁恩斯这冷冰冰、阴沉沉的瞪视，华伦声音发抖地开口说："少将，参谋可不上天啊。"

"这种回答是目无领导！你父亲处在你的地位，难道不是二话不说就执行命令吗？难道不是跨上飞机，按照吩咐去做吗？"

"对，将军，他会这样做。不过，如果去问他的意见——就像你问我那样，长官——他会说，你再也见不到你手下的任何飞机啦。因为事情就是这样。"

斯普鲁恩斯噘起一张线条分明的阔嘴，大眼睛冷静地朝其他人瞟了一下，摸摸下巴，然后双手交叉搁在脑后。"好吧，"他转身对韦德·麦克拉斯基说，"我依你的驾驶员们的意见办。"

"什么！"布朗宁陡然叫了一声，像一个人被扎了一刀时的惨叫。他把军帽啪地扔在甲板上，脸涨得通红，噔噔噔地走出旗舰掩蔽部，只听见嗵嗵的快速脚步声一路消失在铁梯尽头。军帽滚到斯普鲁恩斯脚边，他把它捡起来，搁在椅子扶手上，安详地说："把作战军官叫来，韦德。"

下午三点，俯冲轰炸机各中队终于根据一个修正的方案在越来越阴沉的天色中离开"企业"号和"大黄蜂"号。在大范围的搜索中，他们只看见朵朵白云和大片灰色的海水。在火烧般红的夕照中返航，他们碰上一艘孤零零的日本驱逐舰，就朝它直扑。敌舰在下雹子般的弹雨中东躲西转，高射炮吐出红色曳光弹，甚至打下了一架飞机。最后天黑了，大队长不得不放没受损伤的敌舰过去。这些无畏式飞机凭着Y-E返航讯号，在越来越浓的夜色中轰隆隆地飞回去。华伦不禁寻思，他们到底怎样回舰降落呢？他还感到懊恼，因为他把炸弹投得离这艘驱逐舰很远，并且整个中队也竟然一发都没投中。

"企业"号上，布朗宁想通了，平息了怒火，恢复了职业军人的冷静心情，回到掩蔽部。斯普鲁恩斯对他的态度跟平时一样和气。夜色降临时，麦克拉斯基报告搜索大队正在返航，斯普鲁恩斯像哈尔西那样踱起步来，这还是这场战役中的第一回。两人在朦胧的暮色中踱来踱去，布朗宁终于脱口而出："将军，我们不能不开灯啊。"

斯普鲁恩斯那模糊的身影停住不动了。"碰上潜艇怎么办？"

"长官，我们外围有屏护舰队。如果有艘该死的潜艇钻了进来，那真是太不幸了。小伙子们可得降落啊。"

"谢谢你，布朗宁上校。我同意，立刻开灯。"

在此后的年月里，雷蒙德·斯普鲁恩斯难得对他战时的所作所为发表明确的声明，有一次他说，战争中，他只有一次感到担心，那就是飞机从中途岛外围在黑夜中归来的时候。

因此，使华伦又惊奇又宽慰的是，前面远方漆黑的海面上竟陡然亮起一片白光。几艘航空母舰显现出来，像制作精美的小模型。作战军官通过无线电发来有关紧急降落的指示，驾驶员们小心翼翼、心情紧张地开始有生以来第一次在航空母舰上的夜间降落。耀眼的探照灯光使这看起来好像马戏班的特技表演。华伦觉得奇怪，原来竟这么轻而易举。他砰地降落下来，在灯光里钩住第二道阻拦索，就像在中午太阳光里一样。然后他匆匆赶到负责降落的军官的控制台上，观看其他飞机回舰。等最后一架轰炸机一降落——只有一架掉进海里，机上人员被护卫驱逐舰顺利地搭救起来——灯光马上熄灭了。

舰只、飞机都看不见了，黑夜中的天空唰地出现在眼前。

"你怎么说？"华伦对那负责降落的军官说，"瞧这些星星。"

"北安普敦"号没点灯的舰桥上，维克多·亨利高高兴兴地吩咐副舰长解除战备状态。这次惊人的突然开灯，迫使这艘巡洋舰立刻进入对潜艇的战备状态，也使他心上放下一块石头。帕格心想，那架不幸失事的飞机不会就是华伦的那一架。他还意识到，这次蔚为壮观的夜间回收飞机的行动就是本战役的真正结局了。也许还要花一两天工夫来肃清掉队的残敌，可是日本舰队已经走了，斯普鲁恩斯不会追击他们好一程路的。护航的驱逐舰的燃料快耗尽了，他可不能把它们撇在这一带海域里。帕格非常钦佩但也有点儿泄气地关注着斯普鲁恩斯的战略调动步骤。第一夜的后撤，以及谨慎追击的战术，确保了对日本强敌的巨大胜利。他把他们狠揍狠打了一顿，自己却没赔上老本。

如今在星光下，帕格·亨利站在舰桥外面的平台一端，又忍不住思念起华伦来。这两天来的守望使他老了，他从自己的精神状态、自己的呼吸中感觉到这一点。在使他担惊受怕的头天早上，他头脑里不断地闪现着《圣经》上的一节文字，好久以前对家人念《圣经》时，这一节曾一度使他悲不自胜。每天早晨，家中的一员要轮流念一章《圣经》，而关于大卫和押沙龙之间最后一战的内容正轮到他念。

> 我儿押沙龙啊！我儿，我儿押沙龙啊！我恨不得替你死，押沙龙啊！我儿，我儿！[①]

当着三个孩子那明亮而严肃的目光，他念到这一节时声音哽咽了，就啪地合上书本，慌忙走出屋去。昨天早晨，他心头涌起一股痛苦难熬的父爱，这些词句在他脑海里一遍又一遍地响起，像一支折磨人的老歌。等到一看见华伦那架无畏式飞机唰地飞过前甲板，它像一张突然被压碎的唱片，倏地停了。自此以后，帕格把他这身处险境的儿子抛在脑后，几乎就像他有意忘掉他那不忠的妻子，免得勾起伤心的回忆一样。他甚至坚决不再去看"企业"号上飞机调动的情况。华伦昨天第二次飞过，使他很安

---

① 见《圣经·旧约·撒母耳记下》第十八章第三十三节。以色列王大卫之子押沙龙率以色列人反叛，攻陷王宫。大卫出逃，兴兵讨伐，吩咐部下不要伤害押沙龙。在最后一次战斗中，押沙龙终于被杀，大卫闻讯，大为悲伤，恸哭不止，并说了这一段话。

心，然而他明白，要一直等到他跟儿子在珍珠港重聚一堂，才能松一口气。他没法儿
绝对有把握地说华伦还活着，看来也没法儿去打听。反正最大的危机已经过去，如今
只有等待了。

这两天来，维克多·亨利指挥着一艘大型战舰，一炮未发、一事无成地驶来驶
去；他儿子呢，可以说就当着他的面在冒着最大的风险打仗。他心想，他怕再也不可
能承受得起比这两天更揪心的日子了。

旗舰掩蔽部里，气氛平息下来。当斯普鲁恩斯规定夜间追击的速度仅为每小时
十五海里时，大家都没意见。他和参谋长如今彼此了解啦。布朗宁主张全然不顾燃料
消耗多少，拼命追击，由油轮跟在后边，以防燃料耗尽。斯普鲁恩斯则主张节约用
油，免得万一作战拖延时日，没机会加油。他们两人到底谁对，如今要由上级和历史
来做裁决了。

第二天一早，尼米兹拍来急电，让迈尔斯·布朗宁先尝到了一点儿甜头，因为太
平洋舰队总司令同意他的意见。他连忙亲自把电报送给斯普鲁恩斯，只见他正趁天未
破晓在舱房里煮咖啡。尼米兹在电文中说，第八鱼雷轰炸机中队唯一生还的人员已被
搭救。他证实了三艘日本航空母舰都受了重创，因此进逼敌人而加以打击的时机成熟
了。他们俩都熟悉最高指挥部发下的电文中含蓄的语言。这是不客气地责备他们小心
得过分了，并且警告他们，如果放走了已受重创的敌人，就要负全责。关于那位驾驶
员获救的消息，不过是铺垫而已。

斯普鲁恩斯不动声色地签了这张薄薄的电文纸，问道："对此你采取了什么行动？"

"拂晓搜索随时可以进行，将军。'大黄蜂'号上的轰炸机装好了一千磅重的炸
弹，做好了准备，只等和敌人一接触就出击。"

"好极了。"斯普鲁恩斯是难得这样说的，"吩咐巡洋舰上的水上飞机，一发现
敌人就穷追不舍，上校，别放他们跑掉。"

华伦亲自参加拂晓搜索，尽管很疲劳，但飞行还是比待在待命室里发愁来得愉
快。在星光里起飞，在黎明和日出时分做长途飞行，使他好像从紧张中喘过气来，舒
坦多了。他什么也没找到，但他听到彼得·戈夫从南部搜索区用无线电发来一篇令人
激动的长报告。显然有两艘大型战舰——不是巡洋舰就是战列舰——在黑夜中相撞，
它们由驱逐舰护卫着，正慢腾腾地行驶着，周围是一大片浮着油迹的水面，其中一艘
的头部看起来被撞破了。可怜的彼得，飞到了两艘庞大的操纵失灵的破船上空，却没
带一发炸弹！这将是让"大黄蜂"号上的轰炸机提高它们那可怜巴巴的战绩的大好机
会。在归途中飞近屏护舰队时，他再度下降，飞越"北安普敦"号，看见他父亲在舰

桥上若无其事地挥手打招呼。"大黄蜂"号上的轰炸机早就起飞了。

"企业"号的待命室里，飞行员们贪婪地听着扩音器里源源不绝地传出的驾驶员之间在无线电中相互打趣或偶尔说的粗话。这时，"大黄蜂"号上的飞机找到了那两艘破船，用半吨重的炸弹予以重创。当这次空袭结束时，巡洋舰上的巡逻机报告说，两艘军舰都被炸得稀巴烂，在燃烧，但仍在极慢极慢地行进。电传打字机在胜利的光辉中变得调皮起来，拼出这些字样：

看来"企业"号还有的是投弹练习的机会。

看到这个，戈夫少尉发出一声怪叫，招来一阵哈哈大笑。萎靡不振地倒在椅子上的熬红了眼的驾驶员中间，有几个摇起头来。

"啊，彼得，你大显身手的机会来啦。"华伦疲乏地笑笑，"这回只消看准了下蛋，十拿九稳。"

彼得·戈夫面容严肃苍白，说："我要直接投在烟囱里。"

大伙儿离开待命室时，华伦拍拍戈夫的肩膀。"听着，彼得，收起投在烟囱里那一套。无非是又一次轰炸任务罢了，你在这次战争中有的是机会。"

少尉戴上钢盔，长着红胡子的下巴颏儿僵着不动，一副年轻人的倔强相，使华伦强烈地想起拜伦，不禁悲从中来。"我不过是不喜欢领了军饷不干事罢了。"

"你出勤飞行就已经尽了本分啦。"

风向这时转为偏西。麦克拉斯基——尽管受了伤，但又参加战斗了——熟练而迅速地带领大队出击。尽管飞行员们筋疲力尽，但华伦发现他们在编队飞行中越来越在行了。战斗本身就是一所大学校，这是没问题的。

经过半小时的飞行，地平线上出现一层烟，说明下面就是那些攻击对象。麦克拉斯基的大队里有三架幸存的鱼雷轰炸机，但上面命令，只有在没有高射炮火的情况下才能使用鱼雷。从一万英尺的高空中通过双筒望远镜观看，这两艘军舰已被打烂到不堪设想的地步：在一片飘动的烟雾和跳跃的火焰中，大炮歪斜了，舰桥悬挂着，鱼雷发射管和飞机弹射器奇形怪状地耷拉着。"大黄蜂"号上的飞行员曾报告说是战列舰，但在华伦眼里，它们活像两艘被打坏的"北安普敦"号巡洋舰。两艘军舰都在稀稀拉拉地打出曳光弹，还有几发炮弹爆炸成一团团黑烟。

"啊，这样只好不使用TBD型鱼雷轰炸机啦。"麦克拉斯基的声音清晰地传来。他把对付这两艘巡洋舰的任务分配给俯冲轰炸机分队，于是攻击开始了。

第一分队由加拉赫率领，公事公办地完成了任务。至少命中三发炸弹，掀起滚滚浓烟和烈火，高射炮火也停止了。华伦正要带领自己的分队对远在下面的熊熊燃烧的残骸俯冲，他回头望望彼得·戈夫，朝机外伸出一只手，在最后关头友好地劝告他不要激动。然后他驾轻就熟地把机首朝下，着手俯冲，他的望远瞄准镜中正好是那艘烧得正旺的巡洋舰。

华伦穿过零星无力的高射炮火，俯冲了约莫一千英尺，座机被击中了。他觉得机身惊人地一震，听到被炸裂的金属发出可怕的刺耳声响，看到一幕奇特的景象：那蓝色机翼被炸断，一块锯齿形的碎片飞走了，残余部分吐出樱桃红色的火舌。他最初的反应是吃惊得目瞪口呆，他从没想到过自己会被击落，尽管明知道危险重重。眼看被宣判死刑了，他还是不相信这是真的。他的前程展现在他面前，不知还有多少年月——安排得井井有条的、活生生的远大前程！然而，要创造什么奇迹，只有几秒钟啦。他那受惊的头脑里回旋着这些令人目眩的念头。他徒劳地使劲扳动操纵杆，就在这时候，火焰烧遍了那断裂的机翼，他从耳机里听见科尼特惊叫了一声，可是听不明白他在叫什么。飞机朝一旁下坠，并开始朝下旋冲，机身拼命摇晃，发动机直冒着火。蔚蓝色的海面在华伦眼前不断地旋转，视野四周是一圈火焰。他看见下面不远的地方就是溅着浪花的波涛。他拼命去拉开座舱罩，可是拉不开。他吩咐科尼特跳伞，没有回音。座舱里越来越热，在这高温中，他那僵硬的身体朝前紧贴在安全带上，挣扎了又挣扎，不停地挣扎。他终于不由自主地停下了，说到底，再也没有办法啦。他已经尽了自己的全力，如今，死的时候到啦。这对老父亲来说将是难受的，然而父亲会为他感到骄傲。这就是他最后的有条理的念头，关于自己的父亲。

海洋气势汹汹地涌起打着漩儿的、溅着浪花的大浪，朝他迎面扑来。已经全完了吗？

火焰在华伦面前跳跃，使他在世的最后几秒钟里什么也看不见，烤得他疼痛难熬。飞机砰地坠落入海，像在黑暗里猛地挨了一拳。华伦最后的感觉是又舒服又凉快的：海水冲洗着他被烤焦的脸和双手。飞机砰地爆炸开来，但是他感觉不到了，伤残的身子开始漫长而缓慢地下沉，平静地沉到茫茫大海的海底——他最后安息的地方。有几秒钟工夫，一缕黑色的轻烟标志着他掉在海面上的地点。接着，像他的生命一样，这缕轻烟被风吹散，无影无踪。

我儿押沙龙啊！我儿，我儿押沙龙啊！我恨不得替你死，押沙龙啊！我儿，我儿！

战 争 与 回 忆

第三部　拜伦与娜塔丽

七月中旬，罗达还没从那噩耗的打击下恢复过来，便坐火车离开华盛顿去西海岸。

第三十三章

七月中旬，罗达还没从那噩耗的打击下恢复过来，便坐火车离开华盛顿去西海岸。梅德琳已经在好莱坞，拜伦在圣迭戈的潜艇攻击学校受训，只要他请假出来一趟，至少他们一家三人便可以相聚。虽说是战争年头，但乘火车旅行仍不失为一件快意事，单是为这次出门收拾行装，便已使她的悲痛有所减轻。她在餐车里才吃了第一顿饭，她寒冷的血管就恢复了生命的蠕动。她知道自己一身纯黑的丧服、深色的女帽和深色的长袜看上去别有风姿。用罢晚餐，俱乐部车厢里的男客们都拿眼睛瞟她。有一位留着两撇小胡子、佩戴勋表的空军上校，为了碰碰运气，替她付了一杯酒钱。简直太不知趣！这个男人难道没看见她的丧服？她忧伤地瞅了他一眼，给他来个冷水浇头。

她睡在卧铺上，盖的垫的都是普尔曼卧车上毛茸茸的厚毯子，过了好长时间才能入睡。咣啷咣啷的车轮，有节拍地晃来晃去的铺位，火车头气喘吁吁的厉声哀号，陈旧的火车座套和绿色帘幔的气味，在漫漫长夜中列车滚滚向前的震动——这一切都使她沉浸在怀旧的哀思中。想当年，她还是一个订婚不久的十九岁少女，也曾似这般在车中度夜，心里洋溢着爱情，怀着对鱼水之欢的憧憬，向着查尔斯顿疾驰，去跟帕格相会。在那短暂而狂热的蜜月里，他们俩也曾依偎在一张下铺床位里。一家子随着帕格的驻地一处处迁徙，她也曾携带婴儿睡卧铺，起先是一个，后来是两个，然后是三个。今宵又在车上，却是孤枕独眠，去投奔她剩下的两个成年子女。

唉，不堪回首，华伦成婚的那一天，驱车前往彭萨科拉机场，那一路上的歌声和香槟！唉，看见他的最后一眼，她这小小家庭的最后一次团圆！他显得分外英俊，驾驶着那辆凯迪拉克汽车，一路上引吭高歌。挤满了车子的一家人，包括他的金发新娘和拜伦的那位黑头发、黑肤色的犹太姑娘，都和声伴唱：

直到我们再见时，直到我们再见时，

直到我们在耶稣脚下见面……

罗达认为儿子的阵亡是给她自己的一个惩罚。几星期以来，她一直自谴自责，痛苦万分，这是一个对她自己痛加鞭笞、清除积垢的净化过程。她决心像对待毒瘤一般把她的恶行从生命中切除掉。这个决心使她把头胎爱子的死亡转变成一番赎罪的经历，她在教堂里花了不少时间，流了不少眼泪。罗达跟大多数军人的妻室和慈母一样，原来也以为自己已经饱受锻炼，不怕噩耗临头，但是中途岛战役几天之后的清晨七点钟，门铃响了，她顿时心惊肉跳，读罢了黄色电报纸上的词句，灵魂便出了窍。华伦！这个独占鳌头的孩子，一向是获得奖状和考最高分的，进的好学校，娶的好姑娘，在海军里比他父亲当年升得快。华伦，去了！死了！她的长子，她再也见不到了，葬身在太平洋不知哪一处的海底，几英里深的水下，一架飞机的残骸里！举行一次葬礼，让她最后看一眼安卧在棺材里的儿子，比起现在这样，仅仅一纸麻木的通知，告诉她两年不曾见面的儿子已经死去，究竟会使她好受一点儿呢，还是会让她更加难受？她无从知晓。她母亲的丧礼、父亲的丧礼以及哥哥的丧礼，都不曾给她这样大的打击。一次丧礼总可以给人一点儿宽解，让哀伤有所发泄。她仅有的一次宽解便是收到帕格的家信，一场纵情任性的长时间的泪如泉涌。

她打算在芝加哥停留过夜，以便跟柯比从此分手，但是他不在办公室里，因此她只好在归途中处理此事。在她儿子死亡的庄严阴影中，他们两个已过中年的人还搞什么男女之间的风流勾当，便更加显得荒诞不经，至于卑污邪恶倒在其次。两人都有需要，或者他们认为有需要，所以便想互遂所欲。这是真实情况，其他的一切不过是想入非非。如今已是事过境迁，她的身心都归帕格所有，直至命归黄泉。他也许是太好了，非她所能匹配，他的光明正大也许会给人难以忍受的煎熬，但她还是希望在余下的岁月中更加配得上做他的妻子。

埋藏在这一片完全是真心诚意的忏悔下的是一种直觉，那就是柯比这件事毕竟已逐渐淡漠下去了。禁果未必就没有疵斑，只不过在迟暮的欲火光焰中看不见。你得咬在口里，尝到了味道，才能知道那腐烂处果肉的苦味。她的老百姓情夫并不见得跟她的当军官的丈夫有多大不同。他应该没有那么多理由使她受冷落，然而他跟帕格一样，会对她置之不理，一连几星期不跟她见面。帕格在答复她那封致命的、要求离婚的信时，曾经警告过她，弗莱德·柯比跟他自己太相像了，他们的前途未必光明。聪明的老帕格！说真的，柯比对她是颇为鄙视的。她知道这一点，只不过要等到华伦死后才面对现实。如果她坚持到底，他未尝不会跟她结婚，但那也不是婚姻，而是圈套。归根到底，她一直是一个年过四旬的傻瓜。许多妇道人家都碰上过这样的事，她也碰上了。现在她巴望的就是把这件事了断，保全自己的婚姻。她的万千思绪都是以这个决心为枢轴不停地旋转，直到她在摇来摆去的卧铺上、在汽笛的哀号声中、在车轮的有节奏的咔嗒声中，蒙眬入睡。

三天之后，到了人声鼎沸的洛杉矶终点站，成群结队的穿白军装和黄军装的小伙子在杂乱拥挤的人群中穿行。罗达转来转去，留神寻找人群中有谁是长了红胡子的，一个汗流满面的脚夫拎着她的行李跟在后面。

"我在这儿呢，妈。"

她回头一见是他，不觉大吃一惊，顿时扑倒在胡子刮得干干净净的儿子伸出的两臂中间。他穿着一套白色军官服，佩上了炫目的作战勋表，金色的海豚奖章看起来跟金翼领章几乎一模一样，脸也长胖了，嘴上斜叼一支香烟，模样跟华伦惊人地相似。她从来都不觉得兄弟俩有多相像，但是现在这副神情严峻、肌肤晒成褐色的容颜，两人像得叫她辨不出谁是谁了。她把脸埋在浆过的制服里，失声痛哭。等她能够控制自己了，便揩拭眼泪，哽咽着说："我收到了你爸爸的信，写得不能再好了。你收到他的信了吗？"

"没有，咱们走吧。我开梅德琳的车子来的。"

他坐上了驾驶位，又是拜伦的懒散模样了，笑起来的口型跟他在襁褓中时没有两样。"你瘦了。你真美，妈。"

"哦，我美不美又有什么用呢？"眼泪再次夺眶而出。她把手按在他手上："这儿真热，我出汗出得像个黑鬼。我三天没好好洗澡啦，拜伦，我觉得发腻。"

他侧过身子吻她，脸上的笑容绽开了："老妈妈。"说着，他把车开上一条阳光明媚的大道，两旁棕榈成行，高楼相连。路上车辆之多，为她生平所未见。

"娜塔丽有什么消息？"罗达竭力显得自然，好像果真出自内心关怀。她的犹太儿媳妇的名字就是不容易说出口。

他从里边的衣袋里摸出一个长航空信封，递给她。这是一个皱皱巴巴的信封，密密麻麻盖满了紫色的印戳。"斯鲁特那家伙寄来的，我也许得去一趟瑞士。"

"哦，拜伦，去瑞士？那怎么说？在战时，你得听命令！"

"办得到。不容易，不过办得到。我可以坐火车经过法国的非占领区，或者从里斯本坐飞机到苏黎世。等到这一期鱼雷训练班结束，我就有三十天假期。"

"就算你有假期，孩子，你到了那儿，以后又怎么样呢？"

拜伦的面孔变得执拗而倔强："没有谁像我这样牵挂娜塔丽和那孩子，我可以到了那儿看机会。"既然他已露出这副神色，这个话题当然不宜再谈下去，尽管他母亲认为他是发疯了。斯鲁特的信里说的关于出境签证和巴西的乱七八糟的一大通，她也没法儿看懂。

罗达从未到过好莱坞。她走过芙蓉花和紫茉莉怒放、草地青翠欲滴的旅馆花园的时候，看见一位电影明星的真身——埃罗尔·弗林，只穿一条游泳裤，和一位妙龄少女一起坐在游泳池边，不消说，那姑娘准是一个小明星。她没法儿克制内心的激动。

"第一件要做的事情，"正当拜伦把行李拎进梅德琳为他们两人租下的宽大的别墅的时候，她说道，"就是洗个淋浴。一秒钟都受不了了。"

"爸爸的信在哪儿？"

"你现在就要看？"

"是的。"

信封都磨破了，印有"美国军舰'北安普敦'号"字样的信纸，折痕都快磨穿了。拜伦倒身坐在一张安乐椅上看信，他熟悉的父亲的笔迹，坚定而清晰的海军书写体，字母t的短横很着力，大写字母一律写得端端正正。

最亲爱的罗达：

此刻你已收到正式通知。我几次拿起电话要跟你通话，都没接通，或许这反而最好不过。接通了电话，对你对我岂不都很痛苦。

我们的儿子英勇苦战，经历了这一战役的最艰苦阶段。他出击归来，总要飞过我的军舰上空，摆动双翼。华伦的炸弹直接命中一艘日本航空母舰，立了战功。他很可能会得到追授的海军十字勋章，这是斯普鲁恩斯海军少将告诉我的。斯普鲁恩斯是一个郑重自持的人，但是他在说起华伦的时候，也热泪盈眶。雷蒙德·斯普鲁恩斯说华伦立下了"出色的、英雄的功绩"，而他是绝少如此措辞的。

华伦是在最后一天执行一次收拾残敌的例行任务时牺牲的，一发高射炮炮弹打中了他的飞机。他的中队的三位僚机战友眼看着他在一阵烈焰中急旋下坠，所以他在水面紧急降落、在救生筏上漂流或者浮上一处环礁的希望是没有了。华伦已死，我们再也见不到他了。我们还有拜伦，我们还有梅德琳，但华伦是一去不回了，并且永远也不会再有一个华伦。

就在战役开始之前，他来看我，交给我一个信封。

当我获知他已牺牲之后（这时我们已经返回港口），我拆开了它。这里面有一张他的财产清单。杰妮丝是无须担心的，但是他也并非指望他的阔丈人。他已安排好把你母亲遗留给他的信托款过户给她，还有一笔保险金足以保证维克的教育费用。这是怎么回事呢？战役开始之前，他信心十足，高高兴兴。我知道他预期要打完这一仗回来，但他又做了这番准备。现在还好像他就在我眼前，站在我舱房的门口，一只手扶着舱门顶板，一只脚踩着舱门栏板，带着他那随和的笑容冲着我说："要是您没空见我，尽管说就是。"没空！上帝原谅我，我竟给他这样的印象。我生平最大的快乐莫过于和华伦谈话，其实也只是端详他一番而已，说不上是谈话。

从你上次来信到现在已经有些时候，梅德琳怕有半年没写信了，所以我有隔膜之感，也不知何以向你进言。如果你能和她同在纽约逗留若干时日，也许不无好处。姑娘需要有人陪伴，而你一个人住在狐狸厅路的家里，现在也不是时候。杰妮丝举止端淑，但是她受的打击可不小。拜伦很可能会一如既往地把他的感情掩藏起来，但是我为他担心，他一向是崇拜华伦的。

我刚才写毕我的战舰的作战报告，这份报告只有一张纸。我们没开过一炮，没见到一艘敌舰。华伦想必是三天之内执行了十二次搜索和攻击的飞行任务，他和几百名跟他一样的青年人挑起了这场胜仗的重担。我什么也没干。

莎士比亚笔下的一个角色说过，人人都欠上帝一个死。就算我们能把时光倒回到一九三九年三月的那个雨夜，他刚从"莫纳根"号上休假回来，告诉我们他已报名参加飞行训练——他就是这么个脾气，毫不张扬，让我们面对一个既成事实——就算我们当时便已知道日后会发生的事，我们又怎能有不同的做法呢？他是军人的儿子。男孩子总爱学爸爸的样儿。他选择了海军里最好的部门，最有效地努力杀敌的部门。他无疑已用行动证明了这一点！不论在哪一个兵种里，或哪个战场上，一举予敌重创，为国立功，贡献在他之上的人是不会有多少的。如今，他正是求仁得仁。他的一生是成功的、尽责的、完整的。我需要相信这一点，而在一定意义上，我也确实如此相信。

然而可惜啊，华伦可能会有多好的前程！我是一个已知数。像我这样的四条杠有上千人，多一个少一个都无所谓。我已经有了家庭，你也许会说我已经是一个在世上生活过来的人了。华伦可能会有的前程，我怎能比得上呢？

千真万确，华伦是一去不回了。他不会有任何身后的声名。战争结束以后，谁都不会记得那些在战火中出生入死的人。人们将把海军将领的英名，甚至把那几次拯救了我们祖国的战役忘得一干二净。我现在就已感到，不管当前传来多少次失利的消息，我们终究要打赢这场战争。日本人在中途岛惨败之后将一蹶不振，希特勒休想凭他自己的力量踏平全球。我们的儿子在这次扭转全局的战役中出了力。他在关键时刻身处关键的所在，他豁出性命，投身进去，尽到了一个战士的责任。我为他感到骄傲，我将永远不会失去这份自豪感。只要我一息尚存，便有我对他的怀念。

别的事情都等下次信中再说。上帝保佑你平安顺利。

爱你的帕格

罗达穿了一件绸浴衣从她的房间里出来，对拜伦说："这封信写得真好，是不是？"拜伦没吭声。他坐着抽雪茄，两眼呆望，面容黯然，信纸摊在膝盖上。见他如此沉默和这副神色，她也心里不安，便跟他说点儿高兴话，同时对着一面大镜子梳理头发。"我把它保存着。我保存着所有的东西——电报、海军部部长的信、所有的其他信件，还有金星母亲会①的请柬和《华盛顿先驱报》登的新闻。这篇报道表扬得可好哪。哎，这儿又是一个什么招待会呀，拜伦？难道她不再为休·克里弗兰工作了吗？我全闹糊涂了，还有——哎哟，这头发真见鬼！光线不好，也没时间，我也顾不上了，随便吧。"

"她还在给他干。这个招待会是另一回事，这是她尽义务的活动。"拜伦站起来，咖啡桌上有一沓红黄套印的通知，他拿了一张递给她，"先吃冷餐，然后开始热闹的场面。"

争取立即开辟第二战场

美国委员会好莱坞分会

举 办

特大群众大会

地点：好莱坞露天剧场

下面是一长排按字母排列的出席人士的名单，有电影明星、制片人、导演、作家。

---

① 金星母亲会是美国在第一次世界大战后成立的一个组织，为在战争中失去儿女的母亲提供帮助。

"我的老天！这么强的明星阵容。还有埃里斯特·塔茨伯利，他也在这儿！你瞧，这可全是了不起的人物呢，不是吗，拜伦？'梅德琳·亨利，节目协调人！'好家伙！想不到这丫头果真够得上是一位名流了。"

梅德琳正好冲了进来。"哦，妈妈！"这一声叫喊的深切感情，以及随之而来的紧紧拥抱，使母女俩心头共同的悲哀产生了交流。她穿了一件深色的宽肩衣裳，深色的头发梳得雅致入时，说话疾如旋风。"你来了，我真高兴！哎呀，我本来希望你们都准备好了，可是我得马上走，我想，晚点儿再叫休的汽车回来接你们。哦，上帝啊，有那么多话要讲，是吗，妈！这次聚餐活动今晚可以全部结束，多谢老天，然后我就可以喘口气了。"

"亲爱的，我们不认识这些人，我也累了，又没衣服——"

"妈妈，你们俩都得来。塔茨伯利父女俩也坐在你们的包厢里，他们是为了和你会面才留下来的。他们不参加宴会，但是你可以见到所有的电影明星。哈里·汤姆林的家在卢考特山上，别提那地方有多美了。他经营电影业，在同行中，要数他第一。随便你穿什么！你总该有套黑衣服吧。"

"我一路来在火车上全是穿的这一套，不过——"罗达没把话说完，就上隔壁房间去了。

拜伦指着那一沓通知："梅蒂，这不是共产党的活动吗？"

"好哥哥，没那么回事。全好莱坞都参加了，这是家喻户晓的运动。现在真跟希特勒打仗的就是苏联人，打死的也全是他们。我们需要一个第二战场，我们非要大叫大嚷不可。人人都知道丘吉尔最恨布尔什维克，他想按兵不动，让苏联去跟德国人单独作战，让它打得精疲力竭。"

"人人都知道？我就不知道。你是怎么知道的？"

"哦，天哪，拜伦，你看看报纸去。好吧，我们别辩论了，好哥哥，这件事情不值得辩论。我参加这个活动，是因为我觉得它好玩儿，它也确实好玩儿得要命。我结识了几位了不起的人物，我不想永远当个给休·克里弗兰买点心的小跟班。"

"我很高兴听你说这些。"

梅德琳在跟一个她称为"亲爱的莱尼[1]"的男人通电话，讲话絮叨聒耳，说的都是关于开大会的事。罗达跨着大步进来，一边还在扣上衣的纽扣。"我们走吧。谁都不会注意到我，我这副样子就像是什么人家从老远的乡下来的一个穷姑妈。"

哈里·汤姆林的住宅周围有大片茂密的红杉，玻璃覆盖的石板平台上面修了一

---

[1] 伦那德的昵称。

个蓝瓷砖铺砌的大游泳池。一条陡峭得令人魂飞魄散的水泥车道直上一道峡谷。住宅就高踞在车道的顶端，可以俯瞰洛杉矶的瑰丽景色。此时此刻，洛杉矶宛如一座沉浸在棕色湖底的城市，在水下闪烁发亮。梅德琳把她母亲和哥哥介绍给站在门口的一个人，她自己便在笑语喧哗的宾客中消失不见了。门口那人名叫伦那德·斯普雷雷根，担任大会的主席，据梅德琳说，他有两部电影剧本得过奥斯卡奖。罗达明白了，她根本无须为服装操心，斯普雷雷根没打领带，橘黄色衬衫的领子翻在黑白格子布上装外面。梅德琳又一股风似的走到他们身边，把她母亲和哥哥介绍给这个明星那个明星，这些明星全都彬彬有礼。罗达暗暗吃惊，他们全都显得出奇地瘪下去了，现在他们都是人寰众生，而不是映射在银幕上的放大了的形象。

"这么些人你怎么会全都认识，亲爱的？"她惊叹道。她在罗纳德·科尔曼①对她说了一句客气话和给了她一个笑脸之后，正在恢复心境的平静。

"哦，妈妈，参加这样的活动就可以认识他们。你自然就认识了。这正是它有趣的地方。对了，上那边去吧。"

穿白上衣的仆人们正在把高大的中国画屏推到墙壁的空槽里去，展现出了一间长形的宴会厅和一张堆满了丰盛菜肴的冷餐长桌，两位厨师操起快刀对着热气腾腾的火腿和火鸡一试锋芒。客人们纷纷进来就餐，有几个男人穿的是裁制得有棱有角的陆军制服，站在梅德琳身后那一队人中。她悄悄告诉拜伦，他们都是好莱坞正在摄制中的军事训练影片里的角色。"休·克里弗兰正朝他们这儿瞧。"她说，"他已经接到征兵通知，如果风声紧了，他得想个法子脱身。"她心直口快，说漏了嘴，瞧见了哥哥的脸色。"确实，我知道这件事准会惹你生气，不过——"

"它惹得你怎样呢，梅德琳？"

"勃拉尼，休完全弄不来器械，他连一支铅笔都削不好。要他去扛枪，那完全是乱弹琴。"

他们把盆子端到平台上的一张小桌上去，伦那德·斯普雷雷根也上那儿去跟他们做伴，并且跟梅德琳说了些关于这次大会的话，她便在拍纸簿上记了下来。斯普雷雷根一副精明而不好惹的神气，说话是纯粹的纽约口音。梅德琳跳起来叫道："哎呀，我的天哪，大会上团体演唱得有吹小号的人，正是这件事。对不起，莱尼，我明明知道是忘了一件什么事。我马上回来。"

"真是一场可爱的聚会。"罗达对斯普雷雷根说，两眼扫视着挂在周围墙上的许多法国印象派绘画，"多么富丽堂皇的住宅。"

---

① 英国演员，1920年移居美国。

他露出满脸笑容。他是一个瘦矮个儿，一头浓密而卷曲的浅黄头发，面孔活像老鹰。他嗓音低沉，简直是一个男低音。"可不是，亨利太太，我把十分之一的心血都花在这上面了，但是我不在乎，哈里是一个狠心的代理人。说说看，中尉，你对第二战场有什么看法？"

"对不起，我弄不明白，"拜伦一边说，一边吃着他那盘堆得满满的菜肴，"眼前就有四五个战场，是不是？"

"啊，军人本色，说话讲究绝对准确！"斯普雷雷根点点头，精明地扫视了拜伦一眼，把勋表和海豚奖章都看清楚了，"'要求立即在法国开辟对德国的第二战场委员会'，这样说就更正确了，我想。人家都懂得我们的这个意思。你是赞成的，是吗？"

"我不知道现在是不是办得到。"

"嗯，为此大叫大嚷的军事权威还不知道有多少哪。"

"要说军事权威嘛，可得要盟国的参谋长们才算数。"

"一点儿不错，"斯普雷雷根说，口气就像对一个聪明的学童说话，"参谋长们可不敢顶撞他们的政治首脑。经济和政治的动机可能会造成愚蠢的军事决策，中尉，你们打仗的人就得付出代价。反动派想让希特勒先把苏联毁灭掉，然后再去收拾希特勒。反动派的呼声是强大的，可是人民的呼声更强大。像今天这样的群众大会，意义非常重大，道理就在这里。"

拜伦摇摇头，委婉地说："我觉得未必能动摇战略的决策。为什么不举行一次声援欧洲犹太人的大会呢？如此盛大的宣传活动倒可能会使他们得到一点儿实在的好处。"

罗达朝她的儿子眨眨眼。听见"犹太人"这个词，斯普雷雷根两眼顿时透出阴郁的神色。他绷紧了嘴，一面挺直身子坐着，一面把刀叉放下，摊在一片热火腿上。"如果你是认真的话——"

"我是非常认真的。"

斯普雷雷根说得很快，像连珠炮一般。"说真的，对于那边发生的事情，我并不十分清楚，我的朋友，我认为我们这儿也不见得有谁真正知道。但是，要结束那一切苦难，唯一的出路便是立即开辟一个第二战场打垮希特勒。"

"我明白。"拜伦说。

"对不起，很高兴和你结识。"斯普雷雷根对罗达说完便走开了，连吃的东西都没拿走。

梅德琳立即过来，冲着拜伦皱紧眉头："瞧你，勃拉尼，我们在去开大会的路上就让你在旅馆门前下车得了。"

　　"怎么回事？"罗达说，"那是为了什么？"

　　"他对莱尼·斯普雷雷根说了反犹太人的话。"

　　罗达惊奇得眨巴着眼睛："什么？原来如此。那人是一个傻瓜蛋，他只不过说了句——"

　　"别提了，妈，"拜伦说，"我跟你们一起去。"

　　好莱坞露天剧场的大门口高高悬起一条大横幅，黄底红字：

美国人不会来得太晚

　　汽车像流水一般朝里面开，步行的人群从附近的街道向会场会集。但是，进口处虽然显得人头攒动，偌大一个圆形剧场里边，听众们却只是稀疏地聚集在一层层包厢下方靠近舞台的两侧。座位高处，西斜的阳光把一排排空座位照得通红。舞台前端披上了三面大旗——英国国旗、星条旗和黄色斧头镰刀的红旗——上空是用剪切的字母组成的一个拱顶：

第 二 战 场 立 即 开 辟

　　罗达走进包厢，埃里斯特·塔茨伯利身穿一套泡泡纱衣服，一只眼睛戴着眼罩，好不容易从座位上站起来吻她。帕米拉笑脸迎人，然而两眼浮肿，脸色憔悴，不施脂粉，简直有点儿蓬头垢面。罗达心想，这姑娘看起来像是连死活都不在乎了。梅德琳急匆匆地冲进包厢。后台闹得可热闹了！两位明星退出了这场演出，还有一位得了咽喉炎，忙乱中重新安排节目，把塔茨伯利的讲话排在大会结束之前的最后一个，在团体演唱的后面，行不行？塔茨伯利表示同意，只是说了一句，他讲话的调子不会中听。

　　"哦，准会，准会。你有权威。"梅德琳说，"抱歉，我们聚集的听众不够多。门票收费是一个错误。"她急急忙忙地走了。

拼凑起来的乏味的节目，部分是唱歌和舞蹈，有两架钢琴伴奏，部分是演讲，还有带点儿矫揉造作的滑稽戏。当晚的精彩节目是一支歌曲《反动派的拉歌调》，演员们都装扮成大腹便便的富翁，头戴高顶礼帽，身穿燕尾礼服，雪白背心的肚皮上都有美元符号。他们蹦过来跳过去，口口声声同情苏联，同时又找出各种可笑的理由拒不派遣军事支援。所谓团体演唱，就是有许多角色从这个圆形剧场的四面八方发出呼声——一个钢铁工人、一个农场工人、一个教员、一个护士、一个黑人等等——人人都要求立即开辟第二战场；在这些单人的发言中，穿插着全体听众庄严地齐声朗读从油印纸上摘录下来的一些人的语句，有伯里克利、莎士比亚、林肯、布克·华盛顿、托马斯·潘恩、列宁、斯大林以及卡尔·桑德堡，同时还有乐队轻声演奏《共和国战歌》。高潮是狂热的一字一顿的群众呼号，在小号的伴奏下，以一次比一次加强的力度重复：

> 开辟第二战场！
> 开辟第二战场！
> 开辟第二战场！
> 快！快！快！

这个节目在热烈的鼓掌欢呼声中结束。

伦那德·斯普雷雷根做了介绍，塔茨伯利一瘸一拐地走上台去，全场起立欢呼。

"大家一定还记得，一九四一年六月二十二日，"他的声音通过扩音器在这空着一半座位的庞大的圆形剧场中回响，此时黄昏已临，月色惨淡，"纳粹德国侵犯苏联。"

"一九四一年六月二十三日，伦敦的《观察家报》刊登了我的专栏文章，标题是《立即开辟第二战场》。"

全场为此再次起立。当他再往下说时，这个圆形剧场里就变得十分安静了。他说，掌握和正视军事现实是不容易的。他得在德国人大举进犯的最艰苦岁月中在莫斯科住上几个月，得在即将沦陷的新加坡住上一个月，得在中途岛之战前后的夏威夷住上一个星期，然后才能对这场全球大战有所理解。

要在一九四二年对法国海岸发动大规模进攻，他认为是根本不可能的。现在只有为数不多的美国新兵抵达英国。要迅速增加这支部队的兵力，德国潜艇仍然是一个难以对付而残酷无情的障碍，克服这一威胁是一场旷日持久的搏斗。马上发动横渡海峡的进攻战，势必要全靠英国的力量，可是英国的力量已经过分分散而有捉襟见肘之虞。新加坡之战就是明证！英国在法国采取任何行动，都会大大削弱中国-缅甸-印度战场的力量，以至势必要由美国去承受那里的负担——立刻就要承受那副千斤重担——靠它突破日本舰队送去的那点儿兵力。这是因为，如果印度或澳大利亚落入日本手中，那么打败纳粹德国并不算赢得这场大战的胜利，也不足以保证苏联的生存。

"朋友们，东亚是这场战争的重心所在，"塔茨伯利以委顿而坚定的口吻宣告，"第二次世界大战是在那边的卢沟桥而不是在波兰开始的。中国进行战斗的时间之长，超过任何国家。如果日本在那里打赢了，苏联就要大难临头。日本将动用印度、中国和东印度群岛的无穷资源去对付苏联。一场新的'黄祸'就要冲过西伯利亚的边界，它拥有坦克，拥有零式飞机，还拥有以十对一的压倒西方的人力和自然资源。中国-缅甸-印度战场是一个真正的、被遗忘的第二战场。为了使文明得救，我们必须坚守这一战场。"

这时候，听众当中有几个人发出嘘声。

"从长远来看，前景是好的。"塔茨伯利发出蔑视的吼声，"在新加坡牺牲的我们的战士，在菲律宾牺牲的你们的战士，他们不是白白牺牲的，他们打乱了日本人攫取印度和澳大利亚的时间表。眼前战争的关键就是争取时间。你们国家的生产力是惊人的，但不是立即就能开足马力。我觉得奇怪，怎么你们这儿对你们在中途岛取得的胜利不大关心。如果你们的海军在这一仗中败了，也许你们大家今天晚上就得逃离加利福尼亚了。你们阵亡的飞行员和水兵，他们是为全人类献出了生命。"

圆形剧场四下里响起了咳嗽声，人们频频打哈欠，不停地看手表。

"法国的第二战场？是的，我也热烈赞成。苏联的处境越来越艰难，但是俄国人是坚强的，他们会坚持下去。如果此刻就有数百万雄赳赳气昂昂的英、美大军横渡海峡，这景象确实美好，无奈这只是一个美梦。时候一到，我们就会以滔滔洪流一般的兵力和火力压倒轴心国。在这以前，我们是为争取时间而战，为在许多条战线上扭转局势而战，包括我们国内的战线。对于这条国内的战线，我的最后一句话是：你们的领袖们是说话算数的，要相信这一点，要信赖他们。他们是伟大的人物，他们正在进行一场伟大的战争。"

他一瘸一拐地走下台来，随之响起了稀稀落落的短暂的掌声，嘘声更多了。人群开始散去，模样仿佛很不乐意。一个粗嗓子的秃发男人，穿了一件花色俗气的上衣，正和一个标致的姑娘一同离开拜伦隔壁的包厢。那男的对姑娘说："还是舍不得放弃他们的帝国，是不是？净说丧气话。"

塔茨伯利和梅德琳一起回到包厢，他喜洋洋地说："你瞧，这不是大大地献丑吗？"

"讲得好。"拜伦说。

罗达跳起来吻他，对他说："我永远忘不了你说的关于中途岛的那几句话，永远忘不了。"声音颤抖。

"你的话很有道理，"梅德琳愤愤不平地说，"这帮家伙就是老脑筋，永远不肯变的，也许你的话能穿透那么几个厚脑壳。我还得去收拾东西。"

梅德琳急忙走了，帕米拉也站起身来。"有趣吗，韬基？"

"确实有趣，我看着他们，渐渐发觉我不是他们的人，只不过是草丛里的一条英国蛇。这使我很高兴。"

"真敢说话。"罗达说，"要是帕格上台去，也会那么说的——当然，不会有你这样动人的辞令。"

"换了帕格，他不会出席这个大会，所以我才非要来说一通不可。"塔茨伯利说，"我们倒是想见见你，亨利太太，一起上我们旅馆去喝杯酒好吗？帕米拉和我明天就要继续飞到纽约去。"

他们往外走的时候，人群把罗达挤到帕米拉身边，帕米拉悄悄跟她说了句话，说得很快。"亨利太太，我明天可以跟你吃早饭吗——就我们两人？"

第二天早上，她们两人在游泳池旁边的草地上面对面坐着，共进早餐，吃的是西瓜、烤面包片和咖啡，放在一张有轮子的、铺了台布的小桌上。这一天是纯粹的加利福尼亚天气！阳光炙热，天空蔚蓝清澈，青草和棕榈的气息扑鼻，一阵清风吹来，芙蓉花矮篱上的妖冶红花便迎风摇曳。水池里有两个小伙子和三个姑娘在跳水游泳，他们深褐色的肌肤闪着光，他们的打趣作乐和鸟儿的求偶鸣叫一般欢快纯朴。帕米拉今天好看多了，脸上已经精心打扮过，头发披在耳后，波纹柔长，光泽鲜明，穿一件灰色无袖的衣裳，袒露出她的苍白胸脯上的"幽谷"。罗达回想起这位古怪的少妇亦步亦趋地追随在她父亲的左右，好像一只追随着海轮的海鸥，倒是有本事一会儿变得索然无味，一会儿变得让人心醉。罗达觉得，也许今天早上她要去跟一个男人相会。她给人一种神经非常紧张的印象。

她们随便闲聊着，罗达说起希望能得到一份塔茨伯利的讲话稿，好寄给帕格。

"那还不容易，我准能让你得到一份。"帕米拉连忙回答，她的受过英国上流学校教育培养的语音使罗达觉得分外悦耳并为之倾倒，"那是我写的。"

"是吗？它可活生生是他的笔调。"

"哦，是的，他不舒服或懒得写的时候，就由我代笔。"

"戴眼罩是怎么回事，帕米拉？"

"那只眼睛有溃疡病，需要动手术。我们本该已经回到伦敦了，可是听梅德琳说起你要到西部来，我们才住下来。我急着有话跟你讲。"

"真的？是什么事呢？"

"关于你的丈夫，我爱他。"

罗达一把摘下太阳镜，睁大两眼看着这位英国姑娘。姑娘挺直身体坐着，头抬得高高的，两眼直视，光芒逼人。罗达虽然感到惊愕、迷惘，但是依然立即清晰地感觉到，如果帕格真的喜欢她的话，她倒真是一个可怕的敌手。罗达心想，让她说下去吧，让她把愿意说出来的事情说出来。所以，罗达只是抚弄着太阳镜，喝着咖啡，同时也瞧着她。

"我知道你曾经提出离婚，"帕米拉说，"是他要求你重新考虑的。"

"我已经重新考虑过了！"罗达立刻堵住这个口子，"好久以前。事情已经过去了。看起来，他已经说给你听了。"

"哦，是的，亨利太太，"帕米拉回答，神情阴郁，"是他说给我听的。"

"你跟我丈夫有过关系吗？"

"没有。"她们视线相触，互相探索对方，"没有，亨利太太。他一直对你忠诚，我的运气不够好。"

罗达从帕米拉的两眼中看出，她说的是实情。"真的？你确实美貌惊人。"

"他是一个笨蛋。"帕米拉肩膀微微一耸，把这句恭维话顶回去，"要是成功了，那才叫美呢。不仅如此，那样一来，你们二位之间就是公平交易了。"

这句话的声调和用词都是刺痛人的。罗达便反唇相讥："难道你就不觉得我丈夫实在太老了吗？"

"亨利太太，你丈夫在所有方面都是我生平遇见过的最迷人的男人，他对你的忠诚也包括在内，我的失败正是由于这一点。"

她声音中迸发的激情使罗达感到惊恐。她看得出帕米拉的年轻皮肤和她自己的皮肤之间的差别，羡慕帕米拉的上臂，它是那么苗条，惹人喜爱——她如今必须把自己的那个部位加以遮掩了，因为它正变得日益臃肿，讨人嫌。她也妒忌那姑娘的胸脯。她自己也在内心小声嘀咕，帕格不折不扣是一个笨蛋，虽然她正为此替他祝福。"你见到过他吗——在中途岛战役以后？"

"见到过，见过不知多少次啦。他内心痛苦万分，可他还是一直为你担心，不知你怎样经受这个打击，不知他怎样可以给你安慰，他甚至想过要为家中有急事而告假。他撵我走，虽然我尽力想住下去。他是一个骨子里惦念家室的男人，如果你能上夏威夷去，你就去吧，他需要你。如果说我曾经有过成功的希望的话，你的儿子一死，我的希望也就完了。"

罗达用手绢擦了擦眼睛，只说了一声："可怜的帕格。"

"你闹得差点儿把他丢了，真是蠢啊。我对你无法理解，我想你是做了一件大蠢事，那样的事可不能再做了。"帕米拉拿起她的钱包，"你说那件事已经过去了？"

"是的，是的，绝对是永远过去了。"

"那就好。有一个好心人给你丈夫写过几封匿名信，告诉他你和那男人的事。如果你找不到更好的理由使自己振作起来，这就是一条。"

"哦，上帝，"罗达禁不住叫出声来，"那些信里说了些什么？"

"你猜吧！"这是一声含有鄙夷的斥责。帕米拉放缓了语气，说："对不起，你失去了儿子，我还使你伤心，但是我要求你不要再使他伤心了。我就是为这个才找你谈的，我会叫人把讲话稿给你送来。我们的飞机再过两小时就要起飞了。"

"你能答应我以后不再跟我丈夫见面吗？"

帕米拉的脸上绷出了一道道难看的线条，她对着罗达伸出来的手——手指又瘦又长，布满皱纹，倔强有力——沉默不语，然后横眉相对。"那办不到。未来是无法控制的，但是我现在不妨碍你了，这一点你可以放心。"她掉过头去看看那几个年轻人，他们正在池边擦干身体，笑个不停。她的态度也变得温和了："我们这次谈话挺古怪，是吗？一次战时的谈话。"

"你使我大吃一惊。"罗达说。

两人都站起来。

"还有一件事情。"帕米拉说，"我只和你的儿子华伦见过一面，那是在他从夏威夷出发作战之前。他周身都有一道奇怪的光芒，亨利太太。这可不是我的想象，我爸爸也感觉到了。他简直像是超凡入圣。你遭受了一个惨痛的损失，不过你还有两个了不起的孩子。我希望你和你丈夫会相互安慰，并且过些时候会重新快乐幸福起来。"帕米拉迅速利索地吻了一下罗达的面颊，便急忙走出了花园。

罗达走向一张太阳直晒的躺椅，倒了下去，一半是因为她惊讶得六神无主。帕格什么时候在信里说起过帕米拉？一九四〇年从伦敦的来信中，一九四一年年底从莫斯科的来信中，再就是最近从夏威夷的来信。当然，华盛顿也是这父女俩常来常往之处。中途岛战役之前，在一封说起莫阿纳饭店那次宴会的信中，帕格曾经提到"塔茨伯利姑娘"面带病容，因为得了痢疾。

可怜的帕格！这是掩饰伪装吗？还是尽力克制他受到压抑的内心浪漫的波动呢？

游泳池此刻空无一人，罗达在那粼粼碧波里看见了一幅幅图景，有如占卜时在水晶球里所见：在那一处处遥远的地方，帕格和帕米拉两人朝夕会面，没有床笫私情，甚至连接吻拥抱的举动都没有，而只是相偕相伴，日复一日，夜复一夜，远离家人，在数千英里之外。这个女人脸上的别有滋味的会心微笑，活脱儿是已经抓住了亚当什么把柄的一个夏娃的写照。她觉得，帕米拉所说的故事确是天衣无缝，但是帕格这老家伙不可能会是像她所描述的那么一个圣洁的汉子。罗达懂得的要多一点儿。帕米拉·塔茨伯利内心燃烧的那种激情并非自燃之物，帕格曾以某种方式或明或暗地挑逗过这姑娘。也许他确实使这关系处于精神境界，这样他就可以攫取一份自命清高的美德加以享用；也许他们已经一起睡过觉。这很难说。至于帕米拉的眼神是否老实，凡是老实的眼神，罗达没有看不出来的。

那些匿名信真可怕，叫人不敢去想。哪一个促狭鬼干的事？无论如何，她的自惭形秽之身和她丈夫之间的差距是缩小了，这毕竟是她做梦也想不到的。她对帕米拉是又妒忌又怕，帕格也就更加值得占有了。她一反常态，对那只不声不响的老狗感到一阵热乎乎的性欲冲动。那姑娘的矢口否认当然是毫无意义的。帕格把帕米拉撵开，这跟她想和巴穆·柯比分手没什么两样。他们两人之间到底有过一些什么勾当，她也许永远没法儿知道。她可不可以自己问他呢？这倒是一个很费思量的策略问题。

她在躺椅上猛然一惊，这才想起刚才这一会儿她竟忘了华伦已经死了。

第三十四章

　　路易斯站在婴儿小床上大吵大闹，把围栏的铁条震得直响。锡耶纳一到夏天就成了个烤炉，这孩子到了热天就受不了，脾气暴躁，一点儿都碰不得，就像他身上从头顶到脚尖斑斑点点长满一身的疱疹一样。一块尿布和一件薄白布衬衫已放好在衣柜上面。娜塔丽知道，为了外出搭车而给他穿上衣服，他也许会有一通大哭大号，所以还不如把这件事留在末了去做。正当她把衣箱的皮带扣紧，使了点儿劲便汗水直冒的时候，埃伦进来招呼她。"汽车再过半小时就到了，亲爱的。"

　　"我知道，我马上就好。"

　　他戴一顶旧的蓝色贝雷帽，穿一身寒酸的旧灰色衣裤，模样便完全像一个意大利的长途汽车乘客。娜塔丽本来就拿不定主意是否应该提醒他一句，别像往常那样穿得花里胡哨的出门旅行。这下可好，他显得很通情达理，准备出发。他抬起头来看了一眼像是发霉的天花板，画在上面的小天使们都快要一片片剥落了。"这地方确实破落了，我怎么一直没觉察到。"他转身出去的时候，又指了一下开着的窗子和外面远处的教堂，说了一句："你不会很快就能有一间卧室，看到像这样的美景，是吗？"

　　在娜塔丽心头，这一回离去并不像是真正的永别。多少次，她告别过这幢上帝都不垂怜的托斯卡纳别墅，打算再也不回来；多少次，她怀着沉重的心情重新看见这古旧的大门连同它的铸铁孔雀，这处处裂缝的黄色灰泥园墙，这红瓦的塔楼——它曾经是拜伦的睡处！一九三九年，她是多么轻率地首次来到这儿啊，只打算待上两三个月，为的是重新把莱斯里·斯鲁特抓到手里，想不到它竟是一片越陷越深的流沙！她在这个房间里度过第一夜的情景浮现在她的脑际，驱之不去——软缎帷幔的四柱床发出发霉气味，墙壁里的老鼠大声啮啮，雷声震耳，风雨肆虐，电光闪闪，把锡耶纳映照得一片阴森可怖，从开着的窗口看去，宛如一幅埃尔·格列柯[1]画的《托莱多

---

[1] 埃尔·格列柯（1541—1614），西班牙画家。

风景》。

最后一分钟的犹豫涌上心头。他们这样做对不对呢？他们刚要安下心来，准备在软禁似的条件下勉强度日。除了那个维尔纳·贝克，谁也不来找他们的麻烦。小娃娃有奶吃——山羊奶，他吃了倒也长得很好——大人也有够吃的食物。牧山银行①的银行家们知道埃伦在纽约有财产，不让他们缺少钱花。这些全都是真的。但是，自从最后一次和贝克会面以后，她就凭本能行事，现在已是欲罢不能。从那以后，埃伦对贝克应付得十分妥帖周到，给他送去广播讲话的提纲，接受他的修改意见，以示巴结讨好，终于哄骗到官方的许可，得以暂时避开锡耶纳的溽暑，去海边逗留一两个星期，在福洛尼卡海滨的萨切尔多特家做客。

两只衣箱的皮带都已扣紧，一只箱子里全是路易斯的东西，另一只装了她最起码的必需品。拉宾诺维茨的嘱咐可是严肃的："别带你们自己拿不动的行李，你们得带上孩子步行二十英里。"自从得到他传来的密信，娜塔丽每天都步行六英里。她的两脚起了泡，然后又结成硬茧，她觉得自己身体很结实。卡斯泰尔诺沃递给她一张卷烟纸和一只放大镜的时候，她着实吃了一惊。"挺像电影，是不是？"他这么说了一句。现在是该把纸片毁掉的时候了。她从手提包里把它取出来，在手心上摊开。

> 亲爱的娜塔丽，很高兴你要来。告诉叔叔轻装上路，别带你们自己拿不动的行李，你们得带上孩子步行二十英里。我惦记孩子，也惦记你。一切都会顺利。爱。

肉眼简直无法辨认的蝇头小字，直到此刻还使她激动不已。几个月没收到拜伦的信了，她手头所有为数不多的几封，都已被她读得烂成了纸片。

她记忆中关于拜伦的一切，尽是一成不变、翻来覆去的那么一些内容，跟陈年的家庭电影一样。她和拜伦天各一方，度过了以往两年的日子，她甚至不知道他如今是死是活。红十字会转来的他的最后几封信——好多个月以前，他从澳大利亚西南部的一座小镇奥尔巴尼写来的——她从中感到战斗生活正在使他发生变化：他再也不是原来那个曾经使她神魂颠倒的快乐逍遥的公子哥儿了。卡斯泰尔诺沃和拉宾诺维茨之间有联系的消息以及卷烟纸上的密信使她心乱如麻，无法平静，虽然常识告诉她，那个巴勒斯坦人的话语中除了一个犹太人的好心好意之外，没有任何别的东西。

这张纸片她真舍不得丢掉，但她还是把它搓成一个小球，从洗澡盆的出水口里冲

---

① 锡耶纳牧山银行成立于1472年，是世界上现存的最古老的银行。

走了。她给孩子穿上衣服，最后又朝这个好像一个大糖果盒似的奢华房间四下里望了望。她久久凝视着那张大床，这几年来，她在那上面尝尽了孤眠独宿的滋味，只有撩人的美梦和荒诞的遐想。

"快来，路易斯，"她说，"我们回家去。"

没跟仆人们告别。埃伦把几个壁橱里装得满满的衣服都留下了，全部藏书也没拿走一本，他书桌上堆得高高的文件夹里都是关于马丁·路德的草稿。娜塔丽给女仆和花匠交代了任务，要在两个星期后他们回来之前完成。仆人们都是聪明人，意大利仆人尤其如此。厨娘、女仆和两个花匠都在大门口站好了，他们高高兴兴地说了再见，但是他们的目光都是严肃的，他们的举动则是不知所措。厨娘给了孩子一根棒棒糖，车子一开动，她就哭了。

萨切尔多特的汽车是他那个性子暴躁的儿子开来的，他要在锡耶纳待下去，并且为了他的基督徒女朋友——他的家人都这么怀疑——正在学习天主教的教理。反犹太人的法律禁止改变宗教信仰，但是在锡耶纳，人们对法西斯的法令常常置之不理。这个年轻人穿着一件敞开的薄衬衫，头发浓密蓬乱，嘴朝下撇着，嘴角叼着一支香烟，一声不吭，把他们送到几乎阒无一人的兵营广场，让他们下了车，便开走了。

锡耶纳本来就不是一个热闹的地方，现在则显得不像有人居住了。宽阔的广场上，几处买卖人的摊位都是空着的，也没人照看。稍晚一点儿，如果有一卡车蔬菜或鲜货从海边运来，兴许会有点儿买卖，但也不会有多少；什么东西都得配给，连大蒜和洋葱都不例外。市政厅高塔的长条影子投在烫人的广场地面上，几个闲聊的人像机器转动一般跟着影子转动，仿佛是一个大日晷上的几个小人像。娜塔丽和埃伦坐在唯一开门营业的咖啡店门外，喝着带有涩味的代用品橘子苏打水。回想起赛马节喧闹的人群，把这个耸立着文艺复兴时期宫殿的圆形广场挤得水泄不通，本城各区的五彩缤纷的游行队列，那如痴如狂的赛马，全都停止了，全都一去不复返了！这座被历史遗忘的小城消磨了它一生中的几个年头。真是古怪，埃伦会在这个地方安居下来，更荒唐而不可思议的是，她也陪他流亡在这儿。

汽车回来了，小伙子埋怨他们说公共汽车都快开了。他们没上车站去等车，为的是避开警察。准许他们到福洛尼卡去小住的证明是一份不寻常的文件，从罗马搞出来的，看见的人越少越好。一到车站，公共汽车司机就不耐烦地挥手要他们赶快上车，他们便在一个无聊得直打哈欠的警察的眼皮底下扬长而去。

公共汽车突突地开出了高大的城墙，在一条狭窄的泥土路上蹦蹦跳跳，朝西开去。萨切尔多特夫妇虽然衣着朴素，坐在车上却也不失殷实业主的气派，老两口儿都是一副茫然若失、凄凉哀伤的表情，并且跟许多老年夫妻一样，两人脸上的表情几乎一模一样。路易斯在娜塔丽怀中睡着了。车上的窗子是开着的，芬芳的田野气息扑鼻而来，其中还混杂着木炭汽车的煤气发生器里冒出来的像是烧木柴似的烟火气味，这气味奇怪又好闻。米丽娅姆快活地跟她妈妈唠叨个没完，她爸爸自顾自凝视着车外疾驰的风景。公路每转一个弯，就展现出一幅幅宏伟的景色：山头的村落、绿色山坡上的农庄、沿山而上的葡萄园。公共汽车嘎嘎作响，开下一段陡坡路，经过了沃尔泰拉，到马萨马里蒂马停了下来。这是一座小山头上的城镇，跟锡耶纳一样安静，它古老的灰色石头房屋在中午的阳光下闪闪发光。

在这儿的小广场上，空喊胜利的红红绿绿的招贴画正好跟教堂和市政厅久经风吹雨打的旧屋面形成强烈对比，这个对比又一次使娜塔丽对墨索里尼政权的一事无成很有感触。意大利实在是太疲惫、太聪明、太妩媚了，因而扮演不了带枪的恶霸角色。扮演这样的角色完全是打肿脸充胖子，完全是劳民伤财。不幸的是，德国人却以十足的条顿人的认真态度仿效了这场嗜血的字谜游戏，来一阵乱砍乱杀。娜塔丽一手抱着不会走路的娃娃，一手提一只衣箱，费劲地走向火车站，一路上，她疲乏的脑子里想的就是这些。她的另一只箱子由埃伦拿着，他还拿着自己的一只箱子。

一列窄轨小火车咔嚓咔嚓开进站来，检票员只顾在一张张车票上打孔，顾不得看一看乘客的脸孔。车站里和火车上谁也没查验他们的证件，在整个马萨马里蒂马，他们只看见一个警察，靠在支着的自行车上打盹儿。路易斯又醒了，兴致盎然地看着车外山坡上的农夫、吃草的羊群和牲口、山边丑陋的矿井的洞口、大堆大堆的褐色矿渣垃圾、高大的传送带、粗木的支架和高塔。火车绕过一个山弯，在山岩下面，远远看得见地中海波光粼粼。娜塔丽屏住了呼吸，若隐若现的地平线上她看得见星星点点的、起伏的海岛，那就是他们逃往里斯本去的通道。

萨切尔多特一家在福洛尼卡的夏季别墅是一幢木头盒子似的灰泥粉刷的房子，正好坐落在海滩上，房子外表漆成蓝色。隔一条路，对面就是公园，古树参天，浓荫蔽地，丛丛棕榈，叶子张得大大的，使这地方显得格外幽静自在。这房子的门窗都用木板封起，里面一片漆黑，又闷又热，弥漫着阴湿腐烂的气味。卡斯泰尔诺沃和他妻子卸下了遮挡暴风雨的百叶窗，打开了窗子，让海风吹进来。娜塔丽把路易斯放在曾经是米丽娅姆睡过的婴儿床上，让他安睡，萨切尔多特便把娜塔丽和埃伦带到当地小小的警察所去。睡眼惺忪的警长见到从罗马来的准许文件，显得有点儿肃然起敬，他照规定盖上了印章，还站起来跟他们握手。他说，他有一个兄弟在纽瓦克开花店，赚了不少钱。意大利并不是真的跟美国有什么争执，全是德国人，只是你对这些见鬼的德国人能有什么办法呢？

一个星期过去了，拉宾诺维茨没来信。娜塔丽纵情享受这海滩的乐趣，以此作为镇静剂去对付那使她备受煎熬的焦急心情。路易斯整天都和米丽娅姆在沙滩上游戏，也常在海水里浸泡，肤色逐渐变黑，满身的疱疹和他的急躁脾气也消退了。有一个安息日的夜晚，他们正要在点上蜡烛的餐桌前就座，门铃响了，进来一个脏汉子，脸上是三天没刮过的青胡子楂儿。他名叫弗兰肯塔尔，他说自己是从阿夫兰·拉宾诺维茨那里来的。他举止粗鲁，言语俗气，神情倦怠。萨切尔多特请他一起用饭，他这才脱下破帽子，举止也显得斯文起来，还带点儿腼腆。他指着餐桌上的蜡烛说："安息日吗？自从我祖母死了以后，我就没见过蜡烛。"

他在福洛尼卡北面运输铁矿砂的港口皮翁比诺的码头上做工，他在吃饭的时候告诉他们。他父亲早年也在码头上干活儿，他祖父倒是一个希伯来学者，他们的家道已是今不如昔。除了知道自己是一个犹太人之外，他什么也不懂。他等两个孩子上床睡了以后，便开始谈正事。消息不妙。两艘原先一直从科西嘉非法运送难民到里斯本去的土耳其货船把英国的通航证弄丢了，通不过直布罗陀。那条路线完结了。

他们还是要照原定计划取道厄尔巴岛，上科西嘉去。拉宾诺维茨正在进行安排，设法把他们从科西嘉送往马赛，大多数救援机构都在那里活动。从马赛去巴勒斯坦或里斯本，有几条路线。这些都是拉宾诺维茨带来的口信。但是，弗兰肯塔尔告诉他们，还有一条更直接的路线可以到达马赛。大约每星期都有船从皮翁比诺开出，装运厄尔巴岛或马萨马里蒂马的铁矿砂去马赛，再转运到鲁尔去。英国海军从来不找矿砂船的麻烦。他认得一个船长，他肯把他们直接带到马赛，每人付他五百美元就行。

他们还坐在餐桌边，在越来越短的烛光中喝着代替咖啡的菊苣茶。杰斯特罗冷冰冰地说："我从纽约上船，到达巴黎，花了五百美元，还是头等舱。"

"教授先生，那是太平年月。你们走另一条路，天知道你们要在厄尔巴或科西嘉等上多久。在矿砂船上，你们睡在床上，直线航路，三天到达，孩子们也安全。"

他走了之后，杰斯特罗头一个开口，既是挖苦又是打趣。"要是我们乘上矿砂船，这位老兄便好从我们的钱中大捞一把。"

"你信得过他吗？"娜塔丽问卡斯泰尔诺沃。

"我知道他是从拉宾诺维茨那里来的。"

"你是怎么跟阿夫兰联系的？"

"打电报，说些无关紧要的事。要不然就是像他这么个送信人。你问这干什么？"

"我在想不如干脆回锡耶纳去。"

萨切尔多特用手臂搂住他的神色惊恐的妻子，对他的女婿说："娜塔丽说得不错。你说过的，我们上里斯本去，决不经过法国。"

"是的，爸爸，可是现在情况变了，"卡斯泰尔诺沃说，故意装出异常克制的样子，"所以我们还得稍微商量一下。"

娜塔丽对杰斯特罗说："我上里斯本去跟拜伦会面的时候，维希的警察把我拖出火车查验我的证件，幸好我的证件是齐全的。他们问我是不是犹太人，我的背脊都冰冷了。"她又对卡斯泰尔诺沃说："我们这些非法旅行的犹太人，如今在法国能向谁求援呢？要是他们把我们关起来的话，怎么办呢？我就可能会跟路易斯分开！"

"阿夫兰会设法给我们搞到过境签证，"卡斯泰尔诺沃说，"证件总能搞得到的。"

"假证件，你是说。"萨切尔多特说。

"可以通行的证件。"

杰斯特罗说："我们不要再三心二意了，我们都已经走在路上了。我承认，我从来就不喜欢从一座岛上跳到另一座岛上的计划。既然我们要到马赛去，依我看，我们何不就搭矿砂船呢。出一笔大钱，一次舒舒服服的旅行，这就是我的主意。"

卡斯泰尔诺沃沉不住气，急忙挥动两手。"可是你瞧，这些矿砂船的情况我早就全知道了。它们停靠在马赛警卫最森严的地段，周围是高高的栅栏，有法国军队巡逻，还有停战委员会派来的德国监督。船长可不为你操心，他只要你的钱。要是他碰上了什么危险——哼！他自己的脑袋最要紧。取道海岛的路线，一路上照料我们的都是拉宾诺维茨的熟人。"

"我在考虑我妻子和我一起回去。"萨切尔多特十分严肃地对杰斯特罗说，"当然，我们还必须好好商量一下。我们的儿子还在那儿，这你是知道的。"老妇人用手帕捂住鼻子抽噎起来。

杰斯特罗立即说："自然啰，那里是你们的家。我们呢，只有继续向前走才比较安全。"

老两口儿上楼去了。杰斯特罗和卡斯泰尔诺沃又为矿砂船辩论了一些时候。卡斯泰尔诺沃声称，他决不把一家人的性命交托给一个收买来的意大利人。半路上价钱又会跳上一跳；那家伙可能收了你的钱，又不把你送到目的地；他可能会把一伙人全体出卖掉。从事抵抗运动的人总比只知道伸手要钱的家伙靠得住些。

最后，杰斯特罗说："好吧，我们的组织原则是民主呢还是权威？如果是权威，那你决定算了。"

卡斯泰尔诺沃干笑一声，摇摇手，表示不同意由个人做出决定。

"那么，我现在投票赞成搭矿砂船。"

安娜·卡斯泰尔诺沃说："加上我一票。"

"你是一头笨骡。"她丈夫说，但是他的声调是充满爱怜的怪腔。他又转向娜塔丽：“你怎么样？”

“矿砂船。”

卡斯泰尔诺沃噘起嘴，轻轻敲一下桌子，站了起来。“那就这样决定了。”

一个灰暗阴凉的下午，娜塔丽步行了八英里之后回家，远远看见有辆汽车停在屋旁。在福洛尼卡，私人汽车是罕见的。她加快步子，脑子里闪过一个念头，像是在祈祷：“但愿平安无事。”她走近些，认出是一辆梅赛德斯牌汽车。房子里边，杰斯特罗和维尔纳·贝克坐在餐桌边喝茶，还有一碟蛋糕。那张没铺桌布的餐桌上摊着几份杰斯特罗广播讲话的黄色打字稿。

维尔纳·贝克站起来，满脸笑容，向她鞠躬。“非常高兴。好久没见了！”她好不容易才进出一句客套话回答他。他瞧了一眼自己身上的党卫军制服，告罪似的轻轻笑了一声：“唉，对了，请别介意我这身吓人的化装舞会打扮。我是在西部各港口做一次旅行，亨利太太，为了莫名其妙的燃油短缺，我们国家要为意大利负担百分之百的供应。我们确实知道燃油都漏到黑市上去了。意大利人看见这身制服比较肯说实话，我这个党卫军的头衔纯粹是荣誉性质的，可是他们并不知道这一点。好得很，这海边的空气对你确实有神效。孩子呢？他好吗？我真想看看他。”

娜塔丽竭尽全力用正常的声调说话：“我去把他抱来好吗？你能在这儿待多久？”

“可惜，不能久留，我要去皮翁比诺办事。福洛尼卡离大路不远，我这才想起顺路进来一下，向你们致意。”

“那我就去抱他来。”

二楼的卡斯泰尔诺沃夫妇脸无血色，神情惊恐，坐在他们的卧室里，房门大开。医生向她招手，轻声问她：“就是这个人吗？”

“是的。”

“我听见他说了皮翁比诺。”

“他是在旅行视察。”

另一个房间里，米丽娅姆正用一只布头做的玩具熊逗着路易斯玩。娜塔丽把孩子从小床上抱起来，小姑娘抬起头看她，神情像是一个心事重重的成年妇人。“你抱他上哪儿去？”

“楼下，马上回来。”

“可是楼下有一个德国人。”

娜塔丽伸出一根指头放在嘴唇上，便把张大嘴巴打哈欠的路易斯抱了出来。她在楼梯上听见贝克提高了嗓门，就站住了。“杰斯特罗博士，所有这四篇广播稿子，照它们现在这个样子已经很好了，不是吗？篇篇都是珠玑啊，你没法儿动它一个字。为什么不马上录音呢？至少是头两篇。"

杰斯特罗的声音沉着平静："维尔纳，从前有一个出版商人劝说诗人艾尔弗雷德·豪斯曼①把他要扔掉的一些文章印出来。豪斯曼用这么两句话把他顶回去了：'我不是说这些文章不好，我是说作为我的文章，它们还不够好。'"

"说得真妙，可是对我们来说，时间是一个主要因素。如果你在战争结束之前不能把这些讲话润色得合乎你的胃口，那岂不全都成了无的放矢吗？"

杰斯特罗的笑声像是表示会心的喜悦。"说得很到家，维尔纳。"

"我可绝对不是跟你开玩笑！我保护着你，使你免受痛苦的骚扰。你跟我说，你需要的就是在海边住上一两个星期。万一这件事情不再让我管，杰斯特罗博士，那你可真要后悔莫及了。"

一阵沉默。

娜塔丽急忙下楼，走进餐厅。贝克站起来，对着孩子满脸堆笑。"好家伙，他可长大了许多！"他把眼镜塞进胸前的口袋里，伸出两臂，"给我抱一下，好吗？你们真不知道我多么想念我的克劳斯，我最小的儿子！"

把儿子放进这个穿制服的家伙的手中，娜塔丽感到一阵恶心，不过贝克博士接过孩子的动作倒也老练轻柔。路易斯开心地朝他笑。贝克博士的眼睛湿润了，讲话也故意装得小声小气。"好啊，喂！喂，快乐的小家伙！我们是朋友，是吗？我们两个不搞政治，嗯？好啊！要我的眼镜，是不是？"他把眼镜从路易斯紧紧攥住的小手里拿过来，"我们都希望你永远不需要眼镜。瞧，你妈妈不放心哩，回到她那儿去吧，告诉她，我可从来没把孩子朝地上摔过。"

娜塔丽紧紧抱住孩子，放宽了心，坐了下来。贝克重新就座，戴上眼镜，脸上又是一副严厉的神色。"就这样吧。五天以后我就可以结束旅行回来，我建议你们两位跟我一起去罗马。杰斯特罗博士，你必须准备好广播稿去录音。我已经安排好旅馆，对于这件事情，我可非常坚决。"

杰斯特罗耸起双肩，摊开两臂，开玩笑似的装出一副无可奈何的可怜相，说："五天！也好，我可以力争做出点儿事来。可是，后面两篇稿子我是无能为力的，维尔纳。它们只是一些乱七八糟的笔记。头一篇或者头两篇，亲爱的伙伴，我还可以试一试，把它们马马虎虎地赶出来，但是如果你非四篇全要不可，那我只能像一匹拖不动车的老马一样躺倒不干了。"

---

① 艾尔弗雷德·豪斯曼（1859—1936），英国诗人，剑桥大学教授。

贝克拍拍老人的膝盖："把头两篇搞好等我回来。那就瞧你的了。"

"我也得上罗马去，果真需要吗？"娜塔丽问。

"是的。"

"然后我们还要回锡耶纳去？"

"你愿意回去就回去。"贝克心不在焉地说，一边看手表，一边站起来。埃伦送他出去。

卡斯泰尔诺沃夫妇走下楼来，米丽娅姆踮着脚跟在她妈妈的裙子后面。她探出头来，像戏台上的演员那样用耳语问娜塔丽："德国人走了吗？"

"走了，不在这里了。"

"他叫路易斯吃苦了吗？"

"没有，没有，路易斯好得很。"娜塔丽紧紧抱住孩子，就像是他跌倒了把他抱起来一般，"你们两个到外边门廊上去玩，好不好？"

"我们可以吃块蛋糕吗？"

"可以。"

四个大人立即在餐厅里开了个秘密会议。现在已是危急关头，杰斯特罗必须立即转移，他们认为这些都是不言自明的。他们决定，卡斯泰尔诺沃必须去找弗兰肯塔尔商量，但是不能在电话里谈。下午的公共汽车半小时后就要开车，医生戴上帽子便出发了。接着是惶恐不安的一夜，他妻子一夜没合眼，直到他第二天一大早回来，才算把心放下。弗兰肯塔尔的建议是他们最好还是向海岛出发，因为上星期刚开走一艘矿砂船。下一班开往厄尔巴岛的渡轮是后天。

"那就是上科西嘉去啰。"娜塔丽说，难以抑制的快乐掩盖了她心头的怦怦乱跳。

"去厄尔巴，"医生说，"我们得到了那儿再等，科西嘉方面的事情还没进行。"

"也好，"杰斯特罗说，"拿破仑当年能从厄尔巴出走，我们也一定能办到。"

他们逃离的那天早晨，大雨如注，狂风怒号。惊涛骇浪冲击着皮翁比诺海滨一带的海堤，浪头比海堤还高。乘客们三三两两开始登上码头边颠簸的小渡轮。远处一间棚屋里有三个海关警卫，淋不着一滴雨，舒舒服服地坐在那里抽着烟斗，呷着酒。弗兰肯塔尔已经准备好证明文件，买好了船票；因为厄尔巴岛上有监狱，所以旅客必须经过批准。但是，谁也不来检查证明文件。这几个私自潜逃的人混在其他打着雨伞的旅客中间登上了渡轮。铁链咣啷咣啷地响，柴油机咳呛着喷出刺鼻的浓烟，渡轮摇摇晃晃驶离了停泊地。弗兰肯塔尔向他们挥手告别，还若无其事地大喊一声"再见"，他们就这么出走了！

　　回头朝陆地上看，只见它笼罩在滂沱大雨和皮翁比诺高炉的烟雾中。娜塔丽回想起头一天夜里，火车车窗外高炉喷出的红色火焰把路易斯吓得一通大哭，惹来一个查票员检查乘客的证件。米丽娅姆操起她银铃一般清脆的托斯卡纳土腔，乱扯了一通意大利儿语去分散路易斯的注意力，也分散了那个查票员的注意力，把他逗得笑呵呵地走开了，没给他们找一点儿麻烦。尽管她心头充满噩梦一般的恐惧，但在从意大利出走的路上，出现的险情只此一遭。

　　在波涛汹涌的大海上经过一段令人头晕目眩的缓慢航行，厄尔巴岛终于在蒙蒙雨色中隐隐逼近，云遮雾障，青山起伏。他们下船的地方是一处海风很大的马蹄形港埠，临海一带都是旧房屋，一座古老的堡垒居高临下。遵照弗兰肯塔尔的嘱咐，安娜披上一条白头巾，娜塔丽披上一条蓝头巾，埃伦嘴里衔了一个烟斗。一个体态犹如枯树的老人赶了一辆骡车在他们面前停下，招手叫他们上车，随即用一块脏兮兮的帆布当作雨帘把车子罩上。接着便是很长很长的上山旅程，骡车一路颠簸滑行。透过窗格子上镶装的薄云母片朝外看，山上的葡萄园和农田都是笼罩在雨雾中的一团团模糊不清的浓绿。帆布里面的空气又霉又闷，骡膻味冲得人透不过气来。赶车的老人没说过一句话，路易斯一路上都在睡觉。骡车终于停下了，赶车的人翻开雨布，娜塔丽提起僵硬的两腿踏下车子，正好踩在一处水洼里。他们来到一座斜坡上的山村的石铺广场上，四周不见一个人影，连狗也看不见一只。暮色已临，雨也停了，淌着雨水的石头老教堂正面呈现一片深紫色。这儿的宁静简直令人害怕。

　　"我们到了什么地方？"娜塔丽用意大利话问赶车的。她的正常的说话声音听起来竟像是大声吆喝。

　　赶车的第一次开口："马尔恰纳。"

第三十五章

　　贝尔埃尔骑术学校的马夫们正在侍弄又是嘶叫又是尥蹶子的数量可观的马匹，但此刻在场的骑手只有梅德琳和拜伦两人。梅德琳全身的衣着都是刚从硬纸盒里取出来的全新货色：浅黄色马裤，柔软锃亮的棕色马靴，男式羽饰帽子。拜伦穿了一件华伦的安纳波利斯海军学院的运动衫，一条褪了色的粗蓝布工装裤，一双帆布胶鞋。一个衣服龌龊的干瘪马夫把他打量了一下，牵来一匹名叫杰克·弗罗斯特的毛色纯黑的高头大马。拜伦把两边的马镫调整好，翻身上马。杰克·弗罗斯特登时贴着两耳，翻动着红通通的眼珠子，撒腿朝峡谷发疯似的飞跑。这匹马力大无比，飞跑起来倒是平平稳稳，拜伦索性放松缰绳，任它跑个痛快。经过小径上当道横着的一块白色磨石时，杰克·弗罗斯特前蹄腾空，耸起脊背，大声嘶叫，鼻孔喷气，表演了一个好莱坞式的极度惊险镜头。拜伦颇费了点儿劲，才没摔下马。这马显然得出结论，此人是一个骑马的好手，也就安静下来，还掉转头来，像是询问似的朝他看了一眼。拜伦看见梅德琳从后面跟来，穿过杰克·弗罗斯特方才扬起此刻正在沉落的尘土。"好哇，你喜欢跑，你就跑吧，马儿。"他一面说，一面把两腿一夹，"继续前进。"

　　杰克·弗罗斯特急忙重新开步，纵身跃上一条陡峭的盘山小路，闪电似的沿着峡谷的山坡直奔山顶，快得令人毛发直竖。到得山顶，它便站定不动，低头喘气，声如鲸鱼喷水。拜伦经过这一番震颤，身心大快，立即下马，把它拴在一棵树上，自己坐在一块大石头上歇息。过了一会儿，他听见下面马蹄嘚嘚，梅德琳也上来了，浑身一层尘土。"你的马怎么了？"她大声问。

　　"我想，它需要活动活动。"

　　她咔咔地笑着，让拜伦扶她下马。"我还以为它也许是约好了要上圣弗朗西斯科去赴早宴哩。"

　　他们并肩坐在一块宽阔平坦的岩石上，视线越过峡谷，眺望阳光照射下的粗犷的群山。蜥蜴在山岩上追逐食物，苍鹰在他们下面的半空中盘旋，厉声叫着。两匹马都在喷气踢腾，把它们身上的鞍辔弄得叮当作响。这声响更衬托出山顶的寂静。

拜伦等着梅德琳说话。这次骑马出游是她硬求着他的，她也没说明为了什么。过了一会儿，他说："没什么麻烦事吧，梅蒂？"

"哦，勃拉尼，我碰上了一大堆麻烦。不是的！不！"她忍不住一阵笑，"瞧你的脸！像一台电传打字机那么灵敏，好哥哥。天哪，难道那一回我是吃亏了吗？我没怀孕，勃拉尼，别用枪口对着人。"

他搔着头皮，勉强露出个笑容。

她没好气地伸出一根指头朝他晃动。"瞧你，对自己的妹妹竟会想到那么坏的事情上去！不是的，我是为了调换工作伤脑筋，不过，"——她很快用一个金打火机点燃了一支香烟——"我不能在妈妈面前跟你谈这件事。"

"你在这儿吸烟行吗？我看见有块牌子上说这个峡谷容易失火。"

她耸一下肩，深深地吸一口烟。"你记得莱尼·斯普雷雷根吗？"

"当然。"

"环球公司请他担任制片人，他要我做助手。"

"克里弗兰怎么说呢？"

"大发雷霆！气坏了。"她朝拜伦笑笑。她的脸上泛起红晕，两眼射出热切的光芒。"我不能不考虑这个问题，是不是？从一星期一百五十美元到一星期两百美元，这可是了不起的升级呀，你瞧。"

"可不是，真慷慨，梅蒂。趁此机会摆脱克里弗兰，那就更好了。"

她脸上的表情仍然温柔可爱，但是亨利家特有的坚定口气已听得出来了。"唉，你老是低估了休，是不是？听众们喜欢他。当然，拍电影比卖肥皂、卖泻药强多了，但是我现在这个工作是靠得住的。休甚至还给了我他的公司里一笔小小的股份。这确实是一个伤脑筋的问题。"

"梅德琳，你应该抓牢环球公司这个机会。"

"告诉我一件事情，休有没有什么地方得罪了你？如果有，那也一定不是有意的。他觉得你这个人很可怕。"

"他不了解我。"

"你要我说吗？我敢打赌，你是为了他在杰妮丝家里吻的我，是吧？"她咧开嘴朝他笑着，一副调皮相，"我敢打赌，这件事还在你心头作怪。我的上帝，你当时告诉我你看见我们俩的时候，你的眼神真像要杀人似的。"

拜伦仍然愿意把这件事从他的记忆中抹掉：那个细皮白肉的已婚的肥胖男人把梅

德琳搂在怀里，她的裙子后摆朝上翻，露出粉红色的大腿和雪白的吊袜带。"好吧，你要我给你出个主意。我已经照办了。"

"勃拉尼，"——她的声音变得柔和了——"休·克里弗兰提出和我结婚。"拜伦脸上毫无反应。她满脸通红，急忙说下去："麻烦就在这里，所以我必须找个人谈谈。妈妈只知道一本正经，她听了这件事准会气得一命呜呼。再说，她的问题也够多的了——怎么了，你这样一言不发，看来是不高兴，好哥哥！可是，你不了解休。他这个人跟我们是一样的，亲爱的，他实在是一个很懂事、软性子、孤孤单单的人。"

"有老婆和三个孩子陪伴还不够吗？"

梅德琳苦笑一声："依我看，那是不得已。"

"他向你求婚了吗？"

"哦，亲爱的，如今没有求婚这种事了。"她轻蔑地把手一挥，"你向娜塔丽求过婚吗？"

"当然，没少说话。"

"好啊，你算是一个稀罕的老古董。咱们亨利一家全是的。休已经在办离婚了。"

"他在办了吗？"拜伦站起来，踱来踱去，两脚踩在全是小石子的泥地上，发出嘎吱嘎吱的声响，"你该跟爸爸谈谈。"

"爸爸？别提了，他会拿着马鞭去找休的。"

"他是为了你才和他妻子离婚的吗？"

"哦，克莱尔，他的妻子，是一个怪物，完全精神失常，一个蠢女人，他二十一岁就和她结婚了。她害怕失掉他，害怕得就像要发疯似的，可是又要把他踩在脚底下。她只知道朝精神分析医生那儿跑，花钱像个女公爵。可不是，一年前她到处大发神经，胡言乱语，对我造谣毁谤，不知道说了多少威胁恐吓的话，使他不得不买件貂皮大衣求她息怒。她真是一个没羞没臊的东西，勃拉尼，我说的句句都是实话。当然，她还挑拨孩子们来折磨他。"

"听我说，今天就给环球公司打电话。"他停了下来，站在她面前，"告诉那家伙，星期一就到他那里上班。"

"我估计你会这么说。"她庄严地仰头看着他，声音却是颤抖的，"我不确定是不是能做到。"

拜伦的心头涌起了一股对他妹妹又是厌恶又是心碎的同情，说道："那么，是认真的了。"

"是的。"

他的声音变小了。"认真到什么程度？"

"我已经告诉你啦。"她的口气又变得令人恼火了，"这件事不需要动用马鞭和猎枪。不过，是很认真的。"

他仔细打量看她的脸，深深叹了一口气。这姑娘温柔坦率的面孔就像一个皮制的面具一样让人看不透。"他多大年纪？"

"三十四岁。"她看了一下手表，"哥，你得开车去接妈妈，带她上华纳兄弟电影制片厂的午餐食堂去跟我们碰头。我们这就骑马回去吧。"

"也许我要在电影制片厂里跟他谈谈。"

标致的"皮面具"微微露出渴望的神情，像是松了一口气。"你？谈什么呢？"

"就谈这件事。"

她把嘴一撇："你要带一支猎枪去吗，好哥哥？"

"不。如果他想跟你结婚，那他应该乐意跟我谈谈。"

"我没法儿不让你谈，随你的便。"她把一只脚伸进马镫，"帮我跨上去，勃拉尼，我们晚了。"

在华纳兄弟电影制片厂那宽大、拥挤、明亮的自助餐厅里，罗达睁圆了两眼，伸长脖子，简直没吃什么东西，只顾不停地说："你瞧，梅蒂，那不是汉弗莱·鲍嘉[①]吗？——我喜欢的明星，还有贝蒂·戴维丝[②]！银幕外的她看起来是那么年轻。"

休·克里弗兰向她解释，大明星们都有自己的豪华餐室，不过有时候他们也喜欢光顾一下职工的午餐食堂，吃一块三明治，喝一杯牛奶。克里弗兰跟电影明星一样，穿了一件晨衣来吃午饭，脸上还带着拍电影的妆容。拜伦瞧见他这副模样，又觉得讨厌他了，但是他那套装模作样的谈吐和谐笑显然使罗达觉得有趣，而他圆滑周到、春风满面的神气也给她留下了好印象。两套无线电广播节目——原有的业余游艺节目和对军人广播的《快乐时光》——都很有号召力，正在摄制的电影短片眼见会有更大的进账。梅德琳的一星期一百五十美元大约是拜伦在潜艇上的薪水的两倍，如果她接受环球公司的聘请，就可以赚得比她父亲当重型巡洋舰舰长还多。

这是怎么回事呢？午饭后参观了短片《快乐时光》的摄制，拜伦便很反感。士兵们和水兵们成了克里弗兰的假装是即兴笑话的不值一文的笑料，这些笑话都用印刷体写在大纸板上，高高竖在摄影机镜头拍不到的地方，没有一个观众。梅德琳后来解释说，导演会拼接上一些聚精会神、哈哈大笑、热烈鼓掌的观众的镜头。拜伦觉得，就

---

① 汉弗莱·鲍嘉（1899—1957），美国电影演员。
② 贝蒂·戴维丝（1908—1989），美国电影演员。

算这些假把戏都搞成功了，这样的影片也不见得会令人看了舒服。就这么一个无线电广播员，别的什么都没有，故意装出一副随随便便的样子，拿一些身穿军服、才能平庸的孩子开开玩笑，表示他毫无架子。娱乐行业的这种种景象虽然非常低级，但显然使他母亲看得入了迷。她能有这么一个暂时忘掉悲痛的机会，拜伦感到很高兴。至于他自己，只觉得腻烦乏味，如坐针毡，一个哈欠接着一个哈欠，打得他两个腮帮子都酸痛了。

休息的时候到了，暂停拍片，克里弗兰向他们走来，笑容满面，拿着两纸杯咖啡。"你好像比我还需要这个，海军上将。"

梅德琳急急忙忙跑来。"妈妈，拜伦！汉弗莱·鲍嘉正在隔壁场子里拍有声片子，要去看吗？"

"那行吗？"罗达求之不得地问。

"当然行。"

"我都看得眼花缭乱了。"罗达跟在她后面说。

拜伦安坐不动，克里弗兰问他："没兴趣？"

"克里弗兰先生，我能跟你谈谈吗？"

"什么事？"

"梅德琳告诉我环球公司想聘请她。"

"哦，来吧。"拜伦和他一起走进一间用胶合板隔起来的化装室，两人同在椅子上坐下，椅子对着一面用小灯泡镶边的镜子。"拜伦，别让她接受那个工作。"

"为什么不？人家给的钱多。"

"莱尼·斯普雷雷根是一个过得去的电影剧作家，但他不是一个主管人。他靠能说会道搞到这位置。他是一个共产党，不仅如此，他还是一个共产党。他在环球待不长，他一走，梅德琳在好莱坞也就站不住脚，无依无靠，非走不可。"

"她说，你要跟她结婚。"

"哦，呵呵！"克里弗兰满脸堆笑，伸手掠了一下脑后的头发，"这个嘛，你就叫我休，好吗？"他看看化装台上的一只廉价闹钟，喝掉了咖啡，一面站起身来，一面打哈哈地说，"喝咖啡休息这会儿工夫，我们就别打开那罐豆子了吧，海军上将？你在这儿待多久？"

"我请假到今天晚上为止。"拜伦也站起来，堵住了那道小门。这本来是一个无意的举动，可是这么一来，克里弗兰就出不去了。"她说，你在办离婚。"

克里弗兰客气地做了个手势，便要朝门口走。拜伦没理会他的手势。要出去，就得把这个潜艇军官挤到一边，他肥嫩的面孔变得阴沉了，可是转眼间又露出了眉飞色舞的殷勤笑容。他半边屁股坐在化装台上，伸手摸摸下巴颏儿，眼睛捉摸着拜伦的严肃脸色。他一面用两只手把头发弄乱，一面发出轻轻的一声叹息。"好吧，拜伦，和你简单说一下，是这么回事。克莱尔，我的妻子，她是一个很痛苦的不幸的女人。我也不要再说她什么坏话啦。我们有三个了不起的孩子，但是除此以外，我们之间就没什么交集了。性的要求是零——不是我这方面，是她那方面。真是活受罪，我希望你永远不会碰上这号事。我们两人都找律师谈过，可是这类手续既麻烦又拖时间。结婚是容易的，可是基督神通广大，我的孩子，要脱身就难了。"

"你爱我妹妹吗？"

"你妹妹可真是了不起。她跟你说的是真话，我相信我能够办成这件事，但确实纠缠得要命。就是这么回事，拜伦。"克里弗兰发出一声无线电广播里最亲热的咯咯笑声，站了起来，轻轻拍了拍他的肩膀，"现在该回到正经事上去了，也许晚点儿我们三个人还可以一起喝一杯。告诉她别接受斯普雷雷根那儿的工作，那是干不得的。"

梅德琳在外面忙坏了，拿着一块台词板东奔西跑，一会儿掉头跟这个人说话，一会儿又转过身去跟那个人说话。她一下子冲到拜伦身旁，他正挨着四周都是电线和灯光的门口倚墙而立。

"哎？"听这声调，好像她故意在搞什么鬼名堂。

"怎么啦？妈在哪儿？"

"哦，她一步也不肯动。导演请她留下来跟鲍嘉会面。你跟休谈过了吗？"

"谈过了。"

"快说给我听。怎么回事？"她显得担心、兴奋，想要寻根究底，"他发火了吗？"

"没有。"

她笑了。"那么，看来你没使刀弄枪。要是那样的话，他非火冒三丈不可。"

"梅德琳，告诉他，你要辞职不干了，今天就去跟他说。听我的话准没错。告诉他，我的脾气惹不得，随便你用什么坏字眼都行。"

她沉下脸。"他不承认他想和我结婚吗？"

"他支支吾吾。我告诉你，马上辞职。如果你真想得到他，这样也许还能促使他赶快采取行动。"

"是吗？拜伦·亨利，"她狡猾地眯起眼睛，"那可是姑娘们的心眼儿，或者照道理说应该是姑娘们的心眼儿。"

"如果他想玩弄你，这样一来，你也就看得透了。"

她把头一甩，灵巧地扭动着褶子裙下的屁股，走开了。

几个小时以后，在别墅里，拜伦小睡未醒，轻轻的敲门声把他叫醒了。"勃拉尼！"梅德琳的声音轻柔而兴奋，"你穿着衣服吗？"

西斜的太阳照在拉上的红窗帘上，映出一大块一大块亮光：是喝鸡尾酒的时候了。他坐起来，伸了个懒腰，上身赤裸，只穿一条短裤。"哦，过得去。"

她推门进来，背贴在关好的门上站着。"基督知道，我照你说的做了！"

"好得很。妈在哪儿？"

"我不知道，不在这儿。勃拉尼，我做梦都想不到我能这么做，真难相信。我现在只觉得自己像一个从阿尔卡特拉斯岛越狱泅水抵达岸边的逃犯。"透过窗帘射进室内的一片红光更加突出了她满脸的兴奋和狂热，"他对这件事的反应啊！就算再过一百年，我也不会料到他有这么好。拜伦，他好得像个馅儿饼！真是美极了！没一个不中听的字眼！我脑子里迷迷糊糊的。给我一杯喝的好吗？"

拜伦穿上一件晨衣，两人一同走进客厅。他懒洋洋地坐在长沙发上抽烟，她拿着一杯威士忌苏打水，在房间里走来走去说着话，黄裙的褶子不停地摆动。她是在化装室里跟他谈的，只不过个把钟头以前，在他们结束了温习第二天的台词之后。克里弗兰很温和体贴，毫不觉得意外。"哦，他可真是一个聪明鬼！你知道他一上来就怎么说来着？'没错，小鬼，你去跟你哥哥商量，那是做对了。那就是说，你已经想辞职了。'不过，拜伦——这一点也许要让你认输——他说，你是对的。在他抓紧离婚的当口儿，我暂且跑开，这样要好得多。要不然，克莱尔可要在我身上大找麻烦。多谢基督，你到这儿来了。"

"都决定了吗？肯定这么办了？你辞职了？"

"一点儿不错。你说，这是不是太好了？"

"你什么时候去那个'死不肯改'的家伙那儿工作，他叫什么名字来着？"

梅德琳想继续装出一副怒容，但是她的嘴闭得越来越紧，终于爆发出一阵大笑。"'死不肯改'！说真的，拜伦，你倒是一个唱滑稽戏的。'斯普雷雷根'有什么难说的呢？"

"对不起。你什么时候上他那儿去干活儿呢？"

她还在咯咯笑个不停。"下个月。我给莱尼去过电话，他也同意，并且——"

"且慢。下个月？"拜伦坐直身体，两条长了毛的赤裸的腿一下子落到地板上。

"好哥哥，当然。我得有一个月通知辞职的时间，我不能拍屁股就走，那岂不成了孩子家。"拜伦一拳头砸在咖啡桌上，书本和烟灰缸都跳了起来。梅德琳吓了一跳，提高了嗓门。"哦，你让我受不了！你怎么这么不讲道理？难道你和爸爸不需要有人接替就可以离开军舰，一走了之吗？"

拜伦一下子站了起来。"见你的鬼，梅德琳，你想拿克里弗兰干的鬼把戏来跟我做的工作比吗？跟爸爸做的工作比吗？跟华伦的贡献比吗？我再去找这家伙。"

"别！我不要你去！"梅德琳开始哭起来，"哦，想不到你会这么粗暴、这么残酷！我提到华伦了吗？"

"该死，没有，打我到这儿以来，你从没提过。"

"我受不了了！"梅德琳尖声叫嚷，朝他挥动拳头，泪如泉涌，"你也受不了了！哦，天哪，你为什么要提他？为什么？"

这一阵疾风骤雨把拜伦压倒了，他嘀咕了一声"对不起"，伸出手臂想去抚慰她。

她退缩开去，用一只颤抖的手把眼泪擦干。她的声音还在抽咽，但是强硬坚决。"我的工作对我来说是重要的，拜伦，对千百万人民来说也是重要的。千百万！它是老老实实的工作。你想把我压服，可你没这样做的权利。你不是爸爸，就连他也没这个权利，我已经不是十六岁的孩子了。"

房门开了，罗达走了进来，捧着大包大包的东西。"嘿，孩子们，我把贝弗利山庄的铺子整个买下来了！像台风一样席卷威尔夏大街！他们得花几个星期清扫残迹！拜伦，我渴得要死，给我好好调一大杯杜松子酒加苏打水，你肯吗，亲爱的？"她走进她的卧室。

"哦，上帝。"梅德琳轻声说，擦着眼睛。她母亲进来的时候，她便转过身去背对着她。

"去洗个脸，梅蒂。"

"好吧。给我也再调杯酒，要浓的。"

罗达换了一件新的鲜艳的印花晨衣，马上到小厨房里去找拜伦说话了，他正在里面调酒。"亲爱的，你真的今晚就回潜艇学校去吗？那真让人难受。我还没好好瞧你一眼呢。"

"我今晚在这儿陪你，明天一大早开车走，下星期日我再来。"

"哦，好极了！你和梅蒂两个使我起死回生了，确实是这样。在华盛顿，我觉得好像是在坟墓里一样。我买了一大堆加利福尼亚的衣服，又漂亮又轻薄，式样都不相同。这儿的人做出来的货色真让人喜爱，打仗也好，不打仗也好。我要带满满一衣橱的衣服去夏威夷穿，我存心要让你们的爸爸大开一下眼界。"

"你认为你准到得了那儿吗？"

"哦，准到得了，准到得了。总有办法的，亲爱的，我是下定了决心的——哦，谢谢你，乖孩子。我想，我还是先上游泳池泡一下再喝这杯酒吧。"

房间里又只剩下他两个在一起呷着酒，梅德琳便用和解的口气说："拜伦，你真打算等受训结束就去瑞士？海军会准许吗？"

"我不知道，这要取决于我能从国务院和驻罗马的使馆打听出什么结果。除非到了非向海军提出不可的时候，否则我不会跟海军打交道。"

她朝他的扶手椅走去，在扶手上坐下，抚摸他的面孔。"瞧，别对我这么狠心。"

"你不能再干两个星期就走吗？"

"相信我，拜伦，你帮了我大忙。这件事会办妥的，我可以发誓。"她妈妈穿着一件游泳衣、拿着一条大毛巾出来了，梅德琳的声音立即变得响亮而高兴，"嘿，妈妈，好消息！你猜得着吗？我要上环球公司去工作了！"

第三十六章

八月初，伯尔尼的美国公使馆里，杰斯特罗—亨利的案件突然闹腾起来了。

斯鲁特在瑞士外交部的朋友赫西博士从罗马回来，带来了惊人的消息，杰斯特罗和他的侄女得到一次破格优待，获准前往海滨度假，竟趁机脱逃。这桩事件还牵涉到一位锡耶纳的犹太医生，他是一个秘密的犹太复国主义分子。意大利当局极为震怒，赫西博士还被召到德国大使馆里接受盘问。这位面色红润的矮胖外交官在人行道旁的小咖啡馆里把这一切细细讲给斯鲁特听，详细描绘他怎样跟德国大使馆的一等秘书，一个名叫维尔纳·贝克的冷酷阴险的家伙谈话，还叫对方见鬼去吧，说到这里，半块巧克力奶油小蛋糕都在他的叉子上微微颤抖。赫西认为，杰斯特罗和他的侄女如今已处于绝境。如果他们躲起来了，将会被发现；如果他们企图逃出意大利，将会被抓住。一旦重新被捕，他们就会立即被送进一所意大利集中营。政府早已没收了杰斯特罗的别墅、他的银行存款，以及他租用的保险箱里的财物。

哦，上帝——斯鲁特一面聆听这个令人心烦意乱的故事，一面心里想——娜塔丽还是那个老脾气，不顾死活地一头栽进前途未卜的危险中，这一次还把孩子也带进去了！他决定不把这一严重事态通知她的母亲和拜伦——他正不断来信打听消息——直到他自己得到进一步的消息。为此，他认为有必要到日内瓦去一次。犹太人的各大组织，包括犹太复国主义组织，都在那里设有瑞士办事处。美国领事馆一向都和它们打交道，也和犹太人的地下活动有接触。关于这次逃亡他可能打听不出什么，可是另一方面，在日内瓦可以从犹太人那儿听到一些惊人的消息，而这类消息一般来说都还靠得住。

关于德国人消灭犹太人集中营的骇人听闻的传说就是通过这些接触点点滴滴渗透出来的。斯鲁特对这些消息本来已经采取了一种不闻不问的态度。自从他证实《万湖会议纪要》的企图落空以后，自从马丁神父不明不白地突然死亡以后，他已觉得自己无能为力，甚至觉得自己处境危险。首先应该保存自己，不让自己发疯。归根到底，他不是什么重要人物，怎能改变历史？阿尔卑斯山脉白雪皑皑，景色美丽得像画在明信片上似的，山脉的那一边正在进行的不只是一场大战，还是——他深信不疑——一场秘密的大屠杀。与此同时，太阳每天升起，照样吃饭喝酒，办公桌上堆满了工作，有的是外交界的酒会宴会。细细思量，伯尔尼的战时生活也蛮不错的，这座城市本身又是这么整洁、安静和迷人！钟楼上，小小的滑稽人像叮当地报着时辰，金色的巨人抡起锤子敲响大钟，木偶们都跳一遍舞，坑里的驯熊为了吃几个胡萝卜，笨拙地跌跌撞撞表演华尔兹舞。遇上暖风吹散阿尔卑斯山上的云雾的日子，积雪的伯尔尼兹山脊跃入眼帘，白雪、红岩、蓝天，简直可以拾级而上，直达天空。只有一件事情和美丽的峰峦外面的恐怖世界相关联，那就是源源不断来到美国公使馆大门外面的难民，他们的眼睛里都流露出惊恐的神色。

斯鲁特乘上去日内瓦的火车，心情忧郁。三天后回到伯尔尼时，他的办公室里已经堆满了商务公文。他跟他的秘书埋头处理完这一大堆公文，很感激自己能够把心思用在有理性的事情上。一天的工作结束，他婉拒了另外两个未婚同事请他共进晚餐的邀请，这两个同事有几位来此演出跳芭蕾舞的法国姑娘做伴。回到公寓里，有个偶尔偷偷和他睡觉的瑞士有夫之妇打来了电话，他也推托了。在日内瓦打听到那样的消息之后，区区声色之娱在他心目中已变得卑鄙龌龊了。他吃了点儿面包和干乳酪，便拿了一瓶威士忌酒倒在扶手椅上。

关于杰斯特罗和娜塔丽，他打听到的只是一些捕风捉影的第三手传闻。不过，他还是觉得这是可信的，也是可喜的。不幸的是，同时也违背他的意愿，他又得知了大量关于消灭犹太人的情况。辞职不干，退出外交界，这个念头在他脑子里盘旋不去，好像电光广告牌上的一条警句一般，一次次重复出现。紧紧闪现在它后面的是一条红色警句：立即应征入伍。

莱斯里·斯鲁特不觉陷入一阵沉思，回顾起他的志向、他的身世、他的道德标准、他的希望，经受着对自己层层剖析的苦楚，仿佛面临着一个重大抉择，决定尝试一种新的终身职业，决定和一个姑娘分手或者结婚。他从来不曾把犹太人放在心上，他是在康涅狄格州一座市郊城镇里长大的，犹太人不容易在那里买房子安家。他父亲是一个生性沉静、爱好哲理的华尔街律师，不曾和什么犹太人结成朋友。在耶鲁大学，斯鲁特总是对犹太同学敬而远之，就是在不为人知的社交生活中也没碰到过犹太人。对于娜塔丽·杰斯特罗的犹太人身份，斯鲁特也曾一度感到是一件憾事，跟身为黑人比起来，大概是五十英里和一百英里的差别。

他并不是真的变了，现在也好，过去也好，他向来都是只顾自己的，但是碰巧那份万湖会议的文件落到了他手中。他懂得德国的历史和文化，有些东西，别人觉得荒诞无稽，他却信以为真。从明斯克文件事件之后，到他为《万湖会议纪要》发出一阵聒噪的声音之间的一段时间里，他便已是一个涉嫌人物。如果他现在为了这新证据而大声疾呼，那就不免要在国务院里永远给自己戴上一顶"犹太帮"的帽子。所以，斯鲁特倒在扶手椅上，反复思忖，瓶子里的威士忌越来越少了。

然而，来自日内瓦的新证据——尽管令人震惊，尽管令人厌恶——也并不是驳不倒的。怎能有这样的事呢？死去的犹太人在哪里？没有一具死尸，你就不能万无一失地证实一桩谋杀案——在这件案子里，就得有堆积如山的尸骨或者掩埋尸体的许多处万人冢。谁能把这样的证据搞到手？照相可以假造。在战争结束以前，永远不要想有驳不倒的证据；即使到了那时候，也必须是同盟国打了胜仗。日内瓦的证据和《万湖会议纪要》一样，不过是一种说法而已：口头的说法、见诸文字的说法，还混杂了一些别的说法，都不过是些歇斯底里的胡言乱语；更有另外一些说法，例如用死人制造肥皂之类的故事，则是从上一次大战传下来的渲染战争暴行的陈腐宣传。

如此不可思议、骇人听闻的大屠杀，别人觉得难以置信，斯鲁特也不能责怪他们。沙皇时代对犹太人的集体杀戮已经是陈旧的故事，一次那样的集体杀戮，死人终属有限。纳粹党人不屑费心去遮掩他们对犹太人的迫害和劫掠，秘密杀害无辜，数以十万百万计，这样的传闻不断出现，越来越多，而纳粹一概斥之为盟国的宣传或犹太人的梦呓。然而，这样的屠杀还在继续，至少斯鲁特相信是如此。《万湖会议纪要》中的计划确实正在付诸实施，在一个不是杀人就是被杀的恐怖世界里，而那个世界却像月球背着地球的那一面一样，人们永远没办法知道它的真相。

一杯又一杯的威士忌苏打水灌下他的咽喉，留下一股热辣辣的余味，使他舒畅宽慰，使他感到飘飘然。他简直有点儿像一个脱离了躯体的灵魂，回头看着这个瘦骨嶙峋、戴着眼镜的他自己，直挺挺地躺在扶手椅和垫脚凳上，很为这个聪明家伙感到惋惜，他也许会为了该死的犹太人牺牲掉他的前程。他又有什么办法呢？他是人类的一员，而且神志清醒。如果一个神志清醒的人知道了这么一件伤天害理的事情而不与之斗争，人类的前途还有多少希望呢，是不是？谁又能说得出有什么事情是一个人办不到的呢？只要他找到了适当的言语去向全世界诉说，去向全世界宣告，去向全世界呼吁。卡尔·马克思是怎样做的？耶稣基督是怎样做的？

斯鲁特知道，独自借酒浇愁到了想到马克思和基督的地步，就该适可而止了，也是该上床安歇的时候了。他便上了床。

第二天早上，他正卷起衬衫袖子在打字机上打一封信给拜伦·亨利，把打听来的关于娜塔丽的消息告诉他。他的秘书进来了，她名叫海迪，是一个肉感风骚的金发碧眼姑娘。海迪一见斯鲁特，便要卖弄风情，不过在他看来，她就好像一块裹在裙子里边的奶油蛋糕。"日内瓦领事馆的韦恩·比尔先生说你约好等他来的。"

"哦，是的。请他进来吧。"他把信锁进抽屉里，急忙穿上一件上衣。韦恩·比尔一进来，海迪便禁不住向这位年轻英俊的美国副领事频送秋波。此人身材矮小，前额已秃了许多，但是腰板笔直，腹部平坦，两眼明亮，所以额上的光秃也就不值得介意了。他是因为心脏有杂音才从西点军校中途退学的，年已三十，步伐却仍像一个士官学员，并且一直设法重回陆军。海迪弄姿作态走了出去，比尔目送她的背影，好像有点儿出神。

"你没把文件带来？"斯鲁特关上房门。

"见鬼，没有，生怕在火车上失落这样的东西，我的头发都吓得竖起来了。如果公使决心采取行动，我会把我手头所有的东西都给他送来。"

"给你约好十点钟见他。"

"他知道是为这件事吗？"

"当然。"

比尔觉得很有难处，脑门儿上布满了皱纹。"我也认为这件事情莫测高深。莱斯里，你也一起谈，是吗？"

"不行。人家都说，我在这个问题上有神经病。"

"见鬼，莱斯里，谁说你神经病来着？你已经看过那些案卷，你知道提供材料的是什么人。你的才华是大家都知道的，我可差得远了。去他妈的，你来吧，莱斯。"

斯鲁特觉得无可奈何，也预感事情不妙，说道："可是得由你一个人说话。"

公使穿了一套凉爽的夏服和一双粉刷得雪白的皮鞋。他说，他要去出席一个花园宴会，所以这次会见必须干脆痛快。他朝转椅上一坐，一只好眼睛注视着并排坐在长沙发上的两个人。

"公使先生，我感谢您从繁忙的日程中抽出这点儿时间给我。"比尔开始说，声调和手势都不免干脆痛快得过头了一点儿。

公使把手一挥，既不耐烦，也不以为然。"你有什么新的消息？"

韦恩·比尔立即开始口头汇报。有两份互不相干的证实大屠杀的过硬材料到达了他的办公室，都来自上层人士。他还从第三个来源得到目击者的宣誓证词，证明大规模屠杀的真实情况。他说得详详细细，还说了一大通什么空前浩劫、美国的人道主义以及公使的明智之类的话。

公使把脸撑在一只手上，活像一个不耐烦的法官。他问："是什么上层人士向你证实的？"

副领事说，一个是知名的德国工业家，另一个是国际红十字会的瑞士负责官员。如果公使需要知道名字，他可以设法征得这两位先生的同意，透露他们的真实姓名。

"你亲自跟他们谈过话吗？"

"哦，没有，公使先生！谁肯跟一个美国官员推心置腹地谈话呢，除非他们跟他非常熟。"

"那么，你是怎么得到他们的报告的？你又怎么知道它们是真实可靠的？"

比尔略有窘色，说是得自犹太人的机构——世界犹太人大会和巴勒斯坦犹太事务局。斯鲁特察觉到，公使顿时失去了兴趣，那只好眼睛转来转去，两肩垂下。"又是转过手的报告。"塔特尔说。

"公使先生，"斯鲁特按捺不住了，"关于希特勒的一个秘密计划，又能有什么别样的报告呢？"他没法儿不让他的声音里带点儿火气，"至于这个德国工业家，我自己跟他在WJC会所里谈过话，他把——"

"WJC是怎么回事？"

"世界犹太人大会。他把什么都告诉我了，只是没说出那个人的名字。我知道他说的是谁，此人是德国工业界的巨子。我也看到了目击者宣誓证词的文件，全都是有血有肉的毁灭性的揭露。"

"我的汇报还没有完呢，公使先生。"比尔说。

"哦，还有什么？"公使拿起一把象牙裁纸刀拍打着手掌。

比尔谈了他和日内瓦的英国领事都就新证据向国内发出内容相同的密码电报，以便秘密转给犹太人领袖。英国外交部立即把电报转给了特别指定的英国犹太人，但是美国国务院扣压了电报。现在美、英两国的犹太人领袖除了因为新透露的情况而议论纷纷外，也正因为国务院的这一举动已被发现而义愤填膺。

"这个问题我要查问一下，"公使说，把裁纸刀往桌上一扔，"以后我会告诉你的，韦恩，现在我有点儿话要跟莱斯里谈。"

"很好，公使先生。"

"在我的办公室里碰头，韦恩。"斯鲁特说。

比尔出去了，随手带上了房门。公使瞧瞧手表，揉揉他的好眼睛，对斯鲁特说："我得走了。你听我说，莱斯，我不喜欢这种扣压电报的举动。欧洲事务司真叫我觉得莫名其妙。它对我的两封信都没理睬，一封是关于签证规定的，另一封是关于你的影印件的。"

"你为影印件写过信了？"斯鲁特急忙问，"什么时候？"

"波兰流亡政府公布材料的时候，我重新考虑了这事。所有这一切怎能是造假？

统计数字，具体地点，一氧化碳密封货车，半夜里突然袭击犹太人聚居区？搜查妇女尸体的肛门和阴户是为了什么，寻找钻石珠宝吗？谁能够凭空想象出这样的事来？"斯鲁特两眼盯着公使，瞠目结舌。"就算我们承认波兰人是靠不住的，就算我们认为他们故意给德国人抹黑，以便掩盖他们自己干的混账事情，在巴黎发生的事情又是为了什么呢？维希政府的警察把成千上万外来的犹太人跟他们的幼年子女隔离开，运走了那批做父母的，天知道运到什么地方去了！这是在记者的摄像机镜头前发生的事，毫无秘密可言。我收到一份基督教青年会的详详细细的报告，真是令人揪心。就在那个时候，我为你的影印件给国务院写了信，可那不过是好像往深井里丢下一颗石子。还有关于那签证的事，莱斯，真是太过分了。"

"我的上帝，我想你指的是品行端正证明！"斯鲁特大声说，"我已经为那件浑蛋事情打了几个月官司了。"

"一点儿不错。我简直不敢朝瑞士官员的眼睛看，莱斯里。我们并不是在作弄他们，我们恰恰是在给我们自己的国家丢丑。一个逃出虎口的犹太人怎么拿得出一份他的德国老家的警察局签发的品行端正证明呢？这分明是故意按个钉子，使越来越多的犹太人在这儿卡住。我们非把它废除不可。"

斯鲁特面色苍白，注视着塔特尔，清了清喉咙。"你使我重新感到人间的温暖，先生。"

公使站起身来，对着壁橱里的镜子梳好头发，把宽边草帽戴在头上摆弄好。"况且，铁路方面的情报也是怪得出奇。那些装得满满的特长列车，确实都是从欧洲各地载运平民到波兰去的，然后掉转头来，咣啷咣啷开回来的全是空车，与此同时，德国军方却因得不到车厢和车头而焦急万状。我知道这是千真万确的事实，准是有什么蹊跷的事正在进行，莱斯里。我告诉你一件事情，这事只有你我两人知道。我为这件事情写过一封私人信件给总统，可是后来我又把它撕毁了。我们正在打败仗，实在不能再给他增添什么别的负担了。如果德国人打赢了，整个世界便会成为一个大屠场，要处死的并不只是犹太人。"

"我相信这一点，先生，不过——"

"好了，你去告诉韦恩·比尔把他的材料全部汇集一下。你上日内瓦去给他帮个忙，只要你办得到，就设法让那位红十字会的头面人物把他知道的事情写下来。"

"我可以试试看，先生，不过这些人对德国人都害怕得要死。"

"行，你就尽力去办吧。这一回我要把材料直接寄给萨姆纳·韦尔斯，其实你就可以担任这个信使。"他的那只好眼睛对准斯鲁特发出赏识的光彩，"嘿！你觉得这个主意怎么样？在国内度上一个美好的短短假期？"

斯鲁特顿时觉察到，这样一项使命会永远断送掉他在外交界的前程。"难道韦恩·比尔不正好是一个现成的信使吗，先生？材料都是他搜集来的。"

"重点不在于材料，他不如你熟悉这个问题。"

"塔特尔先生，车子在等着。"桌上的扩音器里发出一阵沙哑的声响。

塔特尔出去了。斯鲁特走回办公室，一开门便听见里面的欢笑声。韦恩·比尔和海迪在里面站着，显得很窘，海迪急忙夺门而出。斯鲁特向比尔传达了公使的指示。"我们越早动身越好，韦恩。公使终于对这件事情热心起来，所以我们得趁热打铁。我们就坐两点钟的火车去日内瓦，好吗？"

"我刚才和你的秘书约好出去吃午饭。"

"哦，我明白了。"

"确实，莱斯，我打算在这儿过夜，不过——"他给了斯鲁特一个男人对男人的会心微笑，"你不介意吧？"

"哦，就在我这儿做客好了，我们明天去。"

斯鲁特立即听到隔壁传来又一阵笑声。一个到手的标致姑娘比在远处受罪遭难的芸芸众生更为重要，这是人的天性，永远也改变不了。

办公桌上早晨到达的邮件中，有一份赫西博士寄来的正式报告，概述了亨利一杰斯特罗案件的情况。斯鲁特把它归进了一个标着"娜塔丽"字样的卷宗夹子，然后把没写完的给拜伦的信撕碎。也许马上就会有好消息从地中海沿岸的某个领事馆传来，或许甚至从里斯本传来。坏消息则是无论什么时候都会有的。

第三十七章

巴穆·弗莱德里克·柯比穿着一件衬衫，捋起袖子，坐在一张租来的旧办公桌前。这是一幢尘封垢积的办公大楼，离芝加哥大学的校园不远。柯比抓紧时间工作，想赶在罗达坐火车到达之前完成一份报告。他心绪不宁，一半是因为对这一次的相见很担心，一半是因为万尼瓦尔·布什要寻根究底弄清事实真相，并且还挑出了报告中含混不清的地方。说实话，有关建造一座铀反应堆所需的纯石墨的来源问题，各方面的情况都是暗淡的。连天气也是如此。八月里的这个下午，天气闷热阴沉，把窗子打开，吹进一股来自密歇根湖的大风，灼热程度不亚于沙漠地带的沙暴，再加上悬浮在芝加哥空气中的尘埃和废屑，黄沙扑面，含沙量也许够得上沙暴的一半；而把窗子关上，又使人感到透不过气来，仿佛是穿着衣服洗蒸汽浴一般。

单单一个石墨问题便十足可以代表这项稀奇古怪的事业的全貌，柯比博士如今从早到晚忙的就是这项事业。关于铀的工作，原来进展缓慢，好比涓涓细流一般，自从珍珠港事件以来，变成了一条日升夜涨的大河，纷至沓来的各种意见、大笔的资金、各方面的人员、成堆的问题，一切都得严守秘密。柯比在万尼瓦尔·布什主管的科学研究与发展局的S-1部门工作。知道内情的人都懂得S-1代表铀，可是对所有局外人来说，它毫无意义——他的一切麻烦的根源就在这里。他要搜求物资材料，寻觅建筑场地，但他竞争不过大厂商和军方强有力的采购人员。芝加哥的科学家们都把铀反应堆的一次次上马和一次次失败归罪于石墨。需要更高纯度的货色，但是哪儿都买不到，有能力生产这种货色的大化工厂都被一些大主顾的军事订货单压得不能脱身了。这是柯比给布什的报告的核心，此外则是一些言不由衷的乐观估计，其实不过是给药丸裹上一层糖衣。

物理系的阿瑟·康普顿的电话打断了他的工作。康普顿两兄弟都是才华盖世的人物，来电话的这一位曾经得过诺贝尔奖，另外一位则是马萨诸塞理工学院的院长。

这两个人柯比都认识。有一批声名显赫的物理学家和化学家——其中大多数他都认识——在努力工作，要抢在德国人前头造出一颗原子弹来，他们所做的工作有许多是彼此重复的，浪费实在惊人。有几个人还跟他有同窗之谊。在闲谈聊天中，在舞会上，甚至在实验室里，他们当年也不见得比他高明多少。这几个胸怀大志、埋头苦干的小伙子跟他一模一样，也爱找女孩子，爱喝啤酒，爱听艳事逸闻。但是，他们的成就远远超过了他，就像赛马场上的快马超过拉牛奶车的老马一样。尽管他和他们关系亲密，相互直呼名字而不称姓，但他并不因此就自认为可以跟他们平起平坐。恰恰相反，这已成了他内心一处无法治愈的创伤。

"弗莱德，有一位彼得斯上校在我这儿。"康普顿的话简单干脆，一如往常，"他想过来跟你谈谈。"

"哈里森·彼得斯上校？陆军工兵部队的？"

"就是他。"

"我有一沓报告刚寄到华盛顿给他。"

"他收到了。"

柯比看着他的台钟，罗达两小时后到达。自从接手铀的工程以来，他所碰到的事情都是这样。"请他过来吧，阿瑟。"

彼得斯说来就来，风尘仆仆，汗流浃背。柯比难得碰到一个比自己更高大的人，哈里森·彼得斯正好是难得碰见的这么一个人。上校身材瘦削，脑袋瓜子长长的，满头的浓发已经开始灰白，两肩宽阔，腰板挺拔。他握手的力气很大，蓝色眼睛的眼神也是咄咄逼人。柯比做个手势，请他在特大号的安乐椅和搁脚凳上就座。彼得斯感激地叹了一口气，倒在椅子上，伸直两腿，掸掉了卡其军服上的尘土，把衣裤都拉直，粗大的两手交叉放在脑后。"谢谢你。这就挺舒服了！我天一亮就开始东奔西走，忙到现在。我瞧见的东西不少，可我这个笨脑瓜就是装不了多少。你是搞物理的，是吗？"

"是的，我在加州理工学院获得了博士学位，我是电气工程师。现在，我搞生产。"

"至少是相近的，电气工程。我是一个土木工程师，毕业于西点军校和艾奥瓦州立大学。"彼得斯打了个哈欠，神情完全像是在无拘无束地聊天，"我最擅长的是造桥，不过我也做过许多一般的建筑工作。我还干过一些水利工程，都是一些工程兵主管的港口河道工程。但是，这一回的高能物理完全不是我这一行的，在这项任务中，我不知道我要干些什么。我们要在六个月内进攻欧洲或者非洲，或者亚速尔群岛，我一直希望能在战场上带领一支部队。不管怎样，"——他摊开两只长胳膊——"命令就是命令，像德国佬说的那样。"

柯比点了点头：“如果你懂德文，那就能派很大用场了。”

“怎么，关于铀的文献有许多是德文的吗？这玩意儿我连英文的都看不大懂。非常感激你给我材料，看了材料，就好像擦亮了雾蒙蒙的风挡玻璃一般，它使我开始懂得我在跟什么东西打交道。”

“我很高兴它能对你有所帮助。”

“不过，我还是认为不知是哪位大人先生发了疯，柯比，在我们进行一场大战的时候，他要用三个A字级的急需物资去搞一局猜谜语的游戏，这个科学上的谜语也许根本没有谜底。除了在石头墙上撞得鼻青脸肿之外，我看不出我自己会有什么别的前途。你的脑袋怎么样？”

“已经撞得全是肿块了。”两人都禁不住笑出声来，柯比摊开两手，又说，“有什么需要我效劳的吗？”

彼得斯上校把垫脚凳往前一推，坐直了身体，交叉起两条长腿，两肘支在座椅的扶手上，手指互相交叉。柯比正好把套在袜子里的两只脚跷在办公桌上，现在被这个高个儿汉子盯着看，感到有点儿不自在。“很好，柯比。你我二人有共同之处。”现在他听起来是开门见山了，“在化学工程和原子核物理方面，我们两个都是外行。我们都是被迫从事这一工作。我们两人现在大概是接受了同样一项关系重大的任务，我是在陆军方面，你是在万尼瓦尔·布什的S-1班子里面。你已经在这方面干了好长一阵，我希望在投身进去之前能够得到你的一些指点。”

“有什么问题，你尽管问我好了。”

“很好，我已经到过全国许多地方，对工程的全貌走马观花地了解了一下。我要说的第一点是，所有的科学家都拼命各唱各的调儿，是不是这样？在芝加哥，康普顿和他的一伙人信心十足，认为反应堆里面产生的九十四号新元素是制造炸弹的捷径。可是，他们的反应堆又不顶事，发了一阵热之后就熄灭了。在伯克利的劳伦斯博士手下的一批人竭力主张用电磁分离法取得铀-235。尽管他们搞了那么些新奇的大设备，他们还是生产不出铀-235。哥伦比亚大学的一伙人——我想还有英国人——认为扩散法——”

“气体扩散，不是热扩散，”柯比手掌一劈做了个斩钉截铁的动作，“这一点要弄清楚。它们可是大不相同的。”

“对。还有西屋电气公司的玩意儿，离子离心法。在我这么一个外行人看来，这倒是最有道理。你现在碰到了混在一起的两样东西——天然的铀-238和含量稀少的有爆炸力的同位素铀-235。对不对？两者的重量不同，所以你得把它们旋转起来，依靠离心力把比较重的一样提取出来。奶油分离器的原理。”

"那很难说得准，上校。处理大范围的力学问题时，情况是很复杂的。离子化的气体分子的运动并不跟奶油脂肪一样。"上校微露笑容，点头表示理解。"我自己倒是情愿为气体扩散法打赌，"柯比接着说，"因为这是一个已经成立的原理。处理像六氟化铀这样的一种腐蚀性气体，你会碰到一些大伤脑筋的设计问题，但是这方面并没有什么新的概念需要做出检验。你只要建造起足够多的分级装置，并且建造得合乎要求——一个个好几英亩大的隔绝的气罐，几千英里长的管道，极其严格的公差——我敢打包票，你一定可以得到铀-235。劳伦斯的那个电磁分离器是一个了不起的化繁为简的主意。我是赞成劳伦斯的，我甚至崇拜他，我的公司给他提供高效能的设备，不过他的整个设想也可能会行不通。谁也说不准。这是一个新原理，它还是一个不成熟的园地；康普顿的反应堆也是同样的情形。这是上帝管辖的地球上谁也没做过的事情，除非该死的德国人已经把它搞成功了。"

彼得斯说："我在足球场露天看台下面的那个反应堆装置里待了两个小时，丑模样，阴沉沉的鬼东西，这么个黑乎乎的大家伙，有房顶那么高，耸立在那儿。浑身烟尘的技师们忙来忙去，像是一群魔鬼在地狱里七手八脚忙着烧火，可就是点不着。"

"说得妙！"柯比苦笑着说，"这又是一个了不起的主意。你用一个中子源去轻轻碰撞铀，要它向四周散发出更多的中子，把它自己分裂得精光。从理论上说，如果你的设计是合理正确的，你就可以搞出个连锁反应，把芝加哥炸个精光——除非你的调节控制能够做到保险不出毛病，使它发出大量的高温和放射性，并且创造出新的元素钚，这家伙跟铀-235一样，也具有不可想象的爆炸力。这些都是用铅笔和纸头过日子的先生们的预言。可是，这玩意儿也是吱吱响一阵子便无声无息了。什么缘故？谁也说不准。我倒是希望有某一种自然界的客观事实在跟我们作对，有一个叫人猜不透的物理学上的道理，这个道理还没被人道破。这堵高墙同样也要叫德国人到此止步。可是，它果真是一堵不可逾越的墙吗？还是我们自己一直没找对门路，而人家正在接近目标呢？这才是一个伤脑筋的问题。"

"你把气体扩散法放在首位。"哈里森·彼得斯伸直一根手指在椅子扶手上敲了一下，仿佛是把柯比的意见敲定了下来。

"是的，不过我自己也是一个外行。我们还必须假定，德国人也在沿着所有这些路子走，所以我们来不得半点儿疏忽大意，不能错过任何一条途径。这是科学研究与发展局的立场，也就是我的立场。我也在唱自己的调子哩。"

"柯比，你老是看钟。我会耽误你的时间吗？"

"六点钟我要上联合车站去接一个人，她不高兴站在那儿干等。"

"哦，一个姑娘。"彼得斯上校说。他的笑容变成了色情的讪笑，他伸手抚摸一下漂亮的灰头发，一副十足的垂涎三尺的模样。授权柯比把秘密报告送给彼得斯的那位陆军准将曾经主动透露，"大个子彼得"是一个没有妻室的风流汉子，猎艳的好手，在像他这么大年纪的男人中是很不多见的。

"是的，一位夫人。"柯比说。

"好朋友吗？"

"一位要好的老朋友的妻子。中途岛之战中，他们的一个儿子牺牲了，海军飞行员。"

一句话就把上校的色情相去得一干二净，就像一块湿海绵擦掉了黑板上的粉笔字。他摇摇头，脸沉了下来，两眼罩上阴云。"真令人难受。"

"全家都是海军，父亲是巡洋舰舰长，还有一个儿子在潜艇上。她上西海岸去了一次，看望潜艇上的儿子和一个女儿。"

"好吧，我不会耽误你的事情。"

"我还没到要走的时间。"

"还有一个问题我想请教你一下。"

"说吧。"

"据我所知，陆军在这方面承担的任务是搞大规模生产。科学实验、试验工厂等等，都要由S-1进行。"

"总的方案是这样，"柯比说，"陆军早就应该参加进来了。我为了给S-1争取一点儿优先权，已经接受过教训。总统已经下令，一年生产六万架飞机、八百万吨船只、四万五千辆坦克，还有天知道多少高射炮和炮弹。在这样的年头里，会有哪一家厂商看得起一群搞什么巴克·罗杰斯①秘密武器的神经病科学家。可是，这个计划眼见就要给我们国家的全部资源加上一个巨大的负担，上校，只有陆军才能接手的了。"

上校的两眼光芒闪烁。"有可能，那么S-1和陆军会不会互相争夺起来呢？我们两家都需要同样的三个A字级的急需物资，是不是？你我两人势必要展开一场互相在背后捅刀子的竞争，我将把你打败，使你的努力全部落空，而决定性的进展恰恰要依靠你的努力，是吗？"

"你问得好。"柯比回答，"万尼瓦尔·布什主管的那个专门搞铀的部门不会持续多久了，马上就要由陆军全部接管过去。我这样说不免像一个叛徒，因为康普顿和

---

① 巴克·罗杰斯是20世纪20年代末出现在美国杂志和连环漫画上的一位太空英雄。

劳伦斯他们这一伙人正干得起劲，一切都是他们自己做主。科学家们从来都没有这样大手大脚地干过。但是到了目前阶段，理论科学的比重只占百分之二十，百分之八十要靠工业上的努力，吃力不讨好啊，上校，空前庞大的规模，最高的速度，绝对保密。"柯比为他自己这番话激动起来，站起身，用一只汗湿的手拍着办公桌，"只有美国陆军有力量迫使美国的工业完成这个任务。六个月后，我就要离开这里了，谢天谢地。现在我可得上联合车站去了。"

彼得斯也站起来，张开长胳膊舒展了一下。"我们是要搞个炸弹吗？"

柯比一面打好领带并穿上上衣，一面回答："下次你再问我吧，今天不行了。你看见的那个黑玩意儿，他们没法儿让它工作。几个月来都是这样子。他们检查了一个部件又一个部件，现在他们责怪石墨有问题。他们说含硼太多，吸掉了大量中子，造成这玩意儿熄火。以后你会经常听到他们说起中子的，还有——"

"我的头都被他们搅昏了。快中子，慢中子——我问你一个傻问题，中子是什么玩意儿？"

"你真的不知道？"

"一点儿不假。对于这玩意儿，我完全是一头笨驴，一无所知。"

"它是原子核里面不带电的粒子，英国人查德威克在一九三二年发现的。放射性物质散发出来的都是中子，它们能够穿透另外一个原子核，把它撞击成两个比较轻的微粒。早在一九三九年，就有两个德国人首次做到了这一点。那就是分裂原子，使它失去一部分质量，因此释放出巨大的能量。"

"爱因斯坦定理，"彼得斯说，还像在课堂里似的一本正经地背诵了一句，"E等于MC的平方[①]。我就懂这么些。"

"够了。当然，中子不是你的事情，你要管的就是那个又脏又黑的大玩意儿，还有劳伦斯的那个奇大无比的电磁铁，上面密密麻麻地布满了刻度盘和阀门。形形色色的博士们，再加上一两个头戴诺贝尔桂冠的大师，他们全都冲着你吆喝，要更纯的石墨，要更大的磁铁，或者别的什么无处寻觅的东西。也许有一天会有一个用铀或者用九十四号元素做出来的什么东西，轰的一声爆炸，声响之大是地球上从来不曾有过的。如今活在世上的一批最聪明的人都是这么个想法。究竟这件事情会不会在我们这一辈子里实现，究竟我们能不能第一个把它造出来，这些都是决定我们命运的问题。如果德国人首先做到了，希特勒就会毫不客气地要我们立即住手。如果他们造不出来，我们也来不及造出一颗炸弹来在这次大战中使用——这倒是确实存在的可能性，

---

① 即著名的爱因斯坦质能方程 $E=MC^2$，物质的能量等于其质量与光速乘积的平方。

我可以向你担保——上校，你不妨想象一下，和平来临之后，国会知道了陆军花费掉几十亿美元，建设了一批大工厂，生产出一堆马屎。你还是马上动手准备向国会交代的证词吧。"

罗达坐在摇来晃去的火车车厢里，准备把那难熬的两个小时全部花在装束打扮上，迎接她一生中仅有的一次罪孽的爱情关系中的最后一次相会。在贝弗利山庄新买的一身纯黑的山东绸衣裙使她优美的体态显得格外好看，紫色的帽子给她添上了一层惹人怜爱的忧伤色彩，手套和皮鞋仍然保持黑色。如此装束完全适合她居丧的身份，同样也适合一个准备重新出头露面的美貌孀妇。两个星期的加利福尼亚阳光和游泳给了她一身红润的浅棕肤色，也使她的两眼恢复了以往的光彩；垂到鼻尖的面纱使她的容颜显得格外娇嫩，陌生人也许还会把她当作一个三十来岁的少妇。

一个妇人到了将要抛弃一个男子的时候——或者是将要被他抛弃的时候，反正都一样——她常常竭力要显出自己的美色，为自己盛装打扮（姑且这么说吧），去跟已经躺在棺材里面的死去的爱情见上最后一面。说得浅显易懂一点儿，就是要在她力所能及的范围内务必使他觉得惋惜，而不是觉得宽慰。她注意观察巴穆·柯比的面孔，当他头一眼看见她站在车门旁的时候，她的一番苦心得到了报偿。他们在出租车里所谈的全是她一家人的近况。拜伦要奉命驶往直布罗陀的消息，不免使梅德琳去电影公司工作的喜讯减色不少。这消息是他兴高采烈地从圣迭戈打电话告诉她的。他的这个新任务是一个军事秘密，据她看来，它和地中海的潜艇行动有关。他仍然打算飞到瑞士去设法营救他的妻子和婴孩，到了里斯本也许就能去得成，不过罗达觉得这个念头鲁莽荒诞，她希望那母子俩能在他成行之前就离开意大利。拜伦显得很高兴，她说，自从华伦牺牲以来，这还是第一次。这些话都说完了，她和柯比相对无言，心情沉重。罗达把脸别过去，两眼泪光闪闪。

在享有盛名的庞普餐厅里，唯一能使人想起现在是战争年头的就是众多身穿军装的顾客，他们大都是秃顶或头发灰白的陆军和海军高级军官。熟练的侍者忙着照顾客人，暖锅吐出火焰，小推车上的丰盛的炒菜此去彼来，珠光宝气的美貌妇女享用着名贵的大虾。管酒的侍者响着手里的铜制用具，急匆匆地挨桌送酒，冰桶里伸出一个个酒瓶。

"我们得来点儿酒，我想，"侍者来请他们点酒，柯比对她说，"你想先喝一杯吗？"

"我今晚不想喝酒。"罗达回答，语气冷静愉快，"请给我一杯马提尼酒，不要带甜味。"

然后便是两人长时间的相对无言，不过餐厅里面人声嘈杂，倒也不见得十分难堪。他们一起举杯。柯比摇摇头，结结巴巴地说："罗达，我一直想起柏林的飞机场，你开车送我去的那一回。我不知道是什么缘故。它和这里周围的一切毫无相似的地方，上帝知道。"

她透过面纱注视着他，喝了一小口马提尼，若有所思地放下特大的玻璃杯。"那是一次告别。"

"不错，我们都觉得那是一次告别。"

"我的确是这么想的。"罗达一声感叹。

"这一次也是告别吗？"

罗达缓慢而明白地点点头。她移动视线，环顾这家餐厅，打开了话匣子。"我跟帕格在这儿吃过一次饭，你知道吗？我们从圣弗朗西斯科去坎纳波利斯，路过这里。军械局调他到马雷岛去负责战列舰炮塔的设计工作，我们一家都回到东部去参加华伦在塞文海军学院的毕业典礼。那是十年前的事了，也许是十一年，全都记不清了。"她把杯子里的酒转着圈晃动，"快活的时候却不感到快活，巴穆，是不是这样？真想不到，我当时还以为我一身烦恼！拜伦考试总是不及格；梅德琳长得胖，牙齿也是歪的。这样的事便都是令人伤心的大事。我们在圣弗朗西斯科的房子太小了，又是在闹市街上。好家伙，为了这些事情，我跟帕格吵得真叫他够受的。可我们真为华伦感到自豪！他是学校里的击剑冠军，得了一枚田径赛奖牌，又得了历史课的奖章——哦，都是往事了！"她说不下去了，举杯一饮而尽，"请你再给我要一杯，决不多喝。"

他招呼侍者再来一杯酒，接着便缓慢而声音嘶哑地说："罗达，让我也表白一下，算是结束吧。我不会放纵我的感情，语无伦次，使你受窘。我不能不接受你的决定，我照你的决定办。这就是我要说的。"

罗达的笑容既伤感又温柔。"你得到解脱不觉得高兴吗，巴穆？"

"在你面前，我做不到。"

他的神情和声调都很恳切，这使她的眼睛露出光彩。"好口才，先生。"她伸出手来，两人握手，像是讲定了一桩买卖。"好了！现在我想我们可以享用这顿晚饭了。"罗达笑着说，声音是颤抖的，"来到庞普餐厅而不好好吃一顿，岂不太可惜了？"

"是的。你可以不必限制喝酒了吧？"

"哦，那就给我们两人要半瓶酒吧。"

"嘿，柯比。"

喊他的是彼得斯上校，他正带了一个穿绿衣服的高个子姑娘跟在侍者头儿后面走过他们的桌子。这姑娘柯比有点儿面熟：康普顿办公室里一个又高又大、姿色平庸的女人。此刻，她的眼神兴奋激动，头发堆得高高的，是美容室里修整出来的样式，脸上的脂粉涂抹得俗不可耐。她身材丰腴，那件绿衣服稍显紧一点儿。他们的座位离得不远，柯比和罗达听见彼得斯在跟那姑娘逗乐。他们的笑声在这喧闹的餐厅里传开。

他们享用着这一桌佳肴和那半瓶美酒。罗达向柯比谈起她要去夏威夷的计划，谈起西海岸的一些海军将领给她的种种忠告，谈起她打算把狐狸厅路上的住宅封起来，或许卖掉。柯比几乎一言不发，话也就谈不下去了。他们转而观看彼得斯上校跟绿衣姑娘之间的快速进展来消磨一部分时间，还看得津津有味，附带发表一些刻薄挖苦的议论。他显然是照着本本行事的，运用了基本的原理和屡试不爽的材料：烟熏鲑鱼、香槟酒、烤肉串、奶油薄饼，外加白兰地。这一对的浪语笑声几乎没有间歇的时候，姑娘因为心花怒放而容光焕发。彼得斯有眼力识别他所要捕获的猎物，也有本事把它捉住，柯比心想。柯比本人在寂寞的时候也并非不屑于和女秘书来个逢场作戏，但是他从来不曾对坐在康普顿办公室外面的大个子钱尼小姐起过邪念。

罗达的火车要到半夜才开。他们十点钟便吃完了饭，剩下来也似乎没什么别的事情好做了。要是在往日，他们也许早已到柯比的公寓去了，现在再这样做当然是不可想象的。他们的关系已经结束，好像一张唱片已经唱完，他们的闲谈只不过是唱针的最后两圈空划。罗达的举止彬彬有礼，她对彼得斯上校求欢手法的反应甚至有点儿可笑，但作为男女相处，她已经疏远得像姐妹一样了。她坐在那里，态度冷漠，时光的流逝和哀伤的折磨反而使她更加妩媚动人。她像一位优雅的贵妇人，如此端庄贞淑，尽管他心里不由自主地想起她赤身裸体时放浪癫狂的样子，但这仿佛成了一种荒诞的妄念，简直像偷窥闺秀的卧室一样可鄙。

那个陆军军官一面把钱尼小姐从椅子上扶起来，一面俯身在她耳畔轻声说话，接着两人便都纵情大笑。柯比心想，他们两个对接下去要做什么是不会产生问题的，他却面临着这么个问题：一个冷若冰霜的女人，两个漫长难熬的钟头。

"我要提议做一件你没想到过的事情，亲爱的，"罗达说，"如果你生气的话，就会叫我为难。"

"是吗？"

"你看到联合车站里的那个小戏院了吗，专门放映新闻片和卡通片的？我们上那儿去。如果你很忙的话，我就一个人去，你可以回去工作。你还是工作到很晚吗——写报告，为你正在干着的那件可怕的事情，我也不知道它到底是什么？"

"不，不，我没有工作要做。"罗达的建议至少可以消磨掉半夜前的这段时光。"那也挺不错。鸭子和野稻米把我撑得太饱了。"

彼得斯一个人站在餐厅门厅里，神情显得扬扬自得。他看见了柯比和罗达，立即站得笔挺，脸上也变得有点儿拘束和一本正经。罗达走开，到休息室去了。

"柯比，这位就是失去一个儿子的太太吗？"

"是的。"

彼得斯做了个怪相，表示不可信。"你要是告诉我海军飞行员是她丈夫的话，我倒还能相信你。"

"她是一个漂亮女人。"柯比说，"你的钱尼小姐才真叫人想不到呢，我从来都没想到她会打扮得这么漂亮。"

"哦，钱尼倒是不错，挺爱笑的。你瞧，柯比，我的侄儿鲍勃一九三九年参加英国皇家空军。他是一个陆军小伙子，二十一岁，等不及要去干一家伙，不列颠之战中送了命。我哥哥的独生子。我们这一家就绝了后，因为我没结过婚。鲍勃是一个好孩子，一个棒小伙子。母亲差点儿活不成，从那以后，她就一直进进出出疗养院。你的朋友好像过得还好。"

"是的，她还有别的孩子。说实话，她是一个很坚强的女人。"

钱尼小姐从化妆室出来，扭着屁股，裹在绿绸子衣服里的胸部抖个不停。彼得斯露出一副色鬼般的笑脸，伸手跟柯比道别："今天跟你交谈一次很有好处。"

"随时欢迎你再来，上校。"

钱尼小姐向柯比摆动手指，转动眼睛。"好得很，柯比博士，我们在庞普餐厅会面了！这儿比物理系强多了，是吗？"

"我觉得无论从哪方面说都是这样。"柯比说。钱尼小姐认为这是一句向她调情的恭维话，便挽住上校的手臂，咪咪笑着走了。

罗达马上就出现了。同是女人，差别多大啊，柯比心想；款步而来的罗达，她行走的姿态，她头部的姿态，多么显著地表明着这一点啊。年龄上的巨大差距使她处于很不利的地位，然而她比可怜的钱尼小姐更楚楚动人。在柯比看来，她的苗条的身体扭动得那么自然舒坦，风韵不减当年，甚至有增无减。他从内心涌起一个强烈的念头：他不能就此罢休。他估计自己只能再有十年或十五年的寿命，没有了罗达，未来的岁月就只能像南极的冰天雪地一样惨淡凄凉。

他们去看电影，并排坐着观看《糊涂交响曲》。巴穆·柯比曾经多少次把这个女人赤身裸体地搂在怀里，享受欢乐，现在却连握住她的手都觉得为难了。最后，他还是握住了她的手。罗达并没把手缩回去，也不是僵硬得或者软得毫无反应。但握手时毫无性感可言，柯比只是握住了一只友好的手。过了一会儿，他自觉没趣，便把她的手放回到她的膝上。银幕上，三只粉红色小猪蹦蹦跳跳地唱着歌："谁害怕大坏狼？"巴穆·柯比知道他已经永远失去了罗达·亨利。

她只吻了他一次，站在普尔曼车厢的踏板上。这是一个冰冷的吻，虽然不是丝毫没有性感。她把头缩了回去，撩起她的面纱，目不转睛地盯着他的两眼。她自己的眼睛是冷漠的，还有点儿闪闪发光。他感到她现在是尝到叫他遗憾的滋味了，她终于回报了他几个月来对她的冷落，以及他在结婚问题上所表现的畏缩犹豫。此事有过动荡起落，却终未成为事实，私通他人的妻室总不是好事，何况是一个在战争年代出征的军人的爱妻。他得到了应有的报应，柯比心想，他也理应接受他在南极天地里的命运。

"再见，巴穆，亲爱的。"

"再见，罗达。"

罗达把她的东西在车厢里安顿好之后，便上俱乐部车厢去买顶睡帽。她在那儿碰到了哈里森·彼得斯上校。

第三十八章

帕米拉在好莱坞向罗达倾吐了她对维克多·亨利的爱情，因为当时在她看来，为了照顾这一对遭受失子之痛的夫妇，她把自己的恋情一刀割断，正是她能做到的最大好事。现在，她对着跟随自己多年的小打字机，想给维克多·亨利写一封信，却觉得无从下手。

最亲爱的维克多：

她在开罗干些什么，难道我听见你在哭泣？我要把一切都告诉你，只要这炎热的熏蒸或一阵猛烈的腹痛不会首先要了我的命。

帕米拉穿着一件没有腰身的夏威夷印花布短衫，汗流浃背，俯身对着打字机，看着这几行开玩笑的话发呆。炎热和潮湿好像把她全身的骨头都溶解掉了。她刚才替她父亲写完一篇文章，觉得精疲力竭。她对着黄信纸出神了好一阵子，又把它从打字机上扯下来，换一张纸卷了上去，重新开始写信，拼命不去听沿街叫卖的那些小贩的一阵阵吆喝，也不去闻那通过开着的落地长窗袭来的浓烈的腥臭。开头她有点儿迟疑不决，慢慢也就加快了速度，嗒嗒嗒地打起字来。

最亲爱的维克多：

大约一个月前，我们在直布罗陀看见过你的儿子拜伦。我一直想写信告诉你。事实上，是他要求我给你写信的。他那艘艇上的检查严格得很，他不想把关于他妻儿的消息交托给一个从不露面的专门拆人信件的人去主宰。

也许现在他已经给你捎过信，但如果他完全依靠我的话，我就很对不起他了。到了埃及以后，我们一直处于不容喘息的忙乱中。这里的气候让人无力动弹，可怜我父亲身体肥胖，精力衰退——他一向不擅长适应热天气——我不得不更多地分挑重担。事实上，新近有两篇文章，他已经让我和他共同署名了。

我得假定你还没收到拜伦的信。他暂时奉命在皇家海军里执行任务，在"梅德斯通"号上，那是一艘潜艇供应船（你们叫补给船），随同一支小舰队行动，这支小舰队里有几艘你们《租借法案》供应的旧潜艇。他是跟几个美国人到那里去帮助维修潜艇的。"梅德斯通"号上的官兵们确实非常精通业务，他说，因而他身不由己地陷入了一项犯罪般地轻松愉快的任务，其中包括对直布罗陀巨岩那边的西班牙进行几次社交性偷袭。供应船上的伙食和铺位当然是最好的。由于美方派驻直布罗陀的人员始终人手不足，所以他也有机会充当信使，有幸在未被占领的法国南部做了几次空中旅行。他面色棕黑，身体健壮，心里一直渴望着回到"战争"中去——他指的是在太平洋上作战，他也确实打算等娜塔丽的情况明朗之后就这样做。

现在说说那件事吧。拜伦的消息来自莱斯里·斯鲁特，他现在是你们驻瑞士的公使馆里的政治秘书。不久前，娜塔丽和她叔父在一处叫作福洛尼卡的海滨胜地失踪了，意大利当局对此很恼怒，因为当局已经对他们表示了特殊的宽宏大量。通过和日内瓦的犹太人组织的接触，莱斯里已经得到消息，他们得到了抵抗组织的援助，可能正在前往里斯本或马赛的途中。这些消息使拜伦打消了去伯尔尼的念头，因为鸟儿们都已飞出了意大利，他再上伯尔尼也干不成什么事了。也许此刻一切都已顺利结束。无论如何，这是一个月前拜伦得到的消息。

说起来这也是一件我觉得大惑不解的事，你们家的一个儿子会跟这位姑娘结婚，我老早就认识她了，在我知道世界上有你这么一个人之前。拜伦比我上次在夏威夷看见他的时候显得年纪大了许多，剃掉胡子是一个原因，因为他的嘴巴和下巴颏儿是很威严的。失去了哥哥使这个年轻人的性格更加坚强了，你也不妨说他现在是钢铁多了，水银少了。

我还得告诉你，我们在好莱坞看见了你的家人。你太太说她要去夏威夷和你一起住。我希望她已经到了，想来她一定已经跟你细说了我和她的一次谈话。也许你会感到生气，我倒是认为应该让她知道曾经有过失去你的危险。她直截了当地问我，你我之间是否有过什么事情，我如实跟她说了。她是不是配得上你对她的忠诚，这是一个无须再去想的问题，而你应该牢记在心的一点是，当战争爆发的时候，在她看来必定是一切都毁掉了。

我在新加坡的时候就是这么想的。黄种人号叫着冲杀过来，你还顾得了什么。直到你从中途岛回来，这段时间是这次战争中也是我一生中最绝望的时刻。我一看见你的眼睛，便知道发生了什么事情，我感到我对你毫无用处，我们之间的事情也完了。那样就更糟糕了。

在开罗这里，人们因为隆美尔近在咫尺而仍有风声鹤唳之感，但是你们经由好望角，以及护航舰队径直取道马耳他海面行驶，支援我们第八集团军的源源而来的飞机、坦克和卡车，使人心大振。韬基直接从丘吉尔口中知道——温尼在本月内两次匆匆路过这儿，以致谣诼纷起——比起你们像尼亚加拉大瀑布一样倾泻给俄国人的装备来，所有这一切只不过是满桶水里的一滴。你的同胞们是在什么时候、用什么方法生产出这许多东西来的，我可不知道。你们的国家真让我觉得不可思议：仙境般无忧无虑的国度，容光焕发、精力充沛、熙熙攘攘的人群，他们不是沉溺在忧郁悲观的深渊中，就是像欣喜雀跃的儿童一般游戏作乐，要不然就像入地狱的鬼魂一般苦苦工作，而你们的报纸则无休止地指责政府，宣称你们的制度不可救药。我丝毫不比弗朗西丝·特罗洛普[1]和狄更斯他们二位更懂得美国是怎么回事，只知道那里正在日新月异地发生一桩桩奇迹。

伦敦情况不佳。闪电战造成的毁坏，修复进展迟缓。天气湿热，配给日减，人们在断垣残壁间艰难度日。知悉内情的人都因德国潜艇猖狂而胆寒，我相信这对你来说并非秘密。维克多，自从你们参战以来，它们击沉的船只已达三百万吨以上。单单六月份，它们就击沉了近一百万吨。照这样下去，你们将搞不成对欧洲的进攻，我们也无法长久坚守下去。大西洋正变得无法通航。这是一场稀奇古怪的灾难，让人不露形迹地窒息而死，你所能看到的只是英国人越来越瘦削，脸色枯黄日甚一日，各种车辆日益减少，到处都在发出刺鼻的腐味，失败情绪在白厅蔓延滋长，媾和的谣言已经出现。图卜鲁格失陷之后，一项不信任动议的表决没有使丘吉尔垮台，但这是给他的一次红灯警告。麦考莱[2]式的豪言壮语不能使他维持多久了。

图卜鲁格的易手虽使伦敦蒙受重创，但和埃及相比，它算不得什么。

---

[1] 弗朗西丝·特罗洛普（1779—1863），英国小说家，小说家安东尼·特罗洛普（1815—1882）的母亲。

[2] 麦考莱是十九世纪英国著名作家、历史学家、演说家。

我们没有碰上最糟糕的时日，听说那一阵子简直就和法国沦陷的时候一样。隆美尔利用他在图卜鲁格缴获的大批辎重，加足了燃油，重新装备了武器弹药，沿着海岸浩浩荡荡，长驱直入。他在阿拉曼暂时停留的时候，离亚历山大只有两小时的汽车路程，那里的政府机关、军事总部、富豪巨子都纷纷向东逃往巴勒斯坦和叙利亚，所有的火车和大小车辆都用上了。徒步逃走的无财无势的人们充塞了道路。各处城市都严格实行宵禁，饭店旅馆都已人去楼空，大街小巷行人绝迹，办公大楼门可罗雀，歹徒趁火打劫，巡逻队动辄开枪杀人，完全是一派兵荒马乱的景象。这种情形是难以通过严厉的检查制度而见诸报端的。

现在的情形已不那么惊慌失措。有些仓皇出走的人已经提心吊胆地陆续回来，一些比较慎重的人仍在外地逗留。隆美尔显然在重整旗鼓，加足燃油，还要卷土重来。像俄国人那样把德国人阻挡在莫斯科城下，使他们有一段较长的时间缓不过气来，这样的希望是没有的。埃及不下雪。

现在说点儿我自己的事情，然后我就住笔，不再令你生厌。邓肯·沃克要在开罗接管对隆美尔作战的空军后勤部门。除非我给他一个不露形迹的信号让他免开尊口，否则我疑心他会让我跟他结婚。我在伦敦和他见过多次。卡罗琳夫人数月前患癌症去世了，我不知道你见过她没有。她是一个了不起的贵妇人，伯爵的女儿，非常高雅，但有几分高傲暴躁。邓肯可以说是高攀了这门亲事，因为他"不过"是一个子爵，这头衔还是他的开汽车厂的父亲花钱买来的。

他们的婚姻一直不美满。说真的，邓肯还曾经诚心诚意地向我求过婚，照我们文明的欧洲人的说法就是自行安排。自然，我并不是道德非常高尚，不过我一直有我的行为准则。在我所有的恋爱事件中（新加坡除外），我总是倾心相爱的，或者我自己觉得是如此。当时我正对你怀着热情，你这个铁石心肠的老家伙，如果我接受了邓肯，那就是有违良心了。在比根希尔，标图桌周围的姑娘们一个个都为邓肯唉声叹气、愁眉苦脸，好像吉尔伯特和沙利文①的歌剧里面的歌女合唱队一般，但事实是我对他没有这样的感觉，现在仍然如此。

---

① 吉尔伯特是十九世纪英国诗人、剧作家，沙利文是同时代的英国作曲家，他们在十九世纪七八十年代合作创作了许多歌剧。

但是，我毕竟也得考虑自己的终身大事。我不能永远陪伴韬基作客四方，因为我知道他已来日无多。邓肯是一个好人，这不成问题。我此刻还没有不顾一切地以身相许，虽然这会把我的身份抬高得分外炫人耳目。我们的家世也足够体面，我早年亡故的母亲的娘家确实是广有地产的望族，但我本人只不过是一个受过相当教育的寻常百姓，我的财富——可怜得很——仅是我的一张丑脸而已。所有这些都还不错，只是韬基还需要我。我们要待在这里等隆美尔杀过来，后事如何则非我现在所能预见。这里的信心正在增长，部分是仰仗汤米·阿特金斯[①]的英勇气概，部分是仰仗亚历山大港口码头上的一排又一排暖人心怀的橄榄绿的美国卡车和坦克。

韬基在隔壁房间鼾声如雷，他是服用了一包安眠药后入睡的。丘吉尔第二次旋风般来去匆匆的逗留把每个人都累得心力交瘁。我也得睡觉了。明天早上天不亮，我们就得坐火车去亚历山大，再从那里到蒙哥马利的战地司令部去听他本人向报界介绍战况。他受命伊始，此间舆论对他毁誉不一。牧人饭店酒吧间里的小声议论中，说好说坏的大约各占一半。战术上的天才，却爱古怪地炫耀自己。

我果真还有希望另做一次沙漠旅行。现在碰到的困难是我的性别，因为当兵的都是脱光了衣服在海水里洗澡、洗衣服，或者只是为了凉快，他们大小便也都随随便便。韬基首次前去的时候，我被屏除在外，他因少了我的做伴而大闹一通，所以这一次我也要去。估计凡我所到之处，海边一带都会预先响起信号："有妇女，不要裸体。"我知道我是一个讨人厌的累赘，但是那边的美景令人销魂——波光粼粼的碧蓝的海，看不到尽头的白沙滩，像雪地一样使人睁不开眼，还有蓝灰色的盐滩、盐水湖泊、沙漠里的黄沙和红沙，中间点缀着一丛丛灌木——哦，那日落美景和万里无云、繁星满天的夜晚！英勇的澳大利亚士兵浑身脱得精光，只穿一条裤衩，跟印第安人一样的青铜肤色！说实在的，这场大战中最该死的一点就是它的美不可言。还记得火光冲天的伦敦吗？还有我们在莫斯科城外从远处窥见的那场雪地上的坦克大战，燃烧的坦克的熊熊烈焰把紫红的雪地映照得一阵青紫一阵橙红。

如果没有这么一场战争，我在这几年里会干些什么呢？不外乎是在伦敦

---

① 即指英国士兵，为一俚语。

的一座死气沉沉的办公大楼里干点儿莫名其妙的差事，或者是在一处郊外的住宅里做着家务事，要是运气好一点儿呢，就在市内的一套公寓住房里。我绝不会再和你相遇——这番遭遇，不管它有多少明暗交替之处，我都把它看作平生最珍贵的一页。

我要把这封信托付给一位回纽约去的合众社记者。他会把它按照你的舰队通信处的地址寄出，所以你会很快收到。维克多，如果这不算是一个不合理的要求，我希望听到你说一句祝福的话，对我和邓肯的未来。就我自己来说，用沉默来结束你我之间美好的但已上了断头台的关系，那是最好不过的了。不过为了拜伦的事，我还是得给你写信，写完了这封信，我觉得生平大快，倾吐了衷曲。你哪怕给我写三言两语，心里或许也会舒服得多。我知道我们相知很深，尽管我们不得不在涉足情海深处之前就先分手。

我的爱帕米拉

那位合众社记者的确把这封信带到了纽约，它进入了海军里把信件分送到在海洋上游弋的舰艇上去的那个复杂的系统。要送到"北安普敦"号上去的灰色邮包追随这艘巡洋舰走遍了中太平洋和南太平洋，但是直到那艘战舰在瓜达尔卡纳尔岛海面上沉没，这封信始终没有追上。

第三十九章

全球滑铁卢一：瓜达尔卡纳尔岛

（摘自阿尔明·冯·隆的《世界大屠杀》）

一九四二年十一月！听到这个月份，没有一个德国人会不浑身战栗。

在那个不祥的月份里，我们短暂的绝对统治遭受到同时发生的四场灾难：两场在北非，一场在俄国，一场在南太平洋。英国人在十月下旬开始的阿拉曼攻势于十一月二日把隆美尔的非洲兵团挤出了埃及，使他们一去不复返。十一月八日，英国人和美国人在摩洛哥和阿尔及利亚登陆。从十三日到十六日，瓜达尔卡纳尔的战局逆转。十一月十九日，苏维埃的大股兵力突破斯大林格勒战线，开始把我们的第六集团军切断。

历史学家都趋向于略而不提这四管齐下的打击在时间上的可怕一致。我们德国作家们高谈阔论的是斯大林格勒，对地中海大都一笔带过，而对太平洋则缄口不言。似乎当时只是斯大林格勒在打仗。温斯顿·丘吉尔所写的阿拉曼战役是教科书里面的一次小战役，《租借法案》的物资供应使英国人占有一面倒的优势，决定了战场上的胜负。美国作家们强调他们在法属北非轻松愉快地进军，而莫名其妙地不把瓜达尔卡纳尔这场美国的最佳战役放在眼里。

全球滑铁卢事实上是我们的战争努力在遍及全球的范围内遭遇的一次迅雷不及掩耳的、烈焰腾腾的逆转——在海洋上，在沙漠里，在海滩上，在丛林里，在城市的街巷中，在热带海岛上，在漫天风雪中。我们德国人全都把灵魂交托给我们那个要征服全世界的冒险家希特勒，他在一九四二年十一月丧失了主动权，从此便一蹶不振。自那以后，他便陷于四面楚歌的境地，不再是为了世界帝国，而只是为了保住自己的脑袋而战了。

从军事上说，甚至到了那个时候，局势也并没到不可挽救的地步，只要我们采取正确的军事战术，事实上我们当时也有一批杰出的战术家。曼施泰因在斯大林格勒战役之后撤出高加索的经典战斗撤退必将名垂青史，堪与色诺芬向黑海的进军媲美。但是，身为军事首脑的希特勒只能蠢猪似的错上加错。由于没有任何人能够把他对武装部队的高压钳制稍加松缓，日尔曼民族便被他拖着一起走上了绝路。

第三帝国的鼎盛时期

要知道希特勒在垮台之前何等狂妄自大，有必要对一九四二年十一月以前的德国形势稍做勾画。

对现在的德国读者来说，这是一件难事。我们已经成了一个胆小怕事的民族，对于我们强大的却是浮士德式的过去感到羞愧。我们被打败的、幅员大减的祖国横遭肢解。布尔什维主义挟制了它的一半，另外一半则向美元打躬作揖。我们的经济活力已经复苏，但是我们在世界事务中的地位仍暧昧不明。短短十二年间，纳粹的错误和罪行已经使几个世纪的光辉记录黯然失色。

但在一九四二年夏季，我们仍一帆风顺。东线德军恰似离弦之箭，攻势凌厉。我们强攻了塞瓦斯托波尔，扫清了刻赤半岛的敌军，然后兵分两路大举突入苏联南部腹地：一路越过顿河直趋伏尔加河，另一路则驰向南方的高加索油田。斯大林的军队在我们面前处处向后退却，损失惨重。隆美尔声威夺人的攻克图卜鲁格之役，开辟了通向苏伊士运河的道路，只差没把丘吉尔打翻在地。

我们的伙伴日本已经占有了东南亚，正从缅甸向印度边境进军。在它掌握中的无力动弹的中国沿海省份是万无一失的。它在中途岛的失利为战争的浓雾所笼罩，不为人知。它的陆军所到之处无不旗开得胜。世界力量的转变使全亚洲为之觳觫战栗。印度因骚乱而陷于四分五裂。它的国民大会党要求英国人立即撤走，一个印度的流亡政府正在组织中，它要站在日本人一边打仗。

北极海上，六月底，PQ-17护航舰队遭受惨败，我们便切断了向摩尔曼斯克的租借物资的供应，使得本来已经摇摇欲坠的红军又受到了一个严重的打击。这次失败标志着英国在海上的穷途末路。护航舰队的掩护力量发出警告说，我方的重型海面舰只正在逼近，命令货运商船立即疏散，它自己则立即掉头火速逃回英国！德雷克[1]和纳

---

[1] 德雷克（约1543—1596），英国航海家，1577—1580年间率领船队完成环球航行。

尔逊①的英灵一定在忠烈祠里伤心落泪。随之而来的杀戮不过是动用我们的空军和潜艇去射杀一群兔子。无情的大海一口吞没了三十七艘商船中的二十三艘和十万吨战争物资，还使一大批人员葬身海底。丘吉尔给斯大林的一份厚颜无耻的电报宣布取消摩尔曼斯克运输线，使斯拉夫人大发雷霆。资本主义和布尔什维主义的古怪联盟因此伤筋折骨。

眼见为实的证据表明，一九四二年夏季和秋季，我们虽处逆境却节节取胜，尽管美国也投入了反对我们的一方，尽管希特勒的一再失误使我们大受牵制。

英译者按： 摩尔曼斯克运输线在北极漫长白昼的夏季月份里停止使用，后来又恢复了。十二月，护航另一支船队的英国驱逐舰击退了一支包括一艘袖珍战列舰和一艘重型巡洋舰的德国特混舰队。希特勒为了这一败仗而勃然大怒，下令把德国舰队全部拆散，把大炮移作陆战使用。海军元帅雷德尔辞职。邓尼茨接掌海军，但是德国的海面舰队在希特勒一怒之后再未能恢复元气。

隆对瓜达尔卡纳尔之战所做的评价倒是不存成见，也是信得过的。那里的战事没有德国人参与。

太平洋战区

整个欧洲，从比斯开湾到乌拉尔，可能在檀香山和马尼拉之间沉没得无影无踪，可是在太平洋上作战的海域还要大出许多。闻所未闻的作战区域，史无前例的陆、海、空联合作战方式，太平洋上的追逐的迷人之处就在这里。成全这样一种作战行动的历史时刻却是来也匆匆、去也匆匆。它的一个高潮是为时六个月的一场混战，一次从天上到海面、从水下到丛林的激烈战斗，为了争夺一个只容得下六十架飞机的小小机场——瓜达尔卡纳尔岛上的亨德森机场。

瓜达尔卡纳尔之战是一次受人忽略的战役，围绕那块供飞机歇脚的场地展开了一场翻天覆地的小小的太平洋上的斯大林格勒之战。如果它是一次英国人的胜利，丘吉尔准已为它写上一厚本。但是，美国人对他们的战史是麻木不仁的。他们缺少欧洲人的那种怀古之情，也缺少有广阔文化熏陶的作家。

我的研究工作受到诸多掣肘（冯·隆将军系在狱中写作。——英译者注），未能对斯大林格勒和瓜达尔卡纳尔两大战役做出恰如其分的叙述，但仍不妨认为第二次世

---

① 纳尔逊（1758—1805），英国海军统帅，1798年指挥英国舰队在尼罗河口击败法国舰队。

界大战就是在这两个极点之间旋转。我们在八月间抵达斯大林格勒北面的伏尔加河，美国人在八月间登上瓜达尔卡纳尔岛。保卢斯将军于一九四三年二月二日在斯大林格勒投降，美国在二月九日固守住瓜达尔卡纳尔。两场战役都是在一道背水的阵地上决一死战，取得防御的胜利：俄国人的背后是伏尔加河，美国人是在背靠大海的滩头阵地上。两场战役都是民族的意志力迎头相撞，两场战役的结局都使它们各自战区的局势改观，已为举世所共见。

德国的读者们务必要记住，这是一场全球性的大战。我们心目中只有一个欧洲，布尔什维克的历史学者们同样也是这般撰写。但是，在阿道夫·希特勒的外行的却富于煽动力的领导下，我们的民族冲破了整个世界帝国主义体系。六年之久，五洲风雷激荡，举世沧海横流。我们这颗行星上的大片陆地——五千八百万平方英里的不动产——已经朝不保夕。亚洲的武士阶级应运而起，和北欧的军人缔成联盟，一心要把地球表面容人居住的部分来一个公平合理的再分配。两场武力火并居然会在地球的两边同时爆发，其缘故应该说隐含在这场殃及全球的动乱的性质内。日本人的浩荡进军吃了当头一棒而受阻于中途岛，和我们一九四一年十二月受阻于莫斯科城下正好相仿。两者都是令人毛骨悚然的警告。但是，致命的较量还有待于日后在斯大林格勒和瓜达尔卡纳尔的无独有偶的两场大仗。

两者的区别自然也不容小觑。如果我们在斯大林格勒打败了红军，历史就不会以现在的形式存在；然而，如果美国人被赶出了瓜达尔卡纳尔，他们还是大有可能会派遣新的舰队、空军机群和坦克师卷土重来，在别处打败日本人。斯大林格勒是一次规模大得多的战役，一场更名副其实的决战。尽管如此，其类似之点仍应牢记。

海军上将金

美国海军里流传着一句俏皮话，说什么海军上将欧内斯特·金"用一只喷火器剃胡子"。金是一员海军航空兵老将，生平勋绩不可胜数，包括把一艘在公海沉没的潜艇升上水面。他本来已经被安顿在总务委员会里终养天年，那是一个专门收容无处安排的海军老将的顾问小组。他生性冷酷，咄咄逼人，因而不得人心。自尊心被他损伤的，前程毁在他手里的，大有人在。珍珠港事件之后不久，罗斯福任命他为美国海军总司令。据说金曾有过这样的话，"等到大事不妙，他们就会来找龟儿子了"。在德国军队里，令人伤心，一旦"大事不妙"，元首找的却是一些阿谀谄媚之徒。

除了横冲直撞的日本人这个问题之外，金还得和既定的罗斯福—丘吉尔方针，即"德国第一"的方针做斗争。联合参谋长们都偏爱那场更大的斗争而亏待"他的"战争。金横下一条心的方案是进攻图拉吉岛，这个方案演变成瓜达尔卡纳尔之战。

日本的战争目标

日本人虽然口说大话，气势汹汹，但并非真要一战而打垮美国。他们的目标是有限的。他们认为，东南亚容不得美国染指。由于我们征服了欧洲，所以时机已告成熟：把帝国主义剥削者驱逐出去，建立一个为亚洲人所有的和平的大东亚，一个日本领导下的所谓共荣圈，跟未来的世界之主德国友好相处。

他们的作战目标是迅速占领他们梦寐以求的地区，然后在一个强国的防卫圈上实行内线防守。他们寄希望于远隔重洋、养尊处优的美国人会对一场耗费巨大而又不十分有利可图的战争感到厌倦，因而会缔结一项保全面子的和约。要不是由于珍珠港受到了袭击，这是很有可能成为事实，那一次袭击激怒了骄傲的美国人，特别是激怒了他们优秀的海军，使他们像不讲理性的牛仔一般怒火中烧，渴望在前线复仇。

英译者按（一九七三年第三版）： 越南的经验使我怀疑冯·隆的这番话是否绝对正确。

美国的战争目标

另一方面，美国海军二十年来早就处心积虑，一旦美国的霸权受到"黄祸"的挑战，便要摧毁日本。他们的作战方案预拟日本会中计而首先发难，并且也已炮制好一项陈腐不堪的反攻计划。有人说过，切斯特·冯·尼米兹曾在战后声言，美国完全是依照海军军事学院计划好的路线赢得战争的。计划的内容是：

1. 守住一条通向澳大利亚和新西兰主要前进基地的交通线，位于日本飞机航程外的一条弧线上的各个岛屿都有军事设施。

2. 经由西南太平洋各群岛用炮火向北打开缺口，实行侧翼进攻。

3. 穿越中太平洋的环状珊瑚岛群向西挺进，作为主攻方向，用越岛作战的攻势进逼吕宋岛和日本。

金要把这一计划付诸实施，却又苦于他主管的战区兵力不足。美国陆军总参谋长乔治·马歇尔将军是一个能干的计划者和组织者，他力主"德国第一"，并且要在一九四三年大张旗鼓地进攻法国，寸步不让。他要全力以赴，立即在英国大量集结美国的人力和物资。

使金喜出望外的是，英国当局丘吉尔也好，他下面的人也好，都对此次进攻议论纷纷。当年在索姆和敦刻尔克的情景，他们怎能忘怀。一九四二年七月，马歇尔万般无奈地向罗斯福总统建议，把美军投入对日作战。金抓住这一有利时机，力促火速在太平洋上发动一次规模有限的进攻行动：占领日军在所罗门群岛的一处水上飞机基地——小小的图拉吉岛。虽然已经批准在先，但是图拉吉行动由于陆军和海军之间争夺最高指挥权而陷于停顿。现在行动起来了，关于指挥权问题做了一番错综复杂的交易，暂时绕开了那条死胡同。此后不久，美英两国的军事参谋们便埋头从事名为"火炬"的北非登陆行动的工作，但是金的行动在此期间照样进行，它的名字叫作"瞭望塔行动"。他的兵力实在可怜，所以在战场上他们给它取了个绰号，叫"鞋带"。

英译者按：我在此处删去了冯·隆对陆军和海军之间关于指挥权的争夺以及对图拉吉行动所做的长篇分析。麦克阿瑟跃跃欲试，胃口更大，企图一举拿下拉包尔的大型日本空军基地。冯·隆的评语是："将领的虚荣心会左右战局，也会断送战局。麦克阿瑟和尼米兹之间各自为政的指挥权问题在太平洋战争中风波迭起，终于导致莱特湾之战的出丑露怯。"在下文中，我将收进一篇冯·隆写的论述莱特湾之战的有争议的文章。

初次喋血

攻取图拉吉的作战准备正在进展中，一份海岸警戒的军情谍报使这次行动身价陡增。离图拉吉不过几英里处，日本人正在瓜达尔卡纳尔那座大岛上构筑机场。

这是爆炸性的消息。太平洋作战有赖于空中优势，空中力量或者来自航空母舰，或者来自作战区内的机场。航空母舰可以游弋运动，把空中力量送到需要的地方；它们也可以逃离强大的威胁。另一方面，飞机场没有沉没之虞，与舰载飞机相比，陆上基地的飞机可以携带更重的炸弹，飞得更远。一处作战机场是太平洋棋局中一颗最有威力的棋子。

距瓜达尔卡纳尔东北七百英里的拉包尔空军基地，威胁了澳大利亚的交通线，阻挡了向日本进军。麦克阿瑟要对那里动手的冒进计划被金否决了。但是，像瓜达尔卡纳尔这样一个深入南方的空军基地，是金所不能接受的心腹之患。把它从敌人的手中敲掉，他就可以掌握所罗门群岛一带的空中优势，美国空军还可以和拉包尔进行远距离的交锋。"鞋带"部队在上船之后收到了补充命令：占领并守住瓜达尔卡纳尔机场。

美国就是这样，不妨说是歪着身子投入了一场让它费尽九牛二虎之力的太平洋战役。

瓜达尔卡纳尔岛的形状像马铃薯，长一百英里，宽五十英里，海岛本身并不是争夺对象。地面的激战在飞机场一侧北面海岸上一条狭长的种植园地带进行了数月之久。这多山的海岛的其余部分全是蚊子、丛林鸟兽和土人的天地，对于北面海边发出的隆隆巨响和冲天火光，土人们也许觉得既害怕又有趣。

这支人数不多、装备可怜的"鞋带"远征部队不费吹灰之力就拿下了图拉吉和瓜达尔卡纳尔机场，但是近在咫尺的日本基地发动的凌厉反击也来得很快。在一次叫作萨沃岛战役的夜间战斗中，日本军舰击沉了美国全部的炮火掩护兵力——四艘巡洋舰，然后扬长而去。他们本来满可以把那几艘束手无策、空了一半的运输舰全部击沉，消灭"鞋带"部队，可是他们不能不估计到美国航空母舰就在夜幕掩盖下的近旁游弋，等天一亮就会来攻杀。因此，他们撤出战阵，给美国人一个短暂的喘气机会，靠了这个机会，美国人稳住了阵脚。两军对阵，强大的敌人已经被打翻在地，最好是再把他的喉管割断。事实上，弗莱彻将军和他所统率的全部航空母舰都在作战距离之外，准备加油。由于害怕来自拉包尔的空中攻击，他在运输舰还在卸载的时候便离开了。

在珊瑚海贻误战机，在中途岛未能投入全部飞机，弗莱彻早先已经因为怯战而受过金的斥责，不过他在海战经历中似乎也交过一次好运：在中途岛给了斯普鲁恩斯一个讯号，"我将遵照你的调遣行事"。他在瓜达尔卡纳尔把运输舰丢下就走，几乎一开始就把这次战役葬送了。但凡在危险临头的时候，这位将军便好像身不由己地要远走高飞到二百英里之外去加燃料。瓜达尔卡纳尔战役之后，他便不见踪影了。

英译者按： 在这里，冯·隆又接下去把弗兰克·杰克·弗莱彻恣意揶揄了一番。我的巡洋舰"北安普敦"号没赶上萨沃岛之战，不过我知道在这一仗中，日本人的指挥、炮火和鱼雷都发挥良好，我方却是一塌糊涂。我们损失四艘巡洋舰的原因在此。弗莱彻理应迅速给予反击，他的撤退确属保守。

一九四二年八月到一九四三年二月的陆上作战

日本陆军也和他们的海军一样因为过于自信而受害不浅。他们也许以为中途岛之战的失败仅仅是因为海军的无能，从而没吸取教训。白种人毕竟还没在陆地上打败过日本人。陆军正忙于贯彻进攻新几内亚、威胁澳大利亚的计划，只向瓜达尔卡纳尔投入零星兵力，给予的支援也太小太少。美军的兵力在机场周围形成了一个防守圈，敌方一次次高喊"万岁"的冲锋势不可挡，血肉横飞，虽曾使这道防线险情迭现，却始终未能突破。

对美国人来说，在一段相当长的时间里，这都是一条摇摇欲坠的战线。他们确实也处于孤立无援的境地，敌机的轰炸、敌舰的炮击、敌军的夜袭——尤其是疟疾和其他热带疾病——使他们伤亡很大。他们的海军已经大伤元气，只能偷偷运进一点儿杯水车薪的补给和增援。饥饿、干渴，并且感到被人遗忘和置之不顾，他们吃的是缴获的日本大米，烧的是日本汽油。区区几架觑隙溜进来的飞机和飞行员很快就飞不动了，或者被打下来了。哈尔西将军的著作证实，在一个最黯淡的日子里，亨德森机场只有一架可以作战的飞机。罗斯福总统开始在公开谈话中把瓜达尔卡纳尔之战说成是一次"小规模行动"，这是一个最不吉祥、最窝囊的信号。但是，这批被围困的海军陆战队官兵和计穷力竭的飞行员誓与阵地共存亡，直到局势改观。

跟美国军人在别处的不光彩记录对比起来，亨德森机场的史诗般的捍卫者是值得大书特书的。这些捍卫者是海军陆战队，海军里面首屈一指的两栖作战部队。美国的海军历史学家塞缪尔·埃利奥特·莫里森的话也足以说明一切：美国确实幸运，在这个战场上，在这个关头，它仰仗的不是应征入伍或被诱劝参军的战士，而是一批志愿投军的"硬汉子"，他们最大的愿望就是跟偷袭的敌人拼个你死我活，这个敌人已经激起了他们的一切原始本能。

英译者按： 冯·隆对我们的陆军信口雌黄，这是不可容忍的。德国人跟我们打过两次大战，如果把卡塞林山口的那次接触略而不计的话，他们就不曾打过一次胜仗。我们甚至赢得了突出部战役的胜利，我们的大军直抵易北河。若非盟国已有协定在先，把柏林划进了俄国占领区，我们本来也可以把它攻下。

只要考虑到我们的社会和政治背景，考虑到美国人对战争的传统厌恶，我们的军人就变得优良非凡了。他们不受拘束，足智多谋，积极主动；他们奋勇作战而不怀仇恨。冯·隆的心胸容不得美国的作战方针，因为它是非常简单而非欧洲式的：生命的损失要尽量小，又要打胜仗。

莫里森确实是为了瓜达尔卡纳尔之战而神魂颠倒，美国海军陆战队也确实在那里打了一场惊天地泣鬼神的漂亮仗。

海上作战

在海上，这一仗呈现出诡谲瑰丽的壮观。作战双方在海上的任务都是支援为争夺亨德森机场而厮杀的部队。美国人据有机场，得以控制住白天的时辰，美国供应船可以在单薄的空中掩护下活动。但是，日本人拥有强大得多的海面力量，可以在黑夜的掩盖下在所罗门群岛海域往返自如，以至美国人把它称为"东京快车"。这两支海军虽然因为日夜行动交叉而彼此错过，但还是有过无数次接触交锋，日本人通常都占上风。但是，美国人在决定胜负的那场全力出动的瓜达尔卡纳尔之战的拼杀中取得了胜利。

这是一场不分日夜的海上大厮杀，持续四天之久，双方都投入了全部力量。日本人最终要派大股增援部队登陆，美国人则要予以阻止。目睹者描写了海上夜战的令人毛骨悚然的景象：黑夜里，红色曳光弹像阵雨一般泻下，蓝白色的探照灯光束划破夜空长达数英里，兵舰上的弹药库爆炸，火光耀眼如同白昼，熊熊燃烧的舰艇在黑色的水面上四处漂移。双方都损失惨重，到最后只有一件事情值得一提：美国飞机，有舰载的，也有陆上基地的，击沉了十一艘日本部队运输舰中的七艘，其余的全都撞上了海滩，被炸得只剩下烧焦的残壳。日本人最后一次要夺回这座岛屿的努力就这样结束了。

从此以后，美国人的力量日益雄厚，天皇的军队陷入绝境。到最后，"东京快车"执行了一次热带的敦刻尔克撤退，把备尝艰苦的残余部队运了出去。但是，日本不像英国那样有一个富裕而无所事事的强国挺身相救，它在瓜达尔卡纳尔之战以后一直未能恢复元气。

海军上将金达到了他的目的。在日军炮火下度过一个个夜晚，咒骂声不绝的汗流浃背的海军陆战队士兵们，往来穿梭、冲向死亡的飞行员们，骸骨撒满了瓜达尔卡纳尔岛外海底的海军官兵们，他们无疑至死都在诅咒那些大人物把他们派到这么个鬼都不来的地方，执行如此众寡悬殊的战斗任务。在美国战斗人员的粗话里，瓜达尔卡纳尔当年是、今日仍是"操蛋的那个岛"。但是，征战杀戮的沙场都有其自发趋势，金一旦用瓜达尔卡纳尔把富兰克林·罗斯福引到太平洋上，他便拿稳了趁我们第三帝国已经四面楚歌、日暮途穷之时有足够的人员和舰船去打日本人，而不是坐失良机，一直等到后来日本人得以站稳脚跟而同盟国又精疲力竭的时候。这样一来，金就可以使日本人得不到一个谈判解决的机会，而它的战争目标本来是要来一个谈判解决。

英译者按：冯·隆用英语引述了上面那句粗话。考虑到当今的文学中流行的语言，我估计本书的读者不至于会过于感到愤慨。顺便说明一下，那恰恰也是我今日对瓜达尔卡纳尔的想法。

鉴于后来在莱特湾一章中对哈尔西将军批评特甚，我以冯·隆在本章内未曾一提他的功绩为憾。瓜达尔卡纳尔之战的转机与哈尔西解除戈姆利海军中将的南太平洋司令职务一举同时发生。戈姆利因过度疲劳而陷入失败主义，麦克阿瑟也于此时意志消沉。哈尔西的顽强斗志与激动人心的领导推动了全军重新奋勇战斗。

第四十章

娜塔丽原先把通过"地下铁路"逃跑幻想成一次有组织的快速行动，一桩诡秘惊险、富有浪漫色彩的事。结果他们在马尔恰纳无所事事，只是遥遥无期地等待，又不得跟任何外人交往，连村上的人都不往来。这是一个围墙里边的小山寨，一座座古老的石头村舍四散在厄尔巴岛上最高峰半山腰的一处山嘴上，倒也景色如画，足以陶冶性情。这几位落难的旅人很像是来此度假的，寻求一番山乡乐趣，只不过此行不消他们破费分文。

他们一再耽搁。卡斯泰尔诺沃似乎毫不在意，关于逃奔的计划以及有哪些人在给他们出力帮忙，他很少向娜塔丽和她叔父透露，这一点她是能够理解的。万一他们被逮住了，她知道的事情越少越好。有一次，只有他们两个在一起——这时他们已经等了快有一个月了——他说了一声："你瞧，娜塔丽，一切都顺利，根本用不着担心。"她便尽力不去担心。

他们的住处是一所摇摇欲坠、灰泥处处露出裂罅的石墙茅舍，坐落在一条朝山上走的陡峭小巷的尽头。过了这小屋，小巷就成了一条穿过一片片菜地和葡萄园的通行毛驴的山径。一声不响的村民们就在那上面采瓜菜水果，给小毛驴装驮，有时候也骑上它们上山下山。他们都是日出而作，日落而息。这里景色绝佳，虽然村民们对待如此美景也像对待外来人一样不理不睬。朝西远眺，科西嘉岛的巉岩高耸在水面上；东面是若隐若现的一线陆地上的山脊；南面和北面是同属这个群岛的一列绿色岛屿，如卡普拉亚和蒙特克里斯托，经常是白云缭绕。下面山脚一带，蓝色的海水拍击着林木葱茏的海岸，处处有渔村点缀其间。娜塔丽在此爬山登高，在菜地果园里度过了许多时光，享受这无边的景致、众鸟的歌唱以及九月花果的色彩和芳香。

第一个星期，有一个奇丑无比的胖女孩，脸上长满肉疣，很少说话，给他们用网袋送来蔬菜、水果、粗面包、山羊奶和干酪，有时还有包在湿海草里的鱼。从那以后，安娜·卡斯泰尔诺沃便上小市集去搜购。如果厄尔巴岛上实行配给制度，在这小小的马尔恰纳也无从得知；如果岛上有警卫队，他们也不觉得这些山乡小镇有什么值得费心防范之处。娜塔丽的紧张不安逐渐消失。小茅屋只有两个阴暗而霉气冲鼻的房间——卡斯泰尔诺沃一家住一间，她自己和叔父住一间——茅坑在房子外面，烧木柴的灶头积上了一层又一层乌黑的油垢。她得提上水桶到村上公用的水泵去取水，有时还得跟赤脚的儿童们一起排队等候。她晚上睡在稻草上面。但是，她和她的孩子总算逃出了维尔纳·贝克的魔掌，有了一个离得远远的、安安静静的藏身之处。就眼前来说，这样也就足够了。

埃伦·杰斯特罗以一种哲人的宁静对待眼前的滞留。萨切尔多特老头儿跟他在福洛尼卡海滨的房子里分别的时候，送给他一本希伯来文和意大利文对照的霉迹斑斑的《圣经》作为临别礼物。他整天拿着这本《圣经》和一本书角卷翘的《蒙田①文集》，坐在苹果树下的一张长椅子上。黄昏时分，他才到驴子走的山路上去散步。他好像已经把他难侍候的脾气跟他紧张的工作习惯一道扔掉了。他显得心平气和，无所要求，心情愉快。他听任胡子长起来，样子越来越像个务农的村野老人。九月底的一个晴朗早晨，娜塔丽为了眼前的无所行动向他抱怨，他耸了一下肩膀，说："你不愿意在厄尔巴岛等下去，直到战争结束吗？我不在乎。我可不像拿破仑那样自我陶醉，以为天下苍生都对我魂牵梦萦，或者有求于我。"

《圣经》打开着搁在他的膝上。她定睛看了一下书页上纠结缠绕的希伯来文字体和古式的意大利文印刷体，全都染满古老岁月和海边潮气留下的斑斑驳驳的印记。"你到底是为了什么念这个？"

"亚里士多德说过，"——埃伦微露喜色——"他到了晚年更加喜爱神话。想跟我一起念吗？"

"我十一岁就退出了圣殿的主日学校，从那以后就没学过希伯来文。"

他在长椅上让出一个位置。她坐下说："哦，行，为什么不可以？"

他把书翻到第一页。"你还记得一点儿吗？试试看。"

"好吧。那是一个B。Beh-ray-Shis. 对吗？"

"好学问！意思是'太初之时'。接下去呢？"

"哦，埃伦，我的脑袋瓜学不进这个，我也实在不感兴趣。"

"来吧，娜塔丽。就算你不爱学，我也爱教。"

---

① 蒙田（1533—1592），法国散文作家。

木头门上响起了沉重的急促敲门声。

一个青年汉子在门口对娜塔丽笑着，抚摩着朝下撇开的黑胡子。粗野无礼的橄榄色圆胖脸，棕色的眼睛露出色欲打量着她，肥大的灯芯绒裤子和红色的短上衣倒像戏台上的服装。"你好，拉宾诺维茨先生要我来的。准备好走了吗？^①" 刺耳的怪腔。

一辆无篷货车堵塞了小巷，货车套的是一头看得见骨头的瘦骡，两只长耳朵抽搐着。

"嗯？走？马上？我相信没问题，可是——请进来。^②"

他摇摇头，笑着说："快，快，我求你。^③"

卡斯泰尔诺沃和家人在后面屋里围桌而坐，吃着每天都只有面包和菜汤的午饭。"好哇！"他擦擦嘴，站了起来，"我等他一个星期了。我收拾起来。"

埃伦问："他是谁？"

医生给了他一个含含糊糊的手势。"他是科西嘉人。请赶快。"

这些逃亡的人坐上慢悠悠的货车颠簸在下山的路上，朝西而行。米丽娅姆和路易斯在干草上面嬉闹。他们停在一处只有三五户渔人定居的石头海滩，下了车。附近看不见人，只是绳子上晒着的粗布衣服和摊在拖上海滩的小船上的湿渔网表明这儿有人居住。科西嘉人带领他们登上一艘停靠在摇摇晃晃的木桩码头边的帆船，船上堆满了渔具。两个穿着破烂线衫的胡子拉碴的男人走出甲板舱房，扯起一面肮脏的灰色船帆。两个男的相互死命吆喝了一些让人听不懂的话，船便倾向一侧滑出去，到了海上。那头骡子被拴在一棵树下，定睛看着帆船离开，很像一个被丢弃的孩子。

娜塔丽斜倚在舱房边，看着米丽娅姆和她的娃娃在一堆干渔网上玩。年轻的科西嘉人一口喉音粗重的土话有时使她完全不知道他在说些什么，他告诉她，最危险的一关已经过了。他们没遇上警察，海岸警卫很少上这儿来巡逻，所以他们现在不怕法西斯了。只要到了科西嘉，她和她的同伴们就安全了，他们可以想住多久就住多久。科西嘉对逃亡的人——那些逃到丛林里的人^④——历来遵守严格的规矩。他家住在科尔特，那是山区里的一个造反作乱的大本营。德国和意大利的停战监督官为了使他们自己得享天年，都要回避那个地方。他自己名叫帕斯卡尔·加福里。他哥哥奥兰杜丘住在马赛，和平年代常给拉宾诺维茨先生在法国货船上运货。现在奥兰杜丘在港务局工

---

① 原文是法语。
② 原文整句都是法语。
③ 原文是法语。
④ 原文是法语。

作。马赛码头上有的是科西嘉人，港口里的抵抗运动也很强大。

海风劲吹，使娜塔丽的一身棕色毛料旧衣服紧紧地贴住她的身体，科西嘉人一面说话，一面津津有味地把她的乳房和大腿的曲线看了个够。娜塔丽对男人的眼睛是习惯了的，但是像这样死盯着傻看仍使她不自在。不过，那眼光还不像是凶神恶煞般，只不过是拉丁民族强烈的见色心喜——眼下仅此而已。

她问他是否知道往后的计划，目的是使他分散注意力。他并不知悉。他们得跟他的家人住在一起，等候拉宾诺维茨先生传来信息。他跟拉宾诺维茨先生谈过话吗？没有，他从来没跟拉宾诺维茨先生见过面，所有这一切都是他哥哥安排的。舱房里的两个男人也是他的兄弟吗？去他妈的。他们两个都是巴斯蒂亚的渔民，干这件事是为了赚钱。日子不好过，停战委员会使渔船下不了水。船身都干燥了，接缝都裂开了，这两个人花了两天工夫偷偷嵌塞船底。他们都是江湖好汉，不过她用不着害怕他们。

娜塔丽开始思量她对帕斯卡尔应该保持多大的戒心。她现在和三个强悍的汉子来到公海上，谁都没有一张合法的离岸出海证件。埃伦塞满了钞票的腰带会怎么样呢？她自己衣箱里拉链拉紧的夹层里的美元会怎么样呢？小船乘风破浪，朝渐渐沉落到科西嘉岛高山后面的太阳嗖嗖疾驶，船帆哗哗地响着，啪啪地翻动着，所有这一切都确确实实是在她眼前发生的，然而这又多像是在梦里，在马尔恰纳长期滞留之后忽然来这么一次海上航行！这个强盗似的陌生人可以毫不费力地强奸她，如果他决心那么干的话。谁能阻止他呢？可怜的埃伦能吗？稳重斯文的医生能吗？舱房里面那两个粗声粗气、嘻嘻哈哈的可怕怪物，此刻正在合用一个大杯子传来传去喝酒，他们呢？他们可只会在一旁给他打气，或许还在等着轮到他们。娜塔丽生动而又焦灼的想象中已经闪现出这么个镜头：这个家伙把她推倒在渔网上，撩起她的裙子，用他的两只大手硬把她赤条条的大腿分开——

越来越凶猛的浪头一阵阵飞越甲板，喷射的水珠砸痛了路易斯的眼睛，他哇的一声大哭起来。她急忙扑到他身上爱抚着他，帕斯卡尔的形象也就离开了她。

西边一片霞光，太阳已隐没在科西嘉岛背后。风力更加强劲了，帆船更加倾向一侧，向前疾驶。一个个浪头直冲舷边上空。安娜晕船，扶着船舷呕吐，卡斯泰尔诺沃拍着她的肩背，米丽娅姆在一旁看着，十分惊恐。埃伦跌跌撞撞走向甲板舱背风面的娜塔丽那里，在她身旁坐下，看着遥对他们船尾的厄尔巴岛美景，一边赞叹，一边发表关于拿破仑的宏论。他说，拿破仑离开了科西嘉岛，把欧洲闹得天翻地覆，打倒了一个个旧政权，造成四面八方的破坏和死亡，把法国革命搞成一个徒有其表的帝国，演出了一场滑稽歌剧，到头来还是绕了一个大圆圈，在这个和他的故乡隔海相望的厄尔巴岛上了结一生。希特勒的下场也不会两样，这些平步青云的混世魔王总归要孕育敌对力量来消灭他们自己。

在大风和海浪的呼啸声中，娜塔丽实在难以静心谛听，不过先前在他们讲读希伯来文的间歇中，她已听到过这些议论，所以她只消间或点点头就是了。惊涛骇浪的旅程马上结束吧！科西嘉岛的海岸还在地平线下面，夜色已经来临。路易斯在她怀中啜泣。她把他紧紧抱住，以免他着凉，带他乘上一条小船冒险在大海上追波逐浪使她心头涌起一阵懊丧。不过，这些捕鱼人必定都曾在更坏的天气里无数次出没此间。帕斯卡尔拿着一个瓶子摸索而来。她喝了一大口没掺水的白兰地，这口酒给了她火辣辣的温暖。帕斯卡尔在她胸前乱摸一气，她也就不予责怪，只把这当作无意中的动作。

一口白兰地酒，不停地摇摆颠簸，再加上这船上的沉闷无聊，使得娜塔丽不禁昏昏欲睡。浪花打湿她的双脚和双腿，小船忽上忽下，颠簸不停，这一切她都感觉不到，时间的流逝是如此缓慢，她一点儿也不知道究竟经历了多久。小船终于进入平静的水面，黑沉沉的海岸出现在前方，月光下的大树和巨石依稀可辨。又过了半个来钟头，帆船贴近了岸边。一个渔人放下船帆，另一个拉住一根白棕绳，跳上一块平坦的岩石。帕斯卡尔搀扶乘客们带上那点儿可怜的随身行李下了船。小船立即又扯起帆，消失在黑夜中。

"好了，你现在已经到科西嘉了，也就是说已经在法国了。"他对娜塔丽说，两手提着她的衣箱，"不过，我们还得走上三公里。"

她手里抱着路易斯，走在一片散发出泥沼气的田野间的小径上，倒也不难跟上他的步子，不过他们得放慢一点儿等着别人。走了这么长的海路之后，脚下的土地直摇晃，所以这点儿路他们走了快一个小时。到达一座黑黢黢的农庄之后，帕斯卡尔把他们领到后面的一间小棚子里。"这儿是你们睡觉的地方。大房子里有晚饭。"

帕斯卡尔供应他们的晚饭是汤和面包，没见到别的人。蜡烛光下，在长条木板的餐桌上，娜塔丽看得见大汤盆里的章鱼腕足，尽管觉得恶心，她还是把自己碗里的一点一滴都吃个精光。帕斯卡尔给路易斯吃的是山羊奶泡面包，小家伙像只狗一样大口大口都吃掉了。他们回到小棚子里，在稻草上和衣睡下。

第二天早上，帕斯卡尔开了一辆旧卡车带着他们穿过巴斯蒂亚，在车上瞥见的狭小街道和古老房屋很像是意大利托斯卡纳的城镇。一列只有三节小车厢的火车把他们送上一个使人毛发直竖的山隘。车上的乘客，有的是和帕斯卡尔一样的装束，有的是城里人的破旧衣着，他们都被路易斯逗乐了。小家伙照常每天早上心情愉快，在母亲怀里拍着小手，叽里咕噜嘟哝个不停，眼睛看着四周，一副聪明相。帕斯卡尔一面跟查票员打趣，一面递给他一沓车票，那汉子也没有理会这几个落难的人。娜塔丽觉得紧张而兴奋。她一夜酣睡，早饭吃了面包、干酪，还喝了点儿酒。车窗开着，外面是连绵不断的壮丽山景，浓烈的花香阵阵袭来，沁人心脾。帕斯卡尔告诉她，这就是出名的灌丛芳香，拿破仑在圣赫勒拿岛上朝思暮想再闻一下的就是它。

"对他这种心情我完全理解，"她说，"这香味确实好像是天堂里发出来的。"

帕斯卡尔半阖着眼，火热地朝她看了一下。她差一点儿没有笑出声来，他的样子活像在一部无声影片里表演卖弄风情的鲁道夫·瓦伦蒂诺。虽然如此，他还是使她感到害怕。

帕斯卡尔的父亲和他儿子一个模样，只是年纪大上三十岁，更加粗壮一些。他穿的也是灯芯绒裤子，头发胡子一片灰白，一样的椭圆脸，一样的两只不文明的棕色眼睛，深陷在上了年纪的皮革一般的眼窝里面。他待客礼貌周到。他的房屋沿着一条陡峭街道分成三级逐渐升高，再往上就是科尔特的山顶古堡，住宅的外貌和陈设都表明他家道殷实。他在阴沉的厅堂里光亮的栎木长桌上摆出丰盛的午餐，欢迎这批难友。他的穿着一身黑衣服、没有身材的老妻和两个也穿着黑衣服、走路静悄悄的女儿端出了酒菜。帕斯卡尔带着几分乡土气的自豪感指出，桌上摆的是乌鸫馅儿饼、炖山羊肉、栗子蛋糕和科西嘉酒。

首次举杯，加福里先生端坐在他沉甸甸的扶手椅上发表了简短的演说。他说，他知道杰斯特罗博士是一位著名的美国作家，如今是从臭名昭著的法西斯统治下脱身出走。美国总有一天会来援救科西嘉，使它摆脱它的压迫者。科西嘉人民那时一定会奋起配合，杀死一大批德国人和意大利人，如同他自己的祖先在科尔特杀过热那亚人、西班牙人、土耳其人、萨拉森人、罗马人和希腊人一样。这位老乡绅轻轻说出一连串恶狠狠的"杀"字——杀西班牙人，杀罗马人，杀希腊人——使娜塔丽心头起了一阵寒战。同时，加福里老人还说，帮助这位著名作家和他的朋友们也是他的特权。加福里的家就是他们的家。

帕斯卡尔带领他们登上后楼梯，来到一套单独隔开的房间里。然后，他把娜塔丽带进一个加了一张儿童小床的房间，对娜塔丽说："我的房间正好就是楼下的这一间。"说话时，他又露出了鲁道夫·瓦伦蒂诺式的表情。但是，在他父亲家里，他那副凶神恶煞的神气已经消失。他毕竟是一个血气方刚的小伙子，过分地喜爱女色是地中海一带人的通病；再说，他到底还是她的救命恩人。她已经来到法国领土上，这才是真正重要的大事。她心头对帕斯卡尔油然生出一股感激之情。

"您真好，先生。"她一手抱住路易斯，另一只手和他相握，然后又在他的面颊上轻轻吻了一下，"非常感谢。①"

---

① 原文都是法语。

他的两眼像火炭一样发出光芒。"乐于为您效劳，太太。^①"

阿夫兰·拉宾诺维茨在阿雅克肖港搭乘这三节车厢的火车，从另一头上山来到科尔特。这条单轨铁路享有美景绝佳的盛誉，他却蜷伏在一个靠窗的座位上闭着眼睛，秀丽的涧谷和山石从车旁掠过时，他只顾一支接一支吸着维希法国的劣质卷烟。像这样闭眼不看明亮的阳光和奔驰的山景，多少缓和了一点儿随着车轮的节奏在他的脑壳里发作的偏头痛。多少处天下无双的名山胜迹，比如比利牛斯山、蒂罗尔山、多洛米蒂山、阿尔卑斯山、多瑙河的谷地、土耳其的海岸、葡萄牙的穷乡僻壤、叙利亚的群山万壑等等，都在阿夫兰·拉宾诺维茨的眼前白白消逝了。眼前尽管有壮丽山川，他心里想的却是如何张罗到足够的食物和水，好让犹太难民们活命逃亡。

拉宾诺维茨这个人，不仅和欣赏美景的趣味无缘，对地理和国度的看法也完全与众不同。在他看来，什么国家、国界、护照、签证、语言、法律、通货等等，在当前的这场欧洲大陆上展开的粗俗危险的争逐中，都已不是真实的因素。从这个意义上说，他的态度是有罪的。他只承认援救的法律而不知其他。他并非向来就是一个这样的违法之徒，而是完全相反。他的双亲在第一次世界大战之后从波兰来到马赛。他父亲是裁缝，承包缝制海军和商船海员制服。所以，阿夫兰受的是法国教育，是在法国朋友中间长大的。他曾在法国商船上当过舱房侍役，靠勤奋努力一步一步爬上去，最后才获得了轮机师的执照。直到二十好几的时候，他一直都是个循规蹈矩的法国人，对自己的犹太血统只有一点儿模模糊糊的意识。

希特勒一上台，马赛就好像从阴沟里冒出臭气一样出现了排犹行动，这才使拉宾诺维茨不得不时时想到自己是一个犹太人。一个富裕的瑞士籍犹太复国主义者找到了他，让他从事把犹太人非法送到巴勒斯坦去的工作。他用一艘像"伊兹密尔"号那样的旧船，运送三百个人顺多瑙河直下，渡过黑海到达土耳其，然后取道土耳其和叙利亚的偏僻乡野到达圣地。这番冒险事业改变了他的人生道路。从此以后，他没干过别的。

他在巴勒斯坦定居以后，学会了一点儿希伯来文，娶了一位海法姑娘。他放弃了法国名字"安德烈"，重新成了阿夫兰。他曾经想参加犹太复国运动，但是他对党派之事感到厌烦，终于打消了这个念头。他内心仍然是一个法国犹太人。对犹太人的仇恨迅速在欧洲蔓延，这使他困惑不解，他决心对此有所行动。他的视野只限于拯救生灵。在那些日子里，他耳朵里听到的是犹太人在希特勒的威胁面前，用各种语言说出

---

① 原文是法语。

来的一句听天由命的话："在锅里烹煮难熬，一口吃掉好受。"但是在他看来，纳粹是要认真对待的。他不再和各种派别的犹太复国主义人士辩论经义和政治，而是运用他们的财源和关系去援救犹太人。他跟赫伯特·罗斯，还有萨切尔多特一家，都已为此做出了贡献。

法国沦陷以后，他便回到了那里，参加了马赛的抵抗运动，他把马赛当作继续进行援救工作的最好的基地。事实上，他从事抵抗运动已有多年，伪造文书、走私偷渡、刺探情报、说谎骗人、保守秘密、扒窃偷盗，都是他的拿手好戏。有一次，为了救助四十个人，他在罗马尼亚杀死了一个向他勒索一笔封口费的告密人；他原先并不想要那人的命，但是铁块敲下去的时候重了些，那人就倒在一条小巷里，翻了翻白眼之后咽了气。他心绪不宁的时候，常会想起这件往事——铁块敲断骨头的感觉，倒在地上的那个勒索者满头乱发中冒出来的鲜血——但是他并不觉得于心有愧。

每逢过度疲劳，遭受挫折，或者发现自己干了什么蠢事，拉宾诺维茨的偏头痛就容易发作。他乘上这列前往科西嘉的火车，并不是因为有什么重要工作需要完成，他只不过想见见亨利太太。虽然他在"伊兹密尔"号上只跟她谈过两次话，她却给他留下了难忘的记忆。拉宾诺维茨也跟许多欧洲男人一样，在他心目中，美国妇女都是迷人的。娜塔丽·亨利使他着了迷：一个犹太女人，不容置疑的肤色黝黑的犹太美女，然而又跟富兰克林·罗斯福一样是一个地道的美国人，一位著名作家的侄女，还跟一个美国潜艇军官结了婚！和平年代的马赛港里，来访的美国兵舰都是带着远方的强大威力的荣光开进来的。青年军官们穿着白色的军装，佩着金色的徽饰，三三两两行走在林荫大道上，在当年的拉宾诺维茨看来，他们几乎就是德国人幻想充当的那种超人。一张快照上的拜伦·亨利的形象更在拉宾诺维茨的眼里为娜塔丽增添了许多魔力。

他并不是对她打什么主意，她看起来是一个十足的贤妻良母。他一心贪图的就是看见她。他在"伊兹密尔"号上尽了最大的努力克制住他无谓的感情，虽然他以为她是喜欢他的。那不勒斯的那个局面本来就已经够让人伤脑筋的，容不得再让一场徒劳无益的恋爱来搅乱他的脑子。尽管如此，她的离船而去还是使他受到一次打击。

六月里从锡耶纳传来的消息——首先是亨利太太和她叔父还住在那儿，接着又说他们要和卡斯泰尔诺沃一家同走——使他坐卧不安。获悉亨利夫人已经到达科西嘉之后，他重新有了想到那里去的冲动，他和这种冲动斗争了一个星期，后来还是没抵挡住。一夜的行舟途中，偏头痛便向他袭来。小火车呻吟着爬上一处处陡急的弯道和一道道高坡，向科尔特进发，再加上他乱麻似的心情和一阵阵胀裂的头痛，他不由得对自己的鲁莽冒失感到诧异。然而，他内心的喜悦是自从他丧妻以来未曾有过的。

他到达加福里家的时候，他为之倾倒的那个人正在楼上的那套小屋里，穿着一件旧的灰羊毛晨衣，把小孩子放在厨房洗涤池里洗澡。她刚洗过头发，此刻头发全都用发卡向上翻卷。孩子爱嬉闹，把她溅得一身都是肥皂水，所以她这会儿的模样完全不是一个梦中佳人。

一声敲门声。门外传来埃伦的说话声："娜塔丽，我们有个客人。"

"谁？"

"阿夫兰·拉宾诺维茨。"

"基督！"

她听见杰斯特罗笑了。"他并不自命为基督，亲爱的，虽然他可以算是一个救星。"

"哦，我是说，他要在这儿待多久？路易斯从头到脚全是肥皂水，我也是。我这模样实在怕人。有什么消息？我们要走了吗？"

"我想不会。他要在这儿吃午饭。"

"好哇——哦，马上就好，我过一刻钟就下来。"

她急急忙忙穿上一件白色羊毛衣服，衣服的腰带是绯红色的，配着金黄色的铜扣，这件衣服是她在里斯本为了跟拜伦相会买的。自从生了路易斯，她身体发胖，好长时间都穿不下了。在锡耶纳收拾箱子的时候，她是在最后一分钟一横心把它塞进衣箱的，此后的流浪旅途中也许会有需要打扮一下的时候！她给路易斯穿上加福里老太太送她的一套灯芯绒童装，便抱他下楼来到花园里。拉宾诺维茨正跟大家一起坐在葡萄棚下的一张长椅上，这时他站了起来。他跟她记忆中的模样颇不相同：年轻了一点儿，没以前那么粗壮，也不是以前那副苦恼相。

"你好，亨利太太。"

她的黑头发虽然使劲用毛巾擦过，但仍旧是湿的，全都翻上去绾在头顶上。他记得这一头秀美的浓发，记得这一对斜着向上提起，此刻正友好得无以复加地对他闪着光的大眼睛，记得她露出笑容时的妩媚嘴型，以及她两颊的曲线。她轻盈娴静的握手使他觉得陶醉。

"我这儿有件事情要让你吃惊，"她说，一面便把路易斯放下，让他站在棕色草地上，"向他伸出胳膊。"

拉宾诺维茨照办了。她放开手，路易斯的圆脸蛋上神情十分紧张兴奋，他趔趔趄趄地迈了几步，便跌进巴勒斯坦人伸出来的手臂中，一阵大笑大嚷。拉宾诺维茨一把将他抱了起来。

"他还开始会说话了呢！"娜塔丽嚷道，"想不到，这都是一个星期之内发生的！也许是因为科西嘉的空气。我原来还担心养了一个白痴。"

"真是瞎说。"杰斯特罗有点儿发火。

"说句话吧。"拉宾诺维茨要求路易斯说,这孩子正目不转睛地看着他。

路易斯的手指点着拉宾诺维茨的鼻子。"爸爸。"

娜塔丽唰地红了脸,就连本来一声不吭地坐着的卡斯泰尔诺沃夫妇也忍不住笑了起来。娜塔丽张嘴吸了一口气:"哦,上帝!我常给他看他父亲的照片。"

路易斯看见他把大家都逗乐了,很是高兴,便放开喉咙叫喊:"爸——爸!爸——爸!"他指着卡斯泰尔诺沃,也指着杰斯特罗。

"别胡闹了,够了,你这小东西!"

老东家和帕斯卡尔都穿了干庄稼活儿的衣服吃饭。帕斯卡尔头发散乱,满身尘土,穿着一件山羊皮上衣,又向娜塔丽做了几次瓦伦蒂诺式的表情。在他父亲面前,他直到现在都还算是小心的。她于心不安地觉得,这样的装束倒是衬托出他的俊美了,她不断地偷偷观察拉宾诺维茨,可是看不出他是否注意到了。餐桌上谈的都是关于战事的消息。加福里老头儿说,科西嘉最新的谣言认为所有关于北非的暗示都是故作疑兵之计,盟国将要进击挪威,打通斯堪的纳维亚和芬兰,和俄国人连接起来。这样一来就可以解除列宁格勒之围,开辟一条畅通无阻的供应线,向红军运送租借物资,并且在接近柏林的地方部署盟军轰炸机。不知拉宾诺维茨先生以为怎样?

"我不相信将要进攻挪威这种说法,时节太晚了。我和你儿子曾在同一艘货轮上服务,有一次,十一月里到达特隆赫姆港口。因为海面结冰,我们被困在那里好几个星期。"

"奥兰杜丘跟我们说起过这件事,"加福里说,伸手拿过石雕的酒壶,把拉宾诺维茨的杯子和他自己的杯子都斟满了,"他还告诉我们一些别的事情,例如伊斯坦布尔的那次小小事故。"他向拉宾诺维茨举杯,"只要你活在人间,这所房子永远欢迎你光临。多谢你给我们送来了美国的大作家和他的朋友们。"

杰斯特罗说:"我觉得我们成了你的负担。"

"不。你们可以住下去,先生,直到我们一起得到解放。现在,帕斯卡尔和我得再去干活儿了。"

他们站起来离开餐桌的时候,娜塔丽悄悄对拉宾诺维茨说:"我一定得跟你谈谈。你有时间吗?"

"好的。"

他跟她一起走到外面街上,沿着小石块铺砌的高陡的台阶走上去,这条路一直通向那座颓圮的古堡,它的大门洞开着。"我们爬上去好吗?"她说,"顶上面好看极了。"

"行。"

"伊斯坦布尔是怎么回事？"她问。他们沿着一道贴着内墙的石梯拾级而上。

"没什么大事情。"

"我想知道。"

"哦，好吧，每当我们船到港口，奥兰杜丘这小子总爱大喝一通，闹点儿事。这是他结婚成家之前的事了。我正在甲板上修弄一部坏绞车，快半夜了，我看见他摇摇晃晃地从码头上走来。几个流氓上去把他揿住了。这些码头上的水老鼠都是一些胆小鬼，他们专拣醉酒的人欺负，我便拿了一根撬棍跑过去，把他们打散了。"

"哎呀，你岂不是救了他的命。"

"也许只是他的钱。"

"加福里一家对我们客客气气，都是因为你。"

"不，不。他们都参加了抵抗运动，全家人。"

一块平地上长满了棕色的野草，一座没有房顶的灰泥建筑的架子，窗洞上还有铁栅栏，几只山羊在断壁残垣间随意来去。

"警卫室，"拉宾诺维茨说，"现在已毫无用处了。"

"给我说说'伊兹密尔'号。"她说，带领他穿过平地走上一道通向高处的梯级。

"'伊兹密尔'号？那是好久以前的事了。"他摇摇头，显得伤感和懊恼，"我们起航的时候，天气倒是不坏，但我们抵达海法的时候，真是老天无情。我们得在狂风暴雨的深夜里把船上的人卸到小船上去。该死的土耳其船长趁机捣乱，以辞职相要挟。有几个人掉到水里淹死了，人数不多，确切数字我也不知道。人们一上岸便走散了。我们根本没法儿清点人数。"

娜塔丽一本正经地问他："这样看来，我从船上下来还是做对了？"

"谁知道呢？现在你是在科西嘉了。"

最高处的梯级很陡峭，已被游人踩得深陷下去。他气喘吁吁，说话也慢了。"马赛的美国总领事知道你们在这儿。他名叫詹姆斯·盖瑟，是一个好人。我跟他打过几次交道，是一个讲道理的人。领事馆里也有几个坏蛋。他亲自处理你们的问题，严格保守秘密。你们的证件全部弄好之后，你们就去马赛，到达的当天就上火车去里斯本。这是盖瑟的主意。"

"要等多久呢？"

"这个嘛，麻烦的是出境签证。直到一个月以前，你们还完全可以像旅游的人一样坐火车去里斯本。但是，现在法国已经停办出境签证，这是德国施加的压力。你们大使馆可以在维希把事情办妥，所以你们还是拿得到签证的，只不过要多等些时候。"

"你已经给我们办成这么多事了！"

"这不是我的功劳。"这个答复来得尖刻锋利，"盖瑟收到伯尔尼美国公使馆的来电，要他留神你的消息。我告诉他你在科西嘉的时候，他说了声'好哇！'就这么回事。"他们现在到了古堡顶上。越过久经风雨剥蚀的雉堞，他们遥望着下面被林木茂密的山岭圈在当中的一片河谷地上的农庄和葡萄园。"现在我知道你为什么要我到这儿来了，好风景。"

"卡斯泰尔诺沃一家人怎么办呢？"

他合拢手掌罩住一支卷烟，把它点燃。"他们的事可要麻烦得多。德国人的停战委员会九月间在巴斯蒂亚来了一次大搜查，因为难民们都经过那儿逃往阿尔及利亚。那次搜查破坏了我的几处联络点，所以让你们在马尔恰纳耽搁久了。不过，他们离开锡耶纳还是做对了。意大利秘密警察在七月间开始逮捕意大利的犹太复国主义分子，所以这会儿他们很可能都在集中营里了。我已经在给他们想办法，请你务必劝说这位医生不要过于心急。实在万不得已，加福里这一家总会照料他们的。"他喷了一口烟，看了一下手表，"我们该回去了吧。你还有话要跟我说吗？再过一个小时，上阿雅克肖去的火车就要开了。"

"哦，对了。那个小伙子，帕斯卡尔——"她欲言又止，用牙齿咬着一根手指的关节。

"是的，他怎么了？"

"哦，见鬼，我一定得讲给你听，我又不能在家里跟你谈。前天夜里，我睡着后醒来，发现他在我房间里，坐在我床边，一只手放在我盖的被子上，就在我腿上。"他们走下迎风的梯级，她便一口气说了出来，"就那么坐着！我孩子的小床离我们不到两英尺。我弄不清我是在做梦还是什么的！我轻声问他：'怎么回事？你来干什么？'他也轻声回答：'我爱你。你愿意吗？'[①]拉宾诺维茨在梯级上站住了，她想不到他居然脸红了。"哦，你不要担心，他没强奸我什么的，我把他打发走了。"她使劲拉住他的肘弯。他皱紧眉头，重新向下走。"也许是我自己不好。在厄尔巴的时候，他就对我挤眉弄眼了，在船上他也有点儿放肆。到他家里以后，我干了一件蠢事。旅程已经结束，我们一路平安，我心里感激他，我吻了他一次。好家伙，他看起我来就好像我脱了裙子一样。从那以后，就好像我一直没把裙子穿上。于是就发生了前天夜里这件事——"

"你怎么打发他走的？"

"哦，不那么容易。我开头是轻声对他说：'不行，你会把孩子吵醒的。'"娜塔丽瞥了拉宾诺维茨一眼，"也许我该不顾情面，干脆轰他出去，大声嚷嚷，叫他父亲，这么来一通。但是，我当时睡意正浓，又是突然被他惊醒的，加上我不想把路

---

① 原文是法语。

易斯吵醒，并且我也觉得好歹我们的性命都在人家手里。接着，他便轻轻对我说：
'哦，不要紧，我们像两只小鸽子一样不要出声。'"娜塔丽神经质地咯咯笑起来，
"我怕得要死，可他也真是荒唐，'两只小鸽子'①——"

拉宾诺维茨也在笑，可是并不快活。"到底是怎么收场的呢？"

"哦，我们就这么轻声交谈，行，不行，他说一句，我回一声。他不肯走。我
想起何不求救于他的科西嘉人的荣誉感——不可伤害来到他家里避难的人，或者声言
要告诉他父亲来吓唬他。可是，那得花上好长时间，费许多口舌。所以我只说：'你
瞧，绝对不可以，我身上不好。'他立即把搁在我腿上的一只手缩回去，唰的一声从
床上跳了开去，好像我声明了有麻风病一般。"

在以航海为生的人中，她心里想，拉宾诺维茨算得上是一个出奇地拘谨的人了。
他听了这番话之后，显得很不自在。

"然后，他站着俯身对我轻声说：'你说的是实话吗？''当然。''太太，如
果你只是为了拒绝我，那你可是大错特错了，我保证可以使你快活得神魂颠倒。'"
她假装出一副男中音的嗓音，"'我保证可以使你快活得神魂颠倒。②'这是他的原
话。说完了这个，上帝保佑我，他便踮着脚出去了。我担心他会再来，我该怎么办
呢？我要跟他父亲说吗？老东家可是一个很严厉的人。"

拉宾诺维茨显得伤透了脑筋，伸出手掌擦了擦脸。"我现在想的是到了马赛有什
么地方可以安顿你们，除非你真想试一下神魂颠倒的滋味。"她没吭声，她浮肿的脸
又涨红了。"对不起，我不该拿你开玩笑，我知道这是不好受的。"

她带点儿调皮地回答说："哦，很好，这样一来我倒觉得年轻啦。不过听我说，
我可不要领教科西嘉的神魂颠倒。"

他朝她好奇地一笑，这一笑中也有不少辛酸。"很好。好样的犹太姑娘都不会。"

"哦，你不了解我。"娜塔丽提出异议，虽然这个评语并不——她自己也觉得奇
怪——使她感到难堪。拉宾诺维茨口中说出的这句话是带有爱抚之情的。"我一向是
爱怎么干就怎么干的，要不然的话，上帝知道，我就不会跟亨利·拜伦结婚了，也不
会自甘接受别人的严词审问了。这样的事，好样的犹太姑娘总是要想办法回避的。总
算还好，你想你可以把我送到马赛？"

"是的。我不想跟加福里这一家人闹翻，他们对我来说是很重要的，特别是奥兰
杜丘。眼前，我还只有这一处靠得住的地方可以安顿卡斯泰尔诺沃一家。奥兰杜丘跟

---

① 原文是法语。
② 原文是法语。

我说起过这个帕斯卡尔，他不是好东西。你们在马赛处境也许无论如何会好一点儿。等到你们的证件出来了，你们就可以动身，一步一步来。这是有利的一点。"

"那么，卡斯泰尔诺沃一家呢？"

"他们在这儿等。"

"但是我不想丢下他们。"

"丢下他们？"拉宾诺维茨的口气变得生硬了，这时他们正从倒塌的警卫室一侧穿过那处平地，"请你别说这样的傻话。你们万一有个好歹，还有美国总领事可以出面替你们说话，他们可得不到保护，什么保护都没有。马赛是一个警探密布的地方，我无论如何都不能把他们往那里送。请你千万不要再去怂恿他。你就是不向他提这个，他也已经够让我伤脑筋了。"

"你说得对，请不要和我生气。米丽娅姆和路易斯现在跟姐姐和弟弟一样要好。"

"我知道。你听我说，巴斯蒂亚的搜捕使我们遭了殃。只要医生镇定清醒，他和他的全家都可以平安无事。"

"我们到了马赛之后，可以常常看见你吗？"

"没问题。"

"好，那就好了。"

他觉得难以开口，说话硬邦邦的。"你离开'伊兹密尔'号的时候，我觉得很难受。"

娜塔丽突然吻了一下他的脸颊，只觉得他脸上冷冰冰的，胡楂儿刺人。

"亨利太太，你就是因为来了这么一下，才惹出麻烦的。"

"我想我不至于会在半夜里醒来碰上你闯进我的房间。"

"这可不是说给一个法国男人听的恭维话。"

他们相视而笑，内心都有点儿不自在，然后下山回镇上了。

那天晚上轮到娜塔丽烧饭。她在楼上的小厨房里端给大家吃的是按照她寄寓巴黎时的菜谱烧成的一锅蔬菜杂烩，饭桌上谁都无心说话，就连米丽娅姆也是愁容满面。大人们留在厨房里喝咖啡，她去睡觉。所谓咖啡，不过是把粮食在火上烤一下之后煮出来的又酸又涩的咖啡色汤水罢了。卡斯泰尔诺沃说："确实，孩子们会很难受的，是吗？"这是第一次公开提到他们即将分离。

他们天天见面，她早已不去留心他的容貌，但是今天她不由得暗自吃惊，自从离开锡耶纳以来，他的变化竟这么大。那时他原是一个悠然自得、风度翩翩的意大利医生，如今他的风采已经消失，他的眼窝深陷，眼皮沉重。

"这也会使我难受，我知道。"她说。

埃伦·杰斯特罗说："难道我们就不可能再度会合，然后一起出走吗？"

卡斯泰尔诺沃慢慢地、重重地、沮丧地摇了摇头。

"他给你们订了什么计划？"杰斯特罗问，"难道我们之间还不能无话不谈？"

"在马尔恰纳的时候，我们还希望坐船到阿尔及尔去，"医生说，"然后再向东走，到巴勒斯坦去。但是那条路已经走不通了。现在看来，我们可以非法去的只有西班牙和瑞士。人家都是结伴上路，有向导偷偷引他们穿过森林。我猜想西班牙比较好，至少从那儿去里斯本是顺路的。"

"麻烦的是，"安娜脸上带着茫然的笑容说，"到西班牙去，我们得靠两只脚翻过比利牛斯山，十一月的天气。没有第二条路好走，要在荒山野岭中步行一大段路，一路上都是积雪和冰冻，还要时刻提防边界上的巡逻队。"

"干吗不去瑞士呢？"娜塔丽问她。

"如果他们把你逮住，就要送你回法国，"安娜说，"把你交到法国警察的手里。"

"不一定！"她丈夫怒冲冲地朝她说，"不要夸张。每一伙人都有不同的遭遇。瑞士也有救援机构，他们也会给你帮助。拉宾诺维茨认为西班牙比较好，但是安娜担心米丽娅姆要步行翻过山头。"

"但是还有开往南美洲的船呢，"杰斯特罗说，"到摩洛哥去的渔船呢，以及我们谈到过的所有那些可能性呢？"

卡斯泰尔诺沃绝望地耸了一下肩膀，加上他那阴沉绝望的神色，使得娜塔丽产生了一种从来不曾有过的仿佛已经陷于绝境的感觉。"你们一定会平安无事，"她高高兴兴地说，"我相信他。"

"我也相信他，"医生说，"他说的都是真话，他知道该怎样办事。是我自己决定离开意大利的，我做对了，所以我们现在没在集中营里。即便米丽娅姆必须徒步翻过积雪的比利牛斯山，那又有什么关系呢？她会翻过去的，她是一个结实健康的姑娘。"他站了起来，立即朝外头走。

娜塔丽对安娜·卡斯泰尔诺沃——她的眼睛是湿的——说："安娜，今晚米丽娅姆睡在我床上好吗？"

安娜点头。过了一会儿，睡眼惺忪的小姑娘自己来到娜塔丽的床上，一句话也不说，一上床便睡着了。娜塔丽喜爱温暖的小身体偎依在她身旁给她的舒服感觉。第二天早上，太阳把娜塔丽照醒的时候，米丽娅姆已经不见了。这姑娘已经爬到儿童床上，抱着路易斯睡着了。

第四十一章

　　一支浩浩荡荡的无敌舰队正在公海上向北非集结。自从日本帝国舰队向中途岛出动以来，地球上的大海洋从来不曾负载过一支如此庞大的海上力量，而在那次以前，整个历史上也不曾有过。航空母舰、战列舰、巡洋舰、部队运输舰以及装满了小划艇、坦克、卡车和机动炮的新式登陆艇，还有驱逐舰、扫雷艇、潜艇，再加上杂七杂八的供应船。这些来自各方、摆开一望无际的阵列的战船，形状可怖，大小不一，有漆成灰色的，也有漆成花里胡哨的掩护色的，它们缓缓地爬动在这个星球的海水曲面上。它们从不列颠群岛蜂拥南下，它们从北美洲向东方驶来，发动一场漂洋过海的进攻，其规模之大、航程之长，都是前所未见的。轴心国的情报机关对这一切都毫不知情。科西嘉岛上一处餐桌上的猜测议论，在开往慕尼黑出席纳粹党大会的希特勒的元戎列车上得到了回响。这次大进攻虽说是在七嘴八舌的民主国度里发动的，却也做到了像日本人进攻珍珠港那样严守秘密。

　　温斯顿·丘吉尔在敦刻尔克之后那篇壮烈激昂的演说的结尾立下誓言，要继续战斗，"直至上帝注定的那个时辰来到，新世界以其全部威力挺身而出，来援救和解放旧世界"。两年半之后，现在它已成为事实，丘吉尔的滔滔雄辩成了宏伟庄严的现实：蜂拥而来的一支新生的海上力量，以威力日益强大的美国技术为后盾，运来了久经战斗的英国军队和首批新近征召的美国健儿。如果在工业化的战争中也可以有点儿浪漫的话，这就是一个浪漫的时刻，"火炬行动"即将到来的时刻。

　　尽管这批美国入侵者中不会没有那么几个像巴顿那样的人，但是就他们正在执行的任务而言，他们却不免要因为那一套丘吉尔式的滔滔雄辩而有愧于心。职业军人是甘愿接受战火考验和甘冒技术风险的。若不是这样，将军们也好，小兵们也好，都会把"火炬行动"和整个大战看作肮脏的差事而赶紧罢手。乔治·马歇尔根本不赞成用"火炬行动"取代在法国的大规模登陆，这支远征军的总司令是一位名叫德怀特·艾森豪威尔的初登世界舞台的新手，他担心做出"火炬行动"决定的这一天"也许会作为最黑暗的一天载入史册"。话虽如此，他和他的僚属们都已接到了命令，并且都已有了明确的分工。

为自己一方多捞好处，这是求之不得的好事，尽管说不上什么罗曼蒂克；要是能够做到兵不血刃，那就更好。于是，有人出了这么一个点子：给英美联军配上一位声名卓著的法国将军，起个装点门面的作用，借以诱使驻守北非的维希军队不加抵抗，完全不听他们那个受德国人统治的政府的命令。这样一来，就开始了一场不亚于一位巴黎林荫大道上的闹剧作家笔下的喜剧，所不同的只是赌注更大而已。

在隆隆的炮火声中插进了这么一段谐谑曲，拜伦·亨利恰好被卷了进去。在这里需要给读者简单说明一下这出闹剧是怎么回事。

伦敦有一位现成的戴高乐可以充当这个戴将军头盔的龙套角色，他本来就已经作为"自由法国"的喉舌在那儿大声疾呼，号召他的同胞们反抗征服者。戴高乐这个人的麻烦之处在于，维希政府的陆海军将领没有一个不厌恶他，就是抵抗运动对他也没多大好感。伦敦旅馆的一套房间里发出的抗敌高论，在那样的时候并没使法国的人心向着他。盟国转而物色的另一个人选是亨利·吉罗。吉罗在一九四〇年对德作战中打得很出色，后来兵败被俘，从德国越狱逃出。此时他正蛰居法国，盟国的计划是找到他，把他从隐居处偷送到地中海海岸，让他登上一艘盟国的潜艇，火速驶往直布罗陀去和艾森豪威尔会合。

这是一个错综复杂的行动计划，而在秘密接头的时候，吉罗又使这件事更加复杂化。在涉及体面的问题上，吉罗将军竟是一个婆婆妈妈的人。英国海军在战争初期曾经攻击过一支法国舰队，为的是不使它落入德国人手中。亨利·吉罗便不肯让一艘英国潜艇来搭救他，可是这时候可以派出的仅有的几艘潜艇都挂了英国旗。为了接运这位法国人，不得不由一位美国艇长出任一艘英国潜艇的挂名指挥员，再配上几位美国军官，来一场假戏真做。英国艇长和他的原班人马自然还是照常驾驶这艘潜艇，美国人只不过是乘客，但是他们得假装忙来忙去。这艘"美国"潜艇完成了任务，把吉罗将军在土伦附近的海岸接上船，送往直布罗陀。

吉罗在直布罗陀——让我先把吉罗的伟大事迹讲完，然后再来说明拜伦·亨利在其中扮演的小小角色——被请到总司令指挥所的山洞与艾森豪威尔相见，他不动声色地向美国总司令表示谢意，感谢总司令到此刻为止所做的一切，并告诉艾森豪威尔说，他，亨利·吉罗，现在就要免去艾森豪威尔所担任的总司令职务，而由他本人主持对北非的进攻。这件事情发生在离发动进攻不到四十八小时，四百五十艘大小舰艇正驶向登陆的滩头之时。关于这次不平凡的密谈的详细情节后来不见记载，我们所能得知的是吉罗完全听不进对方的意见。他坚持说，只有取得最高指挥权，才能保全他的面子。但艾森豪威尔毫不犹豫地拒绝了免除职务的要求。这位法国人从此便郁郁寡欢，对进攻作战也不闻不问。

后来的情况表明，盟军也并非少他不得。登陆开始后的几小时内，有一位达朗海军上将落入了入侵部队手中。此人是东北非最有权势的维希政权人物，因为对英国、美国和犹太人怀有不同寻常的仇恨而享有盛名。入侵部队用匕首抵着他的脖子，硬逼他扮演吉罗的角色。他的工作做得很不错，稳住了法国军队，制止了零星的自发抵抗，建立了盟国管理下的秩序。甘心也罢，不甘心也罢，达朗总算大大减少了美、英官兵的死亡。

盟国的报界响起了长时间的大喊大叫，反对不顾廉耻地使用这个坏蛋。一场政治风波由此而起。艾森豪威尔将军考虑辞职，罗斯福总统经受了报纸日复一日的攻讦诋毁，其聒噪刺耳胜于平常。后来只是因为又一次出现了战争中的天赐良机，这场风波才算雨过天晴，有一个理想主义的法国青年开枪打死了达朗。又过了些时候，召开了卡萨布兰卡会议，吉罗将军违拗不过百般的哄劝诱说，绷着脸跟丘吉尔、罗斯福、戴高乐一起照了相，所以我们今天才能看见这位体面人物的尊容。他是一个瘦高个儿，不过没戴高乐那么高、那么瘦。胡子比较大的那个就是他。

正是在为了吉罗的体面而通信频繁的当口儿，拜伦·亨利被卷了进去。说也奇怪，他在潜艇上的经历跟这件事毫无干系。他就像涡流湍急的溪水里的一只软木塞一样顺着水势漂流打转，在直布罗陀和马赛之间转来转去，对那股推动力却毫不知情。他之所以被委派这个任务，纯粹是因为他是经过批准可以承担美国高级机密任务的人。直布罗陀经常缺少美国信使，进攻迫在眉睫，人手尤嫌不足。自从拜伦和塔茨伯利父女邂逅以来，他已数次为此奉命出差，虽然那几次出差都不曾去过马赛，但他跟领事馆通过信件和电话，有过接触，为的是打听娜塔丽的下落。

他也像这海边巨崖上的每个人一样，知道一次大行动已是近在眼前。电线的嗡嗡声在整个基地上到处震响，军舰和作战飞机集结得越来越多，大官们一个个屈尊光临，各个都带来一批团团转的自命不凡的僚属，所有这一切都使他想起中途岛战役前夜的珍珠港。但是目标在哪里，非洲、撒丁岛、法国南部甚至意大利，则非拜伦所知。他从未听说过有个亨利·吉罗将军，就是现在也没谁跟他说起过此人。早晨八点钟，他一身油污，在一艘挨着"梅德斯通"号停泊的老朽潜艇里一个劲儿地要使一台开不动的空气压缩机起死回生。快到中午的时候，他匆匆换上干净的便服，又一次把信使公文袋的链条拴在手腕上，口袋里揣着外交护照，出发到马赛去了。

他已经有两个多月没收到莱斯里·斯鲁特的片纸只字。他一次次向马赛领事馆打听，还是杳无音信。这一回他亲自去了，便存心要查问个清楚。给他的指示是要他把上了锁的公文袋面交给某一位副领事，等候一份密码回电，拿到了就火速带回来。他盘算着会有时间去找几个人查问。就这样，他到底把娜塔丽找到了，虽然那最后一个环节纯粹出于偶然。要不是她离开了意大利，要不是他自己来到了直布罗陀，就谈不上会有这样的相逢，但是那咫尺天涯的距离得以跨越，则是由于运气。

他在寒冷的倾盆大雨中到达领事馆，解开链条之后，便把公文袋递交给副领事。副领事名叫萨姆·琼斯，一张无法形容的面孔，配上一套无法形容的服装；一块毫无显眼之处、正好用来神不知鬼不觉经手军事情报的好料子。拜伦一面脱掉滴着水的雨衣，一面向琼斯打听："卢修斯·巴比奇还驻扎在这儿吗？"

"卢克·巴比奇？当然在。干什么？"

"我要找他谈谈。我能在这儿待多久？"

琼斯脸上露出皱褶，此刻的狐疑神色和他的平凡相貌颇不相称；这个情报人员正透过干瘪瘪的副领事这层外衣向外窥视。"你有的是时间。卢克的办公室就沿这条走廊过去，门上有块毛玻璃。"

毛玻璃门里面，一个面孔瘦削的女人，灰白头发用发网紧紧网住，坐在一张堆满公文表格的办公桌前嗒嗒嗒地打字。接待室里挤满了难民，他们中的大多数人都像是坐在那里等了几天了。这位女秘书冷冰冰地看了他一眼，当她看清了他的面孔和他为了充当信使而穿的美国便装上衣和便裤的时候，这冷冰冰的一瞥立即转变成了一副迷人的笑脸。他没受到什么留难就通过了她这一关，前去会见巴比奇。

在里面的一间办公室里，从宽大的窗口透进的苍白暗淡的光线照射在与真人一般大小的罗斯福总统和科德尔·赫尔的两幅镶在镜框里的照片上，同样也照射在一幅《乔治·华盛顿横渡特拉华河》的拙劣的复制品上。一个肤色红润的秃头胖子在办公桌后面站起来和拜伦握手，蓝色的眼珠子透过金丝边眼镜闪烁发亮。"亨利中尉，嗯？我记得你的来信，中尉，也记得你打来的几次电话。直布罗陀的线路糟透了。美国有名的世家，姓亨利。是帕特里克的本家吗？哈哈！潜艇军官，是吗？我的儿子想参加海军，但是没成功，眼睛不好。他现在是空军，做后勤工作。直布罗陀那边对战局有什么看法？我知道当信使出差挺有趣，不过我认为你还是应该在太平洋上。好吧，请坐，请坐。"

卢修斯·巴比奇向拜伦打听他最近一次回美国去是在什么时候，有没有去看过什么重大的棒球联赛。坐在嘎吱嘎吱响的转椅上摇来摇去，他认为之所以有人大肆鼓噪要求把迪马乔和费勒这样的棒球明星抽去服兵役，是因为这里面可能有些用心可疑的人在进行煽动。几百万工人在生产飞机坦克，有那么几个大球星给这些工人解解闷，这有什么不好，干吗偏要把他们赶去扛步枪滚泥巴，使得大联盟里尽是些被征兵处除名或不够格的家伙？巴比奇在打趣揶揄的时候，他的两只鼓出来的眼睛也在透过金丝边眼镜注意观察着，他的手背不停地擦着他的刮得像牧师一般洁净的下巴颏儿。

"对了！"巴比奇说，他的语调像捻了下开关似的一下子变了，"我记得，你要打听的是你的妻子。可不可以请你把经过给我再说一遍，省得我再把你的来信翻出来？还有一个叔叔，是不是？"

"是的，他叫埃伦·杰斯特罗，是一个作家。"拜伦说，"我妻子是娜塔丽，拜伦·亨利夫人。我的儿子叫路易斯，是一个抱在手里的娃娃。我不知道他们的下落，不过我有理由相信，他们可能就在马赛或附近一带。"

巴比奇从头到尾不停地点头，脸上是不置可否的笑容。"他们是美国人？"

"当然。"

"护照都齐全吗？"

"是的。"

"那他们还逗留在自由区干什么？我们早就把所有人都送回去了。"

"这样说来，他们还没上这儿来？"

巴比奇从抽屉里抽出一本黄色的拍纸簿，左手拿起一支钢笔。他满脸是殷勤的笑容，朝拜伦点一下头，眼睛眯成一条细缝。"趁你在这儿的时候，还是把所有的情况都告诉我吧。你什么时候在什么地方最后一次知道他们的所在，等等。我知道得越多，我就可以查得越彻底。"

有一种本能告诉拜伦要小心行事。"杰斯特罗自从在耶鲁大学退休以后，一向住在锡耶纳写书，娜塔丽给他当秘书。我们参战的时候他们就陷在那儿了，所以——"

"让我在这儿打断你一下，中尉，在意大利被集中看管的全体美国人都已经在五月份交换了。"巴比奇拳起左手，握住钢笔，说话的时候脸带笑容，手不停地写，"所以现在他们应该到家了，没问题。"

"是的，我当时正在太平洋。我不知道发生了什么情况，但他们没被交换。"

"真怪。"

"不知是什么人最后听说的，他们要设法到法国来。"

"你是说要非法地来。"

"我实在不知道什么别的具体情况。"

"她叔父的名字叫什么来着？"

"杰斯特罗。"

"请把它拼出来。"

"J—A—S—T—R—O—W。"

"著名的作家吗？"

"'每月一书'读书会选中过他的一本书。"

"够出名的了。那是一本什么书？"

"《一个犹太人的耶稣》。"

这立即引起了巴比奇的反应。他的笑容消失了，眉毛高高竖起，两眼闪亮。"哦，他是犹太人？"

"不守犹太规矩了。"

"没有几个犹太人不守，问题是他属于这个民族，是不是？"他稍歇一下，又露出一点儿得意的微笑，"你的夫人也是吗？"

"是的，她也是。"

"你可不是，看得出来。"

"对。"

写字的左手停了下来。巴比奇客气地点一下头，眨一下眼睛，站起来朝外面的房间走去。"请等半秒钟。"他去了有五分钟，这时候拜伦便看着华盛顿、罗斯福、赫尔和街道对面一排经风吹雨打的黑黢黢的房屋。巴比奇回来了，在办公桌后面坐下，两手合握在胸前。"没有，他们不在马赛。也没有任何记录说明他们是在未被德军占领的任何地方。你上国际红十字会去查过吗？他们是犹太人，他写的又是那种书，他们很可能被搞到意大利集中营里去了。"

"他们会不会已经到了土伦，或者阿尔及尔呢？你们能知道吗？"

"如果他们去向美国领事馆报告了，我应该能够知道。这个地区里的所有美国人的名册是归我管的。可是，如果他们是想非法从法国过境的话——这个嘛，我们希望他们没这么干，中尉，法国警察对潜逃的犹太人可凶呢。"他快活地笑着，"但是，我不明白他们为什么会做那样的蠢事，如果他们的证件都是齐全的话。对吗？"

"对。"拜伦噌地站了起来。

"确实，这是很难遇到的情况。"巴比奇用手背擦着他的下巴颏儿，"你在潜艇上，你的夫人在给她叔父工作，这个叔父又专门写些'左'倾的书，现在——"

"什么？《一个犹太人的耶稣》根本沾不上什么'左'倾的边。"拜伦也顾不得他语气里带点儿不客气的不耐烦了，"这是一本历史著作，并且很精彩。"

"哦？很好，那我一定要拜读一下。我还以为它是把我主耶稣写成一个革命家那一类的陈词滥调哩。老牌的'左'倾路线就是那样，是不是？"

"多谢了。"拜伦大步走了出去，憋了一肚子气，从澳大利亚万里迢迢来到这里，碰上这么一个倒霉的结局：马赛领事馆里面的一堵官僚衙门的石头高墙散发出卑劣的反犹主义霉菌的臭气。他身边带着一个公谊会救济机构和一个犹太委员会的地址，虽然还在下雨，但他决定走着去，好把他的怨气散发掉。他上次来马赛是在一九三九年，那还是在他从佛罗伦萨的研究生班退学出来到处游荡的日子里，他还保留着快乐的记忆——卡纳比埃林荫大道上琳琅满目的橱窗里陈列的货色和海味餐馆，还有此间的喧闹欢乐的人们，他们跟别处的阴郁的法国人迥然不同。不论天晴天雨，不论时运好坏，马赛曾经给他快乐。

它变得多了。人们显得憔悴、困乏、贫穷。长长的、宽阔的、安静的卡纳比埃林荫大道上，除了来往汽车之外，不见一个行人，好像经受过一场瘟疫浩劫一般。被雨水淋得一片模糊的橱窗里只看得见区区几样积上了灰尘的货物，如做工粗劣的服装、不值一文的维希宣传读物，以及纸板做的衣箱之类。著名的食物市场萎缩得惨不忍睹。没有拉上铁栅栏宣告歇业的肉摊上出售的是一些怕人的、跟发黑的死血凝成一块的尾巴、耳朵、肠子、肺之类的下水。摆出来卖的蔬菜呢，只是稀稀拉拉的、枯萎的、像长了虫的那么几棵。水果根本没有。奇怪的是连鱼也看不见。所有那些出名的鱼摊，从前曾经堆满刚从海里打来的湿漉漉、亮晶晶、眼睛闪光的鱼，还有用海藻垫起来的各种海贝，现在全都停业了。一望可知，德国占领像癌症一样正在侵蚀马赛。

拜伦在公谊会办事处门外碰到一大堆孩子挤在雨水奔流的人行道上，把大门口都堵死了。好几十个孩子，小的刚会走路，大的十四五岁，蜷缩在滴着水的雨伞下面。房子里面，打字机在一片尖喉咙的法国话的嘈杂声中不停地响着。一个美国女胖子在照料孩子们排成一行，她告诉拜伦她没时间接待他。国会通过了一项特别决议，批准收容五千名犹太儿童到美国去：不要父母，只要孩子。公谊会要尽快把这批孩子搜罗起来，因为担心维希改变主意不肯放他们走，担心德国人把他们抢去运往东方，也担心国务院又横生一个新的障碍使他们走不成。拜伦知道休想在这里办成什么事，便转身离开了。

犹太委员会办事处的名称里有"联谊"二字，在另一条街上。他上去问路的头两个法国人不敢吭声，溜掉了。他再三找人，才问清了路。就在他这么找人问路时，他已经从拉宾诺维茨藏匿他妻子和儿子的那幢房屋门前走过。那不过是又一幢潮湿的、灰色的四层楼公寓，马赛的许多街区都是这种房子。他从那门前走过，弓着背躲雨，就这么与机会失之交臂，好像两艘潜艇在海下的一片黑暗中不声不响地只隔几英寸距离交错驶过而毫不知觉一样。

犹太委员会办事处的小小接待室里挤满人，一个眼窝深凹的年轻妇女在一张办公桌前像发狂了一样敲着打字机，但拜伦没法儿走近她。人们在办公桌前排成了长队，这条长蛇阵在房间里盘来盘去，遇见有坐在椅子上的人或闲站着的人就绕开一下，有人拎着破旅行袋。他们说着世界上所有的语言（也许是拜伦觉得如此），但就是没人说英语。这群人的心头充满忧伤恐惧，这从他们的脸上看得出来，从他们的声音里听得出来。拜伦靠墙站着，不知该怎样找人接头。一个穿军用雨衣、肤色黝黑的胖小伙子从办公桌背后的一道门里出来，忙不迭朝四周看看，便向大门口挤去。他走过拜伦面前，站住说了一声："嘿。"

这个单音节的美国词清清楚楚，好像一声铃响。拜伦也回他一声："嘿。"

"碰到问题了吗？"

"是那么回事。"

"我是乔·施瓦茨。"

"我是拜伦·亨利中尉。"

这人耸起了浓黑的眉毛。"吃过午饭没有？"

"没有。"

"尝过汤汁蒸麦饼吗？"

"没有。"

"味道很好，蒸麦饼。"

"行。"

施瓦茨领着他走过一个街区，来到一家像是裁缝店的铺子，至少是在那狭窄灰暗的橱窗里摆着一个没有头部的一丝不挂的人体模型，旁边还有一只在打哈欠的猫。他们穿过铺子，走进一间里屋，顾客们都坐在铺着油布的小桌旁吃饭。一个没刮胡子、头上戴一顶小圆帽的男人给他们端来蒸麦饼，这是一种和蔬菜一起吃的面粉做的饼，还有一碗香味浓烈的肉汁。这回拜伦又是凭着他的本能行事，把他的事情全都告诉了这个陌生人，包括他不肯向美国领事透露的一切情况。施瓦茨吃得津津有味，不断地点头。"莱斯里·斯鲁特。伯尔尼。黄头发、白皮肤的瘦子，"他说，"我认识他。很精明，神经质，非常神经质，不过他是好人。巴比奇那家伙是坏蛋。在马赛的这批人有好有坏，完全要看他本人怎么样，有几个好人，你在这儿需要找的人是詹姆斯·盖瑟。"

"盖瑟是什么人？"

"总领事。不过他现在不在这儿，他有事去维希了。"

"我今天就得回直布罗陀去。"

"那样的话，也许你可以跟他通电话，或者给他写信。"

"你做什么工作？"

"眼前我在搜罗三十台打字机。打字机是德国人拿得出来的东西，他们用打字机跟法国人做买卖。"

"你要三十台打字机干什么？"

"里斯本的联合办事处需要，我是在那儿工作的。里斯本的美国领事馆一共只有三台打字机，令人难以相信。从现在起，我们就可以有足够的打字机，我们也有自愿帮忙的打字员帮我们填好表格。这样一来，只要搞到一条船，犹太人就不会因为缺少打字机而被困在里斯本。"

"如果我的妻子经过里斯本的话，你能知道吗？"

"她叔父我总该知道的。"施瓦茨像是在思索，"《一个犹太人的耶稣》，谁没看过这本书呢？你听我说，中尉，很有可能是一些正直的意大利人或者法国人把他们掩护起来了。你大可放心。"

"情况坏到什么程度？"

"你是说犹太人？"

"是的。"

乔·施瓦茨的声音变得低沉，面容僵硬。"很糟。在东方，犹太人正在遭到屠杀，这是千真万确的，法国人听任德国人把他们送往东方。不过，"他又恢复了他的随和样子，甚至露出笑容，"也有许多正直的基督徒，不惜冒死相救。事情还是有办法的。情况复杂得很，我们尽力而为。你爱吃这个蒸麦饼吗？要来点儿茶吧？"

"很好，谢谢。蒸麦饼很不错。"

"他是一个什么样的人，埃伦·杰斯特罗？"

拜伦不知如何回答。"非常正规的工作习惯，完全是一个学者。"

"他的著作也说明了这一点，很有教益。但是，《一个犹太人的耶稣》是一本为基督徒写的畅销书。你说呢？四平八稳的。香草味。很有意思。基督总是跟犹太人过不去。十字军，宗教法庭，而现在又是这个。德国人也算是基督徒。"

"我是一个基督徒，或者不如说我想做基督徒。"拜伦说。

"我没有得罪你的意思。"

"你没有，不过耶稣的教导里没有一句话跟希特勒扯得上关系。"

"你说得很对，可是如果耶稣不曾降生人间，这类事情会发生吗？欧洲是基督教大陆，是不是？你瞧，这儿发生的是什么事情？教皇是在什么地方？请记住，就在马赛这儿有一位天主教神父，他是一个圣人，单枪匹马地进行地下斗争。我只希望德国秘密警察别把他杀死。"他瞧了一下手表，摇摇头，"我们怎么会说起这个的？《一个犹太人的耶稣》，可不是，无论如何，这是本好书。它把耶稣从彩色玻璃上、从大幅的名画上、从高大的十字架上——他永远是在那上面正在死着或者已经死了——从所有这些上面请了下来。它把他描写成一个生活在犹太人中的、穷苦的《塔木德》学者，一个天才儿童，一个活生生的犹太人。这一点是重要的，也许这就够了吧。还要一点儿茶吗？"

"我得马上到领事馆去。"

外面风大雨急，好像斜挂着一道道帘幕。他们在门口站住，翻起了衣领。施瓦茨说："我知道你该上哪儿去雇辆车。"

"我走着去。谢谢你的午饭。请教你一件事情，"拜伦说，两眼逼视着施瓦茨，"像我这么个人能做点儿什么？"

"你是说为我们，为犹太人？"

"是的。"

粗重的线条再度出现在施瓦茨脸上。"打赢这场战争。"

拜伦伸出手，乔·施瓦茨握了他的手。他们冒雨分道扬镳。

回到直布罗陀，拜伦先把公文袋送到盟军总部交差，等他登上"梅德斯通"号的时候，他已经精疲力竭。他原来准备不脱衣服就倒在铺位上，但是摊在他办公桌上的一份电报使他不胜惊讶，精神百倍。

　　发件人：人事局
　　收件人：皇家海军"梅德斯通"号舰长
　　经由：大西洋电讯
　　　　美国海军中尉拜伦·亨利暂时配属皇家海军。前往圣弗朗西斯科向美国海军"海鳗"号（潜艇第345号）艇长报到。批准第二类优先搭乘飞机。
　　　　　　　　　　　　　　　　　　　　　　　　　　　埃斯特！

拜伦曾经在新近的一份美国海军通报中看到过新建舰艇及其舰长的名单，其中就有"美国海军'海鳗'号（潜艇第345号）——卡塔尔·埃斯特，海军少校"。埃斯特的作风就是这样，向海军人事局提出他所要的军官，而不是给他什么人就用什么人。拜伦在铺位上倒了下去，并非要睡觉，而是要思考。一个他所喜爱的、像通了电流一般令人兴奋的前景突然出现了：把一艘海军的新潜艇投入现役，再度和埃斯特

"夫人"驰骋水下，去和日本人角逐。

他知道他可以自行决定何时离开"梅德斯通"号。这位敏感的舰长并没要求给他派来美国技术人员——事实上也不需要他们来照料这几艘潜艇——并且对这整个安排也隐隐约约有点儿不痛快。要是这份电报几天前就已收到的话，拜伦会马上收拾好东西，一大早就动身。但是现在已经定下了日子再当信使去一趟马赛，他也决心要走这最后一遭，为的是希望去见一见总领事盖瑟。乔·施瓦茨那家伙似乎深知内情，绝非信口开河。

第四十二章

  娜塔丽和她的娃娃及叔父藏身的那套房间和那整幢房屋的主人是一位水管装修铺老板，名叫伊扎克·门德尔松。他是波兰犹太人，二十年代来到马赛，经营买卖很是得手。他的铺子承包市政建筑的水管安装，他说的法国话是呱呱叫的，地方官员、警察头目、银行经理以及当地最有势力的不法之徒，他都认识。拉宾诺维茨是这么告诉娜塔丽的，门德尔松可不是抵抗运动里的人，在他客房的卧床榻椅上或者横七竖八地在地板上过夜的犹太人，都不是德国秘密警察和法国警察所要搜捕的地下活动分子。他们都是些可怜人，像杰斯特罗和娜塔丽这样的无足轻重的漂泊者，没有正式的证件可以在马赛居留或者合法地离开法国。

  这套房间大得出奇，因为门德尔松打通了隔墙，把几套公寓连成一片，形成这么一个类似迷宫的拥挤的宿舍，路易斯在这儿动不动就跟着一批说意第绪语的大声叫嚷的儿童溜出去，在暗淡无光的走廊里不见了踪影。住在这里的还有另外两对较年轻的夫妇，都是门德尔松家逃难来投奔他们的亲戚。娜塔丽很难分清谁家是过路的，谁家是常住的，不过这一点实际上也无关紧要。这套住宅里边的通用语言是波兰—意第绪语。说实话，这位水管工老板颇以他在华沙的少年时代所写的一本意第绪语的历史传奇而自豪，书中讲的是冒牌救世主萨巴塔·泽维的故事。显然他是自己掏腰包请人把它译成了法语，因为杰斯特罗、娜塔丽和路易斯现在所住的那个小房间里沿墙摆满了黄封面装订的《冒牌救世主》。娜塔丽翻看了一下，觉得它写得很不像话，不过就一个水管装修老板来说，也算是不错了。埃伦凭他说的一口地道纯正的意第绪语，当然是和门德尔松全家上下一见如故，并且因为他是一位大作家，立即被奉为上宾。路易斯有一帮火热的孩子一起玩，娜塔丽的结结巴巴的意第绪语也还能凑合着用，所以总的来说这儿倒是一个温暖、热闹、熟不拘礼的落脚点。每当她想到这一点，便觉得要多谢帕斯卡尔·加福里，是他把她逼到马赛的这块犹太人的绿洲上来等待她的自由的。

起初她还没觉察到这一点。他们到达的第三个晚上，警察要挨门搜查这一带街坊，捕捉外国籍犹太人。门德尔松有身居高位的友人事先向他走漏风声，他便通知了他所认识的所有犹太人。他向娜塔丽和埃伦担保，他的房子不会有人进来查问。半夜时分，她听见临街的房间里传来惊惶紧张的说话声，便跳下床过去察看。她和别人一起从窗帘缝中窥探，只见两辆警车周围站着驯服的人群，差不多像一次车祸的旁观者一般，所不同的只是他们随身带了旅行袋，他们当中还有许多婴儿。少数几个警察看着他们安安静静地登上警车。只有一个小地方显得古怪，有些人的大衣下面露出睡衣的褶边、睡裤的裤腿，甚至还有赤脚的。门德尔松说得不错，警察不曾进他家的门槛。警车开走了，只剩下路灯蓝光映照下的空无一人的长街，娜塔丽心头不胜惊恐。

第二天她便快活起来，拉宾诺维茨亲自带来消息，美国总领事可望于一两天内从维希回来。拉宾诺维茨说吉姆[1]·盖瑟是一个说话算数的人，为人正直，跟抵抗运动打交道的时候是一个既拿得出钱又做得了主的官员。自从他出任这里的领事以来，已经有好几百人拿到了签证，如果不是碰到了他，这些人都休想走。盖瑟对《一个犹太人的耶稣》佩服得五体投地，杰斯特罗—亨利叔侄的文件案卷是由他亲自掌管的，以防走漏风声。领事馆里没有第二个人知道这件事。只要盖瑟回到马赛，他们十拿九稳可以迅速动身。

说到卡斯泰尔诺沃夫妇，拉宾诺维茨可没那么乐观。不听好言相劝的医生径自和那两个把他们从厄尔巴岛偷运出来的巴斯蒂亚痞子交涉，设法前往阿尔及尔。拉宾诺维茨说，要不是和加福里老头儿打交道，这些家伙都是靠不住的，甚至是危险的。他想让卡斯泰尔诺沃一家留在原地不动，直到有一条比较安全的出走路线出现。科西嘉是一个良好的隐蔽地，不愁吃喝。但是，卡斯泰尔诺沃医生变得迷了心窍，执意要一走为快。"眼前还算运气，那两条恶棍要的价钱他出不起，"拉宾诺维茨说，"所以他们也许会待下去。我希望会这样。"

当拜伦给萨姆·琼斯送来另一个公文袋再度来到马赛的时候，这位副领事告诉他盖瑟已经回来了，还告诉他，总领事听到即将从直布罗陀前来的信使的姓名和军衔的时候，还脱口说了一声："太好了！"

"他要你立即去他的办公室报到。二楼，你会看见门上有字。"琼斯说，"不得有误，这是他的原话。他是你们家的老朋友，还是怎么的？"

---

[1] 吉姆是詹姆斯的昵称。

"我可不知道。"拜伦回答，装出一副若无其事的样子。这是他有生以来最大的一次伪装。"告诉他，我这就去。"他跳着上了楼梯，来到二楼。

"好极了！"总领事说，站起身来隔着办公桌伸出手。"达达尼安①！"一件黄色羊毛套衫，一条灰色便裤，他的模样像一个职业网球手，身材颀长，筋骨强健，剪得短短的雪白的直头发。

拜伦脱口就问："他们在哪里？"

"什么？坐下来。"这么一句急性子的问话把总领事逗笑了，"他们在科西嘉。我最近一次听到的消息，他们在那里。他们很好，一共三个人。你是怎么搞到这儿来的？"

"科西嘉！"拜伦张开了嘴，"科西嘉！上帝万能，这么近？我怎么去呢？有船吗？有飞机吗？"

盖瑟又笑了，笑得叫人很舒服。"别激动，小伙子。"

"你说他们很好吗？你见过他们吗？"

"我一直在留心，他们很安全。没有飞机去科西嘉。每星期有三班轮船，要走十一个小时。他们几天之内就要动身去里斯本了，中尉，并且——"

"他们就要动身去里斯本？那可好极了，先生。你说的靠得住吗？我接到命令要回美国去。我有资格优先搭乘飞机，也许还可以带上他们一起去。"

"也许可以。"盖瑟摇摇头，笑着，"你真是有本事。你不是在潜艇上吗？怎么又搞到直布罗陀去了呢？"

"我能跟他们通电话吗？这儿有通科西嘉的电话没有？"

"我可不鼓励你这么干。"盖瑟朝椅子背上仰靠着，抿紧了他的下唇，"这么着，萨姆·琼斯有一件紧急公务要你去办，今晚你还得回到直布罗陀。萨姆在六点钟左右带你到我家去吃晚饭。怎么样？我们再做一次长谈。我再说一遍，他们很好，确实很好，再过几天他们就可以从这里脱身了。顺便说一下，萨姆完全不知道这件事。没一个人知道。往后也得继续这样。"

拜伦情不自禁地紧紧抓住他的手："谢谢。"

"很好。要有坚定的信心，不要急躁。"

琼斯交给拜伦两个封好的信封，要他亲手送往一处没写明地址的地方。一个不言不语、像鬼一般苍白的青年，穿件破毛线衣，驾驶一辆破旧的出租车送他出了市区，

---

① 达达尼安是法国作家大仲马的小说《三个火枪手》中的主角，总领事指拜伦身负传递国家机密文件的重任，有点儿像达达尼安。

沿着海岸疾驰，眼睛不停地瞥汽车的后视镜。汽车开了一个小时，最后是一段坑坑洼洼的泥巴路，通到一所可以看见蓝色的风平浪静的海面的小别墅，灌木丛生，藤蔓密布，几乎把房子完全遮蔽住了。一个小心翼翼的妇人听见拜伦的敲门声，出来半开了门。他看见她后面有个蓄须的高个子男人警惕地朝门口看，双手插在红色晨衣的口袋里。所以，他分明见过亨利·吉罗将军一面，虽然事隔很久以后，他在一本过时的《生活》杂志上读到用许多照片报道的卡萨布兰卡会议的经过，才知道他担任信使往返奔走是为了什么事情，以及他所见到的是谁。他回到领事馆时，已经过了五点。萨姆·琼斯擦擦眼睛，打个哈欠，对他说："马上就上头儿家去行吗？他在等着招待你一顿晚饭。"

为了去吃星期五的晚餐，娜塔丽穿上了白衫裙，也给路易斯穿上了他最干净的衬衫和罩衫。拉宾诺维茨也要来参加，晚餐后她还要跟他一起到老城里面他的公寓去。她新近一次跟他在乱嚷嚷的起居室里闲谈的时候，主动提出要去看看，当时根本没想到是否合适。她只是为了单独跟他晤谈一次，可以从容安静地说话。然而，她上一次主动要求去拜访一个男人的公寓之后，就发生了跟斯鲁特的恋爱纠葛，所以这个念头不免有点儿使她忐忑不安。她横一横心，在衣服上佩上一枚紫宝石的别针，就是拜伦在华沙赠她的那枚。

今天晚上，她做了一件生平不曾做过的事：点燃了礼拜的蜡烛。门德尔松太太是一位精力充沛、脸色红润的妇人。她无休止地操持家务，又总是乐呵呵、喜洋洋的。当她跑来告诉她蜡烛已经摆好了的时候，从命似乎要比辞谢更为得体。孩子们都像用板擦擦过了似的，穿得干干净净、整整齐齐，挤在他们的妈妈身边，围在长餐桌四周。新换上了雪白台布的餐桌上摆好了八个烛台。娜塔丽头上蒙了一块头巾，用火柴点燃两根溅出火星的便宜蜡烛，口中念念有词地用希伯来文祈祷，路易斯在一旁睁大了眼睛看着她，她心里觉得实在不是滋味。门德尔松太太用胳膊肘碰她两下，向着众人亲切地打趣："你们瞧，我们要把她训练成一个拉比的好师娘啦。①"娜塔丽腼腆地跟着大家笑了一阵。

大家正在先把孩子们喂饱的时候，拉宾诺维茨来了。屋子里是一片儿童们喊喊喳喳的吵嚷声，他说："吉姆·盖瑟回来了。我在领事馆没找到他，明天早上我会再去找他。这个消息可是胜过了钻石珠宝。"

孩子们一窝蜂出去了，餐厅里面，大人们在重新摆好的餐桌旁就座。拉宾诺维茨

---

① 原文是意第绪语。

刚在娜塔丽的身旁坐下，门铃就响了。门德尔松去开门。他回来拍了一下拉宾诺维茨的肩膀，拉宾诺维茨一声不响就站起来走了。他惯常像个幽灵似的倏来忽往，谁都不发一句议论。娜塔丽身旁的座位便空了下来。一共十二个人享用这顿美食，其中有几个是挨饿已久的新来的过路人。菜肴显然都是来自黑市：烟熏鱼、鱼汤、煮鸡，几个过路人把鸡骨头都噼噼啪啪咬得粉碎。火辣辣的白薯烧酒上了好几瓶，埃伦·杰斯特罗灌下肚的量超过了他应得的量。

自从来到这里，埃伦吃饭的时候总是唠唠叨叨说个没完，连门德尔松也甘拜下风。今天晚上他兴致很好。话题转到了以撒①的牺牲上，因为今晚念的礼拜经文里就有这一段。门德尔松的女婿是一个莽撞冒失的无神论者，名叫韦尔韦尔，也是门德尔松经营买卖的合伙人，他的特点是满头乱蓬蓬的红头发和非常激烈的思想。韦尔韦尔认为，这段故事显示了犹太上帝是一个想象中的亚洲暴君，也显示了写书的人是一个青铜时代没开化的人。埃伦从容道来，驳倒了韦尔韦尔。"这个故事说的是亚伯拉罕，不是上帝，这一点你都不知道吗，韦尔韦尔？就连克尔恺郭尔那么个外教人都懂得这一点。你有空的话，不妨翻看一下《恐惧与战栗》。亚伯拉罕老人那时候的人把小孩子烧死，献祭给他们的神祇。这是考古学已经证实的。不错，亚伯拉罕拿起了刀。为什么？为的是要向千秋万代表明，他对上帝的崇奉绝不亚于异教人崇奉他们嗜血的偶像。他笃信不疑，上帝会谕示他松手放下刀子而不至于伤及男孩。这就是整个故事的主旨所在。"

"妙极了，"门德尔松说，伸手摆弄了一下他白头发上的一项大号的圆黑帽子，"真是绝妙的解释。我非要读一下克尔恺郭尔的书不可。"

"可是，"韦尔韦尔还在咕哝，"要是上帝没命令那个老疯子放下尖刀呢？"

"那样的话，《圣经》就该只写到《创世记》的第二十二章为止。"埃伦反驳说，面露笑容，"那样一来，也就没有犹太人，没有基督教，也没有现代世界了。小孩子直到今天还在惨遭杀戮。但是你也知道，上帝确实要他放下刀子。这一千真万确的事实决定了西方文明发展的方向。上帝所要的是我们的爱，而不是我们儿女的灰烬。"

"净是些丧气的话。"门德尔松太太说，急忙站起来收拾餐具，"烧死孩子们，杀死一个男孩！去你的！韦尔韦尔，给我们弹点儿好听的。"

韦尔韦尔取来吉他，弹起一首礼拜圣诗，大家都唱起来。演奏乐器是违反教规的，这连娜塔丽都知道。不论什么事情，一到门德尔松家，便都颠倒了。妇女们清理了餐桌，端上来茶和粗蛋糕，这些歌手唱起了一支小曲，讲的是一个像是老国王科尔

---

① 《圣经·旧约》中的人物，亚伯拉罕的儿子。

之类的拉比派人去召集拉琴的、敲鼓的以及吹笛子的等等，他们唱得兴高采烈。娜塔丽也去厨房里和妇女们一道赶在断电以前把盆盆罐罐都洗干净。餐厅里面，韦尔韦尔弹起了一支古老的催眠曲：《葡萄干和杏仁》。现在是由埃伦独唱这支曲子，他以熟知所有意第绪语的诗篇而扬扬得意。埃伦在轻柔的吉他的伴奏下唱出了那段不断出现的胡说八道的副歌，娜塔丽为之激动，它勾起了她对童年情景的强烈回忆：

> 宝宝睡在摇篮里，
> 底下有只白山羊。
> 小小山羊做小贩，
> 宝宝也干这行当。
> 葡萄干和杏仁，
> 睡吧睡吧，小宝宝。

她听见外面的门开了又关上。阿夫兰·拉宾诺维茨出现在厨房门口，他苍白的脸上露出微笑。"娜塔丽？"她走向门口，用围裙擦干两手。过道里还飘散着礼拜晚餐的香气，墙头支架上的灯光斜照在穿着灰雨衣的拜伦身上，他一手拎着一只大旅行袋，另一只手上是一个皮公文袋。娜塔丽吃惊得险些两条腿都站不住了。他的样子变了很多，但是绝对没错，就是他。

"嘿，宝贝儿。"拜伦说。

第四十三章

全球滑铁卢二："火炬行动"

（摘自阿尔明·冯·隆的《世界大屠杀》）

进攻北非的"火炬行动"是英、美方面安抚斯大林的一个姿态。从我们进攻苏联那天起，他便喋喋不休地要英国人"立即开辟欧洲第二战场"。这个要求不过是空喊一气，斯大林自己也明白。英国人衰弱到如此地步，哪里还谈得上什么第二战场。

但是，一旦日本不甘受人捉弄而袭击了珍珠港，使罗斯福兴高采烈地投入世界大战，斯大林的要求也就变得咄咄逼人了。没有损及一根毫毛的美国既已坐收渔人之利，又庆幸远远地处在轰炸机的航程之外，而它本身具有出兵一千万的潜力。它生产军事器械的能力是无限的，而苏联已到了难以支撑的地步。

然而，那个爱好战争赌博的总统只有一支训练得半生不熟的、正在扩充中的军队，兵员都是新近征召的，带兵的军官都不曾上过战场。国内人心惶惶。温和的配给法令引起了一片抗议的号叫；我们德国人已经习以为常的节约措施，在娇生惯养的美国人看来就像世界末日已到。更加糟糕的是——这正是他们的致命弱点，罗斯福也知道——美国人民和意大利人一样，经不起战场上的重大伤亡。这个事实决定了富兰克林·罗斯福的一切战争决策，包括北非登陆行动在内。

罗斯福解决问题的办法可加以彻底剖析。美国赢得世界帝国的公式有两个方面：

第一，德国第一；

第二，利用他人的流血来使德国流血。

罗斯福是怎样做到这两点的，这将是政治历史学家和军事历史学家长期研究的课题。

罗斯福的困境

罗斯福的子民们并不赞同他的"德国第一"的目标，他们所要求的是为珍珠港报仇雪恨。由于威克岛和菲律宾群岛已落入黄皮肤的进犯者手中，美国人的种族暴行也愈演愈烈。数以万计的日本血统的美国人被关入集中营，跟德国防线上的犹太人完全一样，并且也是为了完全一样的原因——他们是战时的安全隐患。罗斯福对我们就犹太人所采取的安全措施表示抗议时的那种涕泪纵横的义愤之情，在日本人身上就完全不见了。

英译者按： 日本移民所受的苛待是战争歇斯底里所致。他们没受到集体谋杀，战争结束的时候，他们全都活着，并且领回了他们的财产。这件事情本身固然不容辩解，但是它有别于德国人对待犹太人之处则为冯·隆将军所不见。

然而，这位总统很快就发觉，战争并不全然是像饮酒嬉乐一样的快活事情。就在他的大西洋海岸一带和加勒比海地区，沿海城市入夜后灯火大放光明，正好给我们的潜艇提供了瞄准目标，闹得他们深夜里鸡飞狗跳。令人心惊肉跳的告急呼号全向罗斯福涌来，不是要求军火支援，便是要求行动支援，败退的菲律宾守卫部队发来的，夏威夷司令部发来的，中国人发来的，英国本土防守部队发来的，非洲、缅甸、澳大利亚、印度的英军发来的，而叫得最响又最难听的则是苏联。但是，美国的战时生产还没安排就绪，何况罗斯福还有他自己的陆、海军需要装备。他的日子很不好过。

尽管如此，英、美两国的计划人员还是得着手制订一份第二战场的作战计划。美国总参谋部的军官们都还没闻到过战场上的硝烟味，他们都是按照教科书上的条目思考的：尽早在海峡沿岸发动强攻，然后穿越北部的平原地带直捣柏林。但是，英国人反对这个主张。他们提出在挪威、在北非、在中东的作战方案，事实上是随便什么地方都行，就是不要在我们能够集结大量兵力的地方，让红军去摧毁德国的武装力量；这会使战后有一个孱弱的俄国，那就更好！

如同后来人们所知道的，两国参谋部之间打了一场"横跨大西洋的笔墨官司"，你来我去争执不休。罗斯福也听任一封封信件、一份份备忘录、一次次访问、一轮轮会议无休止地继续下去。他从未对马歇尔将军的下述美国方案给予有力的支持：

第一，在英国大量集结人员和补给；

第二，如果俄国显出溃败的迹象，作为一项紧急措施，一九四二年就在法国紧急登陆；

第三，否则，一九四三年发动横渡海峡的全面进攻。

罗斯福丝毫不曾为之出力，因为他自有完全不同的打算。

罗斯福的基本作战计划

中途岛之战使他得以放手按照他自己的方式去摧毁德国。

在那以前，有一个所向无敌的日本在他背后虎视眈眈，他还不敢针对我们放手大干。要是山本五十六在中途岛得手的话——他也完全应该可以——舆论就会迫使罗斯福在太平洋上投入全部力量。但是，在尼米兹—斯普鲁恩斯大捷之后，他就可以把他的"草深林密的头脑"用于利用他人的流血去赢得自己对全世界的统治。实际上，这也就是不惜任何代价使苏联一直打下去。

富兰克林·罗斯福打赢第二次世界大战的基本计划就是要以蛮横凶悍、人多势众的苏联大军从背后进攻德国，别的一切都是次要的。他无情而坚决地看准了这个最有利的机会。从军事上说，这是一个一清二楚的绝妙计划。可悲的是，这个计划奏效如神。

这就说明了他何以会如此狠心地分配美国的作战物资。他无情地克扣太平洋部队，几乎使他们在瓜达尔卡纳尔的殊死激战中支持不住，同时却通过波斯湾和北方航线把大量物资供应给不知感恩、贪得无厌的俄国人。他还经由好望角和红海给埃及的英国人送去充足的供应，处于困境中的隆美尔大军却由于希特勒的置之不顾而弹尽粮绝。这样一来，罗斯福就可以稳操胜券，当他的未经战阵的部队在只有微不足道的维希军队抵抗的法属北非登陆之后，远在两千英里之外的阿拉曼，我们骁勇善战的非洲兵团就会处境不利，阵脚大乱。

罗斯福的诡计

他还巧妙地把没在法国开辟第二战场的违约责任推给英国人。

他听任"横跨大西洋的笔墨官司"拖延下去，直到马歇尔从伦敦向他报告，两国的参谋人员相持不下，形成了僵局。海军上将欧内斯特·金向来力主转向太平洋。遭受挫折的、恼怒的马歇尔本来就是跟乔治·华盛顿一模一样的一个不知变通、独断专行的人，他也向总统建议，对付英国人的冥顽不化的唯一办法就是全面转向太平洋。

这正是罗斯福盘算好会到来的时机。他不失雍容大度的本色，通过他的心腹人物哈里·霍普金斯告知参谋长联席会议"收拾起自己的杯盘一走了之"是不对的。罗斯福喜爱说上几句家常话来掩饰他的深沉心计。西方盟国总得在一九四二年找个地方跟德国人交战，以示对俄国人言而有信。既然英国人果真这样谨小慎微，况且苦战已久，力有不济，他又何乐而不欣然从命，接受他们的一项建议：法属北非在他看来是完全合适的。

马歇尔提出警告，开辟一个地中海战场就等于取消在一九四三年发动横渡海峡的进攻，不过他还是恪尽军人的天职，听从罗斯福的决策。所以从表面上看，"火炬行动"是罗斯福对英国人的一个让步，而实际上正中他的下怀。

英译者按： 冯·隆将军在这里以能够洞悉别人的肺腑自命。据我亲眼所见——有时是近在身边——罗斯福先生是一位精明练达、随手解决问题的能手，他根据常识，也根据他对历史情况和对后勤限制的深切了解，解决日常的问题。他也有足够的自知和知人之明，凡是需要从长计议的事项，他都完全信任马歇尔和金这样深谋远虑的人士，在这类问题上，他们也确实游刃有余。

丘吉尔承担了去向斯大林通报这个坏消息的责任，因为罗斯福是在故作姿态向他"屈服"之后，才把美国军队投入一次万无一失的行动。法属北非是最省力的接触，入侵部队碰不到一个德国军人；它又不在德国飞机的航程之内。他所要担心的只不过是法国的"荣誉"（这一点已经因为他和头号妥协人物达朗的交易而不成问题了），天气或潮水的反常现象也许会淹死几个美国兵，或者在他们涉水上岸的时候浸湿他们的双脚，使他们染上肺炎。这支无敌舰队的后勤装备确实令人叹为观止，大规模生产和组织过去是，现在也是美国的拿手好戏。

斯大林在莫斯科向丘吉尔大发雷霆，不过他当然不是真的动怒，这纯粹是一幕政治表演。

丘吉尔的回忆录里有一段引人入胜的文章，详细叙述了在克里姆林宫举行的那次长时间会谈中，斯大林对他是多么粗野无礼，然后又把他延入私邸，摆上葡萄酒和伏特加，把莫洛托夫也请来担任供人揶揄取笑的陪客，快快活活地享用一顿整头烤乳猪的午夜点心。丘吉尔因为头痛欲裂，谢绝了这道美点。这幅画面是留传下来了——头号布尔什维克津津有味地吃掉一头猪，奉陪他的是神情倦怠、心头作呕的年迈的头号帝国主义分子。

英国人当时顶住了要在法国登陆的计划，这是一次聪明之举。八月间的迪耶普之役，大部分加拿大入侵部队不是在我们手中送命就是当了俘虏，这一点可以用来做证。如果在一九四二年或者即使是在一九四三年试图在法国登陆的话，英美联军，特别是初出茅庐的美国兵，会受到何等热烈的欢迎。但是，在北非登陆之战中，他们恰恰是像罗斯福盘算的那样，如同举行一次茶会一般轻松愉快。事实确实如此，直到隆美尔在阿拉曼大战之后挥师横越大沙漠，才叫他们首次尝到了货真价实的战争的辛辣滋味。

英译者按： 冯·隆故意贬低有史以来就其规模、困难以及所取得的成就而言都是无与伦比的一次远渡重洋的进攻作战。如果说这次作战显得轻而易举，那是因为它计划得周密，执行得完美。要不然的话，它也未尝不会是像加利波利登陆战那样的一场惨败，而失败的规模可就大得无法比拟了。

第四十四章

她跃身投入他的怀抱，拴在链条上的皮公文袋敲中她的臀部。重重的敲击，紧紧的拥抱，她嘴上的热烈而急切的亲吻，几乎全都没被感觉到，因为她已是灵魂出窍，眼神迷乱。

"小儿子在哪儿？"拜伦问她。

她紧紧抓住他的手，说不出一句话来，像是要把她的惊喜交集的爱情全部集中到她紧攥着的手掌中。她拖着他绕过餐厅外面阴暗的走廊，转了几个弯。这套住房的里屋正闹翻了天：这是一间大卧室，男孩子们笑着嚷着追逐小姑娘，姑娘们厉声尖叫着四处躲藏。一个小女孩坐在床上，抱着一个穿着干净的蓝水手衫的小孩。

"那儿。他就是你儿子。"

从餐厅里传来异口同声的合唱：

> 小小山羊做小贩，
> 宝宝也干这行当。
> 葡萄干和杏仁，
> 睡吧睡吧，小宝宝。

拜伦站在那儿目不转睛地看那婴孩。孩子们看见了他，便都站住不跑了，他们的喧闹也停了下来。娜塔丽使劲克制住自己，才没哭出来，只问了一声："你觉得怎么样？"

"我觉得他很像我。"

"上帝，瞧你说的！他是一个模子出来的小塑像。"

"我抱他起来，他会害怕吗？"

"试试看！"

拜伦穿过静悄悄的孩子们，走向那婴儿，把他抱起来。"喂，孩子，我是你爸爸。"

松手交出小孩的那姑娘皱起眉头，因为听不懂英语。路易斯瞧瞧妈妈，又瞧瞧爸爸，把两只小手放在拜伦的腮帮子上。

"他是一个沉小子，"拜伦说，"你是用什么东西喂他的？"

"我跟你说了你会不相信。章鱼、乌鸫鸟，什么都吃！"她根本不知道自己眼睛里涌出了泪珠，他用手指去揩拭她的面颊，她方才感觉到又湿又滑，"他已经是一个走天下的人了，你知道。吃下肚的山羊奶和干酪也不知道有多少了。拜伦，你喜欢他吗？"

"他是一个棒小子。"拜伦说。

别的孩子们都在看着，都在听着，没人交头接耳，也没人露出笑容，一张张小脸都是神情严肃而充满好奇的。娜塔丽仿佛也看得见他们睁得大大的一本正经的小眼睛里所见到的拜伦：一个身材高大、被太阳晒得黑黑的基督教徒，面容刚毅，一身外国服装，还有一个皮袋子用链条拴在手腕上。他的外貌和语言都不属于他们本族人，俨然是一副做爸爸的神气，把一个他们自己的人抱在手里。

"来，你得先见见埃伦，然后我们再到我的房间去说话，我的上帝，我们总该有话要说吧！你得给我说说你是怎么找到我们的，我到现在还吃惊得合不拢嘴呢。"她把孩子接过去，皮公文袋在他们两人之间晃荡。"拜伦，这是什么东西？"

"过一会儿，我会把它说给你听的。"

拜伦在餐厅里出现，引起了经久不息的、像开了锅似的轰动。醉醺醺的埃伦大喜过望，激动地用意第绪语向大家说明——"娜塔丽的男人从美国来，是美国海军！"众人啧啧议论，挨个儿握手问好，在拉宾诺维茨旁边摆上一个新的座位，给他们添上一道道菜和一巡巡酒；在拜伦硬咽下去几口根本不想吃的食物的时候，响起了一阵用意第绪语唱的情绪热烈的欢迎曲——所有这些都得占去时间，可是谁也推不掉犹太人的殷勤好客。

娜塔丽抱着路易斯站在门口，看得出了神。他就坐在门德尔松一家人中间，她的拜伦·亨利。饭桌上点起了八支礼拜的蜡烛，其中有两支是她亲手点燃的——这真是她有生以来所见到的最不可思议的场面。尽管他显然不太自在，可是对于来自四面八方的意第绪语的祝贺，他还是一面听着杰斯特罗的翻译，一面做出亲切热情的回答，而所有在场的人都在热情洋溢地接待他。他是她的丈夫，凭这一点就够了。他还是美国海军军官。即便美国领事馆驳回了有些人的申请签证，也没关系。他们也跟法国人一样，跟大多数欧洲人一样，在等待着美国人对希特勒发动反攻，如同他们笃信上帝的祖先等候着救世主的降临一样。对于像闪电一般突如其来地出现在他们面前的拜伦，他们似乎并不觉得奇怪，美国人本来就是超人嘛。反正各种各样令人吃惊的事，在这些人看来已成家常便饭了。生活已经陷于混乱，不见得有哪一桩事情和别的事情相比会显得格外出奇。

拉宾诺维茨和拜伦之间的迥然不同使她深有感触，这两个男人此刻正在烛光中比肩而坐，因为现在已经停电。矮胖的巴勒斯坦人面色白皙，两肩低垂，尽管他现在心情平静，他的表情也是一种疲惫、悲哀和决心的混合体，但他和拜伦显然不属于同一个民族。她的丈夫则有一个美国人的眼睛明亮、充满自信、不脱稚气的神情。他的脸上添了一番有过新经历的痕迹，至于到底是些什么经历，还有待于听他介绍。不过，这个拜伦·亨利即使活到九十高龄，即使一生都过着艰苦岁月，他的相貌也绝不会跟阿夫兰·拉宾诺维茨相像。

"对不起，我该告辞了。"拜伦站起来。他们也不挽留，只是响起一片再见声。娜塔丽抱着路易斯，把他带到墙壁上堆满了黄封面存书的小房间。门德尔松太太凭借梳妆台上燃着的一支长蜡烛的光亮，正从壁橱里拿出埃伦的睡衣睡裤和晨衣。惯常是埃伦睡的双人床已经铺换一新，娜塔丽睡的小床已经收起拿开。"你叔父上别处睡了，祝你们节日愉快，晚安。"她一口气说出这一串意第绪话便走掉了，不给娜塔丽一点儿时间笑一笑，红一下脸，或是道一声谢。

"我一个字也听不懂，"拜伦说，"她可真是一个好妇人。那门是怎么锁的？"

"有两道闩。"娜塔丽有点儿犹豫地说，她正在把张口打哈欠的路易斯放到儿童床上。

"好，锁上它。"他用一把钥匙从手腕上解开链条，随手把皮袋子扔在椅子上，"我是一个临时外交信使，娜塔丽，所以我才带着这玩意儿，所以我才上这儿来。我在直布罗陀的一艘潜艇供应船上工作，我从八月份以来都在那儿。"

"你是怎么干上这个差事的？你是怎么找到我的？还有——哦，亲爱的——"

"都是恰好碰上的。"他一下把她搂在怀里。

她听任他紧紧搂抱自己，不住地吻自己，尽管她快要全身麻木了，她一心只想使他快活。她想起如果他们马上就急匆匆地相亲相爱，她所穿的令人作呕的内衣可就要暴露在他面前，都是些粗厚的灰色棉织品，在锡耶纳所能买到的，只配给母猪穿。她所珍爱的在里斯本买的女式内衣仍然带在身边，可是她又怎能使他暂且住手，让她换上内衣呢？娜塔丽巴不得马上就赤条条地在旧地毯上躺下，她的心头洋溢着不胜惊异的仰慕和感激之情，但是有一点是她办不到的，那就是情欲冲动。他像一颗炮弹一样嗖的一声射回到她的生活中来了。

没想到他的热吻停止了，他的拥抱也放松了。"娜塔丽，那娃娃在瞧着我们。"

路易斯确实站起来了，两手抓住儿童床栏杆，神情活泼地看着他们两人。

"哦，没关系，他不过是一个一岁的娃娃，"她嘀咕了一声，"他就像一只浣熊一样好奇。"

"浣熊，见鬼，他的神气好像是在把一切都记下来似的。"

娜塔丽忍不住一阵笑。"也许是这样，亲爱的。他也有一天会轮到的，你明白。"

"说实话，我觉得别扭。"拜伦说，两手放掉了她，"说来古怪，可是一点儿不假，那娃娃长了一对大人的眼睛。"

"确实，亲爱的。"娜塔丽说，竭力想不出声地深深缓一口气，"我干吗不把他洗干净了，让他上床睡觉呢？你不在意吧？我们可以谈一会儿，也好让我对你更亲近一点儿。"

"很好，就这么着。你的主意比我的好，我打算把儿童床像鹦鹉笼子一般遮盖起来。"

"你瞧，亲爱的，你总得定定心。"她又笑了。拜伦跟她戏谑一向都使她觉得开心，此刻她的神经却绷得像琴弦一般紧。"这番动作显然使他觉得十分新奇。"

"我想也是。他真的会走路说话了吗？"

她把他从儿童床里抱出来，让他两脚站在地上。路易斯歪歪倒倒走了几步，抬头看着拜伦，等他喝彩叫好。看得出来，他对此已有很大爱好。

"表演得好，小乖乖。现在你再说点儿什么。"

"哦，那你可听不懂他的话。"她抱起路易斯，在屋角的一个洗涤池里把他脱光了，给他洗澡，"他叽里咕噜把意第绪话、意大利话和法国话都混在一起了。"

"我倒爱听一下。"

她有点儿含羞地斜瞥他一眼，说道："你的模样真帅。"

"你可长得更美了。"

她觉得浑身甜丝丝的。"你爸爸呢？华伦呢？他们都好吗？"

"华伦？这是怎么回事？红十字会没把我的信转到吗？我给斯鲁特的信里也说了华伦。"

他刺耳的语调使她眼睛里流露出惊恐的神色。"我在五月里收到你的最后一封信。"

"华伦死了，他是在中途岛战役中死的。"

"哦，哦！亲爱的——"

"他得到一枚追授的海军十字勋章。"拜伦看了一眼手表，开始在这斗室里来回踱步，"瞧，去巴塞罗那的火车半夜里开车，离现在还有四个半小时。你得考虑收拾东西了，娜塔丽。你用不着带上许多东西，里斯本买东西仍很方便。"

她觉得莫名其妙了。"收拾东西？"

"埃伦得在这里等着总领事替他办好手续，我要把你和孩子带走。"

"什么？我的上帝，拜伦，是总领事说你可以带我们走吗？"

"我们现在就上他们那儿去。"

詹姆斯·盖瑟也跟门德尔松家的那些寓客一样，是一个见怪不怪的人。战争年头的马赛本来就已成了一锅上下翻腾的大杂烩：政治上的蝇营狗苟，钱财上的巧取豪夺，种族和国籍的混淆纠缠，背井离乡的难民们的苦难和悲剧，以及自从腓尼基人时代以来就在地中海沿岸盛行的尔虞我诈、钩心斗角。所以，和盖瑟的例行公事相比，什么离奇曲折的剧情和阴险诡谲的故事都黯然失色。这还不过是就他的合法职务而言。至于他和各种抵抗组织打交道的隐蔽活动中的经历，那可就跟流行的电影没什么两样，只不过没那么引人入胜而已，因为这种演出都是缺少让人大饱眼福的色情镜头的。总而言之，他在马赛任职的两年中，如他自己爱说的那样，几乎什么都见识到了。

话虽如此，拜伦·亨利的故事却也是一件新鲜事。此时盖瑟已换上睡衣睡裤，外罩一件晨衣，在日记簿上写下这番经过，忽然听见敲门的声音。站在门口的是亨利中尉，臂下夹着皮公文袋。

"对不起，打搅您了，先生。"

"你又来了？"

"先生，我的妻子和孩子都在楼下。"

"什么？这么晚了还在街上走，又没证件？"

"拉宾诺维茨和他们在一起。"拜伦朝下看了一眼总领事穿睡裤的双腿，说，"我现在闯进来，真对不起，先生。"

"不要讲客套了，叫他们都上来，快。"

亨利夫人抱着孩子进来，向他会心地嫣然一笑。虽然她的衣着陈旧，头发也没梳理齐整，浑身是一副慌乱狼狈相，可是看上她一眼，便使得潜艇军官的富于浪漫色彩的事迹容易被人理解了。难怪有一个男子汉为了她踏遍天涯海角！她抱在手里的俊美的婴儿便是中尉的襁褓中的翻版。阿夫兰·拉宾诺维茨没精打采地跟在亨利夫人身后进来，显得异常精神委顿，心绪不宁。

拜伦还在一个劲儿地说明他的计划，盖瑟却已开始思索用什么话最能打消他这个念头。这是一个可怕的主意，莽撞而十分危险。娜塔丽抱着娃娃就坐在一边，他十分理解这位年轻丈夫心急火燎的心情。只能好言开导，他心想。"中尉，我们在维希的代办已经拿到了出境签证。今天收到的直通电报证实了这一点。现在我们随时都会收到签证，快的话也许明天就来。"

"是的，先生，您在吃晚饭的时候就告诉我了。但是我一直在想，现在我也还是这样认为，我为什么不马上就把娜塔丽和路易斯带走呢？这是因为我相信我能够带他们一起乘上去美国的飞机。"

他妻子清了一下喉咙，她的嗓音沙哑而迷人。"打这种交道，他很在行。"

"那是不消说的，亨利夫人，不过麻烦的是要穿过边界。"

拜伦挨着他的妻子坐在沙发上，内心紧张，身体挺直，不过神态倒还从容。"先生，只要亮出我的外交护照就足够了。利用它来对付移民官员的例行公事，就像用一把热刀切奶油一样省力。这你也知道。"

"不见得都是这样，要是你碰上一个爱找碴儿的法国边境巡官或者德国特务呢？我自己就碰上过。那条铁路线上，这两种人都有的是。你是有过境签证的，你的妻子和孩子却什么也没有。"

"我可以吹一通牛。"

"怎么个吹法？"

"这娃娃在直布罗陀得了重病，我们连夜把他送到马赛，我们没顾上办签证。我用蹩脚的法国话跟他们说。我会大喊大叫，甚至会装出一副笨嘴笨舌、暴跳如雷的美国官员的神气。我要把我吹的牛坚持到底，我向你们保证。"

"可是他们的护照上没有直布罗陀的印戳，没有法国的印戳，只有好几个月前的意大利印戳。"

"先生，所有那些鸡毛蒜皮都不成问题，我向你保证。我全能对付得了。"

"不幸的是，你吹的牛有个漏洞，我还从来没见过一个比你的儿子长得更健壮的娃娃，中尉。他的身体可是不能更棒了。"

坐在娜塔丽膝上的路易斯像鳄鱼一般张大嘴巴打哈欠。他的面色极佳，他眨巴着的两眼清晰明亮。

"他可能是得了阑尾炎什么的，不过只是一场虚惊。"

盖瑟转而向着娜塔丽："你准备好要帮他证实他吹的这通牛了吗？"

她还在犹豫，拜伦赶紧插嘴："在火车到达佩皮尼昂以前，我们便要把该说的话排练完毕，记得烂熟。请不要担心，先生。"

盖瑟去打电话，要一辆领事馆的汽车和一名司机。"来点儿喝的好吗，我们全体？"他问，"今晚天冷。"

拜伦说："谢谢，我们可得保持头脑清醒。"

"我想喝点儿，"娜塔丽说，"谢谢您。"

"我也要。"拉宾诺维茨说。

盖瑟一面给大家调酒，一面还在想着。要好言开导，他叮嘱自己。他在房间里走过来走过去，手里拿着威士忌，头上的白发凌乱，晨衣不停地晃动。"中尉，我想对你的夫人说几句心里话。"

"太好了，先生。"

"亨利夫人，我已经说过，火车上和边境上都有德国秘密警察的特务。这些人在火车上可是爱怎么闹就怎么闹，他们根本不管什么章程不章程，拉宾诺维茨知道这一点。你的丈夫也许真的能够保你过关，他是一个有办法的人，那不在话下。可是另一方面，德国秘密警察对非法旅行的犹太人也是鼻子很尖的。这批特务全是狼心狗肺的家伙，有可能会把你拉下火车。"

"她不会被拉走的，"拜伦插嘴道，"如果被拉走的话，我也跟她去。"

"万一你被拉走，"盖瑟继续对娜塔丽说，仿佛他不曾听见拜伦说话似的，"在你受到审问的时候，你的娃娃也许就要从你手里被抢走。德国人都是这么干的。"他看见她的脸上掠过一阵惊恐的神色，接着又说："我不是未卜先知，断言一定会发生这样的事，但是有这个可能，你不能说它绝对不会发生。你一旦落到了他们手里，还能用一套骗人的假话让他们信以为真吗？"她一声不响地坐着，两个眼圈已经发红。他继续说下去："你和孩子遭受拘禁之后，我就无法保护你们了。我们已经有一大批这样的案件需要进行交涉，都是些持有可疑的美国证件的人。有一些还被拘禁在警察局里；有少数几个人，不幸得很，已经上里韦萨特去了。"

"里韦萨特？"娜塔丽声音哽咽，对拉宾诺维茨说了这个名字。

"法国集中营。"他说。

拜伦冲着盖瑟站了起来："你是在吓唬她。"

"我在跟她说老实话。你呢，年轻人？你是身上带着机密文件的人，一旦你吹的牛被人识破，德国秘密警察就可以把你当作一个骗子来处理，没收你的信使公文袋，一刀把它捅开。"

拜伦的脸变得苍白而呆板了。"这是微不足道的危险，"他停了一下，说，"我愿意试一下。"

"这不是你能做主的。"

拜伦的语气变得平静，近乎是恳求了。"盖瑟先生，你别吓唬人了。这件事是万无一失的，我担保。只要我们过了边界出了法国，就万事大吉了。这番担心害怕，你自己都会觉得好笑。我们还是要试试看。"

"你可不能。我是这个地区美国官员的头头儿，我的职责所在，不得不命令你不许这样做。我很抱歉。"

"拜伦，"娜塔丽说，语调听起来犹疑不决，睁大的眼睛显出内心的惊恐，"大不了是几天工夫的事。你走吧，上里斯本去等我们。"

他对着她发蒙了。"见鬼，娜塔丽，地中海上都快要天翻地覆了。直布罗陀已经有上千架飞机，翼梢挨着翼梢排好了队。只要一有出事的迹象，他们便会封锁边界。"她像是已经陷入绝境一般看着他，仿佛希望听到一句能够使她宽心的话，然而偏偏听不到。"我的上帝，亲爱的，我们从克拉科夫走到华沙，一路上我们的身旁都是纷飞的战火，可是你连眼睛都没眨一下。"

"我们现在有了路易斯。"

拜伦对着阿夫兰·拉宾诺维茨说："你不相信我们能过去吗？"

这个缩在一旁闷头吸烟的巴勒斯坦人把头一歪，脸朝上看着拜伦。"你是在问我吗？"

"正是。"

"我很担心。"

"你担心什么？"

"我在去巴塞罗那的火车上被德国人拖下去过。"

拜伦目不转睛地瞧着他好一阵子。"原来如此，所以你才要我先上这儿来一下。"

"对了，正是这样。"

拜伦在一张椅子上倒了下去，对盖瑟说："把那杯酒给我喝了吧，先生。"

"我必须走了。"拉宾诺维茨说。他朝娜塔丽的眼睛投了最后的阴郁的一瞥，抚摸了一下路易斯的面颊，便离开了。

盖瑟往杯子里添上了威士忌酒和苏打水，想起了他在从维希回来的火车上翻过一遍的那本法文的反犹刊物《黄皮书》里的头一篇文章。照片都是在一个法国政府在巴黎举办的名为"犹太人的性格和容貌"的展览会上拍摄的：钩鼻子、鼓嘴唇、招风耳的大石膏模型。路易斯·亨利是完全对不上号的，可是如果法国的移民查验员或者德国的秘密警察对他下手的话，他就跟他妈妈一样是一个犹太人。要是情况不像现在这样的话，不消说，亨利太太就是没她的中尉丈夫陪伴，也能闯过任何一处边界站。一个美貌妇人，又是做妈妈的，还是一个美国人，通常都是毫无问题的！但是，德国人已经把在欧洲的日常旅行变成一桩要让犹太人拿性命去冒险的事，就像要从一幢烈焰熊熊的高楼上纵身跳下一样。哪怕是微不足道的几片废纸，也能决定一个人的生死。盖瑟认识一些犹太人，他们的护照和出境签证都是有效的，可是他们都情愿在法国住下去，只是因为不敢去和边界上的德国秘密警察照面儿。

盖瑟把酒杯递给他们，这时房间里一片死寂。为了缓和一下紧张空气，他说起曾经在开往巴塞罗那的火车上送几个英国飞行员逃出法国，都是伪装成烧火工人或火车司机。不过，他们都是些强壮汉子，他解释道，受过逃命脱身的训练，准备好了去跟德国秘密警察打交道，但还是出过几次不幸事故。领事馆的汽车到达之后，盖瑟便又是一副公事公办的面孔了。火车还要再过一个钟头才开，他说。拜伦上火车站只要二十分钟就够了，他要单独和家人相处一下吗？汽车司机会去把亨利夫人的行李取来，既然她已经到这儿来了，就不妨住下来等候出境签证到达。明天早上他会派人去把杰斯特罗也领来，他会亲自照料他们三个，直到他们动身去里斯本。他自己要陪他们走到边界，或者派一个靠得住的人代替他去。

他把拜伦和娜塔丽领到一间小卧室，便把房门关上。娜塔丽没朝拜伦看，径自把熟睡的娃娃在床上放下，又用她自己的外衣把他盖上。

拜伦说："我没想到你会这样。"

她把脸对着他。他背靠门，手插在裤兜里，两腿交叉着。她第一次在锡耶纳的街上看见他，从杰斯特罗的汽车上招呼他时，他那副模样就跟现在完全一样。

"你气坏了。"

"倒也未必。他把你给吓到了，现在我还认为我们本来是走得成的。要香烟吗？"

"我早就不吸烟了。"

"我认得那枚别针。"

"华沙离现在好像有一百万年了。"

"我要在里斯本等你，娜塔丽。我有三十天假期，我就用来等你好了，我每天都要上领事馆去打听。"他的笑容是优雅无比的，又好像是遥隔云天的，"我担心没法儿订到咱们在埃什托里尔度蜜月的那套房间了。"

"试试看。"

"好，我就试一下。"

于是，他们便回忆起往事。卡塔尔·埃斯特的名字也出来了，拜伦聊起了派他去到"海鳗"号报到的命令，也赞美了一通海军的新潜艇。娜塔丽尽力而为，表示听得有趣，并且有所对答，其实这些话都乏味透了。他没伸手把她搂在怀里，她又不敢自己主动。她为自己的怯懦感到羞愧，所以心里对他觉得畏惧。难堪的疑惧越来越沉重地压在她心头，他的那番万里寻妻的惊心动魄的事迹此时此刻却成了最使他们难受的事情。但是，在这乐极生悲的转折关头，她又能做什么呢？在德国人的眼里，在维希法国特务的眼里，这娃娃是一个犹太人。这种恐惧不是拜伦所能体会的。这是一块足以使他们的婚姻撞得粉碎的礁石，并且确实有这么一块礁石。

"我想该是我上路的时候了。"他终于说，语气平淡冷静，说着便站了起来。

这触发了娜塔丽的反应。她立即向他冲去，双臂紧紧将他箍住，一次又一次发狂似的对着他的嘴亲吻。"拜伦，我对不起你，我对不起你，我是没办法。我不能不听盖瑟的话。我想他说得对，要不了一个星期我就会来的。等着我！原谅我！爱我，看在上帝的分儿上！我永远爱你，直到我死。难道你信不过我？"

他用温柔的亲吻回答她。他说话的时候又露出那奇妙的忧郁笑容，这样的笑容从一开始就曾使她心神迷醉。"为什么，娜塔丽，你和我都是永远不会死的。难道你还不知道吗？"他走到床边，低头看着两颊通红的熟睡的婴孩，"再见，小乖乖。我很高兴能够见上你一面。"

他们一同走进起居室，和盖瑟握了一下手，他便走了。

战 争 与 回 忆

第四部　帕格与罗达

维克多·亨利头戴钢盔，身着救生衣，站在左舷观看自
己舰上的主炮发射的红色曳光弹一发接一发地飞入闷热
的夜空。

第四十五章

维克多·亨利头戴钢盔，身着救生衣，站在左舷观看自己舰上的主炮发射的红色曳光弹一发接一发地飞入闷热的夜空。在一大片徐徐飘荡的绿白两色的照明弹下面，瓜达尔卡纳尔岛海面上露出了影影绰绰的敌舰阵列，在烟雾中和"北安普敦"号夹叉射击溅起的冲天浪花中若隐若现。

"鱼雷！舰艏左前方发现鱼雷！舰长，左舷发现鱼雷，进入角十度！"

监视哨、电话传令兵、舰桥上的军官和水兵都一起喊了起来。尽管排炮不断轰鸣，震得帕格的耳朵几乎听不到声音，眼睛也被耀眼的火光照得模糊不清，但他还是听到了这些喊叫声，也看到了正在逼近的鱼雷所激起的尾波。帕格当机立断，尖声喊道："左满舵！"（掉转舰艏正对尾波，想从这些尾波的间隙中穿过去，这是唯一的脱身机会。）

"左满舵，舰长。"舵手的声音高昂而坚定，"满舵左，先生。"

"好极了。"

几乎就在正前方，两道闪闪发亮的磷光划破漆黑平静的海水，贴近舰艏，稍带一点儿角度疾驰而过。真是千钧一发！另外三艘重型巡洋舰已被鱼雷击中，黄色的火焰在舰艉熊熊燃烧，浓重的烟柱直冲云霄。三艘受伤的巡洋舰是"明尼阿波利斯"号、"彭萨科拉"号和"新奥尔良"号。鱼雷像鲱鱼一样，在特混舰队的周围群集游弋。鱼雷到底是从哪里来的呢？是一支潜艇编队发射的吗？在头十五分钟里，这次交战便已经是一场灾难，要是他自己的兵舰也……兵舰在转身的时候，两条绿色的尾波不见了，接着又出现了，从正下方一闪而过。这一切舰长都看得清清楚楚。他周围响起一片混乱的喊叫声。天哪，这下子要被打中了！他抓住舷墙，停止了呼吸……

一片火光！

轰隆一声，黑夜顿时像在阳光下一样明亮。

"北安普敦"号在一九四二年十一月三十日的夜战中沉没，这次海战也已从人们的记忆中消失。如今日本海军已经覆灭，但是，美国海军也没有什么理由认为塔萨法隆格战役有什么值得庆幸之处，它是一场愚蠢而徒劳的灾难。

当时，美国已从海上、空中和陆地控制了瓜达尔卡纳尔岛。日本人为了给岛上遭受饥饿和疾病折磨的士兵提供补给，把驱逐舰悄悄开进叫作塔萨法隆格的小海湾，将一桶一桶的燃料和食品从舰上滚入海中，再由岛上来的小船把它们拖回去。这些驱逐舰并非前来讨战。但哈尔西命令一支小型巡洋舰舰队航行六百英里，从新赫布里底群岛来到瓜达尔卡纳尔岛，阻击并击沉敌人的一支新的庞大的登陆部队。其实根本就不存在这样一支陆部队，这是情报不确造成的一场虚惊。

指挥这支舰队的海军少将在启程前两天才接手，这支舰队是由瓜达尔卡纳尔岛历次战斗之后的残余部队拆散原来的建制混编而成的。海军少将对这一带的情况不熟悉，他的舰只也没有在一起进行过训练。第六十七特混舰队拥有雷达、搞突然袭击和强大的火力等优势，本来是完全可以彻底消灭敌人的。日本人只有八艘驱逐舰，而他有四艘重型巡洋舰、一艘轻型巡洋舰和六艘驱逐舰。

但他在制订作战计划时，以为日本驱逐舰的鱼雷像美国的这类武器一样，射程只有一万两千码。事实上，日本鱼雷的射程能够达到两万码。如果用低速发射的话，射程还可以远一倍，它的弹头的摧毁力也大得多。舰队在开往北方之前，海军少将召集了一次会议，会上维克多·亨利提到了这一点。在此之前，早在一九三九年，他就写过一份关于日本鱼雷的备忘录，正是这份备忘录改变了他的整个生涯。可是，这位新上任的将军冷漠地重复说："我们要逼近到离敌舰一万两千码的地方，然后开火。"

这就容不得帕格对此再有异议了。

十一月三十日夜间，日本的驱逐舰队司令被困在靠近海岸的一片没有机动余地的海域中，火力配备大大处于劣势，巡洋舰射出的八英寸口径的炮弹像雨点一样落在他周围，照明弹在头顶上发出耀眼的亮光，他的舰队笼罩在美国炮火的硝烟和溅起的浪头之中。因此，他孤注一掷，把所有的鱼雷向炮口冒出火焰的远方发射了出去。霰弹鱼雷弹头击中了美国全部的四艘重型巡洋舰。日本人得胜溜走了，毫发未损。

雷鸣一般的气浪撕裂着帕格·亨利的耳膜，他被这股气浪震得双膝跪地。他挣扎着一跃而起。整个舰身像出了轨的火车一样摇摇晃晃，东倒西歪。更糟糕的是，舰身突然倾斜，这比火焰蹿上左舷更糟。他昏昏沉沉地约略估计——在几秒钟内——舰身倾斜了至少十度。鱼雷炸开的窟窿该多大啊！

"朱诺"号被鱼雷击中，在一声爆炸的巨响中沉没，这情景他是忘不了的。他冲进驾驶室，抓起话筒。"听着，我是舰长！"他听到了下面甲板上扩音器里自己刺耳的吼叫声，"向三号炮塔的弹药库灌水，将五英寸口径的备用炮弹丢入海中！再说一遍，向三号炮塔的弹药库灌水，将五英寸口径的备用炮弹丢入海中！回话！"

电话传令兵拉开嗓门高声喊着，命令已听到并在执行。甲板仍在摇晃抖动，"北安普顿"号就像撞上礁石一般，但帕格知道，此刻他是在水深六百英尺的海域上。他拿起话筒大步走出驾驶室，来到舰的左舷，扑面而来的热浪使他大吃一惊。简直像打开了炉膛门一样，整个舰艉都是熊熊烈火，在这黑夜里把四周的海水照耀得一片橙红。

"全体官兵注意！我是舰长，我们舰的左舷后部被鱼雷击中，也可能是中了两枚鱼雷，迅速报告损伤情况。消防队和抢险队立即出动，到舰艉就位，协助控制火势，并防堵进水部位。副舰长，到舰桥坚守岗位……"

经过几个月的刻苦训练，发布命令的词句迅速在他脑子里闪现。水兵们觉得这种训练最厌烦无聊，然而这种训练现在管用了。在驾驶室里，电话传令兵都在压低嗓门转述损伤情况报告。值班军官和舵手弓着腰伏在铺有舰体图的海图桌上，用黑色和红色铅笔涂着下层甲板的舱面图，黑的表示进海水，红的表示起火。第一批的严重损伤报告是：三个螺旋桨轴停止转动，通信和动力设备失灵；C甲板和D甲板进水浸油。帕格一面发号施令，一面在考虑抢救的对策。控制火势，制止进水，获得充分时间驶回港口，这是值得一试的。图拉吉岛距此十八英里，另外三艘受伤的舰艇已朝该岛方向驶去。

"到后锅炉舱去，抢修破裂的燃料管道和蒸汽管道。所有还有动力的泵位，将燃料从左舷抽到右舷，把左舷舱里的水抽到海里去，还有——"

又是一声爆炸！他脚下的甲板猛地一震。在舰艉远处，救生船甲板的后面冒出一股又粗又黑的油，像得克萨斯的一眼喷油井。这股油柱喷上去后，又弯弯曲曲地散落下来，向船桅、向火炮射击指挥室、向甲板倾注而下，三号炮塔的周围落下一片黏糊糊的稠雨。火焰沿着浸透油的桅杆攀缘而上，在浓烟弥漫的天幕下，矗立着一座明亮的火塔。下层甲板不断发生爆炸，溅起阵阵油雨洒向烈火。

照这样下去，军舰支撑不了多久。不论舰体有多长，也不论有多么粗大的火炮，它不过是一个不堪一击的庞然大物，它的稳固性和抗损伤的能力差得可怜。这艘军舰不是按照作战的要求建造的，而是根据政客们签订的一纸条约的愚蠢限额建造的。帕格对此早有所知，因此他拼命抓紧应对危急事故的训练。唉，真糟糕，鱼雷不偏不倚正巧命中这艘重型巡洋舰的致命弱点——击中了偷工减料的装甲带的舰艉部位，将主要的燃料油舱炸开了一个大洞——而且几乎可以肯定，多孔发动机和锅炉舱也炸坏了。开往图拉吉岛的航程将是一段艰难的航程。下面的海水一定会像瀑布一样涌入船舱。

眼下用抽水机抽水暂时还可以控制住。舰体很长，大约有二百万立方英尺的空间，这是很大的浮力。只要他这艘军舰不马上爆炸，只要敌人不再用鱼雷攻击它，只要火势能控制住，他就有可能把这艘军舰驶进港口。哪怕驶进浅滩，"北安普敦"号也还是值得全力予以抢救的。消防队的队员们拖着轻便消防车和软管在滑溜的甲板上四处奔跑，在炫目的火光下可以看见他们的身影在移动，闪闪发亮的水柱激起了一团团橘红色的滚滚水汽。损伤报告源源不断地报到上面的驾驶室，军官和水兵们讲话的声调变得像是在照章办事了。舰艉的机舱里还有动力，一个螺旋桨也足够把这艘受伤的军舰推进图拉吉港了。

尽管军舰被鱼雷击中使人心痛，一场惨败已成定局；尽管在夜间从一艘军舰上发出的火光和声音令人毛骨悚然——炫目的火光、震耳欲聋的嘈杂喧嚷、呼号声、惊叫声、冲鼻的燃烧气味、刺眼的烟雾、不断倾斜的舰体、乌黑的海面上的噩梦般的红光、舰桥上发出的舰船间联络和水兵讲话的聒噪声——尽管处境险恶；尽管要当机立断，大胆做出决定，但维克多·亨利并不心慌意乱，也不垂头丧气，反而觉得自中途岛以来第一次这样浑身是劲儿。他回到驾驶室，通过舰船间的通话器喊叫起来："鹰头，鹰头，我是鹰眼，请回答！"

回话的是一本正经的拖腔："鹰眼，鹰头在听着，请回答——"这时，一个年纪大些的声音插了进来："小伙子，不要挂上，他是'北安普敦'号上的帕格·亨利，我要同他讲话……喂，帕格，是你吗？"舰队司令们都是不管通信联络的规章程序的。"你那里的情况怎么样，伙计？从这里看过去，你们的情况不妙啊。"

"这里"是指"檀香山"号，是特混舰队中唯一未受损伤的巡洋舰，在西北方向投下一条狭长的影子，它是靠驱逐舰的掩护逃出鱼雷攻击的水域的。

"将军，我们还有一个机舱和一个螺旋桨。我们也向图拉吉岛开，我们想一面开一面进行修复，或者说修修看。"

"你们的舰艉上一片火海。"

"我们正在努力救火。"

"要帮忙吗？"

"现在还不要。"

"帕格，据雷达屏幕显示，这批强盗向西撤退了。我将绕萨沃岛搜索一圈，在鱼雷的射程之外同他们交火。喂，你需要帮忙的话，我就派几个小伙子去。"

"好的，好的，先生，祝您搜索成功。不必回话。"

"祝你走运,帕格。"

在通话的时候,副舰长来到了驾驶室,他头戴钢盔,一张圆滚滚的脸上沾满了煤烟灰和汗水。他负责军舰的抢险,而舰长则指挥驾驶军舰。经过多次战役、轰击、长途航行以及在海军造船厂的大检修,帕格对这个圆面孔、沉默寡言的爱达荷人建立了信心,尽管在私人关系方面,他们心照不宣,保持距离。帕格在上次为格里格送上去的鉴定报告上,说他有能力担任一舰之长。最新一期的海军公报上通报,格里格已经被提升为四道杠,大家都期望他随时接替"北安普敦"号的舰长职务。帕格已接到命令,一旦有人"接替"他的职务,他就要飞回华盛顿待命。有格里格负责抢险重任,帕格才有时间进行思考。看来他自己倒霉倒定了!格里格的任命可能正在路上,但这一任命到达太晚,使他以舰长的身份置身于一场出师不利的夜战中。如果他损失了这艘军舰,他就要受到军法追究,而他又不能这样来为自己开脱罪责,说什么一个饭桶司令用一个狗屁不通的作战计划使他陷入了鱼雷穿梭的水域。

火势不再那样迅猛蔓延了,主舱壁也露出了水面,他听到的报告是这样说的。但帕格正注视着两个指示仪:一个是倾斜仪,它的指针正慢慢地向左移动;另一个是他亲手装上的铅垂线,它表明舰艉部分正在下沉。他想掉头朝东北方向向图拉吉岛行驶。所有电话系统都失灵了,甚至传声路线,有的被海水浸湿而接地了,有的烧掉了,有的震松了。传令兵要将每道命令传到前桅,先要沿主甲板,通过浓烟弥漫、水油满地的通道,再下几层甲板到舰艉舱。用这样慢的程序指挥军舰的航行令人恼火,但它总算在恢复正常。这时格里格正派出援救小组,去解救被海水淹没的船舱中的士兵。受伤的士兵被安顿在最上层的甲板上,射击指挥班被困在烈火熊熊的主桅上的火炮射击指挥室里,身着石棉防护衣的援救队员,身后喷射着雾蒙蒙的水珠,慢慢地爬上去,把他们救下来,免得他们被烈火活活烤死。

正前方水平线上,佛罗里达岛在海面上突起,把图拉吉岛隐没在它的阴影里。现在军舰已倾斜到二十度,相当于一艘重型巡洋舰在八级大风中摇摆颠簸的倾斜度。漏油浮散开来,使海面显得更加平静,"北安普敦"号毫无生气地向左舷倾斜。这是一场进水速度同剩余的动力之间的赛跑,要是格里格能在天亮前不让军舰沉没,它就有可能继另外三艘受伤的军舰之后,到达图拉吉岛,现在这三艘军舰遥遥领先,冒出明亮的浓烟。帕格正在主桅思考的时候,格里格来到他跟前,用衣袖擦着额头。"先生,我们最好停船。"

"停船?我刚把它调整到航线上。"

"C甲板和D甲板上的支撑系统都塌下来了,先生。"

"可是我们怎么办,格里格,难道待在这里随它漂浮,让它进满海水吗?我可以降低引擎的转速。"

"还有，舰长，军士长斯塔克说，四号引擎的润滑油没有了，水泵阻止不住军舰倾斜。"

"我知道了。这样看来，我得请舰队司令派几艘驱逐舰来。"

"我认为你应该这样办，先生。"

格里格报告的关于润滑油的消息几乎等于判了死刑。他们两人心里都清楚这一点，他们也都知道，润滑油系统设计得很差。帕格很早就提出改装，但毫无结果。

"对，即使我们把轴承都烧坏，我们也要向图拉吉岛靠近。"

"舰长，就是再短的航程，我们也无论如何进不了港。"

"那怎么办呢？"

"我要尽全力进行抗倾覆注水。我们的抽水能力差是一个头痛的问题，只要我能够将军舰的倾斜程度拨正五度，再把支撑系统加强一倍，我们就有办法再向前航行。"

"好极了。我到下面去看一下。你要求鹰头派驱逐舰来，告诉他们，我们的军舰起火，在海上不能动弹了。军舰倾斜达二十二度，舰艉严重下沉。"

帕格下到倾斜得很厉害的主甲板上，甲板上到处是黑乎乎的齐脚踝深的油，一股恶臭味。他一溜一滑地从救火队员的身旁走过，向后甲板上的一个大裂口走去，这些油就是从那里冒出来的。他将身体探出舰舷外，可以看到舰体钢板的破口向外翻出，一直伸向海里，这个裂口是被鱼雷炸开的。舰体上的这个黑洞洞的大窟窿，炸裂的钢板边缘就像胡乱开启的罐头开口，这一幕他永远不会忘记。据报告，吃水线下面的那个洞还要大。帕格靠在救生索上感到一阵头晕，觉得军舰也许马上就会倾覆。军舰倾斜得越来越厉害，那是毋庸置疑的。帕格从被打伤和烧伤的重伤员身边走过，他们都一排排躺在舰艉的甲板上，由医助们照料着，转移他们需要时间。帕格带着沉重的心情回到驾驶室，把副舰长叫到一旁，告诉他准备弃舰。

大约一小时后，维克多·亨利最后环顾了一下人去楼空的驾驶室。这个小小的钢铁结构既寂静又干净，舵手和值班军官们已把所有的航海日志和记录搬走了，保密资料都已装入加了重砣的袋子丢进了大海。下面，水兵们正在准备弃舰的位置上集中。大海像是一片黑沉沉的平静湖面，四艘熊熊燃烧的军舰散处在海面上，像四颗陨落的黄色星体。四艘援救驱逐舰已经出发。鲨鱼是一个威胁，经最后清点，大约有六十名军官和士兵已永远离不开军舰了，有的失踪，有的被烧死、淹死或炸死了。如无其他意外发生，这个牺牲数字还不算很大。

现在帕格显得心急如焚，想让他的水兵尽快离舰，因为受伤的重型巡洋舰是潜艇的头等目标。他做的最后一件事是从应急舱里拿了一副手套、一个折叠的相框，里边放着一张华伦的毕业照和一张旧的合家欢，那上面华伦和拜伦都还是瘦长得难看的小伙子，而梅德琳只是一个头戴纸花冠的小姑娘。塞在相框里的还有两张小快照：一张是帕米拉·塔茨伯利蜷缩在灰色的皮大衣中，站在克里姆林宫外的雪地上照的；另一张是娜塔丽手中抱着她的小宝宝，在锡耶纳的花园里照的。他正想顺着梯子向下走，看到"北安普敦"号的战旗已叠好放在旗袋的上面，便伸手拿走了。

格里格在等他，站在倾斜得像雪橇板一样的主甲板上，火光在他脸上闪烁跳跃。他从容不迫地向帕格报告了集合情况。

"好吧，我们弃舰吧，格里格。"

"那么，你就来吗，舰长？"

"不，"他把战旗递给了格里格，"到时候我会下舰的。把这个拿去吧，在你今后指挥的军舰上，可以用它作为舰旗。请把我全家人的这些照片保持干燥，好吗？"

格里格竭力争辩，认为还是有办法抗倾覆注水，一部分水泵还在工作，而且抢险是他的专长。如果舰长不离舰，那么舰务官可以指挥摩托救生艇，并照看海上的士兵。他自己想留下来。

"格里格，弃舰。"帕格的严厉而不动声色的命令打断了格里格。

格里格竭力站直身体，向他敬礼。帕格向他回了礼，以熟不拘礼的口吻说："好吧，祝你幸运，吉姆。现在看来，我们当初向西开是一个错误。"

"不，先生，只能那样做，没别的办法。我们的射程够得上，我们叫这些狗东西挨了一顿交叉炮击。让他们那样方便地溜走怎么行？皮特·库尔茨说，我们最后一阵排炮击中了一艘巡洋舰，就在我们中了那两枚鱼雷之后，他们看到了爆炸的火光和浓烟。"

"是的，他也是这样对我说的。也许我们能够证实这一战果。不过，当时我们还是应该像'檀香山'号那样，掉头改变航向。可是现在已为时太晚了。"

副舰长茫然凄凉地上下打量着倾斜得极厉害的甲板："我永远忘不了'诺拉马鲁'。"

帕格听了感到惊奇，不由得笑了。这个名字是水兵们送给这艘军舰的一个绰号，不过他自己和格里格过去都不曾这么叫过。"你快走，下舰去吧。"

吊艇架将载满伤员的摩托救生艇悬吊出舰舷，救生艇离水面极近，水兵们只消把吊艇滑车索砍断就行。救生筏也吊出了舰舷。几百名几乎赤身裸体的水兵，成群地从吊货网上下来，顺着绳索滑下来。许多人在离舰之前都画了十字。下面的海面上发出很大的哗啦哗啦的溅水声。落水的人们相互呼喊，也向甲板上的人呼喊，声音很微弱。

他们很快都下到了海面上。木筏、救生艇以及忽隐忽现的人头顺着海流漂走了。两艘驱逐舰隐约可见，正从远处驶来。微微的暖风送来了官兵们的声音——呼救声、口哨声以及在黑暗中相互招呼的叫喊声。帕格心想，这下就不会有人烧死了，就是有人淹死，也只是极个别的，虽然鲨鱼是一个威胁。水面上的浮油没有着火，真是运气。

帕格同一小队志愿抢险队的水兵和一个军士长留在舰上。损毁了的舰船上会发生奇迹，火势也能自己熄灭。甚至发生过这样的怪事，莫名其妙的进水拨正了一艘正在倾斜的巨轮。在中途岛，"约克敦"号的舰长曾有点儿难为情地在弃舰之后好久再次爬上这艘军舰，要不是第二天受到潜艇的攻击，说不定他能保全这艘军舰。帕格和留下的志愿人员可能因为军舰倾覆，也可能因为鱼雷攻击而不能幸免，但只要"北安普敦"号在天亮前不致沉没，就可以系上一条缆绳，把军舰拖走。

宽阔、空荡的甲板上污秽狼藉的程度是空前的。周围笼罩着一片沉寂，给人一种奇特的梦境似的感觉。在舰上越来越难站稳，帕格用手抓着系索耳、支撑柱、救生索，摸索着向前甲板走去，想看一下拖曳缆索的准备情况。他向后看了看正在下沉的军舰，倾斜确已十分严重。左舷炮原来仍保持着射击时的仰角，现在已经同海面平行了。"北安普敦"号要不是这样极度倾斜，要是没有映照出舰桅和火炮轮廓的黄色火花，别的一切看上去还依然如故。再见了，"诺拉马鲁"！

在舰艉，他绕过被遗弃的手摇水泵，跨过绕成一堆的水龙带，踉踉跄跄地走动着。到处是乱七八糟的东西——衣服、食品、香烟盒子、书籍、纸片、弹壳、咖啡杯、吃了一半的三明治、浸透了油的救生衣、鞋子、靴子、钢盔，这一切都散发出一股粪便和垃圾的腐烂臭味，因为水兵们在甲板上随地便溺。但最冲人的还是焦糊味和汽油味，尤其是汽油味，到处都是！这种原油的酸性恶臭对维克多·亨利来说，将永远是一种灾难性的气味。

接着有一小时工夫，他在一旁看着抢险队在跌跌撞撞地工作，主要是抽水和灭火。水兵们行动起来不得不像猴子那样，用手和脚抓住或蹬住甲板上任何凸出的东西，这样才不至于在油浸的甲板上滑倒。他们紧闭着嘴，被火光照亮的脸上毫无表情，不时向海上张望。到两点三刻，帕格终于判定，"北安普敦"号无法挽救了，再在上面待下去，只是为了给自己增加光彩而拿水兵们的生命去冒险。军舰有可能在水上再浮一个小时，也有可能浮不了，也有可能没任何预兆就倾覆。

"军士长，我们弃舰吧。"

"是，是，先生。"

水兵们一听到这句话，立刻把最后一只大木筏扔下海去，它扑通一声落到水面上。军士长头发灰白，大腹便便，是舰上最出色的机械师，他敦促舰长先走。帕格不容分辩地拒绝了，于是军士长把鞋踢掉，脱掉衣服，只剩下里面一条沾满油污的短裤，然后把救生衣系在汗津津的、满是雪白脂肪的腰上。

"好吧，大家都听舰长的命令，走吧。"他像个男孩子一样，攀缘着挂得笔直的吊货网滑了下去，水兵们也跟在他后面滑了下去。

帕格独自留在甲板上的最后一分钟里，尝到了一种生离死别的辛酸滋味。和军舰同归于尽是不可思议的，因为根据美国海军的传统，保存自己是为了他日再度为国效劳。其他的传统固然有其浪漫和荣誉的色彩，其实是愚不可及，把自己淹死是无助于对敌作战的。他低声为遗留在这艘巨舰上的死难士兵祈祷。他脱光了衣服，只剩下一条短裤，戴上他在驾驶室拿的那副手套。过去在弃舰训练中，他总是攥着一根粗大的、悬空的缆绳，两手交替着一节一节地下去。这样做不但能满足他的一点儿虚荣心——因为他精于此道——而且有不少水兵也照他的方法做，这是有用处的。在紧急关头，也许一时找不到梯子和网，而绳子总是有的。

粗大的白棕绳摩擦着帕格赤裸的两腿，他下到漆黑的热带海水中。他松手溅入水中，海水使他感到舒服，像洗澡一样暖和，而且很咸。他在浮油的黏块中游向木筏，这时木筏仍由甲板上的一个系索耳上的缆绳拖着。赤身裸体的水兵挤在木筏上，泅水的人围着木筏，用手紧紧抓住绳环。

"军士长，人都到齐了吗？"

"都到了，舰长。"

有几个水兵要给他在木筏上让个位置。

"不要动，都不要动。解缆！"

一把刀子在火光中闪动，缆绳脱开了。水兵们用桨从正在下沉的军舰旁向外划去。维克多·亨利一面用手抹着头发和脸，把嘴里的汽油恶臭味吐掉，一面注视着军舰下沉。从下往上看，军舰仍然呈现出雄伟壮观的气派，巨大的舰体延伸着占据了水平线的一半，正在痛苦地挣扎着，缓缓倾覆下去，军舰的一端像火炬一样在燃烧。水兵们在木筏上向附近的驱逐舰和摩托救生艇拉开嗓门嗨哟嗨哟地喊叫，发出尖声的口哨。一个浪头向帕格扑来，汽油溅入了他的眼睛。他正在擦洗眼睛的时候，听到了一片喊声："沉下去了！"

他用手腕支起身体，看到"北安普敦"号翻身倾覆下去，舰艉高高翘起，带起来的海水淅淅沥沥地向下淌着。火熄灭了，军舰慢慢地沉了下去，水兵们也停止了吆喝和吹口哨。舰艉沉入海中时，木筏上一片寂静，帕格透过海水的拍击声，听到了吞没军舰的漩涡发出来的翻腾和呼啸的悲鸣。

第四十六章

在这世界上的另一个地方，黄色的火光照亮了夜空。

在臭气熏天的方形木头房子厕所外面深及脚踝的雪地里，班瑞尔·杰斯特罗停住了脚步，凝视着冒到空中的火焰。这是在做试验，这个试验的日期一再改动，一再推迟。整整一个星期，党卫军的大头目们在这座阴森冰冷、粗糙的水泥建筑物里忙个不停，一会儿走下巨大的地下室，一会儿爬上尚未试过火的炉子，"笃笃"的皮鞋声和雪水的溅响声伴随着他们焦急烦躁的满口粗话。

司令官曾亲自带着他那些面无表情的随从来过这里，监督平民技术人员同那些穿着条纹囚衣、剃光头、骨瘦如柴的囚犯一起干活儿，二十四小时不停地轮班拼命干。这些人吃得好，身体健康，满头留发，穿着几乎被人遗忘了的体面服装，有外套、裤子、上装和领带，要不然就穿工作服。他们是一些生气勃勃、办事认真的波兰人和捷克人，同德国监工讲起话来，满口工程行话，讲的都是蒸馏器、煤气发生炉、耐火砖和断面草图这种术语。他们全都是规矩人，干的是规矩活儿，举止行动也都规规矩矩。

一切都很正常，唯独他们看待犯人的神情不在此列。穿上这件条纹亚麻布的囚衣似乎就给人罩上了一件神仙故事里的隐身衣，这些技术人员遇到他们好像视而不见。当然不允许他们同犯人讲话，而且他们也害怕党卫军的监工。难道他们连眼睛也不眨一眨，表示看到的是同他们一样的人吗？难道这些囚犯像空气一样看不见吗？难道在这些囚犯中间走动，就像在一根根柱子和一堆堆砖头中间穿行一样吗？真是件怪事。

烟囱口高高冒出一股橘红色火苗，在空中呼呼作响。每当火焰中蹿出一股股浓烟时，火焰几乎顿时就要熄灭，然后火苗再度烧旺起来。这种情景说明了什么是用不着问的。在远处掩埋坑里升起的冒烟的火光映照下，这座高高的方形烟囱清晰可见。试验是成功的，怎么会不成功呢？这套装置采用的全是德国最先进的工艺，最好的机器和设备——煤气发生炉、生火炉、鼓风机、电动卷扬机、巨大的通风机，还有新奇的吊架，可以在轨道上移动，直接进入炉口，这些设备都是第一流的。班瑞尔亲自参加过用水泥将这座新工厂的设备固定在位置上的工作，他一看这套装置，就知道它们的质量。德国战时的物资匮乏，并未影响这项工程，是一项压倒一切的工程！相比起来，下面那些狭长带孔的小室，就显得粗制滥造了。只有密封门是一个例外，这些又厚又重的铁门，工艺异常考究，框架坚固，镶嵌着双层橡皮垫圈。

一个狗腿子手中挥舞着一根棍子，经过杰斯特罗的身旁急匆匆地走向厕所，恶狠狠地朝他看了一眼。杰斯特罗臂上别着臂章，这个地位也给了他一点儿权利，他可以在天黑之后去大便。一个臂章在狗腿子面前是不管用的，只要他高兴，照样可以朝你的屁股踢一脚，或者他觉得还不够劲，干脆就敲破你的脑壳，让你倒在雪地里，在血泊中死去，谁都不会大惊小怪。杰斯特罗赶紧回到营房，朝看守长的房间里张望了一下：干净舒适的住处，厚木板墙上贴满了旅游招贴画，有莱茵河，有柏林歌剧院，还有十月节。

看守长又瘦又高，满脸都是怕人的脓疱疹，原来是布拉格的一个日耳曼族强盗，此刻正坐在一张旧藤椅上吸烟斗，沾满污泥的靴子跷在一张凳子上。现在集中营里有的是烟草，还有肥皂、食品、瑞士法郎、药品、珠宝、黄金、服装。奇珍异宝应有尽有，只要肯出高价，肯冒风险，什么都能得到。那些党卫军和狗腿子自然油水捞足，就是犯人之间也做买卖。有的人为了吃得好些，有的人为了赚钱，少数胆子大的人则是为了展开抵抗运动和逃跑。这批潮水般涌来的货物是随着从西部地区运来的大批犹太人而到达的，新来的犹太人的人数一个月比一个月多。夏季里斑疹伤寒流行，所有集中营里的纪律都松弛了下来。贪污盗卖从囚犯手中没收来的集中存放的行李，他们称为"加拿大"私货，现在也泛滥成灾了。奥斯威辛集中营里的黑市交易，虽然是一桩玩命的危险买卖，如今也已是欲罢不能了。

看守长嘴里喷出一股芬芳醇美的灰色烟雾，他挥挥手中的烟斗，要杰斯特罗走开。于是杰斯特罗就朝寒气逼人、拥挤不堪的木头房子走去，他脚上穿的木底鞋在潮湿泥泞的地上一步一滑。他心里想着，这个原先在达豪和萨克森豪森集中营里老早就是一个佩戴绿色三角标志的狗腿子，对人并不过分凶狠苛刻。他像妓女一样，只要给钱、给奢侈品，只要不丢性命、不丢饭碗，要他干什么都行。每次点名的时候，他装出一副穷凶极恶的样子给党卫军看，用木棍敲打犯人，但在营房里，他只不过是一个好吃懒做的窝囊废。他常常把房门关上，不是同这个小白脸儿鬼混，就是同那个小白脸儿胡搞。他们都是些误入歧途的男童犯，在集中营的各个牢房窜来窜去。犯人们对这种丑事根本就不屑一顾，司空见惯了。

许多囚犯都已经在自己的铺位上发出鼾声，三四个人睡一排，挤得像沙丁鱼一样。囚犯们睡在房间中央一条砖砌的长炕上，其实这条长炕并没使房间里暖和点儿，但囚犯们的体温加在一起，也能使零度以下的寒夜稍稍好熬一点儿。杰斯特罗从拥挤的人堆中间艰难地穿插过去。所有这些比克瑙式的小屋，都是按照德国陆军为马匹建造战地掩蔽所的图样建造的，杰斯特罗就曾参加建造过一百多所这样的房子。这些通风的马棚是在光秃秃的沼泽地上，用木头和油毛毡临时匆忙搭起来的，按设计能够容纳五十二匹马，但一个人所需要的空间比一匹马要少。每个马棚分成三层，共有一百五十六个铺位，上下三层一排睡三个犯人。房子里面还要为狗腿子留出空地方作为看守长办公室、开饭的地方和放小便桶的地方，结果每个马棚就大约可容纳四百个犯人。

这是规定的数目，当然也可以有上下，但在奥斯威辛集中营，各种规定是有伸缩性的，过分拥挤也是家常便饭。萨米·穆特普尔从一个住着一千多个犯人的监区里把杰斯特罗救了出来，这一千多个犯人绝大部分都是新来的，都在闹肚子。每英寸地方都塞满了人，人们整夜都在翻身、蠕动，不论是上层铺位上还是泥地上，黑咕隆咚的，面孔和屁股都挤在一起了。每天早晨都要拖出十具或二十具目光呆滞、嘴巴张开的尸体，拖到点名的地方堆起来，然后让拉尸车拉走。像穆特普尔这样技术熟练的工匠和工头儿，住的监房就没有像这间那么拥挤。集中营在迅速膨胀，需要测量员、锁匠、木匠、制革匠、厨师、面包师、医生、制图员、翻译文书等类人，因此在生活方面，他们可以得到燃料在房子里生炉子，可以吃到过得去的食物和喝到干净的水，可以享受使用厕所的特权。他们当中有些人甚至还可以活到战后，只要德国人愿意有人比奥斯威辛集中营还活得长。

克林格尔分队的生活条件也是够糟糕的，早晨喝的是冒牌咖啡，晚上喝的汤像清水一样，另外还有薄薄一片锯木屑一样的面包。这就是奥斯威辛集中营每天的供给定量，这个定量本身就等于判处缓慢的死刑。对于那些干活儿卖力和有技术的人，厨房有专门规定：凡属享受特殊照顾名单上的人，每星期额外发放两次食品，每次发几片面包、意大利香肠和乳酪。这点儿额外的施舍还是比"规定的"量要少，因为柏林拨给犯人的食品，其中一半被党卫军吃的吃、偷的偷、卖的卖，这是尽人皆知的事实。从外面寄给犹太人的食品包裹，也全被他们偷走。另外一些囚犯，特别是英国犯人，总算还能收到他们的一部分包裹。克林格尔手下的这帮人，靠了一份额外的热量，总算过得还好，虽然也有些人越缩越小，成了"干瘪人"。这种干瘪人在奥斯威辛集中营并不少见，他们都是些饿得神情恍惚、皮包骨头但还能走路的木乃伊。他们的命运是注定了的，如果不是自行倒毙的话，就得因为干活儿太慢而挨一顿棍打脚踢死去。

像穆特普尔和杰斯特罗这种人是不会沦为干瘪人的，等待他们的是另一种命运。

长久以来，就从劳动处传出令人心寒的消息：工程完工之后，分队要享受首先化为青烟升上烟囱的莫大荣誉。奥斯威辛的幽默！也许这是真话，特别分队下场的花样翻新。

杰斯特罗做了个熟悉的动作，首先把双脚伸进他同穆特普尔合睡的一个中间一层的铺位。穆特普尔裹着从"加拿大组织"得来的毯子睡着了，尽管这里偷窃成风，但没人偷他的东西。这一层铺位摇动了一下，穆特普尔睁开了眼睛。

杰斯特罗低声说："他们刚做了试验。"

穆特普尔点了点头，他们尽量避免讲话。他们的上铺睡的是三个年老难友，下铺睡的除了两个老伙伴之外，还有一个新来的人，讲一口漂亮的加利西亚意第绪语，自称原是卢布林的律师。他的皮肤白嫩，并非奥斯威辛集中营所特有的那种土灰色，剃光头发的头皮白皙，没有经受过日晒雨淋。他身上也没有住过隔离营的疤痕，他的眼睛里有一种难以捉摸的表情，十有八九是一个政治处派来的奸细。

党卫军一直在奥斯威辛集中营搜寻那些力量单薄而在暗中活动的地下组织，各种规模很小的秘密小组，像野草一样在各种共同的基础上——政治的、民族的或宗教的——萌发滋生。它们忍受折磨，争取发展，直至有朝一日被政治处侦察发现而一网打尽。有的小组也能存在一阵子，跟外面建立联系，甚至还把一些文件和照片偷送出去，它们通常都以被叛徒出卖而告终。这是一个把冰天雪地里的一排排马棚挤塞得水泄不通的、饱受疾病和饥饿摧残折磨的奴隶们的小天地，四周都用通了电的铁蒺藜圈围，还有高耸的机枪碉堡和剽悍凶狠的警犬严密守卫。在这里，人们的生死系于一发，滥施酷刑就跟地球上其他地方的停车罚款一样普通。这里也有奸细告密，那是不足为奇的，令人吃惊的倒是居然会有那么多正直不屈的人。

穆特普尔轻轻地说："嗯，没关系，都安排好了。"

"什么时候？"

"慢慢再告诉你。"这句话的声音低得杰斯特罗几乎都听不出来。工头儿闭上了眼睛，翻了个身。

关于逃跑计划，除了穆特普尔已经告诉他的情况之外，他一无所知。穆特普尔告诉他的情况很少。他们的目标是面包房，那是铁丝网外面的一座建筑物，靠近河边的一片树林。班瑞尔烘烤面包的技术将发挥重要作用。他所知道的就这么点儿。穆特普尔将保存所有的照相底片，因此班瑞尔万一被抓住，被带到德国秘密警察政治处的营房里，他也几乎没什么东西可以招供。即使审讯人员威胁要把他的阴茎和睾丸割掉，他也讲不出任何情况；即使打开一把修树枝用的大剪刀，在腿股之间把阴囊和前后身都夹住来威胁他，给他一个开口的最后机会，他也没什么好说的。

据谣传，用的工具是一把粗糙的园艺用普通大剪刀，但磨得像剃须刀一样锋利。

他们先是拿它进行威胁，然后就真的动用起来。有谁说得出这到底是真是假呢？挨了那么一下子的人，谁还能活着说出真相？血肉模糊的尸体立即被送往那个老的焚化场。除了德国秘密警察和特别分队的人员之外，谁也看不到这些尸体。这些德国审讯人员有什么事情干不出来呢？如果这种传说是不真实的，还有其他同样可怕的情况是事实。

有一件事是确定无疑的，那天晚上燃烧起的火焰，对克林格尔分队来说，意味着死亡就要临头。班瑞尔已经下决心要逃跑，反正不逃也得死！到现在为止，穆特普尔一直是他的知心人。身为犹太人，你只能死里求生。腹中饥饿，浑身冰冷，筋疲力尽，他一面祈祷，一面进入了梦乡。

事实上，这次试验不成功。

总工程师普鲁弗来自一家拥有国际专利的著名公司——爱尔福特的托夫父子公司，他目前正处于一种难堪的地位。炉子的回火现象把浓烟和燃烧着的尸体碎屑回吹出来，把这个鬼地方弄得一塌糊涂！只有司令官和布洛贝尔上校凑巧没沾上。党卫军军官、文职技术人员，甚至普鲁弗本人都被喷溅得满身恶臭。每个人都吸进去了这种恶心、油腻的烟雾。真是一团糟！

然而，普鲁弗问心无愧。他认为第一次进行试验，把木料、废油和尸体混合起来烧是正确的。在这种新型的超高温焚尸炉里，尸体将变成燃料以加速焚化的过程，这就是这些容量巨大的装置的关键所在。需要在现场操作的条件下进行一次认真的试验。至于回火现象，无论由何种缺陷引起，他一定会把它调整好。要经过试验才能暴露出问题，否则何必进行试验？布洛贝尔上校当时正好在场，真是糟糕透顶，不过并不是托夫父子公司请他来的。

司令官和布洛贝尔上校离开时，由于进到肺里的那种恶臭烟雾而咳嗽不停。司令官气得大发雷霆，该死的猪猡老百姓！交货日期已经晚了两个月。接着又是三次延期试验，最糟糕的是布洛贝尔上校不早不晚，偏偏在今天来到这里，看见了这个大洋相。嗐，那个爱尔福特来的兔崽子工程师！漂亮舒适的花呢大衣、英国皮鞋、浅顶呢帽，向司令官担保，试验的问题一定可以解决，看来需要把他在奥斯威辛集中营里关上几个月，让他领教领教敷衍塞责地对待战时工程是什么滋味。立即把他送到第十一监区去，猪猡！

布洛贝尔上校在一旁没吭声，但他那副皮笑肉不笑的尊容就让人够受的了。

他们坐司令官的汽车向火葬场附近开去，一大片地面上浓烟弥漫，火光冲天。他们朝上风头的田野上走去——哎呀，糟了，又是瞎胡闹，特别分队人员正在使用火焰喷射器。司令官已经下了严厉的命令：布洛贝尔在集中营期间，禁止使用火焰喷射器！这些早已腐烂的尸体，有些是从一九四〇年和一九四一年的老坑里挖出来的，烧来烧去就是烧不成灰，这是明摆着的事实。火堆熄灭之后，到处是一大堆一大堆烧焦了的残骸。但柏林的命令是：不留痕迹。不用火焰喷射器来收拾它，又有什么别的办法呢？但是，这样做就得耗费燃料，也就等于承认自己办事无能。难道非要让布洛贝尔知道奥斯威辛集中营无法解决燃烧问题不成吗？司令官曾三番五次地要求柏林派一些够格的军官来，他们根本不加理睬，派来的都是渣滓。他岂能事事亲自动手？

一片血红的火光，布洛贝尔望着那些火焰喷射器，满脸是眼空无物的神气。不错，他是一个行家。现在他已经看清楚了，那就让他把事情做绝了吧。让他去报告缪勒①，让他去报告希姆莱！更理想的，让他去提出改进的建议吧。司令官毕竟是血肉之躯，他要照管十五平方英里土地上的各种设施。庞大的军火工厂和橡胶工厂正开足马力，还有别的项目正在施工兴建。奶牛场和苗圃，新设的集中营分营和新工厂不断出现。越来越多的政治犯不断地往他身上压，一来就是好几千人。木材、水泥、管道、铁丝甚至铁钉，都是重要的稀缺物资。整个营区到处都有严重的卫生问题和纪律问题。最头痛的是，载运犹太人的火车源源不断地到达，人数一批比一批多，特殊处置的设备自然就负担过重了。情况当然是越来越糟！艾希曼这个大老粗根本不懂得计划，办事只会瞎抓瞎碰，不是无所事事，就是忙乱过头。整个任务中最见不得人的就是这份差事。这是非做不可的事，但是无利可图，除了他们遗留下来的行李之外。

责任之重犹如泰山！在这种条件下，谁又能规规矩矩地做工作？

幸好布洛贝尔是一个建筑师，一个知识分子，他可不是艾希曼那样的人。在他们坐车回别墅吃饭时，布洛贝尔颇有雅量地不提出批评，他感觉得到司令官心头的滋味。他们洗了澡，换上了衣服，在书房里一杯饮品在手，他就变得和蔼可亲了。司令官知道，布洛贝尔酷爱杯中物。波兰女佣进来屈膝致礼，请他们入席进餐，这时，他差不多已有半瓶黑格——黑格牌威士忌下了肚。好得很，就让他喝个醉吧。这里有的是酒，可供布洛贝尔享用，要多少有多少。犹太人放在手提箱里带来的东西实在惊人，连酒都带上了。吃饭的时候，上校告诉司令官的妻子，自从战争爆发以来，他还不曾像今天这样尝遍各种名酒。她听了，高兴得脸都红了。布洛贝尔对她做的烤小牛肉、汤和奶油巧克力蛋糕赞不绝口，下厨的功夫确实是她的拿手好戏。布洛贝尔也拿孩子们的功课和他们吃蛋糕的好胃口开点儿小玩笑。他的令人生畏的神态已经烟消云散。只要几杯酒下肚，他就变得和蔼可亲了！司令官对还没进行的、令人头痛的正式谈话也就更加放心了，可是就在这时候——

---

① 海因里希·缪勒，纳粹德国重要政治头目，曾任党卫军地区总队长。

呜！呜！呜！响起了警报。该死，有人逃跑啦！

甚至在这里，远在河边，奥斯威辛集中营的逃跑警报的尖厉呼啸声也震撼着窗子和墙壁，几乎掩盖了远处传来的嗒嗒的机枪声。真是不早不晚！布洛贝尔上校直挺挺地坐在扶手椅上，对司令官板起脸。司令官说了声失陪，立即飞奔上楼，拎起他的专用电话，七窍生烟。这顿晚饭是毁了。

假如这时有一架飞机在奥斯威辛集中营上空低空飞行——这种情况是不会发生的，因为这片位于波兰偏僻内地、方圆十五英里地面的上空，是严禁一切飞机甚至德国空军的飞机进入的——就会看到一片惊人的景象：雪花飘飘，探照灯照耀得如同白昼，比克瑙营地的大操场上，成千上万的男男女女排成队列，活像是一个军事行动场面，只有一点不像，那就是他们的服装，全是直条纹棉布的破烂囚服。

刺耳的警报声果真把这批囚犯吓得心惊肉跳，党卫军和狗腿子们棍棒齐下，骂声不绝，把他们驱赶出来。为了有人逃跑而集合点名的事情已经有好几个月没发生了，怎么现在突然又来了呢？

点名是每天都要经受的折磨。总有一天，会有各种书本把奥斯威辛集中营发生的更加骇人听闻的情况传扬出去：在妇女和儿童身上进行医学试验，成吨成吨地收集女人的头发和双胞胎的骨骼，德国秘密警察的凌辱虐杀，对奴隶劳工的随便杀戮取乐，当然还有秘而不宣地将几百万犹太人窒息杀死。所有这些都是事实，却是大多数服劳役的囚犯看不见的。点名并不比任何一种别的酷刑更好受些。不论早上还是晚上，也不论什么天气，他们列队站在那里，一动也不能动，一站就是几个小时。干最艰苦的重活儿也比点名好受一点儿，因为干起活儿来至少还可以暖和一点儿，思想也不那么紧张。点名的时候便会觉得饥饿难熬，大小便急得比死还难受，骨头都冷得发痛，时间好像凝固了。那些干瘪人往往就在点名的时候倒在地上。寒风刺骨的早上，每一次点名结束的时候，总是横尸遍地，运尸车来收拾掉尸体。如果一阵乱棒又把他们打活的话，难友们便把他们抬回营房，或者把他们拖了一起去上工。

但是，奥斯威辛集中营有大量的突击任务正在进行，用点名的方式残杀是不合算的。因此，还是在斑疹伤寒流行期间，当局就做出决定，取消发生逃跑事件时的这种额外点名。

那么，现在又是怎么回事呢？

事情的原委是这样的。司令官打电话给他的副手，警告他，如果不把逃跑的猪猡立刻抓回来，党卫军里玩忽职守的人就要立刻被判处死刑。准得有人送命！要有人头落地！犯人嘛，叫他们滚出来！叫他们立正，站到天亮，臭王八蛋！然后赶他们去干活儿。

室外的气温是零下十摄氏度，司令官心里明白，他是在搬起石头砸自己的脚，因为他下了这道命令，就要让一大批摇摇欲坠的劳动力呜呼哀哉。顾不得那么多了！第一〇〇五特别分队的保罗·布洛贝尔在他这儿做客，现在不拿出一点儿颜色，更待何时。奥斯威辛集中营不能坍台！点名就是表示他办事可不含糊。只要党卫军感到害怕，事情立刻就会见效，他们会把那个臭王八蛋抓回来的。

从奥斯威辛集中营逃跑是可能的吗？

是的。跟其他的集中营比起来，奥斯威辛集中营要算一个筛子。

奥斯威辛集中营，这座制造死亡恐怖的严密堡垒，总有一天要在世界上赢得令人谈虎色变的名声。实际上，这里是一片稀稀拉拉、杂乱无章的工业区，不断地向外扩展，永远混乱不堪。它的史册上将会记载下大约七百次逃亡事件，其中有三分之一是成功的。如把不见于记录的也算进去，则总数也许可以增加一倍。这笔账是谁都算不清的。

像奥斯威辛这样的集中营，在德国的集中营中没有第二个。

纳粹早期的德国集中营，只是对政治上的反对派进行隔离和实行恐怖手段的肮脏地方。但是在战争时期，这类集中营的规模扩大了，数量成百地增加，遍布全欧洲，塞满了外国人，它们都成了德国人管理下的工厂里给奴隶住的牲口圈。在如此恶劣的条件下，囚徒们无疑是要大批死亡的。党卫军只在六个集中营里——都在波兰的偏僻农村地区——精心安排了以卫生消毒为名的欺骗手段，把一批批犹太人在他们到达的时候全部杀光。

这六个地方的德国名字分别为：切尔诺、贝尔赛克、索比堡、特雷布林卡、马伊达内克，还有奥斯威辛。

在这些集中营中，奥斯威辛集中营可谓独树一帜。这不仅因为它使用了一种氰化物杀虫气体，而其余五个集中营则用卡车发动机排出的废气，这点区别并不重要。主要的区别在于，屠杀是其他集中营的唯一目的，尽管有时犹太人大量拥来时，也偶尔作为奴隶使用一下。因此，想从这几个集中营里逃跑是非常困难的。

奥斯威辛集中营自成一体：它既是用窒息方法致死的最大中心，也是对尸体进行掠夺的最大中心，同时又是德国在欧洲占领区使用奴隶劳动力办工厂的最大中心。它庞大无比，因此松弛散漫。它太庞大、太复杂，又是仓促上马的，因此无法进行严格控制。掠夺犹太人也产生了令人不安的后果，财物实在太多了。犹太人大部分都很穷，每人只带来两只手提箱，但人数众多，掠夺物也就积少成多。单是假牙上的黄金就聚沙成塔，价值千百万德国马克。党卫军的训练和士气因此一蹶不振，妇女劳动营里的那些在淫威下屈服的犹太女人的诱惑力倒还在其次。尽管惩罚严厉得无以复加，小金锭仍从熔炼车间里不翼而飞，在奥斯威辛集中营里流通，成为一种进行危险交易的、奇特的秘密货币。

事实上，司令官缺少支撑这个局面的人力，他向上级诉苦是有道理的。斯大林格勒战役正在进行，军队需要的兵员越来越多，希姆莱也在组织党卫军的战斗师。经过这样的搜罗，剩下来的德国人是些什么货色呢？不外乎是些愚蠢的、无能的、年老的、残废的、犯罪的——说句老实话，都是些垃圾。即便是这样的人也还不够充数，因此必须扩大招收狗腿子的范围，把外国囚犯也招收进来。

问题就出在这里。狗腿子中当然有许多人向党卫军献媚拍马，为了保全自己而要别的囚犯惨受非刑。奥斯威辛集中营是一台作践人性的机器。非德国籍的狗腿子中有非常多的人是软心肠的，所以才有抵抗运动的存在，所以有许多人逃跑。波兰人、捷克人、犹太人、塞尔维亚人、乌克兰人，都是一样的，都不是真正靠得住的。他们甚至使一些头脑糊涂的德国人发善心。

是的，从奥斯威辛集中营逃出来的人为数不少。

司令官一次又一次听到希姆莱说起他们，这对他的前程是一个威胁，他至少要把这个逃犯抓回来，好给布洛贝尔上校留下一个好印象。这个第一〇〇五特别分队的指挥官是深得希姆莱赏识的。

一个小时过去了。

一个半小时。

两个小时。

在书房里，布洛贝尔上校正说得起劲，司令官却熬不住了，一次又一次地看他那只新近到手的古董时钟。也许还不如说布洛贝尔上校是在咕哝个不停，因为他喝掉的白兰地也够吓人的。如果换一个时间和场合，司令官对倾听这样一个身居高位而深知内幕的人讲这样一些酒后的私房话，是会觉得轻松愉快的，但此刻他如坐针毡。他确实没心思聆听他的谈话，也尝不出库瓦西耶二十年干邑的醇香。他已经有口无心地向上校保证，他的警卫部队"马上就会抓到这个流氓"。说这句话可不是开玩笑！现在他是把自己的脑袋放在铡刀上了。

在外面的大操场上，只能用很粗陋的办法来计算时间的推移，例如肩膀上积雪的厚度，或者挨冻的肢体、鼻子和耳朵麻木感的扩散程度，或者倒在地上的囚犯的数目。不如此，又用什么办法可以说出个时辰来呢？运动可以计时，但这里没有运动，除了担任警卫的狗腿子来回走动的脚步声——他的皮靴在雪地里发出咯吱咯吱的声音——什么声音也没有，头顶上空也没有星星移动。轻如鹅毛的雪花漫天飘落，洁白明亮，落在穿着条纹衣服、伫立不动、瑟瑟发抖的囚犯行列中。班瑞尔·杰斯特罗感觉不到膝盖以下还有两条腿，凭这一点，他猜想应该有两个小时过去了。早晨点名的时候，克林格尔又该不高兴了。班瑞尔知道已经有十三个人倒在了地上。

新来的那个卢布林人站在杰斯特罗和穆特普尔中间，突然不顾自己和别人的死活，大声喊了起来："还有个完没有？"

在死一般的寂静中，倒抽一口冷气也像是一声呼叫，像是一声枪响。这时，看守长从身旁走了过来！班瑞尔虽然看不见他，但听到了背后的皮靴声，他熟悉这种脚步声，他闻到了抽烟斗的味道。他等着，就要听到木棍打在这个笨蛋的薄棉帽子上了。但这个狗腿子继续向前走去，碰都没碰他一下。真是一个德国蠢货！照理讲，他应该用木棍敲这家伙一下，但他情愿不去碰他。这次点名的一个收获是党卫军的奸细暴露出来了。

是党卫军的奸细也好，不是奸细也好，这个家伙并不是装蒜。不多会儿，他就扑通一声跪倒在地上，翻滚一下，侧身躺在地上，直翻白眼，目光呆滞。他本来保养得很好，又是刚进集中营，应该更经得起折腾。集中营或者使你衰弱，或者使你坚强。就算抵抗运动不曾把那家伙干掉，最后他也要变成一个干瘪人送掉狗命。

布洛贝尔现在已经说够了，倒在椅子上，舌头已经不听使唤，歪拿着杯子，白兰地也洒了出来。他的意见和他的自吹自擂都已成了狂呓。司令官却心存疑虑，别看布洛贝尔喝醉了，实际上是在精明地跟他玩猫捉老鼠。对此次来奥斯威辛集中营的使命，他至今只字未提。这次逃跑事件，如果不马上逮住人犯的话，会让他抓到一个大把柄。

布洛贝尔自称，关于处置犹太人的整个计划，都是他的主意。一九四一年，他在乌克兰领导一支特别行动队的时候，摸准了党卫军原来的计划问题出在哪里。他在请病假到柏林之后，向希姆莱、海德里希和艾希曼呈递了一份绝密备忘录，备忘录一共只有三份——关系太重大了，连他自己都不敢保留一份。因此，他无法证明目前的这套办法是他想出来的。不过希姆莱是知道的，所以布洛贝尔现在能够领导第一〇〇五特别分队——党卫军中最艰巨的一项任务。的确，德国的荣誉已经落在保罗·布洛贝尔的肩上。他认识到自己肩负的重任，他希望更多的人认识到这一点。

据布洛贝尔说，他在乌克兰看到的情况糟糕极了。当时，他只不过是一个奉命行事的小卒，他被派往基辅，他们命令他到那里去完成一项具体任务。任务完成得很顺利。他在城外找到了一条深沟，把犹太人成批地集中起来，赶到这条叫作巴比亚尔还是什么的深沟旁边，每次一两千人。每次都要花上几天工夫。基辅有六十多万犹太人，在此之前，这样大规模的任务还不曾有人干过。只要不是他亲自动手，什么事情都会被弄得一塌糊涂。部队未能阻拦住向巴比亚尔拥来的老百姓，而看热闹的人中，有一半是德国士兵。真丢人！人们观看执行死刑就好像在看一场足球比赛！哄笑的、吃冰激凌的，甚至还有拍照的！拍摄从背后射击跪着的妇女和儿童，一个个滚进深沟！这种情况严重损害了步枪行刑队的士气，他们不喜欢被摄入这样的镜头。他不得不下令暂停，跟陆军部队大闹了一场，把这个地方警戒起来。

而且，犹太人都是穿着衣服被枪决的，然后就那么用推土机把他们掩埋掉，谁知道他们身上藏了多少钱财和珠宝。简直是白痴！至于犹太人在基辅的那些空房子，乌克兰人都大摇大摆地走进去，看到什么就拿什么，因为大家都知道这些犹太人到什么地方去了，而帝国什么也没捞到。

布洛贝尔当时就看出来了，如果不加以妥善处理的话，德国将损失价值几十亿美元的犹太人财产。他的备忘录为此订出了完美周到的计划，希姆莱一见大喜。结果是奥斯威辛集中营和完全修正过的处置犹太人的办法。

虽然布洛贝尔讲的话纯属吹牛，但司令官并不想和他争辩。也许关于乌克兰是没什么好说的，早在德国军队逼近基辅之前，他就同希姆莱会面谈起过处置犹太人的问题，后来又同艾希曼谈起过。早在一九三八年，艾希曼在维也纳犹太移民局使用的一套办法，就是奥斯威辛集中营采用的经济手段的模型。司令官听说过维也纳的一套办法，犹太人从大楼的一个门口进去的时候，还是腰缠万贯、趾高气扬的资本家，然后经过一间间办公室，签署一份又一份证件，等到从大楼的另一头出来的时候，一个个手中拿着护照，身上已被搜刮一空，变成了穷光蛋。至于对犹太人进行特别处置，然后由官方统一收集他们的财产的赖因哈特行动，一向是归格洛博克尼克[1]掌管的。因此，布洛贝尔竟要宣称——

丁零零！丁零零！

---

[1] 德国集中营头目，曾指挥卢布林党卫队和警察。

这是司令官有生以来听到的最美妙的声音！他立刻站了起来。别墅里深更半夜响起电话铃声，绝对不会是为了报告失败的消息。

大雪纷飞，鼓声也像被捂住了一样，因此一直等到它敲到隔壁营房的队列时，班瑞尔方才听到。逃犯被抓住了，现在正被押着走过比克瑙营房的队列！如果他非被抓住不可——愿上帝怜悯他——那就早一点儿抓住他吧。几个月以来，班瑞尔还是第一次担心自己的两条腿会支撑不住。听到鼓声给他增添了力量。两个党卫军人员正在把一个行刑架搬到操场上，很快就要结束了。

那个家伙过来了，走在他前面的是三个军官，跟在他后面的也是三个军官，中间留下充足的空间让他独自表演。有一个人用削尖的木棒不停地戳他，使他不停地一面敲鼓，一面跳跃。这个可怜的家伙简直没法儿两脚落地，但他还是在继续向前走，敲着鼓，不停地跳跃着走过来。

他身上的那套小丑服装因为穿得过久而陈旧不堪，鲜黄的颜色，臀部和腿部都沾满了血污。这景象仍然极为滑稽可笑。他脖子上挂着那块常见的牌子，上面用德文写着又粗又大的黑体字："好哇，我回来啦。"他是什么人呢？脸上涂抹得乱七八糟，嘴涂成了红色，眉毛画得又粗又长，实在认不出来。当他有气无力地猛敲着鼓，从他们面前走过的时候，班瑞尔听见穆特普尔喘了一口气。

拷打的时间并不长，但当他们把他的屁股脱光的时候，那部位已经血肉模糊了。他又挨了十下打，他们不准备使他过分衰竭。德国秘密警察的审讯高于一切，他们得让他继续像个活人的样子，以便用刑逼供。他们甚至还要给他吃点儿东西，使他恢复元气。当然，他们最终还是要在点名的时候把他绞死，不过到那时，他也已经被折磨得差不多了。逃跑真不是一件好玩儿的事。话说回来，如果你不逃跑就得化为青烟升上烟囱的话，那么你找另一条道路离开奥斯威辛也就不用担心会折本了。

冻得死去活来的行列解散了。党卫军和狗腿子驱赶着难以举步的囚犯回营房去，咒骂着，用木棍打着，用皮鞭抽着。有些人跟跟跄跄地跌倒了。他们站着不动的时候，是两条僵硬的腿支撑着他们，冻僵了的关节一弯曲，马上就倒下去！班瑞尔听说过这种情况。他从拉姆斯多夫来的时候，路上就体验到了这种情况。他的两条冻得麻木了的冰冷的腿走起来，就好像两根铁棍子，要靠臀部的肌肉直挺挺地挪动它们。

木房子里的气温必定是在零度上下，但至少里边不下雪，算得上一个温暖的栖身之处。事实上，那里就是家。熄灯之后，穆特普尔戳了戳班瑞尔，班瑞尔翻身靠近他，把耳朵贴在工头儿的嘴边，感到他呼出来的温暖气息，声音模糊微弱："计划取消。"

班瑞尔换了个位置，把嘴凑到了穆特普尔耳边："那人是谁？"

"就别问了，一切取消。"

司令官挂上电话的时候，浑身轻松，满心喜悦，哈哈大笑。他告诉布洛贝尔，是警犬跟踪发现了他。这个该死的废物藏在一辆从犯人厕所往外运粪便的大粪车里，企图逃走。他没能走远，全身是粪，三个人用水管子把他冲干净。就是这么逮住他的！

布洛贝尔拍了拍他的肩膀，颇有见地地说，逃跑未遂对整顿纪律来说倒不是一件坏事。给这些狗杂种来一个杀一儆百。司令官心想，现在正是难得的心理时机，于是他把布洛贝尔请到了楼上他的办公密室。他先把房门锁上，然后把壁橱的门锁打开，将宝物拿了出来，郑重地在桌子上摊开。布洛贝尔上校惺忪蒙眬的两眼顿时睁大了，闪出了又妒忌又羡慕的光芒。

这包东西都是女人的内衣：巧夺天工的珍品，工艺精致的织物，玲珑剔透，看上去如同一丝不挂，男人一见就会情欲冲动。有紧身短裤、胸罩、衬衣、衬裙、吊袜带，都是薄如蝉翼、色似敷粉的丝织品，洗烫得平整光洁，电影明星马上可以套上身去！举世无双的佳品！司令官解释说，他派了一个人在脱衣室里专门收集这类最精致的东西。有些犹太女人简直使人灵魂出窍。哦，我的天哪，剥下的这些贴身玩意儿有多可爱！

保罗·布洛贝尔上校两手抄满了短裤和紧身裤，将它们像紧贴女人的臀部那样紧贴在自己下身。他朝司令官咧开嘴笑着，乐极忘形地哼了起来——啊啊啊啊啊啊啊！司令官说，这包东西是送给布洛贝尔上校的一点儿礼物。这种东西有的是，数以吨计，但这些都是优中择优的精品。党卫军将把一包精心挑选出来的好货送到上校的飞机上去，还有一些够味的苏格兰威士忌酒和白兰地，以及几盒雪茄烟。

布洛贝尔同他握了握手，轻轻地拥抱了他一下，立刻变了一副面孔。他们坐下来，谈公事。

首先他向司令官大谈焚化场胜过火葬场的优点。他是了如指掌、胸有成竹的。他对如何改进火葬场的性能提供了一些技术上的诀窍，真是大有帮助。然后他谈到了正题，他认为奥斯威辛集中营给他送去的不是工人，而是垃圾。第一〇〇五特别分队的任务是非常艰巨的。他得到的这些人连三个星期都支撑不住，而三个星期的时间只能教会他们技术。他已经懒得向柏林不断诉苦了。他懂得，要想干出点儿名堂来——就像司令官一直讲的那样——就要亲自动手。所以，他现在亲临奥斯威辛来解决这个问题，这种局面必须扭转。

语气是友好的。司令官答应尽力照办，他自己的处境也有难言之苦，因为希姆莱还没打定主意，奥斯威辛集中营到底要起什么作用。他是想消灭犹太人呢，还是想让他们干活儿？有时这个星期艾希曼把司令官臭骂一顿，嫌他送到劳动营去的犹太人太多了，为什么不把他们特别处理掉？而下个星期，或者就在第二天，经济处的波尔又向他抱怨，指责他送到工厂去的犹太人太少。他刚收到一份指示，有四页纸，规定生病的犹太人到达以后，只要还有能劳动六个月的潜力，就让他们养好身体，然后让他们去干活儿。凡是对奥斯威辛集中营的情况有所了解的人都知道这完全是废话，纯属官僚主义的屁话！但这是指示，必须执行。他要为十几个工厂提供劳动力，而劳动力永远是不足的。

布洛贝尔根本不理他这一套，第一〇〇五特别分队的需要高于一切。司令官要不要请示一下希姆莱呢？布洛贝尔——现在的口吻已不那么友好了——只有在得到保证，立即给他运去四百个或五百个体格健全的犹太人劳动力之后，才肯离开奥斯威辛集中营。体格健全，就是在被消灭之前能进行三个月或四个月的重体力劳动。

司令官是一个只要略施压力就有办法的人。干这一行，他只能如此。有一条妙计。他向上校表示，上校已见到过二号焚化场的特别分队干活儿的情况，这是一支相当出色的劳动队，吃得好，身体棒，集中营里没有比这更好的料了。工程一结束，就要把他们全部消灭掉。焚尸炉下星期生火。这么办行不行？第一〇〇五特别分队可以把二号焚化场特别分队接收过去。满意了吗？

布洛贝尔对此十分满意。两位军官握手言欢，接着又开了一瓶白兰地。

他们在凌晨三时方才跌跌撞撞上床睡觉，在这以前他们得出了结论，一致认为他们从事的事业虽不光彩，但无上光荣，因为党卫军是国家的灵魂；前线的士兵的任务没有他们那样艰巨；只有绝对服从元首，德国才得救；犹太人是祖国永恒的敌人，要彻底清除他们，这次战争是一个千载难逢的机会，只是屠杀妇女和儿童看来未免有点儿残忍；干这一行虽然肮脏卑鄙透顶，但无奈欧洲的文明和文化的前途危在旦夕。关于这些使他们烦恼的问题，他们很少这样开诚布公地谈过，但使他们相当惊奇的是，他们发现在精神上是亲如家人的。他们相互搭着肩膀，摇摇晃晃地往卧室走去，最后几乎以爱抚的口气相互道了晚安。

一个星期之后，几辆卡车把焚化场建筑特别分队运到克拉科夫。在这支劳动队离开奥斯威辛之前，就已经有人从劳动处传来消息，介绍了第一〇〇五特别分队的情况。这种转移只不过是推迟死刑的执行。不过，从第一〇〇五特别分队逃走比较容易已经出了名。在克拉科夫，他们乘火车北上。穆特普尔和杰斯特罗偷偷携带着内容完全相同的照相底片，那是在他们临行前经过搜身、剥光衣服、另外换上衣服之后，有人悄悄塞给他们的。他们两人把在波兰和捷克斯洛伐克的抵抗组织的名称、地址以及要把底片送到布拉格的地址，都一一记在心里。

第四十七章

全球滑铁卢三：隆美尔

（摘自阿尔明·冯·隆的《世界大屠杀》）

命运的转折点

温斯顿·丘吉尔在他的回忆录中，把阿拉曼战役称为"命运的转折点"。事实上，这是一场饶有趣味的遭遇战的典范，是第一次世界大战的战术在沙漠地带的重演。阿拉曼战役和"火炬行动"在政治上的双重冲击，无疑是十分严重的。正是美国在北非西端小心翼翼地染指欧洲大战的当口儿，传奇式的"沙漠之狐"在东端被赶出了埃及，举世震惊。盟国士气大振，德国士气低落，意大利士气则一蹶不振。

北非战场尽管战线异常漫长，战斗进行得有声有色，但它毕竟是一个次要的战场。地中海战略是打赢这次战争的最后机会，希特勒一旦放弃，这条战线上的战役就一降而为一场代价高昂而结局悲惨的小战役；而且当他为时过晚地把大量兵力投入突尼斯时，它就变成了一次军事上的大出血。丘吉尔本性不改，用了二十来页篇幅去写阿拉曼战役，而对斯大林格勒战役和瓜达尔卡纳尔战役的叙述，加起来只有七页左右。历史眼光的短浅，算得上登峰造极了。

丘吉尔的最大失策

首先，丘吉尔对他的军队司令员的愚蠢干涉造成了北非战场的这种形势，当然他对此只字未提。

英国人在敦刻尔克的危局中抛弃盟国而逃之夭夭。法国已经站不住脚，于是墨索里尼便在一九四〇年把意大利投入战争。这位意大利独裁者满以为可以不费吹灰之力捞取两个已经入土的帝国留下的战利品，所以他从利比亚这块辽阔而干旱的土地上向埃及发动了侵袭。这种情景犹如一只鬣狗把一头受伤的狮子误认为死狮子而过早地去咬它。英国的空军和海军几乎完好无损，他们的中东军团也是这样。他们不仅从陆地和空中反攻，迫使意大利人向西逃窜，而且向南方派出少量兵力，一举拿下索马里和埃塞俄比亚，从而在红海和东非海岸全线为英国海上运输清除了障碍。

当时，在地中海沿岸，意大利人被打得溃不成军。英国的装甲纵队在哪里出现，哪里的意大利人就纷纷不战而降，尽管他们在人数上大大超过敌人。眼看英国就要赢得北非的战争，直抵中立的法属突尼斯了。也就是说，他们掌握了地中海的制海权和制空权，这将给我们带来极其严重的后果。

虽然希特勒当时一心筹划入侵俄国，但这一连串事件还是促使他向西西里岛派遣了一支空军飞行大队，向的黎波里派出了一支规模不大的装甲部队，以加强面临崩溃的意大利部队。永垂不朽的隆美尔就是这样出场的。一九四一年二月，他在的黎波里登陆的时候，正值意大利部队濒临土崩瓦解，当时他只是一位名不见经传、资历较浅的装甲兵将军。单凭他一万人的非洲军团是很难阻挡迅速逼近的英国军队的，但丘吉尔在整个战争过程中的一次最愚蠢的行动，为隆美尔提供了具有历史意义的大好机会。

当时，无勇无谋的墨索里尼在希腊陷入困境，而希特勒想先和巴尔干国家改善关系，以便进攻俄国。表面看来，我们可以入侵希腊去稳定那里的局势。正是由于丘吉尔做出了这种判断，他才命令取得节节胜利的非洲部队停止前进，强行抽调出四个战斗力最强的师，把他们运往希腊！他的巴尔干狂的老毛病又犯了，第一次世界大战时，他就曾为此在加利波利出丑。

在两次世界大战中，丘吉尔都被一种怪诞的念头附了身，使他认为巴尔干半岛上早先的奥斯曼帝国遗留下来的一片颓垣断壁上像七巧板一样拼在一起的那许多小国家，那许多说五花八门的语言、叽里呱啦的人，会听人笼络而联合起来，"奋起反对德国"。这次，他的这种愚蠢行动使英国又经历了一次小小的敦刻尔克撤军，在希腊和克里特岛惨遭失败，而且丧失了保全北非的机会。这四个师败回利比亚的时候，他们的装备已破烂不堪，锐气已消磨殆尽，但隆美尔已站稳脚跟，而沙漠战役仍在继续。要进行两年的激烈战斗，整个英美强大的部队联合发起进攻，才能弥补由于丘吉尔的愚蠢举止所造成的损失，才能夺回英国本来已经到手而被它丢掉的战果。

英译者按：世上没有不犯错误的伟大人物。丘吉尔将部队从北非调往希腊是时机上的失算，但他在其大言不惭、妙笔生花的六卷本《第二次世界大战回忆录》这部历史著作中对此没有认账。人们若想对当时发生的情况有一个更加清晰的理解，就必须阅读其他人的一些著作，包括像隆这样的著作。

沙漠之战

北非的沙漠战役是相距一千四百英里的利比亚的黎波里港和埃及亚历山大港这两个海港基地之间的拉锯战，长达一年半之久。它像是一场轮番进行追逐的游戏，开始是非洲军团，继而是英国部队，都为了发动进攻而拉长了供应线，都是因补给不足而又各自撤回基地。隆美尔写道：“沙漠战役之胜负，在交火之前就由军需部队决定了。”可见后勤供应在这次战役中所起的关键作用。

暴露南方侧翼在埃尔温·隆美尔出色的沙漠战术中占有主导地位。北面是地中海，南面是一片广袤无垠的沙漠地带，面对这一望无际的暴露侧翼，传统的陆战法则也就无用武之地了。隆美尔就是以这种侧翼运动取得了一个又一个胜利，因为他不断变换花招儿，弄得他呆头呆脑的敌人眼花缭乱，晕头转向。

然而，一支沙漠军队的活动范围犹如一支舰队，取决于它所能携带的燃料、食物和水的数量，以及返回基地时所需的相等数量的储备。隆美尔一往直前，势如破竹，有点儿忽略了这种限制。所幸的是，他的参谋人员没有忘记这一点。而阿道夫·希特勒对此是永远无法理解的，他的头脑仍旧是第一次世界大战时期的一个步兵的头脑。在欧洲，物资充沛的供应线被认为是理所当然的，我们的军队可以靠被占领的富饶国家——像法国和乌克兰——取得给养。对装甲纵队在寸草不生的茫茫沙漠地带行进的情景，希特勒是想象不出的。尽管他在统帅部经常观看新闻纪录影片，但这些影片的内容在他僵化的头脑中是不会留下任何痕迹的。

关于隆美尔飞到东普鲁士的元首大本营去要求增运补给的情况，其中有两次我在场，有一次戈林也在那儿。这两个政客的那种爱理不理、稀里糊涂的眼神，一定使隆美尔感到恶心。希特勒两次的反应都一模一样，都是拿这位驰骋疆场的大将军不着边际地打趣奚落一番，说他是一个“悲观主义者”，满口应允改善补给，还表现出满腔热情，相信隆美尔“无论发生什么情况都能应付得了”，然后再发给他一枚勋章。

戈林仅插过一次话，那就是在隆美尔说到英国人正在使用美国新式的“战斧式”战斗轰炸机的威力时。当触及他的德国空军痛处时，他便干笑一声，说：“胡扯，美国人只会造电冰箱和刀片。"

隆美尔马上反驳说:"元帅,非洲军团欢迎给我们一大批这样的刀片。"

但是,隆美尔对这两个大头目大胆直言毫无结果。为了保全墨索里尼的面子,非洲战场仍由意大利指挥,而意大利人却没履行墨索里尼许下的诺言,迅速提供更多的补给。

图卜鲁格:有毒的胜利果实

一九四二年六月,隆美尔直捣图卜鲁格,这对我们来说意味着高潮。这一高潮到来之际,适逢曼施泰因夺取了塞瓦斯托波尔,我们潜艇击沉的敌方船舰数量直线上升的时候,因此攻克图卜鲁格震惊了世界。英国人节节败退,一直退到埃及的阿拉曼一线,距亚历山大港仅八十英里。图卜鲁格的战利品极为丰富——石油、食品、坦克、枪炮、弹药,其数量之多只有敌人才可能有,我们却从未有过。精疲力竭、弹尽粮绝的非洲军团像一头饿瘪了的狮子,抓到一只瞪羚吞食了,便又恢复元气,威风大振。隆美尔请求授权他乘胜夺取决定性胜利,希特勒为他开了绿灯。向苏伊士前进,甚至向波斯湾前进!

在那些日子里,地图室里充满了兴奋和陶醉的气氛。我清晰地记得,面色苍白、脸上浮肿的元首直挺挺的两臂撑在北非地图桌上——他的一个得意的姿势——戴着那副公众从未见到过的老花眼镜,伸出一只又短又粗的白皙的手,微微颤抖着从图卜鲁格迅速越过苏伊士、巴勒斯坦和伊拉克,直指幼发拉底河河口。不幸的是,元首打仗惯常都是用挥挥手臂来横扫三军的,他对后勤事务感到厌烦。他或者是对那些纠缠不清的补给方面的具体问题置之不理,或者是大喊大叫,恫吓那些用这类琐碎事务逼得他太紧的将军。有时他的令人生畏的意志力会起到奇迹般的效果,所以他已习惯于提出无法实现的要求。

这次,他确实是要隆美尔去做一件不可能办到的事,因为他以图卜鲁格的陷落为借口,取消了奇取马耳他的"海格立斯行动"计划。马耳他这个海岛基地虽小,却是一座坚固的堡垒,正好横拦在隆美尔的供应线上,离西西里岛一百英里。墨索里尼一心想占领这一岛屿,但希特勒集中精力于东线,对此支支吾吾不置可否已达一年之久,到如今他居然撒手不管了。这是一个严重的错误。马耳他的阻拦作用是巨大的,每沉没一辆坦克、一艘军火船,都削弱了隆美尔的力量。希特勒确信,德国空军的轰炸可以使马耳他无力动弹。但是,英国人把简易机场修补好,飞来了更多的飞机,在护航舰队的掩护下,悄悄地开进来更多的潜艇,并使驻军得到供应。

图卜鲁格一仗使希特勒和墨索里尼深信，隆美尔有超人的本领，他凭赤手空拳就能战无不胜、攻无不克，他对供应方面的抱怨只不过是一个头牌女角儿的任性发火。为他提供补给的压力也就放松了。随着隆美尔向阿拉曼推进，以及八月下旬发动的一次功败垂成的进攻，图卜鲁格的掠获逐渐告罄，补给仍然不见到来。他的显赫名声使他陷入了绝境。

英国聚集力量

图卜鲁格失守对英国方面产生的效果恰好相反。

丘吉尔当时在华盛顿，罗斯福问他需要什么帮助。向来不知害臊的丘吉尔张口就要三百辆谢尔曼式坦克，这种坦克是美国军队中最新式的武器。罗斯福不顾军方的反对应允了这一要求，而且额外又加了一百辆格兰特式坦克、许多新式的反坦克炮以及其他物资。一支十万火急的大型护航运输队立即启航，取道好望角驶往埃及。护航运输队于九月份卸船，单是这支运输队运载的军火和补给品就超过非洲军团拥有的用于阿拉曼战役的全部物资。当时，英国也从地中海大力重新装备蒙哥马利。而且，波斯的炼油厂以及驻扎在巴勒斯坦的后备力量随时都可以动用。

事实上，这已不成为一场较量了。隆美尔为此大受指责，说他本该及早从阿拉曼撤兵，避免这场硬仗，因为英国集结的力量越来越惊人了。

英译者按： 隆在这里列了一张表，显示出在阿拉曼战役中，英国在坦克、飞机和军队的数量上所占的优势是五比一以上。虽然英国方面的记载中所列的数字未必可靠，但双方实力对比的一面的确是事实。

但隆美尔是走不掉的。他的后勤供应情况是那么糟糕，最高统帅部对他见死不救，而马耳他阻拦所造成的损失又是那么大，事实上，非洲军团连跨越利比亚所需要的汽油都没有。隆美尔只能按兵不动准备战斗，耗尽他所有的汽油决一死战。过了阿拉曼就是亚历山大港，那是一个比图卜鲁格富足得多的补给基地，再过去就是苏伊士，它仍远远地在向他招手。他多次挫败英国人，他对他们的能耐心中有数。再打一仗，再取得一次胜利，事情仍然是大有可为的！

阿拉曼是英国人经过长期经营的固守阵地，工事坚固，地雷密布。四十英里长的战线从海岸延伸到盖塔拉洼地，那里的悬崖峭壁下面是一大片盐碱沼泽地和流沙，低于海面两百英尺。这种地形，对英军统帅部里第一次世界大战时期的思想状态来说，正是理想的阵地，而隆美尔的沙漠战术在此无用武之地。

隆美尔在整个前沿一带进行了大规模布雷，纵深达九英里，这些地雷主要是从英军那里缴获的。他在高地上加固工事，节省燃料和军火。他为了得到更多的补给而恳切请求，据理力争，甚至大发雷霆，等着敌人来进攻。但是，他的对手伯纳德·蒙哥马利并不着急。蒙哥马利一开口便慷慨激昂，声色俱厉，在制订计划、指挥作战时却极端小心谨慎。艾森豪威尔曾称他为优秀的"按部就班的指挥官"。蒙哥马利要把这次对隆美尔的按部就班的作战准备得万无一失。

埃尔温·隆美尔患了病，身体支撑不住了，他请病假飞回德国。战斗打响的时候，他仍旧住在医院里，而英、美的无敌大舰队已经在大海上乘风破浪，向法属北非进发了。

阿拉曼战火冲天

十月的月望之夜，蒙哥马利发起攻击。一千门大炮密集开火，炮弹像凡尔登之战的排炮一样倾泻而下；接着，步兵一阵一阵地穿越布雷地带，夺取前沿阵地；地雷工兵沿着纵向狭窄布雷地带一码一码地清除地雷，坦克紧跟在他们后面慢慢移动。这场战争具有桑德赫斯特军校战地演习的那种正统性：一场兵力密集、没有想象力、咬住不放的作战。蒙哥马利占有兵力、炮弹和钢铁上的优势，他不想用巧计取胜。我们的部队和几个优秀的意大利师隐蔽在全线深固的战壕里，顽强抗击。到天亮时，进攻在布雷地带被阻止了下来，并受到了猛烈的反坦克炮火的围攻。

希特勒命令"沙漠之狐"出院，飞回阿拉曼继续指挥作战。这种双方力量悬殊的战斗激烈地进行了一星期。就像第一次世界大战时那样不把人命和物力放在心上，蒙哥马利投入了大量的士兵和坦克，还是未能突破防线。隆美尔出色地进行了反击，他把日益减少、所剩不多的几辆坦克分散到各处出击。实际上，每次反击之前，他都要计算一下炮弹的数量，数一下汽油的罐数。

丘吉尔在伦敦焦急地等待突破的消息。他想下令让全英国的教堂都响起胜利的钟声，这次战争中的第一次胜利的钟声。同样，墨索里尼也在七月里飞到了利比亚——连同他的随从、白马以及全副行头——以便举行盛大的入城仪式，进入亚历山大港。但日子一天天过去，响起胜利钟声的时间不得不推迟。无情的事实是，非洲军团已经把蒙哥马利的攻势顶住了。在亚历山大港和伦敦，人们都越来越担心，也许不得不撤出战斗，出现一种沙漠上的僵持局面，就像一九一六年的西部战线那样。

但隆美尔的消耗太大，他的坦克部队损失殆尽，他的炮弹几乎全部用光了。他得不到任何空军支持，而英国皇家空军可以任意对他狂轰滥炸。没有坦克来消耗他的汽油了，现在他可以用剩下来的汽油开动卡车，将部队运回利比亚。他决定这样做，但他犯了一个严重错误：打电报给希特勒，要求准许他撤退。当然，他立刻就得到了回音：不惜一切代价坚守阵地，决不后退一步，我们的军队一定要给德国的历史写下新的、光荣的一页，等等。

这封电报使忠心耿耿的隆美尔的撤退时间整整推迟了四十八小时，并且迫使他放弃他的一个意大利步兵师，以保全非洲军团。要是在两天之前，他是可以把所有部队都撤出来的，但现在他只得分个轻重缓急，首先要保存他的打击力量。蒙哥马利在追击中行动缓慢，"沙漠之狐"顺利地撤退到了利比亚和突尼斯。

大吹大擂的所谓"命运的转折点"的阿拉曼战役的真相就是这样。

到了一九四二年十月，非洲军团由于国内当局的失职罪行而得不到补给，几乎到了彻底垮台的地步。蒙哥马利经过一番空前的声威逼人的准备，把第八集团军这把手枪对准疲惫不堪的隆美尔的太阳穴，扣动扳机——没有打中。"沙漠之狐"纵身一跳，逃走了。这就是当时发生的主要情况。

英、美军队登陆之后，事实充分证明，当时所急需的补给——包括部队、坦克、燃料、飞机、反坦克炮——是随时可以大批运来的，但现在为时已晚。当希特勒和墨索里尼敏感的政治神经受到猛刺之后，他们就把整军整军的部队从海上和空中紧急运往突尼斯，逐渐集结了近三十万人的部队。如果在七月份为隆美尔提供这样的增援，是可以使德国的势力扩展到波斯油田和印度的。隆美尔甩开了那些心不在焉的追击部队，在且战且退的激烈战斗中穿越了北非大陆，担负起突尼斯的袋形地带的指挥任务，从而打乱了盟军地中海战略的时间表。但苏伊士以及由苏伊士再向前进的美梦已一去不复返了。

"火炬行动"：简况

英、美联合进行的北非战役，甚至在隆美尔登场之前，就已显得未必高明。濒临西西里海峡的比塞大—突尼斯海港地区是关键所在，这一地区距欧洲不过一百多英里。英国想在这地区附近登陆，并迅速向目标突击。但美国军队面对初战的考验，不敢冒险深入直布罗陀海峡。德国空军会怎么样？西班牙出兵干预的可能性如何？因为它能够切断这支远征部队的供应线。这些都是没有实战经验的美国将军们心中的疑团。他们想在非洲外缘的凸出部分——卡萨布兰卡的大西洋汹涌波涛中来一次谨慎的登陆，那里只有一条崎岖不稳的铁路线同关键作战地区相连。最后的折中方案是在卡萨布兰卡登陆，同样也在直布罗陀海峡里边占领滩头阵地，但即使是这些滩头阵地，也还是离主攻目标太远。轴心国的增援部队从海上和空中越过地中海，并且首先夺取了突尼斯。

然而，赢得向突尼斯赛跑的胜利只是一个陷阱，掉进这个陷阱是两个独裁者的一大错误。我们有整个欧洲堡垒需要保卫，我们同实力雄厚、完整无损的美国工业系统进行较量，归根结底是不可能取胜的。我们派往突尼斯的部队注定要成为一只大口袋里的俘虏，像第六集团军在斯大林格勒的下场一样。甚至像隆美尔这样的将帅之才也无济于事，尽管他粉碎了盟军速战速决的计划。北非战役是在我们最杰出的将军指挥下遭受的一次最无意义的失败，是元首作战方针的一场灾难。

罗斯福的胜利

罗斯福从"火炬行动"的登陆中获得了他所需要的东西：一次鼓舞国内士气的胜利，一块可供他没听到过枪声的新兵和纽扣闪光的将军们以最小的代价犯第一次错误（这种错误他们犯了不少）的战场，以及在俄国人面前搪塞得过去的第二战场。马歇尔准确地预言，这场小戏将使战斗至少拖长一年，但罗斯福这个政客捞到了好处。"火炬行动"的轻易成功，把西班牙束缚在中立地位上了，又使土耳其不敢轻举妄动，同时促使墨索里尼早日垮台。

罗斯福在法属北非所取得的这一成就，付出的代价是大约有两万美国人阵亡或被俘，再加上不到此数一半的英国人的伤亡。如果把这个数字同使美国实际上称霸世界的四年战争中的伤亡数字加在一起，美国在所有战场上的战斗死亡人数还不到三十万人——和我们在斯大林格勒损失的人数大约相等——而俄国则牺牲了大约一千一百万士兵，我们可能损失了四百万。在这方面，不能不说富兰克林·罗斯福的全面战争是一部用心恶毒的天才杰作。

丘吉尔一直未能敲响他的胜利钟声，隆美尔在撤退之前已经把第八集团军打得一蹶不振。而且，美国的未经战阵的部队就要发动"火炬行动"了，丘吉尔也许担心那边会出个大乱子。总之，他觉得还是小心谨慎为妙。所以，即使是败兵之将，隆美尔也封住了英国教堂的钟声。

英译者按： 由于隆对隆美尔将军如此高唱赞歌，在这里也许有必要引述一句隆美尔的回忆录中的话："一九四二年十月二十三日开始的阿拉曼战役，扭转了在非洲抗击我们的战争局势，而且事实上也许标志着整个大战的转折点。"很显然，隆美尔在这一点上和丘吉尔一样"目光短浅"。

在任何军事伦理学的讨论中，隆美尔都是一个重要而有争议的人物。他卷入了一九四四年将军们谋刺希特勒的阴谋。大部分将军仍旧奴颜婢膝地效忠希特勒，而且元首派了其中的两个人去结束隆美尔的生命。他们提出了两个办法供他选择，以叛国罪公开审判，或者服毒悄悄死去（公开宣布是心力衰竭而死），然后为他举行"英雄葬礼"，保证其全家的生命安全。他服毒死后被送进医院，希特勒如约宣布全国为伟大的"沙漠之狐"志哀一天。

隆美尔为希特勒战斗到最后一息。在他遇害的时候，他已经气息奄奄了，疾病和一次严重的车祸夺去了他的健康。他知道灭绝犹太人的集中营，他认为元首在军事指挥上是一个外行，他对为了一场失败了的战争而浪费生命和财产感到悲痛。他痛恨全体纳粹党棍，他们为了延长自己攫取的权利，不惜牺牲剩下的那部分德国。然而，他仍然继续战斗，直到他陷于无能为力的境地，然后吞服了元首经由他的袍泽送来的毒药。

隆美尔的军事生涯为所有投身军旅的人提供了某种客观的教训，如何在难以划分界限的坚贞不渝的忠诚和罪不可逭的愚蠢之间做出抉择。

至于隆美尔所说的"美国人经不起战场上的损失"这句话，我从欧洲人的口中听到的次数太多了。一次，有一个俄国将军告诉艾森豪威尔，他清除布雷区的办法是派几个旅走过去。我们美国人，如有可能决不这样干。但在南北战争中，我们也打过几次历史上最残酷的血流成河的战役，而南方在停战之后是靠吃青草和橡果过活的。谁也讲不清美国人到了绝境的时候会干出什么。

我们的道德风气看来确实江河日下——我是在一九七〇年这个"反文化"时代写这本书的——但我的长者们在二十年代那个"热血青年"时代也发出过同样的感叹，我本人也许或多或少是那批青年中的一分子。

第四十八章

前门铃响，杰妮丝打开门来不觉一愣。维克多·亨利站在那儿，弯着背，两眼流露出困惑和疲乏的神色。他的脸和身上那套不太合身的军服一样呈灰白色。他手里拎着一只小木箱和一个胀鼓鼓的公事包。

"嘿。"他的声调也是困惑和疲乏的。

她捏紧敞开着的便服领口，急忙大声说："爸爸！进来，进来！真想不到！家里乱七八糟的，我自己也是，可是——"

"我打过电话，我知道规矩，不能让女士们猝不及防。可是电话打不通，我的时间又紧，我费了一番周折才弄清楚你们搬到哪儿去了。"

"我给您写过信。"

"我没收到。"他朝这间小小的起居室扫了一眼，视线急促地避开墙上华伦的照片，"家具似乎太挤了点儿。"

"看起来有点儿破落相吧？维克和我目前需要的就是这些了。"

"你把我的东西放好了吗？"

"没有，您的东西都在维克的房间里。"

"那很好。我需要那套海军蓝制服和大衣。"

"您在檀香山可以住多久？"

"几个小时。"

"哎哟！那么急吗？"

他耸了耸浓眉，杰妮丝发现眉毛中新添了几处灰点。"我已收到返回华盛顿的命令，一级优先飞机票。"他辛酸地一笑，鼻子抽动了一下，这些都是华伦特有的动作，她不由得感到惊奇，"在努美阿的海军空运站，我挤掉了一个澳大利亚报纸编辑的飞机座位，把他气得要发疯！"

"为什么要这样急匆匆的？"

"我可不知道。"

"嗯，壁橱里塞满了您从国内带来的东西。"

"太好了。这里有什么我就用什么，那只小木箱是空的，就连这身衣服也是借来的。"

这时，她低声说："我真为'北安普敦'号感到难过。"

"消息见报了吗？"

"小道消息。"她露出窘态，连忙接着说，"吃些早点怎么样？"

"唉，让我想一下。"他颓然坐下，用手擦眼睛。"我倒想洗个热水澡，我在海军空运站的飞机上熬了三个昼夜。"他用一只手托着低垂的头，用冷漠而疲倦的语调说，"问题是我要在两点钟向太平洋舰队总司令部报到，而我的飞机要等到五时整才起飞。"

"天哪，他们要把您给累死啦！"

"娃娃在哪儿？"

"在外边。"她指着通往阳光明媚的花园的落地窗说，"不过他已经不是小孩子了，他已经长得像只大猩猩了。"

"杰恩，让我现在看看他，然后洗个澡，在收拾行装之前休息一会儿。你看行吗？到时候叫醒我。中午给我吃点儿炒蛋，我们可以谈一下，然后——怎么啦？"

"不，没什么。这样很好。"

"你有别的事要办吗？"

"不，不。我们就这样。"

当他走出房子，朝长满青草的院子走去的时候，她拿起电话。他的孙子穿着一条游泳短裤，在炽热的骄阳下逗着一只全黑的苏格兰狗，他要小狗跳起来咬一个红皮球。一个夏威夷小姑娘坐在一边，照看着这个皮肤晒得黝黑的胖孩子。

"喂，维克，你认得我吗？"

孩子转过头来上下打量了他一番，然后说："认得，你是爷爷。"他把皮球丢出去，要小狗去追赶。孩子的眼睛和下巴长得和华伦一模一样，但那种冷静地回答问题的神态在帕格眼里跟拜伦完全一样。

"你知道谁有一只和你一样的小狗吗，维克？美国总统。你这只小狗叫什么？"

"托托。"

小狗把皮球赶到一根晒衣绳下面。绳子上，杰妮丝的两件式粉色游泳衣吊在一条男人的印花短游泳裤旁。这时，杰妮丝走了出来，来到阳光里，举起双手把一头浓密的金发推向后边。"嗯，您看他长得怎么样？"

"十全十美的标准体形。智力的巨人。"

"啊，您可真是没有私心。这是拉娜。"那个夏威夷小姑娘笑着点了点头，"她整天跟着他，或者说她总是努力跟着他。说一下吃饭的问题，您记得海军少校埃斯特吗？"

"当然记得。"

"我们原来打算今天出去野餐的，您来的时候，我正好在准备三明治，因此——"

"那么，你还是照计划办吧，杰恩。"

"不，不，我决定不去了。问题是，他在夏威夷皇家饭店的房间没人接电话。他可能在我们吃饭的时候到这儿。那也不要紧，是吗？"

"何必取消这次野餐呢？"

"哎呀，这不过是一次非常平常的约会罢了。我们离他住的旅馆只有五分钟路程。您是知道的，太平洋舰队潜艇司令部已经接管了这家旅馆。埃斯特昨天在教维克游泳，为了表示谢意，我建议来一次野餐，不过我们什么时候去都行。"

"知道，好的。"维克多·亨利说，"我现在该去洗热水澡了。"

在图拉吉岛上医院的病床上或坐在飞机的铁圆背座位上打盹儿的时候，他总是梦见"北安普敦"号，现在正是这样的噩梦使他从小睡中惊醒。当军舰令人眼花缭乱地朝横梁一端倾斜时，他和军士长斯塔克在舰上，黑油油、暖洋洋的海水漫过甲板冲来，把他们卷入水深没膝的漩涡中。梦境中他泡在水中的感觉是真实的，就像泡在浴缸里一样，毫无不适感。军士长抡起一只大铁锤猛击拴住一艘救生艇的铁环，眼睛突出，眼中充满了恐惧。这时帕格惊醒了，铁锤的敲击声变成了一声敲门声。他发觉自己没湿透，而且睡在床上，因而感到宽慰，但他一时没法儿想起他是怎样来到这间黄色的饰有动物图片的儿童房的。

"爸爸？爸爸？已经十二时一刻了。"

"谢谢，杰恩。"脑子突然清醒了，"埃斯特怎样了？"

"他来过，又走了。"

他穿了一套白色海军礼服走进院子，浑身上下端端正正，整齐清洁，脸色也好看多了。晒衣绳上的东西已经拿掉了。草地上，那个夏威夷小姑娘坐在维克身旁，他自顾自吃盘子里黄灿灿的玉米粥，有一半粥涂到鼻子和下巴上了。"他的胃口恢复了吧？"

"嗯，是的，早恢复了。在厨房里吃饭行吗？"

"太好了。"

他和杰妮丝吃着鸡蛋和香肠，断断续续地谈了一阵子。使人烦恼的话题是这样多——下落不明的娜塔丽现在在哪儿，"北安普敦"号的沉没，帕格自己的前途未定，尤其是华伦之死——所以杰妮丝不得不滔滔不绝地谈起她的工作来。她在为陆军工作，一位头衔响当当的——物资管理局局长——陆军上校在一次宴会上看中了她，后来把她从太平洋舰队总司令部挖走了。当前，在这块领土上，戒严令享有无上的权威，檀香山的欢乐气氛——花环、管乐队、夏威夷的欢宴以及迷人的景色——掩盖着一个冷酷无情的独裁政权。她那位上校把所有的报纸都控制了，只有他才能决定诸如白报纸要进口多少、哪一家可以分配到等问题，因此报纸编辑只能在他和军事总督面前卑躬屈膝，社论里没有批评。被称为"宪兵法庭"的军事法庭拥有超越法律的权力，它做出奇怪的判决，如命令违法者购买战时公债或献血等。

"说来这一切都是比较温和的，"她说，"陆军确实维持了良好的秩序，又很好地照顾了我们。除了酒和汽油外，一切都不配给。我们吃得像王爷一样，大多数人都无忧无虑。但当您看到军事独裁的种种内幕活动时，像我这样能看到，您就会感到不安。这儿不算美国，您知道吗？有朝一日如果我国本土那边出现独裁政权——但愿上帝不让这种情况发生——它将首先以军事紧急措施的面貌出现。"

"嗯，嗯。"她的公公说。在这番对话中，从他嘴里只能听到这种咕噜声。她想，也许他不喜欢听到别人对军方提出的批评，她不过是找些话谈谈而已。她所看到的在他身上发生的变化着实使她伤心。在这个沉默寡言的人身上，有一种茫然若失的神态，一种灰溜溜的气息。他那种已经成为习惯的沉默现在看起来倒像是一件破破烂烂的遮着不幸的外衣，尽管他举止端庄，憔悴的脸上呈现出不屈不挠的神气，她还是怜悯他。华伦的爸爸，先前显然是一个威风凛凛的人物——这位出色的海军高级军官，这位曾和丘吉尔、希特勒、斯大林等人交谈过的罗斯福的亲信——现在怎么一下子萎缩了！他看起来还很不错，胃口也好。只打一会儿盹儿就能养好精神，说明他骨子里还是精力充沛的。他是一个压不垮的人，但他正受到无情的压榨。他的儿媳妇想的就是这些，她还完全不知道他的妻子对他的负心哩。

在喝咖啡的时候，她让他看了罗达最后的来信，她希望信中那种絮絮叨叨的闲聊会使他高兴起来。罗达忙起教堂的事情来了，这方面的细节以及一些海军方面的小道消息写满了三页信笺。信末附笔提到梅德琳在电影界的工作吹了，她已经回到纽约为休·克里弗兰工作了。

帕格在读信时脸色沉了下来。"这个该死的混账丫头。"

"我本来以为您听到梅德琳的消息会高兴的，好莱坞可是一个阴沟洞。"

他把信扔在桌上。"顺便问一下，你家门前的那条运河叫什么名字？"

"叫阿拉威运河，它通向游艇的港口。"

"这里蚊子多吗？"

"您在乎，我可不在乎。凶得很，多得惊人。"

"罗达和我曾经住过不少热带房子。你会知道厉害的。"

"嗯，这所房子是我几乎没花钱搞来的。从约克敦来的一个战斗机驾驶员原来住在这儿。他的妻子回家了，因为——"杰妮丝欲言又止，"事实上，托托是他们的狗。"

"你不想回家吗？"

"不，我觉得这儿是我打仗的地方。当您和拜伦回来的时候，我就在这儿。你们两人可以在海边有个住处，维克也有机会熟悉您。"

"是的，这对拜伦很有好处。"帕格清了清嗓子，"至于我，我可不知道。我想，我的海洋生活也该结束了。"

"那是为什么呢？这不公平。"

又是短促地苦笑一下。"为什么不呢？战时的军人班子变动很快，你少走一步就会落到队伍旁边。我可以在军械局或舰船局继续工作。"他喝了口咖啡，然后一边思索，一边继续讲下去，"今天，在太平洋舰队总司令部，他们可能要对我在火线上所做的判断提出质询。我还拿不准，我们的阵亡人数不多。不过，我的公事包里有五十八封我写给他们亲人的信。我在飞到这儿来的时候，就是这样消磨时间的。我为我们失去的每一个人感到遗憾，但是在一次追击战中，我们挨了两枚鱼雷，情况就是这样。我要走了，谢谢你的午饭。"

"让我开车送您去太平洋舰队总司令部。"

"我借来了一辆海军的汽车。"他跑进卧室，把小木箱和公事包拿了出来，手臂上还搭着一件有浓烈樟脑味的黄铜纽扣蓝大衣。"你知道，一年多以前，我穿着这件大衣首次赶赴莫斯科，是朝另外一个方向走的。绕地球一圈。"他在华伦的照片前停了下来，看了两眼，然后把目光移到她身上，"我说，给我说点儿埃斯特少校的情况吧。"

"埃斯特？啊，他正成为一位出名的潜艇艇长。他指挥的'乌贼'号击沉了两万吨敌舰。目前他准备把一艘新潜艇'海鳗'号投入现役。事实上，他已搞到了把拜伦调到'海鳗'号的命令。"

"那么，埃斯特在这里干些什么呢？新造的潜艇应该在国内。"

"为了把某种雷达弄到手，他和军械局发生了争执。他飞到这儿来，是为了在太平洋舰队潜艇司令部里试一下本领。埃斯特不是在这儿闲荡。"

"他为人怎样？我一向不大清楚他的底细。"

"我也不清楚。他对维克和我都不错。"

"你喜欢他吗？这本来不是我该问的问题。"

"您该问的。"她咬紧牙关，朦胧的双眼朝远方望去。中途岛战役之后，帕格多次看到过她脸上出现这种神色。"您在问我跟他的关系是不是认真的，对吗？不，我不想在一次战争中做两次寡妇。"

"再过一年左右，他就可以轮换担任陆勤。"

"哦，不是这样！"她马上以不加掩饰的自信直截了当地说，"太平洋舰队潜艇总司令部尽可能一次又一次地把战绩优异的艇长派回海上去。拜伦被派到'海鳗'号上去，我听到这消息后觉得有点儿惋惜。他当然会爱上这个工作，不过对我来说，埃斯特这个人过于喜欢冒险。维克和我跟他一起游泳，有时他带我去跳舞。我是一个寡妇，在没有更紧急的战争行动时，我是一个候补的约会对象。"她那露出歪牙齿的笑容倒也漂亮。"行吗？"

"行。拜伦什么时候可以到达，埃斯特说起过吗？"

"没听说。"

"好吧，我要向这里的长官告别了。"

一条在阴凉处摊开的毯子上，维克睡得正甜，手中抱着红皮球，小狗蜷伏在他脚旁。天气很热，拉娜耷拉着脑袋，手里拿着一本杂志在打瞌睡，这孩子浑身出汗。维克多·亨利朝维克看了约莫一分钟，然后抬起头来看了杰妮丝一眼。他发觉她眼里泪水晶莹，两人对视着，宛如诉说了千言万语一般。

"我会想念您的。"她说，一边陪着他走向一辆灰色的海军轿车，"代我向我的家人问好。告诉他们，我在这儿过得很好，行吗？"

"一定做到。"他上了车并关上车门。这时，她敲了敲玻璃窗，他把玻璃摇下。"还有什么话？"

"如果看到拜伦，请让他给我写信。我非常爱看他的信。"

"我会告诉他的。"

他把车开走了，一次也没提到华伦，这并不使她感到奇怪。自从中途岛战役以后，他从来没在她面前提起过他那个已经阵亡的儿子的名字。

帕格对他到太平洋舰队总司令部报到时会遇到什么情况心中完全无数。那天凌晨三时在飞行途中，副驾驶员递给他一份字迹潦草的电文："乘客维克多（无中间名）亨利美国海军上校十四时整向太平洋舰队总司令部值班军官报到。"在电筒的红色光柱中，这些字看起来有不祥的征兆。帕格有一条向来爱好的箴言："我一生中有过许多使我烦恼的事情，其中大多数都没成为事实。"但这条符咒近来也失灵了。

太平洋舰队总司令部这幢大楼是白色的，在阳光中闪闪发光。它坐落在潜艇基地上面的马卡拉帕山高处，从这里也可以看出战争进行的情况。这幢大楼完工得很快，它是权力与财富的结晶，环绕上面几层的长廊是适应热带地区的精巧结构。在里边，大楼还散发出新涂上的灰泥、油漆以及油漆布的气味。人丁兴旺的总部人员——炫耀着肩带的军官、穿着白军服的新兵，以及许多漂亮的妇女志愿队员——都是神情愉快，走路轻捷。这些轻快的步伐代表了中途岛战役、瓜达尔卡纳尔战役，以及船坞里排列整齐的新舰艇。这还不是胜利姿态甚至是乐观情绪，但是美国人民在工作中那种开朗、充满信心的神情已经回来了。珍珠港事件之后那种忧伤的表情和中途岛战役之前几个月以来那种忙于招架的紧张气氛已一去不复返了。

在值班军官那间用玻璃板隔开的小房间里，在一大批青年军官和妇女志愿队员的人堆中，坐着维克多·亨利从未见过的一位最年轻的三条杠军官，长长的金发，一张似乎从未用过剃须刀的乳酪色的脸。"是一个海军中校，"帕格心想，"太平洋舰队总司令部的值班军官？我真的落伍了。"

"我叫维克多·亨利。"

"啊，维克多·亨利上校！是，先生。"在他仔细打量的目光中，在他说出那个名字的时候，帕格可以看到火光熊熊的"北安普敦"号在下沉。"请坐。"小伙子指了指一把木椅，按了一下对讲电话的按钮，"斯坦顿吗？去看看参谋长是否有空。维克多·亨利上校来了。"

看起来讯问他的人就是斯普鲁恩斯，很难对付的人，一点儿也不讲老交情。不久，对讲电话咯咯地响了一阵。接着，值班军官说："先生，斯普鲁恩斯中将正在开会，请等一会儿。"

一些水兵和妇女志愿队员匆匆地走来走去，值班军官有时接电话，有时打电话，或者在日志上草草地写上几个字。维克多·亨利坐在椅子上，全面考虑讯问可能的进行方式，如果斯普鲁恩斯抽空接见他，话题肯定涉及那次战役。值班军官不时向他投来怜悯的目光，他感到像黄蜂刺痛一样难受。过了令人焦急的半小时，斯普鲁恩斯才接见他。值班军官那张狭长的像姑娘一样光滑的脸、他偷偷地投向他的怜悯的目光以及等待时的焦急心情，帕格全都终生难忘。

斯普鲁恩斯在窗子旁一张立式书桌上签署文件。"你好，帕格。请等一会儿。"他说。他以前从未用"帕格"这个昵称称呼过他，他几乎对任何人都不用昵称称呼。斯普鲁恩斯穿着一套浆过的卡其军服，显得非常整洁：瘦瘦的脸，很好的气色，平坦的腹部。帕格往常曾多次想到过，现在又一次想到，这位中途岛战役的英雄和下巴像攻城槌、虎视眈眈、浓眉、时而脾气傲慢、时而嬉皮笑脸的哈尔西相比，不论在外表还是在行动方面，都是这么平凡普通。

"好吧，"斯普鲁恩斯小心翼翼地把钢笔插进笔套，然后把两只手放在臀部上，两眼瞪着他，"在塔萨法隆格海面上到底发生了什么事？"

"我知道我遇到了什么情况，将军。其余的情况我不大清楚。"这两句实事求是的话刚出口，他就觉得懊悔，不合时宜的轻浮语调。

"'北安普敦'号上人员损失很小，为此你将受到表扬。"

"我从不希望为这样的事情受到表扬。"

"我们能修复其他三艘重型巡洋舰。"

"那太好了。我当时也希望驶回港口，将军。我尽了最大努力。"

"这次战役到底是哪儿出了差错？"

"先生，我们在一万两千码的距离外开始射击后，发现受到鱼雷攻击。这片水域原来估计是在鱼雷射程外的。要么我们受到了潜艇伏击——我们的驱逐舰屏护部队规模相当大，发生这种情况似乎是不可能的——要么日本人有一种远远超过我们鱼雷射程的鱼雷。我们以前有过关于这种武器的情报。"

"我记得你给过舰船局关于这个情况的备忘录，以及你关于在战列舰上装置防雷隔堵的建议。"

维克多·亨利由衷地感激，不觉展颜一笑。"是的，将军，我现在亲身经历了几次这种武器的攻击，它们确实存在。"

"这样的话，我们的作战理论应该做出相应的修改。"那双大眼睛端详着帕格。他的立式办公桌起着防止谈话拖得过长的作用，帕格暗自寻思。他竭力避免把重心从一条腿移到另一条腿，而且下了一个决心，有朝一日如果他的时间变得值得珍惜，他也要弄张立式办公桌用。"应该去找尼米兹海军上将谈一下。"斯普鲁恩斯说，"我们去吧！"

维克多·亨利连忙跟在斯普鲁恩斯后面，沿着走廊走到一间有两扇高大的、品蓝色的、上面饰着四颗金星的大门的办公室前。他记得金梅尔海军上将曾在老办公大楼里一间类似的办公室里接见过他，那时他情绪很好，脸上浮现出勇敢的笑容，而他的被炸毁的舰队在窗外阳光下冒着浓烟。帕格当时进去会见金梅尔时，心情是平静的，是满怀信心的。而现在，他颤抖不已。为什么呢？因为他现在正处于当时金梅尔所处的地位，也是一个吃了败仗的人。

他们径直进去。尼米兹独自站在窗前，双手交叉放在胸前，看起来完全是在晒太阳的样子。尼米兹握手很热诚，方形的晒得黝黑的脸上露出愉快的神情。阳光照亮了他的一头白发，白发下那双炯炯有神的蓝眼睛呈现出蓝灰色。在那张慈祥的、几乎是温柔的脸上，那双半被阳光照亮、半藏在阴影里的目光严峻的眼睛使维克多·亨利更加忐忑不安。

"亨利上校说，日本有一种射程很远的驱逐舰鱼雷，"斯普鲁恩斯说，"他是这样解释塔萨法隆格战役的。"

"很远是多远？"尼米兹问帕格。

"大概达到两万码，将军。"

"我们该怎样对付？"

帕格觉得喉头很紧，他用嘶哑的声音回答道："将军，在未来的海战中，我们的驱逐舰发动鱼雷攻击之后，整条战线应立即开火，使炮火达到远得多的距离，同时在交战时做闪避性急转弯。"

"你看到另外几艘重型巡洋舰被击中后，是否做出了闪避性急转弯？"尼米兹用平静的、带着浓重的得克萨斯口音的声音慢吞吞地说，但他的神态并没有使帕格感到平静。

"没有，先生。"

"为什么？"

维克多·亨利现在必须在太平洋舰队总司令面前回答这个关系到他个人前途的问题，他已经在那篇长达十五页的战斗报告里试图回答过这个问题。

"将军，这是一个在战斗高潮中出现的错误。我的大炮全部瞄准敌人，我正在对敌人做夹叉射击，我想替被敌人击中起火的三艘巡洋舰报仇。"

"你报仇的目的达到了吗？"

"我不知道。我的射击军官声称对两艘巡洋舰命中两次。"

"证实了吗？"

"没有，先生。我们必须等候特混舰队的报告。即使有了这样的报告，我个人也还会保留怀疑，射击军官经常受到想象力的干扰。"

尼米兹向斯普鲁恩斯眨眨眼。"还有其他意见吗？"

"在我的报告里，我列举了几点，先生。"

"譬如说？"

"将军，不产生炮口火焰的火药在一九三七年就是军械局的一个计划项目，那时我还在军械局工作。直到今天，我们仍旧没有这种火药，而敌人有了。我们在夜战中不赞成使用探照灯，以免敌人发现我们的位置，可是我们只消开几通排炮，马上就会暴露我们的方位、进入角和前进速度。那天晚上，我们的战线看起来像四座喷发的火山。壮丽非凡的景象，先生，使人在精神上得到莫大满足，但同时也给日本人解决了发射鱼雷的问题。"

尼米兹转向斯普鲁恩斯："就不产生炮口火焰的火药问题，今天给军械局发一份急件，随后立即给斯派克·布兰迪发一封私人信。"

"是，先生。"

尼米兹伸出一只缺了一根指头的青筋暴露的手，抹了一下方下巴，然后说："我们自己的驱逐舰发动的进攻也完全失败了，这究竟是什么缘故？他们使用雷达取得了突袭的效果，对吗？他们比我们领先一招儿。"

帕格觉得——可以这么说——好像又回到了鱼雷水域。这个问题很可能成为塔萨法隆格事件调查庭上的关键问题。"将军，这是一次反向行动，敌我双方在方向相反的航道上运动。相互接近的相对速度是每小时五十海里或者更快一些。发射鱼雷问题发展得很快。当驱逐舰舰长要求准许发射鱼雷时，赖特将军情愿等到更接近目标时再说。当他同意发射时，敌人的鱼雷已经接近舰艉。因此，这变成了一次必须当机立断的在最大射程上的射击。这就是在'北安普敦'号上见到的情况。"

"敌人当时也面临完全相同的问题，而他们出色地完成了任务。"

"他们毫不费力地打赢了这场拼鱼雷的战斗，将军。"

经过一阵子使人难受的沉默，尼米兹说："好吧。"他离开窗子，向帕格伸出手来，"我知道在中途岛，你失去了一个做飞行员的儿子，他在战斗中立了功。你还有一个在潜艇上服役的儿子。"他低下头，对着自己的卡其军衬衫上的海豚奖章。

"是的，将军。"

切斯特·尼米兹握住帕格的手，久久不放，深情地注视着他的两眼说道："一路平安，亨利。"声调哀伤而亲切。

"谢谢您，先生。"

斯普鲁恩斯把他带到拥挤不堪、烟雾腾腾的作战室。"那就是你的那场战斗，"他指着墙上一幅满是标志的瓜达尔卡纳尔地图，"是我们按战况重新构成的。"他们走进一间小休息室，在一张沙发上坐了下来。"'北安普敦'号是一艘很漂亮的军舰，"斯普鲁恩斯说，"但它的稳定性有问题。"

"我不能责怪我的险情控制人员，将军。我们不走运，我们舰艉没有装甲钢板的部分中了两枚鱼雷。我本不应恋战，如果马上离开那里，像'檀香山'号那样，也许我还可以保住我的那艘兵舰。"

"唉，激烈的战斗是一个因素。你那时情绪激昂，你要力挽狂澜。"

维克多·亨利不发表意见，但他听了斯普鲁恩斯的话后如释重负。他深深地吸了一口气，又重重地叹了一口气。

斯普鲁恩斯继续往下说："下一步怎么样？"

"我接到命令，要我回海军人事局去接受新任务，将军。"

"上次你在这儿的时候，你竭力推辞担任参谋的职务。我现在需要一个负责计划和作战的副参谋长。"

维克多·亨利控制不了激动的心情，他像小孩那样脱口而出："我？"

"只要你肯。"

"上帝！"帕格不由自主地把一只手放到眼睛上。照太平洋舰队迅猛发展的势头看来，斯普鲁恩斯现在给了他一个千载难逢的机会。这是跳向海军将官级，得以跻身伟人之列的一次跃进，正是他告诉杰妮丝的他不敢奢望的第二个机会。现在离维克多·亨利挣扎在油污中，赤身裸体地拼命游向一艘挤满人的救生艇，他那艘冒着火舌的军舰在他身后沉没的时候，还不到三个星期。他想了片刻，才用嘶哑的声音说："你真会使人喜出望外，将军。我想干。"

"好吧，让我们希望海军人事局没有异议。我们现在有一些很不简单的作战问题需要解决，帕格。你应该马上就考虑起来。来吧！"

维克多·亨利有点儿头晕目眩地跟在斯普鲁恩斯后面，回到作战室，走到一幅很大的黄色和蓝色的太平洋桌面图前。斯普鲁恩斯开始用异乎寻常的半学究、半尚武的热情讲话："在军事学院那年头，你们可曾研究过这个老问题：如何在'橙色'侵入并占领菲律宾后收复这块失地？这跟我们现在面临的战局有点儿相像。"

"没有，先生。我们那时研究的是威克岛的问题。"

"哦，是的。好吧，归根到底有两种进攻方式，地理条件迫使我们这样做。其一是越过太平洋中部，征服日本人的一些岛屿据点，巩固在马里亚纳的阵地，以便向吕宋岛跃进。"斯普鲁恩斯说话时用右手在地图上比画，说明一次横越数千海里的掠过马绍尔群岛、马里亚纳和加罗林群岛直取菲律宾的攻势。

"其二是从澳大利亚向北发动攻势——新几内亚岛、莫罗泰岛、棉兰老岛、吕宋岛。"他的左手从澳大利亚向前移动，越过新几内亚岛，他的手指在地图上缓慢地爬行，似乎在模仿——在帕格心中引起清晰的联想——部队在热带丛山中艰苦行军的形象。"麦克阿瑟将军自然热衷于第二种策略，一个惯于陆战的人。但如果采用水路，你可以对敌人的供应线进行灵活机动的侧面攻击，使他们捉摸不定。他们不知道你下一步将跳向何方，这样敌人将被迫分散兵力。而在陆地上，这将是穿过山区密林的正面攻击。日本舰队在你的侧面，在你前方的是机灵的日本陆军。"斯普鲁恩斯像小顽童一样瞅了帕格一眼，"说真的，那位将军渴望教训一下日本陆军。"

斯普鲁恩斯用右手食指戳着新几内亚岛外侧的一个岛。"不过，他也承认，在前进的道路上，这个拉包尔是块绊脚石。他就是这样看待瓜达尔卡纳尔行动的，是通向拉包尔的一块拦路石。不管怎样，我们在这里为太平洋中部集结力量，我们将做出巨大努力。与此同时，麦克阿瑟当然会把他的攻势付诸实施。"

维克多·亨利军人生涯中的这个突变给了他很大震动，他面前展现的远景无限美好。他预见到从指挥一艘巡洋舰这样小的任务过渡到制订大规模海战计划的工作。他在海军学院里接触过的所有关于太平洋的问题和研究，这时都涌上他的心头。当年，它们好像是浅薄的抽象方法，看起来不过是对不可能存在的力量和情况做数学的游戏。如今，这些力量和情况正成为活生生的烈焰飞腾的现实。他从内心油然生出了一个令人兴奋的念头，自己身在一个不为人知的角落里，而以一场全球的战斗为己任。除此以外，他还巴望什么呢？

斯普鲁恩斯轻轻地敲了一下地图上瓜达尔卡纳尔那一块。"你知道，对哈尔西来说，在那次出色地反败为胜的战役之后，塔萨法隆格之战确实是一支令人心酸的曲子。你有没有和他见过面？"

"见过，先生。我路过努美阿的时候，他会见过我。"

"他怎样了？"

"不可一世。他使南太平洋舰队里人人自危，我可以这么说。当我到达他的办公室时，他正在为某件事情大喊大叫。在场的人都缩作一团。可是转眼间，他对我说话的时候变得像牧师一样和颜悦色了。他对'北安普敦'号深表同情。"帕格迟疑了一会儿，然后说，"他说，我至少狠狠揍了那些杂种。"

"华伦的妻子怎样了？"

"我刚才看到她了，"帕格的嗓音变粗了，"她过得不错。她在为军政府工作。"

"你那个潜艇上的儿子的妻子呢？她离开欧洲没有？"

"我盼望到家后会听到她的消息，先生。"

"华伦是一个杰出的战斗机飞行员，"斯普鲁恩斯伸出手来和他握别，"我永远忘不了他。"

维克多·亨利迸出了一句"谢谢你，将军"，转身便走。离飞机起飞的时间不到一个小时了。他把汽车交还给车库办公室，并雇了一辆出租车到海军空运站的机场。在那里，他在棚屋内的报摊上买了一份《檀香山广告报》，他已经好几个月没看报了。横幅醒目的大标题报道了盟军在摩洛哥突破、隆美尔落荒而逃、德军在斯大林格勒陷入重围等。这些新闻，他在太平洋舰队总司令部里的电传打字机的贴报栏上已看到过，只是措辞没这么火热。版面下端一条较小的标题却使他当头挨了一棒："埃里斯特·塔茨伯利在阿拉曼牺牲！"

第四十九章

埃里斯特·塔茨伯利的六十高龄、一头白发的女秘书从门口探进头来。"有一位叫莱斯里·斯鲁特的先生来了，帕米拉。"

在派尔·麦尔大街上陈旧的小小办公室里，帕米拉坐在她父亲的转椅上哭泣。冷风摇撼着松动的窗扇，十二月的阴沉天气，中午时窗子上也是一片紫光。她裹在一件羊皮外套里面，一条羊毛披巾把头和耳朵都扎得紧紧的，还是觉得寒气逼人。房间里的古老煤油取暖器也起不了什么作用，可以说只能闻到点儿热气味，仅此而已。

斯鲁特走了进来，帕米拉两手擦着眼睛，赶忙站了起来。他手里拿着一件俄国的皮里子大衣和一顶棕色大皮帽。他一向是一个瘦子，现在一套细条纹衣服像是挂在身上，还露出褶皱来，两眼通红，眼眶发黑。

"你好，莱斯里。"

"帕姆，听到你父亲的不幸消息，我很难过。"

"我不是在哭父亲的死，我已经熬过来了。什么风把你吹到伦敦来了？你在伯尔尼的工作这么快就结束了吗？要喝点儿威士忌暖和一下吗？"

"是啊，我得靠它救命。"

她指着桌上的一份打字稿说："这是他写的最后一篇文章，还没来得及写完。《观察家报》要它，我正在给它收尾，我想大概就是它把我的眼泪引出来的。"

"什么文章？新闻通讯稿吗？"

"嗯，不是，那不成古董了吗？这是一篇战地随笔。他定的题目是《基德尼山脊的日落》。"帕米拉递给他半杯纯威士忌，向他举起了另一只杯子，"请吧。当时的情形是，他正在口授这篇东西，蒙哥马利的新闻官来电话要他立即去接受会见。"

帕米拉憔悴忧伤的面容、肿胀的眼睛、蓬乱的头发、有气无力的声音，都可以归因于她的哀伤，斯鲁特心里这样想，可是现在她似乎油尽灯灭了。往日的帕米拉即使是在情绪最低落的时候——她曾经有过非常沮丧的日子——也不曾丧失其顽强不屈的锋芒和不露声色的外表下的一种令人倾心的勇气。如今，斯鲁特看到的则是一个年过三十、抑郁忧伤的妇人。

"你相信预感吗？"威士忌使她的声音沙哑。

"我说不上来。你怎么啦？"

"韬基有过一个预感。我知道，我本来也可以乘那辆吉普车去的。连蒙哥马利的新闻官都给我开了绿灯，这是对一个妇女的破例。韬基突然像骡子一样蛮不讲理，把我撵开。他干脆大发脾气，弄得我也火气上来了。我们是在气头上分手的，这样我才活了下来，坐在这里跟你一起喝酒。"她伤心地举起杯子，一饮而尽，"莱斯里，我是彻底不信鬼神的，只相信看得到、听得见和摸得着的桩桩件件。可是，他知道了。你别问我什么道理，触雷是不幸的意外，这我知道，可他预感到了。那篇关于基德尼山脊的文章就是临终绝笔之类的东西。"

"你还记得拜伦·亨利吗？"斯特鲁问道。

"当然记得。"

"上星期我在里斯本遇见了他，我担心还会有更坏的消息。'北安普敦'号沉没了。"斯鲁特本来怀有幸灾乐祸的醋意，想把这个消息告诉她，他自己对这一点也感到有愧于心。他并不是跟帕米拉有什么过不去，也不是跟维克多·亨利怎么样，但在他们两人的罗曼史中，他曾扮演过不堪一击的情敌，这种不好过的滋味一直留在他心头。但她听了，也没有动感情的样子。"帕姆，你在这里各方面都有熟人，是吗？你能不能打听一下亨利上校是否还活着，再给拜伦发个电报？拜伦在里斯本能得到的消息，只是听那里的一些海军人员说，那艘军舰在海战中被击沉了。"

"为什么不去找你们的海军武官？"

"他去苏格兰了。"

"那好，"她轻松地、几乎有点儿愉快地说，"咱们就打听一下亨利上校的下落吧。"斯鲁特觉得，如此对待沉痛的消息倒是一种异乎寻常的表现，实在异乎寻常。事实是，仅仅讲起这个男人，她就活跃起来了。她吩咐那位秘书打电话给空军少将勃纳-沃克。"那么，拜伦怎样了？娜塔丽呢？"

"拜伦找到她了，还有孩子。"

"我的天哪，找到啦！在哪里？"

"马赛。吃饭的时候，他足足跟我讲了两个小时，真能写一本小说。"

"可不是嘛，那一家子！他怎么找到的呢？娜塔丽现在在哪儿？"

斯鲁特刚刚开始讲拜伦的经历，电话铃响了，是勃纳-沃克打来的。帕米拉立刻亲昵地把帕格·亨利和拜伦的情况告诉了他，叫他"亲爱的"。她挂上电话，对斯鲁特说："他们有一条专线直通华盛顿，他会尽快接通的。你见过我的未婚夫吗？"

"见过一次，在华盛顿你们大使馆里的一次迎宾行列里。你也在场，不过那时他还不是你的未婚夫。"

"哦，当然不是。亨利上校也在那里，还有娜塔丽。现在还是继续讲在马赛发生的事吧。再喝点儿威士忌吗？"

"那还用说，只要你舍得。"

"人家对我都很好，我有的是酒。"

斯鲁特相当详细地讲了他同拜伦偶然相遇的情况，并且说拜伦还在千方百计地打听家人的下落。盟军入侵北非那天，通往马赛的电话中断了。后来拖了很久才断断续续地恢复了通话，但他一次也没打通过。他有三十天的假期，在这期间，他天天在里斯本各家营救机构的办公室里打听消息。

"娜塔丽到底怎么啦？怎么会那样胆小怕事？怪不得拜伦会那样生气。"帕米拉说。

斯鲁特呆呆地望着她，茫然地重复了一句："她是怎么搞的？"

"莱斯里，记不记得，有一天你把门上的钥匙丢了，就是这个姑娘爬进你在斯克里勃路的那幢房子二楼的窗子。你还记得吗，在莱哈尔饭店的时候，我用一只盛汤的碗把菲尔的头打破之后，她面对那些宪兵毫无惧色。当时我们都叫她雌狮。"

"这些又有什么相干呢？她要是想和拜伦偷越国境，那才叫发疯呢。"

"那又怎么样？拜伦不是有外交护照嘛。难道还会比现在的处境更糟？"

斯鲁特眼圈发黑的两眼闪烁着红光。在帕米拉看来，他就像在发高烧似的。但他温和而镇静逾常地对她说："哦，我的宝贝儿，让我来老实地告诉你她的处境可能会糟到怎么个地步。能再给我来那么一小杯烧酒吗？"

帕米拉在斟酒，斯鲁特从上衣口袋里拔出来一支钢笔，坐在帕米拉的书桌旁，开始在一张黄色的纸上画了起来。"瞧，这是战争爆发前的波兰，对吗？华沙在北面，克拉科夫在南面，维斯瓦河横贯其间。"这是一张画得很熟练的地理略图，一挥而就，"希特勒打了进来，他和斯大林瓜分了这个国家。唰地一下！这条线的西边是德国占领下的波兰。"一条弯扭的粗线将波兰一分两半。斯鲁特在这条线的西边画了三个又粗又黑的圈圈。"你瞧，你听说过集中营吗？"

"是的，听说过，莱斯里。"

"这几个集中营你可没听说过。我刚花了四天工夫同这里的波兰流亡政府人士交谈过，事实上，我就是为这个到伦敦来的。帕姆，这是相当精彩的新闻题材。你不是正在继续做你父亲的工作吗？"

"我在尝试。"

"那好，这个内容也许会成为这场战争中最重要的新闻，把这个消息报道出去的记者将会被载入史册。在这三个地方——这样的地方其他地方也有，只不过波兰流亡政府在伦敦得到的目击者提供的材料都是有关这三个地方的——德国人就像处置耗子一样，成批地消灭活人。德国用火车从欧洲各地把他们运到这些地方。这是一场利用铁路进行的大屠杀。犹太人一运到，德国人就用一氧化碳或用步枪行刑队把他们杀死，然后再把尸体烧掉。"他用钢笔一个圈一个圈地点着说，"这个地方叫特雷布林卡，这里是卢布林，这是奥斯威辛。正如我所说，这样的地方还有的是，但这三个地方已得到证实。"

"莱斯里，集中营已不是新闻了，这类新闻已经报道过多年。"

斯鲁特朝她苦笑一下。"你没听懂我的话，"他压低嗓门，用咬牙切齿的耳语声来加强他的语气，"我讲的是有组织、有计划地对一千一百万人进行的大屠杀。就在我同你谈话的这个时候，屠杀正在大规模地进行。这是一个荒诞绝伦的计划，一项用专门建造的巨型设备来进行的规模庞大的秘密行动！你不叫它新闻，那么什么才算得上新闻呢？这是人类历史上最残暴的罪行，它使过去的一切战争相形见绌。这是地球上生活的新现象。这是正在发生的事情，眼下已完成了大约一半。这难道不算一篇新闻报道吗，帕米拉？"

帕米拉看过许多关于毒气室和集体枪杀的屠杀报道，这一切都不是什么新鲜事。当然，德国秘密警察是一帮穷凶极恶的暴徒，单是为了从世界上清除这批家伙，这场战争也是值得打的。消灭欧洲所有犹太人的计划当然是有点儿言过其实、危言耸听，不过她也曾看到过这种讲法。很显然，这种讲法全是别人兜售给斯鲁特的。也许是因为他的工作情况不妙，也许是由于他未能忘怀娜塔丽，而现在对随意抛弃自己崇拜过的一位犹太女子又感到内疚，所以他现在抓住这件事情不放。她低声说："亲爱的，这我可真无能为力。"

"我看倒不见得，不过我们刚才是在谈娜塔丽拒绝和拜伦一起走，这可得有了不起的勇气，比起爬进二楼的窗子来，这个勇气可要大得多。出境签证她还没拿到手，火车上挤满了德国秘密警察，要是出点儿事的话，她和孩子就会被撵下火车。可能就这么把她关进集中营；可能就把她押上东去的另一列火车，然后把她和孩子一起杀掉，再烧成灰烬。那可真是太冒风险了，帕姆，即使她并没知道得这么详细，她在骨子里也已经预感到了。她知道出境签证就要到了，她也知道德国人对官方文件敬若神明，这是制服他们的一件法宝。这件事她做得对。我曾经把我的看法讲给拜伦听，他听了气得脸色发白，并且——"

这时电话铃响了，她做了个抱歉的手势，让他不要说了。

"谁呀？啊，这么快？"她的眼睛睁得大大的，放射出宝石般的光芒。她向斯鲁特频频点头。"好哇！太好了！谢谢你，谢谢，亲爱的，八点见。"她挂上电话，眉开眼笑地对着斯鲁特，"亨利上校安然无恙！你知道，要是从海军部打听这个消息，得等上一个星期。你们的陆军部把邓肯的电话立刻转接到海军人事局，他马上就得到了回音。亨利上校现在正在回华盛顿的途中。你看，是我打电报给拜伦呢，还是你打？"

"这是拜伦在里斯本的地址，帕姆，还是你打吧。"斯鲁特急匆匆地在笔记本上写了个地址撕下来，"听我说，这里的波兰人正在把他们的文件汇编成一本书，我可以给你弄到这本书的校样。还有，他们找到一个从特雷布林卡逃出来的人。就是这个集中营，"——一根皮包骨头的手指使劲地点着桌子上的那张略图——"华沙附近。他冒着九死一生的危险穿过了纳粹欧洲，把照片送出来，把真相说出来。我通过翻译跟他做了交谈，没法儿不相信他说的，他的经历是一篇《奥德赛》那样的史诗。抢先发表的话，是会引起轰动的，帕米拉。"

帕姆觉得很难集中注意力听他讲话。帕格·亨利安然无恙地活着！在返回华盛顿的途中！这给她的计划、她的生活平添了新的前景。至于斯鲁特的"抢发新闻"，在她看来，他未免有点儿过分着迷。她仿佛听见她父亲在说："没价值，绝对没有。过时的货色。"胜利才是新的内容，历经四年的灾难和挫折之后，在北非、在俄国、在太平洋所取得的胜利，还有反击德国潜艇的胜利，是这次战争的真正的伟大转折点。而德国人对欧洲的恐怖统治以及对犹太人的暴行，则像潮汐表那样已为人所熟知。

"莱斯里，明天我去跟主编谈谈看。"

斯鲁特直挺挺地向她伸出一只骨瘦如柴的手，掌心潮湿，轻轻地一握。"好极了！我在这里还要待两天，你要找我，可以打电话到多尔切斯特饭店或者美国大使馆，分机是739。"他穿上皮大衣，戴上皮帽子，脸上浮起昔日在巴黎时的微笑，使他憔悴的面颊和失魂落魄的眼睛闪出亮光，"谢谢你的好酒，老姑娘，谢谢你倾听了一个老水手的故事。"

他歪歪倒倒地走出了门。

第二天，主编兴味索然、没精打采地听她说着，嘴里咬着已经熄了火的烟斗，边点边咕噜着。他说，这里的波兰流亡政府早就向他提供了所有这些材料，他刊登过其中的几篇。她可以在卷宗里翻到这些材料，地地道道的宣传品。不论根据什么新闻标准，这些报道都是无法核实的。有关屠杀全部犹太人的计划，是犹太复国主义分子透露出来的，为的是迫使白厅开放巴勒斯坦，接纳犹太移民。不过，他还是愿意在下个星期见见斯鲁特先生。"啊，他明天就要走了吗？真不巧。"

但当她表示要去华盛顿写一些那边的战争努力的报道时，这位主编便喜形于色。"好哇，那就去吧。试试你的笔头吧，帕姆。我们知道，韬基晚年的稿子都是你起草的。什么时候可以把那篇《基德尼山脊的日落》交给我们？我们急着要呢。"

斯鲁特听说，有两位外交官在往返于苏格兰和蒙特利尔之间横渡大西洋空运指挥部的轰炸机飞行中失踪了。北大西洋的空中航线并不是人们喜欢的路线，在隆冬天气里就更不是了。舒服的大客机都在南方的航线上，南下到达喀尔后，飞越阳光和煦的海面直达巴西凸出部，然后北上百慕大，再向前就是巴尔的摩了。但这条航线是供高官们走的。只有两条路线让他选择：在护航舰队里做十天航行，或者是坐皇家空军横渡大西洋空运指挥部的飞机。

在去苏格兰飞机场的火车上，他碰上了一位同路去美国的飞机驾驶员。此人中等身材，瘦长结实，是一位陆军航空兵上尉，留着牙刷般的小胡子，有一双骨碌碌转的眼睛，卡其上衣上镶着三排勋表，开口便是脏话，一肚子的飞行故事。他们两人共坐一个小间。这位驾驶员不停地呷着白兰地，他说他要喝得醉醺醺的，并且保持这种醉意，直到远远离开普雷斯特威克机场的跑道。在普雷斯特威克机场起飞有坠毁的危险。他曾参加过几次为摔死在机场跑道上的驾驶员举行的集体葬礼。向西飞进北大西洋的飓风带时，不得不冒险超载汽油。空运指挥部不得不把一批又一批的驾驶员运回去，因为经海路运输拆开装运的飞机既要多花时间，又要多费手脚，而且德国潜艇把它们毁得太多了。所以，各战区的盟国空军实际上都是依靠这些横渡大西洋的驾驶员集结力量的。虽然没人把他们放在眼里，但他们在整个战争中发挥了关键作用。

这列尘土飞扬的旧火车哐啷哐啷地慢慢穿过白雪茫茫的田野。驾驶员一路上打开话匣，斯鲁特耳福不浅，饱听了他毕生的事迹。他名叫比尔·芬顿，战前就以驾机飞行为业。一九三七年以来，他曾为许多国家的政府干过民间的和军事的飞行工作。他曾在印度-中国航线上驾驶过运输机（他说是"飞越驼峰"）。起飞时，要用响着喇叭的吉普车赶走跑道上的黄牛、水牛，然后升到五英里多的高空，越过高高地旋转在珠穆朗玛峰上空的冰雪风暴。他曾参加过加拿大皇家空军飞到英国。现在他在为陆军航空兵空运轰炸机，经南美洲到非洲，然后越过非洲到波斯和苏联。他曾在沙漠迫降过，也曾在爱尔兰海面上依靠橡皮救生筏漂浮过两天，还曾用降落伞落到缅甸的日本占领区内，然后长途跋涉走到印度。

他们在暴风雪中抵达普雷斯特威克。斯鲁特精疲力竭，昏昏欲睡，分享了比尔·芬顿的白兰地之后醉意浓浓，还对战争有了全新的视野。他昏昏沉沉的头脑里闪过了一幅幅图景：各种各样的飞机——成千上万的轰炸机、战斗机、运输机——在地球上空南北东西地穿梭飞行，同天气搏斗，和敌人鏖战；轰炸城市、铁路和行军的纵队；越过海洋、沙漠和高山；这是一场修昔底德无法想象的战争，一场由像比尔·芬顿这帮人驾驶的飞行器在这个星球上满天横冲直撞的战争。直到今天为止，他从未想到过空中的战争。至少是在此刻，他念念不忘的那份《万湖会议纪要》、那画着三个黑圈圈的波兰地图和那每日一列一列载着千千万万犹太人去屠场的欧洲列车，算是从他的脑海中消失了。而他对这次飞行也就感到更加心惊肉跳，害怕得差一点儿走不下火车。

他们到达机场的时候，飞机正在做起飞前的准备。他们穿着臃肿笨拙的飞行服、救生背心，戴着厚厚的手套，降落伞在背后荡到膝盖以下，步履蹒跚地走出报到室。室外大雪纷飞，他们没能一下子看清飞机。芬顿领着斯鲁特朝飞机马达声响处走去。飞机能在这样的天气起飞，对莱斯里·斯鲁特来说是不可思议的。这是一架四引擎的轰炸机，里面没有座位。机舱的地板上，有十多个返回去的驾驶员横七竖八地躺在运货板上。飞机艰难地起飞了，斯鲁特的腋窝里直淌冷汗，芬顿冲着他的耳朵大声嘶喊着，说根据天气预报，逆风风速每小时一百英里。他们也许不得不在格陵兰那个北极的鬼屁眼儿里着陆。

莱斯里·斯鲁特是一个胆小鬼，他自己知道这一点，并且早就不再想克服它了。甚至乘坐一辆爱开快车的人驾驶的小汽车，他也会神经高度紧张。每次乘飞机，哪怕是乘DC-3型飞机做一小时的短途飞行，对他而言都是一场严峻的考验。此人现在就坐在一架拆掉了全部设备的四引擎轰炸机里，在隆冬十二月里越过大西洋向西飞行。这架号叫着的吱吱咯咯响的旧飞机，冷风通过漏气的空隙不断钻进舱内，像啼饥号寒般的响声一直响个不停。飞机迎着冰雹在上升，冰雹打在机身上像机枪扫射一样噼噼啪啪。它颠簸着，忽上忽下，忽左忽右，好似一只风筝。借着从结了冰的窗口透进来的朦胧亮光，斯鲁特能够看到那些躺着的驾驶员发青的面孔、布满汗珠的额头，也可以看到一只只颤抖着的手把香烟或酒瓶挪近紧闭着的嘴唇。这些飞行员看上去跟他完全一样，也已经吓得魂不附体了。

芬顿在火车上曾对他讲过，北大西洋的逆风在低空时风力最大。飞机得爬高上升，超越这种气流，进入空气稀薄的高空，以节省燃料。但上升到这样的高度，机身上结冰非常快，除冰器根本来不及工作。同时，化油器在零下的气温中会冷却结冰，继而引擎就会熄火。毫无疑问，很多飞机就是这样报销的。当然，开始结冰时你可以设法继续上升，越过湿冷的气层进入干冷气层，那就得靠氧气面罩来维持生命。否则你就要迅速下降，也许要下降到紧贴海面的高度，那里的暖和气流可以将冰融化。斯鲁特明知故犯地问了他一声："难道在水面上就不存在结冰条件了吗？"

"那还用说，当然存在，"芬顿回答说，"我告诉你我的一次经历。"接着，他就讲起一件令人毛骨悚然的往事。有一次在纽芬兰海面上，机身上结满了厚冰，差点儿旋转着冲进海里。

飞机继续翘首向上爬升，零散物件也不断地朝后滑去。有些驾驶员蜷缩在破毯子里打鼾，芬顿也舒展四肢躺下，闭上眼睛。突然，机身上发出一阵金属的撞击声，顿时吓得斯鲁特的心脏停止跳动，或者说他觉得是这样。芬顿睁了睁眼睛，咧开嘴朝他笑了笑，并且做了做手势，表示机翼结了冰，橡皮除冰器在除冰。

在噪声难忍的机舱里，在破冰敲击声中，斯鲁特弄不懂他们怎么能安然入睡。他心想，这种人即使钉在十字架上，也能立即睡着。他的鼻子冻僵了，手和脚也失去了知觉，但他确实也打了个盹儿，不过一种令人恶心的感觉弄醒了他。他闻到了一股橡皮气味，一件冰冷的东西紧贴在他的脸上，好像在上麻醉一样。黑暗中他睁开了眼睛，耳朵里响着芬顿的喊叫声："氧气！"一个模糊的人影戴着个拖着一根长橡皮管的氧气面罩，在踉踉跄跄走动。斯鲁特觉得他一生中从未这样冷过，这样麻木过，这样浑身难受过，也从未这样准备好一死了事。

突然，飞机轰鸣着向下俯冲。驾驶员们坐了起来，翻起鱼白眼睛四处张望。斯鲁特在极度痛苦中产生了一种难以名状的慰藉感，这些老练的驾驶员竟也如此害怕。一次可怕的、大幅度的垂直俯冲之后，机身上的冰又一次被抖碎了。飞机又恢复了平飞状态。

"不会飞到纽芬兰去的，"芬顿在斯鲁特的耳朵边吼叫着，"这儿是格陵兰。"

> 元首指示说：
> "我们是优秀种族。"
> 我们就喊万岁！（扑哧！）
> 万岁！（扑哧！）
> 对准元首的脸。

格陵兰机场跑道旁的木头房子兵营里，留声机一小时接一小时不停地放这首歌。这是仅有的一张唱片。这个飞机场是用铁丝网围起来的一片寸草不生的地面，铁丝网陷在烂泥里面，到处都是积雪。斯鲁特从没想到过，世界上竟有如此荒凉的地方。跑道太短，起飞得碰运气，所以飞机加油后不得不等到有了起码过得去的起飞条件再起飞。

> 对元首不热爱，
> 就是不要脸。
> 所以我们就喊万岁！（扑哧！）
> 万岁！（扑哧！）
> 对准元首的脸。

斯鲁特认为，此时此地，这首平淡乏味的小调表现了美国人对希特勒和纳粹的那种致命的宽厚观念——大言不惭的笨蛋，莫名其妙的跟屁虫，高呼万岁。音乐的编排把各种嘈杂的噪音——牛铃、玩具喇叭、铁皮罐头——同一支德国军乐队的低音伴奏混杂在一起。飞行员们有的在玩牌，有的在懒懒散散地躺着，唱片放完了，有人又把唱针移到开头的地方。

芬顿躺在斯鲁特的下铺，看一本全是姑娘的杂志。斯鲁特探下身子，问他《元首的脸》这支小调怎么样。芬顿打着哈欠说，希特勒那浑小子听了会不舒服。斯鲁特从上面爬下来，坐到了上尉旁边，向他倾吐了自己关于屠杀犹太人的心情，并且气愤地表示，要是这类歌曲也能使人感到愉快，那就难怪没人肯相信眼前正在发生的事情了。

比尔·芬顿一面翻着裸体女人的画页，一面若无其事地说："胡说！老兄，谁会不相信？我就相信。那些德国人也真怪，竟会去追随希特勒这么一个疯子。他们中间有很好的飞行员，但作为一个民族，他们是一个祸害。"

> 戈培尔开口说：
> "世界和宇宙都是我们的。"
> 我们就喊万岁！（扑哧！）
> 万岁！（扑哧！）
> 对准戈培尔的脸。
> 戈林开口说：
> "他们休想轰炸这地方。"
> 我们就喊万岁！（扑哧！）

万岁！（扑哧！）
对准戈林的脸。

"但是，又有谁能帮得了犹太人呢？"芬顿将杂志扔到一边，伸个懒腰，打个哈欠，"等到这场战争结束，会有五千万人送命。日本人从一九三七年以来一直打中国人。你知不知道饿死了多少中国人？没人知道。也许一千万，也许更多。你到过印度吗？那是一个炸药桶，英国人捂盖子是捂不了多久的。印度一旦爆炸，你就会看到印度教徒、锡克教徒、伊斯兰教徒、佛教徒都会相互残杀，杀得地狱都容纳不下。德国人杀的俄国人比杀的犹太人还多。老兄，这世界是一个屠场，向来就是一个屠场，而那些混账的和平主义者恰恰没把这一点放在心上。"

难道我们不是超人？
纯粹的雅利安超人？
哎呀呀！我们是超人，
超级的、道地的超人！

芬顿听了自己这番话心里很高兴，更加来劲了。他坐起来，拍拍斯鲁特的肩膀说："告诉我，难道斯大林比希特勒好些吗？我认为他也是杀人犯。可是，我们还是把我们生产的一半轰炸机送给他——免费，无偿，什么都不要。有些非常好的飞行员还因此送了命。我现在也是在玩命，为的是什么呢？因为他是我们这一边的杀人凶手，就是这个理由。我们干这个不是为了人类、为了俄国或为了别的什么东西，而是为了救我们自己的狗命。老天在上，我为犹太人感到难受，别以为我不是这样，但是对他们，我们实在爱莫能助，只有把德国人打得屁滚尿流。"

所以我们就喊万岁！（扑哧！）
万岁！（扑哧！）
对准元首的脸。

在蒙特利尔郊外庞大的加拿大空军基地，斯鲁特打电话给欧洲事务司。司长告诉他，立即在蒙特利尔飞机场赶乘去纽约或华盛顿的第一班飞机。斯鲁特打电话的时候，芬顿正走过电话亭，手臂挽着一位穿红色狐皮大衣、身材高挑的漂亮姑娘。

这姑娘走起路来屁股一扭一扭，一双绿色的眼睛死盯着芬顿，像要把他吞下去似的。芬顿手上夹着一支在冒烟的雪茄，漫不经心地朝斯鲁特挥了挥手，会意地咧了咧嘴，就走过去了。短暂的一生，快乐的一生，斯鲁特脑子里闪过一个辛酸而又羡慕的念头。

令斯鲁特惊喜的是，他居然对DC-3型飞机的起飞和穿过厚厚的云层爬升都毫不在意了。这架客机看上去实在大，舱里豪华，座位宽大柔软，女服务员又是如此迷人，倒像是在乘坐"玛丽王后"号邮船，而不是在乘坐飞上天去的东西。他说不清楚是由于上次乘坐轰炸机使他害怕飞行的心理麻木了呢，还是因为他根本就是神经失常，已经到了彻底崩溃的边缘。不管怎样，不再害怕总是一件令人高兴的事。

他从报摊上匆忙买来了一份《蒙特利尔报》。他摊开报纸，头版上就有一张埃里斯特·塔茨伯利和帕米拉的照片，他不由得坐直起来。他们站在一辆吉普车旁边，塔茨伯利穿着一件肥大的士兵工作服，咧开嘴高兴地笑着。帕米拉穿着便裤和衬衣，神情委顿。

基德尼山脊的日落
埃里斯特·塔茨伯利

伦敦无线电通讯。这篇一九四二年十一月四日的电讯是英国著名记者的最后一篇报道，是他在阿拉曼触雷身亡之前不久口授的。未完成的初稿后由他的女儿和合作者帕米拉·塔茨伯利整理发表，现经伦敦《观察家报》特许转载。

一轮又红又大的太阳悬挂在黄沙起伏的远处地平线上空。沙漠的寒夜已经开始降临基德尼山脊。这片灰蒙蒙的沙丘高地这时候已人兽绝迹，留下的只有死人，还有两个情报官和我，甚至连苍蝇也飞走了。早些时候，苍蝇还聚集在这里，黑压压的一片麇集在尸体上。它们纠缠着活人，成群结队地停留在人们的眼睛边和湿润的嘴角边，吸吮着人们的汗水。当然，它们更喜欢死人。明天太阳爬上对面的地平线时，这些苍蝇又会回来继续它们的盛宴。

在暮色已临的一片红光中极目望去，唯见遗尸遍地，在这里战死的不仅仅是这些德国士兵和英国士兵，非洲军团也在阿拉曼这块土地上死亡。非洲军团是一个传奇，是一个能攻善战的敌人，是一个威胁，同时也是一种光荣，用丘吉尔的话来说，是值得我们与之一战的劲敌。现在还不知道隆美尔是否已经死里逃生，也不知道他那些被击溃的超人士兵是否会被第八集团军一网打尽。反正非洲军团已全军覆灭，被英国的武器一举粉碎了。我们在这里，在非洲西部大沙漠胜利了，一个堪与克雷西、阿让库尔、布莱尼姆和滑铁卢战役[①]媲美的伟大胜利。

骚塞[②]的《布莱尼姆战役》中的诗句在这里，在基德尼山脊上，回荡在我耳边：

> 人们说，胜利后的战场是一幅触目惊心的景象，
> 因为这里有成千上万的尸首在烈日下腐烂，
> 可是你须知道，
> 一场著名的胜仗之后，一定要有这样的现象。

尸体确实多不胜数，看了使人触目惊心，但更为显眼夺目的是，在这片奇异的美丽荒原上，炸毁和烧毁了的坦克遍地都是。蜷伏着的残骸伸出长长的炮筒，在柔和的灰白色、棕褐色和粉红色的广袤沙地上，投下延长的青灰色影子。这里是一番同基德尼山脊最不协调的情景：在原始荒凉的沙漠旷野上，到处是一堆堆被击毁的、翻倒的二十世纪机器。而在人们的想象中，这里应该是古代身穿盔甲的勇士们骑在骆驼上、战马上或汉尼拔的大象上作战的情景。

这些士兵和机器是从多么遥远的地方来到这里并葬身沙场的啊！是什么不寻常的不断演变的事件把这些年轻人从莱茵河畔和普鲁士、从苏格兰高地和伦敦、从澳大利亚和新西兰送到这里，在这遥远的非洲，在这干旱和荒凉得像月球一样的地方，用喷火的机器相互厮杀？

然而，这就是这次战争的标志。像这样的战争，还从未有过。这次战争的战火燃遍了全球，像基德尼山脊这样的战场，在我们这个小小的星球上比比皆是。人们离乡背井，被送到不能再远的地方，带着人类为之骄傲的勇敢

---

① 这些都是欧洲历史上有名的战役。
② 骚塞（1774—1843），英国桂冠诗人。

和耐力，用人类为之羞耻的可怕的器械相互残杀。

再过一会儿，我就要坐吉普车回开罗去。在那里，我将口授一篇我在这里所见的通讯。现在太阳已接触地平线，我看到离我不到五十码的地方，两个情报官员正从一辆被炸毁的德国坦克里往外拖一个驾驶员。这个德国驾驶员浑身焦黑，头已经没有了，只剩下身子、手臂和腿，一股臭猪肉的气味，脚上穿着一双漂亮的靴子，只烧焦了一点儿。

我感到十分疲惫。有一个我所厌恶的声音对我说，这次战役是英国在陆地上所取得的最后胜利，我们的军事历史可以拿这一堪称最辉煌的胜利作为终结。取得这一胜利，主要是依靠不远万里从美国工厂运来的武器装备。今后不论在什么地方作战，英国士兵都将一如既往地英勇战斗，但战争的主动权正从我们手中消失。

我们人数少，力量弱。现代战争是对工业的一场血淋淋的、令人胆寒的检验。德国工业的生产能力在一九〇五年就超过了我们，我们是全凭毅力撑过第一次世界大战的。今天地球上的两个工业巨人是美国和苏联，德国和日本已不是它们的对手。现在它们已从出其不意的挫折中振奋起来，开始征战了。托克维尔①的预想行将在我们这个时代实现，它们两家将瓜分天下。

在基德尼山脊下沉的太阳是在大英帝国的土地上沉落的，我们还在小学的时候，老师就教过我们，大英帝国的太阳永不沉落。我们的帝国是在探险家们的技能中诞生的，是在我们的义勇骑兵的骁勇中诞生的，是在我们的科学家和工程师们天才的创新精神中诞生的。我们抢先起步，占据世界前列已长达二百年之久。我们陶醉于庞大舰队保护下的长期太平盛世，我们认为这种太平盛世会永世长存，于是我们昏昏入睡。

在这里，基德尼山脊上，我们抹去了嗜睡症带来的耻辱。如果说历史就是兵戎相见，那就让我们现在开始体面地退出这个舞台；但如果历史体现了人类精神向世界自由迈进的进程，那我们就永远离不开这个舞台。英国的思想、英国的制度、英国的科学方法将以新的面貌在其他国家为人们指引道路。英语将成为这个星球的语言，这一点现在业已肯定无疑。我们已经是新时代的希腊了。

---

① 托克维尔（1805—1859），十九世纪法国历史学家、政治学家。

　　你们也许会反对说，可是新时代的主题是社会主义，对此我还不能十分肯定。如果能肯定，卡尔·马克思的教义就是建立在英国经济学家的理论上的，他的理论就是在大英博物馆对他的盛情接待中创立的。他阅读的是英国书籍，生活靠的是英国的慷慨大度，写作得到英国自由的保障，同英国人合作，死后葬在伦敦的一座墓地里。而这一切人们都忘记了。

　　太阳落山了。夜幕就要降临，寒冷顷刻将至，两位情报官员招呼我搭他们的卡车。靛蓝的天空中涌现出第一批星星。我最后朝阿拉曼战场上的死者环顾一眼，轻声地为这些可怜的亡灵祈祷。曾几何时，这些德国人和英国人在图卜鲁格的咖啡馆里一遍又一遍地唱着"莉莉·玛莲"，搂着同一批卖笑姑娘。现在他们一起躺在这里，他们的青春欲望已经冰冷，他们思念家乡的歌曲也沉寂了。

　　"嘿，这件事可真是下贱作孽！"
　　小威廉明妮说。
　　"不，不，我的小姑娘！"他说——

　　帕米拉·塔茨伯利写道："正当我父亲用惯常韵味背诵这些诗句时，电话铃响了，是叫他去会见蒙哥马利将军的电话。他立刻去了。可是第二天上午，一辆卡车送回了他的遗体。作为第一次世界大战的一个预备役军官，他被葬到亚历山大郊外的英国军人公墓里。

　　"伦敦《观察家报》要我续完这篇文章。我试了试。虽然我还有父亲手写的三段笔记手稿，但我写不下去。我只能为他续完骚塞的诗句，我父亲的战地报道生涯就是以这句诗结束的——"

　　这是一个著名的胜利。

　　这时飞机在恶劣天气的上空嗡嗡飞行，天空明亮湛蓝，阳光照射在覆盖大地的白云上，使人目眩。斯鲁特心情沉重地倒在椅子上。他心里在想，从伯尔尼一路走来，不仅在距离上，而且在思想上经历了一段漫长的道路。在瑞士首都的暖房里，在中立的舒适气氛的笼罩下，对犹太人的关怀好似一株疯长的植物在他心头成长。现在，他已回到现实中来了。

　　如何才能唤醒美国的舆论呢？怎样才能摆脱"元首的脸"那样的傻笑、芬顿的玩世不恭和冷嘲热讽呢？最重要的是，怎样才能和"基德尼山脊"这样的文章竞争呢？塔茨伯利的那篇文章写得感人肺腑、扣人心弦，描绘了一场大屠杀，但对欧洲的犹太人来说，不存在基德尼山脊这样的机会。他们手无寸铁，根本谈不上战斗。他们大部分人甚至连想都没想到，一场大屠杀正在进行。送往屠宰场的绵羊是令人不忍思考的，人们要转而去想别的东西。现在有一出惊心动魄的世界性戏剧供人观看，这是一场赌注下得最大的比赛，主队最后会获胜。特雷布林卡集中营终究无法同基德尼山脊相比。

第五十章

　　一九四一年九月，维克多·亨利出国的时候，国内还是一片太平景象，尽管"民主兵工厂"的论调颇热闹，但孤立主义者和干涉主义者之间争吵激烈，军火生产不过是一条涓涓细流，军事当局战战兢兢地眼看国会仅以一票的多数通过延长征兵法案，当时这儿还是一个没有定量配给的国家。防务开支造成了产业界的繁荣，从东海岸到西海岸，夜间灯火通明，长途的公路和城市的街道上照样汽车奔驰，犹如千堑竞流。

　　现在他回来了，从飞机上向下看，圣弗朗西斯科已是一片战时景象：没有灯光的桥梁，在一轮圆月的清光下显出朦胧的影子，渺无人迹的公路像一条条灰白的长带，住宅区的山上山下都不见灯火，市中心的高楼大厦一片漆黑。在幽暗静寂的街道上，在灯光炫目的旅馆大厅里，到处都是穿军装的人群，这使他大吃一惊。就是希特勒的柏林也不像是这么一个军人世界。

　　第二天，他在飞向东部的飞机上读到的报纸和杂志都反映了这种变化。广告栏里充塞着尚武精神的爱国主义，那上面不是威武雄壮的铆工、矿工或士兵和他们的情人，就是龇牙咧嘴的日本人、蓄着希特勒式小胡子的毒蛇，或者是哭丧着脸、神似墨索里尼的肥猪在挨打。新闻栏和年终时事述评里洋溢着飘飘然的信心，在斯大林格勒和北非，战争的局势已经扭转，太平洋只是一笔带过。也许要怪海军守口如瓶，在提到中途岛和瓜达尔卡纳尔岛的时候，根本没说起这两次战役的规模。帕格明白，即使发布了"北安普敦"号被击沉的消息，也不会有人注意。他一生中的这个灾难，损失了一艘巨大的战舰，给一幅充满乐观气氛的图景抹上了一点儿污斑。

　　变化来得太突然了！近日来，太平洋上的越岛作战开始了。他在飞机上和候机室里看到的还是几个月前的翻得破旧了的杂志。它们都是众口一词，哀叹盟国对战争的疲沓拖拉，德军铁骑深入高加索山区，印度、南美和阿拉伯国家的亲轴心国的骚乱，日本在缅甸和西南太平洋的进军。还是这些杂志，现在却异口同声地欢呼希特勒及其罪恶同伙的必然垮台。帕格觉得，民众情绪的这种变化何其轻浮。即使战略上的转变即将来临，战场上的鏖战也还在继续。美国才刚刚开始死人。对军人家庭来说——如果不是对军事专栏作家来说——这可不是一件小事。他从圣弗朗西斯科同罗达通了电话，她说没听到拜伦的消息。战时没有消息，特别是得不到关于一个在潜艇上服役的儿子的消息，不见得是好消息。

飞机在冬天灰暗的天空中颠簸飞行，帕格反复思考着要他向人事局报到的命令，以及同斯普鲁恩斯的那次谈话。迪格·布朗是人事局里负责上校级军官职务任免的主管人，是他在海军学院的同窗。布朗学习语言的能力很差，在军校的整整三年时间里，帕格帮他学习德语，帮他考得了高分，从而提高了他在班级的名次，他一生的事业也因此受益匪浅。帕格希望不费周折地再被派回太平洋舰队总司令部，因为当前在海军里再没人比尼米兹和斯普鲁恩斯开口更有分量。如果万一遇到官僚主义的推诿搪塞，他还准备理直气壮地去找布朗，把自己的要求告诉他。这位老兄是不能拒绝他的。

怎样对待罗达呢？在刚见面的时刻，他该说些什么呢？举止又该如何呢？在绕地球半圈的飞行途中，他一直在苦苦思索着这些问题，现在这些问题仍在困扰着他。

在狐狸厅路上那幢大房子的黑色大理石门厅里，罗达倒在帕格的怀抱里哭泣。他臃肿的海军舰桥大衣上沾着雪花，他的拥抱颇有点儿碍手，但罗达紧紧依偎在他又冷又湿的蓝呢子大衣和鼓起来的铜纽扣上，抽抽噎噎地诉说：“对不起，哦，对不起，帕格。我不是存心想哭，真的，我不是存心的。见到你，我简直高兴得要死。对不起，亲爱的！对不起，我成了这么个爱哭的娃娃啦。”

“别难过，罗达。一切都很好。”

在久别重逢的这个充满柔情的片刻，帕格倒是果真觉得也许一切都会好的。她依偎在他怀里，他觉得她的身子柔软温馨。在他们结婚以来的漫长岁月里，他只看见妻子哭过几次。尽管她有许多轻浮浅薄之处，但她有一点儿忍痛自我控制的脾气。她紧紧搂住帕格，像是一个寻求安慰的孩子，泪水盈眶的大眼睛闪闪发亮。“哎呀，该死，真该死，我本来打算用微笑和马提尼酒来迎接你的。现在来杯马提尼酒也许味道会特别好，是吗？”

“中午就喝酒？好吧，也许还更好呢。”他将大衣和帽子扔在凳子上。罗达手拉手地把他领进起居室，壁炉里火苗在跳动，一大棵圣诞树上的各种装饰品闪闪发光，使房间里充满了童年过节和家庭欢乐的情趣。

他拉住她的双手："让我来好好看看你。"

"梅德琳要来这里过圣诞节，你知道，"她唠叨开了，"没一个女仆帮忙，我想还是索性早点儿买棵树，把这麻烦东西修剪好。再说——好了，好了，还是讲点儿正经事吧。"她拿不定主意，一阵傻笑，把手抽回来，"你这位舰长的视察可叫我不好受，你觉得这条破船怎么样？"

帕格几乎像是在打量别人的妻子。罗达的皮肤柔软清澈，几乎看不出有什么皱纹。她穿着这件针织的紧身上衣，身材仍像从前那样富有魅力，要说有什么改变，只是稍许瘦了点儿。她的髋骨显得突出了，她的动作和姿态仍然轻巧、动人、娇美。在她说到"不好受"的时候，她逗趣地在他面前摆动着十根张开的手指，不禁使他想起他们最初几次约会时她那种淘气的妩媚。

"你可真漂亮。"

这种赞美的语调顿时使她脸上生光。她讲话声音有点儿沙哑，但音调动人。"你总爱这么说。你倒是真神气！只是头发灰白了点儿，老东西，还真讨人喜欢呢。"

他走到壁炉旁，伸出了双手。"真舒服。"

"哦，这些日子我的爱国热情可高啦。还有实际行动。柴油是一个问题，我调低了恒温器的温度，关掉了大部分房间，尽量烧木柴。为什么不从机场给我来个电话？你这个坏东西！害得我像只豹子一样，在房子里走来走去。"

"公用电话亭都挤满了人。"

"可不是，电话机纠缠了我整整一个小时，它老是响个不停。斯鲁特那家伙从国务院打电话来，他从瑞士回来了。"

"斯鲁特！有没有娜塔丽的消息？拜伦的消息？"

"他忙得很，过会儿还要打电话来。娜塔丽好像在卢尔德，而且——"

"什么？法国？她是怎么到卢尔德的？"

"她和我们那些被拘留的外交官和新闻记者待在一起。关于她的情况，他就讲了这些。拜伦去过里斯本，设法找交通工具回来，这是斯鲁特最后听到的消息。他接到了命令，要上一艘新建的艇上去。"

"好极了！小孩呢？"

"斯鲁特没说，我已邀他来吃晚饭。你还记得西姆·安德森吗？他也来过电话。电话铃一直没停过。"

"那个海军士官生吗？就是那个逗得我在网球场上奔东跑西，惹得梅德琳在一旁又是拍手又是笑的那个家伙，是吧？"

"他现在是海军少校啦！你觉得怎么样，帕格？我敢说，现在只要是断了奶的娃娃，就可以当海军少校。他要了梅德琳在纽约的电话号码。"

帕格凝视着炉火说："她是和克里弗兰那猴崽子一道回来的，是吗？"

"亲爱的，我在好莱坞认识了克里弗兰先生。这个人倒不坏。"她看见丈夫脸色不好，说话便有点儿吞吞吐吐，"还有，她的工作也真好玩儿！这孩子赚的钱可多啦！"壁炉里的火光投射出粗犷的阴影，在维克多·亨利的脸上忽隐忽现。罗达走到他身旁："亲爱的，那杯酒怎么样了？说实在的，我都浑身发抖了。"

他伸出一只胳膊搂着她的腰，吻了吻她的面颊。"那还用说。我先给迪格·布朗打个电话，问一下到底为什么要我最优先搭乘飞机到这里来。"

"嗯，帕格，他只会告诉你给白宫打电话。还是让我们假装你乘的飞机晚到了吧——怎么啦？到底出什么事了，我的心肝儿？"

"白宫？"

"可不是，没错。"她马上用手捂住嘴巴，"哎呀，天哪！露西·布朗可要砍我的脑袋了。她要我发誓保密，可是我还以为你已经知道了呢。"

"知道什么？"他的声音变了，就像在跟一个军需官说话，"罗达，告诉我露西·布朗到底对你说了些什么？什么时候说的？"

"天哪！好吧——好像是说，白宫命令人事局立刻把你召回这里来，十万火急。这是十一月初的事，在你失去'北安普敦'号之前，帕格。我知道的就是这些。就连迪格自己也只知道这些。"

帕格走到电话机旁，拨动号码盘。"快去调酒。"

"亲爱的，可别泄露露西告诉过我。他会用文火烤她的。"

海军部的交换台好久没回话。维克多·亨利独自一人站在宽敞的起居室里，从震惊中慢慢恢复了过来。"白宫"对他来说，像对任何美国人一样，是一个有魔力的字眼，但他早已体会到侍候总统的那种酸溜溜的味道。富兰克林·罗斯福待他不过是像一支借来的铅笔，用过就算了，打发他去指挥那艘倒霉的"加利福尼亚"号，政客手段！维克多·亨利对总统并无怨言。在他身边也好，不在他身边也好，维克多·亨利对这位老谋深算的老痞子仍然心怀敬畏。但他决心不惜一切代价推辞掉总统再一次派给他的任何差事，给大人物当随从，专门没出息地在陆地上跑腿，只能毁了他一生的事业。他必须回到太平洋上去。

迪格不在。帕格走到壁炉前，背对炉火站着。他在这里感到不自在，在杰妮丝简陋的小屋里，他却感到很自在。怎么会这样呢？在去莫斯科之前，他曾在这幢房子里住了不到三个月的时间。这房子多大呀！当时他们怎么会想到去买这样一幢大房子呢？他又一次同意她拿出一部分她自己的信托金用在这上面，因为她要过的那种有气派的生活非他的能力所及。错了，错了。当时还谈论过要接待许多孙儿孙女。真是不堪回首！在这冰冻的十二月里，在散发着圣诞节气氛的房间里，家具上还罩着夏天的套子干什么呢？他根本就不喜欢绿色印花布上的俗不可耐的花卉图案。尽管他感到炉火烤得他的上衣暖烘烘的，但房间里的寒气似乎仍然侵入他的骨髓。在热带地区服役会使血液稀薄，这也许是真的。但是，在他的记忆中，从前在太平洋任职回来的时候，却不像现在这样冷彻骨髓。

"马提尼酒来了。"罗达大声说，手里托着一只叮当响的盘子走了进来，"迪格怎么说？"

"他不在。"

帕格呷的第一口酒，顺着他的喉咙火辣辣地下去了。他已经好几个月不知酒味。华伦死后，他的身心都陷入麻木状态，从那时以来，他就滴酒未入。"很好。"他说，但他心里懊悔赞成喝马提尼酒，他得保持清醒到人事局去。罗达给他端来一盘三明治，他摆出热情洋溢的口气说："好啊，鱼子酱！你真的宠爱我，对吗？"

"你不记得啦？"她的笑容是大胆露骨的调情，"是你从莫斯科捎来的。一位陆军上校给我带来了六听，还有你的这张便条。"

在一张很蹩脚的俄国纸上，字迹潦草地写着："留待我们的重逢之日，准备好马提尼酒、鱼子酱，生好炉火，还有……尤其是还有……爱。帕格。"

现在他全记起来了：还是在珍珠港事件爆发前几个月的一个兴高采烈的下午，哈里曼一行在国家酒店的一家当时还开张营业的商店里买东西。当时，帕米拉把所有的披巾和罩衫都说得一无是处。她说，像罗达那样高雅的女人，穿上这种俗气的东西，岂非不伦不类。那些皮帽子好像都是专门为女性的巨人做的。因此他就买了这些鱼子酱，并匆匆写了这么张疯疯癫癫的便条。

"哦，这鱼子酱倒真不坏，没说的。"

罗达的眼角流露出的热情在诱人情欲。如此这般的情景也曾多次在维克多·亨利的脑子里显现：在海上身经百战的舰长回到了家中，奥德修斯和珀涅罗珀双双走向卧榻。她的声音悦耳诱人："看起来你好像几天没睡觉了。"

"没那么严重，"他用两只手揉了揉眼睛，"旅途太长了。"

"你哪一次不是远道而归！在你看来，可爱的美国变成怎样一副样子了，帕格？"

"大不相同了，夜间从飞机上看更是两样。西海岸是彻底的灯火管制，到了内地才开始看到灯光，芝加哥跟平时一样灯火辉煌。过了克利夫兰，灯光开始渐渐暗淡了。到了华盛顿，又是漆黑一片。"

"嘀，层次可真够分明！现在什么事都没个准。物资匮乏已经弄到混乱不堪的地步，人们对配给议论纷纷！一会儿有，一会儿没有！简直搞得人们晕头转向。现在又刮起了囤积风，帕格。哎呀，瞧他们吹嘘自己多么聪明，把轮胎、肉、糖和燃油囤积起来，我说都说不全。的确，我们是一个被宠坏了的像猪一样的民族。"

"罗达，最好不要对人的本性期望过高。"

这句话使他妻子神色惶惑，无言以对。后来，她把一只手盖在他的手上："亲爱的，你愿意谈谈'北安普敦'号吗？"

"我们被鱼雷击中，沉没了。"

"听露西说，大部分官兵都得救了。"

"吉姆·格里格干得很出色。但是，我们损失的人还是太多了。"

"你自己是侥幸脱险的吧？"

她脸上现出渴望和期待的神情，但帕格并没有动情的举动，因为他不觉得有求欢的冲动。他开始讲述他的军舰遇难的经过。他站起来慢慢走动，开了个头儿之后，他的话就流畅自如了。那个可怕的夜晚的激情重新涌上了他的心头。罗达两眼晶莹，专心倾听。电话铃响了，打断了帕格的思路，他两眼圆睁，像是从梦游中醒来似的。"我猜是迪格打来的。"

布朗上校热情洋溢，声音洪亮。"好哇，好哇，帕格！回来了，是吗？太好了！"

"迪格，你有没有收到太平洋舰队总司令部发来的一份关于我的电报？"

"喂，电话里不要谈公事，帕格。你和罗达今天就快快活活团聚一下吧，分别好长时间了，其他的就用不着讲啦。嘿嘿！我们明天再谈吧，明天九点钟给我打电话。"

"今天你有空吗？我现在就来行吗？"

"好吧，你想来就来。"帕格听到他的老朋友叹了口气，"听你说话就知道，你一定很疲劳了。"

"我就来，迪格。"帕格挂上电话，大步走到他妻子身边，吻了吻她的面颊，"我还是想弄弄清楚，到底是怎么回事。"

"好吧。"她两手捧着他的脸，久久地吻着他的嘴，"你就开那辆奥兹莫比尔去吧。"

"它还能走吗？好极了。"

"也许会要你去做总统的海军副官，露西这么猜想。这样我们至少可以有一段时间在一起了，帕格。"

她走向一张小巧的书桌，把汽车的钥匙拿了出来。罗达在这几句话里无意流露出来的闺怨，比她所有的调情更能拨动帕格的心弦。孤单单一个人住在这样一幢冷冷清清的房子里，又遭到失子之痛，失去的还是她的第一个儿子——他们始终没说起他，照片里的他在钢琴架上微笑着。丈夫离开一年多，刚回到家里便急匆匆出去忙自己的公事，对这一切，她表现得都很好。她的苗条的臀部扭动起来令人心醉，帕格很奇怪自己对她竟没有情欲。他恨不得马上扔下正在穿的海军大衣，把她抱在怀里。但是，迪格·布朗正在等他，而且罗达正调皮地把钥匙轻轻地扔到他手上。"无论如何，我们得在家里吃饭，好吗？就我们两人？"

"一定回家吃饭，就我们两人。我相信一定有酒，还有——"他迟疑了一下，然后扬起眉毛，硬装出一个色眯眯的表情，"特别是还有……"

她眼中的光芒顿时飞越了两人之间的鸿沟。"快上路吧，水兵小伙子。"

从外表上看，陈旧的海军大楼还是老样子，这幢上次大战留下来的一长排阴森森的"临时"建筑，使整个宪法路的景色受到破坏。里面却是另一种气氛：匆忙急促的走动，混在一起的嘈杂声，走廊上三五成群的在海军服役的妇女和满脸稚气的参谋人员。布满灰尘的墙壁四周悬挂着一幅幅色彩鲜艳的油画，油彩好像还没干透，画的都是些航空母舰上空激烈空战、夜间炮战、热带海岛的轰炸等的场面。帕格在海军服役的时间里，墙上的装饰一向是美西战争或者一九一八年大西洋战役的纪念作品。

迪格看上去浑身上下还是那么一副占山为王的神气：高大、魁梧、健壮，满头灰白的头发，还有指挥战列舰一年的经历（在大西洋服役，也够好的了），如今在人事局身居最高职位。迪格的将军头衔已是十拿九稳，帕格不确定自己在迪格的眼里是怎样的人，但是，他从来都不觉得在这位飞黄腾达的老朋友面前抬不起头，现在也是如此。他们在握手和相互打量对方的时候，彼此领会了许多未言之意。事实上，帕格使布朗上校想起了他家后院里的那棵橡树，虽然经受过雷电轰击，但仍生机勃勃，每年春天，枯干上又长满了绿枝。

"华伦可真令人心碎。"布朗说。

亨利强压下感情，费劲地点燃了一支香烟。布朗只好再往下说："还有'加利福尼亚'号，接着又是'北安普敦'号，天哪！"他以无可奈何的同情在帕格的肩上捏了捏："请坐吧。"

帕格说："是啊，有时候我也对自己说，我不是志愿报名投生人世的，迪格，我是应征入世的。不过，我还很好。"

"罗达呢？你看她的心情怎样？"

"非常好。"

"拜伦呢？"

"正从直布罗陀返回，被派到新建的潜艇上去，我听说是这样。"帕格仰头面对故友，在烟雾中乜斜着眼，"你可真是青云得意啊。"

"我还没听到过大炮的怒吼哩。"

"缺人打仗的地方还多着呢。"

"帕格，你的情绪恐怕难免要受到苛责，但我希望你的想法是正确的。"布朗上校戴上角质边框的眼镜，开始翻阅别在文件夹板上的电文，抽出一份递给帕格，"我想你问起的是这个，对吗？"

发件人：太平洋舰队总司令部
收件人：人事局
　　　　要求委派前"北安普敦"号舰长维克多·亨利海军上校（军号4329）担任本司令部参谋职务。

　　　　　　　　　　　　　　　　　　　　　　　　　尼米兹

帕格点了一下头。

布朗剥开一片口香糖："我得戒烟，血压高，简直要了我的命。"

"快说吧，迪格，派我去太平洋舰队总司令部的命令通过了吗？"

"帕格，这份电报是不是你在回国的路上搞的花样？"

"我可没搞花样，是斯普鲁恩斯突然向我提出的，我自己也大吃一惊。我原来以为丢掉了军舰，我该倒霉了。"

"为什么？你是在战斗中被击沉的嘛。"在帕格探询的目光下，布朗不停地嚼着口香糖，高大的身子跟着转椅移动，"帕格，据约茨科·拉金说，你去年推掉了太平洋舰队总司令部的参谋职务。"

"去年是去年的情况。"

"你有没有考虑过，为什么要你最优先搭乘飞机回来？"

"你说吧。"

布朗摆出一副高深莫测的神气，慢吞吞地说："那个……伟大的……白宫……老爹。"接着，他压低声音说："好家伙！是大老板本人。你得马上去向他报到，插上印第安人的羽毛，身上涂满出征的油彩。"布朗不禁为自己的幽默笑出声来。

"到底是怎么回事？"

"哦，该死，给我一支烟吧，谢谢。"布朗猛吸着烟，眼睛鼓了出来，"我想你认识斯坦德利将军，驻俄国大使。"

"当然认识，去年我在哈里曼代表团跟他同去俄国。"

"一点儿不错。他已回国同总统磋商。甚至在'北安普敦'号沉没之前，卡顿少将就从白宫给我们打电话，焦急地询问你的情况。斯坦德利也一直在打听你能否脱身出来。因此才给了你头等优先权。"

帕格竭力不使自己的声音流露出烦躁不安。"尼米兹在这里应该比斯坦德利更有分量一些。"

"帕格，我得按上面的指示办事。你应该去找拉斯·卡顿，约定了时间和总统会面。"

"卡顿知道太平洋舰队总司令部的来电吗？"

"我没告诉他。"

"为什么不告诉他？"

"没人要我告诉他。"

"好吧，迪格，那就请你把太平洋舰队总司令部的电报内容通知卡顿吧，今天就告诉他。"

两人冷眼相对较量了几秒钟。迪格狠狠地吸了一口烟，说："你这不是要我驶出列队嘛。"

"怎么？你不向白宫报告太平洋舰队总司令部要我，就是一艘废舰了。"

"荒唐，帕格，别跟我瞎扯了。宾夕法尼亚大街的那位大人物只要捻捻手指头，我们在这里就得团团转。别的事情都无所谓。"

"可这不过是比尔·斯坦德利老头儿心血来潮，你说的。"

"很难说。还是你见到拉斯·卡顿的时候，你自己跟他说一下太平洋舰队总司令部的事吧。"

"不行。他必须接到人事局的通知，这才算数。"

"谁说一定要通知他。"布朗上校面有愠色地避开了他的视线。

维克多·亨利像进行语言练习那样一字一句地说："我必须，你必须，他必须。①"

布朗的嘴唇一撇，苦笑一下，照着这个腔调接下去说："我们必须，你们必须，他们必须。②"

---

① 原文都是德语，是德语的语法格式。
② 同上。

"我们必须①，迪格。"

"我们必须。②我从来都没学会德语，是吗？"布朗深深地吸了口烟，突然把烟掐灭了，"啊，味道不错。帕格，我还是认为，你应当首先弄清楚这位伟大的白宫老爹想干什么。"他悻悻然地用手按了一下电铃："照你说的办，我马上送一份副本给拉斯。"

房子里面暖和些了。帕格听见起居室里有个男人在说话。

"喂！"他大声招呼道。

"嘿！"是罗达愉快的声音，"这么快就回来了？"

帕格走进起居室，一位皮肤黝黑的年轻军官已经站起来了，嘴上一撇小胡子使他一时认不出是谁。接着，他看到了此人淡黄色的头发和崭新的海军少校的半条金杠。"你好，安德森。"

罗达一面在壁炉旁的桌上倒茶，一面说："西姆刚到，顺路送来给梅蒂的圣诞礼物。"

"我在特立尼达随便买了点儿东西。"安德森指着桌上的一个包装精致的盒子说。

"你到特立尼达去干什么？"

罗达给两人端上茶就走开了，安德森把他的驱逐舰在加勒比海执行任务的情况讲给帕格听。在委内瑞拉和圭亚那一带海面，在墨西哥湾，德国潜艇吃了几回大肥肉，有油船、铝土矿运输船、货船和客轮。占了便宜胆子也大了，德国潜艇的艇长甚至敢让潜艇浮出水面，直接用炮火击沉过往船只，好节省鱼雷。为了对付这种威胁，美、英海军现在已经建立了联合护航体制，安德森就是去执行这种护航任务的。

帕格只是模模糊糊地知道一些加勒比海的德国潜艇问题。安德森的话使他想起海军大楼里的两张大幅照片：一幅是一些身上裹着皮毛的因纽特人，在暴风雪中看着一架卡塔林纳式水上飞机在装货；另一幅是除了下身兜着一条窄布条之外全身一丝不挂的波利尼西亚人，观看停在岸边棕榈高耸的环礁湖中的一架完全相同的卡塔林纳式水上飞机。这场战争像麻风病一样，在全世界到处蔓延。

"对了，安德森，你是不是同迪克·帕森斯一起在军械局研究过一种先进的保密装置，高射炮无线电近发引信？"

---

① 原文是德语。
② 原文是德语。

"是的，先生。"

"那为什么把你派到加勒比海的一艘老式的四烟囱上去？"

"因为缺少舰面军官，先生。"

"引信真是好极了，西姆。"

西姆黝黑的脸上那对明亮的蓝眼睛露出闪耀的光芒。"啊，舰队已经都用上了吗？"

"我看到过在努美阿海面上举行的一次打飞机靶的射击表演，简直像屠杀。在几分钟内，三架飞机靶全都粉身碎骨地落了下来。高射炮炮弹每次都是紧贴靶子爆炸开来，确实不可思议。"

"我们是下了一番苦功的。"

"迪克·帕森斯到底是怎么把整个无线电信号器装进高射炮弹壳的？这种信号器又怎么会不受初速震动的影响，不受射程中每秒五百次旋转的影响？"

"嗯，先生，我们把数据都计算好了。工业部门的人说'可以'，而且他们真的做出来了。其实，现在我正准备到阿纳卡斯蒂亚去看帕森斯上校。"

那些追求梅德琳的傻瓜，没有一个得到过维克多·亨利的青睐，但他认为眼前这个倒还不错，跟休·克里弗兰一比，就更觉得他不错。"你能不能抽空来和我们一起吃圣诞节晚饭？梅德琳会回来的。"

"好的，先生。谢谢您。感谢亨利太太，她也邀请了我。"

"是吗？那好极了！请向迪克问好，告诉他整个南太平洋部队对那种引信都是一片赞叹声。"

海军实验室的一间气闷的办公室里，威廉·帕森斯上校看着窗外伸向河边的泥滩，对安德森晒黑了的肤色称赞不已。对帕格的问候，他只点点头，没吭声。他已年过四十，苍白的额头上已经有不少皱纹，并且已开始秃顶，外表毫无出众之处，但在安德森跟随过的所有上司中，他是最勤奋、最出色的一个。

"你懂铀吗，西姆？"

安德森一听，就觉得好像踩上了一段导电铁轨似的。"我没研究过放射性现象，先生，也没研究过中子轰击。"

"你肯定知道，在铀的研究方面正取得一些很有趣的进展。"

"嗯，那还是一九三九年我在加利福尼亚理工学院当研究生的时候，我曾听到过对德国人研究原子裂变成果的许多议论。"

"是一些什么议论？"

"不着边际的议论，上校，什么超级炸弹、原子动力推进等等，纯粹是理论性的。"

"你认为我们就到此为止了吗？只不过是理论上的可能性吗？只不过是一种大有希望的反常自然现象吗？而那些德国科学家在夜以继日地为希特勒拼命工作？"

"我希望不是这样，先生。"

"跟我来。"

他们走到外面，迎着河面吹来的凛冽寒风，缩着脑袋急匆匆地朝实验室的主楼奔去。甚至离实验室还有一段路，就听到了一种咝咝嘘嘘的古怪声响。到了里面，这种响声大得震耳欲聋。室内一根根独立式的细长管子林立，几乎要碰到屋顶，蒸汽四溢，使这个地方弥漫着加勒比海的那种潮湿的暖意。人们穿着衬衫或工作服，在管子和仪表盘前走来走去。

"热扩散，"帕森斯大声说，"是分离铀-235用的。你认识加利福尼亚理工学院的菲尔·埃贝尔森吗？"帕森斯指着一个穿衬衫、打领带的瘦长个子的人，年纪和安德森相仿，两手叉腰站在一堵布满仪表盘的墙前面。

"不认识，但听说过。"

"过来见见他，他是以文职人员的身份和我们一起工作的。"

在震耳欲聋的噪声中，帕森斯提高嗓门向埃贝尔森介绍，安德森曾经研究过无线电近发引信。埃贝尔森一面听，一面打量海军少校。"我们遇到了一个化学工程方面的问题，"埃贝尔森一面对着管子比画着，一面说，"你是搞这个专业的吧？"

"确切地说，不是。脱掉军装，我是一个搞物理学的。"

埃贝尔森微微一笑，转身对着仪表盘。

"我只是让你看看这套装置，"帕森斯说，"我们走吧。"

外面冷得像是北极。帕森斯把海军大衣的扣子一直扣到颈部，两手插在口袋里，大踏步向河边走去，河面上停泊着许多灰色军舰。

"西姆，你熟悉克劳修斯管的原理，是吗？"

安德森在竭力回忆。"是不是环形截面的试管？"

"对，埃贝尔森安装的就是这种管子。实际上，两根管子是套在一起的，给里面的管子加热，同时冷却外面的管子。如果两根管子的间隔空间里出现了液体，较轻的同位素分子就要开始趋热运动。热对流运动把这些分子带到面上，你就可以把它们撇出来。埃贝尔森已把许多高大的克劳修斯管子按序列装在一起，像一整片森林。铀-235就从这里慢慢分离出来。速度太慢了，但他已得到有分量的浓缩铀了。"

"那么，他得到的液体是什么？"

"六氟化铀，那是他的初步成果。他进一步改变了这种液体的性质，它虽然很难控制，但操作起来还是够稳定的。现在这件事变得很热门了，军械局想派一名舰艇指挥官常驻这里，我已推荐了你。这又是一个陆上的工作职位。你们年轻人，只要高兴，总能得到海上职务的。"

然而，西姆·安德森并没有乘长风行万里路的雄心壮志，他当初进海军学院是为了免费接受高质量的教育。安纳波利斯海军学院把他陶冶成了一个标准军人。他在驱逐舰的舰桥上只是一名普通的舰面军官，同其他舰面军官没什么区别，在这种别人可以替代的标准军人职务里，却禁锢着一名第一流年轻物理学家的才能，现在他冲破这个禁锢的机会来了。无线电近发引信装置虽然在军用器械方面是一个进展，但在探索大自然基本奥秘方面不是一个突破。而埃贝尔森就是在用他的那些纵横交错的蒸汽管道钓一条大鱼。

加利福尼亚理工学院的人士曾有过推测，说铀-235可以将整座城市夷为平地，并且说，只要用几公斤铀作为燃料，发动机就可以使一艘远洋客轮绕地球航行三圈。在海军人员中，议论的是一种登峰造极的潜艇，以及无须空气助燃的动力装置。这是人类施展自己智慧的一个伟大的新领域，而吸引年轻的安德森的是一种更大然而更加现实的诱惑力。常驻阿纳卡斯蒂亚，他就能比以前有更多的机会见到梅德琳·亨利。

"先生，如果局里认为我合格，我没意见。"

"好的。我接下来准备对你谈的事情，安德森，现在泡汤了。"帕森斯双肘搁在铁栅栏上，下面是陡峭的河岸，"我说过，我们感兴趣的是推进器，但陆军在埋头研制一种炸弹，我们被关在门外。各有各的秘密，可我们还是知道了。"帕森斯扫了这个年轻人一眼，赶忙说："我们的最初目标同陆军是一致的，即提取纯铀-235，而他们下一步是制造一种武器。一组理论家已着手这方面的研究。也许大自然的某种客观事实会阻止这种企图，谁也说不准。"

"陆军知道我们在干什么吗？"

"糟糕透了，已经知道了。他们刚开始使用的六氟化铀就是我们给他们的。但是，陆军认为热扩散法毫无意义，太慢而且浓缩的品位太低。他们的目标是打败希特勒，毕其功于一颗炸弹。真是一个好主意。他们白手起家，设计也没经过试制，概念也是新的，而且据说这种新概念是一条捷径。他们是在用工业生产的规模进行试验，像劳伦斯、康普顿、费米这些获诺贝尔奖的、有分量的人物一直在给他们出谋献策。安德森，你知道，陆军下的本钱确实令人咋舌。他们不断地征用电力、水、土地和战略物资，大有搜尽刮光之势。他们正在这样干的时候，我们已经搞出了浓缩铀-235，虽然浓缩度不高，还不能做炸弹的原料，但毕竟迈出了第一步。陆军雄心勃勃，摊子铺得也够大的。假使陆军摔跟头的话，那将是科学上和军事上的一个空前绝后的大失败。到那时候——不妨设想一下，你别忘了——到那时候，就得由海军用原子弹来打垮德国了。原子弹就在这里，在阿纳卡斯蒂亚制造出来。"

"哎呀！"

帕森斯咧嘴苦笑了一下："不要紧张。陆军已使总统言听计从，世界上最有智慧的人物都在为此工作，而且他们的经费开支之大，和我们相比是一百万美元比一美元。他们有可能造出一颗炸弹来，只要大自然确实不够严实，留下了这么个空子让他们钻。到时候，我们还是继续烧我们的小洋铁罐，请记住万一出现的另一种情况。明天到人事局去接受命令。"

"是，是，先生。"

在烛光下，罗达的脸蛋像少妇一般年轻。他们吃着罗达烤的甜点心樱桃馅儿饼，帕格困倦得好像掉进雾里一样，但仍在向罗达讲他回国途中在努美阿停留的情形。他们已经喝了两瓶酒，现在正喝第三瓶，所以帕格对赤道南面那块沉寂的法属殖民地因美国参战而显现的那片狂欢景象描绘得有点儿颠三倒四。他很想描绘一番设在一家古老得发臭的法国旅馆中的军人俱乐部里那种可笑的场面：穿着军装的军人里三层外三层地围着几个海军护士和法国女人。上校们和中校们紧围在里圈，下级军官则围在外圈，目不转睛地盯着这些女人。帕格简直困乏极了，连罗达的脸看上去也好像在烛光中摇曳。

"亲爱的，"她柔声踌躇地打断了他的话，"我看你有点儿精神恍惚了。"

"什么？哪儿的话？"

"你刚才说，这些都是你同华伦亲眼看见的，而且华伦还开了一个玩笑——"

帕格惊醒了过来。他在讲的时候，确实混混沌沌地打着盹儿，梦幻同回忆交织在一起，想象着中途岛战役之后很久，华伦依旧活着，出现在拥挤不堪、烟雾弥漫的努美阿的俱乐部里，用他惯常的姿势举着一罐啤酒，说："爸爸，那些姑娘全都忘了，一旦脱光军服，军衔越高，就越没劲。"这纯粹是幻想，华伦生前根本就没去过努美阿。

"对不起。"他使劲摇了摇头，说道。

"咖啡就不喝了吧，"她关切地看看他，"我送你上床去吧。"

"见鬼，不行。我想喝咖啡，还有白兰地。我兴致正高呢，罗达。"

"也许炉火使得你想睡了。"

这幢古老的房子里，大部分房间都有壁炉。宽敞的餐厅里的雕木壁炉台，在忽明忽暗地跃动的木柴火光中，那高雅的气派简直让人吃不消。帕格已经变得和罗达的这种生活方式格格不入了，他本来就觉得那一套太奢华了。他站起身来，感到头晕腿软，酒意很深。"可能是。我把酒拿到里边去，你去弄咖啡吧。"

"亲爱的，酒我也给你拿去吧。"

他走进起居室，倒在一把椅子上，旁边的壁炉里已经堆起了一层厚厚的灰烬。明亮的枝形灯给装点好了的圣诞树笼罩上一层商店橱窗似的花哨色彩。整幢房子都暖和起来了，室内散发着一种积满灰尘的散热器发出的热气味。罗达把恒温器的温度调高，同时跟他说："我住惯了冷房子。难怪英国人认为我们像蒸海味一样蒸我们自己。当然，你是刚从热带回来的人。"

帕格觉得很奇怪，自己明明醒着，竟阴阳颠倒地看到华伦的形象。他头脑恍惚，又怎么会想出那样的俏皮话呢？华伦的声音是那样熟悉，那样跟活人一样！"爸爸，一旦脱光军服，军衔越高，就越没劲！"完全是华伦的口吻。他本人和拜伦从来都不会说这样的话。

罗达把酒瓶和酒杯放在他的手边。"咖啡很快就好，宝贝儿。"

他呷着酒，感觉如果自己一上床，就能一动不动地睡上十四个小时。但是，罗达操劳忙碌了那么长一阵，而晚饭又是那么丰盛可口：洋葱汤、少见的烤牛肉、酸奶油烤土豆和干酪花菜。她的紧身红绸新装让人看得目瞪口呆，头发梳得像是要去参加舞会，她的一举一动都在表明她诚心相爱，倾心承欢。珀涅罗珀已经为远方归来的人儿做好了无微不至的准备，帕格也不想使自己的妻子感到扫兴和有失体面。但是不知道是，因为上了年纪，还是因为疲劳，或者是因为柯比的事情仍然悬而未决，帕格对她毫无情欲的冲动，丝毫没有。

他脸上表现出一丝羞愧的神情，睁开两眼，看到她正微笑着俯视自己。"我看，咖啡也起不了多大作用，帕格。"

"是啊，真泄气。"

准备上床了，他的睡意却消失了一半。他从浴室走出来，发现罗达仍然穿戴整齐，正在铺他的那张床。他觉得自己是一个傻瓜，他想拥抱她，她却像女学生那样笑嘻嘻地、灵巧地把他挡开了。"我的心肝儿，我爱你爱得发痴，但我确实认为你力不从心。好好睡一夜，老虎会回来打食的。"

帕格睡眼蒙眬地叹了声气，倒在床上。罗达轻轻地吻了吻他的嘴唇："你回来了，我就高兴。"

罗达关灯的时候，帕格低声说："真对不起你。"

罗达一点儿也不动气，反倒松了口气。她脱下红绸衣服，披上一件宽松的家常便服，下楼去把这顿晚饭和已经过完的这一天的残迹收拾干净：把起居室烟灰缸里的烟灰倒掉，把炉灰铲进灰桶，堆好明天早晨用的壁炉柴火，把炉灰和垃圾倒到外面。在巷子里那一刻呼吸的冰冷空气、瞥见闪烁的繁星和积雪在她的拖鞋下发出的嘎吱嘎吱的响声，都使她觉得乐滋滋的。

在梳妆室里，罗达手边放着一杯白兰地，放热水准备洗澡。在炫目的灯光照射下，在几面大镜子前面，她开始卸妆，把胭脂、口红、眉膏和一直涂到锁骨的润肤油统统抹去了。她赤身裸体地跨进了热气腾腾的浴缸，由于几个月来坚持减少进食，身体显得纤瘦。她的肋骨明显得失去了任何诱惑力，幸好腹部平坦，臀部也不臃肿，乳房虽不大，但样子还过得去。至于脸蛋，哎呀，少女的容颜已荡然无存。但她认为，哈里森·彼得斯上校仍旧会觉得她有魅力。

在罗达看来，不管怎样，欲念这个东西十之八九取决于男人的心思，而女人的作用就在于促进男人的这种要求，只要她觉察到了这种要求而它又配得上她的胃口。帕格喜欢她瘦一些，因此为了他们的这次团聚，她把自己弄得可真够瘦的了。罗达心里明白，她的处境不妙，但她并不担心自己在性欲方面所具有的对丈夫的诱惑力。如果说帕格对爱情是忠贞不贰的，那么这就是他们婚姻的一个牢固基础。

她全身泡在温水里，感到惬意舒适。尽管她表面上一直很镇静，但整个晚上她像一只受惊的猫，心里非常紧张。帕格的拘谨有礼、无所责难、举止谦恭和感情冷淡，已表明了一切。他的沉默比其他人的言语更能说明问题。毫无疑问，他已宽恕了她（不论这可能意味着什么），可是他甚至还没开始把这件事忘掉，虽然他似乎不打算提起那些匿名信。尽管如此，她的第一天过得还算顺利。事情总算过去了，他们避免了那种一触即发的局面，处于一种可以相互容忍的状态。她曾一直害怕第一夜在床上的接触，因为那样太容易出乱子了，只要几分钟别别扭扭的动作，就可能增加隔阂。性交作为寻欢作乐，此时此刻她已全不在乎。她还有更忧心的事呢。

罗达是一个有条理的女人，习惯于有计划地办事，或写下来，或在脑子里盘算好。洗澡的时间就是她回顾思考的时间。今晚要考虑的第一桩事就是她的婚姻本身，尽管帕格的来信十分和善，尽管华伦牺牲后出现了高涨的和解感情——既然他们现在见面了，事情能否就此得到挽救呢？总的来看，她认为是可能的，他们的见面已产生了直接的效果。

哈里森·彼得斯上校对罗达着迷得神魂颠倒。每逢星期天，他总要到圣约翰教堂来，就是为了同她多见面。起先，她弄不明白他看中了她什么，因为（她听说）华盛顿有的是放荡不羁的姑娘，如有需要，他唾手可得。现在她知道了，因为他已经告诉了她。她就是他梦寐以求的那种军人太太：漂亮、忠实、端庄、虔诚、高雅，而且勇敢。他钦佩她面对丧子之痛的表现。在他们两人相会的时候——她从自己同柯比的事中吸取了教训，因此他们的见面次数始终不多，要见面也是在大庭广众下——他有意引她谈论华伦的事，有时他自己也要揩揩眼泪。这个男人生性倔强，身居要职，在陆军中干着某种高度机密的工作，但在日常生活中，他是一个五十多岁的孤独单身汉，对花天酒地的瞎胡闹已感到厌倦，想娶妻成家，因为年纪已经太大了，渴望安顿下来。就是这么个男人，只要她愿意，便可到手。

但是，只要能把帕格牢牢抓住，她便心满意足了，帕格是她的生命。她同巴穆·柯比的事情，纯粹是出于她的罗曼蒂克的欲望。离婚再结婚，即便是在最好的情况下，也难免闹得满城风雨。她的身份、声誉以及自尊心，都与保持住她的维克多·亨利太太的身份有密切关系。搬到夏威夷去住实在是困难太大，麻烦太多。也许这未尝不是一件好事，在她此次和帕格重新团聚之前，已过了一段时间，而且最新的创伤也已大体愈合。帕格不是一个庸碌汉子。维克多·亨利是垮不掉的。可不是，白宫又在召见他了！他的命运够糟的了，她自己的不端行为也包括在内。要是说有谁能经得起这种风浪的冲击，那就是帕格。罗达以她自己的方式尊敬帕格，甚至爱帕格。华伦的死扩大了她那有限的爱心。破碎了的心如果修补好了，有时反而会更大。

罗达泡在浴缸里，心里估量着当前的情况。照她的估计，似乎经过轻而易举的和解，他们就会重归于好。毕竟还有帕米拉·塔茨伯利这桩事，帕格也有需要宽恕之处，尽管她并不知道到底是怎么回事。晚饭桌上，他们谈起塔茨伯利的死的时候，她仔细地观察过帕格的面部表情。"我心里挂念的是，帕米拉今后怎么办。"她鼓起勇气说，"你知道，我是在他们经过好莱坞时和他们相会的。你收到我的那封信了吗？那个不幸的人在好莱坞露天剧场发表了一次出色的演讲。"

"我知道，你把演讲稿寄给了我。"

"帕格，讲稿实际上是她写的，她亲口对我说的。"

"是的，他晚年时，帕姆一直为他代笔，写了不少稿子。不过，主意都是他的。"不知是因为疲劳还是别的什么原因，这个老狐狸丝毫不感到惊慌，声调听起来若无其事。

此事却也无关紧要。罗达对帕米拉·塔茨伯利在好莱坞那番惊人的表白做过仔细分析，大体是这样的看法：如果像她那样一位多情的妙龄美人——从外表看，就能知道她对男人懂得很多——没能在华伦刚死的时候勾引住帕格，那他们的婚姻还是牢靠的，何况当时帕格又是远离家人，有机可乘，为了柯比的事而夫妻不和，肯定每晚都要喝醉酒。如果她能保住帕格，她就可以把身高六英尺三英寸、仪表堂堂的哈里森·彼得斯上校置诸脑后。哈里森对她的仰慕之情是一张车祸保险单，拿在手里，她很高兴，但是她希望永远不要求助于它。

在卧室的微弱灯光下，帕格脸上那些严峻的线条在酣睡中显得柔和了。罗达心中产生了一种不由自主的冲动——要不要悄悄地钻到他床上去？这些年来，她很少这样做过；都是很久以前了，不是晚上饮酒过度，就是同别人的丈夫调情之后。她难得的主动行动使帕格感到受宠若惊，显得英俊可爱。过去他们之间的一次次龃龉，只消一番床笫温存便都涣然冰释。

然而，她有些踌躇。一个安分守己的配偶向她作战归来的丈夫献媚，以慰渴望之情，这是一回事。但对她来说，还在接受考验，还要寻求宽恕，这样不就是另外一回事了吗？不就成了把自己的肉体当诱饵，有卑贱的肉欲之嫌了吗？当然，这些都不在罗达的盘算之列。这些念头按照一种女性的象征逻辑在她的脑子里急速闪过，她还是上了自己的床。

帕格猛地醒来，酒意已消，浑身不舒服，使他心头惊恐。罗达戴着一顶全是褶皱的睡帽，沉睡方酣。翻来覆去还是不行，他得再喝点儿酒或吃片安眠药。他在盥洗室里找到那件最暖和的浴衣披上，然后走到书房，活动酒柜就在那里。古色古香的书桌上，放着一大本皮面的剪贴簿，华伦的照片很仔细地镶嵌在封面上，照片下面是一行烫金的字：

美国海军上尉华伦·亨利

他用水兑了一杯烈性威士忌，像见了幽灵似的凝视着这本相簿。他走出房间，关了灯。他又回房来，摸索到书桌旁，拧亮了台灯。他一手端酒站着，一页一页地翻着相簿。封面的里页上是华伦小时候的一张照片，四周镶着黑边；封底的里页上，是《华盛顿邮报》上关于他的讣告，还有一张模糊不清的照片；对面一页上，是海军部部长用黑墨水粗体字签署的追授海军十字勋章的证书。

在这本相簿里，罗达用照片排列了他们的大儿子短暂的一生：第一次用红绿蜡笔在幼儿园粗糙的纸上学写字——圣诞快乐；在诺福克读小学一年级的第一张成绩报告单——学习"A"，手工"A+"，品行"C"；孩子们生日聚会的照片，夏令营的照片，荣誉证书，运动员奖状，学校演出节目单，田径运动会照片，毕业照，反映书法和语言逐年进步的示范信件；海军学院的各种证件和照片，任职令、晋升令和调职令，其间还穿插了他在飞机驾驶舱里、在军舰上的快照；他同杰妮丝·拉古秋订婚、结婚的照片和纪念品贴满了整整六页（有一张照片上，娜塔丽·杰斯特罗穿着黑色服装，在阳光下站在全身白礼服的新婚夫妇身旁，这使帕格感到一阵揪心）；最后几页上贴满了这次战争的纪念品——他的飞行中队排列在"企业"号的甲板上，以及他坐在停在甲板上和飞在空中的飞机驾驶舱里的照片，还有登在军舰小报上的一幅有关他对入侵俄国的演讲的滑稽漫画。最后两页也镶着黑边，中间是华伦给他母亲的最后一封信，用打字机在"企业"号信笺上打的，日期是三月，他牺牲前三个月。

看到死去的儿子所写的这些活生生的词句，帕格不觉为之一惊，像要把它吞下去似的读了起来。华伦一向最恨写信。在第一页上，他详细描述了维克说话如何聪明，动作如何可爱，以及在夏威夷的家务问题。在第二页上，他显然动感情了：

妈妈，我就要去执行拂晓巡航任务，因此我最好停笔。我没有经常给您写信，心里感到很抱歉。我们停泊在港口里的时候，我总是设法去看看爸爸。我想爸爸是经常给您写信，告诉您我们的情况的。关于我的工作，我也不能多写。

但是我要告诉您，每当我起飞掠过水面时，每当我返航在甲板上降落时，我总是庆幸，庆幸我在彭萨科拉学好了飞行。在这场战争中，海军航空兵为数不多。维克长大后，在他读着这一切，看着我这个白发苍苍、身为他爸爸的老家伙的时候，我想，他是不会为我的所作所为感到羞愧的。

当然，我希望在维克长大成人时，这个世界将会摆脱战争。我不知道，对胜利者来说，这种操练是否一向就是一种乐趣，或者还是有利可图的事业。但我这一代人是能够从战争中得到乐趣的最后一代人，妈妈，战争变得太不顾个人、太复杂、耗费太大、死人太多了。人们得找出一种比较明智的方法管理这个星球。德国、日本这样的武装强盗专门制造冲突，从今以后得不等他们动手，就把他们扼杀。

因此，我几乎不愿承认打仗是多么有趣。我希望我的儿子永远不会知道驾驶飞机迎着高射炮火向下俯冲时的那种恐惧感和荣誉感交织在一起的心情。战争简直是一种愚蠢到了极点的谋生之道，然而我现在正干着这种蠢事。但我必须告诉您，就算把全中国的茶叶都给我一个人，我也绝不肯错过这一机会。我希望看到维克将来能成为一个政治家，为了把这个世界整顿好而工作。当这一切全部结束的时候，甚至我自己也要尝试一下，为他开辟一条道路。拂晓巡航的时间到了。

爱您的华伦

帕格合上相簿，一口喝干了他的第二杯酒。他抚摸着粗糙的皮封面，就像在抚摸孩子的脸蛋。他关上灯，步履蹒跚地走回楼上的卧室。华伦的母亲仍在酣睡，她仰卧着，好端端的侧影被那顶奇形怪状的睡帽弄得不成样子。帕格凝视着她，好像她是一个陌生人。把这些照片收集成册的时候，她是怎么经受住的呢？这件事，像许多她做过的事一样，也是一件了不起的事。他到现在还不敢大声说出儿子的名字，而她竟做到了这一切，把这些纪念品搜寻出来，两眼看着它们，并有条不紊地把它们整理装饰起来。

帕格上了床，脸扑在枕头上，让威士忌使他的头脑晕眩，好使自己再有几个小时忘掉一切。

WAR

战争与回忆

（1941—1945）

[美] 赫尔曼·沃克（Herman Wouk）◎著

陈良廷等◎译

AND

REMEMBRANCE 下

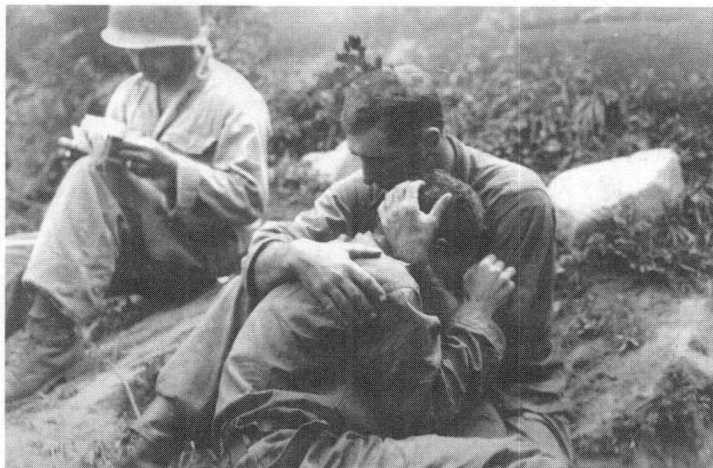

CMS 湖南文艺出版社
HUNAN LITERATURE AND ART PUBLISHING HOUSE

博集天卷
CS-BOOKY

著作权合同登记号：图字18-2015-158

图书在版编目（CIP）数据

战争与回忆：全2册 /（美）沃克（Wouk，H.）著；陈良廷等译.—长沙：湖南文艺出版社，2016.1
书名原文： War and Remembrance
ISBN 978-7-5404-7377-8

Ⅰ.①战… Ⅱ.①沃… ②陈… Ⅲ.①长篇小说—美国—现代 Ⅳ.①I712.45

中国版本图书馆CIP数据核字（2015）第270161号

上架建议：畅销书·军事小说

战争与回忆：全2册

作　　者：［美］赫尔曼·沃克
译　　者：陈良廷　等
出 版 人：刘清华
责任编辑：薛　健　刘诗哲
监　　制：于向勇　马占国
联合策划：博集天卷　咪咕阅读
特约编辑：刘　毅　肖　莹
版权支持：辛　艳
营销编辑：刘　健
封面设计：李彦生
出　　版：湖南文艺出版社
　　　　　（长沙市雨花区东二环一段508号　邮编：410014）
网　　址：www.hnwy.net
印　　刷：三河市鑫金马印装有限公司
经　　销：新华书店
开　　本：787mm×1092mm　1/16
字　　数：1336千字
印　　张：70.5
版　　次：2016年1月第1版
印　　次：2019年12月第2次印刷
书　　号：ISBN 978-7-5404-7377-8
定　　价：128.00元（全2册）

若有质量问题，请致电质量监督电话：010-59096394
团购电话：010-59320018

目录
CONTENTS

CONTENTS

第五十一章

拉斯·卡顿军服袖口上那道宽宽的海军将官金杠闪闪发光，他那间位处白宫西翼、暖气过足的小办公室已油漆过好几遍，最新一遍是蛤灰颜色。这位擢升未久的海军少将当年在海军学院里只比帕格高两班，和他当年在安纳波利斯检阅场上一面操着正步一面在营队中喊着口令的时候相比，他的下巴颏儿现在鼓得更加厉害，他的身体变得更加厚实，他笔挺的身板却是依然如故。他坐在一张金属办公桌后面，背后墙上挂着一幅总统亲笔签名像。他握手的时候并不起身，所说的也是一些不着边际的寒暄话，只字不提尼米兹的要求。于是帕格决定冒昧试探一下："将军，人事局有没有通知您太平洋舰队司令部来过一份与我有关的调令？"

"嗯，不错。"卡顿的回答既谨慎又勉强。

"那么总统是知道尼米兹上将要我到他参谋部去的啦？"

"亨利，我劝你还是待会儿。传到你的时候，你就进去听着，这就行了，"卡顿不耐烦地说，"斯坦德利将军还在总统那儿。还有霍普金斯先生和莱希将军。"他把一篮子信件挪到跟前，"在召见我们的铃响之前，我必须把这些信件发掉。"

帕格其实已经得到了回答：总统还不知情。在继续等待的这段时间里，卡顿一言不发，帕格则重新思考一番自己的处境，盘算对策。自从他在莫斯科给哈里·霍普金斯又写了那份访问前沿阵地的报告以来，到现在都一年多了，仍没听说过上面有什么表示。有关明斯克发生的犹太人惨遭屠杀的证据，他给总统写过一封信，也没回音。他早就断定，那封信使他显得是个感情用事、爱管闲事的人，因此也就结束了他与白宫的关系。他对此并不在乎。他从来也没追求过出任无足轻重的总统密使的角色，对于这一角色他也不觉得有多大乐趣。显然，斯坦德利老将军在幕后促成了此次白宫召见。帕格应对的策略非常简单：透露尼米兹的调令，抵消斯坦德利的作用，从总统的权力圈子中脱身出来，待在外面，然后回到太平洋上去。

铃声响了两下。"这是叫我们。"卡顿说。白宫的过道和楼梯寂静如故——这是飓风眼里的平静。秘书们和身穿制服的听差们步履轻徐,一如太平年月。总统椭圆形办公室里那张大写字台上,乱糟糟地放着一些小摆设和舰艇模型,看上去就好似近两年从未动过一样。但是富兰克林·罗斯福已经有了很大变化:灰白的头发更加稀疏,发紫的眼泡里眼睛显得混浊无光,完全是一副令人吃惊的龙钟老态。哈里·霍普金斯面色蜡黄,瘫倒在扶手椅里有气无力地向帕格招了招手。两位佩金丝带的海军将官直挺挺地坐在长沙发上,只是斜眼朝他瞥了一下。

维克多·亨利和卡顿走进去的时候,罗斯福那张疲惫的宽下巴脸上露出了高兴的神色。"啊,帕格,老伙伴!"他的声音浑厚、威严,俨然是哈佛出身的气派,就跟无线电里所有的滑稽演员叫人已经听腻的模仿完全一样,"日本佬叫你下海游泳了,是吗?"

"恐怕是这样,总统先生。"

"那是我最爱好的一项运动,你知道,游泳,"罗斯福说,同时微带恶作剧地一笑,"对我的健康有好处。不过,我喜欢自己选择时间和地点。"

帕格一时不知所措,而后意识到这种叫人吃不消的取笑是存心表示亲热。罗斯福扬起双眉,等着他的答话。他以他所能想到的最轻松的言辞勉强回敬道:"总统先生,我同意,那是一次很不合时的游泳,不过它对我自己的健康也很有好处。"

"哈哈!"罗斯福把头一仰,开怀大笑,别人也跟着笑了几声。"说得妙!要不然,你也到不了这儿了,是吗?"他说这话的时候,好像是又在开玩笑,于是别人又笑了起来。罗素·卡顿退了出去。总统富有表情的面容变得严肃起来,"帕格,损失了一艘好兵舰,还有那么些英勇的汉子,我感到心疼。'北安普顿'号干得很好,这我知道。你安全脱险,我实在高兴。你一定认识莱希将军吧?"——罗斯福那位身材瘦长、神情冷漠的参谋长朝帕格僵硬地点了点头,这和他的四道金杠以及沉在海底的军舰都是相称的——"当然,你也认识比尔·斯坦德利。自从那次你和比尔一起到莫斯科去过以后,他就一直对你赞不绝口。"

"你好,亨利。"斯坦德利将军说。他皮肤粗硬,形容干瘪,耳朵里插着一个大助听器,肌肉松弛多皱的颈项上面伸出一个好像没嘴唇的瘦削下巴颏儿,看上去有点儿像是一只发脾气的乌龟。

"你知道吗,斯坦德利将军那次跟着哈里曼的代表团去了一次俄国之后,变得非常喜欢俄国人,所以我不得不把他派到莫斯科去当大使,免得他觉得扫兴!虽然他这次只是回国度假,但他实在太想念他们了,所以他明天就要再赶回去。对吗,比尔?"

"对极了，总统。"语调里面带有不加掩饰的嘲讽。

"你喜欢俄国人吗，帕格？"

"我对他们印象很深，总统先生。"

"哦？别人有时候也是这么说的。是什么东西叫你对他们印象最深呢？"

"他们兵员众多，先生，还有他们都不怕死。"

四个人的目光相互对射了一下。哈里·霍普金斯用微弱、沙哑的声音说："帕格，我看斯大林格勒①的德国人此刻应该与你有相同的感觉。"

斯坦德利没好气地朝帕格瞥了一眼。"俄国兵员众多，打仗勇敢。这没人会有不同意见，但是他们也很难相处，这是根本的问题，因此也有一个根本的回答。那就是立场坚定，态度明朗。"斯坦德利用一只瘦骨嶙峋的手指朝着露出宽厚笑容的总统摆动着，"言辞对他们而言是白费气力，就像跟来自另外一个星球的人打交道一样。他们只懂得行动的语言，即使是行动的语言，他们也可能会有错误的理解。我看直到现在，他们还是不理解《租借法案》，既然能够捞到手，他们就要了再要，捞了再捞，就像小孩子去开联欢会，碰上了免费供应的冰淇淋和蛋糕一样。"

总统仰起头，乐呵呵地回答说："比尔，我有没有对你说起过我在一九三三年同李维诺夫的会谈？我那时和他谈判关于承认苏联的事。嘿，我以前从来没和这种人打过交道。天哪，我简直要疯了！我记得争论的是我们在俄国的侨民的宗教自由问题。他就像条泥鳅一样狡猾。我索性对他大发了一通脾气。可是他回来再找你的时候，那副冷静的神态我一直忘不了。"

"他说：'总统先生，在我们刚刚革命之后，你们的人和我们的人是没法儿打交道的。你们依然是百分之百的资本主义，而我们突然下降到零。'"罗斯福摊开多肉的双手，竖起手巴掌，远远分开，"'自从那以后我们渐渐上升到这儿，大约百分之二十，而你们下降到了大约百分之八十。在今后的岁月里，我相信我们会把差距缩小到百分之六十对百分之四十。'"总统两只手相互靠拢，"'我们不可能合得更拢，'他说，'但是隔开这么点儿距离，我们能交往得很好。'比尔，我看李维诺夫的话在这场战争中已经应验。"

"我也这么看。"霍普金斯说。

斯坦德利对着霍普金斯发作了："你们这些人又不在那儿长住，招待你们这些光是品尝一下伏特加味道的客人，他们的举止言谈当然客客气气，挺不错。但是天天和他们谈公事，那又是另一回事了。好啦，总统先生，我知道我该走啦。让我再概括地

---

① 伏尔加格勒的旧称。

说几句，然后告辞。"他直截了当地提出了几点要求：更加严格地管制租借物资；提升他的参赞武官；使馆有权直接控制前往访问的大人物。他还带着强烈的反感提到温德尔·威尔基，同时怒气冲冲地向着霍普金斯看了一眼。罗斯福面带笑容地点着头，答应斯坦德利一切照办。两位海军将官离去的时候，斯坦德利拍了拍帕格的肩膀，诡谲地朝他一笑。

总统叹了口气，按了一下按钮，说："我们吃午饭吧。你也吃吧，帕格？"

"先生，我妻子刚给我吃了一顿晚早饭，是鲜鳟鱼。"

"真的？鳟鱼！好啊，我说这真是再好不过的接风！罗达好吗？她真是位优雅美貌的女人。"

"她很好，总统先生。她希望您还记得她。"

"啊，她叫人一见难忘。"富兰克林·罗斯福取下夹鼻眼镜，揉了揉眼眶发紫的眼睛说，"帕格，当我从海军部长那儿听说你儿子华伦的情况时，我真是难受极了，像他那样的小伙子我从来没见过。罗达受得了吗？"

这个老政客有能够记住别人名字的本领，现在又冷不防地谈起他死去的儿子，这使帕格一时不知所措。"她很好，先生。"

"那是中途岛的一次了不起的胜利，帕格，这全应该归功于华伦那样勇敢的小伙子。他们挽救了我们在太平洋的战局。"总统突然改变了语调和神色，从亲切的同情直接转为商谈正事的模样，"但是，你瞧，我们在瓜达尔卡纳尔岛附近夜战中损失的舰只太多了，是吗？这是怎么搞的？日本人比我们更善于打夜战吗？"

"不，先生！"帕格感到这个问题是给了他一巴掌，但他很高兴能摆脱掉关于华伦的话题，于是干脆利落地回答说，"他们发动战争的时候，训练的水平要比我们高得多。他们是早有准备的，只等一声令下，我们却不是这样。即使如此，我们还是把他们抵挡住了。他们已经放弃了增援瓜达尔卡纳尔岛的打算，我们不久就会在那儿打胜仗。我承认，我们应该在夜间炮战中打得更好些，我们也肯定能做到这一点。"

"你说的我全同意。"总统的目光冷峻刺人，"但是，有段时间我很为那儿的情况担心，帕格。我曾以为我们可能不得不从瓜达尔卡纳尔岛撤出来。如果是那样，我们的人一定会感到很不好受，澳大利亚人一定会慌作一团。尼米兹做得很好，把哈尔西派到那儿去。哈尔西真是一条硬汉子。"总统把一支香烟装进烟嘴，"他就靠那么点儿兵力，但是干得真够漂亮，挽救了整个局面。作战的航空母舰只有一艘！真想不到！这样的困境不会延续很久了，我们生产的东西就要大显身手。耽搁了一年的时间，帕格。不过，就像你说的，他们老早就在准备战争，我却没有！不论有些报纸老是这么暗示。啊，来了。"

穿着白上衣的黑人侍役推进来一辆供应午餐的小车。罗斯福把烟嘴放在一边，然后发出一通埋怨，这叫帕格吃了一惊。"请你瞧瞧我这顿中饭：三个鸡蛋，也许四个。真是见鬼，帕格，你只好跟我分着吃了。这些准备给两个人吃！"他对侍役命令说，"你就先喝你的汤吧，哈里，别等了。"

侍役神色慌张，从写字台的一角抽出一块搁板，拉过一把椅子，给维克多·亨利端上鸡蛋、面包和咖啡。霍普金斯膝上放着一只盘子，没精打采地用汤匙从盘子上的一只碗里舀着汤吃。

"这才有点儿像样，"富兰克林·罗斯福一面说，一面迫不及待地开始吃起来，"现在你可以对你的孙子说了，帕格，你曾分享过一顿总统的午餐。我这儿的工作人员也许从今以后会真正懂得，我不喜欢铺张浪费，这是场永恒的斗争。"松软微温的鸡蛋没搁盐，也没搁胡椒，帕格吃了下去，尽管肚里不饿，却觉得这确实是一次有历史意义的破格待遇。

"你瞧，帕格，"霍普金斯有气无力地说，"我们在北非登陆的时候缺乏登陆艇，在曾经议论突击生产登陆艇的计划时，提到了你的名字。不过现在登陆既已成功，德国潜艇的问题又显得更加紧迫了，护航驱逐舰当然是造船厂的头号任务。但是登陆艇的问题依然有待解决，所以——"

"非解决不可，"总统咣当一声放下叉子，"每次讨论到进攻法国的时候，总要碰上这个叫人头疼的问题。我还记得一九四一年八月会晤丘吉尔之前我们在'奥古斯塔'号上的谈话，帕格，你很熟悉你干的那一行。我现在正需要一个有魄力的人能在我的充分支持下监管为海军生产登陆艇的计划。但是事有凑巧，半路里冒出了老比尔·斯坦德利。他要你去当他的特别军事助理。"罗斯福从咖啡杯上抬起眼来一瞥，"这两样工作里面你更喜欢哪一样？"

维克多·亨利困惑了几个星期的事情，现在才恍然大悟。他们急急忙忙把他从太平洋弄回来，原来是要他去生产登陆艇，一桩虽然重要却枯燥乏味的舰船局的差事，他的前程也就到此为止了。斯坦德利的要求更把事情弄得复杂化。此时此刻怎能提出尼米兹的调令呢？真是进了布雷水域！

"嗯，总统先生，给我这样的选择机会，而且是由您提出，我感到有点儿受宠若惊。"

"怎么，我干的大部分工作不就是这个，老伙计，"总统露出笑容说，"我不过是坐在这儿，像个交通警察，设法把适当的人引到适当的岗位。"

罗斯福说话时那种讨人欢喜的知己态度，好像他和维克多·亨利从小就是朋友，叫人听了乐滋滋的。帕格虽然处境尴尬，但对总统依然感到钦佩。整个战局全凭这位年事已高、身罹残疾的老人费心操劳，此外他还得治理这个国家，凡事都要和乖戾固执的国会斗争一番才能办成。帕格看得出，哈里·霍普金斯这时已经有点儿不耐烦了，可能某个重要会议预定马上要在这间办公室里举行。但是罗斯福照样能和一个默默无闻的小舰长谈个没完，并且使他感觉到自己在这场战争中身负重任。帕格对他自己舰上的官兵也是这样，他使每个水兵都感到自己是这艘兵舰上不可缺少的一员。只不过总统的这种领导风格是在难以想象的压力下扩大到了一种超人的程度。

这是个难以应付的局面。维克多·亨利使出全部毅力，在这双充满智慧、疲劳的眼睛的凝视之下保持沉默——这双眼睛是天穹深处的两颗明星，遮隐在亲密的友情之中闪闪发光。他没有勇气提出尼米兹的调令，那等于是拆卡顿的台，而且在某种意义上也等于是让总统碰壁。不过至少应该让总统感到他的为难。

罗斯福打破了这个稍稍有点儿紧张的局面："好吧！不论怎样，你应该先休十天的假，陪罗达高高兴兴玩几天。这是命令！然后再和罗素·卡顿联系，我会安排你的工作，不是这个，就是那个。顺便问一声，你那个潜艇上的儿子还好吧？"

"他很好，先生。"

"他妻子呢？那个在意大利碰上麻烦的姑娘？"

总统的声调突然沉了下去，目光向霍普金斯一瞥，这使帕格知道他逗留的时间已经过长，他便急忙立起身来说："谢谢您，总统先生。她很好，十天后我将向卡顿将军报到。谢谢您的午餐，先生。"

富兰克林·罗斯福那张富有动作的脸突然凝固不动，条条皱纹就像刻在石雕上一样。"你在莫斯科写来的关于明斯克犹太人的那封信受到了重视，还有你从前线给哈里写的那份目击情况报告，我也看了。你预计俄国人顶得住，这证明是对的。你和哈里都是对的。这儿的不少专家都估计错了。你有眼力，帕格，而且有一种本领，能把事情说得有条理。犹太人目前的处境实在可怕，对这个问题我已无计可施。希特勒那家伙是个混世魔王，这一点儿不假，而那些德国人也都成了邪魔。唯一的出路就是赶快粉碎纳粹德国，狠狠惩罚那些德国人，叫他们世世代代忘记不了。我们正在这么干。"他和帕格匆匆握别。帕格只觉得心头冰冷，走了出去。

"如果你把我当作鲁莽的冒失鬼，那可要叫我难受了，"罗达说，"我只不过不肯轻易死心罢了。"

木柴在起坐间的壁炉里熊熊燃烧，咖啡桌上放着杜松子酒、苦艾酒、调酒杯、一罐子橄榄，还有一听刚开的鱼子酱、几块切得薄薄的方面包、两碟洋葱末拌鸡蛋。她穿着一件桃红长睡衣，头发向上盘起，脸上薄施胭脂。

"真美，这一切真够美的，"帕格说，既有点儿窘，同时也感到兴奋，"顺便告诉你，总统向你问好。"

"啊，真的吗？"

"真的，罗。他说你是个优雅美貌的女士，叫人一见难忘。"

罗达的脸直红到耳根——她难得脸红，而每次脸红都使她霎时间显露出少女的艳色，她说："哦，太好了。不过，究竟怎么啦？有什么消息吗？"

他一面呷着酒，一面故意尽量简略地向她说明了情况，罗达所得到的印象仅是总统在考虑有两件差使要给他，同时命令他休假十天。

"整整十天！太好了！有没有哪件差事能使你待在华盛顿？"

"有一件。"

"那我希望你就干那一件，我们分开的日子够多了，太多了。"

他们吃了很多鱼子酱，喝完了马提尼酒，帕格有了兴致，或者，他觉得自己是有了兴致。他的动作起初是笨手笨脚的，不过这很快就过去了。罗达的身体在他怀里使他觉得温馨撩人。他们上楼走进卧室，拉起窗帘——不过午后的阳光还是透进不少，只是变得微弱了许多——两人解衣的时候互相打趣，开了些小玩笑，然后一起钻到她的床上。

罗达放浪形骸，一如往日。但是当维克多·亨利看到妻子赤裸的身体——一年半以来这还是第一次看到，它依然漂亮得使他神魂颠倒——他的心头猛然意识到，这个身体已经被另一个男人占有过。他倒不是嫉恨罗达，相反，他感到自己已经原谅了她，至少是现在，他比其他时候更加愿意把那件事情一笔勾销。只不过，每当她爱抚他一下，每当她喃喃地说出淫言荡语，或是做出一个配合的动作，他的脑中就禁不住浮现出她曾同样对待那个大个子工程师的情景。这并不影响正在进行的事情，从某个方面说来——仅就情欲方面而言——乐趣仿佛有增无减，但是事毕之时，却不免有点儿恶心。

不过罗达并无这种感觉。她在他脸上不断亲吻，呢呢喃喃说些不知所云的话，显然感到欢快满足。过了一会儿，她便像野兽一般连连哈欠，发出笑声，然后蜷缩起身子，进入梦乡。阳光透过窗帘上的一条隙缝，在一面墙上映出一道金光。维克多·亨利下床拉拢窗帘遮住阳光，然后回到自己床上，躺在那里凝望着天花板。一小时后，当她面带微笑醒来时，他依然如此凝望着。

第五十二章

　　莱斯里·斯鲁特在乔治敦的那套古老公寓房间里一觉醒来，穿上一条旧裤子，再取出挂在壁橱里的花呢大衣穿上——为了不让房客占用，所以壁橱是锁着的，然后便像他已经做过上千次的那样，在密不通风的小厨房里烤面包、烧咖啡。他一如往常地拎着那只饱鼓鼓的、塞满公文的旧公事皮包，迎着司空见惯的华盛顿仲冬天气，步行到国务院去。阴云低沉，寒风袭人，天空随时可能降下雪来。

　　他这时的感觉就像久病初愈，才恢复正常生活一样。宾夕法尼亚大街这一段的景象、声音和气味，往常觉得平庸单调，现在对他来说却都是美好可爱的。他身旁走过的行人全都是美国人，都要盯着他那顶俄国毛皮帽子看看，这使他得意扬扬，如果是在莫斯科或是伯尔尼，根本就不会有人注意。他回到家里了，他用不着提心吊胆了，他现在才发现，自从德国向莫斯科进犯以来，他就从未舒舒服服地透过一口气，即使是在伯尔尼，脚下的人行道似乎也随着近在咫尺的德国人的军靴响声而颤动不已。但是现在，距离德国人已经不是只有一座阿尔卑斯山脉了，他们远在重洋之外。大西洋上的狂风怒号，向着另一个大陆上丧魂落魄的人们发出一声声冷酷无情的咆哮。

　　国务院大厦正面的那一长列小圆柱此时此刻在斯鲁特眼里也不再显得丑陋不堪，而是奇巧朴实，亲切可爱，它是美国式建筑的一个怪物，这也正是它的迷人之处。里面的带枪警卫拦住他，他不得不掏出一张塑料通行证，这是他在华盛顿和这场战争发生的第一次小接触。他在和维希打交道的主管人办公室里停下，看了看那份被困在卢尔德的大约二百五十名美国人的机密名单，其中大部分都是外交官和领事馆人员。

　　　　哈默，弗雷德里克，公谊会难民委员会
　　　　亨利，娜塔丽太太，新闻记者
　　　　霍利斯顿，查尔斯，副领事

杰斯特罗，埃伦博士，新闻记者

他们还在那儿，名单里没有娜塔丽初生婴儿的名字，但愿这是个疏忽，就像伦敦大使馆那份名单一样。

"啊，你来啦。"欧洲事务司司长站起来说，并带着有点儿古怪的兴奋神情仔细打量斯鲁特。平时他是个冷漠迟钝的职业外交官，甚至几年前他们有一次打网球时，他也照样是那么冷漠沉静。他穿着衬衫，隔着办公桌握手时露出了已经开始有点儿发福的肚子。握手时他的手有点儿汗湿，也有点儿发颤。"你看看这份东西。"他递给斯鲁特一份两页打字文稿，上面有红笔画的几道杠杠。

一九四二年十二月十五日（未定稿）
同盟国家关于德国反犹暴行的联合声明

"这是什么玩意儿？"

"是什么？是一小桶炸药。这是已经批准了的正式文件，马上就公布。我们日日夜夜搞了一个星期，全是在我们这儿敲定的，现在就等白厅和俄国人来电认可，然后在莫斯科、伦敦和华盛顿同时公布。快的话也许就在明天。"

"我的天啦。'狐狸'，发展得真快！"

国务院的人一向把这位司长叫作"狐狸"，这是他在耶鲁大学读书时的绰号。斯鲁特首次和他相遇时只当他是大学秘密社团里的一个校友。当时的"狐狸"戴维斯还是个无忧无虑、稍带矜持、风流潇洒的人物，刚从巴黎奉调回国的职业外交官。可现在，他和那些在国务院走廊里走进走出、身穿整套灰衣灰裤的官员们已经完全一样：灰色的头发，灰色的脸，灰色的性格。

"对，真是一个大突破。"

"看来我这次横渡大洋是多此一举了。"

"一点儿也不，你带着这些材料回来，""狐狸"用大拇指戳了一下斯鲁特放在办公桌上的皮包说，"这桩事情本身就起了很大的推动作用。我们从塔特尔的备忘录里知道你带的是些什么材料。你是起了作用的。再说这儿也需要你。看一下这份东西吧，莱斯里。"

斯鲁特在一张硬椅子上坐下，点起一支烟，专心看起来。"狐狸"旧习未改，照样咬着下唇，伏案处理函件。"狐狸"同样也注意到斯鲁特还是依然故我，一面看，一面用手指在文件背后敲着鼓点，他还看出了斯鲁特面色发黄，额上已经像老头子一样露出了皱纹。

英国政府、苏联政府和美国政府注意到，来自欧洲的报告令人~~毋庸置疑地深信~~，德国当局不满足于在他野蛮统治所及的各国领土内剥夺犹太族人民最起码的人权，现在正将希特勒多次重复的欲将欧洲犹太民族灭绝的愿望付诸实现。犹太人正在骇人听闻的恐怖和野蛮的条件下，~~不分男女老幼~~，从各国运往东欧。在已经变成纳粹主要屠宰场的波兰，除了战争工业所需要的少数高度熟练工人以外，所有犹太人都已被有计划地从犹太人居住区驱赶殆尽。凡是被带走的人，从此便无下落。有劳动能力的人正在劳动营被慢性奴役致死。老弱病残者或被弃之不顾，任其冻饿致死，或被集体处决，惨遭蓄意杀戮。

英国政府、苏联政府和美国政府以无比强烈的措辞谴责这一残酷无比的灭绝政策。他们宣布，此类事件只能增强爱好和平的各国人民推翻希特勒野蛮暴政的决心。他们重申他们的庄严决心，务与其他同盟国家政府确保，凡对此种罪行负有责任者将难逃惩罚。为了达到这一目的，他们将采取必要的实际措施。

斯鲁特把文件往办公桌上一丢，问道："这些杠杠是谁画的？"

"怎么啦？"

"整篇东西最重要的部分都给去掉了。你能改回来吗？"

"莱斯，就它现在的措辞看，已经是一份态度非常强硬的文件了。"

"但是这些删改是恶意的外科手术。'毋庸置疑地深信'，这是说我们政府相信确有其事。为什么把它删掉？'不分男女老幼'，这是关键所在。这些德国人正成批成批地杀害妇孺。不论是谁都会对此做出反应！否则，这不过是件仅仅和'犹太人'有关的事罢了。远在天边的大胡子犹太佬，谁在乎？"

"狐狸"表情尴尬："这样说未免言之过甚。可不是，你准是太累了，而且，我看还有点儿偏激，同时——"

"告诉我，'狐狸'，是谁删改的？英国人？还是俄国人？我们能不能再争一争？"

"这些删改都是我们二楼搞的。"两道严肃的目光相遇，"为了这个我已经和他们争得够凶了，我的朋友。我把好些别的删改意见都顶掉了。这个声明会在全世界的报纸上引起一场爆炸，莱斯里。要三国政府就措辞达成一致意见，简直是件活受罪的差事，最后能有这样的结果，就算了不起了。"

斯鲁特咬住一个手指关节。"好吧。那我们用什么东西支持这份声明呢？"他拍拍自己的公文包，"我能不能从这里面选些材料出来作为这份声明的附件发表？都是过硬的证据。要不了几个小时，我就能拼凑出一份重磅的摘录汇编材料。"

"不，不，不。""狐狸"急忙摇头，"那我们又得——电告伦敦和莫斯科不可。再来一场辩论，可能又得花上几个星期。"

"'狐狸'，没有证明材料，这份声明不过是一张宣传招贴、一篇官样文章。新闻界肯定会这么看。跟戈培尔炮制出来的东西相比，这至多不过是块松泡泡的牛奶面包。"

司长摊开双手说："但是你那些材料不是来自日内瓦的犹太复国主义者就是来自伦敦的波兰犹太人，对吗？英国外交部见了犹太复国主义的材料就要举起斧头砍，而苏联人一听有人提到波兰的流亡政府，就要气得口吐白沫。这你都是知道的，还是讲点儿实际的吧。"

"那就不用证明材料算啦。"斯鲁特灰心丧气，举起拳头在办公桌上一捶，"废话，全是废话。这就是文明国家用来反对这场骇人听闻的大屠杀的最好行动，虽然它们手里掌握着那么多的确凿罪证。"

"狐狸"站起身来，砰的一声把门关上，然后掉过脸来朝着斯鲁特伸直了手臂，用一根手指对着他。

"你听我说。你也知道，我妻子是犹太人，"——斯鲁特其实并不知道——"赫尔先生的妻子也是犹太人。我多少个晚上睡不着觉，痛苦地思考这个问题。不要一笔抹杀我们在这儿完成的这件事。它会引起不可小觑的变化。德国人如果要继续这些暴行，他们得三思而后行。这对他们是个信号，这个信号是会起作用的。"

"会吗？我看他们会置之不理，要不就是付之一笑。"

"我懂你的意思。你是要全世界都起来抗议，要盟国政府发动一场大规模救援运动。"

"对！特别是对聚集在中立国的犹太人。"

"好啊。不过你最好还是根据华盛顿的情况重新考虑一下。""狐狸"一屁股倒在椅子里，又是气愤，又是伤心，但他还是语气平和地说，"你也清楚，阿拉伯人和波斯人都已倒向希特勒一边。在摩洛哥和阿尔及利亚，仅仅因为我们的军事当局废除了维希的反犹太人法律，我们此刻正为我们所谓的亲犹太人政策付出可怕的代价。穆斯林拿起了武器。艾森豪威尔军队周围现在全是穆斯林，还有更多的穆斯林在突尼斯等着他。如果一场世界性的抗议引起一股要求向犹太人开放巴勒斯坦的巨大浪潮，那就真会把整个地中海和中东的局势闹得不可收拾。这是肯定的，莱斯里！非但如此，这还会得罪土耳其。这是一场政治冒险，无论如何使不得。你难道不同意吗？"

斯鲁特皱紧双眉，沉默不语。"狐狸"叹了一口气，扳着手指头一点儿一点儿继续说下去："还有，你在国外是否留心观察了国内的选举？罗斯福总统对国会几乎失去了控制。他在国会通过的法案，都是侥幸胜出，那个名义上的民主党已是众叛亲离。一股巨大的反对势力正在全国形成，莱斯①。孤立主义者已有东山再起之势。一项破纪录的国防预算不久就要提出。《租借法案》的大量物资，尤其是给苏联的物资，根本不得人心。还要恢复物价管制、实行配给、进行征兵等等，要打仗，总统就不能没有这些必不可少的东西。现在要在我国呼吁接受更多的犹太人，莱斯，那你瞧吧，国会准会对所有的战争努力统统加以反对！"

"说得有理，"斯鲁特挖苦说，"这一套我全清楚。不过你真相信吗？"

"我完全相信。这些都是事实。虽然不幸，但是真的。总统曾经目睹一个不受节制的国会是怎样挫败伍德罗·威尔逊，使他的和平计划化为泡影。我敢肯定，威尔逊的幽灵一定经常缠绕着他。在本届政府的基本政治策略和军事策略中，犹太人问题总归是个包袱，回旋余地微乎其微。在这些掣肘的条件下，这份文件总算是一项成就。它是英国人起草的。我的主要任务是争取保留其内容实质。我认为我做到了这一点。"

斯鲁特强行压抑住由来已久的绝望感，问道："好吧，那我下一步该做什么？"

"助理国务卿布雷肯里奇·朗三点钟接见你。"

"知道他打算要我干什么吗？"

"一点儿也没听说。"

"给我介绍点儿他的情况吧。"

"朗的情况？嗯，你知道点儿什么呢？"

"我仅仅听比尔·塔特尔说过一些。朗曾经邀请塔特尔把加利福尼亚州支持罗斯福的共和党人组织起来。他们两个人都是用纯种名马参加赛马的，大概就是因为这个才相互认识的。此外，我知道朗出任过驻意大利的大使，所以我猜想他是个有钱人。"

"他妻子很有钱。""狐狸"犹豫一下，然后叹了口长气，"可是他现在的日子很不好过。"

"怎么回事？"

---

① 莱斯里的昵称。

"狐狸"开始在他那间小办公室里踱来踱去。"好吧，现在给你说一下布雷肯里奇·朗的简历。你知道一下有好处。他是个老派的绅士政客，南方有钱人家出身，普林斯顿毕业，密苏里州的终身民主党人，威尔逊手下第三助理国务卿，曾经竞选过参议员，遭到惨败。他在竞选政治中是个被淘汰了的人。""狐狸"停下，站在斯鲁特身旁，戳了下他的肩膀，"但是——朗在罗斯福的班子里是个很老很老的老人了。要了解布雷肯里奇·朗，这是关键所在。如果你在一九三二年之前为罗斯福效劳，你就算得上是他班子里的人了，而朗早在一九二〇年当他竞选副总统时，就开始为他效劳了。朗一向都是在民主党大会上给他效劳的一个小头目。自从威尔逊时代以来，他一直是民主党竞选运动的一位大施主。"

"我懂了。"

"那好。报酬，出使意大利。成绩，平平。崇拜过墨索里尼，后来大失所望。奉召回国，表面原因是胃溃疡。其实，我看是因为在埃塞俄比亚战争期间工作无能。回国后就玩他的纯种马，参加赛马会。他当然很想重返官场，而罗斯福也很会照料他自己的人。战争爆发以后，他就专门为朗设立了一个职位——国务院紧急战争事务特别助理国务卿。这就是他现在日子很不好过的由来。因为签证司归他管辖，所以难民问题也就成了他的棘手差事。代表团络绎不绝——劳工领袖、犹太教士、企业老板，甚至基督教的牧师——不断敦促他对犹太人高抬贵手，他又只能客客气气，模棱两可，总是告诉人家没办法，没办法，没办法。因此招来的咒骂，他那副薄脸皮哪儿能受得了，尤其是那些自由派报纸的咒骂。""狐狸"在办公桌旁坐下，"关于布雷肯里奇·朗的专题报告，现在结束。莱斯，在你工作定下来之前，如果你要一间办公室——"

"'狐狸'，布雷肯里奇·朗是个反犹分子吗？"

"狐狸"发出一声长叹，两眼凝视空中，呆看了好久，也没朝斯鲁特看一眼说："我认为他不是一个没有人性的人。他憎恨纳粹和法西斯，真心地憎恨。他肯定不是个孤立主义者，他坚决支持成立新的国际联盟。他是个复杂的人，不是天才，人也不坏，但是四面八方的攻击伤了他的感情，使他横下了心。他现在就像一只鼻子受了伤的熊一样不好惹。"

"你回避了我的问题。"

"那么让我来回答。他不是。他不是一个反犹分子。天晓得人家为什么这么叫他，但是我认为他不是。他的处境非常困难，还有许多别的事情压在他身上。我敢说他对实际的内情根本不了解。他是华盛顿最忙的人之一，从个人角度来说，他也是最好的人之一。我希望你能在他手下工作，我觉得你至少能使他在签证司里消除一些最尖刻的咒骂。"

"天，光是这一点，就足够吸引人了。"

"狐狸"一面翻阅他办公桌上的公文，一面说："你认识一位塞尔玛·阿舍尔·沃尔特韦勒太太吗？以前住在伯尔尼的？"

斯鲁特隔了一会儿才想起来说："认识。当然认识。她怎么啦？"

"她要你打个电话给她。说有急事。这是她在巴尔的摩的电话号码。"

塞尔玛挺着大肚子，蹒蹒跚跚跟着侍者走到斯鲁特的桌子旁，她后面跟着一个矮个子、红面孔、几乎秃了顶的年轻人。斯鲁特从椅子上赶快站起来。她穿一身全黑衣服，胸前佩着一只镶有几颗大钻石的别针。她的手又凉又湿，好像刚刚滚过雪球一样。虽然她挺着个大肚子，她与娜塔丽的相似之处依旧非常明显。

"这是我丈夫。"

"和你见面非常高兴。"虽是见面时的陈词老套，他却说得亲切诚恳。刚一坐下，沃尔特韦勒就把侍者叫来，开始点酒点菜。他说他还要会见几位众议员和两位参议员，所以如果可以的话，他想吃了饭就走，让斯鲁特和塞尔玛留下叙叙旧。侍者送来了酒和给塞尔玛的番茄汁。沃尔特韦勒向斯鲁特举起酒杯："请吧，为同盟国家的声明喝一杯。什么时候宣布？明天？"

"啊，你说的是什么声明？"

"关于纳粹大屠杀的声明呀，还会是别的吗？"沃尔特韦勒因为深知内情，健康的脸上泛起一阵得意神色。

既然如此，斯鲁特立即拿定主意，最好还是让他先摊牌。"我看你是私下有条路子直通科德尔·赫尔。"

沃尔特韦勒笑了："你知道那份声明是怎么搞出来的吗？"

"说实话，我不清楚。"

"英国的犹太人领袖带着一些不容争辩的证据见到了丘吉尔和艾登。骇人听闻的材料！丘吉尔是个好心肠的人，但是他也不得不和那个该死的外交部交涉，而这次他确实是做对了。当然，我们是有人通情报的。"

"我们？"

"这儿的犹太复国主义委员会。"

饭店座无虚席，因此得等一会儿才能上菜，沃尔特韦勒滔滔不绝，嗓门压过了周围的大声喧哗。他的态度坚强有力，讨人喜欢，说话略带南方口音。他是好几个抗议或救援委员会的成员。他为好几十个难民签过保证书，曾经两次跟代表团一起到过科德尔·赫尔的办公室，他说赫尔先生是个地道的绅士，但是上了年纪，因此很不了解情况。

沃尔特韦勒对于这些大屠杀倒还不是灰心丧气到了极点。他认为纳粹的迫害将是犹太人历史上的一个转折点，将会创造出一个犹太人的家园。他说犹太人及其朋友们现在必须坚决一致：撤销白皮书！向欧洲犹太人开放巴勒斯坦！他的委员会现在正在考虑在同盟国的联合声明公布之后发起一次声势浩大、人数众多的向华盛顿的进军，他想听听斯鲁特对此事的意见。行动的名称将是"百万人进军"。进军要有各种信仰的美国人参加，将向白宫递交一份有百万人签名的请愿书，要求伦敦撤销白皮书——以此作为继续向英国人提供《租借法案》物资的代价。许多参议员和众议员都愿意支持这一决定。

"请你坦率地说说你的看法。"沃尔特韦勒一面说，一面大嚼奶酪煎蛋，塞尔玛则一粒一粒地又起水果色拉送进嘴里，眼睛向斯鲁特一瞥，像是给他一个警告。

斯鲁特婉转温和地提了几个问题，假设英国人让步了，在德国占领下的欧洲犹太人又如何转移到巴勒斯坦呢？沃尔特韦勒反驳说，那不成问题，中立国的船只有的是：土耳其的，西班牙的，瑞典的。除此之外，盟国运送租借物资的空船也可以扯起休战旗运送他们。

但是德国人会尊重休战旗或是允许犹太人离开吗？

沃尔特韦勒说，希特勒既然真想把犹太人清除出欧洲，而这项计划又能达到目的，那他又为什么不予合作呢？毫无疑问，纳粹会勒索一笔巨款，那也行，自由国家的犹太人宁愿倾家荡产也要拯救希特勒的囚徒。他本人就愿意，他的四个弟兄也愿意。

斯鲁特惊讶地发现，面对这个人如此天真的自信，他禁不住要像"狐狸"所说的那样根据"华盛顿的情况"来对待这个问题。他指出，这么一大笔外币的转移将使纳粹可以购买大批稀缺的战争物资。事实上，希特勒将以犹太人的生命换取杀害盟军士兵的资本。

"我的看法完全不是那样！"沃尔特韦勒回答的口气已有点儿不耐烦，"那不过是牵强附会的军事假设，而现在的事实是大批无辜者正在惨遭杀害，这怎能同日而语！现在的问题很明显，就是要趁早救援，以免为时过晚。"

斯鲁特提到阿拉伯人的破坏行动，很可能一夜之间就使苏伊士运河不能通航。沃尔特韦勒对这个"老生常谈"的问题做了尖刻回答，运河受到的威胁已经结束，隆美尔正逃离埃及，艾森豪威尔和蒙哥马利的钳形包围正在向他收紧，阿拉伯人见风转舵，他们对运河碰也不敢碰一下。

他们喝着咖啡，继续谈话。斯鲁特以尽可能和缓的语气提醒沃尔特韦勒，"百万人进军"要求开放巴勒斯坦，这种大张旗鼓的做法过于简单，恐怕不会有什么特别的效验。他认为英国人不会开放巴勒斯坦，即使他们开放，纳粹欧洲的犹太人也无法到达那里。

"那么，你是个彻头彻尾的悲观主义者，依你看来他们统统得死。"

一点儿也不，斯鲁特回答说。可以从两方面努力做工作：从长远角度看是摧毁纳粹德国；而在眼前则是把他们吓唬住，叫他们停止屠杀。同盟国境内有数万平方英里的地区人烟稀少，首先，若有二十个国家，每个国家都能接受五千名犹太人——不妨也包括巴勒斯坦——这样得救的犹太人就增加了十万名。如今被困在中立国的人远远超过这个数目。如果同盟国一致做出决定，立即为他们提供安身之地，那一定会使德国人大吃一惊。直到现在，纳粹还在不断地对外面的世界冷嘲热讽："如果你们真是为犹太人担忧操心，干吗不收留他们呢？"而给他们的回答却只是不知羞耻的沉默。这种状况必须结束。只要美国带个头，马上就会有二十个国家跟上来。一旦同盟国家真正表现出对犹太人命运的关怀，就可能使希特勒的刽子手们感到害怕，放慢手脚，甚至停止杀戮。而大叫大嚷，要求开放巴勒斯坦，那是毫无用处的，也就是没把气力用在刀刃上。

沃尔特韦勒紧皱眉头听着，两眼盯着斯鲁特，斯鲁特以为自己打动了他。"好，我懂你的意思了，"沃尔特韦勒最后说道，"但是我完全不同意你的看法。十万犹太人！但是却有几百万人正面临死亡！以我们这一点点力量，一旦我们支持这样一个计划，那巴勒斯坦也就完了。你那二十个避难所到了最后一刻也将不认账。再说，大多数犹太人也不愿意去。"

沃尔特韦勒结了账，吻别他的妻子，再三邀请斯鲁特过两天就到巴尔的摩去吃饭，然后极其友好地告别了。

"我喜欢你丈夫。"侍者给他们添了咖啡之后，斯鲁特大胆地说。

塞尔玛几乎没吃什么东西，脸色变得非常苍白。她突然激动地说："他的心肠非常好，为救援工作捐献了大批钱财，但是他那个复国主义的解决办法不过是个梦想。我不再跟他争辩了。他和他的那些朋友一天到晚这个计划那个方案，不是开会、游行，就是集会、进军，这样那样，忙得一刻不停，他们的用意真是好极了！另外也有其他的许多委员会，他们也有他们的计划，有他们的会议和集会！在他看来他们都是走错了道。唉，这些美国犹太人！他们就好像是吃了毒药的老鼠在乱兜圈子，其实都无济于事。我不责怪他们，不责怪国会，甚至也不责怪你们国务院的人。他们既不坏也不蠢，他们只不过是理解不了这桩事罢了。"

"有些人可能既坏又蠢！"

她举起一只手表示反对。"那是德国人，那些德国人才是杀人犯。但是严格来说，我甚至也不能责怪他们。他们是受到狂热病的驱使才变成了野兽。这一切都太可悲、太可怕了！真是，我们这顿饭怎么尽谈这个。今天夜里我真要做噩梦了。"她把两只手放在太阳穴上，勉强微笑一下，"模样儿跟我相像的那个姑娘怎么样了？她的娃娃呢？"

听了斯鲁特的回答，她的表情严峻起来。"卢尔德！天啊！她很危险吗？"

"不比我们的领事官员危险。"

"难道像她这么个犹太人也不要紧？"

斯鲁特耸了耸肩说："我看是这样。"

"我会梦见她。我一直梦见我又回到了德国，我们一直没逃出来。我简直没法儿告诉你我做的这些梦有多可怕。我父亲死了，我母亲病着，而我呢，现在身处异国，每天晚上都使我担心害怕。"她神色恍惚地环视饭店一眼，然后激动不安地拿起手提包和手套，"但是如果不知感激，那也是罪过。我毕竟活着。我还得赶快去买东西。你接受尤利乌斯的邀请到巴尔的摩来吃饭吗？"

"当然。"斯鲁特有点儿过分有礼貌地说。

她将信将疑而又无可奈何。来到外面人行道上，她说："你关于难民问题的主意不坏，你应该争取实现。德国人要打败仗了，要不了多久他们就得为保全自己的性命伤脑筋了，德国人在这种事情上是很精明的。如果美国和其他二十个国家从现在起认真准备接受十万犹太人，那一定会叫那些党卫军恶魔感到不安的。他们为了证明自己品行良好，很可能会开始寻找一些借口来保住几个犹太人的性命。这很合乎情理，莱斯里。"

"你也这样想，那对我是个鼓舞。"

"是不是真能实现呢？"

"我试试看。"

"上帝赐福给你。"她伸出手来，"冷吗？"

"像冰一样。"

"你知道了吧？美国并没使我发生多大变化。我希望你的朋友和她的孩子能得救。"

天空清澈蔚蓝，斯鲁特迎着凛冽的寒风，弓缩着身子步行返回国务院。他在途中停下，目光越过铺了一层白雪的草坪，凝视着白宫栅栏里面，竭力想象富兰克林·罗斯福正在这座宏伟大厦里面的某个地方埋头工作的情景。尽管收听过他的那几次炉边谈话和许多次演说，看过许多新闻影片，也在报纸上念过不下数百万字的有关他的报道，斯鲁特心中的罗斯福依然是个不可捉摸的人。他对欧洲人显出一副大慈大悲、救苦救难的模样，而他的政策——如果"狐狸"所言属实——却又和拿破仑同样冷酷无情，这样一个政治家难道真没有一丝虚伪之处？

托尔斯泰《战争与和平》的伟大主题——斯鲁特一面匆匆赶路，一面这么想——使拿破仑在皮埃尔·别祖霍夫的心目中一落千丈，从一个拯救欧洲的自由主义救世主一降而为入侵俄罗斯的嗜血侵略者。根据托尔斯泰那个靠不住的战争理论，拿破仑不过是骑在大象身上的一只猢狲，一个为时势和历史所驱使的无能的利己狂，他之所以发出命令，只是因为他不得不发出那些命令；他之所以战无不胜、攻无不克，只是因为一些他既不理解又无法控制的战场上的小事件使他必然取胜。而后来造成他屡屡败北的那些"天才灵机"与先前给他带来节节胜利的"天才灵机"并无不同之处，只是历史潮流已经改变方向，与他背道而驰，最终使他陷于失败之中。

如果"狐狸"果真确切地反映了罗斯福关于犹太人的政策，如果总统甚至不愿意冒与国会发生冲突的危险以求制止这一滔天大罪，那么总统岂不真是一只托尔斯泰所说的猢狲——一个无足轻重的人，一个被历史的狂飙吹胀了的庞然大物，他之所以看起来能够赢得这场战争，仅仅是因为工业的强大威力是向那个方向滚动的；一个时势的傀儡，在希特勒的恐怖面前他自行做主的能力甚至比不上一个只身翻越比利牛斯山脉仓皇逃命的犹太人，因为那个犹太人至少能使遭受杀戮的人数减少一名。

斯鲁特并不愿意相信这一类事情。

布雷肯里奇·朗像个青年人那样大踏步穿过房间前来与斯鲁特握手，透过他办公室的高高的窗户照射进来的阳光，就和这位助理国务卿本人一样，既不悦目，也不使人感到亲切愉快。朗的高贵的容颜、薄薄的嘴唇、齐整的铁灰色鬈发，以及那矮矮的运动员体形，配上裁剪合身的深灰色衣裤，精心修剪的指甲，灰色的丝织领带，还有胸袋里的一方白手绢，全都妥帖得体。他简直就是一个助理国务卿的标准形象，同时，布雷肯里奇·朗看上去根本不像是心烦意乱、恼怒不满，也丝毫没有如坐针毡的样子，相反，他倒好像是在他的乡间别墅里迎接一位老朋友。

"啊，莱斯里·斯鲁特！我们早该见面啦。你父亲好吗？"

斯鲁特不禁眨了两下眼睛说："哦，他很好，先生。"这谈话一开始就叫人不自在，斯鲁特根本就想不起他父亲曾经提到过布雷肯里奇·朗。

"天晓得我有多久没见到他了。啊！他和我两个人差不多包办了常春藤俱乐部①

――――――――――――――――――――

① 指普林斯顿大学的学生俱乐部。

的一切事务，几乎天天一起打网球、划船，和姑娘们惹出麻烦事儿——"他露出一个富有魅力的忧郁笑容，朝沙发挥一下手，"啊，真的！你知道吗，现在你比你父亲本人更像当年的蒂米·斯鲁特，我敢这么说。哈哈。"

斯鲁特带着尴尬的笑容坐下，脑子里竭力回忆，后来在哈佛大学法律研究所执教的父亲对自己在普林斯顿"虚度"的年华有一种轻蔑的悔恨之感：他常说那只是一些想逃学的纨绔子弟的乡间俱乐部。他曾竭力劝说他的儿子到别处上学，对他自己大学时的经历则很少提起。但是，他竟从来没对从事外交工作的儿子提起他认识一位大使，一位助理国务卿，这真是件非常奇怪的事！

朗从银烟盒里拿了一支香烟递给斯鲁特，然后往沙发上一靠，一面用手指摸着胸袋里的手绢，一面打趣地说："你怎么去上耶鲁那个蹩脚透顶的学校？为什么蒂米·斯鲁特没坚决阻止？"他以慈父般的目光看着斯鲁特，笑着说，"不过，尽管有这么点儿不足之处，你还是个出色的外交官，我知道你的成绩。"

这是挖苦嘲讽吗？

"嗯，先生，我是尽力而为，常常也感到力不从心。"

"对于这种感觉我太清楚了！比尔·塔特尔好吗？"

"好极了，先生。"

"比尔是个稳重的人，我收到过他的一些令人沮丧的信件，他在伯尔尼的处境非常敏感。"布雷肯里奇·朗的眼皮垂了下来，眼睛半睁半闭，"你们两人处理问题的态度都很稳重，如果换上两个激进派的年轻人去做那项工作，那你们搞到的那些材料说不定会在全世界的报纸上大肆渲染开了。"

"助理国务卿先生——"

"大有可为啊，小伙子。你是蒂米·斯鲁特的儿子，叫我布雷克吧。"

斯鲁特的脑子一闪，突然想了起来，很久很久以前，他父亲有次和他母亲谈话时曾经谈起过一个"布雷克"，似乎是他放荡的青年时代的一个不体面的角色。"那么，好，布雷克，我认为我带来的那些材料是真实的，而且是骇人听闻的。"

"这我知道，比尔也是这么说的，他把这一点说得很清楚。如此一来你们两人的责任感就更应受到赞扬。"朗用手指抚弄一下胸袋里的手绢，整了整领带，"我希望我们华盛顿的一些任性的家伙能像你们这样才好，莱斯里。你们至少懂得由政府养活的人不应该使他的国家为难。你们从发生在莫斯科的那桩小事情上吸取了教训。那件事还情有可原。纳粹对犹太人的迫害也很使我反感，非常可恶，非常野蛮。我早在一九三五年就谴责这一政策了，我那时候写的备忘录就在这儿的卷宗里。不过，年轻人，让我告诉你我希望你做些什么吧。"

过了好一会儿，斯鲁特才弄清楚究竟是怎么回事。朗先谈了他领导的那十九个处室。谈到科德尔·赫尔要他为战后成立新国联起草一份计划。这可是个大难题！他晚上和星期天都工作，他的健康已经受到损害，不过这都没有关系，他曾亲眼看到伍德罗·威尔逊就是因为国会在一九一七年拒绝他有关国联的主张，才遭灭顶之灾，他的老朋友富兰克林·罗斯福以及他对世界和平的宏伟展望决不能遭到同样的下场。

同时，他还必须使国会就范。国务卿已把和国会打交道的大部分任务委托给他，这可是个累死人的差事！如果国会阻止向俄国提供《租借法案》援助，斯大林就有可能一夜之间变卦，去跟德国单独媾和。这场战争的前景就会吉凶难卜，非得打到最后一颗子弹才能定局。英国人也同样不可信赖，他们已经在玩弄手法，要把戴高乐送到北非去，以便战后控制地中海。他们打仗完全是为了自己，英国人的本性从来就很难改变。

发了一通有关全球大局的议论后，布雷肯里奇·朗终于谈到正题。他说，欧洲事务司内应该有人专门处理有关犹太人的事宜，所有那些代表团、请愿书、信件以及必须虚与委蛇的名人显要等等，以后都不要往他那儿送了。目前的形势需要一个适当的人选稳妥地处理这些事情，他认为莱斯里正是这个适当人选。莱斯里以同情犹太人著称，这是一笔宝贵资产。他在伯尔尼行事谨慎，这表明他为人稳妥可靠。他出身高尚的家庭，很有教养。他在国务院里前程灿烂，现在有个机会可以担负起一件真正棘手的任务，一显身手，赢得破格升迁的机会。

斯鲁特对此深感惊恐。充当布雷肯里奇·朗的一面挡箭牌，对请愿的犹太人"客客气气，模棱两可，总是告诉人家没办法，没办法，没办法"，实在是个令人憎恶的前景。他在国务院的前程的终点现在并不比这间办公室的门口距离他更远，这一点他倒也并不在意。

"先生——"

"布雷克。"

"布雷克，除非我能对前来找我的人有所帮助，否则我是不愿意被安置在这样一个职务上的。"

"这正是我要你做的啊。"

"但是我除了叫他们失望之外，还能做什么呢？绞尽脑汁，兜着圈子说'没办法'吗？"

布雷肯里奇坐直身子，一本正经地朝着斯鲁特严厉地瞪了一眼说："哪儿的话，你有可能帮助别人的时候，你当然要说'行'，而不是说'没办法'。"

"但是现有的一切规定使这几乎不可能做到。"

"怎么不可能做到？你说说看。"布雷肯里奇·朗问道，态度非常和蔼，他颌骨上的肌肉抖动了一下，用手指摸摸手绢，而后又弄弄领带。

斯鲁特解释说，要求犹太人出示他们所在国警察机构签发的出境许可证以及品行端正的证书，这是荒唐可笑的。朗打断他的话，皱起眉头迷惑不解地说："但是，莱斯里，这都是一些必不可少的规定，是为了防止罪犯、非法逃亡者以及其他社会渣滓混进来。我们怎么能回避这些规定呢？谁都没有天生进入美国的权利。谁要进来，就必须拿得出证据，证明如果我们允许他们入境，他们会成为良好的美国人。"

"布雷克，犹太人必须从德国秘密警察那儿领取这些证件。这显然是一条荒唐和残酷的规定。"

"啊，所谓'德国秘密警察'，是纽约那些悲天悯人的人造出来的一个可怕字眼。它其实和我们联邦特工机关一个意思——秘密国家警察①。我跟德国秘密警察打过交道，他们和别的德国人并没什么不同。我确实相信，他们采取的方法一定非常严厉，但是我们自己也有一个非常严厉的特工机关，每个国家都有。再说，并非所有的犹太人都来自德国。"

斯鲁特竭力克制才没一怒之下走出这间房间去另谋生路——因为他觉得朗的这番奇谈怪论虽说是令人难以接受的，倒也是由衷之言，颇有道理，所以他便说道："不论这些犹太人来自何处，他们都是为了逃命而来。他们哪儿能耽搁时间去申请官方证件呢？"

"但是，如果我们取消这些规定，"朗耐心地说，"那又怎么能防止成千上万的破坏分子、间谍、从事爆破的人以及诸如此类的坏蛋冒充难民混进我们国家呢？你倒说说看。如果我在德国谍报机关工作，我是决不肯放过这个大好机会的。"

"可以要求其他的品行证明，比如教友会的调查、个人经历保证书、当地美国领事馆的批准书，或者像联合救济协会这一类可靠的救济机构的证明。只要我们认真去找，总归是有办法的。"

布雷肯里奇·朗两手交叉撑着下巴坐在那里，带着沉思的神色望着斯鲁特。他的回答一字一顿，小心谨慎："是啊，是啊，我看你的意见也有道理，这些规定会给那些理应入境的人造成困难。我还要为别的事情伤脑筋，比如战后世界的建立。我不是个顽固派，而且，"——他现在的笑容显得他有难言之苦——"我也不是一个反犹主义者，不管报纸上怎样污蔑谩骂。我是我国政府及其法律的仆人，我要尽力做个好仆人。你能不能把你的意见写成一份备忘录，让我交给签证处？"

---

① 原文系德语。

斯鲁特不敢相信他已说动了布雷肯里奇·朗，但是听他口气倒是一片诚心。他因此壮着胆子问道：“我是不是可以再提一点儿建议？”

“说吧，莱斯里。我觉得这次谈话很有意思。”

斯鲁特把他的关于由二十个国家接受十万名犹太人的计划说了一遍。布雷肯里奇·朗仔细听着，手指从领带摸到手绢，再由手绢摸到领带。

“莱斯里，你是在谈论召开另一次埃维昂会议，关于难民问题的一次重要国际会议。”

“我希望不是这样。埃维昂会议是徒劳之举。另一次那样的会议需要花费很长时间，而此时此刻人们正在惨遭杀戮。”

“但是政治难民现在是个很尖锐的问题，莱斯里，而且没有别的办法可以解决这个问题，重大的政策是不可能在国务院一级制定的。”朗眯起了眼睛，几乎完全闭上了，“这个建议是个富有想象力的很有分量的建议，你能就这个建议给我写一份机密文件吗？目前只给我一个人看，把你想到的所有具体细节都写进去。”

“布雷克，你是不是真的感兴趣？”

“不论别人怎么议论我，”助理国务卿回答说，宽容的态度里略带一点儿烦躁，“我不喜欢浪费自己的时间，也不喜欢浪费与我共事的人的时间。我们身上的担子都已够重了。”

但是这个人仍有可能是借此把他打发掉，“写个备忘录给我吧，”这是国务院里老一套的敷衍办法，“先生，我估计你一定知道那份关于犹太人的同盟国联合声明吧？”

朗默默点头。

“你是不是——也和我一样——相信事实确实如此，德国人正在屠杀数百万欧洲犹太人，并且准备把他们斩尽杀绝？”

助理国务卿的脸上掠过一丝笑容，一丝空泛的笑容，仅仅是嘴部肌肉的一下颤动而已。

“对于那份声明我碰巧了解一点儿情况。安东尼·艾登因为受到压力，起草了那份东西，不过是给一些知名的英国犹太人一点儿甜头尝尝罢了，我看是弊多利少，这只能刺激纳粹采取更加严酷的措施。但是我们无法对那个不幸的民族做出判断。在他们遭受苦难的时刻，我们必须在法律许可的范围内尽力帮助他们。这就是我的方针，所以我才要你把立即召开一次会议的主意写成一份备忘录。这个主意看来切合实际，有建设性。”布雷肯里奇·朗站起来，伸出他的手，“你愿意帮助我吗，莱斯里？我需要你的帮助。”

斯鲁特站起来，握住他伸过来的手，慨然应允："我试试看，布雷克。"

斯鲁特当天晚上给威廉·塔特尔写了一封长达四页的信，结尾是这样的：

看来还是你说得对！我竟然有可能对局势发挥一点儿影响，根除一些骇人听闻的暴行，并使千万个无辜者得以保全性命——在很大程度上这是因为我父亲碰巧是个普林斯顿一九○五届的毕业生，是个常春藤俱乐部的成员——这样的好事实在叫人难以相信，在这个有如《爱丽丝漫游奇境记》中的奇境似的城市里，有时候事情就得这样才能办得成。如果我可悲地受了捉弄，不用多久我就会发现。但是，目前我将完全忠于布雷肯里奇·朗。谢谢你的一切帮助，我会把情况不断告诉你。

第五十三章

　　斯鲁特和"狐狸"戴维斯正在翻阅有关同盟国家声明的初步报道的剪报，准备就国内的反应给国务卿写第一份报告，斯鲁特这时突然想起，他要到亨利家去吃饭。"我把这些带上，"他一面说，一面把整摞剪报塞进公文包，"晚上把草稿写好。"

　　"我并不羡慕你，""狐狸"说，"白花气力。"

　　"还没最后见分晓哩。"

　　斯鲁特走到马路转角准备叫出租汽车的时候，看到报摊旁边人行道上放着一捆还没解开的《时代》周刊。一个《时代》周刊的记者曾通过电话向"狐狸"采访了将近一个小时，打听关于大屠杀的证据，因此斯鲁特和"狐狸"都渴望看到这份杂志。他买了一份。尽管下着蒙蒙细雨，他还是借着路灯的光线，急切地从头到尾翻了一遍，新闻栏里什么也没有，特写栏里还是什么也没有，从头到尾什么都没有。这是怎么回事呢？《纽约时报》虽然令人失望地只登了一栏报道，同时由于右边是隆美尔败逃的大字标题，此外又有两栏关于减少煤气定量的消息，因而弄得很不显眼，但是至少还是登在第一版。大部分其他大报都把它挤到里页去了，《华盛顿邮报》就是登在第十页，但是它们至少还给了它一点儿篇幅。《时代》周刊对这件事怎么可能只字不提呢？他把杂志又翻了一遍。

　　一个字也没有。

　　在人物栏里他猛然看到一幅他在《蒙特利尔公报》上曾经看见过的帕米拉和她父亲的照片。

　　帕米拉·塔茨伯利，空军少将邓肯·勃纳-沃克勋爵的未婚妻（见本刊，二月十六日）将于下月离开伦敦前往华盛顿继续其亡父生前担任的《伦敦观察家》记者工作。在阿拉曼一枚地雷结束埃里斯特·塔茨伯利记者生涯

（十一月十六日）之前，未来的勃纳-沃克勋爵夫人曾由皇家空军妇女辅助队准假，陪同雄辩、肥胖的塔茨伯利周游全球，协助他写成许多前线报道，并在新加坡和爪哇岛险遭日本人逮捕。

他想这或许会使亨利上校感兴趣，一丝幸灾乐祸稍稍减轻了他的失望。斯鲁特并不喜欢亨利，在他眼里，军人一般来说只是年岁大些的童子军，下等的只不过是些浑浑噩噩的酒徒，最高明的也不过是些办事干练的跟屁虫，无一例外都是庸庸碌碌、鼠目寸光的保守派。斯鲁特讨厌亨利上校，是因为他不太符合这个框框，他的思路过于犀利敏捷，克里姆林宫的那个夜晚至今叫人难忘，亨利与令人生畏的斯大林的对答不卑不亢，他的莫斯科郊外前线之行也是一大成就。但是这个人不苟言笑，而且总是使他想起自己在娜塔丽和帕米拉身上的令人难堪的失败。斯鲁特之所以接受邀请前去吃饭，完全是因为从良心上说，他认为应该把他了解到的情况告诉拜伦的家人。

亨利在狐狸厅路的家门口迎接斯鲁特时，脸上几乎毫无笑容。他身穿一套棕色衣服，红色蝴蝶领结，显得老了许多，身材也奇怪地缩小了许多。

"看过这个没有？"斯鲁特从大衣口袋里拿出杂志，有照片的那页正好是翻开的。

亨利趁着斯鲁特去挂淋湿了的大衣时看了一眼杂志说："没有。韬基太不幸了，是吗？请进来。你一定认识罗达吧，这是我们的女儿，梅德琳。"

起坐间出奇地大。这整幢房子看上去不是一个海军军官的收入所能负担得起的。母女两个坐在靠近一棵修剪好了的圣诞树的沙发上，喝着鸡尾酒。亨利上校把杂志递给罗达说："你是一直在猜想帕米拉以后会怎么办的。"

"天哪！你快看！和勃纳-沃克订婚了！"亨利太太朝丈夫斜眼一瞥，把杂志递给梅德琳，"她倒挺会安排自己。"

"老天，她看上去又老又俗气，"梅德琳说，"我记得我见到她的时候，她就穿这么一件淡紫色的吊带子的礼服，"——她用一只白皙的小手在自己胸前晃了一下——"别提多难看了。勃纳-沃克也在场，对吗？金发的美男子，口音悦耳动听？"

"他确实是个美男子，"罗达说，"那是我为'给英国寄包裹'的音乐会举行的宴会上。"

"勃纳-沃克是个了不起的男子汉。"帕格说。

斯鲁特听不出这句话里有任何弦外之音，不过他依然肯定，在莫斯科的时候，帕米拉·塔茨伯利和这位正人君子曾经打得火热。事实上，他正是因为看到帕米拉喜欢亨利，心里生气，才不顾职业上应有的谨慎，把有关明斯克大屠杀的材料泄露给了《纽约时报》的一个记者。自那以后，他就走了下坡路，一直落到今天这步田地。帕米拉在伦敦听到关于亨利的消息时的反应，说明这件风流韵事远远没有结束，除非维克多·亨利真是一尊没有灵性的木雕人像，否则他就一定深知如何伪装。

"啊，这位勋爵大人真叫人一见难忘，"梅德琳兴奋地叫道，"一身皇家空军的蓝制服，胸前尽是勋章彩标，身材修长挺直，头发金黄！严肃时又像莱斯利·霍华德。不过，这一对又怎么般配呢？他至少有你那个年纪了，爸爸，而她跟我差不多大。"

"哦，那可不止。"罗达说。

"我在伦敦和她匆匆见过一面，"斯鲁特说，"她因为父亲逝世，精神上很受打击。"

"娜塔丽有消息吗？"帕格突然问。

"他们还在卢尔德，依然平安。这是总的情况，但是详细说起来也话长。"

"梅德琳，亲爱的，我们开饭吧。"罗达拿着酒杯站起来，"我们饭桌上再谈吧。"

烛光照明的餐厅里，墙上挂着几幅画得很好的海洋画，壁炉里的木柴熊熊燃烧。母女俩端上了菜肴，丰盛的烤牛肉好似在炫耀主人既富有钱财，又不计较配给证，盘碟碗盏也是豪华优美，远远超出斯鲁特的意料。他在席间叙述了娜塔丽的惊险旅行，其中包括了她早先寄给他的信件、瑞士的报道、日内瓦犹太复国主义人士的谣传以及拜伦告诉他的情况，总之是篇七拼八凑的故事，其中还掺杂许多他自己的猜想。斯鲁特一点儿也不知道维尔纳·贝克对杰斯特罗施加压力、要他发表广播演说的经过。根据他的说法，一个德国外交官曾对娜塔丽和她叔父表示友好，所以他们得以在锡耶纳安居，但是七月份，他们突然非法隐匿，和一些犹太复国主义难民一起逃亡，几个月后又在马赛露面——拜伦就是在那儿见到他们，和他们一起待了几个小时的。他们原来打算和他一起去里斯本，但是盟军攻进北非使德国人进入了马赛，他们也就没能离开。他们目前在卢尔德，所有滞留在德国南部的美国外交官和新闻记者也都在那儿。他有意不提娜塔丽拒绝和她丈夫一起出走的事，他觉得最好还是让拜伦自己告诉家里人。

"为什么在卢尔德呢？"亨利上校问，"为什么要把他们扣留在那里呢？"

"我也确实不知道。不过可以肯定，是维希政府根据德国人的意思把他们送到那儿去的。"

梅德琳说："那么，只要德国人高兴的话，他们就会又把她和她叔父、孩子一起带走，送到什么集中营去？可能还会把他们熬成油做肥皂？"

"梅德琳，看在上帝的分儿上！"罗达叫道。

"妈妈，现在到处都在传说这一类可怕的事情，你也不是没听说过。"梅德琳接着向斯鲁特掉过脸来说，"这些事到底是怎么样？我的老板说都是骗人的鬼话，是英国人在第一次世界大战中就用过的宣传材料。我简直不知道应该相信哪种说法，你们呢？"

斯鲁特沉重的目光越过了桌子上吃了一半的菜肴和桌子中心的一株猩红色一品红，打量这个聪明俊俏的姑娘。很明显，对于梅德琳来说，这些都是牛魔王的国土里发生的事情。"你的老板看《纽约时报》吗？大概是前天的《纽约时报》上有一篇头版新闻报道了这件事，十一个同盟国政府宣布这是事实：德国正在灭绝欧洲犹太人。"

"《纽约时报》？你肯定吗？"梅德琳问，"我一向是从头看到尾的。我没看见这段新闻。"

"那你一定看漏了。"

"我平时也看《纽约时报》，但是我也没看见那段新闻，"维克多·亨利说，"《华盛顿邮报》上也没有。"

"两家报纸都登了。"

斯鲁特心里感到绝望，甚至像维克多·亨利这样的人也把这段新闻忽略了，眼睛扫过那些讨厌的大标题的时候竟然一点儿都没在意。

"那么，这样一来他们的日子可要不好过了。照你说的情况看，他们的报纸是在吹牛啰，"梅德琳有点儿固执地说，"说真的，法国人会不会发点儿善心，饶了他们？"

"他们仍然是在法国官方的监管之下，梅德琳，他们的处境和其他犹太人有所不同。你瞧，他们是被扣留，而不是拘留。"

"我不懂你的意思。"梅德琳皱起了漂亮脸蛋说。

"我也不懂。"罗达说。

"请原谅。在伯尔尼的时候，区分这两个字的意义变成了我们的第二天性。你如果因为爆发了战争而被困在一个敌对国家，亨利太太，那你就是被扣留了。瞧，你什么错事都没做，你只不过是凑巧碰上那个时候，所以做了牺牲品。被扣留的人可以交换，比如新闻记者、外交官这一类的人，我们希望现在在卢尔德的美国人能按此办理，希望娜塔丽和她叔父也能这样。但是，如果战争爆发时你是遭到拘留，也就是说，你被逮捕了——原因可能多种多样，小至闯红灯，大至间谍嫌疑——那就糟糕了。那你就丧失了权利，红十字会也不能帮助你。欧洲犹太人就属于这个情况，红十字会不能和他们联系，因为德国人宣布他们处于保护性监禁之中。这就是拘留，而不是扣留。"

"老天爷，那么多人的生死存亡就取决于见他妈鬼的这两个字眼！"梅德琳大声叫道，"真恶心！"

斯鲁特心里想，这姑娘的木头脑袋终于弄懂了这个人命攸关的技术细节。"啊，字眼可有讲究哩，不过，总的来说我还是同意你的看法。"

"那么，她什么时候能回来呢？"罗达神情忧郁地问。

"难说。人员交换的谈判已经进行许久，但是——"

门铃响了。梅德琳一下子跳起来，朝着斯鲁特迷人地一笑："这真是太有意思了，不过我马上要去国家剧院，我朋友来叫我了。请原谅。"

"不必客气。"

外面一扇门开了之后又关上，一阵冷风卷进室内。罗达开始收拾碗碟，帕格领斯鲁特来到书房。他们手里拿着白兰地，面对面地坐在扶手椅里。"我女儿是个蠢丫头。"帕格说。

"正相反，"斯鲁特举起一只手表示不同意，"她很聪明。不能因为她没像总统那样为了犹太人的遭遇而感到心绪不宁就责备她。"

维克多·亨利皱起了眉头："总统确实心绪不宁。"

"他失眠了好几个晚上吗？"

"他可经不起失眠。"

斯鲁特用手掠了一下头发，说："不过国务院掌握的证据是骇人听闻的。当然，我不知道呈送给总统的究竟是些什么材料，我也无法弄清楚，这就像在黑暗中要用一双油手抓住涂了油的泥鳅一样。"

"我下个星期要再去白宫报到。对娜塔丽，我能做些什么吗？"

斯鲁特坐直了身体。"去白宫？你和哈里·霍普金斯依然保持联系吗？"

"嗯，他还是叫我帕格。"

"那行。我本来是不想要你担心害怕。"斯鲁特身体朝前坐了坐，两只手使劲捏紧了那只装着白兰地的酒杯，帕格非常担心他把杯子捏碎。"亨利上校，他们不会继续留在卢尔德了。"

"为什么？"

"法国人做不了主。我们实际上是在和德国人打交道，他们又抓到一些美国侨民。他们正利用这个有利条件要挟我们，他们想借这个机会交换一大批在南美和北非被捕的间谍。我们已经从瑞士人那儿得到明显的暗示，扣留在卢尔德的人不久就要送到德国，为的是在谈判中向我们施加压力。那样一来，就会大大增加娜塔丽的危险。"

"这是显而易见的，但是白宫又能做些什么呢？"

"赶在他们转移之前把娜塔丽和埃伦从卢尔德弄出来。通过我们在西班牙的人，这是可以做到的，卢尔德距离西班牙边界不到四十英里。只要在私底下静悄悄地干，有时甚至可以间接地和德国秘密警察达成交易，弗朗茨·韦费尔以及斯特凡·茨威格这些人就是偷偷穿越边界的。我不是说一定能成功，我是说你不妨试试看。"

"但是怎么个试法呢？"

"我也可以试探一下。国务院里我知道该找谁，电报该往哪儿打。只要霍普金斯来个电话，我就可以着手进行。你和他的交情够得上吗？"

维克多·亨利举杯喝酒，没有回答。

斯鲁特的声音变得生硬了："我不想故作惊人之谈，但是我建议你试试这个办法。如果这场战争再拖上两年，欧洲的犹太人都得死光。娜塔丽不是新闻记者，她的证件是假的，一旦他们查出来，她就完了，她的孩子也完了。"

"《纽约时报》上登的那份声明是否说德国政府准备把他们所能抓到的所有犹太人统统杀害？"

"哦，文字上没有明说，但是包含了这个意思。"

"这样一份声明为什么没有引起更大的反响？"

莱斯里·斯鲁特咧开嘴，几乎有点儿精神失常似的一笑，然后说道："你倒说说看，亨利上校。"

亨利一只手托着下巴，用力摸来摸去，带着猜不透的神情久久看着斯鲁特。"教皇有什么反应？如果发生了这样的事，他肯定会知道。"

"教皇！这位教皇一辈子都是个反动的政客，我在伯尔尼曾和一个规规矩矩的德国教士谈过话，他说他每天晚上祈祷教皇暴病身亡。我是个人文主义者，我对教皇一向不抱任何希望，但是这位教皇正把自伽利略以来还残存的一点儿基督教精神毁灭得一干二净——我知道你对我的话有反感。请原谅。我只不过是想使你明白，如果白宫对你还有点儿信任的话，你就该立即利用这个机会，尽力把娜塔丽弄出卢尔德。"

"我得考虑一下，然后给你电话。"

斯鲁特神情激动地站了起来。"好。如果我表现得过分激动的话，请你原谅。我现在走的话，亨利太太会不会觉得我有失礼貌？我晚上还有许多事情要做。"

"我会代你向她道歉。"帕格站起来，"顺便问一下，斯鲁特，帕米拉准备什么时候结婚？她告诉过你吗？"

斯鲁特强忍住才没露出笑容，他此刻的心情就像一个猎人看见狐狸从隐身之处蹿出来了一样。"嗯，你知道，上校，女人爱变心①！帕米拉有次在我面前诉苦，说这位勋爵大人是个监管奴隶的工头，一个势利鬼，惹人厌烦的家伙。说不定他们根本结不成婚。"

帕格送斯鲁特走出前门，他听得见罗达在厨房里刷洗餐具的声响。起坐间里咖啡桌上放着那份《时代》周刊，帕格打开杂志，弓身坐下看起来。

帕米拉的一张快照在"北安普敦"号下沉时他已丢失，但是她那时的形象已经深深留在他的记忆之中，犹如这一桩风流韵事的一帧遗像。关于她婚事的报道对他是个沉重打击，还要装出一副若无其事的样子实在是件苦事。这张出其不意拍下的照片一点儿也不好看：头部稍嫌低垂了些，鼻子显得很长，薄薄的双唇过于拘谨，沙漠的阳光从头顶上直射下来，在她眼圈四周留下了阴影。不过，这张在四千英里之外拍下的一个女人的小小的、并不好看的照片，却在他心里激起一阵风暴；与此同时，虽然他那漂亮妻子的血肉之躯就在隔壁房间，他却无动于衷。这是多么鲜明的对照！他拖着沉重的步子回到书房。当他坐在那里一面喝着白兰地，一面看着那份《时代》周刊的时候，梅德琳和西姆·安德森兴高采烈地从剧院回来了。"国务院的那个怪物走了吗？谢天谢地！"她说。

"戏好看吗？值不值得我带你妈妈也去看看？"

"啊，当然值得，应该让老太太也去快乐一阵，爸爸。你自己也会喜欢的，四个年轻姑娘，同住在华盛顿的一套公寓房间，穿着短裤衩从盥洗室里跑进跑出——"

安德森很不自在地咧嘴笑着说："没什么值得看的，先生。"

"嘿，别装腔了，西姆，你自己就笑得像个傻瓜似的，你的眼睛瞪得那么大，都快掉下来了。"梅德琳突然看到华伦的照相簿，立刻沉静下来，"这是什么？"

"你还没看过吗？是你妈妈贴成一本的。"

"没看过。"梅德琳说，"过来，西姆。"

他们头靠着头，一起翻阅照相簿，起初倒还安静，过了一会儿她就嚷嚷开了。一枚金质奖章使她回忆起华伦曾在一次田径运动会上荣获跳高冠军，他的同学把他扛在肩上抬出运动场。"啊，我的天，这是他在圣弗朗西斯科的生日宴会！你瞧我，一双斗鸡眼，还戴着一顶纸帽子！这就是那个可恶的小男孩，躲在桌子底下，朝上往女孩

---

① 原文系意大利语。

子们的裙子里偷看。华伦把他拖了出来，差点儿没把他给揍死。真的，这叫人想起多少往事啊！"

"你母亲做了件大好事。"安德森说。

"啊，妈妈呀，她总是有条理，这是她的天性。老天爷，他多英俊啊！你再看看这张毕业照，你看好不好，西姆？你看别的那些小伙子，像他这么大年纪了还是傻乎乎的。"

她父亲在一旁看着、听着，神情冷静沉着。梅德琳一页一页翻过去，听不见她再发议论了。她的手停住不动，她的嘴唇颤抖起来，她猛然合上那本照相簿，把头伏在手臂上，哭了起来。安德森尴尬地伸出手臂挽住她，窘迫地朝着帕格看了一眼。过了一会儿，梅德琳拭干眼泪，说："对不起，西姆。你还是回去吧。"她陪西姆一起出去，又回来坐下。她架起线条优美的双腿，此时已经完全恢复了常态。帕格看到她用水手般熟练自然的动作点起一支烟，心头不免又是一阵反感。"爸爸，加勒比的太阳对西姆·安德森很有好处，是吗？你应该和他谈谈。他说起追逐德国潜水艇的事真是绘声绘色。"

"我一直很喜欢西姆。"

"不过，他以前老是叫我联想起牛奶蛋糕。你知道吗？一种松松泡泡，白里带黄，中看不中吃的东西。现在他变得成熟了，并且——算了，不说了，对我刚才说的他那傻笑别放在心上。圣诞节他来和我们一起吃饭，我很高兴。"她深深吸了一口烟，羞愧地看了她父亲一眼，"告诉你一件事。《快乐时光》的节目现在有点儿叫我难为情。我们从一个营地兜到另一个营地，演些幼稚无聊的滑稽戏，耍弄那些穿军装的小伙子，我们就靠这些玩意儿赚钱。和我一块儿工作的那些写脚本的聪明家伙暗地里得意好笑，其实，被他们嘲笑的那些水手和士兵不知要比他们好多少。我简直要气疯了。"

"那你为什么不辞职呢，梅德琳？"

"有什么别的好干呢？"

"你可以在华盛顿找个工作。你是个能干的姑娘。这儿又有这么一座好房子，几乎全空着，就你妈妈孤孤单单一个人。"

她的神情忧郁、畏怯，又带着一丝满不在乎的调皮味，这种神情使他感到不安，她十四岁那年带着一份很糟糕的成绩报告单回家给他看时，也是这么副神情。"说真话，今天晚上我脑子里也闪过同样的念头。但是问题是，我已经难以脱身了。"

"他们会另外找人去搞那个无聊玩意儿的。"

"哦，我喜欢我的工作。我也喜欢这笔收入。看到我那张褐色小存折上的数字一个劲儿地往上跳，心里就觉得高兴。"

"你感到幸福吗？"

"这，我只觉得挺不错，爸爸。我没有应付不了的事。"

维克多·亨利这次回家见着她，距离上次和她见面已经一年半了。他在珍珠港收到过一封信，警告他说有一桩离婚诉讼案可能牵连到她，他到家以后一直没提及此事。不过，他太了解梅德琳了，他完全看得出她流露出的烦恼不安的迹象。

"也许，我应该找克里弗兰那家伙谈一谈。"

"谈什么呢？"

"谈你。"

她笑得很不自然。"真有趣，他也要和你谈谈。我以前一直有点儿不好意思说。"她把烟灰从裙子上掸掉，"告诉我，征兵是怎么搞的？你了解吗？真叫人觉得奇怪。我认识许多年轻小伙子，他们没结婚，马一样棒的身体，可到现在还没收到应征通知书，但是休·克里弗兰收到了。"

"真的吗？那很好，"帕格说，"那我们可要打赢这场战争了。"

"别这么幸灾乐祸。他所属的那个征兵委员会的主任也是个可恶的小人，专门喜欢跟有点儿名气的人作对。休觉得他最好是穿上军服，志愿参军，你懂我的意思吗？在军中继续搞《快乐时光》这类工作。海军的公众关系部门里，你有熟人吗？"

维克多·亨利慢慢地摇摇头，一言不发。

"那就行了。"梅德琳的声音就好像如释重负似的，"我已经尽到了责任，已经问过你了。我答应他问你的，当然，这是他的事。但是，像他那么笨手笨脚的也真不是打枪开炮的料，他非但打不了敌人，反而会给我们自己帮倒忙。"

"他在军界不是有很多关系吗？"

"你简直难以想象，他们一知道他接到了应征通知书，一个个就不知躲到哪儿去了。"

"这才叫我高兴哩。你自己最好也躲开，他只能给你带来麻烦。"

"我和克里弗兰先生之间没有任何麻烦事。"梅德琳站起身来，把头一甩，就和她五岁时的神态一模一样。然后她吻了吻她父亲，说："要是有麻烦的话，那也是别人的事。晚安，爸爸。"

帕格在她离去之后想道，如果换成一个真正成熟的女人，或许会撒谎撒得更像是真的。她的处境肯定非常糟糕。但是，她年轻，应该允许她犯错误，再说，他也实在无能为力，还是不想为妙！

他又一次拿起那份《时代》周刊，看着帕米拉和她亡父的小照片。"未来的勃纳-沃克勋爵夫人"就要来到华盛顿,又是一桩不想为妙的事,同时,这也是个逃避制造登陆艇那份差事回到太平洋去的一个最好不过的理由。在黄色的灯光下,桌子上放着梅德琳猛然合上的那本照相簿,这是罗达的一个巧妙安排,为的是搞出一个可以挽救他们婚姻的可靠基础。他们不但被往事联结在一起,而且还被华伦之死联结在一起。他至少不该再增加她的痛苦。他可能活不到战争结束那一天,即使他能,他们那时也老了。他们还有五到十年的时间,可以共同生活在一起,安安静静地过完他们的风烛残年。她现在悔恨交加,令人怜悯,她肯定不会再次失足,再说,对于已经发生的事,她也无力挽回,还是让时间来弥补一切吧。他抑制住把照片撕下来的荒诞念头,把那本杂志扔进一只皮革做的纸篓里,然后走进他的更衣室。

罗达在自己的房间,同样也在琢磨思考。厨房里的操劳已经使她非常困倦,此时她很想立即睡下。但是,她是否应该把她和帕米拉的谈话告诉他?这是婚姻生活中的一个老问题:是把事情说穿,还是由它去?按照以往情况,罗达觉得少说为好,但是这一次,情况可能属于例外,她不想再烦恼下去了,那些可恶的匿名信是否依然使他耿耿于怀?不过,他自己也不是一个圣人。如果她把真相向他摊开,或许气氛可以变得明朗些。帕米拉订婚的消息倒是一个很好的话题,他们可能大吵一番,可能提到弗莱德·柯比,可能提起那些信件。不过,她也想,即使如此,恐怕也比帕格的长期沉默不语以及由此而造成的那股阴沉气氛好一点儿吧。他们的婚姻正在逐渐消逝,就像中学里做实验的时候所看见的那样,盖在玻璃瓶里的烛光由于缺少空气而逐渐熄灭,甚至夜间的性爱也于事无补。她有一种可怕的感觉:她的丈夫在床笫间也只不过是尽力对她表示礼貌罢了。罗达穿上一件镶花边的黑绸长睡衣,她没像往常一样在睡前把头发夹起,而是梳理得更加好看,然后走出自己的房间,准备不是和好,就是争吵。他正靠在床头坐着,手里拿着他那本放在床边的已经皱裂了的紫酱色《莎士比亚全集》。

"嘿,亲爱的。"她说。

他把书放到床头柜上,说:"瞧,罗达,斯鲁特这家伙有个搭救娜塔丽的主意。"

"哦?"她上床之后靠在床背上,皱着眉头听他说。

帕格是真心实意和她商量,想借此恢复以往的感情。她不时点着头,听他把话说完,一次也没插嘴。"为什么不这么做呢,帕格?还能有什么坏处吗?"

"白宫的麻烦已经够多了,我不想再增加他们的麻烦。"

"我看不至于。哈里·霍普金斯有可能出于他自己的原因而拒绝你。这一类要他帮忙的请求肯定堆成山。但是,他们毕竟和你是一家人,而且又是处在危险之中。依我看,真正的问题倒是在于,即使他愿意帮忙,又能怎么样?你真就那么相信斯鲁特的话吗？"

"为什么不？这属于他的工作范围。"

"但是，他这个人，我说不上，简直入了迷似的。帕格，我担心的是弄不好反会翻船。你离得这么远，不可能了解进展情况。单单把他们挑出来——我是说白宫单单把他们挑出来——真的，这样会不会反而使他们成为注意的中心？保险点儿的办法是不是让他们和那儿的美国人混在一起，不要显得特殊，一直等到交换？再说，娜塔丽是个漂亮女人，又带了个孩子，世上最凶恶的魔鬼见了她也该退让几分。轻举妄动说不定会成事不足，败事有余。"

他拿起她的手，紧紧捏着，说："还是你想得周到。"

"哦，我也不能说我就一定对，还是谨慎为好罢了。"

"罗达，梅德琳开始喜欢西姆·安德森了。她对你说起过吗？她在纽约是不是惹出什么麻烦了？"

罗达一时无法把自己心头的怀疑说给帕格听，再说，行为不端又是一个像高压电线一般碰不得的话题。"梅德琳是个头脑清醒的姑娘，帕格。电台那些人和她确实不是同一路人。如果她选上西姆，那对我倒是挺不错。"

"她说那出戏很下流。我想去搞几张前排票。"

"啊，那太好了。"罗达犹豫不定地笑了，"你是个老色鬼，我早就知道。"关于帕米拉那件事，用她的话来说，就由它去吧。

第二天，她倒纸篓的时候，禁不住又把《时代》周刊翻到有帕米拉·塔茨伯利照片的那一页。照片自然还在那儿。她觉得自己成了个傻瓜。这个女人毕竟没什么十分动人之处，老得那么快，而且越变越难看，再说，她已经和勃纳-沃克订了婚。由它去吧，她想。由它去吧。

第五十四章

一个犹太人的旅程

（摘自埃伦·杰斯特罗的手稿）

圣诞节，一九四二年

卢尔德

早晨醒来时我的脑子里想着奥斯威辛。

四家旅馆里的全体美国人获得唯一——次同去教堂的批准，参加了在大教堂里举行的午夜弥撒。和往常一样，我们由那几位一直跟随我们的、还算比较客气的保安警察陪同着。除了他们之外，还有几个态度粗暴的德国士兵。自从上星期以来，不论我们是散步还是买东西，不论是看病、拔牙还是理发，他们都寸步不离地跟着。这是圣诞节前夕（这里地处高高的比利牛斯山脉，气候非常寒冷，用不着说，不论是在教堂，还是旅馆里的过道走廊，都没有生火保暖），这些大兵为了欢庆耶稣基督的诞辰，本来可以喝它个酩酊大醉，或者在那几个专供这里的征服者寻欢作乐的可怜的法国妓女身上发泄一下兽欲，但是他们对分配到这么一桩苦差事，心中显然十分气恼。娜塔丽不愿去参加弥撒，但是我去了。

我已经很久没参加弥撒了。在这个众人朝拜的圣城，我看到了真正的弥撒，看到了一群虔诚的善男信女。因为这里供着圣龛，前来朝拜的人中有的全身瘫痪，有的瘸腿跛足，有的双目失明，有的残废畸形，有的奄奄一息，他们组成一支令人惨不忍睹的行列，如果有谁真的相信就连一只坠地而亡的麻雀，上帝也有恻隐之心，那么，这些人一定是他有意残酷戏弄的对象，或者是他千虑一失的牺牲品。教堂里寒气逼人，但是弥撒开始以后，教堂里的气氛与我此时心中的凄凉相比，却是温暖如春：圣歌嘹亮，钟声悠扬，敬领圣餐，屈膝跪拜，气氛庄严。既然我来这里完全出于自愿，仅仅为了礼貌起见，我本来也应该在需要下跪的时候和他们一起下跪，但是，我这个倔强的犹太人不顾四周向我射来的非难目光，就是不肯下跪。我也没去参加弥撒之后在大使旅社为我们这群人举行的圣诞晚会，虽然有人告诉我，那里有黑市供应的酒任你畅饮，此外还有黑市供应的火鸡和香肠。我回到高卢旅馆，一个口臭难闻、态度粗暴的德国兵一直把我送到我的房门口。于是我睡下，而当我醒来的时候，我脑子里想着奥斯威辛。

我初次和我的犹太教决裂，是在奥斯威辛的犹太法典学堂。那时的情景依然历历在目，就像是昨天的事情一样。学堂里的学监认为我信奉异端邪说，狠狠打了我一记耳光，把我逐出了讲经堂，我那时在紫色暮霭中在本城广场的雪地里踟蹰，双颊就像针戳一般疼痛，我到现在还能感到当时那阵疼痛，我多年以来从未想过这件事，但是，即使是现在想到此事，我仍认为那是一桩不可容忍的暴行。或许，如果在大一些的城市，比如克拉科夫或者华沙，那儿的犹太法典学堂里的学监就会通情达理，对我的亵渎行为一笑了之。如果真是那样，我的生命航程也许就会完全两样，那一记耳光虽然是一根小树枝，却改变了一股奔腾激流的航道。

这件事情太不公道！不论怎么说，我是一个循规蹈矩的孩子，就像他们用意第绪语说的那样，"像绸缎一样柔和"。对于犹太教的实质精华，法律方面的那些精细差别，对于一般愚人称之为"钻牛角尖"的伦理方面的细枝末节，我都能说得头头是道，胜过别人一筹。那些论断推理如此严谨优雅，几乎和几何学不相上下，若谁想好好掌握，不但需要一种情趣，而且需要一种求知欲。我正有这种求知欲。我是学习《塔木德》的一个杰出学生，我比那个学监还要聪明，还要敏捷。可能，那个心胸狭隘、头脑顽固、戴着一顶黑帽子、留着一把大胡须的蠢货正巴不得有个机会杀一杀我的锋芒，所以他才在我脸上打了一巴掌，把我逐出讲经堂，送我走上了通往基督十字架的旅程。

我依然记得那一段经文：第一百一十一页，题目是《逾越节的祭礼》。我依然记得它的内容：魔鬼，以及避鬼、斗鬼、驱鬼的法术。我依然记得我挨打的原因，我问道："但是，莱扎老师，是不是真有魔鬼这种东西呢？"我依然记得，当我被打得晕头转向、两颊火辣辣的躺在地上时，那个大胡子蠢货向我大声咆哮说："起来！滚出去！可恶的异教徒[①]！"于是，我踉踉跄跄离开学堂，走进了白雪覆盖着的阴沉凄凉的奥斯威辛。

我那时十五岁。对于我来说，奥斯威辛那时是个很大的城市，克拉科夫的这个宏伟的大都市我以前只去过一次。我们的村子梅得齐斯——沿着维斯瓦河逆流而上，大

[①] 原文是意第绪语。

约走上十英里，就能到达那里——房子全是木板房，街道全是弯弯曲曲的泥泞小道。梅得齐斯的教堂——我们小孩总是像避开麻风病院一样远远避开它——也是一座木板房。奥斯威辛却有平坦的大街，一个大火车站，许多砖石造的建筑，许多玻璃橱窗里灯火通明的商店，几座石头造的教堂。

我对这座城市很不熟悉。在法典学堂，我们过着严格的兵营式生活，除了学堂对面和我们的矮小宿舍以及与老师的家紧相毗邻的几条小街小巷，我们几乎足不出户。但是那天，反抗的怒火把我带出了这几条小街小巷，带进了那座城市。我走遍奥斯威辛，心里翻腾着因受到虐待而产生的愤慨，最后，我终于压抑不住多年来一直困扰着我的疑惑。

我一点儿也不笨。我懂德文和波兰文，我看报、看小说，同时，正因为我是一个聪明的学习《塔木德》的学生，我的视野能够超越讲经堂看到外部世界。那个世界虽然光怪陆离，充满奇异的危险和罪恶的诱惑，但那毕竟是一个广阔得多的世界，而你在《塔木德》那一行行黑色字体中间，却只能看到一个一成不变的单调狭隘的小天地。那些时时刻刻监督着你的法典教师，他们虽然也颇为睿智，却乏味讨厌，他们喋喋不休地对那部已有一千四百年古老历史的重要典籍做着细致的分析评论，最后只能把青春的才智和精力全部耗费干净。我从十一岁开始，直到挨打的那一刻，心里一直充满着越来越痛苦的矛盾，作为犹太法典学堂的一个学生，我自然憧憬着今后成为一个世界闻名的《塔木德》学的天才学者，但是，与此同时，在我灵魂深处有一个罪恶的声音悄悄地对我说：我在浪费我的时间。

学监的盛怒使我像一条无家可归的野狗一般到处游荡，我一面在雪深齐踝的街上艰难跋涉，一面思考着以上的一切，我走到奥斯威辛一座最大的基督教堂门前，止住了脚步，说也奇怪，我竟忘记了它的名字！离法典学堂最近的那座教堂叫作卡尔瓦利亚，我至今还记得，而那座大教堂是坐落在一个大广场上的另外一幢宏伟得多的大建筑。

我的怒火并未平息，相反，四年时间里淤积起来的反抗情绪此时突然爆发，冲破了出生以来多年灌输所形成的束缚，克服了一颗稚嫩的宗教良心所形成的障碍，我竟然做出了几小时之前还像是自己割断自己手腕一样令人不可思议的事情：我溜进了那座教堂。为了御寒，我把自己包得严严实实的，因此我和其他信仰基督的孩子看上去并没什么两样——我现在这么猜想。不论怎样，当时正在进行某种仪式，每个人都注视着前方，没人注意到我。

只要我还活着，我将永远不会忘记当我看到前方墙上——那是犹太教堂放圣龛的地方——一个十字架上缚着的那个耶稣巨型塑像时的震惊：他全身赤裸，鲜血淋淋。

我也永远不会忘记异教香火所散发出的那股奇异芬芳，以及两侧墙上那些巨幅的圣人画像。当我想到对于"外部"世界（我当时是如此认为）来说，这就是宗教，这就是通往上帝之路时，我感到愕然。我既骇异又神往，我在那里待了很长一段时间。自那以后，我从未产生过那种陌生的感觉，那种孤独的感觉，我也从未体验过灵魂即将发生无可挽回的彻底变化时的那种茫然之感。

所谓"从未"也就是到昨夜为止。

可能是因为我在这个充满可怕的商业气氛的卢尔德——即使现在正值商业淡季，即使现在正值战时，这种商业气氛依旧弥漫全城，使得一切都显得庸俗难忍——住了几个星期，因而越来越受到了刺激，可能是因为汇集在那座大教堂里的那群可怜的残疾人使我至今难忘，也可能是因为一旦我的反抗情绪有所流露，我和娜塔丽就遇到种种不幸的事情这一点使我郁积在心头的怒气统统爆发，冲决了我精神上善于克制的本能。不论到底是什么缘故，现在的实际情况是，昨夜当我参加午夜弥撒的时候，尽管十字架上的那个基督如今我已是非常熟悉，尽管我已写了许多关于基督教义的书籍，并且我也曾确实钟情于欧洲的宗教艺术，但在昨天夜里我感到陌生疏远，寂寞孤独，就和我十五岁时在奥斯威辛那座教堂里的感觉完全一样。

我今天早晨醒来时，脑子里想着这件事。我现在一面喝咖啡，一面写下这页日记。咖啡不坏，在法国，即使是在激战期间，即使是在征服者的铁蹄之下，只要有钱，还是什么都能买得到。在卢尔德，即使是黑市价格，也不算十分昂贵，因为现在正值淡季。

自从我们来到卢尔德以后，我就一直没写日记。说实话，我是希望能在回家的轮船上重新提笔写下去的。但是这个希望越来越渺茫，我和我的侄女虽然彼此都不说穿，实际上我们的处境可能要糟糕得多，但愿她的乐观情绪是真的，而不是像我一样故作镇静。有些情况她不了解，总领事做得对，为了避免使她不安，没把我们的困难详细告诉她。但是，他对我十分坦率。

我们遇到的麻烦不是任何人能控制得了的。只几天之差，我们还是不能合法地离开维希法国，这当然是件最可怕的不幸事情。一切都已准备妥帖，那些宝贵的证件都已经拿到了手，但是美国登陆的消息刚一传来，所有的火车时刻表都暂停实施，边界也全部关闭。吉姆·盖瑟为了保护我们，冷静迅速地采取了行动，为我们提供了正式的记者证件，并把发证日期提前，填在一九三九年。凭借着这些证件我们成了《生活》杂志的记者，这家杂志确实也曾发表过我写的两篇有关战时欧洲的文章。

非但如此，他还为我们办了别的一些事情。他们在销毁文件的时候翻出了《生活》杂志寄来的两封请求允许转载一些作家和摄影家的作品的信件。马赛有一个专为难民伪造证件的集团，这个集团手艺高超，由一个知名的天主教神父领导。在这场突如其来的危机中，总领事虽然需要处理许多其他的事情，但他还是通过地下关系，搞到了几封写在《生活》杂志专用信笺上的伪造信，我和娜塔丽也就真的成了《生活》杂志正式聘请的记者。这些证件看上去就和真的一样，那磨损、折叠的痕迹，稍稍有点儿褪了的颜色，就好像真正用了几年一样。

吉姆·盖瑟并不指望这些伪造证件能够长期掩护我们，但是他相信，至少可以应急，直到帮助我们脱险。不过时间一长，危险也就逐渐增加。他原以为我们几天之内或是几周之内就能获释，因为我们毕竟没和维希法国开战，我们仅仅是断绝外交关系而已，因此美国人并非"敌人"，根本不应被"扣留"。然而，我们在卢尔德的这一群人，总共约有一百六十名，却是实实在在被"扣留"在这里。从一开始，我们就一直处在法国警察的严格管制之下，一切行动都必须受到一名穿制服的警官的监视。几天之前，德国秘密警察在我们美国人被隔离的四家旅馆周围布下岗哨，从那以后，我们不但受到法国警察的扣押，而且处在德国人的监督之下。这样一来，法国人不免有种受到耻辱的窘迫之态，于是他们在一些小事上也尽可能地为我们提供更多的方便，但是德国人始终寸步不离，不论我们走到哪里，他们总是板着面孔，踏着正步跟在后面，在旅馆的过道走廊里，他们双目凝视，紧紧盯住我们不放，如果有谁一不小心触犯了哪项德国戒律，他们就会厉声发出命令。

过了一些时候，我才渐渐懂得这种长期扣押的真正原因，盖瑟本人起初也不知道。原先被扣留在维希的美国代办，后来也和大使馆全体人员被带到我们这里，他住在另外一家旅馆，连电话通信都被禁止。这位代办名叫塔克，是个能干的人——对我的著作非常钦佩，虽然这一点无关紧要——他只可以每天通过电话和在维希的瑞士代表简短地通一次话。所以我们，尤其是住在高卢旅馆里的人，事实上完全处于和外界隔绝的状态，对于一切情况都毫不了解。

我们受阻的原因后来终于弄清楚了，其实非常简单：在美国的那些应该和我们交换的维希人员几乎无一例外地拒绝回到法国。这也可以理解，因为德国佬此时已经占领了整个法国。但是这使情况大为复杂化，而德国人也趁机介入，抓住这个有利机会。到目前为止，他们仍是通过他们的维希傀儡进行谈判，但是事情已经很清楚，他们是在利用我们讨价还价。

如果法国人当时爽快地把我们送到只有三十英里远的西班牙边界，我们很可能在一两个星期内便得以脱身。如果那样，倒也能算是对于美国这几年来慷慨赠予这个政府大量粮食和药品的一种理所应当的报偿。但是维希政权的这些人属于人类中令人齿冷的那一类型，他们卑躬屈节，趋炎附势，自命不凡，狡诈多变，虚伪矫饰；他们反动保守，歧视犹太民族；他们既逞强好战，又软弱无能。他们卑劣之甚实在有辱法兰西文化，他们是当年陷害德雷福斯那一批坏蛋的残渣余孽。总之，我们没能脱身。我们现在还在这里，成了德国人为索还他们被关押在国外的形形色色的间谍分子而进行讨价还价的筹码，不用说，他们将会不择手段地勒索高价。

我醒来的时候脑子里想着奥斯威辛，还有另外一个原因。

我们长期滞留在马赛的门德尔松公寓期间，路过那里的难民络绎不绝——他们一般最多只留宿一两个晚上——因此，我们听到许多关于欧洲犹太人可怕的秘密传闻。根据这些传闻，东方正在发生许多暴行：大规模的枪杀，密封车内的毒气屠杀，凡是被押解到集中营的人要么立即遭到杀害，要么被饥饿或奴役折磨致死。我一直不能确定这些传闻是否可靠，直到现在依然不能，但是有件事情是确定无疑的：那个不断重复的地名，那个总是用最恐怖和最惊慌的话语悄声吐露出来的地名，正是奥斯威辛。人们提到这个地名，通常总是用日耳曼语，它那刺耳的发音，我至今记忆犹新。

如果这些传闻没有因苦难造成的恐惧而有所夸大的话，那么奥斯威辛肯定就是一切恐怖的焦点。我的奥斯威辛，我小时候曾在那里上学，我的父亲曾在那里给我买过一辆自行车，我的全家曾有时去那里过安息日，听用意第绪语鼓吹复兴的传教士领唱圣歌。也是在那里，我第一次看到了一座基督教堂的内部情景，第一次看到十字架上真人一般大小的基督像。

在当时的情况下，我们面临的最大危险就是被遣送到奥斯威辛那个神秘可怕的集中营。那样，我脖子上的套索就会干干脆脆地一下子收紧。但是，我们在这个小星球上的偶然生存，不会按照这样一种富有艺术性的格局进行——这一想法确实给我不少慰藉——况且，我们和奥斯威辛之间远隔着一个大陆，而离西班牙和安全只有三十英里的路程。我依然相信，我们最后一定会回到家里。大难当前，最要紧的事情就是保持希望，提高警惕，准备在必要时击败那些官吏和畜生，这需要勇气。

娜塔丽和她的孩子本来有机会逃走，但是由于她在关键时刻缺乏勇气，结果也陷入困境。我曾以非常激烈的措辞写下一篇日记，记叙拜伦的突然来访，以及它的可悲结局。由于我的关系，娜塔丽和她的孩子如今落在这样一个日益险恶的可悲境遇，我为此感到的内疚更加深了我对娜塔丽的气恼。她一直不许我表露我的内疚，她总是打断我的话，说她是个大人，完全是按照自己的意愿行事，对我毫无怨恨之意。

现在，我们处于德国人的监督和控制之下已有一个星期了。我虽然依旧认为，娜塔丽本该趁着那次机会跟随拜伦一道离开，但是与此同时，我又更加能够理解为什么她不愿那样做。没有合法的证件，万一落入那些狼心狗肺的家伙手中，那将是件非常可怕的事情。对待他们的看押对象，任何警察都必须多少摆出一副严肃、敌视、冷酷的面孔，既然要执行命令，他们就不得不抑制住同情之心。过去两年之中，凡是与我打过交道的意大利警察或是法国警察——就此而言，还有一些美国领事——通通毫无可爱之处。

但是这些德国人不一样。命令并不仅仅指导他们的行动，命令好似完全占据了他们的灵魂，不论他们的面孔或是他们的眼睛，都已容不下哪怕是一丝一毫的人情理性。他们是牧主，我们是牲畜；或者，他们是蚁兵，我们是蚜虫。命令切断了我们之间的一切关系，一切。这真令人骇异。确实，他们那种冷酷空虚的表情叫我毛骨悚然。我知道，上层人物里有那么一两个"正派人"（盖瑟的说法），但是我这次并未碰上。我以前也曾结识过一些德国的"正派人"，而在这里，你只能看到条顿人的另一副容颜。

娜塔丽应该跟着拜伦去冒一次险。像他那样机智勇敢的年轻人实在少见，再说他还有特别外交证件，只消猛然一下冲过火焰，也就万事大吉。如果她还是昔日的娜塔丽，或许她会这么做，但现在她为了孩子畏缩起来。吉姆·盖瑟依然坚持（只不过，随着时日的消逝，他的自信也逐渐减弱），他对她的劝告是对的，最后的结局还是会不成问题的。我觉得他现在也开始怀疑起来。昨天夜里，在我们深一脚浅一脚踏着雪地去参加午夜弥撒的路上，我和他又把这件事情谈了一遍。他坚持说，德国人因为要在这场交易中尽可能不使他们的间谍暴露身份，所以不论现在还是以后，不论是谁的证件，他们都不会过于仔细地检查。娜塔丽、路易斯，还有我，不过是三个有热气的活人，或许能换到十五名德国佬。能这样，他们也就心满意足了，不会再另生枝节。

他认为，重要的是我应该把身份隐瞒到底。到目前为止，我们一直是和级别较低的法国人和德国人打交道，几年之内，他们之中谁也不会看什么书，更不用说我的书。他说证明我记者身份的证件不会发生问题，那些警察谁也没发现我是什么"名流"，或者是什么重要人物，也没发现我是犹太人。考虑到这一点，他打消了有人提出的要我给旅馆里的人做一次讲座的建议。为了消磨时间，合众社的一名记者正在高卢旅馆张罗一组演讲，他给我的题目是耶稣——这也是理所当然的事情。这是几天前的事，要不是吉姆·盖瑟否决了这一建议，我很可能会同意的。

但是，自从我经历了那次午夜弥撒以后，我是无论如何——即使回到美国以后，即使有人出大价钱——也不会再以耶稣为题来做宣讲了。我的内心已经开始发生变化，至于这是一种什么变化，我还需要进一步探索。最近几个星期，即使是关于马丁·路德的题材，我也越来越难以下笔。昨天夜里，我心中的这一变化刚刚露出端倪，我仍需要集中精力才能理出一个头绪。最近几天，我可能会在这本日记中追溯一下自从在奥斯威辛第一次看到钉在十字架上的耶稣，直到后来在波士顿曾经一度皈依基督教，这八年间我所走过的道路。在我写到这里的时候，娜塔丽抱着路易斯从她的卧室走了出来，两人都穿得厚厚实实，准备出去开始她早晨的散步。打开房门，那个阴沉的德国影子对着我们怒目而视。

第五十五章

除夕晚上，帕格出乎意料地向罗达提议一起到陆海军人俱乐部去。罗达知道他一向讨厌那些奇形怪状的纸帽子、喧闹作乐的人群以及酒气熏人的接吻，但是，他说他今天晚上希望散散心。罗达喜欢新年除夕的这种胡闹场面，因此她高高兴兴地打扮了一番。她身上穿的还是早先为英国募捐包裹时穿过的那套银线丝织礼服，当他们挤在一群喜气洋洋的高级军官和太太当中穿过走廊的时候，罗达觉得没有几个妇人及得上她那一身打扮的标致和光彩。罗达和帕格走进餐厅的时候，哈里森·彼得斯站起来向他们挥手，请他们与他同坐，那一霎她不免有点儿局促不安。她对彼得斯的行为无可訾议，但是，他会提起巴穆·柯比吗？或者，他会显得过于亲热吗？

帕格挽着她的手臂，感到了她的犹疑，带着询问的神色朝她看了一眼。她打定主意：根本不必介意，就让它公开出来好了！"啊，真巧！彼得斯上校在那儿。我们到他那儿去吧！"她兴高采烈地说，"他是个好人，我在教堂里遇见过他。不过，他到底是从哪儿搞来这么个合唱歌女的？你跟她同桌坐在一起能叫我放心吗？"

彼得斯和帕格·亨利握手的时候，比帕格要高出一头半。他那位年轻女伴一头金发，胸脯丰满，穿着有点儿像希腊式衣饰的白长裙，裸露出大块的玫瑰色肌肤，她是英国采购委员会里的一名女秘书。罗达说他们认识帕米拉·塔茨伯利。"哦，真的吗？未来的勃纳-沃克勋爵夫人？"这位姑娘说话的颤音很重，维克多·亨利觉得心头一阵刺痛。"我的好帕姆！她差点儿没让我们委员会里的人吃惊得昏过去。帕米拉以前是我们办公室里的造反分子，一直叽叽咕咕地骂那个老头子是奴隶监工！勋爵老爷以前老是叫人加班加点，现在可好，不是就要报应了吗？"

他们在俱乐部里吃着淡而无味的饭菜，喝着走了气的香槟，谈着沉闷乏味的战时话题，慢慢度过午夜之前的一个小时。碰巧在同一张桌子上，有一个长着像斗牛狗一般的紫酱色下巴的陆军航空兵上校和他那个厚施脂粉、个头纤小的妻子。这位上校刚从中国-缅甸-印度战区归来，正在一个劲儿地抱怨他那个战区不受重视。上校说，人类的一半住在那里，连列宁也认为这个地区是世界上最富饶的必争之地。如果一旦落到日本人手里，那么白人最好还是另外换个星球居住，因为到那时候地球上就容不得他们了。但在华盛顿，看来没有一个人懂得这一点。

一位陆军准将——他的勋标要比彼得斯和那位中国-缅甸-印度战区的上校惹人注目得多——则大谈特谈海军上将达尔朗的遇刺。他说他在阿尔及尔曾经和他非常熟悉，"这位突眼睛这样的下场实在太可惜了。我们艾克[①]参谋部里都管达尔朗叫作突眼睛。这家伙就是个倒了霉的法国佬。当然，他是个不折不扣的亲纳粹派，但是他是个现实主义者。再说，我们把他抓到之后，他马上交出了许多物资，保全了一大批美国人的性命。可是现在戴高乐这家伙，以圣女贞德自居，其实除了夸夸其谈和伤心难过之外，我们从他那儿什么也得不到，应该叫那些只会纸上谈兵的左派战略家也知道这一点"。

其实，罗达根本没必要顾忌彼得斯上校，他几乎看也不朝她看一眼。相反，他倒是不断地打量她那个矮个儿丈夫，此时帕格一言不发，面容严峻、疲惫。彼得斯终于向他问起了对战局前途的看法。

"哪儿的战局？"帕格问。

"整个战局。海军是怎么看的？"

"上校，那得看你在海军中担任的是什么职位了。"

"那么从你所处的职位看呢？"

这位相貌堂堂的高个儿陆军军官没话找话，问些这种毫无意思的问题，很使帕格迷惑不解，于是他回答说："以往的情况和将来的情况都是一团糟。"

"完全同意。"彼得斯说，此时喧闹的餐厅里的灯火闪了几下，然后暗了下来，"你做的这个年终总结要比我在所有报纸上看到的强多了。啊，女士们、先生们，还有五分钟就到午夜了。亨利太太，请允许。"她就坐在他的旁边，这时他把一顶纸做的牧羊女帽子戴到她头上——他的举止出奇地斯文优雅，她觉得就算是帕格也绝不会有所反感——然后又把一顶用烫金硬纸板做的钢盔斜戴在自己那头漂亮的灰发之上。这张餐桌上并非每个人都戴上一顶纸帽，但是令罗达吃惊的是，她丈夫竟也戴上了一顶。除了在孩子们小时候的生日宴会上，她还从没见过这样的事。维克多头上那顶带金边的粉红纸帽丝毫并不使人感到好玩可笑，相反却使他的神色更显得痛苦悲哀。

----

① 艾森豪威尔的简称。

"啊，帕格！瞧你这副样子！"

"新年快乐，罗达。"

客人们手里拿着香槟酒杯子，在烛光下相互亲吻，唱起了《美好的往日》。帕格心不在焉地吻了一下他的妻子，也让彼得斯很有礼貌地吻了她一下。他此时只顾着回想一九四二年的往事，他想起了华伦靠在"北安普敦"号的舱房门上，一只手托着头顶上的门框对他说的话："爸爸，如果你太忙，顾不上我，你就告诉我。"他还想起了瓜达尔卡纳尔岛附近黑色海水之下，有许多军官和士兵长眠在被击沉了的"北安普敦"号的船壳里。此外，他还无限伤感地想起了他要请求霍普金斯尽力把娜塔丽和她的孩子从卢尔德搭救出来，她至少还活在世上。

哈里·霍普金斯在白宫里的卧室，是在一条黑暗阴沉的长走廊的尽头，与椭圆形办公室只隔几个房间。他身上那套灰色衣裤松松垮垮，就像挂在稻草人身上的一块破布。他站在那里，望着窗外阳光照耀下的华盛顿纪念塔。"你好啊，帕格，新年快乐。"

他转过身来的时候，仍然把瘦骨嶙峋的双手交叉在背后。这位文职官员身躯佝偻，衣着寒碜，瘦弱憔悴，面色萎黄，而他身旁的海军少将卡顿，却是肌肉饱满，红光满面。卡顿身材笔直，穿着一套裁剪合身、饰有金杠的蓝制服，肩上的穗带金光闪耀，与霍普金斯形成一个鲜明对比。报上的文章有时把霍普金斯描写得好像是个大仲马笔下的人物，是个经常神出鬼没地出入总统密室的神秘的马萨林[1]。可是现在他站在帕格的面前，却更像是个纵欲过度的浪荡子，那闪耀的眼神和疲惫的笑容依然流露出没有尽兴的色欲。帕格匆匆一瞥，看到了那幅色彩暗淡的林肯画像，那块写着"《解放宣言》签署于此"的纪念牌，一张没有铺好的四柱床上胡乱放着一件揉皱了的深红晨衣，旁边还有件银色的女睡衣，地板上放着一双粉红便鞋，床头柜上摆着一排药瓶，这一切使这房间添上了几分住家的气氛。

"非常感激你能接见我，先生。"

"和你见面始终是件高兴事。请坐吧。"卡顿离开之后，霍普金斯坐在一张扶手已经磨损了的葡萄酒颜色的卧榻上，对着帕格说，"看来，太平洋舰队总司令也需要你。你真是个红人，不是吗？"帕格感到有些突兀，也就不说什么。"我看这一下可中你的意了吧？"

"我自然是更喜欢去打仗。"

---

[1] 法国首相。

"那么，苏联呢？"

"不感兴趣，先生。"

霍普金斯跷起瘦骨嶙峋的腿，一只手揉着他的又长又翘的下巴说："你还记得一个叫叶甫连柯的将军吗？"

"记得。一个高大结实的汉子。我是在去莫斯科前线的路上遇到他的。"

"一点儿不错。他现在是俄国主管租借物资事宜的头目，斯坦德利海军上将认为你在这方面能够大有助益。叶甫连柯曾向斯坦德利提到你，还有埃里斯特·塔茨伯利的女儿。我记得那次莫斯科前线之行，她好像也跟去的。"

"对，她去过。"

"瞧，你们二位给他留下了很深的印象。你知道吗？帕格，你去年十二月写的那份有关莫斯科前线的报告对我帮助很大。我在这儿可是孤掌难鸣，只有我一个人认为俄国人守得住，陆军的情报估计完全错了。总统对你的报告印象很深，他觉得你的见解合情合理，而我们这儿缺的就是这个。"

"我还以为我写那封有关明斯克犹太人的信是小题大做，做了件蠢事哩。"

"完全不是。"霍普金斯毫不拘礼地把手一挥，对帕格的话表示不以为然，"跟你说实话，帕格，犹太人问题是件非常叫人头疼的事。对那些拉比代表团，总统不得不始终避而不见。国务院虽然尽量阻拦，但是他们有些人还是见着了。情况真是惨极了，但是总统又能对他们说些什么呢？他们只是一遍又一遍地提出那个叫人泄气的要求。要对俄国人保持信用，要拯救犹太人，要结束这场该死的战争，唯一的办法就是进军法国，粉碎那个疯狂的纳粹制度。而要达到这一目的，我的朋友，关键又在于登陆艇。"霍普金斯在卧榻上向后靠下去，精明地看着帕格。

为了竭力回避这个不好对付的话题，帕格问道："先生，我们为什么不多接受些难民呢？"

"你的意思是说修改移民法，"霍普金斯爽快地回答说，"这是一个大难题。"他从身边一张小桌子上拿起一本蓝封面的书递给帕格，书名是《美国的犹太政治》。"看过吗？"

"没有，先生。"帕格露出厌恶的神情，把书丢下，"纳粹的宣传品吗？"

"有可能。据联邦调查局说，这本书已经广泛流传了好几年。这本书是混在邮件里送来的，照理是应该扔到废纸篓里去的，却送到了我的手里，路易丝也看了，她感到恶心。我和我妻子经常收到大批辱骂我们的信件，所用的肮脏词句虽然五花八门，但是多半少不了要骂我们是犹太人，看起来可笑，其实也真可悲。自从那次巴鲁克的宴会以来，这种谩骂达到了登峰造极的地步。"

维克多·亨利如堕五里雾中。

"那时候你还在国外吧？巴尼·巴鲁克为了祝贺我们的婚事，为我们补办了一次喜宴——说实话，这样做也真欠考虑。有个记者搞到了一份菜单。你也可想而知，帕格，巴鲁克摆了什么排场？鹅肝酱、香槟酒、鱼子酱，不惜工本的场面。在这供应紧张、什么都要配给的时候，已经怨声载道了，这样一来当然又是自讨苦吃。这还不算，有人还故意造谣说比弗-布鲁克送给路易丝一串价值五十万美元的翡翠项链作为结婚礼物，这一下可闹得满城风雨了。我的皮跟犀牛一样厚，可是我跟路易丝结了婚，却叫她成了众矢之的。人言可畏啊！"他鄙夷地指了一下那本书，"好家伙，你要想通过一项新的移民法，各种风言风语就会在全国各地沸腾泛滥。我们就要在国会里吃败仗，战争努力当然要遭殃，到头来又会有什么好处呢？我们无法强迫德国人松开魔掌来解脱犹太人。"他向维克多·亨利投去探询的一瞥，"你的儿媳妇现在在哪儿？"

"先生，我正是为了这个来求见你的。"

帕格把娜塔丽的困境以及斯鲁特关于如何把她从卢尔德救出来的主意跟他说了一遍。求人帮忙实在叫他难以启齿，不过他还是结结巴巴地说了出来，霍普金斯瘪紧了两片薄嘴唇听着。他的反应迅速干脆："那是去和敌人谈判，只有总统有权决定，他会交给韦尔斯办理。卢尔德，对吗？国务院的那个人叫什么来着？"他从口袋里摸出一张小纸条，用铅笔记下了莱里斯·斯鲁特的名字和他的电话号码，"我可以问一下。"

"我很感激，先生。"帕格便要起身告辞。

"坐着别动，总统一会儿就要叫我去。他得了感冒，睡得又晚。"霍普金斯微微一笑，从胸袋里掏出一张黄纸条，摊了开来，"今天又是一串难题要他处理，也就是跟平常事一样多。想听听吗？第一条，中国召回军事代表团。这可是一件叫人头痛的事，帕格。由于我们在欧洲的需要，他们要求的援助简直像是伸手要月亮。可是，中国战线是日本人身上的一块烂疮，他们打仗的时间比我们谁都长，我们总得设法稳住他们。

"第二条，新英格兰取暖用油发生危机。老天爷，这可不得了！天气也和我们作对，今年冬天比预料的冷得多。从新泽西到缅因，人人都冻僵了。大英寸输油管的工程进度晚了半年，管制越多，麻烦也越多。"

他一边读，一边阴郁地议论，就这样把这张单子上的事项全部念了一遍：

三、取道西伯利亚运输《租借法案》物资遇到意外困难。

四、钼的供应突然极度短缺。

五、根据修改后的报告，橡胶原料的前景不容乐观。

六、大西洋再次有大批船舰被德国潜艇击沉。

七、德军增援突尼斯，艾森豪威尔部队被迫后退；摩洛哥发生饥荒，艾森豪威尔部队的补给线受到威胁。

八、麦克阿瑟将军再次求援：新几内亚岛急需增援陆空部队。

九、修改国情讲稿。

十、为在北非会晤丘吉尔制订计划。

　　"最后一点是绝密消息，帕格。"霍普金斯拿着那张纸朝着帕格挥动得啪啪响，"我们大约一周之后就要到卡萨布兰卡去，参谋长联席会议。斯大林因为斯大林格勒战役不能出席，但是我们要将会议情况随时告诉他，我们要为今后的战争制订战略。总统自从就任以后，九年以来一直没上过飞机，非但如此，历届总统还没谁曾经坐过飞机出国，他兴奋得像个小孩子。"

　　霍普金斯如此滔滔不绝、不厌其烦，维克多·亨利很是迷惑不解，不过霍普金斯不久就道出了个中原因。他躬身向前，把手放在帕格的膝上，说："你知道，斯大林在大叫大嚷，要求我们今年横渡海峡，这可以减少他十到四十个德国师的负担，然后他就有可能把德国人赶出俄国。他指责我们背弃诺言，没有在一九四二年开辟第二战场。但是我们那时没有登陆艇，其他方面我们也没有准备好。英国人竭力反对进攻法国的主张。这次在卡萨布兰卡，他们肯定又要利用登陆艇不足这个借口。"

　　帕格不知不觉间也被吸引了过去，于是问道："目前有多少呢，先生？"

　　"跟我来。"霍普金斯把亨利带到另外一间门窗紧闭的小屋，屋内塞满了过时的旧家具，一张不伦不类的牌桌上堆满了卷宗和文件，"你坐下。这是门罗室，他们都这么叫，他就是在这儿签署《门罗宣言》的——真见鬼！我刚刚还在看那些数字哩。"他匆匆翻着桌子上的文件，有些掉到了地上。在这战争的中枢之地，事情却是如此随随便便，漫不经心，这使帕格深感惊异，霍普金斯毫不理会那些掉到地上的文件，而是抽出一张普通的档案卡片，拿在手里挥动着说："找到了，这是到十二月十五日为止的数字。这些数字还不大靠得住，因为在北非的损失还没完全证实。"

　　维克多·亨利对他带到阿真舍会议的登陆艇生产计划记得非常清楚，此时听到霍普金斯从那张卡片上念出的数字，不觉大吃一惊。"霍普金斯先生，生产究竟遇到了什么意外情况？"

霍普金斯扔下卡片说："活见鬼！我们失去了一年时间！不仅是登陆艇的生产，其他方面也都一样。问题出在大家都争优先权。军队、工业和民用经济之间你争我夺，互不相让，各个部门之间吵吵闹闹、争执不休，就是一些正派人之间，也是互相妒忌，明争暗斗。大家都卡住对方脖子不放，每个人都标榜自己的部门是十万火急的头等大事，却没一个人说话算数，到期交货。我们这儿简直是优先权满天飞，所以优先机也就好像德国老马克一样，变得毫无意义，情况糟得简直难以形容。不过，就在这个时刻，出了一个维克多·亨利。"

帕格惊愕得直眨眼睛，霍普金斯见了哈哈大笑："当然，不是真的说你，而是跟你一样的一个人。此人名叫费迪·埃伯施塔特，是个默默无闻的人，但是很踏实能干。你一定得和他见见面。他原来是股票商，你相信吗？普林斯顿大学毕业，一直在华尔街经商，从来没在政府供过职。他们把他搞到这儿来负责战时生产局，他制定了一份崭新的重点分配方案，他给它取名为'物资管制方案'。根据这个方案，所有的生产计划都取决于三种物资的分配，也就是钢、铜、铝。现在的分配办法是按产品进行垂直分配，护航驱逐舰也好，远程轰炸机也好，运往苏联的载重卡车也好，总之，不论什么，其中每个部件都要按配给原料进行生产，不搞平行分配了，这儿一点儿，那儿一点儿，给军队分配一点儿，又给工厂分配一点儿，"霍普金斯激动地挥舞着他的瘦长手臂，"要搞到物资全靠是否在华盛顿有靠得住的门路。像现在这样，简直是个奇迹，全国各地的生产数字都在直线上升。"

他一面说一面来回走动，精明的瘦脸上神采焕发。他在亨利旁边的一张椅子上一屁股坐了下去。"帕格，在埃伯施塔特采取这个办法之前是个什么情况，你简直难以想象。零敲碎打的发神经！浪费情况之严重，神仙见了也要害怕！一千副坦克履带，却没有坦克可以装配！堆满了一整个足球场的飞机外壳，可是引擎和操纵装置根本就没在生产。一千艘步兵登陆艇停在船厂里腐烂生锈，因为没有绞车起降活动梯子！这种可怕的局面终于结束了，现在终于可以得到我们所需的登陆艇了，但是海军也需要有个人紧密配合，这也就是说需要一个像费迪·埃伯施塔特那样的精干人物统筹负责。我已经同福里斯特尔部长和帕特森海军中将谈过，他们都知道你的表现，赞成由你负责。"霍普金斯在椅子里往后一靠，眼镜架子快要挂到嘴上了，眼睛闪闪发光，"怎么样，老朋友？你愿意签个字接受任命吗？"

放卡片桌子上的电话响了。"是，总统先生。马上就来。帕格·亨利碰巧也在这儿……是，先生，当然。"他挂断电话，"帕格，总统向你问好。"

他们步出房间，走进一条两边排着书架的阴暗过道，再经过一段垫着橡胶的斜坡，朝着椭圆形办公室走去。霍普金斯一只手抓着帕格的胳膊肘说："怎么样？我要不要对总统说你已经同意接受这个工作了？能给太平洋舰队总司令做参谋工作的海军上校多的是，这你也知道，但是精通登陆艇的只有一个帕格·亨利。"

维克多·亨利以前从未违拗过霍普金斯的意愿，总统的大印就在此人手中。不过，他毕竟不是总司令，要不然他也不会这么甜言蜜语，连哄带骗，而是直截了当地发出命令。他虽大权在握，但毕竟是个僚属，他之所以那么和蔼可亲，将一些内情告诉帕格，对埃伯施塔特如此吹捧夸奖，现在又亲亲密密，挽着他的手臂，其实都是一种策略。霍普金斯其实早就打定主意，要派帕格去搞登陆艇，而帕格为娜塔丽前来请求帮助，正好给了他一个开口机会。可能他一向就是这样进行说服工作的。他虽做得非常巧妙地道，但维克多·亨利还是执意要到太平洋舰队总司令手下效劳。霍普金斯轻飘飘地把这个工作说得一钱不值，那不过是文官的见识。再说，能够负责登陆艇计划的合适人选，也大有人在。

他们经过椭圆形办公室，来到敞开着的总统卧室门前，总统的洪亮嗓子今天显得有些沙哑。听到富兰克林·罗斯福的说话声音，帕格油然生起一阵亲切、敬畏之感。

"霍普金斯先生，这件事情可能关系到我今后将如何为这场战争服役，请允许我和舰船局商量一下。"

哈里·霍普金斯露出了笑容："好。据我所知，他们都很赞同。"

他们走进卧室的时候，总统正巧在对着一方大白手绢擤鼻子。总统的医生、海军准将麦金太尔穿着全套制服站在床边，他和室内几个上了年纪的文职官员齐声说道："上帝保佑你。"

这些文官帕格一个也不认识，他们的目光都盯住他，显出自命不凡的神气，麦金太尔则是他在圣迭戈就认识的，向他微微点了一下头。总统一面揩着发红的鼻子，一面抬起眼睛向他瞥了一眼。他坐在床上，身后垫了几个靠垫，揉皱了的宽条睡衣外面披了一件品蓝的斗篷，上面绣着FDR三个红色字母。他从早餐盘上拿起夹鼻眼镜，说："啊，帕格，你好，你和罗达新年过得好吗？"

"很好，谢谢您，总统先生。""那太好了。你和哈里刚才在搞什么名堂啊？下一步你准备上哪儿去呢？"

这是一句随便问起的客气话。房间里的其他人看着亨利，都把他当作没正经来打岔的，如同是罗斯福的小孙儿，随随便便闯了进来似的。总统鼻塞眼红，显然患了感冒，尽管如此，他还是兴致勃勃，准备开始一天的工作。

由于担心霍普金斯在他之前开口，把他给套住，维克多·亨利抢先说道："我还不能肯定，总统先生。尼米兹上将要我去当作战部副部长。"

"哦，原来如此！"总统朝着霍普金斯弓起两道浓眉，他显然是第一次听说这件事。霍普金斯脸上掠过一丝恼火的神色。"好吧，我看，那你是要去那儿啰。我当然不能责怪你，谁都要挑个最好的。"

罗斯福用两根手指揉揉眼睛，然后戴上眼镜。于是他的相貌完全改观，看上去年轻许多，变得更加威严，更像报纸照片上的那个熟悉的总统，而不再是满头蓬乱灰发、患着感冒躺在床上的一个龙钟老人。很明显，他对维克多·亨利已经无话可说，而是准备办他上午该办的公事。他朝着其他人转过脸去。

结果还是帕格采取主动，重新提起这件事，说出了一句经常萦绕在他脑际的话。一个海军军官，渴望在一场战争之中升迁晋级，想法虽然狭隘，却也是人之常情。但是，总统的反应微微带着失望情绪，流露出无可奈何的神色，这使帕格受到刺激。于是他说道："不过，总统先生，我永远服从您的号令。"

罗斯福向他转过脸来，露出惊喜、魅人的微笑。"啊，帕格，情况是这样，斯坦德利确实觉得你到莫斯科对他大有用处。就在昨天，我又收到他的一份电报，要求派你去。他在那儿忙得不可开交。"总统抬起下巴，微微前倾，当他把斗篷下的身体坐直的时候，又令人产生一种敬畏之感，"你知道，帕格，我们是在打一场大规模的战争，以前的任何战争都是无法与之比拟的。俄国人是个难弄的盟友，老天爷也知道，有时简直没办法和他们打交道，但是他们牵制着三百五十万德国军队，如果他们能够坚持下去，那我们就能打赢这场战争，如果由于什么原因他们做不到这一点，那么我们就可能输掉。所以，如果你能在俄国发挥作用——而对这一点，我派在那儿的使节看起来是深信不疑的——那么，恐怕你还是应该到那里去。"

房间里其余的人都怀着好奇朝维克多·亨利转过脸来，但是他几乎没感觉到他们在场。在他面前，只有罗斯福那张阴郁的脸。这张脸，他曾经见过，那时非常英俊，那时他是海军部次长，像个孩子似的在一艘驱逐舰的舷梯上爬上爬下。而现在，这张脸——一个下身残废了的衰颓老人的这张脸——就是美国的象征。"是，先生。那么，我马上就到人事局去接受命令。"

总统的眼里闪现出喜悦的光芒，他从斗篷下面伸出一只长手臂，扬了一扬，做出一个很有男子气概的表示他的感激和赞赏的手势。这就是维克多·亨利得到的全部报偿。在往后的岁月里，每当他回想起这一景象，他就感到满足。当他们握手的时候，帕格心里涌起一阵对罗斯福总统的敬爱之感，他尝到了做出自我牺牲时微带酸楚的满足，体会到了无愧于总司令信任的自豪感。

"祝你好运，帕格。"

"谢谢，总统先生。"

富兰克林·罗斯福面带微笑，亲切地点了点头。维克多·亨利走出卧室，他今后的人生道路从此改变方向，安排妥当了。霍普金斯靠近门口站着，干巴巴地说了声：
"再见，帕格。"他的眼睛眯小了，他的笑容是冷淡的。

当她丈夫跨进起坐间的时候，罗达跳起来问道："怎么样？是个什么判决？"

他告诉了她。见她面色沉了下来，帕格心头一跳，掠过昔日对她的爱恋之情，不
过这也告诉了他，如今这种爱恋之情已经所剩无几了。

"啊，亲爱的，我一直盼望着你能够留在华盛顿。是你自己要——再去莫斯科
的吗？"

"是总统要我去的。"

"一去就是一年。说不定两年。"

"总得是很长一段时间。"

她握住他的手，把自己的手指和他的手指绞在一起，说："啊，也好。我们毕竟
度过了美好的两个星期。你什么时候出发？"

"事实是，罗，"帕格露出为难的神色，"人事局花了点儿力气，给我在明天起
飞的飞剪式客机上搞到了一个座位。"

"明天！"

"达喀尔、开罗、德黑兰、莫斯科。斯坦德利看来确实很需要我到那儿去。"

吃饭的时候，他们喝了家里最好的酒，而后就沉浸在对往事的回忆之中，他们多
少次的分离和团聚，最后一直追溯到帕格向她求婚的那天夜晚。罗达笑着说："谁也
不能说你事先没警告过我！事实上，帕格，你是一遍又一遍地说过，做个海军军官的
妻子将会多么受罪。经常的离别，可怜的薪金，过一段时间就要搬家，还得向那些大
官太太叩头讨好，你一五一十全都说出来了。我敢赌咒，我一度还以为你是想说服我
别跟你结婚哩。我那时心里想：'休想，先生！既是你主动提出来的，现在你就算是
被勾住了。'"

"我原来还以为你一定是做好了思想准备的哩。"

"我从来都没后悔过。"罗达叹了口气，喝了口酒，"真可惜，你碰不着拜伦
了，他们那个护航舰队随时可能到达这儿。"

"我知道。我也不觉得高兴。"

他们两人都觉得轻松随便，罗达又是十足的女人胸怀，再说，两人马上又要
分手道别，所以她忍不住若无其事似的补充了一句："你也碰不到帕米拉·塔茨
伯利了。"

他直视着她的眼睛。两人一直讳莫如深的话题，此时突然摊到了桌面之上——他

与帕米拉的卿卿我我，她与巴穆·柯比的风流好事。柯比这个名字，就和华伦的名字一样，他还不曾提到过。"对。我碰不到帕米拉了。"

漫长的几秒钟过去了。罗达的眼睛低垂了下去。

"怎么样，我做了一个苹果饼，你还吃一点儿吗？"

"太好了。我到了莫斯科就吃不着了。"

他们很早就上床睡觉。两人的床笫之爱很不自然，时间也很短，事过之后帕格立即酣然入睡。罗达吸了一支烟，然后起身下床，穿上一件厚长袍，来到楼下起坐间。她从一个矮架子上抽出一套积满灰尘的唱片，唱片已经磨损，有了细细的裂纹，橘黄色的标签已经褪色，上面是些彩色铅笔乱画过的痕迹。因为这套唱片曾经落到孩子们的手里，他们放的次数过多，已经变成了废片。曾经的录音高亢尖细，现在从磨损了的表面放出来的声音却是又弱又轻，听起来恍如隔世。

> 现在已是清晨三时整
> 我们通宵跳舞不肯停
> 曙光很快就要来临
> 我要和你再跳一支华尔兹……

她回想起当年安纳波利斯的军官俱乐部。海军少尉帕格·亨利，海军足球队的明星，带她去参加一个盛大舞会。他要比她矮许多，但是甜蜜温柔，有些与众不同，而且狂热地爱着她，每句话、每个眼神都流露出这种狂热的爱。他虽说并不俊俏，但是很有男子气概，而且性格温柔，前程无量。一句话，叫人无法抗拒。

> 那支乐曲真迷人
> 好像专为我们写
> 我要一直跳下去
> 永远相亲又相爱。

老古董的爵士乐队听上去声音单薄而又过时，唱片一会儿就转完了！唱针空转了一圈一圈又一圈，罗达一直坐在那里，干巴巴地凝视着留声机。

战 争 与 回 忆

第五部　帕格与帕米拉

帕格刚走，拜伦就到了。

第五十六章

帕格刚走，拜伦就到了。

飞剪式客机飞往帕格绕道去莫斯科的第一站亚速尔群岛的两天之后，"布朗"号驱逐舰便溯流而上，驶进了纽约港。欢乐的水兵们挤在驾驶台上，两手插在粗呢上装的口袋里，跺着脚，兴高采烈地表达出他们要上岸休假、寻欢作乐的迫切心情。拜伦身穿一件厚厚的蓝色海军大衣，围着一条白绸围巾，戴着一项白色高顶帽，独自站在一旁。当这艘绿色的庞然大物缓缓驶过的时候，他抬头凝望着周身照耀在一片清澈、寒冷的仲冬阳光之下的自由女神像。舰上的水兵对这位搭船的军官都敬而远之，由于舰上军官人手很紧，他在航行途中也参加了甲板上的值班，但是舰桥上，很少听到这位态度冷淡的值班军官开口说话，更难得见到他的笑容。参加值班，这使他感到仿佛又置身在战争之中，而"布朗"号上的其他军官，因为他分担了他们三班一轮的苦差事，也心怀感激，把他当作自己人。

一俟护航队解散，一部分商船驶往新泽西码头，一部分商船驶往阳光照耀下的曼哈顿摩天大楼，担任掩护任务的舰艇驶往布鲁克林，拜伦急不可耐地捏弄着上衣口袋里那把沾着汗水的二十五美分的硬币，叮当作响。"布朗"号刚在加油码头套好缆，他就第一个冲下跳板，跑进码头上唯一的电话间。当他接通国务院总机的时候，电话间外已经排着长长一队水兵。

"拜伦！你在哪儿？你什么时候回来的？"莱斯里·斯鲁特声音沙哑，显得心绪不宁。

"布鲁克林海军码头。刚刚靠岸。娜塔丽和孩子有消息吗？"

"嗯——"听到斯鲁特的犹豫声调，拜伦立即便觉得心神不安，"他们都平安无事，这是最主要的事，对吗？情况是这样，他们已经和困在卢尔德的其他美国人一起被转移到了巴登-巴登，只是暂时的，懂吗？不久还是要交换的，再说——"

"巴登－巴登？"拜伦打断他的话，"你是说到了德国？娜塔丽在德国？"

"嗯，对，但是——"

"我的天哪！"

"你听我说，这件事也有叫人放心的地方。他们是在一家高级旅馆里——布伦纳公园，待遇是头等的。他们的身份还是新闻记者，依然和外交官、新闻记者、红十字会工作人员这些人待在一起，领头的是我们以前驻维希的代办平克尼·塔克。旅馆里有个瑞士外交官照料他们的权益，此外还有一个德国外交部的人，一个法国官员。我们手上有一大批德国人，都是德国政府迫切想讨回去的人，现在只是要花点儿时间讨价还价。"

"那批人里还有别的犹太人吗？"

"不清楚。我现在碰巧正忙得要命，拜伦。要是方便的话，你晚上打电话到我家里来吧。"斯鲁特把电话号码告诉了他，挂断了电话。

军官起坐间里挤满了军官，他们都已穿戴整齐准备上岸，拜伦走过时，脸上煞白，神色怕人，大家顿时鸦雀无声，不再打趣逗乐。拜伦独自一人，一面在舱房里折叠制服，放入小提箱，一面竭力思考下一步的计划，但是他几乎无法冷静思考。如果在一列法国火车上和德国人照面，娜塔丽都觉得危险太大的话，那么现在她又怎么受得了呢？如今她在纳粹德国，越过了界线，在他们那一边！简直无法想象，她一定吓得灵魂出窍了。在里斯本的时候，斯鲁特曾经谈到过犹太人的遭遇，听了叫人血液也能凝固，他甚至还宣称回到华盛顿以后，要向罗斯福总统呈递确凿的证据。拜伦认为这种传言不可全信，它是在战争的迷雾下对德国境内可能发生过的一些事情所做的歇斯底里的夸张。他倒并不担心他的妻儿真会处于那样的险境，会被卷进欧洲大陆的那场大灾难，和其他犹太人一起被塞进火车运到波兰的秘密集中营去，在那里用毒气毒死，再被烧成灰烬。这是神话，就是德国人也不可能干出这种事情来。

不过，他倒确实担心外交上的保护可能帮不了他们的忙。他们是从法西斯意大利非法逃出来的难民，他们的记者证是伪造的。万一德国人翻脸，在那批被扣留在巴登－巴登的美国人之中，他们很有可能首当其冲，被挑出来遭受虐待。路易斯很可能因受虐待而生病，也有可能夭亡，他毕竟还是个初生婴儿！拜伦怀着沉重、沮丧的心情离开了"布朗"号。

他拎着小提箱，拖着沉重的步伐，夹在刚刚下班、蜂拥去吃午饭的工人中间，穿过码头。他决定先找到梅德琳，在纽约过夜，然后去华盛顿，再从那里飞往圣弗朗西斯科，或者，如果"海鳗"号已经起航，那就飞往珍珠港。但是，怎么才能找到梅德琳呢？他母亲曾经来信说她又到休·克里弗兰手下工作去了，也把她靠近哥伦比亚大学的克莱尔蒙特大街上的住址告诉了他。他琢磨可以先把行李放到他原来联谊会的房子里，如果找不到梅德琳，那就在那儿过夜。自从在加利福尼亚分手以后，他还没收到过她的信。

出租汽车蜿蜒穿过布鲁克林，开上威廉斯堡桥，迎面出现了摩天大楼林立的又一宏伟景象，然后汽车驶进曼哈顿下首的东端，他在那里看到多不胜数的犹太人在两边人行道上来来往往，于是思绪又兜回到娜塔丽身上。和她初次见面时，她给他的第一眼印象便是一个老练地道的美国人，同时又隐约带点儿犹太人的味道，这使她出落得更加楚楚动人。她对于自己的犹太出身只有在自我揶揄时，或是斯鲁特竟把这一点当作一个问题而对她表示蔑视时，她才偶尔提到。但是，在马赛的时候，她竟因为自己的犹太血统而陷于无能为力、寸步难行的状态。拜伦对此无法理解，他对种族差别一向毫不在意，他觉得那不过是莫名其妙的偏见。对于纳粹的理论，他是觉得不可思议和蔑视的。他觉得这类事情不是自己所能理解的，但是他排解不了自己心头对那个生性执拗的妻子的恼怒和失望，她对儿子的担忧简直叫他无法忍受。

联谊会宿舍的墙上挂的还是以前那些积满灰尘的锦旗和奖杯，砖砌的壁炉照旧是堆满了冰冷的木柴灰烬、水果皮、香烟盒和香烟头，壁炉架上依然放着早期一位基金捐助人的肖像，只是经过这几年的烟熏火烤，变得更加模糊暗淡。和以前一样，两个大学生在乒乓球台上乒乒乓乓，球来球去，几张破旧的沙发上坐着一些消磨时间的看客；和以前一样，刺耳的爵士乐震得四壁颤抖。这个地方看上去好像已被一些高中生接管，他们脸上稚气未消，长满粉刺，年轻得有些出人意料，其中一个雀斑最多的，向拜伦自我介绍是此处分会的主席。他显然从未听过拜伦的名字，但是拜伦那身军官制服让他刮目相看。

"喂，"他朝着楼上使劲叫喊，"是谁在用杰夫的房间？一位老会友要在这儿过夜。"

没人回答。雀斑主席陪着拜伦到楼上一间后房，房里依然斜挂着马琳·黛德丽[①]那张已经有点儿起皱的深棕色照片。主席解释说，住在这儿的杰夫因为期中考试很可能通通不及格，突然去参加海军陆战队了。他透露这个内情时，脸上显现出的那种哥伦比亚的乖学生的笑容，使拜伦感到分外亲切。

一点钟了。现在这时候根本别想找到梅德琳，电台上的工作人员这时候都已经到外面吃午饭了。拜伦在军舰上值的是午夜班，自那以后一直没合过眼。他把闹钟设到三点整，然后在那张邋遢的床上躺下。刺耳的爵士乐一会儿乱敲乱打，一会儿怪声噪

---

① 马琳·黛德丽是当时德国著名的女电影演员、歌唱家。

叫，却无法阻止拜伦马上进入梦乡。

休·克里弗兰，企业公司，第五大街六三〇号。楼梯下面电话机旁的那本电话号码簿还是两年以前的，但是他按簿子上的号码试了试。电话里传来一个年轻姑娘急匆匆的声音："节目协调人办公室，我是布莱恩。"

"喂，我是梅德琳·亨利的哥哥。她在吗？"

"你是她哥哥？你是拜伦，潜水艇军官？当真？"

"对。我到纽约了。"

"啊，太好了！她正在开会。要她到哪儿找你？她大约一个小时后回来。"

拜伦把这个自动收费的电话的号码告诉了她，然后透过缭绕的烟雾找着了那位主席，请他务必一有电话来就把内容记下，主席欣然允诺。他从爵士乐的喧嚣声中逃开，走上寒风刺骨的街道，他在这里听到一首迥然不同的乐曲：《华盛顿邮报》。南操场上，一群穿着蓝色制服的海军士官生正排着整齐的队列，手持步枪来回操练。拜伦在校的时候，南操场上唯一的一次列队游行是一次乱哄哄的反战集会。拜伦心里想，这些士官生可能要再过一年才能出海，然后得再过几个月才有资格参加海上值勤。看着这群还在操练之中、未脱稚气的预备役士官生，他对自己的战斗记录十分满意。但是，在他心情沮丧的此刻，他又不禁感到纳闷儿，这样一遍又一遍地操练着如何去送死，又有什么值得赞赏的呢？

既然无事可做，干吗不步行到他自己曾经接受预备役训练的"草原州"号老军舰去看看呢？他先走到百老汇，然后走到第一百二十五号街河边，那艘已经退役的旧战舰正停泊在那里，舰上挤满了士官生。哈得孙河的气息，水手长的哨子和扩音器传出的通知，这一切都加深了他的怀旧之感。在"草原州"号上，在那些全是男子汉的长夜吹牛中，经常谈起的一个题目就是"每人想要一个什么样的妻子"！那时候，希特勒和纳粹党都不过是些新闻影片里的可笑人物。哥伦比亚大学的示威学生在一份又一份的抗议书上签名，发誓拒绝参加任何战争。而今，当他伫立在第一百二十五号街的街尾，面对如此熟悉的当年景象，娜塔丽的危险处境就好似是个朦胧、不可思议的梦魇。

拜伦突然想起，他可以取道克莱尔蒙特大街返回联谊会，顺便在梅德琳的门下边塞进一张便条，把自己的住处告诉她。他找到了那幢房子，揿了揿大门外边她名字旁的电铃。里边的门铃响起了回音，这样看来，她在家！他打开大门，连奔带跑走上两层楼梯，然后揿响了她的门铃。

事先不通知一声，径直闯进一个女子的房间，几乎在不论什么情况下，都是个很不妥当的举动，对你的情人，对你的妻子，对你的母亲，更不要说对你的妹妹，都是不行的。梅德琳穿着一件绒毛长睡衣，一头黑发披到肩上，探出头来看见了拜伦。她睁圆两只眼睛，好似就要瞪出来了，吃惊得大叫一声"哎呀！"就好像他冒冒失失闯进来，正巧看到她赤身裸体，或者，就好似她看见了一只老鼠或是一条蛇。

拜伦还没来得及开口，房里传来一个男人的低沉声音："怎么回事，亲爱的？"接着休·克里弗兰出现了。他上身赤裸，下身裹着一条松软的印花浴巾，两只手正搔着胸上的毛。

"是拜伦，"梅德琳倒吸了一口气，"你好，拜伦。老天爷，你什么时候回来的？"

拜伦和她一样，感到不是滋味，问道："你不知道我给你留了口信？"

"什么口信？没有，我什么也不知道。我的天哪，你已经来了，就进来吧。"

"嘿，拜伦。"休·克里弗兰带着媚笑打招呼，露出了满口的雪白大牙齿。

"怎么，你们俩已经结婚了吗？"拜伦一边问一边走进一间陈设讲究的起坐间，桌上放着一只冰缸，一瓶威士忌，还有几个苏打水瓶子。

克里弗兰和梅德琳交换了一下目光，梅德琳便说道："好哥哥，你这次回来要待多久？住在哪儿？老天爷，你干吗不先写信，或是来个电话，或是说一声？"

通往卧室的一扇门开着，拜伦看得见里面一张乱糟糟的双人床。虽然在思想上他也承认他的妹妹可能行为不端，但是如今亲眼看到，他又不肯相信自己的眼睛。他冲着梅德琳毫不客气、直截了当地说："梅德琳，回答我，你们是已经结婚了，还是怎么的？"

休·克里弗兰在这当口儿最好识相一点儿免开尊口，但是他把手一摊，张开大嘴露出一口白牙齿，亲亲热热地用那低沉洪亮的声音笑着说："你瞧，拜伦，咱们都是成年人了，现在又是二十世纪。所以，如果你——"

拜伦虽然穿着厚厚的海军大衣，还是飞快地把手臂往后一缩，一拳头打中了克里弗兰的笑脸。

梅德琳又是一声"哎呀！"这次叫得比上次更响更尖。克里弗兰像是吃了一斧头的公牛一样，倒在地上，不过他还没被打得不省人事。因为他正巧双手撑地，两膝下跪，趴在地上，他马上站了起来。他的浴巾滑落到地上，此时站在那里一丝不挂，雪白的大肚子向外鼓起，下面是两条细腿和阴部。这副模样显然很不雅观，但是和那已经变了形的尊容比较起来，又好了很多。他这时看上去活像一个德拉库拉①，他的上

---

① 德拉库拉是爱尔兰作家布拉姆·斯托克（1847—1912）的恐怖小说《德拉库拉》的主人公，是个有数百年道行的吸血鬼。

门牙好像全部锉成了小小的尖点儿，两边各有稍长的犬牙。

"我的老天，休，"梅德琳大声嚷道，"你的牙齿！瞧你的牙齿！"

休·克里弗兰跌跌撞撞地走到墙上的一面镜子前，咧开嘴照着，发出一声怪腔的呻吟。"天哪，我的假牙托！我的瓷制假牙托！我花了一千五百美元装的！"他朝地板上四处看，冲着拜伦嘴巴漏风地发脾气，"你干吗打我一拳头？你怎么这么不讲理？帮我找找，快点找找！"

"嘿，休，"梅德琳神经质地叫了起来，"你穿上点儿什么东西吧，看在上帝的分儿上，求求你！别这么一丝不挂，跳来跳去，像一只光身麻雀。"

克里弗兰眨巴着眼睛朝着自己的光身子看了看，一把拾起浴巾裹在身上，继续在地板上到处寻找他的假牙托。拜伦在一张椅子下面看到地毯上有样白东西，把它拾了起来递给克里弗兰，问他说："是这个吗？"然后接着说，"对不起，我刚才动了手。"拜伦并不真的感觉有什么对不起，但是现在这个人嘴里露着那排尖尖的牙根，突起的大肚子上拖挂着那条浴巾，样子实在狼狈可怜。

"对，就是它！"克里弗兰重新走到镜子前，用两只大拇指把那玩意儿塞进嘴里，他掉过脸来，"现在怎么样？"他现在又恢复了正常的模样，脸上泛起拜伦曾在许多杂志广告上看见过的那个驰名全国的笑容，克里弗兰就是靠着这个笑容为那家出钱雇他在电台演出的牙膏公司做广告。

"哦，老天，这才像个样，"梅德琳说，"拜伦，你给休道个歉吧。"

"我已经道过歉了。"拜伦说。

克里弗兰对着镜子挤眉弄眼，咬了咬牙托，试试是否装牢了，而后掉过脸来对着他们说："还算运气，没摔碎。我今天晚上还要去给美国商会主持一个宴会。啊，我差点儿忘了，梅，阿诺德还没把讲稿给我，要是——那我怎么办？哎呀，上帝，它怎么动了！糟了！掉下来了！"说时迟那时快，拜伦果真看到牙托从他嘴巴里滑落下来。克里弗兰猛地朝前一冲去抓，正巧踩在浴巾边上，于是脸朝下又光着身子跌倒在地，那条花浴巾掉下来乱糟糟地压在他的身下。

梅德琳一惊，用手去捂嘴巴，同时朝拜伦瞥了一眼，那双睁圆的眼睛闪闪发光。拜伦知道她的意思，他们兄妹俩小时候碰到好玩儿的事情就是这么使眼色的。她快步走到克里弗兰身旁，用一种温柔、关怀的声调说："你伤着没有，亲爱的？"

"伤了？屁话，没有。"克里弗兰爬了起来，手指紧紧捏着牙托，扭着白白胖胖的屁股走进卧室，"这可不是闹着玩儿的事，梅。我得马上就去看我的牙科医生，但愿他没跑开！主持今天晚上的宴会能给我捞进一千块美元哩。"

他砰的一声关上了门。

梅德琳捡起浴巾，冲着拜伦说："瞧你！怎么能这么野蛮！"

拜伦扫视了一下这个房间，说："你们这到底算什么？他和你一起住在这儿吗？"

"什么？他怎么可以？他自己有家，笨蛋。"

"那么，你们算是什么名堂呢？"她翘起嘴，不回答。"梅，你是偷偷摸摸跟这个胖老头子上这儿来胡搞一通？你会干出这种事？"

"哦，你什么也不懂。休是我的朋友，一个难得的好朋友，你不知道他待我有多好，再说——"

"你们是在通奸，梅。"

梅德琳的脸上掠过一阵痛苦的表情。她把手一挥，摇摇头，露出女性所特有的一副聪明过人的笑容。"啊，你可真是天真幼稚。他现在的婚姻生活比以前好多了，我现在也比以前更好了。生活的方式是多种多样的，勃拉尼。你我都是生长在一个老古板的家庭里。如果我逼着休跟我结婚，我知道他是一定会跟我结婚的，他爱我爱得发狂，但是——"

克里弗兰的衣服还没穿好，这时他从卧室里探出身来对着梅德琳口齿不清地大声嚷着说，他的牙科医生正从斯卡斯代尔开车赶到纽约来。"马上给塔姆打个电话，叫他十分钟之内把车开到这儿。天哪，真是糟糕！"

"塔姆？"克里弗兰又把门关上后，拜伦问。

"塔姆是他的司机，"梅德琳一面回答，一面赶忙去拨电话，"啊，拜伦，你是不是要不认你这个妹妹了？要我给你烧顿饭吃吗？我们今晚喝它个烂醉好吗？要在这儿过夜吗？这儿有间空房。你准备什么时候动身？娜塔丽有消息没有？——喂，喂，我要塔姆接电话……那就一定把他找着，卡罗尔。知道，知道，我知道我哥哥拜伦已经到了纽约。老天爷，你别问了……没关系，你就把塔姆找着，叫他一定在十分钟之内把那辆凯迪拉克开到我这儿来。"

她挂上电话，说："拜伦，我在休的手下干了四年，但是我不知道他戴假牙。"

"你活在世上还有的学哪，梅。"

"要不是这件事情闹得这么怕人，"她说，"要不是你的行为过于野蛮，这件事情倒真是我一辈子遇到过的最有趣的了。"她的嘴唇抿成一条线，好不容易才忍着没笑出声来，"我这几年一直跟他说，要他把那个讨厌的胖肚子给搞平。瞧瞧你，平得就像个男孩子，跟爸爸一样。你肯吻一下你这个犯了通奸罪的妹妹吗？"

奸淫，奸淫！永远是战争和奸淫，别的什么都不时髦。浑身火焰的魔鬼抓了他们去！①

杰妮丝事先得到了消息，所以她能准备好一副贞洁无瑕的姿态接待拜伦，如果梅德琳运气好一些，她当然也会做到这一点。

她的公公也曾路过夏威夷，那时向他隐瞒她与卡塔尔·埃斯特的关系没使她产生丝毫不安之感。这事与他毫不相干。普天下的男人都不能像一个女子一样懂得这一类事情，至于维克多·亨利上校，既然他星期天连纸牌都不玩，那就更不用说了。直言不讳只能使大家难堪，对谁都不会有什么好处，但是拜伦的电报叫杰妮丝不得不好好想一想。

埃斯特已经告诉过她，她的小叔子将到"海鳗"号上报到。拜伦简直就是个怪人，虽然也像华伦一样，长得一表人才，对待女人温柔仁厚，却过于理想主义，这种态度有时说不定会带来点儿麻烦。他的道德观和他父亲一样狭隘。他说的有关澳大利亚那位姑娘的事情简直令人难以置信，但是杰妮丝还是一点儿也不怀疑，如果他是撒谎，那只能显得他是个不通人情的傻瓜蛋，这样的撒谎又有什么意思？

不过，现在正是战时，男人们远离家室，孤单寂寞，到处都有这样的事，埃斯特出言粗鲁，干脆就说是"轧姘头"，——杰妮丝听了虽然也要假装正经，嗔怒一番，其实心里倒也觉得有趣——拜伦又何必辜负这么一个天赐良缘？她和埃斯特的风流勾当有点儿事出偶然。中途岛悲剧发生之后，她突然发了一场登革热②，卡塔尔·埃斯特天天登门看望，照料她吃饭服药，事情当然是会发展的。

杰妮丝心里明白，万一拜伦知道了真相，他一定会惊骇不已。其实对于拜伦的另外一面，她也并不了解，他和他的哥哥确实大不相同。拜伦这样拘于礼节，在她看来实在是有点儿迂腐，但她肯定不愿叫他失望，不愿叫他因此对自己产生隔膜。她自视仍是亨利家的一员，她喜欢这个家庭，胜过自己的娘家。再说，在她眼里，拜伦一向是个魅人的男子汉。如今他就要来到自己身旁，这真是桩叫人高兴的事情。

所以，一天深夜，正当埃斯特穿上衣服，准备回到潜艇时，杰妮丝打定主意要把事情安排妥帖。她赤身裸体，盖着一床被单，吸着香烟。

"拜伦明天上午就到，亲爱的。"

"上午就到？"埃斯特正把一条卡其裤套上，于是停住问道，"这么快？你是怎么知道的？"

---

① 引自莎士比亚的戏剧《特洛伊罗斯与克瑞西达》第五幕第二场。
② 由登革病毒引起的急性传染病，发病时周身关节疼痛。

"他从圣弗朗西斯科给我打来了电报。他要乘海军空运站的飞机来。"

"啊，那太好了！来得正是时候，潜艇上正需要他。"

现在午夜刚过。埃斯特从不待到清晨，他喜欢起床号一响就起来照管潜艇上的事务，而且，住在杰妮丝同一排房子里的那些邻居个个都起得很早，他也很顾惜她的名声。杰妮丝爱埃斯特，至少是爱她与他待在一起的那段时光，不过她并不愿意和他做长久夫妻。他远远不如华伦心胸开阔，他读的全是浅薄无聊的东西，谈吐则纯粹是个海军。他总是叫她想起在她和华伦认识之前彭萨科拉的那些飞行员，这些飞行员只能使她感到腻烦。埃斯特是个能干的海军轮机师，一心希望出人头地，杀敌立功，是天生的潜艇人员。他是一个体贴温存、使人满意的情人，可以说是个"轧姘头"的理想对象。但是，也就仅此而已。即使埃斯特察觉到她对他的评价不过如此，他也并无怨言。

"我的意思是，亲爱的，"杰妮丝说，"我们这种暗中往来必须停一段时间。"他带着询问的神色冷静地看了她一眼，把衬衫塞进裤子。"我是说，你也知道拜伦。我很看重对他的情谊。我不愿让他心里难过，产生反感。我不愿意有那样的情况。"

"你把话说清楚吧。你是要分手了吗？"

"啊，你会难过吗？有那么严重？"

"当然，我会感到很难过，杰妮丝。"

"哦，别那么伤心。笑一下。"

"拜伦怎么会知道呢？"

"你们在港内停泊，他要到这儿过夜。"

"他隔天要值一次夜班。"

"对，这我也知道，不过——"

埃斯特走到床边坐下，把她抱在怀里。

他们紧紧相吻几次之后，她轻声说道："好吧。以后看情形再说，看情形再说吧。不过，卡塔尔，别忘了，绝对、绝对不能让拜伦知道。懂吗？""放心，"埃斯特说，"这没有必要。"

拜伦到达的那天早上，他只在杰妮丝的小屋里待了一会儿，吃过早饭之后就立即赶往潜艇。但在这段很短的时间里，他简单地说了说在马赛与娜塔丽相见的情形，把那压在心头的深切痛苦，毫无保留地倾吐出来。杰妮丝听说娜塔丽和她的孩子如今被拘禁在德国，心里感到非常恐惧。对于她弟妹的做法，她出自本能地加以辩护，并且竭力安慰拜伦，说结果一定会太平无事，但实际上，她担心娜塔丽已经无法幸免。看着他离开之前和维克多在花园里玩耍，她费了好大的力气力才克制住自己没有哭出声来。叔侄两个因天伦之情，相亲相爱，这情景真叫她心碎。当拜伦说他非走不可的时候，维克多两手两腿紧紧把他缠住，他以前对华伦从来不是这样的。

"海鳗"号还要在珍珠港停留几个星期，大部分时间是在海上训练区内，每次潜艇靠岸，拜伦便隔一天到杰妮丝的小屋里过夜。他第一次留在潜艇上值班那天，埃斯特给杰妮丝打来电话。她一时不知如何是好，后来还是叫他来了，不过得在小维克上床睡着之后。结果那是一次很扫兴的会面，埃斯特很快就发现，她很局促不安，所以喝了几杯酒以后，连碰也没碰她一下就离开了。这以后，她只和他见过一次，"海鳗"号便出海巡逻。当拜伦在前一天的上午告诉她说他们就要出海的时候，杰妮丝说："啊！那么，你干吗不请埃斯特来吃晚饭呢？他对我和维克一直很关心照顾。"

"你想得很周到，杰妮丝。他能带个女伴来吗？"

"如果他想带的话，当然可以。"

埃斯特没带女伴来。三个人在烛光下吃饭，大家喝了许多酒，气氛很愉快。拜伦自从回到潜艇工作以后，心情变得好了许多。埃斯特既不显得拘谨见外，同时又保持一个局外人的身份，做得恰到好处，这使杰妮丝非常感激。在吃饭的时候，他们打开收音机，收听战事新闻，正巧听到德国人终于在斯大林格勒投降的消息，为了表示庆贺，他们又开了一瓶酒。

"德国佬完蛋了，"拜伦举杯说道，"早该如此了。"这时他已有了几分醉意，这个消息使他好像看到了他的家人可以早日得救的信号。

"一点儿不错。现在我们来收拾日本人。"埃斯特说。

夜深人静，杰妮丝孤寂一人，因为喝得过量，头脑直打转儿，她仿佛又回到了少女的甜蜜的困惑中去了，丈夫的亡故已成往事，她真正爱恋的是那两个男子。

第五十七章

全球滑铁卢四：斯大林格勒

（摘自阿尔明·冯·隆的《世界大屠杀》）

英译者按： 冯·隆将军以对斯大林格勒战役的评述为其《世界大屠杀》一书的战略分析部分做结论。原书对于直到战争结束为止的所有大小战役都有概略叙述。隆在他的这部巨著的尾声部分，即题作《作为军事领袖的希特勒》中追忆他本人跟阿道夫·希特勒亲身接触的部分，恰好也把下文涉及的过程勾出了一个概貌，并且更具遗事逸闻的趣味。在各条战线上德国都已大难临头，希特勒已是日暮途穷之时，这一部分有多处对他做了生动有趣的勾勒。我的译文仍然是摘自回忆录中的一些章节，此外仅仅加了一篇隆关于莱特湾海战的文章。

对于隆有关斯大林格勒战役的叙述，我擅自有所改动。孤立地看，这场战役毫无意义，只不过是在伏尔加河上的一个遥远的工业城市，德国好几个军的兵力在五个月内不断地被碾成肉饼罢了。要充分了解此次事件的意义，我们必须首先对一九四二年夏季攻势的来龙去脉有个全面了解。但是，隆对蓝色方案的分析，列举了许多俄国城市和河流的名称，同时又涉及德国军队的频繁运动，使人如堕五里雾中，美国读者恐怕难以阅读。为使叙事清楚明了，我将《作为军事领袖的希特勒》的某些片断穿插其间，文字则全部引自阿尔明·冯·隆的原著。同时，我也尽量删除了许多令人困惑的有关技术和地理方面的细节。

斯大林格勒战役在战场上证实了施彭格勒关于西方必将衰亡的先知预见。斯大林格勒是基督教文明的新加坡之战。

斯大林格勒的真正悲剧在于这场悲剧本来可以避免，西方完全有力量阻止这场悲剧发生。这场悲剧既不同于罗马的陷落，也不同于君士坦丁堡[1]，甚至不同于新加坡的惨败。它不属于世界史上弱小文明毁于强大文明的那种情形。恰恰相反！我们基督教西方世界如果能够联合起来，完全可以轻而易举地把那些穿着马克思主义盗匪新装的野蛮的西徐亚人从大草原上清除干净，我们本来完全可以叫俄国安分守己一个世纪，改变一下它那张牙舞爪的本性。

但是，事与愿违。富兰克林·德兰诺·罗斯福唯一的战争目的就是要毁灭德国，从而为美国垄断资本赢得独霸世界的统治权。他正确地认识到英国已经完蛋，但是对于布尔什维主义的威胁，要么是根本没看见，要么是找不到铲除它的办法。他因此得出结论，德国才是他能够毁灭的对手。

伟大的黑格尔曾经教导我们，责难世界性历史人物的道德，那是毫无意义的事情。从道德观点看，如果我们珍视现在正陷于马克思主义蒙昧之中的基督教文明，那么富兰克林·罗斯福无疑应是人类的首恶元凶。但在军事史上，我们只重视一个战争领袖是否出色地实现了他的政治目标。不论罗斯福的目标如何短浅，他无疑实现了毁灭德国这一目标。

回光返照

我们定名为"蓝色"方案（这个代号在战争进行期间被改成"不伦瑞克"。在这个译本里一律保持"蓝色"原名。——英译者注）的对苏联的第二次大规模进攻，导致了斯大林格勒之战。"蓝色"方案是个具有真知灼见的设想，主要是希特勒的主意，并且几乎取得了成功。断送这个方案的是希特勒本人。

富兰克林·德兰诺·罗斯福和阿道夫·希特勒在用兵打仗方面的鲜明对照，完全如出普卢塔克[2]笔下：一个像蜘蛛般精密盘算，一个是孤注一掷的赌徒；一个是事事按照计划，一个是全凭心血来潮发号施令；一个是谨慎小心地运用有限兵力，一个是挥霍成性，滥用兵力；一个是沉着稳健，倚重军事将领，一个是一意孤行，不容将军做主；一个是对部队关怀备至，一个是鲁莽冲动，只知驱使部队送死；一个是每次战斗务必小心翼翼地探明虚实，一个是醉心于总体战，把最后一批预备兵员都送上火

---

[1] 伊斯坦布尔的旧称。

[2] 普卢塔克（约46—约120），古希腊著名传记作家。

线。这两个世界强敌终于在一九四二年正式交锋，同样都是在他们执政九年之后，两人之间的区别是如此强烈鲜明。

现在回顾往事，全世界所看见的全是希特勒一九四五年身陷绝境的丑恶形象：罗斯福所设陷阱中的可怜虫，一个全身软瘫、索索发抖但依然耽于梦幻、顽固不化的怪物。他之所以尚能维持对已是精疲力竭的德国的统治，完全是靠着恐怖手段。但是这并不是一九四二年七月时的希特勒。那时候，他是我们至高无上的元首：一个高高在上、令重如山、不可一世的军事首脑，统治着亚历山大、恺撒、查理曼和拿破仑等人望尘莫及的庞大帝国。那时候，德国的胜利光芒正映照全球。只有在今天回顾往事的时候，我们才能看清，那不过是回光返照而已。

"蓝色"方案

"蓝色"方案指的是旨在结束东线战事的一次夏季攻势。

我们在一九四一年的巴巴罗萨行动，目的在于通过一次三路进兵的大规模夏季攻势，消灭红军，摧毁布尔什维克国家。我们试图一举完成的事业超过了我们的能力。我们虽然打伤了敌人，但是俄国人是麻木不仁的宿命论者，具有野兽般的抵抗和忍受能力。日本人不愿意进攻西伯利亚——斯大林安插在我们驻东京大使馆的间谍佐尔格及时地向他报告了这一点——这使那个赤色统治者得以撤空他的亚洲防线，并将剽悍野蛮的蒙古军队这一有生力量投入战场对付我们。他发动的各次冬季反攻虽然曾将我们牵制在莫斯科郊外的冰天雪地之中，但后来也渐告衰竭。待到春天冰雪消融，我们仍然控制着大约相当于美国密西西比河以东全部地区的苏联国土。如果被占领的是那些浮躁的美国人，谁也不会怀疑，他们必定早已彻底崩溃。但是俄国人属于不同的人种，必须再给他们一次沉重打击，他们才会认输。

"蓝色"方案就是巴巴罗萨行动在南方战线的续篇，目的在于夺取俄国南部的工业、农业和矿产的丰富资源。这一方案的主旨有限而明确：守住北线和中线，要在南部克敌制胜。希特勒生来就是个大陆人的头脑，对于地中海的战略一窍不通，但是退而求其次，这个方案也不失为一条上策。我们是箭在弦上，不得不发，所以必须进攻。再说，如果没有高加索的石油，我们显然也无法将战争进行到底。

希特勒那份著名的第四十一号指令，最初是由约德尔等专业人士起草，后来经过他亲自改写，且不管那一套乱七八糟的政治辞藻，"蓝色"方案的主导思想共有以下几点：

1. 把冬季作战有所突破的战线予以拉平巩固；

2. 在列宁格勒[①]—莫斯科—奥廖尔一线上固守北部和中部；

3. 攻克直到土耳其和伊朗边界的南部地区；

4. 攻占列宁格勒，如果可能，也拿下莫斯科；

5. 在俄国的主要目标一旦达到，如果敌人依然顽抗，则加固从芬兰湾至里海的东线，对大势已去的敌军采取守势。

这样一来，巴巴罗萨行动原来的目标现在实质上已经变成加固从芬兰湾直到里海沿岸巴库大油田一线的防御工事，形成一道斜伸的万里长城，从而封锁我们的"斯拉夫人的印度"。如果此战告捷，我们还能取得其他一些重要好处：切断借道波斯湾的租借物资运输线，争取土耳其倾向我方，断绝敌人的波斯石油供给。如果这一切都能进展顺利，那么进军印度或者挥戈北上，横扫伏尔加河以东地区，最终从背后占领莫斯科，也指日可待。应该承认，这是一项冒险的方针，我们已经失败过一次，而此次再做尝试，力量已经大不如前。不过，俄国也同样受到了削弱。再说，德国人民在希特勒领导之下建立世界帝国的这一辉煌壮举，也不过是一场层层加码的赌博而已。

我们当时如果能够夺取俄国的小麦和石油，从而改变战争力量的对比，然后又能稳住东方战线，那就可能会出现两种结束战争的政治解决办法：一种是盎格鲁-撒克逊人由于害怕和我们大军正面交锋而回心转意；另一种是斯大林很现实地选择与我们媾和。罗斯福一直担心东方出现片面媾和的局面，这一心理支配着他的一切作战行动。而在战争结束之前，斯大林一直满腹狐疑，唯恐美国的富豪统治把他中途抛弃。我们敌人之间的这种古怪的联盟会不会突然解体，这一点直到我们投降之时一直难以断定。

只有我们战胜俄国，才能阻挡布尔什维主义在全世界泛滥成灾，为什么美国人和英国人就是一直不懂这个道理呢？丘吉尔至少还有过打算，要在巴尔干半岛登陆，抢在斯大林之前占据中欧。如果这一招儿在战略上是个失策之举，因为我们过于强大，而那里的地形又过于险恶，至少丘吉尔在政治上还算很有头脑。罗斯福却看不到这一点。他自己既然消灭不了我们，就去帮助布尔什维克做到这一点。因此，他实际上是为美国垄断资本得以饕餮一顿短暂的筵席而牺牲了基督教欧洲，所得的报偿则是目前正降临全世界的一个新的黑暗世纪。

---

① 圣彼得堡的旧称。

答复"蓝色"方案的批评家们

每次战争过后，一些安乐椅上的战略家和一些历史教授，都要嗡嗡嘤嘤、喋喋不休地告诉那些血战沙场的战士本该如何行事才对。对于"蓝色"方案的一些浅薄的批评，重复了一遍又一遍，最后笼罩上了一层好似果真如此的虚假灵光。斯大林格勒战役是世界史上一个决定命运的重大转折点，因此对于导致这一转折的经过，理应有个明确的阐述。

战略上，"蓝色"方案是个优秀的方案。

战术上，"蓝色"方案由于希特勒日复一日的干扰而归于失败。

批评家们挑剔说，凡是重要战役，唯一可以接受的目标应是消灭敌人的武装力量。一九四二年夏季，斯大林预计我们企图通过摧毁他的主力和占领首都来结束战争，所以把他的部队集结在莫斯科周围，我们的批评家断言我们本应这样做。这样做当然符合正统战略，但是，袭击南方，我们收到了出其不意的效果，这同样也是正统战略。

英译者按：俄国人的材料证实了隆的说法。斯大林当时坚信，对南方的进攻只是声东击西，目的是要调开莫斯科的防御部队，而且长期抱着这个看法不放，结果只是因为希特勒战术上的失策，才挽救了斯大林格勒，可能也挽救了苏联。

我们还听到另一种说法："蓝色"方案的战略目标是经济上的，因此是错误的。有一种陈词滥调告诫我们，我们必须首先消灭敌人的武装力量，然后才能随心所欲地享用他的财富。这些批评家完全忽略了"蓝色"方案的要点所在。"蓝色"方案是计划对贫穷但处于统治地位的苏联北方的"臀部"地带实行大规模的陆路封锁，断绝它的粮食、燃料和重工业供应。如果能够有效实施，封锁固然费时乏味，却是迫使敌人屈服就范的一种屡试不爽的手段。"蓝色"方案制订之际，日本人正在太平洋和东南亚横冲直撞。我们原来估计他们会使美国保持一年或更长时间的中立。但是非常不幸，他们在中途岛和瓜达尔卡纳尔岛的失利出人意料地过早改变了原来的方针，这使罗斯福得以在一九四二年越过我们的封锁线，把租借物资源源不绝地送给俄国人。局面因此大为改观。

最后，批评家们认为"蓝色"方案要达到双重目标——征服斯大林格勒和高加索，那就需要把南方战线大大延长，这势必超过德军的控制能力，因此这场战役早就注定要以失败告终。

　　但是，斯大林格勒并不是"蓝色"方案的目标。征服斯大林格勒是希特勒的目标，而且是当他九月份失去自我控制时才成为他的目标。

"蓝色"方案的战略

　　顿河和伏尔加河在斯大林格勒附近是以一种异常奇特的方式汇合的，两条河流在转弯的地方各呈V形，尖头对着尖头，中间隔着四十平方英里的干燥陆地。"蓝色"方案第一阶段计划是占领这块具有战略意义的陆地桥梁，从而阻挡敌人从北方对我南进部队进行攻击，同时还要切断伏尔加河这条北方燃料和粮食的补给线。

　　在伏尔加河V形河曲地带，沿着河流西岸的陡峭河壁，有一座随着地势延伸的中型工业城市：斯大林格勒。我们没有必要占领它，我们只需要用大炮和炸弹使其瘫痪，从而控制这一块瓶颈地带。我们的总计划是沿顿河两支V形巨臂，像一把钳子似的向前猛插，将守卫俄国南部的大部分苏维埃军队包围歼灭。这把钳子的一端，伏尔加集团军，由于距离较远，将率先启程，沿顿河上臂前进；另一端，高加索集团军，则沿下臂前进。两路大军预定在两河之间斯大林格勒附近会师，并于击溃和肃清被围之敌后共同完成第二阶段即征服阶段的任务。高加索集团军挥戈向南，渡过顿河，向黑海和里海进击，同时越过高山隘口，直抵土耳其和伊朗边境；伏尔加集团军则负责守卫暴露在顿河沿岸的危险侧翼，我军向前进击期间，这一侧翼曾由匈牙利、意大利和罗马尼亚这三个附庸国的部队担任防御任务。

　　我们明知这是"蓝色"方案的薄弱环节，但是，我们在战争中已经损失将近百万兵员，德国的人力已经将近枯竭，因此在德军向前进击期间，我们不得不使用这些辅助力量担负起防御侧翼的任务。不过，我们并没有计划让他们在顿河沿岸抵挡红军的一次全力以赴的进攻。后来之所以发生这一情况，完全是因为元首丧失理智，打乱了此次战役的时刻表。

　　英译者按：编摘隆的著作时，我略去了曼施泰因攻占克里米亚和塞瓦斯托波尔的战役，以及铁木辛哥五月份对哈尔科夫发起进攻时所遭到的失败。德军的这些重大胜利削弱了俄国南部的力量，使得"蓝色"方案更有大获全胜的希望。我把"A集团军"译为"高加索集团军"，"B集团军"译为"伏尔加集团军"，德军的这些编制番号实在复杂难记，加上战斗进行期间的多次重新编组，就更是如此。

以下摘自《作为军事领袖的希特勒》：

差错出在哪里

……在一次战役进行的过程中，最高司令部总是一个紧张不安的地方。我们天天坐守在地图室里，等候战局的进展情况。战争似乎进行得非常缓慢。而战场上的情况却很现实：数十万士兵冒着敌人的炮火，越过田野，穿过城市，搬运着弹药辎重。在司令部，你看到的始终是同样的面孔，同样的墙壁，同样的地图，你总是在同一个地方吃饭，周围也总是那些穿着军装的疲惫不堪的高龄军人，气氛紧张宁静，空气混浊。这个战争的神经中枢总是显得远离战场，耽于空想，希望一次又一次落空，持续的紧张情绪噬啮着每个人的心。

设在乌克兰文尼察的前沿司令部，情况就更是如此。希特勒给它起了一个名字，叫作"狼人"。"狼人"是由许多简陋的圆木小屋和木板房构成的一个大本营，坐落在靠近布格河南段的一片开阔的松树林带里。我们在那儿没有任何社交活动可供消遣，气候更是闷热难熬，如果不是害怕脱光了衣服的身体会招惹一群蜇人的飞虫，我们真能跳到那条混浊、缓慢流动的河流里去洗洗澡。炎热潮湿的气候甚至使希特勒停止了他唯一的运动，不再带着他的爱犬出去溜达。

我们是在七月中旬搬到那里的，那时正值斯大林格勒战役处于最紧张的阶段。酷热的气候使希特勒难以适应，强烈的阳光使他焦躁不安，整个环境没有一点儿叫人稍感舒适的地方。他的消化不良症越来越严重，只要他一犯胃气病，和他同处一室的人都得跟着受罪。甚至他的那条爱犬布隆迪，也是性情反常，猖狂不休。

不过，即使在这以前，当司令部仍然设在东普鲁士的树林中那个比较凉爽舒适的地方时，他就已露出了紧张不安的迹象，突然对高加索集团军和第四装甲兵团的作战计划做了彻底改动……

以下摘自《世界大屠杀》：

"蓝色"方案发生差错，可以准确地追溯到七月十三日。

那时候，希特勒的焦躁情绪日趋严重。他不能理解为什么我们没能像一九四一年大规模进击时那样大批地捕获战俘。可能是因为斯大林终于醒悟，所以不再命令他的部队死守待俘，有可能是因为南部苏军望风披靡，在我军到达之前就已溃散，有可能是因为这条战线上的守敌本来就兵力单薄，此外也有可能是因为俄国人在重演以空间换取时间的故技。不过，无论是由于哪种原因，事实是，我们俘虏的俄国人不再是动辄数十万，而只有数万。

七月十三日，希特勒突然决定，原来以斯大林格勒陆上桥梁为目标的全面东进攻势，必须掉头转向西南方向，去攻占罗斯托夫！他认为这样一来，德军能够通过一次紧缩的包抄行动，将据他估计是集结在顿河河曲的大批红军部队一网打尽。高加索集团军于是全部掉头去完成这一任务。希特勒甚至把伏尔加集团军的装甲部队，即勇猛善战的第四兵团，也抽调了出来，让它也轰轰隆隆开向罗斯托夫，虽然海德尔曾经竭力反对集中如此庞大的一支装甲部队去完成这样一个次要任务。由于大批物资必须用于俘获俄国人这一冒险计划，伏尔加集团军汽油奇缺，结果行动缓慢，甚至被迫停止前进。

德军庞大兵力的迅猛进击，终于攻占了罗斯托夫，俘敌将近四万人。但是，我们失去了宝贵的时间，"蓝色"方案的全盘计划也被打乱。高加索集团军和第四兵团由于在罗斯托夫周围东奔西突，结果阻塞了交通要道，为临时拼凑的组织和补给造成了难以想象的困难。

在这紧要关头，希特勒又出人意料地给司令部发出了他那臭名昭著的灾难性第四十五号指令，其拙劣荒谬的程度实在令人惊异，恐怕超过历来任何一道军事命令。这一指令等于全部废止了"蓝色"方案。这样一个军事行动，对于一个认真负责的总参谋部来说，本应花上数月乃至一年的时间进行分析研究，模拟演习，组织调配，但是希特勒在一两天内大笔一挥，便轻率决定，而且据我所知，这完全是由他一手包办的。即使约德尔曾经参与此事，他也从未向人吹嘘夸耀过！

第四十五号指令包括三大要点：

1. 声称（与已知事实完全相反）此次战役的初步目标已经达到，南方红军已经"基本歼灭"。

2. 伏尔加集团军应在第四装甲兵团的配合下，恢复对斯大林格勒的攻势。

3. 利斯特所部高加索集团军应立即南下，除了完成原定的困难任务外，还要加上诸如占领黑海沿岸地区等其他任务。

这是希特勒最后一道进攻指令。此时战场上的形势虽然看起来仍算乐观，但我们身在最高司令部的人员已经开始灰心丧气。陆军总参谋长海德尔深感愤慨，他在日记上写道——并且气愤地对我说过——这些命令已与军事现实毫不相干。

通过合理形式完成夏季攻势的条件现在已经完全消失。上游的顿河河曲和关系重大的陆上桥梁此时都未到手。根据原计划，负责顿河下游方面的高加索集团军只有在伸延到斯大林格勒的顿河侧翼非常安全的情况下，才能向南进击。现在，这两支大军却必须在两个侧翼毫无安全保障的情况下分道扬镳，沿不同方向行动，而在沿着不同方向执行任务的同时，势必要在它们之间留下一个越来越大的豁口！

此外，"蓝色"方案原来要求已经征服克里米亚并攻占塞瓦斯托波尔的曼施泰因的第十一军越过高加索山脉，配合利斯特的军事行动。但是因为攻克了罗斯托夫而扬扬得意的希特勒，认为南方进展顺利，曼施泰因已无必要留在那里浪费兵力。于是他命令曼施泰因率领他的主力北上奔袭一千一百英里以外的列宁格勒！

希特勒最后一道编号指令是一九四三年末发出的第五十一号指令。但事实上，在致命的第四十五号指令之后的其他指令，都已锐气渐消，全是防御性措施。现在是他最后一次掌握主动权。他一方面缺乏经验，一方面又因独揽德国的军政大权而过于疲劳，这两个因素终于对他易于冲动的性格、机敏的头脑、坚毅的性格产生了不利的影响。这道命令完全是个疯狂的举动，当时洞察这道命令的愚蠢实质的，只有最高司令部内我们这批核心参谋人员。德国军队服从命令，分别沿着两条路线进入南俄最遥远的纵深地带，朝着黑暗的命运前进。

抵达斯大林格勒

悲剧终于可怕地、不可避免地开始了。

高加索集团军越过盛夏酷暑烤炙着的大草原，翻过白雪覆盖的群山之巅，包围了黑海沿岸区域，前哨部队甚至到达了黑海之滨。高加索集团军创造了奇迹，但是并没达到预定的目标，希特勒要它执行的任务超过了它的人力、火力、后勤补给。由于缺少汽油以及运送燃料的卡车，这支部队曾一度停滞不前达十天之久。有一次甚至是用骆驼给它运送汽油，真是个难解的讽刺！利斯特的这支大军困守在群山之中，不断遭到神出鬼没、坚忍顽强的红军小股部队的袭击骚扰，寸步不前。

与此同时，伏尔加集团军朝着斯大林格勒兼程进发，于八月二十三日抵达该城北面的河岸，然后按原定计划对它狂轰滥炸，达到使其瘫痪的目的。开始时抵抗并不激烈，最初的一两天好似只需一举之劳，便可取下斯大林格勒。但是这样的事情并没发生，我们虽已竭尽全力，斯大林格勒依然顶住了第一次突然打击。

英译者按： 隆的这一番枯燥叙述，丝毫没表达出俄国人所见到的真实情况。

第六军对斯大林格勒发起的攻击，显然是俄国人所谓"伟大的卫国战争"中最可怕的一件大事。德国人对他们国家心腹要地再一次发动凶猛攻击，这使军队指挥员、普通老百姓以及斯大林本人都深感震惊。八月二十三日的猛烈轰炸，其实是俄国人经历过的最可怕的战火考验之一，大约有四万平民死于非命，城内大小街道陷于一片火海，真可说是"血流成河"。与莫斯科的一切通信全被切断，有数小时，约瑟夫·斯大林真的以为斯大林格勒已经陷落。不过，尽管这座城市经受了战争史上最严酷的折磨之一，但此时危难也已达到顶点。

大多数军事评论家都肯定地认为，如果不是因为希特勒对"蓝色"方案的干扰，伏尔加集团军一定会提前数周到达河边，那时斯大林仍然没醒悟，误以为德军向南方的进攻不过是声东击西。如果那样，斯大林格勒便会陷落，成为一次猛击下的硕果，整个战争也很可能大为改观。但是，希特勒取消了"蓝色"方案中至关紧要的一招，选择掉头去打罗斯托夫了。

斯大林格勒城下的大灾难

如上所述，攻占斯大林格勒在军事上并无必要。

我们的目标是夺取两河之间的陆上桥梁，不让苏联人使用伏尔加河这条补给线。现在，我们已经到达伏尔加河，我们只需要把这座城市包围，然后将它炸成一片瓦砾。我们已把列宁格勒包围了两年多的时间，使得一百万左右的俄国人饿死在它的街头。从军事角度来看，列宁格勒实际上已是一具僵尸。没有任何军事理由不许我们用同样的方式来对付斯大林格勒。

但是，政治上的理由日益占了上风。这时候，尽管希特勒严令催促，高加索集团军还是停顿在荒无人烟的山隘里面；陷在阿拉曼的隆美尔两次发动进攻，但是两次失败，最后遭到英军毁灭性的打击；英国皇家空军正加紧对我国城镇的野蛮轰炸，屠杀成千上万的无辜妇孺，把一些重要工厂夷为瓦砾尘埃；我们的潜艇损失陡然猛增，令人惊恐不安；美国人在北非登陆，造成了震撼全球的政治影响。这些不幸事件接踵而来，致使希特勒夏季攻势大获全胜以来的得意心情逐渐消失，同时他对那个庞大帝国的绝对统治也开始出现裂痕。在这种情况下，四面受敌的元首越来越感到迫切需要一次威望上的胜利，借以扭转局势。

斯大林格勒！

斯大林格勒，这个以他最强大的敌手的名字命名的城市！斯大林格勒，这个他与之斗争终生的布尔什维主义的象征！斯大林格勒，这个被当作此次战争中心点而越来越频繁地出现在报纸标题中的城市！

攻占斯大林格勒已经令人难以置信地成为他的一大心病。他在其后几个星期发出的命令简直是神经错乱的产物，而且越来越严重。第六军曾经以其机动打击力量在波兰、法国和俄国创造了战无不胜、攻无不克的纪录，但是现在，它把一师又一师的兵力投入斯大林格勒这个绞肉机中，斯大林格勒的街道此时已变成一片瓦砾，根本无法施展机动战术。在一场逐段争夺的"耗子战"中，伟大的第六军的久经沙场的老兵们一批又一批地倒在斯拉夫狙击手的枪下。俄国人一方面从伏尔加河对岸源源不断地派来大批援兵，不断消灭我们的力量，另一方面周密筹划，准备对顿河侧翼的无战斗力的附属国军队进行一场大规模反击。因为约瑟夫·斯大林终于醒悟过来，希特勒如此痴狂，正把他最精锐的师一个又一个地送进斯大林格勒这个摩洛①的喉咙里去，这是送上门来的大好机会。

十一月下旬，打击终于来临。红军快速越过顿河，突击斯大林格勒西北面防卫伏尔加集团军侧翼的罗马尼亚部队。这支未经阵战的辅助部队就像利刃下的奶酪一样，一触即溃。在南翼，我第四装甲兵团所属的罗马尼亚侧翼守军也遭到了同样的攻击。而当这些进攻持续到十二月的时候，俄国人突破了顿河沿岸由意大利人和匈牙利人担任我第六军后卫的全部防线。三十万德国士兵，德国军队的精英，就此陷入钢铁包围圈中。

以下摘自《作为军事领袖的希特勒》：

希特勒的蜕变

……在这痛苦难熬的日子里，我碰巧正在执行一次远程视察任务，大部分时间都不在最高司令部。我在八月下旬动身出发的时候，俄国战局的进展还算顺利。两支大军正分别沿着各自的路线迅速向前推进，红军好似依然节节败退，并没利用我们两条战线之间留下的越来越大的豁口。希特勒邦时虽也处于紧张不安之中，这是可以理解的，并且备受酷热的煎熬，但是看上去情绪还算不错。

等我回来的时候，"狼人"已经发生了令人吃惊的变化。海德尔已经撤职离去，并没人接替他。高加索集团军的利斯特将军也已被撤职，同样没人接替他。希特勒同

---

① 古代闪米特人信奉的火神，需以儿童献祭。

时兼任了这两个职位。

阿道夫·希特勒这时不仅是德国的元首、纳粹党的领袖、武装力量的最高统帅，而且是他自己的总参谋长，同时又直接指挥着困阻在六百英里之外高山之中的高加索集团军。这一切并非一场噩梦，而是正在发生的事实。

他对他以往的心腹宠臣约德尔现在已无话可说。不论是谁，他都一概不理。他单独一个人进餐，在那光线阴暗的房间里心事重重地度过他的大部分时间。在他正式会见司令部成员的时候，他的秘书们轮番进出，记下每一句话。他其实是在对这些秘书说话，而不是对其他任何人说话。他和军队已经完全隔绝。

慢慢地，我才弄清楚究竟发生了什么事情。海德尔由于反对希特勒强攻斯大林格勒这一愚蠢行为，结果在九月份被一脚踢开。这样，我们失去了我们中间最后一位头脑清醒的人物，他是几年以来唯一敢与希特勒顶撞的高级参谋军官。

至于那个只知一味顺从的约德尔，元首曾经派他飞往高加索集团军，督促利斯特将军不惜一切代价继续前进。但是约德尔回来之后，有生以来第一次对希特勒说了实话：不改善后勤补给，利斯特无法前进。希特勒此时已是一触即发。约德尔这次竟也出乎意料，按捺不住地顶撞起他的主子，历数了希特勒导致目前困境的种种错误命令。两人最后像两个洗衣妇似的相互大声斥责起来。自那以后，约德尔就没再在这位伟大人物的面前出现过。

过了几天以后，我才接到通知，出席一次情况汇报会。我已做好充分准备，即使丢掉脑袋，也要把隆美尔补给上的困难如实汇报。不知什么原因，希特勒没听我发言。但是，我永远也不会忘记他在我走进房间时盯着我看的那副神情。他的面色灰白，两眼发红，脑袋缩在两肩之中，身体颓然瘫在椅子里，一只手握着另一只手，抖个不停。他双眼凝视着我，像要看出来我带回的消息是凶是吉，竭力要找到一丝乐观情绪，一线希望。他所看到的却只能使他扫兴。他露出牙齿，凶狠地瞪我一眼，立即掉过脸去。我眼前的这个人酷似一头困兽。我发现，在他内心深处，他完全知道是他打乱了"蓝色"方案，断送了德国最后一次机会，因此输掉了这场战争，同时他也非常清楚，刽子手正手持绞索，从地球的各个角落一步一步向他逼近。

但是他不会承认错误，他天性如此。在那以后的几个漫长难熬的星期里，一直到第六军投降，甚至直到一九四五年他于绝望中自杀，我们听到的全是我们这些将军如何辜负了他，包括如何在沃罗涅日贻误战机而导致了斯大林格勒战役的失利，利斯特如何颟顸无能，隆美尔如何因为胆小怯战而指挥无方，等等。甚至在包围斯大林格勒的部队被打得七零八落、纷纷投降的时候，他所能想到的也不过是晋升保卢斯为陆军元帅。而当保卢斯非但没杀身成仁，反而选择了投降之时，他便怒不可遏，大发雷霆。九万精锐士兵被俘，二十余万精锐士兵因他葬送，所有这一切，对于这个人来说都是无关紧要的，而保卢斯竟然没开枪打穿自己的脑壳，对他的荣升表示应有的感激，使希特勒大失所望。

以下摘自《世界大屠杀》：

事后分析

希特勒始终不准第六军利用它的唯一机会，向西面杀出一条生路。被围之初，它本可以依靠自己的力量突围而出。十二月间，曼施泰因所率新建的顿河集团军在冰天雪地中力战驰援，两军相距仅三十五英里，眼看就可以会师，但是希特勒就是不准保卢斯突出重围。直到保卢斯投降为止，司令部里一直回响着他那刺耳的咆哮："我决不离开伏尔加！"

他开口闭口"斯大林格勒要塞"，但是事实上哪儿有什么"要塞"，只不过是一支陷入包围之中并且不断减少的部队罢了。十月下旬，他在一次全国广播演说中吹嘘：事实上他已经攻克斯大林格勒，因为"他不想再有一个凡尔登"，所以正"从容不迫地逐步扑灭零星的抵抗"，他不在乎时间的早晚。这样一来，他在公众面前完全切断了自己的退路，也决定了第六军束手待毙的命运。

有些军事分析家把这场灾难归罪于戈林。戈林曾经许下诺言，每天向被围的第六军提供七百吨补给，但是德国空军虽然尽了最大努力，也从未超过每天两百吨补给的数量。而戈林将此归咎于天气不好。当然，戈林这样保证只不过是按着他主子定的调门跳舞罢了。他们是老搭档，他知道希特勒要这么说，他就这么说了。大批德国空军驾驶员因此就非要去送死不可。

希特勒从未因此责备戈林。他要留在伏尔加，一直等到悲剧降临，而戈林那骗不了人的瞎话在这一点上给他帮了忙。

约德尔在纽伦堡法庭做证说，早在十一月，希特勒就曾私下向他承认，第六军已经完蛋，但是为了掩护高加索集团军撤退，必须将它牺牲。简直是荒唐透顶！从斯大林格勒突围撤退，那才合乎正常情理。但是，擅长鼓动术的希特勒认为，一支大军的全军覆没，这么一场令人痛彻心扉的悲剧，能使人民团结在自己的周围，而撤退会拆穿他的牛皮，使他丢脸，有损他的威望。出于这样一种考虑，他白白断送了一支能征善战的精锐打击部队，这个损失是永远无法弥补的。

罗斯福的胜利

就在这个时候，富兰克林·罗斯福于当年一月举行的卡萨布兰卡会议期间宣布了"无条件投降"这个口号。无论从哪方面说，这个口号都是绝妙的一招。对这个口号持批评态度的人——包括八面威风的艾森豪威尔将军在内——都没参悟罗斯福这一声霹雳会收到的效果。他不失其诡计多端的本色，在一次记者招待会上不动声色地脱口而出，就把这个口号传扬开了。

第一，他使全世界，首先是德国人民，醒悟到一个基本的事实：我们正在输掉这场战争。这几个字简简单单，但清清楚楚地表明了一场全球滑铁卢的大转折已经发生。这件事情本身就是宣传上的一次惊人胜利。

第二，他公开向斯大林发出信号，保证英美两国决不会在西方谈判媾和。当然，斯大林依然满腹狐疑，不过这已是罗斯福能对他做出的最响亮有力的保证。

第三，他向土耳其和西班牙这些动摇观望的国家，向欧洲被占领的各国人民，向一直顺风转舵的阿拉伯人做出了保证，在俄国战局改观之后，西方各国不会放松努力，不会允许布尔什维主义横行欧洲大陆和中东。

第四，在这初次对我们取得胜利的时刻，为他自己那个娇生惯养、没有骨头的民族提供了一个简单明确的战争目标。既迎合了他们的天真烂漫的心理，同时也对希望战争立即结束或者妥协媾和的念头泼了一盆冷水。

有人提出异议，认为这个口号坚定了德国人民在希特勒领导下抵抗到底的决心，认为罗斯福本应越过希特勒，直接呼吁德国人民和德国军队推翻纳粹政权，签订体面的和约才对。这些意见只能表明他们对第三帝国的实际情况的愚昧无知。

希特勒已经称心如意地彻底改造了德国，这个政权之下的各种结构，包括军队在内，都是群龙无首，一切权力都集中在他一个人身上，根本就不存在可以推翻纳粹的人，根本就不存在可以呼吁的对象，我们国家的命运已经和这个人紧紧联结在一起。自从取得政权以来，他的一切行动都是为了这样一个目的，他也达到了这个目的。

他就是德国。武装部队已经以他们神圣的荣誉向他宣誓效忠。一九四四年七月以失败而告终的那个暗杀企图既无头脑，又失信义。我没参与其事，而且我也从未后悔做出这样的决定。一方面命令士兵为某个领袖战死疆场，另一方面又去谋杀同一个领袖（不论他是多么有失众望），这是对原则的背叛，这个道理我是明白的，其他所有将领也应该是明白的。

每逢司令部里发生什么令人难受的事情，我曾不止一次想过，如果我们之中有谁要开枪打死希特勒，那是一件相当容易的事。但是他知道自己可以依靠德国人性格中的两根支柱：荣誉和责任。

德国人民处在可悲的历史陷阱之中，命中注定还得苦战两年半的时间，而其目的不过是为了保住那个已把他们引向毁灭的国家元首的性命。我们终于认识到实行元首制这个致命错误，不过为时已晚。一个君主可以要求停战，并在战败的情况下维护他的国家的荣誉和稳定，例如日本的天皇就是这样。但是一个战败的独裁者，只能是一个四面楚歌的窃国大盗，他不得不像莎士比亚笔下的麦克白一样奋战到底，直到越来越深的血泊淹没了他。

希特勒无法下台，所有的纳粹党人都无法下台，他们对犹太人的秘密屠杀排除了这个可能性。"无条件投降"对他们没有任何差别，对德国人民也没有任何差别。现在，除了"神的没落"①之外，没有任何东西能够把希特勒和德国人民拆开，或者结束这场战争。

英译者按：冯·隆将军叙述了斯大林格勒战役之后，又概述了高加索集团军的战斗经过及其结局，他把这篇文章题作《A集团军的可歌可泣的大撤退》。这是《世界大屠杀》一书中最长的一篇。我相信，美国读者不会像冯·隆将军的德国读者那样对该文感兴趣。事实上，保卢斯的军队在斯大林格勒投降之后，高加索集团军的退路便被切断。为了摆脱困境，希特勒经过一番犹豫之后，委派非常精明干练的冯·曼施泰因去指挥所有那些出师不利的部队之中最受威胁的北翼部队。曼施泰因在最恶劣的严冬条件下，出色地施展了灵活机动的战术，终于完成了任务。另一位将军，克莱斯特，则带领南翼部队撤退到黑海上的桥头阵地。最后，高加索集团军终于有条不紊地突出了包围圈，并在撤退过程中多次重创红军。于是，德国人发现他们自己差不多重新回到了"蓝色"方案所规定的起跑线。这是一场劳民伤财的大规模军事演习，功劳应该归德国的最高"直觉"天才，这位天才下令发动了这场演习，然后又把它搅得一团糟。在德国军队之中，这场军事行动获得了一个普遍流传的伤心的雅名："周游高加索的旅行。"

我曾有机会见到希特勒，所以知道他有时候说话会多么娓娓动听，甚至非常和蔼可亲，就和一伙匪徒的首领一样，他完全具备一个江洋大盗的魄力和狡诈。在我的著作里面这不是大人物的品格。希特勒的早期"胜利"，只不过是一个坚定的恶棍出人不意地抢掠得手、一变而为国家元首，然后利用一个伟大民族的全

---

① 原文是德语。

部威力去支持他的恣意妄为。

　　为什么德国人民会效忠于他，这仍然是个历史之谜。他们知道他要达到的目标是什么，他早就在他那本《我的奋斗》里说得清清楚楚。他和他的那些国家社会主义同伙从一开始就是一群一眼可以看穿的非常危险的暴徒，但是广大的德国人崇拜和信仰这批恶魔，直到无情的斯大林格勒之战，才使他们如梦初醒，有些人甚至还要再过许久之后才觉醒。

第五十八章

一个犹太人的旅程

（摘自埃伦·杰斯特罗的手稿）

一九四三年二月二十日

巴登－巴登

  ……我永远也不会忘记火车通过打开的栅栏门的那一刹那，一面巨大的红色卐字旗在栅栏门上飘拂，用德文写的指示牌开始出现在铁轨两侧。我们当时正坐在餐车里，吃的午餐是咸鱼和烂土豆。我们周围的美国人，他们的面部表情每个都值得研究。我简直不忍心看一眼我的侄女。后来她对我说，她当时真是吓破了胆，简直没有注意到我们是什么时候越过国界的。就是现在，她也还是这么说的。当时我所看见的她脸上的恐怖，就像是个被尼亚加拉瀑布冲走的人。

  对我来说，倒没有这么一种如坠悬崖的感觉。我对希特勒上台之前的德国怀有相当美好的回忆。举行一九三六年奥林匹克运动会的时候，我因为要给一家杂志写篇文章，曾在德国逗留了几天，那时举目所见，已是卐字旗到处飘扬，我除了内心不安外，并没碰到更大的问题。我认识几个犹太人，他们是为商业买卖去德国旅行的，还有少数厚颜无耻之徒，则是专为寻花问柳而去的，他们也都不会碰上多大危险。德国人总是按轨道办事，这既是他们的美德，同时也是他们可怕的地方。去旅行的犹太人是在旅游的轨道上，犹如我是在新闻采访的轨道上一样，所以也就安全无恙。我现在就是把希望寄托在条顿民族的这一特性上。有关德国人如何残暴的那些最可怕的传闻，即使确有其事，我们现在也是处在外交轨道上。我很难想象反犹主义会跳出它的轨道，来伤害我们这条轨道上的人，特别是，如今德国正在讨价还价，要拿我们去和德国间谍交换，很可能以一比五，或是一比四的比例去交换。

  尽管如此，在我们刚到的头几天，我还是没太太平平地喘过一口气。娜塔丽连续一个星期不吃也不睡，她把儿子抱在膝上，眼里闪烁着一种要跟人家拼命的恐怖神色，看上去似乎有点儿精神失常。不过，过了一段时间之后，我们也都定下心来。有句老话说得好，最害怕的事情莫过于不知道你要碰上什么苦难。你最害怕的事情一旦真的降临到身上，其实也不见得就像你想象的那么可怕。布伦纳公园旅馆里的生活虽然阴森可怕，但是我们现在也已习惯了，最主要的还是无聊腻烦到了极点。如果今后有人问我，在巴登－巴登到底是什么最使我感到压抑，是恐惧还是无聊，我不得不这样说："是无聊，而且远远超过恐惧。"

我们和当地居民完全隔绝。我们的短波收音机被没收，除了柏林的广播以外，我们听不到其他任何消息。我们仅有的报纸和杂志都是纳粹出版物，两份法国报纸上充满了最下流的德国谎言，但是使用的是莫里哀、伏尔泰、拉马丁和雨果的语言。这简直是卖淫，这比一个可怜的法国娼妓听任德国长毛大兵蹂躏还要无耻。如果我是个法国新闻记者，我宁愿让他们把我枪毙，也决不会如此玷污我的荣誉，玷污我的高雅的语言。至少，我希望我能做到这一点。

可以阅读的东西少得可怜，听不到消息，无事可做，这使禁闭在巴登－巴登的全体美国人的情况一天不如一天，我的情况可能比其他人都要严重。五个星期，我没写过一篇日记。我曾为自己的工作习惯而感到自豪，我曾像安东尼·特罗洛普①一样文思如涌，下笔万言，我有许多东西要写，而且没其他事情可做，但是我现在听任这份日记闲搁在那里，就好像一个年轻的女学生把日记开了个头，然后惰性发作，让那本几乎是空白的日记本躺在书桌里发霉，直到二十年后才被已经做了学生的女儿重新发现，惹得她咯咯直笑。

但是，快吹响你的喇叭吧！昨天，红十字会送来的首批食品到达，人人变得兴高采烈，沉闷空气一扫而光。罐头火腿！玉米粉牛肉！奶酪！罐头鲑鱼！罐头沙丁鱼！罐头菠萝！罐头桃子！鸡蛋粉！速溶咖啡！白糖！人造奶油！单是写下这些字眼，我也感到高兴。这些美国的日常食品看起来赏心悦目，吃起来美味可口，对于我们苟延残喘的体质有起死回生的功效。

这些德国人天天吃的是土豆、黑面包、烂蔬菜，这样怎么竟能打一场大战？当然，有点儿好的东西都给士兵吃了，但是老百姓呢？据说，我们的配给比一般德国人多一半。淀粉和纤维素当然也能填饱肚皮，但是光吃这些东西，就连狗也长不大。至于这家著名旅馆里的饭菜，那就更不必提了，简直叫人难以下咽。瑞士代表安慰我们说，我们并没受到苛待，全德国的旅馆这些日子供应的饭菜要比我们这儿糟得多。至

---

① 特罗洛普（1815—1882），英国小说家。

于我们的饮食情况、餐厅里的奇怪安排、质地低劣的酒、黑市上买来的土豆烧酒、我们在德国"主人"照料下的整个生活情况，我以后会详加叙述，这些情况都值得记载下来。但是，现在我想先补叙一下这些天来应该记下的事情。

现在是上午十一点，天气很冷。我围裹得严严实实，坐在阳台上，沐浴着暗淡的阳光，写下这篇日记。红十字会送来的蛋白质和维生素此时在我周身循环流通，我又变得和以前一样，贪婪地享受着阳光和新鲜空气，摇动我的笔杆。感谢上帝！

自从离开马赛以来，我一直消化不良。在卢尔德的时候，我以为不过是一时神经紧张的缘故，但是在火车上吃了那顿糟糕透顶的午餐之后，我便病得很重，自那以来大便一直很不正常。但是今天，我感到非常健康，简直像个年轻小伙子，我痛痛快快地大便了一次（这样的事情也写下，实在荒谬可笑，但是这是事实），高兴得想跟一只刚刚下了蛋的母鸡那样咯咯叫上几声。我敢肯定，我的身体之所以这样奇迹般好转，决不仅仅是因为营养的关系，此外还有心理因素，我的胃认得出美国食品。对于它的政治敏感，我应表示庆幸。

关于路易斯。

他是全旅馆的宠儿。他一天比一天聪明伶俐，一天比一天会说话，越来越讨人喜欢。他是从火车上开始把大家给迷住的。在卢尔德的时候，大家很少见到他，但是在车站上，有人给了他一只精巧会叫的玩具猴子，到了车上，他就跌跌撞撞地跑来跑去，拿着这只猴子叫大人捏，尽管车厢摇摇晃晃，他却能够保持平衡，惹得大家赞叹不已。娜塔丽见他玩得这么高兴，也就由他跑来跑去。因为他的缘故，车上的气氛也不那么阴郁沉闷了。他甚至还拿着那只猴子，走到那位穿着制服的德国秘密警察跟前，那德国秘密警察起初犹豫了一下，后来竟也接过那只猴子，紧绷着面孔捏得它吱地叫了一声！

车厢里的人都爆发出一阵笑声，至于大家为什么会笑，要想说清楚其中的原因，恐怕需要专门写一篇类似梅瑞狄斯[1]论述喜剧精神的论文。德国秘密警察非常尴尬地朝四周看看，然后也哈哈大笑起来。这一瞬间，我们大家，甚至也包括那个德国秘密警察，都很强烈地感到，这场战争实在荒谬绝伦。这件事情成了车上全体乘客的话题，这个手里拿着一只玩具猴子的小娃娃也就成了我们在布伦纳公园旅馆的第一号大人物。

或许，我不该花费这么多的篇幅，描写这样的区区小事，借以说明这个孩子给

---

[1] 梅瑞狄斯（1828—1909），英国小说家和诗人。

人慰藉的天性。最近几个星期我生了好几场病（有几次非常严重），一个重要的想法支撑着我没采取听天由命的消极态度。那就是在娜塔丽和路易斯安全脱险之前，我不能，也决不甘心就此垮掉。如果有必要，我将拼死保护他们，为了能够保护他们，我决心同颓丧和疾病做斗争。我们不牢靠的记者证所倚仗的就是我那几篇杂志上的文章。我们受到的特殊照顾——高楼层的一套两个房间带阳台的套间，可以俯瞰旅馆的花园和一个公园——只是由于我不过如此的文人地位。我们的生死存亡，到头来也许要取决于我那本被读书俱乐部选中的著作能否使我从一个默默无闻的学术工作者一跃成为有点儿名声的人物。

我们这批人里有许多儿童，但是路易斯最为突出。他成了一个享有特权的小精灵，我们的海军武官是个搜刮东西的好手，路易斯从他那儿得到的食品总是比别人多，比别人好。这个人发现娜塔丽是海军家属之后，他便成了她的奴仆，他们之间的关系非常亲密，但是（我敢肯定）非常纯洁。他常给路易斯送来牛奶、鸡蛋，甚至还有肉。虽然旅馆内禁止使用电热板，他也照样给娜塔丽送来一块，娜塔丽为了便于散发油烟的气味，就在阳台上烧煮。他想要戏剧小组演出《皮格马利翁》[①]，眼下正在好说歹说，千方百计要她扮演伊莱莎一角。她也确实准备答应下来。我们三人常在一起玩纸牌游戏，或者猜字谜。总之一句话，考虑到我们是处在希特勒统治下的德国国土之上，我和娜塔丽过的是一种非常奇特的平凡乏味的生活，我们就好像是乘着三等轮船，在做一次无限期航行，时时寻找办法消磨时间。无聊是我们生活中不断重复的低音基调，恐惧只不过是短笛偶尔发出的尖声嘶叫。

我们的犹太人身份已经暴露。派驻在布伦纳公园旅馆的那个德国外交部官员总是故意对我那本《一个犹太人的耶稣》恭维一番，他说起这本书的时候确实颇有见地。起初，我大为骇异，不过，既然明知德国人办事一向缜密彻底，现在我反而觉得我原先希冀能够侥幸蒙混过去的想法实在是过于天真幼稚了。《国际名人录》《作家姓名录》还有其他各种大本的学术参考书里，都有我的名字。到现在为止，我的犹太人身份还没带来什么影响，而我的小名声倒是对我有所助益。德国人尊敬作家和教授。

我之所以能经常受到医疗照顾，肯定是由于这个原因。我们之中如果有谁身体不舒服，我们那位美国医生——他是红十字会工作人员——总喜欢开玩笑地把它叫作"拘留病"，对于我的肠胃病，他也倾向于如此看待，一笑置之。但是到了第三个星期，我的病情变得更加严重了，他才提出要求，让我住院治疗。由于这个缘故，我在巴登-巴登的市立医院遇到了R医生——即使是用难以辨识的意第绪语字母的密码，我

---

① 爱尔兰剧作家萧伯纳作所，伊莱莎为剧中女主角。

也不愿在这里写下他的真名实姓。以后等我有了更充裕的时间，我一定要好好把这位R医生描绘一番。现在娜塔丽在叫我去吃午饭了。我们把珍贵的红十字会食品交了一些给旅馆厨房，他们答应一定烧出点儿像样的菜肴。我们现在就要尝到咸牛肉杂烩的味道了，我们好不容易有了一点儿办法可以把那些令人作呕的土豆变得稍微美味可口一点儿了。

二月二十一日

巴登－巴登

昨天夜里我病得很厉害，今天也远远没有复原。不过，既然重新开了头，我还是决心把日记记下去，单是在纸上移动我的笔，也会使我感到有了活力。

旅馆的厨师把我们的咸牛肉杂烩烧得一团糟，使我大为扫兴。恼怒无疑触发了我的消化不良症。难道还有比这更容易烧的菜吗？但是，他还是烧得又焦，又硬，又冷，又油腻，简直叫人恶心。我们吸取了教训，我和娜塔丽，还有那个海军武官，把红十字会送给我们的食品凑在一起，拿回我们自己的房间里烧，在我们自己的房间里吃，至于那些德国大兵，让他们见鬼去吧！别人也都在这么干，走廊里飘荡着烹调的香气。

根据最新的传闻，德国人为了表示文明，为了表示对于宗教的尊重，将在复活节把我们释放，进行交换。平克尼·塔克虽然亲口对我说过，这只不过是一厢情愿的幻想，但是谣言还是传来传去。我们这群人的心理真是饶有趣味。如果把这些心理好好描写一番，真可以写出一部可以和《魔山》①媲美的长篇小说，遗憾的是，我丝毫不具备这种创作才能。如果路易斯的年纪不是这么小，他蛮可能成为我们这群人中的一个托马斯·曼，他那敏锐的小脑袋说不定此时正在——记下我们所不能察觉的一切。

说起复活节，这倒使我想起我在卢尔德记下的那段日记，那时我只开了一个头，讲到我的改信天主教却没有成功一事。那是一件多年以前的事，说起来叫人伤心难受，好比重新拨燃已经冷却了的灰烬。不过，如果这本日记在我死后还能留在人间，它就可以成为我在这个世界上匆匆度过的卑微一生的最后遗言。既然如此，还是让我把此事的主要轮廓信手写下吧，好在只要一两段就能说完。我已经讲了我与奥斯威辛犹太法典学堂发生隔阂的情形，这是一切后事的关键。

我不能把这件事告诉我的父亲。对于波兰犹太人来说，敬重双亲是我们根深蒂固的天性。我的父亲是个和蔼可亲的人，他是个农具商，另外也做自行车生意，买卖相

---

① 《魔山》是德国小说家托马斯·曼（1875—1955）的著名小说。

当兴旺。我家的家境不错，他很虔诚，也很有学问，不过从来不会问一个为什么。他如果知道我已经变成了一个不信犹太教的人，那他一定会震惊万分。所以，我继续是犹太法典学堂的优秀生，而在心底里，我暗自笑话莱扎老师，笑话我周围的那些恭顺驯服的小蠢货。

我们的家庭医生是一个说意第绪语的不可知论者。那时候，凡是从大学回来的犹太医生，身上总是带着猪肉气味。一天，我不知怎么心血来潮，到他那儿向他借阅达尔文的书籍。"达尔–温"，——法典学堂里的悄悄耳语都是这么叫的——就是当今邪恶世界的撒旦。这个"达尔–温"，对我来说，他的德文版的书可真难看懂，不过我还是如饥似渴地吞下了《物种起源》，晚上在蜡烛光下偷偷看，白天躲到外面去看。我一生之中第一次违反安息日的戒律，就是在口袋里装着一本达尔文的书，来到河边的草地上。安息日戒律禁止在"公有场地"内负荷重物，而书本也属于重物之列。说也奇怪，我虽然在精神上已和我的信仰决裂，但是要在礼拜六[1]带着那本书从我父亲的房子里走出来，仍是桩很难做到的事情。

后来，那个医生又把海克尔、斯宾诺莎、叔本华以及尼采的书借给我。我急不可待地把这些书通通看完，就好像青少年阅读色情书籍一样，既津津有味，又暗自羞愧。我专门先找那些亵渎宗教的章节，比如对于奇迹和上帝的嘲笑，对于《圣经》的攻击，等等。其中有两本德文的文集我永远也不会忘记，一本叫作《科学入门》，一本叫作《现代伟大思想家》，都是绿色平装廉价书。伽利略、哥白尼、牛顿、伏尔泰、霍布斯、休谟、卢梭、康德，这一群辉煌灿烂的伟大人物，就在我，一个十五岁的犹太少年，独自一人躺在维斯瓦河畔草地上的时候，突然闯入了我的思想。我如痴如狂，一连攻读了两三个星期，于是我的世界、我父亲的世界，统统坍塌、摧毁、破灭、粉碎，变为一堆瓦砾，化为一片尘埃，从此休想恢复，就如坍塌在沙漠之上的奥齐曼迪亚斯的塑像[2]一样。

我的脑袋从此开了窍。

我的家庭移居美国之后，我成了布鲁克林中学的一个异常早熟的奇迹。我学英语就好比背诵乘法表一般顺利，两年之内我就学完了全部课程，并且取得了进入哈佛大学的奖学金。那时候，无论我的言谈举止，还是衣着装束，在我的双亲眼里都已完全美国化了。他们为我取得哈佛大学的奖学金感到骄傲，但是同时也很担忧害怕。不过，他们又能怎么留难我呢？我离家上学了。

---

[1] 犹太教的安息日在礼拜六。
[2] 一首佚名诗中的国王，生前为自己立像，以图万世不朽，身后终究倒塌，成为过往旅客的嘲讽对象。

在哈佛，我是一个奇才。教授们，连同他们的夫人，都对我推崇备至。我是许多富豪人家的座上客，我的带点儿犹太学堂腔调的英语，使他们觉得新颖有趣。我把所有这些宠爱奖掖视为理所当然。我那时年轻漂亮，就像路易斯·亨利一样，具有某种天生的魅力，对于交谈也颇有天赋，我能使那些文人雅士和我一同分享我因为发现了西部文化而感到的兴奋激动。我爱美国。我熟知美国的文学与历史。我能背诵马克·吐温的大部分作品，经过法典学堂的训练，我有过目不忘的本领。我能滔滔不绝，侃侃而谈，既有独到见解，又能旁征博引，这使那些波士顿人惊叹不已。同时，我还能够把一些《塔木德》的知识融汇于我的谈论之中。正是由于这样，我才在无意之中醒悟到后来我成名的原因，那就是，如果有人能把犹太教作为那些基督徒本身历史背景之中受到忽略的一个部分介绍给他们，并且在介绍的时候既保持一定的尊严，又稍带一丝嘲讽口吻，那么他们一定会深感兴趣。三十年后，我写成了《早期基督教中的犹太法典精义》，后来我又把它加以改写，并且换了一个更加醒目的标题：《一个犹太人的耶稣》，终于使它成了一本畅销书。

至于后来发生的事情，我无可夸耀，因此我将一笔带过。生活毕竟大同小异！一个有钱人家的千金，爱上了一个穷家庭教师，这不过是个老生常谈的故事。喜剧、小说、悲剧、电影，大多用的是这个简单题材。我则亲身经历了一次。她是波士顿的一位富家闺秀，是一个天主教徒。在二十出头的年纪，一个人很难聪明理智，一旦堕入情网，那就不可能忠诚老实，不论是对别人，还是对自己。我那活跃的想象，善于论证的能力，这时也作用于我自身，竟然使我真的相信，基督已经进入我的心灵。后来的事情也就非常简单：天主教才是正统，才是基督教艺术与哲学的宝库，同时，它自成一个详尽的礼仪制度，这才是我真正能够理解的唯一的宗教。于是我改信了天主教。

这是一个肤浅的梦想，一旦醒来，感觉尤其可怕，不过我还是静静地渡过了这个难关。由于我所受的教育，在我心灵深处，我依然是——至今未变——从雪地里走进一座基督教堂时的那个奥斯威辛犹太法典学堂的学童，当他远远看到前方墙上——也就是犹太教堂放置圣龛的地方——那个钉在十字架上的基督形象时，他的灵魂深受震撼。如果她的家庭没有把我赶出去，如果她坚决和我站在一起，而不仅仅是泪流满面，像个溶化着的糖人似的呆呆站在雨里，那我很可能沉沦至今还不知醒悟。我之所以赞美、怜悯、热爱拿撒勒的耶稣，正如我已经做了的那样，无休止地研究他、写他，最根本的一个前提，是我无论如何也无法对他产生信仰。

既然这些都发生在一九三三年以前，而且我又从未采取任何行动"再次改变信仰"，根据纽伦堡法律，严格来说，我可以免受德国对于犹太人的迫害。据我所知，这种豁免权也适用于德国籍的混血犹太人，而我作为一个美国人，如果一旦遇到最坏的情况，当然也可以享受这种宽待。一九四一年，当我因护照问题受到留难的时候，我在梵蒂冈的一个好朋友为我搞到了从波士顿来的证明我曾改信天主教的文件影印副本。我现在依然保存着这些有点儿暗淡褪色的证件。我迄今没正式出示这些证件，因为我担心这说不定会把我和娜塔丽分开，绝对不可以出现那样的情况，只有在我能够用这些证件帮助她的时候，我才会出示。

至于说到拯救我自己的生命——其实，我已活了大半辈子。我不想再把关于马丁·路德的那本书写下去，我原来打算通过这个宗教改革人物，来结束我对在历史中演变的基督的描绘。但是，我的这位主人公的粗俗可恶的条顿主义使我越来越犹豫，暂且不说他对犹太人的恶言中伤简直无异于戈培尔博士之流对于犹太人的破口大骂。路德是个宗教天才，对此我毫不怀疑，但是他是一个日耳曼天才，因此他其实是一个专事破坏的天使。路德最辉煌的成就在于他粉碎了教皇至高无上的权力以及罗马教廷。他挑剔弱点的洞察力令人惊叹，他的辩才具有极大的煽动性，他对旧制度、旧体系大胆的、不留情的憎恶带着典型的日耳曼印记，好似条顿堡森林发出的震耳轰鸣，好像雷神手中的铁锤发出的打击声。我们听到马克思发出同样的声音——这个由犹太人变成的日耳曼人，身兼这两个民族的狂热素质。我们在瓦格纳的音乐和著作中再次听到同样的声音。而轮到希特勒的时候，这个声音使全球震撼。

让别的人去把路德的伟大之处写出来吧，我接下来倒情愿写上几篇柏拉图式的对话，像我在哈佛大学的谈话那样不拘形式，这个历经劫难的世纪里的一切哲学和政治问题都是我的话题。我没什么新鲜见解可以献丑，但是，我的文笔还算轻松流畅，或许能够博得几位读者的驻足，在追逐快乐和财富之后的不那么重要的忙碌中，对一些值得注意的事情也能关心一下。

又是一则东拉西扯的日记！但是我已写下整整六页。我是忍着腹部剧痛，咬紧牙齿，一字一字写下的。我现在非常虚弱无力，连从这张椅子站起来的力气都没有了。我一定是得了什么重病，决不是由于心理因素而引起的阵痛。我全身各处都响起了警报，我一定得再去看看医生。

一九四三年二月二十六日
巴登－巴登

我现在在医院感觉好受些。事实上，能有三天时间摆脱布伦纳公园旅馆的无聊生活，不再闻到那些糟透了的饭菜气味，这本身就能减轻许多痛苦。医院里的流质食品和牛奶蛋糕对我颇有好处，虽然我敢肯定，这些东西不过是德国的一些发明天才从石油废渣和旧轮胎里提炼出来的玩意儿。我在医院里进行了各种各样的肠胃检查，正在等待诊断结果。住院的时间过得很快，因为我和R医生谈了许多。

他希望我回到美国以后能够做证，"另一个德国"依然存在，希特勒政权使它含羞忍辱，噤若寒蝉，惶恐觳觫。这是伟大诗人和哲学家的德国，是歌德和贝多芬的德国，是许多科学先驱的德国，是魏玛共和国的先进社会立法议员的德国，是被希特勒摧毁了的进步劳工运动的德国，同时也是心地善良的普通人民的德国，在最后举行的三次大选中拒绝选举纳粹党的人数曾累计超过一半，但是最后被一些老牌政客如巴本和年迈老朽的兴登堡之流所出卖，兴登堡在安享了荣誉的顶峰之后，竟将希特勒引入政府，导致如此一场浩劫。

至于随之而来的情况，他要我想象一下三K党在美国攫取政权之后的局面。那种局面已经在德国出现了，他说，纳粹党就是一个大型的德国三K党。他列举了一系列的例证：煽动性的火炬游行、反犹运动、古怪离奇的制服、对于开明思想和外国人的盲目仇恨等等。我回答说三K党只不过是精神失常的一小撮，并不是一个足以左右全国的大党。然后他又举出美国内战之后重建时期的三K党，一度也曾举行了相当数量的大规模运动，南方许多领袖人物也曾亲身参与，而现代的三K党在二十年代的民主党政治中也曾起过作用。

他说，极端主义乃是现代社会中普遍流行的肺结核，它是由于变化过于迅速，旧道德标准逐渐崩溃而引起的一场世界性不满和仇恨的传染病。在局势比较稳定的国家里，结核菌由于被封闭在已经结钙的机体组织之中，它们因此表现为一些危害作用不大的疯狂举动。但是国家一旦发生社会动乱、经济萧条、战争或是革命，这些细菌就会一拥而出，传染全国。这种情况已在德国发生，它也可能发生在其他地方，甚至美国也不例外。

这位医生说，德国由于这种传染，现在已经病入膏肓，千百万德国人对此十分清楚，并且深感沉痛。他本人是一个社会民主党人，德国总有一天必将回到这条道路，这条通向未来、通向自由的唯一道路。德国的文化，以及作为一个整体的德国人民，决不能由于产生了一个希特勒，或是由于他对犹太人的所作所为，便受到惩处。希特勒时代的最大灾难，其实是落在德国人自己身上。这便是R医生的论点。

那么，希特勒又何以会受到德国人的普遍爱戴呢？他的解释是：恐怖，再加上对于报纸和广播的全面控制，造成了一种好似深受爱戴的假象。但是我写过几篇论述希特勒的杂志文章，我了解事实与数字，了解所有的高等学府如何一股脑儿地倒向了希特勒，了解德国的许多优秀的有识之士如何争先恐后地吹捧这位主宰命运的伟大人物，也了解政、军、商、法各界人士如何迫不及待地向他宣誓效忠。我对这位医生说，将来在对这一疯狂时代进行研究的时候，必须要解释的一个最主要的事实是，日耳曼民族在精神上几乎对希特勒做了全面的投降。如果把希特勒的运动说成是一个三K党运动，那么，全体德国人一夜之间要么是变成了三K党党徒，要么是变成了三K党的热情支持者，自由主义、人道主义以及民主精神就好似从来不曾在这片国土上存在过一样。

他的反驳是美国人的头脑难以理解德国的艰难处境。他们被禁锢在中欧的一块狭小的赤贫土地之上，许多世纪以来一直生活在俄国的压力之下，同时又有法国在他们背后不停地骚扰。他们最大的两个文化中心，普鲁士和奥地利，曾经惨遭拿破仑军队铁蹄的蹂躏。英国又和沙皇俄国相互勾结，迫使德国人民处于虚弱地位达一世纪之久。这一切最后导致了俾斯麦的崛起。正当自由主义风行全欧的时候，他却顽固地坚持专制主义，致使德国人民在政治上一直未能臻于成熟。到了大萧条时期，混乱不堪的魏玛体制开始解体，这时希特勒发出了强权统治这个清晰有力的呼声，这个呼声自然掀起了一片积极和热情的响应。希特勒利用这个民族最优秀的品质，实现了类似罗斯福新政所带来的经济恢复。他在军事上的胜利吞没了一个渴望自尊的民族对于他的罪恶倾向的抵制。这当然非常不幸。不过，美国人自己不也同样崇拜胜利吗？

我的床上放着一本宣传部印行的外文杂志《信号》，里面有一篇用法语写的莫名其妙的长文，把德军在斯大林格勒的投降说得好似打了一场大胜仗。当然，身在巴登-巴登的人，对于斯大林格勒一役不可能有多少了解，但是德军显然遭到了一次惨败，这次惨败很可能就是此次大战的转折点。但是《信号》把它说成按计划行事：第六军的牺牲加强了东部战线，挫败了布尔什维克的作战行动。我向R医生问道，依他看来，德国人民是否会不分青红皂白地信以为真？或者，对希特勒的反抗会不会因此增长？

他的回答是，我对历史的洞察力虽然令人钦佩，但对当前的军事态势不在行。事实上，斯大林格勒一役的的确确起到了稳定东部战线的作用。他的儿子是一个陆军军官，来信时谈到了这一点。不过这毕竟是题外话，我们现在讨论的是德国民族的性格和文化。他说他觉得十分重要的是，像我这样一个有声望的人应该理解他的上述种种观点，因为不久之后，需要有一个振聋发聩的文坛巨子，向世界各国人民说明这些道理。

我也曾经想到过，这位医生可能是德国秘密警察的一个密探，但是我又觉得不像。他的态度非常诚恳。他身材魁梧，头发金黄，戴一副厚眼镜。当他阐明自己观点的时候，一双小眼睛露出非常严肃认真的神色。他说话时声音很低，常常下意识地掉过脸去偷看一下空空如也的墙壁。我觉得他是真心实意地想叫我相信"另一个德国"确实存在。"另一个德国"当然存在，而且，我相信他就是其中的一分子。遗憾的是，"另一个德国"所起的作用实在微不足道。

二月二十七日

初步诊断结果是憩室炎。治疗方法：特殊的饮食，卧床休息，继续服药。我们这批人之中其他几位也得了胃溃疡或类似的消化道疾病。合众社记者之中有一位好酒贪杯的人，上星期已由德国秘密警察监护前往法兰克福动手术。如果我的病情恶化，也可能被送到法兰克福接受外科治疗。这会意味着离开娜塔丽吗？我要和平克尼·塔克商量一下。我宁愿死在这里，也决不离开娜塔丽。

第五十九章

米丽娅姆·卡斯泰尔诺沃一到图卢兹郊外的孤儿院，就受到院长的特别宠爱。很久以前，罗森夫人，一个姿色平庸、很难有希望找到一位如意郎君的单身女人，也曾有过比较快乐的时光，那时她常到意大利度假，她热爱意大利的艺术，热爱意大利的音乐，有一次几乎要和一个好脾性的意大利犹太人结婚，后来只是因为他患有严重的心脏病，才未能完婚。米丽娅姆清脆的托斯卡纳口音又把罗森夫人带回到那黄金时代，同时她的性格又是那么温柔可爱，所以尽管罗森夫人一向克制，竭力做到不对谁偏心——这座孤儿院建造之初只计划收容三百个儿童，现在却塞进了八百多个——但她依然情不自禁地对这位新来的小客人倍加爱怜。

现在是就寝之前的自由活动时间。罗森夫人知道米丽娅姆最有可能待在哪里。这个女孩也有她最喜欢的小伙伴，他是一个名叫让·海尔芬的法国孤儿，年纪只有一岁半。让很像路易斯·亨利，特别是他微微一笑，一双又大又蓝的眼睛露出欢快光芒的那副样子。以前，当她的父母还在身边的时候，米丽娅姆没完没了地跟他们说起路易斯，提出许多问题，但是她不久就发现这些问题总是叫她母亲伤心难过，惹得父亲生气，于是也就不再多问。不过，她还是常常回忆，重温和他在一起度过的时光，就像在脑子里重新放映一部旧电影一样。现在，她的双亲离开了她，她身边不再有亲人，所以也就特别依恋让。让非常喜欢米丽娅姆，而米丽娅姆只要是和让在一起，也总觉得快乐。

罗森夫人在让的宿舍里找到他们的时候，别的孩子都在这间大房间里乱跑乱跳，追逐游戏，唯独他们两个坐在地板上专心致志地搭积木。虽然他们都穿裹得厚厚实实，就好像是在露天雪地里一样，罗森夫人还是责怪米丽娅姆不该坐在冰冷的地板上。孤儿院直到现在还没领到这个月少得可怜的配给煤炭，而以前剩下的那点儿除了烧饭之外，还得用来烘自来水管，免得它结冰冻住。米丽娅姆围着罗森夫人送给她的带穗的红围巾，围巾虽然太大，几乎把她的脸也全给包住了，不过倒是非常暖和。米丽娅姆和让坐到一张小床边上，罗森夫人用意大利语跟这女孩说话，这是米丽娅姆很爱听的。她把让抱在膝上，一面抚弄他的小手，一面教他跟着她说意大利话。罗森夫人没逗留很久，她满怀温暖和喜悦，回到自己的办公室，去处理她自己的问题了。

她自己的问题都是些行政管理上的老问题，只是现在增加了许多倍：过度的拥挤、供应不足、人事困难、经费不够。图卢兹的犹太居民原来就不多，现在差不多都已走光，全副重担也就通通压到她一个人身上。幸亏图卢兹的市长是一个好心肠的人，每逢走投无路的时候，比如煤炭、药品、床单、牛奶这些东西都到了没有着落的地步，她就找他求援。她在办公桌前坐下，继续写那封求援的信，不过这一次看起来希望非常渺茫。犹太儿童原来的那些法国朋友现在变得非常胆小怕事，唯恐别人知道他们同情犹太人的孩子。现在，这个形容憔悴、面黄肌瘦、年近花甲的瘦小女人，裹着一件褪了色的外套，围着一条破旧围巾，一面流泪，一面写信。那些问题一一写到纸上的时候，就越加显得根本没有解决的希望。但是，她总得想点儿办法，要不然这些孩子又怎么活下去呢？

更加糟糕的是，许多迹象表明，随时可能有另一次行动发生，这使留下来的那些犹太人心头冰冷。罗森夫人对于自己的处境并不担心，她有一个政府承认的职务，她又持有过硬的证明，证明她是土生土长的法国公民。到目前为止，被抓走的全是外籍犹太人，虽然在上次行动中，也有几个入了法国籍的公民被递解出境。她担心的是这些儿童，新收进来的那些儿童几乎全是外国籍的，一共有好几百人！而其中大约三分之一的儿童根本没有任何证件，全是警察局丢给她的包袱。法国政府把犹太人驱赶到"东方"去，留下了他们的孩子，然后把他们随便往哪儿一塞，犹太孤儿院也就塞满了犹太孤儿。这样强迫骨肉分离，当然是桩令人痛心的事情，不过这项规定倒也是出于人道考虑，因为关于"东方"发生的情况，到处流传着种种骇人听闻的谣言。问题是，这些儿童的生活必需品，为什么又供应得如此之少呢？

现在，如果真的有一次新的行动，警察要来带走那些外国籍的娃娃，到时候她又该怎么对付呢？她敢一口咬定所有儿童都没有出生证明吗？法国是一个严格照章办事的国家，这种说法实在叫人难以相信。那么，她是否能够再找一个借口，说她因为得知盟军已在北非登陆，吓得一时不知如何是好，因此已把全部记录付之一炬？或者，是否现在索性把所有的记录都烧掉呢？不过，这个办法是否又真能拯救那些外籍孤儿呢？会不会只能给法国儿童也带来灾难，让他们也和其他儿童一起通通被带走？

罗森夫人并没有充分的证据可以确信德国人真的是在搜捕外籍儿童，她从未听说发生过这类事情。这些儿童既然被送到她的孤儿院，这说明德国人并不打算把他们也驱赶出境，但她依然忧心忡忡。现在已近午夜时分，天气非常寒冷，她用冻僵了的手指，借着烛光（电灯早已断电）把信折好。就在这个时候，她突然听到一阵砰砰砰砰的打门声。

她的办公室离临街的大门很近，打门声使她从椅子上惊惶站起。砰！砰！砰！老天，这样会把孩子们全都吵醒的！他们要被吓坏的！

"开门！开门！"又响又粗的男人的喊声，"开门！"

党卫军队长纳格尔也有自己的问题。

他有一个非同小可的难关闯不过去：指标没完成，而在天亮之后，一列没有装满的火车就要按点经过图卢兹。巴黎主管犹太人事宜的党卫军头目正在大发雷霆，而这个地区剩下的犹太人怎么也凑不足规定的指标。他们要么已经化整为零，分散到农村里去，要么已经逃到意大利占领区，无论如何都塞不满三个车皮。在图卢兹进行的这次行动，到目前为止仅仅搜捕到五百名犹太人，而巴黎要求的数目却是一千五百名。

不过还算幸运，根据图卢兹警察局的记录，如果加上孤儿院的儿童和工作人员，倒是可以凑到九百零七名犹太人。纳格尔经过巴黎批准，现在就要把他们通通带走，与此同时，另一支人马正对图卢兹再次进行仔细搜索，以便补齐剩下的不足之数。凡是犹太人，都不得以任何借口加以包庇。现在，这位党卫军中尉正坐在一辆停在孤儿院街对面的小汽车里，监视着法国警察去敲孤儿院的大门。只要稍有空子可钻，这些法国警察准会随便瞎扯一个什么借口，向他汇报说一事无成。于是这位党卫军军官就在那里坐等警察局局长出来向他报告。

纳格尔教给警察局局长一篇编得非常巧妙的鬼话，叫他去说，占领军当局需要孤儿院的房子当作德国伤兵疗养院，因此全体儿童和工作人员必须迁移到蒂罗尔州的一个滑雪胜地去，蒂罗尔州的全部旅馆已经改为一个专门用来收容儿童的大型中心，那里有一所学校和一座医院，还有许多场地，已有成百名儿童从巴黎附近的儿童营地迁移到那里住下，巴黎附近的那些儿童营地要比这座孤儿院大得多。根据统一规定，遣送犹太人的时候必须编造一些借口，好使他们安心听话。柏林秘密通令强调指出，犹太人天生轻信，尤其是对官方传达的消息，即便是一戳便穿的谎言，他们也深信不疑。这样做对于处理犹太人的工作大有好处。

孤儿院的门打开了，警察消失在大门里。纳格尔中尉坐在车里等待，他虽然穿着暖和的新大衣和羊毛衬里的军靴，却依然感到非常寒冷。他抽着第三支香烟，神经紧张，甚至想要亲自进去一下，虽然他的一身军装可能会使里面的犹太工作人员大惊失色。就在这个时候，孤儿院的大门又打开了，法国警察局局长走了出来。

这家伙吃的虽是法国人的食品定量，却养得肥肥胖胖，肚皮里的油水都来自黑市。他走到小汽车旁，嘴里一股大蒜味，报告说一切已经安排妥当，孤儿院的职工马上就收拾行李，整理好孤儿院的全部记录材料。关于要带走记录材料这一个花招，纳格尔曾经特别强调，为的是使这套骗人的谎话更加像真的一样。三点钟他们叫醒全体儿童，帮他们穿好衣服，然后让他们吃一顿热饭。警车和卡车将在五点到达，带他们去车站。六点，他们全体等在火车站的月台上。在苍白的月光下，看不清那个法国人的肥胖面孔上的表情，不过当纳格尔中尉用法语说了声"好"的时候，只见他那撇朝下的胡髭往上一耸，露出了一个难看的苦笑。

一切顺利。火车将在六点三刻到站，那时候城市的大部分居民都还没起身出门。运气总算还好，纳格尔回去的路上在车里这么想。他要赶回寓所去小睡片刻，然后还得去忙他的工作。根据命令，送走这批犹太人的时候必须避免引起当地居民对他们的同情。柏林曾经三番五次地发出通知，警告说送走犹太人的时候有可能发生不愉快的事件，如果在人口密集的地区白天押解儿童，那就更有可能如此。

事实上，那天早晨非常阴沉，火车进站的时候，几乎依然一片昏暗。犹太人不过是些憧憧黑影，一个个爬进了车厢。装运儿童的时候，为了加快速度，不得不开亮车站的电灯。根据大人们事先的交代，这些儿童两人一排，手挽着手，沿着斜面踏板乖乖地登上了货运车厢，那些年纪很小的娃娃则由孤儿院的保姆抱着。米丽娅姆·卡斯泰尔诺沃和让走在一起。这样的迁移，米丽娅姆已经经历过好几次，所以已经习惯。这次迁移毕竟不像那次被迫与父母分开那么叫人难受，再说，挽着让的手，她也感到快乐，罗森夫人抱着一个婴孩走在他们后面，这也使她安心许多。

临到最后一刻，纳格尔中尉心中暗自思忖，是否有必要把这十二只装着档案的大纸箱也装上货运车厢。这些箱子简直是个累赘，再说，等在终点站那边的人见了这些纸箱也一定会感到莫名其妙。不过，这时他看到罗森夫人正从车厢里盯着这些纸箱，她面色苍白，充满恐怖的神色，好似她的生命完全维系在这些纸箱的命运上。又何必惹她惊惶不安呢？一路上还得靠她哄着这些孩子安安静静地到达终点站哩。他用手杖指指这些纸箱，于是几个党卫军把它们装上了车厢，然后拉上车厢的拉门，把孩子们全部关在里面。几只戴着黑手套的手抓住冰冷无情的铁闩，转动了几下，便把铁门锁牢了。

火车启动时没有鸣笛，只有火车头发出一阵嚓嘎嚓嘎的声音。

第六十章

帕格·亨利匆匆启程去苏联。不过他在途中耽搁了一些时日。

当飞剪式客机振翅直上驶离巴尔的摩港口，在引擎的轻鸣声中升入一月份低低的浓雾时，他从公文包里取出两封他一直无暇阅读的信。他首先打开那只厚实的白宫信封，翻了翻那份打字文件，这是霍普金斯有关《租借法案》的长篇说教。

"您要什么早点，先生？"一个穿白制服的侍者碰了一下他的胳膊肘。帕格叫了火腿蛋和烙饼，尽管吃了两个星期罗达做的丰餐美酒以后，他已感到军服有点儿窄小了。到苏联去执行任务应该先养养胖，他寻思，像一头即将冬眠的熊一样。他的职业生涯真他妈的快要进入冬眠状态了，他已饿得要命，因此要吃一个痛快。在他搞清楚帕米拉·塔茨伯利心里到底在想什么之前，哈里·霍普金斯的唠叨文章应该暂且恭候一旁，发自伦敦的航空信封上的尖长字迹分明是她的。帕格扯开信封，心头涌上一阵不由自主的渴望之情。

亲爱的维克多：

　　我潦草地写上几行，好让你知道我刚启程赴苏格兰，去写一篇关于美国飞机渡运驾驶员的报道。你一定已经知道我爸爸死了，他是在阿拉曼触雷炸死的。《观察家》很慷慨，让我有机会担任记者继承父业。关于韬基的事我想多谈也无益，我已经振作起来，尽管有一阵子我曾觉得自己好像已经死了一样，或者说，觉得还是死了的好。

　　在你损失那艘战列舰以前，你有收到我从埃及写给你的长信吗？那条消息使我惊骇莫名，幸亏不久以后我就得悉你安全无恙，并已前往华盛顿。我自己不久也要到那儿去。我在那封信里告诉你，邓肯·勃纳－沃克已向我求婚。说实在的，我想我写信给你就是为了取得你的同意。不过我没收到你的回信。在那以后，我们就订了婚，他作为奥欣莱克的新任副空军参谋长已去印度履新。

我在华盛顿不会待得太久，斯大林格勒的危险局势让我的编辑产生了把我送回苏联的念头。但在签证问题上我碰到了一些不可思议的困难，《观察家》正在设法解决，在此期间我就来到这里。如果由于某些不可思议的马克思主义理由不让我回莫斯科，我的用处将会消失。到那时我可能干脆结束我的记者生涯，到邓肯那里去，作为他的太太随侍在侧。我们等着瞧吧。

你无疑已经知道，罗达和我曾在好莱坞邂逅，我已把我们之间的关系告诉了她。我只是为了表明心迹，从此忘掉过去，我也相信你不会为此生我的气。如今我已和一个可爱的男人订了婚，我的归宿已定，事情就是这样。一月十五日左右我将下榻于沃德曼公园饭店。你能给我来个电话吗？如果我打电话给你，我不知道罗达会有什么想法，尽管很明显，我是不会对她造成威胁的。至于和你见面的事，我想做得光明磊落，我就是不想装出一副好像不知人世间有你存在的样子。

爱你的帕米拉

一九四二年十二月二十日

原来罗达早有所闻，但她不露声色。帕格陷入了沉思，既觉得惊讶、有趣，也深有感触。出色的策略，出色的女人。也许在把信件递给他的时候她已注意到伦敦的邮戳了。对于秘密的泄露，他感到局促不安，尽管问心无愧，还是局促不安。总的来说，罗达是个了不起的女人。帕米拉的信写得很得体，语气平静友好，就这种情况而言，也写得恰如其分。尽管客机有点儿颠簸，窗外乌云翻滚，向后掠去，他还是心情舒畅地吃掉了这顿丰盛的早饭，这是因为他看到了在苏联跟未来的勃纳-沃克夫人再度相逢的一线希望。

接着他阅读霍普金斯的信。

亲爱的帕格：

那天早上，总统对你感到十分满意。他会记住这件事的。登陆艇的问题并未消失，也许还要借助你的才干解决这个问题，不过那要看斯坦德利大使需要你的时间有多长了。有关你儿媳的特殊要求已经转达有关方面，但德国人把这些人送到了巴登-巴登，以致我们的努力未能奏效。韦尔斯说这些人的处境并不危险，他还说有关交换这一伙人的谈判正在进行。

现在言归正传。

斯坦德利将军此次回华盛顿来，是他自己的请求，因为他认为我们对租借物资处理不当。但处理租借物资的方式只有两个：无条件援助或在有补偿的基础上援助。我们一而再，再而三地施舍，从不要求清算账目，从不要求提出理由，也从不做出物物交换的安排，这种做法使这位老将军大为恼火。我们的政策确实是这样。斯坦德利是一个英明干练的老家伙，但跟往常一样，总统远远地走在他的前面。

总统对俄国人的全面政策包括三项要求，内容十分简单。你要牢牢记住，帕格：

（1）使红军继续对德国作战；

（2）敦促红军对日本采取行动；

（3）建立一个有苏联参加的更强大的战后国际联盟。

你知道，列宁在一九一七年和德皇做成了一笔买卖，便退出了第一次世界大战。斯大林也在一九三九年和希特勒做成了一笔买卖而不卷入这次战争。如果不是希特勒攻击他，他至今还会置身事外。总统不会忘记这些事情。

不管斯大林口头上怎样表白，我怀疑希特勒主义对他来说是否真是什么洪水猛兽，他自己也是统治着一个警察国家的独裁者，他曾舒舒服服地跟希特勒共枕同衾达两年之久。现在俄国遭到入侵，因此他不得不战斗。他是一个彻头彻尾的实用主义者，我们获得的情报表明，他们一直在相互伸出触角，试探和谈。如果德国肯出足够的价钱，在那条战线上出现单独媾和的可能性是始终存在的。

不过此事现在还不可能。希特勒必须把足够多的土地弄到手才能使他的人民相信，流掉这么多的德国人的鲜血不是枉然的。我们越使俄国人的力量增强，斯大林做成这笔买卖的可能性就越小。我们要他把德国人全部赶出俄国，并且继续前进，直取柏林。这样，才不会有数以百万计的美国人丧失生命，因为我们参战的目的在于消灭纳粹主义，不达此目的决不罢休。

因此，若是希望租借物资为我们带来补偿，就是把目标搞混了。俄国人消灭大批的德国兵就是对我们的补偿，因为这些德国兵以后不会在法国和我们对抗了。

　　我们还没不折不扣地履行《租借法案》中应当承担的义务，我们只完成了百分之七十左右。我们力图完成任务，我们提供的援助是大规模的，但德国潜艇击沉了许多船只，对日作战的消耗又很大，而且为了支持北非的登陆战，我们不得不挪用一部分租借物资。我们也没履行在欧洲开辟第二战线的诺言，还没有。因此我们不能对俄国人强硬。

　　即使我们能，这也不是高明的战术。我们需要他们甚于他们需要我们，对这样一个基本的现实问题，是骗不了斯大林的。他是一个非常复杂的人物，很难对付，像一个红色的伊凡大帝，但我觉得十分高兴的是，他和他的人民在这次战争中站在我们一边。关于这一点，我们在公众面前是直言不讳的，而且因此也没少挨骂。

　　斯坦德利将军会要你试图取得补偿，他很欣赏你对付俄国人的能力。他们能够放松有关空中运输线、军事情报、我方轰炸机穿梭轰炸的基地等方面的限制，释放我方在西伯利亚上空被击落的飞行员，等等，这是真的。如果你能在其他人已经失败的方面取得成功，或许就能博得斯坦德利的欢心。但在基本问题上，马歇尔将军已经告诉总统，不管俄国人能给我们什么东西作为租借物资的补偿，我们都不会改变我们在这次战争中使用的战略或战术。他完全赞同无条件援助。

　　总统希望你知道这一切，并恢复给他写非正式报告的做法，如你在德国时所做的那样。他再次提到你对一九三九年希特勒－斯大林条约所做的预言，他要求你（并非完全是说笑），如果你的水晶球里出现任何那边在进行单独媾和的迹象，务必尽早通知他。

哈里·霍
一月十二日于白宫

　　这封信并不使他感到鼓舞。帕格即将出任前海军作战部部长的幕僚，而在前往赴任之初，便接到要他绕过老将军直接向总司令送"非正式报告"的命令。这个新职责看起来只能使他陷入窘境。帕格从他的公文包里抽出一束有关苏联的情报，专心致志地研究起来，为了排除诸如此类的烦恼，工作确实是最好的办法。

　　飞剪式客机改变航线，转道百慕大，没说明原因。乘客们在一家海滨饭店吃午餐时，可以通过餐厅的窗子看到他们的飞机沉甸甸地徐徐起飞，进入迷蒙的雨雾之中。

他们在百慕大待了几个星期，不久得悉，这架飞机被召回，是为了送富兰克林·罗斯福去出席卡萨布兰卡会议。当时这次会议已经成为广播和报纸的重要新闻，跟德军在斯大林格勒的日益崩溃共享了报纸头版头条新闻的地位。

帕格对于这次耽搁并不在意，他没必要匆匆忙忙地赶到俄国去。在太平年月里，大西洋这个远离海岸的绿色小岛是一个安谧宁静、鲜花盛开，连汽车都没有的伊甸乐园，现在变成了美国海军的前哨基地。吉普、卡车和推土机横冲直撞，扬起阵阵珊瑚色的尘土，引擎的废气弥漫空中；执行巡逻任务的轰炸机在头顶上轰轰隆隆，灰色的舰艇挤满海湾；在岸上，水手们把商店挤得水泄不通，镇上的街道都变得更加狭窄了。卜居在粉红色巨大宅邸里无所事事的阔佬寓公们似乎也销声匿迹了，他们好像是在安心等待美国佬把讨人厌的德国潜艇全部击沉，打赢这场战争，然后离开这里。本地的黑人居民看起来获利不少，生活也很愉快，尽管遍地烟尘，噪声不绝。

基地司令官把帕格安置在他那所新建的漂亮营房里，营房里有个硬地网球场。除了和司令偶尔打几局网球或玩扑克外，帕格把时间消磨在阅读有关苏联的书籍上。他带在身边的情报资料内容都比较贫乏，在闲逛百慕大的图书馆和书店时，他发现一些知识渊博的对苏联赞不绝口的英国书，它们的作者有萧伯纳，还有一个名叫拉斯基，以及一对名叫阿特丽斯和悉尼·韦布的夫妇。他耐着性子孜孜不倦地读完这些冗长而别有风格的对俄国社会主义的赞歌，但没发现什么是一个军人可以利用的材料。

他也看到一些冷酷无情的反面书籍，大多出自变节分子或揭发者的手笔，都是一些耸人听闻的故事，涉及政府策划的假审判、大屠杀、大饥荒以及秘密集中营等。书中说，在这些是共产主义天堂的集中营里，数以百万计的人被迫从事苦役，劳累致死。在这些书籍里，被归咎于斯大林的罪恶看起来比希特勒犯下的臭名远扬的罪行更为可怕。哪一方说的是真话呢？这个矛盾好像一堵密不透风的高墙，不禁使维克多·亨利清楚地回忆起上次随哈里曼使团到苏联去的情景，还回忆起在那里困惑迷惘的孤立感，以及和人民打交道时遇到的挫折。苏联人的模样和行动都和普通人一样，他们还有着尽管羞怯但热忱的魅力。然而，正是这些人，他们也能够突然变得像火星上的人一样，完全失去与外界交往的能力，充满冰冷、疏远的敌意。

等他的班机恢复航行后，他买了一部三卷本的平装书供旅途阅读之用，是列昂·托洛茨基的《俄国革命史》。帕格知道托洛茨基是一个犹太人，红军的组织者，革命期间是列宁下面的第二把手。他也知道，在列宁死后，斯大林为了夺取权力设法把他挤掉，迫使他逃亡到墨西哥，后来——至少根据那些不友好的书刊的报道——斯大林又派刺客到那里砸烂了他的脑袋。这部巨著的文采使他感到惊叹，但其内容使他感到震惊。这次旅程共六天，横渡大西洋，飞越北非，穿过中东，不知不觉便飞抵德黑兰。这是因为云层遮断他的视线，使他无法欣赏浩瀚壮观的地面景色时，或在电话还没有接通时，或在某个空军基地凄凉的活动房屋里过夜时，他总有托洛茨基与他做伴。

这次跨越大半个地球表面的飞行和描述沙皇制度没落的火光的史诗交织在一起，给帕格的感受很深。托洛茨基描述了无情的铁腕人物为了夺取权力而策划的阴谋和反阴谋，读来扣人心弦，犹如一本小说。但有些长篇累牍的马克思主义词句使人如堕五里雾中，尽管维克多·亨利真心想把它看懂，结果还是无能为力。可是，他确实模模糊糊地认识到，在一九一七年的俄罗斯，一股社会力量像火山一样突然迸发，企图实现一个伟大的乌托邦式的梦境。但在他看来，根据托洛茨基自己提供的证据——这本书旨在歌颂这次革命——这个理想在一片可怖的血海中彻底失败了。

班机从一个尘土飞扬的基地飞越到另一个尘土飞扬的基地，除此之外，帕格几乎看不到北非的战争。据无线电报道，隆美尔正在北非给入侵者的进攻造成困难。机翼日复一日地掠过青翠的森林、空旷的沙漠、崎岖的群山，自高空俯视，金字塔和狮身人面像向后飘移，尼罗河宛似一条青绿的衣带闪闪发光。他们在巴勒斯坦耽搁了半天，亨利因而有暇驱车前往老耶路撒冷一游，在耶稣掮过十字架的迂回曲折的街道上溜一趟。接着他回到凌空展翅的飞机上，阅读有关阴谋、囚禁、拷问、毒药、枪杀的故事，这一切都是以社会主义情谊的名义进行的，据说，在马克思主义制度下这种情谊是必然存在的。当他到达德黑兰时，他才开始看第三卷，因此他只好把未看完的书留在飞机上，下一站，托洛茨基可是不受欢迎的。

"整个问题的关键，亨利，"斯坦德利将军说，"在于和这位叶甫连柯将军取得联系，如果有什么人能办到这一点，那就只能是你。"

"叶甫连柯的官职是什么，将军？"

斯坦德利用他那粗糙的双手做了个无可奈何的手势，说："就算我知道并且告诉你，对你也没什么好处。他是管理租借物资的头头儿，就是这个。据我了解，他是个战斗英雄，在莫斯科战役中失去一只手，他现在装上了一只戴皮手套的假手。"

他们坐在斯巴索大厦里那张长餐桌旁，就他们两人。帕格从古比雪夫来到这里才不过一个小时，他本来想放弃这顿晚餐，只洗一个澡就去睡觉。可是不成。这所宏伟宽敞的大使馆原是沙皇时代一个糖商的私宅，在这里，这位个子矮小的老将军像是只迷途的羔羊，他对《租借法案》积了一肚皮气，帕格的到来正好为他提供了一个出气筒。

斯坦德利说，总统在华盛顿答应过他《租借法案》使团归他管辖，有关命令已经发出，但使团的团长，一个名叫费蒙维尔的将军，对总统的意旨阳奉阴违。斯坦德利越讲越激动，满面通红，几乎碰也没碰他那盘清炖鸡，频频以拳击桌，声称哈里·霍普金斯一定在捣鬼，他肯定告诉过费蒙维尔，这道命令没什么了不起，这些慷慨的施舍必须继续下去。但他，斯坦德利，是应总统的邀请，特地从他的退隐生活中出山来担任这个职务的。他打算为美国的最高利益而战斗，天不怕，地不怕，哈里·霍普金斯也不怕。

"哎，我想起来了，帕格，"斯坦德利突然瞪了他一眼，并说，"我在社交场合和这个叶甫连柯将军交谈时，他不止一次提到一个哈里·霍普金斯的军事助手，我知道他指的就是你，嘿，这是怎么回事？"

帕格小心翼翼地回答："将军，一九四一年我们和哈里曼一起来到这里的时候，总统需要一份有关前线目击情况的报告。霍普金斯先生指定我去，因为我突击过一期俄语课程。我在前方遇见过叶甫连柯，可能那个陪同我的密探给他留下了印象。"

"哼，是吗？"大使火气冲天的目光慢慢地转变为一种狡黠的神色，微笑使他的脸起了皱纹，"我懂了！好吧，如果是这样，千万不要去纠正那个家伙的错误想法。如果他果真以为你是哈里·霍普金斯的亲信，你反而可以促使他有所行动。在这里，哈里·霍普金斯就是圣诞老人。"

十年前帕格第一次和威廉·斯坦德利会面的情景还历历在目。那时斯坦德利作为海军作战部部长视察了"西弗吉尼亚"号，他是一个身材挺直、严肃稳重的四星海军上将，个子矮小，洁白的军服上闪耀着金光。他是海军的第一号人物，但和地位低的海军少校亨利谈到战列舰上的炮术训练记录时慰勉有加。斯坦德利如今还是生气勃勃，但变化多大啊！在吃这顿晚饭的时候，维克多·亨利想道，他放弃了太平洋舰队总司令部的职位好像是为了帮助一个神经质的老人对一群蚊子进行炮轰。他满腹牢骚，一桩一桩的事讲个没完。俄国救济协会——斯坦德利自己的老婆曾在协会里辛苦工作过——发放的礼物并没听到一句表示感谢的话；对美国红十字会提供的援助，苏联的宣传机构没给予足够的公开报道；俄国人接受租借物资后并不提供任何补偿。像这样的牢骚发了约莫一个半小时，帕格听得实在厌倦极了，后来在喝咖啡的时候终于试探着问斯坦德利，找叶甫连柯将军的目的何在。

"那是谈公事，"大使答道，"我们明天早上再谈。看样子你已经疲乏不堪，去睡吧。"

也许是因为灿烂的阳光射进了大使的书房，也可能是因为大使在早上脾气特别好，他们的第二次会晤谈得比较好。事实上，斯坦德利身上又有了一点儿海军作战部部长的气派。

国会正在辩论延长《租借法案》有效期的问题——他解释道——因此国务院需要苏联方面提供一份租借物资怎样在战场上发挥作用的报告。莫洛托夫"原则上"已经同意。这是俄国人的一个要命的套话，意思就是无限期拖延。莫洛托夫已经把这个要求转给叶甫连柯那个主管租借物资的部门。斯坦德利一直催促费蒙维尔向叶甫连柯索取这份报告，费蒙维尔声称他也正在做最大的努力，但至今看不到有什么结果。

实际上比没有结果还要坏。在斯大林最近一次发布的当前任务的文告里，这个独裁者说红军正在单独承担战争的全部压力，它的盟邦并没提供任何援助！"你看，国会能接受这种说法吗？这些该死的俄国佬，"斯坦德利冷淡地说，"就是不理解美国的反布尔什维克的感情的深度。"他非常钦佩俄国人的斗志。他只不过要挽救他们，使他们不致把事情坏在自己人手里。不管怎样，他必须把那份租借物资在战场上起什么作用的报告要到手，不然的话，到了六月份可能再没有什么租借物资了，整个联盟可能崩溃，这场可恶的战争可能会输掉。帕格没争辩，尽管他心里想，斯坦德利的话未免说得太过分了。无疑，俄国佬确实有点儿粗鲁，而他的第一个不讨好的任务就是设法找到叶甫连柯将军，迫使他面对这个现实，并设法使他对此有所表示。

他步履维艰地在莫斯科街道上走了两天，绕过一堆堆污秽的、还没清除掉的冰块，走在熙熙攘攘、衣衫褴褛的行人中间。他在没有标志的政府机构迷宫里，从一座办公大楼走到另一座办公大楼，这才打听到叶甫连柯的办公室设在什么地方。他没办法搞到电话号码，甚至连确切的地址也寻不到。一个他曾在柏林相识的英国空军武官帮了一下忙，为他指出那幢大楼，叶甫连柯不久前曾在那里狠狠地训斥了他一顿，因为这位武官从租借物资中调走了四十架空中眼镜蛇式战斗机给在北非登陆的英国部队。但当帕格试图进入这幢大楼时，一个双颊红润、身材结实的年轻哨兵一言不发地把上了刺刀的步枪横在他胸前，对他气急败坏地用俄语提出的抗议充耳不闻。帕格回到他的办公室，口授一封长信，并把这封信带到这幢大楼。另外一个哨兵收下了这封信，但好多天过去了，帕格没收到任何回音。

在此期间，帕格见到了费蒙维尔将军。他是一个和蔼可亲的陆军人员，并不像斯坦德利所描绘的那么奇怪。费蒙维尔说，他听说叶甫连柯在列宁格勒。他还说，不管怎样，美国人从不为了公事去找叶甫连柯，他们总是通过他的联络官和他打交道，联络官的名字能叫你把舌头嚼烂。但斯坦德利的联络官告诫帕格，找"嚼烂舌头"的联络官是浪费时间，走死胡同。将军的唯一工作是像羽毛枕头一样吸收问题和要求，却从来不做出反应，在这一点上他是举世无双的。

在这次挫折以后约莫过了一个星期，帕格一天早上在斯巴索大厦醒来后在寝室的门下发现一张便条。

亨利：

　　一些美国记者访问从南方前线归来，我准备今晨九时在书房里接见他们。请你在八时四十五分前来一谈。

他看到斯坦德利自个儿坐在写字桌旁，脸色深红，怒气冲冲。将军隔着桌子将一包切斯特菲尔德牌香烟朝他一丢，帕格捡起香烟，外壳上用鲜明的紫红色油墨盖着这样几个字：纽约工人党的兄弟敬赠。

"这都是红十字会或《租借法案》的香烟，"将军几乎话都说不出来了，"不可能是别的！我们把几百万包这样的香烟送给红军。这一包是昨天晚上从一个捷克人那儿弄到的。那个家伙说是一个红军军官送给他的，并告诉他在纽约的那些慷慨大方的共产主义同志正源源不断地为全体红军战士供应香烟。"

维克多·亨利只能摇头表示厌恶。

"记者们十分钟后到达这儿，"斯坦德利咬牙切齿地说，"他们可要听个够。"

"将军，新《租借法案》在本星期就要表决。现在是揭盖子的时候吗？"

"只能现在揭，给这些恶棍当头一棒。让他们知道，在和美国人民打交道的时候，忘恩负义的结果会怎样。"

帕格指着香烟壳说："这是非常低级的无赖行为，我不想拿它小题大做。"

"这个？我完全同意。这并不值得谈论。"

记者们进来了，全都流露出厌烦的神色，显然这次到前方的访问使他们大失所望。他们说，跟往常一样，他们没法儿接近前线。宾主边喝咖啡边闲谈，斯坦德利问他们在野外有没有看见任何的美国装备。他们说没看见。有一个记者问大使是否认为国会将会通过新的《租借法案》。

"我不敢这样说。"斯坦德利看了维克多·亨利一眼，然后把十根瘦骨嶙峋的手指头全部平放在他面前的书桌上，像舰上主炮塔准备舷侧齐射一样，"你知道，孩子们，自从我到这里之后，我一直在寻找证据，表明俄国人在接受英国人和我们的援助，不仅仅是租借物资，而且还有红十字会和俄国救济协会的物资。不过，我还没找到任何这种证据。"

记者们互相望望，然后看着大使。

"是这样，"他一边接说下去，一边用手指头不断地敲着桌面，"我们试图寻找证据，表明俄国人确实在战场上使用我们提供的军需品。我找不到这样的证据，俄国当局看起来想掩盖他们正在接受外援这个事实。显然，他们要他们的人民相信，红军正在这场战争中独自奋战。"

"大使先生，这些话肯定是不供发表的吧？"一个记者说，尽管记者们都在取出本子和铅笔。

"不，可以发表。"斯坦德利慢吞吞地说下去，事实上在向他们进行口授。他手指头的敲打声越来越急，在他停顿的时刻，记者们疾书的笔发出愤怒的嘶嘶声。"苏维埃当局显然试图在国内外造成这样的印象，即他们在依靠自己的资源独自奋战。我认为如果你们愿意的话，尽可以把我的这些话发表出去。"

记者们又问了几个激动人心的问题，接着走出房间。

第二天早上，当帕格走过积雪堆得很高的街道，从国家旅馆走向斯巴索大厦的时候，他心里感到疑虑，不知大使会不会已被召回。在旅馆里和记者们共进早餐时，他得悉斯坦德利的声明已登在美国和英国各地报纸的头版上。国务院拒绝发表评论，总统已取消一次定期举行的记者招待会，国会像开了锅一般。全世界都在问，到底斯坦德利是代表他自己还是代表罗斯福讲这番话的。有谣言说，准许这个谈话发往国外的俄国新闻检察官已被逮捕。

在宽阔恬静的莫斯科街道上，到处都是随风飘来、积得高高的新降的雪花，几百个俄国人拖着沉重的步伐在走路，经常出现满载士兵的卡车来回奔驰。在这一切当中，这个轰动一时的事件显得有点儿无聊，又好像已经事过境迁了。不过，斯坦德利仍然做了一件令人难以相信的事情：在美苏两国政府之间的一个微妙而充满爆炸性的问题上，他公开地发泄了他的私愤。他能够保住他的职位吗？

在分配给帕格作为临时办公室的一个小房间里，他在书桌上发现电话接线员留下的一张字条：请拨电话0743。他拨了号码，听到莫斯科电话系统里常有的噼啪的响声以及一些杂音，然后传来一个粗声粗气的男低音："谁啊？"

"我是海军上校维克多·亨利。"

"知道了。我是叶甫连柯。"

这一次，岗哨不自然地朝这位美国海军军官敬了个礼，就放他进去了，大家都没说话。在开阔的大理石门厅里，一个坐在桌旁不露一丝笑容的军人抬起头来，摁了一下电钮，说："亨利上校吗？"

"是。"

一个身穿军服的拘谨的姑娘从宽阔的打弯的楼梯上走下来，她用生硬的英语说："您好，叶甫连柯将军的办公室在二楼。请跟我来。"

华丽的铁栏杆，大理石楼梯，大理石柱子，高敞的拱形天花板，这里是另一幢沙皇时代的宅第，红色大理石的列宁和斯大林半身塑像给这所大楼添上了现代的气息。陈旧的油漆开始剥落，大块的厚碎片使这个建筑物呈现出战争年代到处可见的失修现象，一条空无一物的长廊直通叶甫连柯的办公室，两边紧闭的房门后传出阵阵咔嗒咔嗒的打字声。在帕格的记忆里，他是个巨人，但现在当他站起来严肃地从办公桌那边伸出左手来的时候，并不显得那么高大，可能这是因为办公桌和房间都很大，而且他身后那幅列宁的照片比真人要大上许多倍。其他几面墙上的图片是老沙皇时代一些将军肖像画的黑白复制品，满是灰尘的长长的红窗帘把莫斯科仲冬时节的阴郁的阳光挡在外边，在一盏高悬的花体装饰的黄铜枝形吊灯里，几只没有灯罩的灯泡发出炫目的光亮。

叶甫连柯的左手很有力，尽管握手时有点儿别扭。他那下颌宽厚的阔脸看起来比在莫斯科前线德军取得突破时更加委顿。他佩戴的勋章很多，包括一道说明他挂过彩的红黄军阶条纹，整洁的略呈绿色的棕色军服镶上了新的金边。他们两人用俄语相互致意，然后叶甫连柯指了指那个姑娘说：“嗯，我们需要译员吗？”

她毫无表情地看了帕格一眼：漂亮的脸庞，浓密的淡黄色头发，可爱红润的小嘴，饱满的胸脯，冷冰冰没有表情的眼睛。自从离开华盛顿以后，帕格每天花上两个小时练习词汇和语法，他今天的俄语又恢复到和一九四一年读完短训班时差不多的水平。他凭直觉回答：“不需要。”姑娘像有发条的玩具一样立即转身走了出去。帕格心想，这“传声器”会把他所说的一切录下来的，但他无须小心提防，而叶甫连柯无疑会照顾他自己。“少一双眼睛和耳朵。”他说。

叶甫连柯笑了笑。帕格脑海里立即浮现出那次在前线附近一个茅舍里度过的那个黄昏。那时他们又喝酒又跳舞，叶甫连柯穿着大而笨重的靴子搂着帕米拉转来转去，微笑时露出了大板牙。叶甫连柯朝一张沙发和一张矮桌子那边挥了挥右手。那是一只假手，戴着僵硬的棕色皮手套，从袖子管里伸出来，样子有点儿怕人。桌上几只大浅盘里放着蛋糕、鱼片以及纸包的糖果，几瓶不含酒精的饮料和矿泉水，一瓶伏特加和大大小小的玻璃杯。尽管不想吃，帕格还是拿了一块蛋糕和一瓶饮料。叶甫连柯取了和帕格完全一样的东西，一边吸着夹在假手上金属环里的香烟，一边说：“我收到了你的信。我一直很忙，所以迟迟未回复，请原谅。我认为当面谈比写信更好。”

“我同意。”

“你要求我提供一些关于租借物资在战场上的使用情况。我们在战场上当然很好地利用了这些租借物资。”他放慢了说话的速度，而且使用简单的字眼，好使帕格在理解他的意思时不致有什么困难。他那深沉粗犷的声调把战场的音响带进了办公室，“不过，纳粹如果知道有关用以反击他们的租借物资的确切数量、质量以及在战场上的性能，他们将感激不尽。他们有办法跟《纽约时报》、哥伦比亚广播网等处联系，这已不是什么秘密。敌人的鼻子长，我们可不能忘记。"

"那就不要透露德国人可以利用的任何东西，一份概括性的声明就行了。租借物资是很费钱的，你知道，如果要继续提供，我们的总统需要广大人民的支持。"

"难道像斯大林格勒战役这样的胜利还不足以赢得美国公众的支持吗？"叶甫连柯用他那只好手抹了抹已经秃了的、头发剪得很短的头顶，"我们粉碎了好几个德国军团！我们扭转了战局！等到你们在欧洲开辟那条一再拖延的第二战线的时候，你们的士兵将会面对已经被大大削弱了的敌军，伤亡也会比我们小得多。美国人民是聪明的，他们了解这些简单的事实，因此，他们会支持《租借法案》的，而且不是由于一份'概括性的声明'。"

这些话语和帕格心里想的正好不谋而合，因此他无言以对。真糟糕！斯坦德利对这些小节问题这样斤斤计较，叫他如何完成使命。他给自己倒了一杯红色的略带苦味的甜饮料，一口一口地啜着。叶甫连柯走到办公桌旁，拿过来一只厚的文件夹，放在桌上打开。他用好手迅速地翻动粘在纸页上的灰色剪报。"再说，你们的莫斯科记者都在睡大觉吗？这些是在《真理报》《劳动报》和《红星报》上新近发表的文章，这就是概括性的声明。你自己瞧瞧吧。"他把夹住的烟蒂吸了最后一口，然后用那只没生命的假手熟练地把它捻熄。

"将军，在斯大林先生最近发布的当前任务的文告里，他说到红军正在单独奋战，盟邦并没提供任何援助。"

"他是在斯大林格勒战役之后说这番话的。"叶甫连柯尖刻地反驳，神态泰然自若，"难道他说的不是实话吗？纳粹抽空了大西洋沿岸的兵力，全部调到东线来，对我们孤注一掷。但丘吉尔还是按兵不动，甚至你们伟大的总统也无法使他改变意见，我们那时不得不依靠自己的力量来打赢这场战争。"

这样谈下去谈不出什么结果，而在北非问题上进行回击也无济于事。既然帕格必须向斯坦德利做出汇报，他决定索性把鸡毛蒜皮的事都摊出来，说个明白："问题不仅是租借物资，红十字会和俄国救济协会对苏联人民也做出了慷慨的援助，但没看见过有什么领情的表示。"

叶甫连柯做了个难以置信的鬼脸，接着说："你说的是几百万美元的赠品吗？我们是感恩图报的民族，我们正在用战斗来表示我们的谢意。你还要我们做些什么呢？"

"我的大使认为，你们没为我们提供的赠品向公众进行充分的宣扬。"

"你的大使？他想必是代表你的政府讲这番话的，而不是代表他自己？"

帕格越来越不安，他回答道："要求你们提供一份有关租借物资在战场上使用情况的声明的是国务院。你知道，国会即将审议《租借法案》延长有效期的问题。"

叶甫连柯夹上另一支香烟。他的打火机打了好几次才打出火来，在点着香烟之前，他咕哝了几句。"但我们在华盛顿的大使告诉我们，《租借法案》延长有效期的提案将会顺利地获得国会的通过。因此，斯坦德利将军这次大动肝火是非常令人不安的，这是否可能预示罗斯福先生的政策将有所改变？"

"我不能代表罗斯福总统说话。"

"那么霍普金斯呢？"叶甫连柯透过缭绕的烟雾用狡黠的目光瞅了他一眼。

"哈里·霍普金斯是苏联的好朋友。"

"我们知道这一点。事实上，"叶甫连柯一边说，一边伸手去取伏特加，突然间变得兴高采烈，"我想和你一起为哈里·霍普金斯的健康干一杯。你看怎么样？"

开始了，帕格暗自思量。他点了点头，下肚的伏特加留下一条自上而下的火辣辣的热流。叶甫连柯咂了咂厚嘴唇，朝帕格眨眨眼，这多少使帕格感到有点儿意外。"我可以请教一下你的军衔吗？"

帕格用手指着他的海军大衣上肩章的条纹——室内很冷，他当时还穿着大衣——说道："四条杠。美国海军上校。"

叶甫连柯会心地笑了笑："是的，这个我知道。我讲个真实的故事给你听。一九三三年你的国家开始承认苏联的时候，我们派了一员海军上将和一员海军中将作为武官。你的政府抱怨说，他们的军阶过高，引起外交礼节方面的困难。第二天，他们的军阶分别降为上校和中校，这样一来就事事顺利了。"

"我只是一个上校。"

"可是，哈里·霍普金斯是你们国家里仅次于你们总统的最有势力的人物。"

"完全不是这样。不管怎样，这跟我也毫不相干。"

"你们大使馆已经配有足够的武官，不是吗？那么，请允许我问一下，你的职务是什么？你是不是哈里·霍普金斯的代表？"

"不是。"帕格心里盘算，说得详细一点儿不会有什么坏处，而且还可能有些好处，因此他接下去说，"事实上，我是直接奉罗斯福总统本人的命令到这儿来的。不过，我仅仅是个海军上校，我可以向你保证。"

叶甫连柯将军严肃地盯着他。帕格脸不变色，顶住了将军的审视。换一下口味，现在且让俄国佬来摸摸我们的底吧，他想。"唉，我懂了。既然你是总统的特使，那就请你澄清一下他对租借物资的疑虑吧，"叶甫连柯说，"这些疑虑导致你的大使来了一次如此令人不安的发作。"

"我没权力这样做。"

"亨利上校，作为我们向哈里·霍普金斯表示的礼遇，你得以在一九四一年正当战局危急的时刻访问了莫斯科前线。同时在你的请求下，一位英国记者和一位充当他秘书的女儿陪同你进行访问。"

"是的，你在听得见枪炮声的距离内给予我们的殷勤款待，我是牢记在心的。"

"那好，事有凑巧，我可以为你再安排一次这样的访问。我即将离开莫斯科到现场视察租借物资的供应情况。我要巡视一些正在进行军事行动的前线地区，不会进入任何火力区。"他露出大板牙笑了笑，"不会故意上那儿去，但危险是会有的。如果你愿意和我同行并就租借物资的战地使用情况向霍普金斯先生和你的总统提出一份目击情况报告，我可以做出安排。而且，到那时我们或许可以就一份'概括性声明'达成协议。"

"我同意。什么时候出发？"尽管出乎他的意料，帕格还是抓住这个机会。如果斯坦德利反对，就让他去否决吧。

"就这样？按照美国方式。"叶甫连柯站起身来，伸出左手，"我会通知你的。我们可能先到列宁格勒。我可以告诉你，一年多来没有任何记者到过那里，我相信也没有任何外国人到过。你知道，它还处在被围的状态，但是包围圈已经被打开缺口。那儿已经有一些通道，不太危险。列宁格勒是我出生的地方，因此我愿意接受到那儿去走一趟的机会。自从我母亲在围城期间死去之后，我还没到过那儿呢。"

"我为她感到难过，"帕格尴尬地说，"她是在炮击中牺牲的吗？"

"不，她是饿死的。"

第六十一章

饿死的。

这可能是有史以来世界上最悲惨的一次围城战役。这是一场和《圣经》的记载一样恐怖的围城战。像耶路撒冷之围那样，据《耶利米哀歌》所述，当时的妇女们煮食自己的子女。战争爆发时，列宁格勒有近三百万居民，到维克多·亨利访问这座城市的时候，剩下的只有六十万人左右，其余的人有一半已经撤离，另一半已经死亡。列宁格勒流行着这样一个可怕的传说：有不少人被活活吃掉。但在当时，外间对于围城和饥饿的真情所知很少，直到今天，大量的真实情况仍讳莫如深，记录材料都深藏在苏联档案馆里或已毁于战火。也许十万人当中都没有一个人能说得出来，在列宁格勒究竟有多少人死于饥饿或饥饿引起的各种疾病。这个数字大概在一百万到一百五十万。

列宁格勒使苏联的历史学家很尴尬，一方面这个城市历时三载的浴血奋战无疑是一篇世界史诗的素材，另一方面，德军仅仅在数周之内便压倒红军席卷而来，直抵城郊，布置好这出戏剧的舞台。如何对此做出解释？如何解释在这座困在水中的大城市在被围困时没有及时疏散那些对守城毫无用处的居民，为什么守军在面对强大的敌人时没有贮存足够的必需品？

西方历史学家可以自由地、无所顾忌地责备他们自己的领袖和政府造成了失败和灾难。对希望出版他们著作的苏联历史学家来说，列宁格勒之围就成了他们喉咙里的骨头。为了这个缘故，俄国人民的一个伟大英雄业绩一直若明若暗，它的惨绝人寰、光炳日月的真相也就无从大白于天下。

最近，这些历史学家已经战战兢兢地接触到一些发生在伟大的卫国战争时期的错误，其中包括一九四一年红军在敌人的突袭面前毫无准备的状态、红军濒于崩溃的处境以及它在近三年中未能把半个俄国从德国人手中解放出来的事实。那时德国是正在其他几条战线上同时作战的一个较小的民族。现在的解释是斯大林犯了一些重大的错误，不过情况仍然模糊不清。随着时间的推移以及苏联最高政策的一变再变，人们对斯大林作为战时领袖的评价先是有所降低，后来又有回升，人们没把发生在列宁格勒的一切直接归罪于他。

无可否认的是，拥有四十万之众的德国北方集团军在一次迅猛的夏季攻势中长驱直入，进抵该市外围，切断了通往"伟大的国土"——也就是未被征服的苏联大陆——的通道。希特勒决定不立即发动一次大规模攻击。他的命令是严密封锁这座城市，使之不战而降，饿死或消灭它的保卫者，并且一块石头一块石头地夷平该市，使它成为一片没有人烟的荒原。

列宁格勒的居民深知，他们休想德国人会有丝毫善心。敌人散发大量传单不断催促让该市宣布已成为像巴黎那样的不设防城市，但这是办不到的。隆冬来临后，那里的人民通过冰封的拉多加湖开始在德军的炮火下把给养运进来。侵略军试图以炮火轰碎湖上冰层，但厚达七英尺的冰层是难以打碎的。在整个冬季，在黑夜里，在暴风雪中，在排炮的轰击下，护航队来往于冰道上，络绎不绝。列宁格勒没被降服。粮食运进来后，一些没有帮助的人便坐上空卡车离开。到了春天冰雪消融时，人口与粮食供应之间也就得到了一点儿平衡。

一九四三年一月，就在维克多·亨利访问该市前不久，一些守卫列宁格勒的红军部队在付出惨重代价之后，终于迫使德军战线后撤了一段不大的距离，从而解放了一个重要的铁路枢纽。这次行动在封锁线上打开了一个缺口，在敌军炮火的猛击下，恢复了一段被称为"死亡走廊"的铁路运输。德国人的炮击使运输不时中断，但后来总是能得到修复，大多数货物和旅客都能安全通过，维克多·亨利也是这样进入这座城市的。叶甫连柯将军的雪橇飞机在这个解放了的铁路车站附近着陆，帕格看到大量堆得高高的满装食物的纸板箱，上面刷有USA字样，他也看到一批批排列得整整齐齐的美军吉普和军用卡车，车上都漆有红星。他们在晚间乘火车进入一片漆黑的列宁格勒，在火车左边窗子的外面，是德军大炮发出的闪光的亮光和低沉的轰隆声。

在寒气逼人的营房里，早饭是黑面包、鸡蛋粉和用奶粉调成的牛奶。叶甫连柯和帕格跟一批年轻士兵一起坐在一长条的金属桌子旁进餐。叶甫连柯指着鸡蛋粉说："租借物资。"

"我看得出。"帕格在"北安普敦"号上当冷藏鸡蛋吃光了的时候，也吃过许多这样的蛋粉。

那只假手挥向周围的战士，说："这个营的军服和军靴也是。"

"他们知道身上穿的是什么吗？"

叶甫连柯问坐在身旁的一个士兵："你穿的是新军服吗？"

"是的，将军。"他回答得很迅速，年轻红润的脸流露出警觉、严肃的神色，"美国制的。好料子，好军服，将军。"

叶甫连柯看了帕格一眼，后者点头表示满意。

"俄国的躯体。"叶甫连柯说，他的话使帕格苦笑了一下。

外边的天色逐渐变亮。一辆史蒂倍克指挥车开了过来，粗大的轮胎掀起阵阵雪花，接着司机敬了个礼。"好吧，我们去看看我的家乡变成什么样子了。"叶甫连柯边说边把他那棕色长大衣的领子翻起来，把皮帽扣紧。

维克多·亨利想象不出他们会看到什么，或许是另一个使人意气消沉的莫斯科，只不过像伦敦一样被烧焦、被轰炸，疮痍满目。现实使他目瞪口呆。

除了银白色的阻塞气球安详地飘浮在宁静的上空以外，列宁格勒几乎没什么迹象表明它是一座有人居住的城市。洁净的、阒无人迹的白雪覆盖着两旁矗立着庄严古老建筑物的大道。道路上看不见行人和来往的车辆，像星期天早晨回到家以后一样，但在他的一生中帕格从未见过这样一个宁静的安息日。一种令人不安的、蓝色的、无边的岑寂笼罩着大地，不是白色而是蓝色，是洁净的白雪从某个角度反射出越来越亮的蓝天。帕格从未见过如此迷人的运河和桥梁。他想象不到如此宏伟的大教堂，或是足与香榭丽舍大街媲美的宽广壮丽的大道，在晶莹的空气中披上银装，还有在一条比塞纳河还要雄伟的冰封的河流两旁的花岗岩堤岸上那鳞次栉比的宏伟房屋。在指挥车驶上冬宫正面前方那个巨大的广场时，他在一瞥之间完全领略了俄罗斯的雄伟、力量、历史和光荣，就是在凡尔赛也看不到如此庄严华丽的景色。帕格记得在描绘那次革命的电影中看到过这个广场，造反的人群和沙皇禁卫军马队发出震耳的吼声。而今，广场上杳无人迹，在这一大片雪地上看不到一条车辙和一点儿足迹。

汽车停了下来。

"多静啊！"叶甫连柯在十五分钟的沉默之后说了第一句话。

"这是我生平看到过最美丽的城市。"帕格说。

"他们说巴黎更美。还有华盛顿。"

"没有更美的地方了。"帕格情不自禁地加上一句，"莫斯科只是个村庄。"

叶甫连柯投以非常奇特的眼色。

"我这句话会得罪人吗？我想到什么就说出来了。"

"太不讲外交礼貌了。"叶甫连柯嗥叫起来，他的嗥叫听起来倒像是一只猫在感到满足时发出的咕噜声。

随着时间的过去，帕格看到很多炮弹造成的损害：断垣残壁、阻塞的街道、到处都是钉上碎木片的窗户。太阳冉冉上升，每条大街都发出令人目眩的光芒。这座城市苏醒了，尤其是接近德军战线的南部工厂区，在这儿，炮火留下了更严重的创痕，好些街区整个被焚毁了。行人在打扫过的街道上跋涉，偶尔有一辆无轨电车颠簸着驶过，军用卡车和运送兵员的车辆川流不息。帕格听到远方传来的断断续续的德军重炮的轰鸣，他看见一些建筑物上刷有这样的标语：市民们！敌人炮击时，街道的这一边更危险。然而，即使在这儿，他的内心也始终存在着这样的感觉：这是一座几乎空无一人、远离战火的和平大城市。这些后来获得的、显得更真实的印象并没磨灭掉——永远不会有什么东西能够磨灭——帕格·亨利那天清早在战时的列宁格勒所见到的鲜明景象：它是一个睡美人，一座蓝色冰雪天地里被邪魔镇住的、属于死亡世界的大都会。

基洛夫工厂也是一片荒凉气氛。据叶甫连柯说，这儿应该是非常紧张繁忙的。在一幢被炸毁的大楼里，一排排尚未装配好的坦克上满是屋顶坍陷时散落下来的烧焦的碎瓦破屑，几十个戴着披巾的妇女正在耐心地清除碎片。有一个十分繁忙的场所：一个巨型露天卡车场，它广及几个街区，上面盖上了精巧的伪装网，维修工作正在这里紧张进行，工具的叮当声和工人的吆喝声交织成一片，这里是租借物资发挥作用的一幅活生生的图景。一股来自底特律的洪流到达了七千英里之外、德国潜艇无法触及的地方。还有数不清的磨损得很厉害的美国卡车。叶甫连柯说，这些卡车多半在整个冬季里行驶在那条冰上通道上。现在冰块变软了、铁路也通了，那条通道也完了。经过修整后，这些卡车可以调到中部和南部战线，大规模的反击战正在这两条战线上攻击德军。叶甫连柯接着领他去看一个机场，部署在机场四周的高射炮群看起来是美国海军使用的货色，在弹孔累累的机场上到处是伪装的俄国雅克式战斗机和漆上俄国标志的美国眼镜蛇式战斗机。

"我儿子驾驶这种飞机，"叶甫连柯边说边拍了拍一架眼镜蛇式战斗机的机罩，"这种飞机挺不错。我们去哈尔科夫时你会碰上他的。"

白昼将尽，他们驱车前往一所医院，去接叶甫连柯的儿媳妇，她是一个志愿护士，现在刚下班。汽车在静悄悄的街道上转来转去，街旁的房屋好像都被一次龙卷风刮去了，只剩下街区的矮小地基，连碎砖破瓦都已荡然无存。"这一带的木屋，"叶甫连柯解释道，"全拆掉作为燃料烧了。"汽车在一块平坦的荒地上戛然停住，只见那里一排排墓碑在积雪中露出头来。墓地上到处是人们用随手捡来的瓦砾或碎片——一截管子、一支手杖、一块椅子的板条——或者是用木头或马口铁制成的粗糙的十字架标志。叶甫连柯和他的儿媳妇下了车，在十字架丛中搜寻。将军在远处积雪中跪下。

"唉，她都快八十岁了，"汽车驶离公墓时他对帕格说。他面色安详，双唇痛苦地抿成一道横线，"她苦了一辈子，革命前她是一个侍女。她不曾好好上学，不过，她能写诗，很不错的诗。薇拉还保存着一些她临死前写的诗。我们现在可以返回营房了，但薇拉邀请我们到她住的公寓去。你看怎么样？营房里的伙食好些，我们把最好的东西都供给士兵。"

"我吃什么都无所谓。"帕格说，被邀请到一个俄国人家里做客倒是件不寻常的事。

"那好，你可以看到一个列宁格勒人在今天是如何生活的。"

薇拉对他展颜微笑，尽管牙齿长得不好，她的笑容在顷刻之间使她看起来不那么难看了。她双眼蓝中带绿，很漂亮，动人的热情使她容颜生光。她的脸庞以前大概是相当丰满的，松弛的皮肤有了皱褶，鼻子显得很尖，两个眼窝像是深暗的洞穴。

他们从一处受到很少破坏的街坊走进一座阴暗的门道，一阵堵塞的便池和烧油锅的气味扑鼻而来。他们在黑暗中走上四段楼梯，接着听到开锁的声音。薇拉点亮了一盏油灯，在稍带绿色的灯光里，帕格看到这间斗室里塞满了东西：一张床、一张桌子、两把椅子、一只瓷砖炉，炉子周围堆放着碎木片，马口铁烟筒歪歪斜斜地通向一个用木板堵住的窗户。室内比室外还要冷，因为外面太阳刚下山。薇拉点燃了炉火，敲碎了水桶里表面那层薄冰，然后把水倒入水壶。将军从他带上楼来的帆布袋中取出一瓶伏特加，放在桌上。尽管穿上厚实的内衣和笨重的皮靴、手套和一件毛线衫，帕格还是冻僵了。这时他自然乐意和将军一起喝上几杯。

叶甫连柯指了一下他坐着的那张床说："她就死在这儿，还在床上躺了两个星期。薇拉没办法弄到一口棺材。没有棺材，没有木料，薇拉不愿把她像一条狗那样埋在土里。天气很冷，零下好些度，因此卫生倒不成问题。可是，你会觉得这件事情有点儿骇人听闻。但薇拉说，那么长的一段时间里，她像安安静静地睡着了似的。首先死去的当然是老年人，他们没耐力。"

房间里很快就暖和起来了。薇拉在炉子上煎薄饼，她脱掉了披巾和皮上衣，露出一件穿破了的毛线衫，裙子下面是厚厚的护腿和皮靴。"这儿的人什么古怪的东西都吃，"她平静地说，"皮带、糊墙纸上的胶水。甚至狗和猫，耗子和麻雀。我才不吃哪，我吃不来那些，但我听说过这种情况。在医院里，我们听到了一些吓人的事情。"她指着炉子上开始嗞嗞发响的油煎薄饼，"我用锯木屑和凡士林做过这种薄饼，可怕得很，吃了难过死了，不过是为了塞满肚子。那时候有少量的配给面包，我全给奶奶吃了。但过了一阵子她就不再吃了，她没有感觉了。"

"把棺材的事情告诉他。"叶甫连柯说。

"有一个诗人住在楼下，"薇拉边说边翻动在煎锅里噼噼啪啪响的薄饼，"利茹柯夫在列宁格勒有点儿名气，他拆掉了他的书桌，给奶奶做了一口棺材。他现在还没有书桌。"

"还有那大扫除的事情。"将军又说。

他的儿媳妇一听，没好气地顶撞了一句："亨利上校可不想听这些伤心事。"

帕格吞吞吐吐地说："如果说起来使你伤心，那就算了。不过我倒是很想听的。"

"那好，以后再说吧。现在吃饭了。"

她开始在桌子上摆餐具。叶甫连柯从墙上取下一张一个身穿军装的青年的照片说："这就是我的儿子。"

灯光下他看见一张端正的斯拉夫面孔：鬈发，宽额角，高颧骨，天真聪颖的神态。帕格说："漂亮。"

"我记得你说过你有一个当飞行员的儿子。"

"我有过。他在中途岛战役中阵亡了。"

叶甫连柯目不转睛地看着他，然后用他那只好手紧紧地抓住帕格的肩膀。薇拉从帆布袋里取出一瓶红酒放到桌上，叶甫连柯拔去瓶塞，问道："他的名字？"

"华伦。"

将军站起来，倒满三杯酒。帕格也站了起来。"华伦·维克多维奇·亨利。"叶甫连柯说，炉火使这个灯光照射下的邋遢的小室变得闷热了。帕格喝下那杯略带酸味的淡酒时，感觉到——这是第一次——华伦之死给他带来了一种不纯粹是极度痛苦的滋味。不管多么短暂，华伦之死弥合了两个世界之间的鸿沟，叶甫连柯放下他的空杯，说："我们知道这次中途岛战役。它是美国海军的一次重大胜利，扭转了太平洋的形势。"

帕格说不出话来，只是点了点头。

晚餐除了薄饼之外还有香肠和来自将军的帆布袋里的美国罐头水果色拉。他们很快饮完了一瓶酒，接着又开了第二瓶。薇拉开始谈到被围后的情况。"最坏的情况，"她说，"发生在去年春天三月下旬解冻开始的时候。尸体陆陆续续在各处出现，他们都是倒在街头死去的人，几个月采没掩埋的冻僵了的尸体。垃圾、碎砖破瓦以及各种残骸和成千上万的尸体一起出现，造成了一种触目惊心的景象，到处是一股使人作呕的恶臭，瘟疫严重威胁着人们。但当局采取了严厉措施，把人民组织起来，一次大规模的清洁运动拯救了这座城市。尸体被投入巨大的集体墓穴，其中有些人查明了身份，但许多人无法查明。"

"你知道，全家人都饿死的有的是，"薇拉说，"或者只剩下一个人，不是病倒了就是失去了知觉，如果有谁不见了，也不会有人知道。唉，一个人快要死了，你是看得出来的，他们变得麻木，没有知觉。如果你把他们送到医院，或让他们躺在床上，设法让他们吃东西，他们可能就会好了。可是他们总是说他们没有病，坚持要去工作，然后他们会在人行道上坐下或睡倒，接着在积雪中死去。"她瞟了叶甫连柯一眼，随后压低嗓门，"他们的配给证经常被窃。有些人变得像狼一样。"

叶甫连柯喝了一些酒，砰的一声把杯子放在桌上，说："唉，够了。已经铸成大错。胡搞，混蛋，不可饶恕的大错。"

他们已经喝下不少酒，因此帕格壮起胆来问道："谁铸成的？"

他马上就知道这句话闯了大祸，得罪了人。叶甫连柯狠狠地瞪了他一眼，露出一排发黄的牙齿："一百万老人、儿童以及其他不健全的人早就应该予以疏散。在德军已经进抵离城一百英里处，轰炸机不分昼夜地飞来袭击的时候，不应再把食物贮存在陈旧的木头房子仓库里。一夜之间，足够全市六个月配给量的粮食被付之一炬，数以吨计的白糖溶化了渗到泥土里，老百姓就吃那些泥土。"

"我吃过，"薇拉说，"还是付了高价才买到的呢。"

"老百姓吃比那还要坏的东西。"叶甫连柯站了起来，"但德国人攻不进列宁格勒，永远不能。莫斯科发布命令，但列宁格勒拯救了自己。"他的声音逐渐低沉下去，这时他在穿大衣，背向帕格。帕格好像听见他还说了一句："没听从命令。"他转过身来，然后再说，"好吧，从明天起，上校，你可以看一些被德国人占领过的地方。"

叶甫连柯以令人精疲力竭的速度兼程前进，一个个地名都融合在一起了——季赫温、勒热夫、莫扎伊斯克、维亚济马、图拉、利夫内——像美国中西部的城市一样，它们全是宽广平原上的新拓居地，头顶是无垠的苍穹，这个城镇和那个城镇之间没什么两样，不是像美国那样的平静气氛和平庸景色，到处是千篇一律的加油站、餐车式饭店和汽车游客旅馆等，这儿的城镇之间的相似之处在于到处都是触目惊心的景象。他们的飞机掠过几百英里的土地，不时降下来访问野战部队、村子里的指挥部，或是坦克和汽车运输队的站场，或者是野战机场。帕格看到广阔无边的俄国前线以及惊人的破坏和死亡。

撤退中的德军实行了吃了败仗的焦土政策：凡是值得偷的东西他们全部带走；凡是可以焚毁的东西他们都烧毁；凡是烧不着的东西他们埋炸药炸掉。在成千上万平方英里的土地上，他们像蝗虫一样蹂躏了大地。凡是德军已撤离的地方，过不多久就有建筑物出现。在德军新近被逐出的地方，衣衫褴褛、形容憔悴的俄国人心有余悸地在废墟中拨弄着或者掩埋着死者，或者是列队站在平坦的白雪皑皑的平原上，在开阔的天空下等候部队战地厨房发放食物。

在这里，单独媾和的问题冒了出来，满目疮痍的大地毫不含糊地提出了这个问题。德国人那种作为入侵歹徒的形象受到俄国人的深恶痛绝和唾弃自不待言。每一个村子和每一座城镇都有其恐怖的经历，还有记录了敌人暴行的存档照片——拷打、枪杀、强奸和堆积如山的尸体。血腥可怖的内容一再重复，使人麻木和厌烦。俄国人要报仇雪耻的意图同样是自不待言。但可恨的侵略者如果再遭受几次像斯大林格勒战役那样惨重的打击，那时他们愿意离开苏联国土，不再拷打和折磨这些人民，并愿意赔偿他们造成的损失，那么俄国人同意休战，你能怪他们吗？

帕格看见大量的租借物资在发挥作用，尤其是卡车，到处是卡车。有一次在南方，在停放着一排排见首不见尾的漆上草绿色但尚未刷上俄文和红星的卡车的一个停车场上，叶甫连柯对他说："你们给我们装上了轮子，局势因此发生变化。德国人的轮子现在差不多要磨穿了，他们正在重新使用马匹。有朝一日他们连马也要吃掉，那时他们只能靠两条腿逃出俄国。"

在一个受到严重破坏的名叫沃罗涅日的临河大城里，他们在指挥部里吃了一顿完全俄国式的晚饭：卷心菜汤、罐头鱼以及一种油炒粗燕麦粉。副官们坐在另一张桌子上，叶甫连柯和帕格两人坐在一起。"亨利上校，我们还去不了哈尔科夫，"将军一本正经地说道，"德国人正在反攻。"

"不要为了我改变你的行程。"

叶甫连柯使他不安地瞪了他一眼，和他上次在列宁格勒看到过的一样。"嗯，这次反攻规模不小，因此我们只能去斯大林格勒。"

"看不到你的儿子真可惜。"

"他的空军大队已投入战斗，因此我们去了也见不到他。他是个不坏的小伙子，也许再过些时候你会和他见面的。"

从空中俯视，斯大林格勒宛如月球表面，巨大的弹坑，成千上万小脓疮似的弹穴把一片雪原糟蹋得满目疮痍，雪原上到处是丢弃的车辆、坦克。斯大林格勒沿着一条浮冰点点的又宽又黑的河流延伸，看上去像是一座出土的古城，全都是没有屋顶的断垣残壁。叶甫连柯和他的几个副官目不转睛地看着底下的废墟。这时，帕格想起了他自己飞抵珍珠港时看到的那种令人感到沮丧的景象。但檀香山安然无恙，只有舰队受到打击。美国国土上没有一座城市经历过这种破坏。在苏联，到处是毁灭，而此刻在机翼下展现的景象是最彻底的破坏。

他们乘车进入这座城市时，沿途经过焚毁的棚屋和建筑物、倒塌的砖石结构、一堆堆的车辆残骸，到处散发出毁灭的腐臭。然而，成群结队的正在清除碎砖破瓦的工人看起来很健康，而且精神抖擞，欢乐的儿童在废墟中游戏。已经消失的德国人留下了许多痕迹，粗体字母写的街道标志、击毁了的坦克和大炮、到处堆放或陷入乱石堆中的卡车，以及一个弹坑累累的公园里的士兵公墓，油漆的木头坟墓标志上有模拟的铁十字架。在一堵破墙的上部，帕格注意到一张已刮去一半的招贴画：一个学生模样梳着两条淡黄色辫子的德国姑娘抖缩在一个身穿红军制服的垂涎欲滴的猿人面前，后者把毛茸茸的双爪伸向姑娘的乳房。

吉普车在宽阔的中央广场上一座弹痕累累的建筑物前停了下来，周围其他的建筑物已全被炸平，荡然无存。在房子里边，苏维埃的官僚政治正在复活，有公文柜、噪声很大的打字机、坐在简陋的办公桌前面色苍白的男人以及端茶的女仆等全套人马设备。叶甫连柯说："今天我很忙，我把你交托给冈定。在这次战役中他是中央委员会的秘书，那时候他一连六个月没好好地睡过一觉，现在他还是疾病缠身。"

一个身穿军服的大个子坐在一张厚木板的办公桌后，头顶上是一幅斯大林照片。他头发灰白，看上去非常倔强，脸上布满疲劳留下的深深皱纹。一只毛茸茸的大拳头搁在桌面上，用好斗的眼光看着这个身穿蓝色海军大衣的陌生人。叶甫连柯介绍了维克多·亨利。冈定长久地凝视这个来客，把他仔细打量了一番，接着翘起厚实的下颌，用德语挖苦地问："你会讲德语吗？"

"我能讲一点儿俄语。"帕格用俄语温和地回答。

这个官员竖起浓眉看看叶甫连柯，后者把他那只好手放到维克多·亨利的肩膀上，并说："我们的人。"

帕格永远忘不掉这件事情，他也永远弄不懂是什么东西促使叶甫连柯这样说。不管怎样，"我们的人"像魔术一样对冈定起了作用，他花了两个小时陪同帕格到各处走走，有时步行，有时乘车。他们走访了这座被摧毁的城市里的一些地点，到过郊外小山丛，走下向河边倾斜的深谷，也参观了河滨。他滔滔不绝地用俄语讲述这次战役的始末，提到大量指挥官的名字、番号、日期以及部队的机动战术等，情绪越来越激动，帕格只能勉强听懂大概意思。冈定在重温这一战役，他为之感到自豪，而维克多·亨利也能够领会其梗概：守卫国土的战士退到伏尔加河沿岸，他们靠从这条宽阔的河流对岸渡运过来或越过冰封的河面运送过来的给养和援军坚持战斗，战斗的口号是"与伏尔加河共存亡！"日日夜夜的惊险恐怖，德国人就在人们可以清楚地看见的小山上，在失守地段的屋顶上，在街道上隆隆驶过的坦克里。战士利用每一家、每一个地窖浴血奋战，有时在大雨中或暴风雪中进行，无休止的炮击和轰炸，周复一周，月复一月。市郊的雪地上留下了德军的败迹，一长串被击毁的坦克、自动火炮、榴弹炮、卡车、半履带式车辆等，蜿蜒向西，尤其是成千上万具穿着灰色军服的尸体，像垃圾一样，横七竖八地倒在静寂的弹坑遍地的田野上，绵延数英里。"这是一项艰巨的任务，"冈定说，"我看我们最终不得不把这些死老鼠堆起来烧掉。我们正在处理自己的。德国人是不会回来埋葬他们的遗尸了。"

那天晚上帕格发觉自己在一个地窖里参加了一次俄国人不论在什么地方或什么条件下都摆得出来的盛宴，各式各样的鱼，也有点儿肉，黑面包和白面包，红酒和白酒以及取之不尽的伏特加，把厚木板桌子摆得满满的。参与这次盛宴的人包括军官、城市官员、党政官员，总共约十五人。席前的介绍草草了事，显然无关紧要。东道主是叶甫连柯，在兴高采烈的交谈、歌唱和祝酒中，贯串着三个主题：斯大林格勒大捷、对美国租借物资的感激以及迫切需要开辟第二战线。帕格猜想，他的到来可能就是这些大亨趁机轻松一下的借口。他也在这种深情厚谊和紧张情绪的重压下无法自持，他开怀畅饮，放量大吃，好像明天不会来临似的。

翌日清晨，一位副官在冰冷的黑暗中把他唤醒，模模糊糊的记忆使他摇了摇发涨的头颅。如果不是在梦境中的话，他曾和叶甫连柯摇摇晃晃地穿过一条走廊，在分手时叶甫连柯对他说："德国人重新攻占了哈尔科夫。"

帕格仆仆风尘地走遍了饱受战火蹂躏的俄罗斯前线之后，莫斯科在他眼中简直像圣弗朗西斯科一样未受损伤、和平宁静、安然无恙、气氛欢快。尽管这里一些没有竣工的建筑物已被放弃而遭受风霜雨雪的侵凌剥蚀，车辆稀疏，交通不便，肮脏的冰块有如绵延不断的小丘和山脊，战时的荒凉随处可见。

他发现大使变得热情奔放。《真理报》已经把斯退汀纽斯的租借物资报告一字不漏地登了出来，并把开头部分登在第一版上！苏联报刊上一下子大量出现了有关租借物资的报道！莫斯科电台的广播几乎每天都有租借物资的消息！

在国内，参议院一致通过了《租借法案》有效期延长的决议，众议院只有少数人投反对票。斯坦德利大使敢于直抒己见，各方纷纷表示祝贺，使他应接不暇。美国和英国报章已经正式地尽管是客气地声明他发表的只是他个人的意见。总统也以模棱两可的开玩笑的口吻提到凡是当海军上将的人如果不是守口如瓶，便是说话过多，把这一起事件支吾过去。"老天爷做证，帕格，我这样做了，或许有朝一日我的脑袋要搬家，但老天爷做证，这样做能起作用！以后他们再想欺侮我们可得郑重考虑了。"

斯坦德利在斯巴索大厦的温暖舒适的书室里，一边吃着上等美国咖啡、白面包卷和奶油，一边讲了上面这番话。他起了皱纹的双眼炯炯有神，皱褶密布的脸部和脖子由于高兴变得通红。维克多·亨利还没来得及向他汇报此次旅行的任何情况，斯坦德利便已倾吐了这一切。帕格的汇报是简短的。他说他准备立即写份观察报告，送请斯坦德利过目。

"太好了，帕格。哎呀，列宁格勒、勒热夫、沃罗涅日、斯大林格勒！哎哟！老天爷做证，你把这块地面都踏遍了。你这么一来，可要把费蒙维尔的鼻子整个刮掉！在这儿，他安安稳稳地坐在他的百货箱上，这个掌管租借物资的大老爷，从不走出去看看实际情况，而你刚一到这儿，马上就去现场打听到内部消息。真了不起，帕格。"

"将军，在这里我成了某个误会的受益者，他们以为我是个有来头的人物。"

"老天爷做证，你的确是个有来头的人物。让我尽快看到那份报告。唉，德国人重新占领哈尔科夫是怎么一回事？那个该死的疯子希特勒真是打不死。昨天晚上瑞典大使馆里许多俄国佬都是垂头丧气的。"

帕格从堆在书桌上的信件中看见一只国务院的信封，信封一角有用红墨水写上的莱斯里·斯鲁特的名字。他首先拆阅罗达的来信。这次她的语气显然和以前那种做作的爱谈笑的语调不同。

"你在这儿的时候，亲爱的帕格，我尽了最大的努力使你感到幸福，上帝知道。但到了现在，我真的不知道你是怎样看待我的了。"这句话是这几页情绪抑郁的来信中的主调。拜伦已经来过又走了，并告诉了她关于娜塔丽迁到巴登-巴登的消息，"你未能和拜伦见上一面，我为你感到难受。他是一个男子汉，一个十足的男子汉。你该感到骄傲。不过，他和你一样，有时会憋上一肚子无言的怒火。即使娜塔丽能带孩子平安无事地回到家里，正如斯鲁特先生向我保证的那样，我看她也不一定能使他平息怒火。他为了孩子而忧心如焚，而且他认为是她误了他的大事。"

斯鲁特的信写在黄色的长信笺上。他没说明为什么用红墨水写信，这就使信里的也许只是有点儿耸人听闻的消息显得更加耸人听闻了。

亲爱的亨利上校：

外交邮袋确实方便。我有一些消息要告诉你，还有一个请求。

首先提出这个请求。你知道，帕姆·塔茨伯利在这儿为《伦敦观察家》

工作，她想到莫斯科去，的确，在这些日子里，一切重要的战况只有在那儿才能采访到。前些时候她提出签证申请。不批准。帕姆看到她作为记者的前途日渐渺茫，而她对她的工作产生了兴趣并且想干下去。

事情简单得很，你能够不能够，而且愿意不愿意助她一臂之力？当我建议帕姆写信给你时，她脸红了，并说没有任何希望，她说她做梦也不敢麻烦你。但我看到过你在莫斯科工作的情况，我认为你也许能帮她一下。我告诉她，我打算把她的处境写信告诉你，她听了脸更红了。她说："莱斯里，千万别这样！我不允许你这样做。"我把这话理解为英国女人口不应心的表现，其实她想说："呀，太好了！请你就这样办吧！"

人们永远弄不懂外交人民委员部为什么会充耳不闻或者恼怒在胸。如果你想找到其中原因，这大概与租借物资中四十架左右的眼镜蛇式战斗机有关吧。这批飞机原来是指定运往苏联的，但英国人设法把它们移作入侵北非之用。勃纳-沃克勋爵插手了这件事。当然，这也可能不是引起不快的原因。因为帕姆提起了这件事，我才顺便提一下。

现在谈谈我要说的消息。设法让娜塔丽和她叔叔离开卢尔德的尝试失败了，因为德国人把这伙人搬到了巴登-巴登，这是完全违反《国际法》的。大约一个月以前，杰斯特罗博士患肠病，病情很危险，需要动手术。巴登-巴登的外科手术设备显然是不足的。一位法兰克福的外科医生给他做了一次检查，他建议把病人送到巴黎。他告诉我们，在欧洲，进行这种手术的最高明的医生在巴黎的美国医院。

瑞士外交部非常妥帖地处理了这件事。娜塔丽、杰斯特罗博士和孩子现在都在巴黎。德国人允许他们待在一起，他们显得十分通情达理。很显然，博士的病情有点儿危险，因为已经引起了一些并发症。他开了两次刀，目前在缓慢地康复中。

对娜塔丽来说，巴黎肯定比巴登-巴登舒适得多。她受到瑞士的保护，而且我们又不是在和法国作战。还有其他一些美国人因为同样特殊的情况住在巴黎，等候在巴登-巴登举行的大规模的侨民交换，这些人将作为这次交换的筹码。他们必须向警方报到等等，但法国人对他们很热情。只要他们依法行事，德国人就不加干涉。如果埃伦和娜塔丽可以在交换之前一直待在巴黎，他们大概会使待在巴登-巴登那伙人歆羡不已。他们的犹太身份是个问题，我也不能假装我们不必为此感到焦虑，但这个问题在巴登-巴登也是存在的，也许更为突出。总而言之，我还是有点儿担心，不过如果我们稍微有点儿好运的话，一切问题都会解决的。卢尔德那件事是值得一试的，结果未能如愿以偿，我为此感到遗憾。让我印象深刻的是，你居然能得到哈里·霍普金斯的帮忙。

拜伦匆匆路过华盛顿时我见到了他。我生平第一次注意到他的外貌和你很相像，他以前看起来像一个青少年电影中的演员。关于娜塔丽的事情，我也和你的妻子通了一次电话，谈得很久。这次谈话使她平静了一些。娜塔丽的母亲每星期都给我打电话，可怜的老太太。

关于我自己的情况，可以奉告的东西不多，而且都是不太好的消息，所以我就略而不谈了。我希望你能为帕米拉尽点儿力，她真的渴望到莫斯科去。

你的莱斯里·斯鲁特
一九四三年三月一日

叶甫连柯将军没站起来，也没和他握手。他只是点了点头表示欢迎，同时挥手叫他的副官走开，并用那只假手做个手势让帕格坐在椅子上。房间内看不见有任何点心或饮料。

"感谢你同意接见我。"

叶甫连柯点了点头。

"我期待拿到那份关于租借物资的统计摘要，你答应过要给我的。"

"还没准备好。在电话里我已经告诉你了。"

"我不是为了这件事来的。上星期你提起的那个和我一起来到莫斯科前线的记者埃里斯特·塔茨伯利。"

"怎么啦？"

"他在北非触雷炸死了。他的女儿继承父业，当了记者。她想申请到苏联来的记者签证，可是遇到了困难。"

叶甫连柯带着怀疑的神色冷冷一笑，他说："亨利上校，这是外交人民委员部签证处主管的事。"

帕格从容地面对这一意料之中的推托："我希望能帮她一下忙。"

"她是你的特殊的要好朋友吗？"他以坦率的带有暗示味道的口吻说出"特殊"这个俄国字。

"是的。"

"那么，也许是我搞错了。这里的一些英国记者告诉我，她和空军少将邓肯·勃纳-沃克订了婚。"

"对的。不过，我们还是挚友。"

将军把他那只好手搁到书桌上那只假手上面，脸上浮现出一种在帕格看来是在"摆官架子"的神色：没有笑容，双眼半启，大嘴拉长。这是他惯常的模样，是一种好斗的表情。"嗯，正如我所说，签证不是我管的事。很抱歉，你还有其他事情吗？"

"你有你儿子在哈尔科夫前线的消息吗？"

"还没有。谢谢你的关心。"叶甫连柯一边站起来，一边以结束谈话的口吻说，"告诉我，你的大使还认为我们在掩盖关于租借物资的事实吗？"

"他对苏联报纸和电台最近的报道很满意。"

"那好。当然，有些事实最好还得隐瞒一下。譬如说，美国没履行诺言，给我们提供我们空军急需的眼镜蛇式战斗机，并让英国人调走了这些飞机。公布这些事情只能长敌人的威风。不过，你不认为盟邦之间这种失信行为是一件十分严重的事情吗？"

"我没听说过这件事情。"

"真的？然而租借物资似乎是你的职责范围。我们的英国朋友当然害怕苏联变得过于强大，他们在想，战后怎么办？确实是很有远见。"叶甫连柯站在那里，双手放在桌面上，粗声粗气地讲了这些挖苦人的话，"温斯顿·丘吉尔在一九一九年曾试图扑灭我们的社会主义革命。对我们这样的政体，他无疑并没改变他那种不以为然的看法。那是非常令人遗憾的。不过，在这个时刻，对希特勒的战争又怎么样呢？即使是丘吉尔，他也想打赢这场战争吧！不幸的是，要达到这个目的只有杀死德国兵。你已经亲眼看到我们正在杀死该由我们去杀的一批德国兵。但英国人非常不愿意打德国兵。那些眼镜蛇式战斗机事实上是邓肯·勃纳-沃克勋爵设法弄走以便英国军队在法属北非登陆的。在北非并没有德国兵。"

在这一番怒气冲冲的长篇大论中，叶甫连柯每次重复"德国兵"的时候，他那种粗俗而轻蔑的语调叫人听了颇不好受。

"我说过我对这个情况一无所知。"帕格做出迅速而强硬的反应。关于帕米拉的签证问题，他已得到答复，但是现在的情况已远远超出那个范围，"如果我国政府不履行诺言，那是非常严重的问题。至于丘吉尔首相，在他领导下的英国人民单独对德作战整整一年，在那时候，苏联却在向希特勒提供物资。在阿拉曼和其他一些地方，他们也杀了该由他们去杀的一批德国兵。他们每次出动一千架轰炸机对德国进行的空袭，使敌人损失重大，并牵制了敌人的大批防空力量。像这次眼镜蛇式战斗机事件引起的任何误会肯定不应予以公布，而应在我们中间得到纠正。尽管发生了这种事情，尽管我们遭受了严重损失，租借物资也在继续提供。我们一支运送租借物资的护航队刚受到德国潜艇的攻击，蒙受了这次战争中迄今为止最惨重的损失。德国潜艇群击沉了二十一艘船只，数以千计的美国和英国水手在冰冷的海水里葬身鱼腹。而这一切都是为了把租借物资送到你们手里。"

叶甫连柯的语气稍微温和了一些："你已经向哈里·霍普金斯报告你和我们一起进行的访问了吗？"

"我的报告还没写完。我将把你们对眼镜蛇式战斗机所表示的不满记录在内。你的统计摘要也一并寄出。"

"你星期一可以拿到这份摘要。"

"谢谢。"

"作为交换，你能送我一份你给霍普金斯先生的报告吗？"

"我将亲自把报告的一份副本送给你。"

叶甫连柯伸出了他的左手。

帕格写了一份二十页的报告。斯坦德利将军看到这份内容丰富的有关租借物资的情报很是高兴，随即发出指示，将这份报告大量油印，以便在国内政界广为分发，包括送给总统本人一份。

帕格匆匆作书，也给哈里·霍普金斯写了一封亲笔信。这天晚上，他迟迟未就寝，不时啜饮伏特加提神，他打算在外交信使出发前一个小时把信投入邮包中。这种偷偷摸摸的绕过斯坦德利的做法令人厌恶，但这毕竟是他的工作，如果说在他目前这种说不出一个名堂的职务中有什么东西可以算是他的工作的话。

亲爱的霍普金斯先生：

斯坦德利大使正把我的情况汇报转交给你以及其他人。这份汇报涉及我在尤里·叶甫连柯将军陪同下最近在苏联进行的一次为期八天的观察访问。我提供的全部事实都写在那份文件中了，应您的要求，我在报告里加上了一些"水晶球"的注解。

关于租借物资方面，这次访问使我深信，总统慷慨赠予的政策，即不要求补偿的政策，是唯一明智的政策。国会可以因为表现出它非常理解这一点而感到自豪。即使俄国人不是在大批地杀死我们的敌人，让我们提供的援助也带有一些吝啬的附加条件。这场战争终将结束，我们有朝一日必须和苏联共处。如果我们在把救生索抛给一个挣扎于深水中的人以前就开始对救生索的价格讨价还价，那个人可能愿意付出任何代价，但他绝不会忘记。

在我看来，俄国人正在开始打断希特勒主义的脊柱，但付出的代价是惊人的。我常常在想象这样一幅景象：日本人在我们的太平洋沿岸蜂拥登陆，席卷了我们的半壁江山，杀掉或俘虏了大概两千万美国人，劫掠了我们所有的粮食，搬走了工厂，把几百万人送回日本去当奴隶，并到处进行破坏和犯下暴行。这些大致就是俄国人正在经历的情况，他们能够坚持下去并卷土重来这个事实是令人惊异的。租借物资无疑起到一定作用，但对一个缺乏勇气的国家来说，这种援助是无济于事的。叶甫连柯让我看到几个穿上租借物资的新军服的士兵，然后他不加渲染地说："俄国的躯体。"就我而言，这一句话就说出了租借物资的全部意义。

不过，同样令人惊异的是德国人的战争成果。我们可以在地图上看到这些情况或者在其他地方读到这方面的报道，但是沿着一条一千英里长的战线飞行并目睹真相是另一回事。考虑到希特勒在从挪威到比利牛斯山脉的西欧也部署了强大的兵力，并在北非展开大规模的军事行动，同时进行一场规模巨大的潜艇战役——我并没访问过高加索，单单那个地方就是另一条奇大无比的战线——这种对一个幅员比德国大九倍、人口多一倍的高度工业化和军事化的国家进行持续的猛攻，确实使人惊异不止。这可能是有史以来最出色的（也是最可憎的）军事业绩。我们和英国人如果没有俄国人的参与能够消灭这支可怕的掠夺成性的力量吗？我感到怀疑。再说一次，总统不惜代价的务必使苏联继续作战的政策是唯一明智的政策。

这就产生了单独媾和的问题，有关这一点你已明确地要求我做出判断。不幸的是，苏联使我感到困惑，它的人民、它的政府、它的社会哲学，总之，它的一切都令人不解。当然，不只是我一个人有这种感觉。

我不认为俄国人热爱或是喜欢他们的共产主义政府。我倒认为，一次误入歧途的革命所造成的后果使他们无法摆脱这个政府。尽管宣传掩盖了真相，我认为他们也意识到斯大林和他的残暴的一伙在战争开始时铸下了大错，后来又几乎输掉战争。或许有朝一日这个伟大的有耐心的民族将会向这个政权算账，正如他们向罗曼诺夫皇族算账一样。与此同时，斯大林继续掌权，行使严酷的雷厉风行的统治。他将做出有关单独媾和的决定。不管他做出什么样的决定，人民将唯命是从。没有人会反叛斯大林，在看到德国人在这儿的所作所为之后，没有人会这样做。

在这个时刻，单独媾和将是背信弃义的，而我置身于俄国人之中，意识不到也不担心这种背信弃义。对战争的厌倦是另外一回事。德国人重占哈尔科夫所表现的重整旗鼓的力量是不祥的。我问自己，为什么俄国当局允许我进行这次非同寻常的访问？叶甫连柯将军为什么邀请我到他儿媳妇在列宁格勒的肮脏的公寓去并要她告诉我关于围城的恐怖故事？可能是使我们抱怨俄国人忘恩负义的做法显得可耻，也可能是为了使我深切地感到——正如我在正式报告里所描述的那样，我被当作你的非正式助手——俄国人的忍耐也是有限度的。这里提出的在欧洲开辟第二战线的暗示——有时是含蓄的，但经常是赤裸裸的——简直是没完没了。

我在太平洋经历过一些残酷的战役，但那主要是职业军人的战争。这里的战争是总体战，两个民族全力以赴，各自掐住对方的颈静脉。俄国人在为自身的生死存亡而搏斗时并不是为了帮助我们，但这场战斗正起着这个作用。《租借法案》好像是一项天授的政策，它具有莫大的历史意义。但战场上的浴血奋战仍然是决定战争胜负的关键，在孤立无援的情况下，人们经受这种牺牲的忍耐总是有个限度的。

我的"水晶球"告诉我的东西也是显而易见的。如果我们能够使俄国人相信，我们正认真考虑不久后将会在欧洲开辟一个第二战线，我们就不必担心他们会单独媾和。否则这种可能性是存在的。

你的诚挚的维克多·亨利
一九四三年三月二十七日

"关于眼镜蛇式战斗机的问题，"帕格说，"是在第十七和十八页上。"

这是过了一个周末之后。现在他和叶甫连柯正在交换文件，叶甫连柯拿到他的报告的一份副本，装订成厚厚一册的文件。帕格迅速地翻阅了一下叶甫连柯的摘要，他看到一页页的数字、图解和表格，而且有整页的密密麻麻的俄文说明。

"嗯，我自己当然不能阅读你的报告。"叶甫连柯的语气像闲话家常一样，但有点儿急忙匆促。他把报告塞入那只放在桌子上的公事包里，他的皮里子大衣和一只旅行袋放在沙发上，"我要到南方前线去，我的副官将在飞机上一边阅读，一边翻译给我听。"

"将军，我还有一封写给哈里·霍普金斯的私人信件。"帕格从他的公事包里又抽出一些文件，"我为你特地自己把它译成俄文，尽管我不得不借助字典和语法书。"

"但这是为什么呢？我们有很好的译员。"

"我们也有，我不想给你留下一份。如果你愿意看一下然后还给我，这就是我准备这份俄文译稿的目的。"

叶甫连柯似乎有点儿迷惑不解，而且起了疑心。接着他摆出屈尊俯就的样子对帕格悠然一笑："好呀！就是因为这种小心谨慎的保守秘密的做法我们经常受到指责。"

帕格说："这种做法可能是会传染的。"

"不幸的是，我现在时间不多，亨利上校。"

"如果是这样的话，就等你回来后再说吧，那时我将听你吩咐。"

叶甫连柯拿起电话，急促地咆哮了几声，然后挂断电话，并伸出手来。帕格把译好的信给了他。他把一根香烟插进假手上的钢夹，一边苦笑着，一边开始读信，慢慢地他脸上的笑容消失了。他恶狠狠地朝帕格瞪了两眼，就像上次他在列宁格勒的公寓里那样。他翻到了最后一页，坐在那儿目不转睛地瞧了一会儿，然后把信递还给帕格。他脸上毫无表情："你的俄语动词还得下点儿功夫。"

"如果你有什么意见，我愿意转达给哈里·霍普金斯。"

"我要说的也许你不爱听。"

"那没关系。"

"你对苏联的政治理解非常肤浅，很有偏见，而且非常无知。现在我该走了。"叶甫连柯站了起来，"你曾问到我儿子在哈尔科夫前线的情况。我们收到了他的来信，他很好。"

"这真的使我感到高兴。"

叶甫连柯在电话里大声发出一道命令，接着把假手首先伸入袖子管，开始穿上大衣。一位副官走了进来，拿走了他的行李。"至于帕米拉·塔茨伯利小姐，她的签证已经发出。你的司机会送你回公寓。再见。"

"再见。"帕格说。帕米拉的事来得过于突然，他来不及做出反应。他以为叶甫连柯伸出那只好手是为了和他握别，但那只手一直伸到他的肩膀上捏了一下，时间虽然短暂，却也够痛的。叶甫连柯转身走了。

第六十二章

班瑞尔·杰斯特罗、萨米·穆特普尔和一〇〇五特别分队的其他犹太人正在安装的钢轨上不会有机车通过，堆在附近的沉重枕木也不会用来支撑滚滚向前的列车。这些钢轨原来是准备用于修理路基的，但布洛贝尔上校已经决定给它们派一个别的用场。

曙光初露，这个特别分队便来到工地，把钢架竖起。这种钢架就是一〇〇五行动取得成功的秘诀。对一个像鲍尔·布洛贝尔这样的职业建筑师来说，这是一项很容易设计、建筑和使用的简单工程，但是奥斯威辛和其他集中营的笨蛋们不能够领会其优越性。布洛贝尔已经把钢架图样的一些副本送给各个集中营司令官。迄今为止，他们的兴趣不大，尽管奥斯威辛有个名叫霍斯的家伙表示愿意尝试一下。这种构架为他的尸体处理问题提供了一个解决方法，这个问题确实已经成了一个影响健康的严重问题，为此他也一直在诉苦埋怨，并且还要找出各种借口来推脱责任。但在布洛贝尔为他描述这个玩意儿如何使用的时候，这个家伙显然弄不懂其中道理，但他又不肯承认自己一窍不通，只能一味点头微笑，支吾过去。他只不过是一个管理集中营的老手而已，没有文化，脑子又不开窍。

这天早上开工时，布洛贝尔上校已来到工地上。这是不寻常的。操作程序是早已安排好的，而且新近来自奥斯威辛的这个分队——终于是一帮壮健的犹太人，在一些伶俐的工头儿带领下肯埋头苦干的家伙——也一学就会。通常在这个时刻，布洛贝尔总是在他的篷车里，如果这支小分队不是在边远的原始森林地带，他也可能还在市区的住宅里开怀畅饮荷兰杜松子酒以驱散清晨的寒气呢。这是一项孤单乏味的工作，反复不停地操作，令人厌烦，整个神经系统都受折磨。党卫军人员只能在晚上领到他们的配给荷兰杜松子酒，在工作时间里，他们必须盯住那些犹太人。犹太人的逃亡率很高，比布洛贝尔向柏林汇报的还要高。军阶带来一定的权利，党卫军的这位布洛贝尔上校喜欢在一天之始喝上几杯，但今天早上不同寻常，他处于完全清醒的状态。

这个坑是昨天打开的。幸而晚上的雪下得不大，一排排的尸体，上面盖着一层薄薄的雪花，可能有两千具，是中等规模的活儿。跟往常一样，气味实在难闻，但低温和干雪把这股恶臭压低了些，而且钢架设在上风处，这样也好一些。布洛贝尔看到钢架这么快就搭好了，很是快慰。犹太工头儿"萨米"想出了个好主意，把号码刻在钢轨上，这样便于分辨和配合，半小时不到就能全部做完，拴住、紧固后便可投入使用。用钢横梁把钢轨连在一起，形成狭长的牢固结构，就像把一段路轨架在支撑架上一样。接着就是堆砌工作，一层枕木、一层尸体和浸透燃油的破布，木柴、尸体，木柴、尸体，再加上一两排沉重的钢轨来压住下面堆叠起来的东西。这样如法炮制，直到你把坑里的尸体全都堆上去，或者焚尸堆已经摇摇欲坠时为止。

布洛贝尔这次莅临现场观看的是那个新实施的搜查程序，掠夺财物的行为最近已发展到不可收拾的地步。这一带都是明斯克周围的早期墓穴，埋葬着一九四一年历次处决的死者。那时谁都不知道该怎么干，数十万犹太人一批一批地拖出来枪决，连同他们身上的衣服一起被埋掉，甚至不加以搜查。遍布白俄罗斯各地的万人冢里埋藏着指环、表、金币和陈旧的纸币，也有大量的美元。变黑的凝血把纸币浆得硬邦邦的，但它们还是一样值钱。在这些腐尸的肛门或阴户里，你有可能找到贵重的宝石。这种差事可不是好玩的，但值得这么干。有些地方的当地居民已经开始盗墓，为了打击这种活动，布洛贝尔不得不枪杀了几个儿童，因为他们很像是干这种鬼把戏的能手。德国需要一切能弄到手的财富以继续进行这场具有世界历史意义的斗争。在国内，人民正在为元首收集坛坛罐罐，而在这里，在所有这些正在腐烂的、现在必须付之一炬的垃圾中，埋藏着真正的宝物。

直到今天以前，对这些宝藏人们只是随便收集一些，大部分都漫不经心地付之一炬，有一部分到了党卫军下级人员的口袋里，有一些犹太人贪婪成性，胆大妄为，甚至在偷窃时被当场抓住。布洛贝尔怀疑，那些脱逃的人可能是以偷窃来的珠宝或钱财贿赂了警卫。在执行这种勤务时，党卫军的士气和军纪往往会低落和松弛下来。他认为有必要杀一儆百，于是枪决了七个身强力壮的犹太人，对工作队来说，这是不可弥补的损失。

他对新作业制度的实施进行了观察。太好了！搜查身体的犹太人，收集赃物的犹太人，登记货物的犹太人以及用钳子拔金牙齿的犹太人全部在党卫军的严密监视下对一个接一个传上来排列在雪地上的尸体有条不紊地工作。

格赖泽尔中尉负责指挥这项工作。从现在起，在一〇〇五特别分队从事肃清一九四一年的各个墓穴的整个时期，这个年轻小伙子不做其他工作，专门照管布洛贝尔称之为"经济程序"的工作。格赖泽尔是一个来自布雷斯劳①的漂亮的理想主义者，一个优秀的党卫军典型，布洛贝尔乐于和他进行哲学上的探讨。他以前是一个取得大学学位的会计师，因此可以依仗他来进行这项工作。一〇〇五特别分队即将向柏林的中央银行金库汇出大量财物，而布洛贝尔的提升档案中理所应当要把这一笔记上。

搜查工序使整个加工过程拖长了一些，但是没他原来估计的那么长。墓穴里大多数都是穷人，身无长物。问题是，你没办法知道到底哪一个人身上有东西。上校下达的命令是"全部搜查，小孩也不放过！"把贵重物品藏在小孩身上是犹太人的惯技。

好啦，一项任务完成了！

工作结束了。被搜劫一空的尸体全部堆在铁路枕木和钢轨上。当那些犹太人爬上梯子把废油和汽油倾泻在焚尸堆上时，布洛贝尔朝他的司机挥了挥手。用于焚尸的汽油越来越成为一个难以解决的问题。对于这一点，德国军队越来越苛刻，正像它从不肯派遣足够的士兵为每个工地布置一条警戒线一样。没有汽油就没有火焰，闷火可以烧几天几夜，弄得不可收拾。但今天汽油很充裕，看起来不消多久，一千多个早已死掉的犹太人就可以化作熊熊烈火。布洛贝尔在灼热的气浪冲击下不得不稍微后退。

他驱车回到他的篷车那里去。他一边把一杯又一杯的烈酒往下灌，一边草拟一份送往柏林的关于他的工作方法的报告，把这些事情记录在案是有好处的，其他任何人都不能抢占发明钢架的功劳。他写了一份关于钢架的长篇报告，指出尸体的火化，尤其是陈尸的火化，主要问题在于为火焰提供足够的氧气。在奥斯威辛的那些露天地坑——唉，他自己也曾用过露天地坑——速度慢，在夜间，老远就能看到火光，而且由于氧气到不了底部，油和汽油的消耗量四倍于使用钢架时的用量。切尔姆诺的地坑燃烧时发出鲜红的火焰，三天不绝，而且尸骨的处理仍然是个大问题。在他看来，地坑的唯一好处是它胜过焚尸炉。

他为反对奥斯威辛的焚尸炉曾费尽口舌，结果还是徒劳。对于这种工作，他比任何人都更熟悉，但让它见鬼去吧！毒气室的想法是无可非议的，它能大批处理犹太人，既从容，又稳当。但这套设备的设计者愚不可及，它用毒气杀人的能力是火化能力的四倍，高峰时间内负载过重，必然造成不可收拾的局面。好吧，就让那些在柏林的自作聪明之辈去浪费金钱、消耗珍贵的原料和机器吧。让他们自己去发现，任何烟囱的衬里都经受不了几十万具尸体燃烧时所产生的高温，昼夜不停地焚烧几百吨死人

---

① 弗罗茨瓦夫的旧称。

肉所产生的高温。那些庞大的、复杂的结构只能带来麻烦。愚蠢透顶，外行的结构，外行的处理技术！距离现场一千英里之遥的官老爷凭空想象出来的奇特的设备，而他们真正需要的只不过是上帝的新鲜空气和鲍尔·布洛贝尔的钢架。

取决于风力的大小，钢架上焚尸的时间有时只需两个小时，有时则长达十个小时。几个犹太人站在焚尸堆旁用铁耙处理噼啪作响的火堆，在狭长的地坑下面，杰斯特罗和穆特普尔等其他犹太人把更多的尸体一个一个地传送上来。天又开始下雪了。在漫天飞雪中，黑色的浓烟和红色的火舌缭绕上升，煞是好看，如果谁在这儿还有闲情逸致去欣赏如此美景的话。不过那四十多个持枪围着工地的党卫军却感到厌烦，冻得发麻，期待着换班，而这伙犹太人——那些神志尚清、还能觉察到周围事物的犹太人——像牛马一样在干活儿。

这些犹太人当中有许多人已经变成毫无血性的疯子了。他们工作，因为不工作就没得吃，不工作只有饿死和挨揍。他们掘开散发出恶臭的万人坑，到下面去搬运那些干枯腐烂的尸体。他们戴上皮手套接触那些尸体时，有些尸体会瓦解成几段，吃得胖胖的蛆虫纷纷落下来。他们日复一日地把惨遭杀害的犹太同胞堆在尸堆上，然后点火焚烧。这种工作使他们难以忍受，心里无法支撑下去，最后垮了下来，和腐尸一样分崩离析。对警卫来说，这些驯良的、机器人般的疯子和家畜一样不会带来多大的麻烦，党卫军就是这个样子用叱责和对待狼狗的态度来对待这小队人马的。

但不是所有人的精神和思想都已泯灭。他们当中不乏意志坚强、决心要活下去的人，他们也听从党卫军的指挥，但心明眼亮，随时注意保护自己。对杰斯特罗和穆特普尔来说，在坑底干活儿也有好处，只要能够硬得起心肠整天和那些软绵绵的、嘴巴张开瘦骨嶙峋的尸骨打交道，党卫军准许你用一块布掩住鼻子和嘴巴，而他们自己反正既不爱看这种景象，也不想嗅到这种气味，总是站在离开地坑一段距离的地方。做苦役的奴隶如果在工作时说话，会被就地格杀勿论，但杰斯特罗和穆特普尔两人在口罩的掩护下经常进行长时间的无拘束的谈话。

今天，他们又在争论一个老问题。班瑞尔·杰斯特罗反对在这里设法逃亡。的确，他熟悉这一带的森林，他知道游击队出没的小路和藏身的地方，他甚至记得一些老的口令。萨米·穆特普尔的论点是：这里是杰斯特罗的土地，在这里设法逃亡是很理想的。

但班瑞尔想得比较远。这不仅仅是逃入森林去保全性命的问题，他们的任务是把奥斯威辛的照片和文件送到布拉格。在那里，抵抗运动能够把这些材料送到外界，尤其是美国人的手里。但一〇〇五特别分队一直在移动，而且离布拉格越来越远，如果在这里逃亡，他们必须在德军防线后面穿越森林，穿过整个波兰。有些波兰人是不错的，但森林中的波兰游击队有很多是不友好的，他们甚至会杀害犹太人，而且村子里的波兰人也靠不住，他们可能会告发犹太人。班瑞尔听到一些党卫军军官在交谈时提到一〇〇五特别分队即将调到乌克兰去，乌克兰距离布拉格比这儿要近几百英里。

穆特普尔信不过党卫军军官的无稽之谈，调动不一定能成为事实，他要采取行动。在他们蹒跚地走下坑中小道，怀着他们的敬意抬起每一具长满蛆虫的尸体，传上去交给地面上等在那儿的人时，说话的主要是他。如果尸体开始分解，他们就做个手势，让上面递给他们帆布袋把尸体兜住。

在他们进行这项工作时，班瑞尔·杰斯特罗为死者吟诵赞歌。他背得出祷告文，每一天，他把总计一百五十章的祷告文从头到尾背诵好几次。死人并不使班瑞尔害怕，曾经他在安葬会任职时，他为许多死者洗涤和整饬以便安葬。在这里，长期埋在泥土里的尸体发出的恶臭以及使人作呕的情况无损于他对死者怀有的深切感情，他们如此惨死，他们委实是无可奈何。这些可怜的犹太人。许多尸体上还有明显从可见的弹孔中流出的一条条黑色血痕。

对班瑞尔·杰斯特罗来说，这些腐烂的尸体拥有死者所有的悲伤、恐惧和甜蜜。可怜的冰冷无言的机体，一度是生气勃勃温暖幸福的生物，而今失去了上帝赋予的灵性，静止而无声息，但有朝一日终将再生于上帝指定的时刻。犹太教就是这样教诲信徒的。他怀着深情一边干着这种令人毛骨悚然的工作，一边悄没声儿地背诵圣诗。他无法用清水为这些死者进行正统的洁身，但火焰也能洁身，圣诗也能使他们的灵魂安息。希伯来的诗句在他脑子里镌刻得很深，以至于他在倾听穆特普尔讲话的时候，或者停下来争辩两句的时候，也不会漏掉圣诗里的片字只语。

穆特普尔开始使他提心吊胆起来。萨米是健康的，他本来就很结实，而且一〇〇五特别分队让他的掘墓人吃得不错，直到（他们全都心中有数）轮到把他们枪决并放上钢架烧掉的那一天。不久以前，萨米还能够保持清醒的头脑，不过他现在确实有点儿语无伦次了。今天，穿越森林横穿波兰的想法已经不能满足他了，他要把特别分队里最健壮的犹太人组织起来，集体逃亡，并夺取警卫的一些枪支，在跑进森林之前尽量多杀几个党卫军。

萨米越讲越激动，透过布口罩的呼气形成危险的泄露真情的雾气。目前的情况与奥斯威辛截然不同，他争辩道。没有装上电网的围墙，党卫军是一帮又笨又懒、醉醺醺的漫不经心的家伙。士兵组成的警戒线离得很远，而且他们只是提防农民走近墓地。他们在逃跑前可以杀死十几个德国人——或许二十几个——如果他们能够夺取两三挺机枪的话。

班瑞尔回答说，如果组织一次暴动并杀死十多个德国人会有助于逃亡，那很好，但怎么办得到呢？他们每接触一个犹太人，都会增加被出卖和抓住的概率，不声不响地溜走取得成功的可能性最大。干掉一些德国人，必然会引起一场轩然大波，并使白俄罗斯的宪兵部队全部出动追捕逃亡者。如此行动又是为了什么呢？

这时，萨米·穆特普尔正从墓穴里把一个身穿淡紫色衣服的小女孩递上来。在她脸上可以看到微绿色的皮肤碎片掩盖着她那颗凝视前方露齿而笑的骷髅，她乌黑拂垂的长发富有女性美。"为了她。"他在上面一个犹太人接住这个女孩时说。他瞪了班瑞尔·杰斯特罗一眼，口罩上边露出的睁得大大的炯炯发光的双眼比死女孩的脸更可怕。

班瑞尔没搭理他。他把尸体一具一具地举起——这些死了很久的犹太人很轻，只要抓住腰部就能一下子轻松地举起来，让上面的人接住——同时继续悄没声儿地背诵圣诗。只有这样，班瑞尔·杰斯特罗才能维持清醒的神志。他在做丧葬承办人的工作，宗教信仰给予他力量，使他能够忍受这样阴沉的恐怖。他也不理解为什么这么多的犹太人会如此悲惨地死于非命，在很大程度上，上帝必须对此负责！然而上帝并没干这些事情，是德国人干的。为何上帝不显灵以制止德国人的暴行？也许是因为这一代人不值得上帝显灵吧。于是这样的事情便畅行无阻，德国人因此得以在整个欧洲恣意肆虐，屠杀犹太人。杰斯特罗让自己沉浸在这种空想之中，但他的心灵总是不会超出这具狭小的自问自答的松鼠笼，他尽力抑制这种空想。

穆特普尔沉默了很久以后说："我打算今晚先跟古坎德和芬克尔施泰因谈谈。"

这样看来他是真想干了！

能够对他说些什么呢？穆特普尔和杰斯特罗同样清楚，在这些排成一长行的活犹太人正在里面把死犹太人传到地面上的墓穴周围，在这火焰逐渐熄灭、即将变成灼热余烬的焚尸堆周围，手持冲锋枪的一匦儿党卫军站在那儿，随时准备射击。如果他们解开系住狗群的皮带，这些狗会把任何走动的囚犯咬死。这种工作通过不同的途径改变了人性。有些人疯了，班瑞尔理解他们。有些人一直在偷窃尸体上的财物，或者——通常就是盗窃财物的那些人——拍党卫军的马屁，告发其他犹太人，或做任何事情来换取更多的食物、更多的舒适、更多的活命机会，他甚至理解这些人。上帝没给人那样坚强的天性以承受德国人的所作所为。

奥斯威辛中恃势欺人的犹太头目，华沙以及其他城市里有权决定谁该上火车、有权保护自己亲友的犹太官员都是德国人兽性暴行的产物，他能够理解这些人。德国人那种不可思议的疯狂的凶残实在难以忍受，它把正常人变成了凶恶的野兽。现在躺在这些墓穴里的几十万犹太人在当时都是温顺地列队走向地坑的，和他们的妻子儿女、年迈的双亲等所有的人在一起，站在地坑边缘上听候枪决。为什么？因为德国人已经超出了人性的限度。这种出乎意料的暴行使人神经麻木。这样的事情是不可能发生的，谁都不会无缘无故地干出这种事来。站在地坑边缘，面对德国人或他们的拉脱维亚或乌克兰刽子手指向他们的枪口，这些身穿衣服或一丝不挂的犹太人大概还以为这一切都不过是一个误会、一次戏弄或者是一场噩梦。

现在穆特普尔要进行战斗。那好，也许这是个办法，但要头脑冷静，切勿头脑发热，轻举妄动！班瑞尔在游击队的时候，他们杀过一些德国人，但穆特普尔说的是一种自杀的冲动。他所做的工作影响了他的精神状态，他确实想一死了之，不管他自己知道不知道，而这是不对的。他们没权利从死亡中求得解脱，他们必须到布拉格去。

"就是他！"穆特普尔怀着深仇大恨用嘶哑的声音说，"就是他！"

一个党卫军来到地坑边缘，腋下夹着枪。他朝下面望了一眼，打着哈欠，接着拖出一条灰白色的阴茎，朝尸堆上撒尿。就是这个家伙每天都这样干，通常一天几次，要么他以为这是一种有趣的举动，要么这是他表现对犹太人的轻蔑的一种特殊方式。他是一个长相并不难看的德国青年，狭长的脸，浓密的亚麻色头发，还有一双明亮的蓝眼睛。除此以外，他们对他一无所知，他们都管他叫"撒尿"。他行军到工地或者离开工地的时候，看上去跟其他的党卫军一样暴戾严酷，但他不是一个专门寻找借口要犹太人吃苦头的虐待狂，他就是喜欢在死人身上撒尿。

穆特普尔说："我要杀的就是他。"

后来，当他们两人同在一个处理人骨的小队，正从冒烟的灰烬中耙出余热尚存的碎骨块或整块锁骨、腿骨和颅骨把它们送进碎骨机的时候，穆特普尔用肘碰了一下杰斯特罗。

"就是他！"

在坑边，这个党卫军又在小便，他选择的是一个还躺着尸体的地点。

穆特普尔重复了一遍："我要杀的就是他。"

太阳已经落山，天色昏暗下来，寒气逼人。这天的钢架上最后一次火焰快要全部烧完，摇曳的火光照亮了一些犹太人的脸和手臂，他们正忙于在余烬中把骨块耙出来。卡车已经开到，这个墓穴离城区太远，不能让特别分队来回步行，这并不是为了要照顾犹太人，而是因为时间宝贵。布洛贝尔为此挨过批评，某个爱挑剔的党卫军督察员曾说过，布洛贝尔为了接送犹太人而耗用了宝贵的汽油，但他脸皮厚，照样我行我素。只有他才认识到这项工作真正的重要性和迫切性，他比派给他这项任务的希姆莱更了解这项工作，因为他是现场指挥官，那些行刑队留下来的所有地图和报告都在他手里。

于是这批犹太人乘车返回明斯克的一个废弃牧场上的牛棚。在俄国占领区当然不会还有牛马，德国人早就把它们运走了。布洛贝尔这支远征的一〇〇五特别分队可以很方便地把犹太人安顿在这个畜舍或那个牲口棚里，而党卫军小分队则只要随心所欲地把俄国居民扫地出门就行了。随军食堂需要的食物是一个长期存在的问题，因为德国军队在这方面是非常吝啬的，但布洛贝尔属下的一些军官已经成为征集食物的老手，他们善于凭其敏锐的嗅觉发现当地居民的食物，并征用这些食物。即使在苏联这一灌木丛生、受到严重破坏的地区，食物还是有的，人总归要吃的，你只要知道如何把他们贮存的食物弄到手就行。

在火焰发出的最后微光里，格赖泽尔中尉亲自把从尸体上搜集到的财物锁在党卫军用来运送秘密文件的笨重帆布袋里。

明天还是这件讨厌的工作，还得继续干，毕竟是一个很深的墓穴，还剩下两层尸体。得花半天工夫去清尸体，把灰铲进去，再用泥土把穴口填平，然后撒上青草种子。到来年春天，要找到这块地方可就不容易了。两年之后，灌木丛将会盖没这片土地，五年后，树林里新生的树木将把一切痕迹消灭干净，就是这么回事。

布洛贝尔上校的汽车开了过来。在暗淡的火光里司机走下汽车举手敬礼。格赖泽尔中尉必须立即去向上校报告，汽车就是来接他的。格赖泽尔感到意外，也有点儿担心。上校看起来对他颇为垂青，但上级的召见也有可能不是好事。大概这位上司需要一份有关"经济程序"的报告。格赖泽尔把那些帆布袋交给他的军士长保管，自己带走了钥匙。汽车载着他驶向明斯克。

格赖泽尔多么想在向上级汇报之前先洗一次澡啊！尽管你远离地坑、尸体和烟雾，也还是没有用，恶臭渗透了工地周围的空气。它缠住你的鼻神经，即使是浴后坐下来试图享受一顿晚饭的时候，你还是闻得到这种气味。苦差事啊！

格赖泽尔中尉在向一〇〇五特别分队报到的时候带有上级对他的忠诚和智力所做的高度评价。他的父亲是个老国社党员，邮局的最高级官员。格赖泽尔是在希特勒运动里成长的，在一次秘密的党卫军集训中他初次听到要对犹太人采取特殊手段时，他觉得这个概念难以接受。不过现在他懂了。可是他在执行一〇〇五特别分队的任务时还是弄不明白，为什么要隐蔽和消灭这些墓穴？相反，一旦新秩序确立之后，这些地方应该竖起纪念碑，表明这儿是人类公敌丧生的地方，他们死在西方文明拯救者德国人手中。有一次他大胆地向上校吐露过这种想法。布洛贝尔解释道，人类的新时代一旦开始，所有这些坏人以及他们引起的世界大战就必须忘记得一干二净。这样，天真无邪的儿童才能在一个幸福的、没有犹太人的世界里成长，他们的脑海里完全没有关于苦难的过去的任何痕迹。

　　但格赖泽尔不同意这种看法，世界人民对欧洲一千一百万犹太人的遭遇将会有怎样的想法？难道他们就全都化为乌有？布洛贝尔宽容地向他微笑，并劝这个小伙子重读一遍《我的奋斗》里有关群众的愚昧和健忘的章节。

　　傍晚时分，布洛贝尔上校已经喝了不少酒，他趁等候格赖泽尔的时候专心致志地查阅他的党卫军乌克兰地图。他觉得这位青年军官那天真烂漫的忠心耿耿非常可爱。布洛贝尔不能把一〇〇五行动的真相告诉格赖泽尔，他自己倒是有所猜测的，只是从来没对任何人透露过。这个真相就是，海因里希·希姆莱现在认为德国可能要输掉这场战争，他正在采取方法去维护德国的声誉。布洛贝尔觉得德国元首非常聪明。人们可以希望，尽管面对如此不利的形势，尽管受到斯大林格勒的沉重打击，元首还是能渡过难关的。不过，战争可能以失败告终，现在已经到了预做准备的时候了。

　　不管发生什么情况，灭绝犹太人将永远是德国取得的具有历史意义的成就。两千年来，欧洲各国力图改变这些人的信仰，或者把他们隔离开来，或者把他们驱逐出去。然而，在元首上台后，这些犹太人还在那儿。只有一〇〇五特别分队的队长才能充分认识到阿道夫·希特勒的伟大之处。希姆莱说过："我们永远不能让世界人民知道这件事。"即使是无言的尸体，也不能让它们存在下去。否则，那些腐朽的民主国家一旦知道真相，它们对德国采取特殊措施对付犹太人这件事将会装出一副圣洁的惊骇模样，尽管犹太人对他们自己也没有任何用处。至于布尔什维克，他们当然要利用一切可以使德国信誉扫地的事进行粗俗的歪曲宣传。

　　总而言之，一〇〇五特别分队成了德国这个重大而神圣的秘密的保护人。事实上，他们是成了德国国家荣誉的保护人。他，鲍尔·布洛贝尔，在维护德国荣誉这一点上归根结底可以与这场战争中最驰名的伟大将领相媲美，但他必须完成的艰巨任务永远也不会带来它理应受到的赞扬。他是一个必须默默无闻地工作的德国英雄，不管是醉是醒，他都是这样想的。在他自己心目中，他不是一个管理集中营的歹徒，完全不是，他是一个有教养的专家，在和平时期是一个独立经营的建筑师，一个忠诚的德国人，他懂得德国的世界哲学。他正在全心全意地执行这项要求严格的战斗任务，执行这个任务确实需要具备钢铁的神经。

　　格赖泽尔到达了上校在明斯克居住的那所房子之后发觉，布洛贝尔无意听他就"经济程序"进行汇报，一则重大的消息在等着他。一〇〇五特别分队将开赴乌克兰，上校一个月来一直唠唠叨叨地要求柏林下达命令。布洛贝尔此时心情异常愉快，他倒了一大杯杜松子酒，硬要这位青年军官喝下去，后者也乐于从命。布洛贝尔告诉他，在乌克兰那边，工作将能顺利展开，因为那是他自己的地方。他当过C作战小组的指挥官，从一开始他就坚持必须绘制像样的地图和准确的尸体统计报表。因此，在乌克兰的清除工作可以有系统地进行。现在这种为寻找墓穴而到处摸索的做法把宝贵的时间都浪费了，而且北方的土地还处于冰冻状态，这样干笨透了。在他们把乌克兰打扫干净之后，他将选派一名军官返回柏林，把A和B作战小组杂乱无章的记录、地图和报告全部进行一次彻底的检查，然后这名军官将回来预先把北方的每一个墓地找出来，并做好标志。

格赖泽尔怦然心动，希望布洛贝尔是派他回柏林，但事情不是这样，布洛贝尔为他安排了另外一个任务。在乌克兰的都是些巨大的墓穴，比格赖泽尔见到过的大得多。在那里，一个钢架完成不了任务，他们需要使用三个钢架才能取得最理想的效果。格赖泽尔要从这一队人中抽调一百名犹太人组成一个支队，配以适当数目的党卫军警卫，并带领他们立即到基辅的德国驻乌克兰专员办公室报到。布洛贝尔将授以领用钢轨及使用一所翻砂厂的必要的绝对优先权。犹太工头儿"萨米"是一个搞结构的专门人才，因此格赖泽尔在一个星期的期限内制成这些钢架是没有困难的。布洛贝尔要求这些钢架能在一○○五特别分队到达基辅前制成，到时可以交付使用。在此期间，这个分队将出发清理明斯克以西今天才发现的另一个小型墓地。

格赖泽尔有些胆怯地探询一下在这个新墓地如何执行"经济程序"。没有什么可干的，布洛贝尔答道，那个墓穴里的尸体都是赤身裸体的。

但明斯克火车站发生了严重的事故，布洛贝尔上校把工作队调往乌克兰的计划从一开始就受到了耽搁。

早上九时左右，列车已经误点两个小时，月台上那些身穿条纹囚衣分成两行从月台一端排列到另一端的犹太人站在那儿打盹儿，一些党卫军警卫聚拢在一起闲谈以消磨时间。就在这个时刻，从犹太人当中蓦地冲出一个彪形大汉，他从一名警卫手中夺取了一把机枪，并开始射击！没人知道他抢了哪一个警卫的枪，因为好几个警卫应声倒下，他们的枪咔嗒咔嗒地落在月台上，但其他的犹太人来不及捡起地上的枪来大干一番。从月台两侧，党卫军警卫狂奔过来，不停地把子弹射进萨米·穆特普尔的躯体。他倒在血泊中，手中仍旧紧握那挺机枪，鲜血从他的条纹囚衣上不断流下来。幸免的警卫围着他疯狂扫射，把他的身体打得满是窟窿，可能有一百颗子弹打进了他已经没有生命的身体。他们用皮靴踢他、踏他，在月台上把这具尸体踢来踢去。在一百个吓得目瞪口呆的犹太人面前，他们一再猛踢他的脸部，直至把他的脸踢成一摊血肉模糊的血浆和碎骨。然而，他们还是不能把这张被摧残的脸上那副笑嘻嘻的模样踢掉。

四具党卫军的尸体躺在月台上，手足伸开。一个负伤的警卫在爬行，像女人那样哭哭啼啼，身后拖着一条长长的血迹。他就是那个小便的人。过了片刻，他也一动不动地横睡在轨道上，和他生前用小便亵渎过的任何一具尸体一样，从伤口喷出的血液染红了钢轨和枕木。

在他的报告里，格赖泽尔把这件意外事件归咎于负责指挥武装警卫的那个军士。这些警卫聚拢在一起，而不是按规定要求那样沿着这两行犹太人分散站立，相互保持一定的距离。"萨米"这个犹太工头儿受到特别优待，他领取一份特殊的口粮配给。这次事件再次表明这些下贱的犹太人完全是不可逆料的。因此，在对待他们时，应该和对待野兽一样，采取最严厉的、具有最高度警惕性的措施才是唯一可靠的办法。

分队扛着尸体从车站步行回来。死掉的党卫军警卫被留在明斯克，以便在一个德国军人公墓里按军人仪式安葬。穆特普尔那具血淋淋的弹痕累累的遗骸装上了卡车和犹太人一起运回墓地，和当天钢架上的尸体同时火化。班瑞尔·杰斯特罗看到了尸体，从坑里的窃窃耳语里也听到了事情的经过，他随即做了面临噩耗的祷告《真正的士师有福了》。焚尸堆的火焰逐渐熄灭时，他走到钢架旁，动手把他认为是穆特普尔的骨骼碎片扒出来。当他把骨骼推进粉碎机的时候，他低声吟诵那首古老的葬礼祷文：

"慈悲为怀，居于天国的主啊！祈降福与撒母耳，纳胡姆·门德尔的儿子，他已到了永生世界。让他的灵魂在圣洁的诸神之间，在主的庇护下得到真正的安息吧……公正地创造你，公正地哺养护持你，公正地让你死去并在来日公正地使你复活的主有福了……"

犹太教就是这样教诲信徒的。但什么样的复活等待着这些被烧成灰烬的遗体呢？这个，《塔木德》回答了被火焚毁的尸体的问题。《塔木德》认为，每个犹太人体内都有一小块任何火焰无法焚毁、任何东西无法粉碎的骨骼，这一小块不可毁灭的骨骼将会长出再生的躯体。

"安息吧，萨米！"班瑞尔临了说。

现在该由他去布拉格了。

第六十三章

"海鳗"号首次出发做战备侦察，此时美国鱼雷的质量还没过关，太平洋潜艇舰队为了两大难题而惴惴不安：哑鱼雷和不中用的艇长。尽管海军当局对这两种惊人的缺陷严格保密，但潜艇人员都心里有数，马克-14型鱼雷的磁性雷管不可靠，还有一批艇长，不是过分谨慎应该解职送回岸上，就是一遇敌人发动攻击就像布朗奇·胡班那样先垮了下来。像埃斯特这样的王牌艇长能把沉着勇敢和熟练的技术结合起来，又善于抓住有利时机的人，真是屈指可数。这些被冠以形象化诨名的人——"多愁善感"莫顿、"大无畏"弗雷迪·沃德、"夫人"埃斯特、"红色"科——是太平洋潜艇舰队的标兵，他们鼓舞着其他艇长的斗志，尽管存在着鱼雷打不响的倒霉运气，尽管困难重重，他们还是可以干掉敌人然后脱身远遁。

哈尔西将军在所罗门斯的前进司令部上方一大块标语牌上写着：

杀死日本人

杀死日本人

杀死更多的日本人

"海鳗"号的埃斯特艇长房里的舱壁上也贴了一张这块标语牌的照片。

一九四三年四月十九日，又是战斗的一天。这一天在拜伦·亨利的脑海里留下很深的烙印。对其他地方的其他人来说，这也是一个命运攸关的日子。

四月十九日，一再拖延的百慕大国际会议正式开幕，会议将对如何援助"战争难民"做出决定，莱斯里·斯鲁特作为美国代表团成员出席了会议。就是在这一个四月十九日，在逾越节前夕，华沙犹太区的犹太人在得悉德国人即将消灭整个犹太区之后发动起义。寥寥几个秘密抵抗运动的战士和德军进行较量，他们只能像萨米·穆特普尔那样和几个德国人同归于尽。

四月十九日，懊悔的日本人把山本海军大将送进火海中去。日本人那时还没察觉他们的密码已被破译，因此他们用密码播发了山本将乘飞机冒险巡视各前方基地的计划。美国战斗机在空中伏击了山本，它们冲过护卫山本的"零"式战斗机，开炮击落山本乘坐的轰炸机。在布干维尔岛的丛林里，一个搜索小组终于找到山本那具已经烧焦了的尸体，他身上穿的是全副阅兵礼服，手中紧握着军刀，日本一个最优秀的人物就这样死去了。

四月十九日，在北非把隆美尔围困在突尼斯的美国和英国部队正在缩小包围圈，德军这次败北与斯大林格勒战役不相上下。

四月十九日，苏联到了要与波兰流亡政府决裂的地步。纳粹一直在大肆宣传，他们在卡廷森林发现了埋在地下的约一万名身穿波兰陆军军官制服的尸体，而这座森林位于自一九四一年以后即为俄国人占领的土地上。对这种苏维埃暴行，德国人义愤地表示了极端的厌恶，同时正在邀请各中立国派出代表团前去观察这些骇人听闻的万人冢。既然斯大林曾经公开地大批杀害他自己的红军军官，这种指控至少不一定是虚构的，而且在伦敦的波兰政界人士也建议进行调查。这一切使俄国政府大发雷霆，到四月十九日那天，激动的情绪达到了顶峰。

就这样，各种事件层出不穷。不过，一般地说，在遍及全球的各条战线上，战争只是在持续进行，有些地方战况疲软，有些地方激战方殷。四月十九日那天没出现重大转折，但"海鳗"号上的人没一个会忘记这一天。

事情从迎面发射开始。

"开启向前发射鱼雷门。"埃斯特说。

拜伦浑身起了鸡皮疙瘩，潜艇人员经常讲起迎面发射鱼雷的情况。他们通常是在陆地上安安稳稳地坐在酒吧间里或深夜在艇上军官起坐间里谈论这件事情，埃斯特常说，作为极端措施，他可要试一试这种发射鱼雷的方式。在檀香山海面操练他的新艇时，他曾对一艘朝他直冲过来的驱逐舰发射过许多枚演习用的鱼雷。即使是发射练习鱼雷的演习也叫人胆战心惊，以这种战术对付敌人后能安然返航的艇长是为数不多的。

埃斯特拿起话筒，他的声音平静沉着，但是因为他正竭力抑制满腔怒火，声音还是不免有点儿颤抖。"全体官兵注意，敌舰正沿着我们鱼雷的尾波向我们驶近，我要向它迎面发射鱼雷。三天来我们一直在跟踪这支护航队，我不愿意因为鱼雷没打响而让它逃掉，我们的鱼雷打得很准，可惜都是闷雷。目前我们艇上还有十二枚鱼雷，而重大目标正在水面上，一艘运兵船和两艘巨型货船。护航舰只有这么一艘，如果它能迫使我们潜入水底并打我们一阵子，这支护航队就要跑掉。因此，我要在浅水处以接触雷管对它发动攻击。好好干！"

潜望镜一直露在水面上。副艇长一口气报出了距离、方位、目标角度，声音既紧张又沉着。他叫皮特·贝特曼，三十岁，光秃的头颅像个鸡蛋，说话不多，却机智过人。拜伦赶紧扳动曲柄，将数据输入计算机，估计出驱逐舰的侧方速度为四十海里。这是个不可思议的算题，演算的速度快得惊人。在攻击教练艇上或在檀香山海面进行的迎面发射演习时都没达到这样快的速度。

"距离一千二百码，方位〇一〇，偏向左舷。"

"第一发，放！"

鱼雷砰地射出，脚底下的甲板蓦地一震。拜伦对他用的小回转仪算出的角度没信心，这一发只能靠运气。

"尾波向右舷偏离目标，艇长。"

"真见鬼！"

"距离九百码……距离八百五十码……"

可供埃斯特选择的机会正在迅速消失，好像一个小雪球丢进了熊熊烈火一样。他可以命令"沉入深水—使用负槽"，立即下沉，也可以急转弯，这可能受到一阵可怕的深水炸弹的准确攻击，然后希望能潜入海底侥幸活命。他也可以再次发射鱼雷。不管怎样，"海鳗"号已处于生死关头。

"距离八百码。"

发射鱼雷还来得及吗？它从鱼雷管射出时还未打开保险，如果距离只有八百码，并迅速接近，鱼雷在击中目标之前可能来不及打开引信的保险。

"第二发，放！第三发，放！第四发，放！"

拜伦猛烈跳动的心脏似乎胀大了，塞满整个胸腔，使他呼吸都有困难。驱逐舰和鱼雷相对接近的速度一定达到了七十海里！螺旋桨发出的咔嗒——特隆，咔嗒——特隆，咔嗒——特隆的响声，越来越近——

轰隆！

副艇长尖叫起来："命中了！我的上帝，舰长，你把它的舰艏炸掉了！它裂成了两段！"

雷鸣一般的隆隆声冲击着潜艇的外壳。

"命中了！呀，舰长，它已经乱作一团，它的弹药库一定在爆炸！一架炮座正飞向天空！到处是残骸、尸体，还有它的摩托捕鲸船，彻底完蛋啦。"

"让我看看。"埃斯特急忙说。副艇长挪开两步，让出潜望镜前的位置，通红的脸有点儿变形，光秃秃的头皮闪闪发光。埃斯特转动一下潜望镜，喃喃说道："凯，那两艘货轮正在溜走，但那艘运输舰在转向我们驶来。那个舰长不是疯了就是吓昏了头。很好。放下潜望镜。"

埃斯特合拢两个把手，移步离开平滑下降的潜望镜轴，接着用嘹亮平板的声调对着话筒逐字地说："全体官兵注意，美国海军'海鳗'号已取得第一次胜利，日本驱逐舰已裂成两段，正在下沉。打得好！我们的主要目标，那艘运输舰正朝着我们头上开过来。它是一万吨级的大家伙，上面满载兵员。这是难得的机会！我们要把它干掉，然后在水面上追赶那些货轮。这一次我们要把它们吃个精光，以补偿我们失去的护航队和打不响的鱼雷。彻底消灭！"

压抑不住的叫嚷声在潜艇上回荡。埃斯特高声喊了两声："够了！等我们把它们全消灭了再庆祝吧。准备好舰艏鱼雷管。"

这次攻击的进展和进行一次黑板上的操练一样。贝特曼不时把潜望镜伸出水面，干净利落地急速报出数据。日本船稳稳地驶进了瞄准范围，或许是因为它在驶离沉没中的支离破碎的驱逐舰，它可能因此认为它正航行在逃遁的道路上。

"开启外门。"

拜伦的脑子里有一幅这次攻击的清晰而完整的图形，永恒不变的潜艇进攻的移动三角：那艘运输舰在阳光中以二十海里的时速行驶，"海鳗"号距离运输舰半英里，垂直于它的横梁。它在水面下六十英尺以时速四海里的速度不声不响地接近目标。潜艇尾部的鱼雷管已经打开，海水进入管内，里面的鱼雷随时能以四十五海里的速度射向目标。这时只有发生故障，只有美国机件发生严重故障，才有可能拯救日本人了。

"最后方位，发射。"

"升起潜望镜！目标，方位〇〇三。放下潜望镜！"

埃斯特把三枚鱼雷并排发射出去。不到几秒钟，爆炸声震撼了司令塔，沉重的令人震惊的爆炸巨响不断传到潜艇中。一时间，欢呼声、喝彩声、叫嚷声、大笑声、口哨声响彻整艘潜艇。在拥挤的指挥塔里，水手们相互用拳猛击，又跳又蹦。

副艇长大声喊道："艇长，两枚鱼雷准确命中。在船艉和中部。我看得见火焰。它在燃烧、冒烟，向左舷倾斜，船头没入水中。"

"浮出水面，炮手全部就位！"

穿过舱盖揭开的空缝涌进来一阵清新的空气，射进来一道阳光，滴下来的海水珠发出耀眼的光芒，柴油机发动时传来一阵舒畅的咆哮声。这一切使拜伦的心里涌起阵阵欢乐的心潮，他顺着梯子，身子像飘浮一样，上升到驾驶台。

"天哪，真是难得一见的美景！"贝特曼站到他身边说。

这是个景色如画的日子，蔚蓝的天空，几片浮云在高空飘荡，耀眼的阳光下碧波荡漾。赤道上空气潮湿，闷热非凡。在近处，冒着浓烟的运输舰倾斜得很厉害，红色的船底露出水面。刺耳的警报在悲号，大叫大嚷的人穿着救生衣正在爬过舷侧，顺着吊货网爬下来。两三英里以外，驱逐舰的前甲板还浮在水面上，一些几乎绝望的隐隐约约的人影攀着不放。拥挤不堪的小船在附近海面上颠簸。

"让我们绕过这家伙，"埃斯特舰长一边说，一边嚼着他的雪茄，"看看那些货轮跑到哪里去了。"

他的语调轻松愉快，但当他伸手把雪茄从口里取出时，拜伦看见他的手在颤抖。这次巡逻旗开得胜，但从他的神色看来，卡塔尔·埃斯特远没感到满足，绷紧的笑容，射出寒光的双眼。三十七天来，这种渴望一战的心情越来越急迫，鱼雷的失灵更使他心急难熬。直到一刻钟以前，他还怕第一次巡逻会吃个鸭蛋，现在可不怕了。

他们绕过了船艉，驶过了竖出水面的巨大的黄铜螺旋桨时，一个乱腾腾的景象突然出现在他们眼前。运输舰正在这一边吐出它载运的兵员，在有篷的汽艇里，在敞篷的登陆艇和摩托快艇上，在宽阔的灰色木筏上都密密麻麻地挤满了数以千计的日本兵，还有好几百个日本兵在甲板上挤来挤去，纷纷沿着吊货网和绳梯逃下来。"像热盘子上的蚂蚁争相逃命一样。"埃斯特愉快地说。浮动在海面上的穿着木棉救生衣的士兵形成灰色的一片。

"老天爷，"贝特曼说，"这艘船装了多少人？"

埃斯待通过双眼望远镜凝视着远方的两艘货轮，心不在焉地答道："这些日本佬就和牲口一样被塞到船上。那两艘货轮离我们多远，皮特？"

贝特曼透过湿淋淋的照准仪看去。他的回答被一阵迸发的机枪扫射淹没了，一艘挤满士兵的有篷的汽艇里喷出硝烟和火焰。

"真他妈的，"埃斯特笑着说，"它想在我们身上打个洞！它还真办得到呢。"他合起双掌凑在嘴边大声喊道："二号炮，击沉它！"

那门四十毫米口径的炮马上开火。汽艇上的日本兵开始跃入水中，船身的碎片向四面飞散，但它的机枪继续射击了几秒钟。接着那艘寂然无声、浓烟滚滚的小船就沉没了，许多身穿绿军服和救生衣的无生气的尸体在附近漂浮。

埃斯特转身对着贝特曼："现在距离是多少？"

"七千码，艇长。"

"好。我们绕过去，命令炮组装上炮弹，还得给这艘运输舰拍几张照片。"埃斯特看一下手表，又看一下太阳，"我们得在黄昏前赶上那两只'猴子'，这不困难。现在让我们打沉这些小船和木筏，把漂浮在海面上的家伙全送回他们尊敬的老祖宗那里去。"

与其说拜伦感到惊奇，不如说他感到厌恶，但副艇长的行动确实使他感到意外。当埃斯特正要把驾驶台上的话筒举到嘴边时，贝特曼用手强有力地按住埃斯特的前臂说："艇长，别这样。"他说话的声音很低，站在埃斯特肘边的拜伦几乎听不清他说的话。

"为什么？"埃斯特同样低声地问。

"这简直是屠杀。"

"我们来这儿是干什么的？他们是战斗人员。如果他们获救，一个星期后他们会在新几内亚岛打我们的人。"

"这和射杀俘虏一样。"

"得啦，皮特。巴丹的我们的人又怎么样了？那些至今还在'亚利桑那'号里边的人又怎么样了？"埃斯特摆脱了贝特曼的手。他的声音在甲板上回响："炮手们注意。所有这些船只、汽艇、木筏都是合法的战争目标，水里的人也是。如果我们不杀死他们，他们会活下来杀美国人。自由射击！"

瞬息间"海鳗"号上每一支炮管都喷出黄色的火焰和白色的硝烟。

"慢速前进，"埃斯特通过话筒向下面喊道，"炮组装满炮弹。"他转向拜伦，"把军需官唤来，让我们在那艘小驱逐舰沉没之前给它拍几张照，还有这个大家伙也拍几张。"

"是，先生。"拜伦用电话把命令传达下去。

日本人疯狂地从小船和木筏上跳到水里。四英寸口径的大炮对那些小船逐只瞄准射击，在这种短距离射击下，一艘艘小船都被打得粉碎。不多久，木筏和汽艇上都空无一人。士兵全都落入水中，其中一些正在脱掉救生衣，以便潜入深水。机枪子弹在水面上溅起一行行白色浪花，拜伦看见一颗颗头颅像坠地的西瓜一样迸裂，血浆涌出。

"艇长，"贝特曼说，"我要下去。"

"好吧，皮特。"埃斯特又点燃一支雪茄，"去吧。"

运输舰翘起尾巴沉入水中时，数不清的死掉的日本人在"海鳗"号周围血红的海面上漂浮，还有几个在游来游去，像被鲨鱼追逐的海豚一样。

"好吧，我想这就可以了。"卡塔尔·埃斯特说，"时间过得真快，拜伦。我们还是去追赶那些货轮吧。解除炮手的值勤任务，执行巡航轮值。全速前进。"

在远距离尾随的"海鳗"号赶上那些货轮并潜入水中时，太阳已经西斜。这些没有护航的船只只能以十一海里的时速前进。贝特曼海军上尉回到潜望镜前，心情愉快，动作精确，好像早上发生的事情对他没什么影响似的。但在船员中，这些事情产生了影响，在整天跟踪追击的航程上，每当拜伦出现在一群水手面前时，他总是遇到沉默和奇怪的眼光，好像他打断了不该让一个军官听到的谈话。他们都是新近调在一起工作的，对这次取得的胜利理应欢欣鼓舞，然而他们并不。

贝特曼上尉是拜伦难以理解的一个人。他从军械局调到"海鳗"号上来，他是一个基督教科学派的信徒，在这艘潜艇上自告奋勇地主持了星期礼拜仪式，但参加者寥寥无几。对今天早上的杀戮，不管他有过一些怎样的顾忌，现在又是原来那副生气勃勃、杀气腾腾的样子了。

埃斯特还有五枚鱼雷，他拼掉其中三枚冒险地连续射向那两艘靠在一起行驶的货轮。贝特曼报告一枚命中，在黑暗中发出耀眼的光芒，隆隆的爆炸声震响了"海鳗"号的艇身。

"浮出水面！"

为了夜间视线的良好，指挥塔里的灯光又暗又红，但拜伦还是看到了挂在卡塔尔·埃斯特脸上的那副失望的怪相。"海鳗"号在月光下浮出波浪滔滔的海面。那艘未受损伤的货轮正掉转头，离开受创的同伴，从烟囱中喷出的滚滚黑烟使天上的星斗为之黯然失色。

"全速前进！"

两艘货轮同时开火，疯狂射击那破浪前进的黑影，溅起了磷光闪闪的水花。从炮口喷出的火光看来，它们不仅配有机枪，而且拥有三英寸口径的大炮，这种炮弹如果直接命中一发，也可以把潜艇击沉。但埃斯特迎向这些红色曳光弹和呼啸而过的炮弹，好像它们不过是阅兵典礼时抛来的彩色纸带一样。他把潜艇开到与逃窜的货轮并排的位置上，这时货轮变成了庞然大物，俨然是一艘远洋客轮，枪炮齐放，一片通红。

"左满舵。打开艇艉鱼雷管。"潜艇在一阵红色曳光弹和呼啸而过的弹雨中来个大转弯，监视哨躲在防弹挡板后，拜伦也是这样。埃斯特站得笔直，目不转睛地朝舰艉方向望去。接着发射了一枚鱼雷。轰隆一声，黑夜爆烈成为雷声隆隆红光普照的白昼。货轮中部着火，喷着火舌。

"下沉，下沉，下沉！"

拜伦浑身上下颤抖不已，内心由衷地赞赏这一招。埃斯特把两个目标都打得不能动弹，他的潜艇不再暴露在炮火之下了。

"好，后鱼雷室，"埃斯特对着话筒说，那时潜艇正侧着艇身潜入海中，"我们命中了目标。现在要发射最后一枚鱼雷。这次战备侦察的最后一发。就打我们已经命中一次的货轮，它现在是停着不动的鸭子，它还需要我们再给它一拳。因此，不许失误。击沉了它我们就回家。"

埃斯特偷偷地接近那艘动不了的货轮，然后把潜艇掉转过头，从六百码外发射这枚鱼雷。"海鳗"号被近距离的水下爆炸震得不住摇晃，艇上全体船员齐声欢呼。

"浮出水面，浮出水面，浮出水面！我为你们全体感到无比骄傲，我要忍不住哭出来了。"的确，埃斯特由于控制不住情绪而哽咽了，"你们是海军中最了不起的潜艇官兵。我可以告诉你们，'海鳗'号这次杀敌制胜只不过是个开头。"

不管那天出现过什么样的思想波动，全体船员现在又都拥护他了。欢呼声和叫喊声此起彼落，相互的拥抱和握手经久不歇，直至军需官把舱盖打开，柴油机咳呛着，轰鸣着，被月光照亮的海水沿着梯子滴下来。

拜伦跑到外边燥热的黑夜里，看见那两艘船在水面上一动不动，火光熊熊。炮火已经停息。一艘货船沉得快些，它的火焰像一根烧尽的蜡烛一样熄灭，但另一艘还在燃烧，打穿了的船体顽固地浮在水面上，直到埃斯特打着哈欠叫贝特曼用四英寸口径的大炮把它报销。尽管满身都是冒着火焰的弹着点，它仍旧是慢腾腾地往下沉。最后海面变成漆黑一片，只有挂在天边的半个月亮在水面上倒映出一道黄色光芒。

"美国海军'海鳗'号潜艇上的诸位先生，"埃斯特向他们宣告，"我们将走上〇六七，即到珍珠港的航道上。当我们在十天后路过一号航道浮标时，我们要把一把扫帚升在潜望镜上。全部引擎正常速度前进，上帝保佑你们，你们这帮呱呱叫的会打仗的傻瓜蛋。"

这就是拜伦·亨利度过的四月十九日。

当他们驶入珍珠港时，扫帚已经高高挂起，扫帚后面一条长长的饰带上，四面小日本旗迎风飘扬。警报器、雾喇叭和汽笛的鸣声不绝于耳，迎接着"海鳗"号走完进港的航道。潜艇基地的码头上，大家都惊奇得目瞪口呆：尼米兹海军上将身穿白礼服，站在太平洋潜艇司令部全体身穿卡其军服的总部人员中间。跳板搭好后，埃斯特命令全艇官兵集合。尼米兹单独走上潜艇，说："艇长，我要和艇上的每一名官兵握手。"他沿着前甲板走过来，和全体官兵一一握手，满是皱纹的双眼闪耀着光芒。接着太平洋潜艇司令部的全体人员拥上甲板，有人带来一份《檀香山广告报》，上面的大字标题是：

首次巡逻全歼敌人

潜艇消灭护航队和护航舰

"单艘潜艇的狼群"——洛克伍德

埃斯特在强烈的阳光下露齿微笑的照片是新近拍的，但这份报纸不知从哪里找到贝特曼在海军学院毕业时拍的照片，他那头长发看上去很古怪。

在陆地上走路着实舒服。拜伦朝太平洋潜艇司令部大楼走去，但速度很慢。杀死海面上的日本人的消息很快就传开了，这次路程不太短的街头漫步好像是进行一次有关埃斯特功过的民意测验一样。一路上，军官们不时拦住他，和他谈论这件事，他们的反应是多种多样的，从表示极端厌恶的非难到积极支持的嗜血狂。总的看来，民意似乎有点儿不利于埃斯特，但是差别并不太大。

这天晚些时候，杰妮丝在拜伦到达时扑上去狂吻，这既使拜伦手足无措，又感到无限激动。

"天哪，"他气喘吁吁地说，"杰妮丝！"

"哎哟，我爱你，勃拉尼，你不知道吗？不过，你用不着怕我，我不会吃掉你的。"她挣脱出来，眼睛闪烁着光芒，一头黄发披散在肩上。她快步走到桌子旁，薄薄的粉红缎子衣服窸窣作响，她急忙拿起一份《广告报》，"看见这个了吗？"

"哦，当然。"

"那么，你收到我的口信了吗？卡塔尔来吃饭吗？"

"来的。"

埃斯特来时已是醉醺醺的，颈上戴着几条在军官俱乐部别人给他戴上的花环。他为拜伦披上一条，也为杰妮丝披上一条，她有礼貌地吻了他一下。他们用四瓶加利福尼亚香槟把一顿有着小虾、牛排、烤土豆和上面浇着冰淇淋的苹果派的晚餐冲下肚去，一边吃一边随意说笑取乐，笑得前仰后合。后来，杰妮丝披上一条围裙，坚持要他们让她自个儿收拾餐具。"凯旋的英雄们，"她有点儿口齿不清地说，"别到我的厨房里来。到外边门廊去。今夜没有蚊子，风朝海面刮。"

在面向水道的黑暗的门廊里，当他们一屁股坐进两张中间放着酒瓶的柳条椅子的时候，埃斯特以单调而清醒的语调说："皮特·贝特曼已提出调职要求。"

拜伦沉默片刻之后说："那么，副艇长的空缺怎么办？"

"我对司令说我想让你干。"

"我？"拜伦酒后还有点儿头晕，他尽力使自己镇定下来，"那不行。"

"为什么？"

"我资格太浅，只是一个后备军官。这是战斗岗位，那是肯定的，我会爱上潜望镜，但我是一个微不足道的行政人员。"

"官兵勤务名册上表明你够格，事实上你也够格。司令在考虑这个问题，你算是太平洋潜艇司令部里的第三名后备副艇长，但司令倾向于满足我的要求。其他两个人的资格都比你老，他们自一九三九年起就一直服现役，但你参加过多次战备侦察。"

"我在地中海荒废了不少光阴。"

"在前进基地搞维修不算是荒废光阴。"

拜伦往他的杯子里斟酒，他们在黑暗中喝着。从厨房里传来的叮当声和溅泼声中，他们听到杰妮丝在唱《爱情的手》。

过了不久，埃斯特说："或许你同意皮特·贝特曼的看法？你不想再和我一块儿出海吗？那也好商量。"

在返回基地的漫长航程中，军官起坐间里很少有人谈起那次屠杀事件。拜伦犹豫起来，然后说："我并没要求调开。"

"我们出战就是为了杀日本人，不是吗？"

"他们在水中没有任何战斗的机会。"

"屁话。"这个词非常刺耳，因为埃斯特总是避免说脏话的，"我们在作战。要结束这场战争，要赢得胜利，并且从长远来说也是为了争取少死人，为此我们就得大量杀死敌人。这话对吗？还是错了？"拜伦默不作声。"怎么样？"

"'夫人'，你就是喜欢杀人。"

"对那些狗杂种，我不在乎这样做。我的确不在乎，我承认。这场战争是他们要打的。"

黑暗中两人相对无言。

"他们杀死了你的哥哥。"

"我说过，我并没要求调开。别说了，艇长。"

埃斯特走后，杰妮丝和拜伦促膝长谈。他们谈到了这次出巡，然后谈到华伦，满怀柔情地沉浸在前所未有的对往事的追忆中。他没提起娜塔丽，只说他打算明早打电话给国务院。在他离去就寝时，他伸出双臂，热情地吻了她。她既感到诧异，又深受感动，因此凝视着他的双眼问道："那是给娜塔丽的，是吗？"

"不。晚安。"

在她离开前，她朝他的房里看了一下，并听清了他那平稳的呼吸。她的汽车上有军政府发的通行证，能够在宵禁时通行无阻。她驱车穿过灯火管制下的黑暗街道，来到埃斯特现在为了和她幽会而住下的小旅馆。几个小时之后她悄悄地回到家里，精疲力竭，但一番苟合带来的片刻欢乐使她容光焕发，她再一次倾听拜伦的呼吸：深沉、规则、没有变化。杰妮丝上床就寝，身心沉浸在无比的幸福中，只有一丝非理性的疚意缠绕在心头，几乎像是犯了通奸罪似的。

在太平洋潜艇司令部范围内，有关埃斯特把那些日本兵全部杀死是否必要的论争进行了很长一段时间。这场论争从未透露到报纸上，即使是海军的其他部门也毫无所闻。那些潜艇官兵把这件事当作家庭里的秘密，从不为外人道。战争结束后许多年，当所有的出巡报告都不再列入保密范围的时候，外界人士终于获悉真相。卡塔尔·埃斯特的报告详尽坦率地描述了当时屠杀的情况，而太平洋潜艇司令所做的批语是无条件的高度赞许。参谋长所拟批语的稿子也公之于世，他写上了很长一段意见，对屠杀孤立无援的落水者表示责备。司令愤怒地用墨水笔把这段批语一笔画掉，当时墨水溅泼的痕迹至今还留在海军部战时文件档案里那已经发黄的一页上。

"如果在这个司令部里我还有十个像埃斯特一样敢作敢为的杀人者，"司令当时对参谋长说，"这场战争可以提前一年结束。我决不会因为埃斯特少校杀了日本人而批评他。这是一次立了大功的巡逻，我建议向他颁发第二枚海军十字勋章。"

第六十四章

七月初，美国驻伯尔尼公使馆的公使在很长一段时间以后又收到莱斯里·斯鲁特的来信。自从德军占领法国南方以后，从美国发出的普通邮件便收不到了，而且官方邮包也没有了。但中立国的外交邮包提供了往返传递信件和报告的非正式途径，斯鲁特在瑞士外交部里的一位朋友给塔特尔带来了这只厚厚的信封，朋友为了另外一桩事情和他会面，谈完话之后交给他这个信封，一句话也没说就走了。

亲爱的比尔：

首先我必须表示歉意，因为我附上的有关百慕大会议的备忘录字迹写得恐怕难以辨认。为了护理一只扭伤了的足踝，我只能躺在床上作书。我已经辞去了外交部的职务，因此办公室和秘书我都没有了。

由于跳伞不慎，我扭伤了足踝。现在为你潦草地写几行的是一个变了样的莱斯里·斯鲁特！我一直是一个——说得宽厚一些——胆小的人。但离开国务院之后，我到了战略情报局。自此以后，我一直在奔波，不知道何处才是安身之所。不过，我却有一种快乐感，这是一种新鲜的尽管是使人惶恐的感觉，好比一个摔到飞机外面的人发现自己在下坠时竟能欣赏——不管多么短暂地——四周的景色和冷冽的微风一样。昨天跳伞以后，下坠时的景象经常在我脑子里出现，一场骇人的噩梦，尽管令人心惊胆战，却又使人欣喜若狂。

你当然知道战略情报局的情况，我还记得，"疯狂的比尔"多诺万将军去年匆匆路过伯尔尼时曾惹得你冒火。这是一个临时拼凑的情报班子，一个极端稀奇古怪的单位。显然，关于我正在干些什么，我能告诉你的不多，但我正在干一些事情。在脱离了国务院之后——这的确使我感到快慰——我经历了一场职业上的大灾难，但形势发展得如此快，我实在无暇自怜。

比尔，国务院是一座空殿，里面的美人全都被绑走了，剩下的是一群吱吱叫的整天无所事事的阉宦。外交政策大部分为罗斯福先生和霍普金斯先生两人所左右，其余部分则由多诺万将军的班子插上一手。国务院里这些太监继续有名无实地散发官方文件，而这些文件的价值跟草纸差不了多少。

如果这一切听起来不大顺耳，你要记住我已经毁掉了我的专业，放弃了十年的宝贵资历，因为我认为这是真理。国务院在百慕大会议上的所作所为断送了我的前程，也许这不过是个时间问题，反正我是早晚要滚蛋的。犹太人问题已发展成像癌症一样折磨着我，而布雷肯里奇·朗只能使我的情况恶化到精神错乱的地步。现在我已经脱离苦海，走上了康复的道路。

朗把我调到欧洲事务处——这你是知道的——去处理犹太人问题。他那时承受着异常沉重的压力，他要设法打破从希特勒那里逃亡出来的难民面临的签证问题所形成的一个僵局，同时为那些被横加罪名、一批一批被消灭的犹太人做些事情。他是一个掉在水里的人，拼命要捞救命稻草。我想，他要在科里安插一个享有"亲犹"名声、善于花言巧语的人物，这个人能对犹太人表示无限同情，尽管没有任何帮助他们的实权。而且我想他希望我，作为一个善良而忠诚的国务院雇佣文人，去执行他的政策，不管这些政策多么不合我的脾胃。真正的问题是为什么我当初要接受这个职务。答案是，我也不知道。我想我那时确实希望朗是说话算数的，希望我能在犹太人问题上发表见解，使局面松动，使有关方面放宽限制，起到缓和作用。

如果我曾抱有这种希望，那么我当时确实是自欺欺人。从一开始，直到我在百慕大会议开到一半的时候离去以前，我到处碰壁。总的来说，我现在为布雷肯里奇·朗感到遗憾，我甚至不把他看作戏中的坏蛋，他成为这样的人物实在身不由己。他把我派到百慕大去无非要我充当基督徒里的布卢姆[①]，一个明显抱有亲犹态度的起配角作用的外交官，有朝一日如果需要的话，可以在未来的国会调查会上提到我这个人。把我提出辞呈这件事记录在案恐怕不太雅观，但时至今日，我也无意为国务院撑面子了。

而且这是个什么样的面子！我们的国务院和英国外交部安排会议时为了避开外来压力、挑战和争论，做了多少细致的工作啊！报纸记者不能入场。

---

① 布卢姆（1870—1949），美国犹太裔众议员，众议院外交委员会主席。

劳工领袖、犹太领袖、示威群众，广阔的海洋使会议不受他们干扰。春天的花朵为百慕大带来明媚的景色，会议在远离新建的军事基地的美轮美奂的饭店里举行，我们有充裕的时间到游泳池去游泳或喝上几杯这个岛上用甜酒调制的美酒。晚上社交活动开始后，当你周旋于百慕大的名流之间时，你几乎想不起战争还在进行。

可怜的哈罗德·多兹博士——普林斯顿大学校长，这次被迫就任我们的代表团团长——哀求我不要辞职。但到了第三天，我实在不能忍受了。我告诉他，要么我在会上提出那些面临灭绝的犹太人的问题（这些犹太人是会议上禁止触及的议题！），要么我将飞返华盛顿并辞去我的外交官职务。多兹是孤立无援的，他不能让我去反对那些他必须遵循的政策，我只有走，这样我至少还保留一点儿自尊心。

会议的讨论情况还没公布。国务院现在疯狂地以需要保密为借口，声称有必要"保护旨在援助政治难民的各项措施"。而赫尔和朗两位先生心里希望的是，外界对会议的关心逐渐消失，这样他们就永远不必公开说明真相了。但这种关心不会消失，要求公布真相的压力将会与日俱增，而真相大白于天下时，将会震撼整个世界。

从我的备忘录里你将能看到发生在百慕大的真实情况的一鳞半爪。你还记得我在伯尔尼电影院里收到的那份叙述万湖会议的可怕文件吗？我无法肯定这份文件的真实性，但从那个时候起所发生的一系列事件已经彻底予以证实。除非罗斯福总统迅速采取行动，否则历史将会得出这样的结论：欧洲的犹太人牺牲在万湖会议的锤子和百慕大会议的铁砧之间。罗斯福统治下的美国人民和希特勒统治下的德国人民同样会因为这次大屠杀而受到谴责！这是对事实的残酷歪曲，但这正是布雷肯里奇·朗造成的后果。

你和罗斯福很熟，我把这份备忘录寄给你，你自己去斟酌处理。它就百慕大会议之后迫在眉睫的事态发展提出了一个毫不含糊的确切的警告，这不仅仅是对欧洲犹太人而言，而且涉及富兰克林·德兰诺·罗斯福在历史上的名誉，以及肯定影响到美国战后在世界上的道义地位。这份备忘录请你务必认真阅读一遍，并考虑应否将它——可以按照你认为合适的任何方式予以修订或补充——送呈总统一阅。

飓风总是乘人不备突然袭击的，比尔，等到临时措施付诸实施时，风暴已经造成严重破坏了。德国人杀戮犹太人就是一场风暴，这是史无前例的。

这场大屠杀在世界大战的烟幕下进行，在一个与文明社会隔绝的流氓国度里进行。不然的话，这种情况是不可能发生的。人们花了很长时间才看清真相，在采取相应措施时又疲疲沓沓。但为减轻痛苦而做出的一切努力在以后的年代里将被忘怀。人们回顾过去时，百慕大会议将被看作一出灭绝人性的闹剧，由美英两国联合导演，以便在数以百万计的无辜的人惨遭杀害的情况下避免采取任何行动。

只要布雷肯里奇·朗继续居于负责地位，这种歪曲就会继续深化而且坚不可摧，然而，最终的耻辱不会由他来承担，因为他充其量不过是一个小人物。随着时间的推移，人们将把他忘却。如果对纳粹暴行做出最后定论的仍旧是百慕大会议的话，富兰克林·罗斯福将作为一个伟大的美国总统载入史册。他领导他的国家摆脱萧条，并取得世界范围的胜利，但他对这种骇人听闻的大屠杀完全知情，然而还是辜负了犹太人对他的期望。不要让这种情况发生，比尔。

向总统事先提个忠告吧！

为了保持我个人的心智健全，我打算用这份备忘录把我和世界上最可怕的暴行偶然地牵连在一起的关系彻底割裂。这个责任从来不是我的，除非这是每一个人都应分担的责任。迄今为止，全世界都拒绝承担这个责任。我做过努力，但失败了，因为我是一个无能为力、微不足道的小人物。这份用血——犹太人的和我的——写成的备忘录是经验给我的一份遗产。

你的忠诚的莱斯里·斯鲁特

一九四三年六月三日

这份作为附件的备忘录是用潦草模糊的笔迹写在标准长度的黄色信笺上的。威廉·塔特尔一眼就看出这是一个下级职员在愤而辞职时发泄出来的满腹辛酸，匆促的笔调，放纵的语气。这个谨小慎微的人竟然会接受一项需要进行跳伞训练的工作，这就充分表明他处于怎样的颠倒状态。

不过，这份备忘录引起了塔特尔的不安。他本来就对百慕大会议感到怀疑，两三天来他一直没睡好，他在考虑对这一切该做些什么。在他看来，布雷肯里奇·朗一向是一个相当稳健的人，一个洗练而自恃的绅士，非常了解内幕，是一匹识途老马，在各方面看来绝不是一个恶棍。

但塔特尔还是对国务院最近发出的命令感到不满，这些命令禁止通过国务院的密码传送犹太人发自日内瓦的有关灭绝罪行的报告。而且他深知，他发给欧洲事务科的一切情报都如石沉大海。他本人也不喜欢详细讲述有关迫害犹太人的恐怖情况，他一直把没有反应当作官僚主义的延误或疏忽。但是如果朗对此应负责任，而且是故意这样做的话，也许应该让总统知道实情。该怎样告诉他才好呢？

最后，他大刀阔斧地压缩了斯鲁特的备忘录，把其中辛辣地讽刺布雷肯里奇的话语砍去棱角。他通过瑞士外交邮包把这份用打字机打成的修订文本送到华盛顿，并附上封手写的说明信，上面标明是送呈总统亲启的紧急信件。

亲爱的总统先生：

函内附件的作者曾作为我方人员出席百慕大会议，后来愤而辞去他在外交部的职务，以示抗议。他曾经获得罗德奖学金留学英国，并在伯尔尼和我一起工作过。我认为他是一个有杰出才智的人，一贯可靠。

我不想加重您的沉重担子，但出于两个方面的考虑，我不得不这样做：第一是欧洲犹太人面临的厄运；第二是您本人在历史上的地位。这份报告可能有助于为您提供一份补充材料，它反映了官方报告中没有反映的在百慕大会议期间发生的真实情况。恐怕我是倾向于相信莱斯里·斯鲁特的。

顺致最崇高的敬意！

你的忠诚的比尔
一九四三年八月五日

机密备忘录

百慕大会议：美国和英国合谋参与灭绝欧洲犹太人

一、历史背景

自一九四一年以来，德国政府一直在从事一项杀害欧洲犹太人的全面行动。赤裸裸的事实远远超出人类以往所有的经验，以致没有现存的社会机构对付得了当前的情况。

因为战争的关系，德国成为国际上的亡命之徒，而只有德国人民可以过问它的作为。由于实施了警察国家的恐怖政策，纳粹政权已经迫使它的人民驯良地屈从于它的野蛮行径。然而，可悲的事实是，自从希特勒执政以后，群众对纳粹迫害犹太人的政策的反抗一直停留在最低限度上。

大屠杀的根源在于德国人那种广泛而深远的文化倾向，一种铤而走险的浪漫的民族主义，是对西方人道自由主义的极端反动。这个思想体系美化了尚武的德国"文化"那种野蛮的自我吹嘘，即使在没有公然宣扬恶毒的反犹主义的时候，它也已经包含了这种思想。这是一个复杂而难以捉摸的问题。哲学家克罗齐认为，这种野蛮的倾向可以上溯到罗马时代的一件往事，即阿米尼乌斯在条顿堡林山取得的胜利，这次胜利使德国的各个部落不再受到罗马法律与生活方式的有益影响。不管根源是什么，阿道夫·希特勒的兴起和得到拥戴表明这种倾向的持续不衰。

二、盟国的困境

百慕大会议之所以要举行，是因为大屠杀的秘密已经外泄。一九四二年十二月十七日，联合国各会员国政府公开地联合提出警告说，罪人将受到惩罚。这种官方的揭发在美国和英国引起公众要求采取行动的强烈愿望。

不幸的是，阿道夫·希特勒在他对待犹太人的策略上击中西方自由主义的唯一致命弱点。

除了犹太人以外，采取行动的呼声来自新闻界、教会、进步的政治家、知识分子等，但其他所有的势力全都是冷若冰河的沉默和无动于衷，它们阻挠了一切行动。

犹太人寄希望于英国的是开放巴勒斯坦，让他们得以不受限制地移民，这是旨在减轻纳粹压力的显而易见的一步。但英国外交部认为，在战争的目前阶段，它不能冒阿拉伯人反对的风险。对美国来说，一个同样是明摆着的行动是通过紧急法案，接纳受到希特勒威胁的受害者。但我们的极端的限制性法律乃是国会的意志，而国会是反对改变我国的"种族结构"的。

如果盟国的自由主义是政府奉行的政策，而不是介乎理想与神话之间的某种东西，这种行动是可以进行的。但事实是，阿道夫·希特勒已使盟国处于困境。

因此便召开了百慕大会议。开幕时大吹大擂，被说成盟国针对纳粹暴行所做的反应。会议产生了一种采取行动的姿态，以安抚要求采取行动的人，而事实是无所作为，顺从现行政策。这是嘲弄。那些从事外交活动的奴仆心怀鬼胎，故作姿态，他们的大言不惭、吹牛撒谎、腐败透顶都是与此互为表里的。

在这一切里，最大的罪行莫过于在历史上最骇人听闻的罪行面前可悲地无所作为。

那就是问题的核心。在大多数人的心目中，纳粹屠杀犹太人还不过是报章上牵强附会的报道，重大的战事新闻使这些报道不为人知。德国人这种行动是如此野蛮，如此难以理解，又如此远远不同于人们已习以为常的有点儿厌恶犹太人的感情，以致公众舆论干脆不予理睬。在战争的烽火中，这是轻而易举的。

三、会议

这次会议商定的宗旨是"解决政治难民问题"。在议程项目中极力避免使用"犹太人"这个字眼，而且，唯一可以讨论的"政治难民"是那些已在中立国的难民，也就是那些生命已有保障的人！这些议事规则是保密的，还没有片言只语泄漏到报刊上去。

有朝一日，会议记录将暴露在世人面前。这些记录终将表明，这一切都是枯燥无味、弄虚作假的东西，是外交上虚与委蛇、装模作样、不知所云的使人反感的行径。每一次扩大议程项目范围的尝试都受到挫折，每次有关采取具体行动的建议——即使是为了减轻中立国家里难民麇集造成的压力——都遭到阻挠：没有资金或没有船只；或没有地方可以容纳；或这些人带来太多的安全问题，因为他们中间可能混有间谍或搞破坏活动的人；或者有关行动可能"干扰战争努力"。

玩来玩去都是一套推卸责任的把戏。美国人主张把北非和近东作为收容难民的地方，英国人坚持开放西半球。最后，他们友善地对消极的结论达成协议。为了制造采取行动的错觉，他们同意使奄奄一息的难民委员会恢复活动，这个委员会是一九三八年同样以失败告终的埃维昂会议建立的。

对那些不得不参与这种几乎是赤裸裸的卑鄙勾当的代表进行谴责是容易的，他们只不过是傀儡，他们执行他们政府的政策，最终还是体现他们国家的公众意志。

四、必须进一步采取措施

在这次会议带来灾难性后果之后，还有什么工作可做呢？

在最好的情况下，可以做的也着实不多。德国人嗜杀成性，欧洲犹太人多数在他们手中，只有盟国的胜利可以挫败他们的阴谋。但如果我们愿意尽己所能做一些事情，我们还是能够免除在这些纳粹罪行中的共谋罪责。现在的情况是，百慕大会议已将美国政府变成屠杀行为的无动于衷的旁观者。

距离现在大约还有十六个月，总统竞选将要举行。到那时，欧洲犹太人全部惨死在屠刀之下可能已是既成事实。美国人民那时将有一年半的时间去扭转他们对这种令人难以置信的恐怖行为感觉迟钝的状态。证据将大量涌现。可以想象，那时入侵欧洲已经实现，一些屠杀犹太人的集中营也将被占领。美国公众是讲人道的人民，尽管今天他们不愿意"接纳所有那些犹太人"，但到一九四四年年终，他们将寻找为此应当承担责任的人，因为他们竟然让这样的事情发生。这些责任将不可厚非地落在今日的掌权者身上。

这份备忘录的作者深知总统是一位真正的人道主义者，他愿意向犹太人伸出援助的手。但在这次规模巨大的全球战争中，这个问题远不是一个需要优先处理的问题。既然有所作为的余地不大，而且这个问题又是如此使人望而生畏，谁还能怪罗斯福先生把注意力集中到其他事务上呢？

要求开放巴勒斯坦或者修改移民法的鼓动看起来都是没有希望的。支付高昂的集体赎金的计划，以及轰炸集中营这一类非军事目标的建议都是与主要的作战方针格格不入的。不过，某些事情是可以做的，而且必须做到。

五、短期步骤

罗斯福总统能够立即做得最紧急的、最能取得成效的一件事是免除国务院，尤其是免除布雷肯里奇·朗先生处理整个难民问题的权限。

朗先生现在负责处理这个问题，他简直就是灾难的化身。这个不幸的怀疑主义者，在形势的逼迫下，正处于危险的境地。他决心尽量少做事，同时阻止其他任何人干更多的事。他不遗余力地试图证明他是正确的，而且是一贯正确的，没有其他任何人能成为犹太人的一个更知心的朋友。在内心里，他似乎还认为有关纳粹暴行的传闻多半是犹太人旨在规避移民法的一种巧妙的手法。

国务院的工作人员被反复灌输这个观点，有太多的人具有和他一样的僵化的限制主义信念。国务院的士气以及它执行人道主义使命的能力都是很低的。必须建立一个行政机构，它受权探索拯救犹太人的任何可能的途径，并迅速采取行动。对现行签证规定进行合乎常情的调整便可以立即挽救一大批有条件根据现有限额进入美国的犹太人，他们不会构成财政上的负担，犹太人的社团将能提供几乎是任何数字的救济金。

拉丁美洲的限制主义是以我们自己的限制主义为基础的。新机构一旦向拉丁美洲各国表明美国的态度已经改变，那些国家中有一些是会跟随我们脚步的。

新机构应立即把尽量多的难民撤离四个中立的欧洲避难所——瑞士、瑞典、西班牙和葡萄牙——以减轻它们的重担，并把它们现在的"救生艇已满"的态度改变为欢迎那些还有机会到达它们边境的犹太逃亡者。

新机构应设法说服国会领袖临时接纳大概两万名难民。如果世界上有其他十个国家能以我们为榜样，这个行动将形成一个响亮的明确的信号，向屠夫们自己以及尚未把它们的犹太籍国民交给德国人的各附属国政府表明，盟国是说话算数的。

因为随着战局的推移，大屠杀终将降低速度，最后停止，屠夫和他们的帮凶迟早要胆寒。这个转折点可能在百分之九十九的犹太人都已死去或者出走的时刻到来，也可能在百分之六十或七十的犹太人都已死去或者出走的时刻到来，大概不可能有一个更低的数字了。但即使做到那么一步，也可以算是一件历史大事了。

莱斯里·斯鲁特

威廉·塔特尔给总统发出信后没接到对方的收函通知，他也一直不知道总统是否已经收到他的信。就历史事实而言，在百慕大会议的真相暴露后，公众反应在一九四三年逐渐高涨，后来达到舆论哗然的程度。一九四四年一月二十二日，白宫的一项行政命令免除了国务院处理难民问题的权限。根据这项命令，成立了一个战争难民委员会，这是一个受权处理"纳粹灭绝所有犹太人的计划"的行政机构。一个强有力的美国抢救行动的新政策开始实施了。在那个时候，飓风已经肆虐一段相当长的时间了。

第六十五章

一位瑞士外交官和坐在轮椅上的杰斯特罗一起进入医院，他带来了一封德国大使给院长阿尔德贝·德尚布伦伯爵的信。"想来您一定听说过，"这个瑞士人不在意地说，"这位先生的著作《一个犹太人的耶稣》。"

德尚布伦伯爵是一位退休将军、金融家、世袭贵族，也是赖伐尔总理的姻亲，这一切使他在当前的兵荒马乱年头里也还能平安度日。他把来信看了一下，点了点头。信中要求给予这位"卓越的作家"尽可能最好的治疗。珍珠港事件以后，大部分人员都已离去，因此这位伯爵便承担起这所美国医院的院长职务，仍然滞留在巴黎的少数美国人都到这儿看病，但杰斯特罗是被送到巴登-巴登去的那一批人中第一个前来就诊的病人。伯爵对当代文学不甚了了，他也吃不准是否听说过杰斯特罗和《一个犹太人的耶稣》！在目前情况下，这封信倒是有点儿蹊跷。

"你将会注意到，"那个瑞士人又接着说，好像看出了对方的心思，"占领当局认为种族出身是无关紧要的。"

"是这样，"伯爵答道，"偏见跨不进医院的大门。"

瑞士人听到伯爵这样表示，脸上抽动一下，便告辞了。不到一小时，德国大使馆就打来电话探询杰斯特罗的病情和受到的待遇。这样一来，也就万事妥帖了。当杰斯特罗在经过一次困难的、分两个阶段进行的外科手术，并痛苦了好几天之后开始复原时，这位院长便把他安顿在一个阳光充足的病房里，日夜都有护士照料。

德尚布伦伯爵和他的妻子说起了德国人对待杰斯特罗的这种稀罕的关怀。他的妻子是个很有主见的美国人，遇事都能不假思索地拿定主意。伯爵夫人原是名门闺秀，娘家姓朗沃思，就是和罗斯福家结亲的那个人家，她的兄弟是前任美国众议院议长。在这些战火纷飞的年头，她为了消磨时间承担起管理美国图书馆的工作，同时也埋头于莎士比亚研究。他们的儿子跟皮埃尔·赖伐尔的女儿结了亲，伯爵夫人早就入了法国籍，不过在谈吐举止上仍旧是一个毫不含糊的美国人，外加一层法国贵族世家的极端势利的性格。一个七十高龄的古怪宝货的活典型，可惜没有一支普鲁斯特的生花妙笔给她来一番写照。

这件事一点儿也不奇怪，伯爵夫人开门见山地告诉她丈夫，她读过《一个犹太人的耶稣》，认为它不是一部什么了不起的作品，但这个人的确有点儿名气。他不久就要回国了，关于他受到的待遇，美国报章杂志要广为报道他所说的话。德国人正好利用这个机会去回击一下有关反犹政策的敌对宣传。她倒是对德国人表现出来的通情达理感到惊奇，因为她一向认为德国人都是奇蠢无比的笨蛋。

德尚布伦将军也把关于杰斯特罗的侄女的事情告诉了她。在探望病人的时间里，他和她交谈过，她那憔悴而忧伤的美貌，她那娴熟的法语和出色的智力给了他深刻的印象。这个姑娘可以到图书馆工作，他建议，因为杰斯特罗要有一段时间才能康复。伯爵夫人马上竖起了耳朵。一九四〇年仓促撤离的美国人留下大量书籍尚未分类和编目，图书馆在这方面的工作远远没赶上。德国人可能反对这个想法，不过，话又说回来，一个著名作家的美国侄女，又是潜艇军官的妻子，可能没什么问题，即使她是一个犹太人。伯爵夫人和监督图书馆和博物馆的德国官员商量了这个问题，后者欣然同意，让她雇用亨利夫人。

于是她抓紧时间行动起来。娜塔丽上医院去探望埃伦的时候，伯爵夫人便闯入病房，做了自我介绍。她一看见娜塔丽，就喜欢上她的容貌。就一个难民而言，她的长相是够漂亮的了，她又有美国妇女那种媚人的丰韵，浅黑色的美貌很可能是出自意大利甚至是法国的祖先。睡在床上的犹太老人看上去像一个死人，灰白的络腮胡子，大鼻子，棕色的大眼睛，神情忧郁，在那蜡黄瘦削的脸庞上闪耀着带有热病症状的光芒。

"你的叔叔看样子病得厉害。"伯爵夫人在院长室里说，她把娜塔丽请来喝一杯"马鞭草茶"，这种茶喝起来像，也许真的是，煮沸的草。

"他几乎死于内脏出血。"娜塔丽说。

"我丈夫说，他短期内不能回巴登-巴登去。在他康复到一定程度时，我们会把他迁到疗养院去的。呃，亨利夫人，将军告诉我你是拉德克利夫女子学院毕业的，取得巴黎大学索邦神学院研究生学位。这很不错。你愿意做点儿有益的工作吗？"

伯爵夫人陪娜塔丽走回她的住所。夫人宣称，这种鬼地方对一个美国人来说，即使是偶然死在里边也不合适。她逗路易斯玩，咕咕地叫，或者更准确地说，呱呱地叫了几声。她决定把他们迁到像样的住所去。她带领娜塔丽来到医院附近一幢古老的大宅第，这座大楼已经改建成为分套出租的公寓，住户都是医院里的人。在那里，夫人当即为她和婴儿解决了膳宿问题。黄昏到来时，她已把母子俩安顿在新居，上警察局办好了手续，并在讷伊郊区德国行政官员那里办妥了迁入手续。临走时，她答应明天早上再来领娜塔丽乘地铁到图书馆去，她还说她会找一个人照料路易斯。

这位从天而降的恩人，这位脾气乖庚的老太太使娜塔丽受宠若惊。她被流放到德国这段经历使她处于一种不太强烈但持久的震惊状态。在巴登-巴登的旅馆里，怀有敌意的德国职工，无休止的以德语进行的谈话，用德语写的菜单和标志，门廊和走廊里的德国秘密警察以及被拘留的愁容满面的美国公民，这一切使她神思恍惚，她能意识到的东西仅限于她自己和路易斯，他们两人每天的生活需要以及可能出现的危险。当那位瑞士代表使她确信，好几个属于特殊情况的美国公民事实上在德国占领下的巴黎过着自由的生活，并向她保证，瑞士当局会像在巴登-巴登一样把她置于保护性监督之下以后，这次到巴黎去的机会对她来说好比一个身系囹圄的人获得赦免一样。但在伯爵夫人出现之前，她很少出去溜达，领略一下巴黎的风光。她整天躲在斗室里，逗着路易斯玩或者看看旧小说。每日晨昏两次，她来去匆匆地到医院探望叔叔，生怕警察找她麻烦，而且她对自己的证件也缺乏信心。

到了图书馆工作以后，她的生活揭开了新的一页。工作是最好的镇痛剂。她开始到处走动，地铁里第一次的证件检查着实使她惊慌，但最终平安无事。本来，她在巴黎就差不多和在纽约一样毫不觉得陌生，如今这儿的变化也不大。地铁里把人压得透不过气来的人群，其中有许多年轻的德国士兵，使她感到新奇，也使她厌烦，但巴黎没有其他的交通工具可供代步，除非你骑自行车，乘坐破旧的马车或那种怪模怪样的像人力车似的用脚踏车拖动的出租车。图书馆的工作很简单，她办事的速度以及敏锐的理解力无不使伯爵夫人对她倾倒。

这位不可思议的老妇人给娜塔丽带来各种不同的感受。她在学术方面的谈吐很有见地，她讲的有关名人的奇闻逸事尖刻有趣，而且她又是一个给人以深刻印象的研究莎士比亚的学者。不过她的政治见解和社会观点使娜塔丽难以接受。她断言法国的战败理由有三：赫伯特·胡佛准许德国人延期偿还战争赔款，社会主义人民阵线削弱了法国的力量，以及英国人背信弃义在敦刻尔克弃甲逃遁。法国人被英国人以及法国自己那些愚不可及的政客引入歧途，终于对德发动攻击（娜塔丽感到吃惊，怀疑是不是她听错了）。即使是这样，如果法军那时听从她丈夫的劝告，把坦克部队集中起来，组成一些装甲师，而不是把它们分散部署在各个步兵单位之中，那么在比利时发动一次装甲部队的反击可以把冲向海滨的德国装甲部队切断，一举打赢这场战争。

她从不花费心力去把她的各种观点和判断协调起来，或者说出一个所以然来，她只顾把它们像鞭炮一样放过就算。皮埃尔·赖伐尔是一个被人误解的法国救主，夏尔·戴高乐是一个装腔作势的骗子，他所说的"法国输掉的是一次战役，不是一场战争"是一句不负责任的废话。法国抵抗运动不过是一批共产党人和浪荡子的乌合之众，只是使他们的法国同胞遭殃，并且引起德国人的报复，损害不了德国人一根毫毛。至于法国被占领后的情况，尽管存在种种严厉措施，还是有其可取之处。剧院上演的戏现在健康多了，上演古典作品和正派的喜剧，不再是以前那种色情闹剧和花花公子的下流戏。现在的音乐会里已经没有那些叫人头痛、谁都听不懂的现代派不和谐音，所以更好听了。

不管娜塔丽说些什么都能引起一通滔滔不绝的独白。有一次，她们两人正在整理一位美国电影制片人留下的几纸箱书籍时，娜塔丽说巴黎的生活看起来已经异乎寻常地接近正常了。

"亲爱的孩子，正常吗？可糟透了。当然德国佬也想把巴黎打扮得看上去很正常，甚至很可爱。巴黎是一个'新秩序'的橱窗，知道吗？"她以辛辣的讽刺口吻说这个词，"就是这个缘故，剧院、歌剧和音乐会才受到鼓励，甚至得到津贴。我们这个可怜的小图书馆还能开放，其理由也在于此。哎呀，那些可怜的德国人千方百计地要装出一副文明样子，但说实在的，他们确实是畜生。当然，他们比起布尔什维克来，可要好得多了。事实上，如果希特勒当时有足够的常识不去进攻法国而是去干掉苏联，在一九四〇年的时候他显然是能做到这一点的，他今天就会成为世界英雄，而且和平也就实现了。而今，我们必须等待美国来拯救我们。"

有一次，当娜塔丽和伯爵夫人一起去吃午饭，走在一条热闹的林荫大道上的时候，她第一次看到黄星。两个衣饰考究的妇女从她们身边走过，其中一个在愉快地说些什么，另外一个面带笑容，两个女人的衣服上都有一颗耀眼的黄星别在左胸上。伯爵夫人完全没注意到这一点。过了一会儿，娜塔丽又看见几颗，并不太多，只不过是那么一颗黄星，满不在乎地别在胸前。拉宾诺维茨告诉过她一年前在巴黎大张旗鼓兜捕犹太人的情况，要么这些犹太人大多数已被肃清，要么他们不再露面。那些禁止犹太人进入饭店或公用电话间的牌子都已卷曲，满是尘埃。每一天，像《巴黎晚报》和《晨报》等这些熟悉的报纸上出现习以为常的恶狠狠的反犹主义使她惶恐不安，因为这些报纸的第一版看起来和平时并无两样，而且有些专栏作家也还是那么几个老人。

沦陷的巴黎的确有其独特的迷人的一面。清洁静谧的街道，没有出租汽车的刺耳喇叭和拥塞街头的车流，清新无烟的空气，穿上色彩鲜艳的服装的儿童在游人不多的鲜花怒放的公园里游玩，身穿巴黎时髦服饰的妇女乘坐的马车，这一切都像那些古老的油画里所表现的巴黎风光一样。但是像麻风病灶似的德国占领的迹象到处可见：大块的标语牌，上面用黑色字母写着"协和广场"和"士兵戏院"等字眼，黄色的墙报，上面公布了被处决的破坏分子的名单，绯红色的卐字旗飘拂在官方大楼和纪念碑上，飘拂在凯旋门和埃菲尔铁塔上，饭店外面用粉笔写上的德语菜单，德军军车在空荡荡的林荫大道上飞驰，以及下班后穿着灰绿色军服的德国士兵带着照相机在人行道上醉醺醺地散步。有一次，娜塔丽碰上一个吹吹打打的军乐队带领一个踏着鹅步的卫队沿着香榭丽舍大街走向凯旋门，鼓声咚咚，伴有刺耳的军乐声，卐字旗随风飘扬。只要看上一眼这种奇特的景象，就会意识到占领意味着什么。

人类的心灵因能随遇而安而得以挽救。娜塔丽只要在图书馆里埋头工作，或者和路易斯一起度过黄昏，或者午饭后沿塞纳河一边溜达，一边看看书摊，也就放下心了。每星期一次，她到瑞士公使馆报到。有一次路易斯病了，她只好待在家里，一位身材颀长、衣着考究的年轻瑞士外交官到她家里访问，看看是否情况正常。这就足以使人安心了。巴黎似乎没有马赛那样可怕，人们看上去不那么胆战心惊，吃得也好一些，警察也比较文明。

三个星期之后，埃伦被迁到疗养院，住进一间窗口对着花园的房间。他还衰弱、渴睡，几乎不能说话。他对这种优待似乎受之无愧，但娜塔丽心里感到纳闷儿。把病人送到巴黎来这件事在她看来本无什么出奇，因为巴登-巴登的医生说过，那所美国医院有第一流的医务人员，她的叔父在那儿要比在法兰克福好一些。巴黎本身更使人感到愉快，这是巴登-巴登难以比拟的。不过，一层恐怖的阴影一直笼罩在她的心头，像一个小孩对于一间长年上锁的房间的神秘感到恐怖一样。这是一种对不可知的事物的恐怖。在这个处于德国人占领下的城市里，她叔父所受到的优待和她自己享有的自由使她心神不定，她认为这是个难解之谜，而不是他们时运特别好。当谜底终于在美国图书馆里揭开的时候，与其说她是感到惊奇，倒不如说是打开了一间上锁的黑暗房间时那种恐怖。

伯爵夫人从外面一间办公室喊道："娜塔丽，我们来了一位客人，是你的老朋友。"

她正在后边房间里，蹲在书堆中填写书目。她用手掠一下披在脸上的头发，匆忙走进办公室。站在办公室里的是韦尔纳·贝克，他一边咔嚓一声立正，一边鞠躬，眯起眼睛露出友好的笑容。

"德国大使馆的公使，"伯爵夫人说，"为什么你没有告诉过我你认得韦尔纳？"

自从离开锡耶纳以后，她从没穿过晚礼服。在锡耶纳，尽管她那时还受到意大利人的临时软禁，她有几次晚间外出时还穿过一套褪色的长礼服。而今，她只有手提箱里所带的几身出门旅行的服装穿来穿去。那天晚上，在娜塔丽深受震惊的精神状态中，穿上伯爵夫人为她弄到的灰姑娘的华丽服饰，似乎是对现实的一种怪诞的嘲弄，像是被执行绞刑前显示其女性美的最后一次阴森可怕的机会。这套衣服很合身，伯爵夫人那个表妹的身材正好和她一样。娜塔丽在把平滑的、珠母似的丝袜拉上她的双腿，一直拉到大腿上的吊袜带的时候，一种难以名状的感觉涌上心头。在今天，即使是一个富有的巴黎妇女，她从哪儿可以弄到这样的丝袜呢？如果穿着这样一身打扮在太平岁月里和拜伦出去欢度一个良宵而不是像现在这样面临一场使人寒心的噩梦，那将是什么样的滋味呢？

为了搭配那套时新的灰绉丝礼服，她在搽脂粉的时候真是费尽心思，但她只有一些基础的、因为久已不用而干裂的化妆品：一罐胭脂、一支唇膏、一段画眉笔的笔头以及一些睫毛油。路易斯睁大了好奇的眼睛望着在化妆的母亲，好像她在点火自焚一样不可思议。她还在涂脂抹粉的时候，那个头发灰白的照看小孩的女人探头进来说：“夫人，那位先生来了，他在楼下坐在汽车里——呀，夫人，您漂亮极了！”

除了接受贝克的令人胆战心惊的邀请之外，娜塔丽别无选择。即使有其他办法，她也没胆量去试一试。那天，在他离开图书馆时，伯爵夫人幽默地评论道：“嘿，德国公使，还有《费加罗的婚礼》！真不错！”娜塔丽脱口而出：“可是他怎能这样？除了我是一个敌侨以外，他也知道我是犹太人。”

伯爵夫人噘起薄薄的、老得起皱纹的嘴唇——她们以前从未谈过这个问题——笑嘻嘻地回答说：“亲爱的，德国人喜欢怎样干就怎样干，他们是征服者。问题是，你穿什么？”

至于娜塔丽和贝克的关系，她问也没问，也没一句带刺的话，她只是兴致勃勃地着手为一个准备在巴黎上流社会度过一个夜晚的女伴配备衣饰。伯爵夫人的表妹是一个皮肤黝黑的龅牙年轻女人，她看到伯爵夫人带了这个美国姑娘突然出现在她的寓所时感到迷惑不解。她话不多，也看不出是否高兴，只是温顺地把伯爵夫人要的华丽服饰拿出来。伯爵夫人对每一件衣饰都做出评价，她甚至坚持要一瓶上等香水。伯爵夫人这样做到底是出于好意，还是为了讨好德国公使，娜塔丽实在看不出，她就是这样干，而且干得干脆利索。

路易斯伤心地看着他妈妈没有吻他一下就走了。她觉得嘴唇黏而油腻，生怕弄脏了儿子，也怕弄脏自己。在楼下，她披上一件紫红色附有帽罩的天鹅绒斗篷，这时她体会到一个女人在穿上盛装时的兴奋心情。她确实漂亮，他是一个男人，而她是在瑞士当局的保护之下。几个月来，在这些没完没了的苦恼日子里，这是她遇到的最可怕的事情，但她是个过来人，她在思想上已经准备好进行一次奋不顾身的自卫。

在发出蓝光的街灯下，在一轮明月的光辉里，一辆奔驰汽车停在那儿。他一边轻声说了几句赞美的话，一边走出来为她打开车门。这是一个暖和的夜晚，陈年的老屋前面有围栏的花园里正在开花的树丛飘来阵阵清香。

在他发动汽车的时候，娜塔丽说：“恕我大胆问你一声，你怎么能够和一个犹太女人一起出去呢？”

他那严肃的脸庞在仪表板发出的微暗的红光中露出微笑：“大使知道你和你的叔父在巴黎，德国秘密警察当然也知道。他们都知道我今晚请你去看歌剧，没有其他的人敢过问你是谁。你有点儿担心吗？”

“非常担心。”

“我能做些什么使你安心呢？是不是你不愿意去？我最不想干的事情就是强迫你去度过一个不愉快的夜晚，我本来以为你会喜欢的。我请你出去玩原是为了表示友好，至少是为了表示和解的愿望。”

娜塔丽想，如果可能，她有必要弄清楚这个人居心何在。于是她说：“好吧，我已经打扮好了。感谢你的盛情。”

“你真的喜欢莫扎特吗？”

“当然。我好多年没听过《费加罗的婚礼》了。”

“我真高兴凑巧选中了这个好节目。”

“我们到巴黎这件事你知道多长时间了？”

“亨利夫人，我知道你们在卢尔德。”在漆黑的、空荡荡的马路上，他缓慢地开着车子，“你知道，温斯顿·丘吉尔在非洲战役进行时曾慷慨地对隆美尔表示过敬意。‘越过战争的鸿沟，’他说，‘我向一位伟大的将军致敬。’你的叔父是一位杰出的学者，亨利夫人，但他不是一个能干的会办事的人，从锡耶纳逃到马赛肯定是你出的主意。你们的逃亡使我处于非常为难的位置。不过，‘越过战争的鸿沟’，我向你致敬。你很有勇气。”

贝克用左手把住驾驶盘，他向娜塔丽伸出他那短而粗的右手。娜塔丽只好和他握了握手，这只手又湿又冷。

“你怎么知道我们在卢尔德的？”她不自觉地在斗篷上揩了揩手，又希望他没发觉。

“因为有人设法使你们获得释放。法国人马上通知我们，很自然……”

“什么？什么设法？我们不知道有过这样的事情。”

“真的吗？”他惊异地转过头来。

“我从来没听说过。”

“很有意思。”他点了几下头，“好吧，在华盛顿有人曾试探过，是否可以做出安排，让你们静悄悄地越境进入西班牙。你们在这儿出现使我感到宽慰，我担心你们出了什么事情。"

娜塔丽大吃一惊，是谁在设法使他们获得释放？这对他们目前的困难处境又产生过什么作用？"原来是这样你才知道我们在哪儿的。"

"哦，我迟早会查明的。在大使馆，我们一直密切关注你们这伙人。各式人都有，是吗？外交官、记者、贵格会教徒、婆娘们、孩子们等等！对了，维多利亚疗养院的医生今天告诉我，你的叔父好多了。"

娜塔丽默不作声。过了片刻，贝克接下去说："你觉得德尚布伦伯爵夫人是一个有趣的女人吗？很有文化，是吗？"

"很有意思的人，当然。"

"对，这对她是一个恰如其分的说法。"

闲谈到此结束。从一片漆黑中走进灯火辉煌的剧院休息室使娜塔丽感到目眩。时间机器把她送回到一九三七年的巴黎。眼前的景象和她跟莱斯里·斯鲁特一起去看戏的那些夜晚没什么两样，只是现在多了些零零落落的穿德军制服的军人。这是她记忆中的巴黎的精华荟萃之处，雄伟的休息室、大理石圆柱、豪华的楼梯、丰富多彩的雕像。身穿雨衣的长发飘散的学生带着身穿短裙的女友，挤在劳动人民中间拥向低价座位的入口处；一对对中产阶级轻松自在的夫妇走向正厅；还有像一流细水那样穿过人群的衣饰华丽夺目的上流人物。气氛活跃，典型的法国语音语调，一张张面庞——也许比往日消瘦了些或苍白了些——多半是法国人的面庞，而且为数不多的几个洒脱超群的是彻头彻尾的纯种法国人，尤其是妇女，那些永远是雍容华贵的巴黎妇女，发式别致，浓妆淡抹，在回眸顾盼之际，在转动赤裸的手臂或发出轻快笑声之际，处处表现出她们善于显示自己和取悦他人的艺术。她们有的是伴着穿晚礼服的法国男人，有的是和德国军官在一起。在等而下之的人群当中，德国士兵也带着法国姑娘，她们打扮得花枝招展，容光焕发，像小猫那样活泼欢快。

也许因为娜塔丽正处于兴奋状态——近在身边的贝克博士使她的肾上腺素不停地发挥作用——她在突然进入剧院休息室时使她感到目眩的不仅仅是强烈的灯光，还有使她良心不安的一闪念。她心想：遭到盟国报章和戴高乐广播嘲弄和痛骂的"通敌者"是些什么人呢？原来这些人就是。可不是吗？他们是法国人。他们是人民。他们打败了。为了打赢上次战争，他们曾经血流成河。他们付了二十年的税，做了他们的政客要求他们做的事情，修筑了马其诺防线，在德高望重的将军带领下走向战争。如今德国人占领了巴黎。好吧！我可不在乎！如果美国人能来拯救我们，那就太好了。在此期间，他们在德国的占领下继续按法国人的生活方式生活下去。既然是苦难重重而欢娱很少，这就更应当尽情享受这些欢乐的时刻。这时娜塔丽觉得她有点儿理解德尚布伦伯爵夫人了。在和贝克一起穿越人群走向座位时，她体会到有一点不同于一九三七年，当年，在每次演出歌剧时，观众中总有许多犹太面孔，而今天，一张犹太面孔也看不见了。

序曲的头几个音符像是掠过竖琴琴弦的清风一样掠过她的神经，引起了不寒而栗的震颤。由于处在极度紧张状态，她震颤得更厉害。她试图全神贯注地倾听音乐，但听了几个小节以后，贝克透露的消息又闪现在她心头。他们待在卢尔德的时候，究竟是谁做出徒劳的、带来不利影响的试探？在她苦苦思索、心事重重的时候，帷幕升起，舞台上出现了可与和平岁月里任何布景媲美的富丽堂皇的布景。扮演费加罗和苏珊娜的两位都是第一流的歌唱家，观众立即便进入了他们声情并茂的不朽的喜剧情景中去。尽管这场《费加罗的婚礼》演得很出色，但娜塔丽未能领略多少，她内心中正在为眼前的困境忐忑不安。

贝克事先预订了一间比较小的休息室，里面有一张小桌子，以供幕间休息时使用。侍者点头为礼，以亲切的笑容迎接他们。"晚安，夫人，晚安，公使先生。"他敏捷地带走了"保留席"牌子，接着送上香槟和糖饼。

"顺便提一下，"贝克吃着糕点、呷着酒，对那些歌唱家发表了一些颇有见地的评论之后说，"我最近重读了你叔父的广播稿。他确实是有先见之明，你了解这一点吗？他在一年前所写的东西正是今天盟国阵营里人们广泛议论的东西。亨利·华莱士副总统最近发表了一次演说，他说的话很可能是从你叔父的广播稿里剽窃来的。萧伯纳和罗素之流的最高超的思想家也都在说这些话。真奇怪。"

"我近来和盟国阵营可没什么接触。"

"是这样。嗯，我手里有那些报道的剪辑。等杰斯特罗博士好一些的时候，他应该看看这些东西。我一直很想发表他的稿子。说真的，所谓必须再加润饰的说法是根本没有道理的，这些稿子都是字字珠玑的好文章，都是传世之作，它们显示出一种美妙的理智的进程。"侍者为他斟酒时，贝克停顿了一下。娜塔丽用嘴唇抿了抿酒。"你认为他现在愿意广播这些稿子吗？也许在巴黎电台？说真的，他正欠我这笔债呢。"

"像他现在这样衰弱，怎能讨论这样的事情。"

"但他的医生今天告诉我，他在两三星期后有望复原。他在维多利亚疗养院过得还舒服吗？"

"他在各方面都受到最妥善的照顾。"

"那很好。我坚持要做到这一点。法兰克福医院是一所很不错的医院，但我知道他在这儿要愉快些——呀，第一次铃声响了，你几乎还没碰过你的酒呢，是酒不好吗？"

娜塔丽一口喝干了酒说："酒很好。"

这以后，有如洪流奔腾的美妙音乐在娜塔丽听来像是奔驰在远方的列车。当歌唱演员在舞台上以各种可笑的伪装出现、在纠缠不清的误会中相互戏谑时，各种可怕的可能性相继在她心头涌现。又一次，最坏的可能性正在变成现实。把病人送往巴黎医院之举绝非偶然，贝克博士本来就想把他们弄到这儿来，他等待时机，并利用了埃伦不幸生病这个机会来实现他的企图，因为如果采用更野蛮的手法可能会使他在瑞士人面前交代不过去。那么现在又将怎么样呢？埃伦还是可以找借口拒绝广播，即使他同意，这样做会不会反而决定了他的命运，可能还有她的命运？显然他可以在回到美国之后马上否认这次广播，而且贝克博士是一个聪明人，他不会估计不到这个可能性。因此，德国人一旦把那些录音弄到手，他们会千方百计把埃伦留住不放，很可能也不让她离开。考虑到他们现在所处的不牢靠的位置，瑞士人提供的"保护"在这种情况下还能有效吗？

然而，如果埃伦断然拒绝韦尔纳·贝克的要求，那又会发生什么情况呢？在福洛尼卡，他已经使用过那种拖延策略了。

他们已经坠入陷阱，无法脱身。或者说，在她看来是如此。坐在巴黎歌剧院内，穿戴着别人的衣饰，脸上涂着厚厚的脂粉，敏感的胃由于刚吞下的那杯酒在折腾着她，身旁是一个彬彬有礼的、很有才智的男人，耶鲁大学的毕业生，谈吐举止完全是一个有教养有文化的欧洲人，而他的所作所为归结起来无非是以一个隐隐约约的可怕的未来威胁着她和她的孩子。这一切是可以想象到的最可怕的感觉，而且这并不是一个她醒来时便会消逝的荒谬的噩梦，这是活生生的现实。

"太动人了，"贝克博士说，这时帷幕在热烈的掌声中徐徐下降，歌唱演员们走到台前谢幕，"现在去吃晚饭怎么样？"

"我必须回家照看孩子，贝克博士。"

"你能很早就回到家里，我保证。"

他把她带到附近一间拥挤的、灯光暗淡的饭店。娜塔丽以前听说过这地方，价钱昂贵，学生休想问津，而且要早一天订座。在这里，穿军服的德国人不是秃头的就是头发灰白的将军，法国人多半是大腹便便和秃顶的。她认出两个政客和一个名演员。女人当中有些头发灰白，身段丰满，但大多数都是高雅的年轻巴黎女郎，衣饰迷人，充满魅力。

在这里，哪怕是食物的气味也使她作呕。贝克劝她试试卢瓦尔的鲑鱼，这间饭店是目前在巴黎唯一可以吃到卢瓦尔鲑鱼的地方。她婉言谢绝，点了一盘煎蛋卷，但蛋卷端上来后她只吃了一点儿，而贝克在平静地、贪婪地吃着他的鲑鱼。在他们四周，那些德国人和富裕的法国权势人物和他们的女伴一边吃鸭子、活杀的整鱼和烤肉，一边畅饮美酒，他们时而争辩，时而嬉笑，幸福到极点。这是难以相信的景象。巴黎的配给制度很严格，报章上尽是针对食物短缺的特写以及辛辣的讽刺小品。在疗养院里，埃伦每天能吃到一份配给的牛奶蛋冻，这种只消一只鸡蛋就能制成的蛋冻已经被认为是上等点心了。但只要有足够的权势或金钱，至少在这个不为人知的绿洲里，巴黎还是巴黎。

在贝克的力劝下，娜塔丽喝了一点儿白酒。这个人正在干的事情，她想，实在是卑劣之极，豪华的款待使她软化，同时在吃晚饭的时候连哄带骗地提出他的要求，施加赤裸裸的压力，甚至在菜还没端上来以前，他又开始对她软硬兼施了。当他们第一次在卢尔德出现时，他说，设在巴黎的德国秘密警察总部已经打算把他们作为持伪造证件从意大利逃脱的犹太难民立即逮捕。幸而奥托·阿贝茨大使是一个有教养的、高尚的人。多亏阿贝茨博士帮忙，他们才得以到达巴登–巴登。阿贝茨博士怀着极大的热情审阅了杰斯特罗博士的广播稿，在阿贝茨博士看来，要使这场战争取得积极的成果，唯一的途径是让英美两个盟国看到德国正为它们而战，为保卫西方文明抗击野蛮的斯拉夫帝国主义而战。对阿贝茨大使来说，凡有助于促进与西方取得谅解的任何事情都是非常重要的。

这是糖衣。药丸在他们进餐时出现了。贝克咂着嘴吃鲑鱼时若无其事地把这颗药丸塞给她。他让她知道，德国秘密警察要逮捕他们的压力从未停止过。秘密警察急于审讯他们关于他们从锡耶纳到马赛去的经过。警察毕竟要尽到自己的责任。阿贝茨博士迄今为止一直在庇护着杰斯特罗博士，贝克说，不然的话，秘密警察会毫不迟疑地把他们抓走。一旦发生了这种情况，以后的事情贝克就不能负责了，尽管他对此会感到无比痛苦。在这种情况下，瑞士提供的外交上的保护措施会像稻草篱笆一样阻挡不住熊熊烈火。瑞士当局已有他们违法逃离意大利的全部记录。在娜塔丽和杰斯特罗博士两人确凿的犯罪记录面前，瑞士当局是无能为力的。奥托·阿贝茨博士是他们的庇护者，也是他们的希望。

"好吧，"贝克博士把车子停在她家门口，关掉马达时说，"我相信今晚过得还是不错的。"

"承蒙盛情款待，又看戏，又吃饭，非常感谢。"

"我很高兴。我说，亨利夫人，尽管你经历了曲折多变的行程，但你现在看起来比以往任何时候都来得可爱。"

天啊！难道他还要勾引她吗？她匆忙而冷淡地说："我身上的衣服没一件不是借

来的。"

"伯爵夫人？"

"是，伯爵夫人。"

"我也是这样想的。阿贝茨博士正在等候我向他报告今晚我们的情况。我能告诉他什么呢？"

"告诉他我很欣赏《费加罗的婚礼》。"

"那他一定非常高兴，"贝克闭起眼睛笑着说，"但他最感兴趣的是你对广播所持的态度。"

"那要由我叔叔决定。"

"你自己并不立即拒绝这个建议？"

娜塔丽满腹怨恨，她想，如果他要求的仅仅是和她睡觉——尽管想到这里她不由地周身起鸡皮疙瘩——事情可要简单得多。

"我没有多大的选择余地，是吗？"

他点了点头，阴影遮没的脸上出现了笑容："亨利夫人，如果你懂得这一点，我们今晚就不算白度过了。我真想看一看你那个讨人喜欢的孩子，但我猜想他已经睡了。"

"嗯，已经睡了几个小时了。"

贝克一言不发，只对她笑，过了好久，他才下了汽车为她打开车门。

房间里漆黑一片。

"妈妈？"完全清醒的喊声。

娜塔丽扭亮了电灯。起坐间里路易斯的小床旁，坐在椅子上的老太太正在打瞌睡，身上盖着一条毯子。路易斯正坐起身来，尽管泪痕满面，但他现在眨着眼睛，破涕为笑了。灯光惊醒了老太太。她因为睡着了而表示歉意，然后打着哈欠蹒跚地走出去了。这时，娜塔丽赶快用一块破毛巾把脂粉全抹掉，并用肥皂把脸洗干净。她走到路易斯身边，拥抱他，吻他。他依偎在她的怀里。

"路易斯，你该睡了。"

"是，妈妈。"自从到了科西嘉岛以后，他一直用法语叫她妈妈。

当他舒适地蜷缩在毯子下面的时候，她用意第绪语唱起摇篮曲。自从到了马赛以后，这首摇篮曲就成为他在临睡前非听不可的歌曲。

宝宝睡在摇篮里，

　　　　　底下有只白山羊。
　　　　　小小山羊做小贩，
　　　　　宝宝也干这行当。
　　　　　葡萄干和杏仁，
　　　　　睡吧睡吧，小宝宝。①

　　路易斯半醒半睡地跟着一起唱，孩子伊呀学语，把意第绪语唱得走了样。

　　　　　葡萄干和杏仁，
　　　　　睡吧睡吧，小宝宝。

　　第二天，伯爵夫人一看到娜塔丽的脸，就知道昨天晚上出去看歌剧并不完全是一件乐事。娜塔丽把两包衣物放在办公桌旁的时候，伯爵夫人问她昨天晚上过得怎么样。

　　"不错。你的表妹真是慷慨。"

　　说完这句话，娜塔丽立即走到自己的小办公室里去弄书目卡了。过了一会儿，德尚布伦伯爵夫人走了进来，掩上了门。"怎么了？"她带着浓重的鼻音问，这种语调和一个法国贵妇完全不相称。

　　娜塔丽无言对答，只是用惊魂未定的眼光瞪着她。娜塔丽不知道她周围还有什么样的陷阱，因此不敢贸然举步。她可以信任这个通敌的女人吗？这个问题，以及其他一些同样难以解答的问题，使她彻夜未眠。伯爵夫人在一张小的图书馆凳子上坐了下来，说："快，我们俩都是美国人。说吧。"

　　娜塔丽把这件事的来龙去脉告诉了德尚布伦伯爵夫人。这需要很长一段时间。由于过度紧张，她两次哑了嗓子，不得不喝一些玻璃瓶里的水。伯爵夫人一言不发，眼睛像鸟眼一样发亮。娜塔丽说完之后，她说："你最好马上回到巴登-巴登去。"

　　"回到德国？那有什么好处？"

　　"能为你提供最有效的保护的是代办。塔克是个强烈拥护'新政'的人，但他是精明强干的硬汉子。你在这里没有律师，瑞士人只能装装样子。塔克是会跟他们斗的，他可以威胁对被拘留在美国的德国公民进行报复。你们现在的处境是万一出了什么事情，再提抗议就来不及了。旅途劳顿，你叔叔受得了吗？"

――――――――――――――――――

① 这两句原文是意第绪语。

"如果必须走的话，他是愿意走的。"

"告诉瑞士人，你们要回到你们那伙人那里去，你的叔叔很想念他那些记者同行。德国人没有权力硬把你们留在这里。采取迅速行动，请他们立即和塔克取得联系，并安排你们返回巴登-巴登，不然就让我来办。"

"把你自己卷进去太危险了，伯爵夫人。"

伯爵夫人翻动两片薄嘴唇，露出坚强不屈的笑容，随即站了起来，说："我们去找伯爵谈谈。"

娜塔丽一起过去。这不失为一条计策，除此以外她也是山穷水尽了。伯爵夫人到了医院便进去了，娜塔丽继续往前走，独自去疗养院。埃伦元气未复，对有关贝克的事情他无力做出强烈的反应。他只是摇头，并低声说："这是报应。"至于回到巴登-巴登去的建议，他说让娜塔丽全权决定，他们必须做对她自己和路易斯最有利的事情。如果决定走的话，他觉得他的身体是吃得消的。

当娜塔丽和伯爵夫人在医院里再度碰头时，伯爵已经和瑞士公使谈过。公使答应和塔克取得联系，并安排他们回巴登-巴登。他估计不会有什么困难。

看起来也不至于有任何困难。瑞士公使馆第二天给图书馆里的娜塔丽打来电话，告诉她一切已准备就绪。德国人已经批准他们回去，火车票已经到手。不过不能直接打电话给在巴登-巴登的塔克，电话必须通过柏林的交换台转过去，但他们估计能在杰斯特罗离开巴黎以前通知他。同一天下午，瑞士人又来了电话，说出现了意外困难。阿贝茨大使本人对这位著名的作者很感兴趣，他已经派出他的私人医生去为杰斯特罗进行检查，以便确定病人现在是否适于旅行。

娜塔丽一听到这个消息，就知道没有希望了。的确是这样。第二天瑞士公使馆通知说，那位德国医生宣称杰斯特罗过度虚弱，一个月内不能旅行。阿贝茨大使因此认为他不能承担让他离开巴黎的责任。

第六十六章

欧洲堡垒的瓦解

（摘自阿尔明·冯·隆将军所著《第二次世界大战的陆、海、空战役》
一书的后记《作为军事领袖的希特勒》）

英译者按： 阿尔明·冯·隆的后记栩栩如生地描述了元首的活动，尤其是在他即将完蛋时的活动。在这本回忆录里，隆对希特勒的分析极其严格无情，远远超过对军事行动的分析。他的德文原著的编辑指出，这篇回忆录是隆在临终的病榻上起草的，未经修改。

回忆录开头部分是这样的：

在最高统帅部里，我有机会在阿道夫·希特勒身边观察了他四年多，享有同样机会的凯特尔和约德尔两人已被盟国绞死。凡是熟悉元首的将军多半被他处决，或积劳病逝，或战死疆场。我从未见过任何军事回忆录是把他作为一个人来描绘的。古德里安和曼施泰因的著作对他的生活侧面都略而不谈，这是可以理解的。

在我的戎马生涯里，我曾说过，作为一个政治家，他表现出机敏和鼓舞人心的力量，并曾引证过他在做出战略和战术方面的战争决策时，尤其是牵涉到使敌人措手不及的决策时，所表现的非凡才能。我曾表明，在他的威望达到最高峰的时刻，他在我们眼中已成为再生德国的灵魂。我也提到过他的严重缺点，作为一个最高统帅，这些缺点导致了浩劫。

就他的人品而言，他在逆境中越来越暴露出他的卑劣和丑恶的性格。一九四四年七月二十日遇刺后，他的所作所为显示出他的真实面目。在观看一些德国将领被处决的电影时，我坐在他的身边。这些伟大的德军将领都是我敬爱的上级和挚友，他们赤身裸体地被套上用钢琴弦制成的绞索活活勒死，他们的双眼从变色的脸盘儿里突出，紫色的舌头伸了出来，血和屎尿沿着急促扭动的躯体流下。面对这种景象，他心满意足地盯着看，咯咯地笑，并鼓起掌来。不管是谁，在看到这种情景之后，只能对阿道夫·希特勒感到厌恶。

如果德国有朝一日能再度兴起，我们必须根除这些政治上和文化上的弱点，这些弱点使我们跟随这样一个人走向失败、耻辱和被瓜分的状态。有鉴于此，我把我在最高统帅部里所目睹的情况写成下文，作为我个人对元首的不留情面的描述。

这跟隆在《陆、海、空战役》第一卷中使用的种种赞词相去甚远，如"一个浪漫主义的理想主义者，一个向往达到人类可能性的前所未有的高峰和深度的伟大理想的鼓舞人心的领袖，同时也是一个赋有钢铁意志的冷静的谋略家，他是德国的灵魂"。

看来，隆决定在未死之前对元首做出坦率的、公正的评价。也可能是，在描述胜利年代时，隆对他比较同情，后来，在从事第二卷写作时，溃败的痛苦重新涌上心头。不管怎样，后记是将希特勒作为一个不光彩的人物而做出的写照，同时也是对这场战争的一个生动的概括。我的《世界大屠杀》的译文的最后部分是一些概述战争进程直到最后一刻的节录。

突尼斯与库尔斯克

希特勒吹嘘的那个有名无实的"欧洲堡垒"纯粹是宣传伎俩，它在一九四三年七月已开始土崩瓦解，那时候红军粉碎了我们在库尔斯克的大规模夏季攻势，英美联军在西西里岛登陆，墨索里尼垮了台。

这些灾难是希特勒所犯的最严重的、最愚蠢的错误的直接后果：斯大林格勒和突尼斯。我从突尼斯视察归来后告诉希特勒，隆美尔的判断是正确的，他认为我们在卡塞林山口对没有经验的美军取得的胜利是短暂的，我们最终无法越过敌国海军控制下的海洋对三十万意大利和德国军队提供后勤支援。但戈林轻率地向希特勒保证，突尼斯离意大利近在咫尺，"并脚一跳就到了"，德国空军能够源源不断地供应那里的部队。尽管戈林对斯大林格勒战役曾夸下完全一样的海口而后来却可耻地无法实现其诺言，希特勒还是相信他，继续向北非投入大量军队，而事实上他应该把已经到达那里的部队撤回来。如果他当时把那些部队全部撤到意大利作为后备力量，他可以把盟国部队全部逐出西西里岛，并使意大利得以继续战斗下去。突尼斯一役我方遭受大量伤亡后，我们的南方战线从此一蹶不振。

在库尔斯克的攻势同样是考虑不周的。七月七日，我的儿子赫尔穆特在曼施泰因指挥下的坦克营的先头部队中战死。如果没有我这个父亲作为榜样，他也许不会成为一个职业军人，他原来是一个好学、温顺的孩子。他在被称为"堡垒"行动的一次大规模的、劳而无功的战役中阵亡。这次行动是德国战略主动的最后一口气。

和古德里安及克莱斯特一样，我是反对"堡垒"行动的。英美联军很快将要对大陆的某一点发动攻击，我们必须腾出手来保持机动性，直到我们知道敌人的打击目标。明智的做法应该是使我们在东方的各条战线都成为直线，集中强大的后备部队，让俄国人先发动攻击，然后像在哈尔科夫一样进行反击，粉碎他们的攻势。曼施泰因是这种反手击球（一个借用网球术语的军事用语。——英译者注）的老手，如果苏联人再度遭到一次这样血淋淋的挫折，他们将会在秘密和谈中表现得更为灵活。俄国人已显示出他们有意和谈，但他们的要求还是过于趾高气扬，不切实际。毫无疑问，希特勒想在库尔斯克取得的东西是一次能改善他和斯大林讨价还价地位的巨大胜利。

但曼施泰因和克卢格对这个"堡垒"计划可谓一见钟情，像一个演员在有人要他在一出戏中担任主角时欣然同意并希望演出一举成功一样，将军们醉心于归他们指挥的大规模作战计划。针对我们在曼施泰因指挥的南方军团与克卢格指挥的中部军团之间的战线，俄国人发动了冬季反攻，并在这条战线的关键地点，也即在库尔斯克城周围，深入我方阵地，形成一个向西的凸出部。曼施泰因和克卢格必须使装甲部队从南北两个方向做钳形运动，切断这块凸出部，形成一个口袋，一反斯大林格勒的战局，捕捉一批俄国战俘，然后通过这个在苏联战线上打开的缺口继续进军，去争取天晓得是什么样的巨大胜利。

这是一个使人陶醉的景象，但我们力不从心，缺少本钱。希特勒老是吹嘘他有多少个师可以投入战斗。我们的确有许多这样的"师"，但这些数字全是扯淡，差不多所有这些师都是兵员不足，而且已经阵亡的将士都是其中的精华和主要的战斗力量，剩下的多半是软弱的行政勤务人员。其他的师已被消灭，仅仅是图表上的一些名存实亡的番号而已。但希特勒命令"重编"这些部队。看吧！只要他吹一口气，这些部队又——在他心目中——重新出现，那些他在伏尔加河沿岸、高加索和突尼斯等地挥霍殆尽的、训练有素的、满员的战斗队伍。他在逃避现实，逐渐退入一个梦幻世界，他在那里仍然是欧洲的霸主，指挥着全球最强大的军队，这个梦幻世界一直存在，直至他变成一个彻头彻尾的偏执狂。但在一九四五年四月以前，从这个隐蔽的梦幻世界里不断发出失去理智的命令，那些在严酷的战场上浴血奋战的德国战斗人员只能唯命是从。

而且，正当德军在下坡路上滑下去的时候，红军却在恢复力量并日益壮大。苏军将领两年来一直在研究我们的战术。美国租借物资的卡车、罐头食品、坦克、飞机加上来自乌拉尔山脉后面工厂的俄国新坦克使俄国部队的战斗力量大大加强。俄国无穷无尽的人力资源为他们的部队提供新的真正的而非虚幻的战斗力量。我们的情报部门已经告诫我们要考虑这些不利因素，但希特勒置若罔闻。

即使是这样，如果按原计划在五月份发动库尔斯克攻势，本来还有机会取得进展，那时俄国人在进行反击之后已精疲力竭，而且在凸出部还立脚未稳。但他把攻势推迟六个星期，以便试用我们最新式的坦克。我当时就警告约德尔，这样做会把"堡垒"行动正好推迟到英美联军可能在欧洲开始登陆的一段时间内，但跟往常一样，我被置之不理。俄国人抓紧时机，以地雷、壕堑、反坦克掩体等加固库尔斯克凸出部的后部，同时把越来越多的部队调到前线。

我们的情报提到有五十万节满载兵员和物资的铁路车皮正在进入这个凸出部！希特勒的反应是把更多的师和空军联队拨归"堡垒"行动使用。和美国人打扑克牌一样，双方的赌注不断增加，直至希特勒把和他在一九四〇年整个西线战役中使用的同样多的坦克投入这次战役。由于攻势被拖延了两个月，曼施泰因和克卢格也在重新认真考虑之后提出不同的意见。尽管如此，希特勒最后仍在七月五日下令进攻。接着发生了世界上规模空前的一次坦克战和空战，以及一次彻底的惨败。我们的钳形攻势在俄国人固定的防御阵地以及成群的坦克面前遇到很大的困难，结果仅能取得纵深数英里的突破。攻势只持续了五天，南北两面都遭到重大挫折。这时盟国部队在西西里岛登陆了。

希特勒做出什么样的反应呢？在一次匆忙召开的会议上，他假装出欢天喜地的样子向大家宣布，既然英国人和美国人为他提供机会，让他可以在地中海这个"真正具有决定性意义的战区"歼灭他们，"堡垒"行动将予以撤销！他就这样从他的失败中脱身出来，没有一句告罪、引咎或认错的话。我们剩下的十八个最好的装甲和机动化师，一支我们作为珍贵后备部队保存起来的永远也不能补充的打击力量，就此付诸东流。希特勒为了追求昔日蔚为壮观的历次夏季攻势的迷梦，毫不吝啬地在库尔斯克战场上把它们丢掉。"堡垒"战役之后，德国的一切攻势都完了。我们在后来发动的任何攻击都是旨在延缓最终失败的战术上的反扑。

希特勒不久就懂得我们不能随便"撤销"一次重大的攻势，还有一个值得考虑的小问题：敌人。在库尔斯克凸出部两侧，俄国人发动反击，不到一个月内就解放了在我们东线的两个中央支撑点——奥廖尔和别尔哥罗德两座城市。"堡垒"战役之后，我军全线缓慢地但不可抗拒地在俄国人的推进面前土崩瓦解。俄国人这次进军一直打到勃兰登堡门才停下来。如果说斯大林格勒是东线的一个心理上的转折点，那么库尔斯克就是军事上的枢纽。

这里不是我倾诉思子之情的地方。他在向库尔斯克进军中阵亡。自此以后，数以百万计的德国儿子为了保住希特勒和戈林之流的脑袋在步步后撤中献出生命。

墨索里尼的垮台

与此同时，我到西西里岛和罗马进行观察后深信意大利即将退出战争或者倒向敌人。我看到我们为了减少损失有必要在意大利"皮靴"北端的亚平宁山脉组成牢固的防线。在意大利坚守不动的企图不会带来好处，战争一开始，这个国家就成为一张毫无用场的大嘴，它吞下大量的德国战争物资而从不发挥任何作用。南方战线是一个慢性脓肿。我们欢迎盎格鲁-撒克逊人去占领并供养意大利，我在总结报告里写道，这样我们的部队可以腾出手来协助稳定东线并保卫西线。

当我把我的看法在贝希特斯加登告诉凯特尔的时候，他摆出一副像办丧事的脸孔，并要我改变调子。但我已不在乎，我的独生儿子已经不在人世，我自己患有严重的高血压病，把我从最高统帅部调到战场上似乎是一个值得庆幸的前景。

因此，在情况汇报会上，我描述了我所看到的情况。盟国在西西里岛上空享有绝对制空权，而且巴勒莫已经被夷平。受命保卫西西里岛的各个师正逐渐退入农村。岛上德军控制的地区内，老百姓咒骂我们的士兵，朝他们吐唾沫。罗马看起来好像是一个已经停战的城市，因为街上几乎看不见士兵，我们的德国士兵都不露面，而意大利士兵则大批地扔掉军服。我向巴多里奥提到把更多的德国部队调往意大利这个问题时，他始终躲躲闪闪，含糊其词。意大利人正在加强他们在阿尔卑斯山的要塞群，这个行动只能是针对德国的。这就是我向希特勒提出的情况汇报。

他耷拉着脑袋听我汇报，从他灰白的眉毛下面朝我瞪眼，不时歪着半边嘴，像笑又像要咆哮的模样使他的小胡子走了样，他露出牙齿，显示了他的极端不满。他仅仅表示这样的意见："在意大利肯定还有一些像样的人，不可能全都烂了。"至于西西里岛，他灵机一动，决定亲自挂帅。当然，这也无补于事。

不过，我的汇报一定进入了他的心坎，因为他随后安排了一次和墨索里尼的会晤。这次会晤在意大利北部农村一所房子里举行，这是一次忧郁的会晤，几天之后墨索里尼便垮台了。希特勒当时拿不出什么新鲜的东西给脸带病容的、已经失去信心的墨索里尼和他的幕僚。他列举有关人力、原料、军火生产的乐观的统计数字以及各种改进了的或新式的武器的细节，滔滔不绝地谈了一个小时，而意大利人只能面面相觑，他们富有表情的黑溜溜的眼睛流露出痛苦的神色。在他们脸上可以清楚地看到一切都要完了。在会议进行期间，墨索里尼收到一份急电，说盟国第一次空袭了罗马。他把这份电文递给希特勒，后者勉强地看了一眼，随即大言不惭地谈论我们日益增长的军火生产和各种了不起的新式武器。

墨索里尼垮台的消息传来，出现在最高统帅部里的场面是可怕的。希特勒像疯了一样，号叫咆哮，怒骂意大利的背信弃义，还有梵蒂冈以及那些把墨索里尼免职的法西斯头子。他使用的粗野语言和发出的威胁确实骇人听闻。他说，他将以武力夺下罗马，抓住"那些乌合之众，那些下贱的流氓"——他指的是维克托·伊曼纽尔国王、王族以及整个宫廷——并让他们在地上爬。他将夺取梵蒂冈，"清除那个脓包里的全体神父"，枪决躲在里面的外交使团的成员，把一切秘密文件弄到手，然后说这是战争中的一个误会。

他一再要和戈林通电话。"他是一个极端冷静的人，"他说，"极端冷静。在这个时刻你需要一个极端冷静的人。把戈林找来，给我找来！他有钢铁般的意志，我和他度过数不清的困难时刻。极端冷静，这位先生。极端冷静。"戈林匆匆赶来，但他只是唯唯诺诺，不管希特勒说什么他都同意，满口粗俗的语言和下流的取笑。所谓的极端冷静，原来如此。

为了使意大利继续战斗，至少在我们把足够的德国部队调来和平接管这个国家之前继续战斗，德国最高统帅部做出上百个紧急决定和行动计划。希特勒这个时候狂热地策划在罗马发动一次政变，让墨索里尼重新执政，但这个计划无法执行，他后来也只好放弃了。他还策划用空降部队去营救被囚禁的墨索里尼，这个计划终于得以实现。他们两人可能因此感到高兴一些，但于事无补。事实上，在那张迅速传遍世界各地的照片上，人们看到的是一个兴高采烈的身穿戎装的希特勒，在迎接那个缩作一团、卑躬屈膝的前"领袖"，他身穿一件不合身的黑大衣，戴着黑色的阔软边呢帽，苍白的脸上露出病态的笑容。这张照片比任何头条新闻都更有力地宣布，那个出名的轴心已经死亡，"欧洲堡垒"也在劫难逃。

我的高升

这一切产生了一个意外的、不受欢迎的后果——我重获希特勒的青睐。他断言我是最先看穿意大利人背信弃义行径的人，"好阿尔明是一个有脑子的人"，等等。他也听说赫尔穆特已经死去，并装出悲痛的样子来安慰我。他在一些情况汇报会上夸奖我，并且——在那些日子里，这对总参谋部的一个军官来说是难得的恩宠——请我吃晚饭。施佩尔、希姆莱和一位工业家是那天晚上的另外几位座上客。

这是一次难受的经历。希特勒连续谈了大概五个小时，其他的人都不吭声，只是偶尔应上一两声表示同意，敷衍敷衍。他夸夸其谈，把历史和哲学扯在一起，大多牵涉到犹太人。意大利人真正的困难，他说，在于国家的精华已被教会这个弊端全糟蹋掉了。基督教不过是犹太人的一个狡狯的计谋，他们通过鼓吹软弱胜过力量来控制世界。耶稣不是犹太人，而是一个罗马士兵的私生子。保罗是古往今来最大的犹太骗子。诸如此类，令人作呕。夜深时，他说了一些关于查理曼的有趣的话，但我已经疲惫不堪，无法集中思想细听了，每一个人都拼命忍住不打哈欠。总的来说，他那种自负的语言和自负的行径同样使人难以容忍。无疑，那是一个他已无法控制的弱点，这应归咎于他的忌食和没有规律的习惯。但在进餐时坐在他身边绝不是什么快活事情，像博尔曼这样的人如何能够熬得了这么多年，我实在难以想象。

他以后不再邀请我了，但我脱离统帅部走上战场的愿望落空了。约德尔和凯特尔两人现在看见我总是满脸堆笑。我还得到了一个月的病休，因此能够去和妻子相会，给她安慰。到我回到"狼穴"的时候，意大利已经投降，而我们长期策划的旨在夺取这个半岛的"阿拉里克"行动正在轰轰烈烈地展开。

就这样，我们在南方的消耗将继续下去，直到最后。阿道夫·希特勒不能面对放弃意大利的政治挫折。当我们的军队使那里强大得多的盎格鲁－撒克逊人丢脸，迫使他们不得不付出重大伤亡的代价才能一步一步地在"皮靴"上朝北推进的时候，这种做法完全是一个可怕的军事上的失算。希特勒这种愚钝的政治利己主义，把我们的力量浪费在南方，而当时只消动用凯塞林的部队的一部分就足以守住阿尔卑斯山脉屏障，这最终导致了我们国家在东西夹击下全面崩溃的结局。

第六十七章

帕米拉·塔茨伯利虽然也常常情不自禁地陷入情欲，但钟情相爱的经验是平生仅此一次。亨利上校就是她钟爱过的男人。为了在嫁人之前见他最后一面，她在八月份从华盛顿飞往莫斯科。

她早已打消去苏联的念头，事实上她也早已决定放弃记者生涯，准备到新德里去和勃纳-沃克结婚，签证又突然被批准了，她马上改变计划，把莫斯科包括在行程之内。为了这个缘故，她便暂不辞去《观察家》的职务。如果说帕米拉易动感情，她却有一个还算冷静的头脑。她现在决不怀疑，她的文章只不过是一个亡灵的微弱的回声。她的父亲因病或过于劳累时由她代笔拼凑几篇新闻电讯，那是另一回事。如今要她写出具有他那种远见、气势与神韵的新闻报道，则非她力所能及，她不是一个新闻记者，她不过是一个捉刀人。至于她为什么要和勃纳-沃克结合，她也不想欺骗自己。和她对新闻工作的尝试一样，结婚的决定也是为了填补塔茨伯利死后遗留下来的真空而仓促做出的。就在她开始感到生命的空虚和悲哀的意志薄弱的时刻，他求婚了。他为人谦和宽厚，是一个难得遇到的对象，于是她同意了。她并不懊悔。他们在一起会幸福的，她思忖，她真幸运，能够博得他的欢心。

这么说，她为什么还要绕道莫斯科呢？这主要是因为她在好几次舞会或酒会上和罗达·亨利不期而遇，她看见一个个子高高的、头发灰白的陆军上校经常陪着罗达。罗达待她十分亲切热情，而且——在帕米拉看来——有点儿把那个仪表堂堂的陆军军官据为己有的神气。在离开华盛顿之前，帕姆给她挂了个电话，帕姆认为这样做也无损于己。罗达兴冲冲地告诉她，拜伦现在已晋升为潜艇的副艇长，让帕米拉一定要把这个消息带给帕格，并"告诉他要注意体重！"一点儿没有妒意或矫揉造作的亲切的痕迹，这种心情也确实令人难以理解。他们夫妇的关系到底怎么样了呢？他们的和好是否已达到如此前嫌尽释的程度，以至于她可以不再有所顾忌？不然的话，莫非她又在背着丈夫和别人勾勾搭搭？或正在如此发展？帕米拉感到毫无头绪。

中途岛战役以后她一直没接到过他的信，即使是她父亲的死讯在报纸上广为登载后，他还是没写过一封吊唁的信，战时邮递是靠不住的。在她从埃及发出的关于勃纳-沃克的信中，她故意让他有机会去反对这次婚事，他也没有回信。不过，他是否在"北安普敦"号沉没以前收到了这封信？她又是一阵茫然。帕米拉想知道，她现在和维克多·亨利的关系到底是怎样，而要弄清楚这一点，唯一的办法就是和他见上一面。她不在乎为此必须在战时的仲夏时节多走几千英里的路。

尽管不在乎，但这个旅程也使她疲惫不堪。大使馆派车到莫斯科机场来接她，她一上车就几乎垮了。飞飞停停地飞越北非大陆，后来又在尘土飞扬、苍蝇乱舞的地狱般的德黑兰待了三天之后，她实在是筋疲力尽了。司机是一个矮小的、穿着合乎体统的黑色制服的伦敦市井小民，看不出莫斯科的热浪对他有什么影响。他不时从反照镜里向她窥视。尽管困乏不堪，这位勃纳-沃克勋爵的苗条的未婚妻，这个穿着白亚麻服、戴着白草帽的如此雅致、如此不同于俄国人的女人，在这个想家的男人眼中确实是地道的未来勋爵夫人，他能为她驾车着实感到心里甜丝丝的。他觉得毫无疑问，她一定是为了消愁解闷儿才做新闻工作的。

在疲惫不堪的帕米拉看来，莫斯科本身没什么改变：单调的鳞次栉比的旧房屋，很多由于战争而丢下的尚未完工的建筑物任凭风吹雨打，以及还在天空飘荡的、胀鼓鼓的阻塞气球。但人民变了样。一九四一年在德军日益迫近的情况下，她和她父亲匆匆离开这个城市时，所有的大人物都已仓皇逃奔到古比雪夫。那时，衣服臃肿的莫斯科人看起来正备受折磨，苦不堪言，他们在积雪成堆的街道上跋涉，或在挖防坦克陷阱。如今，他们在洒满阳光的人行道上溜达，妇女穿着印花布轻装，不穿军服的男人都穿着运动衫和便裤，可爱的儿童在马路上和公园里无忧无虑地奔跑嬉戏。战争离这儿很远。

英国大使馆坐落在看得见克里姆林宫的漂亮的滨河区，它跟斯巴索大厦一样，是沙皇时代一个商人的宅邸。当帕米拉穿过房屋后部的落地窗走入花园时，她碰上光着上身的大使躺在阳光里，周围是一群在咯咯地高声叫唤的白羽毛小鸡。这个正规的花园已经变成一个大菜园，菲尔·鲁尔没精打采地坐在大使身边一张轻便折凳上。他站起来，带着嘲弄的神气鞠了一躬，说："呀！您就是勃纳-沃克夫人吧？"

她冷冰冰地回答说："还说不上呢，菲尔。"

大使站起来和她握手时朝花园四周指了一下说："欢迎你，帕姆。你可以看到这里有了些改变。今天的莫斯科，只有在后院种些什么吃的才能糊口。"

"那是可想而知的。"

"我们曾设法为你在国家旅馆订一个房间，但已经全部客满，要到下星期五才能住进去。目前我们暂时把你安顿在这儿。"

"真是难为你们了。"

"何必呢？"鲁尔说，"我想不到这会成为问题。合众社刚搬出了在大都会旅馆的那个套间，帕姆。起坐间有一英亩大，那个浴室在全莫斯科都找不到更漂亮的了。"

"我可以搞到这个套间吗？"

"来吧！让我们试试看。离这儿只有五分钟的路程。那儿的经理是我妻子的远房表亲。"

"那个浴室使我下了决心，"帕米拉边说边用手掠了一下她那湿漉漉的前额，"我想在浴缸里浸上一个星期。"

大使说："我同情你。但今晚请你一定来参加我们的宴会，帕姆。在这儿观看庆祝胜利的烟火最理想。"

在汽车里，帕姆问鲁尔："什么胜利？"

"哎呀，库尔斯克凸出部。你当然听到过。"

"库尔斯克在美国没受到大肆宣扬。西西里岛才是轰动的新闻。"

"一点儿不错，典型的美国佬编辑。西西里岛！它使墨索里尼垮台了，但从军事角度看，它不过是一段插曲，库尔斯克是有史以来规模最大的坦克战，帕米拉，也是这次大战的真正转折点。"

"这不是发生在好几个星期以前吗，菲尔？"

"突破是有几个星期了。反击部队在昨天冲进奥廖尔和别尔哥罗德，这两个城市是凸出部里德军重兵据守的要地，因此德军防线的脊椎骨终于被打断了。斯大林已发布命令，鸣礼炮一百二十响庆祝胜利。这一定有点儿名堂。"

"那么，我只好来参加宴会了。"

"哎呀，你不能不来呀。"

"我真想倒下去就睡，我简直难过死了。"

"太可惜了，外交人民委员部已经邀请外国记者团明天到前线去视察。我们要走一个星期，你也不能错过这个机会。"

帕米拉呻吟了一声。

"顺便说一句，美国使团全体成员都要来大使馆观看烟火，但亨利上校不来。"

"哦，他不来？这么说，你认得他？"

"当然。矮个子，像运动员，五十岁左右。郁郁寡欢的，是不是？不爱说话。"

"就是他，他是海军武官吗？"

"不是。海军武官是乔伊斯上校，亨利负责特殊军事联络。知道内幕的人说，他是霍普金斯在莫斯科的人。目前他在西伯利亚。"

"这样也好。"

"为什么？"

"因为我难看死了。"

"听我说，帕米拉，你漂亮极了。"他碰了一下她的胳膊。

她挪开了手臂问："你太太好吗？"

"瓦莲京娜？我想很好吧。她和她的芭蕾舞剧团在前线巡回演出。她到处跳舞——在平板车、卡车、简易机场上——只要是不会摔伤脚踝的地方她都跳。"

大都会旅馆的套间正如菲尔·鲁尔所描述的那样，客厅里有一架大钢琴和一大块波斯地毯，还乱七八糟地布置了一些蹩脚的雕像。帕米拉盯着浴室里面看了一会儿说："瞧这个浴缸，我可以在里边来回游泳呢。"

"你要这套房间吗？"

"要的，不管多少钱。"

"我替你安排一切。如果你把证件给我，我可以替你到外交人民委员部办理战地视察的登记手续。我十时半来接你好吗？礼炮和烟火在午夜开始鸣放。"

她在一块斑斑点点的镜子前面脱掉帽子，他站在她身后，饱览她的美貌。鲁尔已经发胖了，淡黄色的头发比以前稀疏得多，鼻子似乎更大更宽了。这个人除了使她想起一段不愉快的往事以外，在她的生活中其实是一个无足轻重的人物。自从在新加坡圣诞节前夜的暴风雨中的那桩事情以后，每当他接触到她的肌肤时，她总是觉得不快，仅此而已。她知道她对他还有吸引力，不过这是他的事情，跟她不相干。如果能跟他始终保持一定的距离，菲尔·鲁尔是很无害的，甚至对你很有帮助。她想起在亚历山大公墓他为她父亲致悼词时说过的那些辞藻华丽的话：一个英国人中的英国人，一个记者中的记者，一个持记者证的吟游诗人，在胜利进军的激动人心的节拍中高唱着帝国的挽歌。

她转过身来，勉强地把手伸给他说："你真好，菲尔。十点半再见。"

帕米拉早就习惯于暴露在男子汉的目光下，但娘儿们死盯着她瞧是一种新鲜的感觉。那些出席大使馆宴会的俄国姑娘把她从头到脚、上上下下看个不停，她跟一个受雇在众目睽睽之下做时装表演的模特儿差不多。这些目光中没有傲慢的恶意，没有蓄意的无礼，只有强烈的、好奇的渴望。只要看看她们身上的晚礼服，你就不会觉得奇怪，有长有短，有些镶着荷叶边，有些绷得紧紧的，没一件不是做工奇劣、颜色糟透的。

男人们很快就在帕姆身边围拢，西方记者、军官和外交官，他们在欣赏一个来自他们那个世界的漂亮女人。俄国军官则默默地注视着帕米拉，好像她是一件价值连城的艺术品，他们的制服正好和俄国女人的邋遢衣衫形成对照，既整洁，又漂亮。尽管来了四五十位客人，这个长长的、镶有护壁板的房间一点儿不显得拥挤。许多客人聚拢在一个银质的、盛混合甜饮料的大钵旁，其他的人随着美国爵士音乐唱片的节奏在一块腾空的镶木地板上跳舞，其余的人手中拿着酒杯，有说有笑。

一个身材魁梧、相貌英俊的年轻俄国军官排开围着帕米拉的人群向前用结结巴巴的英语邀请她跳舞。他身上挂着成串儿的勋章，容光焕发。帕米拉喜欢他的勇气和笑容，于是点点头。他和她一样舞艺很不高明，不过因为能够围着一位美丽的英国少妇的纤腰，毕恭毕敬地在两人之间保持一定的距离翩翩起舞，他感到非常高兴。他那健康红润的面庞上流露出的那种欢乐把她迷住了。

"你在战争中干什么？"她尽力用她荒疏了的俄语凑成一个句子。

"*Ubivayu nemtsev*！"他答道，然后吞吞吐吐地译成英语，"我——杀德国鬼子。"

"我懂了。那太好了。"

他粗鲁地咧开嘴笑了一下，眼睛和牙齿闪闪发光。

菲尔·鲁尔拿着两杯混合饮料等在舞池边。唱片放完后，那个俄国人鞠了一躬，便离开了帕米拉。"他是他们那些出色的坦克司令员中的一个，"鲁尔说，"他参加过库尔斯克战役。"

"真的？他还是个孩子。"

"战争是孩子们打的。如果那些政客都赤膊上阵，我们明天就会实现世界大同。"

鲁尔说话走火了，帕米拉暗自思忖。五年前，他绝不会用这种说俏皮话的口吻说出如此庸俗的、讨人厌的话。另外一张唱片开始了：《莉莉·马琳》。他们相互交换了一下目光。对帕米拉来说，这首歌意味着北非以及她父亲的死。鲁尔说："很奇怪，是不是？在这次血腥大屠杀的整个时期只出了这么一首像样的战争歌曲，一首低级的哭哭啼啼的德国民谣。"他把她手中的酒杯接了过来，"帕米拉，我们跳吧。"

"哦，好的。"

对刚和斯坦德利大使以及一位陆军航空兵团的将领一起走进来的帕格·亨利来说，《莉莉·马琳》意味着帕米拉·塔茨伯利。这个如怨如诉的德国情调过浓的曲调，不知怎的，凝聚了乱世男女悲欢离合的那种甜酸苦辣的滋味，以及一个即将踏上征途的士兵在黑暗中求爱寻欢时那种难言的哀愁。这种求欢的乐趣他和帕米拉在此生恐将难以尝到。他步入室内时听到那架蹩脚的留声机在呜咽：

> 号手啊，今夜你可别吹那准备战斗的号角，
> 我要和她欢度又一个良宵。
> 然后，我们要在别离前说声再见。
> 莉莉·马琳，我将永远把你怀念在心头，
> 莉莉·马琳，在心头。

他在这里碰上帕米拉自然惊得一愣。原来签证终于发下来了！看见她在鲁尔怀中使他更感到意外。想起那次新加坡的事件，帕格默默地讨厌这个家伙。他这种反应并非全是出于妒意，因为他对帕米拉已不抱奢望，但此情此景既使他感到恶心，又使他感到惊奇。

帕米拉注意到那个蓝色军服上闪耀着金光的矮小结实的身材走了过去，她猜想他一定看到她了，因为她在和鲁尔跳舞，他就不跟她打招呼了。老天爷啊，她想，为什么他要在这个时刻出现呢？为什么我们总是事与愿违呢？从什么时候开始他的头发变得这样灰白了？她离开舞伴赶上去，但他和那个高高的航空兵将军已经走进混合饮料大钵旁的人群里，人群又围拢了。她想用肘推开人丛挤进去，但又感到犹豫。在她决定试试看的时候，灯光闪了几下。"离午夜还有五分钟，"大使在人声静下来时宣布，"我们现在要熄灯拉开窗帘了。"

帕米拉被激动的客人们挤向一个有栏杆的、已经打开的窗子旁，繁星在夜空闪烁，舒服的凉风徐徐吹来。她站在那儿被一些喧闹的碎嘴子围住，动弹不得，眼睛朝河对岸黑魆魆的克里姆林宫望去。

"喂，帕米拉。"黑暗中从她身边传来他的声音，维克多·亨利的声音。

这时支支火箭射向夜空，炸裂时发出巨大的艳红色光芒。排炮轰鸣，他们脚底下的地板为之震动，参加宴会的人群欢呼起来。从城市各处如火山爆发似的喷射出万道光芒，不是烟火而是弹药组成的火网：照明弹、信号火箭、红色曳光弹、发出耀眼黄光的开花弹交织成一片五彩缤纷的华盖，震耳欲聋的响声几乎淹没了一百二十门大炮发出的隆隆声。

"喂，这使你想起什么吗？"她喘着气对身旁那个朦胧的人影说。一九四〇年，他们也是这样站着观看正在遭到燃烧弹轰炸的伦敦。那时，他破天荒地第一次用手臂围着她。

"是的。不过那次不是庆祝胜利的烟火。"

轰隆……轰隆……轰隆……

漫天弹幕火网不断爆炸，烈焰满天，向河流、大教堂以及克里姆林宫泻下光怪陆离的华彩。在大炮轰鸣间歇，他开始说话："关于你爸爸的事我很难过，帕姆，十分难过。你收到我的信了吗？"

"没有。你是否收到过我的信？"

轰隆……

"只收到过你从华盛顿寄给我的那一封，说你已经订婚。你结婚了吗？"

"没有。我还写过一封，一封长信，寄到'北安普敦'号。"

轰隆……

"那封信我没收到。"

礼炮轰鸣不已，最后终于停息。火焰熄灭后在星星底下留下朵朵黑烟。在这突如其来的静寂中，外面河堤上发出咔嗒咔嗒的响声。"啊呀，是弹片掉下来啦！"传来大使响亮的声音，"快离开窗子，所有人！"

灯亮时，那个陆军航空兵团的将军站在帕格身旁。瘦长的个子，淡黄卷曲的头发有点儿像勃纳-沃克，脸上浮现出使人不愉快的冷酷神情。"慷慨的高射炮火表演，"他说，"可惜他们提供有用的情报时不那样慷慨。"

帕格把他介绍给帕米拉。这位将军马上显得快活一些了。"太好了！三个星期之前我在新德里还跟邓肯·勃纳-沃克待在一起呢。他听说你要来，高兴极了。现在我知道他是为什么高兴了。"

她嫣然一笑："他好吗？"

"还好。不过那是一个吃力不讨好的战区，那个中国-缅甸-印度战区。帕格，我们还是回去研究那些地图吧。我现在去告别。"

"是的，先生。"

将军走开了。帕格对她说："很抱歉，我得陪着他，帕姆。我正忙于为租借飞机安排飞进来的航线。后天我们什么时候再碰一次头行吗？"

她把关于库尔斯克之行的消息告诉他。他的脸沉了下来，这使她感到有点儿高兴。"整整一个星期，是吗？太不巧了。"

"在华盛顿我见到你的太太。你收到过她的信吗？"

"哦，是的，她常来信。她似乎过得不错。她看起来怎么样？"

"好极了。她要我告诉你，拜伦已经晋升为他那艘潜艇的副艇长了。"

"副艇长！"他耸起浓浓的眉毛，和他的头发一样，他的眉毛现在更灰白了，他的脸色也更阴沉了，"怪事。他资历很浅，还是个后备军官。"

"你那位将军看样子要走了。"

"我看也是。"

他友好地和她握别。她想紧紧握住他的手，用行动来表达语言难以表达的情怀。但在如此不称心的情况下会见，即使这样做也会显得是对勃纳－沃克的不忠，有点儿对不起他。呀，糟透了，她心想。糟透了！糟透了！糟透了！

"那好，一星期后再见，"他说，"如果那时我还在市内的话。到目前为止，我没什么安排好的工作。"

"好，好。我们要谈的事情多着呢。"

"对。回来后打电话给我，帕姆。"

一个星期后她就给美国大使馆挂电话，她刚回到大都会旅馆的套间不过几分钟。她不惜浪费租金一直保留着这套房间。她猜想他一定又离开了莫斯科，他们之间那种两地相思的局面只能继续下去，这次绕道莫斯科之行看样子注定要以浪费时间和精力告终。但他在使馆里，而且听到她的声音似乎很高兴。

"你好，帕姆，一路上顺利吗？"

"可怕极了，少了个韬基就没意思了，帕格。而且看到那些毁灭了的城市、击毁了的坦克，到处都是发臭的德军尸体，我就感到恶心。俄国妇女和儿童吊在绞架上的照片使我厌恶。这场疯狂可耻的战争我实在受不了了。我们什么时候见面？"

"明天怎么样？"

"菲尔·鲁尔有没有打电话跟你说今天晚上的事？"

"鲁尔？"他的声音一下瘪了下去，"他没告诉我。"

她赶紧说："他要给你打电话的。他妻子回来了。今天是她生日，他要在我的套间里为她举行宴会。我这个套间大极了，而且是他想法子给我弄到的，所以我不好意思拒绝他。客人里面有一些记者、几个大使馆的人、她的芭蕾舞同事，那一类人。如果你不想参加的话，我愿意脱身出来和你在别的地方会面。"

"不用，帕米拉。红军正要为我那位将军举行告别宴会，事实上，也在大都会旅馆。我们已经达成了协议，他就是为此而来的。"

"太好了。"

"那可得走着瞧。俄国人起草文件的手法高明，会写出超现实主义的杰作。同时，还有这次大吃大喝的欢宴庆祝，无论如何我脱不了身，我明天再给你打电话。"

"真该死，"帕米拉说，"哎呀，混蛋透顶。"

他轻声一笑："帕姆，听起来你倒真像个记者。"

"你真不知道我说起话来能有多像。好吧！明天再说。"

鲁尔的妻子漂亮得叫人没法儿相信：十全十美的鹅蛋脸，明如秋水的蓝色大眼睛，浓密的黄头发，饱满匀称的双手和双臂。她坐在角落里，很少说话也不走动，不露笑容。套间里挤满了人，乐声大作，客人们吃喝跳舞，但没有真正欢乐的气氛，也许是因为过生日的姑娘是如此惹人注目的闷闷不乐。

那些俄国人跳起西方舞来好像大象，一点儿没有芭蕾舞那种优雅姿态。帕米拉和一个她以前看见过在《天鹅湖》中扮演王子的男人跳舞。他有一张牧神的脸形，一团漂亮蓬乱的黑发，连不合身的服装也掩盖不了他那健美的身躯，但他不懂舞步，他不停地用莫名其妙的俄语道歉。跳舞的人都是这个样子。菲尔一杯又一杯地狂饮伏特加，找了一个又一个姑娘笨拙地跳舞，强装出傻乎乎的笑声。瓦莲京娜开始流露出不如死了好的神色。帕米拉猜不出发生了什么事情，有可能是俄国人不善于和外国人交往，但在鲁尔和他这个仙女般的美人之间必定存在某种她不得而知的紧张关系。

美国海军武官乔伊斯是一个老于世故、乐呵呵的爱尔兰人，他请帕米拉跳舞。她委身让他把自己扶好时说："可惜亨利上校在楼下不能脱身。"

"呀，你认识帕格？"乔伊斯说。

"很熟悉。"他那敏锐而明亮的眼睛盯着她。她接着说，"他和我父亲是知交。"

"我明白。喔，他真了不起。刚完成了一件了不起的任务。"

"你能给我说说吗？"

"如果你不在报上披露的话。"

"不会的。"

当他们随着舞步转来转去的时候，乔伊斯在音乐声中凑到帕米拉耳边说，斯坦德利大使几个月来一直试图为《租借法案》的飞机开辟一条西伯利亚航线，但劳而无功。费兹杰拉德将军为了促成这件事，来过苏联一次，但也是空手而归。这一次斯坦德利把问题交给帕格去解决，现在协议已经达成。这就意味着飞机不必再绕道南美洲和非洲，冒着经常发生撞毁事故的危险，艰苦地长途飞行而来，或是装在板条箱子里由德国潜艇可以击沉的护航船队运来，它们现在可以好像顺着漏斗落下一样沿着笔直安全的航线直接飞到苏联来。耽搁少了，交货多了，存在于双方之间的不快情绪可以随之得到缓和。

"俄国人守信用吗？"帕米拉在音乐暂停后走向点心桌时问道。

"还得走着瞧。现在，一次名副其实的联谊晚会正在楼下进行。帕格·亨利非常善于应付这些硬汉。"帕米拉谢绝伏特加。乔伊斯举起一大杯一饮而尽，咳了几声，然后看了看手表，"哟，差不多是时候了，他们该把那几个家伙从楼下那个喧闹的宴席上拉到这里来了。我为什么不去把帕格找来呢？"

"呀，请吧，请吧。"

约莫过了十分钟，四个盛装穿戴的红军军官闯了进来，后面跟着乔伊斯、帕格·亨利以及费兹杰拉德将军。俄国人当中有一个魁梧的秃顶将军，身上挂满勋章，一只假手，戴着皮手套，其他三个年轻得多，他们似乎远不如他们的将军那样兴高采烈。将军进来时用俄语吼叫"生日快乐！"他大步走到鲁尔的妻子跟前，弯下腰吻她的手，然后请她跳舞。瓦莲京娜展颜微笑——在帕米拉看来这是第一次，宛如冰峰上出现的晨曦——并跃起投入他的怀中。

"你认识他吗？"帕格问帕米拉，那一对舞伴正好跳进了舞池，随着《布吉伍吉洗衣妇》的节拍砰砰地跳起来。

"是不是那个在战地司令部里请我们吃饭，后来又发疯似的跳舞的人？"

"对的。尤里·叶甫连柯。"

"天啊，他可是个碰不得的人。"乔伊斯上校说，"那个斜眼看人、脸上有伤疤的小个子一定是他的政治副手，或者是内务部的人。他刚才想阻止将军上来，咕哝着什么和外国人搞得太熟什么的。你知道那位将军说什么吗？他说：'那又怎样？他们会把我怎样？砍了我的另外一只手？'"

······那个布吉伍吉洗衣妇洗呀洗呀······

"我觉得，"帕格对帕米拉说，"我们以前好像听见过这支傻曲子。跳舞吗？"

"一定要跳吗？"

"你不想跳？感谢上帝，"他叉紧了她的手指，领她来到一张小沙发前，"他们在祝酒时识破了我的白葡萄酒花招，我只得再喝伏特加，我现在觉得天旋地转。"

当叶甫连柯和那个眉飞色舞的瓦莲京娜怪模怪样地踏着沉重的舞步来回扭动时，一些俄国人放弃了他们呆板的狐步而跳起林迪舞来。这种舞更适合他们富有弹性的在跳跃的肌肉。尽管没人会错把他们当作美国人，但其中有几个人的快速舞步堪称干净利落。

帕米拉说："看起来你还没醉。"他坐在那儿，身子笔直，洁白的军服上有几颗耀眼的金钮扣、条纹道道的肩章以及几排色彩鲜艳的星带，伏特加使他的眼睛炯炯有神，脸上出现红晕。他添了几根白发，身体也胖了些，此外看不出十四个月来有什么变化。"顺便说一句,你太太要我劝你注意体重。"

"呀,是的。她是了解我的。说吧,给我一顿臭骂吧。我接受了这么个任务,就要大吃大喝。在'北安普敦'号上我简直像一只秧鸡。"

这时差不多每一个人都在跳舞,只有那三个年轻的红军军官,他们并排靠在墙上,脸上毫无表情。还有费兹杰拉德将军,他和一个身穿红得可怕的缎子衣服的娟秀的芭蕾舞姑娘在调情。喧闹的声音是如此之大,以至于鲁尔不得不把音乐开得响些。帕米拉几乎是高声叫喊地说道:"告诉我关于'北安普敦'号的事情,维克多。"

"好。"当他谈到中途岛战役之后发生在海上的情况,甚至在谈到塔萨法隆格的灾难时,他高兴得容光焕发,至少在她眼中是这样。他告诉她,他本来可以在斯普鲁恩斯下面获得一个职位,以及他如何应罗斯福的要求最终接受了现在这个职务的始末。他侃侃而谈,没有辛酸或懊悔,他只是把他这一段生活如实地为她讲述一遍而已。周围人声鼎沸,而她坐在那儿,安静地听他倾诉衷肠,为能厮守在他身边而心满意足,他的血肉之躯使她感到温暖,也使她心里甜丝丝的同时感到某种不安。这是她企求的一切,她反复沉思,只想和他长相厮守,直到生命的最后一刻。她因为和他同坐在一张沙发上而有如获新生的感觉。他的心情并不愉快。这是显而易见的。她觉得她能使他幸福,而使他幸福会给她的生活带来意义。

与此同时,在留声机的音乐暂停的时候,叶甫连柯和那些芭蕾舞演员围在钢琴旁谈得起劲。一个姑娘坐了下来,弹出一阵不和谐的刺耳音调,大家哄堂大笑。叶甫连柯用俄语高声喊道:"不要紧,弹吧!"姑娘弹出一首俄国曲调,叶甫连柯一声吆喝,所有的俄国人,甚至包括那三个军官,都走过来列队表演一个旋转的集体舞,每个人都高声叫喊,跺脚,交叉往来,旋转。围成一圈儿的西方人用手打着拍子,为他们喝彩叫好。这个节目之后,大家都没什么拘束了。叶甫连柯脱掉他挂满勋章的上衣,穿着他那件宽大的、沾着汗渍的衬衫跳起他在莫斯科前线一所房子里一度表演过的那个舞蹈。在掌声中他不断蹲下又跃起,只是他那只被截去一段的、没有生气的手臂尴尬地耷拉在一边。接着,瓦莲京娜穿上他的上衣,即兴表演一支淘气的小舞蹈,把一位自负的将军作为嘲弄的对象,她的表演引起人们一阵欢闹。

他们在钢琴旁又进行了一番兴致勃勃的商议之后,瓦莲京娜做了个手势,请大家安静下来,然后高兴地宣布,她和她的朋友将表演一出她们为在前线巡回演出而创作的芭蕾舞剧。她跳希特勒,另外一个姑娘跳戈培尔,第三个跳戈林,第四个跳墨索里尼,尽管她们都没有化装。还有四个男演员扮演红军战士。

帕格和帕米拉中断了谈话来观看这出讽刺舞剧。模拟入侵的四个坏蛋在军乐声中大摇大摆地出场,取得胜利后趾高气扬,接着因为分赃而争吵,最后是一阵闹剧性的殴斗。这时红军在《国际歌》的歌声中昂首阔步地进场，四个坏蛋用夸张的动作表露他们内心的胆怯和恐惧，一圈儿又一圈儿打圆场的滑稽追逐。四个坏蛋相继死去，他们一个个倒下弯曲的身躯在地板上组成一个卐字形。全场轰动！

在一阵喝彩声中，演《天鹅湖》王子的那个演员脱掉上衣和领带，踢掉鞋子，对钢琴手做个手势。他穿着敞领的白衬衣，长裤长袜，一显身手，时而跳跃，时而旋转，舞姿优美动人，观众频频报以欢呼。这是无人能望其项背的登峰造极的舞艺，至少看起来如此。他站在那儿喘息，人们围着他向他表示祝贺，大家一再把杯中的伏特加斟满。突然，有人猛击琴键，传来一声粗重的钢琴声。腰杆子挺得笔直，军服上挂满绶带的费兹杰拉德将军昂首阔步走了出来。他没脱掉上衣。他向奏钢琴的人一挥手，钢琴就弹出一支快速的科佐茨基舞曲。随着琴声，这位修长的陆军航空兵团将军便蹲下身跳了起来，两臂交叉在胸前，淡黄色的头发，四下纷披，两条长腿敏捷地踢出缩进，时而向左、时而向右地跳跃。真是出人意表，又是如此动人心魄。《天鹅湖》王子一下子跳到费兹杰拉德的身边，在暴风雨般喝彩声、踩脚声和鼓掌声中和他一起跳完这个节目。

"我喜欢你们那位将军。"帕米拉说。

"我喜欢这些人，"帕格说，"他们很难对付，但我喜欢他们。"

叶甫连柯将军向费兹杰拉德敬上一杯伏特加，并和他碰杯。他们在热烈的掌声中一饮而尽。费兹杰拉德走到帕格的沙发旁边那张放饮料的桌子旁，挑了两瓶开着的伏特加——瓶子不大，但是满满的——说："为了美国国旗，帕格。"他大踏步走回去，举起一瓶，挑战性地挥舞了一下，递给叶甫连柯。

"什么？好家伙！"叶甫连柯用俄语吼叫了一声，他宽阔的脸上和光秃秃的头顶已经是一片亮光光的红色。

在所有客人的怂恿下——除了，帕格注意到，那个有伤疤的红军军官，他像一个被小孩子造了反的保姆那样感到恼火——这两位将军各自翘起酒瓶，凑到嘴边，相互注视。费兹杰拉德先喝完，他把空瓶猛摔到砖砌的壁炉里，叶甫连柯的瓶子也跟着飞了过去。在一片欢呼声中他们紧紧拥抱，弹钢琴的姑娘这时砰砰地弹出了几乎是难以辨认的《星条旗》。

"天啊，我最好还是把他送回大使馆去，"帕格说，"他来到这里以后一直避免喝酒。"

但有人已经把《老虎拉格泰姆舞曲》的唱片放在留声机上，费兹杰拉德已经和那个穿红缎子衣服的姑娘婆娑起舞，她就是刚才在芭蕾舞中惟妙惟肖地模仿走起路来一瘸一拐的戈培尔的那个姑娘，叶甫连柯搂着帕米拉跳。时间已过凌晨二时，因此，这次尽欢而散的一轮跳舞很快就告结束。客人们开始走了，留下来的人已寥寥无几。帕米拉再次和《天鹅湖》王子跳的时候，她看见帕格、叶甫连柯和费兹杰拉德在一起谈话，鲁尔站在一边谛听。她那逐渐消失的记者本能突然清醒过来，于是她跑过去坐在帕格的身边。

"那好！我们开门见山地谈吧？"费兹杰拉德对着帕格说，两位将军在面对面的两张长靠椅上各坐一边，相互瞪着对方。

"开门见山！"叶甫连柯大声喊道，并做了一个不会被误解的手势。

"那么告诉他，帕格，我对这个所谓第二战线的废话听腻了。几个星期以来，我在这里一直听到这些话。北非和西西里岛这两次有史以来最伟大的水陆双重攻势，究竟算不算数？对德国进行有上千架飞机参加的空袭究竟算不算数？为了防止日本人跳到他们的背上，我们进行的整个太平洋战争究竟算不算数？"

"为了美国国旗的光荣。"帕格轻声低语，费兹杰拉德听了脸上随即浮现一丝冷笑。帕格开始翻译，并在随后的唇枪舌剑中尽快地进行翻译。

叶甫连柯听了帕格的话不住地点头，他的脸色沉下来了，他用手指对着费兹杰拉德的脸。"集中兵力在有决定性的地点予以打击！集结重兵！在西点军校他们没教过这条原理吗？决定性的地点是希特勒德国，是还是不是？你们打击希特勒德国的途径是通过法国，是还是不是？"

"问问他为什么在英国对德孤军奋战的时候俄国在一整年里都没开辟一个第二战线。"

叶甫连柯咬牙切齿地瞪着费兹杰拉德："那是帝国主义者为争夺世界市场而发动的战争。这与我们的农民和工人毫不相干。"

菲尔·鲁尔一边听，一边不住地往自己的杯子里倒伏特加，现在他口齿不清地对费兹杰拉德说："你们还要一直吵下去吗？"

"他可以住嘴。是他开头的。"费兹杰拉德厉声说，"帕格，问问他为什么我们要甘冒风险去援助一个存心消灭我们生活方式的国家。"

"呀！上帝。"鲁尔咕哝了一句。

叶甫连柯的目光越来越剑拔弩张了。"我们相信你们的生活方式会由于内在的矛盾而自行毁灭。我们不想摧毁它，但希特勒能。因此，你们为什么不和我们合作，把希特勒打败？一九一九年丘吉尔曾试图毁灭我们的生活方式，现在他是克里姆林宫的上宾。历史是一步一步前进的，列宁说过。有时向前，有时向后。现在是前进的时候了。"

"你们不相信我们，觉得我们是酸苹果①，我们怎么合作？"

帕格不懂得该怎么翻译"酸苹果"，但叶甫连柯领会了它的意思。他冷笑着回答："对，对。这话听腻了。唉，先生，你们的国家从未遭到入侵，但我们多次遭到过。被入侵，被占领。和我们结盟的国家在历史上多半是背信弃义的，它们迟早会一转身便来进攻俄国，我们懂得了小心翼翼的好处。"

"美国不会进攻俄国。你们没有我们需要的东西。"

"好吧，我们只要求在打败希特勒之后，没人来触犯我们。"

"既然这么说，我们大家是否可以喝上最后一杯？"鲁尔说。

"我们的主人疲倦了。"叶甫连柯改变了他在辩论时那种刺耳的语调，突然友好地对旁边的费兹杰拉德说。

鲁尔开始一边一本正经地用俄语讲话，一边醉醺醺地打着手势，帕格低声地为费兹杰拉德做同声翻译。"呀，这一切都是空话。白种人正在打又一场大内战，主宰人类事务的是种族，叶甫连柯将军，不是经济。白种人在机械方面是杰出的，但在道德方面是原始的。德国人是最纯粹的白人，是超人。希特勒对这一点算是说对了。白人在内战中把这个星球毁灭一半之后将和红种人一样注定在历史中消失。在民主把张伯伦、达拉第、希特勒之流选为领袖之后，白人对民主所讲的胡言乱语可以休矣。接着要轮到中国了。中国是中央之国，是人类的重心。唯一的一个具有世界影响的真正的马克思主义者目前住在延安的窑洞里，他的名字叫毛泽东。"

鲁尔以不堪入目的醉汉的自信做出这样的断言。在帕格翻译时，他不时把目光投向帕米拉。

费兹杰拉德打着哈欠坐起身来，整理了一下军上装和领带。"将军，我的飞机可以取道海参崴吗？还是不可以？"

"你们履行你们的诺言，我们就会履行我们的诺言。"

"还有一件事。你们会和纳粹再次做交易吗？像你们在一九三九年那样？"

帕格有点儿紧张，不知该不该翻译这句话，但叶甫连柯用冷静的语调反驳道："如果我们得悉你们又在搞另一个慕尼黑，我们将再次扭转局势，那你们就要倒霉。但如果你们打下去，我们也就打下去。如果你们不打，我们就依靠自己的力量打败希特勒。"

"那好，帕格。现在告诉他，作为一个制订作战计划的人，我费尽唇舌反对发动北非战役。告诉他，为了今年在法国开辟第二战线，我力争了整整六个月。说吧，告诉他。"

---

① 美国俗语，表示对别人的能力有所怀疑。

帕格照办了。叶甫连柯听着，绷紧嘴巴，眯着眼睛看费兹杰拉德。

"告诉他，他最好还是相信美国和历史上其他所有国家都不同。"

叶甫连柯的唯一反应是神秘地一笑。

"同时我希望他那专制的政体能让老百姓知道这种情况。因为从长远来看，这是实现和平的唯一机会。"

叶甫连柯脸上的笑容消失了，留下一张冰冷坚硬如石头的面孔。

"而你，将军，"费兹杰拉德站起来并伸出了手，"是个了不起的家伙，我已经醉得像个死人了。如有冒犯之处，请勿介意。帕格，把我送回斯巴索大厦吧，我要赶紧收拾行装了。"

叶甫连柯站了起来，伸出他的左手并说："让我送你回斯巴索大厦吧！"

"真的？你太客气了。以盟国友谊的名义，我接受你的盛情。现在让我去向过生日的美人道别。"

到了这个时刻，只有几个红军军官和瓦莲京娜还没离开这个套间。叶甫连柯对着那些年轻的军官咆哮了几声，他们马上变得严肃起来，其中一个对费兹杰拉德说些什么——讲的是相当不错的英语，帕格注意到，这是他们在这个晚上第一次使用英语——接着美国陆军团航空兵团将军跟着他走了出去。瓦莲京娜把倒在扶手椅里的鲁尔拉了起来，并领着他跟跟跄跄地走了出去。帕格、帕米拉和叶甫连柯将军三人留下，四周是曲终人散后的一片孤寂凌乱。

叶甫连柯用左手握住帕米拉的手说："这样说，你要和邓肯·勃纳-沃克空军少将结婚了。他把我们四十架眼镜蛇式战斗机偷走了。"

帕米拉没把句子的语法搞清楚，她回答说："将军，我们是用那些眼镜蛇式战斗机打同一个敌人呀。"

"那他呢？"叶甫连柯用他的那只假手指了指帕格·亨利。

她睁大了眼睛并模仿他的手势说："你问他。"

帕格用很快的速度和叶甫连柯说话。帕米拉打断他们说："喂，喂，你们在讲些什么？"

"我说他误会了。我告诉他我们是亲密的老朋友了。"

叶甫连柯一边用慢而清楚的俄语对帕米拉说，一边把食指插进帕格的肩膀。"你能到莫斯科来，亲爱的女士，是因为他为你弄到了签证。亨利，"他一边继续说，一边扣紧上衣的领扣，"不要做傻瓜！"①

---

① 原文是俄语。

他出其不意地走了，并带上了门。

"不要做傻瓜①——不要做——什么？"帕米拉问，"最后一个字是什么意思？"

"该死的傻瓜。"

"我懂了。"帕米拉突然笑起来，喉头发出一阵女性的尖厉的欢笑声。她用双臂挽住他的脖子，吻他的嘴。"原来是这样，你把我弄到莫斯科来是因为我们是亲密的老朋友了。"他把她紧紧抱在怀里，狂吻一阵之后才放开她。她走到窗前，把窗帘拉开了。白昼已经到来，一个俄国仲夏的清晨，淡淡的阳光使筵席散后的景象更显凄凉阴郁。帕米拉来到他身边，遥望天际被晨曦映得微红的浮云说："你爱我。"

"我基本上没变。"

"我不爱邓肯。上次我写信到'北安普敦'号就是为了告诉你这件事。他知道我不爱他。他也知道你。在那封信里，我要你说一声要我，或者永远保持缄默。但你没收到那封信。"

"你为什么要和一个你不爱的人结婚呢？"

"这个我在信中也告诉了你。我对漂泊不定的生活感到厌倦了，我需要一个容身之处。现在情况更是这样。那时我还有辔基，现在却是孑然一身了。"

他沉默了片刻之后说："帕米拉，我回到家里时，罗达简直像是土耳其后宫里的一个妃子那样待我，她像是我的奴隶。她感到内疚、悔恨和忧伤，她不知如何是好。我深信她和那个家伙已经一刀两断了。我不是上帝，我是她的丈夫，我不忍心抛弃她。"

内疚和悔恨！忧伤和不知如何是好！这跟帕米拉在华盛顿看到的那个女人多么不相像啊！帕格才是忧伤和不知如何是好的人呀！他脸上每一道皱纹都说明这一点。如果再发生她不忠于你的行为你又要怎样呢？帕米拉险些要说出这个问题，可她看到帕格·亨利的道道皱纹的、严肃的脸和忧伤的眼睛，她觉得说不出口。"好吧！我已经来了。是你把我弄到这儿来的。你要我怎样？"

"噢，那是因为斯鲁特写信告诉我，你弄不到签证。"她面对着他，目不转睛地凝视着他的眼睛，"好吧，一定要我说吗？我想把你弄到这儿来是因为我能看到你就是幸福。"

"即使在我和菲尔·鲁尔跳舞的时候？"

"哦，那是偶然的事情。"

"我对菲尔并无好感。"

---

① 原文是俄语。

"我知道。"

"帕格，我们真倒霉，不是吗？"她泪水晶莹，但泪珠没滴下来，"我不能为了接近你而待在莫斯科。你不想享受云雨之欢吗？"

他面带热切而痛苦的神色说："我没放任肉欲的自由，你也没有。"

"那么我就到新德里去。我要嫁给邓肯。"

"你还这么年轻。为什么要嫁给他呢？你迟早会遇到一个你心爱的人的。"

"万能的上帝啊，我心里容不下别人。你不明白我的意思吗？我要讲得怎样露骨你才懂呢？邓肯喜欢和一些漂亮的小姑娘鬼混，她们围着他团团转，百般勾引他。这也多少为我解决了一个难题。他想娶一位高贵的妇人，而且对我非常疼爱，又十分痴情。在他的心目中我是一个迷人的尤物，是世上少有的装饰品。"她把双手放在帕格肩上，"你是我的心上人，但愿我能控制自己的感情，可我办不到。"

他把她拥在怀里，太阳透过低低的云层，把一片黄澄澄的阳光投射到墙壁上。

"哟，太阳出来了。"他说。

"维克多，抱着我别放。"

沉默了很久、很久以后他说："说起来恐怕词不达意。你说我们真倒霉。可是，我对现状感到满足，帕姆。这是上帝对我奇迹般的恩赐。我是指我对你的一片深情。在这里多待一些日子吧。"

"一个星期，"帕米拉说，声音有点儿哽塞，"我想办法待一个星期。"

"真的？一个星期？那可是等于一辈子呀。现在我得去把费兹杰拉德塞进飞机。"

她柔情满怀地抚弄他的头发和眉毛，又吻了他。他大踏步地走了出去，没有回头。她跑到窗前，一直等到他那笔直矮小的穿着白色军服的人影出现，并目送他消失在静谧的、阳光明媚的林荫大道上。《莉莉·马琳》的调子在她脑际萦回，她在想，什么时候他才会识破他妻子的作为呢？

第六十八章

在喀尔巴阡山脉的一处蛮荒的深谷里，透过正在枯黄的树叶照射下来的苍白的阳光照亮了一条羊肠小道。这条羊肠小道可能是猎人的荒径，也可能是野兽留下的足迹，或者根本不是什么小路而是落在树丛间的阳光使人产生的幻觉。当夕阳西下、天上的云彩变成红色的时候，一个衣服臃肿的人影沿着这条小径大步走过来，背上挎着一根步枪，手里拿着一个沉甸甸的包裹。这是一个体格瘦削的妇女，灰色的厚围巾把脸裹得严严的，呼气立即变成蒸气。在经过一棵受过雷击的橡树的粗干时，她像森林里的幽灵一样没入大地消失了。

她不是什么森林里的幽灵，而是一个所谓的树林里的压寨夫人，即一个游击队司令员的女人。她通过一个洞口跳到掩蔽壕里，洞口长满矮树，要不是有那棵天雷劈死的橡树，她自己在朦胧的夜色中说不定也找不到入口处。游击队的纪律禁止一般队员享有这种肉体上的乐趣，但领导人有一个和他睡觉的女人是他威望的象征，像一支崭新的纳甘式手枪一样，像一个独用的掩蔽壕或一件皮上衣一样。西多尔·尼科诺夫少校越来越喜欢这个勃隆卡·金斯贝格。他开头多少是用暴力占有她的，除了享用她的肉体外，他经常和她交谈，并听取她的意见。事实上，他现在就是在等着她来帮助他决定是否应该枪毙那个嫌疑重大的渗透者。这个家伙被牢牢捆住，正躺在炊事掩蔽壕里。

这个家伙口口声声发誓说，他不是渗透者，而是一名红军士兵。他从泰尔诺皮尔城外的一个战俘营里逃出来，参加了一支游击队，这支队伍后来被德国人消灭了。他幸免于难，他说，以后一直在崇山峻岭间向西流浪，靠草根、浆果或农民的施舍为生。他的话是可信的，他的确也穿得破破烂烂，形容憔悴。但他的俄语有点儿怪腔，看来年龄又超过六十，而且没任何证件。

勃隆卡·金斯贝格走过去把这个人打量一番。在炊事掩蔽壕的一角，班瑞尔·杰斯特罗弓着背蜷伏在泥地上，食物的气味比勒紧他脚踝和手腕的绳子更使他难受。他朝她脸上看了一眼，就决定冒一下险。

"你是一个犹太姑娘，是吗？"他用意第绪语问她。

"是的。你是谁？"她也用意第绪语回答。

这种波兰南部的意第绪语铿锵悦耳，在他听来简直像是音乐一样。他对勃隆卡的询问，一一如实回答。

正在搅汤锅的两个大胡子炊事员听到这种叽叽呱呱的意第绪语，相互眨眨眼睛。勃隆卡·金斯贝格的情况他们是一清二楚的。很久以前，少校就把她这个嘴唇薄薄、其貌不扬的姑娘从深山里一个犹太人家属避居的营地里拖了出来，让她护理在一次袭击中受伤的战士，现在这个犹太女人什么都管起来了。但她是一个熟练的护士，没人敢惹她。至少，谁敢贪婪地看这个女人一眼，就准会吃到西多尔·尼科诺夫的枪弹。

当她和那个渗透者用意第绪语唠唠叨叨的时候，这两个厨子不再感兴趣了。既然这个家伙是犹太人，他就不可能是渗透者，他们也就没必要把他拖到树林里去处决。她会设法使他开脱的。可惜呀！看这家伙乞怜求命该是多么有趣呀！这两个厨子是被征入游击队的乌克兰农民，在炊事掩蔽壕里工作，他们不用挨冻，还能填饱肚子，又不必参加掠夺粮食或爆炸铁路的突击行动。他们厌恶勃隆卡·金斯贝格，但不想和她作对。

她问杰斯特罗，为什么他不把实情告诉俘获他的人呢？游击队是知道那些万人坑的，他何必虚构一套关于泰尔诺皮尔的谎言？他瞥了那两个厨子一眼，然后说，她应该知道那些边远的乌克兰森林地带是多么危险，它们甚至比立陶宛还要危险。宾杰罗维奇那几帮人如果碰上一个犹太人，他们有可能给他一点儿吃的，或者让他继续赶路，但同样有可能把他干掉。在奥斯威辛集中营，最凶恶的警卫当中有些就是乌克兰人，因此他虚构了那个故事。其他的游击队都相信他，并给了他食物，这里的人为什么要把他当作一条狗那样捆起来呢？

勃隆卡·金斯贝格说，一个星期以前，德国人带领了一队倒戈的俄国兵渗透到这个深谷里来，企图消灭尼科诺夫的游击队。有一个人对德国人阳奉阴违，把情况告诉了游击队。他们伏击了这支队伍，把他们大多数人歼灭了，并一直在搜寻漏网的人。杰斯特罗还算走运，她说，他没被当场枪决。

班瑞尔被松了绑，得到了一些吃的。后来在充作指挥所的地窖里，他用俄语把经过向尼科诺夫少校和政治军官科姆拉德·波尔钦科重说了一遍。波尔钦科是一个牙齿发黑、形容枯槁的人。勃隆卡·金斯贝格坐在一旁缝补，这两名军官命令班瑞尔把缝在衣服衬里藏有胶卷的铝管割出来。正当他们在油灯下仔细查看这些铝管的时候，这天晚上的莫斯科中央游击队参谋部的广播开始了。他们把胶卷搁在一旁收听广播。从一只正方形的木箱里，传出一阵叽喳声和尖叫声，接着是广播员的咕哝声，他以普通语言宣读一道道发给各个冠以代号的游击支队的紧急命令，后来报道了哈尔科夫以西被胜利夺回、对德国的大规模空袭以及意大利投降的捷报。

他们重新讨论班瑞尔的问题。政治军官主张把胶卷交给下一班运送军火的飞机带到莫斯科并释放这个犹太人。尼科诺夫反对这样做，他认为这些胶卷可能寄失，即使送到，也可能没人看得懂。而且如果胶卷必须送到莫斯科，那么这个犹太人应该一起去。

少校对波尔钦科不太客气。游击支队里的政治军官总使人感到不愉快。这些游击队多半是由落到德军战线后面的红军战士组成，他们逃进密林以保存生命。他们攻击敌军或当地的宪兵队，有时是为了夺取粮食、武器和弹药，有时是为了替农民复仇，这些农民因为帮助过他们而受到敌人的惩罚。不过，有关游击队英勇斗争的故事大多是为了宣传而加以渲染。这些人大多数已经变成林中的野兽，他们首先想到的是自身的安全，这种情况自然不能使莫斯科感到满意。因此，像波尔钦科这种人便空降到游击队出没的森林中，以加强游击活动并保证中央参谋部的命令得到执行。

尼科诺夫这支游击队碰巧是一支敢于冲杀的队伍，在破坏德国人的交通方面取得出色的战绩。尼科诺夫本人是一个正规的红军军官，他要考虑战争形势好转后自己的前途，但喀尔巴阡山脉毕竟是在莫斯科鞭长莫及的地方，而红军也远离喀尔巴阡山脉。以这个黑牙齿的人为代表的苏维埃官僚政治在这里起不了很大的作用，尼科诺夫是这里的头头儿。这是班瑞尔忧心忡忡地倾听他们谈话时得到的印象。波尔钦科和这个头头儿辩论时也彬彬有礼，甚至有点儿迎合奉承。

正在缝补的勃隆卡·金斯贝格抬起头来。"你们两人都在说废话。这个人有什么值得麻烦的呢？他对我们有什么用？莫斯科要过这个人或是他的胶卷吗？把他送到莱文的营地去吧。他们会给他吃的，然后他可以去布拉格，或者什么鬼地方。如果他在布拉格的关系真的最终可以通到美国人那儿，那么《纽约时报》也许会登载一篇有关西多尔·尼科诺夫游击队的英雄业绩的故事。是吗？"她转向班瑞尔，"你会赞扬尼科诺夫少校吗？还有他在乌克兰西部各地炸毁德国人列车和桥梁的游击队？"

"我要到布拉格去，"班瑞尔说，"美国人将会听到尼科诺夫游击旅的情况。"

尼科诺夫少校的游击队远远够不上一个旅，他们只有四百人，由尼科诺夫凑在一起的松松垮垮的四百人。这个"旅"字却使他高兴。

"好吧，明天把他送到莱文那里，"他对勃隆卡说，"你们可以骑骡子去。那家伙已经半死不活了。"

"嗬，他能把自己那副老骨头拖上山的，别担心。"

政治指导员做了个厌恶的鬼脸，摇了摇头，然后朝地上啐了一口唾沫。

莱文医生部队中的犹太人都是从日托米尔最后一次大屠杀中死里逃生的难民。他们寄居在离斯洛伐克边境不远的小湖旁一个废弃的猎人营地里。木匠们早已修好这些无主的小屋和大棚屋，屋顶不再漏水，墙壁的缝隙都已糊好，装上了百叶窗，并做了些简单的家具，把这个地方变成一个可供大约八十名虎口余生者的暂时安身之所。这些犹太人来自东方，在长途跋涉中备受严寒、饥饿以及疾病的折磨，人数已大为减少。他们初到这儿的时候，西多尔·尼科诺夫袭击了他们，抢走了他们大部分的粮食和武器，也带走了勃隆卡。勃隆卡在被奸污后对他说，莱文的那批人都是在日托米尔的德国人未加伤害的手艺人、电工、木工、铁匠、机修工、枪械匠、面包师傅、修表匠等等。从此以后，游击队就一直向这些犹太人提供粮食、子弹、衣服和武器——数量很少，但足够他们维持生活，并使他们有能力击退入侵者——作为交换，这些犹太人为他们维修机器，制造几件新式武器、土炸弹并修理发电机和通信器材。他们像是一个维修营，很有用处。

这种合作关系对双方都有利。有一次，一支党卫军巡逻队接到一个住在低洼沼泽地的反犹主义者的密告，爬上山来准备将这些犹太人一网打尽。尼科诺夫事前向他们发出警报，他们带了老弱病残及孩子们逃入密林。德国人扑了个空。在德国人忙于偷窃一切可以搬动的东西时，尼科诺夫的游击队突然出现，把这些家伙全都宰了。以后，德国人再也没来找过犹太人。还有一次，当尼科诺夫离开根据地去袭击一列运兵火车时，一邦乌克兰叛徒碰巧发现了他们的地下掩蔽所。在与守卫人员进行短暂但猛烈的交火后，他们纵火焚毁了武器窖。它燃烧了几个小时，只剩下一堆浓烟滚滚的不成样子的赤热的枪管。犹太人把枪管拉直，修好发射装置，装上新枪托，为尼科诺夫的武器库补充了这批修复的武器，在尼科诺夫缴获更多的枪支以前，这些枪还是可以使用的。

他们两人沿着山路往上爬，勃隆卡·金斯贝格为杰斯特罗讲述了前面所描述的往事。"作为一个异教徒的西多尔·尼科诺夫其实不是一个坏蛋。"她一边叹了一口气，一边做了这样的结论，"不像有些人那样简直是禽兽。但我的祖父是布良斯克的犹太教士，我的父亲是日托米尔犹太复国主义者协会主席。而我呢，你瞧瞧吧！一名森林里的压寨夫人，伊万·伊万诺维奇的姘妇。"

杰斯特罗说："你是一个aishess khayil。"

在山路上，勃隆卡这时正走在他前头，她回过头来看他一眼，饱经风霜的脸庞升起一阵红晕，眼睛模糊起来。Aishess khayil在犹太经书的《箴言》里面指一个"英勇无畏的女人"，是一个犹太妇女所能得到的最崇高的宗教荣耀。

那天晚上夜深时，在棚屋里进行商讨的几个人当中，勃隆卡是唯一的女性。除了医生那张刮得光光的脸以外，其他几张被炉火映红的脸都是胡子粗硬蓬乱、神情严肃的。"把链条的事情告诉他们，"她说，她的脸色和在场的任何一个男人的脸色一样严峻，"还有关于狗的事。把那张照片给他们。"

杰斯特罗正在向以莱文医生为首的游击队执行委员会汇报情况。他们坐在一个巨大的壁炉周围，炉膛里粗大的圆木正在燃烧。这样的提醒对杰斯特罗很有好处，特别是刚爬了一大段山路，肚子里又填满了面包和汤，他已经疲倦得昏昏欲睡了。

他说，自从他的朋友逃离队伍、抢了一支枪并打死了几个党卫军警卫以后，布洛贝尔管辖的那伙犹太人必须套上链条工作。每四个人当中就有一个随便被点中的人拉去绞决，其余的分组用链条拴住颈部，每个人的脚踝都戴上镣铐，监视他们的警犬也增加了一倍。

尽管是这样，这个小组几个月来一直在策划逃亡。他们需要等待两个前提条件同时出现：近处有河，同时风雨大作。在那几个月里，他们戴着链条工作，身上藏着从死人堆里找到的起子、钥匙、鹤嘴锄等工具。这些人虽然都是病魔缠身、筋疲力尽、惊魂不定，但他们知道他们都是早就应该被枪决和火化的。因此，他们当中即使是最虚弱的人也愿意一冒逃亡的风险。

一天，他们在泰尔诺皮尔城外森林里塞雷特河附近的峭壁上工作，夕阳即将下沉时，突然下了一场雷雨。他们等待已久的时机终于来临。两个钢架上堆放着一千具尸体，他们刚用火把点燃了尸体下的木料和废油。一阵大暴雨把带有恶臭的浓烟压到那些党卫军的头上，迫使他们带着狼狗后退。杰斯特罗一伙人在浓烟和暴雨的掩护下迅速解开链条，分散逃入森林，冲向河流。杰斯特罗狂奔一阵后滑下峭壁时，他听到狗吠声、叫喊声、枪声和尖叫声，但他终于逃到河边跃入水中。水流把他冲到下游很远的地方，然后他在黑暗中爬上对岸。翌晨，当他湿淋淋的在密林里摸索前进时，他碰上另外两个逃亡者，两个朝他们家乡走去的波兰犹太人，他们希望到了那里后可以弄到食物并躲藏起来。至于其他的人，他认为也许有一半逃掉了，但他一直没见到他们。

"那些胶卷还在你那儿？"莱文医生问道。他是一个三十多岁的圆脸黑发的人，身上穿着一套补过的德国军服。他那副无框眼镜以及和蔼的笑容使他看起来像一个城市知识分子，而不像在这炉火周围的那些老粗的首领。勃隆卡告诉过他，莱文是一个妇科医生，也是牙科医生。不管是在山上的村子里还是在低洼沼泽地的村落，当地居民都爱戴莱文，他总是不辞辛劳地长途跋涉去为他们中的病人治病。

"是的，在我这儿。"

"交给埃弗拉伊姆冲洗出来，好吗？"莱文用大拇指朝一个长鼻子、满脸倒竖着红胡子的人指了一下，"埃弗拉伊姆是我们的照相专家，也是物理学教授。然后我们可以看看胶卷。"

"好的。"

"那好。等你的身体好些，我们会把你送到能帮助你越过边境的人们那里。"

那个红胡子说："照片当中有拍了焚尸炉的吗？"

"我不知道。"

"谁拍的？用什么拍的？"

"奥斯威辛有好几千架照相机。胶卷堆积如山。"班瑞尔以疲弱和不耐烦的语调回答，"奥斯威辛是世界上最大的宝库，都是从死人身上搜刮下来的财货，犹太姑娘坐在三十间大仓库里整理这些赃物。这些东西按理要全部送回德国，但党卫军从中捞了一批。我们也偷。有一个很好的捷克地下组织，他们是了不起的犹太人。那些捷克人，他们很坚强，团结得很紧。他们偷了一些照相机的胶卷。他们拍了这些照片。"班瑞尔·杰斯特罗已经疲乏到了极点，虽然还在谈话，眼皮却已睁不开了。他仿佛梦见被反光灯照得通明的雪地上奥斯威辛的一排排的长马厩，穿着囚衣的弓着背的犹太人步履维艰以及那些巨大的"加拿大"仓库外边堆积的一堆堆赃物用防水帆布覆盖着，上面积着白雪，在稍远一些的地方，黑色的烟囱吐出火焰和黑烟。

"让他休息吧！"他听到莱文医生说，"把他安置在埃弗拉伊姆那里。"

班瑞尔已经好多个星期没在床上睡过觉。那张粗糙的三层床上的草垫和破毛毯是天赐的豪华享受。他睡了不知多久，醒来后一个老妪给他送来热汤和面包，他吃完了倒头又睡。这样子过了两天。现在他起来走动了。中午的太阳把冰冷的湖水晒得暖一些的时候，他跳入水中洗了个澡，然后在营里到处溜达，身上穿着埃弗拉伊姆给他的德军冬制服。这一带的景色恬静得使人难以相信，这些聚拢在湖边的山间小屋，四周被秋色染黄的群峰，破旧的衣服晒在阳光下，妇女们在洗衣、缝纫、烧饭或闲谈，男人们在矮小的车间里拉锯、锤打或敲打。一个铁匠正在把锻炉烧得炉火熊熊，冒出长长的火舌，旁边一些儿童在观看。年龄大一些的儿童在露天的教室里上课，他们发出单调而沉闷的读书声，他们学习犹太经、数学、犹太复国主义历史，甚至是《塔木德》。书很少，也没有铅笔和纸张，上课时要求学生反复用意第绪语背诵课文。这里的形容消瘦、衣衫褴褛的学童看起来和其他地方的任何教室里的儿童一样感到厌烦和苦恼。有些学生偷偷地做小动作，这也和其他地方一样。学习《塔木德》的男孩围着一本大书坐成一圈儿，有几个男孩看着倒过来的文本在朗读。

以步枪武装起来的青年男女在营地巡逻。埃弗拉伊姆告诉班瑞尔，一些备有无线电的哨兵部署在下面遥远的山路和山口一带。这个营地经受不住敌人的奇袭，武装的警卫人员能对付渗透者或小股敌人，但是遇到了严重的敌情，他们必须用信号通知尼科诺夫，要求他们提供保护。这里最棒的年轻人都走了，他们要为发生在日托米尔的大屠杀讨还血债，一些人已加入著名的科夫帕克游击团，其他的加入了由传奇式人物犹太人莫伊沙大叔率领的游击团。莱文医生批准他们前去。

班瑞尔待在这儿的一个星期里，他听到大量流传在这个犹太人森林里的故事，它们大多数是惨不忍闻的，有些是英雄壮烈的故事，有些是滑稽可笑的故事。他也诉说了自己的惊险经历。一天傍晚，他在吃晚饭时又在缅怀往事，追述他在明斯克外围和早期的犹太人游击队一起度过的日子。这时他突然听到他的儿子还活着的消息！绝对不会搞错。一个戴着一只眼罩、骨瘦如柴的满脸脓疮的年轻人曾在科夫帕克领导的游击团里一直待到一枚德国手榴弹把他的一只眼睛炸瞎，他曾和一个名叫门德尔·杰斯特罗的人一起行军几个月通过乌克兰。班瑞尔因此得知门德尔还活着，而且是一名游击战士——沉默寡言的门德尔，异乎寻常地笃信宗教的犹太法典学校的学生。根据这个小伙子最后听到的消息，班瑞尔还得悉他的儿媳妇和她的孩子目前躲在瓦洛任城外一个农民的农庄里。

这是班瑞尔到处流浪以及被关押的两年来第一次听到家人的消息。尽管他忍受了一切几乎置他于死地的凌辱、痛苦和饥饿，但他从不曾完全丧失希望，他坚信总有一天会苦尽甘来。这个消息并没使他过于激动，但在他看来，这预示着黑夜里最黑暗的一段时间已开始消逝。他觉得精力恢复了不少，随时可以启程去布拉格。

在他启程的前夕，在大棚屋的大房间里，埃弗拉伊姆为一些经过选择的成年人放映幻灯片。这是把班瑞尔的胶卷冲洗后再放大的幻灯片，银幕是一块因为使用时间长，又经过多次洗涤已经变成灰色的被单，那台粗糙的幻灯机使用由两条电池炭精棒组成的弧光灯。这个临时凑合而成的光源不断噼啪爆响，闪烁摇曳，给幻灯片增添了毛骨悚然的效果。赤身裸体的妇女看起来好像在颤抖，她们带着孩子走进毒气室；一些囚犯在党卫军的监视下用钳子把死人牙齿上的金子拉出来的时候看起来像喘不过气和使尽了气力；在长形的露天坑里，一排排尸体在燃烧，一些手执肉钩的特别分队人员在把更多的尸体拖到坑里，坑上浓烟滚滚。有些幻灯片太模糊，看不清是什么东西，但其余的已足够揭露奥斯威辛集中营的内幕，铁证如山，毋庸置疑。

光线太弱，拍出来的文件不易辨认。一张长的分类账页上写着同一天有几百人死于"心力衰竭"。各种存货清单上列有首饰、金子、皮货、货币、手表、烛台、照相机、自来水笔等，一律用工整的德文逐项列记并标明价格。一份六页的医药试验报告表明对二十对同卵双生兄弟或姊妹进行过各种试验，其数据包括对超高温及超低温的反应、对电震的反应、注射酚后多长时间才断气以及尸体剖验后详尽的解剖统计比较数据。班瑞尔从未看到过这些文件，也没目睹过出现在幻灯片上的景象。他感到震惊和悲痛，但又感到安心，因为他知道这些可供定罪的材料是如此确凿，任何狡辩都无法推翻。

看完幻灯片的人们默然离开棚屋，只留下委员会的成员。莱文医生久久凝视炉火。"班瑞尔，村子里的人都认得我，我亲自护送你过边境。斯洛伐克的犹太人游击队有健全的组织，他们会把你送到布拉格。"

从帕尔杜比采开往布拉格的列车挤得很，二等车厢的过道上都站满了人。一些检查证件的捷克警察耐心地从一个车厢挤到另一个车厢。这个被《慕尼黑协定》出卖的驯服的保护国在战前就被德国吞并，又因为海德里希遭到暗杀而受到报复，蒙受了致命的打击。在这里，列车上的例行检查从来没发生过什么情况，不过，在布拉格的德国秘密警察司令部要求继续执行查验。

一个正在阅读德文报纸的老人被走进车厢里来的警察用肘轻轻地推了一下才知道要查证件，他心不在焉地抽出一个旧的藏着身份证和许可证的皮夹子，一边继续读报，一边交给警察。赖因霍尔德·亨克尔，帕尔杜比采出生的德国建筑工人，母亲的娘家是匈牙利的，这证明了他那张宽阔的、刮得光光的斯拉夫脸形。警察看了看这个乘客的破旧衣服和操劳一世的双手，把证件还给了他，又接过了第二个人的证件。就这样，班瑞尔·杰斯特罗过关了。

列车在易北河流域沿着闪闪发光的河流疾驰，它穿过果实累累的葡萄园和到处是采摘工人的果园，以及布满根茬的田野。车厢里其他的乘客包括一个面有愠色的胖老太太、三个在傻笑的年轻女人以及一个带着丁字形拐杖、穿军服的年轻人。为了应付这次警察的盘查，班瑞尔事先排练了一个星期，现在已经顺利通过，回想起来好像是开了一次短暂的、毫无意思的玩笑。他经历过许多不可名状的时刻，但这次从万人坑和山区游击队的狂暴世界过渡到他一度认为是日常现实生活的世界——坐在前进中的列车的一个位置上、衣饰漂亮的姑娘们在欢笑、她们身上散发出廉价香水的气味、他自己的领带、皱瘪的帽子，以及勒得很紧的白衬衣领子等等——确实使他震惊，死而复活的感觉最多也不过是这样。正常的生活似乎是对现实的无情嘲弄，是一场把发生在远方的骇人听闻的实际情况挡在外面、匆匆来去、假戏真做的小游戏。

布拉格的情况使他大吃一惊。他以前因生意买卖多次到过这儿，对这里的情况比较熟悉。从这座古老的、可爱的城市看来，这次大战好像没发生过，在他的心灵上打上烙印的过去的四年，好像是一场时间拖得很长的噩梦。即使在和平岁月里，布拉格街头一些在劲风中飘拂的卐字旗也是到处可见，那时纳粹为索还苏台德地区在进行鼓动。跟往常一样，在午后的阳光里，街上行人熙来攘往，因为已经是下班时间，衣着考究、对现实好像心满意足的人们坐满了人行道上的咖啡馆。如果稍有区别的话，今日的布拉格比起当年希特勒还在恶毒攻击贝奈斯的那些动乱日子里的布拉格更加宁静。在人行道上的人群里，班瑞尔看不到一张犹太面孔。这是前所未有的。这在布拉格是一个明显的迹象，它表明战争绝非梦幻。

根据他牢记在心的指示，如果书店已经不在的话，他还可以找另外一个地址。但书店还开着，它坐落在号称"小城"地区的一条曲巷里。

N. 马斯特尼书店
经售新旧书籍

门推开时发出一阵铃声。里面到处是旧书，书架上塞得满满的，地板上也是一堆堆的，霉臭气味很重。一个穿灰罩衫的白发老妇坐在一张堆满书的桌子旁，在书目卡上标价。她看起来很慈祥，微笑时脸上的肌肉像是抽搐了一下。她说了句捷克话。

"你会德语吗？"他用德语问。

"会。"她用德语答。

"在你们的旧书里，有没有关于哲学的书？"

"有的，很不少呢。"

"有没有伊曼纽尔·康德的《纯粹理忄生批判》？"

"我不能肯定。"她惊愕地看着他，"请原谅，但你不像是对这种书有兴趣的人。"

"我是替我儿子埃里克买的。他在写博士论文。"

她打量了他很久，然后站起身来。"让我去问问我丈夫。"

她穿过后面的门帘走了出去。不久，一个矮小、弯腰、秃头的男人走了出来，他正从杯子里啜着什么。他穿着一件露出破洞的毛线衣，头上戴着绿眼罩。"对不起，我刚泡好茶，还是热的。"

和其他的对话不同，这不是暗号。班瑞尔没作答。这个人一边在书架前来来去去，一边大声地啜着茶。他从书架上取下一卷残破的书，吹掉上面的积尘，然后递给班瑞尔，书的衬页摊开了，上面有用墨水写上的一个名字和地址。"读者不该在书上写字呀。"这是一本描述在波斯游历的书,作者是谁无关紧要,"真是罪孽。"

"谢谢。但我要的不是这本。"

这个人耸了耸肩,低声而毫无表情地道了一声歉,便拿着这本书消失在门帘后面了。

那个地址在市区的另一头。班瑞尔乘无轨电车到那里,然后下车步行,在一个全是四层楼房的年久失修的地区穿过几个街区。在他所找的那幢房子的底层入口处有一块牙科医生的招牌。蜂鸣器响了一下,门便打开让他进去。门厅里的长椅上坐着两个候诊的可怜巴巴的老人,从牙医诊疗室里走出来一个身穿脏工作服的、模样像家庭主妇的女人,室内传来钻头的响声和呻吟声。

"对不起,大夫今天不能再看病人了。"

"这是急诊,夫人,很厉害的脓肿。"

"那么,你可要等到轮到你的时候。"

他等了差不多一个小时。当他走进诊疗室时,白罩衫上溅有血渍的牙科医生正在洗涤槽边洗手。"请坐,我马上就好了。"他转过身来说。

"是马斯特尼书店老板叫我来的。"

大夫挺直身子,转过身来。他有浓密的沙色头发、宽阔的方脸、结实有力的下颌。他眯着眼睛上下打量了班瑞尔一下,接着说了一句捷克话。班瑞尔用记住的暗号接上。

"你是谁?"牙科医生问。

"我从奥斯威辛来。"

"奥斯威辛?你带来了胶卷?"

"是的。"

"天啊!我们早就以为你们都死了。"大夫非常激动,他笑了起来。他抓住班瑞尔的两个肩膀,"我们盼望着你们两位。"

"另外一个已经死了。这就是胶卷。"

班瑞尔带着严肃而兴奋的心情把那些铝管交给牙科医生。

那天晚上,在房子二楼的厨房里,他和牙科医生夫妇共进晚餐。餐桌上有煮土豆、洋李脯、面包和茶。他的嗓子有点儿嘶哑了,因为他追述了他的漫长的旅程和一路上惊心动魄的经历,话实在讲得太多了。他这时正讲到莱文营地里度过的一个星期以及他得悉他儿子还活着的那个难忘的时刻。

大夫的妻子端来了酒杯和一瓶梅子白兰地,她顺口对她丈夫说:"说起来这可是一个奇怪的名字。上次委员会开会时不是有人提起他们在特莱西恩施塔特还有一个名叫杰斯特罗的人吗？一个知名人物？"

"那是一个美国人。"牙科医生做个手势，不以为然，"一个有钱的犹太作家，他在法国被抓住了，这个笨蛋。"他对班瑞尔说，"你越境时是走哪一条路的？是不是取道图尔卡？"

班瑞尔默不作声。

两个男人相互看着。

"怎么了？"牙科医生问。

"埃伦·杰斯特罗？在特莱西恩施塔特？"

"我想他是叫埃伦，"牙科医生说，"为什么这么问？"

第六部　犹太乐园

特莱西恩施塔特和奥斯威辛不同，它实在没什么秘密可言，德国政府甚至煞费苦心，通过新闻报道和照片，对布拉格附近的捷克重镇泰雷津市里的这个"犹太乐园"大肆吹嘘。

战 争 与 回 忆

第六十九章

特莱西恩施塔特和奥斯威辛不同，它实在没什么秘密可言，德国政府甚至煞费苦心，通过新闻报道和照片，对布拉格附近的捷克重镇泰雷津市里的这个"犹太乐园"大肆吹嘘。这时候，班瑞尔听说他的堂兄被囚禁在那里。

这个由纳粹创办的、非同寻常的犹太人避难所，又叫作特莱西恩施塔特（即泰雷津游乐胜地），在欧洲颇有名气。有声望、有财产的犹太人争先恐后设法想被遣送到那儿去。德国秘密警察向他们索取巨款，把泰雷津宽敞的公寓卖给他们，还保证他们终身能得到医疗，能使用旅馆和享受配给食物。每逢疾病、饥饿和把某些大城市里的犹太居民向"东方"遣送之后，这些城市里的犹太领袖就被遣送到这儿。有一半犹太血统的人、德高望重的老人、杰出的艺术家和学者、战功卓著的犹太老军人都携带家眷在这个城市里居住下来。享有特权的荷兰和丹麦犹太人最后也住到了这儿。

欧洲的杂志上登载的新闻图片，显示出这些幸运的犹太人佩戴着黄星标志，安闲地坐在小咖啡馆里，出席演讲会和音乐会，在工厂或商店里快乐地工作，在鲜花盛开的公园里漫步，排练一出歌剧或是话剧，看一场当地的足球比赛，或者披着晨祷披巾①在一个设备齐全的犹太会堂里做礼拜，甚至还在拥挤的小夜总会里跳舞。其中有些人的姓名和面貌是人们所熟悉的。在纳粹欧洲以外，关于这地方只有些歪曲失实的零星消息，可是红十字会的揄扬的报告却使它的存在为外界所知。凡是还没上"东方"去的欧洲犹太人，全会乐意尽其所有以换取埃伦·杰斯特罗的位置。

欧洲当时正沉浸在一片反犹宣传声和战争时期的艰难困苦里。在这种局面中居然还给犹太人安排了这么一个舒适的去处，这自然引起了怨恨。戈培尔博士在一次讲话中就表达了这种情绪：

---

① 犹太人早上做祷告时裹在头部或披在肩头的一种有流苏的围巾。

> ……泰雷津的犹太人坐在咖啡馆里喝咖啡、吃蛋糕，翩翩起舞；而我们的军人却不得不承受种种苦难和匮乏，来保卫他们的祖国……

当然，在中立国和盟国也不乏这样的暗示，说特莱西恩施塔特不过是一个波将金村①，是纳粹上演的一幕丑剧。因此德国红十字会的代表们应邀前去亲眼看一下，然后公开证实这个离奇的庇护所的确存在。德国人声称"东方"的其他犹太营地全都和特莱西恩施塔特一样，只不过没这么奢华而已。对于这一点，红十字会和全世界只好听信他们的话了。

在特莱西恩施塔特，没有几个美国犹太人，实际上在整个纳粹欧洲随便哪儿都是如此。他们当中大部分人战前就逃走了。至于留下来的少数人，有些凭着影响、声望、财富，或是运气幸存下来，像贝伦森和格特鲁德·斯泰因②；有些躲了起来，在整个战争期间一直销声匿迹；有些已经在奥斯威辛被毒气熏死了，他们的美国国籍成了无补于事的笑柄。娜塔丽、她叔叔，还有她的小娃娃，都来到了这个犹太乐园。

在人类事务中，国家社会主义德国好像是一个崭新的事物。它的根源是古老的，产生它的土壤也是古老的，可是它却是一个突变体。在古代世界里，斯巴达和柏拉图的理想共和国，全只是最模糊的预兆。尽管希特勒大量借用列宁和墨索里尼推行的各种措施，现代政治中却找不出合适的比较。从亚里士多德到马克思和尼采，没有一位哲学家曾经预见到这样的事物，没有一个能为它提出人性方面的根据来。第三帝国是历史上突然出现的一个令人惊愕的现象，它只持续了区区十二年，目前已不复存在。它遗留下来的有关人性和社会的史实是史无前例的，历史学家、社会科学家和政治分析家们至今还在堆积如山的遗物里结巴着、摸索着。

普通人宁愿忘掉它，它是欧洲衰落过程中一个十二年的肮脏插曲，最好把它扫到地毯下面去。学者们硬要对它进行学术分类：民粹主义加恐怖，资本主义复辟，波拿巴主义的翻版，右翼独裁，一个蛊惑人心的政客的成功。无穷无尽的学术标签，发展成为冗长的、沉甸甸的巨著。实际上，没有一部著作说得清第三帝国的来龙去脉。国家社会主义德国这个玷污了全人类的邪恶红斑，还在扩大，还在令人迷惑。在当前的人类事务中，它是比人口爆炸、核弹和能源耗竭更为根本而又为人们所回避的问题。

---

① 波将金村：俄国女皇叶卡捷琳娜二世的宠臣波将金（1739—1791）在女皇南巡时沿途粉饰太平，极尽伪装欺骗之能事，以获取女皇的欢心，后来波将金村就用以指虚伪的骗局。
② 格特鲁德·斯泰因（1874—1946），美国女作家。

特莱西恩施塔特阐明了它，因为这个犹太乐园不像奥斯威辛，并不是深奥莫测的。它是国家社会主义的一件劣迹，但是因为它还有一丝理智的痕迹，我们只要运用一下想象力，还是能够理解它。它只是一场骗人的把戏。一个大国政府在这上面耗费了精力，于是它发挥了作用。说来奇怪，娜塔丽·亨利和她孩子生存下去的最大希望，就寄托在德国人精心策划上演的这个巨大的骗局上。

对于希特勒和他的少数心腹来说，把欧洲的犹太人斩尽杀绝——并且在德国开疆拓土后，把全世界的犹太人斩尽杀绝——这个目标始终是毋庸置疑的。它具体表现在战争初期的行动和文件之中。但是从文字上我们很难找出多少痕迹，希特勒显然始终没签署过什么东西，不过由他下达的、将他在《我的奋斗》中的威胁付诸实施的那项命令却是不言而喻的。

可是德国以外世界上的种种旧观念却为此造成了困难：慈悲啊、正义啊、人人有生存和获得安全保障的权利啊、屠杀妇孺的暴行啊，以及诸如此类的看法。但是对于国家社会党人来说，战争的性质就是屠杀，德国的妇女儿童正在轰炸中死亡，而敌人的定义是要由政府去决定的。犹太人是德国最大的敌人，这一条是国家社会主义政策的核心。到一九四四年，德国已经开始崩溃的时候，重要的作战资源继续去杀害犹太人，就是因为这个道理。用批判的军事眼光来看，这样做毫无意义。可是对德国民族狂热地追随到底的那班领袖来说，这样做完全有意义。阿道夫·希特勒在柏林的地堡把自己打得脑浆迸裂之前，写下了他的遗嘱。在遗嘱里，他吹嘘自己对犹太人的"人道的"屠杀——他用的正是这个词——并且还鼓动战败的德国人继续对他们进行杀戮。

至于在这场大屠杀期间蒙在鼓里的外界所表现的种种软心肠的偏见，国家社会主义党人的主要对策是欺骗。战争时期的保密措施使得对实际屠杀进行掩盖有了可能。没有一个记者曾经跟着特别行动队旅行过，也没有一个记者进入过奥斯威辛。问题是：第一，要制止有关屠杀的不断增多的泄密和流言；第二，要销毁一切证据。鲍尔·布洛贝尔的焚尸队和泰雷津的犹太乐园，就是这场大骗局里相辅相成的两个方面。特莱西恩施塔特可以说明根本不存在什么屠杀；焚尸队则可以把屠杀实际存在的一切证据销毁掉。

今天，要想永远掩盖起对千百万人的屠杀，这种想法似乎是荒唐透顶的。但在当时，整个德国民族的精力和创造才能都在希特勒的支配之下，德国人还为他建立了许多其他惊人的、狂妄的"功绩"。

这场骗局里最成功的部分，是针对犹太人本身进行的。在进行这场大屠杀的整整四年中，他们大部分人始终毫不知情，很少有人怀疑，更没什么人真的相信火车是把他们送到死路上去。德国人对于他们去什么地方，以及他们到达后应该做些什么，煞费苦心地编出形形色色的谎话以安他们的心。这种欺骗一直进行到他们生命的最后几秒钟前，直到他们被脱光衣服、押进实际上是毒气室的"消毒淋浴间"的时候。

今天看来，千百万惨遭厄运的犹太人竟会相信这个骗局，像牛群走向屠宰场那样，这似乎头脑简单得出奇。但是，如同病人不愿意相信自己得了白血病，紧紧抓住任何可以消除疑虑的稻草那样，欧洲的犹太人就是不肯相信德国人要把他们斩尽杀绝这种甚嚣尘上的消息和传说。

说到头来，他们要是相信这一点，就不得不相信德国的合法政府正在有组织地、冠冕堂皇地干着一个庞大得难以想象的诈骗杀人勾当。他们就不得不相信，人类社会为了保护自身而创造的国家的职能，在一个先进的西方国家里竟然改变了性质，事先不发出任何警告，不进行任何诉讼，也不经过任何审判，就把千百万无辜的男女和儿童秘密地处决。这恰恰是事实。但是直到最后，大多数死去的犹太人都无法理解这个事实。就连我们现在回想起来，也无法完全责怪他们，因为我们自己对于这个明明白白的事实也觉得根本无法理解。

这场骗局中特莱西恩施塔特这一部分是复杂的，而娜塔丽生存下去的机会就存在于它的头绪纷繁、自相矛盾的目的之中。

犹太乐园不过是一个转运营地，一个去"东方"的中转小站。那儿的犹太人管它叫作"*schleuse*"，就是水闸或水门的意思。但是这个转运营地又有它特殊的地方。享有特权的犹太人刚抵达的时候总受到热情的招待，应邀吃上一顿饭，并且受到鼓励去填写表格，详细说明他们愿意住什么样的旅馆或是公寓，同时还写下他们随身带来的什物、珠宝和现款。接下来，他们便被抢个精光，上上下下仔细搜身，搜索值钱的东西。当然，那个热情的前奏曲便利了这番掠夺。尔后，他们便和充斥在犹太区房屋里和街道上的普通犹太人得到同样的待遇。

每逢大批犹太人到来的时候，这场欢迎的滑稽戏往往便给免了。新来的人干脆就被赶进一个大厅去，对他们携带的东西进行集体抢掠，事后发给他们一些破旧的衣服，再把他们押送到拥挤的、害虫滋生、疾病蔓延的市区，在四层床铺上，在已经住满患病、挨饿的人的不蔽风日的顶楼上，在一个原先供四人居住而现在却挤上整整四十个人的房间里，或是在一个同样挤满了倒霉蛋的走道或楼梯上下榻栖身。不过新来的人并不是一到就立刻用毒气毒死。从这一点讲，它是犹太乐园。

一些发生在德国人计划之外的事情，进一步装点了这个乐园的门面。一开始的时候，布拉格那些组织良好的犹太人就说服了党卫军，让他们在这个要塞城市里建立一个犹太人的市政机构。这个市政府一半是真的，一半是开玩笑。说它是开玩笑，因为它凡事必须唯德国人的命令是听，包括开具遣送去"东方"的人们的名单。然而它又是真的，因为它下面的各部门的确管理着卫生、劳工、食物配给、住房和文化工作。德国人所关心的只是严密的保安措施、他们自己的舒适和享乐、工厂的生产定额，以及把活人送去装满火车。至于其他事务，犹太人可以自己照料自己。

这里甚至还开设了一家银行，印发特殊的、美观的特莱西恩施塔特货币，由一位不知名的艺术家为所有的纸币设计了一个令人吃惊的图案，上面绘着手拿书报的受难的摩西。当然，这种钞票只是在犹太区里开的一个玩笑，拿它买不到任何东西。但是德国人要求银行家和犹太工作人员对薪水、存款和支出金额保存一份精心假造的记录，这样也可以蒙混一个偶然来到的红十字会观察员漫不经心的眼睛。德国人在泰雷津所做的努力，是一个彻头彻尾的大骗局，食品定量始终没提高到足以温饱的水平，医药从来没提供过，而涌进来的犹太人人数也始终没减少过。

泰雷津是一座漂亮的城市，它不像奥斯威辛那样只是一片沙滩上的马厩。石头房子和长长的十九世纪营房坐落在笔直的街道两旁，看上去很是好看，只要你看不到里边那一群群有病的、饥饿的居民。有了来宾，这些居民就被驱赶到僻静的地方去。正常时期，连带住在营房里的士兵，泰雷津可以安顿四五千人。现在，犹太区里平均总要住上五六万人。它就像一个水灾区或是地震区边缘的城市那样，里面挤满了劫后余生的人，不同的是，灾难有增无减，逃难的人不断拥入，其数量全靠高得惊人的死亡率和通向"东方"的那道水闸门才有所减少。

演讲会、音乐会、话剧、歌剧，都确有其事。德国人允许有才能的居民通过乐园的这些活动忘却饥饿、疾病、拥挤和恐惧。咖啡馆和夜总会也是有的，可是没什么吃喝的东西。不过音乐家倒是有很多，犹太人可以开展这种幽灵般的和平时期的娱乐活动，一直到他们被送走为止。埃伦·杰斯特罗在里边工作的那个图书馆是很不错的，因为到这儿来的犹太人的书籍全被搜刮来了。还有些装门面的店铺，橱窗里摆满了从经过这儿的半死不活的人们那里掠夺来的东西。自然，东西都是不卖的。

有一阵子，只有德国红十字会的专员获准进入特莱西恩施塔特，党卫军不用花多大气力，轻而易举地就让他们写出了一些揄扬的报道。然而，这场骗局的成功却使德国人陷入了一个意想不到的困境。中立国的红十字会迫切要求派观察员来对犹太乐园进行一次访问。这导致了特莱西恩施塔特离奇古怪的历史上最离奇的一段插曲，就是"盛大的美化运动"。娜塔丽的命运竟然就取决于这件事。

第七十章

　　娜塔丽干活儿的时候是不容易被认出来的，因为她的脸部齐眼睛下面全用一条手帕遮挡起来。从修切和磨光云母的机器上飞出来的微尘，在一排排长桌子的上空飘浮，女工们成天就坐在这里，把那些已经分成一块块的矿物再切成薄片。娜塔丽就是这一大群衣衫褴褛的工人中一个弓着背干活儿的人。这种活儿需要手巧，虽然叫人厌烦，可是并不难做。

　　她弄不清德国人拿这种东西去做什么用，大概和电气设备有点儿关系。显然这是一种稀少的材料，因为碎片和桌上扫下的余屑都被送到磨粉机里去，磨好的粉也和切好的薄片一样，装进柳条箱运回德国。她的工作就是把书本那样大小的云母切成更薄、更透明的薄片，直到工具无法再劈出一层为止，同时在工作过程中不能切破一片，以免遭到带着臂章、管理她那一工段的那个凶神恶煞似的法国犹太老婆子的毒打。这的确是够简单的。

　　她每天在这个又长又矮、拥挤不堪的粗木棚里度过十一个小时。长长的黑色电线上悬挂着的低瓦灯泡，发出暗淡的光线，房里没有生火，几乎和白雪皑皑的户外一样寒冷，而且因为脚下的烂泥地和挤得紧紧的妇女们的呼吸，环境甚至比户外更为潮湿。一个令人恶心地漫溢出来的厕所，散发出一股恶臭。这个厕所每周只由一小队佩戴着黄星标志的可怜的大学教授、作家、作曲家和科学家打扫一次，德国人就喜欢让他们淘粪便。从挤坐在一起、衣衫褴褛、久未洗过澡的女人身上，也散发出一股臭味。她们几乎连喝的水都没有，更不用提洗澡和洗衣服了。对于一个外界来的参观者来说，这个木棚简直就是地狱。娜塔丽对它却已经习以为常了。

　　这些妇女中大多数人像她一样出身不凡。她们中有捷克人、奥地利人、德国人、荷兰人、波兰人、法国人和丹麦人。泰雷津真是一个各民族的大熔炉。许多人曾经十分富有，许多人像娜塔丽一样受过高等教育。云母工厂只接纳犹太区里受到优待的妇女来工作。"遣送去东方"这个吓人的、意义不明的威胁笼罩着泰雷津，就像死亡萦绕着正常生活那样。遣送是间歇性的，像瘟疫那样突然剪刈掉一大批人，但是云母工厂的工人和她们的家属是不走的。至少，目前还不曾有人走过。

干这种轻松手工的妇女，大部分是年纪比较大的，娜塔丽被分配到云母工厂来，意味着某种暗地里的"庇护"。派埃伦到图书馆工作，也是如此。他们的境遇急转直下，落到了特莱西恩施塔特，虽然使人惊疑不定，却并不是飞来横祸，其中还有奥妙，他们不知道究竟是什么。同时，一天天他们挨了下去。

六点钟的铃响了。

机器停下。弓腰驼背的妇女站起身来，把工具安放好，熙熙攘攘地走了出去，用披巾、汗衫和破烂衣服把自己裹紧。她们僵硬地、可是快步地走着，趁那份汤汤水水的食物还有余温之前赶到领食物的长队中去。一到外面，娜塔丽就拉下手帕，露出了一张几乎没变样的脸：更瘦削、更苍白，仍然很美，嘴唇显得更薄，下巴显得更坚定。一阵清新的寒风掠过积雪的、笔直的街道，把特莱西恩施塔特堵塞的下水道、随地皆是的粪便、烂白菜和生病的、龌龊的人们身上经常散发出的恶臭吹散了。这是一种贫民窟的气味，再加上日日夜夜不停走过的手推枢车上的死人和城墙外边火葬场里焚烧尸体的令人恶心的气味。在这里，犹太人不是遭到屠杀而是"寿终正寝"的死亡率并不比灭绝营里低多少。

她从一排排笔直的营房间的街道上走过，穿过市区到幼儿园去。这时天上星光闪烁，一钩新月紧挨着一颗明亮的晚星，低低悬挂在要塞城墙的上空。难得的清新爽朗的空气吹进了她的胸膛，叫她感到十分舒畅，她想起了埃伦早上说的那句俏皮话："亲爱的，你知道不知道，今天是感恩节？说好说歹，我们总还是有恩可感的。"

她绕过把犹太人和大广场分隔开的那道高高的木墙，听见音乐家们正在广场边上党卫军的咖啡馆里演奏。吃饭的时刻，虽然还有些衰弱的老年人蹒跚地走着，在垃圾堆里拨弄，但街道上比较安静，不那么拥挤。领食物的长蛇阵从有些院子里蜿蜒到街道上，人们站着，用勺子从铁皮盘子里把那份汤汤水水的食物舀进嘴去，两眼急切地睁得很大。看着这些有教养的欧洲人像饿狗一样吞咽着这种粗劣的饮食，这是犹太区里令人分外伤感的景象之一。

一个身穿一件破烂的长外套、戴着一顶布便帽的瘦子走到她的身边。"喂，还好吗？"①这个名叫乌达姆的男人说。

她脱口就用意第绪语回答说："该怎么个好法呢？"

---

① 原文是意第绪语。

现在，她讲这种语言已经像她祖母讲得一样流利了。常常，荷兰或是法国的难友甚至会把她当成波兰犹太人。她讲英语的时候，一开口就很容易用上从前的美国腔，可是这种语言在这儿听上去很古怪。她和埃伦也常常用意第绪语交谈，因为他在图书馆里和教授《塔木德》时也常常用这种语言，尽管他一般是用德语和法语讲课。

"耶塞尔森的弦乐四重奏今天晚上又要演出啦，"乌达姆说，"他们想叫我们接在后边演出。我又有了新的题材。"

"我们什么时候可以排演呢？"

"就在我们去看过孩子以后，好吗？"

"我七点钟还要教一堂英语课。"

"节目很简单。不会花太多时间。"

"好吧。"

路易斯正在宿舍门口等着。见到娜塔丽，他高兴地大叫一声，跳进她的怀抱。娜塔丽一抱住他结实的身体，就忘却了云母、厌烦、苦难和恐惧。他的兴高采烈感染了她，使她也快活起来。不管刮的是什么阴风，这股火焰可不是注定要被吹灭的。

路易斯一生下来就成了她的生命之光，但是从来没像现在这样强烈。他虽然离开了她，来到这个幼儿园，和几百个小孩待在一起，平时晚上多半只能看到她几分钟，住在这个潮湿阴暗的、古老的石头房子里，由陌生的女人管束着，睡的是棺材般的木箱子，吃的是粗糙的大杂烩——尽管儿童的食物是犹太区里最好的——路易斯却像野草一样苦壮成长起来。别的小孩消瘦、患病，先是无精打采、昏昏沉沉，后来在一阵阵抑制不住地哭泣中虚弱下去，最终因冻饿而死。这个幼儿园的死亡率是惊人的。可是，不知是他的颠沛流离——不断地变换水土、空气、食物、被褥和同伴——把他锻炼出来了，还是像她常常想到的那样，是坚忍顽强的杰斯特罗家和坚忍顽强的亨利家的结合，产生了一个达尔文所谓的优生者，反正路易斯是生气蓬勃的。他在各门功课上都名列前茅，指画法、舞蹈、唱歌对他来说都是一样，他似乎毫不费力就胜过了别人。调皮捣蛋也是他领头儿。幼儿园的保姆看见他又是爱又是恨。他长得越来越像拜伦，可是有他母亲那样的大眼睛，他那种既迷人又有些忧郁的微笑，活脱儿是他父亲。

她因为轮流上夜班，所以总在这儿吃饭。乌达姆也在这儿吃。他通常总想法子按照自己的方式安排一切，就是他怎样来和三岁的女儿一起消磨空余时间。他的妻子已经走了，被遣送走了。今天晚上，汤里的土豆很多，虽然是冻坏了的，味道有点儿腐，可是倒可以充饥。他们边吃着，他就边念起他新编的台词来，他的女儿和路易斯在一旁玩。那个轻便的木偶戏台就折叠起来放在地下室的文娱活动房里，后来，两个孩子也下来看他们排演。娜塔丽排演了逗孩子们玩的木偶戏，一出庞奇和朱迪①的戏，配上乌达姆含讥带讽的台词，已经暗地里风靡了犹太区。这比她的美国公民身份更使她有荣誉感。那种身份起先还使人惊异，可是不久就不足为奇了。不管是倒霉还是愚蠢，反正她到了这儿，对犹太区的人们来说，就是这么一回事。

娜塔丽重新搞起这个丢了多年的少年时代的游戏，她开始变得很快乐和全神贯注。她做木偶，给它们换上衣服，操纵它们，使它们扮出各种滑稽姿势来配合乌达姆的台词。有一次，她甚至在他唱歌的那个党卫军咖啡馆里演出。当乌达姆唱着淫荡的德国歌曲，引得那些闹闹嚷嚷的党卫军官兵狂呼乱叫的时候，或是当他唱起《莉莉·马琳》这类感伤的民歌，引得他们眼泪汪汪的时候，她只能浑身颤抖地坐在那儿听。后来，她的手哆嗦得很厉害，简直操纵不了木偶。幸亏这次演出并不成功，乌达姆的拿手好戏一个也没拿出来，以后也就没再叫他们去演出。犹太区里有的是远比他们高明的木偶戏节目可以供党卫军去点。少了乌达姆的讥讽，娜塔丽的演出实在并不出色。

乌达姆是一个波兰教堂唱诗班领唱人的儿子。他肤色苍白、瘦长如鹤，生着一双炽热的眼睛和一头蓬松、卷曲的红发。虽然他创作和演唱猥亵的甚至淫荡的歌曲，却在犹太会堂里主持赎罪日的宗教仪式。他和那群组成并管理这个有名无实的犹太市政机构的犹太复国主义者一起，很早就从布拉格被遣送到特莱西恩施塔特来了。现在，柏林帮和维也纳帮正在把他们排挤出去，因为党卫军比较喜欢德国犹太人。乌达姆在那个闹剧般的特莱西恩施塔特银行里工作，尽管它已经成了那些后到的犹太人的地盘。这些人还是丢不下他们那种优越感，总想把别人排挤出去，乌达姆对于犹太区里的政治活动和钩心斗角所了解的，远远超出了娜塔丽所能理会的。他名叫约瑟夫·斯穆洛维茨，可是大伙儿都管他叫"乌达姆"，她甚至听见党卫军也这样称呼过他。

今天晚上，他为他们最受欢迎的滑稽短剧《寒霜—杜鹃国国王》添上了一些新的笑料。

娜塔丽给庞奇的头上戴了一顶王冠，还装上一只挂着冰柱的、长长的红鼻子，这就是国王。寒霜—杜鹃国正在打败仗，国王不断把呈报上来的惨败的战报怪在国内的因纽特人头上。"杀死因纽特人！把他们全都杀了。"他不住地大发雷霆。好笑的是一个扮作大臣的木偶，穿着一身好像是制服的服装，也有一个拖着冰柱的红

---

① 庞奇和朱迪是一出传统的英国木偶剧中的人物。庞奇是个钩鼻、驼背、性情暴戾的人物，朱迪是他的妻子。

鼻子，冲出冲进，他不断报告国内的匮乏、叛乱和溃败，国王听了又哭又号，他还报告杀死了更多的因纽特人，国王听了高兴得又蹦又跳。最后，大臣冲了进来宣称，所有的因纽特人终于全被清洗光了。国王满心欢喜，接着蓦地又大吼道："且慢，且慢！现在我怪谁好呢？我该怎样把仗打下去呢？这太可怕了！赶快派一架飞机到阿拉斯加去，再装些因纽特人来！因纽特人！我需要许许多多的因纽特人！"幕落。

说也奇怪，犹太人会觉得这出粗劣的、以死亡为主题、含沙射影的小戏滑稽之极。这些惨败的战报就像德国国内最近的新闻。那个部长报告这些战报时，用的是纳粹宣传的那种浮夸做作、自相矛盾的滥调。这种冒险的地下幽默，在犹太区的生活中是一种很大的宽慰。这一类的玩意儿很多，似乎也没人去报告，因为它们一直继续下去。

娜塔丽痛苦辛酸地操纵着木偶。她已经不再是一个害怕落进德国人的魔爪、把安全完全寄托在她的护照这个护身符上的美国犹太女郎了。那个护身符并不灵验，最坏的事已经发生了。奇怪的是，她心头倒反而觉得自在了点儿，思路也清晰了点儿。现在，她的全部生命都集中在一个单一的目标上：带着路易斯渡过难关，活下去。

乌达姆新编的台词，讲的是犹太区里最近的一些传说：希特勒患了癌症；德国人缺乏石油，战争打不下去了；圣诞节那天美国人将在法国偷袭登陆。诸如此类的异想天开在特莱西恩施塔特颇为盛行。娜塔丽操纵着木偶的一举一动，来配合乌达姆插科打诨的台词，他女儿和路易斯对这些笑话一点儿也听不懂，只是对着红鼻子的木偶哈哈大笑。排演完毕后，她紧紧拥抱了一下路易斯，从拥抱中触电般地感到了一阵鼓舞。然后，她就上她的英语课去了。

在少年的营房里，日日夜夜都有人上课。犹太儿童的教育是受到官方禁止的，但是他们没别的事可做。德国人也不认真地加以制止，他们知道这些孩子最终的下场，所以并不在意他们在"屠宰场"里发出什么样的嘈杂声。一方面，这些大眼睛的、瘦骨嶙峋的孩子办了一份小报，学习各种语言和乐器，排演戏剧，对犹太复国主义展开讨论，唱希伯来歌曲。另一方面，他们中的大部分都成了玩世不恭的、老练的小偷和骗子，对什么也不相信，像耗子一样熟悉犹太区里的大街小巷，而且性方面都是过早就成熟了。他们欢迎娜塔丽的目光往往叫她感到不安，虽然她觉得自己穿着那身带着黄星标志的、松松垮垮的棕色毛料衣服，即使还没到讨人嫌的地步，至少也是一个非常难看的女性。

但是这些孩子一上起课来就全神贯注。他们总共只有九个人，都是聪明伶俐、自愿参加的初学者，想要学会英语，好"在战后上美国去"。有两个人这天晚上缺席，是去排演《后宫诱逃》①去了。他们上次演出《被出卖的新嫁娘》②，在犹太区获得巨大成功，甚至连党卫军也很欣赏。现在他们又雄心勃勃地排练起莫扎特的这出歌剧来。娜塔丽看了那个深受欢迎的《被出卖的新嫁娘》一次演出，表演得很差，因为有几个演员刚被遣送走了。她甚至听到一座营房的某处地窖里正在排练威尔第③的《安魂曲》，不过这似乎太异想天开了。课上完后，她匆匆穿过寒风拂面、星光灿烂的黑夜，到她即将演出的那个楼去。

在那个又长又矮的斜顶房间的那一头，四重奏已经开始演奏了。这个房间以前是开大会用的，现在却放满了床铺，因为越来越多的犹太人进入了这个犹太区。他们拥进来的速度远远超出了被送往"东方"的速度。犹太区里犹太人的全部希望就是，美国人和苏联人能够及时粉碎"寒霜—杜鹃国"，把困在特莱西恩施塔特大水闸里的人们救出去。同时，眼前生活的目标就是，避免被遣送走，并且用文化生活使这儿的日日夜夜容易忍受一些。

耶塞尔森的四重奏是非常出色的。三个花白头发的男子和一个非常丑陋的中年女人用私带进犹太区来的乐器演奏，他们衣衫褴褛的身体和着海顿④的优美旋律晃动，专心致志，脸上焕发出内心蕴藏着的光辉。楼里挤得满满的。人们有的弓着身子坐在床铺上，有的躺着，有的蹲在地板上，有的挨着墙根站成一溜儿，还有好几百人紧紧挨在一起，坐在木头长凳上。娜塔丽等着这支曲子结束，以免惊动别人，然后她才从人丛中挤了过去。人们认出了她，让开了一条路。

木偶戏台已经在音乐家座椅后面安放好了。她在前面的地板上挨着乌达姆坐下，让音乐——现在是德沃夏克⑤了——来抚慰她的心灵。优雅动听的小提琴和中提琴琴声，如泣如诉的大提琴琴声，交织成一支美妙悦耳的阿拉伯风格的民歌乐曲。随后，音乐家们又演奏了一首贝多芬后期的四重奏。特莱西恩施塔特的节目单向来是很长的，听众们都满心感激，悠然神往，虽然四下里患病的和上了年纪的人听着听着打起盹儿来了。

在木偶戏开场之前，乌达姆先用意第绪语唱了一支新的歌曲：《他们来了》⑥。这是他又一个精心创作、妙语双关的政治性节目。一个孤独的老人在他的生日那天唱歌，说大家都把他给忘了，他凄凉孤独地坐在布拉格的房间里。忽然，他的亲戚们来

---

① 奥地利作曲家莫扎特（1756—1791）创作的歌剧。
② 捷克作曲家斯美塔那（1824—1884）创作的歌剧。
③ 威尔第（1813—1901），意大利作曲家。
④ 海顿（1732—1809），奥地利作曲家。
⑤ 德沃夏克（1841—1904），捷克作曲家。
⑥ 原文是意第绪语。

了。他在重唱中，变得高兴起来，在舞台上欢呼雀跃，两手噼啪地拍着巴掌：

> 啊，他们来了，他们终于来了！
> 英国亲戚，俄国亲戚，
> 美国亲戚，普天之下的亲戚！
> 坐飞机来，乘轮船来——
> 啊，多么快乐，啊，这是多么欢欣鼓舞的一天，
> 啊，感谢上帝，从东方，从西方，
> 啊，感谢上帝，他们终于来了！

顿时喝彩声四起！他再唱一遍的时候，听众们也跟着唱起了叠句，还有节奏地拍着手：从东方到来，从西方来到！木偶戏就在这阵高昂的调子里开场了。

在演出《寒霜—杜鹃国国王》之前，他们先演了另一个很受欢迎的滑稽短剧。庞奇扮一个犹太区的官吏，正想向他的妻子求欢。朱迪则推三阻四地不肯：这地方没个遮掩，她肚子饿了，他没洗过澡，床铺太窄小了，等等。这些借口都是犹太区里的人们所熟悉的，因而引起了哄堂大笑。他把她带到他的办公室，那儿就只有他们俩，她羞答答地顺从了。可是正当他们好合之际，他的下属不停地打断他们，前来报告犹太区出现的问题。乌达姆模仿夫妻俩的喁喁情话和气喘吁吁的声音，中间还穿插着庞奇怒气冲冲的官腔和朱迪失望沮丧的抱怨，再加上一些猥亵的台词和动作，使得整个演出滑稽非凡，甚至连蹲在乌达姆身边操纵木偶的娜塔丽也不停地咯咯笑出声。

修改过的《寒霜—杜鹃国》也引起一片笑声。乌达姆和娜塔丽满面红光地从幕后走出来，一次又一次地鞠躬。

楼里四处都传来了欢呼声："乌达姆！"

他摇摇头，挥挥手，请大家别这样。

更多的人欢呼着："乌达姆，乌达姆，乌达姆！"

他做手势请大家安静下来，请求准许他退场。他说他很疲乏，心情又不好，还得了感冒，下一次再补演吧。

"不成，不成。现在再来一个！乌达姆！乌达姆！"

木偶戏每次演出时总是如此。有时候观众达到了目的，有时候经过恳求，乌达姆总算退了场。娜塔丽坐在一旁，他摆出一个忧郁的歌唱家的姿势，两手在胸前合拢，用唱诗班领唱人的低沉的男中音唱起了一支悲哀的圣歌。

"乌达姆……乌达姆……乌达姆……"

每次他一唱起这支歌，娜塔丽就觉得脊背都发凉了。这是赎罪日礼拜仪式中圣歌的一段。

人是用尘土创造出来的，他的归宿是在尘土之中。他就像一片破碎的陶瓷，一朵凋谢的鲜花；就像一粒浮游的微尘，一个过眼的影子；就像一个梦境，飞逝而去。

在每一对比喻之后，听众们总轻声合唱着歌曲开始部分的那个叠句："乌达姆……乌达姆……乌达姆……"

它的意思就是："人啊……人啊……人啊……"

在希伯来语里，人这个词叫亚当。乌达姆在波兰意第绪语里是亚当的变音。

"亚当，亚当，亚当——"特莱西恩施塔特犹太人喉咙里唱出的这支令人心碎的低沉的圣歌，使娜塔丽·亨利听了感到一种她被囚之前从未感到过的激动。这些人都在死亡的阴影下，刚才还高兴得笑成一片，现在却低声唱起这个也许就是他们自己挽歌的曲子。乌达姆唱到领唱人唱的那段绚丽的词句时，声音像大提琴一样如泣如诉。他闭上了眼睛，身体在小木偶戏台前面摇晃着，两手伸了出来，高高举起。几分钟之前这个人还在讲着最粗鄙的下流话，现在他的声音里却充满了对于上帝和人类的敬畏与热爱，这简直是令人难以相信的。

就像一粒浮游的微尘，一个过眼的影子……

乌达姆……乌达姆……乌达姆……

他踮起脚尖，胳膊僵直地高高举起，睁大了眼睛，像敞开的炉门那样炯炯地望着听众：

就像一个梦境……

那双火一般炽热的眼睛闭上了。他垂下两手，身体也松弛下来，几乎支撑不住的样子。最后那句话的声音降低下去，几乎成了耳语：

……飞逝而去。

他从来不唱第二遍，总是紧绷着一张苍白的脸，僵僵地鞠上几躬，向观众的喝彩表示谢意。

娜塔丽以前觉得用这支令人痛苦的礼拜仪式上唱的咏叹调，用这种曲调和歌词，来结束一宵的娱乐，未免太古怪，简直有点儿阴森可怕。现在，她懂得了，这正是特莱西恩施塔特。她在周围的人们的脸上看到的那种净化，也感染了她自己。听众都已精疲力竭，得到满足，准备回去安寝，准备迎接这个"阴影谷"[①]中的又一天。她自己也是这样。

"那到底是什么？"

她的帆布床上放着一套带有黄星标志的灰呢衣服，旁边还有粗棉线袜和新鞋。对面埃伦的床上，放着一身男人的衣服和鞋子。他坐在两床之间的小桌子旁边，聚精会神地看着一部棕色的大本《塔木德》。他举起一只手说："先让我把这段看完。"

这里可以最为明显地看出给予他们的"照顾"。他们两人单独有一间房，尽管这是一个只有一扇窗的小房间，是用墙板从一个大房间里隔出来的。这个大房间从前是一个有钱的捷克人私邸里的餐厅。在隔板那边，几百个犹太人挤住在四层的床铺上。这儿放的是两张小床，一盏昏暗的小灯，一张桌子，还有一个像公用电话间那样大小的纸板衣柜，这在犹太区里可算奢华到了极点。市政委员会的官员们居住条件也不过如此。对于这种宽厚的待遇党卫军始终没做过任何解释，可能因为他们是"知名人士"。埃伦在这儿用餐，不过并不用去站队，负责这所房子的长老派了一个姑娘把饭给他送来。然而他简直不大吃东西，他好像是靠空气在过日子。通常娜塔丽回来的时候，总有些杂碎和汤水剩下，如果她愿意吃下去的话，要不然隔板那边的人就会把这份东西狼吞虎咽地吃了。

现在，床上放着这套灰呢衣服，这是为了什么呢？她拿起来在自己身上比了比。上好的料子，裁剪很讲究，而且还很合身，只是稍微宽大了一点儿。这套衣服上微微散发出一种馥郁的玫瑰香，从前一定是一个上等人家的妇女穿的。他仍旧活着？还是

---

① "死亡阴影谷"是英国散文作家约翰·班扬（1628—1688）的小说《天路历程》中的一处地方。这里借来比喻泰雷津。

已经死了？还是已经被遣送走了？

埃伦·杰斯特罗叹了一口气，合上书本，转过身来朝着她。他的须发全都白了，皮肤就像柔和的云母，骨头和青筋都可以看得出来。自从他病愈之后，他就一直沉静而虚弱，却有惊人的耐力。他每天教书、讲学、听音乐、看戏，并且终日伏案为希伯来经典编纂目录。

他说："这些东西是晚饭时候送来的。很叫人惊奇。后来，爱泼斯坦来了，才讲清是怎么回事。"

爱泼斯坦是特莱西恩施塔特市政机构当时的首脑，是一个享有Ältester头衔、可以算作市长的人物。从前，他是一个社会学讲师，是德国犹太人协会的会长。现在他为人恭顺、萎靡不振，是德国秘密警察囚禁中的一个幸存者。他被迫对党卫军卑躬屈节，尽量以他的谨小慎微的方式做点儿有益的工作，可是其他的犹太人都只把他看作德国人的一个傀儡。他没多少选择的余地，也没剩下多少胆力来行使他所获得的那一点儿选择权。

"爱泼斯坦说什么？"

"咱们明天得上党卫军总部去。不过并没有危险。他说是好事，咱们应当享有更多的特权。他很郑重地这么向我担保，娜塔丽。"

她觉得心窝里发凉，连骨头里都发冷，同时忙又问道："为什么要咱们去？"

"会见艾希曼中校。"

"艾希曼！"

特莱西恩施塔特这一带人们所熟悉的，是当地那几个党卫军军官的姓名，如勒恩、海因德尔、默泽等。艾希曼中校是一个只能听见人们窃窃私议的高高在上的险恶姓名。他尽管军阶并不很高，在犹太区人们的心目中却是一个比希姆莱和希特勒地位低不了多少的人物。

埃伦的神色是温和的，充满同情的，他没露出什么害怕的样子。"是啊。十分荣幸。"他用一种安详、讽刺的口吻说，"不过这些衣服倒的确是个好兆头，是不是？至少，有人希望咱们穿得好看些。那么咱们就这么办吧，亲爱的。"

第七十一章

　　"目标！哈莱亚卡拉，〇八七。目标！冒纳罗亚①，一三二。"拜伦蹲在定位仪旁边，正向一个打着红色手电做记录的航信官报告方位。这时候，"海鳗"号正在平静的海面上划出一道闪烁着磷光的波痕来。从陆上吹来的暖烘烘的微风，给拜伦带来了杰妮丝身上常有的那种淡淡的香气——毫无疑问，这只是一个愉快的幻觉罢了。航信官走下船舱去测算方位，并且通过话筒把位置报上来。拜伦打了个电话到埃斯特的舱室。

　　"艇长，月光挺亮，所以我应该可以说是测定了方位。咱们现在已经进入了潜艇的禁区。"

　　"嗯，很好。也许这班飞行员不会在一清早就轰炸咱们。拨正航向，加速前进，七点整进入航道。"

　　"是，艇长。"

　　"我说，副艇长先生，我刚才正在看你写的巡逻报告。写得挺出色。"

　　"哦，我是尽力而为了。"

　　"你的笔头不坏，勃拉尼。和早先不同了。不幸的是，你写得越清楚，结果就越糟糕。"

　　"艇长，往后还得巡逻哩。"在返航途中，埃斯特的急躁易怒和垂头丧气一直使拜伦感到不安。这位艇长整天关在舱室里，一面整盒整盒地抽着便宜雪茄烟，一面读着从艇上图书室拿来的破破烂烂的神怪小说，把指挥潜艇的事全部交给了副艇长。

　　"一无所获就是一无所获，拜伦。"

　　"他们不会因为你的勇往直前而责备你。你是自告奋勇上日本海去的。"

---

① 哈莱亚卡拉和冒纳罗亚是夏威夷群岛上两座火山的名字。

"是倒是这样，而且我还要再上那儿去，不过下一次得带上电动鱼雷，要不然海军上将会把我送上陆地。马克—14型鱼雷我可算领教够了。"拜伦听见电话话筒啪的一声放回了托座。

第二天，拜伦驾驶一辆军用吉普车到杰妮丝的小屋去，热切地想把嫂嫂紧紧搂在怀里，完全忘却这次巡逻。孤独寂寞，时光的流逝，娜塔丽的失踪，杰妮丝家里的温暖，他哥哥的这个妩媚的寡妇暗暗流露出的情感，所有这些因素交融成一曲心照不宣的罗曼史，每次他出海归来总变得更加甜蜜。他们之间虽然已经十分亲昵，然而终究尚未如愿以偿，这两种心情混合在一起，到了一触即发的地步，助长了内心里的这股情火。拜伦的脑子里常常会掠过这样的想法：万一娜塔丽就此不回来的话，他就跟杰妮丝和维克多共同生活。但一想到这里，内疚的感觉又折磨着他。他怀疑杰妮丝心里也暗暗怀着同样的想法。战争所造成的紧张和分离，本来就会把正常关系歪曲得变了样，或是彻底摧毁掉。拜伦这会儿所感受到的，在世界各地眼下都十分寻常，只是他良心上的痛苦稍微有点儿与众不同罢了。

这次，不知什么事不大对头。她一打开门，他看到她那张没有搽过脂粉的严肃的脸，就觉察到了。她是知道他要来的，因为他已经打过电话，可是她没换下她身上那件灰蓝色的家常衣服，而且一点儿也没梳妆打扮，也没有像平时那样递过一杯朗姆鸡尾酒来欢迎他。也许他正巧打断了她的烹饪或是打扫房间的活儿。她立刻就说："娜塔丽有一封信，是红十字会转来的。"

"真的吗！我的上帝，终于来了吗？"早先，他通过国际红十字会写了好几封信到巴登—巴登，把这儿作为回信的地址。她递过来的这个信封从各方面看都叫他感到十分不安：灰色的薄信纸，开具收信人地址和在角上写的"娜·亨利"的紫色印刷体字样，几乎遮没了红十字会纹章的重重叠叠、各种颜色、各种文字的橡皮图章，而最令人不安的是那个邮戳。"泰雷津？这个地方在哪儿？"

"在捷克斯洛伐克，靠近布拉格。我已经打电话把这事告诉我父亲了，拜伦。他已经跟国务院谈过。你先看信吧。"

他连忙在一把椅子上坐下，用一柄折叠小刀把信封裁开。那一张灰色的信纸上是用紫色的印刷体书写的。

最亲爱的拜伦：

"知名人士"享有特殊优待，每月可写一封一百字左右的短信。路易斯懂事极了。埃伦很好。我的精神亦佳。你的信在路上耽搁了，可是我收到后真高兴。信寄到这儿来。由红十字会转来的食品包裹极合需要。别担心。特莱西恩施塔特是优待战斗英雄、艺术家、学者之流的特别庇护所。我们住的阳光充足的底层房间是这里最好的。埃伦当图书馆管理员，搜集希伯来史料。路易斯是幼儿园的宠儿，也是捣蛋大王。我在兵工厂的工作需要的是技巧而不是体力。我全心全意爱你，为拥抱你的那天的到来而活着。打电话告诉我母亲。爱你的，爱你的娜塔丽。

> 一九四三年九月七日
> 特莱西恩施塔特
> 库尔策街P字一号

拜伦看了看表，问："你父亲现在还会在陆军部吗？"

"他要我捎个口信给你，让你打电话找国务院的一位西尔维斯特·埃亨先生。号码就在电话机旁边。"

拜伦打了个电话给接线员，把号码报给了他。他巡逻归来的这顿午餐，已经逐渐成为一种欢乐的仪式：用甜酒调制的很浓的混合饮料，中国式的饭菜，桌上还放上一盆鲜红的木槿花，两个人嘻嘻哈哈地谈天说地。但是这一次，不管是饮料，还是杰妮丝烧的美味可口的芙蓉蛋和胡椒牛排，都消除不了这封信所投下的阴影。拜伦也没心思去谈这次一无所获的巡逻。他们闷闷不乐地吃着。电话铃一响，他连忙跳起来去接。

西尔维斯特·埃亨说话的腔调，叫拜伦想象到一个戴着夹鼻眼镜、噘起嘴、在桌上弹着手指的矮小男人。拜伦把信念给他听的时候，埃亨说："嗯！……嗯嗯！嗯嗯！……嗯嗯嗯！好！这倒是一线光明——是吗？不管怎样，总可以叫人放心。这给了我们一些具体的线索可以去办交涉。你务必立刻用航空信把副本寄一份给我们。"

"关于我的家眷，埃亨先生，关于特莱西恩施塔特，你们知道点儿什么吗？"

埃亨慢条斯理、字斟句酌地透露说，几个月前，娜塔丽和杰斯特罗没到巴黎的瑞士使馆报到①，忽然就失踪了。瑞士人和巴登-巴登的美国代办一再询问，迄今都没得到德国人的答复。现在，政府既然知道了他们的真实下落，就可以为他们的事加倍努力了。自从拉古秋参议员把这消息告诉他之后，埃亨一直在查询特莱西恩施塔特的情形。红十字会的记录没记载过有谁从这个模范犹太区里被释放出来，不过他说，杰斯特罗的这件事是非同寻常的，还有——他最后高声笑了笑——他总是倾向于当个乐观派。

---

① 美国参战后，委托瑞士使馆代为保护美国在法国的利益。

"埃亨先生，我的妻子和孩子在那个地方安全吗？"

"考虑到你妻子是犹太人这一点，上尉，而且她是在德国占领区非法旅行时被捕的——因为你知道，她那新闻记者的证件是在马赛伪造的——她能够到那个地方去算是万幸的了。她自己的信上不是也说，眼下一切都好嘛。"

"你能不能帮我把电话转接给和你同一个部门的另一位官员，莱斯里·斯鲁特先生？"

"噢——莱斯里·斯鲁特？莱斯里辞职离开国务院已经有一段日子了。"

"我到哪儿可以找到他呢？"

"很抱歉，这个我可说不上来。"

拜伦请杰妮丝想法给他母亲打个电话，因为她可能会知道斯鲁特在哪儿。接着，他就怀着这段时间常有的沉重心情回"浃鳗"号去了。

拜伦刚一离开，杰妮丝便把他这次来时她忽略了的例行美容工作补办了一下。他们之间的感情究竟会不会再度炽热起来，她说不好，不过她知道眼下她必须保持一段距离。杰妮丝很为娜塔丽难受。她从来没想着要把拜伦从她那儿夺走。但是，要是她真的回不来了，那又会怎样呢？杰妮丝觉得这封由特莱西恩施塔特寄来的信凶多吉少。她衷心希望娜塔丽能逃出虎口，带着孩子平安归来，可是现在这种可能性似乎正在渐渐消失。这期间，每当"海鳗"号返航进港，她就同时向两个男人倾诉衷情，这使她有一种满足的感觉。总的来讲，她更喜欢拜伦一些，不过埃斯特也有他的长处，而且战斗归来，他也理应享受一下。事实上，杰妮丝是统筹兼顾，做得很公平。她已经让拜伦吃过那顿仪式般的午餐，下一件事该是和埃斯特的幽会仪式了。

拜伦看见埃斯特在"海鳗"号的军官室里等着，他穿戴整齐，准备上岸，外表上还装出一副兴冲冲的样子。"喂，勃拉尼，海军上将是一个大好人。他一点儿也没责备我。我们领到了马克-18型鱼雷，还有一艘训练用的靶舰。可以整修两星期，然后再回日本海去。"他用手里的雪茄烟做了个威风凛凛的姿势，"明天，艇长视察。星期五，尼米兹海军上将上船来代表舰队为我们的首次巡航颁发一张嘉奖状。星期六六点整起航，进行电动鱼雷演习。有问题吗？"

"真见鬼，有。全艇官兵的休假和娱乐怎么安排？"

"我正要讲到这个。在干船坞里装新的声呐探头和修理船尾的外舱门的一个星期，大伙儿全体放假。之后再训练三天，我们就出发去中途岛和拉彼鲁兹海峡。"

"士兵们只放一星期的假是不够的。"

"不，够了。"埃斯特厉声说，"艇上官兵的自尊心受到了伤害。比起休假和娱乐来，他们更需要的是胜利。不过，你为什么这么没精打采的？杰妮丝怎么样？"

"她很好。你瞧，艇长，我原先认为我们今天该从码头上接一根电话线过来，可是汉森就是跟我说不成。你上岸后，能不能给她打个电话，让她十点钟左右打电话到军官俱乐部找我？"

"成。"埃斯特做了个古怪的鬼脸说，说完就走了。

拜伦猜想埃斯特在檀香山有个女人，但是他一次也没想过这个女人竟然会是杰妮丝。到目前为止，埃斯特一直跟杰妮丝一起把这件事瞒着拜伦，可是他很不喜欢这么做，他认为她这么做是拿她的小叔当傻瓜。拜伦那种天真纯朴叫他很苦恼，他难道对这一切觉察不出吗？埃斯特觉得他和杰妮丝所做的事并没什么不好。他们两个都是孤身一人，而且两人全不想结婚。他认为拜伦不会在乎的，可是杰妮丝硬说他知道了会大吃一惊，会和他们疏远的，她坚持要谨慎一些。就是这么回事。这个话题他们已经很久不再谈论了。

可是他的心情很坏，喝上许多酒也无济于事。十点钟，她打电话到军官俱乐部去时，他心里觉得很烦躁，她光着身子坐在床上，经过一番温存之后，她皮肤上还汗津津地灿灿发光。

"嘿，勃拉尼。莱斯里·斯鲁特明天下午一点钟在他的办公室里等你的电话，"她温柔平静地说，好像她正在家里坐着，膝上放着编织的毛线似的，"你知道，也就是咱们这儿的早上七点钟。号码是这样。"她照着一张小纸片把号码念了念。

"你跟斯鲁特通过话了吗？"

"没有。实际上，是一个叫安德森的海军少校找到了他，再回电话给我的。你认识他吗？西蒙·安德森。他好像暂住在你母亲那儿，好像是说他住的公寓失了火，她让他去住上两三个礼拜。"

"西蒙·安德森是梅德琳的一个老情人。"

"噢，这也许就说明了问题。你母亲不在家，是梅德琳接的电话，听上去兴高采烈的。她正要因公外出去访问什么人，所以就把安德森叫来了。"

"那么，梅德琳回华盛顿住了？"

"好像是的。"

"嘿，那可真好。"

"勃拉尼，你明天来吃午饭，成吗？"

"来不成啊。艇长视察。"

"那打电话把斯鲁特讲的话告诉我。"

"好。"

埃斯特见识过不少女人。从前他跟别人的情人，还跟一个有夫之妇，也这样搞上过。通常，他对于对方的那个可怜虫总是同情之中带有几分轻蔑，可是这一次杰妮丝羞答答地硬要瞒着人，而受骗的却是拜伦·亨利。

"耶稣基督在上，杰妮丝，"她挂断电话后，埃斯特说，"娜塔丽被关在一个该死的集中营里，你跟拜伦还要玩这套把戏吗？"

"唉，住嘴！"整整一个晚上，埃斯特一直脾气很坏，难以应付。他对这次巡逻的事绝口不谈，而且喝了个烂醉，这样一来，他们的这番好合只得草草了事。杰妮丝也觉得自己十分烦躁，"我没讲过她是在一个集中营里。"

"你肯定讲过。你说那是在捷克斯洛伐克。"

"瞧瞧，你喝得这么人事不省，哪儿还知道我说过些什么。你这次巡逻一无所获，我很替你难受，下一次准会好点儿的。我这就回家去，你说怎么样？"

"随你的便吧，小妞儿。"埃斯特侧过身去睡了。杰妮丝想了一会儿后，也睡了。

第二天早上，"海鳗"号上临时装了一架电话机。拜伦花了好几个钟头才接通电话，找到了莱斯里·斯鲁特。通话很不清晰，他念完娜塔丽的来信之后，有好半天只听见一片嘈杂声，因此他问道："莱斯里，你还在听吗？"

"我在这儿。"斯鲁特叹息了一声，就像是呻吟，"我能为你做点儿什么呢，拜伦？或者说，为她？有谁能帮得了忙呢？你要是问我的意见，我劝你暂时还是把这一切从心上丢开。"

"我怎么丢得开呢？"

"那就得看你了。谁也不太清楚这个模范犹太区是怎么个情形。它的确存在，也许对她来说确实算是一个庇护所。我也不太清楚。你继续给她写信，继续通过红十字会寄包裹给她，继续打沉日本兵船，只有这么办了。你想得精神恍惚是没有好处的。"

"我并没精神恍惚。"

"那就好！我也不会。我现在不同了。我已经做过五次跳伞练习。五次！你还记得布拉格路上发生的事吗？[①]"

"发生了什么事？"拜伦问，尽管他每次跟斯鲁特讲话总会回想起他在华沙城外的炮火中吓得失魂落魄的事。

"你不记得吗？我敢打赌你还记得。不管怎么说，你想得到我会去跳伞吗？"

"我在潜艇舰队里，莱斯里，可我从来没喜欢过海军。"

"呸，你出身于军人家庭。我是一个外交官，一个语言学家，总而言之是一个戴

---

① 参阅《战争风云》第十四章。

眼镜的银样镶枪头。我每跳一次，就好像死上四十次。可是我虽然很害怕，却又觉得很高兴。"

"你跳伞干什么？"

"战略情报局。谍报工作。要忘掉战争是怎么回事，最好的办法就是加入进去，拜伦。对我来说，这是一种新奇的感觉，而且非常有启发。"

"莱斯里，娜塔丽到底有没有希望回来？"

停了好半天，拜伦只听见嚓嚓的噪声。

"莱斯里？"

"拜伦，她目前的处境很糟糕。自从一九三九年埃伦不肯离开意大利以来，她的处境一直就很糟。你一定还记得，我当时是请求她走的，你那时候也坐在那儿。他们做了些粗心的蠢事，这下子可惹了祸。不过她很坚强，身体也好，人又机灵。打你的仗吧，拜伦，把你的妻子暂时忘掉。忘掉她，也忘掉其他所有的犹太人。我就是这么做的。打你的仗，忘掉你无能为力的事情。要是你信教的话，做做祷告。我要是还在国务院工作，就不会这样跟你讲了。再见。"

"海鳗"号再度起航的时候，官兵中开小差的人比以前各次巡逻中出现的人数加在一起还要多：申请调动的，得了急病的，甚至还有几个擅离职守的。

中途岛的上空天色阴暗，云层很低，寒风湿漉漉地刮着。燃料已经差不多加足了。拜伦两手插在防风外衣口袋里，正在有一股强烈柴油气味的甲板上踱着，在远航日本之前对甲板做最后一次检查。他每次离开中途岛时，都会陷入长时间阴郁的冥想。就在这一带的某个地方，在海底一架飞机的残骸里，藏着他哥哥的骸骨。离开中途岛，就意味着从最前沿的基地出击，长距离地孤军深入。它意味着对距离、机会、燃料消耗量、食品贮藏量，以及艇长和全体官兵的精神状态做出了仔细的估计。埃斯特穿着崭新的卡其军服，戴着海军便帽，出现在舰桥上。在几天不喝酒、出海航行之后，他的眼睛清亮起来，气色也恢复了。拜伦觉得他又是那个嗜杀的潜艇艇长了，甚至还稍微做作一点儿，好给他那班意气消沉、紧张不安的水兵打打气。

"我说，勃拉尼，马伦到底还是跟咱们一块儿来了。"他朝下对着前甲板大声说。

"他真的来了吗？是什么使他又改了主意呢？"

"我跟他谈了谈。"

马伦是"海鳗"号上第一流的文书军士。他去海军士官学校的调令已经来了，本来应该从中途岛坐飞机回到美国。可是"海鳗"号上的官兵，像所有潜艇上的水兵一样，是一群迷信的家伙。他们当中有许多人都认为，这个文书军士是这艘潜艇上的福星，这只不过是因为他的外号叫"马蹄铁"。这个名字和他的幸运毫无关系，马伦打牌、掷骰子往往总输，也从绳梯上摔下来过，本人还被海岸巡逻队逮去过，等等。不过他这个"马蹄铁"倒是名不虚传。几年前他在新兵训练营的时候，在一次掷马蹄铁的比赛中获胜，因此博得了这个外号。关于马伦的调动，拜伦已经听到士兵们许多预言性的议论，可是听到埃斯特把这个人说得改变了主意的时候，他还是一怔。他发现马伦正在小的文书室里噼噼啪啪地打字，一张圆脸红彤彤的，嘴上叼着一支雪茄烟，要是拜伦没搞错的话，是艇长的一支哈瓦那雪茄烟。这个矮胖的小个子水兵先前已经换上白制服准备上岸了，可是现在他又穿上了洗得褪了色的粗蓝斜纹布军服。

"这是怎么回事，马伦？"

"只是想待在这艘潜艇上再出去巡逻一次，长官。伙食糟透了，我的体重准会减轻的，瘦一点儿国内的姑娘反会更喜欢。'

"要是你想离开，只管明说，你马上就可以走。"

这个文书吸了一大口那支上等雪茄烟，他那张和气的脸板了起来。"亨利先生，就是下地狱，我也要跟着埃斯特艇长。他是太平洋潜艇司令部里最了不起的艇长，而且既然我们搞到了那些马克－18型鱼雷，这次巡逻将是'海鳗'号最伟大的一次。我可不想错过这次机会。长官，塔拉瓦在哪儿？"

"塔拉瓦？在吉尔伯特群岛那边。干什么？"

"海军陆战队在那儿遇上了麻烦。您瞧瞧这个。"他正在复写珍珠港广播的最新消息。新闻简报的调子是低沉的："遭到顽强的抵抗……伤亡惨重……胜负尚难逆料……"

"嗯，登陆的第一天总是最糟糕的。"

"人家觉得我们的任务很艰难。""马蹄铁"摇摇头，"那些海军陆战队为了结束这场战争，才真付出了巨大的代价。"

"海鳗"号在阴沉的细雨中离开了中途岛。一连好几天，天气越变越坏。潜艇在海面上驶行一直颠簸得很厉害。在这种狂风暴雨的严寒地带，潜艇上的生活就成了一种碰撞摔伤的日程：步步都不易立稳、晕船、吃一半泼一半的冷餐，还有那单调的、没完没了的白天黑夜中紊乱不安的睡眠。在太平洋西北部，是一大片荒凉闲置、风云险恶的黑茫茫水域，日本人不大会在这一带巡逻，能见度也很差。可是埃斯特还是整天保持着战斗戒备状态，冻坏了的监视哨和值日军官每次换班，衣服上总结了冰。

埃斯特下令以每小时十五海里的速度航行，穿过在日本空军飞机航程内的岩石嶙峋的千岛群岛，却只把监视哨增加了一倍。他老是喜欢说，"海鳗"号不是一艘潜艇，而是一艘"可潜艇"——这就是说，它是一艘能够潜水的水面船艇——老是在海底下躲躲藏藏，什么地方也到不了。拜伦同意他的看法，可是他认为埃斯特有时候混淆了勇敢与鲁莽之间的界线。到目前为止，已经有几艘潜艇到日本海去巡逻过，"瓦胡"号就是在那儿失踪的，敌人很可能已经布置了空中巡逻，幸亏"海鳗"号大部分时间是在浓雾和雨雪中航行。拜伦的航位推测法经受着严峻的考验。

离开中途岛七天之后，风向一转，雾也薄了。北海道的群山绵延起伏地呈现在前方灰蒙蒙的天边。右舷方向，露出了更加高拔的黑魆魆的一团：是萨哈林岛的岬角。

"宗谷海峡！"埃斯特一面开玩笑似的用日本名称朝拉彼鲁兹海峡欢呼，一面拍了拍拜伦的肩膀，"干得好，领航员先生。""海鳗"号正在从艇身后侧滚滚而来的巨浪中颠簸前进。从艇艉吹来的一阵寒风，拂动了向陆地眺望的艇长那浓密的金发。"现在，在我们拉闸潜下去之前，我们还可以再向前行驶多远？日本人在那些山里装了雷达没有？"

"先不要去研究这个，"拜伦说，"现在先不要。"

埃斯特勉强而迟疑地点了点头说："同意。撤出舰桥。"

经过一星期的颠簸折腾之后，改为使用潜望镜进行深度航行可是一番休息。晕船的水兵都从床铺上爬起来，在平稳的餐桌上吃三明治和热汤。拜伦对着潜望镜，被镜片里的瑰丽景色迷住了。当"海鳗"号接近东面峡口时，落日从低低的云层里射出了红光，玫瑰色的薄雾围绕着北海道上那座名叫丸山的峰峦形成一圈红晕。一个早年的秀丽幻象掠过了拜伦的心头。他在大学求学时爱好过日本艺术，日本的绘画、小说和诗歌使他幻想着仙境里的风景，精巧雅致、富有异国情调的建筑，以及审美独特、衣着古怪、彬彬有礼的矮小人们。这幅图画和日本人轰炸珍珠港、洗劫南京、攻占菲律宾和新加坡、杀害同胞弟兄、侵占了一个帝国的野蛮人的形象简直格格不入。他对于用鱼雷来打日本人感到一种冷酷无情的乐趣。可是眼前这幕夕阳下的丸山雾景，又使他回忆起早年的那个幻象来。他忽然想到这些日本人是不是也把美国人看作野蛮人呢？他觉得自己不是野蛮人，那些穿着粗蓝斜纹布军服在值班的水兵看上去也不野蛮。然而"海鳗"号正在迫近这个离奇的仙境，偷偷摸摸地想尽可能地多杀死些日本人。

一句话，这就是战争。

拜伦把艇长叫过来，让他从潜望镜里看那两艘开着导航灯、向东行驶的船只。在暮色中，那红、绿、白三色的灯光十分耀眼。

"俄国佬的，毫无疑问，"埃斯特说，"他们是不是在指定的俄国航道上？"

"正是。"拜伦说。

"那好。这条道上不会有水雷。"

上一次，埃斯特曾经含讥带讽地评论过战争中的这种怪现象：德国的溃败势必要拖垮日本，可是苏联的船只满载着租借物资却可以安然无恙地定期出入日本的水域。现在，他一面从潜望镜里观察，一面用精干踏实的口吻说："哎，咱们为什么不亮起灯开过去呢？要是日本人在这儿装了雷达，这样可比黑着灯航行更能瞒过他们。"

"要是咱们遭到盘问呢？"

"那咱们就是愚蠢的俄国人，没弄懂口令。"

"我赞成这办法，艇长。"

天黑以后又过了一个小时，日本海岸全部清晰在望，水淋淋地升出水面的"海鳗"号亮起灯。拜伦顶着强烈的寒风，站在舰桥上。对他来说，这是战争中最为离奇的时刻，他还从来没在一艘灯火通明的潜艇上航行过。艇艏和艇艉桅顶上耀眼的灯光照得如同白昼，左右舷的红绿灯光似乎射到了半海里以外。这艘船是这样清晰、可怕的一艘潜艇！不过只有从舰桥上看是这样，从十海里外的日本山岬看过来，什么也看不见，顶多就只能看到这些灯光罢了。

灯光被看到了。"海鳗"号颠簸着穿过漆黑的海峡时，北海道上的一个信号探照灯一亮一熄。埃斯特和拜伦在舰桥上又是挥手又是跺脚。信号灯又闪亮了一次，接着又是一次。"我们可不懂日本话。"埃斯特怪声怪气地说。

信号灯不再亮了。"海鳗"号继续前进，钻进了日本海，在天亮之前熄灭了灯，潜下水面。

快到中午，他们正向南徐徐航行时，发现了一艘大约八百吨的小货船。埃斯特和拜伦商量究竟要不要射击。用鱼雷打它是值得的，可是一旦发动攻击，就可能引起呼救信号，导致敌人在日本海内对潜艇进行全面的海空搜索。要是现在不惊动日本人，明天再往南边去，更容易取得更大的战果。埃斯特打算剽掠三天，再用一天的时间溜走。"可以试一下马克－18型鱼雷，"他最后点起一支哈瓦那雪茄烟，说，"领航员先生，让我们逼近它吧。我们来发射一枚鱼雷。"对于拜伦询问的目光，他冷冷地、轻蔑地咧嘴一笑作为答复，"马克－18型鱼雷没有尾波。要是它没打中，那边的日本朋友什么也不会知道，对吗？如果打中了，他也许忙不过来，没法儿发什么信号了。"

埃斯特以一种简单粗暴却有效的方式进行了这次袭击。全体士兵精神抖擞地做出了响应，这也使拜伦受到了鼓舞。这种电动鱼雷的射程比马克－14型鱼雷远，可是速度要慢一点儿。拜伦对弹着之前需要较多的时间这点还没习惯。他在潜望镜里望着，刚想报告没命中，就看见那艘货船喷起了一柱浓烟和一股白色水柱，大约一秒钟后，那一阵毁灭性的隆隆声震撼了"海鳗"号的艇身。他从来没见到过一艘船沉得这么快。命中之后还不到五分钟，他还在从潜望镜里拍照的时候，它已经在一片浓烟、火焰和雾气中沉没了。

埃斯特抓住扬声器的话筒说："现在听着。消灭了一艘日本货船。马克－18型鱼雷初试成功，'海鳗'号还得再接再厉！"

这种喊声使拜伦浑身上下感到振奋。他已经很久没听到这种男性的、深沉的胜利呐喊，这种潜艇的喊杀声了。

那天晚上，埃斯特下令向南航行，横穿通往朝鲜的航道。上次巡逻时，他们在那儿遇上许多目标，可是结果却那么令人失望。天快亮的时候，值日军官报告说，前方发现了导航灯。这么说，尽管他们袭击了那艘货船，日本海内还是没采取预防潜艇的警戒措施。埃斯特命令下潜。天色越来越亮，拜伦从潜望镜里看到了一幕他称之为"令人垂涎欲滴"的景象：不管潜望镜转向哪个方向，都有船只在安静地行驶，并没军舰护航。拜伦发觉自己面临着一个如何做出相应行动的问题，简直跟安纳波利斯的航海课程不相上下：怎样攻击一个又一个目标，使这些牺牲品事先获得最少的警告，而自己获得最大的战果。

"海鳗"号上，从艇长往下全部恢复了生气。这台杀人机器又活跃起来。埃斯特决定先袭击一艘大油轮。他下令潜到九百码深处，放了一枚鱼雷，命中了。这艘被击中的船起火下沉，船上装的易燃品喷出一股浓密的黑烟。埃斯特扔下它不管，下令掉转船头朝远处一艘船迫近。那艘船看上去好像是艘大的运兵船，是迄今看到的最大的目标。设法靠拢这个猎物，就花了几个小时的工夫。埃斯特在司令塔里踱来踱去，走到下边他的舱室里，又走上来踱着方步。后来，他在海图桌上狼吞虎咽地吃了厨房送来的一大块牛排，接着翻阅一本有半裸体女郎画像的画报。他翻得太匆忙，把画报都撕破了。最后，潜艇总算进入了攻击方位，拜伦在潜望镜里看着，埃斯特下令从最远的射程尽快地接连放了三枚鱼雷。等了一段时间，拜伦叫了起来："命中！上帝在上，它已经不见了！"当那阵雾气和水汽的烟幕消散以后，那艘船还在那里，船尾高高翘了起来，朝一侧歪了下去，显然已经没救了。埃斯特宣布了这个捷报，激起了更加热烈的欢呼。

他选中这个目标时，还看上了在同一条航道上不远的地方航行的另外两艘大货船。这两艘船这时掉转船头，撇下这艘被击中的运兵船，加速逃走。

"潜在水里航行我逮不住它们。天黑以后我们到海面上去追，"埃斯特说，"它们正在朝东往本国跑，那儿有空军掩护，明天的情况会棘手些。不过，"他拍了拍拜伦的肩膀，"今天一天的收获可真不坏！"

这种兴高采烈的情绪在潜艇上到处可见。无论在司令塔、中央控制室或军官集会室里，甚至在拜伦下去做例行检查的轮机舱里，都是如此。光着半截身子、淌着汗水、身上有着一条条油污的水兵们咧开嘴欢笑着跟他打招呼，就像大获全胜后的足球运动员那样。他在下面的时候，潜艇浮出了水面，柴油机震耳欲聋地开动起来。他赶紧跑到甲板上去。卡塔尔·埃斯特穿着派克大衣，戴着连指手套，正在舰桥上吃一块厚厚的三明治。这是一个星光灿烂的夜晚，天边还有一抹淡淡的落日余晖，正前方的水平线上有两个小小的黑点，就是那两艘货船。

"天亮的时候，我们要把这两艘船都干掉，"艇长说，"我们的燃料怎么样？"

"还有五万五千加仑。"

"挺不错。这个烤牛肉好吃极了。叫海恩斯给你预备一份三明治。"

"我想抽空去睡一会儿。"

"还是改不了老脾气，是吗？"

最近几个星期，埃斯特一直不怎么笑，也没跟拜伦开过玩笑。实际上，拜伦这几天根本没有好好歇过，可是他贪睡这件事成了人家开玩笑的笑料。他看到埃斯特现在又有心思说笑话，心里也很高兴。

"哎，'夫人'，这是一场尾追。三点钟之前，不会有多少事做。"拜伦倚在船舷上，抬头朝天上看看。他觉得放松了，并不急着要走到下面的舱室里去，"多好的夜晚。"

"美极了。再像今天这样搜索一天，劲拉尼，那么他们随时随刻都可以送我回国休假去了。"

"心里自在多了，是不是？"

"基督啊，是的。你怎么样？"

"嗯，像今天这样来上一天，我还不错。否则的话，兴致可不太高。"

一阵长时间的沉默，只听见汹涌的涛声和呼啸的风声。

"你在想娜塔丽？"

"是啊，我老在想她，还想那孩子。因为想他们，所以也想到杰妮丝。"

"想到杰妮丝？"埃斯特犹疑了一会儿，问，"为什么想到杰妮丝呢？"

在星光下，他们几乎看不见彼此的脸。值日军官拿着望远镜对准天边，就站在离他们很近的地方。

拜伦的回答几乎听都听不见："我太对不起她了。"

埃斯特大声吩咐下面再来一份三明治和咖啡，然后说："看在圣彼得的分儿上，你怎么对不起她了？我觉得你在杰妮丝身边简直就像加拉哈骑士①一样。"拜伦没回答。"好吧，你不愿意讲，就别讲了。"

可是经过长期的紧张之后，拜伦现在放松下来，倒愿意谈谈这件事，虽然这些话很难说出口。"我们相爱，'夫人'。你没看出来吗？这都怪我不好，这是一场愚蠢的噩梦。娜塔丽那封信才叫我清醒过来。我非断掉这种关系不可，这对我们两个来说都糟透啦。这几个月，我真不知道让什么鬼给缠住了。"

"你瞧，拜伦，你很寂寞，"过了一会儿，埃斯特用一种温和的不像他平时的低音说，"她是一个挺美的女人，你也是一个堂堂的男子汉。你们一起大声哭泣，睡在同一所房子里！你要是问我的话，你在忠实于娜塔丽这一点上真可以获得青铜勋章了。"

拜伦轻轻捅了一下艇长的肩膀。"嘿，这只是你的想法，'夫人'。你觉得这是再合理不过的一件事了。可是从我这方面看来，她爱上我是因为我挑逗了她，在这一点上我做得太明显了。可是娜塔丽既然还活着，这就是没指望的事，是不是呢？难道我希望娜塔丽死吗？我真该死。"

"老天和杰克逊将军在上，"埃斯特说，"别扯淡了。勃拉尼，在某些事情上我很佩服你，可是总的来说，你真可怜。你好像是住在另一个星球上，要不就是你一直没长大，我不知道究竟是怎么回事，可是——"

"嘻，你说这些话干什么？"

拜伦和埃斯特正肩并肩地站在一起，胳膊肘儿倚在艇舷上，眺望着大海。埃斯特回过头望望那个值日军官的朦胧身影。

"听着，你这个傻瓜。我已经跟杰妮丝睡了一年啦。你难道真的瞎了眼，一点儿也没瞧出来吗？"

拜伦挺直了身体。"什——什——什么？"他的声音像是动物的嗥叫。

"这是真的。也许我不该告诉你，可是你刚才——"

正在这时，军官室的勤务兵顺着梯子走上来，手里端的盘子里放着一份三明治，还有一只热气腾腾的大杯子。埃斯特拿起三明治，喝了一大口咖啡，说："谢谢你，海恩斯。"

拜伦站在那儿直眉瞪眼地盯着埃斯特，像一个上了电刑的人一样僵硬。

勤务兵离开之后，埃斯特说了下去："天哪，老弟，瞧你这么烦恼，你还为自己引诱了杰妮丝而伤心透顶！要是这件事不这么伤感的话，倒是一件开心事哩。"

---

① 英国关于亚瑟王传奇中最完美的骑士。

"一年了吗？"拜伦一面重复说，一面茫然地摇摇头，"一年了？你？"

埃斯特咬了一口三明治，嘴里一边嚼着一边说："耶稣啊，我可真是饿了。不错，大概有一年啦。自从她患登革热好了以后。在那以前，你哥哥死了，你又远在地中海，那时候她可真是一个伤心透顶的漂亮姑娘。不过，别弄错我的意思，她是喜欢你的，拜伦。你在地中海的时候她很想念你。也许她真是爱上你啦，但是基督在上，她也是个人啊！我的意思是说，我们这样又有什么不好呢？她是一个大孩子，我们一块儿过得很快活。她很怕你和你的父亲，她觉得你们不会赞成的。"他喝了口咖啡，又咬了一口三明治，凝视着默不作声、一动不动的拜伦。"嗯，你也许确实不赞成。是不是呢？我还是弄不明白你心里究竟怎么个想法。不过别再浪费精力去觉得自己对不住杰妮丝了。懂吗？"

拜伦兀地一下离开了舰桥。

清晨三点钟，他走进中央控制室，看到埃斯特抽着一支便宜的细长雪茄烟，正和标图人员一起待在标图板旁边，脸色苍白，神情紧张。"嘿，勃拉尼。可真不凑巧，SJ雷达偏偏这会儿失灵了。咱们又找不到它们啦。可见度下降到了一千码。我们想用声呐追踪它们，可是监听条件又糟透了。我们最后一次测定它们的位置已经是两小时以前的事了，要是他们改变航向的话，咱们也许就会跟丢它们。"埃斯特透过烟雾望着拜伦，"不过我猜他们大概不会改变航向。你说呢？"

"要是他们是回港口去的话，那么他们就不会改变航向。"

"对。我们同意。我还保持着原来的航向和速度。"

他跟着拜伦走进了军官集会室。他们喝着咖啡，经过一段长时间的沉默后，他问道："睡了一觉吗？"

"当然啦。"

"还在生我的气吗？"

拜伦直瞪瞪地盯着他望了一眼，这使埃斯特想起了维克多·亨利上校。"为什么？你让我心上卸下了一个重担。"

"我正是这意思。"

黎明时分，他们在甲板上用望远镜尽力瞭望。雷达还没修好，可能见度有所改善，尽管海面上还是重重云雾。那两艘货船全看不见了。后来还是他们最好的监视哨"马蹄铁"马伦从舰桥后的露天甲板上高声报告："发现目标！船头右舷横向，距离一万码！"

"一万码？"埃斯特一面说，一面把望远镜转过来对着右舷那面，"他们真的改变了航向。有一艘已经不见啦。"

　　拜伦从他的望远镜里看到了那个暗淡、微小的灰色船影。"对，是那两艘货船里的一艘。同样的吊杆柱。"

　　埃斯特对舱口下面高声叫道："侧前方！右满舵！"

　　"相距五海里，"拜伦说，"除非他们再弯弯曲曲地走，否则他们就逃脱了。"

　　"怎么见得？咱们赶得上他们！"

　　拜伦转过脸来盯着他说："你的意思是说在海面上追吗？"

　　埃斯特跷起大拇指指了一下又低又密的云层："这种天气，他们能进行什么样的空中搜索？"

　　"'夫人'，这两艘货船采取了规避动作，很可能已经对潜艇实行了全面戒备。你应当考虑到，这艘货船整夜都在报告它的航向、速度和位置，而且这一带是在飞机的航程之内。"

　　"航向一七五，不变！"埃斯特喊。

　　拜伦力争说："他们可以从云层的随便哪一个缝隙里蜂拥而下。而且，咱们连他们是不是有空中雷达都不知道。"

　　潜艇加快速度，在后面追赶。碧波冲击着低低的前甲板，浪花把舰桥上的人都打湿了。埃斯特朝拜伦咧开嘴笑笑，拍了下他的胳膊，猛地吸了一口气说："好一个早上，是吗？快乐的猎号吹响了。"

　　"你听我说，咱们还在这条航道上，'夫人'。还会有许多其他目标出现的。咱们还是潜下去好。"

　　"这艘货船就是咱们的袭击目标，勃拉尼。咱们已经跟了它一整夜啦，咱们这就要打中它啦。"

　　海面的追逐进行了将近一个小时。天色越亮，拜伦就越紧张，虽然头顶上的云层还是又低又密。他们已经快要赶上那艘货船，已经近得可以证实它确实就是昨天的那艘了。拜伦始终没看到飞机，他只听见马伦高声嚷道："正船艉方向发现飞机，低空飞行。"接着又嚷道："左舷发现飞机——"其余的喊声在许多发子弹的嗒嗒、嗖嗖的呼啸声中被淹没了。他连忙扑倒在甲板上，刚扑下去就听见一声巨大的爆炸，几乎震破了他的耳鼓。一枚投得很近、险些打中潜艇的炸弹或是深水炸弹溅起的大股海水哗啦啦地淋了他一身。

　　"快潜下去！快潜，快潜！"埃斯特高声喝道。

　　子弹砰砰地扫遍了这艘颠簸翻腾的潜艇。官兵们摇摇晃晃地向着舱门奔去，按着惯例自动地一个接一个迅速钻了下去。几秒钟内，司令塔里已经挤满了水淋淋的舱面值班人员。

轰!

又是一枚炸弹。只差一点儿,几乎命中。

咯——咯——咯!砰!砰!甲板上弹如雨下。巨浪从敞开的舱门倒灌下去,甲板上也全被打湿了。拜伦齐膝盖往下湿透了。

"艇长!艇长在哪儿?"他放声大叫。

一个痛苦的声音在甲板上高声呼喊,好像回答他似的:"拜伦,我中弹了!我不行啦!快潜下去!"

刹那间拜伦吓呆了,接着急切地朝四下里看了一眼,对着士兵们大声问道:"还少什么人没有?"

"'马蹄铁'死了,亨利先生,"航信官高声回答,"他刚才正在露天甲板上,脸上中了弹。我想把他背下来,可是他已经死啦。"

拜伦大喝了一声:"艇长,我接你来了!"他一个箭步蹿进从梯子上灌下来的海水里,开始往上爬。

"拜伦,我垮了。我不能动啦!"埃斯特的声音变成了嘶哑的尖叫,"你帮不了我的忙。有五架飞机向我们俯冲下来。快潜下去!"

轰!

"海鳗"号向右舷一侧猛地翻腾了一下。一股瀑布般的海水从舱口倒灌下来,涌到了控制仪器四周。烟雾之中闪着火星,突然发出一股臭味。水兵们在水涡中磕磕撞撞,眼圈发白,盯着拜伦。他拼命估计冲上甲板、把受了重伤的艇长拖到安全地方所需要的时间。在这场攻击中,也许就在几秒钟之内,"海鳗"号几乎肯定会连人带船全部覆没。

"快潜下去,拜伦!我完了。我快死啦。"埃斯特的声音越来越微弱了。

拜伦顶着白沫翻滚的瀑布,顺着梯子做了最后一次冲上甲板的努力。他失败了。他以惊人的膂力好不容易把舱盖砰的一声关上。他浑身湿透,呛着海水,伤心得声音都变了。这时,他发出了他指挥一艘潜艇的第一道命令。

"潜到三百英尺以下!"

这是为埃斯特艇长敲的唯一的丧钟,也许是他最喜爱的声音,可是没人能知道他究竟听到了没有。

阿——呜呜嘎……阿——呜呜嘎……阿——呜呜嘎……①

----

① 潜艇上发布速潜指令时蜂鸣器的响声。

第七十二章

亲爱的帕格：

比尔·斯坦德利回国以后，对你倍加赞扬。对于你在那边所办理的一切，我在此深表谢意。

现在，我请哈里给你写了封信，一并附上。至少，这可以让你离开莫斯科！你对于现实情况有一种直觉，因此请你接下这项任务，尽力而为。如果你能迅速电告有关德黑兰的情况，我们将十分感谢。

顺便提一句，这几天我们又有几艘优秀的新战列舰下水。一俟我们能让你脱身出来，其中有一艘将归你指挥。

富·德·罗

于白宫

一九四三年十月一日

这封信是潦草地写在一张熟悉的淡绿色便笺上的。霍普金斯那封用打字机打出来的信要长得多。

亲爱的帕格：

你和俄国人在一起确实做了些很出色的工作。感谢你对穿梭轰炸地点的查勘，参谋长联席会议的战略家们已经在着手制订波尔塔瓦计划了。费兹杰拉德将军给我写了封夸奖你的信，我已经给人事局送去了一份副本。此外，摩尔曼斯克军人医院和休息中心的竣工，也是对他们官僚政治所取得的一个胜利。我听说这件事已经增强了运输队的士气。

现在，我来谈谈即将召开的国家首脑会议。斯大林不肯去比德黑兰——

就在他们高加索的边境以南——更远的地方，他声称必须随时了解他的军事情况。我们不知道这是否是实情，是他装模作样呢，还是担心有失声望？反正在这一点上他是寸步不让的。

为了打赢这场该死的战争，总统几乎是随便什么地方都乐意去，但是去德黑兰将导致一个意想不到的宪法问题。如果国会通过了一项法案，而总统决定予以否决，他必须在十天内亲笔批示，否则这项法案就自动通过，通过电话或是电报进行否决是无效的。从华盛顿到德黑兰，要是天气好，不发生其他故障，并不需要十天之久。可是我们听说德黑兰的天气变幻莫测，风云险恶，也有人说并没坏到那种地步。反正这儿似乎没人十分了解波斯①的情形。对于华盛顿的人们来说，它就像月球一样。

我建议你坐飞机到那儿去，四下里看看，了解一些情况，尽快电告我们十一月底时那儿的天气情形，以及安全方面的状况，因为我们听说那个地方布满了轴心国的间谍。此外，总统为了准备和斯大林会谈，正在用各种事实和数字充实自己，租借物资的问题肯定会提出来。我们有一大沓报告，可是我们想要一份眼光锐利的目击者的报道，详细陈述一下波斯补给走廊的实际情况。你不像大多数写报告的人那样，因为你没有什么个人打算！

康诺利将军是德黑兰城外我们的阿米拉拜德基地的负责人。他是个大好人，是陆军的一位老工程师。几年以前，我主管公共事业振兴署的时候，和他很熟。他经办了几项很大的建设工程。我已经打电报给他，说了你要去的事。康诺利会为你安排一个日程，让你快速地参观一下我们的租借物资港口设施、铁路和公路、工厂和仓库。你可以提出任何问题，前往任何地方，和任何人交谈。总统希望在会见斯大林之前先见到你。如果你能够把你的观察要点写在一张纸上，那会对他十分有益处。

顺便提提，不出我所料，登陆艇问题已经到了关键性阶段。它是我们所有战略计划中遇到的一大难关。生产在增长，但是情况本来还应该更好些。好歹你很快就可以回到海上去搞你的老本行了，总统知道你现在觉得自己跟一条搁浅的鲸鱼一样。

你的哈里·霍普金斯

---

① 伊朗的旧称。

这两封信的到来，是一件令人快慰的事。斯坦德利将军大大发作了一通之后，并没再待多久。哈里曼接替了他，还带来了一个庞大的军事代表团，为首的是一位三星将领。这意味着维克多·亨利使命的结束。但是他先前没接到命令，他以为人事局可能不知道他的去向。莫斯科又是白雪皑皑的，他已经几个月没得到罗达和孩子们的讯息了。现在，他终于可以从斯巴索大厦的沉闷的会谈里脱身，躲开垂头丧气、牢骚满腹、灌饱了伏特加的美国新闻记者，并且摆脱那班支吾搪塞、顽固不化的不友好的俄国官僚了。接到来信的当天下午，他就坐上了一架俄国军用飞机前往古比雪夫，这全得感谢叶甫连柯将军给他的最后一次帮助。第二天，康诺利将军在飞机场上迎接帕格，把他安顿在沙漠中新建的庞大基地上自己的营房里，吃饭时请他吃了鹿肉，然后一边喝咖啡和白兰地，一边递给他一份参观日程，亨利看了很吃惊。

"这大约要花掉你一星期的时间，"康诺利说。他是一个六十来岁、脾气直爽的西点军校校友，说起话来又快又着力，"不过参观之后，你会有些东西去告诉哈里·霍普金斯老兄的。我们在这儿做的事，简直就是发疯。有一个国家，美国，正在把物资交给另一个国家，苏联，可是是在第三个国家英国的管理或者不如说是干预之下，通过第四个国家，波斯的领土，这个国家眼下和我们哪一国都毫不相干。而且——"

"你把我说糊涂了。英国为什么要干预呢？"

"你不熟悉中东。"康诺利气冲冲地吁了一口气，"我来给你解释一下。英国人在这儿全靠侵略和占领，你明白吗？俄国人也是如此。早在一九四一年，他们就用武力瓜分了这个国家，为的是制止德国人在这儿活动。不论怎么说，这至少是他们举出的理由。现在，你仔细听我说。咱们没权利待在这儿，因为咱们并没侵略过波斯，你明白吗？还是一笔糊涂账，是不是？从理论上说，咱们只不过是帮着英国人去援助俄国，强调形式的娃娃们还在喋喋不休地讲着这一套。同时，咱们只不过在把物资通过任何一条古老的道路送过去，只要英国佬让咱们通行，波斯人不从中盗窃，俄国佬能够接手，那就成啦。在苏联的兵站上，东西经常堆得齐天那么高。"

"真的吗？可是在莫斯科，他们老是叫嚷着要更多的东西。"

"自然啦。他们自己的运输毫无用处。那可是乱得一团糟。八月里，我不得不下令让铁路停运了八天，一直到他们在北边铁路终点站把堆积如山的物资搬走为止。他们的飞行员、司机和铁路职工一出了那个工人阶级的天堂，就想留在外面。你刚从莫斯科来，也许没法儿明白这一点。"

"你真叫我大吃一惊。"他们彼此以美国人的方式咧开嘴尖刻地笑了笑，帕格说，"我还得了解一下这儿的天气。"

"了解天气干什么？"

帕格把总统在宪法上遇到的难处讲了讲，康诺利将军听了恼怒地皱起眉说："你在开玩笑吧！为什么没人来问我呢？这儿的天气确实变化无常，尘暴当然也很讨厌。可是我们有两条大概是全年通航的定期军用航线。他和斯大林一定都在玩什么把戏。斯大林想让他老远跑到他的后院来，而'伟大的白人之父'①却要保持他的尊严。我希望他能坚持下去。老约②应该自己摇着尾巴来。俄国人可不欣赏被他们牵着鼻子走的人。"

"将军，华盛顿方面对于波斯的情况知道得太少啦。"

"基督啊，你说得真妙。嗯，你瞧，就算两头都遇上冬天的狂风暴雨，"康诺利用捏着一支冒烟的大雪茄的手搔了搔头，"他可能要否决的那项法案也能在五天之内送到突尼斯，我们可以用一架B-24飞机把他送到那儿去。他到那儿一个来回，也许只会耽搁上一天。这个问题不大。"

"好的，我把这些全部打电报告诉霍普金斯。我还得调查一下这儿的安全情况。"

"先别忙。我会为你做出安排的。你双陆棋下得怎么样？"康诺利一边问，一边又给他们两人斟上了白兰地。

帕格这几年在双陆棋上消磨过不少时间。他一连赢了将军两盘，第三盘又快赢了，康诺利从棋盘上抬起头来，半眯缝着一只眼望着他说："嘿，亨利，有一个人你我都认识，对吗？"

"谁啊？"

"哈克·彼得斯。"看见帕格茫然的样子，他又详细说了说，"工兵部队的哈里森·彼得斯上校，一九一三年那一级的，是个身材又高又大的单身汉。"

"哦，对了。我在陆海军人俱乐部碰到过他。"

康诺利连连点头："他写信给我，说起这么一位海军上校，说是哈里·霍普金斯派在莫斯科的人。现在，咱们在这个倒霉的鬼地方会面了。这个世界真不大。"

帕格没再说什么，继续下棋，结果这盘输了。将军高兴地收起了那个精工镶嵌的棋盘和象牙棋子。"哈克正在研究一种可以在一夜之间结束这场战争的玩意儿。对于这件事他口风很紧，这可是美国陆军工程专家搞过的最了不起的工作。"

"我对这件事一点儿也不知道。"

沙漠上那个料峭的夜晚，帕格躺在一张简朴的行军床上，盖着三床粗毛毯，心里

① 指罗斯福。
② 指斯大林。

感到纳闷儿，不知道彼得斯上校在信上说了他些什么。他们那次偶然相遇，在俱乐部里一张桌子上喝着香槟酒，戴上纸帽子，闹闹嚷嚷地玩了一个钟点。罗达曾经几次提到彼得斯，说是在教堂里认识的。帕格想到，通过铀弹，他可能跟巴穆·柯比也有关系，这使他心头起了一阵恶心。说到头，罗达究竟为什么不来信呢？和莫斯科通信是很困难，不过还是办得到的。三个月杳无音讯……他的疲倦和喝下的白兰地终于使他忘却了这些想头，昏昏地睡去。

康诺利将军给帕格安排的参观日程要求他沿着铁路，跟着卡车运输队，从南往北横穿过伊朗。英国公使馆的一个名叫格兰维尔·西顿的人，在那段铁路旅程中将跟他同路。卡车运输队是美国方面为了补铁路之不足而一手搞起来的。据康诺利说，铁路经常遭到阴谋破坏、大水冲毁、盗窃、故障、撞车和拦截。德国人本来就把这儿的铁路造得效能很低，由于波斯人和英国人管理不善，问题就更加复杂。

"格兰维尔·西顿对波斯的种种情况可以说是了如指掌，"康诺利说，"他是一个历史学家，是一个怪人，可是他讲的话倒值得一听。他就爱喝波旁威士忌，我给你几瓶旧克罗的带在身边吧。"

在飞往阿巴丹的途中，那架小飞机的噪声太大，没法儿交谈。后来，在那个荒凉的海滩地区一座大得惊人的美国飞机装配工厂里，格兰维尔·西顿一直在帕格和厂长身边沉重地走着，在热得叫人直冒汗的长时间跋涉中始终只是抽烟，一声不吭。那儿的温度一定远在一百华氏度（约三十八摄氏度）以上。随后他们又坐车前往波斯湾的铁路终点站沙阿布尔港。他们在一家英国军官食堂里吃饭的时候，西顿才闲聊起来，可是他说话的声音像从笛子里吹出来似的，很闷，含混不清，简直像在讲波斯话。帕格从来没见过抽烟抽得这么凶的人。西顿本人看上去也像被烟熏黄了似的：干瘪、瘦长、皮肤微黑，又大又黄的上门牙间有一个大豁缝。帕格想着，这个人要是受了伤，流出来的血一定也像烟渍一样发黄。

第二天吃早饭的时候，帕格拿出了一瓶旧克罗威士忌，西顿见了，像小孩儿那样微笑起来。"这最过瘾了。"他一面说，一面把玻璃杯递过去。

那条单轨的铁路跨过死寂的盐滩，蜿蜒着进入了死寂的群山。从飞机上看，这个国家已经够荒凉贫瘠的，可是从火车车窗里看，那更糟糕。一英里连着一英里寸草不生，看见的只有黄沙、黄沙。火车停下换上另一个柴油机车的时候，他们下车遛遛腿，在沙漠上连只野兔或是蜥蜴的影子都看不见，有的只是成群的苍蝇。

"这地方可能就是从前的伊甸园，"西顿忽然开口说，"只要有水，有能源，有人把地整一整，它还有可能恢复旧观。可是伊朗在这个环境里，简直跟海蜇困在岩石上一样死气沉沉。你们美国人能够帮忙，也最好帮个忙。"

他们又回到了火车上。火车咔嗒作响，呜呜叫着沿一条U字形转弯的路基驶上一个遍布岩石的峡谷。西顿打开包，取出火腿三明治，帕格又拿出了威士忌。

"我们应该为伊朗做点儿什么呢？"帕格一边问，一边把威士忌倒进纸杯。

"把它从俄国人的手里救出来，"西顿回答，"这或者是因为你们确实像自己所标榜的那样，是利他主义的、反帝国主义的，或者是因为你们不愿意看到苏联打完这场战争后就统治全球。"

"统治全球？"帕格不相信地问，"为什么？怎么会呢？"

"地理的关系。"西顿喝着威士忌，目光炯炯地望了帕格一眼，"关键就在这儿。伊朗高原挡住了俄国，使它没有不冻港，因此它有半年是一个内陆国家。这片高原还挡住了它去印度的道路。列宁曾经贪婪地把印度叫作世界大仓库，说这是他的亚洲政策的主要目标。可是波斯呢，好像是老天存心要把它当作个大塞子来堵住高加索山似的，它正挡住了'大熊'的出路。它像整个西欧一样大，而且正像你现在亲眼看到的，大部分地方是崇山峻岭、盐滩和沙漠。这儿的人是些粗野的山区部落、游牧民族、封建农民以及诡计多端的山下部落的人，他们都非常独立不羁，难以驾驭。"他的纸杯空了，帕格连忙又给他斟上威士忌。"啊，谢谢你。现代波斯历史的基本实质，上校，就是这么一句话，你要记住：俄国的敌人就是伊朗的朋友。英国人从一八〇〇年以来就是扮演着这个角色。虽然，总的来说，我们搞得很糟，成了背信弃义的阿尔比翁[1]。"

火车呜呜叫着开进了一条漆黑的长隧道，等它轰隆隆地又开进耀眼的阳光中以后，西顿正摆弄着他的空纸杯。帕格又给他斟满了。"啊。好极了。"

"你刚才说的是，背信弃义的阿尔比翁？"

"正是这话。你瞧，我们常常需要俄国在欧洲给我们帮忙——反对拿破仑，反对德皇，现在又反对希特勒——每次我们都不得不把波斯扔在一旁不管，而'大熊'每次都抓紧机会捞走一大块肥肉。我们结成联盟反对拿破仑的时候，沙皇攫取了整个高加索。波斯人为了收复失地进行了战斗，可是那时候我们不能支持他们，他们只好退兵。俄国人就是这样把巴库和迈科普油田捞到手的。"

"这一切，"帕格说，"对我来说都是新闻。"

"唉，坏的还在后头哩。一九〇七年，在德皇比尔[2]闹得越来越不像话的时候，我们又需要俄国在欧洲帮我们的忙了。德皇想通过他那条柏林—巴格达铁路插进中

---

① 希腊神话中的海神之子。常被用来指英国。

② 即德皇威廉二世（1859—1941）。

东，于是我们和俄国人瓜分了波斯：北面是他们的势力范围，南面是我们的，当中有一片中立的沙漠地带。这事先一点儿也没跟波斯人商量过。现在，我们又通过武装侵略分割了这个国家。这样干很不漂亮，可是伊朗国王是死心塌地亲德的，为了巩固我们在中东的地位，我们不得不这么做。不过话说回来，这也怪不了伊朗国王，是不是？从他的视角来看，希特勒所打击的，正是一个半世纪以来从南北两面侵吞波斯的两大强国。"

"你说话真坦率。"

"啊，是啊，自己人嘛。现在，请你试着从斯大林的视角来看一看。他和希特勒瓜分了波兰，我们认为他这么做有罪。他和我们瓜分了波斯，我们认为他这么做有理。所以，向他比较善良的一面呼吁，也许会叫他有点儿迷糊。你们美国人就应该把这件事实实在在地抓一抓。"

"我们为什么要卷进这场纠纷里来呢？"帕格问。

"上校，红军现在占领着伊朗北部。我们在南部。《大西洋宪章》使我们做出保证，战后撤出去。你们当然希望我们照《宪章》办事。可是俄国人呢？谁来叫他们撤出去？沙皇也好，共产党人也好，俄国人做起事来总是一个样，这点我可以向你保证。"

他很严肃地盯着帕格看了好一会儿。帕格也盯视着他，没有作答。

"你现在明白了吗？我们撤出去，红军却待下来。他们控制住伊朗的政局，然后'应邀'推进到波斯湾和开伯尔山口，又需要多久呢？他们不发一枪，就可以无法挽回地改变世界局势。"

经过一阵令人发窘的沉默后，帕格问："关于这一点我们该做些什么呢？"

"第一课到此结束。"西顿说。他把黄草帽拉下来遮住眼睛，睡着了。帕格也打起盹儿来。

当火车晃动着把他们惊醒时，他们已经驶进了一个大铁路停车场，里面停满了机车、货运车厢、平板货车、油槽车、起重机和运货卡车，四下里闹哄哄的一片嘈杂。装货，卸货，火车在侧线调换车厢，再加上没刮过脸、穿着工作服的美国士兵大声叫嚷，还有当地工人叽里呱啦地乱喊一气。工棚和车库都是新建的，大部分铁轨好像也是新铺设的。西顿领着帕格乘坐一辆吉普车在车场里兜了一圈。虽然下午的太阳很厉害，车场里倒还凉风习习。这个车场占了几百英亩沙漠土地，一边是一个土砖房子的小镇市，一边是一大片陡峭、不毛的黄褐色岩石。

"美国人的精力总是叫我吃惊。你们只用了几个月就像变戏法那样把这儿变出来了。你对考古学反感吗？"西顿指着一座燧石的山坡，"那上面有萨桑王朝①的岩石陵墓。那儿的浅浮雕很值得一看。"

他们下了吉普车，顶着一阵阵的狂风爬了上去。西顿一边走，一边抽烟，像一头山羊那样寻路上山。他的耐力超越了一切生理规律，当他们到达山腰上那些黑魆魆的洞口时，他可不像帕格那样上气不接下气。从帕格的外行眼光看来，那里的风蚀的雕刻像是亚述人的风格：公牛，狮子，僵立着的虬髯武士。这里一片安静。山下，铁路停车场里还在呜呜作响，发出铿锵的声音，在这片古老、沉寂的沙漠中，它只是一个忙忙碌碌的小斑点。

"一旦战争打胜以后，我们就不能再留在伊朗了，"帕格提高喉咙压过风声说，"我们的人民可不是这么想的。下面所有的东西都会生锈、腐烂。"

"不错。可是在你们离开之前，有不少事情得做。"

在他们身后的陵墓里，响起了一阵洪亮空洞的呻吟。西顿像只猫头鹰那样说："风吹过墓穴口，听上去很古怪，是吗？有点儿像在空瓶口上吹气的声音。"

"我差点儿要从这座山上跳下去。"帕格说。

"本地人讲，这是古人的阴魂在为波斯的命运叹息。倒也比拟得很恰当。现在你再听我说。一九四一年，在侵略和瓜分之后，三国政府——伊朗、苏联和我们英国——签订了一个条约。伊朗保证把德国间谍驱逐出境，不再制造麻烦；我们和俄国答应在战后撤走驻军。可是斯大林根本不会理睬这一纸公文。要是你们也加入这个条约——就是说，如果斯大林向罗斯福保证他会撤出去——那就是另一码事了。他也许真的会走。他会叽里咕噜，推推搡搡，大肆咆哮，但这是唯一的机会。"

"这事已经在进行了吗？"

"根本没有。"

"为什么没有呢？"

西顿把他那双皮包骨的黝黑的手朝天一摊。

傍晚时分，火车经过一列翻倒在路基旁边、炸坏的货车。"这是很糟的一次事故，"西顿说，"德国间谍埋的炸药，土著洗劫了车厢。他们得到了准确的情报，车上装的是食品。在这个国家，这跟同等数量的黄金一样值钱。大亨们在囤积所有的谷物和其他大部分食品。这个地方的贪污腐败叫西方人目瞪口呆，可是在中东，就是这么办事的。拜占庭和奥斯曼帝国的遗风。"

他一直讲到深夜，讲波斯人如何设下巧计进行抢劫和袭击，这对租借物资来讲，

---

① 从公元226年到公元651年统治波斯的王朝。

可真成了个无底洞。他说，在他们看来，这条由南往北突然闯过他们国土的物资洪流，只不过是帝国主义疯狂的又一种表现。他们知道这不会持久的，所以拼着性命想捞一把。例如，铜电话线刚一装上，立刻就被偷走，已经有几百英里长的线不翼而飞了。波斯人喜爱铜制的小玩意儿，铜盘子铜碗。现在，波斯市场上到处都是这些东西。西顿又说，这些人已经被征服者和他们自己的王公贵胄盘剥了好几世纪，不抢人家，就被人家抢，这就是他们所知道的真理。

"你们要是能够把斯大林请出去，"他打了个哈欠说，"看在上帝的分儿上，可不要把你们那一套自由企业的制度，以及政党竞选之类的东西搬到这儿来。在波斯人看来，自由企业就意味着他们对付你们铜电话线的方法。在一个落后、不稳定的国家里，民主只会被一个组织严密的势力集团砸个粉碎。在这儿，将是一个共产主义集团，向斯大林敞开亚洲的大门。所以，忘掉你们那些反对君主制的原则吧，还是要加强君主政体的好。"

"我会尽力而为的。"帕格说，他对于这个人这种尖刻而又坦率的作风禁不住微笑起来。

西顿也睡眼惺忪地朝他微微笑了笑。"我听说大人物们很听你的意见呢。"

直到最后一分钟，德黑兰会议都是一会儿说要开、一会儿又说不开。忽然，它就召开了。总统率领一个七十人的代表团从天而降，到了康诺利将军那里：有特工人员、陆海军将领、外交官、大使、白宫办事人员，以及各种各样的随员，他们在阿米拉拜德基地上乱糟糟地横冲直撞。康诺利告诉他的秘书说他太忙了，谁都不见。可是一听说亨利上校又来了，他登时跳起身，走进了会客室。

"上帝啊。瞧你这副样子。"帕格没刮脸，形容憔悴，风尘仆仆。

"卡车运输队被尘暴困住了，后来又遇上了山地的一场暴风雪。我从星期五起就没脱过衣服。总统什么时候来的？"

"昨天。马歇尔将军住在你的房间，亨利。我们把你的铺盖搬到军官宿舍去了。"

"成。我在大不里士收到了你的信，可是俄国人好像把意思篡改过了。"

"哦，霍普金斯问你在什么地方，就是这么回事。我觉得你最好尽快回到这儿。这么说，俄国人当真让你通行，一直到了大不里士吗？"

"很费了一番口舌。霍普金斯现在在哪儿？"

"在市里苏联大使馆。他跟总统在那儿下榻。"

"苏联大使馆？不在这儿？也不在咱们的公使馆里？"

"不在。这里边有缘故，其他人差不多全住在这儿。"

"苏联大使馆在哪儿？"

"我的司机会把你送到那儿去的。我看你得赶快。"帕格伸手摸了摸他那肮脏的、胡子拉碴的脸。康诺利朝浴室的门做了个手势。"用我的剃刀。"

除了被废黜的伊朗国王铺设的几条新林荫大道，德黑兰城里大部分地区是迷宫般狭窄、弯曲的小街，两边都是不开窗的泥巴墙。西顿告诉过帕格，波斯人这种建造城市的方式是为了阻碍和延缓侵略大军的推进。现在，这个陆军司机也只好放慢速度，直到他开上了一条林荫大道，才嘀嘀叫着驶往市区。苏联大使馆的围墙使它看上去像一座戒备森严的监狱，在大门口，以及在那条街上和拐角处，布满了手持上有刺刀的步枪、皱着眉头的士兵。在大铁门外面，一个士兵拦住了汽车。维克多·亨利放下车窗，用清晰的俄语直截了当地说："我是罗斯福总统的海军副官。"士兵抽身回去，立正敬礼，然后跳上踏脚板护送司机穿过庭院。这是一个宽敞的、有围墙的大花园，好几所别墅分布在秋天的老树、飞溅的喷泉和点缀着小池塘的大草地之间。

俄国卫兵和美国特工人员把守住了最大的那所别墅前面的走廊。帕格一路报着自己的身份走进门厅，英国、俄国、美国的文武官员正在那儿忙碌，各种不同的语言混合成一大片嘈杂声。帕格瞥见哈里·霍普金斯穿着一身灰色衣服，独自一个没精打采地走过去，两手插在口袋里，看上去比平时更瘦削、更病态。霍普金斯也看见了他，脸上的神色高兴起来，忙和他握手。"斯大林刚过来会见了头儿。"他朝一扇关着的木门指了指，"他们在里面。真是个历史性时刻，是吗？跟我来吧，我还没打开行李哩。你在波斯湾指挥部干得怎么样？"

在那扇门里，富兰克林·罗斯福和约瑟夫·斯大林面对面坐着。房里除了两名译员外，再没旁人了。

在那条把俄、英两国使馆区分隔开的狭窄街道对面，温斯顿·丘吉尔正在他的公使馆内一间卧室里闷闷不乐地休息。他喉咙痛，精神上更不痛快。自从由开罗分别乘飞机抵达这儿以后，他和罗斯福还没讲过话。他曾经邀请罗斯福在英国公使馆下榻。总统谢绝了。他还迫切地要求在和斯大林举行任何会谈之前他们先碰一次头。总统也拒绝了。现在，这两家竟然背着他会面了。还谈什么阿真舍[①]和卡萨布兰卡的老交情呢！

对走过街这边来安慰他的哈里曼大使，丘吉尔嘟嘟囔囔地抱怨说，他很乐意"遵

① 位于纽芬兰东南部，罗斯福和丘吉尔曾在此会晤，发表了《大西洋宪章》。

命"，又说他只希望两天后在他六十九岁生日那天举行一个晚餐会，痛饮一番，喝个烂醉，然后第二天一早就离开。

富兰克林·罗斯福为什么要住在俄国使馆区里呢？

历史学家们漫不经意地记载说，罗斯福刚到达的时候，谢绝了斯大林和丘吉尔两人的邀请，这样可以哪一方都不得罪。半夜里，莫洛托夫紧急召见英、美大使，警告他们说德黑兰有人正在搞一场暗杀阴谋。根据日程的安排，斯大林和丘吉尔早上都要到美国公使馆举行第一次会议。可那地方距离紧相毗邻的英、俄两国使馆区有一英里以上的路程。莫洛托夫敦促罗斯福搬进这两个使馆区之一。他暗示说，要不然的话，事情就不能安全地进行下去了。

所以，罗斯福清早醒来的时候，不得不在二者之间做出抉择：要么搬到他的可靠的老盟友丘吉尔那里去住，丘吉尔也讲英语，会给予他殷勤的款待和可靠的办公条件；要么和斯大林一起住，这个凶残的布尔什维克过去是希特勒的同党，他给予罗斯福的是一个毫无隐私的住处，有一大帮外国侍从，也许还有暗藏的窃听器。一个美国特工人员已经检查过提供给罗斯福下榻的那所俄国别墅，可是这么一次草率的检查，能发现得了老练的俄国人装的窃听器吗？

最后，罗斯福选择了俄国人。丘吉尔在他的记事中说，这一种选择让他很高兴，因为俄国人的房子比较宽敞。一位伟大的人物往往是不肯承认自己恼羞成怒的。

是不是有那么一场暗杀阴谋呢？

实际上谁也不知道。一个上了年纪的前纳粹间谍在他写的一本书里声称，他参与了这样一个阴谋。可是写这种书的人实在多的是。至少，德黑兰的街道是很危险的；那儿有德国间谍；在街道上乘车驶过的要人确实曾遭到暗杀；第一次世界大战就是这样打起来的。那个疲乏的、残废的罗斯福无疑最好是待在市区里。

然而——当英国人就在街对面的时候，罗斯福为什么住到俄国人那儿去呢？

富兰克林·罗斯福已经从老远来到了斯大林的后院。这样，他就承认了一个冷酷的事实：俄国人正在为反抗希特勒承受最大的苦难和流血牺牲。采取最后这一步，接受斯大林的款待，对一个只懂得保密和猜疑的暴君开诚相见，这也许是这位老谋深算的政治家进行的微妙赌博，是隔着东西方之间的政治鸿沟做出的一种最友好的姿态。

这一姿态是否向斯大林表明，富兰克林·罗斯福是一个天真朴实、容易上当的乐观主义者，一个可以轻易击败、可以牵着鼻子走的人？

斯大林难得透露他的内心思想。可是战争期间，他有一次对共产党作家吉拉斯[①]

---

① 米洛凡·吉拉斯（1911—1995），南斯拉夫党政主要领导人之一。后成为反党分子。

说："丘吉尔只不过想要摸你的口袋。罗斯福可尽偷大玩意儿。"

从这句话来看，这个冷酷的极端现实主义者似乎并不是不知道，在一场将使美国在世界取得优势的战争中，俄国人正数以百万地死去，而美国人不过死了几千人。

我们记录下了他们会面时所讲的第一句话。

罗斯福：长时间以来，我一直都在尽力安排一次这样的会面。
斯大林：很抱歉，这都怪我。我军务繁忙，一直没法儿抽身。

换句话说，讲得更清楚些就是罗斯福在第一次跟世界上第二号最有权势的人物握手时，说："喂，你为什么一直都这么难打交道，这么不相信人？你瞧，现在我可上你家里来了。"

而斯大林，那位连列宁也说他太粗暴的人在回敬的时候一针见血："你要问为什么的话，那是因为我们仗打得最多，人死得最多。"

这样，这两位六十开外的人在波斯斯大林的后院会面和闲谈起来：身材魁梧的、残疾的美国人穿着一身蓝灰色便服，大腹便便的矮个子格鲁吉亚人穿了一身军服，裤子从上到下有很阔的一道红色条纹；一个是三次当选总统、爱好和平的社会改革家，从来不曾有运用政治暴力的任何犯罪记录，另一个是革命暴君，双手沾满了难以想象的千百万本国同胞的鲜血。这是一次奇特的会晤。

托克维尔①曾经预测，美国和俄国将会分治全球，一边是自由国土，另一边是极权统治。如今，他的想象成为事实了。把这两种相反的力量结合到一起的，只是一种共同的需要：他们要从东西两面夹击，粉碎全人类的一个致命威胁——阿道夫·希特勒的"寒霜—杜鹃国"。

一个特工人员朝霍普金斯的房间里张望了一下。"斯大林先生刚离开，先生。总统请您去。"

霍普金斯正在换衬衫。他匆匆忙忙地把衬衫下摆塞进宽松的裤子里，又把一件一边肘部破了个洞的红色毛线衫从头上套下。"来吧，帕格。总统今天早上还问起你呢。"

这所别墅里每件东西都太大。霍普金斯的那间卧室已经很大了。那个拥挤的门厅也是如此。可是罗斯福坐在里面的这间房，简直可以用来举行化装舞会。透过参天大

---

① 托克维尔（1805—1859），法国政治学家、历史学家。

树的干枯树叶，金色的阳光直泻进高大的窗户。家具很沉重，很普通，杂乱无章地放着，而且没有一件是十分干净的。罗斯福坐在阳光下一把扶手椅里，嘴里叼着烟嘴抽烟，就跟漫画上所画的一模一样。

"哟，你好啊，帕格。瞧见你真高兴。"他伸出胳膊热情地与帕格握手。总统显得干瘪、瘦削，人老了许多，可是仍然是一位身材魁梧的人，浑身焕发着力量，而且——眼下这会儿——兴致还很高，那张下颌宽阔的脸上气色很好。"哈里，情况很不错。他是个给人印象很深的家伙。可是天哪，翻译可真花时间！非常叫人厌烦。我们四点钟碰头，开全体会议。温尼知道了没有？"

"埃夫里尔已经过去告诉他了。"霍普金斯看了看手表，"就是再过二十分钟，总统先生。"

"我知道。喂，帕格！"他朝一张坐得下七个人的沙发摆了摆手，"关于通过这条波斯走廊送进俄国的全部租借物资，我们有些挺好看的统计数字。你在各处看出点儿什么迹象了吗？还是像我怀疑的那样，这一切只是空谈呢？"

罗斯福说完这句玩笑话以后，开朗地笑了笑。很显然，他正从自己和斯大林会面的兴奋中逐渐放松下来。

"各处都能看到这种物资，总统先生。这是个叫人难以相信的、成绩辉煌的努力。等一下我给您送一份一页纸的汇报来。我刚从各处看了回来。"

"一页纸吗？"总统瞥着霍普金斯哈哈笑了，"妙极啦。我是向来只读第一页的。"

"他从海湾边上到北部考察波斯各地，"霍普金斯说，"火车汽车都坐了。"

"要是谈到租借物资的事，帕格，我该跟约大叔说些什么呢？"罗斯福稍微严肃一点儿说。他又转过脸去对霍普金斯说："今天大概不会谈到这个，哈里。他眼下还没心思谈。"

"他是很善变的。"霍普金斯说。

帕格·亨利立即叙述了一下他在北部仓库，特别是卡车的终点站那儿看到的堆积着的物资。他说，俄国人拒绝让卡车运输队驶进伊朗他们防区的任何地段，只指定一个离俄国边界很远的卸货站。那个地方就成了一个大瓶口。要是卡车队能够直接开到里海的港口和高加索边境上的市镇的话，俄国人就能够得到更多的物资，而且要快得多。罗斯福全神贯注地听着。

"这很有意思。把它写到你那一页纸上去。"

"这您别担心。"帕格不假思索地说。罗斯福听了又笑起来。

"帕格对伊朗可下了一番功夫，总统先生，"霍普金斯说，"他赞成帕特·赫尔利的主张，认为我们应当作为一方，加入保证战后撤走外国军队的那个条约。"

"是呀，帕特翻来覆去地讲这件事。"罗斯福那张表情丰富的脸上掠过一丝烦躁的神色，"俄国人不是在莫斯科会议上拒绝了这个意见吗？"

"他们敷衍拖延。"坐在帕格身旁的霍普金斯伸出一只皮包骨的瘦手，做了一个争论的手势，"我同意，总统，我们不大可能首先提出。那样一来，我们就把自己推进帝国主义那一套老把戏里去了。不过——"

"说得正对。我不会这么做。"

"可是伊朗那方面又怎么样呢，总统先生？假定他们要求我们做出撤军的保证，那么就会起草一个新的宣言，我们也会包括在内。"

"我们可不能要求伊朗人来要求我们，"罗斯福用一种随随便便的坦率口气回答，好像他还坐在椭圆形办公室里，而不是在一幢他的每句话几乎肯定有人窃听的苏联房子里，"那样就谁也骗不了。我们在这儿只有三天工夫，还是抓住重点好。"

他微笑着和维克多·亨利握了握手，让他退出。帕格正从那熙熙攘攘的门厅挤出去时，忽然听到一个地道的英国腔调说："嘿，那不是亨利上校嘛！"这声音有点儿像西顿的。他朝四下一望，首先看到了金海军上将像一根电线杆那么笔直地站着，望着那些攒动的穿军服的俄国人，显然缺乏好感。在他身边，一个穿一身英国皇家空军蓝军服、佩戴着几条勋章标志、晒得微黑的人正在含笑和他打招呼。帕格已经有好几年没有见到过勃纳-沃克了。他记得勃纳-沃克从前似乎更高大、更威严一些。这位空军少将站在金的身旁显得很矮小，看上去还有点儿满心忧患的神气。"你好啊。"帕格走近的时候，他说，"你们代表团的名单上没有你，对吗？帕米拉说她找过啦，没你的名字。"

"亨利，我当你还在莫斯科哩。"金海军上将用冷淡、严厉的音调说。他和上将难得相遇，可是每次见面时金总使帕格觉得不是很自在。他已经很久没想到"北安普敦"号的事了，可是现在他一刹那又想到他那艘起火燃烧的战列舰沉下水去，连鼻孔里也好像闻到了一股汽油味似的。

"我是奉了特殊使命到伊朗来的，将军。"

"这么说你在代表团里啰！"

"不在，将军。"

金睁大眼睛望着他，不喜欢他这种含含糊糊的回答。

勃纳-沃克说："帕格，要是办得到的话，趁咱们在这儿的时候聚一聚。"

帕格尽可能冷静地回答："你是说帕米拉和你在一块儿吗？"

"是在一块儿。我是临时奉召从新德里赶来的。有关缅甸的作战计划有些问题。

她在整理我们混成一堆的地图和报告。现在，她是我的副官，干得挺出色。可以想象得到，她给可怜的老韬基办过多少事。"

尽管金脸上的神色显示出他很不喜欢闲聊，帕格还是盯着勃纳-沃克问道："她在哪儿？"

"我离开我们使馆时，她正在那儿忙着。"勃纳-沃克指了指敞开的门，道，"你干吗不过去瞧瞧，问个好呢？"

第七十三章

一个犹太人的旅程

（摘自埃伦·杰斯特罗的手稿）

要把我和一级大队长阿道夫·艾希曼的会面记录下来，可不是一件容易的事。从某种意义上说，我是在把这件事从头至尾叙述一遍，而且也不光是这一件事！我一生写下的一切如今看来都像是在童年的梦境中创作的。

我必须写下的这些材料是如此危险，以致我从前隐藏文稿的地方不能再使用了。至于用意第绪文这种密码，这儿的党卫军立刻就会拆穿这个可怜的伪装，特莱西恩施塔特上千个可怜虫中的任何一个，为了喝一碗汤或是躲一顿打，都会一下子把它全念出来。我已经发现了一个较为安全的地方，甚至连娜塔丽也不知道。如果我被遣送离开这儿的话（目前看来，这种可能性还不大），这些文稿会慢慢腐蚀，直到战后，可能再过上很久，拆卸或整修房屋的工人让阳光照进特莱西恩施塔特荒凉的老建筑物的墙壁和隙缝里来的时候。如果我能幸存下来，我会在我隐藏的地方重新找到这些文稿。

爱泼斯坦今天早上亲自陪我们到党卫军总部去。他尽力想讨好我们，称赞娜塔丽的容貌，又夸奖她紧紧搂在怀里的路易斯的健康的外表。爱泼斯坦处境很可怜，他是个成了人家工具的犹太人，是执行党卫军命令的傀儡"市长"。他像我们其余的人一样，是一个戴着黄星标志、衣衫褴褛的犹太人，不过他总穿着一件即便磨损了却还干干净净的衬衫，打上一条旧领带，以显示他地位较高。那张苍白、虚胖、忧心忡忡的脸倒是他出任伪职的更为确切的标志。

我们以前从来没进入或是走近党卫军总部。一道高高的木头围墙把它和整个市镇广场跟犹太人分隔开。卫兵放我们进了围墙以后，我们便走上一条紧挨着公园的街道，经过了一座教堂，进入了一座市政办公楼，里面有许多办公室，有布告栏，散发出霉味的走廊里回响着打字机的声音。走出了那个怪诞的、肮脏的犹太区，进入了一个——除了门厅里希特勒的那幅大画像外——一切都属于熟悉的旧秩序的地方，使人感到很奇怪。这种平凡的景象几乎叫人放下心来，我从没想到党卫军总部会是这样的。当然我非常、非常紧张。

艾希曼中校出乎意外的年轻，尽管宽大的前额上的头发已经在秃了，剩下的头发是深色的。他具备一个野心勃勃、步步高升的中级官员的那种富有进取心的干劲儿。我们走进办公室的时候，他正坐在一张宽大的办公桌后面。特莱西恩施塔特的党卫军头子布格尔坐在他身旁一张木头椅子上，他是一个残酷、粗暴的人，你只要有可能躲开他，就离得越远越好。艾希曼没站起身，不过态度倒还和气，他招呼我和娜塔丽在办公桌前面的椅子上坐下，然后把头一歪，要爱泼斯坦坐到一张肮脏的长靠椅上去。到目前为止，除了布格尔那种冷酷讨厌的神情以及这两个人身上穿的黑制服外，我们好像是来拜望一个银行经理，设法借一笔款子，或是来找一个警察局局长，报告一件失窃案。

接下来用德语进行的谈话，每句话我都记得，不过我只打算记下主要的地方。首先，艾希曼一本正经地询问了一下我们的健康和生活情况。娜塔丽一言不发，她让我回答说我们都感觉得到了良好的待遇。当他朝她望望的时候，她慌忙点点头。孩子倒是舒坦自在地坐在她的膝上，睁大眼睛望着艾希曼。他接着说，特莱西恩施塔特的情况一点儿也不能使他满意。他已经彻底视察过了。在今后几星期内，我们会看到显著的改善。布格尔接到命令，要他把我们当作非常特殊的"知名人士"对待。一俟特莱西恩施塔特情况有所改善，我们将首先受益。

然后，他澄清了——我想，这件事恐怕永远只能澄清到这个程度了——我们怎么会来到这地方的谜。他说，在巴黎我住进医院的时候，我们就引起了他的注意。意大利秘密警察要求德国秘密警察把我们当作意大利逃犯引渡过去。按照他的说法，韦尔纳·贝克想先逼我把我的广播讲话录好音，然后再让意大利秘密警察把我们带走。他把韦尔纳描摹得十分可怕，很可能是有点儿添油加醋。

反正，我们这件案子落到了他的管辖之下。把我们交给意大利人，很可能意味着我们的死亡，而且会使交换巴登-巴登那伙人的谈判变得复杂化。然而，若是让我们回到巴登-巴登，那么我们一旦被人发现，就会得罪德国在欧洲的唯一盟友，因为那时候意大利还在参战。于是先把我们送到特莱西恩施塔特，再对意大利人的要求"详加考虑"，这似乎是最妥善的解决办法。他没理睬韦尔纳·贝克逼我发表广播讲话的那些请求，那不是对待一位"知名人士"的办法，即使是一个犹太人。艾希曼还说，他在执行元首对待犹太人的严格政策时，总尽力做到公平、人道，虽然坦白地讲，他完全同意元首的政策。再说，他也不相信那些广播讲话会有什么用处。总而言之，我们就到了这儿。

现在，他说，他让爱泼斯坦先生接着谈。

那个"市长"弯腰曲背地坐在沙发上，用一种单调的声音滔滔不绝地说开了。他偶尔望望我和艾希曼，可是经常不安地瞄向瞪眼注视着他的布格尔。他说，长老市政委员会最近投票表决把文化组从教育处里划出来。文化活动大大增加了，这是特莱西恩施塔特的骄傲，但是这些活动没得到适当的管理和协调。委员会想任命我为一名长老，来主管新设的文化处。我关于拜占庭、马丁·路德和圣保罗的演讲誉满全市，作为一位美国作家和学者，我的身份博得了尊敬。毫无疑问，在我的大学生涯中，我学过行政管理。说到这儿，爱泼斯坦突然停住，直直地望着我，死板地微笑了一下。所谓微笑，也只不过是上嘴唇从发黄的门牙上稍微抬了抬而已。

我唯一可能会接受这个委任的原因，就是对这个人的怜悯。显然，他是在根据命令行事，是艾希曼出于某种原因，想要我来主管这个新设的"文化处"。

我真不知道我从哪儿来了一股勇气，做出了我当时所做的答复。这里几乎就是我当时所讲的话："大队长先生，我在这儿是您的俘虏，只好唯命是听。然而，我还是要斗胆指出，我的德语说得不太好，身体又很虚弱。我对音乐几乎一窍不通，而音乐是特莱西恩施塔特文化活动的主要项目。我喜爱的图书馆工作，占去了我的全部时间。我并不是拒绝这份荣誉，可是我实在不能胜任。在这件事上我有没有选择的余地？"

"要是你没有选择的余地，杰斯特罗博士，"艾希曼轻快地回答，并没发火，"那么这次谈话就毫无意义了。我是个大忙人，本来可以让中队长布格尔给你下道命令的。不过，我倒觉得这个工作给你做很不错。"

但是，我一想到成为那班倒霉的长老之一，就感到毛骨悚然。他们为了几项可怜的特权——其中大部分我已经享受到了——使自己的良心背上犹太区这个沉重的负担，向犹太人传达党卫军的种种严酷命令，并且予以贯彻执行。这意味着放弃我那默默无闻但至少还挨得过去的生活方式，成为引人注目的委员会的一员，成天跟党卫军打交道，无休止地纠缠在根本得不到妥善解决的可怕的问题之中。我鼓足勇气竭力又推辞了一下。

"那么，要是可以的话，大队长先生，而且只在您允许的情况下，我想不接受这个工作。"

"当然可以。我们不再谈这件事了，我们还有另外一件事要谈。"他转过脸对着娜塔丽，这段时间她一直面无人色地坐在一旁，紧紧地搂住那孩子。路易斯表现得简直像天使一样。我觉得他肯定也感觉到了他母亲的恐惧，所以正尽力想予以减轻。

"我们妨碍你去工作了。你是在云母工厂干活儿，是吗？"娜塔丽点点头。"你还喜欢那工作吗？"

她只好开口，声音嘶哑而空洞："我很乐意在那儿工作。"

"你儿子看上去很好，这样看起来，特莱西恩施塔特的孩子们受到了很好的照顾。"

"他很好。"

艾希曼中校站起身，朝娜塔丽做了个手势，领着她走到了房门口。他在那儿对走廊里一个党卫军士兵随随便便说了几句话，那个人就把她带走了。艾希曼关上房门，走到办公桌后面他的位子那儿。他嘴唇很薄，鼻子又长又细，两眼狭小，下巴很尖，本来就长得不好看，可是这时他一下子变得非常丑恶。他的嘴抽搐着歪到了一边。突然，他发出了一声可怕的嗥叫："你当你是什么东西？你他妈的当你到了什么地方？"

他刚这么一叫，布格尔就跳起身朝我直扑过来给了我一个嘴巴，打得我耳朵直响。他举起手的时候，我朝旁边让了让，所以这一下打得我从椅子上摔了出去。我沉重地跪倒在地，眼镜也掉了，因此接下来发生的事我只是模模糊糊地看到。布格尔用皮靴踢了我一脚，或者不如说是踹了我一脚，我滚倒在地。然后，他对着我的腹部踢了一下，尽管我痛得要吐，他却是没用足全力，只是十分轻蔑地踢了一下，就像踢一条狗那样。

"我来告诉你，你是什么东西，"布格尔对着我大声吼道，"你只不过是一堆卑鄙龌龊的犹太老屎蛋！你听见了没有？嘿，你这个发臭的老屎堆，你当你还在美国是不是？"他绕着我兜来兜去的时候，我简直看不见那双移动着的黑皮靴。接着，他又朝我屁股上狠狠踢了一脚。"你在特莱西恩施塔特！懂吗？要是你这个死脑袋瓜连这个都不懂，你这条老命就连狗屁也不值！"他一面叫，一面用脚尖着实地狠踢了我一下，正踢在我的脊梁骨上。我只觉得浑身火辣辣的疼。我躺在那儿，昏昏沉沉，眼睛发黑，痛苦不堪，简直惊呆了。我听见他走开的声音，然后他说："爬起来跪着。"

我浑身哆嗦着照办了。

"现在告诉我，你是什么东西。"

我喉咙咬紧，吓得说不出话。

"你还没挨够吗？说你是什么东西！"

愿上帝宽恕我没听任他杀了我。有一个念头在那阵惊恐昏沉中闪过我的脑中：要是我现在死了，娜塔丽和路易斯的处境就会更加危险。

我结结巴巴地说：“我是一堆卑鄙龌龊的犹太老屎蛋。”

“响点儿，我听不见。”

我又说了一遍。

“高声叫，狗屎堆！拼你的老命叫！要不我就再踢你，你这个犹太臭猪，踢到你大声叫出来为止！”

“我是一堆卑鄙龌龊的犹太老屎蛋！”

“把他的眼镜给他，”艾希曼好像没事人一样说，“好，站起来。”

我挣扎着站起来的时候，有一只手抓住了我的胳膊肘，扶我稳住身子。有人给我把眼镜戴上。这时，我才一下看清楚了爱泼斯坦的脸，在那张苍白的脸上，在那双迷惘的棕色眼睛里，结的是两千年犹太历史的疤痕。

“坐下，杰斯特罗博士。”艾希曼说。他坐在办公桌后边抽着烟，神闲气定，像个银行经理似的。“现在，我们切实地来谈谈。”

布格尔在他身旁坐下，扬扬得意地咧开嘴笑着。

这以后发生的事，我已经记不太清了，因为我当时头昏眼花，痛得要命。艾希曼说话的腔调仍然是公事公办的样子，可是又带有一点儿揶揄意味。他说的话几乎和这顿毒打一样叫人心烦意乱。党卫军知道我在教授《塔木德》，而关于犹太人的科目是禁止教授的，所以我可以被送进小堡垒的可怕的牢房，很少有人能从那里生还。更叫人震惊的是，他透露说，娜塔丽参加了讽刺元首的下流地下演出，因此可以将她逮捕并立即处决。娜塔丽始终没和我谈过这件事，我只知道她给孩子们表演木偶戏。

显然，艾希曼告诉我这些事情，是为了加深布格尔的野蛮殴打给我的教训。那就是，我们作为美国人的权利，或者说，作为西方文明人的权利，已经不复存在了，我们已经越过了界线。由于我们犯下的罪，我们已经无权要求恢复在巴登-巴登的身份了，而且我们随时随刻都有生命危险。他以一种特别尖刻的坦率态度又加上一句：“其实我们倒并不在意你们犹太人怎样自寻乐趣！”他要我继续教下去，并且还说，如果娜塔丽不再演那种讽刺剧的话，那对我们两个人来说只会更难办，因为我不可以把她离开党卫军总部后发生的事告诉她。我不可以向任何人吐露半句。要是我吐露了，他肯定会知道的，那就太糟糕了。他说爱泼斯坦会跟我交代一下我就任长老的手续，然后他傲慢地挥了挥手，吩咐我离开。我几乎无法从椅子上站起来，爱泼斯坦只好扶着我一拐一拐地走出去。在我们身后，我们可以听见那两个德国人说笑话，纵声大笑。

我们一块儿离开了党卫军总部，爱泼斯坦始终一句话也没说。走过围墙那儿卫兵面前时，我强迫自己像平时那样走。我发现，如果我挺直身子，大踏步走，反而痛得不那么厉害。爱泼斯坦把我带到理发店，让我理了发，修剪了胡子。我们又走到委员会会议室，一个摄影师正在那儿预备给集合在一起的长老们拍新闻照片。有一个记者，一个穿了一件皮大衣的相当漂亮的年轻德国女人，正在问问题、记笔记。我和长老们一块儿摆好姿势，另外又单独照了一张照片。记者跟我，还跟其他人谈话。我相信，这两个一定是真正的新闻记者，他们一定会带着一篇很有说服力的报道离开——一篇连他们自己也会相信的、有关管理犹太乐园的犹太委员会的报道。这个委员会是一群神情安详、衣冠楚楚的出色人物，其中还包括《一个犹太人的耶稣》的作者，著名的埃伦·杰斯特罗博士。

这样公开利用我的姓名和让我露面，就摆明了我和娜塔丽已经无法通过外交途径获得援救了。就算这篇报道是供欧洲人阅读的，美国方面肯定也会慢慢听说到它。我给特莱西恩施塔特增添的这一点儿光彩，似乎已经超过了国务院为了我们这件事所能给德国人增添的麻烦。公文的往返可以一拖几年，在这种徒劳无益的进程收到任何成效之前，我们的命运就已经决定了。

在我下笔写到抵消种种惊恐、痛苦和屈辱的那件事——我堂弟班瑞尔的死里逃生以前，我还想就上面这件事写下几句话。

我活了六十五年，基本没受到过什么粗暴的体罚。实际上，我记得的最近一个例子，还是我在奥斯威辛的犹太教法典学校读书时莱扎拉比打我的那下。那一次，莱扎拉比可以说是一下把我的犹太人身份打掉了，而这次一个党卫军军官又把我踢了回去。我回到房间后所做的事，除了对我自己外，对任何人也许都没什么意义。自从离开锡耶纳的时候起，我一直带着一个隐藏得很好、专备急用的小钱包，里面藏着钻石，以及我少年时代改信天主教的文件的照片。感谢上帝，因为我们算是"知名人士"，所以还没被搜过身。我把这些折叠得破旧的、日期为一九〇〇年的文件取了出来，撕得粉碎。今天早上，大约五十年以来我第一次戴上了经文护符匣①，这是从隔壁一个虔诚的老人那儿借来的。在这个多灾多难的世界，在我余下的年月里，我打算一直戴下去。

这是不是重新皈依了古老的犹太上帝呢？且不去管它。我教授《塔木德》，当然

---

① 经文护符匣是装有记载《摩西五经》句子的羊皮纸的小型皮匣，犹太人晨祷时一匣系在额上，一匣系于左臂。

并不是为了这个，我是不知不觉教起来的。图书馆里的年轻人问我一些问题，提问题的人逐渐形成了一个小组，我发现自己也喜欢这套高雅的逻辑老把戏，于是慢慢便成了常规。当我把经文护符匣，里面装着《摩西五经》的陈旧、污黑的皮盒子缚在额上和手臂上的时候，它们对我并没什么智力上或是精神上的振奋作用。事实上，虽然我是独自一人，我还是觉得自己装腔作势，傻里傻气。但是我还是要这么做。这样我便答复了艾希曼。至于那个古老的犹太上帝，他和我都有账要算，要是我得说明我的背教行为，他就得说明一下特莱西恩施塔特。耶利米、约伯和《哀歌》都教导说，我们犹太人将奋起应付大难，所以要戴经文护符匣。就让它这样下去吧。

这正好说明了人的天性——至少说明了我个人的愚蠢，因为多少年来我一直不肯相信关于纳粹残酷迫害犹太人的报道，甚至不愿相信我亲眼看到的事，可是现在我确信最可怕的报道全是真实无讹的。怎么会有这么大的转变？有什么比我跟艾希曼和布格尔的这次会面更有说服力呢？

说起来，我在这儿已经看到过德国人不少的残暴行为了。我看到过一名党卫军士兵用棍子把一个老妇人打得跪倒在雪地里，只不过是因为她在叫卖香烟头的时候被他逮住了。我听说过孩子们因为偷了食物，在小堡垒里被活活吊死。还有就是那次人口普查。三个星期前，党卫军把犹太区的全体居民押到田野里，在凛冽的寒风中把我们点了一遍又一遍，时间长达十二小时，而且在那个下雨的夜晚竟让四万多人露天站着。在那一大群饥寒交迫的人中，传播着谣言，他们将在黑暗中用机枪把我们全部打死。于是许多人朝着城门蜂拥奔逃。娜塔丽和我避开了人流，平安归来，可是我们听说第二天早上田野里满是被踏死的老人和孩子雨打雪盖的尸体。

然而，这一切都没使我看清事实。我和艾希曼的会面，却使我看清了。这是什么缘故呢？我想，这是由于那个最古老的心理上的事实：一个人实际上无法感觉到另一个人的苦难。更坏的是，我在我的一生中至少有一次面对这个更加赤裸裸的事实：旁人的苦难反而会使自己感到庆幸，感到宽慰，因为他自己逃过了这种苦难。

艾希曼不是一个低三下四的警察畜生，他也不是一个平庸的官僚，尽管要扮演这么一个角色时，他会扮演得十分出色。这个讲求实效的柏林官员跟那个夸夸其谈的疯子希特勒比起来，是一个更为可怕的人物。这种人物经常出没在二十世纪，他们促成了两次战争。他是一个有理性、有识见、生气勃勃，甚至和蔼可亲的家伙。他是我们中的一员，是西方的一个文明人。然而转瞬之间，他可以下令对一个身体衰弱的老人干出可怕的暴行来，自己还冷静地袖手旁观。再一转眼，他又可以重新变得彬彬有礼，像欧洲人那样，一点儿也不觉得这么做是反复无常，甚至对于那个无法理解人性这一表现的受害者的狼狈相，还报以讥讽的冷笑。像希特勒一样，他也是个奥地利人。像他一样，在这个可怕的世纪里，他也是典型的德国人。

这个不容易懂的真理我总算弄明白了。然而无论如何，我到死都不愿意谴责整个民族。在这件事上，我们犹太人已经受够了。我会想起那个历史学家卡尔·弗里施，他从海德堡到耶鲁来，是一个彻头彻尾的德国人，一个极有幽默感的温和、开明、知识渊博的人。我会想起二十年代里柏林艺术和思潮蓬勃的惊人发展。我还会想起赫格斯海默一家人，我在慕尼黑的时候在他们家住了六个月，他们是第一流的好人——这点我可以发誓——在一个政治上反犹主义甚嚣尘上的时代，他们一点儿没有反犹的色彩。这样的德国人还是有的，而且不在少数，一定就是他们创造了德国的美，以及德国的艺术、哲学和科学。这些才是所谓"德国文化"，是远在它成为一个被诅咒的、恐怖的名词之前，就被创造出来的。

我不理解德国人。阿提拉①、亚拉里克②、成吉思汗、帖木儿③在狂热的开疆拓土中消灭了所有反抗他们的人。在世界大战期间，土耳其人屠杀了亚美尼亚人，可是亚美尼亚人当时投靠了敌人沙皇俄罗斯，而且这是在小亚细亚半岛发生的。

德国人是基督教欧洲的一部分。犹太人曾经热情地信奉和丰富了德国的文化、艺术和科学。世界大战期间，德国犹太人对德皇的盲目忠诚是有案可查的。不，这样的事是空前的。我们陷进了一个神秘的、巨大的历史进程，一个新纪元行将诞生时的难熬痛苦之中。正如一神教和基督教初生时那样，我们注定待在这场大变动的中心，首当其冲地遭受磨难。

我一生中在学术上持有的不可知论的人道主义观点确实非常好。我写的有关基督教的书也不是没有可取之处的。但是总的来说，我还是在奔波中度过了一生。现在，我才转过身站定了。我是一个犹太人。有句市井俚语说得好："那个人所需要的，就是朝他屁股上猛踢一脚。"这句话好像说中了我一生的经历。

班瑞尔·杰斯特罗在布拉格。

我所知道的几乎就只有这一点儿：他从一个集中营逃脱之后，就在那儿搞地下工作。他通过一个把布拉格和特莱西恩施塔特连接起来的共产党联络网，捎了口信给我。为了证明确实是他本人，他用了一句希伯来短语，这句短语到了非犹太人的口中

---

① 阿提拉（约406—453），匈奴帝国皇帝，在位时一再攻打东罗马帝国，迫其纳贡求和，并入侵高卢和意大利。

② 亚拉里克（约370—410），西哥特王，曾略取巴尔干半岛一带，并攻入侵意大利。

③ 帖木儿（1336—1405），出身突厥化的蒙古贵族，曾征服波斯、花刺子模等地，入侵俄国、印度、小亚细亚及叙利亚。

几乎无法辨别出（捷克宪兵队就是主要的联络员）。然而，我还是猜出了它的意思：*hazak ve'emats*，就是："要坚强，要有勇气。"

我这个堂弟，这个有钢铁般意志、善于随机应变的人，居然还活着，就在附近，并且还知道我被囚禁在这儿，这真是令人吃惊。但是德国人在欧洲制造了一场大动乱，在这片混乱中，一切都不足为奇。我已经有五十年没见到班瑞尔了，不过娜塔丽对他的描摹在我心中留下了深刻的印象。然而他可能帮不了我们什么忙。我的健康状况已经经不起一次逃跑的尝试了，即使有这种机会的话。娜塔丽身边带着孩子，也不能去冒这种风险。那么，还有什么好说呢？我所抱的希望和陷在这里的所有犹太人的希望一样：就是美国人和英国人很快会在法国登陆，国家社会主义德国将在东西两方的夹击下彻底崩溃，这样我们就能够及时得到解救。

然而，班瑞尔在布拉格还是一件意想不到的好事。四年以前，娜塔丽在华沙即将陷落时最后一次瞧见他。从那以后，在这漫长的岁月中，他过的该是一种多么像《奥德修纪》①式的生活啊！我能够幸存下来一定是一个奇迹。他离我们这么近，这又是另一个奇迹。这样的事情给了我希望，事实上，使我"坚强"，使我"有勇气"。

---

① 《奥德修纪》是古希腊的两大史诗之一，相传为荷马所作，叙述主人公奥德修斯漂泊、流浪的冒险故事。

第七十四章

帕格·亨利染上了一种波斯流行病，已经发烧好几天了。他日日夜夜乘坐火车和汽车穿过市镇和田野，穿过尘暴和酷热的沙漠，以及白雪皑皑的山口，渐渐变得昏昏沉沉——尤其是到了夜里，现实和乱梦混杂到了一起。他到达康诺利的司令部时，已经头重脚轻，甚至在跟霍普金斯和罗斯福讲话时，也不得不费了好大气力才提起精神。在运输队走的路线上度过的那些漫长的、令人眩晕的时刻，帕米拉和勃纳-沃克像他死去的儿子和活着的家人一样，频繁地出没在他乱梦颠倒的幻象里。帕格在神志清醒的时候可以把帕米拉像把华伦那样深深埋藏在自己的内心里，可是做起梦来他就毫无办法了。

因此，在俄国使馆的别墅里看到勃纳-沃克，叫他很吃了一惊：站在那个冷静、真实的欧内斯特·金身旁的，正是他发烧的乱梦中见到的一个人物。帕米拉在德黑兰！在金的锋利目光下，他一下子问不出口："你们结婚了没有？"他离开了罗斯福住的别墅，不知道自己到英国使馆去应该找的是勃纳-沃克勋爵夫人呢，还是帕米拉·塔茨伯利。

帕格出来的时候，斯大林和莫洛托夫正沿着一条沙砾小路走过来。莫洛托夫热切地谈着，斯大林抽着香烟，朝四下里张望。他看到帕格，点点头，微微一笑，四周起皱的眼睛里闪射出光芒，显然认出了他。帕格对于这位政治家的好记忆力已经屡见不鲜，可是这一次还是觉得很惊讶。他把霍普金斯的信递交给斯大林，已经是两年多以前的事了。这个人一直肩负着指挥一场规模巨大的战争的重担，然而他的确还记得。他身材肥胖，头发花白，个子比维克多·亨利还要矮，这会儿他正迈着富有弹性的步伐走进那所别墅。帕格看了几乎整整一年遍布莫斯科的斯大林肖像——塑像、画像、巨幅照片。它们把斯大林表现成一个传奇式的、高高在上的全能救世主，跟死去的马克思和列宁合在一起，成为腾云驾雾的三位一体中的一员。可是现在走过去的是那个血肉之躯，一个矮胖的、大腹便便的老家伙，穿了一身灰褐色制服，裤子两侧自上而下有一道很阔的红色条纹。然而，那些肖像多少比真人更为真实。帕格一面这样想着，一面回忆起斯大林意志统治下的漫长的俄国战线上的一幕幕情景，也回忆起他杀害了千百万人的记录。走过去的这个矮小的老头儿，实在是一个铁石心肠的巨人。

温斯顿·丘吉尔虽然遇到帕格的次数要多些，却不认识他了。帕格走到英国使馆区门外说明自己的身份时，丘吉尔正好离开那儿。他叼着一支长雪茄，由两个步伐僵硬的陆军将领和一个矮胖的海军将领陪着。那双蒙眬而敏锐的眼睛直盯着帕格望了一望，好像要看透他似的，然后这个穿着一身白衣服的弓腰驼背的矮胖子缓缓朝前走了。这位首相看上去很迟钝，身体好像有点儿不舒服。

在英国公使馆里，几个武装士兵在花园里踱来踱去，文职人员三五成群地在阳光下聊天。这是一个小得多，也安静得多的机关。帕格停住脚步，在一株金黄色叶子不住飘落的树下思忖起来：到哪儿去找她呢？怎样去打听她？他对自己这种小家子气禁不住苦笑起来。一个惊天动地的大事件正在这儿发生，可是在这个历史高峰之巅，使他感到兴奋的不是看到三位世界巨人，而是想着要看到一个女人。由于战争的机遇，这个女人他每年总能看到一两次。

他们在莫斯科度过的那一星期由于斯坦德利忽发奇想，竟然被缩短成了四天。不过那四天留在他的回忆中，像他的蜜月一样是一场突然浮现出的美梦，安宁而甜蜜，他整天不做别的，就和她做伴，一起吃饭，一起长时间的散步，一起待在斯巴索大厦、大歌剧院、马戏场以及旅馆内她的房间里。他们谈起话来简直没完没了，像终生的老友，像久别重逢的夫妇一样。在她旅馆里的最后一个晚上，他甚至谈到了华伦，他一下子控制不住自己的思想和感情了。他在帕米拉的脸上，在她简短、温柔的答话里，找到了安慰。第二天分手的时候，他们竭力控制住自己，用微笑和闲扯来相互告别。谁也没说那是结局，可是对帕格来说，那至少也不是什么别的。现在，她又到了这儿。他无法再约束住自己不去寻找她，就跟他无法屏住自己的呼吸一样。

"哟！那不是亨利上校吗？"这一次倒真是格兰维尔·西顿，他正和一些穿制服的男男女女站在一块儿。西顿走上前拉住他的胳膊，显得比在同行的途中要热情得多。"你好吗，上校？那次卡车旅行可真累死人，是不是？你看上去简直筋疲力尽啦。"

"我挺好。"帕格朝苏联大使馆那个方向做了个手势，"我刚把你提出的签订一个新条约的主意告诉了哈里·霍普金斯。"

"真的吗？你真告诉他了？好极啦！"西顿紧紧抱住他的胳膊，嘴里散发出一股强烈的烟草味，"他的反应怎么样？"

"我可以把总统的反应告诉你。"帕格头晕目眩，脱口而出。他的太阳穴直跳，两膝发软。

西顿仔细看着帕格的脸，紧张地说："那快告诉我。"

"这件事上个月在莫斯科的外长会议上讨论过。俄国人对它拖延敷衍。就是这么回事。总统不愿意让美国卷进你们的这场老纠纷里去。他必须打赢这场战争。他需要斯大林。"

西顿脸上的神情一下变得很沮丧。"那么红军永远不会离开波斯了。如果你说的话没错，罗斯福就是在对全体自由人宣布长期的厄运。"

维克多·亨利耸耸肩膀："我猜他的意思是一次只打一场战争。"

"除了对未来的政治发生影响外，"西顿说，"胜利是没有任何意义的。你们美国人还得弄懂这一点。"

"不过，要是伊朗人首先提出来，那也许就不一样了。霍普金斯是这么说的。"

"伊朗人吗？"西顿扮了个鬼脸，"请你原谅，不过美国人对于亚洲和亚洲事务实在是天真得叫人伤心。伊朗人再也不会首先提出，这有数不清的理由。"

"西顿，你认识勃纳-沃克勋爵吗？"

"那个空军少将吗？认识。他们是为了缅甸的事务把他叫到这儿来的。他现在过去参加全体会议啦。"

"我想找他的副官，一个空军妇女辅助队队员。"

"喂，凯特！"西顿叫了一声，招招手，一个穿着空军妇女辅助队制服的漂亮女人从他刚才一起聊天的那群人里走出来，"这位亨利上校要找未来的勃纳-沃克勋爵夫人。"

一张生了个狮子鼻的脸上两只碧绿的眼睛骨碌碌地一转，贸贸然地打量了帕格一番。"哦，好的。不过，这会儿一切都乱七八糟。她带了一大堆地图、图表这类东西。他们大概把她安置在戈尔勋爵办公室外面的那间会客室里了。"

"我领你上那儿去。"西顿说。

在主楼二层楼的一间小房间里，塞了两张办公桌。其中一张桌子旁边坐着一个面色通红、留着浓髭的军官，正啪嗒啪嗒地打字。对的，他没好气地说，另外那张桌子是塞进房间来给勃纳-沃克的副官坐的。她在那儿工作了好几个小时，可是一会儿前刚出去到德黑兰市场买东西去了。维克多·亨利从帕米拉的桌上拿起一张小纸条，草草地涂了几句：嘿！我也在这儿，住在美国陆军基地军官宿舍。帕格。然后他把纸条插在插签上。他们一块儿走出去的时候，他问西顿："那个市场在哪儿？"

"我劝你别上那儿去找她。"

"它在哪儿？"

西顿告诉了他。

康诺利将军的司机把帕格送到德黑兰的老城，在市场进口的地方让他下了车。那充满异国情调的人群，那股强烈的气味，那种陌生的语言，以及许多用稀奇古怪的文字写的花里胡哨的招牌，叫他头昏眼花。他在进口处朝石头拱廊里一看，只见自近而远一条条排满了店铺的拥挤、黑暗的通道。西顿说对了，在这儿怎么找得到人呢？但是这次会议的会期只有三天，这一天已经快过完了。在这个亚洲城市里，特别是在一次临时召开的会议所造成的手忙脚乱之中，通信联络完全靠运气。要是他不想法子找到她的话，他们甚至有可能错过见面的机会。"未来的勃纳-沃克勋爵夫人。"西顿这么称呼她。这才是最要紧的事。帕格钻进人群去寻找她。

他几乎立刻就瞧见了她，或者觉得自己瞧见了她。他正走过一家家卖挂毯和亚麻布制成品的店铺，忽然瞥见右面有一条狭窄的通道。他顺着这条通道朝那群戴着黑面纱的女人和粗壮结实的男人望过去，朝那些挂着的皮衣服和羊皮地毯望过去，看到了一个穿蓝制服的矮小、整洁的身个儿，头上戴的好像是一顶空军妇女辅助队的军帽。想压过商人叫卖的吆喝声朝她高声叫喊是没有希望的。帕格从人群中挤过去，进了一个比较宽敞的十字回廊，这儿是地毯商人的地盘。她不见了。他朝她刚才走动的那个方向挤过去。他冒着汗在那个气味刺鼻、拥挤嘈杂的迷宫里大踏步地找了一小时，可是没再看见她。

即便他不是正在发烧，在这个拥挤的迷宫里这样徒劳无益地寻找她，还是会显得如在梦中。他经常梦见自己这样寻找华伦。不管是在足球比赛场上找，是在毕业典礼的人群里找，还是在一艘航空母舰上找，做的梦总是一样的：他老是只看到儿子一眼，或是有人告诉他华伦就在附近，于是他找了又找，却始终找不到。他在那些走廊里转来转去，步履沉重，汗流浃背，越来越觉得头重脚轻，膝盖发软，后来他终于意识到自己的表现已经不正常了。他摸索着回到市场进口，打着手势跟一辆起锈的红色帕卡德牌游览车的司机讲好价钱，付了一笔贵得出奇的车费坐上去回到了阿米拉拜德基地。

帕格·亨利下一件有清晰意识的事是，有人摇动着他说："金海军上将叫你去见他。"这时，他正和衣躺在军官宿舍里一张小床上，浑身大汗。

"我再过十分钟就到他那儿。"帕格牙齿打着战说。他加倍服用了据说可以控制这种症状的丸药，又喝了一大口旧克罗威士忌，洗了个淋浴，迅速换好衣服，披上他那件沉重的海军大衣，穿过星光闪烁的黑夜，匆匆来到了康诺利将军的住宅。他走进金的那套房间时，海军上将炯炯的目光变得十分关切。"亨利，快上医务室去。你的脸色真难看。"

"我很好，将军。"

"真的吗？吃块牛肉三明治，喝一杯啤酒，好吗？"金指了指桌上一沓沓油印的文件中放着的一个托盘。

"不用，谢谢您，将军。"

"嗯，我今儿看到了历史性的大事。"金一边吃一边讲，口气里透着难得的宽厚意味，"这可比马歇尔和阿诺德都强。他们没赶上开幕式，亨利。说真的！我们的陆军参谋长和空军头子飞过半个世界，就为了跟斯大林的这次会议。可是，上帝啊，他们事先没听说，乘车外出游览去啦。人家也找不着他们。哈哈！这不是可以记载下来的一场大混乱吗？"

金喝干了那杯啤酒，扬扬得意地用餐巾抹抹嘴。"可是，我在那儿。那个约·斯大林可是个不好应付的家伙。他完全了解形势，一点儿也不会上当。他今儿使丘吉尔大遭挫折。我看，关于在地中海大打一场的谈话算是全部结束了，完蛋了，告吹了。这是一场新的'球赛'。"金盯着他狠狠看了一眼，"我听说你知道一点儿关于登陆艇的事。"

"是的，将军。"

"好。"金在一沓沓文件里翻捡着，一边讲话一边抽出几沓来，"刚才丘吉尔和我谈起登陆艇的事，脸都气红啦。我扫了他的兴。我们有百分之三十新造的舰艇是分配到太平洋去的。我要是不死死守住，这些舰艇全会被他的疯狂的入侵计划搜罗进去。"他手里挥舞着一沓文件，"比方说，这是一份在罗得岛登陆的英国反攻计划，我看简直是蠢驴想出来的。丘吉尔偏要说这么干会把土耳其拖进战争，在巴尔干半岛点起战火，全是胡扯，胡扯！现在，我要你做的是——"

康诺利将军敲了敲门，穿着一件很厚的方格子浴衣走进房来。"将军，宫廷大臣邀请亨利去赴宴。这是刚派人送来的请帖，有辆汽车在外面等着。"

康诺利递给帕格一个没封口的奶油色大信封。

"宫廷大臣是个什么人？"金问帕格，"你怎么会认识他？"

"我并不认识，将军。"别在那份印着皇冠的请帖上的一张写得很潦草的便条说明了这次邀请，可他并没向金提起。

嘿——我应私邀出席这次宴会。韬基和大臣是老朋友。对我来说，不是在这儿，就是在基督教女青年会会面。务必来。帕。

"侯赛因·阿拉是政府里的二三号人物，将军，"康诺利将军说，"可以算是内阁总理。最好让帕格去。波斯人做起事来是很特别的。"

"就像异教徒中国人一样，"金说。他把文件扔在桌子上，"好吧，亨利，回来以后再来见我。不管几点钟。"

"是，将军。"

一个穿黑衣服的沉默的人驾驶着那辆黑色的戴姆勒牌汽车，拐弯抹角地穿过古老的德黑兰围墙，在一条月光照耀下的狭窄小街上停下。司机打开一堵墙上的一扇小门，维克多·亨利弯下身才走了进去。他朝前走进一座点着灯的花园。这儿和苏联大使馆一样宽敞，有闪闪发光的喷泉，有在参天大树和修剪过的灌木丛中潺潺流着的小溪。在这个花木繁茂的私人花园的另一端，能看见许多亮着灯火的窗子。一个穿着一件深红色长袍、蓄着两撇浓密而下垂的黑口髭的人，在帕格走进来的时候朝他鞠了一躬，领着他绕过喷泉，穿过树丛。在那幢宅子的门厅里，帕格浮光掠影地看到了精工镶嵌的木头墙壁、高高的砖砌的天花板以及精致的挂毯和家具。帕米拉穿着制服站在那儿。"嘿。快来见见大臣。邓肯又迟到啦，他在军官俱乐部。"

那个蓄着口髭的人帮帕格脱下了海军大衣。帕格找不出话来表达心头的高兴，只是说："这有点儿出乎意料。"

"哦，我看到了你留的便条，要是不这样的话，我拿不准是不是见得到你，我们后天就飞回新德里了。对于邀请你这件事，大臣可真好。当然，我跟他稍微讲了讲你的事。"她伸手摸摸他的脸，显得有点儿担忧。他瞥见一只大钻戒在她手上闪闪发光。"帕格，你身体不舒服吗？"

"我挺好。"

在一间富丽堂皇的客厅里迎接帕格的人，虽然穿了一身剪裁讲究的深色英国服装，讲着一口清晰悦耳的英语，却是一位伊朗总理。他长着一个很神气的大鼻子，精明闪烁的褐色眼睛，浓密的花白头发，有着王侯般的举止，纯朴大方。他们在一个铺了坐垫的角落里坐下，帕格和帕米拉喝着掺了苏打水的威士忌，大臣几乎马上就谈起正经事来了。他说，《租借法案》对伊朗来说有很坏的一面。美国人的报偿正在造成无法控制的通货膨胀：物价飞涨，物资越来越短缺，商品都到了囤积者的仓库里。俄国人把事情搞得更糟。他们占用了许多良田，把收成全拿走了。德黑兰不久就会发生抢粮暴动。伊朗国王唯一的希望就寄托在美国的慷慨大方上了。

"啊，可是美国人已经差不多养活着全世界的人了，"帕米拉插嘴说，"中国、印度、俄国，甚至还有可怜的老英国。"她说这几句简单的话的声音叫帕格心醉神驰。她的在场使时间也起了变化，每一瞬间都是一场欢乐，一次陶醉。这就是他再见到她后的反应，也许是狂热的，却是真实的。

"甚至还有可怜的老英国。"大臣点点头表示赞同。他那微微一笑、把头一昂的姿势，含讥带讽，表明了他对英帝国的日趋没落十分了解，"是啊，美国现在是人类的希望。有史以来，还从来没有一个国家像美国这样。你们生性慷慨，亨利上校，不过可得学会不要过于轻信旁人啊。树林里确实是有豺狼的。"

"还有大熊。"帕格说。

"对，正是这样。"阿拉像一位东方总理那样拘谨、欢欣地笑了，"还有大熊。"

勃纳-沃克勋爵到了。他们一块儿进去吃饭。帕格起先还怕会吃上一顿油腻的饭菜，可是菜很清淡，虽然其他的一切都十分气派——拱顶的餐厅，擦得像镜面一样闪亮的黑色长桌，手工描绘的瓷器，以及看上去像是铂或白色金的盘子。他们吃了一道清汤，一盘童子鸡，以及果子汁冰糕。帕格靠酒力支撑着，勉强吃了下去。

起初，主要是勃纳-沃克以一种秋天般阴郁的语调在讲话。会议开头开得很不好。这怪不了谁，世界面临着一个"历史的间断"。那些知道该怎么办的人缺乏这样办的力量，那些掌握这种力量的人又不知道该怎么办。帕格从勃纳-沃克的阴郁语调里，听到了叫欧内斯特·金乐不可支的斯大林使丘吉尔受挫的那件事。

大臣接过话锋，滔滔不绝地谈论起古今多少帝国的盛衰兴亡，他说征服者由于东征西讨变得软弱下去，同时为了保持骄奢淫逸的生活，不得不依赖他们的子民，这样或早或晚便在一个粗暴、坚强的新民族战士手下完全覆灭，这是个不可避免的进程。从波斯波利斯①到德黑兰会议，一直是这样周而复始。它将永远循环下去。

这番谈话中，帕格和帕米拉一直默不作声地面对面坐着。每次他们目光相遇，他总感到一阵激动。他觉得她和自己一样，也在拼命地控制住眼睛和脸部表情，而这样极力遮掩自己的感情，反而使感情更加强烈。他暗下想着，生活中还有什么能比得上他对帕米拉·塔茨伯利的感情呢？她手指上戴着勃纳-沃克的大钻戒，就像她从前戴过台德·伽拉德那个较小的钻戒一样。她没嫁给那个飞行员。现在，在莫斯科那次痛苦的别离过去了四个月之后，她也还没嫁给勃纳-沃克。她是不是像他一样还陷在情网里不能自拔呢？这种爱情不断战胜时间和地理，战胜使人心力交瘁的死亡，战胜长年累月的分离。在一艘远洋轮上的一次邂逅，竟然一步步导致在波斯的这次意外的重逢，导致这种深深的、动人心弦的目光。现在，怎么办呢？难道这就是结局吗？

帕格对邓肯·勃纳-沃克并不是很熟悉。这个人谈论起印度教来那种兴奋热烈的劲头儿很使他吃惊。这位空军少将激动得满脸通红，两眼柔和，微微有点儿湿润。他

---

① 波斯古都，公元前330年被马其顿亚历山大焚毁。

讲了半天《薄伽梵歌》①，讲到果子汁冰糕都融化了。他说在印度服役，使他开了眼界。印度是古老的，充满智慧的，印度教的世界观跟基督教和西方的观念迥然不同，而且比它们来得聪明。《薄伽梵歌》里就包含着他所接触到的唯一可以接受的哲学。

他说，这首长诗中的主角是个武士，他对于战争中毫无理性的杀戮深恶痛绝，在一次大战役之前想扔下他的武器。天神黑天劝他说，作为武士，他的职责就是战斗，不管战斗的原因多么愚蠢，杀戮多么令人厌恶，他只有两个选择，要么被杀升入天国，要么取胜享受脚下的王国。勃纳-沃克说，他们之间漫长的对话，是比《圣经》还要伟大的诗歌。它教导，物质世界不是真实的，人类的心灵无法理解上帝的业绩，死和生本是孪生的幻象。人只能正视他的命运，根据他的本性和他在生活中的地位行事。

帕米拉脸上微微抽搐了一下，这使帕格心里明白，这一切对她来说毫无意思，勃纳-沃克又在老调重弹了。

"我知道《薄伽梵歌》，"大臣平静地说，"我们波斯有几位诗人也按照这种想法写了不少诗。太宿命论啦。人不能掌握他自己行为的一切后果，这一点儿不错。可是人还是必须对这些后果进行思考，做出选择。至于说世界不是真实的，我总要谦恭地问上这么一句：'和什么相比呢？'"

"可能是和上帝相比。"邓肯·勃纳-沃克说。

"啊，可是根据释义，上帝是无可比拟的。所以这不是一个回答。不过我们眼下正陷在一个非常古老的困境里。告诉我，这次会议的结果对伊朗会有什么好处吗？说到底，我们是你们的东道主呀。"

"什么好处也不会有。斯大林操纵着会议的议程。总统一味顺着他，我想可能是为了显示他的良好的愿望。丘吉尔虽然很了不起，可是他单枪匹马对付不了两个这样的巨人。情况很是不妙，然而又毫无办法。"

"也许，罗斯福总统比我们所知道的要机灵点儿。"大臣一面说，一面把那双锐利的褐色老眼转过来望着维克多·亨利。

帕格这时的感觉，就和在柏林任职时送出那份关于德国是否做好战斗准备的报告之前的感觉一样。那是一次十分冒昧的举动，他就是那样才见到罗斯福的。也许，就是那么一来，才把他在海军里的前程给毁掉了。可是帕米拉正坐在他的对面，他也就是这样才遇见她的。也许，《薄伽梵歌》是有点儿道理的，命运的运转，人需要根据

---

① 《薄伽梵歌》是印度古代两大史诗之一《摩诃婆罗多》中的一章，约公元前二、三世纪成书，也是印度教的经典著作。

自己的本性行事等等也是有点儿道理的。他在关键时刻是一个孤注一掷的人。他一向是这样。这一次他又这样做了。

"要是美国加入你们和英俄两国签订的那个条约，"他说，"那么这次会议算不算是取得了一个好结果呢？要是三国都同意在战后撤军，那是不是比较好呢？"

大臣那双多少被头巾遮挡住的眼睛兀地一亮，说"那是大好事。可是这个主张在莫斯科的外长会议上已经被拒绝了。我们并不在场，但是我们知道。"

"你们政府为什么不出面要求总统去向斯大林提出来呢？"

勃纳-沃克用询问的目光看着帕格。大臣瞥了勃纳-沃克一眼，说："容我冒昧地问你一个问题。你这次视察这儿的各项租借物资设施，是不是作为罗斯福总统的私人特使来的？"

"是的。"

大臣点点头，用眯缝得快要闭上的眼睛打量着他。"关于缔结一个新条约这件事，你知不知道你们总统的见解呢？"

"知道。总统不会率先提出缔结一个新条约，因为这样做叫俄国人看起来好像成了一次帝国主义干涉。可是如果伊朗要求重新做出保证，他也许会做出反应的。"

大臣接下去所说的话像连珠炮一样快速："但是我们对于这个主张已经试探过啦。不久之前对你们公使馆做的一次暗示，并没得到积极的反应，没人去极力敦促。在这样一件微妙的事情上，要推动一个大国，可是一桩非常重大的事。"

"这是毫无疑问的。不过会议两三天就要结束了。对伊朗来说，什么时候才能再有一次这样的机会呢？要是总统什么事都顺着斯大林，像勃纳-沃克勋爵所说的那样，那么斯大林也许乐意报答他一下。"

"咱们喝咖啡好吗？"大臣微笑着站起身，把他们请进一个面向花园、用玻璃围起来的阳台。他在这儿离开了他们，去了大约一刻钟。他们懒洋洋地靠在铺有垫子的长靠椅上，仆人给他们送来了咖啡、白兰地和糖果。

"你的话很有道理，"他们坐定下来后，勃纳-沃克对帕格评论说，"这次会议组织得乱七八糟，伊朗人凭着运气也许会达到他们的目的。这个主意值得一试。除此之外，没别的办法能让苏联人撤出波斯。"

他又谈到中国-缅甸-印度战场。他抱怨说，那儿总是一边摆筵席一边闹饥荒，军队不是挨饿，就是突然被塞满了补给品，要求他们创造奇迹。罗斯福总统一味想让中国继续作战。这简直荒唐透顶，蒋介石根本没在打日本人。租借援助物资有一半都被搜刮进了他的腰包，另一半全被用去镇压中国共产党人。史迪威将军在开罗已经把这个赤裸裸的事实告诉了罗斯福，然而总统还是答应蒋发动一场战役，重新打开滇缅公路，虽然唯一可以就近打这样一仗的就是英国人和印度人。丘吉尔全盘反对这个计划。蒙巴顿很聪明，没上德黑兰来，而是把整个令人苦恼的缅甸纠纷推给了勃纳-沃克。跟美国参谋人员的谈判老是在兜圈子，他从心底里感到厌烦，指望一两天内就逃之夭夭。

"帕格，你的脸色很不好。"帕米拉坐直起身来，很突然地说。

再想否认是没有用的。波旁威士忌、苏格兰威士忌和果子酒的缓和作用，以及看见帕米拉所感到的兴奋，这时候都在缓缓地消逝。房间在他的眼前晃荡，他觉得难受得要命。"一阵阵发作，帕姆。波斯的流行病。也许，我还是回基地去比较好。"

大臣正好在这时候回来了。他立刻吩咐预备汽车，叫司机把车子开到花园门口来。

"我陪你去上汽车。"帕米拉说。

勃纳-沃克通情达理地微笑了一下，很疲倦地站起身来和他握手。大臣陪着他们穿过了那个华丽的门厅。

"谢谢您的款待。"帕格说。

"您能光临我很高兴，"侯赛因·阿拉用锋利的目光朝帕格的脸上望了望，说，"非常高兴。"

在花园里，帕米拉在两盏灯之间一个比较黑暗的地方站住了脚。她抓住帕格汗津津的手，把他拉过来对着自己。

"最好不要，帕姆，"他咕哝，"这可能很容易传染。"

"真的吗？"她用两手抱住他的头，把他的嘴凑到了自己的嘴上。她轻轻地、甜蜜地吻了他三次，"好了。现在，咱们两个都得了这种病啦。"

"你为什么还没跟勃纳-沃克结婚？"

"我就要这么做了。你已经看见了我的钻戒，你目不转睛地盯着它。"

"但是你现在还没结婚。"

她的音调变得有些气恼。他们两人都在气喘吁吁地低声说话。"嘻，你瞧，我到新德里的时候，邓肯的那个迷糊的蠢货副官简直叫他快要发疯啦。他请我过去接手，我干得还不错。他似乎很高兴。本来那么做多少有点儿尴尬，勃纳-沃克勋爵夫人在外面的办公室里办公。可是这样一来就好了，我们俩经常在一起，一切都很好。到适当的时候，我们就结婚，不过可能要等我们回到英国之后，眼下还不急。"

"他是个挺不错的人。"帕格说。

"今天晚上他的情绪非常低落，所以才讲起《薄伽梵歌》来。他是个出色的行政官员，一个天不怕地不怕的飞行员，总的来说是个羔羊般的大好人。我爱他。"

"你在华盛顿瞧见过罗达几次，是吗？"

"是的，瞧见过三四次。"

"她是不是总跟一个姓彼得斯的陆军上校待在一块儿呢？哈里森·彼得斯？"

"怎么啦？没有。我可不知道。"她转过身朝前走去。

"你真的不知道吗？"他把手放在她的胳膊上。

她甩开他的手，一面慢慢朝前走，一面紧张不安地说："你不要这样问我。这个问题多没意思！你这么转弯抹角地探听，可真不好。"

"我不是探听，我是想知道。"

"知道什么？"她停住脚，转过脸朝着他，"你瞧，咱们在莫斯科的时候难道还没把咱们心上经常萦绕着的这种——事——不厌其烦地兜底弄清楚吗，亲爱的？你和罗达之间有一种随便什么也分割不开的感情。随便什么也分割不开。自从华伦死后一直就是这样。我现在明白了。这花了我一些时间，可现在我明白了。招惹起这件事真是个大错误。别这样做了。"

他们站在花园当中一个大喷泉旁边。那个穿深红色长袍的大汉正在花园门口的台阶旁等候着，望过去身影模糊。

"你为什么让大臣邀请我来吃饭？"

"你不知道才见鬼哩。我活着就不会改变，或许死了也不会改。不过我没发烧烧得胡言乱语，你可是这样，所以走吧，去找大夫瞧瞧。我明儿去找你。"

"帕米拉，我今年活了四天，就是在莫斯科的那四天。现在，说说看这个彼得斯究竟是怎么回事？你装假可装不像。"

"但是你怎么会想着要问这件事？你又收到什么匿名信了吗？"他没回答。她抓住他两只手，直直地望着他的眼睛，"好吧，听着。有一次在一个大舞会上——我不记得是为什么事开的了——我碰见了罗达。有一个穿陆军军服的花白头发、高个子的男人陪着她。很凑巧，也很正常，对不对？她做了介绍，好像是姓彼得斯。就是这么回事。其他什么也没有啦。女人去参加舞会总得有人陪着，帕格。你那么突然地问我，叫我吃了一惊，要不我马上就把这告诉你了。"

他犹疑了一会儿，又说："我看还不止这些吧。"

帕米拉朝他发作起来："帕格·亨利，我们的这些短暂的会面是很浪漫的。我承认，我跟你一样疯疯癫癫。我实在没法子。我掩饰不住，我也没去掩饰。邓肯全都知道。既然这件事毫无希望，既然我们都克制住了，为什么不干脆把它忘了呢？就算它是孤独、别离和这种撩人的目光所造成的妄想。看在上帝的分儿上，现在走吧！"她用一只冰凉的手摸了摸他的面颊。"你病得不轻。我明儿去找你。"

"好吧，既然这么着，我还是走的好。他们会以为你摔在喷水池里了。"他们穿过花园，她像个孩子一样捏着他的手。

"拜伦怎么样？"

"据我所知，他很好。"

"娜塔丽呢？"

"没消息。"

那个穿深红色长袍的人走上台阶，打开了花园门，月光在戴姆勒牌的车身上闪烁。他们走到台阶那儿又站定了。

"别跟他结婚。"帕格说。

她眼睛睁得很大，在月色中炯炯发光。"怎么啦，我当然要跟他结婚啰。"

"在我回到华盛顿弄清楚罗达是怎么回事之前，不要跟他结婚。"

"你又在说胡话啦。你还是回到她那儿去，尽量让她幸福吧。等这场倒霉的战争结束以后，也许我们还会见面的。我明天动身之前再去看你。"

她亲亲他的嘴，大步走回花园去了。

汽车呜呜叫着驶过那个安静、寒冷的城市，开进了被月光照得一片银白的沙漠。在阿米拉拜德基地的大门口，一个站岗的士兵走到车窗外，敬了个礼。"是亨利上校吗？"

"是的。"

"康诺利将军请你去，上校。"那一口弗吉尼亚口音使帕格不禁动了怀乡的感情。

康诺利穿着方格子浴衣，戴着角质框子的眼镜，正在住宅底层的起坐间里一张办公桌上写字，他脚上穿了厚袜子，朝一个小小的火油炉伸着。"嘿，帕格。你人觉得怎样？"

"我倒想喝一口酒。"

"天啊，你在发抖啦！快挨着这个火炉坐下，半夜里冷得要命，是不是？不要去惊动金上将了，他已经上床睡啦。侯赛因·阿拉有什么事？"

"我有位英国朋友在他那儿做客。我们一块儿吃了顿饭。"

"就是这么回事吗？"

"就是这么回事。"帕格把威士忌一口喝下去，"顺便问问，将军，哈克·彼得斯写给你的信上说了我太太些什么？"

康诺利坐在书桌前的椅子上，正朝后靠去。他摘下眼镜，盯着帕格，说："对不住，你说什么来着？"

"上星期你说彼得斯写给你的信中提到我们了。"

"我可一句没提到你的太太。"

"是呀，可是实际上他是她的朋友，不是我的。他们是在教堂或是什么别的地方碰到的。他讲了些什么？她现在好吗？我已经很久没收到她的信了。"将军脸红起来，露出很不安的神色。"哎，出了什么事？她病了吗？"

"一点儿也没有。"康诺利摇摇头，用一只手抹了抹额头，"这桩事真尴尬。哈克·彼得斯是我年头最长的朋友，帕格。我们写起信来无话不谈。你太太似乎是个十全十美的妙人，他陪她去跳舞什么的，哈克跳舞跳得非常好，可是——咳，真见鬼，何必跟你转弯抹角呢？这就是他写到她的那一段，我逐字逐句念给你听，不过我可能压根儿不该跟你提起这封信的。"

康诺利在办公桌里乱翻了一阵，拿出一张小小的、黝黑的缩印邮件①，用一个放大镜照着念了起来。帕格裹着他的海军大衣，耸起肩膀，坐在气味很重的火油炉旁边细听，威士忌在肚子里像火一样燃烧，同时浑身又一阵阵冷得彻骨。这封信用充满感情的华丽辞藻描摹了一位完美的女人——美丽、大方、温柔、聪明、端庄，对丈夫绝对忠实，像个贞洁的处女一样可望而不可即，可是在舞会上、戏院里和音乐会上又是一位绝妙的伴侣。彼得斯提到华伦在中途岛的阵亡，她在潜艇上服役的儿子长期杳无音信，她丈夫待在俄国久久不归，称赞她在这种情况下表现出的勇气。这一大套话的要点就是，慨叹他经过多年轻浮的独身生活后竟然发现了唯一和他相配而又无法得到的女人，她是完全追求不到的，她偶尔让他陪着出去，单为了这个他就应当感激万分了。

康诺利扔下那封信和放大镜。"我认为这是一篇顶呱呱的赞美文字。要是有人这样写到我的太太，我可不会在乎。帕格，你女人一定挺不错。"

"她是挺不错。嗯，我很高兴他能陪着她消遣。她完全应该找点儿乐趣，她实在太烦闷了。我原以为海军上将还在等着我。"

"没有，他似乎也得了你这种病，躺下啦。总统今天吃晚餐的时候也觉得有点儿不舒服，只好撇下丘吉尔和斯大林，让他们两个去争吵不休。特工人员担心有人放毒，惊慌了一大场，不过我听说他这会儿睡得很安稳。就是这种流行病。新来的人乍到波斯往往不适应。"

"是这么回事。"

"帕格，要是你明天早上还不见好，就到医院去验一下血。"

---

① 指将邮件缩印成胶片付邮，俟到达目的地后可再放大。

"我上床睡觉之前还得写完一份报告。总统明天早上要。"

康诺利显得很感动，可是他的回答却是随随便便的："不要急。随便你夜里几点钟写完，告诉基地的值班军官一声，会有人来取的。"

帕格走进军官宿舍，门口办公桌边上有个中士睡眼蒙眬地在看一本连环漫画。帕格问他："这地方有打字机没有？"

"这张桌子里有一台折叠式打字机，长官。"

"我想用一用。"

中士乜斜着眼朝他看看。"这会儿用吗，长官？它的声音可吵得很。"

"我只用一会儿。"

他回到自己房间里，喝了点儿醇浓的波旁威士忌，带着他这次对《租借法案》实施情况调查的笔记回到了静悄悄的门厅里。他一喝了酒，症状就缓和了些，一时觉得身上很轻快。他啪哒啪哒打下来的那一页纸的报告，在他看来似乎还不错，但是到了早上也许会显得像是酒后的胡言乱语，这是他不得不担的一种风险。他把它封好，然后通知了值班军官。他回到没生火的小房间里，一下子倒在那张小床上，把几床毯子和他的海军大衣全部盖到了身上。

他醒过来的时候，被单全都汗湿了，他两眼发花，看不清手表，阳光灿烂的房间也在他眼前旋转，他想要站起身，只觉得疲软无力。这一来，他知道除了上医院外，别无办法了。

第七十五章

"使丘吉尔大遭挫折的"不是别的，就是把大英帝国从世界事务的领导地位上排除出去。在苏联大使馆内的一张桌子周围，通过几小时彬彬有礼的会谈，一切全办成了。

丘吉尔以前会见过斯大林，罗斯福却没有。随着斯大林和罗斯福的第一次会晤，战事的重心和世界前途的重心全转移了。温斯顿·丘吉尔是唯一感受到这次转移的全部毁灭性力量的人。最初在德黑兰就不乏迹象表明，他在作战领导方面同罗斯福的亲密关系正日见衰退：一则由于总统私下和斯大林举行了第一次会晤，二则由于总统接受了俄国人的殷勤款待。但是在全体会议上，这种改变才深深地影响到丘吉尔在历史中的作用。

丘吉尔虽然是一位伟人和一位精明的史学家，可是在德黑兰他只能打出手里的那几张牌，而那几张牌是相当软弱的。罗斯福也许很喜欢他，也许完全不信任斯大林。但是这种由来已久的重大牌戏中的发牌，已经被世界大战搅乱了。在这次重新发牌中，苏联掌握着人力与意志力这两张牌。英国人在德黑兰只好任人摆布。西欧在历史中三百年左右的领导地位业已结束。目前这个新时代阴沉沉地来临了。

在回顾这次战争时，最不好受的事情是，这次战争本可以不像实际那样进行到底的。然而战时铁一般的事实是，没人知道战事会怎样进行下去，而为了获得一个时间概念，我们必须尽力领会这一事实。富兰克林·罗斯福到布尔什维克的后院去，这是做得很不错的。作战人员正在世界各地大量牺牲，坦克在燃烧，舰艇在沉没，飞机在坠毁，城市在倾覆，资源在消耗，可是结果还很难逆料，而且希特勒的敌对方也并没有任何出奇制胜的计划。经过两年的商谈，英美参谋人员仍然争吵不休：美国人坚持要在一九四四年对法国发动一次全面的猛攻，英国人则主张在巴尔干半岛和地中海东部采取风险较小的军事行动。苏联是否会单独媾和，或者是否会像中国那样，到了某一时刻就停止作战，罗斯福并没任何把握。至于斯大林有朝一日会向日本宣战，或者战后会参加一个各国的联盟，那全不过是希望而已。

德黑兰会议改变了这一切。在三天的时间里，在仅仅举行了几小时的三次讨论战略的圆桌会议上，总统以圆熟的手腕——以及，从记录中看来，像是故作笨拙的姿态——促使约瑟夫·斯大林断然否决了温斯顿·丘吉尔提出的蚕食欧洲外围地区的计划，并使决议最终转而支持越过英吉利海峡、在法国登陆的那个宏伟的"霸王"作战计划。斯大林答应从东方同时发动一次全面的猛攻，而且一旦德国被击败，就对日本发动攻击。他还保证俄国将参加战后组成的一个联合国组织。三大国之间长时期的猜忌回避终于结束了，它们在德黑兰结成了一个坚强牢固的联盟，有了一项消灭国家社会主义德国的明确计划。这个联盟在战后变化不定的激流中不会持久，但是它会赢得这场战争。富兰克林·罗斯福到德黑兰去，就是为了打赢这场战争。

这项计划粗暴地粉碎了丘吉尔的夙愿。在第一次会议上，罗斯福几乎像谈家常那样问斯大林，他是赞成对法国发动大规模攻击呢，还是赞成一项在地中海采取行动的计划。等难以应付的俄国人表示赞同"霸王"攻势以后，丘吉尔发觉自己以一票对二票输了，而且自己的一票是三票中最软弱无力的。这就"使他遭到了挫折"，使他无法通过打这场战争来将古老的大英帝国这一长时期的、顽强的斗争进行到底了。

第二天，他在第二次正式会议上展开反击，为他的地中海提议做了长久的、极其激动的辩护。后来，斯大林冷冷地止住他，问他："英国人是当真相信'霸王'行动呢，还是只不过这么说说，好叫俄国人安心？"当时的局面非常僵，因此罗斯福说，他们最好准备进餐。在那顿晚餐上，斯大林一直狠狠地嘲弄丘吉尔，说他对德国人软弱。英国首相终于气冲冲地大步走出了那间房。那位俄国人连忙跟了出去，轻松友好地又把他拉了回来。

第三天清早，霍普金斯谒见了丘吉尔。也许，他从罗斯福那儿带去了那句执拗的、陈旧的战斗口号：是认输的时候了。这一点我们可不知道。不论怎么说，在那以后不久举行的参谋长联合会议上，英国人突然一下做出了让步，认为参谋人员最好为"霸王"行动拟定日期，否则就干脆回国。这样，两年的争论就此结束。美国人并没显得兴高采烈或得意扬扬。一份关于"霸王"行动的长仅一页的协议，匆匆地呈送给了丘吉尔和罗斯福。午餐的时候，丘吉尔精神抖擞地提议，请罗斯福把那份协议读给斯大林听听。罗斯福照办了。斯大林狞恶而高兴地回答说，红军将从东方发动一次全面的配合性进攻，来表示俄国的感谢。

当天晚上，丘吉尔的生日宴会在英国公使馆内举行。丘吉尔坐在主人席上，右边是罗斯福，左边是约瑟夫·斯大林，军事领袖和外交部部长们则分别坐在那张灯光灿烂的餐桌两旁。四下里只听见欢笑祝酒的声音，洋溢着乐观友好的气氛。历史上出现了一个伟大的转变，这种感觉十分强烈。大家一巡又一巡地祝酒。发表最后一次祝酒词本来是丘吉尔的特权，可是使出席宴会的人感到惊讶的是，斯大林要求取得这份特权。下面就是他的祝酒词：

> 我想告诉各位，根据俄国的观点，美国总统和美国为打赢这场战争做出了些什么贡献。在这场战争中，最重要的东西就是武器。美国已经证明，它每月能生产八千到一万架飞机。俄国每月至多只能生产三千架飞机。英国生产三千到三千五百架飞机，主要是重轰炸机。
>
> 因此，美国是武器之国。没有通过《租借法案》给予我们的这些武器，我们就会输掉这场战争。

这超出了斯大林生前就美国对战争所做的贡献向自己人民公开发表过的任何一次谈话。鉴于当天的情况，大家可能预料他要恭维一下丘吉尔和英国人；相反，这个老魔王偏偏称赞了一通美国和《租借法案》。他始终没容丘吉尔忘却对布尔什维主义的敌视。也许，这是他对那位年老的保守党人斜刺出去的最后一刀。

虽然还有一天政治谈判，剩下波兰这个棘手问题成为最主要的、未获解决的争端，但德黑兰会议已告结束。三个领导人全可以扬扬自得地返回本国去了。斯大林获得了对法国全面进攻的保证，这是自从德国进犯他的国家那天起他一直在要求的。丘吉尔虽然遭受挫折，却能带给已经吃了败仗的英国人民打赢这场战争的信心。再说，就算他的各项地中海地区军事行动计划跟"霸王"行动计划一比，列入了次要的地位，他还是可以继续为那些计划斗争，并且把某些计划付诸实施。

罗斯福获得了首要的利益。他终于组成了一个牢固的反德联盟，通过了他主张采纳的全部盟国战略，排除了单独媾和的可能，获得了斯大林进攻日本的保证，以及他承担下的参加联合国的诺言：一系列各式各样的目标。根据回忆录中的说法，富兰克林·罗斯福在德黑兰的一举一动，就仿佛那是他最美好的时刻。也许，确实是如此。

然而，人类的智力对未来终究窥察不了多远，在战火的硝烟中更看不到多远。结果，美国在太平洋并不需要俄国的帮助，甚至，还因为俄国的帮助而弄得左右为难。不过这时候，原子弹还是一个进展缓慢、捉摸不准的计划，攻占一个小环礁塔拉瓦都是一场流血很多的战斗。据估计，对日战争在德国垮掉以后还将进行一年或一年多，最终是对东京平原发动一次攻击，可能会死伤一百万人。斯大林的保证似乎是天赐之福。至于联合国最后的凄凉没落，谁能够预见到这一点呢？除了尽力而为以外，又有什么办法？

　　对那些正处于欧洲可怕黑夜中依然活着的犹太人而言，德黑兰会议也代表着一线曙光，不过对他们而言，是一线阴沉沉的曙光。"霸王"攻势在五六月温暖的天气到来前，不可能越过疾风骤雨的英吉利海峡全面展开。罗斯福在透露这个坏消息时，对斯大林诙谐地说，海峡是"一片讨厌的水"。丘吉尔插话说，英国人民很有理由因为这片水如此讨厌而感到高兴。无数犹太人的生命就取决于这句玩笑的插话。到德黑兰会议举行的时候，那个"领土解决办法"正在大规模地付诸实施，欧洲的犹太人大多数都死了，或者正在走向死亡。然而迅速打垮纳粹德国，也许还可以拯救出许许多多的人来。

　　在德黑兰会议上，没人谈到犹太人，不过抢救一些幸存的犹太人，的确列入了这次会议讨论的重大项目之中。富兰克林·罗斯福确信，希特勒主义不会再使世界黑暗多久。但是眼前，德国的屠杀机器正在快速地运转。

　　除了陈旧的文字和陈旧的照片以外，德黑兰会议所遗留下的就是现代世界的外形。倘使你想看看德黑兰会议的纪念碑，那么就请放眼环顾一下。举行会议的那座富有奇趣的波斯城市，已经被一座喧嚣的大都会所吞没。战时的领导人高视阔步，消磨了时光以后，全部已经去世了。但他们的决定仍旧推动着历史的车轮。其余的事就归讲故事的人去说了。

　　一个身体肥胖、脸色苍白的陆军大夫在两排床铺之间走动，正好看到穿着医院卡其长外衣、坐起身来的帕格·亨利。"你怎么样？"大夫厌烦地说。他自己是新来的人，也染上了波斯的一种病。

　　"饿啦。我可以要早餐吗？"

　　"你想吃什么？"

　　"火腿蛋，配点儿切碎了煎得发黄的土豆。也许，我该走过去，到军官食堂去。"

　　大夫没精打采地咧开嘴笑笑，诊了一下他的脉，然后递给他一封信。"来点儿蛋饼配脱水土豆和碎火腿，成吗？"

　　"听起来挺不错。"帕格急切地撕开信封，信封上是帕米拉那男人般的竖体字迹，日期就是前一天。

　　　　亲爱的：
　　　　我简直要发疯了。他们不让我进来看你！
　　　　他们对我说你还病得很厉害，不能走到外边接待室来，而女人又不能走进病房。真是活见鬼！他们说你并没患阿米巴病、疟疾或是本地的其他可怕的疾病，这一点倒还叫人宽慰，不过我回新德里的一路，都将为你担忧。你离开以前，务必到英国公使馆找一下欣格尔伍德中尉（一个很和善的绿眼睛姑娘），告诉她你全好了。她会转告我的。

邓肯对这次会议的进展情况十分气恼。他说这是大英帝国的崩溃。目前，我听到不少有关《薄伽梵歌》的话。

现在听着，听我很快地、无疑也很笨拙地讲一讲，就是这几句话。前一天在花园里，我表现得活像一个白痴。也许在你向我问出关于罗达的那些话时，我没有任何举止是"恰当的"。我完全凭直觉做出了反应，像一条受惊的章鱼那样喷出一阵墨雾。为什么呢？我也不知道。是女人之间的团结友爱，不乐意中伤一个情敌，还是随便什么别的缘故。现在，我仔细想过了，情况十分严重，可不能顾到那些了，好几个人的幸福可能都受到威胁。你好歹显然已经知道了一些情况，也许比我知道的要多。

我并不知道罗达做过什么错事。我确实遇见过她跟一位哈里森·彼得斯上校在一起，不只是遇见过一次，而是遇见过好几次。他们的关系可能是正当的。事实上，从她的举止来看，我可以说是正当的。不过大概也不是泛泛之交。你最好不论如何都回到华盛顿去，跟她把事情说清。

同时，亲爱的，我也不能待在一旁，屏住呼吸等候消息。我跟邓肯相处得很不错。在我们彼此见面，甚至再通信之前，他和我大概就要结婚了。我承认，我们之间的这种脆弱但持久的关系是我无法理解的，它就像神话中讲到的巨人也割不断的一根线。不过我们对它一点儿办法也没有，只好欣然地想，我们领略了一种如此痛苦而又微妙的魅力。

等你多少安定下来以后，务必要写信给我。我衷心请求你想象罗达是没有过失的。她是一位出色的女人，给你养了几个非常漂亮的儿子，自己又经历了一段可怕的日子。我将永远爱你，永远乐意收到你的来信，永远希望你好。今年，我们已经共同生活了五天，是不是呢？有那么多人一生中从来就没共同生活过一天。

我爱你。

帕米拉

帕格正在把早餐吃下，想着碎火腿是一种看起来很油腻其实很好吃的佳肴——

特别是跟另一种被轻视的好菜，蛋饼，配在一起的时候。这时候，大夫走过来朝病房里望望，说有位客人来看他。帕格用虚弱乏力的腿尽快走出房，医院的睡衣不住地摆动。在空空无人的外房一张粗劣的长靠椅上，坐着哈里·霍普金斯。他举起一只疲乏的手，说："嘿，我们在半小时内就要飞往开罗去了。总统叫我来瞧瞧你怎么样。"

"他这样真是太周到啦。我好点儿了。"

"帕格，你的租借物资备忘录写得好极啦。总统要我告诉你这一点。他并没用上，可我用上啦。在一次外长会议上，莫洛托夫向我抱怨起租借物资问题。我用你所举的事实还击了他，不但使他闭上了嘴，他还向我道歉说，运输阻塞现象很快就会消除。等我告诉总统的时候，他笑得像什么似的，说这成了他的全盛时代。嗯，你还没跟帕特·赫尔利谈过吧？"

"没有，霍普金斯先生，我和当前的形势基本脱了节。"

"嗯，达成一项撤军新协定的意见已经实现了。伊朗人要求三个占领国发表一项有关意图的宣言。这正是总统所需要的。他征得了斯大林的同意。赫尔利于是各处奔走，把这意见起草成文件，请有关各方签了字。它叫作《伊朗宣言》。伊朗国王在午夜签署了。"

"霍普金斯先生，登陆艇的情况怎么样？"

"这个问题在这次会议上一下子变得很重要、很紧迫。"霍普金斯用诧异的目光锐利地瞥了他一眼，"明年，将最优先考虑这个问题。你问这干什么？"

"这是我接下去愿意办的事情。"

"愿意办这件事，不愿去指挥一艘战列舰？"那张瘦长患病的脸上露出了十分怀疑的神色，"你，帕格，是这意思吗？你已经获得提名，要当一名舰长了，这我知道。"

"嗯，为了狭隘的个人理由，霍普金斯先生，我是这意思。我想跟我女人一同待上一阵子。"

霍普金斯伸出一只瘦削的手，说："搭乘最快的运输工具先回国来。"

一九四六年四月，联合国受理的第一个紧张情况，就是伊朗提出的一项控诉，指责苏联没像美国和英国所做的那样，并未遵照《伊朗宣言》撤走其驻军，而且还图谋在北部成立一个傀儡的共产主义共和国。哈里·杜鲁门总统强力支持伊朗。俄国人咆哮了一阵子后，终于撤走了部队。傀儡共和国垮台了，伊朗收复了它的领土。在这场危机中，维克多·亨利感到纳闷儿，不知道在波斯的一张餐桌上所说的几句话，会不会就是自己对战争的主要贡献。这一点他也绝对无法知道。

第七十六章

大约有二十名衣衫破旧的男人，其中也有埃伦·杰斯特罗，佩戴着黄星标志，坐在马格德堡营房里一张长桌子四周，等候跟特莱西恩施塔特的新司令官第一次会面。这个新上任的司令官在二月阴沉的天气和半融化的雪中乘车兜了几天，彻底视察了犹太区以后，召集了这次长老市政委员会会议。坐在桌旁主要座位上的三名执行委员——爱泼斯坦和他的两名副手——并没多说话，不过脸色全很严肃。

新上任的人，党卫军中队长卡尔·拉姆，在这儿并不是默默无闻的，他在附近的布拉格犹太人事务总局里主管了多年的犹太人产业登记处。登记处是德国政府掠夺犹太人的官方机构。大多数欧洲国家的首都都设有这样的机构，全是按照艾希曼最初在维也纳成立的那个机关的格局组织起来的，由拉姆这样的人员负责管理。根据传闻，拉姆是一个普普通通的纳粹党员，是奥地利人，为了一点儿小事就会大肆发作。不过据说，他的态度不像布格尔那样粗暴和冷酷。

这些长老，特莱西恩施塔特的这个傀儡管理机构的成员，对于司令官的更迭很担心。布格尔是他们已经习惯了的一个恶魔。在他的统治下，犹太区的人在一种可怜而稳定的体制下生活，有好多个星期都没遣送了。这个摸不透的恶魔会带来什么呢？这是桌子四周那些人脸上明摆着的问题。

拉姆少校由营地督察海因德尔陪着走进房。长老们全体起立。

杰斯特罗心想，拉姆这个相貌平庸的家伙，全靠这身有银肩章和银纽扣的黑色军礼服，才有了一点儿气派。从前，人们看见成千上万这种三十岁左右下巴丰满、金发碧眼的人，腆着肚子、拖着屁股在慕尼黑或维也纳的大街上溜达。不过海因德尔队长的样子跟他本人一样凶恶，是一个地地道道的歹徒。这个吸烟成癖的奥地利督察是一个大伙儿惧怕、厌恶的人。他会蹦进营房窗子去逮捕吸烟的犹太人，用望远镜察看在野外劳动的队伍，突然一下闯进医院、餐室，甚至公共厕所。单单因为藏有一支香烟，他就会把一个受害者打个半死，或是把他或她送进小堡垒严刑拷打。虽然如此，特莱西恩施塔特的人还是贪婪地吸着香烟。香烟作为通货，价值仅次于黄金和珠宝，不过大伙儿都对海因德尔保持非常高的警惕。这天，海因德尔脸色平和，灰绿色的军服也不像平时那样邋遢。

拉姆少校叫长老们坐下。他站在桌首对他们训话，两脚分开，黑手杖捏在身后的手里。开场白是令人诧异的。他打算使特莱西恩施塔特成为名副其实的犹太乐园。长老们熟悉这个城市，他们熟悉各自的部门，该由他们来向他提供意见。眼下的情况是丢脸的，特莱西恩施塔特正在衰落下去。这是他所不能容许的。他正在发动一场盛大的"美化运动"。

这句艾希曼也用过的滥调，使杰斯特罗心头一动。拉姆的通篇讲话发出了艾希曼两个月以前所说的话的回声。在布格尔的统治下，也谈到过"美化"，可是这个见解如此荒谬，布格尔本人也似乎不感兴趣，以至于长老们认为这不过是德国人再一次捏造出来的装门面的话。三人执行委员会只随意地发布了命令，吩咐打扫街道，油漆一下某些小屋和营房。

拉姆所讲的却是一种不同的意思。"盛大的美化运动"将是他主要关心的问题。他已经发布了重要命令。古老的索科尔会堂将立即改建成一个居民中心，有工作室、演讲厅和一个具有完善设备的舞台的歌剧院和剧场。特莱西恩施塔特其他所有的讲堂和会场全将整修一新，餐室将予以扩大，并重新加以装修。还将组织更多的管弦乐队。歌剧、芭蕾舞、音乐会和戏剧，全将排定日期，分别上演。此外，还有各种不同的娱乐和美术展览。服装、布景、绘画等材料全将予以提供。医院将是干净整洁的。还将兴建一个儿童游乐场，并为老年人布置一座幽美的公园，供他们消磨空闲的时间。

杰斯特罗听着这篇使人惊异的高谈阔论，心里暗暗纳闷儿，不知这一番话会不会是当真的。这时候，整个事情的欺骗性变得很清楚了。实际上，拉姆并没提到使特莱西恩施塔特成为地狱而不是天堂的任何一件事：不足温饱的饮食，骇人听闻的拥挤，缺乏寒衣、取暖设备、公共厕所、精神病治疗中心及老年人和残废者的照顾中心等等。这一切造成了那种可怕的死亡率。关于这些情况，他一句也没提。他只是打算给一具死尸涂脂抹粉。

杰斯特罗早就疑心，艾希曼是要他当一个傀儡长老，甚至把他送到特莱西恩施塔特，就是预料到梵蒂冈和中立国家的红十字会会派人来察看。像这样的事准是快要发生了。即使如此，拉姆的手法也似乎是笨拙的。不论他怎样煞费力气地整修房屋和场地，他又怎么遮掩起污秽不堪的环境、过度的拥挤、苍白有病的面色、营养不良的现象和死亡率呢？多给一点儿粮食，稍许注意一下卫生，就会迅速地、轻而易举地在犹太区制造出一线可以欺骗任何人的幸福光彩。然而对待犹太人稍许宽大一点儿的概念，就算是为了制造出一种短暂而有用的假象，似乎也是德国人办不到的。

拉姆结束了他的话，叫大家提意见。桌子四周苍白的脸上眼珠转动着，谁也没说话。这些所谓长老——事实上，是不同年龄的各部门首长——是一群混杂的人：有的正派，有的腐败，有的心胸狭隘、只顾自己，有的宽厚仁慈。不过所有的人全紧抱着自己的职位。私人的住房，豁免流放，以及有机会施恩和受惠，这一切使他们顾不上当党卫军的工具所带来的神经紧张和内疚心情。这时候，谁也不愿冒风险首先开口，那片寂静变得很不好受。外面，只看见一片阴沉的天空，里面是一片阴沉的寂静，还有就是特莱西恩施塔特经常散发出的那种肮脏人体的气息。远处，人们可以隐隐约约听到《蓝色的多瑙河》，市里的管弦乐队正在远处大广场上围墙后面开始上午的演奏。

杰斯特罗的部门并不处理拉姆忽略了的那些重大事务。他决不会做什么可能损害到娜塔丽和她孩子的事情，但是就他自己来说，自从跟艾希曼的那次会面以后，他莫名其妙地毫不畏惧。他身上的美国脾气依然使他觉得，自己被卷在里面的这场欧洲噩梦令人作呕、滑稽可笑，而他周围的这种恐惧气氛则是凄惨可怜的。对于身穿行头般黑军服的这个肥头肥脑、汪汪狂吠的庸才，他所感到的主要是被谨慎小心冲淡了的轻蔑。

这时候，他举起手。拉姆点了点头。于是他站起身，敬了个礼，说："司令官阁下，我是卑鄙的犹太人杰斯特罗——"

拉姆用一根粗手指点着他，打断了他的话。"嘿！这种话从今往后绝不要再说了。"海因德尔正坐在一张扶手椅上吸雪茄，他转过脸去对着海因德尔，"新规定！不要再像白痴那样敬礼和摘帽。不要再说什么'卑鄙的犹太人'。特莱西恩施塔特不是一座集中营，它是一个舒适、快乐的住宅区。"

海因德尔那张狰狞的脸惊讶地矗了起来。"是，司令官阁下。"

所有长老的脸上也都露出了惊讶的表情。先前，一个人当着德国人不脱帽敬礼，在犹太区内就是一项大罪，可以立即遭到棒打的惩罚。大声自称是"卑鄙的犹太人"，也是强制性的。这种反射作用需要不少时间才能消除。

"请允许我提一下，"杰斯特罗说下去，"在我的部门里，音乐组非常需要纸张。"

"纸张？"拉姆皱起眉，"什么样的纸张？"

"随便什么样的，司令官。"杰斯特罗说的是实情。糊墙纸的碎片，甚至是亚麻纤维制成的薄纸，全都用来记录乐谱了。这是一个没有害处的小项目，值得试一试。

"乐师们可以自己画线。不过有画好线的五线谱纸张当然更好。"

"画好线的五线谱纸张。"拉姆跟着说了一遍，仿佛这是外国话似的，"要多少？"

杰斯特罗的副手，维也纳来的一个形容枯槁的管弦乐队指挥，从杰斯特罗身旁的座位上小声说了一句话。

"司令，"杰斯特罗说，"为了您筹划的这种盛大的文化发展，开头先要五百张。"

"你照着办一下！"拉姆对海因德尔说。"谢谢你，先生。各位，我需要的正是这种意见，还有什么别的意见吗？"

这时候，其他的长老一个接一个怯生生地站起来，提出了一些无关痛痒的要求，拉姆全部热情地接纳了。室内的气氛有所改善。正在这时，外面的天色亮了起来，阳光射进了这间屋子。杰斯特罗又站起身。音乐组可不可以申请更多的质量更好的乐器呢？拉姆笑了。当然可以！布拉格的产业登记总处有两个大仓库里堆满了乐器：小提琴、大提琴、长笛、单簧管、吉他、钢琴，应有尽有！这件事压根儿没问题，只要交上一张单子就成。

没有一个长老提到粮食、医药和居住面积。杰斯特罗觉得自己倒敢提起这些事，可是有什么好处呢？他会把这个乐融融的时刻破坏，给自己带来麻烦，结果一事无成。他的部门没必要这么做。

等拉姆和海因德尔离去时，爱泼斯坦站起来，脸上那种一成不变的谄媚微笑消失了。还有一件事，他宣布。新司令官发现，这个城市的过度拥挤非常有碍观瞻和卫生工作，因此有五千名犹太人必须立即遣送走。

在一个拥有五万居民的普通城市里，如果一场龙卷风的袭击消灭了五千人，人们或许多少会有犹太人遇到一次遣送时的那种心情。

你根本无法习惯这种间歇性的灾难。每一次遣送后，犹太区的结构就遭到彻底破坏。乐观的情绪和信心黯淡下去，死亡的感觉又上升起来。虽然谁也不知道"东方"实际上是什么意思，但它是一种恐怖的名称。不幸的人们惊恐万状地四下奔走，向亲友辞行，把他们无法收进一只手提皮箱的那一点点物件分送掉。中央秘书处受到疯狂的申请人的包围，他们想方设法、无孔不入地去取得豁免。然而数字这座钢铁舞台注定了这出悲剧：五千名。五千名犹太人必须搭上火车。要是有一个人获得豁免，就必须有另一个人去替代。要是有五十个人被放过了，另外五十个自认为安全的人就必然像触电那样收到灰色的征召通知。

主管遣送组的犹太人是一伙儿伤心苦恼的人。他们既是自己同胞的管理员和救星，又是他们的刽子手。犹太区里有一个笑话，说，到头来特莱西恩施塔特会只剩下司令官和遣送组。人人都对他们赔笑脸，可是他们知道，自己受到人家的咒骂和鄙视。他们手握自己从来没想要的生杀大权。他们是特别司令部的职员，用钢笔和橡皮图章就处置了犹太人的生命。

应该责怪他们吗？许多不顾死活的犹太人随时随地准备夺取他们的职位。遣送组的这些官僚中，有些人属于共产党或犹太复国主义者的地下组织，把每个夜晚都白白地浪费在策划起义上。有些人除了保全自己的性命外，根本就没想过什么别的。有少数英勇的人想法制止最残酷的虐待。有些卑鄙恶劣的人徇私纳贿，公报私怨。

人性遭到了德国人残酷行径的摧残。在这种情况下，什么人能说自己适合待在哪儿呢？当时不在场的人又有谁能判断长老、中央秘书处和遣送组人员的是非曲直呢？"上帝宽恕受到胁迫的人。"古代的犹太人从几千年的苦难中得出了这么一句谚语。

颇具讽刺意味的是，中央秘书处仿效着德国人的周密细致作风，把灰色的征召通知发到了各处。他们用六七种不同的编目制度，对其他犹太人编了一套又一套相互交叉的索引。不论何处只要有个人体可以躺下过夜的地方，那块空地就被编入了目录，还写下据有那块地方的那个人的姓名。每天全市都点一次名。死亡的和遣送走的人，全从卡片上很熟练地用笔画掉。新来的人一到达，边受到掠夺，边被编制成索引。一个人只有通过死亡或是"上东方去"，才可以从目录卡片上被画去。

在党卫军的管制下，特莱西恩施塔特的实权不是握在爱泼斯坦、三人执行委员会或是长老市政委员会的手里，而是握在中央秘书处的手里。然而秘书处并不是一个你可以找他谈话的人，它是由一些朋友、邻居、亲戚或者只不过是其他犹太人组成的。它是一个办事处，遵照着官场手续执行德国人的命令。秘书处的接待组，坐在办公桌后边的一排愁眉不展的犹太面孔，是一个不起作用的嘲笑对象，不过它却提供了许多工作。秘书处的工作人员大大超出了实际需要，因为它是一个藏身之地。然而这一次，灰色的征召通知甚至发到了秘书处人员的手里。这个怪物开始咬啮自己的内脏了。

最莫名其妙的是，每次遣送总有少数人志愿申请离开。他们的配偶、父母或是儿女在上一次遣送中已经走了，他们感到很孤独，而且特莱西恩施塔特并不是一个他们会不惜任何代价想要待下去的安乐乡。因此他们愿意冒险试试那个不可知的去处，希望在"东方"找到他们的亲人。有些人收到过信件和明信片，所以他们知道，他们寻找的人至少还活着。甚至在云母工厂里，特莱西恩施塔特最可靠的藏身之地，有几个女工也志愿申请上"东方"去。这是德国人向来宽厚仁慈、予以批准的一项要求。

下班以后，娜塔丽在幼儿园外面遇见乌达姆时，他把接到的灰色征召通知拿给她看，使她惊得目瞪口呆。他已经到秘书处去过了。他认识爱泼斯坦的两个副手，遣送组的组长是布拉格来的一位犹太复国主义运动的老伙伴，银行经理也进行了干预，可一点儿办法也没有。也许，党卫军对他的表演已经感到厌倦。无论如何，一切全完了。今天晚上，他们最后演出一次。第二天清早六点钟，他就得接出他的女儿，上车站去。

她最初的反应是，吓得心都凉了。她一直在演出，白天会不会有一张灰色通知也递到她的房间里去呢？乌达姆看到她脸上的神色，连忙告诉她，他已经问过，并没有征召通知送来给她。她和杰斯特罗享有最高级别的豁免权，如果"往后有些同胞从东方和西方到来"时，没别人在这儿，他们也会在这儿。他有一些可以用在《寒霜一杜鹃国》中的应时的新笑话，他们不妨排演一下，把最后这场表演演得很精彩。

他抬腿朝里走去时，她一手放到了他的胳膊上，提议把演出取消。杰斯特罗演讲的听众不多，他们也没心情欢笑。或许，没一个人会来。埃伦的讲题《〈伊利昂纪〉中的英雄人物》学术性太浓厚了，一点儿也不鼓舞人心。埃伦要求演出木偶戏，因为他始终没看过，不过娜塔丽猜想，教授的虚荣心不容易打消，他是想吸引一群听众。这是自从他成为长老之后发表的第一篇演讲，他一定知道自己已经不得人心了。

乌达姆不肯取消演出。干吗不好好利用一下有趣的笑料呢？他们走进屋子，到孩子那儿去。路易斯在一天中最高兴的时刻，以往常那种狂喜的心情来迎接她。吃饭的时候，乌达姆很乐观地谈到"东方"。说到头，"东方"又能比特莱西恩施塔特糟多少呢？他妻子大约每月寄来一次的明信片，始终是简短但令人放心的。他把最近的一张明信片拿给娜塔丽看，日期仅仅是两星期以前。

亲爱的：

　　一切安好。玛尔塔身体如何，甚念。我很想念你们俩。这儿常常下雪。

爱你的希尔达
第二乙号营地，比克瑙

"比克瑙？"娜塔丽问，"这地方在哪儿？"

"在波兰，奥斯威辛郊外。只不过是一个小村庄。犹太人在四周的一些德国大工厂里干活儿，领到了很多的粮食。"

　　乌达姆的音调跟他说的话很不相称。几年以前，娜塔丽跟拜伦上梅德捷斯去参加班瑞尔儿子婚礼的途中，曾经路过奥斯威辛。她仅仅记得它是一个单调沉闷的铁路镇市。犹太区里很少有人谈到"东方"、那儿的营地以及那儿所发生的事情。如同死亡，如同癌症，如同小堡垒中处决人那样，这些都是避而不谈的话题。虽然如此，"奥斯威辛"这个词还是散发出使人震颤的恐怖意味。娜塔丽并没多问乌达姆，她不想再听下去了。

　　他们在地下室里排演，路易斯跟他的小伙伴一块儿玩耍，过了今晚他就看不见这个玩伴了。除了涉及那个波斯女奴的片段外，乌达姆新编的笑话全是死气沉沉的。寒霜—杜鹃国的大臣买了这个女奴，是供国王取乐的。她走进宫去，是一个戴着面纱、晃晃悠悠的女木偶。娜塔丽为她和色眯眯的国王的调情戏谑做出了一种沙哑的、卖弄风情的嗓音。他问她叫什么名字。她羞答答地不愿意说。他硬缠着她讲了出来。"嗯，我是用家乡的城市命名的。""那叫什么呢？"她咯咯笑了。"德——德——德黑兰。"国王尖声叫了起来，冰柱从他的鼻子上落下——这是娜塔丽创造出的一个精彩的鬼把戏。国王用一根棍子把女奴赶下了舞台。这会收到很好的效果，德黑兰会议的消息已经使犹太区里的人们十分振奋。

　　排演结束以后，娜塔丽匆匆赶回新住处去，仍旧担心家里会有一张灰色的征召通知。本来，有谁比乌达姆更安全呢？谁有更多的内部联系？谁能够受到更大的庇护呢？她从埃伦的脸上登时看出来，并没有灰色通知。不过他什么话也没说，只从那张很有气派的书桌旁边抬起头来望了望，点了点头，他正在那儿用笔把演讲笔记的重要段落标出来。

　　他们很奢侈地占用了两间屋子和一间浴室，这仍然使娜塔丽感到不安。自从杰斯特罗改变了看法，接受了长老的职位和特权以后，他们之间的关系一直相当冷淡。她看到艾希曼接受了他的拒绝。他始终没解释他为什么改变了主意。是他从前爱舒服的那种自私情绪支配了他吗？当党卫军的工具似乎压根儿不叫他烦恼。唯一的改变就是他现在虔诚信教。他戴起经文护符匣，在《塔木德》上花费许多时间，并且退缩进一种沉默懦弱的恬静状态里去。她心想，也许这是为了摆脱她的不满和他对自己的蔑视。

　　杰斯特罗知道她心里是怎么个想法。他对这件事一点儿办法也没有，解释未免太可怕了。娜塔丽已经生活在痛苦的边缘。她还年轻，又有孩子。自从他患病以来，他已经准备好，到了非死不可的时候就死。他已经做出决定，让她忙她自己的事，不知道最坏的情况。如果党卫军想要猛扑下来，她的信口谩骂的演出已经给她定了罪。现在无非是跟时间竞赛。他的目的就是坚持下去，等候救援从东方和西方到来。

她把乌达姆的事告诉了他，并且不抱多大希望地请他去说说情。他淡淡地回答说，他并没什么影响力，又说拼着不顾声望、地位去提出一个十之八九会遭到拒绝的要求，那是很不利的。在他们一块儿出发到阁楼上埃伦发表演讲的营房去之前，他们几乎没再讲话。

一大群沉默无言的听众终于聚集起来了。通常在晚上的娱乐之前，总有一阵很活跃的叽叽喳喳的谈话。这天晚上却没有。前来听讲的人数令人惊奇，但是情绪跟参加葬礼时一样。在粗糙的读经台后边，偏向一边，是那座挂着幕布的木偶戏台。娜塔丽在乌达姆身旁的空位子上坐下，他朝她笑了笑，这使她像刀割一样难受。

埃伦把讲稿放在读经台上，朝四下看看，抹了一下胡须。他以一种单调乏味的上课姿态用正规的德语慢条斯理地讲了起来。

"莎士比亚似乎觉得《伊利昂纪》通篇故事无聊至极，这是很有意思的。他在自己的剧本《特洛伊罗斯与克瑞西达》里重述了整个故事，并且把自己的意见借那个玩世不恭的懦夫忒耳西忒斯的嘴说了出来——'争来争去不过是为了一个忘八和一个婊子'①。

这句引文埃伦·杰斯特罗用的是英文，然后他十分拘谨地笑了笑，把它译成了德语。

"莎士比亚笔下的另一个更为出名的懦夫福斯塔夫②像爱默生③一样，也认为战争总的来说只不过是周期性的发狂。'谁得到荣誉？星期三死去的人。'④我们猜想莎士比亚同意他这个不朽的胖子的意见。他写的关于特洛伊战争的戏《特洛伊罗斯与克瑞西达》，并不具有他最出色的悲剧的特点，因为疯狂并不可悲。疯狂不是滑稽的，就是可怕的，大部分战争文学也是如此：《好兵帅克》⑤也好，《西线无战事》⑥也好。

"但是《伊利昂纪》是一部史诗般的悲剧。它写的跟《特洛伊罗斯与克瑞西达》是同一场战争的故事，不过两者具有一个决定性的差别。莎士比亚把神全去掉了，然

① 《特洛伊罗斯与克瑞西达》是莎士比亚写的一部悲剧，于1600年前后初次上演。忒耳西忒斯是剧中一个丑陋而好谩骂的希腊人。引文见该剧第二幕第三场（《莎士比亚全集》（七）第164页，人民文学出版社1978年版）。
② 莎士比亚戏剧《亨利四世》和《温莎的风流娘儿们》中一个机智、爱吹牛的胖大人物。
③ 拉尔夫·华尔多·爱默生（1803—1882），美国散文家、诗人。
④ 引文见《亨利四世》上篇第五幕第一场（《莎士比亚全集》（五）第98页）。
⑤ 捷克斯洛伐克讽刺作家雅罗斯拉夫·哈谢克（1883—1923）写的一部长篇小说。
⑥ 德国作家艾里希·马里亚·雷马克（1898—1970）写的一部反战长篇小说。

而使《伊利昂纪》壮丽可畏的正是那些神。

"因为荷马的赫克托耳和阿喀琉斯卷入了希腊诸神的一场争吵。神明各助一方。他们降临到尘世间的战场进行干预，把直接扔过来的杀伤武器招架开，乔装打扮地出来制造麻烦，或是把他们宠爱的人从困境中搭救出去。一场光荣的真刀真枪的较量，变成了一场嘲弄，变成了超自然的、无形无影的魔法师之间的一场斗智。战斗人员全成了身不由己的棋子。"

娜塔丽侧过脸瞥了听众一眼。从来没有像这样的听众！他们在特莱西恩施塔特缺乏娱乐，缺乏光明，连一丁点儿安慰也没有，所以他们全神贯注在一次文学讲话上，就像别的地方的人聚精会神地听一位著名的小提琴家的独奏会，或是看一部扣人心弦的电影似的。

杰斯特罗以同样平稳、迂腐的口吻回顾了《伊利昂纪》的背景情况：帕里斯为了美色把金苹果赠送给了阿佛洛狄忒；奥林波斯山上接下去发生的战事；帕里斯被海伦——世界上最美丽的女人，阿佛洛狄忒许给他的酬劳——所诱惑；以及那场不可避免的战争，因为她是一位已婚的希腊王后，而他是一位特洛伊的王子。双方都是杰出的人，一点儿也不在意忘八、婊子或是拐子，他们全卷了进去。对他们来说，一旦打起仗，荣誉就受到了威胁。

"可是在这场卑劣的争吵中，是什么给了《伊利昂纪》里的英雄人物那种宏伟的气魄呢？是不是他们不顾神明肆意交换、反复无常的干涉，表现出的那种一往无前的战斗意志呢？在一个不公正、不可测的局面里，愚蠢的歹人得胜，有本领的好人倒下，而不可思议的意外事件往往牵制并决定了战斗的胜负。是不是他们在这样一个局面中仍为了荣誉而以生命去冒险这一点呢？在一场无意义、不公正、荒谬愚蠢的战斗中战斗下去，战斗到死，像男子汉大丈夫那样战斗！这是人类问题中最古老的问题，无意义的邪恶的问题，在战场上被戏剧化了。这就是荷马看到而莎士比亚忽略了的悲剧。"

杰斯特罗停住，翻了一页，直勾勾地望着听众，消瘦的脸上显得死白，两眼在凹陷下的眼窝里睁得很大。倘使听众先前是沉默的，他们这时却安静得像许多具死尸一样。

"总而言之，《伊利昂纪》的世界是一个幼稚而可鄙的陷阱。赫克托耳的光荣在于，在这样一个陷阱里，他的一举一动如此高尚，以致全能的上帝——倘使有上帝的话——一定会自豪而怜惜地伤心落泪。自豪，因为他用一把尘土创造出了一个这么高尚的人。怜惜，因为在他修修补补的世界上，赫克托耳必须不公正地死去，而他的可怜的尸体必须在尘土中被拖着走。但是荷马不知道什么全能的上帝。故事中有诸神之父宙斯，然而谁能说他在干些什么呢？也许他假扮成人世间一个发呆的姑娘的丈夫、一头公牛或是一只天鹅，正去欺侮哪个姑娘。希腊神话现在被人淡忘了，这并不足为奇。"

杰斯特罗翻讲稿的那种满怀厌恶的手势，意想不到地使凝神细听的听众犹疑不定地笑了起来。杰斯特罗把讲稿塞进衣袋，离开读经台，走上前，瞪眼望着听众，一直平静的脸上显得有些激动。突然，他用另一种语言说话，这使娜塔丽吓了一跳，因为他改讲起意第绪语来了。以前，他从来没用这种语言发表过演讲。

"好吧。现在，让我们用自己的语言来谈谈这个问题。让我们谈谈我们自己的一首史诗。你们记得，撒旦对耶和华说：'约伯①自然是正直的。他有七个儿子，三个女儿，是乌斯境内最富有的人。干吗不正直呢？瞧瞧正直多么合算。一个通情达理的世界！一种美好的安排！约伯其实并不正直，他只是一个机灵的犹太人。恶人全是些大傻子。你只要把他的报酬拿走，就能看看他是否真的那么正直！'

"'好，把报酬拿走。'耶和华说。于是在一天之内抢劫者把约伯的财富全部抢走，一阵飓风使他的十个孩子全部丧生。约伯怎么呢？他十分哀悼。'我赤身出于母胎，也必赤身归回，'他说，'赏赐的是耶和华，收取的也是耶和华，耶和华的名是应当称颂的。'②

"这样耶和华向撒旦提出挑战。'你瞧见吗？他仍旧很正直，是一个好人。'

"'以皮代皮'③，撒旦回答。'一个人真正关心的就是他的性命。把他变成一个骨头架子——一个有病的、受掠夺的、失去了亲人的骨头架子，让这个高傲的犹太人除了自身的臭皮囊包骨头外，什么也不剩——'"

杰斯特罗发不出声音来了。他摇摇头，清了清嗓子，用一只手抹了一下眼睛，沙哑地说了下去。"耶和华说：'好，你随便对他怎样，就是不要杀死他。'约伯患了一种可怕的疾病。他成了一个被人厌恶的人，不能待在自己的家里，于是他爬出去，坐在一个灰堆上，用瓦片刮他的毒疮。他什么话也没说。他的财富被夺走了，他的孩子被毫无意识地杀死了，他自己的身体也成了一个可怕的、恶臭的骨头架子，上上下下长满了毒疮，可他还是沉默不语。他的三个虔诚的朋友来安慰他。接下去就展开了一场辩论。

---

① 《旧约全书·约伯记》中一个安全正直，敬畏神，远离恶事的人。
② 引文见《旧约全书·约伯记》第一章第二十一节。（《旧约全书》第484页，中国基督教协会1989年版）
③ 见《旧约全书·约伯记》第二章第四节。（《旧约全书》第485页）以下的叙述都是杰斯特罗根据《约伯记》的故事用他自己的话说出来的。

"哦，朋友们，这是一场什么样的辩论啊！多么粗犷的韵文，对人类情况具有什么样的洞察力啊！我告诉你们，荷马在约伯面前黯然失色；埃斯库罗斯①在魄力方面遇见了对手，在理解力方面遇见了老师；但丁②和弥尔顿③坐在这位作家的脚下，始终没领会他。他是谁？没人知道。只知道他是一位古代的犹太人，他懂得生活是怎么回事，就是这样。他懂得生活，就像我们在特莱西恩施塔特也懂得生活一样。"

他停住，用忧伤的眼睛直盯着他的侄女。娜塔丽感到激动、惶惑，就要落下泪来，急切地等着听他接下去要说的话。等他再说下去时，虽然他的眼睛望着别处，她却觉得他是在对她说话。

"《约伯记》，像大多数伟大的艺术作品那样，主要的情节是很简单的。安慰他的人坚持认为，既然有一位全能的耶和华统治着世界，那么这一切就必然有意义。因此，约伯一定是有罪的。让他检查自己的所作所为，坦白认错，痛加悔改。但他不知道的是，他的罪过是什么。

"约伯用一篇又一篇高超的议论展开反击。不知道的情况一定掌握在耶和华手里，不在他这方面。他跟他们一样虔诚。他知道全能的耶和华存在，世界必然具有意义。可是他这个可怜的、失去了亲人、遍体毒疮的骨头架子现在知道，世界事实上并不是总有意义，做好事得好报也并没有保证，而且狂妄不公正的行为也是有形世界和现世的一部分。他的信仰要求他表明自己是无罪的，要不然他是就在亵渎耶和华的名誉！他愿意承认，全能的耶和华能够把一个人的生活搞糟。如果耶和华会这么做，那么整个世界就一片混乱，他也就不是一位全能的耶和华了。这一点约伯决不会承认。他要一个答复。

"他得到了一个答复！嗐，一个什么样的答复啊！一个什么也没有答复的答复！耶和华终于在一阵呼啸的暴风中亲自讲话了：'你是谁，竟敢来责备我。你希望理解我为什么做一件事，以及怎样做一件事吗？创世的时候，你在场吗？你能理解星星、动物、生活中的无数奇迹这种种令人惊叹的事物吗？你，生活了一刹那就死去的一个小爬虫，你能理解吗？'

"我的朋友们，约伯胜利了！你们明白吗？耶和华以他的大声咆哮承认了约伯的主要论点，即：不知道的情况掌握在耶和华手里！耶和华仅仅声称，他的理由是约伯所无法理解的。这一点约伯完全乐于承认。随着主要的论点解决了以后，约伯深自谦卑，不只是感到满意，他拜伏下去。

---

① 埃斯库罗斯（约前525—前456），古希腊悲剧家。
② 但丁（1265—1321），意大利诗人，著有《神曲》。
③ 约翰·弥尔顿（1608—1674），英国诗人、政论家，著有长诗《失乐园》《复乐园》等。

"这样这出戏结束了。耶和华谴责那些安慰约伯的人，说他们错误地理解了他自己，同时称赞约伯，说他坚持真理。他归还了约伯的财富。约伯又有了七个儿子和三个女儿。他又活了一百四十年，见到自己的孙儿女和曾孙儿女，去世时年纪很大，生活美满，受人尊敬。"

声音浑厚而流畅的意第绪语到此结束。杰斯特罗回到读经台，从衣袋里把讲稿取出来，翻了好几页。他抬脸朝听众望了望。

"满意了吗？一个皆大欢喜的结局，是不是呢？比那个荒谬、悲惨的《伊利昂纪》犹太气息浓厚得多？

"你们这么肯定吗？亲爱的犹太朋友们，死去的那十个儿女又怎样了呢？上帝待他们的公道在哪儿？那个父亲，那个母亲又怎样了呢？就是过了一百四十年，约伯心上的那些创伤能愈合起来吗？

"这还不是最糟糕的。想想看！过于深奥，使约伯无法理解的那不知道的情况又是什么呢？我们可理解？我们难道这么聪明吗？撒旦不过讥诮耶和华，使他下令做出这个毫无意义的考验。难怪耶和华要通过一阵暴风大肆咆哮，来使约伯闭口不说了！上帝在自己创造的人面前不觉得惭愧吗？约伯的举动是不是比上帝更高明些呢？"

杰斯特罗耸了耸肩，摊开两手，脸上也松弛下来，露出了一丝愁闷的微笑，使娜塔丽想起了卓别林。

"不过我是在阐明《伊利昂纪》。在《伊利昂纪》中，肉眼看不见的势力水火不能相容，这就造成了一个充满无意义的邪恶的有形世界。在《约伯记》中却不是如此。撒旦根本没有权势，他并不是基督教的撒旦，不是但丁的巨大怪物，不是弥尔顿的骄傲的叛逆者，一点儿也不是。他的一举一动，都需要得到耶和华的许可。

"那么撒旦到底是什么人，耶和华为什么在暴风中做出的答复里不提到他呢？'撒旦'一词在希伯来文中的意思是'对手'。书上是怎么对我们说的呢？耶和华跟他自己展开辩论吗？他问自己这个莫大的创举是否有意义？而在回答中，他没有指出蔓延了成千上万光年的那些熄灭了的星系，而是指出人，能意识到他的存在、执行他的意志、测量这些星系的那一把尘土。尤其是指出正直的人，即，就尊严和善良而言，能以创世主本人为标准来衡量自己的那一小撮尘土。这个考验确立了什么别的呢？

"《伊利昂纪》里的英雄人物，比不公正地进行争吵的软弱可鄙的神明出众许多。

"《约伯记》中的英雄人物在最无意义、最骇人听闻的不公正行为下，坚守住了全能的独一无二的耶和华的真理，迫使耶和华终于扪心自问，承认自己不公正，并尽可能地对造成的损害予以补救。

"在《伊利昂纪》中，并没什么不公正的行为需要补救。结果，只有盲目的命运。

"在约伯身上，耶和华必须不问好歹，为发生的一切负起责任。约伯是《圣经》中唯一的英雄人物。在其他各书中，有战斗人员、族长、立法人、先知等。这却是坐在一个灰堆上，超越世上的尺度，超越以色列上帝的精神高度的唯一人士——约伯，一个可怜的、骨瘦如柴、伤心失望的乞丐。

"约伯是什么人呢？

"什么人也不是。'约伯从来就没诞生，从来就不存在，'《塔木德》这么说，'他是一则寓言。'

"说明什么真理的寓言？

"好，我们现在讲到这上边来了。历史上谁始终不肯承认没有耶和华，始终不肯承认世界毫无意义呢？谁经受了一次又一次考验，一次又一次掠夺，一次又一次屠杀，经历了一世纪又一世纪的灾祸，可是还抬脸望着天空，有时是用垂死的眼睛望着天空，并且喊道：'我主耶和华，我主是独一无二的？'

"谁到了晚年还会迫使耶和华从暴风中做出那样的答复呢？谁将看到谬误的安慰者遭到斥责，过去的荣华再次恢复过来，看到一代代幸福的儿女和孙儿女，直到第四代呢？谁到那种时候还把不知道的情况留给耶和华去决定，称颂他的名字，并且喊道：'赏赐的是耶和华，收取的也是耶和华，耶和华的名是应当称颂的'？不会是《伊利昂纪》中那个高贵的希腊人，他已经不存在了。不！除了灰堆上的那个生病、遇劫的骨头架子外，没有别人。除了耶和华心爱的人，只活了一刹那就死去的那个小爬虫，耶和华创造的那一把尘土。除了他之外，没有别人。没有别人，只有约伯。他向全能的耶和华提出敌对性挑战，并得到了唯一答复，要是有一位耶和华而且有一个答复的话。那就是约伯这个卑鄙的犹太人。"

杰斯特罗震惊地瞪眼望着鸦雀无声的听众，然后趔趔趄趄地朝着第一排听众走了过去。乌达姆跳起身，轻轻把他搀扶到座位上。听众不鼓掌，不交谈，也不动。

乌达姆唱起歌。

乌达姆……乌达姆……乌达姆……

不上演木偶戏了。娜塔丽也和大家齐声唱起这个悲伤的叠句。这是乌达姆在特莱西恩施塔特最后一次唱这支歌，他一步步唱向一个令人断肠的高音。

等这支歌唱完以后，大家毫无反应。没人鼓掌，没人谈话，什么也没有。这些默默无言的听众正等待着一件什么事。

乌达姆做了一件他以前从没做过的事情：他又唱了一支歌，没人鼓掌就又唱了一支。他唱起另外一支歌，娜塔丽在犹太复国主义者的集会上曾经听他唱过的一支。它是用低调唱起的一个简单，使用切分音①的叠句，用的是从礼拜仪式上截取出来的一行歌词："但愿圣堂在我们时代重建起来，赐给我们一部分您的法律。"②乌达姆唱着时缓缓地摇晃起来。

但愿圣堂在我们时代重建起来，
赐给我们一部分您的法律。

他像一位拉比在宗教节日所做的那样，从容而笨拙地舞了起来，他举起胳膊、闭上两眼、仰起脸庞，用手指在空中打着节拍。人们柔声地应和着他，边唱边拍着手。一个接一个，他们站起身来。乌达姆的嗓音变得更浑厚有力，他的步伐也更强劲矫健。他在这场舞和这支歌中忘却了自己，进入了一种看上去既可骇又绮丽的入迷的境界。他几乎没睁开眼就摇摇摆摆，扭动身体朝埃伦·杰斯特罗舞过去，同时伸出一只手。杰斯特罗站起身，一手拉着乌达姆的手，两人一同载歌载舞。

这是一场死别的舞。娜塔丽知道这一点，大伙儿也全知道。这幕情景既使她心里发毛，又使她意气风发。此时在监狱般的犹太区里这个阴暗、恶臭的阁楼上，是她生命中最为激动的时刻。她为自己境况感到的痛苦，以及身为犹太人的得意，激动得不知如何是好。

啊，但愿圣堂重建起来
啊，很快地，就在我们时代
啊，赐给我们一部分您的法律！

舞蹈结束之后，听众开始散去。他们从阁楼上慢腾腾地走了出去，仿佛刚参加过一场葬礼似的，几乎没人谈话。乌达姆把木偶戏台折叠起来，亲了一下娜塔丽，向她告别。

"我猜他们大概不会想听我的笑话了，"他说，"我把这个还到幼儿园去。继续给孩子们演你的戏吧。再会。"

---

① 音乐术语。人为改变重音在节拍中地位的处理方法为切分法，所构成的重音称"切分音"。
② 原文是意第绪语。

"德黑兰是一个很有趣的笑话。"她声音哽咽地说。

他们走下楼梯，步入光线朦胧的街道上，埃伦沉重地倚在她的身上。在逐渐散去的人群中，一个身材魁伟的汉子侧身走到他们面前来，用意第绪语说："Gut gezugt, Arele, and gut getantzed."（"话说得好，小矮子埃伦，舞也跳得好。"）"娜塔丽，sholem aleichem①."

在黑暗的光线中，她看见一张剃得很光、坚强而苍老的方脸，是一个完全陌生的人。

"你是谁？"她问。

埃伦·杰斯特罗也同时问道："是班瑞尔吗？"他有五十年没见过他了。

---

① 意第绪语中常用的问候语，意思是："祝你平安。"

第七十七章

亲爱的帕米拉：

　　我眼下待在一个你从来没听说过的地方，干着自从我回到美国以后就一直在干的工作——也就是，说服那些头脑迟钝或思想混乱的狗崽子，干他们该干的事情，如果我国要获得它迫切需要的登陆艇的话。

　　这是我第一次有机会写信给你，因为罗达和我直到最近才平心静气地把问题谈了谈。自从回国以来，我一直在东奔西走。再说，罗达感到疑惑或心中烦恼时，有一种绝口不谈的特殊本领，而你知道，我对于这种事情也不是一个能说会道的人。

　　上星期，奥尔德准将从新德里到华盛顿来，为缅甸战场争取更多的运输机。他很尊重勃纳-沃克，也相当喜欢你。使我深感宽慰的是，他管你叫帕米拉·塔茨伯利，而不是勃纳-沃克夫人。因此就引出了我的这一大套话。罗达不是今晚就是明天会打电话给我，说明她和彼得斯的情况。随后，我就可以向你全部讲清楚了。同时，谈谈有关我的其他新闻吧——自从离开德黑兰以来，这种新闻可不少：

　　首先，我现在是采购和器材局生产处副处长，兼物资产品管制专员，也就是说又多了一个穿军服的无名人士在华盛顿各机关的走廊里奔走。我的职务总而言之就是，在工业方面负责联络并排难解纷。

　　我是前不久在登陆艇计划走上轨道后，才接下这项职务的。所以我是外行，是流动选手，没有官场地位可以建立起来或是加以保护。你可以说，我是海军部部长的一个专业的心腹，留神注意着种种问题，跨越各个机构的权限，防止严重的耽误。我工作如果做得好，也看不出任何好的迹象，只是灾难性的事故不再发生。

　　我们的工业总动员已经成为一个令人惊讶的奇迹，帕姆。我们一下子苏醒过来，生产出大量的作战武器、船只、飞机、内燃机，其总数成了世界的第八奇观[①]。不过这全是临时凑合成的。新来的人在新建的工厂内干着新型的工作。脾气是急躁的，压力是极大的，人人都十分紧张，拼命地抢着干。遇到先后次序发生冲突时，整个机构都强硬起来，进入战斗姿态。大人物们怒火中烧，备忘录四下乱飞。

　　咳，作为一个工程人员和战时计划人员，我对登陆艇事务以及现有的工厂和物资知道的不少。我在战时的各个主要委员会中服役，经常能发现酝酿着的纠纷。难办的是，要说服严厉、负责的上司照着我的话行事。作为部长的红人，我具有不小的影响力。我难得到非找霍普金斯不可的地步，尽管偶尔我也去找他。海军将为艾森豪威尔提供数目惊人的登陆艇，帕米拉。我们的民用部门被纵容、难以驾驭，可是诸位神明啊，他们却能制造出东西来。

　　很可能，我将留在生产部门里直到战争结束。在职业生涯的竞赛中，我落后了。我的同学们将参加海上的剩余战斗。日本人剩下的有生力量还不少，但是我已经放过到碧蓝的海上去的最后机会了。这并没有关系。这场战争中的每一个出色的作战人员，在工业后勤方面需要十二三个优秀的支持人员，否则你就无法取得胜利。

　　已经是凌晨一点钟了，罗达还没打电话来。我搭的飞往休斯敦的飞机天一亮就起飞，所以我暂时搁笔。明天再多写点儿。

印第安纳州杰斐逊维尔，

杰斐逊维尔广场汽车旅馆

一九四四年三月二日

　　嘿。

　　今天这儿狂风暴雨。风摇撼着我房间外面的那些棕榈树，雨水猛打上窗子。得克萨斯州的天气像当地的居民一样，总是走向极端。然而，等得克萨斯人知道：（一）你是对的；（二）你是认真办事的；（三）你有磋商的实

[①] 西方文献通常称埃及的金字塔、巴比伦的"空中花园"、以弗所的阿耳忒弥斯神殿、奥林匹亚的宙斯神像、哈利卡纳苏的摩索拉斯陵墓、罗得岛的太阳神巨像和亚历山大城法罗斯岛上的灯塔为世界七大奇观。

力以后，他们也还不错。我还没从罗达那方面得到消息，不过估计今天晚上一定会有。

再谈点儿新闻：拜伦经过华盛顿，正在去新工作岗位的途中，去当目前在康涅狄格彻底检修的一艘潜艇的副艇长。他个人经历了一些沉痛的磨难。

（信上叙述了卡塔尔·埃斯特的牺牲，以及娜塔丽在特莱西恩施塔特的消息。）

我弄到了调查法庭关于埃斯特牺牲的记录。当时的情况对拜伦来说真是千钧一发。他替自己做了一篇很贫乏的证词。他不肯说即使推迟潜水他也无法搭救艇长。可是那艘潜艇的老军士长在他的证词中却对事情的全部经过做了总结。他说："也许埃斯特艇长判断错了，他本可以生存的，但是他认为那样一来，'海鳗'号就不能生还，这是正确的。他是这次战争中最了不起的潜艇艇长，下达了正确的命令。亨利先生只是服从了他的命令。"这也是法庭做出的结论。福雷斯特尔①提议追授埃斯特一枚国会最高荣誉勋章。拜伦可能会得到一枚青铜勋章，不过那对他的情绪不会有多大帮助。

华伦的遗孀在圣诞节前后回来了。罗达接待了她。她打算秋天回到法学院学习。她是一个很美的女人，带着一个清秀的儿子，将来生活一定会很美满。通常，她总是兴致勃勃的，可是拜伦回家的时候，她变得十分沮丧。拜伦长胖了以后，越来越像华伦了。这无疑使杰妮丝郁郁不乐，有两三次，罗达都瞧见她在哭泣。他离开以后，她又好了。

那个维克多是个叫人疼的孩子！清秀可爱，很有想法。他很活泼、很顽皮，不过是悄悄地顽皮。他的调皮捣蛋并不是任意胡来，而是像战术那样，事先计划好的，在最不易被人觉察的情况下造成最大的破坏。他大有前途。

梅德琳终于抛弃了我跟你说过的电台的那个满脸堆笑、大腹便便、油腔滑调的江湖骗子，我用不着拿马鞭去抽打他了，而我本来有意要那么做的。她目前住在家里，在华盛顿的一家电台工作，又跟早先的一个情人西蒙·安德森亲昵起来。西蒙是一个第一流的海军军官，为研制新武器在这儿工作。上星期她哭天抹泪地跟罗达谈了很长时间，问她要不要把自己跟那个电台人

---

① 詹·文·福雷斯特尔（1892—1949），美国海军部部长。

员的经过告诉西蒙，以及该向西蒙说些什么。我问罗达她提出了什么样的意见。她很奇怪地望了我一眼，说："我告诉她，等他来问你。"倘使是我，我就会劝梅德琳跟西蒙把事情谈清楚，老老实实地重新开始。她找罗达商量，无疑正是为了这一点。

现在电话铃响了。应该是我妻子打来的。

是她。

好。现在，我可以回过头，把上星期发生的事情告诉你了。就在奥尔德将军使我知道你还没结婚的同一天，我们饭后随意坐在一块儿。我说："罗达，咱们干吗不谈谈哈克·彼得斯呢？"她若无其事地回答："是呀，干吗不来谈谈呢，亲爱的？咱们最好先调好两杯烈酒。"像罗达一贯的那样，她等我开口问她。不过这次摊牌她是早有准备的。

她承认了这种关系，公然说这是现实的，并没越轨的行为，不过是深有感情的。我相信她的话。彼得斯上校是一个"无可非议的上流人士"，把她看得比实际要好上二十倍，总而言之，把她看成了最完美的女人。罗达说，被人这样过分地崇拜是很发窘的，不过也是愉快惬意、令人年轻的。我直截了当地问她，如果她跟我离婚，嫁给彼得斯，会不会更幸福一点儿？

罗达沉吟了很长时间才回答这个问题。最后，她盯着我的眼睛说，是这样，她是会更幸福一点儿的。她还说，主要原因是，她已经失去了我对她的好印象，无法挽回了，虽然我一直很厚道，很宽容。可在获得了我多年的爱情之后，仅得到宽容是很糟心的。我问她要我做点儿什么。她就提起你跟她在加利福尼亚的那次谈话。我说我的确十分爱你，但既然你已经订婚，那也就没什么可说的了。我叫她根据自己今后最为幸福的前景做出决定，如果她想要我做点儿什么，我一定照办。

显然，她一直在等我这样给她开绿灯。罗达始终有点儿怕我。我也不知道为什么，因为我觉得自己似乎一直是相当惧内的。不论怎样，她说需要一点儿时间。嗯，她也不需要多少时间。这次打电话来就是为了这件事。哈里森·彼得斯迫不及待地要跟她结婚，一点儿问题也没有。她得到了他。她希望在随后两三天内跟我们的律师谈谈，再跟彼得斯的律师谈谈。彼得斯还想等我回到华盛顿以后，跟我开诚布公地谈一次。我也许会放弃这次谈话。

哎，亲爱的帕米拉，我就要自由了，如果有某种奇迹，你还肯要我的话，你愿意跟我结婚吗？

我不是一个大阔佬——为国效劳，你就不会发财——不过我们也不至于穷困。这三十一年来，我一直把薪俸的百分之十五存放着。由于我以前在舰船局和军械局工作，我可以窥见工业的趋势，所以我做了很好的投资和安排。罗达的情况也不错，她有丰厚的家庭信托财产。我可以肯定彼得斯会非常体贴地照顾她的。我是不是太庸俗了呢？我对于求婚很不老练。这只是我的第二次尝试。

如果我们当真结婚了，我就提早退役，这样我们就可以一直守在一起。我在工业方面可以干的工作很多，我甚至可以到英国去工作。

倘使我们当真有一两个孩子，我想让他们接受教会教育。这有没有问题呢？我知道你是一个自由思想者。我自己并不觉得生活有多大意义，可是没有信仰，就什么意义也没有了。也许我到了五十岁以上，会成为一个固执、迂腐、脾气乖戾的父亲，不过我跟小维克多还是相处得很好。事实上，到这年龄我也许会惯坏了孩子。我倒乐意有机会试一试！

情况就是这样！如果你已经是勃纳-沃克夫人了，那么就把我这封信看作对一场不可能实现的、美好绮丽的恋爱依依不舍的赞美词。倘使我在一九三九年没碰巧订购"不来梅"号的船票——当时主要是为了复习一下德语——我就决不会认识你。我那时跟罗达生活得很美满，彼此相爱，无意把目光看得更远。然而尽管年龄、国籍和背景有所不同，尽管我们在四年里也许只共同度过了三个星期，直白的真相是，你似乎正是我的配偶，只是几乎太晚的时候才被我发现。和你结婚的那一点点希望，使我屏住呼吸，憧憬着一个美好的意境。很可能，罗达在我们的婚姻生活之外，也一直在探索着这种美好的意境，因为它本来并不完全存在。她是一个好妻子（在她变心以前），不过是一个不大满足的妻子。

在波斯的那个花园里，你暗示说，这整个事情可能只是一个风流旖旎的幻觉。我对这细想了不少时间。如果我们抓住难得会面的时刻同床共寝，我可能会同意这种看法的。可是我们除了谈话以外又做过什么呢，然而我们却感受到了那种亲昵、接近。的确，结婚不会像在遥远地方的那些撩人的遇合，将要有购买东西、洗涤衣服、管理家务、抵押、修剪草地、争辩、打包裹和拆包裹、头痛、喉咙痛等等等等。嘿，跟你一块儿，这一切全使我感到是一个幸福的前景。我不要什么别的了。如果上帝给我这些，我得说——尽管我生活中一切都不顺利，而且还有种种创伤——我是一个幸福的人，我一定极力使你幸福。

希望这封信没到得太晚。

衷心爱你的帕格
三月三日于休斯敦

帕格写这封信的时候，英帕尔战役①已经在进行。鉴于勃纳-沃克的司令部已经不设在新德里，而设在库米拉这一前进基地上，这封信直到四月中旬才递到了帕米拉的手里。那时，勃纳-沃克已经在一次越过丛林的飞行中失踪，搜寻他的工作还在进行。

运气不仅在战争中，而且在战事新闻和历史的写作中，全显得十分重要。英帕尔战役是英国人取得的一场胜利，它打消了新加坡陷落所带来的乌云，像阿拉曼战役一样是一次重大的决战，是在更差的地形里一条更长的战线上一决雌雄。皇家空军在英帕尔做到了德国空军在斯大林格勒没做到的：它一连好几个月从空中向一支被围的军队提供给养，直到他们突围而出，取得了胜利。这在现代战争中是独一无二的。然而，诺曼底登陆和罗马的陷落发生在同一时期，两件事都有大群的新闻记者和摄影记者参加。所以在英帕尔，在喜马拉雅山脉附近一个偏远的溪谷里，有二十万人没受到报界注意，他们做了一系列长时间血腥的战斗。历史忽略了英帕尔。阵亡的人当然并不在意，生还的人也渐渐淡忘了，他们正不为人注意地走过场。

英帕尔是现实生活中的"香格里拉"②，当地的一簇村庄围绕着金色圆顶的寺院，高山峻岭四面环抱，坐落在疆土辽阔的印度东北角、毗邻缅甸的一片肥沃美丽的平原上。第二次世界大战的变幻莫测的形势，使英国人和日本人在那儿做殊死的搏斗。英国人从一九四二年很不光彩地被日本人一脚踢出马来亚和缅甸以后，他们在东南亚只有一个作战目标：挽救他们的帝国。进攻的各支日军停留在把缅甸和印度分隔开的巍峨的山脉前面。美国人自富兰克林·罗斯福往下，对英国人的这一作战目标丝毫不感兴趣，认为这是倒退的、非正义的、枉费心思的，罗斯福在德黑兰甚至告诉斯大林，他希望看到印度自由。不过美国人的确想要在缅甸北部开辟出一条走廊来，使中国可以获得供应品，继续抗战，同时在中国沿海各地建立基地，好轰炸日本。

---

① 英帕尔是印度东北部的一座城市，第二次世界大战中英日两军曾在该地展开激烈的争夺战。
② 英国作家詹姆斯·希尔顿（1900—1954）所著小说《失去的地平线》中所描述的世外桃源。

英帕尔的美丽平原，正是这样一条供应走廊的枢纽，是山区各条要隘的大门。英国人在这儿集结起来，准备反攻。他们迫不得已接受了美国人的战略。他们的司令官，一个姓斯利姆的优秀军人，集结了英国师和亚洲师混合组成的一支大军，奉命向前作战，越过缅甸北部，同美国的史迪威将军率领的中国部队会合，从而打开供应走廊。针对这一行动，日本人也大举向北移动，迎击斯利姆。他强势的军事集结，为日本人通过一次反击打垮印度的防守提供了机会，接下来日本人也许就可以长驱直入，并在投靠日本方面的印度过激的民族主义者苏巴斯·钱德拉·博斯的领导下，成立一个新的印度傀儡政府。

日本人首先发动进攻，运用他们老一套的丛林战术来对付英国人：远离补给线快速插入，迅速从两翼包抄，部队一边推进，一边从俘获的补给品堆里取得粮食和燃料。可是这一回，斯利姆和他的战地司令官斯库恩斯在英帕尔平原浴血迎战，把日本人打得在那儿停顿下来，不让他们像计划中那样获得补给，直到他们饥饿，虚弱，溃逃。这历经了三个月。这一场战役演变成为两场史诗般的攻防战：一场是英军的一支小部队被围在一个叫作科希马的村子里；另一场是斯利姆的主力部队在英帕尔被一支久经战阵、凶猛顽强的日本丛林部队包围。

空运扭转了这两场攻防战的战局。英国人消耗的给养比日本人多，日本士兵靠每天一包米生存，但是美国的运输机每天给英军空运去几百吨的供应品，一部分供应品卸在负担过重的机场上，一部分由机组人员从敞开的机舱门推出，用降落伞空投下去。勃纳-沃克的战术空军司令部保卫着这场空运，用轰炸和扫射袭击日军。

然而，日本人在英帕尔包围斯利姆主力部队时，攻占了几处雷达警报站，有一阵子空中的局面并不乐观。勃纳-沃克在库米拉举行的一次会议上决定，亲自飞往英帕尔去视察。驻扎在平原上的喷火式战斗机中队报告说，没有充分的雷达警报，保持制空权已成为一个问题。他不顾帕米拉的喃喏抱怨，驾驶一架侦察机独自飞走了。

勃纳-沃克是一个老练的飞行员，第一次世界大战的航空兵和皇家空军的职业军人。他哥哥的过早去世，使他成了一个勋爵，但是他继续留在部队里。这时候，他年纪较大，不能参加战斗飞行，但只要可能，总抓住机会单独飞行。蒙巴顿已经为这申斥过他一次。不过他喜欢独自飞越丛林，不要副驾驶员待在一旁唠唠叨叨，使他分心。这给了他一种像飞越水面的宁静心情，这片郁郁葱葱的绿色地毯一连几小时在下面连绵不断，偶尔看到一湾缓缓流动的棕色河水，上面点缀着苍翠的小洲。飞机在机翼两侧高耸入云、树木蓊郁的重峦叠嶂间跳跃而曲折地飞行，穿过一些山隘，最后突然一下子看到英帕尔那花园般的峡谷和金光闪闪的寺院圆顶，辽阔的平原上四处都是一缕缕战斗硝烟，这给了他一种顽强而喜悦的心情，帮他摆脱掉经常耿耿于怀的那种宿命论所带来的抑郁沮丧。

因为在邓肯·勃纳-沃克看来，英帕尔战役是从《薄伽梵歌》中直接搬出来的一场战斗。他并不是一个亚洲问题的老手，但是作为一个受过教育的英国军人，他很熟悉远东的情况。他认为美国人针对中国提出的战略思想是无知得可怜的，而他们把英国人也推进去的这个在缅甸北部开辟走廊的巨大努力，则是徒劳无益地浪费生命、浪费资源。从长远看，谁在英帕尔获胜并没多大关系。日本人在太平洋美军的攻击下正缓缓地虚弱下去，已经没有力量纵深地打入印度了。中国人在蒋介石的统治下根本就不作战，蒋所关心的是，抵挡住北方的中国共产党人。等战争一结束，甘地的难以驾驭的民族主义运动还是要把英国人从印度排除出去。这是灾难的预兆，勃纳-沃克这么想着。然而，事情已经乱纷纷地卷成了这么一个大旋涡，每个人不得不进行战斗。

像往常那样，跟第一线的战斗人员谈谈，是值得一试的。勃纳-沃克命令飞行员集合在英帕尔用毛竹搭成的大餐厅里，请大家提出批评、看法和意见。好几百名集合起来的青年人做出了不少反应，特别是提出了一些批评。

"将军，这儿有红蚁、黑蜘蛛，还容易生痱子，患痢疾，"一个伦敦佬的声音从后座传来，"口粮配给量又不足，身上还出汗发痒，又有眼镜蛇，以及这场怪有意思的'戏剧'中的其他种种情况，这些我们全不在乎。我们所要求的就是，长官，给我们足够的汽油，好从早到晚执行战斗巡逻飞行。长官，这个要求是不是太过分了呢？"这引起了埋怨声和赞同声，但是勃纳-沃克不得不说，空运单位无法运进那么多燃料。

会议继续下去时，出现了一个意见。飞行员之间显然已经就这个意见谈论过不少时候。日本飞机飞到英帕尔平原上空袭击，来去都是通过群山之间的两条通道。这个主意是，不要起飞去追击前来窜扰的敌机，而是在那些通道中间立即布成巡逻阵势。回航的日本飞行员不是在这些狭窄的通道里碰上颇具优势的喷火式战斗机，就是在群山上空设法逃避时由于引擎故障或燃料缺乏而坠毁。勃纳-沃克抓住这个意见，下令把它付诸实施。他答应改善其他种种匮乏现象——如果不能改善燃料匮乏的情况的话，接着便在欢呼声中飞走了。在这次回航途中，他在一场雷雨里失踪了。

帕米拉痛苦地熬了一星期之后，才听到英帕尔传来消息说，有些村民把他活着送回来了。就在这一星期里，帕格的信夹在一批迟到的私人信件中，才从新德里寄到。她替战术空军副司令工作，比平日还要忙碌。勃纳-沃克的失踪正折磨着她的心。她是他的未婚妻，所以成了基地上大家关切同情的中心。用打字机在杰斐逊维尔广场汽车旅馆的信笺上打出来的这几页信，似乎是从另一个世界寄来的。对帕米拉来说，这时候日常的现实生活就在库米拉，加尔各答以东二百英里的这个炎热发霉的孟加拉小镇市，它的城墙由于季风而变得污秽腐朽，树叶几乎跟丛林中的叶子一样苍翠茂盛，主要的特征是，为那些被孟加拉恐怖主义分子杀害的英国官员树立的少数围聚在一起的纪念碑，它的陆军司令部里尽看见一些亚洲人的面孔。

印第安纳州杰斐逊维尔！这地方是什么样子呢？那儿有些什么样的人？这个名称跟维克多·亨利本人那么相像——方正、落寞，美国式，不吸引人，然而里面却暗含有崇高的"杰弗逊"[①]精神。帕格的求婚，以及信上谈到经济情况的实事求是的说法和倾吐爱慕之情的笨拙简短的辞令，使帕米拉感到既好笑又迷惘。这真是一往情深的，可是在这个烦恼的时刻，她无法好好对待这件事，所以她没写一封复信。在勃纳-沃克回来以后的忙乱中，每当她想到这封信时，她觉得这似乎越来越不像是真实的。实际上，她不能相信罗达·亨利会圆圆满满地耍完这一套最新的花招，而且这一切又是在那么远，那么遥远的地方发生的！

勃纳-沃克在英帕尔的医院里待了几天后，由飞机运送到库米拉。他的锁骨折断了，两面足踝全部碎裂，人还发着高烧，最糟的是（至少就外表看）由于水蛭所咬而化脓的创伤。他忧伤地告诉帕米拉，这是他自己搞出来的，他把水蛭从身上拉掉，让水蛭的头断在了他的皮肤下面。他并不是不知道这不对，可是他恢复知觉时，正躺在一片沼泽地上，军服几乎全被撕破，很肥的黑水蛭成群地围着他。他惊吓得头昏眼花，连忙拉起它们，事后才记起那条规则，该让它们把血吸个饱，自行离开。他说，飞机旋转而下，不过他还是设法在树梢那么高的空中使它平飞下来，慢慢坠毁。他苏醒过来以后，找路穿过丛林到了一个河床旁边，然后顺着河床趔趔趄趄地走了两天，才遇见了村民。

"说实在的，我还是相当幸运的，"他对帕米拉说。他躺在医院病床上，扎着绷带，苍白带笑的脸庞由于水蛭咬的创伤而肿了起来，没有血色得叫人害怕。"人家说过，眼镜蛇专门咬头。它们本来可以吃我脑袋的，谁也不会比它们更聪明。它们可真大发慈悲。说实话，亲爱的，要是我从此再也看不见另一棵树的话，我也并不在意。"

她每天都在他的床边待上几小时。他情绪很低落，令人伤感地依靠她来给予爱护和鼓励。以前，他们含情脉脉地很亲近，可是这时候，他们似乎当真结婚了。在乘飞机由新德里飞往伦敦的途中，帕米拉终于相当绝望地写了一封信给帕格。勃纳-沃克

---

① 托马斯·杰弗逊（1743—1826），美国总统，《独立宣言》起草人之一，他拥护天赋人权学说，反对奴隶制等。

在医院里住了两星期后，不顾他的意愿被送回国去进一步治疗。她把发生的事情详细叙述了一遍，说明自己迟迟才写信的原因，然后说：

现在，帕格，来谈谈你的结婚提议。我用双手搂住你的脖子，向你祝福。我觉得很难写下去，可是事实是，我们不能这样。邓肯正病得厉害，我不能抛弃他。我非常喜欢他，钦佩他，爱他。他是一个极好的人。我从来没向他——或是向你——假装说，我对他也有像你我那种难舍难分的奇怪的爱情。但是我准备放弃这种激情，就像放弃一个糟糕的工作那样。我在这方面的运气很不好！

他也从来没装过假。起初，他向我求婚时，我问他："你干吗要娶我呢，邓肯？"他带着那种害羞而难以捉摸的微笑回答说："因为你正好配我。"

亲爱的，我实在不十分相信你的信。不要跟我生气。我只知道罗达还没得到她那个新人。在他领着她走进一座教堂以前，她不会就此结束。意外的事情很多！别人的不能得到的妻子和自己的未来的配偶，在一个即将正式结婚的老单身汉眼里，可能大不相同。

你随时都愿意让罗达回来，实际上我也觉得你应该如此。这绝不能责怪你。我没法儿给你一个华伦（接受教会教育，我倒不在意，你这亲爱的人，不过——唉）。再说，不管是什么把我们结合在一起，反正不会像你和罗达之间有那么千丝万缕的对往事的回忆。

我细看了一遍这些潦潦草草匆促写成的段落，觉得很难相信我的热泪盈眶的眼睛。

我爱你，这你知道。我将永远爱你。我从来没认识过一个像你这样的人。不要停止爱我。是命运使这整个事情不能实现：时间不好，运气不好，再加上横加干扰的种种束缚。不过这件事却是美好的。等这场该死的战争结束以后，我们仍然是好朋友。要是罗达当真嫁了那个人，那么找一个会使你幸福的美国美人。嘻，亲爱的，你的国家里美人非常多，就像六月间一片草场上的雏菊那样。你只是从来没四下看看罢了。现在，你可以看看啦。

但永远不要忘了

你的可怜的亲爱的帕米拉

第七十八章

一个犹太人的旅程

（摘自埃伦·杰斯特罗的手稿）

一九四四年四月二十二日

　　娜塔丽去参加犹太复国主义者的一次秘密会议，我在等她回来。这是春天一个凉爽的夜晚，等待、担忧。就在昨天，"美化运动"的工作人员在我们的窗台上放了几盆天竺葵，芬芳的香味从窗口的这些花盆那儿飘进房来。我认为她正一步步走进危急的险境里去。虽然会惹起一场我没气力应付的吵闹，可我还是打算等她回来后跟她把问题谈清楚。

　　从我上次写日记又过了多少日子了？我自己也不知道。最后的几页早已藏了起来。"美化运动"的工作在图书馆和委员会里多少把我累垮了。还有，在我发表关于《伊利昂纪》的演说以后，班瑞尔竟然令人惊愕地出现。这是一件很难记载的事，因此我就拖延下来，让日子一天天过去。现在，我要把它补上。我已经准备好明天要教的一节《塔木德》。这是消磨接下来的时间的最好办法，在她回来以前，我不睡觉。

　　班瑞尔那天晚上从黑暗中走来，使我大吃一惊。多么怪诞可怕的一次会面啊！我已经将近五十年没见过他了。啊呀，时光造成了多大的变化啊！那个红脸蛋、胖乎乎的小伙子，变成了一个神色严厉、年近衰老的男子，生着浓密的灰发，宽大、突出的下巴，蹙起的浓眉，修剃干净的脸上还有些很深的皱纹。他的笑容里有一丝幽灵般亲切的意味，仅此而已。他衣衫褴褛，破羊皮袄上带有一枚黄星标志作为掩护，看上去比较像波兰人，不大像犹太人，如果种族面貌这种概念有什么道理的话。他活脱儿是一个可怕而多疑的西里西亚老农民，小心翼翼，非常紧张，在跟我们走着时不断东张西望，时时回头。他说，他到犹太区来执行一项任务，破晓以前就离开。他并没解释他是什么时候怎样进来的，或是打算怎样离去。

他跟我们一块儿走到我们这套房间，一到这儿他立即提议把路易斯弄出特莱西恩施塔特！娜塔丽一听到这件事，脸色就变白了。可是德国人刚下令又要遣送走一批人，她有些动摇起来，愿意听下去。班瑞尔的主意是，把孩子寄养在捷克一个农民的家里，布拉格有些犹太人在被押到特莱西恩施塔特来以前，对他们的孩子就是想法这么办的。这办法很成功，父母不时听到孩子们的消息，甚至收到偷递进来的大孩子们写的信。为了把路易斯弄出去，先得制造一些骗人的假诊断使他住进医院。关于这个，班瑞尔说他在卫生处里有些可用的关系，可以弄到一张死亡证去满足中央秘书处那份索引的要求，也许还要举行一场假的葬礼或是火葬。这孩子将从医院里秘密转移，悄悄送到布拉格。班瑞尔在那儿接他，把他领到农场上去，然后经常去看他，把他的消息传递给娜塔丽。战争可能会再进行一年或一年多的时间，但是不论发生什么事，班瑞尔都会照顾他。

班瑞尔说着的时候，娜塔丽的脸色越来越沮丧，越来越难看。这有什么必要呢？她问。路易斯适应力很强，而且茁壮成长。每天见到他母亲，对他来说是最开心的事。班瑞尔对这些理由一条也不加以驳斥，但是他极力说，总的来讲，最好还是让路易斯走。疾病、营养不良、遣送以及德国人的残暴是这儿经常存在的危险，比冒一时的风险把他弄出去还要可怕。娜塔丽举不出什么理由来反驳。这儿，我是在摘录用意第绪语进行了一个多小时的一次低声谈话。随后，班瑞尔结束了谈话，说他有事要跟我说。于是娜塔丽上床睡觉去了。我们用波兰语交谈，这是她听不懂的。

我的笔停下了。应该怎样把他告诉我的话写下来呢？

我不打算扼要叙述他所做的旅行和所受的折磨。想象力麻木起来，信念也不起作用。德国把东欧变成了地狱，班瑞尔穿过了地狱的所有七个圈[①]。关于犹太人命运的最糟的传说不仅是真实的，而且是实情的轻描淡写的报道。我的堂弟曾经从万人冢里亲手发掘出成千上万遇害的男人、女人和儿童，并把他们火化了。这种坟冢在东欧从前犹太人居住的城市附近遍地皆是。据他的保守估计，埋葬的尸体有一百五十万具。

在某些营地，包括设有犹太教法典学校的古老城市奥斯威辛的郊外的那个营地在

---

① 但丁《神曲》共分三部分：《地狱》《炼狱》和《天堂》。他把地狱设想为九层或九圈，但正式地狱是从第二圈开始，第九圈为冰冻圈。

内，有巨大的毒气地下室，一次就可以杀害好几千人。可以坐满一座大歌剧院的一群人，被塞进一个巨大的地下室，一下子全窒息死了！他们刚从欧洲各地乘密封的火车到达，一下车顿时就在那儿被杀害了。巨型的焚尸炉把尸体烧掉。耸入高空的烟囱支配着营地的景色，遇到采取一次"行动"时，烟囱就二十四小时不停地喷出火焰、油烟以及人体的渣子和骨灰。班瑞尔不是在叙述传闻，他在一个营造大队里干活儿，建造过一座这样的焚尸炉。

没有立即被杀害的犹太人全都干活儿干到死。他们在巨型兵工厂里当奴隶，配给他们的口粮很快就会使他们瘐毙。

他说，我们特莱西恩施塔特的犹太人是棚里的牛，在等候轮到我们的时刻。"美化运动"是一次很幸运的"缓刑判决"，不过中立国的红十字会参观后的第二天，遣送工作就会再一次开始。我们的希望就是盟国获得胜利。这场战争肯定是对德国人不利的，但是结局还很远，而灭绝犹太人的工作正在加快。他的组织（他并没说明是什么组织，我揣测大概是共产党）正在策划一次起义，万一下达了一道大规模遣送的命令，或者党卫军在特莱西恩施塔特这儿发动一次屠杀行动的话。但是那是铤而走险的工作，娜塔丽和路易斯在这样一场起义中不大有可能活下来。犹太人必须看到未来，他说。路易斯就代表未来，该拯救出去的正是他。

他不想把屠杀营的事告诉娜塔丽，因为他瞧得出她的情绪还不错，这是在德国人统治下活下去的秘诀。我应该尽力说服她让路易斯走，同时又不要过分惊吓到她。

我问他屠杀营的消息在特莱西恩施塔特流传得有多广泛。他说身居高位的人全获悉这件事，他本人就告诉过两个人。通常的反应是表示不信，或者对讲这种"骇人听闻的传说"的人感到愤怒，随即迅速改变了话题。

我又问他外界这时是否已经略有所知。他回答说，新闻报道刚开始出现在海外的报刊上和电台广播节目里。他从奥斯威辛带出来的用缩微胶卷拍摄的文件和照片，已经送到了瑞士。这些文件和照片也许正在起一些作用。可是英美人民目前似乎还不太相信这件事，就像特莱西恩施塔特这儿深知党卫军的犹太人，也不准备相信一样。班瑞尔说，在奥斯威辛营地，人们能看到烟囱在夜间突然喷出火焰，还闻到烧焦了的头发、肌肉、脂肪的气味，但是营地上的许多人仍旧回避放毒气毒杀人这个话题，甚至否认正发生着这种事。

（我记下这些事情时，手一直在发抖，这就是何以这一页字迹潦草的原因。）

为了迅速结束班瑞尔的这次访问，我们在谈话中伤感地闲扯了一下家里的事情。除了他本人和一个儿子的家庭外，我们杰斯特罗家在欧洲已经连根带枝全灭绝了。他的长子在白俄罗斯德国人战线后方跟着犹太游击队一起作战。媳妇和孙儿平平安安地待在拉脱维亚的一个农场。其他的人班瑞尔全失去了，我也是如此。我到美国去以后，有一大批聪明可爱的亲戚就此没再见到，空留下一些愉快的回忆。他在四处飘零时身上一直带着一张孙子的残缺不全的照片，磨损得很厉害，又被水浸过，以至于只看得出一个模糊不清的婴儿小脸。"我们的未来，"班瑞尔把照片拿给我看时这么说，"Der osed."

他细说了一下，倘使娜塔丽在路易斯的问题上改变了主意，我可以怎样通知他。我们互相拥抱起来。我上次拥抱班瑞尔是五十年以前在梅德捷斯，当时我正动身要到美国去。没什么事比实际发生的事情更为离奇了。他放开我时，歪着头，目光炯炯地扫了我一眼，这在从前总表示他接下来要问我一个关于《塔木德》的尖锐问题。他耸起一边肩膀，这是岁月和苦难都没使他改变的一种姿态。"埃雷尔[1]，我听说你写了几本关于那个人的书。"（Oso ho-ish，耶稣。）

"是的。"

"你干吗dafka非得写那个人呢？"

dafka是一个无法翻译的《塔木德》上的词。它有许多意义：必然地，就因为这个，反常地，目中无人地，不顾一切地。犹太人有一种脾气，喜欢dafka办事。这是倔强的人的本质。举例来说，他们不得不在西奈山脚下dafka礼拜金犊[2]。

这是一个开诚相见的时刻。我回答说："我写，是为了弄几个钱，班瑞尔，还为自己在非犹太人中树立一个名声。"

"瞧瞧它怎样帮了你的忙。"他说。

我从一只抽屉里取出我新近花了一颗钻石弄来的经文护符匣，把它们拿给他看。

"你有这个？"他伤感地笑笑，"在特莱西恩施塔特这儿开始的吗？"

"在特莱西恩施塔特这儿，dafka，班瑞尔。"

我们又拥抱了一次，接着他悄悄走出去了。两个月内，我没再从他那儿得到任何消息，也没再听到任何关于他的消息。我猜想，他大概平安地脱身了。第一次世界大战期间，班瑞尔从战俘集中营里逃走过两次。他为人坚韧不拔，足智多谋。

时间已过午夜，她一点儿踪影也没有。这时刻在街上行走是不明智的，虽然她那张助理护士的身份证大概可以掩护着她。

---

① 埃伦的爱称。
② 以色列人崇拜的偶像，见《旧约全书·出埃及记》。

现在，让我来草草地概述一下"美化运动"。这是在往后的岁月里非说不可的一件事。未来的一代代人也许会发现，这件事甚至比奥斯威辛的毒气地下室更难令人相信。说到底，那些地下室不论多么狰狞可怕，却不过是国家社会主义德国自然而然的最终产物。你需要理解的无非是，希特勒是打算那么做的，而奉命唯谨的德国人就那么实行了。

"美化运动"更为离奇。它是一次煞费苦心的做作，想要表明德国人就像别国人一样，也是欧洲人，遵守着西方文明的原则，关于犹太人的那些传说和报道全都太愚蠢了，不值一驳，再不然就是盟国方面恶毒至极的暴行宣传。在这个问题上，德国人正装模作样，费尽心机地想要否认他们在这次战争中着力的中心：消灭一个民族和世界上的两种宗教。是的，是两种。我满怀信心地相信，犹太人和犹太教最终会存在下去，但是基督教在一个信仰基督教的国家干出这种勾当来以后，就无法存在下去了。尼采的反基督分子穿着长筒靴、戴着卐字臂章来了。在奥斯威辛那些烟囱喷出的火焰和浓烟里，欧洲的耶稣蒙难像全部烈焰冲天。

我们的新司令官拉姆是一个粗鄙而地道的畜生，他筹划的这场"美化运动"把伪善推进了新的领域。因为我是主管文化工作的长老，所以我被牵连在内。我在他的办公室里，对着桌上摊开的一张市区地图度过了好几个小时。来宾所走的路线都用红笔在图上画了出来，每一个停留地全都编了号。墙上挂的一幅大图表明，整修和新建工作在每一个编号的停留地的进展情况。我的部门沿着所走的路线演出音乐与戏剧节目，不过实际工作全是由我的副手们在办理。我在"当天"的任务是，领着客人参观一个像奇迹般整修过的图书馆。我已经派二十个人在编目，精美的书籍不断地涌进来。我们正把欧洲土地上残存的犹太文史藏书的精华积聚起来，一切都是为了装一天假。

德国人像排演一出耶稣蒙难剧那样在安排这次参观，它将是一场涉及全市的盛大创举。然而，这次行动仅仅限于地图上用红笔画出的那条路线。在那条路线两旁一百码以外，过去的污秽、疾病、拥挤和饥饿现象照样猖獗。凡是来宾的眼睛会看到的地方，他们便不惜人力和工本地建造起狭窄、模拟田园诗般的游乐胜地。德国人当真指望这个荒唐的骗局会侥幸成功吗？他们似乎是这样。当然，德国红十字会职员先前的一次次检查都证明没有问题。客人们来来云去，传播出关于犹太乐园的一些生动的报道。可是这一次，客人是外来的中立国人士。德国人如何能有把握控制住他们呢？一个坚决的瑞典或瑞士红十字会人员只要说："让我们走到那条街去"，或是"让我们瞧瞧那面的营房"，那么气泡就爆掉了。在弄虚作假的彩虹色轻烟那面，存在着会使中立国人士吓得发指的恐怖情况。不过我们已经习惯于这种情况，认为跟奥斯威辛的情况相比，这根本就算不了什么。

拉姆有什么诡计来支吾这种令人发窘的要求吗？他指望靠温和的威吓来使客人们循规蹈矩吗？再不然，如同我十分怀疑的那样，这整个"美化运动"难道只是那种白痴般精细周密的一个重要实例，一个典型榜样吗？自从希特勒取得政权，德国人的所作所为都具有这种精细周密的特色。

在办事才干、精力、对细节的注意以及科学与工业的单纯技术方面，他们跟美国人不相上下，也许还远胜他们。此外，德国人还能够表现出最大的魅力、智慧和鉴赏力。作为一个民族，他们可以毫无保留、全心全意、干劲十足地投身去执行荒谬疯狂得出人意表的计划和命令，这是他们的特性。何以会是这样，也许世界要花一千年才能搞明白。眼前，它却这样发生了。他们放手干起了一场战争大屠杀，结果几乎必不可免地会造成德国的毁灭。在这场大杀戮的中心，就是他们对我的民族犯下的罪行。而在这中心的中心，就是这场"美化运动"，德国天真无邪地转过来向着外界，愁眉苦脸地说："瞧瞧你们多么不公正，指责我们做坏事。"

推行这场"美化运动"的那种白痴般的精细周密，是使人望而生畏的。假如拉姆和他的顾问们能使来宾遵循着那条红线走，那么没什么事是他们没想到的。完成的工作还很少，但是方案已经全制订了。特莱西恩施塔特这些日子的繁忙混乱，就像彩排工作刚准备了一半的舞台那样。为了建筑那条狭窄的、异想天开的虚幻小道，两三千身强力壮的犹太人从早到晚在为技术处干活儿——而且彻夜四处都灯火通明。

来宾们的参观路线好几个月以前就已经定下了。拉姆随身带着一份很厚的、用红黑条纹花布装订起来的文件，我们委员会的人（在我们之间）管它叫作《美化运动圣书》。我们这些各部门的长老全对它做了贡献，不过最后的详情细节肯定是德国人搞出来的。这份公文包括市管弦乐队将要在市镇广场上演奏的那些选曲，虽然技术处这时才在为那座音乐厅奠基。我们的乐师正忙着把乐曲的各部抄出来——罗西尼①的两个序曲、几支军队进行曲、施特劳斯②的几支圆舞曲，以及唐尼采蒂③和比才④的杂曲。誊写纸现在大量供应，精良的新乐器滚滚运来。特莱西恩施塔特像普罗斯佩罗⑤的魔岛那样，正成为一个空中洋溢着旋律的地方。

客人们倘使上游乐场的歌剧院里去看看，就会看到一个样样齐备的管弦乐队和

---

① 罗西尼（1792—1868），意大利歌剧作曲家。
② 约翰·施特劳斯（1825—1899），奥地利作曲家、指挥家。
③ 加埃塔诺·唐尼采蒂（1797—1848），意大利歌剧作曲家。
④ 比才（1838—1875），法国作曲家。
⑤ 普罗斯佩罗是莎士比亚戏剧《暴风雨》中的米兰公爵，他被兄弟安东尼奥夺去公国后，逃往一个小岛，居住在一座洞内，研究魔法。

人数众多的合唱队正在排练威尔第的《安魂曲》：一百五十多名有才能的犹太人穿着整洁的衣服，戴着黄星标志等，演奏出可以在巴黎或维也纳上演的乐曲。楼下，在一个较小的剧场里，他们会恰巧看到犹太区内轰动一时的作品，那部可喜的独创的儿童歌剧《勃伦迪巴》的一次化装排练。他们在两旁都种着鲜花的街上走着时，会听到一所私人房子里一个弦乐四重奏正奏着贝多芬的乐曲，另一所房子里一个极出色的女低音歌唱家正唱着舒伯特的浪漫曲，而在第三所房子里，一个了不起的单簧管吹奏家正在练习韦伯[①]的乐曲。在咖啡馆里，他们会碰上一些上了装的乐师和歌唱家在顾客们喝着咖啡、吃着奶油蛋糕时演奏节目。来宾们将在一家咖啡馆里休息一下，吃点儿点心，那儿的顾客都将以一种受过彻底训练的自然方式付账、离去或走进来。

来宾们会看到商店里的商品琳琅满目，包括许多奢侈的食品。顾客们随意地进进出出，购买乐意购买的商品，用上面印有摩西画像的特莱西恩施塔特纸币付款。当然，这种毫无价值的货币是犹太区里最拙劣的笑料。拉姆的《圣书》上载有一条严厉的警告：等来宾离开以后，这些"顾客"必须立即把"购买的商品"尽数归还。稍有缺少，就将受到惩罚。少一样食品，犯禁的人就得关到小堡垒中去。

这项计划涉及犹太区生活的各个方面。一所假的超等清洁的医院、一座假的儿童游乐场、一所假的男工印刷厂、一所假的女工服装厂、一个假的运动场，全列在工程项目之中。银行正在重新装修。一所假的男童公学已经建成，新建的大楼里黑板、粉笔、教科书这些细枝末节应有尽有，不过这座大楼始终没用过，也绝不会使用，除非供乐师们在里面排练。一座"大食堂"，一所宽敞的营房，正在建造起来，仅仅为了供应一餐饮食——来宾们的午餐，四周的犹太人也将在那儿津津有味地进餐。党卫军还得想出办法，就连这一回也避免供给一些犹太人饭食。这是拉姆的《圣书》中唯一疏忽了的地方。咖啡馆里的顾客们当然只在来宾到场的时候才尽兴地喝咖啡、吃蛋糕，要不然他们就空做着喝咖啡动作，那些蛋糕他们是不能动的。

已经过凌晨一点了。我干吗老是这样沉痛地胡说八道呢？嗐，"美化运动"的玩笑也是一种宽慰，使人可以忘掉班瑞尔透露出来的情况，以及我为娜塔丽迟迟不回来所感到的焦虑。她六点钟就得起身。在她去云母工厂干活儿以前，她得先到儿童游乐场和幼儿园去为这次访问排练。她跟其他几个漂亮的女人刚接下了这个任务。她们的工作都已经给她安排好：训练孩子们讲述他们的小节目，并且装出十分快乐的样子。午餐时她告诉我，孩子们得喊着："怎么，又吃沙丁鱼吗？"整整持续二十分钟

[①] 卡尔·马里亚·冯·韦伯（1786—1826），德国作曲家、钢琴家、指挥家、音乐评论家。

的这种很容易识破的谎话，全被写了出来。在这方面，"美化运动"正产生一些真正的好处，因为党卫军增加了孩子们的配给量。他们想要来宾们看到一些胖娃娃在玩耍，所以像女巫对汉泽尔和格蕾泰尔①那样，正在填饱他们的肚子。

我无法相信这么显眼的一出喜剧能够欺骗谁。然而就算它成功了，德国人希望通过它获得什么呢？犹太人正在失踪，许许多多的人不见了，这个恐怖万分的事件能够长时期被掩盖起来吗？我可无法明白。这件事毫无意义。不，这就像个智力迟钝得可怕的孩子做的事。那个智力迟钝、在空果酱罐旁边被人逮住的孩子，脸上、手上、衣服上全抹得红通通的，还笑嘻嘻地不承认自己吃了果酱。

就这件事来说，它对奥斯威辛的毒气地下室又有什么意义呢？我为这细想了好几个星期，脑袋都想得发昏了。管德国人叫虐待狂、屠户、野兽、蛮子全不能说明什么，因为他们像我们一样，也是男人和女人。我有一个想法，我要把它草草写下，它比我所感受到的要确定得多。这件事的根源不可能是希特勒。我以这个为前提。这样一件事发生的时候，在德国人当中遭到了那么少的抵制，那么这件事必然已经酝酿了好几个世纪。

拿破仑把自由和平等强加给了德国人。他们从一开始就压制它。他用大炮和远征的军靴入侵了几乎还没摆脱封建主义的专制国家，并以人类的同胞关系蹂躏它们。解放犹太人就是这种新的开明人道主义的一部分。这对德国人来说是不合乎人情的，但是他们依顺了。

哎呀，我们犹太人相信了这一改变，可是德国人内心却始终没改。这是征服者的信条。它支配了欧洲，但并没支配德意志。他们的浪漫主义哲学家猛烈抨击非德意志的启蒙运动，他们反犹太人的政党成长起来，同时德国一天天发展，成为一个工业大国，可它始终没接受"西方的"思想。

他们在德国的皇帝统治下战败了，接下来就是严重的通货膨胀和经济崩溃，这在他们心中激起了一种可怕的、绝望的愤怒。共产党人威胁要制造混乱，推翻政府。魏玛共和国分崩离析。当希特勒从这种女巫酿造的啤酒中崛起，像《麦克白》中一个神谕的幽灵那样②，然后在百货公司和歌剧院走廊中指着犹太人时；当他大声疾呼，说犹太人不仅是德国所受的种种不公正待遇的直接受益人，而且是造成这种种待遇的现实原因时；当这种疯狂的历史程式向前发展，德国人的怒火就在突然爆发的一阵民族

---

① 德国作曲家恩格尔贝特·洪佩尔丁克（1854—1921）根据童话故事于1893年写成了一部歌剧《汉泽尔与格蕾泰尔》，叙述汉泽尔与格蕾泰尔兄妹二人如何被女巫捉去，又如何逃出来。

② 莎士比亚悲剧《麦克白》第四幕第一场，苏格兰大将麦克白杀死苏格兰王邓肯，自立为王后，三女巫引他到一山洞中会见几个幽灵。

活力与欢乐中发泄出来，而促使它发泄出来的那个花言巧语的疯子，手里却挥舞着杀人的武器。德国人毫无悔恨之心这一点，使这种武器到了这个人手里特别合适。要不是因为对我施加的暴力，我还不知道这种使人费解的特征。就连现在，我对这仍然有点儿迷迷糊糊呢。

我对路德的研究有没有使这问题清楚一点儿呢？在希特勒之前，只有路德曾经用民族的声音说得那么透彻，使郁积的民族怒火完全发泄了出来，而就他来说，是反对已经堕落的拉丁语宣读的罗马天主教教义。尽管我十分钦佩路德，是他的传记作者，可是这两个人的粗暴有力、挖苦讽刺的讲话却非常相似，这使我忧虑踌躇起来。路德的新教是一种宏伟的神学，一种恳切响亮、讲求实际的基督教，很配得上路德声称正从巴比伦的婊子手里拯救出来的那位基督。但是就连这个土生土长的产物，也沉沉地压在德国人的身上，是不是呢？

德国人在基督教欧洲始终不大自在，始终没拿定主意，自己算汪达尔人①呢，还是算罗马人？是北方来的破坏者呢，还是彬彬有礼的西方人？他们随着历史环境的变迁摇摆晃动，一会儿扮演这个角色，一会儿扮演那个角色。就他们身上的汪达尔人性格来说，基督教的悔恨之心和英国人与法国人的自由主义都是胡说八道；启蒙运动的理性与条理是人类本性的矫揉造作；毁灭与统治是实际所需要的；屠杀是古代的一种乐事。经过好几百年路德的约束以后，粗暴鲁莽的德意志声音从尼采的口中再一次大吼出来，对基督教温厚的教义做出了激烈的反应。尼采把这一大套宽厚仁慈和悔恨之心全怪到犹太教上面。他十分精确地预见到基督教上帝未来将灭亡。他没预见到的是，获得自由的汪达尔人在精神错乱的工业化的报复中，竟会动手把一千一百万个"基督"钉到十字架上。

唉，乱涂乱写啊！我又看了一遍用铅笔匆匆写成的这几页，心情感到沉重。我忽视这份日记，这不足为奇，我的智力应付不了我如今知道的事情。没有一个一般的民族主义理论，你对这个主题如何能动笔呢？不对社会主义追本溯源，说明这两个运动是如何集中到了希特勒身上，不给予俄国革命的威胁应有的重要性，你对这个主题如何能动笔呢？

在这一大篇涂鸦中，我有没有真正接触到德国人呢？我这个卑鄙的犹太人杰斯特罗在特莱西恩施塔特戴上了经文护符匣，而他们却用铿铿作响的部队和轰鸣的空军机

---

① 汪达尔人是五世纪时的一种野蛮民族，他们侵入北非等地，并曾攻占罗马。这里的意思是，算野蛮人呢，还算是文明人。

群在欧洲各地出击。他们和我实际上是不是都顺从着人类的同一种冲动，想要保全受到威胁的自身呢？他们是不是就为了这个才想杀我，因为犹太人和犹太教对原始的德意志精神是一种持续不断的挑战、谴责和阻碍？再不然，这一切是不是一种无聊的妄自尊大，是不是一个毕生开明的人士疲乏过度的脑子的幻想呢？这个开明人士想在奥斯威辛，在"美化运动"中找出一点点意义，想在我自己和卡尔·拉姆之间的鸿沟上架起一座桥梁，因为实际的情况是，即使他杀了我，根据达尔文主义的分类①，如果不是根据上帝的意志的话，我们还是同胞。

娜塔丽回来了！

次日上午

事情比我想的还要严重。她已经深深地卷了进去，回来时人很疲倦，可是兴高采烈。犹太复国主义者的这些集会一直在讨论挫败"美化运动"的方法，他们想向红十字会的来宾暗示特莱西恩施塔特的实情，而又不使党卫军警觉起来。她认为他们已经想出了一种方法：在每一个停下来参观的地方，一个负责的犹太人对红十字会方面的任何评论都说出同一句预先安排好的答复："哦，是的，这一切全是崭新的。还有不少可看的哩。"

我猜他们是经过不少争论和修改才把这方法制订出来的。他们逐字逐句表决。他们深信，这样一字不差地重复回答，会使来宾觉得是一个信号。犹太人将随随便便地把这句话说出来，脸上流露出意味深长的神色，可能的话在党卫军听不到的地方说。他们的希望——或者不如说，他们的幻想是，来宾们会明白，他们所看到的是崭新的、捏造的装置，而且因为"有不少可看的哩"这句话，可能还会走到安排好的路线以外去。

我耐心地听着。接下来，我告诉她，她正滑进犹太区特有的梦境中，这会危及她自己和路易斯的生命。德国人是饱经训练、警惕心很高的监狱看守，来宾们将是温和殷勤的高级福利人员。"美化运动"是德国人的一项主要工作，应该提防的最为重要的事，正是犹太人向来宾泄露秘密的这种计划。我这样辩论着，但是她反驳说，犹太人必须用这样或那样的方法进行还击，既然我们没有武器，只有头脑，我们就应该使用我们的头脑。

---

① 英国博物学家查理·达尔文所创关于生物界历史发展的学说，主要内容包括生物的变易性和遗传性、物种的起源、生存斗争等。

接下来，我采取了这个激烈的方式，透露出班瑞尔揭发的奥斯威辛的情况。我原本的用意是使她大吃一惊，较为清楚地意识到她有被流放的危险。她当然十分震惊，不过并不是吓得目瞪口呆，因为这种传说一直在四处流传。可是她并不是像我料想的那样看待这个消息。她说，那么更有理由该去唤起红十字会人员的猜疑。再说，班瑞尔的消息一定有点儿夸张，因为乌达姆收到了他妻子从奥斯威辛寄来的明信片，她的朋友也刚收到二月被遣送的亲戚们寄出的一些明信片。

我重复了一遍班瑞尔告诉我的话：奥斯威辛的党卫军维持着一个"特莱西恩施塔特家属营"，以防红十字会万一设法进行磋商，要求到那个可怕的地方去参观。每个人到达奥斯威辛之后，全得写一些明信片，注明几个月以后的日期。而"特莱西恩施塔特家属营"则定期清除掉老的和小的、有病的和体弱的人，把他们用毒气全体毒杀，以便为特莱西恩施塔特新遣送去的人腾出地方。乌达姆无疑正收到一个已经焚化了的女人的信件。

接下来，她很肯定地讲，她的团体通过布拉格传来的小道新闻听说，根据德国军方的情报，美国人已经决定五月十五日在法国登陆。这很可能会在欧洲各地激发起义，导致纳粹帝国迅速瓦解。总而言之，党卫军军官很快就会为自己的脖子发愁担心，那么新的遣送就不大可能会进行了。

面对着这种已经变为错觉的一厢情愿的想法，根本无法进行辩论。我劝告她，如果她打算把这件事搞下去，至少传话给班瑞尔，把路易斯弄出去。这话她不肯听，她不承认她正在使路易斯陷入更大的危险。后来，她变得十分急躁，于是走去睡了。

这不过是几小时以前的事。她醒来了一后，情绪好了一点儿，为自己表现出的暴躁向我道歉，然后出去了。她没再提一句路易斯的事，我也没有。

我一点儿也不反对她新发现的犹太复国主义，并且为这感到高兴。对她来说，这似乎是维护受到威胁的自身的途径，正像我在从前的宗教信仰中所找到的那样。一个人倘若不是一个同谋者或是一个黑市商人，在犹太区生存下去就需要有一点儿这种倔强精神。但是假如她的团体里混进了一个告密的人，那可怎么办？何况利用木偶破口烂骂一事已经载在党卫军那儿她的档案上，那样一来遣送就会是她的结局。

我自己始终不是一个犹太复国主义者。把犹太人送回不友好的阿拉伯人居住的中东那片荒地上，我对这一见解依然极其怀疑。不错，当欧洲这场浩劫还不过是像人的手那么大的一团乌云时，犹太复国主义者就预见到了。但是这么一来，他们提出的梦幻般的解决办法，就是一个可行的或正确的办法吗？不一定。在希特勒执政以前，只有极少数的梦想家曾经到巴勒斯坦去。不过他们也是被迫害和屠杀驱逐到那儿去的，并不是因为那片干旱的圣地吸引着他们。

　　我承认，现在我对这件事，或是对我先前的任何见解，全不十分肯定了。当然，犹太民族主义是一种强有力地表明自己身份的手段，不过我把民族主义看作现代的祸根。我就是不能相信我们可怜的犹太人竟然计划在地中海的沙滩上拥有一支陆军和一支海军，一个议会和一些部长，还有疆界、海港、航空港、大学等。这是多么美妙和空虚的幻想啊！让娜塔丽这样幻想吧，如果这可以帮助她熬过特莱西恩施塔特的这场苦难的话。她说，倘使有一个像列支敦士登①那么大小的犹太国，那么这些恐怖事件就不会发生了，又说一定得建立一个这样的国家来防止这种事再次发生。这是救世主的语言。我所担心的只是，这种新的一时发热般的激情会战胜她曾经有的精确的判断，也许会使她轻率行事，结果毁了她自己和路易斯。

---

① 列支敦士登位于欧洲中部瑞士和奥地利之间，面积160平方千米。

第七十九章

隔着关闭的卧房门，那声音听起来就像是哭泣，但是罗达难得哭泣，因此维克多·亨利耸了耸肩，朝前走到客房里去，他如今就睡在那儿。时间已经很晚了。晚餐后他在书房里坐了几小时，为自己跟彼得斯上校的会面起草一些登陆艇文件。这是件他并不怎么想做的事，但是关于优先权的冲突迫使他不得不做。他脱下衣服，洗了个淋浴，把临睡前要喝的一杯掺水的波旁威士忌喝了下去，然后临上床前又到罗达的房门口站住脚听了听。声音已经变得十分清楚了：伤心的呜咽，中间夹着抽抽搭搭的啜泣。

"是罗达吗？"

没有回答。哭声停了，仿佛中断了似的。

"罗达！喂，怎么回事？"

从房间内传来了压抑住的伤感的声音："嗯，我没什么。你去睡吧。"

"让我进来。"

"门没锁，帕格。"

房间里一片漆黑。他拧亮灯。罗达穿着一件乳白色软缎的睡衣坐起身，边眨着两眼，边用一条薄手绢擦着红肿的眼圈。"我声音很响吗？我极力想压得低点儿。"

"出了什么事？

"嗐，帕格，我完啦。一切全毁掉了。你好歹已经扔掉了我。"

"你喝杯酒也许会觉得好点儿。"

"我的样子一定很可怕。是吗？"她把两手伸进蓬乱的头发中。

"要下楼到书房里去谈谈吗？"

"你真是个好人。来点儿加苏打水的苏格兰威士忌。我这就到那儿去。"她把匀称、雪白的大腿伸下床。帕格去到书房里，在活动酒柜上把酒调好。不一会儿她也来了，睡衣外面罩了一件宽大的便服，头发随意地拢成了俏丽的发型，自从他搬到客房，他就从来没看见过她把头发拢成这样。她稍微装扮了一下，把两眼略略修饰了一番，眼睛这时显得清澈、明亮。

"好几小时以前，我洗好脸，倒在床上，可我就是睡不着。"

"这是为什么呢？因为我不得不去会见彼得斯上校吗？这只是一次公务上的会面，罗达。我不是跟你说过了吗。"他把酒递给她，"也许，我不应该提起的，不过我不会给你惹出什么麻烦来。"

"帕格，我眼下非常苦恼！"她喝下一大口酒，"有人写了几封匿名信给哈克。他收到了，嘻，五六封。头几封他全撕掉了，就给我看了两封。他很沮丧地向我道歉，但是还是给我看了。这些信让他很气恼。"

罗达用她的一种最温柔、最动人的神态瞥了丈夫一眼。他想提一下他也收到过几封匿名信，但是又认为这样做没意思。帕米拉可能已经对罗达说过了。总之，没必要再提起那些恶意中伤的话。所以，他什么也没说。

她脱口说了下去："这非常不公平！我当时连哈克也不认识，是吗？这是双重标准！嘻，你听他说，他跟各种女人睡过觉。未婚的、已婚的、离婚的，他满不在乎，甚至还旧事重提，而重要的一点总是，我是多么不一样。我确实如此，我是的！只有巴穆·柯比是例外。我到今天还不明白那件事怎么会发生，为什么会发生。他一生跟许多低三下四的风骚女人鬼混过，我可不是那种女人。但是这些信把一切都破坏啦！他那么不快活，那么灰心丧气。我当然否认了一切。为了他，我不得不否认。就那么一个经历过很多事情的人来说，他真幼稚得出奇。"

使帕格最感惊奇的是，她这样毫不介意地坦率承认跟别人通奸——"只有巴穆·柯比是例外"——仍会叫他感到痛苦。这可不是第一次打击，她要求离婚的那封信给予他的那种莫大的苦恼，仍然是切身的痛苦。罗达开头一直回避，直到现在才明确地承认。她的沉默寡言的习惯对她很有用处，如今是跟彼得斯大有关系，所以话才漏出来了。这才是真正的结局，帕格心想。他像柯比一样，都是她过去的一部分，她对他已经漫不经心了。

"那个人爱你，罗达。他会相信你的话，把信的事忘掉的。"

"嗯，他会吗？要是他明天问起你，那你怎么说呢？"

"这是不可想象的。"

"并不是一定不可想象的。自从这一切发生，这是你们第一次会面。"

"罗达，我们有一个很急迫的优先权问题得要解决。他不会提起私人的事情。当然也不会提到那些匿名信。不会向我提到。他想到这个汗毛就会竖起来。"

她的神色显得既感觉有趣又感觉苦恼。"你的意思是说，男人的自尊心吗？"

"就管它叫这个好了。把这件事忘掉吧。快睡觉去，做个美梦。"

"我可以再喝一杯酒吗？"

"当然可以。"

"你事后可以把经过全告诉我吗？我是说，你们谈了点儿什么。"

"不是公事的那一部分。"

"我对公事的那一部分不感兴趣。"

"要是谈到了什么私人的事情，我会告诉你的，我会的。"他把酒递给她，"猜得出是谁写的那些信吗？"

"猜不出。应该是一个女人，一个恶毒的婊子或是什么人。唉，这种人非常多，帕格，这种人非常多。她在黄褐色的小张信纸上用绿墨水写，字迹高高低低很滑稽。她举的事实都是近乎荒唐的，不过她倒是提到了巴穆·柯比。很卑鄙。提到日期、地点等等。真叫人讨厌。"

"柯比如今在哪儿？"

"我不知道。我最后一次瞧见他是在芝加哥，就在——就在中途岛战役以后，我从加利福尼亚回来的时候。我在那儿停留了几小时，跟他彻底断啦。说来真滑稽，我就是这样才遇见哈克的。"

罗达边喝着酒，边叙说她在公共饮水大厅里跟彼得斯上校的初次会面，以及后来在驶往纽约的火车上怎样又遇见了他。

"我绝对没法儿知道他为什么会爱上我，帕格。那天晚上在休息车上，我对他很冷淡。说实在的，我叫他觉得扫兴。我正为巴穆，还有你，以及整个为难的局面很烦闷，而且也没有忘掉华伦的事情。我不肯接受他提出的喝酒的邀请，也不乐意跟他谈话。我是说，他那么明显地刚跟那个穿绿衣服的人在草堆里打过滚！他眼神里还有那种光彩。我也不打算叫他动什么念头。接着，第二天早晨在餐车上，侍者让他坐到了我的桌上。当时吃早餐的人很多，所以我不能反对，虽然我不知道，也许他偷偷塞了点儿什么给那个侍者。不管怎样，当时的情形就是这么回事。他说巴穆跟他讲过我，他非常钦佩我的勇敢精神，就是这一套话。我仍旧保持着适当的距离，我一直都保持着。实际上，他一直也都是正正派派地追求我：跟到教堂，参加海军的聚会，以及为英国的募款集会，等等。这是一件逐渐发展起来的事。过了好几个月，我才答应跟他一块儿去看戏。也许，叫哈克感到好奇的正是这一点，这里面的新奇的地方，它不可能是我的少女般的诱惑力。可是当他回想到我们初次会面时，我毕竟是去瞧巴穆·柯比的，这就使那些可恶的信似乎挺有说服力了。"

在帕格回来后的这多少个月里，罗达对自己的风流韵事从来没说过这么多。这时候，她确实变成了碎嘴子。帕格说："你现在觉得好点儿了吧？"

"好多啦。你这么安慰我，真是太好了。我不是个爱哭的人，帕格，这一点你知道，不过我因为那些信太紧张了。你告诉我明天要会见他时，我很惊慌。我的意思是说，哈克不大可能去问巴穆。那是不礼貌的。巴穆也不会说。你是唯一知道这件事的第三者。你是受害的丈夫。唉，我可不得不想到种种糟糕透了的可能。"她喝完了酒，把光着的脚伸进粉红色的拖鞋。

"说实在的，我什么也不知道，罗达。今天晚上以前，我什么也不知道。"

她身子变得僵硬，瞪眼朝他望着，一只拖鞋还握在手里，心里显然迅速地回想了一下方才的谈话。"哎，胡说啦。"她把那只拖鞋啪的一声扔在地板上，"你当然知道。别这样，帕格。你怎么能不知道呢？这一切究竟是怎么回事？"

帕格在书桌旁坐下，华伦的那本皮面大照相簿还放在书桌上，就在他的一摞文件夹旁边。"这会儿倒精神起来了，"他拿起一个公文夹说，"我再做一点儿工作。"

曼哈顿工程区
区长官美国陆军准将莱斯利·R.格罗夫斯
副长官陆军上校哈里森·彼得斯

国务院大厦某一层楼里两个毗连的房门上的这个标志不那么引人注目，以至于帕格走过了，不得不重新兜了回来。彼得斯上校从办公桌后边大步走来和他握手，说："好啊！正是咱们再次会面的时候了。"

帕格早已忘记这个人多高和多么英俊了。他身高大概有六英尺三英寸，生着炯炯有神的蓝眼睛，红润的、高颧骨的长脸，挺拔的身个儿上穿着裁剪合体的军服，肚子一点儿也不腆出来。尽管头发已经斑白，给人的总的印象却是年轻、刚强，除了开朗的微笑中有一种捉摸不定的意味外，整体看来是仪表堂堂的。这时候，他无疑有点儿发窘。然而帕格对这个陆军军官并不感到多么怨恨。这个家伙并没叫他戴绿头巾，这就很不错了。帕格的确相信，他并没有，这主要是因为罗达就是凭这一手来玩弄这个大笨蛋的。

那张小办公桌上空空如也。房间里唯一的另外一件家具就是一把扶手椅。没有档案，没有窗子，没有书橱，没有秘书，墙上也没有画片。人们会认为，这是一份不重要的工作，派给一个平庸的上校来办理。帕格谢绝了咖啡，在那把扶手椅上坐下。

"在咱们谈起公事之前，"彼得斯说，脸有点儿红了，"容我先说一件事。我对你非常尊敬。罗达就是这么个人，由于跟你生活了这许多年，她是百万个女人中挑选出来的一个。我感到遗憾的是，我们还没谈过这一切。我知道，我们俩都忙得要命，不过总有一天我们得谈谈。"

"这当然可以。"

"你抽雪茄烟吗？"彼得斯从办公桌的一个抽屉里取出一盒哈瓦那长雪茄。

"谢谢。"帕格并不想吸雪茄烟，但是接下一支可能会使气氛缓和一点儿。

彼得斯从容地把烟点起。"很对不住，我拖了不少时间才到你的问题上来。"

"我猜哈里·霍普金斯的电话起了作用。"

"那也不会起多大作用，如果你的保密材料接触许可证没检明合格的话。"

"长话短说吧，"帕格说，"我在柏林当海军武官时，根据S－1委员会的要求，向他们提供德国在石墨、重水、铀、钍等工业活动方面的情报。我知道陆军在研制一种铀弹，具有3A级优先自由处理权。这就是我上这儿来的原因。登陆艇计划需要我在电话里提到的那些连接器。"

"你怎么知道我们弄到了这批连接器？"彼得斯向后靠着，把两只长胳膊合抱起来，托着脑袋。他的嗓音里有了一种比较严肃的官腔。

"你们还没弄到。这些连接器还存放在宾夕法尼亚州的仓库里。德莱赛公司什么也不肯说，只说他们接下了陆军的订货。主要的承包人凯洛格根本不肯谈。我在战时生产局也同样碰了壁，那儿的那些人干脆闭口不言。以前，登陆艇计划跟铀弹从来没发生过冲突。我揣测不可能是什么别的，所以就打电话给你了。"

"你根据什么认为我参加了铀弹的工作？"

"康诺利将军在德黑兰告诉我，你在干一件重大的工作。于是我胡乱地猜测了一下。"

"你是说，"彼得斯强硬而怀疑地问，"你单凭猜测就打电话找我吗？"

"对。我们可以获得这批连接器吗，上校？"

停了好半天，他们彼此瞪眼对望着，这样相持了一阵后，彼得斯回答道："对不住，不能给你们。"

"为什么不能呢？你们拿连接器做什么用？"

"天啊，亨利！为了国家最紧急的一道工序。"

"这我知道。但是这种部件不能用别的东西代替吗？它的作用就是连接管子。连接管子的办法很多。"

"那么你们登陆艇上换用另一种办法不成吗？"

"要是你乐意听的话，我来把我的问题说给你听。"

"你喝杯咖啡好吗？"

"谢谢。就喝清咖啡，不要加糖。这支雪茄烟真不错。"

"这是世界上最好的。"彼得斯通过对讲电话要了咖啡。这个人倔强起来时，帕格倒比较喜欢他。隔着桌子的快速交锋，有点儿像网球的一次长时间对攻。彼得斯的回球到这时为止一直是强有力的，可并不是变化多端或刁钻古怪的。

"我在听着。"彼得斯向后靠在转椅里，双手抱着一只膝盖。

"好吧。我们的造船厂任务那么重，因此我们把一部分造船工作转包给了英国。我们把一些零件送过去，在半熟练工人的协助下，几天之内就可以装配好，下水。这就是说，如果手头有合适的部件的话，可以直接运往装配。德莱赛生产的这些连接器装进去要比锻接或是用螺栓拴住接缝处快，安装起来也不需要多少经验或是力气。还有，解开连接器检查有毛病的管路也很简单。'玛丽女王'号星期五起航，上校，船上乘有一万五千名士兵，我订好了货运舱位，准备运送这批材料。我已经在宾夕法尼亚州安排好卡车，准备把这批材料送到纽约。我讲到的是供四十条艘使用的部件。如果这批部件按照预定日期送出，那么艾森豪威尔就可以用比原来更多的兵力去攻打法国海滩。"

"我们一直在听说这一类话。"彼得斯说，"英国人会用某种方法把那些管路连接起来的。"

"你瞧，把这些船放到英国装配的决定，取决于精密的快速装配方法。我们装运零件时，这种连接器有供应。现在，你们抢走了我们的优先权。为了什么呢？"

彼得斯抽着雪茄烟，透过烟雾乜斜着眼瞅着帕格回答道："好吧，我来告诉你。为了一个庞大的地下水道网。我们在快速和简便方面的要求，跟你们不相上下，而我们更为紧迫。"

"我对于解决这个问题倒有一个主意，"帕格说，"比起闹到总统那儿去简单一些，虽然我也准备去请示总统。"

"把你的主意说出来听听。"

"我查核了德莱赛手头的全部材料。他们可以把一种较大的连接器改制一下，以满足你们的规格。只是交货要延迟十天。我有这种代用的连接器的样品。要是我把这种样品拿到你们的工厂去，跟主管的工程人员谈谈，你说怎么样？"

"基督啊，这不是一个可行的办法。"

"为什么不是？彼得斯，现场的人几小时内就可以把这件事解决掉，成还是不成？罗斯福总统心上有许多别的事情。不管怎样，由他出面驳下来，格罗夫斯将军是不会喜欢的。干吗不想法避免这样呢？"

"你怎么知道总统会做出什么样的决定？"

"我参加了德黑兰会议。登陆艇计划不仅是对丘吉尔，也是对斯大林承担下的一项义务。"

"批准你这样走上一趟——要是办得到的话——需要一周的时间。"

"不成，上校。那些卡车得装上货物，在星期四清早离开宾夕法尼亚州的布拉德福德。"

"那么你只好上总统那儿去啦。我没法儿给你帮忙。"

"好，我这就去。"帕格一面说，一面把雪茄烟捻熄。

彼得斯上校站起身，跟帕格握握手，然后和他一起走进了那条长走道。"我来了解一下另一种可能，中午以前打电话给你。"

"我等你的电话。"

大约一小时后，彼得斯打了个电话给帕格。"你可否跟我一块儿做一次短程旅行？离开华盛顿两个晚上。"

"当然可以。"

"差五分七点在联合车站跟我会面，第十八号月台。我去订卧铺。"

"咱们上哪儿去？"

"田纳西州诺克斯维尔。把那种代用的连接器带在身边。"

成败在此一举啦，帕格心里想。

橡树岭是不大为人所知的田纳西河畔的一片广阔的森林地区，一道封锁线把它与世隔绝。一个秘密的工业综合企业就在那地方兴起，以一种新的方式造成了一场空前未有的大规模屠杀。因此，今天有人争辩说，它简直可以跟奥斯威辛相提并论。

当然，在橡树岭，并没有人被杀害，也没什么奴隶劳动。兴冲冲的美国人拿着很高的工资在干活儿，建造巨大的建筑物和安装大量的机器，但根本不知道这一切是为了什么。橡树岭的保密工作做得比奥斯威辛好。在内部，只有级别很高的人员知道。在外面，没什么流言蜚语走漏出去。

像在德国那样，谈论犹太人的情况是有失体统的，在橡树岭，议论这地方的用途也是违反社交礼节的。在德国，人们肯定知道，犹太人一定正遭到什么可怕的事情，而奥斯威辛的德国人则确切地知道，什么事情正在发生。可是橡树岭的工作人员在炸弹投到广岛之前，一直都被蒙在鼓里。在幽美的森林地区，他们白天在深达足踝的烂泥里干苦工，晚上在粗糙的棚屋和拖车里尽可能地自寻娱乐，根本不问什么。再不然，他们就传出一些流言，例如，他们正在兴建一座工厂，准备大规模生产一些无关紧要的零件，以便运送到华盛顿装配。

虽说这样，战后有一种议论说，当你考虑到奥斯威辛和橡树岭的后果时，美国人和纳粹分子之间出入并不大，两者同样犯下了新的野蛮主义罪行。这是一个引起争议的论点。每次战争之后，人们总对可怕的流血事件有一种合乎情理的莫大的反感。种种区别往往会变得模糊不清。所有的一切都是暴行。所有的人都同样有罪。舆论就是这么说的。按实在讲，这是一场卑鄙龌龊的战争，非常卑鄙龌龊，以致人类不想再进行一场战争了。这好歹是走向废除人类这种疯狂的老毛病的开端。不过在回忆时，不可以把它混淆为一种普遍的罪行。这里面有区别。

首先，由于橡树岭努力生产出U-235，从而在物理学、化学和工业发明方面闯入了新的领域。作为实用工程和人类科学才能的一项功绩，这是出色的，很可能在规模与辉煌方面是独一无二的。德国人的煤气室和焚尸炉并不是辉煌的、首创的天才杰作。

再说，在战争中，一旦你遭到攻击时，你可以或是放弃抵抗，听凭掠夺，或是奋起作战。作战的意义就在于设法通过大量屠杀，使对方吓得停止作战。国与国之间必然会发生政治冲突。在一个理性和科学的时代，这类冲突当然应该通过某种比较明智的手段予以解决，而不应该通过大规模的屠杀。但是德国和日本的政客们采用了这种手段，认为这种手段行得通。我们也只能通过同样的手段来劝阻他们。美国人开始争分夺秒地制造铀弹时，他们无法知道攻击他们的人不会率先制造和使用这种炸弹。这是一个造成惊慌而动力强大的念头。

所以总的来说，奥斯威辛和橡树岭之间的相似之处似乎是牵强附会的。它们有类似的地方。两者都是战时创作的巨大、秘密的屠杀手段；两者都在人类历程中揭开了一些可怕的尚未解决的新问题；而且，倘若不是因为国家社会主义德国，两者全都不会存在。奥斯威辛的目的是，精神失常、徒然无益的杀戮。橡树岭的目的是，结束德国发动的全球性战争，而这一点它的确做到了。

然而，当帕格·亨利在一九四四年暮春到橡树岭去的时候，曼哈顿工程像个庞大的战时半身塑像，像历代的手工制成品那样赫然呈现出来。整个工程导致的浪费到了疯狂的地步。只有决定性的新武器的出现才能说明这个计划是正当的。到一九四四年，担心德国人或日本人在这类炸弹方面走到美国前面的恐惧心理正在消失，新的目标是缩短战争。所以军方根据三种不同的理论，建立起三种不同的制造炸弹材料的庞大工业综合企业。哥伦比亚河上的汉福德工厂正尽力在生产钚。这是一个没多大把握的冒险事业，不过跟橡树岭的这两个巨型设施一比，它却是一种希望。这两个设施想要通过两种不同的方法把U-235分离开，而这两种方法都一再失败，仍然处在噼啪作响的试验阶段。

就连在最高级的官员中，也没几个人知道可能将要面临一场多大的失败。彼得斯上校知道。罗伯特·奥本海默①博士，这项炸弹工程的科学灵魂，知道。莱斯利·格罗夫斯准将，主持这项事业的那个果断、冷静的陆军将领，也知道。但是谁也不知道该怎么办。奥本海默博士有一个新想法，所以彼得斯上校要到橡树岭去跟奥本海默和一个高级小组委员会一起开会。

同这场危机相比，亨利上校对德莱赛连接器的要求是微不足道的。彼得斯为了避免跟白宫发生纠纷，于是邀请帕格一块儿前去，因为帕格的保密材料接触许可证是毫无不妥之处的。奥本海默的想法牵涉到海军，而陆军和海军的关系却很紧张。这时刻做出一种合作的姿态是有其意义的。

彼得斯一点儿也不知道海军的热扩散方法。格罗夫斯将军的第一条规则是："分隔开"——在制造炸弹的各个部门之间筑起互不交通的壁垒，这样，一条轨道上的人也不知道其他地方发生着的事。格罗夫斯在一九四二年调查过热扩散问题，得出结论，认为海军是在浪费时间。这时候，奥本海默写了一封信给格罗夫斯，建议赶紧再次研究一下海军在这方面所获得的成果。

帕格·亨利一生都在穿过军事检查站，但是橡树岭的路障是一件新鲜玩意儿。大门口的卫兵正在一阵沸腾的喧闹声中检查一群新工人，把他们像数金币那样一个个放进去，乘上在大门里面等候着的公共汽车。帕格带来的代用连接器由神色严厉的宪兵仔细察看一番，并且放到荧光检查器前去检验。他本人也经历了搜身和一些严格的盘问，然后佩戴上许多不同的标志和一个辐射测量器，才回到彼得斯的军用车上。

"开车吧，"彼得斯对中士司机说，"在高坡上停下。"

他们沿着一条狭窄的柏油路平稳地向前疾驰，穿过苍翠蓊郁的树林，紫荆花和山茱萸四处盛开着。

"鲍勃·麦克德莫特在'城堡'那儿等候。我打了一个电话给他，"彼得斯说，"我把你交给他招待。"

"他是什么人？'城堡'是什么地方？"

"他得把你的要求呈报上去。他是总工程师。城堡就是这儿的办公大楼。"

军用车穿过野生的树林后继续行驶了好几英里。彼得斯上校像在火车上以及从诺

---

① 罗伯特·奥本海默（1904—1967），美国物理学家。因指导"曼哈顿工程"，而有美国"原子弹之父"之称。

克斯维尔驱车前来时那样，一路处理着公文。自从离开华盛顿，这两个人几乎没交谈过。帕格带有自己的一沓公文，而且他一向也喜欢保持缄默。那是一个暖和的早晨，从敞开的车窗外传来的林木气息十分怡人。汽车穿过密密匝匝的山茱萸，顺着一条蜿蜒的道路盘旋而上。司机转过一处拐弯地方，驶到路边停下。

"全能的上帝啊！"帕格吁了一口气说。

"这是K-25。"彼得斯说。

一道开阔的长峡谷在脚下延展开，环绕着一座未完成的建筑物，呈现出一片混乱、泥泞的兴工景象。那座建筑物看上去就像是把美国所有的飞机库全放到一起，摆成了一个U字形。它是帕格从未见过的最巍峨的建筑物。环绕着这个建筑物，平顶的棚屋、大量的拖车、一排排兵营以及许许多多房舍延伸出好几英里，直到视线之外。从这么远的距离看去，建筑物总的外表是陆军基地、科学幻想小说的幻境以及淘金城三者的怪诞不经的大混合，一切全在一片大海般的红色泥土之中。一种令人悚惧的未来感从这片景象中传来，就像炸弹的冲击波似的。

"水管就是为了那座大工厂，"彼得斯说，"是一项重要的工程吧，嗯？技术人员上那里面去全要骑自行车。它已经开工，可是我们仍旧不停地在增加单位。在山岭那边，还有一道峡谷，还有另一项设施。不像这个这么大，是根据不同的原理建造的。"

他们驶下山，穿过轰轰作响的峡谷，经过一些粗糙的棚屋，中间纵横交错着好多条搭在泥土上的木板路，经过上百种嘈杂轰响的营造工作，经过那个巍峨的K-25建筑物，直驶到了"城堡"。帕格并没料到会遇见熟识的人，可是在走道里却站着西姆·安德森，身穿军服，正在跟几个单穿衬衫的文职人员谈话。帕格愣了一愣，随意地挥挥手，西姆连忙回了一个军礼。

"你认识那个年轻人吗？"彼得斯问。

"我女儿的男朋友。安德森海军少校。"

"哦，不错。罗达提起过他。"

这是这次旅途中第一次提到罗达。

总工程师那间小办公室的四壁挂满了地图，他的办公桌上则放满了蓝图。麦克德莫特是一个身材矮胖、蓄有口髭的人，暴起的褐色眼睛里流露出一种狞恶兴奋的神色，仿佛他紧紧抱住自己的理智，把橡树岭看作一个疯狂的大笑话似的。他的烫得很挺的裤子塞进长筒橡皮靴里，靴子上满是新沾上的红土。"希望你不介意在烂泥里走路。"他跟帕格握手时说。

"如果走走会使我得到那些连接器的话，那我一点儿也不在意。"

麦克德莫特细看了看帕格拿给他瞧的代用连接器，说："你们干吗不把这玩意儿用在你们的登陆艇上呢？"

"我们不能接受修改带来的那种耽搁。"

"我们能吗？"麦克德莫特问彼得斯上校。

"这个问题还在其次，"彼得斯回答，"首先是，这玩意儿你能不能用。"

麦克德莫特转过脸对着帕格，用大拇指朝一堆满是泥垢的长筒靴指指，说："请你自己去拿一双穿上，咱们走一趟。"

"你们需要多长时间？"彼得斯问。

"我四点钟把他领回来。"

"那很好。新的栅栏从底特律运来了吗？"

麦克德莫特点点头，狞恶兴奋的神色像假面具似的笼罩住了他的脸。"不是很满意。"

"我的老天，"彼得斯说，"将军会大失所望的。"

"嗯，他们还在试验。"

"我准备好啦。"帕格说。那双长筒靴太大，他希望不会在烂泥里脱落下来。

"出发吧。"麦克德莫特说。

在走道里，一个身材短小、戴着眼镜、几乎秃了顶的上校也在跟安德森和那几个文职人员谈话，他脸上有一种和蔼可亲而又十分精明的神色。彼得斯把帕格介绍给了橡树岭的陆军首长尼科尔斯上校。

"海军能把那些登陆艇按时造好吗？"尼科尔斯问帕格，温和的态度缓和了他这句单刀直入的问话。

"要是你们老抢走我们的部件，那就没法儿按时造好。"

尼科尔斯问麦克德莫特："是什么问题？"

"就是地下水管用的德莱赛制的连接器。"

"哦，不错。嗯，你尽力而为呗。"

"是打算想想法子。"

"嘿，你好。"帕格对安德森说。那个年轻军官羞怯地咧开嘴笑笑。帕格跟着麦克德莫特走了。

帕格离开时，一个外表虚弱而年轻的汉子抽着烟斗，走进大楼来。西姆·安德森想到要在包括奥本海默博士在内的一次集会上讲话，两只膝盖就瑟瑟发抖。在安德森看来，奥本海默大概是世上最聪明的人了，他的头脑探索自然，就仿佛上帝是他的私人导师，可他对蠢人却很凶狠。西姆的上司埃布尔森随随便便地把西姆打发到橡树岭来，为橡树岭的几个主要人员和企业经理讲述一下那个热扩散工厂。到达以后，西姆才知道，奥本海默也将前来参加会议。

这会儿可没有法子了。他一面因为自己准备得非常不够而有些发慌，一面跟着奥本海默博士走进了那间小会议室，一块黑板使那地方看起来很像教室。二十多个人，大都只穿着衬衫，使会议室显得拥挤、闷热和烟雾腾腾。尼科尔斯把安德森介绍给了大伙儿，他站起身，穿着厚实的蓝军服不住地出汗，但是他手拿粉笔谈起自己的工作以后，不一会儿便觉得自在了。他避开不看奥本海默，奥本海默懒洋洋地坐在第二排里吸烟。等到安德森停下回答问题时，已经很快地度过了四十分钟，黑板上画满了简图和方程式。他的人数不多的听众思维敏捷，很感兴趣却又有些困惑。

尼科尔斯打破了短暂的沉寂。"那两个分离系数——那是你们希望取得的理论值吧？"

"这正是我们的方法所提取出来的，上校。"

"你们正在提取出那种浓缩的U-235吗？眼下正在提取出？"

"是的，上校。一点四。七十分之一。"

尼科尔斯直盯着奥本海默。

奥本海默站起身，走上前去，一面跟西姆握手，一面微笑着表示赞赏。"做得好，安德森。"西姆坐下，他的心轻松了一大截。

奥本海默用黝黑的大眼睛环顾了一下。"一点四这个数字就是召开这次会议的原因。我们犯了一个很基本、很严重、很叫人难堪的错误，"他用疲乏的嗓音慢吞吞地说，"对这项艰巨工作分担责任的我们，全犯了这一错误。我们都被气体扩散和电磁分离的精确性和独创性弄得茫然不解。顺着一条单一的轨道浓缩到百分之九十的理论，也把我们迷惑住了。我们没想到联合过程可能是一种较快的途径。如今就落到这步田地。根据关于栅栏的最近消息，K-25不可能按时在这场战争上发挥作用。汉福德方面也有问题。我们在新墨西哥州那儿正试验一种爆炸物的炸弹结构，可这种爆炸物还不存在。没有足够的数量。"

奥本海默拿起粉笔，往下说道："热扩散本身并不会提供给咱们需要的那种浓缩，然而热扩散和Y-12程序的结合，会在一九四五年七月前后给我们提供一枚炸弹。这是很清楚的。"他迅速地在黑板上写下了一些数字，显示出Y-12工厂的电磁分离增加了四倍，已知馈电浓缩到七十分之一。"问题是，能否在几个月内建立起一座规模很大的火力发电工厂来馈电给Y-12呢？我已经向格罗夫斯将军再三提出了这项建议。咱们到这儿来，就是讨论各种方法的。"

奥本海默弓着身子、郁郁不乐地回到了座位上。这时候，既然会议有了方向，与会的人用速记很快地写好多种意见和问题从四处递上来。西姆·安德森应邀回答了许多问题。参加会议的人紧紧盯着询问海军这种方法的核心问题：那四十八英尺的同心铁、铜和镍圆柱的垂直管子。

"可是海军只用了一百只，而且是手工制的，"坐在前排的一个大身个儿、红脸蛋儿的文职人员嚷着说，"这是实验室的设备。咱们在这儿讨论着好几千只这种该死的玩意儿，对吗？像座森林似的一大堆，全是工厂造的！这是铅管工人的噩梦，尼科尔斯上校。你在国内不会找到一家公司肯接下这样一个合同。三千只那么长的管子，还有那些公差，时间又仅仅是几个月，这成吗？忘掉吧。"

会议分成两个小组共进午餐：一组跟奥本海默和安德森议论设计；一组跟尼科尔斯和彼得斯就构造与生产问题进行会商。"将军想把这件事完成，"尼科尔斯上校在休会前总结说，"那么就完成吧。咱们大伙儿两点钟再回到这儿开会，着手做出一些决定。"

奥本海默把烟斗摆了一摆，唤住了西蒙，叫他不要离开会议室。等室内就留下他们两人时，他走到黑板前边，说："成绩是A减，安德森。"他拿起粉笔，手用力地擦了一下，又潦草地写下一些符号，纠正了一个等式，接着急速地问了一连串的问题，使这个海军军官对于自己理解的热扩散问题的各个方面感到有点儿迷糊。"好，咱们到自助食堂去，"他扔了粉笔说，"跟别人一块儿去进餐。"

"是，博士。"

可是奥本海默靠在桌子上，合抱着胳膊，并没做出要走的动作。"你接下来干什么？"

"我今天晚上就回华盛顿，博士。"

"这我知道。目前，既然陆军方面也要进行热扩散试验，提一个新的要求怎么样？来，跟我们一块儿到新墨西哥州去。"

"你肯定陆军会这么做吗？"

"他们不得不这么做，没有其他的办法。这种武器本身在概念方面还有一些微妙的问题，可以说不是猎狮，只是紧张地打兔子。你结婚了吗，安德森？"

"啊——没有，我还没有。"

"这样最好。洛斯-阿拉莫斯[①]是一个奇怪的地方，很荒凉。有些人的妻子喜欢它，但是有些人的——嗯，这跟你没关系。你不久就会收到帕森斯上尉的信。"

---

① 美国在新墨西哥州的原子弹试验基地。

"帕森斯上尉？他这会儿在新墨西哥州吗？"

"他是一个处长。你去，好吗？那儿有许多好处。"

"命令我上哪儿我就上哪儿，奥本海默博士。"

"命令不成问题。"

在泥泞中的跋涉把维克多·亨利累坏了。麦克德莫特开了一辆吉普车，但是狭窄、多辙的道路常在灌木丛或垃圾堆中兀地一下到了尽头，离他们要去的地方还很远。帕格并不在意到处做艰苦步行，因为他们正在得出他所要的答复。技术人员一个接一个同意说，用一个修改过的套筒和一个加厚了的垫圈，这种代用连接器可以使用。这可还是老一套——华盛顿行政当局办事的僵化和戴安全帽、穿溅满泥土的鞋子、两手搞得肮脏的好性气的工作人员所表现出的起码常识。帕格曾经用这种办法打破过供应问题上的许多僵局。

"我现在完全相信了，"他们在暴雨将来、乌云密布的天空下驶回来时，麦克德莫特从吉普车的颠簸和嘎嘎声中大声喊着说。有几个小时，他们一直都在这样行驶，只停下在一个野外临时食堂里吃了点儿三明治和咖啡。"那么请你去说服陆军，让他们也相信可以用，上校。"

第八十章

在回华盛顿的火车上，帕格和彼得斯同住一间包房。火车一开行，两人全把湿衣服挂起来。帕格谢绝了这个陆军军官邀他喝威士忌的邀请。他不是很乐意跟自己妻子眼下的情人一块儿喝酒。西姆·安德森应陆军上校之召，走进房来。等他们两人开始谈论时，帕格起身要离开。"你不用走，"彼得斯对帕格说，"这件事我想要你也参加。"

帕格很快就推测出，陆军方面对海军处理铀的一种方法很感兴趣。他始终没作声。陆军上校的身躯在这间小包房里显得很高大，他一面吸着雪茄，呷着威士忌，一面细问着安德森。火车加快了速度，车轮轰隆轰隆作响，雨点打在漆黑的车窗上，帕格觉得有点儿饿了。

"上校，我是在执行一项特别任务，直接奉命到实验室去，"安德森对于问到这项计划中海军的指挥系统时，这么回答，"您得去跟埃布尔森博士谈谈。"

"我是要去找他。在这一大片混乱中，我只看到一条出路，"彼得斯把笔记簿放进胸前的一只口袋，说，"我们不得不建造二十座跟你们的工厂一模一样的复制品。只是复制一下，把它们排列成一行。设计一座新的两千只支柱的工厂，可能需要好多个月。"

"你们可以设计一下，以便取得更大的效力，上校。"

"是呀，为了下一场战争。可这项计划是为这场战争制造一种武器。好吧，少校，很谢谢你。"

安德森离开以后，彼得斯问帕格："你认识海军的珀内尔将军吗？我不知该怎样着手，才能很快弄到海军的热扩散蓝图。"

"你该找的人是欧内斯特·金。"

"金甚至可能还没获得有关铀的情报资料。珀内尔是在军事政策委员会里的海军人员。"

"我知道，可是这没关系。找金去。"

"这件事你可以办一下吗？"

"什么？替陆军去找金上将？我去找？"

听到这种怀疑不信的腔调，彼得斯上校厚实的嘴唇上场，露齿而笑。这是一个没领略过多少伤心事的成熟男子，一个头发灰白、稚气十足的男子的朴实、高兴的笑容，它无疑很叫妇女们着迷。"你瞧，亨利，在铀的这件事上，我不能通过各种渠道着手，我也不能写信。通常，我总是带着这件事去参加军事政策委员会的下一届会议，但是我要马上行动起来。困难的是——这可不是我造成的——我们已经冷落了海军好多年。我们把埃布尔森排斥在外，我们甚至在向他提供一批六氟化铀的问题上还变得很急躁，结果，基督在上，第一个为我们生产出这种材料的偏偏就是埃布尔森。这件事我今天才知道。真是愚蠢的政策。现在我们又需要海军了。你认识金，是吗？"

"我跟他很熟。"

"我觉得你可以充当这件事的中人。"

"你瞧，上校，单是想晋见一下欧内斯特·金，可能就需要好几天。不过，我来告诉你该怎么办。你们放弃这批连接器——我是说，明天就从联合车站打电话给宾夕法尼亚州的那家公司——我马上就坐上一辆出租汽车，想法闯进去见见海军作战部部长[①]。"

"帕格，只有那位陆军将军可以放弃这个优先权。"彼得斯的开朗露齿的笑容是谨慎小心、难以捉摸的，"那样我会把脑袋丢掉。"

"真的吗？嘿，事先没约好就闯进去找欧内斯特·金，我也会把脑袋丢掉，尤其是带着陆军方面的一项要求。"

彼得斯上校竖眉瞪眼地瞅着帕格，死劲儿擦着自己的嘴，接下去放声大笑。"真见鬼，橡树岭的那些家伙不是通过了你的连接器吗？你的工作进展顺利。让咱们来为这喝一杯吧。"

"我倒情愿去吃饭，我肚子饿得要命。你来吗？"

"你先走。"彼得斯很明显地对帕格的第二次拒绝很不高兴，"我这就来。"

西姆·安德森站在餐车外面那长长一溜排队的人中，想着战争时期人们共同遇到的一个难题——是否在出发到一个遥远的地方去为国效劳之前，就向情人求婚。他可以把梅德琳带到新墨西哥州的那个试验基地去，但是她会同意吗？就算她同意，她在那样一个地方会快活吗？奥本海默曾经暗暗提到跟妻子发生的矛盾。等梅德琳的父亲

---

① 指金海军上将。

来到那一行人中时，西姆抓住机会，在那辆拥挤的餐车上一张双人坐的餐桌旁跟他一块儿坐下。他们吃着微温的西红柿汤和油汪汪的炸猪排，火车摇摇晃晃、嘎啦嘎啦作响，淅淅沥沥的细雨一缕缕斜打在车窗上，这时候他把自己的问题告诉了帕格。帕格一直听他把话讲完，又隔了一会儿才说话。

"你们相爱吗？"他最后问。

"是的，上校。"

"嗯，既然相爱，又有什么问题呢？青年海军军官习惯于生活在陌生的地方。"

"她上纽约去是想打破一个青年海军军官的生活方式。"直到这时，西姆绝口没提过休·克里弗兰。可是他的伤心的音调，他瞥着自己时的痛苦的眼神，使帕格心里明白，梅德琳把一切都说了，而他对这一切也是很费了一番力才接受下来。

"西姆，她已经回家来啦。"

"是的。到另一个大城市，干另一个电台的工作。"

"你是要征求我的意见吗？"

"是呀，上校。"

"听说过懦夫难赢美人心吗？你试试运气吧。我想她会跟你去，和你待在一块儿的。"帕格伸出手，"祝你幸运。"

"谢谢你，上校。"他们彼此紧握了一下手。

在休息车上，帕格心情欢畅地呷着一大杯白兰地。几年以来，梅德琳似乎一直是一个无法挽回的大灾难，可是如今竟是这样！他仔细回想着这些年来梅德琳的种种形象：迷人的小姑娘；在学校演戏时的仙女公主；使人心烦意乱卖弄风情的少女，胸部刚发育，两眼亮闪闪发光，第一次参加舞会时还不够老练的梳妆打扮；在纽约变成厚颜无耻的怪物。现在，可怜的梅德琳似乎可以有个归宿了，经过一个很糟糕的开端之后，她至少有了一个非常好的机会。

帕格这时候心情很好，不想因为要跟哈里森·彼得斯上校睡在一间包房里度过这一夜而把这种心情破坏了。他在火车和飞机上一向习惯坐着睡，所以决计就在休息车上打盹儿。彼得斯没来吃晚餐，很可能他尽兴地喝了几杯威士忌后，已经在铺上睡了。帕格给了酒柜侍者十美元，买个清静，接着就在灯光下，在四周满是喝酒人的闹哄哄的声音中，昏昏沉沉地睡去了。

等他被人推醒时，车厢里的光线很暗，除了车轮飞快地隆隆作响外，四周一片寂静，一个身穿睡衣的大高个儿在他眼前晃动。彼得斯说："有个很舒服的铺位给你铺好啦。"

帕格浑身发僵，打了个呵欠，想不出一个合理的理由。他跟在彼得斯身后趔趔趄趄地走回包房。由于有威士忌和陈雪茄的气味，那儿并不比休息车上好，不过铺有清爽床单的上铺看上去倒很舒适。他很快地脱去衣服。

"要喝一杯再睡吗？"彼得斯正从一只几乎空了的酒瓶里把酒倒出来。

"不喝，谢谢。"

"帕格，你不想跟我一块儿喝一杯吗？"

帕格不加评论，只接过了那只酒杯。他们喝完酒，上了卧铺，把灯熄了。说起来，帕格对于盖上被子睡倒也很高兴。他松懈下来，叹息了一声，正要睡着。

"嘿，帕格。"彼得斯的声音兴奋而有几分醉意，从下铺上传来，"那个安德森是个很有前途的家伙。罗达认为他和梅德琳是真要好。你赞同吧？"

"嗯。"

沉默了一会儿，只有火车行驶的声音。

"帕格，我可以问你一个完全私人的问题吗？"

帕格没有回答。

"打搅你我非常抱歉。可这个问题对我挺重要。"

"说吧。"

"你和罗达为什么决裂了？"

维克多·亨利极力避免跟这个陆军军官一起过上一夜，正是为了想避开这样一次探询的危险。他没回答。

"这总不是我造成的吧？别人在海外的时候，想法去夺走别人的妻子，这太不像话啦！我知道你们感情早已不太好。"

"是这样。"

"要不然，请你相信，尽管她妩媚动人，我也会避开她的。"

"我相信你。"

"你和罗达是我认识的最高尚的人中的两位。出了什么事呢？"

"我爱上了一个英国女人。"

彼得斯沉默了一会儿。

"罗达是这么说的。"

"就是这么回事。"

"这似乎不大像你平日的为人。"

帕格默不作声。

"你预备跟她结婚吗？"

"我原本是这么打算的，可她拒绝了我。"这样，彼得斯就迫使维克多·亨利第一次提起帕米拉的那封令人惊愕的信，这是他本来极力想从心上抹掉的。

"耶稣啊！女人总叫你捉摸不准，帕格，你说是吗？听到这话我很遗憾。"

"晚安，上校。"这是一种急躁的想结束谈话的音调。

"帕格，再问一个问题。弗莱德·柯比博士跟这一切有什么关系吗？"

它来了。由于这种强加上来的亲近，罗达担心的那件事果真发生了。维克多·亨利接下去所说的话，可以使罗达的后半生幸福，也可以使它被破坏。他非得迅速回答不可，因为每秒钟的踌躇对她、对自己、对他们的婚姻都有损害。

"你这话究竟什么意思？"帕格希望音调里显露出适当的迷惑不解，再加上一点儿愤怒的意味。

"我收到几封信，帕格，该死的匿名信，讲到罗达和柯比博士。我把这些信当作一回事，自己也觉得很害臊，可是——"

"你是应该觉得害臊的。弗莱德·柯比是我的一位老朋友，我奉命待在柏林时，跟他遇见了。战争爆发以后，罗达不得不回国。那时候，弗莱德在华盛顿，他陪她一块儿打网球，领她去看戏，等等，多少就像你最近所做的那样，不过并没什么瓜葛。这我知道，我也很领情。我挺不喜欢这种谈话的，我真想睡啦。"

"很对不住，帕格。"

"没关系。"

沉默了片刻。接着又传来了彼得斯的声音，轻微、苦恼、带有醉意："就因为我非常敬慕罗达，所以我这么心烦意乱。不只是心烦意乱，我简直感到痛苦。帕格，我结识过许许多多的女人，有比罗达长得美的，比她更性感的。不过她是洁身自爱的，她的难能可贵正在这一点上。我说这话听起来也许很奇怪，但是我的确是这样觉得。除了我自己的母亲外，罗达是我认识的第一位有教养的夫人，就这个词的各种意义来讲，她是十全十美的：端庄文雅、诚实正派。她从不撒谎。基督啊，大多数女人撒谎就像呼吸那样平常。这一点你是知道的。你也不能责怪她们。我们老想和她们上床，她们不择手段地应付，一切全是天公地道的。你同意我的话吗？"

帕格认为，彼得斯喝那一瓶酒，就是为了鼓起勇气这样问上一番。这种唠唠叨叨可能会持续一整夜。于是他不去回答。

"我的意思不是说那些老古板的女人，帕格。我说的是时髦娘儿们。我母亲直到八十二岁都是个引人注目的人物。基督啊，她睡在棺材里，看起来就像一个合唱团的女歌手。但是，我要告诉你，她是个圣女，像罗达一样，不管下雨天晴，她每个星期日都去教堂。罗达时髦得像个电影皇后，然而她也有一种圣女的风度。这就是为什么这件事像地震那样冲击了我，帕格。要是我惹你生气了，我很抱歉，因为我十分敬重你。"

"明天咱们两个都很忙，上校。"

"对，帕格。"

几分钟后，彼得斯已经在打鼾了。

帕格从联合车站直接到金的办公室去，办公室外间有两位海军将领在那里。帕格说动那个副官，递了一张简短的便条进去。金顿时把他召进了办公室。海军作战部部长坐在那间阴冷的房间里他那张大办公桌后边，正用一个烟嘴在吸香烟。"你的气色比在德黑兰时好，"他说，并没叫帕格坐下，"你要说的是什么跟铀有关系的事情？你的便条我已经撕碎了，扔进该焚毁的纸篓里。"

帕格简括地讲述了一下橡树岭的情况。金的瘦长的秃头和满是皱纹的脸稍稍红了起来，嘴唇异样地抿着。帕格揣测他是极力想忍住，避免笑出来。"你是说，"金声音粗豪地打断他的话问，"陆军方面征集了国内所有的科学家和所有的工厂，花了几十亿美元，结果没生产出一枚炸弹，而咱们在咱们那个微不足道的阿纳卡斯蒂亚实验站倒制造出了一枚吗？"

"也不完全是这样，将军。陆军的方法在技术上有一个漏洞，海军的工序把这个漏洞补上了。他们想采用咱们的方法，用工业的巨大规模大干一番。"

"这样他们就能把这种武器制造出来了？要不然就造不出来？"

"据我了解，是这样。要不然在这次战争中就来不及使用了。"

"真见鬼，那么，他们要什么我就给他们什么。为什么不给呢？这样会使咱们在史书上显得挺有光彩，嗯？只不过陆军会去写历史，那么一来咱们大概就会被遗忘掉。你是怎么牵连进这里面去的呢？"

金听了争夺连接器的经过，吸着烟，点点头，脸上又显得很严肃。"彼得斯上校已经打了个电话给德莱赛公司。"帕格最后说，"一切都安排停当啦。我这就飞到宾夕法尼亚州，把这批材料装车和运送出去的事情弄好。"

"这可是个好主意。你怎么飞去呢？"

"乘海军飞机由安德鲁斯起飞。"

"有交通工具过去吗？"

"还没有。"

金拿起电话，吩咐替亨利上校预备一辆汽车和一名司机。"嘿。你要我做点儿什么呢，亨利？"

"向彼得斯上校保证海军方面的合作，将军。他在把复制咱们工厂的这个主意付诸实施以前，想要确定一下自己的立场。"

"把他的电话号码告诉我的副官。我来打电话给这个人。"

"是，将军。"

"我听说了你迅速处理登陆艇计划的经过。国务卿很高兴。"金站起身，伸出一只瘦长的胳膊，袖子上齐胳膊肘儿那儿盘着金线，"出发吧。"

帕格从宾夕法尼亚州回来，刚掏钱付出租汽车车费，梅德琳就把前门打开了。她的神情几乎就像从前第一次参加舞会时那样：脸上红扑扑的，眼睛闪亮，脂粉涂抹得过于浓艳。她没说什么，就拥抱了他一下，领着他走进了起坐间。罗达坐在那儿，在一张咖啡桌旁边，那天不是周末，又待在家里，可她打扮得很漂亮，咖啡桌上一只银桶里的香槟酒还用冰镇着。西姆·安德森站在罗达身旁，一副尴尬的、傻呵呵而又高兴的神情。

"你好，上校。"

"嘿！老战士归来了！"罗达说，"你还记得自己有个家！太好了！你下星期六有空吗？"

"我想没什么事，没有。"

"哟，没有！那真好。那么到圣约翰教堂，把梅德琳交给这个年轻的水兵，你说怎么样？"

母女俩和未来的女婿全高兴地放声大笑。帕格一下子把梅德琳搂到怀里，她偎着他，紧紧抱着，濡湿的面颊贴到了他的脸上。随后，他跟西姆·安德森握手，也和他拥抱了一下。这个年轻人搽了华伦用过的那种修面用的香水，这种香味使帕格微微一怔。罗达跳起身，亲了亲帕格，喊道："好！惊喜已经过去，现在来喝香槟酒吧。"接下来，他们谈了实际的工作：婚礼的安排、嫁妆、办喜酒的餐厅、客人的名单、西姆家里人的住宿等等。罗达不停地在一本速记簿上做着工整的记录。后来，帕格把安德森带进书房。

"西姆，你的经济情况怎么样？"

年轻人承认自己有两种很花钱的癖好：从父亲那儿学来的打猎，以及古典音乐。他花了一千多美元买了一台凯普哈特牌电唱机和一些唱片，又花了几乎同样多的美元收集了一些步枪和猎枪。当然，把生活安排得像他这样乱七八糟，是很不明智的，他在自己住的房间里几乎转不过身，不过那时候，他对姑娘们不怎么注意。现在，他要把这些东西收起来，哪天全部卖掉。眼下，他只积攒了一千二百美元。

"嗯，这倒是一笔数目。你可以靠你的薪水过活，梅德琳也有点儿积蓄。她在那个该死的广播节目上面还有点儿股份。"

安德森显得很不自在。"是的。她的经济情况比我好。"

"量入为出嘛，不要过分奢侈。让她去安排她自己的钱，可你的钱不要随意乱花。"

"我是打算这样。"

"西姆，我为她专门存了一万五千美元。这笔钱是你们的了。"

"啊，这可好极啦！"年轻人的脸上闪现出一种单纯的渴望和喜悦的光彩，"这我没料到。"

"我倒建议你们用这笔钱在华盛顿郊外买一座房子，如果你打算留在海军的话。"

"我当然留在海军。我们把这全都谈了。研究和发展工作战后会很重要的。"

帕格把两手放在安德森的肩上，说："多年以来，她说过上千遍，她决不嫁给一个海军军官。你这可办得好。"

年轻的未婚夫妇快乐而激动地离开去庆祝了。帕格和罗达坐在起坐间，把酒喝光。

"好，"罗达说，"最后一只小鸟也飞起来了。至少在母亲飞走之前把这件事给办啦。"罗达在酒杯的杯口上面朝着帕格调皮地眨巴眼睛。

"要我陪你出去吃晚饭吗？"

"哦，不用。家里有鲱鱼籽，够咱们两个吃的，另外还有一瓶香槟酒。你这次出差怎么样？哈克帮你忙了吗？"

"帮了大忙。"

"我真高兴。他担任了一个重要的工作，是吗，帕格？"

"不能再重要啦。"

从花园里新采下的花儿放在烛光照耀的餐桌上；一盘搅拌好的加有罗克福尔干酪①的色拉；烧得十分可口的大鲱鱼籽，配上干松、新鲜的熏猪肉；连皮的土豆，浇上酸奶油和细葱；一块新烘好的草莓馅儿饼。显而易见，罗达是安排好这一切等候他回来的。她亲自烧好，端上桌，然后坐下来吃。这天她身穿一件灰绸衣服，头发梳得式样美观，看起来就像是她自己餐桌上的一位漂亮客人，她心情非常欢畅，把她对这场婚礼的意见说给帕格听，再不然她就是在扮演一幕出色的戏剧，香槟酒在她的两眼里闪闪发光。

虽然罗达有着他所熟悉的种种缺点——急躁易怒、轻浮浅薄——但这是二十五年来一直使他成为一个幸福的人的那个罗达，帕格心里这样想。她妩媚、能干、精力充

_____

① 一种用羊奶制成的奶酪。

沛，对男人殷勤周到，极其温柔，能够激起他们的热情。她迷住了柯比和彼得斯，并且能迷住和她年龄相仿的任何男人。出了什么事啦？他干吗要把她撵走？是什么事这么无法挽回呢？很早以前，他就面对着这一事实。战争造成了她和柯比的私通，这是一场世界大变动中的个人灾难。就连西姆·安德森也不顾梅德琳的过去，很幸福地开始了一种新生活。

答案始终是不变的。他不再爱罗达了。他已经不再喜欢她了。这一点他毫无办法。这跟宽恕压根儿没有关系，他早已宽恕她了。但是一股生气蓬勃的活力使西姆·安德森和梅德琳结合到了一起，而罗达却割断了他们婚姻的那股活力。他们之间的活力干枯、死亡了。有些人的婚姻经历了一次不贞行为之后还能继续下去，但是他们的婚姻没有。由于回想到故世的儿子，他曾经准备维持下去，不过让罗达去跟一个爱她的人共同生活，那样比较好。她跟彼得斯发生了纠纷这一点，只使他很怜悯她。

"馅儿饼好吃极了。"帕格说。

"谢谢你，好心肠的先生，你知道接下来我有什么提议吗？我提议上花园里去喝咖啡和阿马尼亚克酒①，就是这么回事。蝴蝶花全盛开啦，那股香味简直妙不可言。"

"你有点儿醉了。"

罗达花了两三年时间才把这片荒芜的四分之一英亩的地上的野草除掉，重新种好花木。现在，它是用砖墙围起的一个五彩缤纷、芳香扑鼻的幽静角落，中央是她花了相当大的代价造起的一座淙淙作响、水花飞溅的小喷水池。这时候，她把咖啡壶等拿到外面有坐垫的躺椅之间的一张锻铁桌子上，帕格拿着那瓶阿马尼亚克酒和两个酒杯。

"你知道吗，"他们坐定后，她说，"拜伦来了一封信。在刚才那阵兴奋中，我完全忘了。他很好。信只写了一页。"

"有什么重要的消息吗？"帕格极力不让自己的嗓音里流露出宽慰的意味。

"恩，第一次巡逻很成功。他取得了指挥作战的资格。你知道拜伦的脾气，他的话从来不多。"

"他获得了青铜勋章吗？"

"一句也没提。他就为娜塔丽不住地担忧发愁，请我们把得到的随便什么消息都打电报告诉他。"

帕格坐在那儿瞪眼望着花床。在昏暗下去的光线里，花儿的色彩渐渐失去了光泽，一丝清风从不停地摆动的蝴蝶花那儿吹拂过一阵浓郁的香味来。"咱们应该再打

---

① 法国西南部阿马尼亚克地区产的一种白兰地酒。

个电话给国务院。"

"我今天打过啦。丹麦红十字会就要去参观特莱西恩施塔特，也许会有什么话传递过来。"

帕格这时感觉光阴好像出了差错，自己正重新经历着一个过去的场面。他意识到，罗达所讲的"你知道吗，拜伦来了一封信"激起了他的这种感觉。战前，他们也曾在朦胧的暮色中这样坐着喝阿马尼亚克酒，就是在普瑞柏尔海军上将把驻柏林的海军武官职位派给他的那天。"你知道吗，拜伦来了一封信。"罗达曾经这么说。他当时也同样感到宽慰，因为他们好几个月都没收到他的信了。那是他第一次提到娜塔丽的信件。那天，华伦宣称，他递上了参加飞行训练的申请。那天，梅德琳想不去上课，到纽约去，他好不容易才拦住了她。现在回顾起来，那天真是一个转折点。

"罗达，我说过，要把我跟彼得斯的私人谈话全告诉你。"

"是呀。"罗达坐起身。

"我们谈过一点儿。"

她喝了一大口白兰地。"说下去。"

帕格把在火车上黑暗的包房里的那番谈话叙说了一遍。罗达不断神经质地呷上一口白兰地。等他说到彼得斯安静下去，打起鼾时，她才松了一口气。"嘿！你这人真好，"她说，"我也正希望你这样，帕格。谢谢你，愿上帝降福给你。"

"事情并没就此结束，罗达。"

她睁大眼睛盯着她丈夫，在朦胧的光线中她的脸色显得苍白、紧张。"你不是说他睡着了吗？"

"是呀。我很早就醒了，悄悄走出房去吃点儿早餐。侍者给我送上了橘子汁。就在这时，你的陆军上校也来啦，脸刮得很干净，穿着得整整齐齐，他跟我一块儿坐下。餐车上那时候就我们两个人。他要了一杯咖啡，接下去马上就说——态度很严肃、很平静——'我猜昨天晚上你在柯比博士的问题上是不愿意直接回答我。'"

"啊呀，上帝。你怎么说呢？"

"唉，我事先一点儿没料到，你知道的。于是我说：'我还能怎样更坦率一点儿呢？'差不多是一句这样的话。接下来，他这样回答我——我竭力引用他的原话——'我并不想来盘问你，帕格。我也不想抛弃罗达。不过我认为我应该知道实际的情况。一场婚姻不应该以撒谎开始。如果你有机会把这话告诉罗达，请你就这样告诉她。这样也许有助于打消猜疑的气氛。'"

"你对这话怎么回答呢？"她的声音颤抖起来，她把酒杯重新斟满时，她的手也有点儿哆嗦。

"我说，'没什么猜疑的气氛要打消，要不就在你的心上。如果恶意中伤的匿名信就可以叫你受到影响，那你根本不配获得随便哪个女人的爱情，更甭提罗达的了。'"

"回得好，亲爱的，回得好。"

"我可没法儿确定。他直盯着我看，就说：'好吧，帕格。'接着，他改变了话题，谈起了公事，此后就没再提起过你。"

罗达喝了一大口酒。"我完啦。你不是一个会撒谎的人，帕格，虽然上帝知道，你尽了最大的努力。"

"罗达，我会撒谎，而且有时候我撒谎撒得很好。"

"在职务方面！"她轻蔑地把手朝上一挥，"这可不是我目前所说的。"她把酒喝光，又倒了一杯，说："我完蛋了，就是这么回事。那个该死的女人！不管她是谁，我真想宰了她——唉！"酒杯里的酒满出来了。

"你会喝得烂醉的。"

"干吗不喝个烂醉呢？"

"罗达，他说了他并不想抛弃你。"

"嗜，不。他会跟我结婚的，他是一个注重名誉的人。我大概也只好由着他。我有什么别的法子呢？不过说到底，我还是全被毁掉啦。"

"你干吗不照实跟他说呢，罗达？"

罗达坐在那儿，凝视着他，没回答。

"我真是这意思。瞧瞧梅德琳和西姆。她告诉了他。他们不能更快活啦。"

她带着几分从前的柔媚讥讽的神情说："帕格，你这亲爱的笨蛋，这是个什么样的比较？瞧在上帝的分儿上，我是个老妖怪，西姆还不到三十岁，梅德琳又是个娇艳的姑娘。哈克缠住我，这本是非常惬意的，不过到我们这岁数，多半还是理智为主。现在，我进退两难。我要是照实讲，那就完啦；要是不讲，也完啦。我是个好妻子，这你知道，我知道我能叫他幸福。可是他一定要对我保持这么一个完美的印象。这下全完啦。"

"这是一种幻想，罗达。"

"幻想有什么不好呢？"罗达的嗓音变了，显得有些紧张，"对不起，我要睡觉去了。谢谢你，亲爱的。谢谢你为我尽了力。你真是个大好人，我为这个爱你。"

他们站起身。罗达轻盈地朝前走了一两步，用胳膊搂着他，把身子贴紧他的身体，富有情感、带着白兰地气味吻了他一下。他们一年都没有这样接吻了。就这次亲热而言，它还是起了作用。帕格禁不住把她搂紧了些，做出了反应。

她沙哑地笑了一声，微微挣脱开点儿。"留着给帕米拉吧，亲爱的。"

"帕米拉拒绝了我。"

罗达的身体在他怀里僵直起来,眼睛睁得滴溜儿圆。"上星期来的那封信里就说的这话吗?她不愿意?"

"是的。"

"老天在上,你口风多紧。因为什么呢?她怎么能这样?她这就要嫁给勃纳-沃克了吗?"

"也还没有。勃纳-沃克在印度受了伤。他们回到了英国。她在照顾他,还——呃,罗达,她回绝了我。就是这么回事。"

罗达粗声粗气地咯咯一笑,说:"你就这样接受了吗?"

"我怎么好不接受呢?"

"亲爱的,我来教你该怎么办。追求她!她想要的就是这个。"

"我认为她并不是这样。这封信的态度是相当坚决的。"

"我们全是这样。我说,我可喝得烂醉啦。你也许不得不把我搀扶到楼上。"

"好,咱们走吧。"

"我只是说着玩的。"她轻轻拍了一下他的胳膊,"把你的白兰地喝光,亲爱的,欣赏一下皎洁的月色。我可以自己走。"

"真上得去吗?"

"上得去。晚安,亲爱的。"

罗达用冰凉的嘴唇在他的嘴上轻轻吻了一下,摇摇晃晃地走到屋里去了。

将近一小时后帕格上楼来时,罗达的房门大开着。卧室里一片漆黑。自从他由德黑兰回来,房门从没这样开过。

"帕格,是你吗?"

"是我。"

"嗯,再祝你晚安,亲爱的。"

完全是悦耳动听的音调。罗达是一个发送信号的能手,但不是一个能说会道的人。帕格清楚地看出了这一信号。显而易见,由于彼得斯的猜疑、帕姆的拒绝以及梅德琳的幸福给家庭带来的喜悦,她重新衡量了一下自己的机会。这是他的原配在召唤他回去。罗达这是在做最后一次尝试。"她们不择手段地应付。"彼得斯曾经这样说过。这话真对。而且是一种强有力的手段。他要做的只是跨进房门,走进那个黑暗房间的尚未淡忘的幽香里去。

他走过了那扇房门,眼睛濡湿起来。"晚安,罗达。"

第八十一章

午夜已经过去。一轮明月高悬在天空，把荒凉无人的街道照成了银白色，把那列一眼望不见尾的货车也照成了银白色，那列货车轰隆轰隆、尖声叫着驶进了班霍夫街，在汉堡营房外边嘎啦啦地停下。这种响声在笔直的街道中间发出了回音，把辗转不安、蒙眬睡去的人们全惊醒了。"你听见那声音了吗？"这句话，以多种语言从那一排排拥挤不堪的三层卧铺之间悄悄传了出来。

有很长时间都没把居民遣送走了。这列火车可能是为那个愚蠢的"美化运动"送进更多的材料来。再不然，它也许是来把工厂的产品运送走的。担忧发愁的人们这样低声密语着，虽然除了人外，其他的物品总是用卡车和马拉的大车运出运进，不用火车。当然，也可能是运进一批人来，但送来的人一般总在白天到达。

埃伦·杰斯特罗正在泽街上他那套陈设精美得近乎荒谬的底层房间里（这将是红十字会来宾们停下来参观的一个地点）细读《塔木德》，他听见了火车到来的声音。娜塔丽并没醒。这也好！长老市政委员会为这道遣送命令斗争了好几天。数字在杰斯特罗的头脑里留下了烙印：

当前在特莱西恩施塔特的全部犹太人	35，000
德国人加以保护的人（知名人士、半犹太血统者、丹麦人、荣誉奖章者、负过伤的老战士以及他们的家属）	9，500
中央秘书处加以保护的人（行政人员、官僚、艺术人员、兵工厂工人）	6，500
受保护的人共计	16，000
可供遣送的人	19，000

七千五百人非走不可，几乎是"可供遣送的"人数的一半，占犹太区全体居民的

五分之一。日期充满了讽刺意味！期望盟军五月十五日登陆的情绪掠过了特莱西恩施塔特。人们一直在等待和祈求这个日子的到来。现在，遣送组为五月十五日第一次送走的两千五百人正发疯般地一再翻着索引卡片。这次遣送将分三列火车在三天内进行。

这次遣送将严重地破坏"美化运动"。技术处正派人在重新粉刷全市，铺花床，铺草皮，建设，翻造。这样一来，他们将失去不少劳动力。各个管弦乐队、合唱队、戏剧和歌剧的演员名单都将支离破碎。但是党卫军漠不关心。拉姆曾经警告说，这项工作得办好，各种演出也得顺利进行，要不然主管的人就会后悔莫及。"美化运动"是这次遣送的起因。当红十字会参观访问的日期临近时，司令官变得紧张不安，不知自己能否使这次访问顺着一条限制性的路线进行。整个犹太区都打扫干净了。为了缓和一下过度的拥挤，"东方"的这道水门再次被打开了。

杰斯特罗对这出大悲剧和丧友之痛感到伤心。司令部下令，要把市内所有的孤儿全体送走。红十字会来宾们询问一个孩子的父母时，不可以听到他们已经死了，或者——这是句禁忌的话——"被遣送走了"。他主持的《塔木德》学习班有一半学生是孤儿。他的高才生什穆埃尔·霍罗维茨就是一个：一个十六岁的瘦削的、怕羞的小伙子，一头长发，有细软的胡须、无限忧伤的大眼睛和闪电般的智慧。他若失去了什穆埃尔怎么得了呢？但愿盟军当真会登陆，那就好了！但愿那一冲击会延缓或取消这次遣送！把七千五百名犹太人从这场大屠杀中拯救出来，那将是一个奇迹。单单把什穆埃尔拯救出来，就是一个奇迹。在杰斯特罗怜爱地看来，这孩子头脑里发出的光辉可以照亮犹太民族的前途，他可以成为一个迈蒙尼德①，一个拉希②。如果在奥斯威辛上空一闪的可怕火焰中失去这样一个才子，那该多伤心！

清晨，娜塔丽到云母工厂上班，并不知道有那列等候着的火车。杰斯特罗到新搬了地方、设备极佳的图书馆去。一所规模不大的专科学院的图书馆也不过如此：整间屋子里放满了崭新的钢书架、光滑的书桌、考究的座椅，甚至还铺上了地毯；收藏的书籍十分丰富，有欧洲各种主要语言的各类书籍，也有一批使人惊愕的犹太书籍，全都很精确地制成索引，编目分录。当然，没人使用这套奢侈的设备。读者和借书人到恰当的时候，都得好好演习一下，使一切在丹麦客人看起来全自自然然。

杰斯特罗手下的人没谁提到火车的事。白天渐渐过渡到了傍晚，什么事也没发生。他暗暗希望，一切都会顺遂。可是他们还是来了：遣送委员会的两个衣衫褴褛的

---

① 迈蒙尼德（1135—1204），西班牙犹太学者，哲学家、神学家、医学家。
② 拉希（1040—1105），法国犹太学者，中世纪著名《圣经》及《塔木德》译注家。

犹太人，一个生着波纹般红头发的大高个儿拿着那沓征召通知；一个黄脸的矮子拿着签收的名册。他们的神情是痛苦的，因为他们知道自己是在受人憎恨的气氛中行走。他们沉重而缓慢地从一间房走到另一间房，把每一个遣送的人搜寻出来，把征召通知递交给他，让他签名收下。图书馆受到了严重的打击，七名工作人员中杰斯特罗失去了五名，包括什穆埃尔·霍罗维茨在内。什穆埃尔坐在办公桌前边，桌上放着那张灰色卡片，他摸了摸自己那少年人的胡须，望望杰斯特罗。随后，他把手心缓缓地翻过来向外朝上，有黑眼圈的暗色眼睛大睁着，就和拜占庭镶嵌工艺中耶稣的眼睛一样使人悲伤。

杰斯特罗回到住处的时候，娜塔丽已经在那儿了。她用一双跟什穆埃尔·霍罗维茨一样的眼睛注视着他，朝他举起了两张灰色卡片。她和路易斯被指定搭乘第三班火车于十七日出发，"到德累斯顿重新定居"。他们遣送的号码全写在卡片上。她必须带着路易斯于十六日到汉堡营房报到，随身携带轻便的行李、一套换洗内衣以及二十四小时的口粮。

"这一定搞错啦！"杰斯特罗说，"我这就去找爱泼斯坦。"

娜塔丽的脸色跟卡片一样灰白："你认为是搞错了吗？"

"肯定搞错啦。你是知名人士，云母工厂的工人，又是幼儿园的女教师。遣送委员会是个疯人院，有人抽错了卡片啦。我一个小时内就回来。你高高兴兴的。"

马格德堡营房外边闹哄哄地挤了一大群人。信口滥骂的犹太区卫兵正想法把人排成一行：他们使用拳头、肩膀，偶尔还用橡皮棒子。杰斯特罗从一个专用的入口走了进去。从主门厅的那头，传来了挤满遣送组办公室的申请人愤怒、焦急的喧哗。在爱泼斯坦的套间外面，又有一行人站着。杰斯特罗认出是经济处和技术处的高级人员。这次遣送范围真广！杰斯特罗没去排队。长老的身份是一个讨厌的包袱，但是它至少给人权力，可以去接近大人物，甚至——如果当真有事要跟他们打交道的话——可以去找党卫军。爱泼斯坦的美貌的柏林秘书显得疲惫、烦躁，可是她却朝着杰斯特罗勉强地笑笑，放他走了进去。

爱泼斯坦两手紧紧抓住他那张崭新、漂亮的桃花心木办公桌，坐在那儿。就陈设和装饰而言，这间办公室简直配得上布拉格的一个银行家，他们预定将要在这儿向红十字会做一次长时间的情况汇报。爱泼斯坦看见杰斯特罗，显得很惊讶。他对娜塔丽的事是热忱和同情的。是的，错误并不是绝对不可能。搞遣送工作的那些可怜的家伙，晕头转向地四处乱跑。他要调查一下，杰斯特罗的侄女儿有没有偶然闯了什么祸呢？杰斯特罗说："没这样的事，肯定没有。"他想把灰色卡片交给爱泼斯坦。

这个高级长老把手缩了回去。"不，不，不，让她先保留着，不要把事情弄乱。

等错误得到纠正以后，会通知她把这卡片还回来的。"

一连三天，爱泼斯坦方面没传来任何进一步的消息。杰斯特罗再三设法想要见他，可是那个柏林秘书变得冷淡、讨厌、公事公办。她说，跟她纠缠是没有用的。高级长老得到消息后，会通知他。同时，娜塔丽探听出来，并且告诉了杰斯特罗，她的犹太复国主义团体中的全体成员都收到了遣送通知。她还愁眉不展地承认，杰斯特罗是有先见之明的，准是有个告密的人出卖了他们，他们正在被清除掉。这伙儿人里有医院的外科主任、粮食管理机构的副经理以及德国犹太退伍军人协会以前的会长。显然，这群人全得不到庇护了。

头两班火车驶走了。除了娜塔丽以外，她的秘密小集团的成员全被送走了。第三班，一长列装牲口用的车厢尖声叫着驶进了班霍夫大街。在特莱西恩施塔特各处，被遣送的人在下午灿烂的阳光里携带着行李、干粮和小孩，朝着汉堡营房沉重地走去。

杰斯特罗又做了最后一次尝试想见见爱泼斯坦。他失败了，回到了住处，不过这时候却有了一线希望。他有一个学生在中央秘书处工作，悄悄把消息告诉了他：遣送委员会犯下了严重的错误，他们发出了八千多张征召通知，但是党卫军跟德国铁路公司订好合同，只运送七千五百人。德国铁路公司管负责这种运输工作的列车叫"特别列车"，他们向党卫军收取减低了的三等团体票价。列车车厢总共只够装运七千五百人，所以至少有五百张征召通知可以取消，有五百名要遣送的人可以得救！

杰斯特罗把这消息一五一十地说给娜塔丽听的时候，她正坐在长沙发椅上做针线，路易斯待在她的身旁。她听到这消息，并没什么高兴的反应，几乎根本没反应。遇到情况恶劣的时候，娜塔丽总是凭借一层范围狭隘的麻木外壳来保护她自己，这时候她又退缩进这层外壳里去了。

她告诉杰斯特罗，眼下她正在踌躇，不知该穿点儿什么。她向不走的人家买下或是借来一些衣服，把路易斯打扮得像方特勒罗伊小爵爷①那样。她以镇定、迷惘、近乎自相矛盾的逻辑说明，她的仪表将是很重要的，因为她不再受到一位有名的叔叔的庇护了，她就要靠她自己，所以得摆出最好的神态来。她马上就要到党卫军那儿去，只要她能够立即在党卫军官兵的眼里获得好感，证明自己是美国人，又是知名人士，那么女性的魅力和路易斯的天真可爱，再加上对一个年轻母亲的同情，一定可以帮她产生有利影响。她该不该穿这件相当诱惑人的紫衣裳去呢？他们谈话的时候，她正在这件衣裳上缝上一个黄星标志。她说，在这么暖和的天气里，穿这件衣服上路可能正

---

① 美国女作家弗朗西丝·霍奇森·伯内特（1849—1924）1886年发表的小说《小公子》中的主人公，是一个衣着华美、好得出奇的孩子。

合适。埃伦认为怎样？

他温和地迎合着她当时的心情。不，这件紫衣裳也许会惹得德国人，甚至低下的犹太人放肆起来。那身定做的灰衣服很讲究，很像德国人的气派，而且又能衬托出她的身材。她和路易斯到达时，会很突出。在他这样说着时，她一本正经地不住点头，表示同意，接着就把缝上黄星标志的那件紫衣裳折叠起来，放到提箱里，说也许迟早还会有用。她继续忙着收拾行李，就自己必须做出的种种抉择半对自己、半对杰斯特罗嘟哝。埃伦用钥匙把书桌的一只抽屉打开，取出一柄小刀，把右脚上那只结实的轻便鞋的两三个缝线处割开。她虽然有点儿麻木，这却叫她觉得奇怪。"你在干什么？""这只鞋太小啦。"他边这么说，边走进自己的房间。等他再走出来时，他穿上了那套最好的衣服，戴上了那顶旧的软呢帽，看上去就像一个被遣送的人。他的脸色到底是很严肃、很烦乱还是很惊慌，她可说不上来是哪一样。

"娜塔丽，我要在取消一些征召通知的这件事上继续追下去。"

"但是我不久就得上汉堡营房去啦。'

"我不会需要多少时间。不管怎样，我今天晚上也可以上那儿去看你们。"

她凝视着他。"说实在的，你认为还有希望吗？"她的声音是怀疑的，冷漠的。

"咱们瞧吧。"路易斯在地板上玩娜塔丽的那个庞奇木偶，埃伦在他身旁弯下一只膝，"嗯，路易斯，"他用意第绪语说，"再会啦，愿上帝保佑你。"他亲了亲这孩子。刺痒的胡须惹得路易斯咯咯笑了。

娜塔丽收拾好行李，把手提箱关上，把包袱扎好。她现在没什么事可做了。这是她觉得难以忍受的。使自己忙碌是她摆脱恐惧的最好办法。她清楚地知道，她和路易斯到了危险的边沿。她并没忘却埃伦转达的班瑞尔所讲的"东方"发生的事情。她并没忘却，只不过她把那抑制在心里。她和埃伦全没再提到过奥斯威辛。遣送的通知上也一句没提到奥斯威辛。她对于自己很可能是上那儿去的这一念头，根本就不去仔细琢磨。到这时候，她甚至还不为自己牵连在犹太复国主义者的地下组织中而感到后悔。这件事使她情绪高昂，掌握住了自己的命运，并且使自己的生命有了某种意义。

德国人进行残酷的压迫，是因为犹太人手无寸铁，无家可归。厄运使她陷进了这场大灾难。但是西方自由主义永远是一座海市蜃楼，同化是办不到的。直到如今，她自己一直过着一种空虚的犹太人生活，怎是她发现了自己生活的意义。如果她能活下去，她的一生将致力于在巴勒斯坦犹太民族那片古老的国土上恢复犹太国。

她相信这一点。这是她的新信念。至少她相信自己相信。一个微弱的反抗而嘲弄的美国声音始终没从她心头完全消逝，它悄悄地说，她真正需要的是活下去，回到拜伦身边，在圣弗朗西斯科或科罗拉多州居住下来。她的突然转变，接受犹太复国主义，只是治疗她陷入困境、痛苦不堪的一种精神性吗啡。可是吗啡也好，信念也好，她却为它冒着生命危险，准备付出代价，而且仍旧没为它感到后悔。她后悔的只是自己没立即接受班瑞尔的提议，把路易斯送走。但愿她还可以这么办，那该多好啊！

她不能再等埃伦了，只好背着一包干粮和盥洗用品，一手拎着一只提箱，出发到汉堡营房去，路易斯跟在她的身旁蹒跚地走着。她走进了一行背着背包、衣衫破旧、弯腰曲背的犹太人的行列，他们全朝那个方向走去。那是一个风和日丽的下午。四处，在嫩绿的草地边沿，盛开着许多鲜花，这些草地是过去两三个星期内新铺好的。特莱西恩施塔特的街道这时候很干净，全市都洋溢着春天的气息，建筑物新粉刷成黄色，闪闪发光。虽然"美化运动"还有不少事情要做，红十字会客人们眼下几乎已经可以被蒙混过去了，娜塔丽斜眼看着街道正前方的落日时，这样郁闷地想着。也就是说，要是他们不走进营房的话，或者他们不去追问伸入市区的那条铁路支线或是当地的死亡率的话，一切就蒙混过去了。

她挤进了汉堡营房外边那条长长的行列，一边手里紧紧牵着路易斯，一边用脚把提箱推着向前。在街道对面终点站的顶棚下边，停着那辆黑色机车。院子入口处，在党卫军士兵的监视下，遣送委员会的犹太人坐在白木桌旁，非正式地查问这批遣送的人——盘问，点名，叫号码，用橡皮戳子在文件上盖章，一切都是以移民检察官特有的那种厌烦急躁的态度来办理，这在任何国境线上全都一样。

后来，轮到娜塔丽了。接过她文件的办事人员是一个身材矮小、头戴一顶红布便帽的人。他用德语朝她大声叫嚷，在文件上盖了章，潦草地做了点儿记录。接着，他收下她的卡片，回头朝肩后吆喝了两个号码，一个三天没剃胡子的人递给他两个穿了绳子的硬纸板标志。娜塔丽那两张灰色卡片上的号码用巨大的黑色数字写在这两个标志上。娜塔丽把一个号码牌挂在自己的脖子上，另一个挂在路易斯的脖子上。

在党卫军总部，埃伦·杰斯特罗手拿呢帽，站在司令官办公室外面，因为副官吩咐他在过道里等着。穿军服的德国人从他身旁走过去，一眼也不看他。一个犹太长老应召到中队长拉姆的办公室，这并不是罕见的事，尤其是在推进"美化运动"的时候。忧虑使这个老人两膝发软，然而他又不敢倚靠着墙壁，一个犹太人当着德国人的面摆出懒洋洋的姿势，那会招来一拳头或是一棍子。美化也好，不美化也好，这份谨慎小心已经深入他的骨髓了。他费了很大的力气才使自己直挺挺地站着。

他在自己的住处做出这项决定时，十分忧虑不安。当他割开鞋子缝线的时候，他的手抖得非常厉害，第一刀竟然滑到一旁，割破了他的左拇指，虽然他裹了一块碎布，这时伤口还在出血。幸而娜塔丽在惊得发愣的情况下没注意到这件事，尽管她的确瞧见他把缝线割断。可是一旦做出了决定，他就战胜了疑虑，勇往直前。其余的事全掌握在上帝的手里，但最后冒险的时机取决于他。盟军会登陆的，如果不是在五月，那么就是在六七月。德国人在各条战线上节节败退，战争也许会很突兀地一下就结束。娜塔丽和路易斯在这次遣送中绝不可以走。

"送礼，祈祷，战斗！"①

埃伦·杰斯特罗一遍又一遍地喃喃说着这三个希伯来词。这三个词给了他勇气。童年上一堂讲述雅各和以扫②的《圣经》课时，他就记住了这三个词。经过二十年的分离之后，弟兄俩就要会面了，雅各听说以扫带了四百名武装人员前来。于是雅各派人先送了大宗礼物，整群的牛、驴子和骆驼；他把商队排成阵势，准备战斗；同时他恳求上帝给予帮助。拉希评论说，"准备面对敌人的三种方法是：送礼、祈祷和战斗。"

杰斯特罗祈祷过了。他随身携带有贵重的礼品。倘若万不得已，他也预备战斗。

副官是一个大高个儿、红脸蛋儿的奥地利人，年龄肯定不到二十五岁，可是他的武装皮带却把绿军装遮盖着的腹部束成了圆滚滚的两团。他把办公室的门拉开，说："好吧，喂，到这里来。"

杰斯特罗穿过外间，走进敞开着的房门，到了拉姆的办公室里。满面怒容的司令官正坐在办公室里他的桌子旁写字。副官在杰斯特罗身后把门关上。拉姆并没抬起头，他的钢笔沙沙地写了又写。杰斯特罗急切地想要小便。他以前从来没进过这间办公室。希特勒和希姆莱的巨幅肖像，卐字旗，墙上的一面巨大的银黑二色的圆形雕饰，上面有放大了的党卫军两道电光的徽章，这一切都使他气馁。在其他任何情况下，他几乎全会要求到盥洗室去一次，但是这时候他不敢开口。

"你到底想要什么？"拉姆猛然大喝一声，恶狠狠地瞪眼望着他，脸色也变红了。

"司令官阁下，我可以恭恭敬敬地——"

"恭恭敬敬地干什么？你以为我不知道你干吗上这儿来吗？只要你替你的那个犹太侄女说一句话，你立刻就会浑身是血，从这儿被扔出去！你明白吗？你以为自己是个狗屁的长老，就可以闯进总部，替阴谋危害德国政府的一个犹太母猪求情吗？"

这就是拉姆的作风。他有火暴的性子，遇到这种时刻会变得很危险。杰斯特罗险些垮掉了。拉姆拍着桌子，站起身，朝他尖声嚷道："怎么样，犹太人？你要求见司

---

① 原文是希伯来语。
② 关于雅各和以扫的故事，见《旧约全书·创世记》第二十五章。

令官，是吗？我给你两分钟。你要是哪怕提上一次你那个侄女，我就把你的牙齿敲进你这猪一样的喉咙！快说！"

杰斯特罗用很低的声调气急败坏地说道："我犯下了一项大罪，想向您坦白说出来。"

"什么？什么？大罪？"那张暴躁的脸孔蹙了起来，显得有些迷惑。

杰斯特罗从衣袋里掏出一个柔软的黄色小荷包。他用一只颤抖得厉害的手把荷包放在办公桌上。拉姆睁大眼睛先望望他，又望望荷包，然后拿起荷包，把六颗闪闪发光的宝石全部倒到了桌上。

"这是一九四〇年我在罗马用两万五千美元买下来的，司令官阁下。那时候我住在意大利，在锡耶纳。"杰斯特罗说的时候，声音稍许坚定下来，"墨索里尼参战以后，我为了预防变故，把钱换成了钻石。作为一个知名人士，我到达特莱西恩施塔特时并没受到检查。条例规定得把珠宝交出来。我知道这一点。我犯下这个严重的罪过，自己很后悔，所以来坦白认罪。"

拉姆重新在椅子上坐下，两眼注视着钻石，咧开嘴怒气渐消地笑笑。

"鉴于它们的价值，"杰斯特罗补上一句，"我认为最好直接把它们交给司令官阁下。"

拉姆瞪起两眼对着杰斯特罗嘲弄地看了好半天，蓦地纵声大笑起来。"价值！你大概是从一个犹太骗子那儿买来的，这全是玻璃。"

"我在保加利亚那儿买的，司令官阁下。您肯定听说过意大利最好的珠宝商，商标就在荷包上。"

拉姆并没去看荷包。他用手背把钻石推开，钻石在吸墨水纸纸板上四散开来。

"你把它们一直藏在哪儿？"

"藏在鞋底里。"

"哈哈！犹太人的老把戏。你还藏了多少？"拉姆的音调变得像谈心那样尖刻。这也是他的作风。一旦他的怒气过去，你可以跟他攀谈一下。爱泼斯坦说："拉姆叫的时候多，咬人的时候少。"然而，他的确咬人。贿赂就搁在办公桌上，可拉姆并没拿。这时候，杰斯特罗的命运还是未知数。

"我什么也没有啦。"

"要是上小堡垒里去把你的鸡巴蛋拧一拧，你也许会想起你忽略了点儿什么。"

"真没别的啦，司令官阁下。"杰斯特罗哆嗦得浑身颤动，不过他的回答却是声调平稳、令人信服的。

拉姆把钻石一颗颗拿起来，对着亮光看了看。"两万五千美元吗？不管你在哪儿买的，你瞎了眼，受骗啦。我认识钻石。这些全是废料。"

"买下一年以后，我在米兰请人估计价，说是值四万美元，司令官阁下。"这时候，杰斯特罗正在稍稍自行美化一下。拉姆的眉毛扬了起来。

"你的那个侄女对这些钻石自然全知道啦。"

"我从来没告诉过她。这样更审慎点儿。世上其他人都不知道这些钻石，司令官阁下，只有您和我。"

中队长拉姆用充血的眼睛凝视了杰斯特罗好一会儿。他把钻石又丢进那只荷包，然后把荷包收进了一只衣袋。"嗯，那个婊子和她的坏种这次可得被遣送走。"

"司令官阁下，据我所知，征召通知发多啦，有好多份都得取消。"

拉姆固执地摇摇头。"她得走。没被送进小堡垒去枪毙掉，她已经很幸运啦。现在，快出去吧。"他拿起钢笔，又写起来。

然而，"礼物"起了点儿作用。打发他走的吩咐是粗率的，但并不凶。埃伦·杰斯特罗这时候不得不冒最大风险迅速做出判断。当然，拉姆不能承认贿赂起了作用。但是，他果真会照料着让娜塔丽不走吗？

"我说啦，快给我滚出去。"拉姆厉声喝叫。

杰斯特罗决定动用他的可怜的武器了。

"司令官阁下，要是我的侄女被遣送走了，那我不得不告诉您，我就辞职不当长老啦！我就辞职不管图书馆啦！我也决不参加"美化运动"！我不在我的住处和红十字会客人们谈话！随便什么也不能强迫我改变主意。"在紧张中，他把这几句事先准备好的话像连珠炮似的突然说了出来。

这种大胆放肆使拉姆出乎意料。那支钢笔放了下来。他低低的嗓音里露出了一种凶狠可怕的腔调："你对自杀感兴趣吗，犹太人？马上就要自杀？"

杰斯特罗急匆匆地说出了更多事先准备好的话。"司令官阁下，大队长艾希曼费了很大的力气把我从巴黎弄到特莱西恩施塔特。我成了很好的'橱窗陈列品'！德国记者拍下了我的照片。我的书在丹麦出版了。红十字会客人们对于会见我会很感兴趣，可——"

"闭上你这唾沫四溅的臭嘴，"拉姆用一种冷静得出奇的语气说，"马上离开这儿，要是你想活命的话。"

"司令官阁下，我并不十分珍惜我的生命。我已经老啦，身体又不好。把我杀了，你就得去向艾希曼先生解释，他的'橱窗陈列品'怎么样了。对我用刑，那么要是我活下去不死，我会给红十字会客人们一个什么样的印象呢？要是你取消我侄女的征召通知，我保证红十字会客人来访问时一定跟你合作，我保证她绝不会再做什么蠢事啦。"

拉姆揿了揿一个蜂音器，又拿起钢笔来。副官把房门推开。在拉姆杀气腾腾的目光和把笔一挥、打发他走的手势下，杰斯特罗奔出了房间。

总部前面的广场上有一大丛盛开的鲜花和树木。杰斯特罗走出来，到了花香扑鼻的街上。乐队正在演奏傍晚的协奏曲，是《蝙蝠》①中的一支圆舞曲。月亮显得发红，低低的悬在树梢上。杰斯特罗蹒跚地走到那家露天咖啡馆，犹太人在那儿可以坐下，喝点儿黑水②。他是一个长老，所以可以走过那行排队等候的顾客，他在一张椅子上瘫坐下，筋疲力尽、如释重负地用两手捂住了脸。他还活着，没受到损伤。至于他办成了多少事，这他可不知道，不过他是用尽全力了。

探照灯的强光从汉堡营房屋顶上向下照射到草地上。娜塔丽惊慌失措，被强光射得睁不开眼，她忙把睡着的儿子一把抱起。路易斯呜呜咽咽地哭了。

"起立！三个人一排站队！"犹太区卫兵正在草地上大踏步走着、吆喝着，"所有的人全部走出营房！到院子里来！站队！赶快！起立！三个人一排站队！"

被遣送的人仓促地穿上衣服，蜂拥进院子。很早就来报到的人是有先见之明的，他们能抢占一个铺位，因为他们知道，党卫军腾出这些营房来就是要当作一个集合中心。原本住在那儿的那两千多名犹太人已经全部搬走，待到他们能待的地方去了。

"有些人就要获得豁免啦！"除了这件事以外，还会有什么别的事情呢？大伙儿这时候全知道征召通知多发了。卫兵在清除出来的草地上放了两张桌子，长老们由爱泼斯坦亲自率领，鱼贯地走进大院。遣送人员带着他们的一沓沓卡片和文件、铁丝筐子、橡皮戳子等等，坐了下来。拉姆司令官挥舞着一柄短手杖，也来了。

这个有三千名犹太人的队列在拉姆面前，绕着大院拖拖沓沓地走动起来。他用手杖指点着，豁免一个个人。获得豁免的人走到大院的一个角落里。拉姆有时候跟长老们商量一下，要不然他干脆就单挑出漂亮的男人和美貌的女人来。整个队列都接受过了检阅，开始绕第二圈了。这花去了很长的时间。路易斯的两腿走不动了，娜塔丽不得不把他背在背上，因为她还拖着那两只手提箱哩。等她再绕过来时，她看见埃伦·杰斯特罗在跟拉姆讲话，司令官用手杖威吓他，背过身不睬他。人们在探照灯的照射下不住地朝前走去。

突然，起了一阵骚动和混乱！

①约翰·施特劳斯1874年所写的一部轻歌剧。
②充作咖啡的劣质饮料。

卫兵们大喝着，"立正！"中队长拉姆一面吼叫着一些粗话，一面朝扭动身体、躲闪开的遣送人员挥动手杖。他们不知怎么计算错了，接下去拖延了很长时间。不管是拉姆喝醉了，还是坐在桌旁的犹太人工作无能或是吓得六神无主，这个涉及人命的笨拙工作到这时已经拖过午夜了。最后，这个队列又开始走动。娜塔丽在恍惚绝望中，紧跟着一个身穿一件有黑羽毛般衣领的破旧上衣、一瘸一拐地走着的老婆子身后，她跟在这个老婆子身后慢腾腾地已经走了好几个小时。忽然，有人粗鲁地把她的胳膊肘儿使劲一拉，使她猛一转身，磕磕绊绊地离开了队列。"你是怎么回事，你这傻婊子？"一个生着络腮胡子的卫兵咕哝。拉姆司令官正用手杖点着她，露出一种嘲笑的神情。

探照灯熄灭了。司令官、长老、遣送人员全部离去。获得豁免的犹太人被集合起来，带进另一个放有床铺的房间。一个遣送人员，就是分发征召通知的那个红头发的人，告诉他们，他们现在算"后备人员"，司令官对计算错误很生气，明天上火车的时候还要再计算一遍。在那以前，他们只能待在这间屋子里。娜塔丽度过了一个可怕的、不眠的夜晚，路易斯一直睡在她的怀里。

第二天，那个遣送人员带着一份用打字机打好的名单回来，叫了五十个姓名，吩咐这些人上火车。这个名单不是按字母排列的，所以在最后一个姓名读出来以前，凝神静听的人们脸上全显得分外紧张。娜塔丽并没被叫到。那五十名不幸的人提起手提箱，走出去了。又等了好半天。接着，娜塔丽听见火车汽笛的尖啸声，机车呼哧呼哧，还有开动的车厢的锵锵声。

红头发的人望着屋子里大声喊道："把你们的号码牌堆在桌上，离开这儿。回到你们的营房去。"

娜塔丽虽然为这列火车上的人们，尤其是为和她共度过一夜的那些人感到满心难受，可是把路易斯的号码牌从他的脖子上取下给了她有生以来最大的快乐。

埃伦·杰斯特罗站在营房入口外边获得豁免者的一群亲友中间等候着。在他们周围，人们的重新团聚全是有所克制的。他也只朝娜塔丽点点头："我来拿手提箱。"

"不，你抱着路易斯吧，他可累坏了。"她放低声音说，"瞧在上帝的分儿上，咱们快跟班瑞尔取得联系吧。"

几天以后，犹太区的一名卫兵在中午前后到云母工厂找娜塔丽，叫她第二天上午八时带着孩子到党卫军总部报到。下班以后，她一路奔回泽街的住处。埃伦待在家里，正在小声诵读《塔木德》。这个消息似乎并不叫他心烦意乱。他说，很可能是要警告她一下。说到底，党卫军知道了他们想使红十字会人员有所警觉的那项阴谋，而她是那个小团体中唯一留在犹太区里没走的人。她一定得卑躬屈节，自怨自艾，一定得答应从今往后跟德国人合作。这无疑就是德国人要她做的事情。

"可是为什么要路易斯去呢？为什么叫我非带他去不可？"

"你上次带他上那儿去的。副官大概记得这件事。不必太担忧。振作精神。这是决定性的。"

"你还没收到班瑞尔的来信吗？"

杰斯特罗摇摇头："人家说可能需要一星期或一个多星期。"

娜塔丽通宵不曾合眼。窗外变成鱼肚白时，她就起身，人感到很不舒服。她穿上那身灰色衣服，把头发梳得极其漂亮，又用旧钵子里的干胭脂搽了一下，加点儿颜色，使自己显得更标致。

"不会有什么问题的。"她要走的时候，杰斯特罗说。尽管他宽慰地笑着，他自己的脸色却很不好看。他们做了一件对他们来说很不寻常的事：他们互相亲了亲。

她匆匆地赶到幼儿园，给路易斯穿好衣服，吃了早餐。教堂大钟打八点的钟声的时候，她走进了党卫军总部。等她通报了姓名以后，门口办公桌旁那个一脸厌烦神情的党卫军兵士点点头："跟着我来。"他们走下过道，下了一条长楼梯，又穿过另一条更黑暗的走道。路易斯偎在妈妈的怀里，用亮晶晶的眼睛好奇地东张西望，手里拿着一个锡制的玩具士兵。党卫军兵士在一扇木门前面站住。"进去。等着。"他在娜塔丽身后把门关上。这是一个没有窗子、粉刷得雪白的房间，有一股地下室的气息，里面点着一盏有铁丝网罩着的灯。墙壁是石头造的，地面涂着水泥，有三张木椅子沿墙放着，在一个犄角里，有一个拖把和满满一铅桶水。

娜塔丽在一张椅子上坐下，把路易斯放在自己的膝上。过了很长的时间。她说不出过了多久。路易斯对着那个锡制的玩具士兵咿咿呀呀胡说一气。

门打开了。娜塔丽连忙站起身。拉姆司令官走进房，后面跟着海因德尔督察，他随手把门关上了。拉姆穿着一套黑色军礼服，海因德尔穿着绿灰色的军便服。拉姆走到她面前，对着她咆哮："哼，你就是阴谋反对德国政府的那个犹太婊子喽！是吗？"

娜塔丽的喉咙收紧。她张开嘴，想说话，可是她发不出声。

"你是还是不是？"拉姆大吼着。

"我——我——"她嘶哑地低声喘息。

拉姆对海因德尔说："把那个该死的小杂种从她手里拿开。"

督察从娜塔丽的怀里一下把路易斯夺过去。她简直不相信这件事真的发生了，但是路易斯的恸哭使她喉咙里嘶哑地挣出几句话："我糊涂，我受了骗，我愿意合作，别伤害我的孩子——"

"不要伤害他？他完蛋啦，你这下贱的臭货，这你不知道吗？"拉姆朝着拖把和那桶水指了指，"他马上就要变成一堆血淋淋的烂肉啦，那就是用来收拾干净的。这工作归你来做。你以为你干了坏事人家就不知道吗？"

海因德尔是一个矮胖、结实的人，手上满是汗毛。他把路易斯颠倒过来，一手提着一条腿。孩子的上衣耷拉下去，遮住了他的脸。锡制的玩具士兵叮当一声落在地上。他瓮声瓮气地哭着。

"他死定了，"拉姆朝她嚷着，"动手，海因德尔，把这件事办好，把这孩子一扯两半。"

娜塔丽尖声喊叫起来，朝着海因德尔直扑过去，但是她绊了一下，摔倒在水泥地上。她用手和膝盖把身子撑起。"不要杀他！我什么事都愿意干。就是不要杀他！"

拉姆哈哈笑了一声，用手杖指着海因德尔，他还在把那个哇哇直哭的孩子颠倒过来提着。"你什么事都愿意干？好，让我们来瞧你呃督察的屁儿。"

这并不使她震惊。这时候，娜塔丽完全成了一只发狂的动物，极力想保护一只幼小的动物。"是，是，好，我愿意。"

海因德尔用一只手握住路易斯的两边足踝，把那个呜咽的男孩像只家禽那样倒提着。娜塔丽用手和膝盖向他爬过去。倘若娜塔丽这时是神志清醒的，就会觉得这一切是令人作呕、不可名状的，然而她当时所知道的只是，如果她用嘴含着那玩意儿，她的孩子就可以不受到伤害。在她匍匐向前时，海因德尔倒往后退去。两个人全哈哈大笑起来。"瞧，她倒真想要，司令官。"他说。

拉姆呵呵大笑："嘿，这些犹太女人都是臭货。来呀，让她乐一下吧。"

海因德尔站住了。娜塔丽爬到他的脚下。

海因德尔抬起一只穿着皮靴的脚抵到了她的脸上，把她踢得往后摔倒在地。她的头猛地一下撞在水泥地上。她只看见一道道弯弯曲曲的亮光。"从我面前滚开。你认为我会让你这龌龊的犹太嘴来玷污我吗？"他站在娜塔丽身旁，朝着她脸上唾了一口，把路易斯扔到她的怀里，"去，找你的叔叔那个《塔木德》的拉比去。"

她坐起身，紧紧搂住孩子，把上衣从他发紫的脸上拉下。他喘息着，两眼直瞪瞪的，脸上通红一片。接着，他呕吐了。

"站起来。"拉姆说。

娜塔丽照办了。

"现在听着，犹太母猪。等红十字会的人到来时，你得充当儿童部门的向导。你得给他们留下最好的印象。他们在报告中将详细提到你，你得是一个非常幸福的美国犹太女人。幼儿园得是你感到自豪的乐事。知道吗？"

"当然啦。当然啦。我知道。"

"等红十字会的人走了以后，你不管是哪方面行为不检点，你就得带着你的小鬼直接上这儿来。海因德尔就要当着你的面把他像块湿抹布那样扯成两半，你就得亲手把那堆血淋淋的烂肉收拾干净，再把它送到焚尸炉里去。然后，你就上战俘筑路大队的那座营房去，两百名臭烘烘的乌克兰人就要轮流干上你一个星期。要是你这婊子的臭皮囊还能支撑下来，那么你就到小堡垒去等候枪毙。明白吗，臭东西？"

"你说什么我就做什么。我一定给他们一个极好的印象。"

"好吧。还有，你要是对你叔叔或是其他任何人提起一句今天的事情，你就完蛋啦！"他把脸直伸到她那唾沫狼藉的脸前边，带着一股死人的气息向她号叫，以致她耳朵都轰响起来，"你相信我说的话吗？"

"我相信！我相信！"

"把她轰出去。"

督察握着她的胳膊把她拖出了房间，拖上楼梯，穿过过道，然后把她连同怀抱里的那个气息奄奄的孩子推到了总部外面春花烂漫的广场上。乐队正在演奏午前的协奏曲，是《浮士德》①中的几首乐曲。

她回到住处时，杰斯特罗在等候着。孩子的脸上还沾着呕吐的东西，似乎吓得目瞪口呆。娜塔丽的脸色使杰斯特罗很不好受，她的眼睛睁得滚圆，外面一圈白边，皮肤发灰发青，一副临死前惊恐万分的神态。

"怎么样？"他说。

"是警告。我没怎么样。我得换好衣服，上班去。"

半小时后，她穿着破旧的褐色衣服，带着孩子走出房间，杰斯特罗还在那儿。孩子已经盥洗过，似乎好了些。她的脸还是死灰色，不过那种惊骇的神色渐渐消失了。

"你干吗不上图书馆去？"

"我想告诉你，班瑞尔那儿有消息来了。"

"是吗？"她一把抱住他的肩膀，眼神十分热切。

"他们试试看。"

---

① 法国作曲家古诺（1818—1893）所创作的法国抒情歌剧。

第八十二章

德意志的灭亡

（摘自阿尔明·冯·隆的《世界大屠杀》）

英译者按： 隆将六月间诺曼底登陆和苏军的进攻视为一次联合军事行动。这一点单就其概括意义而言，是正确的。在德黑兰，大联盟的确曾赞同由东西两面同时夹击德国。但俄国人并未获悉我们的作战计划，我们也并未获悉他们的。一旦我们登陆以后，将有两个星期无法确定斯大林是否会信守诺言展开攻击。

本章将隆的战略论文及其希特勒回忆录最后部分中的章节合并在一起。

一九四四年六月，在德黑兰锻造的那柄老虎钳的钢铁钳牙开始合拢了。根据富豪统治与斯拉夫共产主义长期阴谋策划的两面夹攻计划，德意志民族、中欧基督教文化和礼仪的最后堡垒，遭到来自东西两方的攻击。

在西方的著作中，诺曼底登陆和俄国的攻击，依然被视为"人类"的一大成就。但是严肃认真的史学家已经开始看穿战时宣传的烟幕。在德黑兰，富兰克林·德·罗斯福把东欧交到了赤色魔爪之下。他的动机何在？想要摧毁德国，这个美国垄断资本在世界上最强大的劲敌。由于在这场战争中过度紧张、努力，又由于罗斯福狡猾地反对殖民主义，英国，用希特勒的生动语言来说，已经像兔子那样被剥了皮。日本在同冯·尼米兹那不断扩大的舰队进行的一场寡不敌众的战斗中已渐渐不支。只有德国仍挡住走向美元世界霸权的道路。

有人认为罗斯福后来在雅尔塔会议上"受了骗"，向斯大林做了过多的让步，这是一种肤浅的老生常谈。事实上，他在德黑兰已经把一切都让步了。当他保证对法国发动进攻以后，赤色的亚洲人插入欧洲心脏就已经在所难免了。为了保证这一点，他还把大量的租借物资送往苏联，其数字之大仍然令人难以想象：大约四十万辆机动车、两千辆机车、一万一千列火车车厢、七千辆坦克、六千多门自行火炮和半履带车辆，以及两百七十万吨石油与使原始的斯拉夫军队行动起来的其他产品，更不提一万五千架飞机、几百万吨粮食以及不计其数的原料、工厂、军火和技术设备了。

罗斯福作为一个朴实、天真的人道主义者去同斯大林折冲樽俎，这幅画面是他最大的宣传骗局。这两个心肠冷酷的屠夫彼此十分了解，他们只是为了本国人民的观赏，为了历史，才装出不同的姿态。在这两人中，罗斯福始终占着上风，因为苏俄一半受到破坏，正处在危急存亡之际，而美国却国富民强，安然无恙。斯大林别无他法，只有牺牲几百万俄国人的生命去为美国垄断资本统治世界扫清道路。他的确曾通过当时我们在司令部都一无所知的绝密谈判，试探是否有可能跟我们按合理的条件缔结和约，但这时，罗福斯的"慷慨的"《租借法案》挫败了我们。自然，希特勒并不准备放弃我们获得的全部利益。斯大林得到了所有的那些物资以后，决定战斗下去，牺牲掉大量的德意志和俄罗斯鲜血，这样是较为有利的。

东欧那些贫瘠而争吵不休的国家，是罗斯福抛出来给斯大林，要他的国家做出可怕牺牲的诱惑物。罗斯福的政策就是，让它们落到俄国人手里吧。当然，反复无常的巴尔干人是可疑的牺牲品。苏联人吞食了那些不妥协的民族以后，已经患了消化不良症在打嗝。那个骚动不安的半岛的战略重要性，并不像过去的几世纪那样，或者是像一九四四年对我们那样，是获得土耳其的铬的一条渠道。然而尽管如此，允许斯拉夫共产主义向易北河和多瑙河进军，还是罪大恶极的。丘吉尔恨不得使盟军的主要进攻伸入巴尔干各国，这至少表现出某种政治敏感，以及对中欧和基督教文明的某种责任感。他的血并不像罗斯福那么冷。罗斯福对巴尔干国家或波兰毫不在意，不过在一个异常坦诚的时刻，他在德黑兰告诉斯大林，由于在选举时需要大量美籍波兰人的选票，他不得不就波兰的前途庸人自扰一番。

军阀们的冲突

富兰克林·罗斯福在诺曼底登陆一事上冒了很大的风险。这是不大为人所知的。当我们衡量对峙的兵力、时间与空间的要素以及海陆转运等问题时，我们就看到，丘吉尔迟迟未能采取行动是合情合理的。登陆十分危险，结果可能是一场大灾难。只是我们方面时乖运蹇和一步接一步犯下的错误，才使罗斯福在一次大胆的军事行动中得以成功。

艾森豪威尔本人知道"霸王"行动的危险性。当他的五千艘船只在那个风雨交加的夜晚驶向诺曼底海岸时，他甚至还起草了一项宣布这次军事行动失败的文告，这份底稿偶然地保存了下来：

> 我们在瑟堡－勒阿弗尔地区的登陆未能获得令人满意的立足点，我已经将部队撤出。我在此时此地发动进攻，其决定是根据现有的最可靠的情报做出的。部队、空军和海军全部奋勇作战，恪尽职守。倘若这次行动有任何过失和不当之处，概由我一人负责。

这项文件并未成为盟军的正式公报是由于几个原因，主要为：

1. 我们的可恨的情报机构；
2. 在最初决定性的时刻，我们对这次进攻做出的混乱、迟缓的反应；
3. 阿道夫·希特勒的难以置信的拙劣决定；
4. 德国空军未能应付盟军的空中优势。

入侵舰队的集结，确实是一个出色的技术成就，而庞大的空军机群的生产以及在机上配备哪些人员，也是如此。马歇尔将军对于拥进诺曼底的地面部队的征募、装备和训练显示出他是美国的一位沙恩霍斯特[1]。美国步兵虽然需要过于丰富的后勤支持，但是在法国进行了顽强的战斗，他们精神饱满，营养充足，一鼓作气。英国大兵在蒙哥马利的统率下，尽管和往常一样进展缓慢，却表现出了牛头犬般的英勇。不过在诺曼底所发生的事情实质上是，富兰克林·罗斯福像威灵顿在滑铁卢击败拿破仑[2]那样，确凿无疑地击败了阿道夫·希特勒。在诺曼底，这两个人终于在正面的武装冲突中交手了。希特勒犯下的错误使罗斯福取得了胜利。正如同滑铁卢战役，与其说是威灵顿打胜了，不如说是拿破仑战败了。

富兰克林·罗斯福很有军事天才，其精髓在于这些简单的规则：仔细选择陆、海军将领；将战略与战术全部交由他们负责，自己只负责战争的政治问题；绝不干涉军

---

[1] 格哈德·约翰·戴维·冯·沙恩霍斯特（1755—1813），普鲁士军事改革家、将军。
[2] 1815年6月18日，英普联军在英将威灵顿公爵（1769—1852）和普将布吕歇尔（1742—1819）的统率下，在比利时的滑铁卢附近大败拿破仑，给予百日王朝以决定性打击。

事行动；绝不把遭到光荣挫折的军事将领解职；让赢得胜利的将领们获得全部荣誉。等罗斯福逝世以后，战场上的最高司令部实际上还是原来的班子。这种稳定性很有好处。军事司令部的改组，会在势头、干劲和战斗力方面造成不少损失。我们的灾难就在于希特勒不断更换将领。

元首把最高作战指挥权牢牢地抓在自己的手里。我们正蒙受着严重的失败。他绝不承认自己应对任何一次挫败负责。因此，军事首脑便不得不经常更迭。野心勃勃的新兴将领比比皆是，他们急切地想趁他们的前辈因为希特勒的无能而被解除职务时腾达起来。我注视着元首一时宠幸的这些将领来来去去，他们满怀热情地接过兵权，结果却被希特勒的干扰弄得疲惫不堪，最终因为他的拙劣的行动而被撤职，说不定还会自杀或患心脏病去世。这是一件可悲的事，是荒谬的作战方法。

诺曼底登陆

三件事支配着入侵问题，而我们国家的命运就决定于这一问题：

1. 他们将在何处登陆？
2. 他们将在何时登陆？
3. 我们在何处同他们作战？

根据军事逻辑来看，英美人登陆的地点应是多佛尔对面的加来海峡一带。这可以规划出到我国"工业心脏"鲁尔河去的最短路线。海峡在那一带最狭窄。部队在水上是一筹莫展的，按常理来说需要用最快的方法把他们送到岸上。舰艇和空中支持的周转时间，在多佛尔-加来轴心地带也最短。敌人发动攻击的诺曼底沿海一带，需要海空方面走的航程会远得多。

由于我们一心一意准备在加来海峡一带截击入侵的敌军，我们把注意力集中在一个位置上，给了敌人发动奇袭的机会。希特勒不知如何猜到地点有可能是诺曼底。在一次参谋会议上，他确实曾用一根手指指着地图，以我们曾经视作无可否认的军事眼光说："他们会在这儿登陆。"但是他在战争中做过许多这类的揣测，往往极其荒谬。当然，他只记得结果证明是正确的那些揣测，为它们大吹大擂。奉命击退入侵的隆美尔，也对诺曼底颇为关注。所以在很晚的时候，我们加强了那些海滩上的防御，增加了部署在那儿的武装部队。尽管这次入侵出其不意，倘若不是由于那种糟不可言的指挥方式，把第一天完全耽误了，我们本来可以打垮这次登陆的。

这次登陆，英国方面的主要策划人摩根将军曾经写道："我们希望并计划尽可能远离海滩，深入内地再进行战斗。因为如果进攻的战斗是在海滩上进行，那么我们就已经战败了。"我承认我们最高统帅部的参谋人员在这一点上犯了错误。我们同意伦德施泰特的意见，认为机动后备部队应当在内地待命，以避免海军和近距离的空中袭击。等艾森豪威尔登陆以后大举向内地进犯时，我们再发动攻击，把整个入侵部队消灭掉，像我们一再全歼俄国军队那样。这是一种"东方战线"心理。隆美尔知道得比较清楚，他在北非面对一个掌握了制空权的敌人时，曾经试图打一场运动战。当时，我们进退维谷。制止诺曼底登陆的唯一时机，就是敌人在我们大炮的炮火下踉踉跄跄登上海滩的时候。隆美尔加强了所谓的"大西洋壁垒"，并且按照这项原则制订了他的全部计划。倘若入侵开始之日我们按照他的计划作战，那么我们也许可以获胜，并把战局扭转过来。

英译者按：隆并没称赞英国人采用的那种精湛的欺骗战术，这种战术助长了德国人就我们将在何处登陆所做的一厢情愿的"推断"。为此，我们做了莫大的努力：对加来海峡一带的空袭和海军轰击远远超过了对诺曼底的，空军轰炸通往加来海峡一带的铁路和公路，在多佛尔附近排列开了许多假的登陆艇和伪造的陆军临时营房，还有种种仍然保密的情报花招。德国人并不是富有想象力的，他们吃进了所有这些证实他们判断的暗示，以为我们是要扑向加来海峡一带。

何处出了差错——准备工作

我们德国将领经常受到指摘，说我们责怪已死的政客希特勒输掉了该由我们打赢的战争。然而，在法国的败退确实是希特勒造成的。他贻误了我们获得的一个微小的机会。这一事实在纯军事性的分析中是无法否认的。

他的基本判断并不太差。早在前一年十一月，他就颁布了著名的第五十一号指令，把兵力转移到西线。他很恰当地指出，我们在东方可以以空间换取时间，而敌人在法国取得一个立足点，就会具有直接的"使人难以应付的"意义，我们进行战争的军火库鲁尔河就会落入敌人攻击的范围。这道指令是正确的，其大纲是切合实际的。倘若他能坚持下去那就好了！可是从一月到六月，他紧张慌乱，信口雌黄，实际上把西线的部队全消耗在其他三个战场：占领匈牙利、东线以及罗马以南盟军的战线上。此外，他还把大量部队冻结在挪威、巴尔干各国、丹麦和法国南部，以防止可能的登陆，而没把这些部队集结在海峡沿岸一带。

诚然，他受到了很大的压力。欧洲三千英里的海岸线完全暴露在敌人的攻击之下。在东方，用希特勒的话来说，俄国人像"沼泽中的动物"那样，正在继续作战。他们解了列宁格勒之围，重新夺取了克里米亚，使我们的整个南翼完全受到了威胁。游击活动使全欧洲都动荡不安。附庸国的政客们全在摇摆不定。在意大利，敌人顺着"这只靴子"[①]不断向上推进。盟军的野蛮轰炸，规模与准确性全部有增无减。尽管戈林大肆吹嘘，他的被打垮了的空军却被钳制在东方和我们的工厂城市上空。像一九四〇年的英国那样，我们的部队、武器和资源日益减少，而我们伸得太长的战线却变得过于薄弱。局势已然改变。海外也没有未受损害的盟友来为我们火中取栗了。

这种时刻，一个伟大的领袖应该起到稳定的作用。如果第五十一号指令是正确的，那么希特勒的方针便很清楚：

1．用胜利来稳定政治上的踌躇不决，而不是用破坏性的武装占领，像在匈牙利和意大利那样；

2．在意大利，撤退到易于防守的阿尔卑斯山脉与亚平宁山脉一线，把多余的师团调往法国；

3．用弹性的窜扰战术代替僵硬的、代价大的维护名声的抵抗，以此来延缓东方敌人的推进。

4．在敌人不大可能入侵的地区，留下一些基本部队，把所有的兵力孤注一掷地集中在海峡一带。

这就是冯·尼米兹和斯普鲁恩斯如何在众寡悬殊的情况下打赢中途岛战役的原因。他们冒了很大的风险，把兵力集中在决定性的据点上。这项作战原则是不变的。但是希特勒的紧张不安妨碍了我们坚守原则。他虽然顽固，却并不坚定。

他大肆吹嘘的沿海峡筑起的"大西洋壁垒"，是考虑欠妥的。在自作聪明中，他断定侵略部队会进攻一个主要港口。于是法国的主要海港四周，碉堡和重炮阵地林立，这是他本人这个最高天才人物所设计的，一百五十万吨混凝土和不计其数的工时全花在这上面了。隆美尔很有远见，下令也在开阔的海滩上设防：在海底的陆地上部署几道雷带，在水下设置可以戳破和炸毁驶近的船只的障碍物，在海滩后方的地区安装尖桩，以便歼灭滑翔部队，还在沿岸一带增建许许多多碉堡和大炮阵地。

---

① 意大利位于亚平宁半岛上，半岛形状近似一只皮靴，故云。

可是缺乏人力妨碍了这次新的努力，因为许多人不得不为飞机工厂挖掘"宏伟"的防空洞，还不得不在我们的城市里修复炸弹所造成的破坏。同入侵相比，这些事情又有什么重要呢？然而希特勒并不支持隆美尔关于"大西洋壁垒"的补充命令，所以"壁垒"大半仍旧是宣传中的一个幻象。举一例就足以说明。隆美尔下令在海滩后面滑翔部队可以降落的地区铺设五千万枚地雷。倘若听从了他的意见，空降部队的着陆就会失败，但是实际上连百分之十的地雷都没埋，他们入侵成功了。

名义上，我们大约有六十个师的兵力保卫法国，可是沿海一带排列开的固定的各个师，主要是由竭尽全力拼凑起来、低于正常标准的部队组成的。有些步兵作战师分散在各地，不过我们的希望在于十个摩托装甲师。有五个师驻扎在离海峡沿岸不远的地方，既可以向加来海峡一带出击，也可以向诺曼底出击。隆美尔打算把乘登陆艇到达的第一批敌人在海滩上消灭掉。实际上后来证明，一共就只有五个师的兵力。因此他要求取得这些装甲师的作战指挥权。

这是徒劳。西线的最高统帅伦德施泰特主张等侵略军站定以后再攻击他们。希特勒在这两种战术概念之间犹豫不决，对双方都不予斥责。他发布命令，把装甲师划归三个不同的司令部指挥，而他自己待在六百英里外的贝希特斯加登，却保留着四个驻扎在靠诺曼底海滩最近的装甲师的作战指挥权。这是一个使人痛心的决定。当一切取决于快速、大胆的一击时，这个决定束缚住了隆美尔的双手。不过这次入侵使德军司令部处于异常混乱的状态，因此很难说是哪一个疏忽、哪一种错误、哪一件蠢事促成了德国的灭亡。入侵开始的那天，我们方面出现了一阵激流般的疏忽、错误和蠢事。

何处出了差错——入侵开始日

决定性的失败，就是在加来海峡方面所犯的错误。我们缺乏特工人员，未能在英国刺探出一项涉及两百万人的"秘密"，欺骗措施使我们上了当。而我们的侦察竟然未能确定在几十英里外可以清楚目击的地方组织起的一次进攻的方向，沉痛而不可思议之处就在这里！

我们未能觉察到他们会在低潮中登陆。我们的大炮全瞄准了高潮线。我们的想法是，他们为什么会选择在炮火下跋涉八百码软乎乎的沙滩呢？他们却如此做了。艾森豪威尔的突击队到来时，我们的不可轻视的水下障碍物全暴露在外，可以由工兵迅速清除，而他的部队也就蹚过了那片沙滩。

我们在"何时？"这一问题上也很悲惨地判断错了。敌人的舰队越过海峡时，埃尔温·隆美尔正回德国来探望他的妻子！六月五日，刮起了一阵相当大的风，预计将持续三天。这种恶劣的天气使隆美尔和其他所有人都很放心。艾森豪威尔获得了气象预报，表明天气有可能转好。他冒险批准出动。六月六日凌晨一两点钟稀稀落落的空降并没使我们多么惊慌。直到诺曼底碉堡里我们的士兵凭肉眼看到"霸王"的巨大幽灵——成千上万艘船只在烟雾迷蒙的黎明中驶近——以后，我们才做战斗准备。

事实上，我们有一个被忽视的破密情报。我们在法国抵抗运动中的告密人获取了英国广播公司发出的、号召在登陆那天进行破坏的信号。所有的作战司令部全部受到了警告。在最高统帅部，这份报告送到了约德尔那里，不过他根本不以为意。后来，我听说伦德施泰特对这种惊慌一笑置之，还说："这就好像艾森豪威尔会在英国广播公司的电台上宣布入侵似的！"这就是对待这个情报的一般的态度。

我的前线之行
（摘自《作为军事领袖的希特勒》）

……看来那天早上，希特勒似乎醒不过来了。我一再打电话给约德尔去唤醒他，因为伦德施泰特要求把装甲师调出来。显然，诺曼底这次攻击事态很严重！约德尔却对伦德施泰特的要求置之不理。关于约德尔的这一决定，史学家们至今都痛加指责。可是当希特勒悠闲地独自进完早餐，在十点钟左右接见约德尔时，他完全赞同拒绝伦德施泰特的疯狂要求。

贝希特斯加登的指挥情况是荒谬可笑的。希特勒待在山上他的"巢穴"里，约德尔待在"小总理公署"里，作战指挥部则在城市另一头的一座营房里。我们始终没离开过电话。隆美尔失去联系，正赶回前线。伦德施泰特在巴黎，隆美尔的参谋长斯派达尔在沿海地区，还有装甲师将领盖尔，他们全部火急地通过电话和电传打字电报机跟贝希特斯加登联系。为了向某些匈牙利国宾表示敬意，中午的战况汇报会议预定在克莱斯海姆宫举行。这是一个风景优美的地点，距离市区大约有一个小时的行程。希特勒始终没想过要把这次会议取消，没有！参谋人员不得不乘汽车赶到那儿去，在一间小地图室里谒见他，他就在那儿演习给客人们安排的战况汇报这出"戏"。接着，我们不得不逗留在一旁，等着汇报战况，而这时我们的部队在盟军的炸弹及海军炮轰下正在牺牲，敌人的占领区正在扩大。

今天，我仍旧记得元首在中午前后跳进那间地图室的情景，肿胀、发青的脸上满是笑容，口髭微微颤动，一面跟参谋人员打招呼，一面说："嘿，咱们干起来了，是吗？现在，咱们是在可以揍他们的地方狠揍他们了！他们过去躲在英格兰倒是很安全的。"以及诸如此类的话。他对局势严峻的报告没表现出丝毫的关切。"这次登陆完全是我们早已料到的一个骗局。我们并没受骗！我们在加来海峡一带严阵以待。这场佯攻将变成他们的另一次血腥的迪耶普大败[①]。好极了！"

他在那间放着柔软的扶手椅和引人瞩目的作战地图的大情况汇报室里，也是这样慷慨陈词。他向匈牙利人谈到一个又一个问题，令人作呕地吹嘘了一番我们在法国的兵力，装备的精良和不久即将发射的奇迹般的"新武器"，美国陆军缺乏战斗经验，等等等等这一类话。他对两天以前罗马的陷落并不重视，甚至还讲了一个粗鄙的玩笑，说自己感到很轻松，把一百五十万意大利人，患了梅毒的婊子等等，全部移交给美国人去养活。谄媚的匈牙利人对这一切有何种想法，任何人也说不出。在我看来，希特勒只是在大声地谈着他的幻想，想使自己相信。等这出一眼就可以看穿的假戏结束以后，我立即要求批准我到诺曼底去。那位难以捉摸的元首不仅同意了，而且还豁免了反对高级军官乘坐飞机往来的那条规定。我可以飞到巴黎那么远，去查明一下正在发生什么情况。

几个小时后，当我乘坐的飞机在巴黎铁塔上飘扬的卐字旗上空盘旋而下时，我禁不住想到，这面旗子还会在这儿飘扬多久呢？在伦德施泰特的情况室内，一切凌乱不堪。这时，希特勒已经调出了一个装甲师，参谋们正在对应该把这一师用在何处的问题展开激烈的辩论。低级军官在电传打字电报机和喊叫声所形成的一片喧闹中跑来跑去。作战地图上代表船只和空降的小标志星罗棋布。代表步兵的红色标签，显示出他们已经惊人地深入到一条五十英里长的战线，只有一处地方我们还把美国人困在海滩上。

伦德施泰特显得很镇定，而且跟平时一样十分整洁，不过疲乏、瘦削、悲观，他的举动一点儿也不像西线的统帅，倒像一个满腹忧愁的无权老人。他极力争辩说，我不应该冒被伞兵俘获的危险到诺曼底去，不过他对这件事也是半信半疑的。他仍然相信这是大规模的佯攻。但是把侵略军打下海，会使祖国精神振奋，并且叫敌人踯躅不前，所以这一仗非打不可。

次日清晨，绮丽多姿的法国景色，以及肥壮的奶牛与辛勤劳动的农民，显得异样的安静。陪我乘车同行的伦德施泰特的那个年轻副官不得不吩咐司机绕过炸毁的桥梁，一再绕道行驶。盟军方面几星期有组织的空袭所造成的损失举目皆是：遭到破坏的火车调车场、坍塌的高架桥、被焚毁的列车与终点站、翻倒的机车，地地道道

[①] 迪耶普是法国北部濒临英吉利海峡的一个港口城市，1942年8月盟军远征军曾攻占，不久即撤出。

是丘吉尔所谓的"铁道沙漠"。从战术上看，地面成了一些斑斑驳驳的小岛，而不是一片适合经由陆路供应补给的地带。这不足为奇，单在入侵的那天，敌人就进行了一万五千架次几乎没遇到抵抗的空袭！战后的记录显示出来确实是如此。

经过圣洛时，我碰上了载着我们伞兵驶往卡朗唐去的军用车。我让那个少校搭上了我的汽车。他说，法国破坏分子把他的电话线切断了，所以在入侵的那天他失去了联系，但是到了深夜又跟他的司令官联系上了。现在，他的任务是，反击瓦勒维尔东面美军那个兵力单薄的滩头堡。

我们驶近沿海地区时，那种奇异的田园生活的安静持续着。少校和我攀登上一座农村教堂的尖塔，准备四下看看。一片使人惊愕的景象进入了我们的眼帘：海峡中星罗棋布，从天边到岸边尽是敌人的船只，而小船则像上百万只水中小虫似的蜂拥在海岸与大船之间。通过望远镜，海滩上一次规模庞大和十分安静的行动清晰可见。登陆艇艇身靠着艇身，排列到目力所及的地方，艇上卸下兵士、军需品和装备。海滩上黑压压的好几英里尽是柳条篓、弹药箱、皮袋、机动车和正在装卸的士兵，还有一长列蠕动着的卡车驶向内地。

"法兰西战役"的确打响了！这些部队正准备捣毁德国，他们看样子就像出来野餐的人。我没听见炮声，只听到一些零星的枪声。元首在克莱斯海姆宫耸人听闻地吹嘘说："要把侵略军压垮在沙滩上""要以一道钢与火迎击他们"，事实和他的吹嘘有多大的差别啊！

我们驱车往东行驶，小规模的枪战噼啪乱响，村庄在那片持续不断的安静中燃烧。我尽可能地四处向军官们询问，知道了这片奇异的宁静的由来。黎明时分的一次规模庞大的海空联合攻击，在我们的防御工事上倾泻下了一大阵炸弹和炮弹。我找了伤兵们攀谈，他们脸上全是惊惶不安。有一个一只胳膊打折了的军士告诉我，他曾经参加过凡尔登战役①，但从未经历过这样的战斗。在我所到之处，我碰上了宿命论的言论、冷漠的情绪、失去联络的情况、打垮了的团队，以及命令所造成的混乱。庞大的海上舰队，头顶上轰响着的空军机群，以及排山倒海的炮轰，已经散布了一种战败之感。

我不再怀疑，一场可能是毁灭性的危机近在咫尺了。于是我赶回巴黎，在电话中告诉约德尔这是主要的攻击，我们必须集中兵力应战，夜间行军以避免空中阻截，并且在应急的基础上对运输线进行有效的修补。约德尔的回答是："好，快回到这儿来。不过我劝告你，对于你所说的话必须分外小心。"这是多余的劝告。我始终没获

---

① 第一次世界大战时，法军于1916年在法国东北部重镇凡尔登阻击德军，获得全胜。

得晋见的机会。随后几次的战况汇报会议我都没奉召参加，希特勒明显地避开了我的观点。诺曼底的局势迅速恶化下去，我的情报不久便失去时效了。

在那个风光明媚的六月里，我们的德意志世界正在土崩瓦解，而希特勒却在贝希特斯加登饮茶，吃蛋糕，搞社交活动。这给了我两个不同的感觉。六月十九日，一场迅猛的暴风在诺曼底沿海一带刮了起来，一连猖獗了四天。它比我们的部队更为有效地阻碍了入侵部队的推进。它摧毁了人造港口，几乎把一千艘船只刮到了海滩上。侦察照片显示出一场莫大的灾难，因此我有了最后一线希望。希特勒兴高采烈，滔滔不绝地发表了一些关于西班牙无敌舰队的轻狂议论。等天气放晴以后，敌人恢复了陆、海、空攻击，仿佛夏天的一阵暴雨下过了那样。他们的物力，源源来自美国那只我们攻击不到的富饶羊角[①]，这实在是惊人的。后来我们就没再听说过西班牙无敌舰队了。

深深留在我的记忆中的，还有瑟堡即将陷落时召开的一次战况汇报会议。希特勒戴着厚眼镜站在地图前面，手里拿着罗盘和尺，兴冲冲地指给我们看，跟我们仍旧占领的地区相比，入侵的敌人只占领法国多么小的一部分。这一点他是对高级将领们说的。他们知道，而且好几星期一直在向他发出警告，在沿海一带的外层防御工事被捣毁，一个主要海港也陷落了以后，法国其余地方是一片平原，可供敌军驰骋，德国方面除了国境线上的西方防线和莱茵河以外，并无可守的阵地。那是一个多么伤心的时刻，我的眼睛突然看清楚了，我一下完全明白了，那个得意扬扬的元首已经堕落成一个病态的怪物，在一个虚张声势的假面具后面正为自己的生命瑟瑟发抖。

诺曼底：概要
（摘自《世界大屠杀》）

……倘使希特勒在六月下旬接受了隆美尔和伦德施泰特的提议，把战争结束，我们就只需要向一个苛刻的和约屈服。我们最终也许会像现在这样被瓜分掉，也许不会，不过我们的人民肯定可以逃脱一年的野蛮轰炸，包括德累斯顿那场使人毛骨悚然的恐怖事件[②]和艾森豪威尔向易北河的灾难性进军。在东方，我们就可以逃脱布尔什维克的全面奸淫抢劫的恐怖行为，世界对这种恐怖行为含笑旁观，不以为意，而我们数百万的平民却不得不背井离乡向西逃难，从此无法回去。

---

① 希腊神话：宙斯神幼年，有一头山羊阿玛尔忒亚哺育他。这头山羊的角后来就成为富饶的象征。
② 1945年2月中旬，英美轰炸机对德国城市德累斯顿进行空袭，引起大火，伤亡人数达十余万。

一九一八年，我们还占领着外国土地时，鲁登道夫和兴登堡也曾主张，在别国能够把战争的破坏加在德国领土上之前投降。但是一九一八年有一个政治权力和一个军事部门，政治家们可以通过德皇的逊位及时向敌人投降。现在，没有政治权力，没有军事部门，一切集中在希特勒一个人身上。从政治上说，他如何能投降，并把脖子伸向绞刑架呢？他只好战斗下去。

很好，那么他战斗下去的战略又如何呢？是好还是坏？他的战略是僵硬的、自满的、拙劣的。他丢失了诺曼底。登陆的兵力只有五个师！倘若装甲师被调出来，集中在一起，那么不顾种种不利条件——情报的不灵通，敌人的空中优势，海军的炮轰，等等——隆美尔的干练的参谋长斯派达尔会把装甲师派上阵，对付挣扎向前的美国兵和英国兵，结果将会是一场历史性的血腥大屠杀。在奥马哈海滩，步兵作战师第三五二师恰巧在那儿作战，他们一个师就差一点儿把美国兵赶进大海。在那些最初的时刻里，倘使发动一次有计划的、集中兵力的反攻，那么有什么事不能办到呢？

如果我们打垮了那五个师的兵力，那很有可能就是转折点。英美人不是俄国人，在政治上和军事上，他们都经受不起这样的流血。如果所有那些异想天开的准备工作，所有那些技术与财富的大量集中，都不能阻止他们的登陆部队在那个决定性的第一天遭到杀戮，我相信艾森豪威尔、罗斯福和丘吉尔会畏怯起来，宣布一次保全面子的"撤军"。政治方面的结果将会是惊人的：丘吉尔就会垮台，罗斯福在大选中就会失败，斯大林就会指控他们背信弃义，甚至会在东方单独缔结某种和约，谁知道呢？但是阿道夫·希特勒偏要从贝希特斯加登指挥那几个装甲师。

在毁灭迫近时，希特勒紧紧抱着，而且喋喋不休地讲着三种自我安慰的幻想：

1. 分裂反对我们的联盟；
2. 用奇迹般的新武器使战局改观；
3. 从洞穴中的工厂里突然生产出大量新型的喷气式飞机，把敌人从天空一扫而光。

在生死攸关的七个星期，他坚持让驻扎在加来海峡地区等待"主要入侵"的第十五兵团按兵不动，因为他的宝贵的V-1及V-2火箭发射台在那儿。可是最后，当火箭发射出去时，它们只是级别较低的恐怖武器，只在伦敦胡乱地造成了一些死亡和破坏，并没军事价值。那种战斗机直到一九四五年才从洞穴中的工厂里慢慢制造出来，但是已经为时太晚了。至于唯一关系重大的武器原子弹，希特勒未能支持这项计划，从而白白浪费了我们在分裂原子方面所取得的科学上的领先地位，而且他还把后来为我们敌人生产原子弹的那些犹太科学家驱逐出境。

　　诚然，分裂敌人的联盟是我们唯一的逃生之门，但是富兰克林·罗斯福在德黑兰的高明的政治手腕，把这道门砰的一下关上，封闭起来了。因此，六月二十二日，恰好在我们进攻苏联三年以后的那天，迄今为止最严重的惨败，德黑兰计划中指派给斯大林的任务，即白俄罗斯战役，即将突然从东方降临到我们头上。

　　我现在就掉过笔去叙述一下这一冷酷无情的事件。

　　英译者按： 在这篇有所删节的隆的观点的汇编中，我尽力想突出德国人对诺曼底登陆的看法，略去人们从普通的史书和影片中熟知的许多军事行动细节。斯大林致丘吉尔的那份电报，至今仍然是对"霸王"行动的丰功伟绩最恰当的概略之一："从宏伟的规模、恢廓的概念以及熟练的用兵等等看来，战争史上绝没有其他类似的功业。"

　　隆对希特勒的责备可能过火了一些。即便把装甲师调出来拨给隆美尔，我们的部队大概也会料到的。我们的情报——来自空中侦察、法国抵抗运动以及密码的破译等——是异常出色的。我们可能会在那些装甲师投入战斗以前，就从空中把他们歼灭了。这并不是说，这次登陆不是千钧一发的。它是一场计算极其周密、冒着巨大危险的行动。结果它成功了。

　　至于说希特勒"堕落"成一个病态的怪物，他始终就不是一个别样的人，虽然他在最初那股土匪般的横行霸道中曾经大肆表演了一番。他的煽动性的鬼话，何以竟会促使德国人走向战争和犯罪行为，这依旧是一个令人百思不得其解的问题。

　　隆的眼睛并没有突然看清楚，那些翳障得由别人来为他割去。

第八十三章

杰德堡行动组"莫里斯"
美国：莱斯里·斯鲁特，战略情报局
法国：让·R.拉图尔博士，法兰西国内军
英国：空军二等兵艾拉·N.汤普森，英国皇家空军

帕米拉从这份杰德堡空投的绝密名单上看到了斯鲁特的姓名，立刻决定去找他。她正急切地盼望得到一点儿维克多·亨利的消息。随着时光的消逝，她想着自己复信拒绝了维克多的求婚越来越感到痛苦。自从那封信寄出以后，她一直没收到回音。一片沉寂。她找了一个公务上的理由到米尔顿府去——伦敦以北大约六十英里外杰德堡行动组人员接受训练的那座堂皇的宅邸。第二天她开了一辆吉普车疾驶出市区，往那儿去了。在米尔顿府，她迅速办完了公务。人家告诉她，莱斯里·斯鲁特出去进行野外演习了。她留了一张便条给他，写了自己的电话号码。当她闷闷不乐地走回吉普车时，忽然听见身后有人叫唤了一声："是帕米拉吗？"

这不是向她打招呼，是一声犹疑不决的叫唤。她回过身，只看见一个头发剪得很短、蓄着浓密下垂的金黄色口髭的人，肮脏的褐黄色军服上没有任何标志。这是一个完全变了样的莱斯里·斯鲁特，如果是他本人的话。"你好！是莱斯里吗？"

那两撇胡子伸展开，斯鲁特咧开嘴露出了从前那种淡淡的笑容。他走上前和她握手。"我猜我大概变了点儿样。你上米尔顿府干什么来啦，帕姆？有时间喝一杯吗？"

"不喝啦，谢谢。我得开车走四十英里路呢，我的吉普车就在那边停车场。"

"是勃纳-沃克夫人了吗？"

"哦，不是，他在印度飞行时摔了下来，现在还没复原。我这会儿就上斯通福

去，就是他在库姆山的宅子。"她好奇地抬起头来瞥了他一眼，"你是杰德堡行动组的人员吗？"

他的脸严肃起来说："你怎么知道这事？"

"亲爱的，我就在航空部里安排你们空投的那个科内工作。"

他哈哈笑了起来，一阵刺耳、热诚的大笑。"你可以待多少时间？咱们在哪儿坐下谈谈。老天在上，瞧见一个熟人真是太高兴啦。是的，我是一个'杰德'。"

对帕米拉来说，这多少是一个机会。

"维克多·亨利提到过，说你在战略情报局的一个部门里工作。"

"哦，是的。你这些日子常常见到那位将军吗？"

"我偶尔收到他一封信。不过新近一封信也没收到。"

"可是帕米拉，他在这儿呀。"

"在这儿？在英国吗？"

"当然啦。你不知道吗？他已经上这儿来了不少时候啦。"

"真的吗？咱们到那面那个百合花池子边上是不是可以避开点儿风呢？我瞧见那儿有一张长石凳。咱们可以聊上几分钟。"

斯鲁特记得很清楚，亨利在莫斯科时，帕米拉那么急切地想到那儿去。她现在这样若无其事，似乎是故意做出来的，他猜这消息大概使她异常震惊。他们走到那张长凳那儿，在池子边上坐下。太阳正从树木后面落下，青蛙在池畔呱呱叫着。

帕米拉果然因为心头的震惊而说不出话来了。斯鲁特一个人说了下去。他唾沫四溅地讲着。有好几个月，他都没有一个人可以交谈。这时候，帕米拉坐在那儿听着他说，两只眼睛忽明忽暗的。他告诉帕姆，他加入战略情报局，是因为他知道德国人屠杀犹太人——这件事越来越为大家所知道，证明他根本不是一个患有偏执狂的病人——而国务院的冷漠无能逼得他发疯。这个釜底抽薪的举动改变了他的生活。他惊讶地发现，大多数人都像他自己一样满怀恐惧。他在跳伞时做得并不比哪个人差，甚至比有些人还要好一点儿。他说，他童年的时候厌恶暴力，暴徒们看出了这一点，于是欺负他，使他老是怯生生的，这种感觉越来越厉害，终于成为一种摆脱不了的意念。其他的人可能会把自己的恐惧隐瞒起来，不让自己知道，因为美国男人喜欢打起精神，自吹自擂，不过他一向太爱自我分析了，压根儿没法儿假装不是胆小鬼。

"我走了很长一段路，帕姆！"

还在美国的时候，第一次从飞机上向下跳的时候，排在他前面的那个人，训练时成绩优良的一个身体结实的陆军上尉，不肯往下跳。他朝外望着下面的景色，吓得呆住了，歇斯底里地用村话大声乱骂，抗拒调度员的推动。等他被推到一旁以后，斯鲁特立刻——用他自己的话来说——以"低能者的欢乐心情"跳了出去，进入了轰响着的尾流①。固定开伞索把他的降落伞打开。那一震动使他的身子猛地一下变得笔直。他使劲儿拉着降落伞，得意忘形地飘落下去，像个马戏团的杂技演员那样着陆。事后，他一连几天想着就哆嗦、冒汗而又扬扬自得。此后，他始终没有再跳过一次有那次一半好的。对他来说，跳伞是一个可怕的任务，他很不喜欢它。有不少战略情报局人员和"杰德"都像他这样，而且都准备公然承认，尽管也有些人很喜欢跳。

"通过一次次心理测验，这真使我吓得发晕，帕米拉。这回是自愿参加，事后想来我有些动摇。我对杰德堡行动组的主管人员直截了当地说，我是一个容易紧张的胆小鬼。他们显得很疑惑，问我为什么要申请干这个。于是我唠唠叨叨地向他们讲了关于犹太人的那套废话。他们把我列入'有问题的'一类。经精神病大夫观察了我几星期以后，我通过了。他们准是非常缺少'杰德'。就生理而言，我当然很适合。当然，我的法语至少在美国人听来，是可以蒙混过去的。"

帕米拉心里明白，他会以这种心情一个劲儿地说下去，就此不再提到维克多·亨利。"我得走啦，莱斯里。陪我走到我的吉普车那儿去吧。"帕米拉转动钥匙，在马达的轰隆声中问，"亨利上校究竟在哪儿？你知道吗？"

"是亨利少将，帕姆，"斯鲁特忍住笑，说，"这一点我已经跟你说过啦。"

"我还以为你是开玩笑哩。"

"不是，不是。是亨利海军少将，身上闪耀着金边、战斗勋章标志和星形勋章。我在我们大使馆碰见他了。到埃克塞特的美军两栖部队基地去找找看。他说要上那儿去。"

她伸出手和他握了握。他在她面颊上很快地吻了一下。"再见吧，帕姆。主啊，自从在巴黎聚会，好像已经过了一百年！上个月我在伦敦跟菲尔·鲁尔喝过一次酒。他变得非常迟钝。"

"是因为喝了酒。我去年在莫斯科见到他了。他那会儿胖乎乎的，挺结实，总是喝得很醉。维克多写信告诉我，娜塔丽待在捷克一个犹太区里，等候战争结束。"

"是的，他也这么跟我说。"斯鲁特点点头，他的脸沉了下来，"嘿，帕米拉，咱们在巴黎的时候好歹都年轻、快活。"

"是吗？咱们还非常卖力地想充当欧内斯特·海明威②小说中的人物哩。太放肆、太傻气啦。我记得菲尔总把那柄黑梳子放在鼻子下，仿效希特勒背诵鹅妈妈③的

---

① 空气绕流飞行中的飞机机翼、机身产生的拖向下游的小旋涡。
② 欧内斯特·海明威（1899—1961），美国作家。
③ 鹅妈妈是1760年前后伦敦出版的一本儿歌集的作者所署的笔名。

歌谣，我们通常会放声大笑。"她开动了吉普车，提高嗓音说，"很滑稽。那时候就是这样。祝你在完成你的任务方面幸运，莱斯里。我很佩服你。"

"我花了不少时间才找到你。"帕米拉的声音从电话中传来，既亲热又高兴。维克多·亨利听到这种沙哑的声音，感到很痛苦。"星期四你会不会碰巧到伦敦来？"

"好，帕米拉，我来。"

"那好极啦。那么到斯通福来跟我们，跟邓肯和我一块儿吃晚饭。从市区到斯通福只要半小时。"

帕格正坐在德文波特造船厂少将办公室里。从窗内看出去，几百艘登陆艇在港湾里停泊着，在灰蒙蒙的细雨中一直伸展到视线以外。排列开的舰艇如此密密麻麻，以至于从一边海岸到另一边海岸一点儿海水也看不见。在美国，帕格处理的尽是抽象的东西：生产计划表、进度报告、存货清单、各种规划。这儿却是实际的事物：大群笨重的钢铁船只——步兵登陆艇、机械化部队登陆艇、坦克登陆舰、车辆人员登陆艇——奇形怪状，大大小小，像美国到了收获季节的小麦谷粒那样，似乎根本就数不清。但是帕格知道这儿的每一种船只的确切数目，以及沿海一带其他每个集合地点的确切数目。他一直在辛勤地工作，从一个基地赶到另一个基地，尽力约束住自己，不打电话给帕米拉·塔茨伯利，可是她却找到了他。

"我怎么到那儿去呢？"

"搭乘远征军统帅部的班车到布希公园。我四点左右开到那儿接你。咱们可以谈上一会儿。邓肯总从四点睡到六点。这是大夫的嘱咐。"

"他好吗？"

"嗯——不太好。今天来吃晚饭的还有几个人，包括艾森豪威尔将军。"

"哟！对我来说是些贵宾嘛，帕米拉。"

"不见得吧，亨利少将。"

"少将只有两颗星，而且不过是暂时的。"

"艾森豪威尔的空军司令利－马洛里也来。"两人沉默了片刻。接着帕姆开玩笑地说，"好，咱们俩把争论进行下去吧，怎么样？星期四四点钟见，在远征军总部外边。"

帕格猜不出帕米拉的这次邀请究竟是为了什么。帕米拉也不好明告诉他。她当然急巴巴地想看见他，不过邀他来参加这个高级将领的晚餐宴会是有一个特殊的目的的。

在进攻日期即将到来前的那些忧虑不安的日子里，对美军登陆区最西边的犹他海滩计划进行的空降袭击引起了激烈的争论。海滩后面有一片沼泽般的环礁湖，只能经由一些狭窄的堤道才可以通过。在德国人堵住或炸毁这些堤道之前，得派空降部队先去夺取它们。要不然，登陆部队可能会被困在沙滩上，不能前进，容易遭到迅速歼灭。犹他海滩是距离瑟堡最近的登陆地区，在艾森豪威尔看来，为了使"霸王"行动成功，就非得夺下它不可。

特拉福德·利－马洛里肩负着把滑翔机和伞兵部队空运进去的责任，他反对这次空中行动，他争辩说，这次行动会在科唐坦半岛上空碰到毁灭性的高射炮火，损失会超过百分之五十，幸存下来通过的人会在地面上全军覆没。这将是白白牺牲掉两个精锐师的犯罪行为。即使这意味着取消犹他海滩的登陆，他也希望把这次空袭放弃。美国将领们不同意放弃犹他登陆或是它的空中行动。但是利－马洛里跟德国人在空中打了五年，他的识见和坚忍不拔都是无可争议的。这成了一个僵局。

在联合作战的历史中，这种相持不下的局面是很普遍的，往往也是灾难性的。阿道夫·希特勒直到最后可能都在希望，他的敌人会以这种方式闹翻。英美的这次进攻从开始到结束充满了争执，可是德怀特·艾森豪威尔把这次重大的进攻紧密地统一起来，直到他的部队在易北河上和俄国人会合时为止。所以，他在军事史上赢得了他的地位。用一句话来概括这件事——因为对犹他海滩的攻击不是我们故事的一部分——艾森豪威尔最后承担起责任，命令利－马洛里执行计划。在空军的支援下，犹他海滩是一次快速、平稳的登陆。堤道被攻占了，空降的伤亡人数比预计的要少。利－马洛里第二天打电话向艾森豪威尔道歉，"因为自己给他增添了负担"。几年以后，艾森豪威尔说，在整个战争中，他的最快乐的时刻就是获得消息，那两个空降师在犹他海滩开始作战了。

这天帕米拉打电话给帕格时，利－马洛里还在抵制犹他海滩的军事行动。勃纳－沃克安排跟艾森豪威尔的这顿晚餐，为的是让他的老朋友可以极力陈述一下自己的理由。电报小屋——艾森豪威尔的乡间住处——靠近斯通福。患病的勃纳－沃克养了一马厩好马，艾森豪威尔很喜欢骑马。勃纳－沃克桥牌打得还不错，这也是艾森豪威尔擅长的纸牌游戏。他们早在北非时就一块儿工作过，所以作为邻居相处得很好。

勃纳－沃克也认为犹他海滩的空投是一个灾难性的主张。总的来说，勃纳－沃克正透过病人常有的一道忧郁的帷幕在看待世界和这场战争。在他眼里，美国的人力和武器源源地流入英国，有一种世界末日的感觉。他看到大英帝国的自豪感在棒棒糖、口香糖、弗吉尼亚香烟和罐头啤酒面前化为乌有。虽说这样，当帕米拉提议邀请帕格·亨利时，他热忱地表示赞同。嫉妒的心理在勃纳－沃克勋爵的个性中如果不是根本不存在，就是被掩饰得丝毫也看不出来。他认为亨利少将的参加也许可以冲淡这顿晚餐的紧张气氛。

帕格曾经短暂地会见过艾森豪威尔一次。初到英国时，他从罗斯福总统那儿给艾森豪威尔捎来一个口信，是关于轰炸法国铁路调车场、终点站、机车和桥梁的问题。法国人是英国以前的战友，炸死法国人所造成的政治后果使英国人感到很烦心，他们迫使艾森豪威尔停止对法国人进行轰炸。罗斯福叫维克多·亨利传话来说，他希望轰炸继续下去。（后来，由于丘吉尔不断争吵，总统不得不把他的这种冷漠无情的见解写成书面材料。）在他们会面时，艾森豪威尔冷淡而满意地点了点头，接受了这个无情的口信，并没发表其他的评论。他就帕格从前同陆军进行的足球比赛中所显露的锋芒说了几句亲切友好的话。接下来，他很精明地问了帕格太平洋方面近距离支援炮轰的情况，又问了一些关于"霸王"行动中海军火力支援计划的尖锐的问题。帕格坐了半小时就离开了，他觉得这个人有一丝罗斯福的领导气魄，在温和热诚的态度和富有魅力的微笑后面，他至少是一个跟欧内斯特·金同样顽强的家伙，所以这次进攻将会成功。

跟他一同进餐这件事，并不叫帕格觉得十分激动。战时的要人他会见过的已经够多了。他心中拿不准再见到帕米拉自己会有什么样的反应。但有一件事他是肯定的：她不会再次使他感到蒙受拒绝的痛苦，他也不会通过什么语言或是姿态设法改变她的心意。

帕米拉驾驶着勃纳-沃克的宾利牌汽车前往布希公园时，心里既害怕又渴望见到帕格·亨利。一个女人几乎什么情况都能应付，就是无法应付别人的冷落。这回意外地发现帕格早到了英国，差一点儿使她心碎了。

自从回到英国，帕米拉一直在发现她对邓肯·勃纳-沃克承担下的义务中不满意的方面。她现在知道，他家里有一位八十七岁、精神矍铄却惹人生气的母亲，帕姆上他家去时，他母亲对她说话就像对一个请来的护士那样。此外，他家里还有许许多多兄弟姊妹、侄儿侄女、外甥外甥女，他们似乎全十分势利，不大以她为然。总的来说，她和勃纳-沃克还保持着从前在皇家空军中的那种轻松密切的关系，虽然患病和缺乏活动使他变得越来越急躁。在战争的紧张生活中，她曾经十分喜欢勃纳-沃克，并且在没有了其他任何的前途以后接受了他的求婚。帕格的出乎意料的求婚来得未免太晚了。虽然如此，斯通福不管多么壮观宏伟，却叫她觉得是一个大负担，邓肯的家庭是另一个负担。倘使她深深地爱着他，那么这两件事都是可以容忍的，可是按实际情况看，这两件事却令人沮丧而为难。真正的烦恼是，她拒绝帕格求婚的那封信，实际上在她脑子里什么问题也没解决。好几个星期，片言只语的答复也没有！接着，从别人那里知道他到了这儿！在那封信以后，在她采取的唯一惹他生气的行动以后，他会变得十分冰冷，像对他自己的女人那样吗？一个多么可怕的人啊！她就在这种七上八下的心情中驾车驶进了布希公园，看见维克多·亨利站在车站上。

"你样子真帅。"女学生的声调和语言从她嘴里倾吐出来。

他的笑容是牵强的、含蓄的。"是这道很阔的金条纹让你这样觉得。"

"哦，不是这个，少将。"她两眼盯着他的脸细看，"说实在的，战争已经使你显得有点儿疲乏了，维克多。但是你真是美国气派，真是地地道道的美国气派。他们该把你的像刻在拉什莫尔山[①]上。"

"谢谢你这么说，帕姆。这不是你在'不来梅'号上穿的那身衣服吗？"

"哟！你还记得。"她的脸上热乎乎地泛起了红晕，"我现在穿便服。过去我就喜欢穿便服。这身衣服就放在衣橱里，先前我不知道是不是还穿得上。你在这儿可以待多久？"

"我明天晚上就飞回去。"

"明天！这么急吗？"

"在华盛顿待一晚，就飞往太平洋。告诉我，邓肯怎么样？"

他们乘车行驶时，她心里十分烦乱（明天就走！），极力镇定地叙说了一下勃纳-沃克的令人摸不透的症状：腹部疼痛，常常有低热，有些日子似乎恢复了健康，有些日子又感到极度疲乏。当下，他的情况又不好，几乎不能在园子里走动。大夫们推测，他受的伤和震荡使某种热带的传染病进入了他的血液，可能要过几个月或者一年才能痊愈，不过也可能说好就好。眼下，他必须严格遵守病人的生活方式：减少活动，多睡，每天长时间卧床休息，还服用许多药片。

"他一定要发疯啦。"

"是呀。现在，他总坐在阳光下就这么看书。他还写起文章来，相当神秘的玩意儿，仿效圣埃克絮佩里[②]的方式，飞行加上《薄伽梵歌》。说真的，航空和毗湿奴[③]实在合不到一块儿，不合我的口味。我叫他写下中-缅-印战场的情况，那是这次战争中没人讲过的一篇伟大的故事，但是他说奇怪的念头太多啦。嗯，到了斯通福啦。"

"帕姆，这儿真气派。"

"是呀，正面是不是挺好看？"她把汽车开进砖砌的柱子之间敞开的熟铁大门。

---

① 美国南达科他州西部布莱克群山中的一座大山，山上刻有美国总统华盛顿、杰斐逊、林肯、西奥多·罗斯福的头像。
② 安托万·德圣埃克絮佩里（1900—1945），法国小说家、飞行员。
③ 毗湿奴：婆罗门教和印度教主神之一。

前面，在一片绿油油的草地中间，一条又长又直的沙砾大道伸展到一所宏伟的砖造宅子前边，道旁排列着参天的橡树，宅子在阳光映照下闪耀出玫瑰色的红光。"第一位勋爵买下了这地方，添造了两边厢房。实际上，里面破旧不堪，帕格。卡罗琳夫人在猛烈的空袭时期收容了大批贫民区的儿童，他们把这地方糟践得很厉害，邓肯一直没机会把它整修一下。我们现在住在招待客人的那边厢房里。小蛮子们从来不到那边去。我有一套很精致的房间。咱们先到那儿吃茶点，然后在园子里散会儿步，等候邓肯醒来。"

他们上了二楼以后，帕米拉漫不经意地指出，她和勃纳-沃克住在这所宅子里相反的两边，他的房间看出去是那些橡树，她的是那片花园。"用不着踮着脚走，"他们走过他的房门时，她这么说，"他睡起来像只睡鼠。"

一个上了年纪的女人穿着女仆的服装，很笨拙地把茶点端上来。帕格和帕米拉坐在俯瞰着野草丛生的花床的长窗边上。'这儿快全变成丛林啦，"她说，"你雇不到人。他们在世界各地作战。鲁滨孙太太和她丈夫照料着这地方。就是粗手笨脚端茶点进来的那个女人，她过去是烫洗衣服的女仆，她丈夫是一个老酒鬼。邓肯的老厨师留下来了，这一点挺好。我在部里有个工作，我大多数晚上都上这儿来。这就是我的情况，帕格。你怎么样？"

"梅德琳嫁给了那个年轻的海军军官。"

"那可好极啦！"

"他们待在新墨西哥。这是我生活中最满意的变化。拜伦得到了青铜勋章。据大家说，他是一个优秀的潜艇军官。杰妮丝在法学院里读书。我的三岁的孙子，是个叫人吃惊的小天才。娜塔丽也有了点儿希望。一个中立国的红十字会代表团很快就要去访问她的营地、犹太区或者随便你管它叫什么，所以也许我们会得到一点儿信息。如果德国人放红十字会人员进去，就说明那地方不可能太糟糕。这就是我的情况。"

尽管帕格的音调里显示出来话已经全说完了，帕米拉却禁不住问："罗达呢？"

"在里诺①，办理离婚手续。你刚才说咱们到园子里去散一会儿步，是吗？"

办理离婚手续！但是他的态度这么疏远、冷淡，令人丧气，她没法儿把这件事再谈下去了。

他们走到外边以后，他才又开口。'这可不是丛林。"筑高起来的玫瑰花坛里种满了照料得很好的矮树，都已经冒出花骨朵来了。

---

① 美国内华达州西部的城市，系有名的"离婚城"，凡在该市居住满六个星期者，即可依法向当地法院提出离婚申请，手续简便。

"邓肯就喜欢玫瑰花。身体好的时候，他总在这儿消磨上好几小时。把你升官的事说给我听听吧。"

帕格·亨利高兴起来。"说实在的，这是一篇很长的故事，帕姆。"

他说，总统邀他到海德公园去。他从德黑兰会议以后就没看见过罗斯福，这次会面发觉他衰老得叫人大吃一惊。他们在一张长餐桌上进餐，唯一的别人就是总统的女儿。餐后在一个小书斋里，罗斯福谈起了登陆艇的计划。那位憔悴的总统心上莫名其妙地老挂虑着一件事。他担心最初几天里敌人的行动可能会击毁或击沉大量船艇。在攻下瑟堡，大型供应船只接过后勤工作之前，可能要经过好几个星期。同时，迅速打捞沉没或损坏的登陆艇，把它们重新送下水，也是非办不可的。他早就要求提交这种安排的报告，始终没得到什么令人满意的东西。倘使帕格能到英国去一趟，视察一下这方面的设备，那么他会"睡得沉点儿"。第二天早上帕格告辞时，总统开玩笑地说了一句"祝你前途一帆风顺"这样令人迷糊的话。帕格从海德公园回到华盛顿之后，金上将立即召唤他去，当面告诉他，他获得了两颗星和太平洋上的一支战列舰分舰队。

"一支战列舰分舰队，帕格！"他们正漫步穿过一片花儿盛开的苹果园，帕米拉一把抓住了他的胳膊，"这真是太好啦！一支分舰队！"

"金说这是我工作做得好的酬劳。他知道必要的时候，我能指挥一支战列舰分舰队作战。这支分舰队有两艘船，帕姆。我们最好的两艘，'衣阿华'号和'新泽西'号，而且——这是怎么回事？"

"没什么，压根儿没什么。"帕米拉正用一条手绢揾着眼睛，"嘿，帕格！"

"嗯，这是我一生中所能希望得到的最好工作了。一件完全没意料到的事。"帕格疲乏地耸耸肩，"当然，那儿打的是一场航空母舰的战争，帕姆。战列舰的任务主要是炮轰滩头。我也许只是待在华丽的旗舰司令室里驶来驶去，签署公文，自尊自大，直到战事结束。一个航行在海上的海军将领很可能是一个毫无用处的家伙。"

"这太了不起啦，"帕米拉说，"真是彻头彻尾、地地道道、轰轰烈烈地了不起。"

帕格黯然地朝她笑笑。这是她在"不来梅"号上就喜爱的，现在还喜爱的那种微笑。"我同意。邓肯会不会已经醒了？"

"啊呀，都六点钟啦！时间都上哪儿去了？咱们像鹿那样快跑吧。"

晚餐之前，他们在露台上喝酒。艾森豪威尔到得很晚，他脸色苍白，举止急躁，谢绝了一杯掺汽水的威士忌。当他的司机萨默斯比太太欣然地接下一杯时，他愠怒地瞥了她一眼。这是帕格第一次瞧见这个满城风雨的女人。凯·萨默斯比就算穿着军服看上去也还是战前的那个时装模特儿：颀长、轻盈，生着一张高颧骨的、富有魅力的脸和一双闪烁着自信光芒的大眼睛，一个十足的职业美人，披上了一个微带调皮意味的军人外表。既然将军没喝酒，其他的人便全把掺汽水的威士忌一口喝下，谈话也是疲疲沓沓的。

那间小餐厅通到外面的花园，从落地的长窗外面，芬芳的花香飘拂进来。有一会儿，这是进行着的唯一愉快的事。洗衣女仆蹒跚地踅来踅去，把羊肉、白煮土豆和椰菜花端了上来。这时，晒得黝黑、身带伤痕、瘦得像鬼的勃纳-沃克正在跟萨默斯比太太攀谈。帕米拉右手边坐着艾森豪威尔，左手边坐着利-马洛里，可她实在没办法逗得两人中的随便哪一个谈话。他们就那么坐在那儿，闷闷不乐地进餐。在帕格·亨利看来，这顿晚餐简直是一场灾难。利-马洛里是一个古板的典型的皇家空军军官，矮胖、结实，蓄着口髭。他不断转过眼偷偷觑坐在他身旁的凯·萨默斯比，仿佛这个女人一丝不挂地坐在那儿似的。

但是勃纳-沃克的上好的红葡萄酒和帕格的在场，终于使情况有所好转。利-马洛里谈到解救英帕尔的攻势正在加紧进行。勃纳-沃克说，在这次战争中，也许只有列宁格勒被围的时间最长。帕米拉提高声音说："帕格在列宁格勒攻防战时期曾经待在那儿。"

听到这话，艾森豪威尔摇摇头，揉揉眼睛，像从睡梦中清醒过来的人那样。"你当时待在那儿吗，亨利？待在列宁格勒？把当时的情况说给我们听听。"

帕格说了。对欧洲大陆迫在眉睫的进攻，似乎使两位高级司令官全都心情沉重，所以讲一篇故事是很合时宜的。他轻松流畅地谈到了银白色的沉寂的列宁格勒，叶甫连柯儿媳妇的寓所，以及围攻中的许多恐怖故事。利-马洛里的严峻的脸色松弛下来，很感兴趣地留神倾听。艾森豪威尔睁大眼睛盯着帕格，一支接一支地吸着香烟。等帕格说完以后，他评论道："非常有意思。我原先不知道我们有人曾经到过那儿。我没看到过这方面的情报。"

"严格地讲，我当时是租借物资的观察员，将军。不过，我的确递送了一份关于战斗方面的补充报告给海军情报部。"

"凯，明天叫李把这份材料从海军情报部调过来。"

"是，将军。"

"叶甫连柯这个家伙——也是他领你到斯大林格勒去的，是吗？"利-马洛里问。

"是的，不过当时那儿的战斗已经结束了。"

"把这也讲给我们听听。"艾森豪威尔说。

勃纳-沃克做了一个手势，叫那个洗衣女仆再拿点儿红葡萄酒来。这时餐桌上的气氛逐渐轻松起来。帕格叙述了在斯大林格勒地窖里那个粗野、喧嚣的酒会。当艾森豪威尔呵呵大笑时，利－马洛里也勉强地哈哈笑了。

艾森豪威尔的脸色又沉下来，说："亨利，你熟悉这些人。等咱们行动后，他们会立刻在东方发动进攻吗？哈里曼向我保证说，进攻已经展开。可是这儿的很多人都表示怀疑。"

帕格寻思了一会儿，说："他们会进攻的，将军。我猜他们会进攻。政治方面，他是难以预料的，也许会叫我们觉得反复无常。说实在的，他们看待世界不是像我们这样，用的语言也跟我们不同，这一点可能在任何时候都不会变。不过我认为他们会遵守承担下的这项军事义务的。"

最高统帅用力地点点头。

"为什么呢？"利－马洛里问。

"当然是为了自身的利益，"艾森豪威尔几乎是厉声地说，"我同意你的看法，亨利。打击一个人的最好的时刻，就是在他两手都不空的时候。他们必然会进攻。"

"还有，"帕格说，"为了一种荣誉感。这种感觉他们可有。"

"要是他们跟咱们有这么多共同之处，"艾森豪威尔严肃认真地说，"那么到时候，咱们跟他们可以相处下去。咱们可以依赖这一点。"

"我很怀疑，"利－马洛里用浓厚的戏谑语调说，"瞧瞧咱们共同走着时出现的纠纷，将军。咱们还有英语这一共同的语言哩。"

凯·萨默斯比用梅费尔的腔调温柔地说："咱们只不过似乎是这样。"

特拉福德·利－马洛里转身朝着她真诚地哈哈一笑，同时对她举起了酒杯。

艾森豪威尔朝着萨默斯比太太咧开嘴开朗、热情地笑笑。"好，凯，现在我要跟皇家空军的这两位朋友谈上一会儿。当然是用手势。"最高统帅的这句玩笑话，自然引起了哄堂大笑。大家全站起身。艾森豪威尔对勃纳－沃克说："也许，咱们待会儿可以打一局桥牌。"

帕米拉邀请帕格和萨默斯比太太到露台上去喝白兰地和咖啡，可是到了外边以后，凯·萨默斯比没坐下。"你瞧，帕姆，"她一面说，一面拿眼睛恶作剧地从亨利的脸上快速地瞟到帕米拉的脸上，"他们会谈上好一会儿。我在别墅里简直有成堆的事情得做。要是我溜回去一会儿，再来打桥牌，你和少将总不会见怪吧？"

说完她就走了。将军的汽车嘎啦啦地疾驶下那条沙砾大道。

帕米拉心里完全明白，萨默斯比太太凭着敏锐的直觉，正在留给自己也许是自己这一辈子里争取维克多·亨利的最后一个机会。于是她立刻展开进攻。为了要得出一点儿成果，她不得不挑起一个戏剧性的场面。"你一定很不赞成凯，再不然就是你对大人物用了另一种标准？"

"我对她的了解就是外表所看到的这一点儿，别的全都不知道。"

"这话也对。我对他们相当熟悉，事实上我知道，情况肯定就是那么一回事。"帕格没做什么评论，"真遗憾，你对你的太太不能宽宏大量一点儿。"

"我是准备维持下去的。这一点你知道。罗达不乐意那样。"

"你待她很冷淡。"

帕格没说什么。

"她跟那个人会幸福吗？"

"这我可不知道。我很担心，帕姆。"他把那些匿名信和他跟彼得斯在火车上的谈话全说给她听了，"从那以后，我只遇见过他一次，就是罗达动身到里诺去的那天。他来陪她到车站去。在她梳妆打扮的时候，我们谈了谈。他这么做并不快活。我想眼下他无非是做着一件该做的事情。"

"可怜的罗达！"听了帕格·亨利说给她听的这些话以后，帕米拉在感情冲动下所能说的就只这么一句。这是拼板玩具中最后的一小块。在帕米拉看来，彼得斯好像一直是一个严厉、机灵的人，所以她的直觉是，在罗达·亨利让他和她结婚以前，他就会看穿她，把她抛弃。他已经看穿她了，然而婚礼还在筹备。维克多·亨利当真自由了。

这时，夜色已经黑沉沉的。他们坐在星光下面，近处，有一只鸟儿正在吐出圆润的歌声。"这是不是夜莺？"帕格问。

"是的。"

"上一次我听见夜莺叫，还是在飞机场上，就在我起飞到柏林上空的那一晚。"

"哦，不错。你那次还使我受了一场那么痛苦的折磨。只不过那次折磨持续了二十个小时，不是六个星期。"

他凝视着她。"六个星期？你在说些什么？"

"自从我写那封信给你，到今天恰好是六星期零三天。你干吗不回我一封信呢？就回一句话，随便什么话。再说，为什么要我偶然碰巧才知道你到了英国呢？你难道这么恨我吗？"

"我并不恨你，帕姆。不要瞎胡扯啦。"

"可我感受到的就是，我被你扔进外边的黑暗里去了。"

"我能写点儿什么话给你呢？"

"唉，我也不知道。比方说吧，殷勤地向我告个别。甚至可以是死乞白赖地拒绝接受否定的答复。随便什么小迹象，只要表示一下你没有因为一个万分痛苦的决定而憎恨我、轻视我。我告诉过你，写那封信的时候，泪水使我两眼模糊。你不相信我的话吗？"

"我写过殷勤地向你告别的信，"他没精打采地说，"你难道想象不出那种情况吗？我也写过拒绝接受否定答复的信。我撕掉了好多封信。但没有一个合适的答复方法。我不愿意央告一个女人改变主意，我也不认为央告有什么用。不管怎么说，这件事我实在做不好。"

"我知道，你确实很难把自己的情绪写出来，是不是呢？"听到他撕掉了好多封信，帕米拉胸中涌起了一阵快乐。她用有力的音调继续说了下去，"再说你那个结婚的提议！你唠唠叨叨一再谈到钱的那种方式——"

"钱是很重要的。男人应该让女人知道，她接受的可能是一个什么样的情况。不管怎么说，谈这一切现在又有什么用呢，帕米拉？"

"真该死，维克多，我得把话明说出来啦！你那封信来得不能再不凑巧了。自从回了你那封信以后，我一直很痛苦。当斯鲁特说你在这儿时，我一生中从来没那么吃惊过，我以为我会痛苦得死去。现在瞧见你，简直叫人高兴得难以相信。这是十足的磨难。"帕米拉站起身，走到依旧坐在椅子上的帕格面前，朝着他伸出了两只胳膊，她的胳膊在初升起的月亮的光下显得朦胧、洁白，"我在莫斯科对你说过，我在德黑兰也对你说过，我现在再对你说最后一次，我爱的是你，不是邓肯。事情就是这样。现在，你说吧。说呀，维克多·亨利，明说出来吧！你要我还是不要我？"

沉默了一会儿后，他温和地说："唉，帕米拉，我慢慢再告诉你。我要考虑一下。"

这是一个如此意想不到的、令人泄气的答复，以至于有一刹那帕姆疑心他是在戏弄她。她扑向他，一把抓住他的肩膀，摇晃起他来。

"你是在摇撼拉什莫尔山。"他说。

"我要把它摇塌！这个该死的迂腐呆板的美国佬纪念碑！"

他紧紧握住了她的两只手，站起身，把她搂到怀里，和她长时间热烈地接吻。接着，他握住她，身子稍微退后一点儿，热切地仔细打量着她的脸。"好，帕米拉。六个星期以前你拒绝了我。现在有了什么变化呢？"

"罗达走啦。这是我那时候没法儿相信的。现在，我知道她的确走了。你又和我一块儿待在这儿，不是被整个该死的行星分隔开。自从写了那封信给你以后，我一直很伤心，现在我又快活了。我不得不对不起邓肯，就是这样。可这是我的终身大事。"

"这真叫我吃惊。罗达说，你需要的就是被好好追求一下。"

"她这么说吗？聪明的女人，但是你从来就没追求过我，你也绝不会追求。我是这样一个大胆孟浪的娘儿们，这倒是一件好事，你说是吗？"

他坐到了露台的栏杆上，把她拉到了身边。"你听我说，帕米拉。太平洋那边的战争可能会拖上很长一段时间。日本人还在那儿逞凶肆虐。万一发生一场海战，我很可能会参战，也可能会遭到什么意外。"

"是这样吗？你这说的是什么话呢？说我应该谨慎一点儿，不要跟邓肯一刀两断吗？是不是什么像这样的话？"

"我说的是，你现在不必做出决定。我爱你，上帝知道我想要你，不过记住你在德黑兰所说的话。"

"我在德黑兰说什么来着？"

"你说咱们这些很难得的会面勾起了一种风流旖旎的幻想，是战争时期的一件没有实质的事情，等等——"

"我情愿拿我的余生打赌，那全是谎言。我马上就得告诉邓肯，亲爱的。现在，没有其他的可能了。他也不会感到惊讶，至于情感上受到伤害，那是肯定的，真该死，我对这也真害怕，可是——啊，基督啊，我听见他们在说话啦。"其他几个人的声音在屋子里不很清晰地响了起来。"他们并没谈上多一会儿，是吗？咱们也没安排好什么，什么也没安排好！帕格，我快活得晕头转向啦。明天八点钟打电话到航空部找我，亲爱的好人。现在，瞧在上帝的分儿上，再亲我一下。"

他们再次接吻。"真有可能吗？"帕格一面咕哝着这句话，一面目光炯炯地注视着她的脸，"我真有可能再幸福吗？"

他跟利-马洛里一起乘车回伦敦。汽车疾驶过月光照耀的大路开往市区，然后转弯抹角，经过灯火管制的街道，去到帕格的住处。一路上，这位空军中将一句话也没说。跟艾森豪威尔的会谈显然进行得并不顺利。不过就帕格来说，互不交谈倒是好事，因为他可以细细去体会自己心头洋溢的令人惊愕的快乐情绪。

汽车停下时，利-马洛里嗄声而突兀地说："你说的有关俄国人的荣誉感的话，叫我很感兴趣，少将。你认为我们英国人也有荣誉感吗？"

他嗓音里流露出的情绪，他的不自然的神色，迫使帕格很快镇定下来。

"中将，不论我们美国人有什么，我们都是从你们这儿学来的。"

利-马洛里和他握了握手，注视着他的眼睛，说："会见你我挺高兴。"

对欧洲大陆大举进攻的前夕。晚上一点钟。

一架孤零零的哈利法克斯轰炸机在英吉利海峡上空低低飞行，杰德堡行动组"莫里斯"出动了。这些"杰德"是这个庞大的进攻机器中的一只小嵌齿，他们的任务是和法国抵抗运动的人员取得联络，向游击队员提供武器和军需，并且使他们跟盟军的进攻计划协调一致。这些三人行动组从大举进攻的那天开始，就陆续空降到法国境内，他们立下了一些功劳，也蒙受了一些损失。没有他们，这场战争无疑也会打赢，但是详尽周密的"霸王"行动计划中安排有这一个细节。

话说这晚，莱斯里·斯鲁特——一个获得罗德奖学金的学者，以前的外交官，一辈子看不起自己的胆怯的人——发觉自己跟他的报务员约克郡的一个脸盘儿像婴孩的空军士兵和作为他与抵抗运动人员联系的联络员的法国牙科医生，一起蜷缩在那架嗡嗡作响的哈利法克斯轰炸机上。在飞机轰鸣着掠过月光粼粼的海水上空，驶向布列塔尼时，莱斯里·斯鲁特正在估量自己是否有可能活下去。一个罗德奖学金的获得者在运动方面必须十分出色，他一向把身体保持得很强健。他的头脑很敏捷。他已经多少掌握了游击战的技巧：跳跃，使用小刀和绳子，悄悄地行动，悄悄地杀人，以及诸如此类的事。但是直到最后，直到他发觉自己行动起来的这一刻，一切似乎全是拼命在演戏，是模拟的好莱坞的战斗场面。现在，真正的战斗要开始了。不论在内心里嘀嘀咕咕的畏惧是什么情形，但是终于是解脱了，至少等待是过去了。那十二万五千名登船的士兵，大概也有同样的感觉。在大举进攻的那天，没几个人欢呼。荣誉在于使我们的头脑专注在机动车、爆炸物和大火这片震动性的大旋涡上，并且做我们奉命去做的工作，除非我们被击毙或是被炸死。

莱斯里·斯鲁特做了指派给他的工作。时间到了，他跳下去。降落伞张开时的震动是剧烈的。几秒钟后（似乎是如此），着陆使他再一次感受到强烈的震动。该死的皇家空军又空得太低啦，好歹总算着陆了！

他还在解下降落伞时，强有力的胳膊已经抱住了他。络腮胡子擦过了他的脸，只听见一阵急促不清的地道法国话，还闻到呼哧呼哧的喘息中传来的一股酒和大蒜的气味。牙科医生从夜色中走了出来。那个年轻的约克郡人被围在一群满脸激动、欢欣鼓舞的法国武装人员当中。

我完成了这项任务，莱斯里·斯鲁特心想，我要活下去。老天在上，我一定会活下去。这种激增的自信是他以前从来没有感到过的。那个牙科医生在发号施令。斯鲁特执行了他的第一道令人喜悦的命令，也就是喝下一只石杯里的葡萄酒。接下来，他们在皎洁的月光下着手把空投在那片宁静、芳香的草场上的供应品木箱收拢起来。

第八十四章

一个犹太人的旅程
（摘自埃伦·杰斯特罗的手稿）

一九四四年六月二十二日

一天的"彩排"使我筋疲力尽。明天，红十字会人员就要来了。清洁队和油漆队在探照灯下还在干活儿，虽然这座市镇已经显得比巴登-巴登漂亮多了。到处是新油漆过的铺面、修剪过的草坪、郁郁葱葱的花床、整洁的运动场和儿童游乐园，还有各种艺术表演以及扮演太平时代在一个温馨的矿泉疗养地休假的、衣冠楚楚的犹太人，这一切在露天场上拼凑成了一出全然不真实的音乐喜剧。德国人根本不知道什么叫作人道，却呕心地制作出了一部拙劣的嘲弄人道的滑稽作品。凡是不准备受骗的人，都不会受它的骗。

贝克拉比，柏林来的那位聪明文雅的老学者，可以说是犹太区的精神之父，他对这次访问抱有很大的希望。他确信红十字会人员决不会受骗；他们会提出一些尖锐的问题，深入幕后去调查；他们的报告将会在特莱西恩施塔特，也许还会在德国人的所有营地上促成真正的变化。他反映了普遍存在的乐观主义情绪。我们这些在特莱西恩施塔特的人真是摇摆不定。囚禁思想，居住条件的过分拥挤，对德国人经常感到的惧怕，低人一等的营养和医疗照顾，以及使许多国家除了黄星标志外很少有共同之处的犹太人痛苦难熬地杂居在一起，所有这一切助长了一种不现实的情绪。由于盟军在法国登陆，又由于"外界人士"的这次迫在眼前的访问，这种情绪目前是狂热的。

但是我极力看清现实。盟军对诺曼底的进攻，事实上已经停顿下来。实际上俄国人在东方并没发动进攻。斯大林有什么背信弃义的事干不出来呢？难道那个魔王决定听任双方在法国展开的一场你死我活的搏斗中打得筋疲力尽吗？在那以后，他就可以悠闲自在地席卷全欧了。我非常担心会是这样。

三年以前的今天，即六月二十二日，德国人扑向苏联。俄国人爱好在周年纪念日做出戏剧性的姿态，要发动的话，今天就应该发动他们的托尔斯泰的反击了。可一点儿迹象也没有。英国广播公司晚上的新闻广播是死气沉沉的、含糊的。（大家总偷偷收听英国广播公司的节目，把消息迅速传出去，虽然收听的惩罚是死刑。）柏林电台又趾高气扬，吹嘘说艾森豪威尔的军队全陷在诺曼底的丛林和沼泽里了，又说隆美尔不久就会把他们赶下海，还说希特勒的新式的"惊人武器"到那时会对英美人造成一个可怕的打击。至于俄国人，德国人说，他们为了在克里米亚和乌克兰发动攻势，已经付出了"海洋般的鲜血"，如今精疲力竭，所以长期停步不前了。这些话里有点儿实情吗？就连德国国内阵线也不能容忍战事公报中的胡说八道。除非俄国人真的很快大举进攻，否则我们就会再一次尝到希望变成绝望的那股难受滋味。

唉，这一整天是一出多么令人恶心的闹剧啊！有些从布拉格赶来的德国小官僚扮演来宾。只有拉姆身穿军服。看着海因德尔和党卫军的其他暴徒穿着不合身的便服，打着领带，戴着呢帽，对我们这些长老鞠躬哈腰，把我们搀扶上、搀扶下有司机驾驶的汽车，在咖啡馆、街道上、走廊里笑嘻嘻地闪到一旁，让路给犹太妇女，那简直像在做梦。整个彩排像时钟那样精确地进行下去。在参观的人各处走着时，暗藏着的送信小童就奔到前边去通知一声，吩咐一个合唱队的演唱、咖啡馆里的一场表演、私人宅子里的一个弦乐四重奏、一次芭蕾舞练习、一场儿童舞蹈、一场足球比赛进行起来。不论我们走到哪儿，我们总能看到衣着考究、风度翩翩的像假日般快乐的散步的人在抽雪茄烟和吸香烟。"犹如时钟那样精确。"正是这一句话。犹太人以活玩偶的那种僵硬姿态扮演着他们的小角色。等"来宾们"过去以后，他们的动作立刻停止，他们又呆板下来，变为特莱西恩施塔特的战战兢兢的可怜囚徒，等候下一个信号。

拜伦通过红十字会送来的三只压扁了的包裹正堆在我旁边的地板上。今天晚上，卡车滚滚地驶过犹太区，车上堆积如山的是德国人扣压了几个月的包裹。这样，来宾们就会看到犹太区里充满了红十字会的供应品。德国人想得很周到，从布拉格那些存放掠夺来的犹太人物品的仓库里，他们为那些将要作为展览品的犹太居民弄来了大量华丽的服饰。目前，我就穿着一套极其考究的英国哔叽衣服，戴着两只金戒指。一个妇女美容院也开设起来，还分发了化妆品。秀丽的犹太女人，雅致的衣裳上戴着整洁的黄星标志，今天全像女王似的依倚在衣着考究的男伴胳膊上，在四周种有鲜花的广场上漫步。我简直可以相信我已经回到了和平时期的维也纳或是柏林。可怜的女人啊！她们沐浴打扮，搽上香水，梳好头发，佩戴上宝石，在这短暂的欣喜中也不禁容光焕发。她们的情况就跟那一大车的死尸一样可悲。在所有的病人被遣送走之前，那装有死尸的车辆总是日夜不断地驶过。

在幼儿园那儿，娜塔丽穿了一件华丽的蓝绸衣裳，路易斯穿着一套深色的天鹅绒服装，领口那儿还饰有花边，看着他玩耍，真是一件乐事。党卫军把那些娃娃像斯特拉斯堡肥鹅那样养胖起来。他们都是圆滚滚的，脸蛋儿红润，充满了活力，就跟路易斯一样。要是有什么可以哄骗来宾的，那就是几天以前刚完工的那座可爱的幼儿园。它跟一个玩具房屋一样漂亮和精致，园里讨人喜欢的儿童在秋千、旋转木马上玩耍，或者在池子里泼水。

·

娜塔丽刚带回来消息说，俄国人终于发动进攻了！他们在午夜收听到了两个不同电台的新闻广播：英国广播公司的一则令人欢欣鼓舞的公报和莫斯科的一则很长的捷克语广播。苏联人把这次攻击说成是"我们和在法国作战的盟邦合作，发动摧毁希特勒匪徒的一次总攻击"。当她把这消息告诉我时，我低声念了希伯来人对好消息祝福的词句。接着，我就问她，为路易斯安排的计划是否进行下去。谁知道，我说——我自己突然狂热起来——德国现在会不会很快就垮掉呢？这样冒险是否还值得？

"让他走，"她说，"这件事无论发生什么也不改变。"

我搁下笔，脑子里想起了可怜的乌达姆的那支歌："啊，他们来了，他们终于来了！从东方到来，从西方来到……"

愿上帝助他们成功！

以下摘自《世界大屠杀》：

巴格拉齐昂

一九四四年六月二十三日，俄国人从东方向我们发起了十分猛烈的攻击。游击队在白俄罗斯全境活跃起来，炸毁桥梁，使我们的运兵火车出轨翻倒。侦察刺探活动直捣入中央和北方的集团军，从波罗的海直到普里佩特沼泽地。在有些地方，一尊大炮靠紧一尊大炮，总共约有十万尊大炮组成的隆隆火网，使四百五十英里长的那条战线变成了地狱。随后，步兵师、坦克师和机械化师在黑压压的尽是苏联飞机的天空下面，大举进犯。德国空军没有战斗机升空去截击它们。俄国人正以一百二十万人、五千辆坦克和六千架飞机在攻打我们。这就是罗斯福老虎钳的另一面钳牙，它穷凶极恶地捣向西方，和"霸王"行动向东的推进会合。

巴格拉齐昂！对巴巴罗萨的报复！

和我们一样，苏联人也将他们的进攻定名为一个重要的军事领袖、波罗底诺战役①的英雄的姓名。和我们一样，他们的目标也是迅速攻占白俄罗斯全境，把驻守在那片辽阔的森林平原上的德国兵团全部包围起来。诚然，从我们最高统帅部地图上呈现出的情况看，巴格拉齐昂是巴巴罗萨的一个使人脊背发凉的再现，从我们惊骇的脸色上，反映出了我们过于精辟地传授给苏联人的军事教训。

从解救列宁格勒的那次血流成河的冬季战役中，从春天在乌克兰和克里米亚拼命击溃曼施泰因部队的那次战斗中，我们看到了他们惊人的恢复能力，以及斯大林继续浪费生命的残忍决心。但是这次在白俄罗斯出现了新的情况：我们自己最精湛的战术概念，被巧妙地运用来反击我们。为了使那个映象完整无缺，阿道夫·希特勒重复了一九四一年斯大林颁布的那道愚蠢的命令："据守原地，不准撤退，不准机动转移，死守下去"，结果也从相反的方向遭到了同样的灾难性大败。

苏联人甚至也同样做到了奇兵突出。

一九四一年，他们预料到希特勒会夺取乌克兰这个粮仓和高加索那些油田，所以把重兵集中到了南方。因此，我们的主力穿过白俄罗斯向前挺进，很快就打垮了他们的中央战线。这次，尽管红军大量集结在中央地区，一贯正确的希特勒却"知道"，俄国人会利用他们在南方的突出阵地，朝着罗马尼亚油田和巴尔干各国发动攻势。他以通常那种不切实际的方式断定，红军在中央地区的集结是虚张声势，所以把我们的部队集中在面对乌克兰的苏军的战线。

中央集团军司令官布施提供的使人焦急的警告情报，以及他要求增援的公文，全遭到了忽视。等俄国人发动攻击，战线垮了以后，希特勒当然为他自己愚蠢的错误估计而撤去了布施的职务。但新司令官莫德尔将军也同样受到了希特勒的干扰，尤其是在俄国人快速地猛攻以后，他还坚持要我们的各师蛰伏在一些"牢固的据点"里——战线后面残存的一些孤城：维捷布斯克、博布鲁伊斯克、奥尔沙、莫吉廖夫等，而不命令他们突围出来。这件蠢事使战线瓦解了。那些"牢固的据点"几天内全部陷落，部队全部损失了。我们的战线上出现了一些巨大的裂口，苏联人驾着用之不尽的租借战车，像鞑靼人那样呐喊着，从这些裂口中蜂拥而来。

我对巴格拉齐昂（称为"白俄罗斯战役"）的作战分析是非常详尽的，因为我认为，这个人们很少加以研究的事件，甚至超出了大受人们吹捧的诺曼底登陆，是第二

---

① 1812年9月，俄军将领库图佐夫（1745—1813）和巴格拉齐昂（1765—1812）指挥俄军在莫斯科以西的波罗底诺村附近大败拿破仑一世统率的法军。

次世界大战中德国最后崩溃的转折点。倘若这次战争中有一个名副其实的"第二次斯大林格勒战役"，那就是巴格拉齐昂。俄国人在不到两星期的时间内，推进了大约两百英里，势如破竹的钳形攻势迫近了明斯克，包围了十万德国士兵。而在这次战斗中，我们大概损失了十五万人。中央集团军的残余部队越过明斯克向西溃退，它的兵团遭到苏联装甲部队前锋的冲杀和蚕食。到七月中旬，中央集团军实际上已经不复存在了。一小队意气沮丧、衣衫褴褛的德国战俘在红场上游街示众。红军重新夺取了白俄罗斯，长驱直入波兰和立陶宛，它正威胁着东普鲁士的边境。北方集团军面临着红军向沿海地区挺进而被切断退路的危险。这时候，英国人和美国人仍旧挣扎着想冲出诺曼底。

这时候，阿道夫·希特勒还一直把眼睛紧紧盯着西方！在我们的战况汇报会议上，他总以急躁不耐、突兀草率的判断打发掉东方日见扩大的危机。我们控制的报刊和电台把这场大灾难掩盖起来。至于美国人和英国人，他们当时全神贯注在法国境内的军事行动上（他们的历史学家今天还是如此）。苏联人只举出了他们推进的简单事实。战后，斯大林日益衰老，变得疯狂地凶残好杀时，他们的军事史学家全吓得缄口不言。有很长时期，那个不幸的国家并没写出多少关于这场战争的有益的材料。

因此，巴格拉齐昂就变得不大为人所知。但是无可挽救地突破了我们的东线，使芬兰退出这场战争，并使巴尔干各国的政客们预谋背信弃义的，全是这一场战役。那些政客的背信弃义，导致我们下一个月在罗马尼亚遭到了更大的惨败。而巴格拉齐昂也是七月二十日[①]使那枚炸弹在最高统帅部爆炸的真正导火线。

英译者按：近年来，苏联人提供了较多、较好的关于这次战争的书籍。朱可夫元帅的回忆录详细地叙述了巴格拉齐昂。这些书虽然资料丰富，但按照我们的标准来看，却不一定是忠实可信的。在俄国，共产党政府拥有所有印刷厂，凡不颂扬党的材料全刊印不出来，而党跟希特勒一样，也是从不犯错误的。

六月二十三日

六月二十三日天刚蒙蒙亮，娜塔丽就起身，穿好衣服，准备接待红十字会人员的访问。她那间卧室及得上欧洲一家上好旅馆的房间：淡黄色木制的家具、一块东方小地毯、花哨的绘有花朵的糊墙纸、扶手椅、灯罩甚至还有好几瓶鲜花，都是前一天晚上园艺工人送来的。杰斯特罗家的这间房间在参观访问中是一个停留地。这个著名的作家将领着来宾们参观他的房间，请来宾们喝法国白兰地，陪着他们到犹太会堂和犹

---

① 1944年7月20日发生谋杀希特勒的爆炸事件。

太图书馆。因此，娜塔丽在匆匆出去以前，先把屋里拾掇干净，就好像要供军事当局检阅那样。幼儿园里也还有不少事情要做。拉姆在最后一分钟吩咐把家具重新安排一下，并且在墙上再多贴一点儿剪下的动物画片。

太阳刚升起。妇女们已经到了外面街上，她们在黄澄澄的倾斜的阳光里趴在地上擦洗便道。这些从拥挤不堪的阁楼上出来的衣衫破旧、骨瘦如柴的人，散发出一股恶臭，污染了清早的和风。她们把活儿干好后，就得躲开，洒了香水的美人穿着花哨的服装走出来。娜塔丽的感觉已经十分迟钝，根本觉察不出"美化运动"的这种讽刺意味了。这一个月里，一个反复出现的噩梦使她经常睡不好——海因德尔揪着路易斯的两条腿晃晃荡荡，将他的脑袋撞在水泥地上。到这时候，孩子脑浆迸裂、鲜血直冒的景象对她来说已经跟她回忆中党卫军的那个地下室一样真实，而且多少更为熟悉，因为那次短促的惊恐是在一阵模糊不清的震动中来临和消失的，而这个可怕的幻象她却见到过二十多次了。真的，娜塔丽已经成了一个失魂落魄的人，脑子里简直不正常。只有一件事还能使她打起精神，那就是把路易斯送出犹太区。

传递班瑞尔信息的那个捷克警察说，这次尝试是安排在红十字会人员访问后的那一周里。路易斯得先生病，接着送进医院就不见了。她从此不能再看见他，只会听说路易斯患斑疹伤寒已经死了。接下来，她就只能希望将来有一天会听说他很安全。这就像送他去急诊开刀一样，不管风险多么大，但一点儿办法也没有。

一辆手推小车停在丹麦人的营房外边。花匠正从车上把满是花朵儿的玫瑰花树卸下来，搬进大院，栽种在草地上挖的窟窿眼儿里。娜塔丽走过时，浓郁的玫瑰花香使空气芬芳馥郁。她很清楚，丹麦犹太人正进行着一件很特别的事，但那跟她并无关系。她所关心的就是，毫无差错地度过这一天，不要惹恼拉姆危害到路易斯。幼儿园是规定的参观路线中最后一个停留地，是最引人注目的地方。

照理说，丹麦犹太人在这天十分重要。他们是三万五千名犹太人中寥寥的四百五十人，不过却是很特殊的四百五十人。

丹麦犹太人的经历是惊人的。除了这少数人以外，其他所有人都自由和安全地到了中立的瑞典。丹麦政府得到风声，知道德国占领军即将围捕犹太人，于是暗地里让居民警惕起来。一夜之间，丹麦志愿人员用小船临时凑成的一支船队，使六千名左右的犹太人渡过一道狭窄的海峡，将他们送到了热情好客、中立的瑞典。因此，只有这一小群人被德国人逮住，送到特莱西恩施塔特。

从那以后，丹麦红十字会就一直要求来探望犹太乐园中的丹麦犹太公民，丹麦外交部也一再提出强有力的要求。说也奇怪，德国人面对着这个小国（而不是其他任何国家）为犹太人所表现出的这种史无前例的坚持正义的勇气一直犹豫不决，并没枪毙几个丹麦人，只是把这个讨厌的要求压制下去。他们虽然屡次推迟访问的时间，事实上却是屈服了。

四个人组成了这个访问团，他们在历史中虽然默默无闻，他们的姓名却还是有案可查的。

弗朗茨·瓦斯，为特莱西恩施塔特事宜一直敦促柏林方面做出决定的丹麦外交官。

尤尔·亨宁森博士，丹麦红十字会成员。

M.勒塞尔博士，柏林国际红十字会德国办事处成员。

埃伯哈德·冯·塔登，德国职业外交官。塔登在外交部办理犹太人事务。艾希曼把犹太人送到死路上去；塔登把他们从他们享有公民权的国家里发掘出来，然后转交给艾希曼。

访问从中午开始，持续了八小时。工程浩大、花了六个月来推行的整个"美化运动"，就是为了使这两个丹麦人和这两个德国人在这八小时中留下深刻的印象。结果证明这是很值得的。瓦斯和红十字会那个成员写的报告还保存着。报告中充满对特莱西恩施塔特极其令人满意的情况的认可。有一个人总结："较为近似一个理想的郊区社会，而不像一个集中营。"

为什么不是这样呢？

这四位来宾跟着一长列柏林和布拉格来的纳粹高级官员，按照时刻表顺利地走过了拉姆安排的路线。他们的到来唤起了一个接一个十分迷人的景象——妩媚的农场姑娘边唱着歌，边掮着草耙走向菜田，大堆大堆的新鲜芳香的蔬菜在伙食铺门口卸了下来，犹太人快乐地排队等候购买，一个穿长袍的八十人合唱队纵声唱出一首激动人心的赞美歌，而正当来宾们到达运动场上时，一次足球射门博得了兴高采烈的观众的热烈欢呼。

医院的外表和气息全跟天堂里一样清新，床单雪白，病人都舒适、愉快，对治疗和伙食总用赞不绝口这样的回答来答复来宾提出的所有问题。不论来宾们走到哪儿——屠宰场、洗衣铺、银行、犹太人的行政部门、邮政局、知名人士居住的底层公寓、丹麦人的营房——他们总看到整洁明净、丰衣足食的可喜景象。丹麦犹太人互相争着向瓦斯和亨宁森保证，他们的生活很好，享受了丰厚的待遇。

户外的景象全那么宜人！街上，装潢古雅的招牌看起来非常美观。衣着考究的犹太人在阳光下悠闲地散步，这样的散步没有几个欧洲人能够在严峻的战时条件下做到。咖啡馆里的文娱节目是第一流的，奶油糕点是美味可口的。至于咖啡，冯·塔登先生评论说："比在柏林可以喝到的还要好！"

最后，幼儿园给人留下一个多么美好的印象啊！负责的那个苗条、俏丽的犹太女郎，那位名作家的侄女，在工作中显得那么快乐，对提出的问题总是那么迅速地就做出肯定的答复！显而易见，她跟拉姆司令官和海因德尔督察的关系极其友好。这是这次访问的一个骗人的尾声：健康、美丽的孩子们荡秋千，滑滑梯，站成一圈跳舞，在池子里泼水，乘坐旋转木马，他们在落日的余晖里在游乐场的青草上投下了滑稽、顾长的影子，他们的笑声像轻音乐似的悦耳动听。年轻美貌的保姆照管着孩子们，不过她们中没有一个及得上那个穿蓝绸衣裳的负责人一半漂亮或一半高兴。经司令官许可以后，柏林红十字会的那个成员拍了一些照片，包括一张娜塔丽抱着她儿子的。她的儿子是一个活泼淘气的小娃娃，笑起来真叫人喜爱。勃塞尔先生心头突然涌起了一阵好感，告诉她一定寄一张照片给她在美国的家属。

战后，当丹麦议会提出质问，要弗朗茨·瓦斯解释他何以受到德国人的欺骗时，他回答说，他一点儿也没受骗。他看得出，这次访问是事先安排好的。他递上一份赞扬的报告，为的是保证丹麦犹太人可以继续受到较好的待遇，食品包裹可以继续送到他们的手里。这就是他的使命，而不是揭发德国人的奸诈。虽然如此，瓦斯向议会承认，这次访问使他放下了不少心。鉴于红十字会手中已经掌握着的有关德国集中营的可怕报道，他先前有点儿担心，生怕看到满街都躺着死人，伊斯兰教徒在污秽与死亡的气氛中趔趔趄趄。尽管德国人装假作伪，却并没有出现那样的景象。

全世界一直感到纳闷儿，国际红十字会——以及就这件事而言，梵蒂冈——虽然在大战期间的确知道那场秘密的大屠杀，却始终缄口不言。勉强可以接受的解释总是弗朗茨·瓦斯的那一篇：控诉德国人犯下在战时无法证明的罪行，只会使落在德国人手中依旧活着的犹太人境况更糟。红十字会和梵蒂冈对德国人的罪行知道得很清楚。也许，他们颇有道理，虽然接下来的问题是："境况还会变得怎样更为糟糕呢？"

盛大的"美化运动"的成功，使柏林的上级动了一个念头：为什么不在特莱西恩施塔特拍摄一部影片，显示犹太人在纳粹统治下生活得多么美好，从而使盟国就屠杀营和毒气室等日益加强的恶毒宣传变成虚伪的谎话呢？于是他们立即下达了命令，准备拍摄一部这样的影片，片名是《元首授予犹太人一座城市》。指定参加剧本编写委员会的，有埃伦·杰斯特罗博士，而幼儿园将作为重要的特写镜头加以摄制。

以下摘自《作为军事领袖的希特勒》：

七月二十日——暗杀希特勒的阴谋

……战况汇报会议在一座木造的营房里举行，因为俄军在前线迫近拉斯滕堡，那个坚固的混凝土地堡司令部正在进一步加固，以防空袭。这一下救了希特勒的性命，倘使在地堡里，我们就全会被那次局部爆炸消灭干净。

炸弹爆炸之前，会议是大家所熟悉的一个令人厌烦的场面。豪辛格正在阴郁地喃喃谈着东线的情况。希特勒俯身对着桌上的地图，戴起厚眼镜凝视着。我站在他的身旁，待在那群参谋人员当中。这时只听见一声破裂的轰响，房间里满是黄烟。我发觉自己十分痛苦地躺在地板上，喉咙里不自觉地发出呻吟声。我以为我们遭到了飞机的轰炸。我的第一念头就是，要逃命，不要被活活烧死，因为这时火焰噼啪作响，有一大股燃烧的气味。我虽然一条腿被炸断，在浓烟和幽暗中绊倒在好几个摔倒的人的身体上，还是挣扎着到了外边。四周的呻吟和尖声号叫是可怕的。到了外边地上，我瘫坐下来。我看见希特勒倚在一个人的胳膊上从浓烟里逃出来，他脸上有血，头发被灰泥胶凝着直竖起来。从划破的黑裤子外面，我可以看到他的光腿。那两条纺锤形的白腿，那两只圆滚滚的膝盖，一时使他看起来像一个可怜的普通人，不像那个凶狠残忍的军事统帅。

近年来，出现了许多称颂那些阴谋分子的作品。我本人无法为那些人感伤，这与我几乎遭到杀害这一层毫不相干。冯·施陶芬贝格通过了森严的门禁和"狼穴"的安保检查，把那只装满炸药的公事皮包放到桌下，这当然是勇敢、机智的，可是有什么用呢？他已经是一个肢体残缺的废人，在北非瞎了一只眼，断了一只右手，左手还缺了两根手指，这是众所周知的。他为什么不全牺牲掉呢？诚然，他是那次阴谋的主谋，但是整个阴谋目的就是要杀死希特勒。唯一十拿九稳的办法就是，走到他前面，手里拿着伪装起来的炸弹，使它一下爆炸。看来，他的模糊的基督教理想主义并不包括殉难在内。造化弄人，无论如何他也只多活了几小时，因为同天晚上，他就在柏林被逮捕并处决了。

武装部队中的这些阴谋分子我几乎全都认识。他们中的有些人使我大为震惊。有些人加入进去我是可以猜到的，因为他们早期也来试探过我。我驳斥了来试探的人，就此没人再来找过我。暗杀掉国家元首来结束战争——不论对我们内部队员来说元首非常明显的缺点是些什么——这种概念据我认为是大逆不道、违背我们军官的誓言和乖谬至极的。今天，我依旧如此认为。

一九四四年七月二十日，武装部队还深入敌境，他们的人数多达九百万，尽管领导乖僻反常，仗还是打得十分出色。祖国虽然遭到猛烈的空袭，却依然完整无缺。德国的政治中心不论好歹，就是德国人民和希特勒之间的紧密联系。暗杀掉他会造成局势混乱。希姆莱、戈林和戈培尔仍然控制着全部国家机器，他们准会发动一场意想不到的报复性大屠杀。每一个德国人的武器都会指向他的同胞。我们的没有领袖的军队就会崩溃。军事情况虽然很糟，却并不需要这样一个解决办法，实际上这根本不是解决办法：使我们自己陷入无政府状态，把布尔什维克野蛮人请进来，抢劫掠夺，一直闹到莱茵河畔！

事实上，七月二十日的炸弹爆炸事件，促成了第二次国会纵火案。它给了希特勒他所需要的一个借口，把活着的反对派人士斩尽杀绝。这次至少死了五千人，大多数是清白无罪的。总参谋部的人员和独立的、优秀的知识分子——政治家、劳工领袖、传教士、教授和残存的古老的德国贵族——几乎剪除殆尽。我的看法是，七月二十日事件也许反而使战争延长了。我们当时正处在八月灾难的边沿，那也许会迫使纳粹党人自行摆脱希特勒，有秩序地投降。与此相反，七月二十日事件使德国震动，于是全国团结到了元首的周围。这种情况一直持续到九个月可怕的日子以后他开枪打死自己时为止。在德国人民中，并没人支持那次笨拙的暗杀尝试。阴谋分子遭到人们的咒骂，希特勒再一次变得趾高气扬。

我至今还能清晰地回忆起：在"狼穴"的医务室里，希特勒就坐在离我不到十英尺的地方跟戈林谈话，大夫正在治疗他震破的耳鼓。"现在，这些家伙正在我要他们待的地方被我逮住啦，"他这么说，或者大意是如此，"现在，我可以采取行动了。"他知道这次暗杀的失败反而使他的政权得以苟延残喘。

为希特勒辩护的人们说，他们并没看到他下令拍摄的处决将领们的那些影片，但是放映的时候，我就坐在他的旁边。他当时的痴笑和议论比较适合看卓别林的一部喜剧，而不适合看我的老战友们那种可怕的、变了样的神情，他们的脖子上套着琴弦绞索，赤身裸体地正经历着临死前的痛苦。从那以后，我根本无法再尊敬他了。今天回想起这件事时，我也无法尊敬他遗留下的形象。

对我来说，七月二十日事件完全是大祸临头。从那以后，我走起路一直跛得厉害，右耳完全聋了，而且经常一阵阵头晕目眩，人会摔倒。还有，这断送了我离开最高统帅部的机会。我同七月二十日事件中的大多数人一样，出身于一个保守的地主家庭，所以很有可能成为希特勒荒谬绝伦的猜疑的牺牲者，被他处决。不过，或许我的负伤使我的清白无罪不讲自明。再不然，也许秘密警察知道，我并无嫌疑。不管怎样，我又成了那个"好阿尔明"，跟那帮"别人"全不一样，除了莫德尔和古德里安以外，几乎比其他任何将领都更受到希特勒的礼遇。这样一来，我被迫亲眼看到他的一步步没落，直到在柏林地堡中的那个惨痛的结局，每天忍气吞声地听着他对我的同行和我的阶级发出最下流的恶骂。

英译者按：这个密谋者的小团体可以说是具有基斯东警察的本领。他们不断放置一些未能爆炸的炸弹，策划一些自己人犯下错误的行动，而且总是自己把事情搞得一团糟。但他们是很英勇的人，他们的行为是复杂而动人的。隆不以他们为然，这种见解在德国并不普遍。我的感觉是，隆因为自己没有加入而感到内疚，因而在表示异议时过甚其词。

以下摘自《一个犹太人的旅程》：

七月二十三日

今天，拉姆领着导演这部影片的那个荷兰犹太人在区里察看。电影剧本规定，要在幼儿园拍摄一个大场面。娜塔丽知道他们要来。她告诉我，等两辆汽车驶到时，她紧张得几乎要虚脱了。但是拉姆听到路易斯死了的消息时丝毫不以为意。"哦，太不幸啦。那么用一个其他的小家伙吧。"这就是他说的话，"挑一个活泼的，把你的孩子唱的那支法国歌教给他。"在他看来，孩子患斑疹伤寒死去是合情合理的事。他没加以安慰，自然也不疑心有他。当然，我们必须再等等。他也许还会调查一下。目前，这真是莫大的宽慰。

也许，娜塔丽凄凄惨惨地采取的预防措施没一件是必要的：她卧室里放着的路易斯的骨灰瓮、追悼的蜡烛，跟拉比就哀悼程序进行的商议，到会堂念祈祷文，以及诸如此类的事。但是这些事使她心头平静下来。她用不着装模作样！持续的捉摸不定，使她有点儿支撑不住了。三个星期过去，没有进一步的消息，只有那份正式的死亡通知，以及火葬场的那个听起来可怕的提议：叫她出一笔费用去领骨灰。娜塔丽房间里放的也许真是路易斯的骨灰，谁知道呢？当然，我们并不相信，可是这件事自始至终一直太叫人相信了。

（啊呀！这些骨灰究竟是谁的呢？）

战事新闻变得令人鼓舞。每天人们醒来总是急切地探听最新的消息。从党卫军营房偷偷传递进来的德国报纸，大家现在总是热切地互相传观，因为这种报纸成了振奋人心的源泉。凡是戈培尔的报刊承认的，一定是真实的，而新近有些报道使人惊异快乐得两眼放光。德国将领中的一个干部想设法杀死希特勒，这是千真万确的事情！我在新闻贫乏的《人民观察报》上看到一篇详细的记载，他们对那个"疯狂的叛徒小集团"充满了道义上的愤慨。显然，德国军队的士气正在低落下去。在遥远的太平洋上——又是英国广播公司播出的消息——我们的海军在攻占马里亚纳群岛时取得了另一场胜利，这使日本进入了美国B-29轰炸机的航程，日本政府倒台了。

同时，疯狂的"美化运动"狂想曲又在上演。排练，修改，兴建更加虚伪的特莱西恩施塔特娱乐场：河畔的一片公共"河滩"、露天剧场以及天知道还有些什么别的。这部影片是天赐的一个苟安时期。准备工作需要一个月，拍摄又需要一个月。德国人全力以赴，就像他们对待"美化运动"那样。倘使在柏林正在土崩瓦解的政权中没人想到要取消这部影片的话，那么俄国或美国坦克闯进博胡索维采门时，摄影机可能还在愚蠢地咔嚓咔嚓拍着。

因为英美人终于从诺曼底的桥头堡突破出来，德国报纸上提到了一个新地名圣洛，说在那一带发生了激烈的战斗。在东线，随着苏联军队深入波兰东部，德国公报中充满了我青年时代所熟悉的老地名，平斯克、巴拉诺维济、泰尔诺皮尔、利沃夫——重要的犹太居民城市、著名的犹太教法典学校以及显赫的哈西德派的乡土——全被红军重新攻克了。

从利沃夫按直线距离计算到特莱西恩施塔特的距离大约只有四百英里。

过去三个星期，俄国人推进了两百英里。三个星期。

这是一场竞赛。由于这部影片，我们有了一个机会。纳粹爱好粗制滥造的欺骗行为，这一回为了这个，可得感谢上帝！

八月六日

我被选中去撰写这部电影剧本，因此这份记载中出现了这个空当。我提议采用一个简单、生动的连贯性主题——犹太区进进出出的流水，心想某些聪明的观看人也许会理解"水闸"象征的意义。导演一语不发，他领会了这层意思，我从他的眼睛里看出来了。那个笨蛋拉姆予以批准。他对这项拍摄电影的计划像幼儿那样高兴，尤其在为河滩场面挑选游泳的姑娘这件事上。

路易斯仍然没有消息。一点儿消息也没有。他一住进医院就失踪了，到昨天为止已经一个月了。娜塔丽在云母工厂干了一天的活儿后，沉重、缓慢地走到幼儿园去排练这部影片。她不吃东西，始终不提路易斯，人变得瘦削憔悴、若有所思。几天以前，她在万分绝望中走到医院去，要求跟开路易斯死亡证的那个大夫谈谈，被很粗暴地打发了回来。

八月十八日

拍摄开始了。我跟四个合作人一起，日夜改写那部拙劣的剧本，不断地受到那个蠢材拉姆的干涉。没有喘息的时间，不过为了这部影片，还是得感谢上帝。艾森豪

具尸体，这一切和班瑞尔叙述的奥斯威辛情况丝毫不差。俄国人邀请了三十名西方记者前去，让他们亲眼看一下那种恐怖情况。这些细节正由莫斯科电台一遍又一遍报道。最糟糕的报道和传说，竟然全是确切无疑的事实。

这样，这个可怕的德国花招就被揭穿了。《元首授予犹太人一座城市》，犹太乐园的一部田园诗般的、长达近两小时的纪录片，大概永世不会放映了。在卢布林这件事暴露出来以后，这部影片成了一个不言而喻、拙劣无比的虚构材料。我们苟延残喘的时间再有五天就将结束。接下来会怎么样呢？现在谁也不知道。

这件事是很奇怪的。所有轰轰烈烈的战事发展，对我们来说，只是些遥远的雷声。我们从报上读到消息，或者听到人家窃窃私议某一则外国电台的报道。但特莱西恩施塔特本身仍然是一个萧条的小监狱城市，夏天的每一个湿热的日子在这儿全都一样。它是一个充满了营养不良、惊恐患病的人们的臭气熏天的犹太区，拍摄影片的胡闹使它稍稍有了一点儿生气，但在其他的时候，它沉寂得像一个陈尸所。

以下摘自《世界大屠杀》：

九月奇迹

八月间，在西方某些轻率的记者看来，我们的毁灭似乎"指日可待"。这把东西两面合拢来的老虎钳的钳牙，已经迫近维斯瓦河和默兹河。在南线，英美两国军队顺着罗讷河流域几乎长驱直入，而在靴形的意大利，他们也深入到罗马以北。俄国人浩浩荡荡地大举越过我们在反复无常的巴尔干各国境内的开阔南翼，已经抵达了多瑙河。在所有进行战争的前线，我们的大批部队几乎不是在撤退，就是被包围。

后来，希特勒本人也称八月十五日是"我毕生最不幸的日子"。因为那一天盟军在法国南部登陆，而在北方，冯·克卢格将军陷入法莱斯袋形地区失踪了。元首在七月二十日以后变得反常地多疑，担心克卢格的失踪可能是去跟敌人进行谈判，在统帅部里，情况的确显得那么糟。但是英勇的克卢格很快就设法恢复了同我们的联系。不久以后，他自杀了。到底是因为希特勒愚蠢的指挥毁了他的军队使他感到绝望，还是因为他当真牵连在炸弹阴谋中，这我并不知道。我承认，自杀的念头在八月间也曾不止一次地掠过我自己的心头。

但是九月过去了，还没一个敌军士兵踏上德国的土地！

蒙哥马利让空降部队在阿纳姆一片狭窄的地区鲁莽地向前挺进，企图通过荷兰包抄西方防线。在伦德施泰特的部队取得辉煌的战果，击退了蒙哥马利的部队以后，艾森豪威尔向莱茵河的疾进也渐渐放慢了速度。汽油桶全空了，将领们互相争吵，兵力从低地国家分散到阿尔卑斯山脉。俄国人则停留在维斯瓦河畔，应付我们的一次次反攻。而在河的另一侧，武装的党卫军则以炮火与爆炸物夷平了华沙，扑灭了那场起义。敌军从南方对我们发动的攻势全部停顿下来。在最猛烈的攻击之下，面对着现代历史上最众寡悬殊的形势，德国浑身是血，屹立不动，使四周的敌人无法近身。

假如一九四〇年英国的单独抗战值得称赞的话，那么一九四四年九月德国武装部队的这次英勇的奋起迎敌，为什么不应该加以称赞呢？

"九月奇迹"可加以分析的要点是很清楚的。西方和东方，我们的敌人在惊人的快速推进中，已经使军需供应跟不上了。同时，在祖国的神圣领土受到威胁的情况下，德国的军纪严格起来，总动员也实行了。不过我们也不能忽视侵略军作战意志的低落，特别是在西方，前一阶段的长驱直入、巴黎的失陷以及暗杀希特勒的阴谋等，引起了一种欣快的感觉，认为"嘿，我们已经打赢了这场战争，我们圣诞节就可以回家了"。还有，希特勒单方面坚持加强法国各港口的防御，最终也有了收获。艾森豪威尔有两百万人在大陆上，可是通过瑟堡那个遥远的"瓶口"和一个人造港口，他无法提供足够的军需品去支持西方防线发动一次全面的进攻。他需要安特卫普[①]，但我们依然控制着斯海尔德河河口。

战后的军事著作中，有不少人对艾森豪威尔发出不切实际的嘲笑。这些作者详细叙述了地图上的距离和部队的总数，却忽略了决定现代战争的顽强、艰苦、复杂的后勤工作。艾森豪威尔是典型的美国军人，在战场上稳扎稳打，但是在组织和供应方面，多少是一个天才人物。他的谨慎小心和广阔战线的战略，即便不是拿破仑式的，至少不是乖谬错误的。他是我们一个很危险的敌人。他在九月间抵制了一些似是而非的冒险行动，这是值得称赞的。

拥护蒙哥马利和巴顿的人士争辩说，只要有足够的汽油，他们两位英雄中的任何一位本来都可以直捣柏林，迅速结束战争的。勃鲁门特里特将军对审问他的英国人说，蒙哥马利肯定可以办成这件事。我在我的作战分析中将要说明那些决定性的不利因素。简括地讲，依靠拉得过长的供应线来进行这样一次范围狭隘的推进，其两侧都会招致一次灾难性的挫败，一次更大的阿纳姆战役。我和勃鲁门特里特很熟，我很怀疑这些是不是他的军事观点，他更像是在把战胜他的人想要听的话告诉他们。即使艾森豪威尔拥有需要的港口设备和交通工具，这件事还是办不到的。他的部队的消耗量是令人震惊的：每一个师每一天要消耗七百吨军需品！德国一个师每天靠不到二百吨

---

① 比利时第二大城市，跨斯海尔德河两岸。

的军需品作战。

艾森豪威尔经受不起一次大规模的冒险和挫败：有好几百名美国新闻记者紧紧跟随着他，总统选举还有不过两个月的时间就要举行，他实在经受不起。敌人的联盟是很不稳固的。在夏季的战役中，英美两国一直发生龃龉。而俄国人未能援助华沙的起义——更糟的是，他们甚至拒绝英美派空降部队去援助——已经播种下了波兰问题的毒害种子，到时候将会毁了资本家和布尔什维克的这个奇异的联盟。

不幸的是，我们缺乏力量去利用我们敌人间的这些紧张关系。希特勒在战场上采取的顽固不化的"死守"政策，使我们损失惨重。在夏季的三次大败——巴格拉齐昂、巴尔干地区以及法国西部——和二十次较小的攻防战中，一百五十万德国的第一线部队被打死、俘虏、包围或者丧失了武器、混乱地溃退。如果这些久经战阵的部队不是奉命死守，而是打上一场灵活的防御战，阻挠敌人前进，同时有条不紊地向祖国撤退，那么我们很可能会从战争中抢救出一些实力。

事实上，"九月奇迹"并不能改变德意志的灭亡，它只能延迟我们的毁灭。然而，就连希特勒倒下时，他还保有那股催眠力，认为能够从德国征得具有神经质精力和战斗意志的自杀后备军。八月底，他已经发布了在阿登高原反攻①的那道惊人的命令。我们怀着沉重的心情在统帅部制订计划，发布预备性的命令。不管这个人正在如何衰老下去，他的凶残的意志力却是无法抵制的。

英译者按：阿登高原的这次军事行动被称为"阿登战役"。有意思的是，隆赞扬了艾森豪威尔采用的谨慎小心的广阔战线战略，这是许多权威人士加以谴责的。真正的裁决在于阐明"霸王"行动的很复杂的后勤统计数字。命运支持大胆的人，可是他们要是没有汽油和子弹，那也就无法支持他们。华沙被德国人毁灭掉，隔着河清晰可见，红军很奇怪地按兵不动，这件事仍然引起争议。有些人说，按照斯大林的观点，是一些不正当的波兰人领导着这场起义。俄国人坚持说，他们的军需供应已经到了极限，而波兰人也并不急切地想使他们的起义同红军的计划相互配合。

以下摘自《一个犹太人的旅程》：

---

① 1944年12月16日，德军向驻守在法国东北部和比利时东南部的阿登地区的美军薄弱地段发动突然进攻，即所谓"阿登战役"。

十月四日

拍摄影片结束后的第四次遣送正在装车。我跟尤里、乔舒亚和简最后一次道别后，从汉堡营房回来。这是我在特莱西恩施塔特办的《塔木德》学习班的结束。

我们通宵没睡，待在图书馆里，在烛光下一直学习到天亮。这些小伙子把自己的几件所有物早已收拾好了，他们想学习到最后一刻。我们也正学到一个奇怪、难解的论题：在田野上发现无名死尸，埋葬这类死尸是大家义不容辞的责任。《塔木德》为了说明这一论点，走向一个戏剧性的极端。其中关于仪式纯洁的特别法规，禁止一个高级教士与死尸接触。遵照这些法规，他连自己的父母都不可以葬埋。一个许过拿细耳人的愿①的人也是如此。然而一个许过拿细耳人的愿的高级教士——他因此受到双重的限制——却奉命亲手去埋葬一个无名死尸！犹太人对人的尊严，甚至在死后，也是如此尊重。《塔木德》的声音历经两千年传来教导我的学生，作为对他们的临别赠言：我们和德国人之间是有天渊之别的。

在我把那本旧书合上的时候，乔舒亚，剩下的三个小伙子中最聪明的一个，突然问道："拉比，我们全将被毒气熏死吗？"

这一句话猛地一下把我又拉回到眼前的生活中来！目前，区里传说纷纭，虽然没有几个人意志十分坚强，敢于正视这种传说。谢谢上帝，我当时能够这样回答："不会的。你是要到德累斯顿附近的一个建设工地和你的父亲团聚，乔舒亚——你们，尤里和简，是要去跟你们的哥哥团聚。我们委员会里的人是这么听说的，我也相信是这么一回事。"

他们的神情高兴起来，仿佛我从监狱里释放了他们似的。他们在营房里，脖子上挂着遣送号码牌，依然精神抖擞。我看得出，他们正鼓起别人的精神。

我是在欺骗他们，也在欺骗我自己吗？柏林郊外的措森建设工地——政府临时办公的棚屋——是存在的，特莱西恩施塔特去的工人和他们的家属在那儿受到很好的待遇。拉姆曾经向市政委员会坚决地保证，德累斯顿地区的这个建设工地跟那儿完全一样。楚克尔主管这次征工，他是一个能干的人，是布拉格的一个老犹太复国主义者和委员会委员，对于应付德国人反应很快。

市政委员会里的悲观主义者往往是一些犹太复国主义者和犹太区里的老难友。他们根本不相信拉姆的话。他们说，遣送五千名身强体壮的男子使我们失去了一场起义所需要的人手。万一党卫军决定要来消灭这个犹太区，我们可能要举行一场起义。其

---

① 参阅《旧约全书·民数记》第六章："耶和华对摩西说：'你晓谕以色列人说，无论男女许了特别的愿，就是拿细耳人的愿，……要远离清酒、浓酒，……不可用剃头刀剃头，……不可挨近死尸。'"

他的犹太区也举行过起义，我们听到了报道。影片停止拍摄以后，爱泼斯坦被捕了，这次庞大的征工命令传达下来，"美化运动"和拍摄影片这件蠢事所带来的虚假的安全感全都荡然无存，委员会变得灰心丧气。我们已经几乎有五个月没接到过遣送命令了。我听到桌子四周传来反抗的抱怨声，这使我感到吃惊。犹太复国主义者就起义问题举行了几次会议，我并没被邀去参加。但是这次征工按照预定计划已经遣送了三批人，并没什么骚动。

第四次遣送是极其令人担忧的。的确，他们是已经走了的建筑工人的亲属。但是上星期，党卫军允许亲属自愿报名前往，大约有一千人表示要去。此时，党卫军不问这些人愿意不愿意，就被用火车运送走。唯一使人稍许放心的是，这四次遣送确实形成了一个团体——大规模的征工和工人的亲属。拉姆解释说，使家人团聚在一起是上面的政策。这可能是一个安定人心的谎话，可以想象，它也有可能是真实的。

市政委员会就我们可能遭到的命运没完没了的谈论，结果得出了两种相反的意见：（一）虽然战事暂时沉寂，德国人已经战败了，他们也知道这一点。在党卫军头头儿开始考虑到保全自己时，我们可以指望他们逐渐温和下来。（二）战败成为定局，这只会加强德国人残杀欧洲全体犹太人的欲望。他们会急巴巴地来完成这一"胜利"，如果他们得不到其他胜利的话。

我在这两种可能的趋势之间犹豫不决。一种是明智的，一种是疯狂的，德国人两种面貌都有。

娜塔丽是一个彻头彻尾的悲观主义者。不过路易斯已经安安稳稳地离开了，她过去的顽强意志又恢复了不少。她津津有味地吃着最粗劣的饮食，天天都在增加体重和力气。她说她要活下去，再找到路易斯。如果被送走的话，她打算使自己身体强健，好作为一个劳工活下去。

十月五日

第四批人离开以后两小时，他们就下令要遣送第五批，这次是随意地挑选了一千一百人。这一回什么解释也没有，跟德累斯顿的建设工程绝无关系。许多家庭都不得不被拆散。大批有病的人和有小孩的妇女都得走。要是路易斯还在这儿，娜塔丽大概也得走。德国人又撒谎了。

我决不悲观失望。尽管各条战线古怪地沉寂，希特勒的帝国却在垮台。文明世界还来得及猛地一下闯进纳粹欧洲这个疯人国，拯救我们这些残存的人。跟娜塔丽一样，我也要活下去，我要把这个故事讲给别人听。

如果我不能这样，那么这样潦潦草草写成的文字会在将来的某一时候替我说话。

第八十五章

风势很猛,浪涛汹涌,战列舰第七分舰队正列队驶向乌利西环礁,"衣阿华"号在前,"新泽西"号在纵队的后方,悬挂着哈尔西的旗帜。当战列舰破浪前进、船头向前低下时,灰色的海水一直打到坚固的前甲板上,骤然下降的长型重炮在浪花中消失。护航的驱逐舰在台风风尾掀起的一道道黑色巨浪中颠簸,时隐时现。在暴风雨后阴暗的天空中,蓝色刚开始显露出来。

嘿,维克多·亨利心里想——这时,温暖的湿热的风把咸津津的浪花一直洒到"衣阿华"号的舰桥上,打湿了他的脸——我多么喜爱这幕景象啊!自从童年在新闻短片中看到无畏战舰[1]破浪前进以后,航行中的战列舰始终像军乐那样使他激动。现在,这些是他的战舰,比他曾经在上面服役过的任何军舰都雄伟、强大。在他下令进行的第一次射击演习中,雷达控制的主炮的准确性,使他大为吃惊。舰上林立的高射炮发出的掩护炮火蔚为壮观,就像莫斯科上空为庆祝胜利而发射的焰火一样。哈尔西的幕僚按着他们那种逍遥自在的方式,还没把莱特湾行动的命令发布出去,不过帕格·亨利深信,在菲律宾的这次登陆意味着舰队的一场海战。用"衣阿华"号和"新泽西"号上的大炮为"北安普敦"号报仇,这是一个无情却又令人欣喜的前景。

在帕格的参谋长的命令下,信号旗在旗绳上啪啪飘扬着升起,列队进入海峡。"新泽西"号、航空母舰和驱逐舰上全升起了响应的旗帜。这支特混舰队很利索地改换了位置。帕格对于自己的新生活只有一个意见:如同他对帕米拉所说的那样,他没有足够的工作可做。日常的公务可以使他尽可能地忙碌,但是事实上,他的幕僚——几乎全是预备役,不过是优秀的军人——和参谋长把一切安排得井井有条,他的职责

---

① 1905年,英国建造的"全部装备大口径火炮"的战列舰取名为"无畏"号,故又称为无畏战舰,代表海军造船术的一次革命。

近乎是礼节上的，而且在战列舰第七分舰队进入战斗以前，将会一直是这样。

他甚至不能在"衣阿华"号上四处视察。在海上，他养成了一种四处转转的习惯。他渴望到轮机舱、炮塔、弹药库、机械舱甚至这艘巨舰的士兵舱去察看一下，不过那样会显得好像是去检查"衣阿华"号舰长和副舰长的工作。他失去了指挥一艘工程奇迹的机会，而他的两颗星使他青云直上，跳过了航海中那种令人快意的苦活儿，进入了洁净、通风的旗舰司令室。

"衣阿华"号驶进穆盖海峡时，帕格留神注意着潜艇，他好几个月都没看见拜伦或是收到拜伦的消息了。舰队的航空母舰、新型的快速战列舰、巡洋舰、驱逐舰、扫雷艇、辅助舰，全都气象森严地排列在距离祖国一万英里的这个环礁外面。由于这些战舰，人们几乎看不见岛上的棕榈树和珊瑚海滩。但是一艘潜艇也没有。这并不特别，塞班岛现在是潜艇的前进基地了。因此，当船锚嘎啦啦地抛下时，他的副官给他送来的那份电报是令人惊讶不安的。

> 发件人："梭鱼"号艇长
> 收件人：战列舰第七分舰队司令
> 务请准予前来晋见。

这份电报是通过港口电路打来的。据副官说，潜艇全停泊在南面的停泊地那儿，被一群群坦克登陆舰遮挡得几乎看不见。

可是为什么是艇长呢？帕格心里纳闷儿。拜伦是副艇长。他生病了吗？遇到什么麻烦了吗？离开"梭鱼"号了吗？帕格忐忑不安地草草写了一个答复。

> 发件人：战列舰第七分舰队司令
> 收件人："梭鱼"号艇长
> 我的汽艇将于十七时接你来我的舱内进餐。

台风的袭击使哈尔西下达命令的会议推迟举行。这时候，飘扬着蓝底白星旗帜的黑色长汽艇载着海军将军们，穿过白浪滔滔的海水，腾跃着驶到"新泽西"号旁，送将军们出席这次会议。不一会儿，穿着浆硬的卡其军服的海军将领敞开领口，分坐在哈尔西的舱内那张绿色长桌的两旁。帕格从来没见过配有这么多星饰的领章和海军将军的脸庞聚集在一间房里。还是没下达行动的命令。哈尔西的参谋长拿着一根教鞭站在一幅巨大的太平洋海域图前边，叙述着即将对吕宋岛、冲绳和台湾岛发动的攻击，其目的是压制敌人以陆上为基地的空军对麦克阿瑟登陆的干扰。接下来，哈尔西谈了一下这次军事行动，他虽然显得疲乏衰老，却谈得热情风趣。麦克阿瑟重新收复菲律宾时，日本鬼子不大可能袖手旁观，他们很可能会用尽全力进行反扑。那样一来，大杀一阵，一举全歼日本帝国舰队的机会就到来了，就是雷·斯普鲁恩斯在塞班岛放过了的那种机会。

哈尔西那鼓鼓囊囊的眼睛炯炯发光，他大声读出了尼米兹下达的命令。他奉命掩护和支援麦克阿瑟统率的部队，"以便协劝攻取并占领菲律宾中部的所有目标"。这些指示他声音平稳地念了出来。接着，他用顽皮而又咄咄逼人的目光扫了聚集在那儿的海军将领们一眼，慢条斯理地提高嗓音说出了这一句话："倘若出现了可以促成歼灭敌人舰队主力的机会，这种歼灭就成为首要的任务。"

他说，这一句话是雷·斯普鲁恩斯攻击塞班岛的命令中所没有的。在他自己进攻莱特湾的命令中写进这一句话，很费了一番力，但总算写进去了。因此，出席会议的人现在全知道，第三舰队到莱特湾去的任务是什么：等这次进攻迫使日本海军无法躲藏而出动以后，立即把他们歼灭。

桌子四周响起了热切赞成的声音。听到这种声音，这个老战士疲乏而快乐地咧开嘴笑了。谈话转到了空袭的日常细节上。参谋长提起太平洋舰队总司令派飞机送来的一些新闻记者，说他们是来观看第三舰队作战的，又说预备安排他们住在"衣阿华"号上，作为战列舰第七分舰队客人。

大家很感兴趣，把目光转向帕格·亨利，他脱口说道："啊，天啊，这可不成！我宁愿在船上接待一伙儿娘儿们。"

哈尔西扬了扬两道灰色的浓眉，说："哈哈！谁不愿意呢？"

大家哄堂大笑。

"将军，我是说弯腰驼背、嘴里没牙、皮肤有病的老婆子。"

"当然啦，帕格。咱们在这儿可不能那么挑肥拣瘦的。"

会议在下流的玩笑声中结束了。

帕格回到"衣阿华"号上，他的参谋长告诉他，记者们已经到了船上，住在军官舱里。"就是别让他们来找我。"帕格咆哮说。

"可事实上，"参谋长说，他是二四级毕业的一个讨人喜欢、干练的上校，生着一头过早花白的浓密头发，"他们已经要求你举行一次记者招待会啦。"

帕格不大骂街，但是这时候他对着参谋长发作起来。参谋长连忙走开了。

信件搁在两只筐子里，放在办公桌上：公函和往常一样堆得很高；私信只有一小沓。他总是先找找有没有帕米拉的来信。这回有一封，厚得可观。他把这封信抽出来，又看到一个粉红色的小信封，背面写的地址叫他感到不快：

哈里森·彼得斯太太
福克斯府大街一四一七号
哥伦比亚特区，华盛顿

这封信写得很轻松。哈克在狐狸厅路的宅子里居住的时间越长，就越喜欢这所宅子，罗达这样写道。事实上，他想把这所宅子买下来。她知道帕格始终不太喜欢这地方。根据离婚的财产分配，她可以不付租金居住在那儿，可是在她想要转让以前，这所宅子名义上仍旧归他，这件事分配得乱七八糟。倘使帕格肯写封信给他的律师，提出一个售价，那么这些"法律鹰犬"就可以着手干起来。罗达还说，杰妮丝跟法学院的一个讲师常常会面，又说维克在幼儿园里生活得非常好。

梅德琳也过得很好。实际上，每一个月左右她会写一封信给我，这使我感到很高兴。她似乎很喜欢新墨西哥。我终于收到拜伦的一封叫人欣慰的信了。先前，我一直疑惑不定，不知道他会怎样看待这件事。老实说，我有点儿害怕。他一点儿也不明白，恰恰就像我认为的一样，不过他祝愿我和哈克幸福。他说，对他来说我永远是妈妈，不论出现了什么情况。没有什么比这更叫我开心了。你在海上迟早会看见他。当你解释的时候，不要对我太苛刻。整个事情已经叫人很不好受了。不过眼下我十分快乐。

亲爱的罗

帕格撤铃叫人把咖啡端上来。他告诉他的菲律宾勤务兵，自己要在舱房里跟一个客人共同进餐。接着，他写了一封简明扼要的复信给罗达，封起来，扔在发文的信筐里。也许，因为罗达的这封信很叫人扫兴，帕姆的这个厚墩墩的信封这时候似乎也是不祥之兆。他端着咖啡，在一张扶手椅上坐下来读这封信。

说真的，这的确是一封情绪抑郁的信。开头就说："亲爱的，很对不住，我将尽写上一些丧事。"在两星期内，她受到了三次打击，而第一次最为强烈，其他两次对她打击也很大，因为她正心境凄楚。勃纳-沃克死了，一场突然发作的肺炎使他离开了人世。她几个月前就离开了斯通福，他的家人没通知她，所以她最初是在航空部里知道的，也没赶上他的葬礼。她感到满心歉疚。假如她继续跟他待在一块儿，照料他，在战争结束之前绝口不谈未来的事情，他会病倒吗？情感上的创伤和孤独寂寞是不是使他的身体更虚弱了呢？她现在已经无法知道了，不过她为这件事感到非常懊丧。

今年九月，每件事都不称心。秋天的天气阴湿、令人厌恶。那些嗡嗡响的炸弹够可怕的了，不过这些新的恐怖武器——毫无声响地发射过来，落下的巨型火箭①——却叫我们惊恐万状。经过这么多年不幸的战争年月，经过伟大的诺曼底登陆和在法国的扫荡，在胜利似乎指日可待时，我们又回到了遭受猛烈轰炸的时期！这实在太使人受不了啦！警报、彻夜的大火、可怕的爆炸声、用绳索拦住的街道、一片片冒烟的瓦砾堆、平民死亡的名单，一切全卷土重来。太可怕、太可怕、太可怕了！

蒙哥马利投入了大量的空降部队以后，在荷兰又吃了一个大败仗。这大概断送了在一九四五年上半年结束战争的任何希望。最糟的是，蒙蒂②不断地向报界说，这是一场"有限的胜利"。啊！

菲尔·鲁尔被一枚火箭打死了，倒霉的人！火箭把他常去的那家新闻记者的酒馆炸成了一片瓦砾，三条横街之间什么也不剩，只留下一个大弹坑。好多日子过去，甚至还提不出一份可靠的死亡名单来。菲尔干脆就失踪了。他当然是被炸死了。我对菲尔·鲁尔已经不剩下什么感情，这一点你知道，不过我的青年时期有很大一部分时间是浪费在他身上的，他的死亡总是令人伤感。

至于莱斯里，可以设想他还活着，不过可能性并不大。行动组的那个法国牙科医生设法到了布雷德利兵团里。我读到了他的报告。那个行动组在圣纳泽尔被人告密出卖了。他们藏在大酒桶内，混在送交德国驻军的一大车酒里进入了市区。他们设法对敌人的防御工事获得了确切的情报，并且把它递送出去。在极力组织一场起义时，他们对于吸收进去的法国人不够谨慎小心，德国人设下圈套，使他们中了计。他们在一所屋子里遇上了埋伏。牙科医生从那屋子里逃出来以前，看到莱斯里中弹倒下。又一个毫无意义的牺牲！因为你知道，布列塔尼的港口不再有什么重要意义了。艾森豪威尔只是让德国守军在那儿自生自灭。莱斯里的牺牲——要是他的确死了的话——完全是白费。

---

① 指V型飞弹。
② 蒙哥马利将军的昵称。

兴兴的，尤其是如果我向空军妇女辅助队提出的辞呈获得批准的话，那么我就可以开始计划怎样和你待在一起了。这件事正在办着，很不合常规，简直毫无爱国心，不过我也许可以成功。我认识一些人。

衷心爱你的帕米拉

由于台风的袭击，帕格把帕米拉的照片收了起来。这时，他才从抽屉里重新取出那个旧的银镜框，把它放在办公桌上。在过去近三十年中，罗达一直笑吟吟地从这个镜框里朝外望着。帕米拉的这一张是全身照片，穿着军服，皱着眉头。它是从一幅新闻照片上剪下来、模模糊糊地放大了的，所以一点儿也不美观，不过倒十分真实，不像罗达那张照相馆照的光线柔和的旧半身像，那张照片多年以前就已经过时了。帕格开始着手去处理那些公函。

"梭鱼"号的舷门传令兵在拜伦舱房的门上敲了敲。"艇长，少将的汽艇靠拢啦。"

"谢谢你，卡森。"拜伦穿着骑马短裤，身上汗津津地闪闪发光。他从一面舱壁上取下红十字会转来的娜塔丽和路易斯的那张照片，"叫菲尔比先生到甲板上来见我。"

他一面走到外边甲板上，一面扣着一件褪了色的灰衬衫。新来的副艇长待在舷门那儿。他是士官学校毕业的一个脸盘儿像狐狸的上尉，对于在一个预备役的艇长下面服役（拜伦已经猜测到了）不是十分乐意。"梭鱼"号停泊在一艘弹药船的左侧。船艉的一个工作队正围着起重机摇摇晃晃吊下的一枚水雷发出一阵叫骂声。

"汤姆，等所有的'鱼儿'全上了艇，就起锚，停靠到'布里奇'号旁边去装粮食。我十九点就回来。"

"是，艇长。"

战列舰第七分舰队司令的长汽艇闪闪发光，艇上的绳索一概是白色，艇内的坐垫也全是白皮的。这时候，它从潜艇旁噗噗地驶去。汽艇的奢华表明了父亲的新身份，这使拜伦说不出的高兴，不过他脑子里主要想的是父母离婚的事。梅德琳曾经写信跟他说，她"很早以前就看到苗头了"。拜伦没法儿明白她的话。直到接获罗达写来的伤感、甜蜜的长信以前，他始终认为父母的婚姻是一个坚如磐石的事实，的的确确是《圣经》所谓的"一体"①。很可能，母亲生性轻浮，确有不是的地方，可是父亲从

---

① 《旧约全书·创世记》第二章第二十四节："因此，人要离开父母与妻子连合，二人成为一体。"

伦敦写来的一封信中有一段话叫他迷惑不解："我希望你的母亲幸福。我的生活偶然也有了变化，最好等有机会面对面谈谈，这样比笔谈好。"

现在，他们就要面对面了。对父亲来说，这会是很尴尬的，或许是痛苦的，不过"梭鱼"号艇长的身份至少能使他感到惊讶和高兴。

"衣阿华"号值日官的值勤簿上记载着：十七时三十分，少将的客人将要到达，由副官陪往司令室。但是十七时二十分，少将亲自走来，眯缝着眼睛朝南边的停泊地望去。在台风过去后的绚烂天气里，落日映射出一团红光，环礁上耀眼的光彩灿灿。值日官难得看见亨利少将走这么近，这个被称作战列舰第七分舰队司令的脸色苍白的权力人物，是一个矮胖、整饬、头发斑白的人。他冷冰冰地待在一旁，一语不发。汽艇靠拢船身，一个身穿又皱又脏的灰军服高个子军官快步跑上舷梯，使牵链铿锵作响。

"请您准许我登船。"

"准许。"

"您好，少将。"穿灰军服的军官没露出笑容，很利索地敬了一个礼。

"喂。"战列舰第七分舰队司令一面漫不经心地回了一个敬礼，一面对值日官说，"请在船上的航海日志上把我的客人登记下。潜艇第二〇四号'梭鱼'号艇长，美国海军预备役少校拜伦·亨利。"

值日官瞥了瞥父亲，又看了看儿子，很大胆地咧开嘴笑了。少将也淡淡地笑了笑。

"你什么时候升任艇长的？"他们离开后甲板时，帕格问。

"事实上，这不过是三天以前的事。"

父亲的右手短暂地紧紧捏了一下拜伦的肩膀。他们跑步登上了炮廓内的扶梯。"您的身体状况很不错。"儿子气喘吁吁地说。

"我干这工作，随时会倒下，"帕格呼哧呼哧喘着气说，"不过我将会是葬身海底的最健康的人。到我的舰桥上来看一会儿。"

"啊！"拜伦手搭凉棚，环顾了一下。

"从潜艇上你看不到这种景象。"

"上帝啊，那可看不到。这是不是超过了历史上的随便什么场面？"

"艾森豪威尔渡过海去进攻诺曼底，他的舰队比这还要庞大。不过就打击力量来说，你这话很对，世界上从来没有过这样强大的力量。"

"再说，瞧瞧'衣阿华'号的规模！"拜伦向船艉看去，"多么壮丽的景象啊！"

"嘿，勃拉尼，这艘船造得非常精密，像一只瑞士手表。咱们待会儿可以到各处去看看。"

帕格还在体味这件使人惊讶的事情的意义。一艘潜艇的艇长！拜伦越长越出落得像死去的华伦了，只是脸色太白一点儿，动作太紧张一点儿。

"我的时间相当紧，爸爸。"

"那么咱们进去吃晚饭吧。"

"一切布置得真漂亮。"他们走进司令室时，拜伦说。阳光从舷窗外面直射进来，使外边那间气象堂皇的舱房十分轩敞。

"都是这个职位带来的。比在华盛顿担任工作强。"

"我得说——"拜伦停住，睁大眼睛望着办公桌上那个银镜框里的照片，"那是谁？"帕格还没有来得及回答，他已经转过脸对着他父亲，"天啊，那不是帕米拉·塔茨伯利吗？"

"是的。这件事说来话长。"帕格本来没打算把这件事这样透露出来，但是如今拜伦已经知道了。"咱们吃饭的时候，我细说给你听。"

拜伦把右手向上一扬，手掌和手指全僵直地平摊开。"这是您的生活。"他从胸前的一只口袋里很费力地抽出娜塔丽和路易斯的那张快照，"我信上应该向您提过这件事啦。"

"哦！红十字会转来的照片。"帕格热切地细细看着，"嘿，拜伦，他们俩看样子都很好。这孩子多高啊！"

"这是六月照的。六月以后，天知道出了些什么事。"

"他们是在一片运动场上，是吗？后边的那些孩子看样子也不错。"

"是呀，就眼下的情况看，叫人很兴奋。但是红十字会一直没理睬我寄去的好几封信。国务院还是丝毫不起作用。"

帕格把照片递还过去。"谢谢你。瞧见这张照片我的心情好多了。你坐下。"

"爸爸，我也许喝一杯咖啡就得赶回去。我们五点钟出击。我有一个新来的副艇长，而且——"

"拜伦，吃饭只需要十五分钟。"帕格朝着会议桌把手一摆。桌子的一头已经放好两个位子：洁白的餐巾、银餐具和瓷杯碟，还有一只花瓶，里面插着小枝的鸡蛋花，"你一定得吃。"

"好，假如只需要十五分钟，我就吃了再走。"

"这我来招呼着办。"

帕格大踏步走出舱去了。拜伦在他办公桌前的那张椅子上坐下，疑惑地凝视着那只旧银镜框里的照片。过去，从他有记忆的日子起，这个镜框里一直放着他母亲的照片。

　　儿子接触到父亲实际的性生活时，总觉得很不自在。心理学家们永远无法分析这个原因。他们想分析，不过这很明显是人之常情。倘若镜框里放的是一个跟他母亲年龄相仿的女人的照片，拜伦也许能承受这一震动。可是镜框里竟然是帕米拉·塔茨伯利，过去跟娜塔丽在巴黎放肆地寻欢作乐的一个姑娘！以前，拜伦因为她那样照顾他的父亲，觉得她很不错。尽管如此，他曾经很怀疑，特别是在直布罗陀，不知道这样一个热情俏丽的女郎——在地中海那个盛夏的日子里，帕米拉穿得很单薄，只穿了一件没有袖子的白纱上衣——怎么会一心一意追随着一个老年人。她一准有一个情人，他当时这样想，假如不是有好几个的话。

　　她的照片放到了父亲的桌上，放进了那只镜框，这勾起了赤裸裸的性生活、不相配的性生活，以及同床共寝、战时伦敦的性生活这种种丑恶的幻象。眼下，她从照片里睁大两眼注视着，宣布了帕格·亨利的软弱，也说明了这次离婚的原因。在他自己和娜塔丽被战争弄得分离时，自己一贯崇拜的父亲竟然跟一个和娜塔丽年龄相仿的姑娘在伦敦的一张卧榻上喘息、胡闹，这实在太难堪了！拜伦决定保持沉默，在可以走的时刻就赶快离开这艘战列舰。

　　"快吃。"父亲说。

　　他们在桌旁坐下，那个笑嘻嘻的菲律宾勤务兵端上两碗香喷喷的鱼汤。因为就帕格来说，这是极为难得的时刻——他本人是一个将级军官，拜伦是一个潜艇艇长，两人以这种新的身份第一次会面——他低下头，做了一篇出自内心的、长长的感恩祈祷。拜伦只说了句"阿门"，接着在大口把汤喝下时，一句话也没再说。

　　这并没什么特别。帕格跟拜伦说话总是很费劲儿。他待在面前就很令人满意了。帕格并没意识到，帕米拉的照片在儿子心中引起了一场剧烈的震动。他知道这是一件出人意料的事，是一件使人窘困为难的事，他打算加以解释。为了把谈话再进行起来，他说道："嗯，我顺带问一声，你在整个潜艇舰队中是不是第一个预备役的艇长呢？"

　　"不，到这会儿为止，有三个这种身份的人负责指挥一艘潜艇。穆斯·霍洛韦刚接下'鲽鱼'号。他是第一个奉派负责一艘舰队潜艇的。当然，他从前是耶鲁海军后备军官训练团的成员，又来自一个海军世家。我猜想，是您的儿子这一层对我可没害处。"

　　"你得做出成绩来。"

　　"嗯，卡塔尔·埃斯特认为我早就合格了，不过我还没当上一艘巡洋舰的见习舰长，而且——出现的情况是，我的艇长在锡布图岛外边的停泊地病倒了。"拜伦很乐意在这段时间里只谈点儿跟父亲的私生活毫不相干的事，"一天早晨醒来，他忽然发烧，不能走动，一走动就痛得要命。他硬撑了一星期，吃了些阿司匹林，但是后来，他设法去攻击一艘货船，结果没把工作搞好。这时候，他显然病得很厉害，于是我们就直接驶到这儿来，没回塞班岛。他们在'安慰'号上替他抽血验血。他半瘫痪了。我原本以为太平洋潜艇司令部会用飞机送一个新艇长来，可他们只派来了一个副艇长。我接到命令的时候，真叫我大吃一惊。"

"说到吃惊的事，"帕格说，把谈话引向帕米拉身上，"莱斯里·斯鲁特那家伙大概死啦。你记得他吗？"

"斯鲁特吗？当然记得。他死了吗？"

"呃，这是帕姆给我的消息。"帕格细说了一遍自己约略知道的关于斯鲁特牺牲掉的那次空降任务，"这怎么样？你想得到他会自愿去执行一项分外危险的任务吗？"

"您还有妈妈的照片吗？"拜伦一面说，一面看看手表，把吃了一半的食物推开，"您要是有，我就拿走。"

"我有，不过不在这儿。让我把帕米拉的事告诉你。"

"要是说来话长，那就别说吧，爸爸。我非走不可啦。您和妈妈到底怎么了？"

"嗐，孩子，都怪这场战争。"

"是妈妈提出离婚，好去跟彼得斯结婚？还是您为了她想要离婚呢？"拜伦用大拇指着力地朝那张照片指了指。

"拜伦，不要找出一个人来责备。"

帕格没法儿把真实情况告诉儿子。听到事实真相以后，拜伦大概会原谅他，瞧不起自己的母亲。这个神情严肃的青年潜艇军官是一个丁是丁、卯是卯的道德主义者，就和自己在大战之前一样。不过帕格已经不再为柯比的那桩事责备罗达了，他只为她感到难受。这种细微的差异是随着年龄增大，心情变得较为沉郁，对自己看得较为清楚以后才逐渐产生的，所以这一点拜伦目前还办不到。儿子的沉默和他那张发僵的脸使帕格很不安。于是他又说："我知道帕米拉年纪还轻，这叫我觉得不太合适，整个事情也许并不会成功。"

"爸爸，我不知道我适合不适合当指挥官。"

这句突如其来的话给了帕格一个沉重的打击。

"太平洋潜艇司令认为你合适。"

"太平洋潜艇司令看不见我的内心。"

"你有什么问题？"

"在战斗的紧张中可能情绪不够稳定。"

"你生性就是在最紧张严重的情况下向来冷静。这一点我知道。"

"生性也许是这样。可我目前的情况很不正常。娜塔丽和路易斯经常出现在我的脑子里。华伦死啦，我是您唯一的一个儿子。再说，我是个预备役的艇长，是第一批中的一个，这是人家容不得的。我一直在学您的样儿，爸爸，或者不如说，尽力想学您的样儿。今天我到这儿来，本来想请您给我打打气。可是相反——"他又用大拇指朝帕米拉的那张照片指了指。

"我很难受，你这样看待这件事，因为——"

"敢作敢为的指挥官一向不多，"拜伦不理睬父亲的话，一个劲儿地说下去，这是他以前从来没做过的，"我就因为敢作敢为，所以被看作很有价值，这我知道。麻烦的是，我对整个事情的兴趣正在减退。这张照片"他摸了一下胸前的口袋，"简直使我发疯。要是娜塔丽听了我的话，在法国的一列火车上冒险待上几个小时，她如今已经回到国内了。老记着这个无补于事。你们的离婚也无补于事。我的情况不是很好，爸爸。我可以领着'梭鱼'号驶回塞班岛，然后要求派人接替。再不然，我可以根据命令，到台湾岛外面去为空袭执行救生员的任务。您认为我该怎样呢？"

"只有你可以做出决定。"

"为什么？您过去不是愿意替我决定我的一生吗？倘使您没极力要我进潜艇学校，倘使您没在我向娜塔丽求婚的当天乘飞机飞到迈阿密，在她坐在一旁听着的时候硬逼我做出决定，那么她也就不会回到欧洲。她和我的孩子现在就不会待在那儿，如果他们现在还活着的话。"

"我对自己当时所做的事很后悔。那时候，那样做似乎是对的。"

这句话使拜伦的眼圈红了。"得，得。我跟您说，我絮絮叨叨向您讲这些话，就是我情绪不稳定的一个很糟的症状。"

"拜伦，我自己情况不好的时候，就要求到'北安普敦'号上去。我发觉在海上指挥能让生活好受点儿，因为这个工作可以使人全神贯注。"

"我可不像您，我不是职业军人。再说，一艘潜艇又是一个重大的责任。"

"要是你驶回塞班岛，你本来可以救起的有些飞行员也许就会在台湾岛外面淹死。"

沉默了一会儿后，拜伦说："嘿，我最好还是回到我的潜艇上去。"

他们走到舱外落日余晖映照着的温暖的、微风吹过的后甲板上，并排倚着船栏。父子俩一直没再说话。这时候，拜伦才仿佛自言自语似的说："还有一件事。我的副艇长是士官学校毕业生，听从我的指挥让他很生气。"

"凭他在海上服役的成绩来判断他。别去管他觉得怎样。"

从船舷下面传来汽艇的隆隆声。拜伦立正，敬礼。帕格盯着儿子的冷漠的眼睛，心里很难受。"祝你幸运、丰收，拜伦。"他回了一个礼，他们握了握手，拜伦走下了舷梯。

汽艇噗噗地驶走了。帕格回到自己的舱房，发现攻击台湾岛的行动命令刚送来，放在他的办公桌上。要把思想集中在那厚厚一沓散发着油墨气味的油印公文上几乎是办不到的。这时候，帕格不断地想到，万一失去拜伦，自己就决不再当一个发号施令的人了。

这样，父子俩这么勉强地分别以后，就各自出发，投身到有史以来世界上最大的海战中去了。

第七部　莱特湾之战

这一场大海战，胜负取决于四个因素：两个是战略方面的，一个是地理方面的，另一个是人事方面的。

战争与回忆

第八十六章

这一场大海战，胜负取决于四个因素：两个是战略方面的，一个是地理方面的，另一个是人事方面的。于是，维克多·亨利和他儿子的命运就悬在这四个因素上，所以读者必须记住这几个因素。

讲到地理因素，我们只需要看一看菲律宾群岛的整个地形。七千余个岛屿，零乱地散布在日本与东印度群岛之间南北大约一千英里的洋面上。只要能占领菲律宾群岛，就可以切断日本的石油、金属与粮食供应。吕宋岛位于最北面，是最大的一个岛，地处群岛中要冲；林加延湾西北通南，是攻占吕宋岛、直趋马尼拉的最理想的登陆地方。

麦克阿瑟计划在莱特湾沿岸大举登陆，选择了远远处于东南面那个较小的莱特岛作为下一步进攻吕宋岛的据点。因为在那儿的水域里，有大大小小的岛屿形成了屏障，只东面敞开对着菲律宾海。美军进攻时，可以从东面直接驶入海湾，整片的陆地和零星的小岛阻挡了西面的航道。几乎所有那些旋绕于迷阵般岛屿之间的水道都太浅，无法供舰队航行。

进行反攻的日本部队如果从日本本土进犯莱特岛，可以绕过群岛东面南下，直接驶进海湾。但是，如果战舰要从西面或者西南面过来，比如说，从新加坡或者婆罗洲过来，那么就只有两条路可以穿过群岛，进入莱特湾：一是取道圣贝纳迪诺海峡，特混舰队可以驶过那个大萨马岛，然后从北面转而南下，进入莱特湾；二是取道苏里高海峡，沿海峡从南面进入莱特湾。

为了接近燃料基地，帝国舰队的主力舰队就据守在新加坡以外的洋面上。他们计划，如果必须为菲律宾群岛作战，可以在婆罗洲补充燃料。

人事因素，牵涉到了哈尔西将军的想法。而他的想法主要是受到了五个月前那一件事的影响。

早在六月里，斯普鲁恩斯指挥的太平洋舰队占领了链形马里亚纳群岛中的塞班岛，将其作为长程飞往日本的一个起点。那一次的登陆，挑起了一场航空母舰大决战，美国海军飞行员当即给这场决战题了一个名字，管它叫"马里亚纳火鸡射击战"。这对日本空军来说是一场灾难，在那次空战中，日本仅存的第一线飞行员多数被击落，而斯普鲁恩斯部只遭到轻微损失。日本的航空母舰都逃走了。美国进攻塞班岛，经过短促而惨烈的陆地战，终于获得了一个使东京处于轰炸机航程以内的空军基地。斯普鲁恩斯在中途岛遭遇的那个敌手，也就是轰炸珍珠港的南云海军大将，在塞班岛上自杀，因为他认为，帝国的内线防线一经突破，这场战争已经输定了。日本许多领导人也持有同样的看法。军人首相东条的下台引起了全世界的轰动，然而，导致这一件事的原因却不曾受到人们的注意。因为攻打塞班岛的时候，适值艾森豪威尔的部队沿途苦战，向瑟堡推进，所以，也像英帕尔和巴格拉齐昂之战一样，这一次战役在报纸上并未占到应有的显著地位。

尽管这一次战役获得了虽然被人忽视但是具有历史意义的胜利，斯普鲁恩斯却受到了内部的严厉批评。原来他的几位航空母舰司令官都曾摩拳擦掌，要从塞班岛出发，迎头痛击来犯的日军，他们认为，这样可以一举歼灭帝国舰队。后来斯普鲁恩斯否决了这个主张。他无论如何不肯离开他在那里掩护的登陆部队，因为不知道会不会有其他敌军从后面突然赶来，摧毁那个滩头堡。所以，当日本飞机云集，袭击斯普鲁恩斯迫近塞班岛的舰队时，它们都在"火鸡射击战"中被打落下来，然而它们的几艘航空母舰和一些支援部队多数逃走了。后来金和尼米兹都盛赞斯普鲁恩斯的决策，但这件事始终成为人们辩论的一个问题。责难的人仍旧争辩说，当时海上并没其他敌军，只由于斯普鲁恩斯的谨小慎微，就错过了一个大量歼灭敌军、可能缩短战争的机会。

哈尔西将军肯定也抱有这种看法，他又生性急躁，所以在莱特湾他不愿重铸他认为的斯普鲁恩斯已犯的大错。

谈到战略方面，美方两派对太平洋战争所持的相反看法，终于形成正面冲突——一派附和麦克阿瑟的见解，主张从澳大利亚向西北推进，登陆作战，即所谓"南太平洋战略"；另一派支持海军的见解，主张横渡珍珠港与东京之间浩瀚的洋面，逐岛突击，即所谓"中太平洋战略"。

海军中制订作战计划的将领主张索性丢开菲律宾群岛，转而在中国台湾岛或沿海海岸登陆，这样就可以"像瓶塞般"堵住来自东印度群岛的补给。他们坚持说，只要由空军轰炸航道、港口和城市，再由潜艇加紧封锁，很快就可以迫使敌人投降。麦克阿瑟墨守传统的陆军见解，认为必须在陆上击败敌人的武装力量。先是进攻新几内亚岛，再是菲律宾群岛，然后是三岛本土，这才是他走向胜利的道路。主要的海军战略家，包括金和斯普鲁恩斯，都认为这样做是白洒鲜血，浪费时间。斯普鲁恩斯甚至竭力主张渡海直捣硫黄岛和冲绳。他相信，利用这两个可以控制的小出击点进行空战与潜艇战，就可以置日本于死地。

塞班岛战役结束后，海军的战略受到了三军参谋长的重视。麦克阿瑟为此大发雷霆。一九四二年，他曾经奉罗斯福之命，乘鱼雷艇逃出了菲律宾。抵达澳大利亚的时候，他曾经当众宣誓："我还要回来。"他的意思并不是说要用海军主张的办法击败日本，然后乘民航机飞回那里。他请求面见总统，最后于七月在珍珠港得到了总统的接见。

当时罗斯福刚被提名候选第四任总统。他眼见战事在欧洲节节取胜，当然不愿意去惹反对党形容为备受冷遇与歧视的军事天才麦克阿瑟的麻烦。罗斯福扶病抵达珍珠港，倾听麦克阿瑟的慷慨陈词，请求收复菲律宾，因为"需要重振国家的声威"，同时他又听尼米兹以内行的口气侃侃而谈，推荐了海军的计划。

最终，麦克阿瑟占了上风。菲律宾的进攻战继续进行。然而陆海军之间仍然存在着极度的分歧。尼米兹将托马斯·金凯德海军中将指挥的第七舰队全部交给麦克阿瑟节制，让他去进行他的两栖作战。这是由几艘旧战列舰组成的一支庞大舰队，包括巡洋舰、护航航空母舰以及一队驱逐舰、扫雷艇和油船等。但是尼米兹紧紧控制着那些新的舰队航空母舰和快速战列舰，那是他的战斗主力，在斯普鲁恩斯统率时被称为第五舰队，在哈尔西指挥作战时改称第三舰队。

这样，金凯德指挥一支强大的海军，受麦克阿瑟的节制；哈尔西指挥另一支强大的海军，受尼米兹的节制。所以，进军莱特湾时，海军并没有一位最高统帅。

那么，日本人又是如何应付战局的呢？哈尔西在发动这场战役之前，先进攻台湾，于是日本人发起了一次大规模的胜利庆祝。帝国大本营喜气洋洋地宣布，轻举妄动的美国佬终于遭到惨败。日本的陆海机群大队出击，已一举歼灭第三舰队！

> 航空母舰十一艘被击沉，八艘被重创；战列舰二艘被击沉，二艘被重创；巡洋舰二艘被击沉，四艘受创；驱逐舰、轻巡洋舰以及十余艘其他型号不明的船只，或已被击毁，或起火焚烧。

公报就这样吹嘘了一通。这是战局中惊人的转变，塞班岛的仇恨都被洗雪了！菲律宾的威胁已经消失了！日本全国各地展开了群众的庆祝游行。希特勒和墨索里尼都发出贺电。新任首相宣布："胜利就在眼前！"天皇还颁发了庆祝胜利的诏书。

无情的事实是：哈尔西的第三舰队出击后已经返航，连一艘船也没损失。日本的陆军航空中队已被歼灭，他们的基地也遭到彻底破坏。损失的统计是：大约六百架飞机被击落，此外有二百架飞机在地面上被炸毁和烧掉了。日本最高司令部被过分乐观的想法冲昏了头脑，还调出了海军航空母舰上所有的飞机，让那些中队也飞去参战。陆海军的飞行员几乎都是缺乏经验的新兵。哈尔西久经战阵的飞行员只把他们当作儿戏，但是少数那些掉了队后返回的飞机带回去的是荒谬可笑的捷报。炸弹激腾起了浪花，或者他们自己战友的飞机在海里爆炸，当时他们又是兴奋又是天真，望过去就以为那是一些战列舰和航空母舰在烈焰中下沉。上报的数字虽然已被日本大本营打了个对折，但它们仍旧通篇是荒唐无稽的材料。

后来，麦克阿瑟的先头部队在莱特湾的一些岛上登陆，同时侦察机报告，一支庞大的入侵远征队——麦克阿瑟部下金凯德指挥的第七舰队，包括七百艘或者更多的舰艇——正在向菲律宾进发。从吕宋岛起飞的侦察机也发现了哈尔西的第三舰队完整无损，正在海上四下漫航游弋。于是，已经厌战的日军从胜利的美梦中惊醒，又开始做起真的噩梦来了。一道命令立刻下发到帝国舰队：执行"捷一号"作战计划。"捷"作战计划一共订有四份，其目的是反击敌人在帝国日益缩小的疆界上可能的四个地点发起的进犯。而其中的"捷一号"就是在菲律宾群岛的作战计划。

"捷"作战计划采取的是背城借一战略。帝国舰队将全部出动，由菲律宾和台湾的陆军航空队掩护，强行冲进美国的增援舰队，击沉其部队运输舰，然后用炮火歼灭其登陆部队。计划假设，日军的人数将少于敌人，大约为一比三。但是哈尔西所部的舰队，包括他那些航空母舰和快速战列舰，就拥有帝国舰队无法与之较量的打击力量。

因此，"捷"作战计划的全部要领就是使用诈术。为了抵消敌人的压倒优势，日本剩余的几艘航空母舰将设法引诱哈尔西的第三舰队，使其远离滩头堡，投入一场航空母舰决战。这时候日军主力就迅速赶在金凯德第七舰队的支援舰只到达之前，击溃麦克阿瑟的登陆部队，然后驶离该地。

但是，经过了台湾的那次"胜利"，"捷"计划已经难以执行了。以地面为基地来支援的陆军航空队已经折损大半，数量不足，而诱敌的航空母舰，一经失去舰上的空军中队，就不能再进行战斗，充其量，他们只能引诱第三舰队怒吼着远远驶离滩头堡去消灭他们。日本大本营忍痛做出这一决定时，认为能够做到这一点就已经够了。

只要哈尔西中计，离开了那里，那时由战列舰和巡洋舰组成的主力舰队仍能突入莱特湾，扫荡麦克阿瑟的滩头堡。要做出这一切的牺牲，也只是为了获胜后创造一个可以接受的媾和条件。像这样作战，实际上无异于发动一场大规模的"神风队"式进攻。舰队这样牺牲，确实是可怖的，然而他们所面临的，乃是力量悬殊、几乎毫无取胜希望的形势。

像这样孤注一掷，不惜牺牲一支巨大的海军剩下的一切的做法是不对的吧？然而，按照日本人的想法，这并没错。这时还有什么是不可以牺牲的呢？一旦菲律宾失守，石油供应无论如何都会被切断，战舰将变得像断了发条的玩具一样。那么，投降吗？这是一个必然的结果。然而，在战争中，只有强者会看到必然性。对弱者来说，只有傲然反抗的一条路，这被多数文明国家认为是可嘉的，在日本则被认为是高贵的。

石油问题使"捷"作战计划更复杂了。由于潜艇造成的损失，全国的存油量已经降到了极低点，舰队甚至无法在国内获得燃料补充。正是由于这个缘故，所以栗田海军中将指挥的主力舰队——它拥有两艘全世界最强大的新式巨型战列舰，其他三艘战列舰，以及多艘巡洋舰和驱逐舰——都停泊在新加坡洋面以外，为的就是要仰仗爪哇岛和婆罗洲的石油。那些诱敌的航空母舰则泊在本国内海。

再说，执行庞大的"捷"诱敌计划，必须采取许多互相牵制和密切配合的行动，必须调动它那些彼此远远隔开、全凭无线电联系的舰队。然而，可供使用的通信人员和飞行人员同样缺少，优秀的技术人员多半已经在珊瑚海、中途岛、塞班岛和瓜达尔卡纳尔岛附近葬身海底。总而言之，帝国舰队出发去执行"捷"作战计划时，各舰由于石油短缺而零落分散开几千英里，由于通信出了故障而消息不灵。然而，他们仍旧持强不屈，决心赢得胜利，不惜自我牺牲。

十月二十日，麦克阿瑟的部队在莱特岛登陆。这位将军蹚着水走上海滩，发表广播讲话："菲律宾人民，我回来了！你们都来协助我吧！……为了你们的国家，打呀！为了你们的子孙后代，打呀！……不要胆小害怕。每个人都要把胳膊锻炼结实了，……以主的名义，像追求圣盘①那样去争取正义的胜利！"等等。这些慷慨激昂的话，却在聚集在无线电周围的水兵当中引起了一阵阵不成体统的嗤笑声。

最初日本人好像并没准备反击这一次进攻。我们看不出他们的舰队是在进行调动。哈尔西将军急着要发动他那歼灭舰队的大海战，谈到如何横穿过群岛，进入南

---

① 传说中耶稣最后一次晚餐时用的盘子，后来它成了骑士小说中英雄们追求的圣物。

海，赶走敌舰，让金凯德去防卫那个滩头堡。尼米兹严令申斥，他才打消了这个主张，然而它并没使哈尔西一心要痛击日本海军的那份热情冷淡下去。

就在这个当口，人事因素起了作用。哈尔西的战绩是与他的声望很不相称的。在后方战线上，人们所知道的是，他是一名海军将军，有一副西部电影明星那种英姿飒爽的气概。他曾经多次率领航空母舰出击。在南太平洋上，他那好勇斗狠的精神振作了逐渐消沉的美军士气，并且挽救了瓜达尔卡纳尔岛战役。报纸和全国人民都喜欢这位要在太平洋上与日本决一死战的粗野的壮士，都爱引用那些骂人的话，比如："日本鬼子已经开始放松他们的牙齿，尽管仍旧翘起了他们的尾巴。"然而，随着战事的进行，他始终不曾参加过一次真正的决战。他错过了所有的机会，而他的下级和老朋友斯普鲁恩斯却已几次上阵，赢得了辉煌的海战胜利。

哈尔西的参谋人员拿不准敌人会不会为莱特岛打一仗，会不会冒险从西面取道两条狭窄海峡中的某一条：或者是圣贝纳迪诺海峡，或者是苏里高海峡。有些人认为，日本人尽可以等候麦克阿瑟在吕宋岛登陆，因为他们在那里拥有一支强大的陆军和一些很大的空军基地。再说，帝国舰队可以从那里畅行无阻地进入林加延湾，麦克阿瑟的部队会遭到陆、海、空三军的猛烈的打击。由于考虑到这类问题，所以从前尼米兹反对在南海猛进，而现在哈尔西索性调走了他的四个特混舰队中拥有五艘航空母舰的最强大的一个舰队——他一共有十九艘航空母舰——命令他们到大约八百英里以外的乌利西休整和补充给养。十月二十三日，另一个特混舰队奉令驶往乌利西，这样就又有四艘航空母舰从战场上调走了。

帕格·亨利为调走这些舰只的事深感忧虑。他回忆起当年在驱逐舰服役时看到的哈尔西，就可以清楚地想象到这个老人是怎样在"新泽西"号上暴跳如雷的，因为他那庞大的第三舰队正白白地耗费着石油，在菲律宾一百海里以外茫茫的热带海洋上缓缓地巡逻。也只有哈尔西会想到，要在那些岛屿之间向西猛攻，进入中国海。这和他在最后一分钟内心血来潮地改变了计划和命令如出一辙。现在，登陆后刚三天，他就轻率地调走了他一半的航空母舰，这在帕格看来，也是属于这一类的行动。哈尔西的行动不外乎两个方式：一是随心所欲，二是使气任性。不错，特混舰队已经出海十个月，按照太平洋舰队勤务部队司令制定的很好的制度，现在应当给每艘军舰增添燃料和补充给养。官兵们疲乏了。舰只需要进港一段时间了。但是，难道最重要的不是紧抓住作战的机会吗？但看哈尔西那副样子，就好像来自海上的对莱特岛的威胁已经消失了，然而实际上敌人的行踪仍旧是捉摸不定的。

帕格还希望，哈尔西会让那些航空母舰听它们的司令官马克·米切尔调度，因为他是海军中最会指挥的空军将军。现在，哈尔西却直接向那几艘航空母舰发号施令，它们的真正长官已经成为"企业"号上一名不问事情的乘客，这就像叫帕格亲自驾驶"衣阿华"号一样。这情形可糟透啦！从前斯普鲁恩斯让米切尔指挥他的舰只在塞班岛作战，只是考虑到要放弃滩头堡的时候，他才亲自出马。

尽管如此，舰队的官兵们仍旧热爱哈尔西。水兵们喜欢说，他们情愿跟随"雄牛"①一起下地狱，他们几乎不把斯普鲁恩斯放在眼里。帕格本人也因为能够又一次在哈尔西的指挥下出航而感到兴奋。哈尔西的魅力能使第三舰队全体官兵奋起应战。这一点是重要的。然而，在扑朔迷离的战局中，冷静的理智同样是重要的。那正是斯普鲁恩斯已经证明的他所具有的优点，至于哈尔西是否也具有这一优点，现在有待海军首次去加以核实了。

---

① 哈尔西绰号"雄牛"。

第八十七章

收件人：第三舰队司令官

发自："飞鱼"号

发现舰艇多艘，其中三艘似属战列舰。追踪中。

"开球啦！"帕格心里想。这份电报是一艘侦察潜艇从西面极远的海里发来的，那地方在巴拉望岛，大约是婆罗洲与莱特湾的中间位置。电报于夜间拍出，它报告了大队敌舰的位置、航线和航速。帕格立即用橘黄色墨水把情报注在他办公室里的海图上。那是十月二十三日，天刚破晓。

这样看来，终于要打上一仗了。那些战列舰正在向锡布延海和圣贝纳迪诺海峡进发。哈尔西当机立断下了命令，这使帕格更兴奋了。哈尔西撤销了一个航空母舰群去乌利西休整的命令。太好啦！现有的三个航空母舰群将沿二百五十海里的洋面，布置在菲律宾的东海岸以外，进行空中搜索，并于次日清晨出击，如果那时候日本的战列舰驶进了射程以内的话。哈尔西自己的特混群，其中包括维克多·亨利的战列舰第七分队，将列阵圣贝纳迪诺海峡以外，迎击驶近的敌舰。

潜艇发现的舰只，正是栗田海军中将的主力舰队，它们这时正从婆罗洲驶来，准备突入莱特湾，摧毁麦克阿瑟的滩头堡。这样，哈尔西和栗田，这场激战中的两个主要对手，将在相距大约六百海里的洋面上一决雌雄。莱特湾一带的海军将领可能多得像黑莓一样，然而这一场战役谁胜谁负，就要看这两位将军交锋时如何一显身手了。

栗田健男五十五岁，是一个意志坚强、经验丰富的海军宿将。他的舰队，包括五艘战列舰和十艘巡洋舰，此外还有若干艘轻巡洋舰和驱逐舰，在巴拉望岛外冲破蓝色波浪前进。他的战列舰中，有两艘满载排水量七万吨的巨型战舰"武藏"号和"大和"号，它们都备有违反限制武器条约秘密造成、但尚未向敌人开过火的十八英寸口径大炮。帕格·亨利的"衣阿华"号和"新泽西"号装备的只是十六英寸口径的大炮。美国军舰上没有一艘的炮是比这更大的。由于口径上两英寸的差距，栗田就能离开更远，在亨利的射程以外向他轰击，炮弹具有的破坏力可能要比亨利回击的炮弹强烈一倍。这些战舰设计于一九三四年，虚耗了全国的人力与货币历时十余年才造成，是全世界最强大的炮舰。如果需要与之周旋的只是战列舰第七分舰队那一类型的军舰，那么它们可能是无敌的，然而战术已经发展到了它们的前面。潜艇和航空母舰上的飞机，构成了那些大炮无法应付的威胁。

因此，在栗田将军看来，一切仍需取决于那些诱敌的航空母舰，只要它们将哈尔西引诱开了，他也许就能够猛闯过圣贝纳迪诺海峡，用他那些巨炮歼灭麦克阿瑟滩头堡上的部队。由善战的小泽海军中将指挥，那些诱敌的航空母舰已经出海，从日本南下，向吕宋岛出发。栗田全部知道的大概就是这一些，因为两支舰队航行时，当中相隔纬度三十度。

栗田还惦记着一个重要的决胜因素。东京的那些战略家十分醉心于虚张声势、声东击西的战术，临时又调出了第三支舰队——包括若干艘战列舰和巡洋舰，由驱逐舰屏护着，远远驶向南方，然后取道另一条可以通行的海路，穿过苏里高海峡，北上进入莱特湾。在对弈的战棋枰上，当时看上去"捷"作战计划确实很占优势：栗田率领他实力雄厚的庞大舰队突破菲律宾群岛，从北面驶向莱特湾；另一支舰队从南面以钳形攻势夹击；而小泽则远远候在吕宋岛以北的海上，逗引急躁好斗的哈尔西，使其离开自己要去保卫的部队。

然而，在这样一出由许多战舰参加表演的舞剧里，行动缓慢，相距几千海里，时间的精确就成为具有决定性意义的了。栗田必须在二十五日清晨抵达莱特湾，而苏里高的舰队也要同时赶到。那一天清晨以前，诱敌的航空母舰必须将哈尔西引向北面。看来，要使任何一部分军事行动奏效，都必须付出高昂的代价。而现在的问题是：如果一开头帝国舰队就遭到了折损，"捷"作战计划是不是会半途而废呢？还是使这场战役壮烈地进行到底呢？

二十三日拂晓，我们对这个问题的答案有了一些端倪。事先并没听到警报，就有四枚鱼雷连续击中了栗田的旗舰。那时候全部舰队刚开始白昼曲折航行，旗舰重巡洋舰"爱宕"号的舰桥在栗田脚底下突然一下震动，当时他只看见旁边的一艘巡洋舰也被击中尾部，笼罩在浓烟、火焰以及大股向上腾起然后纷纷洒落的白色水沫中。不到几分钟，"爱宕"号就已经被包围在火焰里，在爆炸的震动中逐渐下沉。栗田只顾自己逃命。几艘驱逐舰驶近这艘被炸后起了火的船，去营救他脱险，但是已经来不及了。中将和他的参谋人员不得不在汹涌的温暖盐水中泅水逃生。

一艘驱逐舰将栗田打捞上船。可就在这时候，他被盐水渍痛了的眼睛看见了另一副惨景：距离不远的地方，第三艘重巡洋舰像一个炮仗似的炸裂，漫布开了浅色的火苗和浓密的黑烟，破碎的船体下沉，他像一只落汤鸡似的站在那里。这一天破晓还不到半个小时，他的十艘重巡洋舰中已有二艘被潜艇击沉，第三艘已经起火，瘫痪在水中，而他离莱特湾还有整整两天的航程。

"飞鱼"号和"鲦鱼"号两艘侦察潜艇，黑夜里发现了栗田的舰队，就进行水面追踪，然后潜入海底，发动了这一次拂晓袭击。驱逐舰发射的深水炸弹，密密层层地降落，在辽阔的海面上激起巨大的水柱，潜艇躲开了它们，但是在迫近那一艘已经失去战斗力的巡洋舰时，"飞鱼"号触礁了。"鲦鱼"号救起了艇上的船员。这一次是"飞鱼"号发出警报，立下了第一功，但是它光辉灿烂的日子随着结束了。

那一天，多半时间里，栗田的舰队都被发现潜望镜的虚惊所困扰，最后他和他的参谋人员转移到了"大和"号上。他登上那艘全世界最强大的炮舰，坐在那间宽敞漂亮的司令室里，这时候才重新对战局有了把握。总的来说，他那支庞大的舰队基本上是完整无损的。他并没指望在一次进军中不遭到损失。夜幕即将降落，这就可以掩蔽他的行动了。东京发给他的无线电报说，诱敌的舰队还不曾跟哈尔西发生接触，所以明天他们还会遭到飞机的攻击，更会受到潜艇的威胁。现在看来，后天他就要在圣贝纳迪诺海峡入口处迎头撞上哈尔西的舰队了。但是这一次东京派栗田健男来指挥，就是因为他这个人勇往直前，不顾一切危险。夕阳西沉，他以全速航行。

那一天夜里，有十二个小时可以让他平安无事地快速航行。十月二十四日，太阳一升起，航空母舰的攻击就随着开始，此后一直没停止。一共有过五次大规模的攻击，几百次突击，反复用炸弹和鱼雷猛袭，整天里主力舰队上空嗡嗡之声不绝。栗田曾经得到保证，说吕宋岛和台湾将为他提供空中掩护，但是这时候什么也没有。

然而他的舰队仍旧雄赳赳地前进，迂回曲折地驶过那些峰峦争妍的岛屿，一路上用几百门炮构成高射炮火网，主力列炮没命地狂轰那些蜂拥而来的飞机。在十月二十四日这一场最激烈的飞机与水面军舰厮拼的战斗中，也就是我们现在称之为锡布延海之役的战斗中，栗田指挥得很出色。但是超级巨舰"武藏"号先被一枚鱼雷击中，这就招来了马蜂似的美国飞机的狂轰滥炸。它虽然被认为是不可击沉的，然而在五次空袭中被十九枚鱼雷和数不清的炸弹击中后，它开始下沉，落在其他战舰后面，越来越斜倾到一边，一小时又一小时逝去，它继续受着打击。将近日落的时候，它倒翻了过去，带着它的半数船员沉入海底，除了曾经和一些小飞机对打了一场，它始终没投入战斗。

真是糟透了。这可是一次惨重的损失，然而主力舰队以前也经过惊涛骇浪，但后来仍保存着充分的力量，去完成它的任务。只是小泽诱敌的舰队一直毫无消息，会不会就这样一路驶向莱特湾，始终得不到他的支援呢？哈尔西分明还不曾中计。这一天赶来猛烈轰炸的飞机，就是从航空母舰上起飞的。栗田发无线电报，请求空中掩护，但始终被置之不理。"武藏"号经过痛苦挣扎后惨死，另一艘巡洋舰被打成了残废，而其他战舰则受到许多弹创。到现在为止，这一天里的损失还经受得住，但是，单凭这一支对空袭毫无防卫能力的舰队，去迎击十五艘或者二十艘航空母舰，它还能够幸存多久啊？

大约在四点钟，栗田命令他的舰艇掉转方向，向西退却，这样可以更远地离开哈尔西的航空母舰，同时继续留在广阔的洋面上，他的舰长们至少能在迂曲徐缓行进时躲闪自如，而如果驶进了海峡，他们就会失去灵活的操纵能力，很容易成为攻击的目标。这时候他又一次向东京和马尼拉呼救，报告他遭受的损失。马尼拉没答复，那里的空军司令已经做出决定，要派他的飞机攻击敌人的航空母舰，不肯把它们用来掩护栗田的舰队。

栗田的舰艇在四周是翠绿的岛屿耸峙环列的平静海面上茫然无主地航行，那艘被炸坏了的"武藏"号已经落在视线以外，但它仍希望能够在海滩上搁浅，"成为一座陆地炮台"。而这时候栗田感觉到，"捷"作战计划已经开始失败了。飞机和潜艇的袭击，打乱了预定的时间。再说，又缺少空中掩护。诱敌之计是不成功的。然而，他把进入狭窄水域的时间推迟到天快要黑的时候，他再一次调转航向，朝圣贝纳迪诺海峡进发。趁舰队前进的时候，他通知了南方的舰队，吩咐他们放慢速度，将开始夹击海峡的行动再推迟几小时。这时东京大本营好像很照顾他，发来了这道命令："仰仗神明庇佑，全军猛进突击。"

夜幕又一次覆罩着主力舰队。然而，即使是在这种情况下，栗田仍旧面临着越来越多的危险。前面是水雷密布的狭窄海域，通过圣贝纳迪诺海峡时，他必须让自己的舰队列成纵阵。哈尔西的战列舰和巡洋舰肯定在进口处巡逻，等候在那里采用"T"字战术[1]，趁他的舰艇驶出时把它们一艘一艘地击沉。在一九〇五年的对马海战中[2]，日本海军就是用这样的战术击溃沙皇的舰队，打胜了那一仗。如今栗田却在扮演他研究了一辈子的那次战役中俄国人的角色，但是他已经陷入绝境，更无其他选择，只好"仰仗神明庇佑"，去决定自己的命运了。

---

① "T"字战术：海战的一种典型战术。采用这一战术的舰队，以T字队形，阻止对方舰队前进，用全正面交叉集中火力袭击对方以纵阵前进的先头部队，以优势火力歼灭其主要部分。
② 1905年5月27日日俄战争中，日本海军大败俄国舰队于对马海峡。

舰队后方，一弯昏黄的弦月在黑沉沉的锡布延海上逐渐低落。前面，马尼拉的日本司令部开亮了圣贝纳迪诺海峡的导航灯。夜晚天空澄净。栗田健男在巨型战舰"大和"号的舰桥上，向他的官兵们发出了一道措辞直接的最后紧急命令：冒全军覆没的危险，我舰队决定向停泊处进行突破，一举歼灭敌军。舰队列成纵阵，驶进狭窄的水域，全军进入战斗位置。虽然经过一天的苦斗，但是这时候那些面色憔悴的水手都登上了他们的炮位。他们是精选的水兵，都对夜战受过严格的训练。栗田相信，他们能够痛击前方的美军，并且如果为形势所迫，都愿捐躯报效天皇。

午夜，月亮沉下去了。半小时后，在星光微闪的黑暗中，主力舰队一艘随着一艘，开始在吕宋岛和萨马岛的山岬之间偷偷地出来，进入了菲律宾海静悄悄的辽阔水面。栗田将军看不见前面有什么动静，其他所有舰上的监视哨也都看不见，雷达扫描了周围五十英里的海面，没发现任何敌情。

毫无动静！连一艘警戒圣贝纳迪诺海峡的侦察驱逐舰都没有！

栗田在惊讶之下，重新燃起了希望，开始考虑如何投入战斗，他以全速沿萨马岛海岸向南直驶莱特湾。他必须承认自己亲眼看到的事实，由于战局中发生了某种离奇的意外事件，哈尔西离开了那儿，这样，麦克阿瑟就只能听凭天皇的最大的炮轰击了。

第八十八章

美国方面发生的离奇事件，造成了这一令人难以置信的形势，而今后只要还有人关心海战，这些事将永远成为辩论的题目。其实，这些事件本身很清楚，辩论的症结在于：它们是怎样发生的，又是怎样才会发生的。维克多·亨利当时在"衣阿华"号旗舰司令室里，亲身经历了那些事件。

十月二十四日那一天，帕格早在破晓前就起身了，坐在司令作战控制室里，核对他的参谋人员制订的计划，准备如何应付当时的形势，如何投入战斗，甚至，如果需要的话，如何指挥那个特混群。他明知道，在哈尔西麾下，自己的级别是很低的，然而如果运气不好，特别重大的责任照样会落在他的肩上。他准备随时充分掌握情况，就仿佛自己是哈尔西的参谋长一样。

司令作战控制室是一间灯光暗淡的大房间，位置在他的舱房上边，可以从一条独用的扶梯走上去。室内，雷达显示器在磷光的绿色追踪屏上反映出军舰和飞机的行动、暴风雨的图形、附近陆地的轮廓以及——特别是在一场夜战中——比肉眼在海上看得更清楚的一幅敌军动态图。这里，巨大的有机玻璃显示屏由几个电话传令兵守着，从那些鲜明的橘黄色或者红色的油印摘要中，一眼就可以看出当时发生了什么情况。这里，急电大批地涌了进来，一起交给了值日军官，以便迅速做出简报，准备发布。咖啡、烟叶、电子推动装置发出的臭氧的气味混合到一起，形成了那种永远是司令作战控制室特有的气味。话筒声音沙哑，不停地喊出那些叫人听了莫名其妙的信号："贝克·吉格·豪七号，贝克·吉格·豪七号，我是法院四号。请艾布尔·迈克报告彼得斜体Z。报文完，请回复。"以及诸如此类的一些话。

但是，也有时候，就比如像现在凌晨五点钟，这位将军偶尔走进来察看一下的时候，司令作战控制室里很安静。几个影子模糊的水兵坐在显示器跟前，脸在荧光下显得阴森可怕，嘴里正喝着咖啡，吸着香烟，或者啃着大块的糖。电话传令兵向话筒里嘟哝几句，或者在有机玻璃板上写一些什么，他们都守在显示屏后面，会灵巧地把字体从后边印出来。一些军官俯身凑近海图，一面计算一面低声谈话。这时候参谋长已经坐在中央的海图台跟前。在进攻台湾之战中，帕格对布雷德福上校很满意，他能够管理司令作战控制室，在嘈杂声中整理出有关的情报。帕格走到下面，独自坐在他的舱房里，很自在地吃着罐头桃子、玉米片、火腿蛋和蘸了蜂蜜的新出炉饼干。也许，要再过很久，他才能重新坐下来吃饭。他正在喝咖啡，只听见布雷德福嗡嗡的声音。

"现在准备开始空中搜索，将军。"

"很好。"

帕格赶快登上扶梯，走到外面司令舰桥上，迎着晴朗温暖的绯紫色黎明，看那些俯冲轰炸机中队在晨星底下从"勇猛"号、"汉考克"号和"独立"号上腾空飞去。这时候他心中隐隐地觉出一阵痛楚。（押沙龙，押沙龙！）等到最后一批飞机飞走了，他才回到下面离他舱房不远的一间小办公室里。他总是喜欢把自己的作战指挥图留在这里。只有在战斗的时候，他才亲自到司令作战控制室去，那儿近旁就是雷达、舰间对话机和司令舰桥。在未来许多小时里，至关重要的还是那些收集到一起的原始材料：视距、距离、航线、航速、损害报告以及这一切所包含的意义。

说到底，这又是一场蓝色对抗橘黄色的比赛，又是老一套军事学院里的战棋对垒与和平时期里的舰队演习。虽然真正战斗中的惊心动魄之处不能与此相提并论，然而有一个要点是不变的。即使是在演习战中，最难做到的一点也是保持冷静，而现在要做到这一点更是困难啊！就让布雷德福在司令作战控制室里去体验那份刺激，欣赏那些最新的消息吧。帕格可是一直等到战斗打响了，才到这里来考虑那些决定性的步骤。只有到了必要的时刻，他才去和他的参谋人员商量主意。

他在这间办公室的宁静气氛中，用橘黄色和蓝色的墨水，把清晨观察和出击报告的有关情况一一批注在他的海图上，这时候他感到最奇怪的是，日本人竟然会这样一往无前地推进。看来，这个家伙向圣贝纳迪诺海峡进发，是要认真地干上一场了。据报告，前一天潜艇击沉了那些敌舰。但这件事并没动摇他的决心。看来，除非是空军的攻势能够把他打发回去，否则就要在海峡外进行一场夜战，也许距现在只有十六小时到二十小时了。

帕格很早就发现第二支水面舰队在南面极远的地方向苏里高海峡进发，这件事并没使他感到惊奇。采取旨在牵制攻势的佯攻，乃是日本人的典型战术。正是这个缘故，所以斯普鲁恩斯才不肯离开塞班岛的滩头堡。现在日本人可真是在孤注一掷了！

派往南方去的戴维森的特混大队，大概会尾随那个舰队吧。不，猜错了，现在哈尔西命令他也去圣贝纳迪诺海峡外面集结了。也好，金凯德南面海湾里的舰队拥有六艘陈旧的战列舰，其中五艘都是从珍珠港坟墓里掘出来的，包括那艘老家伙"加利福尼亚"号，此外还有许多巡洋舰和护航航空母舰，可以用来攻击那一支为牵制攻势向苏里高海峡进发的舰队。至于那些小型航空母舰，它们都是由商船改装成的，又小又单薄，慢得就像糖浆在流动。但是，如果倾其全部的力量，它们还是可以发动一次相当强劲的空袭的。

哈尔西的舰队首次受创！最北面的舍曼航空母舰群在早晨九点三十分遭到空袭，"普林斯顿"号中弹起火。据舍曼报告，这些飞机可能是从吕宋岛或者日本航空母舰上起飞的。他的飞行员大量杀伤了敌机驾驶员。再有，这收听到的可是一条令人欣慰的消息：哈尔西调回现正驶向乌利西的第四航空母舰群。（他终于做出决定，总算很及时啊！）海图显示，这些舰艇需要在海上加油，还要整整航行一天。如果是因为"普林斯顿"号受到了打击，哈尔西才改变了主张，那么付出的代价也许是值得的。

在中路，美军对进犯的日舰发动了更多次的空袭，收到了更多令人鼓舞的杀伤报告：多艘战列舰和巡洋舰，有的中了炸弹，有的中了鱼雷，有的起了火，有的翻倒沉没了。在帕格的战图上，这些报告看起来是激动人心的，锡布延海上布满了沉没和受伤的舰艇的符号。如果这些报告属实，那么日本人再也无法取胜了，他们已经输定了。但既然如此，他们为什么要继续前进呢？只要有三十架到七十架飞机出击，就可以随意击中他们，然而他们仍在前进。

他们为什么没有空中掩护呢？日本人的航空母舰到哪儿去了呢？这个问题整天困扰着维克多·亨利，不但困扰着他，而且困扰着威廉·哈尔西和他的参谋人员、他的群长们，困扰着在夜色笼罩着的珍珠港的尼米兹上将和在华盛顿的金上将。那些去向不明的航空母舰，并没掩护向圣贝纳迪诺海峡进犯的舰队，它们并没掩护向南遁走的舰队。那么，在这一场帝国舰队的决死战中，它们担负的又是什么任务呢？不能想象它们会在日本内海闲待着。帕格认为有两个可能。为了将来博自己一笑或让自己感伤，他将这两种可能写在另一张纸上。

　　十月二十四日，十四点三十分，莱特湾外。

　　问：敌航空母舰现在何处？

　　答：（1）在南海搜索范围以外，徘徊不前。一待日落，即将以高航速向我舰急驶，明晨拂晓攻击今夜在圣贝纳迪诺海峡外受创军舰。

（2）正从北方南下，意图诱我舰队离开圣贝纳迪诺海峡。果然如此的话，他们必须在天黑之前，可能在吕宋岛以北很远的地方，让我们去发现。

帕格做出以上两个猜测，并不是他有什么先见之明。当时哈尔西有好几位群长都做出了同样的揣度。最近海军情报部发布了一份俘获的日军作战手册，它里面就谈到要如何牺牲航空母舰，作为一种牵制攻势、转控战局的手段。不知怎的，这一支航空母舰舰队没被侦察潜艇发现已经离开了日本内海。现在它们可能正在驶进空军可以搜索的范围以内。帕格在哈尔西最后发动攻势时猜想：这究竟是怎么一回事，日落前就可以见分晓了。

实际上，小泽海军中将准备以小挫去换取优势的航空母舰，现在已经驶抵吕宋岛以北，他正使尽一切方法引起哈尔西的注意，可以说是就差翻筋斗、竖蜻蜓和牵动耳朵了。哈尔西已经把向北方搜索的任务交给了舍曼，但是在敌机空袭和"普林斯顿"号起火的那一阵混乱中，这项任务被推迟了。于是小泽就派出了他航空母舰上的一些杂牌飞机——总共只有七十六架——去攻击舍曼的舰群，希望这样至少可以引起哈尔西的警惕。这一次的空军攻击，还不及从陆上基地起飞的飞机使"普林斯顿"号中弹起火的那一次顺利。许多飞行员被击落，其余多数因为太缺乏经验，无法向正在行驶的航空母舰上降落，只得一路不停地飞向吕宋岛，或者坠落在海里。哈尔西并没有警惕起来。这一次零落散乱的空袭，被认为大概是来自吕宋岛的。

小泽还发出大量的无线电信号，希望它们会被发现。那一天很晚的时候，他急于要让敌方发现后进行追逐，就派出两艘非驴非马的战列舰——那是两艘上面装了飞行甲板的怪模怪样的炮舰——南下去跟舍曼的舰群进行水面战斗。小泽把这些作战情况用无线电通知了栗田。两支舰队相距大约一千海里，完全处于无线电通话的范围以内，但是栗田没收到他的电报，非但没直接收到，而且没间接从东京或马尼拉收到转发来的电报。

大约在三点钟，哈尔西准备夜战的计划发下来了。计划中指派了四艘战列舰，其中包括"衣阿华"号和"新泽西"号，再有两艘重巡洋舰，三艘轻巡洋舰，以及十四艘驱逐舰。

以上各舰，组成第三十四特混舰队，统属李海军中将战列舰队。第三十四特混舰队，将远攻敌舰，参加决战。

组成战列舰队！

帕格·亨利研究了一辈子战列舰队战术，军事手册他都背得出来。为了日德兰半岛、对马海峡以及纳尔逊在特拉法尔加角和圣文森特角那些可做典范的战役，他也不知道跟人家打过多少次赌。战列舰队的会战，是海军最高级的历史考验。在这次战争中，直到现在为止，那些所谓航空母舰的丑陋拙劣的水上仓房，反而使战列舰显得不重要了。好呀，我的老天爷，这会儿日本派来了它的战列舰队，穿过圣贝纳迪诺海峡，来突击我进攻莱特湾的舰队，而这一次哈尔西所有的航空母舰都不去阻击它们。

组成战列舰队！这是在吹响冲锋号呀！维克多·亨利热血沸腾，仿佛又是一个二十岁的人，他从托架上拿起电话听筒，对布雷德福上校说："十六点在我的司令室召开参谋会议。留一个值日军官在司令作战控制室里，你下来吧。"

帕格并没忽略这一点：在"新泽西"号上坐镇的哈尔西，将担任战列舰队作战司令官。威利斯·李将组织特混舰队，他本来可以干得很出色，然而哈尔西却要接过这一任务，由他自己来督战。在"新泽西"号司令室里，瞧大伙儿兴奋成什么样儿！如果说这件事帕格等候了三十年，那么比尔·哈尔西已经等候了四十年啦。历史上所有的海军将军，没一个会比在这种情形之下更跃跃欲试，急于痛痛快快地打上一场舰队的战斗。人和与天时凑合到了一起，这一次可要取得辉煌的胜利了。

帕格跑上了司令舰桥，痛快地呼吸新鲜空气。他已经吸了三包香烟。海上的景色，没有比现在更宁静的了：在午后的阳光下，航空母舰、战列舰以及它们的屏护舰队远远布列到极目力所能望见的地方，南北延伸，直到地平线以外，战斗中所熟悉的那些灰色形影，列成了防空队形，在微微溅起浪沫的蓝色大海上缓缓行进。看不见陆地，看不见敌舰，看不见烟雾，看不见炮火。使人感到兴奋激动的，是旗舰上作战控制室的话筒发出的噪声，是编码机像念海军符咒般急乱地报告的情况。无线电通信、飞机、黑色的石油，这一切已经形成一种新式的海战，这种海战可以跟几百海里，甚至几千海里外的地方进行联络，把战场扩大到包括几百万平方海里的洋面。然而，最基本的讯号，仍旧和特拉法尔加角所用的，甚至肯定和萨拉米①所用的相同。

组成战列舰队！

---

① 公元前480年秋发生在阿提卡半岛西面的萨拉米海峡的一次海战。地米斯托克利率希腊海军，大败波斯国王泽尔士一世统率的庞大舰队。

打仗总是危险的。巨型的"衣阿华"号可能和其他任何战舰同样葬身海底。"北安普敦"号沉没的情景，依旧萦绕在帕格的脑际，他正在考虑，应当怎样向他的参谋谈一些有关鱼雷攻击的事。然而，当他穿着一身揉皱了的衣服独自站在那里时，他一边深深地感受着热带海洋上吹来的阵阵微风，一边感觉到，能享受这样一个夜晚，自己也不算虚度此生了。他这样情绪激昂，多少是有罪的，因为这件事不外乎是一场屠杀，可能要死掉许多美国人，然而他却为此感到这样高兴。

参谋会议还没开到十五分钟，旗舰上的作战控制室给帕格打来了电话，通知他日舰在锡布延海上的一个新的位置。帕格把经纬度摘记在一本便笺本上，突然说："核对一下译文，这里有错。"说到这里，他就把电话挂上了。不一会儿，值日军官又抱歉地打来了电话说，翻译已经核对过了。这时又报告了一个更新的发现。帕格抄下了几个数字，突然走进他的办公室，立刻把参谋长唤了进去。

"你对这情形有什么看法？"

他的海图上，橘黄色墨水标出的日本舰队航线现在向西面弯了过去。退走了！

"将军，我早就不相信，他们怎么能够这样一直赶过来。"布雷德福手指掠着他的白发，摇了摇脑袋，"他们那样做，就像一个雪球在热腾腾的火炉上滚，到最后非滚光了不可。"

"你认为他们逃走了吗？"

"是的，将军。"

"我可不这样想。会议暂时结束。你上去吧，仔细查一查那些急电。尽量从舰间对话机里多听一些消息，把值班收听司令部电路的译员增加一倍，咱们要掌握这些有关方位报告的消息。"

不一会儿，布雷德福打电话下来，说整个舰队都在闹哄哄地传播日舰转变航向的消息。帕格一面直瞪瞪地瞅着海图，一面推测所有的可能性，就好像对弈时看到对方走了一步出乎你意料的棋似的。他开始这样写道：

十月二十四日十六时四十五分，中央舰队朝西转向。

什么缘故？

1. 遭到空袭。正遁回日本。

2. 指定的时间未到。航空母舰尚未进入搜索范围。莱特湾外集结计划被打乱。现正延宕时间，也是故作疑兵之计。

3. 为了避免一场夜战。日本小舰队有更喜夜战的，也有更喜用长程鱼雷的，等等。但这家伙希望有良好的能见度，以便发挥其大炮的威力。

4. 为了在白天保持其灵活的指挥能力。

5. 已向东京发出损害报告，现正等候命令。

6. 还记得斯普鲁恩斯在中途岛的"退却"吗？现在来的是一个厉害角色，拥有一支强大的舰队，又是一个足智多谋的指挥。也许他是在引诱哈尔西去追击他，令其闯入圣贝纳迪诺海峡，而他却掉转头来，向我舰队使用"T"字战术。

帕格正在那里琢磨这些可能性时，忽听见急促的敲门声。"将军，我想还是亲自把这份东西给您送来。"布雷德福眼睛炯炯闪亮，把一份从暗码译出的电文——一张空白表格，上面粘着几条电报纸带——放在他桌上。那是哈尔西发来的。

收件人：第三舰队全体群长与分队长

据舍曼报告，在北纬18～32度东经125～128度发现三艘航空母舰、二艘轻巡洋舰、三艘驱逐舰。

帕格把他蘸了橘黄色墨水的笔急促地戳在海图上。在吕宋岛东北，离海岸二百海里。日本航空母舰的目标这一来可明确了。

"哼！有关锡布延海上的那一支舰队，有最新的消息吗？"

"没有消息。将军。"

他们望了望海图，又彼此对看了一眼，露出了苦笑。帕格说："好吧，假如你是哈尔西，你打算怎么办？"

"立即出发，给那些航空母舰一次穷追猛打。"

"那么，圣贝纳迪诺海峡呢？锡布延海上的那个家伙呢？"

"他还在撤退嘛。要是他掉转头回来的话，战列舰队可以狠狠地揍他一顿。"

"这么说，你是要留下战列舰，只让航空母舰向北开吗？这样不是太冒险吗？"

"航空母舰朝北进发，在路上可以跟舍曼的两艘战列舰会合。那样一支力量就足够对付日本人现在所有的航空母舰舰队了。"

"那么，要是他们集中兵力呢？"

布雷德福搔了搔脑袋。"嗯，日本人还没使出这一招，对吗？这会儿他们正在从两个方向向我方进犯，他们彼此离开得太远了，我方不能集中力量，先去攻击一支舰队，再去攻击另一支舰队。我认为，制订战术时战场的局势要比原则更为重要。我方得把自己的兵力分成两路，确保能够同时打击他们的两支舰队。无论如何，我方的两个小队要比他们那两个小队厉害得多。"帕格恶狠狠地蹙起了眉头。布雷德福吞吞吐吐地说："将军，既然您问到了我，不管多么没见识，我总有义务把自己想到的说出来。"

"你的话惊动了马汉①的在天之灵。不过，我同意你的话。现在你回到上面去吧。"

勤务兵敲门，把一托盘将军用的晚餐送进来。帕格觉得自己没法儿把一只橄榄强吞下去，他要再添一些咖啡，然后一面一支又一支地吸着烟，一面设身处地为哈尔西着想。

面对着这一大堆财富，这位老战士一时不知从何下手啦：在两场大战中，他都有机会一显身手！他可以像纳尔逊勋爵那样打胜任何一场战役，然而不能同时在两处取胜，因为正像布雷德福所说的，战场相距太远了。如果他决定让他的航空母舰北上，那就必须把"新泽西"号从战列舰队中抽调出来。那样一来，就要由威利斯·李去指挥战列舰队，打一场夜战，用一艘舍曼的战列舰来代替"新泽西"号。或者，哈尔西可以统率几艘战列舰，列阵圣贝纳迪诺海峡以外，让米切尔的航空母舰北上，去攻击那里的航空母舰。可这办法又是雷·斯普鲁恩斯在塞班岛不肯采用的。

帕格心里盘算，圣贝纳迪诺这场战役将是更具有决定意义的，它会直接对滩头堡构成很大的威胁。然而，假如日本人不是转变航向，而是继续前进呢？假如那样的话，比尔·哈尔西就会整夜慢腾腾地在海上游弋，不发一枪一炮，而马克·米切尔则将率舰出发，去赢得自中途岛战役以来最大的一次胜利。

可惜没有机会，帕格·亨利心里想。可惜没有机会。布雷德福说得对，要是他帕格处于哈尔西的位置，他也会向北进攻的。

然而，他又希望哈尔西只带走"新泽西"号，不要把"衣阿华"号也拖走。那几艘日本航空母舰，势必成为米切尔的飞行员的俎上之肉。那些去北方的战列舰，它们的作用也只不过是去击沉那些已经受了损伤的舰艇罢了。圣贝纳迪诺海峡附近将有一场海战。那个日本人并没离开，这是帕格凭第六感觉知道的。

从上面的作战控制室里传来了一份威利斯·李发给哈尔西的回视信号报告，那是天刚黑以前发出的。这份战局分析，与帕格的见解相似，所以他听了很高兴。李是一位精明老练的战略家。据他说，那些日本航空母舰力量薄弱，是用来诱敌的，它们的

---

① 艾尔弗雷德·塞耶·马汉（1840—1914），美国军事理论家、军事历史学家、海权论创始人。

飞机为数很少；锡布延海上的舰队掉转航向只是暂时的，那一支舰队还会回来，黪夜进入海峡。

在哈尔西的参谋当中，帕格猜想，意见分歧一定很大，争论也很激烈。时间正在消逝，仍旧没有命令下达，甚至没有发出战列舰队作战计划的"执行令"，而威利斯·李这会儿需要时间组织和编排他的舰队。八点钟已过，命令总算发下来了。这一份决定战局的急件，布雷德福不是自己送来，也不是用电话通知的，他派一个传令兵把它送来了，而这种做法也是很奇特的。帕格读完这份很长的作战命令才明白它是怎么一回事。

哈尔西准备北上去追击那些航空母舰，这样也好。但是，他要带走整个第三舰队，连一艘舰艇也不留下来防卫圣贝纳迪诺海峡。

帕格还在思考这个令人焦虑的奇怪命令时，又发下来另一份急件，它又是由传令兵送来的。这是一架夜航侦察机对锡布延海上敌舰的观察报告。他还没来得及把笔落在海图上，只看到那个经度就已经使他毛骨悚然。日舰已经掉转航向，这时候正以每小时二十二海里的航速驶向圣贝纳迪诺海峡。

急件发出的时间是二十二点十分，也就是一九四四年十月二十四日夜里十点十分。

第八十九章

一个犹太人的旅程

（摘自埃伦·杰斯特罗的手稿）

一九四四年十月二十四日

　　我和娜塔丽都收到了我们的遣送通知。我们将于十月二十八日随同第十一批被遣送的人离开此地。去请求照顾，那根本没用。列入十月份这几批遣送的人，谁也不能豁免。

　　特莱西恩施塔特已呈现出一片荒凉可怕的景象，留下来的也许只有一万二千人。自从电影停拍以来，还不到一个月，火车已经运走了差不多二万人，都是六十五岁以下的。你如果年纪更大，还可以苟安一段时间，除非是像我这样得罪了当局的。至于那些年轻力壮，有本领和长相好的，他们都已经走了。原来拥挤和热闹的犹太区里，剩下来的那些老人在几乎是空荡荡的街上踉来踉去，挨冻受饿，提心吊胆。镇里的公共设施都已被破坏。再没有地方供应热的饮食，连从前那些劣质的残羹剩菜都吃不到了，厨师一个都没有了。垃圾堆积如山，因为没人去清除它们。在空荡的营房里，弃下的衣服、书籍、地毡、照片扔得满地都是，没人去打扫，更没人想到要去偷窃。医院都空了，因为所有的病人都被遣送走了。每个地方都是人走空后那种腐朽霉烂的气味。

　　那一次"美化运动"的骗人玩意儿——奇怪的路标、店铺的橱窗、音乐台、咖啡馆、幼儿园——都在萧索的天气里颓败：颜色暗淡了，油漆剥落了。虽然已经三令五申，要严厉处罚，但是那些老人仍旧偷窃这些面子建筑物的木板，把它们当柴烧。现在听不到音乐了。儿童几乎没一个留下，除了那些父母是异族通婚的和退伍军人、市政官员或"知名人士"的子女。但是，这一次第十一批遣送，要送走的人多达二千名以上，就像一把镰刀砍进了这些受特殊照顾的阶层。这一批走的人当中，包括很多儿童。

我是因为拒绝合作而得罪了当局。来接替九月下旬神秘失踪的那个可怜虫爱泼斯坦的新任高级长老，是维也纳的一位默梅尔斯坦博士，他以前当过拉比和大学讲师。这位长老指定我做他的主要助手，我知道这是党卫军的授意，其用意无非是如果战事突然结束，他们可以再装饰一次门面。这些别有用心的家伙，一定是在这样打算。对他们来说，如果让一个美籍犹太人在这里担任高级职员，去欢迎那些战胜者，这样面子上会好看些。然而，现在看来，战事并不会很快就结束，东线和西线都好像要相持过这个冬天。在今后的许多月内德国人的罪行还要变本加厉，也许只会有增无减，因为这是他们犯罪的最后机会了。

接连着几小时，默梅尔斯坦试图说服我，一直唠叨不休地说恭维话，讲大道理。为了打断他的话，我就说准备考虑这件事。那天晚上娜塔丽的反应和我一样。我向她指出，如果我因为拒绝了这件事而被遣送，她大概会和我一同走。"你瞧着办吧，"她说，"但是，可别因为我去接受这件事。"

第二天我向默梅尔斯坦做出答复，这时我又得耐着性子去听他说那一套废话，他最后向我恫吓、咆哮、哀求，甚至真的流下了泪。毫无疑问，他害怕传达我的拒绝，害怕惹恼了他的主子。我不妨在最后这几页日记中介绍一下这个人的特点，以及他的想法。他代表了一个类型的人，欧洲各地肯定都有默梅尔斯坦这类人物。说得简单点儿，他的想法是：如果让德国人直接监督我们，那他们要远比犹太管事们凶横残暴，不会像犹太人这样愿意充当一种缓冲力量，代为执行德国人的命令；他们在推延时限、说项求情、回避什么事情时，都尽量让德国人向他们出气，同时忍受着犹太人对他们的仇恨和轻蔑；他们不停地做工作，要减轻大伙儿的苦难，把一些人从死亡中拯救出来。

我反驳他说，虽然从前在特莱西恩施塔特是这种情形，但如今的工作人员都只管组织遣送工作，负责把一些人送走，而我不愿插手这一类的事。我不去提到这种工作人员指定犹太同胞去送死，只是为了要保全自己的性命，或者，至少是为了推迟自己的末日。伊壁鸠鲁[①]说得好，这个世界上的每一件事，都有两种方式应付它。我并不责怪默梅尔斯坦。他说，如果像他这样的犹太人再不去执行德国人的命令，不去设法减轻他们的压力，那情形就会变得更糟。他这话听起来也有一些道理，然而，我却不愿意这样做。我拒绝他的时候，也知道这样会吃到苦头，然而我决不迁就。

---

① 伊壁鸠鲁（公元前341—前270），古希腊哲学家。

他说那些奉承我的话时，还请我看在两人同是学者的分儿上。我们研究的学科是有关系的，因为他在维也纳大学教的是古犹太史。我听过他在犹太区里讲学，但认为他的学问并没什么了不起。他引证了弗拉维乌斯·约瑟弗斯①的事迹，竭力为自己辩解。犹太人都恨这个约瑟弗斯，虽然他的目的完全是为他的同胞谋福利，但是他们都认为他是罗马人的奸细和工具。历史对约瑟弗斯的评价最多也只是毁誉参半。像默梅尔斯坦这类的人，是不会有好结果的。

他发怒的样子像党卫军发怒时那样使我至今心有余悸，先是横眉瞪眼，板着脸警告我，后来又失声痛哭。他并不是在演戏（否则他倒是很会表演），因为他真的泪如泉涌。他的负担太重了，所以他不禁痛哭流涕。他在犹太区内可以说是最敬重我。在战争这一阶段，作为一个美国人，我最有能力去和德国人打交道，为大家做一些好事。为了要我回心转意，不至于去小堡垒，他不惜向我下跪，劝我和他共同担负他那可怕的责任，他再也没法儿单独承担那件事情了。

我对他说，这件事必须由他勉为其难，万一我本人将来有个什么好歹，那我准备拼着自己这个衰弱的身体忍受下去了。说到这里，我就离开了，让他去摇晃着脑袋，拭干眼泪。那差不多是三个星期以前的事。接下来的几天，我一直捏着一把汗。我一点儿也没变得比以前更勇敢，然而确实有一些事要比痛苦更坏，比死亡更可怕。再说，一旦落在德国人手里，除非有来自外界的救援，否则一个犹太人到最后反正是逃不了痛苦与死亡。那么，他还是索性独行其是的好。

此后我没再听到什么消息，可是今天大难临头了。我相信，这件事也不能怪默梅尔斯坦。当然，是他签署的命令，正像他签署其他所有被遣送的人的命令一样。但是，事实上我的名字已经被列在党卫军开的名单上了。他们既然不能再利用我，又不愿强迫我去做什么事，像上次招待红十字会的参观那样，他们就准备干掉我。除非他们能够把我拉到他们一边，做他们的工具，也就是充当帮凶之类，否则美国人来到的时候，他们就不会想要我这样的人在身边。俄国人来到的时候，也是一样。

通知单是早晨发下来的，那时候娜塔丽刚要去云母工厂。这种事已经司空见惯，早在我们俩意料之中。我提议去找默梅尔斯坦，就说我已经重新考虑了这个问题。这是实话。我向她指出，她还需要为她的儿子活下去，虽然我们已经几个月没获得他的消息了（我们和外界的一切联系早已被切断），但是她有充分的理由可以希望他是平安无事的。等到有一天这个漫长的噩梦醒了，如果她居然还能够活着的话，她会找

---

① 弗拉维乌斯·约瑟弗斯（约37—约100），罗马时代犹太历史学家，66年巴勒斯坦爆发反罗马起义（犹太战争），负责保卫约塔帕塔城，失败被俘。后在罗马获公民权，政治中属于亲罗马人士。

到他的。

她紧张中微露出恐惧，忧郁地说（我要在收藏起这几页手稿之前，先把这一次简短的交谈记下来）："我不愿意你为了要保护我，把整列火车的犹太人送走。"

"娜塔丽，我原来对默梅尔斯坦就是这样说的。可是，咱们知道，遣送的人总是要走的。"

"可是，那不是你经手办的。"

我感动了。我说："*Ye-horeg v'al ya-harog*。"

她跟我和其他几个犹太复国主义者学了一些希伯来语，但是懂的并不多。她迷惑不解地望着我。我解释道："这是引的《塔木德》里的句子。有三件事是犹太人在强迫下宁死也不能做的，刚才说的是其中的一件事：宁可被人杀，也不可杀人。"

"我管这个叫一般准则。"

"按照希勒尔①的说法，犹太教的全部教义都是一般准则。"

"还有两件犹太人宁死也不能做的事呢？"

"礼拜伪神，与人通奸。"

她若有所思，然后像蒙娜丽莎那样向我笑了笑，就到云母工厂去了。

我犹太人埃伦·杰斯特罗于一九四一年十二月在那不勒斯港内的一艘船上开始记述这一次旅程。这艘船准备开往巴勒斯坦。没等到船启碇，我和我的侄女就离开了它，被拘留在锡耶纳。我们是在一些地下工作人员的帮助下逃出了法西斯意大利，打算取道葡萄牙回美国的。由于一些不巧的事情和错误的判断，我们被送到了特莱西恩施塔特。

在这里，我亲眼看到了德国人的野蛮行为和伪善作风，准备用简单草率的文字记录那些真实情况。我并没记下我亲眼看到的日常生活中的痛苦、凶残与道德败坏的千分之一。然而，特莱西恩施塔特却被称为是一个"模范犹太区"。我所听到的那些德国人在奥斯威辛等地集中营里所干的事，已经超出了人类经验的范围，我们已经无法用文字去描述。所以，我总是用随时想到的最简单的词句，记录我所听到的事情。在最近几世纪内，也许还不会有一个修昔底德②那样的人来叙述这些事情，好让人们去想象，去相信，去记住它们。或许现在已有一个修昔底德，但我不是他那样的人。

---

① 希勒尔（？—10），全名希勒尔·哈·撒根，习称大希勒尔。犹太教公会领袖和拉比，公元前后巴勒斯坦犹太人族长。
② 修昔底德（约公元前460—约前400），古希腊历史学家。

我现在要去死了。听说，身体强健的年轻人，到了奥斯威辛，还可以留下来工作，所以我的侄女还可以活下去。我今年已经六十八岁，离《圣经》上所说的七十岁①已所剩无几。现在我相信，几百万犹太人只活到一半，或者还不到一半应活到的岁数，就已经死在德国人手里了。其中有上百万，或者更多的人，肯定都是幼童。

还需要经过一段很长的时间，人们才能理解这一件涉及人类本性的事，也就是德国人所干的这些史无前例的事。这几张潦草的手稿为当时的真实情况提供了证据，但只是可怜的一鳞半爪。等到国社党带来的灾祸消逝以后，在欧洲各地都会发现这一类记录。

我这人对研究《塔木德》有一些悟性，我理解得很快，只是不够深刻，同时我的文笔是优美的，但不是雄浑有力的。我是一个天才儿童，最引为得意的是少年时代。父母把我从波兰带到了美国，我在那里浪费了我的天赋，去博取那些异教徒的欢心。结果我成了一个叛教者，我彻底抛弃了我的犹太人本色，一心只想仿效其他人，要使他们对我感到满意。在这方面，我是成功的。我一生中的这一段时期，是从十六岁去纽约那年起，一直到六十六岁来特莱西恩施塔特。我在这儿，在德国人手里，又恢复了我犹太人的本色，这是他们迫使我这样做的。

我来到特莱西恩施塔特将近一年了。我觉得这一年要比我平凡的生活②的五十一年——也就是仿效其他人的五十一年——更为宝贵。忍辱、挨饿、受压迫、被殴打、惶惶不安，在这种情况下，我发现了我自己、我的神、我的自尊心。我非常害怕死，同胞们的悲惨遭遇吓倒了我。但是我在特莱西恩施塔特体验了一种奇特的、凄怆的幸福感，那是我以前在美国任教授、在托斯卡纳别墅里作为一位红作家生活时所不曾体验到的。我恢复了自己的本性。我教那些目光炯炯、思维敏捷的犹太男孩读《塔木德》。现在他们都去了。我不知道他们是不是还有一个活在世上。然而，《塔木德》里的那些句子一直在我们口边萦绕，在我们心中燃烧。我的这一生，就是为了要传递那个火焰。这个世界已经改变，这种改变我已经不能适应，而最后我来到了特莱西恩施塔特。到了这里，我终于适应了这种变化，恢复了自己的本来面目。现在，我要回到奥斯威辛，回到从前我在犹太教法典学校里读书，后来抛弃了《塔木德》的那个地方，而一到了那里，我这个犹太人的旅程就要结束。我已经做好准备了。

---

① 《旧约全书·诗篇》第九十篇："我们一生的年日是七十岁，若是强壮可到八十岁。"
② 原文是意第绪语。

瞧，有关特莱西恩施塔特的事，还有那么多需要写！咳，如果有一个善良的天使赐给我哪怕是一年的时间，让我从童年起叙述我的故事，那该有多么好啊！然而这些零散的札记将比我所写的其他任何东西更能成为那片茫茫空虚——也就是我的坟墓——上的标志。

地啊，不要遮盖他们的血！①

埃伦·杰斯特罗

一九四四年十月二十四日

于特莱西恩施塔特

---

① 《旧约全书·约伯纪》第十六章："地啊，不要遮盖我的血，不要阻挡我的哀求。"

第九十章

莱特湾还是午夜，华盛顿已是太阳高悬在空中的大白天，位于这二者中间位置附近的是珍珠港。切斯特·尼米兹正从那儿把莱特湾发生的事件——转报给华盛顿司令部里的欧内斯特·金。当然，东京海军司令部这会儿也注视着这场战役的发展情况。

通信技术有了这样大的进步，发报机发挥了这么高的效力，电码被编译得这么迅速，而舰队以每小时二十至二十五海里的速度做长程航行时，它们的行动又是那么稳重，所以相距极远的最高司令部都能像荷马史诗的神在上空飞翔，或者像拿破仑在奥斯特利茨的一座小山上观察整个战局。莱特湾之战，不仅是有史以来最大的一场海战，而且在以下两个方面也是史无前例的：有距离遥远的人作壁上观；有这么多现场的情报，从普通发报机和密码发报机里大量地发送出来。

所以，现在有趣的是：不论是那些身临现场的人，或者是那些分散在世界各地的人，竟然没有人真正知道究竟发生了怎么一回事。以前从来没有哪一次的战争被这么浓的迷雾笼罩着，所有那些精致的通信设备只是扩散和加深了这重重迷雾。

哈尔西完全把大伙儿给闹糊涂了。他在一份极其简括的急电中通知了当时在南面海湾里的金凯德，说他已经决定丢下圣贝纳迪诺海峡，不再去防卫它，同时还将这件事告知了尼米兹和金：

> 据出击报告，我已重创中央舰队。现正率三个舰队群北上，拂晓攻击航空母舰舰队。

这就是全部报道。金凯德解释，这表示哈尔西当时正率领他的三个航空母舰群北上，留下了第三十四特混舰队，包括那些战列舰，去防卫海峡。尼米兹是这样解释的。金是这样解释的。米切尔也是这样解释的。在他们几个人看来，这份急电不可能有其他含意，因为让海峡洞开受敌，那是不可想象的。然而在哈尔西和他的参谋人员看来，这也是一件一清二楚的事，即：既然他没下令执行作战计划，也就不存在什么战列舰编队。所以，圣贝纳迪诺是没有防卫的。所以，金凯德已经及时得到警告。所以，金凯德会设法去当心自己，去当心那个滩头堡。

再说在珍珠港，急电送到的时候，雷蒙德·斯普鲁恩斯正站在海图台跟前尼米兹旁边，他悄悄地说："要是我在那儿的话，我就把我的舰队留在这儿。"说时把一只手放在圣贝纳迪诺海峡外面。但是，他所指的也是航空母舰，他压根儿没想到，哈尔西会调走战列舰。

哈尔西等到天黑以后，突然向北急进，这一来可把日本人闹糊涂了。所以，栗田猜想，他的主力舰队前进时会迎头撞上第三舰队。指挥那些航空母舰去诱敌的小泽更被闹糊涂了，他已经获悉栗田朝西转向，但是还不知道栗田已经掉转头驶向圣贝纳迪诺海峡了，所以他不知道"捷"作战计划是正在执行呢，还是已被取消了？也不知道他去诱哈尔西这条计策是已经失败了，还是成功了？他首先向北逃逸，后来，奉了"仰仗神明佑护"的命令，转航南下，重去扮演钓饵的角色，最后又向北驶去。至于在马尼拉和东京的那些日本司令官，这样一来就完全对此心中无数了。

然而，随同哈尔西一起向北进发的那些将军却是心中有数的。

帕格不时跑到作战控制室去，希望可以获得哈尔西新发下的命令。经过漫长难过的时间，发报机里始终是死一般的沉寂，而那无人防卫的海峡越来越远地落在舰队后面了。这是怎么一回事？难道哈尔西真的没有获得情报，不知道中央舰队正重新向莱特湾进发吗？

突然，舰间通话机开始发出嘎嘎声，只听见帕格的特混群长博根将军和载有夜间侦察飞机的航空母舰"独立"号的上校声音紧张而生硬地一问一答。从无线电已经失了真的声音中，帕格仍可以听出将军的口音。有关锡布延海上舰队位置的报告是准确的吗？上校可曾仔细问过飞行员？完全准确，上校回答说。那些日本舰艇前进得很快，这是毫无疑问的。一点儿也不错，一个出航搜索的侦察飞行员刚才报告，圣贝纳迪诺海峡的导航灯照得亮堂堂的。

帕格听见这位将军声音发颤地喊："耶稣基督！"不一会儿，博根又在舰间通话机里叫"海盗旗亲自听"，那是叫哈尔西将军的舰间呼号。这件事做得有点儿莽撞，但结果还是无用。答话的并不是"海盗旗"，而是另一个声音辨不出是谁的人。博根重复了海峡灯光亮了的消息，他那急切紧张的声音强调了这件事的严重性。可是对方厌倦地回答："是啦，是啦，我们已经获得那个情报了。"

接着，好半晌一片沉寂。帕格正开始感到紧张，准备在舰间通话机里说出他的看法——哪怕是人微言轻——认为圣贝纳迪诺的形势已经越来越危急，但这时候威利斯·李已经抢在他头里去叫哈尔西听电话，说他确信中央舰队是要趁黑夜驶进圣贝纳迪诺海峡。帕格听见那面又厌烦地说了一声"知道了"，接着就没声息了。这样，帕格也就不愿再同样被顶回来了。

这场战役结束后，又过了很久才知道，原来当时博根和李都是要力劝哈尔西把战列舰队调回海峡，但听了那个不知姓名的人的冷漠敷衍的口气，他们俩都不说什么了。后来又知道，那时候即使去跟哈尔西谈也无济于事，老头儿已经下定决心，要去追击日本航空母舰。他已经制止他的参谋人员继续进行辩论，自己跑去睡觉了。后来又知道，马克·米切尔的参谋长，那个最爱上阵交锋、绰号"三十一海里"的伯克，半夜里曾经唤醒米切尔，请求他去叫哈尔西把战列舰调回去。米切尔的答话成了一句名言："如果要听我的主意，他会来问我的。"说完这话，他在铺上翻了一个身。

于是那支强大的舰队就这样懒洋洋地向北航去，不徐不疾，有时稍许改变一下航速，但是也没求快的意思，因为哈尔西不愿在黑暗中错过那些最会逃跑的日舰。哈尔西的几个将军各有不同的看法，多少感到忧虑和恼怒，但谁也不说什么。时间从十月二十四日午夜进入十月二十五日，在莱特湾决胜负的这一天，说来也凑巧，正是"轻骑兵冲锋"的九十周年纪念日。[①]

十月二十五日那一天，三叉形"捷"作战计划的进犯使三处战役一触即发。二十四日锡布延海上的战役，与这三处的战斗交织在一起，于是莱特湾之战被称为"一次四场交锋的战役"。

浩瀚而宁静的大海将二十五日那三场大战彼此分隔开了。那些战斗是缺乏战术上的联系的。双方的司令官，谁也没做出通盘调度，没掌握整个战局。战斗是在不同的时间爆发和结束的。三处中的任何一场战斗，都可以被称为历史上的莱特湾大海战，即便是另两处战斗没发生的话。在军事历史记述中，它们已被综合成为一次十分复杂的海战。三处中的每一个战役，都需要分别写成一部巨著来详述那个硝烟弥漫中的惊心动魄的故事。以下为十月二十五日在纵横六海里洋面上进行的著名的三处激战，各做一概略的叙述：

在南面苏里高海峡的战役中，战斗从黎明前的黑暗开始，持续到拂晓结束，美军大获全胜。

---

① 1854年10月25日，克里米亚战争的已拉克拉瓦战斗中，由于主帅调度无方，英军的轻骑兵队奉令冲锋，几乎全部壮烈牺牲。

在北面吕宋岛外洋面上的战役中，米切尔的飞机整天轰炸着小泽未载飞机的航空母舰以及他的支援舰队，航空母舰被击沉，但是支援舰队多数逃走了。

在中央萨马岛外洋面上的战斗中，第七舰队的护航小型航空母舰拂晓时仓促跟向莱特湾疾驶的栗田舰队相值。在这一次遭遇战中，双方的优劣形势恰巧与以上的情况相反，这一次是日本人占了上风。强大的主力舰队在去滩头堡的途中，只随便地开了几排炮，无意中就赢了一场胜利：对方是六艘行动迟缓、样子又短又阔的小型航空母舰，以及少数几艘驱逐舰和护航驱逐舰，它们都只装备了五英寸口径的炮。

就在这里，展开了攻守莱特湾的决战。

但是，最触目惊心的一场战斗，是黑暗中在南面进行的。那场战斗中使用了"T"字战术，这是自日德兰海战以来的一次大海战，肯定也是世界上最后看到的一次大海战。

那一支牵制攻势的日本舰队，不顾栗田暂缓进发的命令，时间刚过午夜就径自驶进苏里高海峡——莱特湾南面的入口。金凯德第七舰队所有的炮舰都已经候在那里，战舰列成一般兵书上的战斗队形。双方总共是四十二艘战舰对八艘战舰，六艘战列舰对二艘战列舰。

日本军舰列成纵队，盲目大胆地前进，首先遭到了三十九艘鱼雷快艇两面夹攻，他们用探照灯和辅助炮火去击退这些快艇。接着他们又陷入了驱逐舰的围攻，一列又一列的驱逐舰，像在一次舰队演习中那样，整整齐齐地从旁边驶过去，放射出一排又一排的鱼雷，鱼雷穿过远达四海里的黑沉沉的水底，炸毁了一艘战列舰，又洞穿了另一艘，那是舰队中的旗舰，此外还击沉了一艘驱逐舰，重创了其他二艘。幸存下的可怜的少数几艘战舰，摇摇晃晃地向海峡回驶，遭到"T"字战术的截击，其中有一艘战列舰、一艘巡洋舰和一艘驱逐舰都是已经受了伤的，战列舰队用大炮把它们轰得一艘也不剩。一直到天色已经大亮，战列舰队还在追击那些受了重创退却的舰艇。最后，只有一艘驱逐舰逃脱，回到日本去报告苏里高海峡惨败的经过。

第二支日本巡洋舰和驱逐舰混合舰队从日本南下，去参加这次南方进攻，但是去迟了一步，没赶上这场大屠杀。他们黎明前到了战场，只看见熊熊烈火燃烧着的舰身在海上漂浮，只听见那些即将沉没的舰艇相互交换令人惨痛的无线电报，后来一艘巡洋舰被鱼雷快艇命中了一枚鱼雷，司令官就下令舰艇掉转航向离开了。这是一次怯懦的还是审慎的行动呢？对战争中这样的谨慎行动，各人所做的评价会是不同的。

无论如何，苏里高海峡之战对美国军人来说是残酷而又有趣的。他们曾经多次冒险，也曾经遭到一些反击，但终于进行了一次史籍上留名的屠杀。事后人们描写这最后一次战列舰大战如火如荼的场面：他们如何在那温暖的黑夜里，月亮下沉时宁静的大海上，长久地等候着敌人；神经如何逐渐变得紧张，驱逐舰如何在探照灯的搜索中被照明弹照亮，在曳光弹凌空划出红灿灿的拱形线条底下迎战那些重型战舰，体会到一生中难有的兴奋；如何屏住呼吸，等着鱼雷在黑夜中寻找它们的目标；战舰如何轰然爆炸，在海上熊熊燃烧；青白色的探照灯光如何炫目耀眼地扫射着黑魆魆的水面；大炮如何一排又一排地狂轰猛射。日本舰队中只有一艘驱逐舰幸免，其余的舰艇都被击沉，几千名官兵战死。美国只死了三十九人，一艘船也没损失。

这样，莱特湾向南的那一面是安全了。可是，向北的那一面呢？大约在凌晨四时，海战正进行得十分顺利的时候，金凯德为了省得再牵肠挂肚，决定直接去问一问哈尔西，第三十四特混舰队究竟是不是在防卫圣贝纳迪诺海峡。急电立即发了出去。那时候栗田正一路向海湾进发，哈尔西与栗田之间的距离已逐渐扩展到二百海里。

维克多·亨利还没睡，他正在"衣阿华"号的舰桥上来回踱步。他明知道，现在应当到自己的舱房里去，趁开战之前休息一会儿，但是，每次只要一试着躺下，那些里程就会像汽车上仪表的指针那样在他脑子里嘀嗒作响，他想到驶回莱特湾的每小时需要付出的代价。封锁圣贝纳迪诺海峡，用"T"字战术截击中央舰队。咳，瞧这些破碎了的美梦啊！这会儿日本舰队肯定已经穿过海峡，火速赶往滩头堡。什么时候才会收到第一次发来的呼救电报呢？越早越好啊。帕格心里想：一次比珍珠港带来的历史性耻辱更大的事件正在酝酿中，而可以用来消弭这一危机的些许时光正在逝去。

舰队徐缓而威武地前进，海面一片平静，高空中繁星密布。下边极低的地方，黑沉沉的流波沿着"衣阿华"号舰身荡漾过去，激起轻微的哗啦响声。船的正后方高挂在地平线上空，十字座发出熠熠光芒。帕格要欣赏一下这甜美的夜空、灿烂的群星、黑暗中海洋上神奇肃穆的景象。他竭力排遣他的杂念，不去多想舰队现在所处的困境。他何必要自作聪明，去受这些无谓的烦恼折磨呢？不管怎样，凭什么要他去询问上级呢？说不定，哈尔西已经得到了绝密指示，现在所做的正是他应当执行的呢？说不定，命令或者情报都是通过指挥情报系统发来的，战列舰第七分舰队不知道那种密码呢？

他的值日军官在黑暗中说话了："是将军吗？第三舰队司令官发来了急电。"

帕格赶忙到那间烟雾弥漫、红灯照亮着的作战控制室里，那里的几个水兵，疲倦得像值中班[①]的那样，都是勉强打起了精神，坐在雷达跟前。海图桌上摆着那一份急

---

① 午夜至凌晨四时的一班。

电。他眼光一触到那几个字，又是痛苦又是高兴，一颗心急跳了起来。

战列舰队成战斗队形。

现在，哈尔西终于命令第三十四特混舰队出动了！可是，真糟糕，舰队不是兼程向南，而是驶向相反方向。六艘快速战列舰，随航的有巡洋舰和驱逐舰，将并力急进，继续向北，如果日本航空母舰天亮后进入炮火射程，我们就要去截击它们。否则米切尔的航空母舰就会去攻击它们，那样战列舰队就只能去追逐和击毁那些已被炸坏了的舰艇了。于是，帕格燃起的希望又很快地黯淡下去。

要借那熹微的星光从一队六十多艘舰艇当中调动那六艘黑魆魆的庞然大物，的确是一件沉闷和繁重的工作。帕格·亨利已经疲倦得几乎要倒下了，但是仍旧不能去休息，他在司令室里和舰桥上来回踱步，想要吃一些东西，但是又吃不下，于是只管抽烟喝咖啡。到后来，脉搏跳得那样沉重，他知道自己非放松一下不可了，暂时他还无事可做，那艘船由舰长照料着。天亮了，战列舰队到达了指定的海域，位于航空母舰以北十海里，在日光照射着的海面上掀起浪沫前进。几个航空中队在上空呼哮而过，去轰炸侦察机在一百五十海里外发现的复仇对象。

帕格已命令他的通信军官截收金凯德和哈尔西之间每一份可以译出的电报，所以他现在正开始看另一个文件夹里有关中央舰队造成险局的急电，注意他所读的每一份急件发出的时间。到现在为止，那个文件夹里已有三份电报：

六时五十分。金凯德致哈尔西。正与苏里高海峡敌水面舰队激战中。问：第三十四特混舰队现是否防卫圣贝纳迪诺海峡。

七时三十分。哈尔西致金凯德。否。现率我航空母舰进击敌航空母舰。

帕格伤心地想，远在莱特湾的南方，金凯德将军读到那份急电时，他那一张脸的惊讶表情倒是挺有意思的。

八时二十五分。金凯德致哈尔西。敌舰从苏里高海峡撤退。我轻型快速舰艇追击中。

那是最后一份措辞温和的电报。再看，现在收到的是帕格既害怕看到又希望看到的求救电报了：

> 八时三十七分。金凯德致哈尔西。据报告，敌战列舰与巡洋舰正距舰后十五海里炮击第77·4·3特混小队。

译电码的军官在上面注明："此电明码发出。"用的是明白的英语呀！为了通信迅速，竟不顾日本人截听，金凯德不用密码，这件事本身比电文更尖锐地说明了他的意思。

帕格赶快去翻那一厚沓作战命令，查指挥第77·4·3特混小队的是谁。啊，天哪！齐吉·斯普拉格的护航小型航空母舰全体官兵，碰上了大队该死的日本战列舰。克利夫顿·斯普拉格是他的老友，这位一八届同学很精明，他很早就参加了航空部队，比许多像帕格这样的高年级生更早地当上了将级海军军官。现在，但愿上帝保佑齐吉吧，望上帝保佑他那些像火柴盒子似的舰艇吧！

帕格跟布雷德福面对面地坐在作战控制室里的桌子跟前。这时候他文件夹里的电报越积越多，而由于战斗即将打响，作战控制室里的事情多得乱腾腾的。

> 八时四十分。金凯德致哈尔西。急需快速战列舰，立即驶往莱特湾。

"立即，啊？"帕格一面嘟哝，一面去量战列舰队驶往莱特湾的航程：二百二十五海里。全速行驶，也得九个小时，要在日落时才能赶到那里。太迟了，来不及挽救齐吉·斯普拉格的小队和登陆部队使他们免遭一场大屠杀了。但是，如果哈尔西能立即行动起来，这就命令战列舰开回去，它们也许还能截断那些海盗船的退路，击沉它们。

但是，哈尔西只发出一道命令给这会儿刚从乌利西驶回来的第四航空母舰群：

> 八时五十五分。哈尔西致麦凯恩。以最大速度进发，出击北纬11～20度、东经127度附近之敌。

帕格看了看他所画的麦凯恩舰队的航路，发现麦凯恩离莱特湾三百多海里。即使他立即进行调动，派出飞机，它们也需要好几个小时才能飞抵战场，那时候齐吉的舰艇还能剩下什么呢？

就在这个时候，飞行员去北方空袭的战报纷纷送了进来。水兵们把油墨粗笔画写的捷报数字贴在有机玻璃板上，欢呼声响彻了作战控制室。哈尔西早已在用粉笔记录他的辉煌战果：一艘航空母舰被击沉，二艘航空母舰和一艘巡洋舰被"重创"，只有一艘逃走了的航空母舰没受伤。初战即大获全胜！"敌几乎毫无反抗"，这一句是用橘黄色大字写的。显然这里已经没多少事留给战列舰队去做了，米切尔的四百架飞机会将这支残损无用的舰队消灭净尽。这次战役的全胜虽然在意义上不能与中途岛之战相比，但其击沉的舰艇可并不比它少。

帕格听到舰长在舰桥上嗡嗡地说话，那是他在为这些消息发出欢呼。作战控制室里纷纷传说着激动人心的胜利，到处是一片沸腾。只有维克多·亨利独自坐在那儿发愁。有机玻璃板上还在写着捷报，可是编码室里的一个少尉递给了他几份金凯德发来的电报。现在电报来得可频繁了！

> 九时十分。金凯德致哈尔西。我护航航空母舰现遭四艘战列舰、八艘巡洋舰及其他舰艇攻击。请令李以全速驶赴莱特湾掩护。并请派快速航空母舰立即进行反击。
>
> 九时十四分。金凯德致哈尔西。急需重型战舰救援。
>
> 九时二十五分。金凯德致哈尔西。情况危急，需战列舰、快速航空母舰，防止敌舰突入莱特湾。

我的老天爷，瞧哈尔西还要拖拉多久啊？电报像雪片似的飞来，看来是发报工作中出了几个很大的差错。然而，电报的意思仍旧很清楚。现在尼米兹肯定在收听第七舰队司令官强大的发报机发出的可怕的电报，并把它们转给了金。帕格这时候心里想，哈尔西的前程可危险了，这一次不但是打了败仗，凭这些电报可以送他上军事法庭。

> 九时三十分。金凯德致哈尔西。第77·4·3特混小队七时遭巡洋舰、战列舰攻击。请立即派空军出击。并遣重型战舰前往支援。我陈旧战列舰弹药不足。

这份电报总算得到了答复。

　　九时四十分。哈尔西致金凯德。我仍与敌航空母舰激战中。已命令麦凯恩率五艘航空母舰、四艘重巡洋舰立即支援你军。

　　这是哈尔西第一次说明了他自己的经纬线度数。这样一来金凯德才获悉全部凶讯，知道战列舰队离莱特湾大约有十小时的航程。现在金凯德还不知道的是：战列舰队仍旧以全速向另一方向进发。

　　十时零五分。金凯德致哈尔西。李在何处？派李前来。

译码军官又注明："此电明码发出。"
这真是痛苦的呼号啊，用的是明白的英语，听任日本人偷听！
帕格的电话机发出了丁零声。译码军官声音颤抖着说："将军，我们在译一份尼米兹发来的电报。"帕格赶到那间小绝密室里，透过香烟的浓雾，从正在敲着键盘的译码员肩头上望过去。电报从机器里蜿蜒出来，印在一条纸带上面：

　　十时零分。尼米兹致哈尔西。向水边跳火鸡舞。GG第三十四特混舰队现在何处，现在何处。RR举世都震惊。

　　用两个相同的字母，分隔开前后莫名其妙的混码[1]，这是编码的例行程序。然而，引自《轻骑兵旅的进击》的这句"举世都震惊"[2]（虽然帕格并没想到，那一天是一个纪念日），用来描写当时的情形，那确是再恰当不过的了！好吧，帕格心里想，这一句话足够他受的了，尼米兹是破天荒第一次在战斗中说出了这样谴责的话，它尖锐得简直可以洞穿一头恐龙的皮，这样一来我们总要行动起来了。他大踏步走上舰桥，蛮有把握地想，再过一会儿，他就要看到"新泽西"号上飘扬起彩色的信号旗，命令战列舰队掉头转向：一百八十度的转向。
　　十分钟过去了，接着是一刻钟，半小时。
　　一小时。
　　战列舰队继续以每小时二十五海里的航速向离莱特湾更远的海上驶去。

---

① 为了使敌方不易破译，插入电文内但与本文意义无关的单字或短句。
② 引自英国诗人丁尼生的诗《轻骑兵旅的进击》。

第九十一章

金凯德中将不知道的，帕格·亨利也不大可能想象得到的，乃是当时萨马岛以外激战的情形。如果将来要为十月二十五日的三场战役写一部洋洋巨著，历史学家最爱落笔的就是萨马岛外的这场战斗，因为即便是在宝剑早已变得跟犁头一样无用的今天，那故事的主题仍是激动人心的：那是全凭勇武精神、以寡敌众的一次战斗。

斯普拉格的小队由六艘小型航空母舰组成，它的短波无线电代号是"塔菲三号"。猝然与敌舰遭遇的时候，"塔菲三号"在莱特湾的入口以北八十海里的位置，正在从事两栖作战的艰苦工作：包括小规模空袭敌军阵地，在滩头堡上空进行战斗空中巡逻，从事反潜艇搜索，轰炸卡车运输队，向陆军部队空投补给等。

这些大量生产出来的矮小航空母舰，并不是为了投入战斗而制造的。作为屏护的三艘驱逐舰和四艘更小的护航驱逐舰，也只是用来反潜艇，并没指望它们去作战。"塔菲三号"上的官兵，多数都是服预备役的，其中也有不少是刚应征入伍的。哈尔西率领着向北去的精锐，包括那些舰队航空母舰和快速战列舰，都配备有职业海军官兵，可是"塔菲三号"就不同了。然而，当栗田向莱特湾逼近的时候，跟他遭遇的并不是哈尔西，而是"塔菲三号"，于是"塔菲三号"就只好跟他拼一场了。

另两个小型航空母舰小队，"塔菲一号"和"塔菲二号"，当时正在南面更远的洋面上巡逻，各小队之间相距三十海里至五十海里。这对栗田来说，可是一个克敌制胜的好机会！只要继续向南扫荡，他就可以把这些缓慢的薄甲板舰艇和它们那些小屏护艇的大多数瞄准击沉了。那些航空母舰都逃不开他的攻击，因为他的强大炮舰要比它们快得多，射程可达十五海里，或者更远一些。总而言之，这是一个天赐的机会，他可以在完成歼灭入侵之敌这一主要任务的途中，将这一队航空母舰全部击沉。

然而栗田并没预先计划好给这几队"塔菲"来一个措手不及。跟他们一样，他对这一次遭遇也是出乎意料。发现海峡没有防卫，这样的好运道使他有所放松，然而二十三日的那一次泅水逃命，二十四日的多次空袭，再加上损失了那艘强大的"武藏"号，接连三夜没睡觉，最后穿过布雷区的那一夜又紧张到了极点，经历了这一切，栗田就再不能兴致勃勃地去追击那些航空母舰了。他第一眼看见出现在晨曦中地平线上的那些低矮平塌的东西的时候就愣住了。它们是什么舰队？它们是打哪儿来的？难道哈尔西不是等在海峡口外，而是埋伏在这儿吗？难道，主力舰队要倒运，又要碰上一次没法儿招架的空袭了吗？

栗田发现"塔菲三号"的时候很不凑巧。他的舰艇正横七竖八，在他四周乱糟糟地围了一圈，因为他曾经命令它们白昼航行时列成防空队形。如果要让他的舰队重新改列为战斗队形，那可需要一些时间。然而，一旦布成了防空的"圆阵"，就不便于追击敌舰。栗田正凝视着南方那些小灰色影子，考虑怎么办才好的时候，从"大和"号以及其他军舰上纷纷发来了紧急报告："前方出现舰队航空母舰！巡洋舰！战列舰！小型航空母舰！油船！驱逐舰！"不安的呼声乱成了一片。栗田急于要获得情报，就从"大和"号上派出两架侦察机。飞机一去之后，就再没飞回来报告。他必须在确知敌舰的来历之前做出决定，他必须做最坏的猜测：来的是哈尔西。

再说，斯普拉格完全明白他遇到的是什么敌舰。这一大群突然在地平线上出现的是日本中央舰队。他可以清楚地收听到外国人在舰间通话机里叽里咕噜的说话声。跟其他人一样，斯普拉格也以为哈尔西的战列舰队在保卫着海峡，中央舰队的事可以不用他去操心。可是现在得由他来对付啦。他的飞机多数已经出动，有的在滩头堡上空从事民航巡逻，有的在搜索潜艇，有的在自己舰队上空盘旋飞行。当时他那几艘力量薄弱的舰艇上的水兵甚至没有集合，他们立刻丢下自己的早餐，各就战斗岗位，然而这样并没增强战舰的防卫力量。每艘船上有一门五英寸口径的炮——就只有这么一门炮。

栗田最后命令"全面进攻"。一声令下，中央舰队所有的舰艇一拥向前，分头去瞄射追击自己的目标。它们纷乱地追逐，任意地射击，舰艇有的形成纵队，有的单独作战，都以全速逼近美国舰队。

斯普拉格应战的时候，好像一个军事学院的学生在解答一道作战的难题。他以全速逆风前进，放烟幕掩蔽他的航空母舰。他下令那些护航舰艇都施放烟幕。他让他舰上的飞机全部起飞。他将自己的危急情况通知了金凯德，请派战列舰前来支援。他向所有飞行航程以内的飞机发出紧急战斗呼号。等到把这一切都办完以后，他就让舰队逆风向暴雨倾注的海面疾驶，列成队形的舰艇在发现日本舰队一刻钟后逐渐隐没在雨幕中。它们被几乎命中的炮弹震撼着，但是没受到损伤。大炮在他四周海面上到处掀起红色、紫色、绿色、黄色的水柱，看起来他的舰队随时都会覆灭。如果是在军事学院内这样解答作战难题，他会获得很高的分数。

当然，在暴雨中也不是绝对安全的。斯普拉格像一个逃犯，为了要躲避警察，藏在一辆开动着的警备车后面。暴雨不会永远降落，他也没法儿一直支持下去。敌舰继续向他的舰队逼近，已经可以用雷达显示出它的位置了。它穿过了密密匝匝的雨幕，顺着风朝南前进，以便行驶在可以机动的宽阔海面，同时希望驶近其他赶来救援的舰艇。斯普拉格的战术是争取时间，使他的航空母舰舰队保持完整，免被击沉，最后从以下的某一方面获得救援：哈尔西、金凯德、其他的"塔菲"、陆军航空队，或者一位慈悲的上帝。

透过了随风飘荡的雨幕和烟雾，他可以看见那些战列舰在他的船后面越来越大，那些巡洋舰逐渐驶近他的船尾。他命令他的三艘驱逐舰向强大的敌舰发射鱼雷。这是他狠下心不顾死活地做出拖延时间的行动。三艘狭小的灰色船从暴雨倾注下驶出，穿过大炮火网，笔直地冲向那些战列舰和巡洋舰。双方迎头对驶，主力舰队和这三艘小军舰很快地接近。炮弹一发又一发地击中了驱逐舰，但是它们发射了鱼雷，然后在炮火轰击下摇摇闪闪地驶开了。两艘驱逐舰沉没，它们只有一枚鱼雷击中了一艘巡洋舰。

尽管如此，为了避开鱼雷，尾随的军舰不得不暂停追击，而这就给了斯普拉格一个迅速逃走的机会。对栗田来说，此后的情形是很糟的。他刚才已经命令重型"大和"号转向北方暂避，可是这时候战斗却向南方转移。这艘超级战列舰向北航行了七海里，然后才又掉转方向，因为那些驱逐舰不是同时开始进攻，有的仍在继续发射鱼雷。栗田已经和这场战斗失去了联系，此后他的舰艇变得群龙无首，只是在零星散乱地执行作战计划。

就在这个时候，飞机到了：斯普拉格的飞机，来自莱特岛的飞机，从"塔菲一号"和"塔菲二号"上起飞的飞机。但是追击的日舰奋力应战，击落了一百多架飞机，同时连续两小时发炮追击，逐渐赶上了斯普拉格的舰队。斯普拉格没有别的办法了，命令他那四艘虽然配备有鱼雷但是缺乏发射训练的护航驱逐舰再进行一次拖延时间的攻击。于是这些小军舰也向猛烈的炮火冲了过去。它们还没能击中敌舰，自己已受到重创，一艘沉没了。这样它们又为斯普拉格赢得了一点时间。

但是，两小时以后，斯普拉格所有的花招儿差不多都使完了。几艘重巡洋舰分别向他的航空母舰横面左右舷逼近，将炮弹射落在它的上面。两艘战列舰正快速地从舰尾后面赶上来。他无计可施，只好在炮弹掀起的美丽动人但惊心动魄的浪涛中急疾地曲折躲闪。美国飞机在大海上到处冒烟着火。他的几艘航空母舰都受了伤，其中有一艘正在下沉，它们微弱无力地发射着自己唯一的五英寸口径的炮。

这时刻，栗田在距离很远的"大和"号上下令，吩咐他所有的舰艇停止炮击，重新和他集结在一起。

炮声静寂。日舰离开了他们喘息未定的猎捕对象，径自向北驶去。"塔菲三号"向南逃走，舰上的官兵上自司令官下至年轻的水兵，对这次神奇的脱险简直无法置信，萨马岛之战结束了。那时候大约是九点一刻。

接着，在空袭不时的骚扰之下，栗田健男集合了他的舰队，准备突入莱特湾。他在海湾口外缓缓地环航了一周，将分散开的舰艇重新聚齐。这工作一共花了三个小时。现在，莱特湾已经敞开在他面前了。"塔菲三号"已经逃得很远，再没有任何力量可以阻碍它前进了。这次迎战一支占有绝对优势的敌舰，虽然也曾犯了错误，碰上霉运，估计不足，通信失灵，受到了可怕的打击，但是现在"捷"作战计划终于成功了！这会儿金凯德的陈旧战列舰在去苏里高海峡追击的途中试图赶快折回来，但是距离很远，又缺少弹药。麦克阿瑟的进攻部队，不论是军队还是运输船只，都只能听凭主力舰队去消灭他们了。

　　　　十二时三十分，栗田将军一经重新编列好他的舰队，就自作主张，决定不再进入莱特湾。他不去请示东京，也不通知任何人，径自向北转航，穿过圣贝纳迪诺海峡，驶回本国去了。

大约十一时一刻，"新泽西"号的桅杆上升起了掉转航向的信号旗。

　　　　一百八十度转向。

从帕格的海图上看，那些已经失去战斗力的航空母舰只离开了四十五海里，正在飞机的攻击下四面躲闪，起火燃烧。而莱特湾则远在三百海里以外的南面。这会儿他已经向北追赶了一夜加半个白天，准备予以歼灭的那些敌舰距离他还有不到一小时的航程，可是哈尔西却要掉转航向回去了。

"衣阿华"号舰长闯进了旗舰作战控制室。司令官能不能告诉他发生了什么情况，这会儿刚要一路向前，穷追猛打，为什么掉转方向走了？

"看来，后面莱特湾那儿正在酝酿一场更激烈的战斗吧，舰长。"

"咱们明天拂晓才能够到达那儿，将军。最快也得那个时候。"

"我知道。"帕格冷漠的口气打断了谈话，于是舰长走了。

帕格唯恐自己会在舰长面前失言。他心情激动得像一个要违抗命令的少尉一样。难道哈尔西真的会在一场历史上的重大战役中贻误戎机，让美国海军蒙受一次耻辱，给莱特岛登陆部队造成危害，愚蠢地失去可以赢得的胜利吗？也许，这是由于他自己曾经失去了一生中最好的一次机会，没能参加一场战列舰队的海战，所以现在情绪过分激动，思想变得不清楚了？

然而，他又不能不去思索。即便是在这一次掉转航向的问题上，他也认为哈尔西犯了严重的错误。他为什么要带走六艘战列舰呢？尽可以留下两艘战列舰继续穷追北方舰队，应当用水面炮火去击沉那些已经失去战斗力的舰艇。再说，他为什么要调走大队的驱逐舰呢？这些驱逐舰都需要先添加燃料。

帕格想起，丘吉尔那次乘"威尔士亲王"号去阿金舍会见罗斯福的时候，战列舰曾经在暴风中疾驶，抛下了那些无法赶上它的屏护驱逐舰。那真是一位伟大的人物啊！再说，现在是将功赎罪的时候了，是赶回去击沉中央舰队的最后机会了。但哈尔西并不是一听到金凯德的呼援就赶了回去，他已经延误了六个小时。因此现在只能采取冒险的办法了。这时候中央舰队肯定疲乏不堪，也许鱼雷管都已经是空的，燃料已经不足，甚至弹药都可能缺乏。现在肯定是一个可以一举将其全部歼灭的大好机会，可以不用驱逐舰掩护，不必发射驱逐舰上的鱼雷，就单让大炮到那儿去怒吼吧。

然而哈尔西并没利用这个机会。在热气熏蒸的下午，"兼程赴援"竟然变成了每小时十海里悠闲得令人恼怒的泛舟漫游。那些驱逐舰，一艘又一艘，一小时又一小时，都横着靠近了战列舰去加油。航空母舰则朝另一方向进发，以全速去追击北方舰队。这情景叫人看了很痛心。痛心的是：加入了这支强大的战列舰队，在大规模战斗进行的时候，竟然会这样安静，它到现在还没发射过一炮呢。

更痛心的是，帕格闻到了那股石油的臭气。帕格在司令舰桥上看着那些舰艇加油。这是一件很熟练的工作：每一艘小船驶过去，横靠着巨大的"衣阿华"号，年轻的船长在帕格下边很低的舰桥上调节速度，直到彼此不分快慢了，这时候油管就在两艘船之间腾起的蓝色波浪上一面摆动着，一面快速地输油，两艘船并排航行，等到油已加足，添油的小船才驶离。帕格已经看惯了这个情景，但是有时仍旧喜欢去看，就像爱看航空母舰上的飞机起飞一样。

可是今天，他的心情过分紧张，黑色石油的气味使他回忆起"北安普敦"号那天夜里沉没的情景。一想到这里，他就因为现在自己的无能为力而感到心如刀绞。他身为两艘战列舰分舰队司令，竟由于比尔·哈尔西暴躁地犯了错误以致自己没有机会去为"北安普敦"号上死难的官兵报仇雪恨。

在沉闷难过的这几个小时里，帕格·亨利眼前映出了一幅令人沮丧的幻景。他突然想到：整个这场战争，就是由这种该死的黏腻的黑色流质引起的。希特勒的坦克和飞机，日本人偷袭珍珠港用的航空母舰，所有在世界各地横行无忌的战争机器，都是用这种臭油开动的。日本人发动战争，也是为了要攫取石油供应。自从开发了第一片得克萨斯油田以来，至今还不到五十年，可是这东西已经把这个世界闹得乌烟瘴气。在橡树岭，人们正在提炼一种比汽油威力更大的物质，他们正在争分夺秒，要将它分离出来，用来进行屠杀。

十月二十五日这一天，舰艇边加油边以每小时十海里的爬行速度驶向莱特湾，在这时间漫长得使你神经紧张的航程中，帕格感觉到，自己是属于一种倒运的人。上帝已经把现代人跟煤、石油和铀这三种地下宝藏一起放在天秤里去称，他发现人的分量太轻了。煤在世界大战中给日德兰海战和德国火车提供了燃料，汽油发动了空战和坦克战，而橡树岭的工作人员也许会结束整个这桩可怕的事情。上帝曾经许诺，将不再降下一次洪水，至于禁止人类点火燃烧他们的星球和他们自己，上帝可没提到。

帕格已经愁闷到了极点，这时候布雷德福上校跑到了外面舰桥上。"海盗旗"叫战列舰第七分舰队司令听舰间通话。

"不是通信员打来的，将军，"布雷德福有点儿激动地说，"是哈尔西打来的。"

帕格对世界末日的幻景消失了。他急忙进了司令作战控制室，抓起了舰间通话机听筒。

"海盗旗，我是橡树七号，报文完，请回复。"

"喂，帕格，"听筒里传来了哈尔西的亲切声音，是那种只有高级将领之间可以用的不拘礼节的口吻，听起来爽朗而轻松，"我们这儿的加油工作快完了，它很费时间。咱们的分舰队可以用全速做一次长程航行了。咱们一直朝南开，务必要逮住那些猴子，怎么样？其他的船都跟着去。博根指挥他那几艘航空母舰支持咱们。"

帕格听到这个主意大吃一惊。按照那个速度，"新泽西"号和"衣阿华"号可以在夜间一点钟左右抵达圣贝纳迪诺海峡，三四点钟抵达莱特湾。要是他们真的碰上了敌舰，那就要打一场夜战。日本人深谙此道，但战列舰第七分舰队对夜战毫无经验。两艘战列舰至少要去跟四艘战列舰交锋，这四艘当中的一艘还拥有十八英寸口径的大炮。

然而，天哪，好不容易总算巴望到了，这就是战列舰列阵应战。尽管哈尔西估计错误，指挥轻率，行动迟缓，但这一步做得好！哈尔西走这一步是对的。对这个疯狂好战的老家伙，帕格声音中不禁流露出了尊敬的口气。

"我赞成这个办法。"

"我知道你赞成。编成第34.5特混舰队，帕格。派出'比洛克西'号、'文森斯'号、'迈阿密'号，再调八艘驱逐舰组成警戒网。你担任战术指挥。咱们这就火速赶往莱特湾。"

"是，司令。"

第九十二章

日本的垂死喘息

（摘自阿尔明·冯·隆的《世界大屠杀》）

英译者按：《世界大屠杀》一书刚在德国出版，《美国海军学院记录汇编》中就译载了以下引起人们争议的一章。因为我是莱特湾战役中的一位战列舰分舰队司令，所以该刊物约我写一篇反驳的文章。现将其附于这章后面。

一九四四年年底我们在阿登高原发动的攻势，即所谓阿登战役，是与莱特湾之战同时进行的一场战斗。在这两场战斗中，各有一个已经面临失败的国家在孤注一掷。希特勒希望能够吓倒西方盟国，从而进行和解，这样就可以获得一个喘息的机会，去抵挡俄国人的攻势。他甚至存了一个荒唐的幻想，希望英美两国会转而协助他作战。而日本人则希望美国人开始厌倦远隔重洋的战争，终于愿意和谈。

作者将在本书下一章谈到的阿登攻势，曾经害得罗斯福和丘吉尔焦急了几个星期。这两个年事已高的战争贩子都以为德国的败局已定，但是我们分裂了他们在法国的阵线，有一个时期还取得了很大的进展。可惜的是，由于希特勒制订了野心太大的作战计划，我们在战术上遇事掣肘，再加上西方盟国的空军力量强大，可能我们一开始的时候就已经注定要失败了。

但是，日本人差点儿获得了一次扭转乾坤的大胜利。那是美国舰队司令哈尔西的愚蠢为胜利创造了机会。又是日本舰队司令栗田更大的愚蠢断送了这一机会。莱特湾的攻防战是可供我们研究的最大一次贻误军机的事例。各国军事人员都应当以此为戒。

政治与战争

战争是以武力实现其目的的政治。任何军事行动，都难以超出它的政治目的。如果政治目的是谬误的，那么炮声就会是白响的，鲜血就会是白流的。克劳塞维茨①这几句平易浅显的话，可以说明莱特湾那一次近似荒唐的失败原因。

一九四四年年底，太平洋地区的政治形势是这样的：日本这个国家野心勃勃，要在它自己的地区里称霸，虽然它已被美帝国主义者无情地击败了，但是它的领导人仍旧坚持打下去。无条件投降，对这些武士道空想者是一件无法想象的事。然而富兰克林·罗斯福已经提出了这样的要求，为的是迎合他本国人民的心理，但这些人始终不曾看到一枚炸弹落在他们的土地上，他们打的是一场好莱坞战争。

既然在太平洋地区形成了这样一个政治上的僵局——因为就军事上说，东条一垮台，日本人已经应当求和了——就需要有一次军事上的冲击，来打破这一僵局。每逢战争旷日持久，国家内部就会产生一些主和派：这在民主国家是公开的，而在独裁国家则是隐藏在统治者内部的。每发生一次冲击，就会增强受冲击国家的主和派。当时日本人计划暂时退守，要等美国人打到帝国的内防卫圈，再给他们一次毁灭性的反击。一旦到了已经延长的补给线的尽头，靠近了日本的海空军基地，美国佬将会暂时处于不利的地位，可能在那时遭到一次惨败的打击后，他们就会接受合理的和谈。

美国人对菲律宾发动一场入侵战，其真正的用意只不过是为了面子上满足麦克阿瑟将军的虚荣，同时可以平息国内战线上的烦言。但这次入侵多余地迫使菲律宾群岛上日本最强大的陆上部队也投入了战斗。美国那种可怕的无限制的潜艇战，早已使这些军队陷入困境，尽可以让他们在那里坐以待毙。可是道格拉斯·麦克阿瑟要回到菲律宾，而罗斯福又要在竞选前夕演出这样一场光复失地的闹剧。

表面上看来，占领群岛中部这个大的莱特岛，是为了建立几个补给品仓库和一个大的空军基地，以便进攻吕宋岛。然而莱特岛上山峦重叠，唯一重要的平坦谷地里又都是大片的积水稻田。麦克阿瑟手下的谋士都反对选莱特岛去达到以上的目的。可这位元帅急于实现他那盛大的凯旋，也不去理会他们的意见。莱特岛被占领后，始终没成为一个重要的作战基地。进行这样一场世界上最大的海战，只是为了赢得一件琐细无用的"战利品"。

在执行尼米兹中太平洋进攻的作战计划时，金和斯普鲁恩斯两位将军都为结束这场战争献出了更好的计策。两人都建议绕过菲律宾群岛。金主张攻占台湾。斯普鲁

---

① 克劳塞维茨（1780—1831），普鲁士军事理论家、军事历史学家。

恩斯——他并不像传说中那样老成持重——提出了在冲绳岛登陆的大胆计划，像这样一次实际上是在日本内海的登陆，很可能形成一次冲击，最后推翻战时内阁，实现和平。那时候，距离原子弹成为现实还有半年多的时间。轰炸广岛的野蛮事件也许根本就是不必要的。但是，九个月以后，等到美国人真的去攻打冲绳的时候，日本人狠下了心，要决一死战，那时候也只有原子弹的大屠杀才能把他们从恋战中震醒过来。

总而言之，麦克阿瑟元帅骄横地自以为是地与富兰克林·罗斯福阴险地玩弄政治，给予日本人一个可乘之机。抓住了这个机会，照说他们是应当获胜的。美国人已经贻误军机，进退失利，然而他们最后却侥幸获得了一次差强人意的"胜利"，这是因为一个日本将军犯了令人难以置信的错误。

我在作战分析中，曾经详细叙述了日本的"捷"作战计划，并附有多幅说明四个主要战役逐日的作战海图。以下的简叙，只谈到莱特湾之战中几个特别有争议的论点。

取道苏里高海峡去两路夹击麦克阿瑟的登陆部队，这个办法是无疵可议的。利用小泽那几艘脆弱的航空母舰作为一支诱敌舰队，这个战略也是十分巧妙的。除非是能够将哈尔西的第三舰队从战场上骗走，否则钳形攻势就难以奏效。主要的争议，是集中在哈尔西与栗田的决定战略方面。

哈尔西

战后，各国还在忙着掩埋它们的死难者的时候，在以上这次战役中指挥失当的美国司令官威廉·F.哈尔西，为了遮掩他的过失，已经赶快出版了一部书，并在一份通俗杂志上连载发表。这部书一开头，就是据称与他合著此书的一位参谋写的这么几句话：一九四六年，海军五星上将哈尔西出席一次招待会，一个女人挤进了围聚在他四周的人群，拉住他的手大喊道："这会儿我觉得就像触摸到上帝的手一样啊！"

《哈尔西将军的故事》中的第一句话，说明了这个人物的个性。他是一个海上的乔治·巴顿，是一个爱出风头和狂热的好战者。但是，在他的军功中，我们找不到一件事可以媲美巴顿的那些战绩：在西西里的进军、在阿登战役中以急行军解巴斯托尔之危或者以破竹之势横扫德境。

批评哈尔西指挥莱特湾之战的人，都针对以下这几个问题：

一、小泽的航空母舰是用来诱敌的，哈尔西对它们进行追击，这一决策是正确的吗？

二、哈尔西为什么离开圣贝纳迪诺海峡，而且不加以防卫？

三、斯普拉格的小型航空母舰在萨马岛外的洋面上猝然与敌遭遇，这件事应当由谁负责？

那场战争结束后，当天晚上哈尔西将军就向尼米兹发出了一份急电，对以上几点进行了辩解。当时他和他的参谋人员对自己造成的可怕的混乱局面都忧心忡忡，还没想出一个推卸责任的理由。但等到哈尔西写那本书的时候，他的辩解听起来显然已经是言之凿凿的了。

一、他去追击那些航空母舰，这一决策是对的。那些航空母舰对太平洋战争构成了主要威胁。如果他不去攻击它们，它们就会"穿梭轰炸"他的舰队，那些飞机会从航空母舰的甲板上飞到菲律宾机场，然后再飞回去。至于小泽诱敌一事，哈尔西认为那是他在受审时说的谎话。"日本人在战争期间一直说谎……为什么等到战争一结束，我们就要每句话都相信他们呢？"

二、如果把舰队留在圣贝纳迪诺海峡，那将是一条下策，因为日本人也会"穿梭轰炸"那里的第三舰队。把战列舰队留下来防卫海峡，那也是一条下策。对分散的舰队进行"穿梭轰炸"，其威力甚至会更加强大。他率领自己所有的舰艇向北航行，这样可以使他的舰队保持完整，并处于主动。

三、萨马岛外遭到突袭，这一件事应归咎于金凯德。金凯德已经得到通知，知道哈尔西将不去兼顾海峡。保护麦克阿瑟的登陆部队和他本人的小型航空母舰，那一切都应由金凯德负责。金凯德不派飞机向北进行搜索，未能及时发现栗田的舰队驶近，这是他玩忽职守。

以上这些不堪一驳的辩解，也许可以蒙骗那些杂志的读者，但是它们骗不了一般的军事历史学家。

讲到"穿梭轰炸"，哈尔西自己曾经竭力主张提前入侵莱特岛，最后获得了三军参谋长的同意，当时他所持的理由就是：遇到了从菲律宾基地起飞的空军，发现其抵抗力甚为薄弱。他在台湾战役中，即已摧毁大部分日本的残余空军力量。他亲眼看到，现存的日本飞行员经验不足，战斗力弱得可怜。他亲自指挥轰炸吕宋岛飞机场时，几乎不曾遭到任何损失。他部下的将军们也都认为，部署在小泽航空母舰上的兵力不可能是强大的。精通战略的李曾经不厌其烦地告诫他，说那是一支诱敌舰队。编造所谓"穿梭轰炸"的故事，只不过是要勉强拼凑一些事实，以此文饰哈尔西中了日军诱敌之计而做出的愚蠢行动罢了。

哈尔西解释，为什么要率领全部舰队北上，丢下海峡不管，说那是为了"使他的舰队保持完整"，这也是夸大其词。他并不需要率领六十四艘战舰，去跟七艘战舰交战，更不需要指挥十艘航空母舰去和四艘航空母舰决战。单凭常识也可以知道，应当是留下一支舰队来防卫海峡。当时所有的高级司令官都以为他已经这样做了，只是由于他的电文拟得草率不清楚，所以他们始终没觉察出他的疏忽。

将萨马岛外遭到突击一事归咎于金凯德，哈尔西太没风度了。保卫圣贝纳迪诺海峡原是哈尔西的责任，再说，当时在场的人当中，他又是级别最高的海军将领。如果说他真的要金凯德肩负这一重任，那他就应当在电报中把这一点说清楚，最好是先去请示尼米兹，而当时有充裕的时间让他这样做的。

哈尔西在莱特湾基本上犯了拿破仑在滑铁卢所犯的错误。他遇到了两路敌军，对一支敌军给予沉重但并非决定性的打击，此后由于一心想要打击第二支敌军，他就只肯相信第一支敌军已被击溃，对一切与此相反的证明都充耳不闻，无动于衷。栗田在锡布延海先撤退，然后再来进攻，这正像布吕歇尔在利尼先撤退后进攻一样。（读者或者高兴一阅拙著《滑铁卢：现代的分析》[①]，一九三七年汉堡出版。）

哈尔西之所以念念不忘航空母舰舰队，那是因为他要与斯普鲁恩斯争一日之长。自从那一次生了病，未能参加中途岛之战以后，他就一直感到失望。他疯狂地想要打一场歼灭航空母舰的大胜仗。一旦战事发生，他要亲自参与，亲自指挥。既然当时他是在一艘战列舰上，他就要布置他的军力，让战列舰击沉那些已经受了损伤的敌舰，赢得一场辉煌胜利，于是他就率领大队战列舰向北进发了。

罗斯福在选择麦克阿瑟与尼米兹两种不同的击败日本的战略时颇感踌躇——一个要使用海军横渡中太平洋进攻；另一个要使用陆军去南太平洋群岛上长征——而这就招来了莱特湾的一场灾难。哈尔西是尼米兹的僚属。金凯德奉了尼米兹的命令，成为麦克阿瑟的部下。入侵莱特岛一事是麦克阿瑟的战略的胜利。而哈尔西则只想要猛追航空母舰，认为这是在执行尼米兹的战略。一经吞下了日本人的钓饵，他就忘却了自己在莱特湾的任务。当然，我们这样假设，是认为他了解自己的任务的。

哈尔西始终不承认他在莱特湾指挥失当，只肯说回师援救金凯德一事做得不妥。据他说，那次失策只是由于怒恼，并且是出于误会。尼米兹早晨十点钟询问："第三十四特混舰队现在何处？"据哈尔西说，他对这句话感到惊讶，因为他已经通知了大家，说战列舰队正随同他向北航行。但是，下一个句子，"举世都震惊"，好像是

---

① 原文为Waterloo: A Modern Analysis.

在故意侮辱他，使他大为恼火。又过了很长一段时期，他才知道原来那是译码军官加进去的一个混码。

这几句话说得很愚蠢，而且如果它们都是实话，如果哈尔西确是出于恼怒，那么他做的事就更加恶劣了。美国海军中优秀的历史学家莫里森[①]总算笔下留情，他在叙述莱特湾之战的那一卷中并没提到这几句辩解的话。再说，哈尔西就这样对他在莱特湾之战中所做的唯一合理的事情表示了遗憾，同时却把公认为是他所犯的错误归咎于某一个不知名的、管编码机的小——拿他自己的话说——"冒失鬼"。

哈尔西是整个美国海军不敢否认的一员报纸上的虎将。经过莱特湾之战，圈内一度盛传要请他引退。但是后来他仍旧留任，又让舰队遇到两次台风，舰艇与人员遭受的损失并不亚于打了一次大败仗。他被提升为五星上将。日本人签投降书时，他站在"密苏里"号的甲板上，尼米兹的旁边。斯普鲁恩斯那时候在马尼拉。斯普鲁恩斯始终不曾得到第五颗星。希特勒对待我们的参谋人员很不公平，但美国国会和海军对这一类事的处理也有一些问题。

栗 田

栗田在变得那么愚蠢之前，他在莱特湾扮演了一个兼有高尚与悲怆的角色。他出发时肩负着一项捐躯殉国的重任，他所率领的舰队勇敢地忍受了潜艇和飞机的打击和破坏。他得到的报偿是，圣贝纳迪诺海峡的出口没有防卫。他应当勇往直前，突入莱特湾，一举歼灭麦克阿瑟的登陆部队。但他没这样做，这对日本来说是一出悲剧，而且我以下即将说明，对德国来说也是一出悲剧。

栗田十月二十五日早晨举止失常，那是因为他紧张疲劳，已经到了人所能忍受的极限，同时因为日舰的通信发生了差误。美舰的通信尽管配有大量精密的设备，但效能也很差。但是对于日本这方面的工作，我们只能说它是可悲的。像我们在阿登的时候一样，栗田还缺少空中支援和空中侦察。他是在难以想象的情形下盲目作战的。

他铸了三个大错，其中第三个就是莱特湾决定战局胜负的那一次错误。由于一个人的神志不清，两个大国的最后希望都被粉碎了。

第一个错误是，他一发现斯普拉格的护航航空母舰，就下令"全面进攻"。他应当是先列成战斗队形，然后再全速进攻，一举歼灭斯普拉格的舰队。那样他就可以几

---

① 塞缪尔·埃利奥特·莫里森（1887—1976），美国历史学家，第二次世界大战期间作为海战史专家，在太平洋战场笔录重大海战情况。

乎不必再打乱队形,直接乘胜驶进海湾。"全面进攻"是这个亚洲人激动时所犯的错误,他把他的舰艇像一群狗似的放了出去,让它们各自追赶自己的兔子。于是斯普拉格就在此后的一场混乱中逃走了。

第二个错误是,就在他那些打乱了队形的舰只已经可以追赶上斯普拉格的时候,他突然命令它们停止战斗。由于粗劣的通信设备,栗田并不了解南面遥远的烟雾和暴雨中进行的战斗。他以为自己这一仗打得很好,因为根据他那些兴奋的部下的报告,他们已经袭击了哈尔西的大型航空母舰,在驶赴莱特湾的途中击溃了它们,并且击沉了好几艘。于是他决定向海湾进发。

军事著作家们瞠目难解的一个问题是栗田所犯的第三个致命的错误:他已经一路打到了莱特湾的进口,不再受到任何阻碍,但是他不驶进海湾,径自掉转头离开了。

后来,在美国人的审讯下,栗田解释说,十月二十五日中午,他在海湾中已经不能再有所作为了。登陆的阵地已经"巩固",问题是,他还有什么其他的事可以去做呢?他听说,在大约一百海里的北面发现了一支庞大的航空母舰舰队(这是一次讹传),于是他决定朝那面进发,去攻击那一支舰队,也许需要和小泽配合行动。向北去的同时也可以逃走,然而他始终不承认当时有那个打算。

有一份报告栗田确实是没有收到,那就是有关小泽在离莱特湾三百海里的洋面上遭到了哈尔西的攻击。如果栗田当时收到了这样一份电报,他就会驶进海湾,完成他的任务。栗田不知道哈尔西已经中了诱敌之计,这件事解答了莱特湾之谜。

这次通信上的彻底失败使人又一次想起滑铁卢的逸事,但不能使人宽恕栗田的糊涂。他和哈尔西一样,也忘记了他去那里是为了什么。哈尔西是被追求辉煌胜利的狂热给搞糊涂了,栗田则是在疲劳中被不确实的消息和敌人的许多明码电报给闹糊涂了。金凯德的求援并没使栗田宽心,看起来反而使他更加烦虑,害怕有一支强大的增援部队赶来。

但是,这些理由都不能成为辩解的根据。栗田的任务并不是去确定麦克阿瑟的登陆阵地是否已经"巩固",他到那里去,乃是为了驶进海湾,歼灭那支登陆部队,必要时与之同归于尽,就像马蜂蜇人后自己也得死一样。这是"捷"作战计划制定的全部任务。栗田已经抓住了完成这个任务的机会。但他错过了机会,而且临阵脱逃。当时,只要小泽发给栗田一份全文不超过十个字的简短电报:吕宋东北与敌舰激战中。那这次战役和整个战局就会为之改观。

因为那时候距离美国选举总统已经不到两个星期。更多的人对白宫中那个老伪君子和他那些冒充系出名门的幕僚所抱的幻想正在破灭。同时,民间还纷纷传说,他实际上已经是一个不久就要死的人。他在与共和党竞选对手的竞争中所占的优势是很不可靠的。如果罗斯福落选了，那个阅历更浅、声望更低的共和党对手杜威就任了总统，那么此后的局势可能就会两样。美国人对布尔什维克的憎恨情绪可能会公开爆发，这样就可以及时把欧洲从苏联幽灵的统治下挽救出来，不至于像现在这样让共产主义的麻痹影响腐蚀我们的文化和政治。

毫无疑问，如果在莱特湾遭到一次挫败，美国人就会重新考虑他们的战略，包括"无条件投降"。如果有一个重整旗鼓的日本在他们后面，俄国人也许就会暂缓在东线推进。德国和日本虽然已经谈不上取胜，然而只要媾和的条件不像以前那样苛刻，两国就可以更快地从战争中恢复过来，成为一支与中国、俄国共产主义抗衡的可靠力量。

实际情形又是怎样呢？由于在莱特湾走了运，这个行将就木的罗斯福竟然实现了他的美梦，在短期内粉碎了一切美国资本主义所遇到的竞争。这样一来，他最后会将我们西方基督教文化出卖给马克思主义者。但这一点看起来并没引起他的注意，也没使他感到担心。

"战列舰队列成战斗队形"

一篇驳议
美国海军中将（退役）维克多·亨利著

我不准备讨论冯·隆将军别出心裁的地缘政治学[①]，对此我只提出一两点一般性的批评，然后谈谈那次战役。

隆对我国自林肯以来最伟大的总统罗斯福横加诬蔑，他那些话都是不值一驳的，因为说那种话的人只知道死心塌地为阿道夫·希特勒的罪行张目，直到那个怪物饮弹身亡的一天。

他所说的战争最后阶段中的"冲击"很有趣。曾经轰动一时的越南"新春攻势"，就是属于这一类 "冲击"。这是一种苟延残喘的最后挣扎，而作为进攻来说，则是一次代价高昂的失败。只是因为约翰逊总统曾经向美国人民做出保证，说南越共产党人已经完蛋。所以"新春攻势"绐了公众极大的冲击，以致那些本就对支持战争不太积极的人的热情消失，呼吁和平的声势则占了上风。

---

① 地缘政治学，亦称"地理政治学"。关于国际政治现象制约于各种地理要素和人文要素共同作用结果的理论。

第二次世界大战的情形与此不同。如果消灭了麦克阿瑟滩头堡的军队，也许会影响和谈的条件，但是隆夸大了它的影响。美国人民是支持那一场战争的。压制日本的潜艇战，艾森豪威尔和俄国人两路夹击德国的攻势，这一切仍要继续下去。至于罗斯福总统会落选，那是一个不能凭你的意思去决定的假设。

隆对某些事实的说法是有问题的。斯普鲁恩斯攻占冲绳岛的计划还有待解决一个后勤问题，也就是海上转运重武器弹药的问题。向菲律宾进军，是尼米兹经过研究以后才批准的。

我认为，隆对栗田和哈尔西做了一些轻率肤浅的批评。如果要洞察莱特湾之战的实质，就必须熟悉战役进行的情况，掌握那里的地形，以及海上和空中的距离对浴血苦战的影响等。我当时在战场上，我能指出隆的那些显然出于偏激与负气的话。

栗田的错误

现列举隆对栗田十月二十五日的作战提出的责难：

一、命令"全面进攻"

隆根据莫里森的看法，指责了这一行动。

然而，我们应当考虑到，栗田的海面舰队是突然与航空母舰遭遇的。在此以前，航空母舰已经给了他一次可怕的打击，击沉了"武藏"号。航空母舰发动攻势之前，需要时间进入更为有利的位置，如果栗田能够趁它们还不曾调动就绪就向它们猛冲，用炮火击沉它们，那么他就可以掌握打击对方的最好机会。因此他才调动自己所有的舰艇，立即发动总攻。这并不是什么"亚洲人激动时犯的错误"，这是一次断然发动的大胆进攻。隆这种出于种族歧视的说法，是令人遗憾的。

栗田继续抢占了上风，在追击战中防止了那些航空母舰发动攻击和重整队列。他这样作战也是胸有成竹的。实际上他的舰艇最后已经追上了斯普拉格，而"塔菲三号"之所以能够幸免，正像斯普拉格在他的战报中所说的那样，只是由于"万能的上帝有所偏护"。

二、停止追击斯普拉格

如果栗田能够像用20/20表尺①那样看得真切，这一行动显然是犯了错误。然而当时是在北面很远的"大和"号上，栗田什么也看不清楚。他不应当避开鱼雷航迹，而是应当转向南面，驶进并扫净鱼雷。那样他就能稳操胜券了。

---

① 也称照尺，枪炮上的瞄准装置。

　　栗田从他的司令官那里获得了一些不符合事实的报告。这又重犯了台湾的错误。如果他不去相信这些报告，他就会赢得自中途岛战役以来最大的胜利。但是空袭愈加频繁，随着时间消逝，他的三艘重巡洋舰已经瘫痪在海上，正在起火焚烧。他的舰艇都零星散乱地分布在四十平方海里的洋面上。他决定把它们集合在一起，然后驶进海湾。如果我们考虑到他那些错误的情报，应当说他采取的行动是合理的。

　　三、离开莱特湾

　　这是不可原谅的。然而"愚蠢"二字终究不是一位职业军人应得的贬词。隆忽略了那些可以宽恕的因素。

　　栗田集合他的舰只，一共花了三个多小时。空袭延迟了这个行动，呼啸而过的飞机和不断爆炸的炸弹肯定把他刺激得几乎发了狂。等到他准备好驶进海湾，那时候已经将近午后一点，他的突袭计划已经成为泡影。照他猜测——他猜得很对——不论哈尔西当时在什么地方，他肯定正在很快地赶来。小泽渺无声息，南方舰队分明未能进入海湾。栗田觉得，海湾已经成了一个死亡的陷阱，一个陆上基地和航空母舰上的飞机麇集蜂聚的地方，他所有的舰艇等不到和麦克阿瑟的舰队交锋，就会在那天天黑前在那里被击沉。

　　可能栗田已经惊慌失措。我们都会这样想：当时要是换了我们，我们无论如何也要闯进莱特湾。然而，如果真能反躬自问，那么我们即便不去赞扬，至少也会谅解栗田的行动了。

　　真正为莱特湾"解决问题"的是那位只有少数人还在怀念或敬仰的美国骁将齐吉·斯普拉格，他挫败了"捷"作战计划，保全了哈尔西的声誉和麦克阿瑟的滩头堡。他使栗田耽误了决定战局的六个小时：二个半小时进行追击战，三个半小时重整舰艇。一过了中午，栗田再驶进海湾就很难有必胜的把握了。

　　栗田并不是由于一次错误的决策或一份失落的电报输去了莱特湾那一场战斗。而美国海军则是由于某些将士的英勇表现，才打赢了这场战争。总的来说，在莱特湾之战中，日本海军被打得落花流水，从此以后再不能出海应战。我方虽然犯了一些错误，但莱特湾之战是一场光荣的而不是什么"差强人意的"胜利，这场胜利是经过苦战后获得的。我们在苏里高海峡和北方都占优势，但在莱特湾外面处于劣势，而那里的战斗是最重要的。

　　斯普拉格的三艘驱逐舰——"约翰斯顿"号、"赫尔"号、"黑尔曼"号——从烟幕和雨幕中突击，直冲栗田的战列舰和巡洋舰的主炮，它们的形象永远使我记得美国人如何在劣势下作战。我们的学童应当知道这一件事，我们的敌人应当从这一件事中发起深思。

哈尔西的错误

我生平从来没有一次像在莱特湾对哈尔西那样恼火。直到现在，我仍旧记得当时愤怒和失望的情景。我一想到那一次错过了机会，未能在圣贝纳迪诺海峡外列成战列舰阵形打上一仗，就会感到一阵难受。

我并不想为哈尔西中了小泽诱敌之计或未能留下舰队邀击栗田一事进行辩解。这些都是他犯的错误。隆批评了他发表的推卸责任的借口，击中了他的要害。哈尔西过分热衷于速战，不能冷静地从事分析——这都是我在他的驱逐舰上任少尉时注意到的——而这就导致了他的失败。如果当时他留在圣贝纳迪诺海峡，派米切尔去追击小泽，或者如果他只要把李和战列舰队留下来防守，那他就能击败日本的两支舰队，而威廉·哈尔西的名字就会与约翰·保罗·琼斯①一起列入史册。可是结果呢，两支舰队都有一部分逃走了，而他所受的非议也就无法辩解了。

然而，我认为，阿尔明·冯·隆对哈尔西将军的批评也有很多失实之处。

哈尔西担心"穿梭轰炸"。事实证明，那并不是他强词夺理意图为自己进行辩解。十月二十五日的大战刚开始，还不到两个小时，从吕宋岛起飞的飞机已经炸毁了"普林斯顿"号。哈尔西担心再遭到这样的袭击，他的顾虑是对的。然而如果他过分顾虑的话，那就是另一回事了。

凡是军人，都读过（或者，应当读过）列夫·托尔斯泰的《战争与和平》，这部书里谈到了一些颇成问题的历史与军事理论，其中有这样一个见解，他认为实际上战略与战术计划在战争中根本不起什么作用。战争有无限多的变化，整个是一片混乱，一切全凭偶然。托尔斯泰是这样说的。而在战斗中，我们多数人也往往有这种想法。然而，实际情况并不是这样。就以美国的事例为证，格兰特②和斯普鲁恩斯指挥的战役说明，如果要稳操胜券，就必须先制订稳健的计划。然而，上述的作者又指出了颇有说服力的一点，即胜利全靠个人在战场上显示出勇武精神，靠一个人在胜负未卜的时刻斩将搴旗，高呼"万岁！"冲锋陷阵。而这也是一条尽人皆知的真理。

在太平洋战争中，威廉·F.哈尔西就是这样一个人物。

哈尔西在莱特湾指挥失当，的确有人叫他引退，但是当时一些权势人物坚持他是

---

① 约翰·保罗·琼斯（1747—1792），美国海军军官，生于苏格兰，美国独立战争中指挥舰艇，重创英国海军。

② 乌利塞斯·辛普森·格兰特（1822—1885），美国将领，南北战争中屡建殊功，后为美国第十八任总统。

一个"国宝",少了他不行。这些人的想法也对。只有一些职业军官,此外再有某些高级将领,知道谁是斯普鲁恩斯。同样,只有很少人知道谁是尼米兹和金。然而,凡是新入伍的人都知道"雄牛"哈尔西,都觉得在他的指挥下出航作战既安全又值得骄傲。在瓜达尔卡纳尔岛那些黑暗日子里,他高呼一声"万岁!",我们那些已经丧失斗志的军人重又恢复了信心,于是他们奋勇向前,打赢了那一场血雨腥风的战争。

十月二十五日下午,哈尔西唤我去听舰间通话。当时我在"衣阿华"号上指挥战列舰第七分舰队,而他在"新泽西"号上。我们正准备率领大部分舰艇赶回去救援金凯德。他像一位球艺超群的四分卫①领着全队反攻时那样,用豪迈和愉快的口气问我——不是命令我,而是问我——是否可以率领战列舰第七分舰队,以最大航速带头前进,去攻打中央舰队。我表示同意。他派我任战术指挥。于是我们以每小时二十八海里的速度乘风破浪前进。

我们没有碰上栗田。栗田决定不进入海湾,他在前几个小时就穿过圣贝纳迪诺海峡逃走了。我们大约在夜间两点钟发现了一艘落在后面的驱逐舰,我们的护航舰艇击沉了它。哈尔西在他那本书里写道,那是他在海上四十三年里唯一看见过的一次炮战。

我虽然对哈尔西十分气愤,但是经过我们那天的舰间通话,我就原谅了他。匆忙调动两艘战列舰,去跟栗田打上一场夜战,这是一次轻举妄动,这也许跟他追击小泽的行动同样地莽撞。然而,我一听到他高呼"万岁!"就忍不住要随着响应。斯普鲁恩斯也许不会像那样猛冲,但是斯普鲁恩斯也不会率领六艘战列舰向北急驶三百海里,然后再向南返航三百海里,在整场大战中不曾发射一炮。这就是哈尔西的作风,在这个时刻可以看到他的长处,也可以看到他的缺点。我和哈尔西在莱特湾执行了组成战列舰队的作战计划,在热带的黑夜里搜索敌舰,由于双方力量有巨大悬殊而捏着一把汗。结果一无所获,我也许是个傻子,然而我行伍一生最后听到的那一次"万岁!"仍给我留下了一个美好的回忆。

"组成战列舰队"

人们不会再听到这样的命令了。海战的日子已经结束了。工业技术已经打破这种传统的军事概念了。也许,只有一个年纪极老的水手,还会漫谈几句从莱特湾获得的真正的教训。

---

① 橄榄球赛中,排在中锋的后面,进攻阵型的中间,指挥反攻的球员。

在我们这个科学与工业时代里，莱特湾已经成为人类野蛮和愚蠢地进行一场战争的遗迹。战争一向是一种暴烈的捉迷藏游戏，这游戏是用人的生命与国家的财富来玩耍的。然而，玩这种游戏的时代现在结束了。

当一个民族已经进步到不再用人做牺牲，不再以人充当奴隶，不再从事决斗时，他们就不再进行战争了。战争的手段已经使它的成果显得更无意义了，毁灭性的机器在政治中已经变成不值得采用的东西了。莱特湾就是这个情形。发动了庞大的海军，在那里大战一场，耗费了几乎是无法想象的大量人力与金钱，把国家的命运交托给两个情绪激动、消息不灵通、精力衰弱的老人，任他们在无法胜任的压力下做出决定。这确实是"愚蠢的"。做这样的蠢事，要不是因为其结局十分悲惨，那倒像是在演出一场拙劣的闹剧。

不错，我们承认这一切，然而那时候我们除了在莱特湾打上一仗，又有什么别的办法呢？我们的处境当时就是如此，现在仍是如此。

四十年前，我还是一个海军少校的时候，我国的和平主义者就准确地指出，工业化的战争已经是过时的、愚蠢的。而希特勒和日本那些军国主义者，要实现其掠夺世界的罪恶目的，正为自己准备科学和工业所能供给的一切最可怕的武器。为了阻止这种罪恶行为，英语国家和俄国联合打了一场正义战争。我们付出了可怕的代价，方才赢得胜利。如果当时我们放下了武器，让纳粹德国占了上风，统治了全世界，那么这个世界又会变成什么样呢？

现在，当每一位有识之士都对核武器忧心忡忡、隐怀着恐惧时，克里姆林宫里那些愚昧无知的独裁者却统治着我们过去的战友，统治着那个非常伟大、非常英勇、非常不幸的民族。他们那样处理对外事务，就仿佛叶卡捷琳娜女皇仍旧在那里独揽大权一样，只不过他们称自己贪得无厌的沙皇政策为"反殖民主义斗争"而已。

我不知道如何解答这个永远困扰着人的问题，我也不指望能够活到这个问题得到解答的那一天。我尊敬我们军队中的青年人，尽管他们必须操纵那些威力可怕的机器，从事本国人民既蔑视又害怕的行业。我衷心地尊敬他们，同情他们，他们做出的牺牲远比我们从前做出的更大。从前我们对"组成战列舰队"的那个伟大时刻怀着信心与希望，我们的国家为此尊敬我们，我们也感到自豪。但那个时代已经过去了。自从遭了两次大灾难以后，人们想起工业化的战争就痛恨。然而，当世界上的某些地方还有一些好战的白痴或恶棍，认为战争是一个可供选择的政策时，存在于公民权和政治自由权下的人又有什么其他的办法呢？他们对付这伙人，只能像在莱特湾对付日本人那样，像一九四〇年在英格兰上空对付阿道夫·希特勒那样：必须使出威慑一切的力量，必须具备准备使用这种力量的自我牺牲的英勇精神。

　　如果我们不能指望有一个"和平的君王"①到来，那我们就只能指望多数人，甚至是最疯狂的民族主义者和革命论者，会从心底爱他们的孩子，不愿眼看着他们被活活烧死。肯定没有一个政客会那样愚蠢，想要发动一次莱特湾的核战争。现在看来，未来将取决于这样一个可怕的设想：要不就是我们结束了战争，要不就是战争结束了我们。

---

① 指基督教徒相信的救世主，见《旧约全书·以赛亚书》第九章第六节。

第九十三章

埃伦·杰斯特罗刚跟着娜塔丽登上木头跳板要走进火车的时候，遣送组里的一个热心的犹太人从人堆里挤过来，一把抓住他的胳膊，拉住了他。

"杰斯特罗博士，您到前面去乘那一列客车。"

"我还是跟我的侄女在一起吧。"

"别推啦，这样对您没好处。到指定您去的地方，快走。"

一路上党卫军都在用村话大声辱骂恫吓，用粗棍子抽打那些被遣送的人。犹太人惊慌失措，拥上跳板，往运牲口的车里挤，他们手里拖着箱子、包袱、口袋和哭哭啼啼的孩子。娜塔丽赶紧在埃伦胡子拉碴的颊上吻了一下。他用意第绪语说了一句"振作起精神"，娜塔丽在德国人的喊叫声中也没听清。挤过来的人群把他们冲散了。

争先恐后的人群簇拥着娜塔丽挤进了一列阴暗的车，一刹那那种牛棚里的气味使她回忆起情景与此很不协调的童年时代的夏天。大伙儿愤怒地叫喊，猛力地推着、拉着，去争夺沿着粗木板壁可以坐下的地方。她像上下班时走在地下铁道的人群中那样，一路挤到了一个角落里，这是一个装有铁条的窗底下，云母工厂里的两个维也纳同事同她们的丈夫和孩子坐在那里，四周堆满了行李。她们挪开了腿，让出了一点儿地方给她。她坐下来，此后三天内那儿就成为她的地方，仿佛她买了一张票，订下了板条地板上粪便结成硬块的那个地方，风从宽阔的罅隙里呼呼吹进来，火车开动时车轮的声音震耳，吵吵闹闹的人群从四面紧挤着她。

他们的车在雨中出发，在雨中行进。虽然那时已近十一月，但是天气还不冷。娜塔丽好不容易站起身，按照次序站到那个有铁条的高高的窗子跟前，向外面望出去，呼吸清新的空气，看见树叶已经换上了秋天的颜色，农民正在摘水果。站在窗口的那片刻是快意的。不过那片刻实在过得太快了，她必须重新回到车里那个污臭的地方。牛棚里的臊气，长期不洗澡、穿着濡湿的旧衣服挤在一起的人发出的臭味，这一切不久就被另一些人陆续溲尿的恶臭掩盖住了。男人、女人、小孩儿，车上一共有一百多人，必须在两个便尿已经漫出来的桶里小解，车里一头摆了一个桶，大伙儿必须在人堆里扭着身体朝它们挤过去，只有火车停下来的时候，某个党卫军想起来把车门拉开一个缝的时候，才有人去倒空它们。娜塔丽不得不把脸转向那个距离她还不到五英尺的桶的另一面，这倒不是为了避免闻到那股臭气和听到那阵声响（因为那是无法躲避的），而是为了让那些可怜的蹲着的人可以自在一点儿。

这次旅程刚开始时，最使人感到难堪的，不是饥饿、口渴、拥挤、睡眠不足、可怜的孩子们的啼哭、刺耳惊心的激烈的争吵，甚至不是对前途的恐惧，而是这种人类顾全体面的原始习惯遭到了破坏，是闻到那股臭气，是由于没有一个干净和背开人的地方去小解而感到的羞辱。那些衰弱的、年迈的、患病的人，无力从拥挤的人群中挤到那些桶跟前，竟在他们自己坐的地方便溺，熏得周围的人透不过气，直犯恶心。

然而，车上也有一些勇敢的人。一个身体健壮、头发花白的捷克犹太护士，提着一桶水到处挤来挤去，把党卫军每隔几小时才加满一次的水一杯一杯地先分给病人和小孩儿。她邀集了几个妇女帮着她照护病人，将那些不幸弄污了衣服的人收拾干净。一个体格魁伟、金黄色胡子的波兰犹太人，戴的好像是一顶军帽，自告奋勇地当了列车长。他用几条毯子遮隔开那两个尿桶，劝开了最激烈的争吵，还指定了几个人去分配党卫军扔进来的吃剩下的东西。这里或者那里，在可怜的拥挤的人群中，尤其是分完了食物的时候，可以听到一阵阵凄凉的笑声。当事情处理妥当了以后，列车长甚至还带头唱起几首悲哀的歌曲。

谣言继续在车里四下传播：他们是到什么地方去，到了那儿又会发生什么事情。党卫军已经宣布的目的地是"德累斯顿郊区劳动营"，但是一些捷克犹太人说，火车经过的那些车站的路线是通往波兰的。每次火车驶过一个车站时，四周的人就会大声喊出那个站名，于是又一次引起大伙儿的猜测。几乎没一个人提到奥斯威辛。整个东欧就在眼前。每前进几英里，车轨就会分岔，即使不是去德累斯顿，也还有许多其他的地方可去，为什么一定是去奥斯威辛呢？这些来自特莱西恩施塔特的犹太人多数都听说过奥斯威辛，有的人还收到过已经到达那里的人寄来的明信片——虽然近来已经很久没有明信片寄来了。这个地名形成了一种模糊的恐怖，还令人想起一些阴森可怕、难以置信的小道新闻。不，没有理由认为他们是去奥斯威辛，再说，即便是去那儿，也没有理由认为那儿的情况一定会像传说的那样可怕。

这就是娜塔丽在车上觉察出的一般人的心理。她心中更有数。她始终不能排遣开班瑞尔·杰斯特罗带来的那些消息，她更不愿被一些幻想所欺骗。因为要活下去，要重新看到路易斯，她就必须冷静地去想。她坐在破裂透风的地板上，经过漫长的黑夜和白天，又饥又渴，被臭气熏得难受，牙齿和骨节都随着火车的震动打战，这样时间一小时又一小时地过去，她倒是有充分的时间去思考。

这一次突然和她的叔父分离后，她的头脑清醒了，意志更坚定了。她只不过是向"东方"进发的火车上一群默默无闻的人中的一个，此后她可要靠自己了。党卫军把这些犹太人赶上牲口车时，没有点名，只计算了一下人数。埃伦·杰斯特罗仍旧是有身份的，仍旧是有名气的，仍旧是一位长老，仍旧是一位"知名人士"，所以他在前面的卧车里。而她是一个无名之辈。在盟军全部击溃已呈败象的德军之前，无论把这些人送到哪里，大概总会派给埃伦一些文书之类的工作，让他活下去吧。也许，到了那里，他又会找到她，又会保护着她吧。然而，直觉告诉她那是她最后一次看到埃伦了。

当一个人真的相信自己要死的时候，那种心情是难堪的。医院里癌细胞已经扩散到全身的病人，向电椅或者绞架走去的罪犯，风暴中留在沉船上的水手，即使是这些人也会私下里怀着一种这一切都是幻想的希望，认为会有人发出一声呼唤，可以把他们从昏闷得无法透气的梦魇中惊醒过来。那么像娜塔丽·亨利这样一个年轻健壮的人，在一列开往东欧的火车上，为什么就不可以抱有这种希望呢？她在暗中这样希望，并且毫无疑问，整个运牲口车上的所有遭难的犹太人也都这样希望。

她是一个美国人。这就使她不同于其他的人。只是由于一些离奇的遭遇，以及自己愚笨的错误，她才被关进了这一列火车。第二天夜晚，火车发出呻吟，降低速度，进了群山，曲曲折折地行经树木密布的盆地和巉崖夹道的峡谷，慢腾腾地穿过月光照耀下的积雪，那些雪花从车轮上晶莹灿烂地飘散开，随着阵风旋舞。娜塔丽望着外面清幽的景色，身上冷得直哆嗦，这让她想起了她大学四年级圣诞节去科罗拉多度假的情景。当时火车攀上落基山驶向丹佛，月光下的积雪也是这样纷纷飘散开。她在竭力回忆美国的往事。将来会有那么一个时刻：她是死是活，就要看她是否能够盯着一个德国官员，使他停下来考虑她的这句话："我是一个美国人。"

因为只要一候到机会，她就可以证明这件事。说也奇怪，她至今还保存着她那张护照。折烂了、揉皱了、上面盖有"犹太区登记章"的护照，仍旧藏在她那件灰色衣服的胸前黄星标志下的口袋里。德国人特别重视官方文件，并没没收它，也没撕毁它。她在巴登-巴登的时候，护照被扣留了好几个星期，但是等到去巴黎时，又发还给了她。到了特莱西恩施塔特，她只得把它缴了上去，但是过了好几个月，有一天她突然发现护照放在她床上了，里面还夹着拜伦的那张照片。也许，德国情报机关已经利用它去复制了间谍需要的证件；也许，它只是一直躺在一个党卫军的抽屉里发霉。不管怎样，反正它还在她的手里。她知道这张护照保护不了她，对她，或者对这列车上的任何人，国际公法已经不复存在。然而，在这群不幸的人当中，这是独一无二的一张可以证明身份的文件。而且在德国人看来，一个身穿美国海军制服的丈夫的照片还是有它的影响的。

娜塔丽把奥斯威辛想象成一个更可怕的特莱西恩施塔特，地方更大，管理也更严，那里不是仅有一个小堡垒，还有许多毒气室。不过，即便到了那里，肯定仍旧有工作可以做。那里的营房可能跟这列牲口车同样糟，甚至更糟，在一般的被遣送者当中，身体弱的、年纪老的、手脚笨的，也许就那样死去了，但是其余的人会去劳动。她准备把自己打扮得漂漂亮亮，拿出她的护照，叙述她在云母工厂干活儿的经历，介绍她在语言方面的才能，调情卖俏，在迫不得已的情况下不惜牺牲她的贞操，她要活下去，直到被救出来。这些想法，不管多么脱离现实，但并不纯属荒诞。然而，她最后的希望却是一片幻想，希望有个有远见的党卫军军官会出来保护她，为的是将来德国战败后可以利用她作为人证。她所不能理解的是，多数的德国人还不相信他们会输掉这场战争，由于对阿道夫·希特勒怀着信心，这个疯狂的国家还要硬干下去。

她对战局的推测是相当准确的。德国高级官员知道他们几乎已经输光了这场赌博。一些小小的和平刺探者好像蛆虫从垂死的纳粹鳄鱼①的身体里爬出来。党卫军头子希姆莱想要下令停止使用毒气。他正在掩盖他的劣迹，准备推卸他的罪责，准备有步骤地着手为自己塑造一个新的形象。娜塔丽乘的是最后一列运犹太人去奥斯威辛的车，只是由于官僚机构在改变原来的政策时的拖延，所以这列车才会开出去。但是，在那些在比克瑙站台上等候这列车的党卫军工作人员看来，焚尸炉里仍旧需要生火，特别分队仍旧需要加强警戒，这一切都是日常应做的工作。谁也没想到，要去依靠一个讨人喜欢的美国犹太女人，战败后好用她当护身符。娜塔丽的护照可以作为一种精神安慰，但它只不过是一张废纸罢了。

车上的情形越来越糟。第二天，那些病得厉害的人在他们躺着、站着或坐着的地方一个个地死去。第三天，天刚亮一会儿，娜塔丽身边一个发高烧的小姑娘开始抽搐，扭动身体，挥着手，接着就僵硬不动了。没地方可以安放尸体，于是那个死了的小姑娘的母亲悲悲切切地把尸体紧搂在怀里，仿佛她还活着似的。孩子脸皮发青，闭着的眼睛凹陷下去，下巴耷拉着。过了大约一小时，一只脚抵着娜塔丽的那个老妇人口里吐血，一边喘气一边发出咯咯咯的响声，接着就在她墙根前那块地上一骨碌倒下了。那个不知疲劳、一直在车上挤来挤去、设法救护别人的捷克护士，这时也没法儿起死回生。另一个人抢占了墙根前的那块地方。

---

① 《圣经》中象征强大凶恶的敌人，见《旧约全书·约伯记》第四十一章。

老妇人躺在那儿，身上盖着她那件短大衣，一条皮包骨的腿伸在外面，腿上还套着毛线袜，系着绿色袜带。后来娜塔丽把腿推到大衣遮盖着的地方，硬着心去想从前的一些事，竭力克制自己的恐惧。但这样做并不容易。火车颠簸着向东行进，发出咔嗒咔嗒的响声，这时候粪臭中夹杂着那股死人的气味越发难闻了。党卫军把特莱西恩施塔特的病人都塞在车子的另一头，那里大概已经有十五个人死了。被遣送的人已经完全麻木，或是在令人窒息的臭气中打盹儿，或者茫然地瞪着什么。

车刹住了。

有什么人在外面粗声粗气地嚷嚷。铃声响了。火车蓦地向后一退，接着又向前移动一下，这是在调换机车头。它停下了。党卫军打开了车门，以便将那两个臭气腾腾的尿桶倒干净。阳光和新鲜空气就好像是一阵音乐声似的涌进来。捷克护士装满了她的那一桶水。列车长告诉送水来的党卫军，说有几具死尸，党卫军喊道："好呀，算他们走运！"他拉上了车门，咯噔一声把它锁上了。

火车再开动时，沿途闪过去的车站已经是波兰地名。这时候能听到车上的人大声谈到"奥斯威辛"。娜塔丽旁边的一对波兰夫妇说，车正在一直开往奥斯威辛。奥斯威辛好像是一块大磁石，正把这列车吸引过去。有时候，车好像转了方向，于是大伙儿都精神振奋，但是过不了一会儿，它又向奥斯威辛那面折转过去，那几个维也纳妇女管它叫奥斯赫维兹。

这时候，娜塔丽已经坐了七十二个小时了。她那支撑着身体的胳膊已经被磨破，鲜血染污了她的衣服。她已经不觉得饥饿，口渴痛苦地折磨着她使她忘了其他的感觉。自从离开了特莱西恩施塔特，她只喝过两杯水，她嘴里干燥得好像是一直在吞咽灰土。捷克护士把水分给那些更有需要的人：儿童、病人、老年人、垂死的人。娜塔丽老是想起美国的冷饮，想起自己喝那些冷饮的时间与地点：在杂货铺里喝冰淇淋苏打，在中学舞会上喝可口可乐，在大学里举行野餐时喝冰啤酒，喝厨房里自来水龙头里的水，喝办公室里冷却器里的水，在阿迪朗达克山脉可以看到鳟鱼游来游去的地方喝棕色石潭里冷冽的水，在打完网球洗冷淋浴时喝双手捧着的水。但是，她非得驱散这些想象不可，它们要使她发狂了。

车刹住了。

她望出去，看见一片农田和树林，一个村落，一座木头建筑的教堂。几个穿灰绿色制服的党卫军从外面走过去，他们伸直了腿，吸着她可以闻到气味的雪茄，说着一口德语，亲切地聊天。从一间离铁路不远的农舍里，走过来一个男人，留着络腮胡子，穿着皮靴和泥污的衣服，背着一个鼓鼓囊囊的大口袋。他摘下帽子，向一个党卫军军官说了几句，军官冷笑了笑，轻蔑地向这列火车做了个手势。不一会儿，车门拉开了，那大包的东西从空隙中扔进来，车门又关上了。

"苹果！苹果！"令人兴奋得难以相信的话像歌声传遍了整节车厢。

这位好心肠的善人是谁呀？这个满身泥污、留着络腮胡子的人是谁呀？他怎么会知道这列静悄悄的火车里关的是犹太人，并对他们发了善心？谁也没法儿回答这些问题。被遣送的人站起了身，眼睛里闪出亮光，消瘦的脸上露出痛苦、急切的神情。一些人开始张罗，把苹果递到那些伸出来争抢的手里。火车开了。突然的行进使娜塔丽麻木的腿站立不稳。她只好去拉那个分发苹果的人。那个人朝她瞪了一眼，但接着就大笑起来。原来他是造幼儿园的那个监工。"站稳了，娜塔丽！"他在袋里一阵掏，给了她一只绿油油的大苹果。

娜塔丽咬出了第一口苹果汁，她已经干涸的睡液又流了出来。苹果汁是那么清凉，它是那么甜美，它将一股活力像电流刺痛了她似的传遍了她的全身。她尽量慢慢地吃那只苹果。她周围的人都在啃着苹果。那种收获季节的芳香，那种苹果的香味，在污浊的空气中悄悄地飘散开。娜塔丽把嚼碎的苹果吞下去，一口一口精细地咬着。她吃那苹果的心，她嚼那苦涩的茎，她舔那流在手指上和掌心里的甜汁。接着，她就像吃完饭、喝了酒那样一阵发困。她盘着腿坐着，一只手托着脑袋，那擦破了的胳膊肘儿搁在地上，她睡着了。

她醒来时，月光映出高窗子青色条纹的长方形。这会儿比刚才火车驶出山地时更暖和了。整个臭气熏人的车里，那些筋疲力尽的犹太人在睡梦中互相依偎着，前磕后撞，东倒西歪。她身体僵得几乎没法儿动弹，但仍然勉强挣扎到窗口去呼吸新鲜空气。火车正驶过一片长满矮树丛的潮湿的荒地。月光照在四下都是浓密的香蒲和大叶子芦苇的沼泽上。火车驶进一道高高的有刺铁丝网，这种绕在混凝土柱子上的铁丝网一直延伸到月光下可以看到的远处，分段建有隐约可辨的瞭望塔。有一个瞭望塔离铁路线非常近，娜塔丽瞥见熄灭了的探照灯圆筒底下两个守在机枪跟前的警卫侧影。

铁丝网里边是更广阔的荒地。向前望去，娜塔丽看见一片淡黄色的灯光。火车放慢了速度，车轮的辚辚声变低了，也减缓了。她竭力望去，可以辨出远处一排排长列的小屋。这时候火车来了一个急转弯。一些犹太人随着车轮的转动声和摆晃着的车身发出的呻吟惊醒过来。火车还没完全驶直，娜塔丽已经看到前面一座宽大坚实的建筑，它有两个拱门进口，被月光照亮的路轨伸进那里就不见了。很明显，这是铁路线的终点，是他们的目的地奥斯威辛。虽然并没看见什么可怕的东西，但是她禁不住浑身发抖，心里感到一阵难受。

火车开进一个黑暗的拱门，到了一片灿烂耀眼的白光底下。车滑动过去，最后停靠在一个被探照灯照亮的极长的木头站台旁边。一些党卫军，有的手里牵着大黑狗，一溜儿站在铁道旁边。许多样子奇怪的人也在那里等候着火车：他们都剃光了头发，穿着破烂的直线条纹囚衣，一共有十来个，都沿站台站着。

火车停下了。

外面掀起了一阵可怕的混乱闹声，只听见棍子敲打在木头车壁上，狗在吠叫，德国人在吆喝："走出来！都出来！快！出来！出来！"

犹太人不会知道，这样的接待是很不寻常的。党卫军总是喜欢犹太人安安静静地到来，那样就可以把他们一直骗到底：他们斯斯文文地走下车，向他们训话时谈到卫生检查和分配工作，保证把行李都送到，然后就是办完其余老一套玩意儿。但是，有消息说，这一批遣送来的人可能不听话，所以党卫军才采取了这种不寻常的严厉办法。

车门都拉开了。灯光把挤在里面的犹太人照得眼睛发花。"下来！出来！跳！留下你们的行李！不许带行李！你们会在自己的营房里领到的！出来！走下来！出来！"一时看不见的犹太人只能看见一片耀眼的白色灯光。一些体格魁梧、身穿军装的人跳进了火车，挥舞着棍子怒吼："出去！你们在等什么？动一动你们的臭屁股！出去！丢下那件行李！滚出去！"犹太人都尽快往前挤，争先恐后地往车外面逃。娜塔丽距离车门很远，她挤在一群人当中，被人群一直向灯光那面拥过去。她几乎是脚不点地地走着。她吓得直冒汗，发现自己正对着一片耀眼的探照灯灯光。天哪，要距离站台这么远跳下去呀！瞧那下面，孩子们满地乱爬，老奶奶摔倒了，俯扑或者仰倒在地上，露出了她们可怜的白色或红色衬裤。那些穿着条纹衣服的怪物在人群当中跑来跑去，把栽倒的人扶起来。这一切印象留在娜塔丽几乎已经麻木的意识里。她不愿意跳在一个孩子身上，她在踌躇，没一个可以下脚的空隙。她脑子里闪过了这个念头："总算没让路易斯受这个苦！"什么东西"啪"的一下狠狠地打在她的肩上，她惨叫一声，跳下去了。

她叔父经历的和她不同。

埃伦自从听了班瑞尔透露的消息，就已经完全知道自己的结局。他写《一个犹太人的旅程》中最后一段里那几句话时，几乎像苏格拉底[1]一样视死如归，然而首途去被毒气处死，经过三天的火车旅程，他已经很难维持这种宁静的心情了。我们记得，苏格拉底服毒后，还对那些哀怜和崇拜他的弟子做了一席有意义的简短谈话，然后溘然长逝。杰斯特罗是没有弟子的，但《一个犹太人的旅程》（他把那部手稿藏在特莱

---

[1] 古希腊哲学家苏格拉底（公元前469—前399），被控不敬神祇而判处死刑，于狱中服毒自杀。

西恩施塔特图书室的墙隔板后面，并不希望能活到它被发现的那一天）也是给人听的一篇谈话，最后它会有读者的。再说，杰斯特罗这位天生的作家已经留下了他生前能够写出来的最有意义的语句。与苏格拉底不同的是，此后他仍旧精神矍铄，他还要走完一段漫长的旅程。

他和另外十七个"知名人士"挤在党卫军乘的卧车后边的两个包房里。地方太挤了，他们只好轮流地站一会儿坐一会儿，可能的话就打一会儿瞌睡。晚上有人给他们一些馊了的面包和淡而无味的汤，早晨给一杯棕黄色的剩茶。每天早晨有半个小时，可以让他去上厕所，但是他们用后必须从顶板到地上都洗刷消毒，好让德国人使用。这不是一次舒适的旅行，然而和他们在牲口车里的那些同胞相比，他们已经好得多了，这一点他们也知道。

其实，这样反而使杰斯特罗感到痛苦。由于受到乘卧车这种特殊照顾，他那乐天知命的宁静心情反而被打乱了，会不会还有一线希望呢？其他十七个人肯定都以为还有希望。一天到晚，他们也不去说别的，老是谈受到的这种优待表示前途光明。那些有妻子儿女在其他列车里的人，甚至为家属表示乐观。不错，这列车分明不是开往德累斯顿的。但是，不管它往哪里开，这批被遣送的人当中的"知名人士"总是"知名人士"。这一点是最重要的！一到达目的地，他们就要设法去照料自己的亲人。

埃伦·杰斯特罗凭常识也可以想到：让他们乘卧车，这可能是德国人更残酷的愚笨行为，是官僚机构的一时疏忽，或者是一个精心策划的阴谋，为的是不让某些人乘牲口车，以免他们在周围人群当中点燃起反抗的火花。然而，你要坚持在绝望中不为别人怀抱的热情所激动是困难的。他自己也渴望能够活下去。这十七个高级知识分子争辩起来时，那些话都是令人信服的，这些人是：三位长老、两位拉比、一位交响乐队指挥、一位画家、一位钢琴演奏家、一位报纸发行人、三位医生、两位作战中负过伤的军官、两位半犹太血统的实业家，还有那位遣送组主任，那是一位满面愁容、个子矮小的柏林律师，只有他从来不跟别人谈话，甚至不朝他们看上一眼。谁也不知道他因为什么事开罪了他的上司。

除了在他们包房外边站岗的那个卫兵，其他的德国人都不去理会这些犹太人。乘坐党卫军的车，不管算是享受了多么大的特权，它只使人感到紧张。犹太人像是染了瘟病的畜生一般，从那些权势人物中被隔离开，他们只能闻到送上车来供党卫军大嚼的伙食的香味。一到晚上，车上就有人醉醺醺地高唱轻松的歌曲，大声争论不休，有时候听来只觉得可怕。这种在条顿人中习见的喧闹近在咫尺，使这些"知名人士"胆战心惊，因为不管什么时候，只要党卫军想到要解闷儿，他们就会跟这些犹太人开一次玩笑。

第二天晚上，已经很迟了，几个党卫军军官还在喷着酒气大唱《霍尔斯特·威塞尔之歌》，这时候杰斯特罗想起三十年代中期他是在慕尼黑第一次听到这首歌的，当时的感想重新涌上他的心头。那时他虽然觉得纳粹党人可笑，但是他们这首歌里确实含有一些德国人隐藏在心底的愁闷，即便是现在可能即将死在他们手中，他仍旧可以在这嘈杂的合唱中听出那种朴素但富有浪漫情趣的"对故乡的怀念"①。突然，包房的门被推开了，警卫喊道："那个臭犹太佬杰斯特罗！到四号包房去！"杰斯特罗被吓得战战兢兢。其他的犹太人都沉下了脸，让开了路。他走出去，警卫踏着沉重的步子跟在他的后面。

四号包房里，一个花白头发、双下巴颏儿的党卫军军官在和其他几个军官喝酒，吩咐杰斯特罗站在一边侍候。这位党卫军军官正在高谈阔论，把七年战争②和第二次世界大战对比，指出希特勒与弗里德里希二世之间有一些可喜的类似之处。他再三强调，这两场战争都说明，一位伟大统帅所领导的纪律严明的小国，可以抗击几个庸碌无能之辈所领导的巨大但是不稳定的联盟。弗里德里希二世像元首一样，也巧妙地施展了出奇制胜的策略，他总是率先进攻，屡次以刚强的意志扭转看起来是必败的战局，而到最后，俄国伊丽莎白的猝死，给了弗里德里希二世需要的时机，最终签订了一个有利于他的和约。斯大林、罗斯福和丘吉尔都年高多病，还有不健康的习惯。他们当中，无论哪一个死了，联盟都会同样在一夜之间瓦解，花白头发的军官这样说。其他几个军官都很折服地交换眼光，很懂事地点着头。

他突然对杰斯特罗说："我听说，你是一个很有名气的美国历史学家，你对这些事很熟悉吧。"

十八世纪的历史并不是杰斯特罗的专长，但他读过卡莱尔论弗里德里希二世的著作。"啊，对！卡莱尔！"③花白头发的军官兴奋地说，鼓励他再谈下去。埃伦说，这两次战争的确有着非常相似之处，希特勒活脱儿就是弗里德里希二世的化身。俄国伊丽莎白之死，显然是一次出自天意的转变，而这种转变在这次战争中随时也会发生。他被打发出来后，在走回房间的路上只觉得自己可耻。警卫给他送来了一份面包和香肠，他把它们分给其他人吃了，这才感觉舒服一些。

第二天早晨，那个花白头发的军官又把他召唤去，这一次只有他们两个人个别谈话。看来军官的地位很高，所以对一切都满不在乎。他吩咐杰斯特罗坐下，但对一

---

① 原文是德语。

② 奥、俄、法等国对普鲁士进行的一场战争。战争于1756年开始，1763年结束。在战争中，普军曾为联军战败，后俄国女皇伊丽莎白逝世，彼得三世与普鲁士国王弗里德里希二世议和。

③ 原文是德语。

个犹太人来说，在党卫军面前这样坐下乃是一件闻所未闻的事。军官说，他从前教过历史，但是一个狡猾的犹太人抢走了他的候补教书职位，断送了他的前程。他吸着粗雪茄，跟埃伦谈了三个小时，迂腐十足地讨论此后三四个世纪里德国统治下的欧洲的政治结构，认为最后将形成一个德国的独霸世界，还引证了早先普卢塔克①等作家的话，并拿希特勒去比拟许多伟大人物，包括利库尔戈斯②、梭伦③、穆罕默德④、克伦威尔⑤、达尔文等。埃伦只有聆听和点头的份儿。这一席幼稚可笑的谈话，对他多少是一种排遣，可以让他忘了对死亡担心害怕时那种近似偏头痛折磨人的念头。他被打发出来后，在包房里又领到了一份香肠和面包，他又把它们分给了大伙儿。此后他再没见到这个花白头发的军官。火车一进入波兰，经过的城镇的站名下面都有指向奥斯威辛的箭头。这时埃伦真想再有那样的排遣，哪怕是听粗暴的党卫军唱歌也是好的，因为可以借此消磨这些精神上折磨人的时间。然而，这一天德国人都不吭声了。

一直等到他在比克瑙车站下车的时候，埃伦才完全明白以前没想通的事。他和那些"知名人士"一簇堆地站在探照灯灯光以外的地方，看着远远的那面人们下车的情景——犹太人都吓得往下跳，有的摔倒在地，有的茫茫然徘徊不前；穿着条纹衣服、剃光了头发的犯人漫不在意地把一些尸体和行李扔下车；尸体在站台上堆成一长行。更引人注意的是，那些卸货的人把儿童的尸体像不重要的玩偶似的从车上扔下来，然后把它们另成一行远远排列开。埃伦在探照灯灯光下寻找娜塔丽。有一两次，他好像看见了她。但是，有两千多名犹太人从所有的那些牲口车里拥出来。他们一起挤在那个长长的站台上，在德国人的吆喝声中和棍子的敲打下，男人同妇女和儿童分开了，列成五个人一排的队伍。要在这样乱哄哄一大群耷拉着脑袋的人当中认清楚一个人，那是困难的。

经过犹太人吵吵闹闹地从车里猛冲出来的第一阵骚乱，站上的气氛一时又变得平静和沉闷了，这时杰斯特罗不知怎的，忽然想起那天晚上他和家人夹在一群衣衫褴褛的犹太移民当中从一艘停泊在埃利斯的波兰船上登岸时的情景。现在，又和当时相似，在探照灯的照射下，一些身穿制服的官员威风凛凛地走来走去，大声地发出命令。这些新来到异乡的人举目无亲，茫然失措，站在那儿等着什么事情发生。但是，埃利斯没有警犬，没有机枪，没有一排排的死尸。

① 普卢塔克（约46—约120），古希腊作家。
② 利库尔戈斯，传说中古代斯巴达的立法者。
③ 梭伦（约前638—约前559），古雅典政治家、立法者。
④ 穆罕默德（约570—632），伊斯兰教创传者。
⑤ 奥利弗·克伦威尔（1599—1658），英国十七世纪资产阶级革命时期独立派领袖，他处死国王查理一世，成立共和国，自任"护国主"。

可不是就要发生什么事情了。这会儿党卫军正在给活人和死尸点数，要准确知道这里运到的跟前一站运出的人数是否相符。党卫军要为所有运到奥斯威辛的犹太人向德国铁路公司付一笔车费，记账的手续肯定是一丝不苟的。犹太人男女分开了，五个人一排，安安静静地沿铁道排成了黑压压的两行。那些剃光了头发、穿条纹衣服的人就趁这时候卸空火车，把所有的行李什物都堆在站台上。

这些东西被垛成几大堆。它们看上去好像是乞丐的破烂货，但是杰斯特罗可以猜想到它们当中隐藏着多少财富。犹太人不顾死活地把毕生剩下的积蓄都带在身边，现在它们都隐藏在那些样子难看的破烂堆里，或者夹带在主人身上。埃伦·杰斯特罗知道自己将要遭遇到什么，他已经把他的钱和《一个犹太人的旅程》的手稿一起留在了特莱西恩施塔特的墙壁里面。让发现它们的人一起拿去吧，但愿他们不是德国人！听了班瑞尔描绘的在奥斯威辛如何搜括死人的钱财，埃伦·杰斯特罗对疯狂的屠杀已经初步有了一个模糊的概念。杀人越货原是犹太人在古代就遇到的危险，国社党的新发明，只不过是将其组织成为一种工业程序而已。好吧，德国人可以要他的命，但是他们没法儿抢走他的东西。

妇女的行列终于开始移动。这时候杰斯特罗亲眼看到班瑞尔描绘的程序了。国社党军官正把犹太妇女分成两行，好像全凭一个瘦长的军官的手或左或右那样一挥做出最后决定。一切都在按照一种安静而刻板的官方形式进行。这时候，你只听到德国人的谈话声，警犬偶尔的吠叫声，火车头冷却时喷出蒸汽的咝咝声。

他和那些"知名人士"站在灯影中留心地看。他们分明是被免除了这一次挑选的程序。直到现在，他们的行李仍旧放在车上。也许，那些乐观者的想法是对的吧？一个党卫军军官和另一个警卫被派来管这特殊的少数几个犹太人。这两个外表很平常的年轻德国人除了他们那一身威风凛凛的制服外，并没什么其他可怕的地方。警卫长得相当矮小，戴着一副无框眼镜，端着一挺手提机关枪，尽量装出一副温和的样子。两个人对自己执行的琐碎公务都好像感到很沉闷。军官没说别的，只吩咐"知名人士"不许谈话。埃伦·杰斯特罗手遮着探照灯灯光，继续向站台那边望过去，想要找到娜塔丽。如果发现了她，他就决定把这条命豁出去，他要向军官指出他这个侄女，说她有美籍护照。把这句话说出口，只需要三十秒钟就够了，哪怕是挨打或者枪毙，他也不去管它。照他猜想，德国人可能想要知道有关她的情形。可惜他没法儿把她指出来，虽然知道她就在人群中的什么地方。她的身体很强健，不可能在车上生病死了。她肯定不会在稀疏零落地向左面走过去的那一行妇女当中，那些妇女，你可以很容易地把她们分辨出来。她可能是在密密匝匝地向右面走过去的另一行妇女当中，那些妇女多数都搀着或抱着孩子。再不然，她就是在那一长列未经挑选的妇女当中。

那些向右面前进的妇女，都带着恐惧的神情，慢腾腾地拖着脚步在"知名人士"旁边走过去。杰斯特罗被探照灯灯光照得眼睛都睁不开，她们走过时，即使娜塔丽在她们当中，他也没法儿辨认出来。孩子们有的拉着母亲的手，有的揪着母亲的裙子，都乖乖地走着，还有一些孩子被抱在怀里，已经睡熟，因为现在已经是半夜了。一轮满月高悬在强烈的灯光上面的天空。行列在他们旁边走过去。这时候两个穿条纹衣服的人登上了党卫军的卧车，把受特殊照顾的犹太人的行李扔了下来。

"立正！"党卫军军官向"知名人士"喊口令，"现在你们跟着那些人走，一起去消毒。"他的口气听起来很粗鲁，他向那些走过去的妇女那面做出的手势强劲有力，是不容误会的。

那十七个人都愣住了，你望望我我望望你，再望望他们滚在地上的行李。

"快步走！"军官的口气更生硬了，"跟上她们！"

警卫向这些人挥了挥手提机关枪。

那位柏林律师向前一步，低声下气，哆嗦着说："队长长官，请问阁下，您不会是闹错了吧？我们都是'知名人士'，再说——"

军官竖起了两根僵硬的手指。警卫对准了律师脸上就是一枪托子。他倒在地下，流着血哼哼。

"把他拉起来，"军官对其他几个人说，"领着他一起走。"

这样一来埃伦知道了他的结局。已经毫无疑问，他现在是去就死。他很快就要死了，可能是几分钟以内的事。体会到这一切，他的心情是十分奇特的：恐惧、痛苦，同时悲哀中又有那么一种获得解脱的感觉。他最后看了看月亮，看了看诸如火车之类的东西，看了看那些妇女，看了看那些儿童，看了看身穿军服的德国人。这情形是令人惊奇的，但并不是十分可怕。他离开特莱西恩施塔特的时候，对此已经做好准备。他帮着大家扶起了这位遣送组主任，主任的嘴已经血肉模糊，但是他那恐惧的眼光更叫人看了难受。杰斯特罗最后别过脸瞥了一眼站台，看见长长的几行人仍旧在探照灯灯光照射着的站台上一路延伸过去，那里还在进行挑选。将来有一天，他能知道娜塔丽的遭遇吗？

月光下，冷冽的空地里大家拖着沉重的步子走了很长一段路。他们静悄悄地走着，只听见脚步在泥污的冰凌上发出的咔嚓声，孩子们瞌睡中的啼哭声。一行人走到了一片草地上，修剪得很好的草在强烈的探照灯灯光下映出鲜绿，草地后面是一排深红色砖房，房子低矮，没有窗子，高高的方烟囱时不时地冒出火花。它可能是一个面包房，也可能是一个洗衣房。剃光了头发的人领着一列人走下宽阔的水泥台阶，沿着昏暗的过道进入一间被没有装饰的电灯照得灿亮的空房间，那房间的样子很像一间海滨浴室，里面摆着一些长凳，沿墙上一溜儿和房中央柱子四周都是挂衣服的钩子。面对着入口的那根柱子上是一个用好几种文字写的牌子，最上面写的是意第绪文：

> 在此脱衣　洗澡消毒
> 将衣服折叠整齐
> 记住你放衣服的地方

使人感到窘促的是，男女必须在同一个地方脱衣服。穿条纹衣服的囚犯把少数几个"知名人士"领到一个角落里，这时候埃伦吃了一惊，只见这些囚犯一面帮着妇女和孩子脱衣服，一面不住地道歉。他们说，这是营里的规矩，不能为这种事多费时间。现在重要的是：必须抢快，要叠好衣服，服从命令。不一会儿，埃伦·杰斯特罗已经脱光了衣服，坐在一张粗木头长凳上，赤脚踏着冰冷的水泥地，嘴里喃喃地念着圣诗。按说，人们不可以赤着脚祈祷，或者光着头宣神的名号，但这是非常时刻，对戒律是可以通权达变的。他看见一些年轻妇女，长得很动人，她们袒裸着的丰润的肌肤在明亮的灯光下显得那么娇艳，好像鲁本斯①画的裸体女人。当然，多数妇女的体形已经变得很难看：有的骨瘦如柴，有的皮肤松垮，胸部和肚子都耷拉下来。孩子们看上去都像是薅了毛的鸡一样。

第二批妇女拥进了更衣室，后面跟着更多的男人。埃伦看不清娜塔丽是不是在那些人当中，人群是那么混乱。一些光着身体的妇女和她们穿着衣服的丈夫没想到会这样暂时团聚，一认出对方，他们就发出欢呼，彼此拥抱，父亲紧搂住他们赤膊的孩子。但是那些剃光头的人立刻拆散了他们。以后时间多着啦！这会儿大伙儿得赶紧脱衣服。

不一会儿，只听见德国人在外面厉声发出命令："立正！只放男人！两个一排，洗淋浴！"

穿条纹衣服的犯人把男人们领出了更衣室。这一群赤条条的男人挨挨蹭蹭地挤了过去，蓬蓬的阴毛里露出了晃荡着的生殖器，那副情景很像是在一间澡堂里，不同的是：他们当中还有那些穿着条纹衣服、剃光了头发的人，还有一大群裸体的妇女和小孩儿，一面看着他们走出去，一面亲切地呼唤他们。有的妇女号啕大哭，有的妇女，埃伦可以看出，手紧捂住嘴，那一定是憋着不让自己哭出声，她们也许害怕挨打，也许不愿惊吓孩子。

---

① 彼得·保罗·鲁本斯（1577—1640），佛兰德斯画家。

过道里很冷，带着武器、沿墙壁排列着的党卫军不觉得，但是脱光了衣服的埃伦和那些跟他一起走过去的男人肯定觉得冷。他心中一直很明白，这个骗局越来越真相毕露。几个犹太人洗淋浴，为什么要这么一队手持武器、足蹬皮靴、穿着军装的人来照看他们？这些党卫军和普通德国人的长相一样，多数都是年轻人，很像星期日可以看到的陪着女友在选帝侯大道上溜达的那些年轻人，但是这时候他们都恶狠狠地蹙起眉头，好像一些警察在监视着捣乱的人群，防止他们发生暴动。然而，这些赤身裸体的犹太人无论青年人还是老年人，根本没有谁会捣乱，走过去就这么几步路，更不会发生暴动。

他们被领进了一间狭长的房间，水泥浇的地板和墙壁冷冰冰的，房间大得几乎可以当作一个戏院，只是上面装有几百只莲蓬头的天花板太低了，那一排排的柱子也会妨碍人的视线。墙壁和柱子——柱子有的是实心混凝土的，有的是铁板上钻了洞孔的——上面都装有肥皂架子，摆着一块块黄色的肥皂。这间房里，天花板上那些无罩的电灯也亮得几乎令人无法忍受。

埃伦·杰斯特罗的脑海里只留下以上这些印象，他把一切置之度外、委诸命运的同时，喃喃地念着希伯来圣诗，到后来，身上感到非常难受，他再也无法勉强保持虔信神道的宁静心情了。穿条纹衣服的囚犯继续把这些男人往里边推。"空出些地方！空出些地方！男人都朝里边去！"他止不住地被紧挤在那些比他高大的人的黏腻冷湿的皮肤上，这种感觉对一个爱干净的人来说是难堪的，他可以觉出他们软绵绵的生殖器在他的身上紧蹭着。这时候妇女们也进来了，虽然埃伦只能听见她们的声音。他一眼看过去，尽是那些从四周向他挤过来的赤裸的身体。有的孩子大声哭喊，有的妇女嘤嘤啜泣，在远处德国人的口令声中偶尔可以听见几声绝望的惨号。此外还听见许多妇女的声音：有的在哄她们的孩子，有的在招呼她们的丈夫。

这群人越挤越紧，杰斯特罗惊慌起来了，他没法儿克制自己了。他平时一向害怕拥挤的人群，害怕被他们踩死或闷死。他完全没法儿动弹，没法儿看见，几乎没法儿呼吸了，只闻到体育室内的那种臭气，他被裸体的陌生人夹在当中，紧挤到一根有孔洞的冰冷的铁柱子跟前，他恰巧站在一盏电灯底下，一个人的胳膊肘儿紧抵在他的下巴底下，猛地把他的头向上掀起，那灯光就直射在他的脸上。

灯光突然熄灭，整个室内陷入一片黑暗。他在房间远处听见沉重的门砰地关闭，接着就是铁插销转动和扭紧时尖锐的吱吱声。在极宽大的房间里，响起了一片悲号声。在悲号声中，只听见恐怖的尖厉的惨叫："毒气！毒气！他们要毒死我们啦！哦，神大发慈悲吧！毒气！"

埃伦闻到了那股气味，强烈得令人窒息的气味，像是消毒药剂，但远比那气味厉害。它是从那根铁柱子里放出来的。第一股喷射出来的气味火辣辣的，像烧红了的剑直刺进他肺里，震撼他的全身，痛得他浑身直抽搐。他拼命离开柱子跟前往旁边躲，但是没有用。黑暗中是一片只听见惨号声的混乱与恐怖。他急喘着气，说出了临死前的忏悔，或者讲得更恰当些，是试图说出他的忏悔，因为他的肺里正在充血，嘴里黏膜肿胀，痛得透不过气："主是神。应当称颂他的名，直到永远。听啊，以色列，主宰我们的神是唯一的神。"他倒在水泥地上，折腾翻滚着的人体压到他的身上，因为成年人中他是第一批倒下去的。他仰面跌倒，头沉重地磕在地板上，那些精赤的肉体紧压着他的脸和整个身子，使他无法扭折身体。他不动了。他不是被毒气熏死的，只有很少的毒气侵入他的身体，他几乎是立刻断了气，他是在那些垂死的犹太人的重压下闷死的。就管这叫福气吧，因为毒气需要很长的时间才能把人熏死。德国人为这道工序规定的时间是半个小时。

后来，穿条纹衣服的人进来拉开了那一堆纠缠纽结在一起的死尸，清除那黑压压一片僵硬裸露的尸体，这时候他们才发现了他，他的一张脸不像其他人扭曲得那么厉害，但是在几千具尸体中，谁也没注意到这个又老又瘦的死人。杰斯特罗被一个戴橡皮手套的特别分队队员拖到停尸室里的一张桌子跟前，在那里用钳子拔了他所有的金牙，丢在一个桶里。在整个停尸室内，大规模地进行着这一道工序，同时还要搜检死人的下体，剪去妇女的头发。后来，他被放在一个起重机上，机器像在装配线上运转着那样把尸首提升至一间热气腾腾的房间里，那里有一大群特别分队队员正在一排炉子前面紧张地工作。他的尸首被放在一个铁托架上，因为他的身体很小，他上面又叠起两具童尸，然后他们被一起送进了焚尸炉。有玻璃窥视孔的铁门砰地关上了。尸体很快地胀大，然后开始爆裂，火焰像燃煤似的烧着残骸。第二天，他的骨灰才被一辆满载死人的灰烬骨碴的大卡车运到维斯瓦河畔，沉在河里了。

于是，埃伦·杰斯特罗熔解了的灰粒就一路漂浮着，流过他童年时代在那里游戏的梅德捷斯河岸，漂过整个波兰，经华沙流入波罗的海。他在走向焚尸炉的途中吞下的那几颗钻石可能已被烧毁，因为钻石是会燃烧的，也可能它们沉在维斯瓦河河底了。它们都是最好的钻石，是他收藏着准备救急用的，他也曾打算在火车上偷偷地把它们交给娜塔丽，可是他们突然被分开，他没能这样做。但是，德国人也始终没能把它们弄到手。

第九十四章

旋转着的地球又将那轮皎洁的月亮悬挂在天空中，照耀着一艘在九州岛以外冲破恶浪前进的低矮的黑色舰艇。腾溅起的水花在舰桥上空灿灿闪亮，"梭鱼"号正在加速前进，准备拂晓袭击一艘在莱特湾受了伤的敌船。那是一艘舰队大油船，船头深深斜倾，由四艘护航舰保卫着，以每小时九海里的速度缓缓行驶。一份急电向"梭鱼"号发出了航向指示，命令它攻击这艘行动困难的油船，于是新任艇长亲上火线的一次测验就要开始了。现在油船已经成为攻击的主要目标，日本人缺少了油就没法儿作战，而油都是从海上运去的，所以有四艘舰只护航。这可是一次困难的袭击呀！拜伦已经救起了几个被击落的飞行员，帮助一艘触礁的潜艇脱了险，他在整场战役中一直从事巡逻工作，但不曾发现任何敌舰。这是他首次指挥一次袭击。

他和他的副艇长都被冰冷的浪花溅湿了。菲尔比上尉穿着雨衣，但是拜伦午夜里只穿着他那身卡其军装到主甲板上去观察，他是满不在乎的，劈头盖脸的海浪只使他感到爽快。在月光照得很清晰的地平线上，那艘油船像一个小黑点，看不见护航舰只。

"咱们怎样动手呢？"

"这样很好嘛。要是它不改变航线，咱们五点钟就可以到达执行任务的海面。"

副艇长的口气很冷淡。他原来打算紧跟在船尾后面，等夜里月到中天时袭击。如果采取他那个办法，他们这会儿已经进入接近敌舰的水域。拜伦却主张从后面兜过去，他始终认为这个决策没错。敌舰继续保持那个方位，如果天空布满乌云，夜袭就不一定有把握。卡塔尔·埃斯特总是喜欢迎着船头逼近，那样看得最清楚。

"好吧，那么我去睡了。四点三十分叫我。"

副艇长湿漉漉的脸上眯起的那双眼睛里闪出了疑惑的神情，他差点儿喊了出来："你在跟谁开玩笑呀？第一次出击之前你去睡觉？"

"是啦，先生。"拜伦的声音里微微透出了不以为然的口气。

拜伦并没责怪他。他知道菲尔比是一位出色的副艇长。菲尔比的面色苍白得像个死人，他几乎不大睡觉，他把潜艇的每一个部分都整理得井井有条。不论是注意鱼雷的保养，还是准备发射工作，他干起来都是那么劲头十足。至于发动袭击时他会怎样执行任务，受到深水炸弹攻击时又会怎样坚持下去，那确实还是个疑问，但这疑问大概马上就可以得到解答了。

拜伦脱掉湿了的军装，躺在他的舱铺上，对面就是贴在隔板上的娜塔丽和路易斯的照片。现在他常常不大能注意到它们了，它们在那儿贴的时间太久了。这会儿他又看见了这些照片，有几张是在罗马和特莱西恩施塔特照的，还有一张是娜塔丽在照相馆里拍的。旧日的创伤又在作痛。他的妻子和儿子仍旧在那个捷克城镇里吗？他们究竟还活着吗？她是多么美啊！他是多么爱她啊！一想起路易斯，他就心痛得几乎难以忍受。由于自己无计可施，他对这个孩子的爱就变成了一种困扰着人的恨，恨父亲不该把娜塔丽逼到欧洲去，恨娜塔丽在马赛时不该那样惊慌失措。再有，父亲和帕米拉·塔茨伯利的关系……

多么无聊的念头啊！灯熄灭了。黑暗中，拜伦悄悄地给娜塔丽和路易斯做祷告，以前他总是每天晚上做祷告，但是近来老是忘了。他父亲至少在这一点上说得很对：做指挥工作是一种排遣，也是一种镇痛剂。他几乎一挨枕头就睡熟了。从前当下级军官时，人家都拿这件事开他玩笑，现在指挥潜艇，这反而成了他的有利条件。

四点三十分，勤务兵给他端来了咖啡。他醒来时人很镇定，充满了信心。他不是卡塔尔·埃斯特，也永远不会像卡塔尔那样，哪怕袭击时会出二十件差错，他也照样要干上一场。那个目标可不是容易打的。多么恶劣的天气，他的第二杯咖啡倒翻在军官室的桌子上，主甲板上劲风疾吹，波涛汹涌，黑沉沉的洋面上在风暴前的曙光中现出了白晃晃的浪头。现在的能见度很低，看不见那艘油船。菲尔比仍旧站在驾驶台上，水从他的橡皮雨衣上汩汩地向下流。他说，雷达测出的目标距离是一万四千码，方位仍旧是三一〇，目标角度零度。这时候"梭鱼"号已经到了它攻击的对象前方。

潜艇下潜逼近目标，拜伦透过拂晓的迷雾，看见护航舰正在迎面直驶过来：四艘护航舰，样子是像美国护航驱逐舰那样的灰色小船。它们的位置排列得很不整齐，毫无疑问，上面是一些缺乏经验的服预备役的舰长。舰只弯弯曲曲前进时，左边露出了一片空阔水面，拜伦让潜艇从空阔水面下驶进去，没被声呐发觉，径向那艘巨大的斜倾着的油船迫近。潜艇已经进入袭击区域，距离接近到一千五百码……一千二百码……九百码……"我喜欢短距离。"从前埃斯特老是这样说，危险性更大，但是命中率更高。拜伦和菲尔比配合得很好，指挥塔里的官兵也都是一些老手。在紧张地进行追击战和考虑发射鱼雷的技术问题时，拜伦完全忘了这是他第一次指挥。埃斯特指挥进攻时，拜伦已经多次操纵过潜望镜，他早已干过这种永远惊心动魄的工作。现在是要由他发出最后的射击命令，这对他可是新鲜的。

他命令"升起潜望镜！"，最后一次对准方位，这时候，瞧这艘可悲的巨大的遭难者油船的船身就像运动场看台的一角赫然呈现在前面。他怎么可能射不中它呢？他离得那么近，他看见成群的日本人正在那陡斜的甲板上修理被炸弹炸坏的地方。

他命令射击。潜艇发射出四枚鱼雷，是那种速度较慢、命中率更高的电气鱼雷。距离这么近，只需要等一分钟。接着，"升起潜望镜！命中啦！天哪！"三根白色水柱，在油船的一边高腾向空中。地震山摇的轰隆声撼动着"梭鱼"号。指挥塔里发出了欢呼。拜伦急速转动潜望镜，只见他避开了的那两艘护航舰正向他这面驶来。

"速潜！降到三百英尺深度！"

第一批深水炸弹落在艇尾后边，惊雷似的震动并没造成损害。降到水下三百英尺，潜艇悄悄地逃开了，但是一艘舰上的声呐测出了它的航踪。声呐的咻咻声越来越响，变得更急促了。螺旋桨的声音逼近，一路在潜艇头顶响了过去。那些久经战斗的水兵，在指挥塔里眨巴着眼睛，蹲下身子，捂住了耳朵。

深水炸弹在"梭鱼"号四周纷纷向下散布。这是一次出色的放射，它形成了一片爆炸火网。潜艇来了一个急倾猛扎，像一块石头那样沉了下去，灯光熄灭，钟、仪表、其他散放着的东西四面横飞，惊慌的急促话声和无电池电话里的损害报告混杂成一片。紧急灯光显示，深度正在可怕地遽增：三百五十英尺，四百英尺，四百五十英尺。四百英尺已经是最大试验深度，以前从来不曾降到这个深度，但潜艇还在继续下沉。

菲尔比跌跌撞撞地走下梯子，去察看那些损坏了的地方，拜伦抢着去制止潜艇下沉。副艇长在操纵室里向上吆喝，说艇尾水平舵急降时卡住了，升降舵也卡住了。降到水面下五百七十英尺时，拜伦在应急灯灯光朦胧的指挥塔里，在一群面色惨白的水兵当中，他足踝浸在水里，汗水一直往下淌。菲尔比报告，艇身经不住海水的压力，已经出现盘形凹陷，几个隔水舱里正在渗水，许多艇体属具和阀门都有水喷出来，空气和水力系统失灵，控电板上发生短路，水泵也都坏了。拜伦为使艇首往上翘，启用了前艇高压空气压缩机组，那是应急的压缩空气储备，也是他最后的抢险办法。这样一来他制止了下沉。接着他又启用了后艇高压空气压缩机组，潜艇恢复了浮力。

潜艇浮到海面，官兵们刚刚可以揭开舱盖，拜伦就命令他们站上战斗岗位。舵手一打开指挥塔的舱盖，一股可怕的水柱就从洞口涌了出去，又过了好半晌，才能走到前炮跟前和舰桥上。柴油机开动，发出了怒吼，这是令人鼓舞的声音。当拜伦最后走上驾驶台时，大约在三海里以外的敌舰已经开火，那些发出淡黄色火光的看起来是三英寸半口径的炮，敌舰没击中的炮弹远远落在这艘已经部分损坏了的潜艇后面。其他几艘护航舰离得很远，正在那艘逐渐下沉的油船旁边抢救那些幸存的船员。"梭鱼"号用它四英寸口径的艇首炮回击，护航舰一路射击着躲闪开，它的重炮火力很差。接下来的十五分钟，拜伦指挥潜艇曲折前进，以免被炮弹击中，菲尔比则在下边跑来跑去，设法恢复潜艇潜水的能力。现在的情况是，只要再有一发炮弹击中那陈旧的薄壳，"梭鱼"号大概就要完蛋了。

低压空气压缩机重新开动，潜艇慢慢纠正了偏左的倾斜。卡住了的艇尾水平舵又活动了。方向翼经过抢修恢复了运转。水泵又开始控制积水。在这段时间里，双方炮战持续进行。最后菲尔比跑上来向拜伦报告，说艇体已经严重受损，也许要先到海军造船厂去进行一次大修理，否则潜艇不能再潜水。所以"梭鱼"号已经失去了它主要的自卫能力，也就是失去了降到深水下保护自身安全的能力。

在这一段时间里，那艘护航舰上的舰长始终没呼援，他肯定是想独自立功。菲尔比在舰首发出的排炮声中大声报告，而拜伦透过舰桥上滚滚的炮火烟雾，紧紧注视着那个日本人，看见他指挥的舰只正在加快速度，掉转方向，黑腾腾的烟雾从两个粗矮的烟囱里涌出来。看来，舰长料到"梭鱼"号已经陷入困境，决定向它猛冲过来。护航舰距离潜艇四千码远，如果以每小时二十海里或更快的速度逼近，他只要几分钟就可以撞上来。他那尖锐的反潜艇舰艏划破海水，前面浪涛的泡沫纷纷飞溅开，他的身影正在扩大。

副艇长站在拜伦旁边。"咱们怎么办，艇长？"他的口气听起来相当着急，但是并不过分紧张。

这个问题提得好！

到现在为止，拜伦一直是根据经验采取行动。记得第三次执行巡逻任务时，"海鳗"号被深水炸弹炸坏了一些操纵装置，炸落了一个舱盖，浸进了水的"海鳗"号沉到五百英尺以下的海底，那一次埃斯特也曾启用高压空气压缩器。但是那一次他们是在黑夜里浮到海面，埃斯特指挥潜艇在黑暗中逃走了，埃斯特没遇到敌舰的追击。

拜伦指挥的潜艇现在每小时最快只能航行十八海里。如果时间允许的话，轮机师也许能够恢复它的全速，然而现在没时间了。逃吗？趁敌舰尾追时可以争取一些时间，但是那样一逃，其他几艘护航舰也会追上来。"梭鱼"号大概会被压倒式的炮火击沉。

拜伦抓起了话筒："接轮机舱，我是艇长。给我使出你们全部的发动力，我们要被敌舰冲击了——舵手，右舵。"

舵手用惊讶的眼光转过来看他。"右舵，艇长？"

执行这道命令，就是把潜艇转过去迎向那艘猛冲过来的灰色护航舰。

"右舵，右满舵！我要让开它，从它侧面开过去。"

"是，艇长。右满舵……舵完全向右，艇长。"

潜艇破浪突前，扭转方向。两艘船穿过汹涌的绿色海浪，掀起密密层层的飞沫，彼此迎面疾驶猛进。拜伦向菲尔比大喊："他们的小口径炮敌不过咱们的，汤姆。我要用舷侧炮火扫射他们。趁咱们在他们侧面开过去的时候，连续发射高射炮。用四英寸口径炮瞄准舰桥！"

"是，艇长。"

敌舰舰长的反应很慢。等到他命令舰只向左转时，潜艇的尾部恰巧在他的舰首前面闪了过去。"梭鱼"号顺着护航舰的左舷驶过，离它不到五十英尺，海水在它们中间轰鸣着喷溅腾起。在潜艇上可以清楚地看见那面甲板上的水兵是一些日本人。登时"轰隆""轰隆"从潜艇上响起了一片炮声，闪出了炮的火光，团团烟雾弥漫开。一道道火红的曳光弹扫射着护航舰的甲板。四英寸口径的炮发射出去，"轰隆！轰隆！轰隆！"护航舰上的炮断断续续地回击着，但是等到"梭鱼"号驶过它的舰尾时，舰上已经是一片沉寂了。

"拜伦，它已经死在水里了。"菲尔比说这话时，拜伦正在命令潜艇急转过去。这时候护航舰一直向那艘正在下沉的油船以及其他几艘护航舰驶过去。油船横倒着，它那红色的船底几乎被波浪淹没得看不见了。"也许，您打死他们的舰长啦。"

"也许是的。可咱们还得防备其他三个舰长，他们正在向这面转过来。到下面的操纵室去，汤姆，千万注意每一个可能发生的变化。好吧，就这么办。"

菲尔比把航速加快到每小时二十海里。"梭鱼"号被追赶了二十分钟，避开了它的追击者，消失在一大片黑沉沉的暴雨中。不一会儿，荧光屏上已经看不见那三艘护航舰了。

拜伦察看了一下那些损坏了的隔水舱，确定"梭鱼"号已经不适宜航海了。耐压艇体由于深水的压力而形成的瘪洼是严重的，有许多故障都是水手们无法修理的。水泵一刻不停地开动，把水排了出去。但是没有一个人牺牲，只有几个人受了轻伤。

"给我往塞班岛开，汤姆，"他回到淋着雨的舰桥上，对副艇长说，"安排正常值班。制止损害，布置三分之一的人员值班。叫军士长编制一张清单。"

"是，艇长。""艇长"两个字里透出了前所未有的敬意。

拜伦回到自己舱房里，一面脱去湿衣服，一面大声向娜塔丽的照片说："好呀，这样看来，也许我是能够指挥一艘潜艇的了。"经过这一场战斗，连他自己也觉得奇怪，他感到非常忧郁。他用毛巾擦干了身体，就那样一身黏糊糊地倒在铺上睡了。

那天夜里很迟了，他和菲尔比还在军官室里写战斗报告。菲尔比潦草地写着战斗的经过，拜伦用蓝色和橘黄色墨水很工整地画击沉敌舰和进行炮战的作战图。有一次，菲尔比放下笔，抬起头说："艇长，我可以说一句话吗？"

"当然可以。"

"今天您真了不起。"

"啊，水兵们都了不起。我又有一位很称职的副艇长。"

菲尔比苍白的长脸上映出了红润。"艇长，您准能得到一枚海军十字勋章。"拜伦不说什么，仍旧低着头对着他的作战图。"您对这件事是什么想法？"

"对什么事？"

"我的意思是：先是击沉了敌舰，后来又狠狠地打了那一仗。"

"你是什么想法呢？"

"我因为参加了这场战斗，感到非常自豪。"

"嗯，我嘛，我希望咱们被送到马雷岛①去，希望战事在咱们的潜艇修理好之前就结束。"他向露出失望神情的菲尔比苦笑了笑，"汤姆，我看见那艘油船上有好几百个日本人，有的走来走去，有的忙着干活儿。打死了日本人，总会使卡塔尔·埃斯特兴奋，可我对此很冷淡。"

"正是因为这样，才打了胜仗。"菲尔比的口气像是在生气，几乎像是对一个亵渎了神明的人生气。

"这一场战争是打赢了。痛苦可能还要受下去，但战争是打赢了。如果让我选择的话，我宁可在陆地上一觉睡到这场战争结束了再醒。我不是一个职业海军军官，从来都不是。让咱们把这份报告写好吧。"

拜伦的愿望实现了一部分。"梭鱼"号驶回圣弗朗西斯科，修理了很长一段时间。海军造船厂里泊满了驱逐舰、航空母舰，甚至有战列舰，都是被神风队击伤的，所以在造船厂的那位上尉看来，一艘已经失去战斗力的陈旧潜艇当然是最后受到接待的主顾。再说，太平洋舰队潜艇司令也不会急于叫"梭鱼"号回去，新造的潜艇正在成群地出海巡逻，目标确实越来越少了。

潜艇修理好以后，上面安装了一个叫作FM的试验性的海底声呐，拜伦奉命到加利福尼亚以外的假布雷场去进行试验。水雷一被这种奇妙的近距离声呐发现，艇上的一只铃就会发出响声。所以根据理论，一艘潜艇只要装备了这种仪器，就能由铃声指引着，在黑沉沉的海底穿过日本人的布雷区，进入商船往来仍旧很频繁的日本海。太平洋舰队潜艇司令非常重视FM声呐。想象一下那些仍旧躲在日本海内的船只，它们是多

---

① 岛名，美国海军造船厂所在地。

有油水可捞的肥美的目标呀！

拜伦有点儿信不过它，因为声呐的性能并不稳定，他在那几次试验航行中，就撞上了好多个假水雷。他的那些水兵和所有的潜艇人员，一想到要用一个电子新发明在一排排日本水雷中摸索着穿过去，都吓坏了。他们已经领教过了海军的新发明。这两年来，他们多数都为那些不会爆炸的鱼雷和轴心国军队做出的解释感到烦恼。军士长警告拜伦说，如果他要用FM声呐去探察日本海，会有三分之一的水兵申请调换岗位，或者开小差。

但是拜伦也捉摸不定他会不会有离开西海岸的一天。在圣弗朗西斯科，可以明显地觉出大战即将结束。这里已经取消了防空，街道和公路上的车辆变得拥挤起来。黑市买卖使汽油配给显得可笑。食物不再缺乏了。报上有关盟军进展和轴心国军队溃退的标题逐渐变得平淡乏味。只有那些有关军事挫折的报道才是吸引人的新闻，如神风队的进攻和被称为"阿登战役"的德国人的最后挣扎。拜伦之所以关心欧洲，主要是希望可以从德国的败北中获得一些关于娜塔丽的消息。讲到太平洋方面，他希望B-29的空袭、潜艇的封锁以及麦克阿瑟取道菲律宾群岛的进军，会在他由铃声导航进入日本人的布雷区之前就迫使日本投降。这痛苦到底还要延续多久啊？

对大战中的这一个特殊阶段，他和不少美国人抱有同样的看法。一些令人震惊的事件往往被新闻记者添油加醋，编写成节节胜利的无聊报道。无论如何这情形就要结束了！然而，结束一场战争总不及发动它那么容易。现在，这情形在世界各地都可以看到。德国和日本这两个在极权主义控制下做困兽之斗的大国都是顽强不屈的，它们并不准备退出战场。盟国也没有其他办法迫使它们退出战场，只能杀死越来越多的人，它们采取的每一个行动无非都是为了要在军事上造成空前的屠杀。而这时候拜伦（他在相当程度上早已把这种恐怖丢在脑后了）却带着"梭鱼"号的机件和FM声呐百无聊赖地混日子。

阿道夫·希特勒当然不会退出战场。他的那一叶扁舟只能在一片血海上漂浮。来自东面、西面、南面和天空中的进攻，使他的末日越来越近。这时候，他的对策就是发动阿登反攻，也就是"阿登战役"。早在八月下旬，各条战线持续崩溃，他命令德军在俄国前线死守，同时在西线发动一次大规模反攻。他的目的是令人费解的，好像是要取得一次胜利，以便停止战争，同时自己也不致被消灭。德国军民响应了他的号召，接连着几个月一直疯狂地进行准备，拼凑他们的残兵败将，集中在西线上。

但这一切基本上是迷梦和狂想。东面，苏联正在集合五个重新补充的集团军，一共二百多万人，辎重堆积如山，准备进攻柏林。没一个德国人认为，俄国人的占领会比英美人的占领更好一些。希特勒面临着来自两方面的给德国的未来带来的威胁，这二者可以说是涓滴与洪流之比。他在防那涓滴，却不去顾那洪流，梦想着一九四〇年的情况会重现[1]，再来一回阿登突破，又是一次向海边进军。当古德里安给他看有关苏军集结的真实情报时，他嘲笑道："啊，这可是自成吉思汗以来最大的一次虚张声势！这些胡话是谁编出来的？"

阿登攻势从十二月中旬一直持续到一月。美国人记得最清楚的，是一位将军听到德国人招降的事说了一句"疯子！"。一些更据实直叙的报道是：德军伤亡十万余人，盟军伤亡八万一千余人，双方都损失了大量的武器。西线的盟军暂时猝不及防，但随后很快就恢复了优势，结果倒霉的还是德国。在他的几个自己人当中，希特勒兴高采烈地谈到"已在西线恢复主动"，但从此以后他就再不曾公开谈话或露面。

阿登攻势崩溃，于是俄国人的大炮就一路怒吼着从波罗的海推进到喀尔巴阡山脉。途经波兰时，红军在奥斯威辛闯进了一个巨型工业综合建筑和囚犯集中营，那儿的囚犯多半已经跑空，剩下的只是几个衣不蔽体、奄奄一息的人，他们指出一些爆炸后的废墟，原来那些地方都是焚尸炉，已有几百万人在那里被秘密杀害。俄国人前线上发生的事很少在加利福尼亚的报纸上刊出，即便有这一类的报道　拜伦也没看到。

不到四个星期，俄军已经沿奥得河－尼斯河一线深入德境，有的地方离柏林只有八十英里。他们突进了几百英里后，暂时停下来补充给养。于是希特勒重新集合他的大部分军队，仓促向东进发，以致西线空虚。当时艾森豪威尔的部队已经从"阿登战役"中恢复了实力，正准备强渡莱茵河，发动一次和俄国人同样强大的攻势。现在看来，那一次疯狂地调动人数越来越少的军队，横穿德国，从东到西，然后再回到东方，也许显得很可笑，然而在一九四五年上半年，在第三帝国国内，那却是一次影响重大的军事调动和铁路运输。毫无疑问，它延长了人们苦难的日子。

对欧洲战局的这些变化，拜伦几乎一无所知。他知道得更多的还是太平洋上的战事。不过，讲到麦克阿瑟大规模的菲律宾进军，拜伦主要听到的也只是点滴有关神风队袭击海军舰队的新闻。他还知道英国人正在把日本人赶出缅甸，因为每天都看到一些很单调的报道，叙述战事怎样沿着一条叫作"伊洛瓦底"的江进行，以马里亚纳群岛为基地的"空中堡垒"B-29正在使一些日本城市燃起大火。但是在拜伦看来，太平洋上发生的最重大的事件就是占领了硫黄岛，美国海军陆战队的伤亡人数大约为二万八千人，这座上面建有机场的岩石岛离横滨只有八百英里！这样一来，日本人非停战不可了。

---

[1] 1940年4月德军侵入丹麦、挪威，5月侵入荷兰、比利时、卢森堡，5月英军自敦刻尔克撤退，6月巴黎陷落，法国投降。

事实上，这时候德国和日本都已做出和平试探，这些试探是微妙的，非官方的，与政府公布的政策相抵触的，并且最后都是以失败而告终。在那些官方声明中，德国和日本都悍然发出挑衅，说什么已经厌战的敌人即将崩溃。然而，这两个国家现有的空军已经势穷力绌，盟国正在计划用飞机进行屠杀，以便尽快推翻这两个顽强不屈的政府。和拜伦一样，盟国的首脑也迫不及待地想要结束这场战争。

一九四五年二月中旬，在英美轰炸机对德累斯顿的一次轰炸引起的大火中，死了十多万德国人。

三月中旬，在"空中堡垒"对东京的一次燃烧弹轰炸引起的大火中，死了十多万日本人。

此后，这些大规模的屠杀变成了很不光彩的新闻。不但拜伦，几乎所有的美国人都不去提到它们，仿佛它们只是当时从远方传来的不太引人注意的捷报。在这些空袭中，死的人比死在广岛和长崎的更多，然而有关这方面的报道却没任何新奇之处。据说，战争结束后，希特勒那位精明干练的军备和战时生产部部长阿尔贝特·施佩尔曾经责备一个美国空军将领，怪他为什么不继续进行像轰炸德累斯顿那样的空袭，说那是结束战争的最好办法，可惜盟军没能够坚持下去。

拜伦也不大重视发动德累斯顿空袭前召开的那一次雅尔塔会议。报纸上都发出欢呼，说这次会议是盟国间友谊的重大胜利。只是又过了一个时期，才逐渐出现了一股表示失望与反对的逆流，人们开始怪罗斯福不该把一些地方"出卖"给斯大林。为了保全美国人的生命，罗斯福很轻易地就用巴尔干半岛、波兰和亚洲一些地方跟斯大林做了交易。斯大林很满意这笔交易，保证让更多的俄国人去送死。当时如果知道了这个情形，拜伦·亨利大概也会赞成这笔交易，他只要打赢这场战争，找到他的妻儿，回到自己家里。

在雅尔塔会议上，罗斯福要重新从斯大林那里获得保证：一俟德国覆灭，就去进攻日本。罗斯福不知道原子弹能解决问题，他听到的意见是，进军日本可能要死伤五十万或者更多的人。至于巴尔干半岛和波兰，当时红军实际上已经控制了那些地方。罗斯福肯定觉察出了以拜伦·亨利为代表的一般美国人的心情：只巴望结束这些苦难的日子，并不关心外国的地理条件。也许，他已经预见到，现代战争是这样恐怖和不切实际，不久就会归于淘汰，而一到那时候，地理条件就会变得无关紧要。一个垂死的人，有时候会具有精力活跃与头脑机敏的人所没有的那种幻想。

不管怎样，反正痛苦的行程就这样持续下去，到了三月中旬，"梭鱼"号奉命驶回珍珠港。一经抵达那里，它就被编入一个潜艇队，准备装上FM声呐，突入日本海。

第九十五章

帕米拉，我亲爱的：

你还记得，你们在莫斯科为招待芭蕾舞剧团举行的狂欢酒会上那位一口气干了一瓶伏特加、还跳舞的陆军航空队将军吗？现在他在马里亚纳群岛李梅的部队里。这会儿我就在他的办公室里赶着写这封信。他明天要飞回美国，到了那儿就可以把信寄出，否则，我可能要拍电报给你了。我准备在华盛顿而不是在圣迭戈和你会面，同时我还有许多事需要你去办。我们驻伦敦的海军武官威廉斯上校弄飞机票最有办法，告诉他你是我的未婚妻，他会设法把你送到华盛顿的。

听说，罗达的丈夫愿意把他空出来的公寓租给我，这样可以省得律师们再去办交涉了。我并不计较金钱上的补偿，我给我的律师查利·莱昂斯写了封信，叫他别再为这件事纠缠不清。所以，就按照彼得斯开的价把那房子给他吧，现在咱们可以住进康涅狄格大街的那套公寓。查利会把租赁手续办妥，让你搬进去。彼得斯挺客气，说要按照你的意思把房子重新装饰一下。

相信再过不久我就可以卸任了，人事局正在加紧办理海上人员的轮换工作。这情形很像一次稳操胜券的足球赛打到最后四分之一场，然后让预备球员大批拥进场子去踢上几脚。我准备申请调回华盛顿工作，那样咱们就可以守在一起了。

我所有可以搬的东西都存在狐狸厅路。如果没猜错罗达的脾气，我相信她已经把它们装箱放到一边了。把这些东西都搬到公寓里去吧。那儿没地方给我摆书，彼得斯看样子不像是一个爱看书的人，就先让它们留在箱子里吧，我准备去买一些书橱。

顺便提一句，帕姆，一到华盛顿，你就去查利·莱昂斯那里支钱花。不用推让，你不能在华盛顿物价这样贵的地方花光你的钱。去买你需要的衣服，"嫁妆"也许不是一个适当的词，那么爱怎么叫就怎么叫它吧，你的衣服很重要。多年来，你一直是军服和旅行装束。

好啦，瞧我又来谈这一套了。以前你怪我不该老是在信里谈钱的事。我对"爱情这玩意儿"（华伦和拜伦小时候就是拿这来形容牛仔电影里那些浪漫的镜头）不是一位能手。这一点我得承认。爱情这玩意儿我确实是从你那儿偷来的，对吗？这是因为，帕姆，我读济慈①、雪莱②或者海涅③的爱情诗时，会深深感到激动，甚至寒毛都竖起来，然而我却不能表达这些情感，正像我不能把一个女人分成两半儿一样，我不懂得那个窍门。等到咱们双双脱光了衣服睡在被窝里，那时候咱们就可以谈一谈美国男子那种无法言传的感情了。（你看怎么样？）

我在这里等着吃饭。李梅邀我去赴宴。因为"衣阿华"号现在在国内进行大修，所以"新泽西"号成了我的旗舰，我们的船刚在这里停泊，为的是要添加燃料。这个提尼安岛是塞班岛南海岸以外的一个岩石岛，是一个天造地设的轰炸机场。这个机场大得令人吃惊，据说它是全世界上最大的一个。B-29轰炸机从这里起飞，把燃烧弹向日本人扔下去。

我对日本人产生了一种又是仇恨又是崇敬的感情。我曾经指挥轰击硫黄岛的混合舰队。那一次由斯普鲁恩斯将军统率，他派了一些任务给我。我指挥战列舰、重巡洋舰和驱逐舰，接连许多天，都在用大炮猛轰那个小岛。我不相信有哪个地方没被我们摧毁。航空母舰上的飞机也去轰炸了。等到登陆艇驶到海滩边上，那个岛已经像一座坟墓似的一片死寂。可是接着，我的天哪，日本人不是从地底下钻出来的才怪哩，他们一共打死打伤我们大约二万八千名海军陆战队队员。那是全太平洋最惨烈的一场战斗。我的舰艇继续狠狠地揍他们，航空母舰上的飞机也出动了，可他们就是不肯投降。等到拿下了硫黄岛，我相信那岛上活着的日本人不会超过五十个。

就在这时候，他们的自杀飞行员差点儿把我们的特混舰队吓坏了。舰队的士气大为低落。水兵原本以为他们已经打胜了这一仗，没想到这时候会

① 济慈（1795—1821），英国诗人。
② 雪莱（1792—1822），英国浪漫主义诗人。
③ 海涅（1797—1856），德国诗人、政论家。

受到这样的威胁。我们的报纸都大骂这些神风队队员，说他们是狂人，是疯子，是吸毒者，诸如此类。这可是胡说八道。在珍珠港事件发生后曾经大肆宣传一个叫科林·凯利的陆军航空队飞行员的神话的也是这些报纸，说什么他在吕宋岛外面驾着他的飞机向一艘战列舰的烟囱俯冲。报纸上关于科林·凯利的那场瞎闹曾经轰动一时。其实，根本就没这么一回事。凯利是在一次执行轰炸任务时被击落的。日本人当中倒有无数真的"科林·凯利"。神风队飞行员可能是愚蠢的、受了骗的，并且这场战争也不可能由他们打赢，但是年轻人这样甘心情愿殉国，表现出一种悲怆壮烈的气概，我怀着哀悼的心情赞叹培养出他们这种人的文化，同时又对这种浪费人力和无济于事的战术表示遗憾。

斯普鲁恩斯还在竭力宣扬占领硫黄岛的必要，但是李梅主张在去东京的中途开辟一个应急着陆场。B-29轰炸机正在成群地飞出去。费兹杰拉德告诉我，进攻硫黄岛后，飞机的损失已经减少，并且空军的士气也已恢复。不管是否值得，反正血已经流了。

我应费兹的邀请，上岸去观看了一次规模最大的B-29轰炸机的出击和返航。帕米拉，那是一幅无法描绘的奇景：接连几个小时，这种巨型飞机怒吼着飞腾出去。我的天哪，美国工厂制造出了多少飞机，军队训练出了多少名出色的飞行员啊！费兹杰拉德不住口地谈空袭。他说，这次空袭简直要消灭整个东京，那儿是一片大火，那几平方英里的像火柴盒似的房子都要烧光了。他认为，他们大概死了五十万人。

当然，这些"硬毛猎犬"①会夸张他们造成的混乱，但是我亲眼看到了那个无畏飞行队的起航，它肯定又像在汉堡和德累斯顿那样掀起了一场"火的风暴"。我听说，那样大规模的燃烧弹轰炸，会吸尽空气中的氧气，那些人即使不被烧死，也都闷死了。到现在为止，日本人还没提起这件事，但是，你迟早会看到许多有关这次空袭的报道。

在这间军官餐室里，我看了一些描写德累斯顿空袭的旧报纸和杂志。德国人大吵大闹。这可妙极啦。我在苏联的服役，让我对戈培尔博士因德累斯顿空袭的痛哭流涕而感到无动于衷。要是俄国人有了咱们这样的飞机和飞行员，他们会每星期都去那样空袭德国城市，直到战争结束为止。他们是会怀

___

① 美国俚语，指航空母舰上管理飞机的水手。

着愉快的心情去干这种事的，然而，即便如此，它也抵消不了德国人对苏联造成的物质损害与平民死亡的一半。我相信，德国人为了进行报复，或者因为怀疑是游击队员而吊死的俄国儿童，要比死在德国空袭中的全部人数还要多。上帝知道，我是多么怜悯戈培尔那些宣传照片上的一堆堆尸体被烧焦了的妇女和儿童啊，然而，并没有谁叫德国人去听希特勒的话呀。希特勒又不是一位法定的统治者，他只是一个单凭说嘴的家伙，可是德国人却偏爱听他的话。他们拥护他，他们掀起一场大风暴，带走了人类社会中一切善良的本性。想想我那个出类拔萃的孩子，他为了对此做出反击牺牲了自己。这种情形使我们都变得野蛮了。希特勒是对野蛮行为感到骄傲的，他把野蛮当作一则战斗口号，而德国人也高呼"胜利万岁"①。他们继续受骗，为他献出自己的生命，献出自己不幸的亲人的生命。那么，我希望他们为自己元首的苟延残喘而快乐吧。

日本人对待他们所受的惩罚好像态度又有所不同。他们现在的遭遇也是完全罪有应得的，但是看起来他们是明白这一点的。天哪，希望这一切残酷的兽行早些结束吧。

帕米拉，你可曾听到罗斯福在广播里向国会做的雅尔塔会议报告吗？我被那篇讲话吓坏了。他言语模糊，老是把话扯离主题，他好像是病了，要不就是醉了。他为自己坐着说话道了歉，还谈到"我的腿像铁一样沉重"。以前我从来没听他提起过他的麻痹症。现在，只有一件事会使这次战争发生波折，那就是他一病不起，或者不能视事——好啦，费兹杰拉德将军来了。我们要吃饭去了。原本我没想扯到战争和政治上，可现在再没时间谈情说爱了，对吗？你知道我多么爱你。自从经过中途岛那场战斗，我以为我这一生已经完了。在某种程度上，你也可以看出，我的确已经完了。在作战中我不过是行尸走肉罢了。现在，我又活过来了，或者，等到咱们像夫妻那样拥抱着的时候，我又要活过来了。华盛顿见！

谈不完爱情的帕格
一九四五年三月十五日
于圣弗朗西斯科美国陆军军邮局陆军航空队第八空军司令部

---

① 原文是德语。

帕米拉现在比她所想象到的更为快乐，但又十分激动，帕米拉这会儿老是从敞开的窗子里望向外边驶过去的搬运车。这所老式公寓的房子前面，那棵木兰花开得一片烂漫，在三楼都闻到了它的香气。布满阳光的街道上时时飘过阵风，街对面的学校操场上，黄水仙花坛旁边旗杆上的星条旗徐徐飘舞，那一树盛开的樱花就在旗旁把花瓣儿纷纷洒落下来。又是春天的华盛顿。但是，这一次和以往多么不同啊！

她觉得自己仍旧是半梦半醒的。回到这个繁华美丽、始终未遭战火的城市里；来到这些丰衣足食、熙熙攘攘的美国人当中；在黑压压地摆满了漂亮服装的店铺里购买服饰；在酒馆里吃已经许多年没在伦敦看到过的菜肴和水果；不必再随她那可怜的父亲到处漂泊；不必再担心英国会崩溃；不必由于自疚、悲哀或忧郁而心里难受；一心只想到要和维克多·亨利结婚！彼得斯上校的公寓，它那些宽大的房间和男性喜欢的装饰（除了那间十分花哨的粉红和金色的内室，那间屋子只有窑姐儿喜欢），仍旧给她一种冷漠的感觉。它太大了，并且完全是属于一个陌生人的，里面没有一点儿地方是和帕格有联系的。然而，今天这一切都要改变了。

搬运车到了。两个男人淌着汗，吆喝着，搬进来箱子、文件橱、装货箱、手提箱、纸板箱——后面还有，还有更多的东西，起坐间里都被堆满了。后来罗达来了，帕米拉才放了心。最初，她一直害怕和帕格的前妻一起整理他的东西，她觉得这件事很尴尬。但是现在看来，让罗达帮着处理这些乱七八糟的东西的做法是十分明智的。哈里森·彼得斯太太快活得像只知更鸟，穿着一身有点儿像复活节时穿的那种淡色衣眼，戴着大绸帽，蒙着面纱，颜色都是跟她的手套和鞋子相配的。她说这就要去参加一个为教会慈善事业举行的茶会。她带来了一份帕格的什物清单，有好几页纸，都是打字机打的。每一口箱子上都标了号码，清单上登记了它里面的东西。"第七号、第八号和第九号箱子不用打开，亲爱的，那里面都是书。那些书无论你怎样去摆，他都会抱怨的。再有，让我瞧瞧，第三号和第四号箱子里面是冬天穿的衣服——成套的衣服、运动衫、大衣，这一类东西。它们里面都放了樟脑丸。到了九月里，你把它们晾一晾，再收拾干净，它们就好穿了。你最好暂时把所有这些东西都堆在那间空屋子里。那间屋子在哪儿？"

帕米拉觉得诧异，突然问："你不知道吗？"

"我以前一直没来过这儿。这些东西，年轻人，请你们帮我们搬一下吧。"

罗达做主，吩咐那两个人把一些箱子移过去，又把另一些钉好和捆牢的打开。两个男人一走，她就拿出钥匙来开箱子，一面很起劲地取出帕格的衣服，一面叽里呱啦地谈着：他喜欢怎样洗他的衬衫，他用什么样的干洗剂，等等。她谈到帕格时，有点儿像母亲在给一个出远门的成年的儿子收拾行装，那种将他视为一己私有的亲切神情和口吻使帕米拉深感不安。罗达把他的衣服一件件挂起来时，总是深情地用手抚摩着它们，还谈到这些衣服是在什么地方制的，哪几件是他喜欢的，哪几件是他难得穿的。她两次提到，他腰部的尺寸仍和他们结婚那天一般大小。她很小心地把他的鞋排列在彼得斯摆鞋的橱里。"你永远要把他的鞋楦塞好，亲爱的。他要他的鞋一点儿也不走样，但是他肯花五秒钟时间去塞鞋楦吗？从来不肯，他才不干这种事呢。一离开海军，亲爱的，你瞧着吧，他就有点儿像个心神恍惚的大学教授。你怎么也不会想到帕格·亨利是这样的，对吗？"

"罗达，真的，剩下的事我都知道怎么做。我非常感激——"

"哦？那么，好吧，还有第十五号箱子。让咱们来清理一下。你瞧，正像俗语说的，从背上切鲱鱼是困难的。有些东西是我和帕格共有的。我们俩当中，最后总有一个人不能分到它们。这可是没办法的事。像一些照片、纪念品这一类的东西，我已经挑选过了。在我留下的那些东西里，帕格拿走什么都行，我可以拣他不要的拿。再没比我更公平的了，对吗？"罗达向她爽朗地笑了笑。

"当然，不能更公平了。"帕米拉说，接着她又换了话题，"有一件事我不大明白。你是说，你以前从来没来过这儿吗？"

"没来过。"

"为什么不来呢？"

"这个嘛，亲爱的，跟哈克结婚前，我做梦也没想过要到他这个单身汉的窝里来，那样会像恺撒的妻子①什么的。后来，嗯——"罗达嘴一歪，这时候她突然显得更粗俗和老气，露出了心灰意懒的神情，"我决定再也不去过问他以前在这儿做的事情。要我给你形容一下吗？"

记得为了签那份交换住宅和公寓的合同，在律师事务所里举行的一次时间很短但是令人很不舒服的会上——帕米拉应帕格的律师的要求去参加了，也就是在那次会上，罗达自告奋勇，要来帮助她搬家——罗达也曾经有过这样的表情，那一次是因为彼得斯很轻蔑地随口顶回了她的一句话。

"不，我想不必了吧。"

"好吧。那么就来翻一翻第十五号箱子，好吗？喏，瞧这个。"

罗达抽出了一本本相簿给她看，那里面的照片有的是孩子，有的是亨利一家人以前住过的房子，有的是野餐、跳舞、宴会，有的是帕格在上面服役的舰只，是罗达和他一起在上面拍的，有站在阳光下炮架旁边的，有立在舰桥上的，有在甲板上散步

---

① 相传恺撒疑其妻庞培娅与克洛狄斯有染，并无确证，竟休弃了庞培娅。

的，或者是和指挥官在一起的。还有两口子装在镜框里的照片——有年轻的，有不太年轻的，有中年的，但神情都是那么亲热和快乐，照片上的帕格，往往是那样半赞赏半顽皮地瞅着罗达，他是一个体贴入微的丈夫，明知道他妻子的弱点，但仍旧爱她。帕米拉从来没像现在这样感觉到：她是横插进维克多·亨利晚年生活的一个年轻妻子，无论亨利跟谁共同生活，管谁叫妻子，但他的生活重心永远落在这个女人身上了。

"喏，就比如这一本吧，"罗达说时，把那本皮封面的华伦的照相簿摆在一口箱子上，一页页地翻过去，"老实告诉你，我对这一本很难做出决定。我以前当然没想到要把这些照片分成两份儿。也许帕格会难受的。这我不知道。我喜欢这本照相簿。原本我是为他贴的，可是他对这件事一个字也不提。"罗达冷峻闪亮的眼光向帕米拉瞟了一下："有时候你会发现，他这个人是难以捉摸的。也许，你已经发现了吧？"她很小心地合上了那本照相簿："好吧，就这么办吧。如果帕格要的话，他可以拿去。"

"罗达，"帕米拉觉得这句话不大容易说出口，"我想他不会要你放弃这些东西的，再说——"

"哦，还有呢，还多着呢。我有自己的一份儿。三十年来，收集了多少啊！你真的不必提到我放弃的东西，亲爱的。这么着，现在咱们去看看哈克的老巢，好吗？这件事做完，我就要玩去了。你有一间像样的厨房吗？"

"非常好的厨房，"帕米拉急忙说，"从这儿走。"

"你肯定嫌它肮脏。"

"嗯，我确实需要把它稍微洗刷一下。"帕米拉紧张地笑了，"是单身汉嘛，你瞧。"

"是男人，亲爱的。但是，陆军和海军是有一些地方不同。我发现了这一点。"帕米拉给罗达领路，试图悄悄走过那间门紧关着的粉红和金色的房间，但是罗达推开门走进去。"哦，天哪。这是一间新式妓院嘛！"

"稍微花哨了点儿，对吗？"

"真叫人恶心。你为什么不关照哈克，把它重新装修布置一下？"

"哦，还是索性把它锁起来更省事。我不需要它。"

整个一堵墙，装的都是可以横推过去的镜子，镜子后边是长长一溜儿壁橱。两个女人并排站在那儿向镜子里望，彼此对着镜中的影子说话：罗达俏伶伶地穿着一身春装，帕米拉穿着一件素色罩衫和一条直筒裙，看上去帕米拉像是罗达的女儿。

我不需要它，这也许是帕米拉信口说的一句话，也许她确实有这样的想法。但是罗达无言对答。她们俩在镜子里对了眼光。沉默延长了。时间一秒一秒地逝去，于是这句话就显得更加严肃，也更加不得体。帕格的屋子里只有一张双人床。这句天真的自白，可以被引申为以下的意思，而且确实是真话：我要跟帕格一块儿睡，和他一起住在那间屋子里，那儿有足够我们俩用的壁橱。我不需要另一间屋子，我太爱他了，我要待在他的身边。

罗达的嘴大大地歪到一边。镜子里，她的眼光显得那么冷漠和忧郁，从帕米拉的脸上转过去看那间花哨的房间。"我想你是不会需要的。我和哈克分住两间屋子，相当方便，瞧我又把话扯开了，对吗？好吧，瞧瞧还有什么事情要做。"

回到起坐间里，她向窗外望出去，说："你们这面朝南。这可真舒服。一棵多么美的木兰啊！还是这些比较老式的公寓最好。那个学校操场不太吵吗？当然，这会儿是下课的时间。"

"我没注意到。"

"你知道他们为什么降半旗吗？"

"是吗？真的。半小时前还没这样。"

"真的吗？"罗达皱着眉头说，"也许，是什么和战争有关的事情吧？"

帕米拉说："我去开收音机。"

收音机响了，叽叽喳喳地说话，那是在给鸿运牌香烟做广告。帕米拉换了一个电台。

"……斯通大法官现在去白宫，"报告员柔和悦耳的声音和职业性装腔作势的口气里流露出真挚的情感，"主持哈里·杜鲁门副总统宣誓就职典礼。罗斯福夫人即将飞往佐治亚州温泉——"

"上帝保佑，这说的是总统呀。"罗达吃惊地说。她一只手托住脑门儿，把帽子碰歪了。

新闻很简短。总统在佐治亚州他的休假别墅里突然中风逝世。全部经过就是这些。报告员没完没了谈下去的都是有关华盛顿的反应。罗达向帕米拉做了个手势，叫她关了收音机。她一下子坐倒在一张扶手椅里，两眼直瞪着。"富兰克林·罗斯福死了，哎呀，看来这个世界完了。"她的声音很沙哑，"我见过他。我去白宫赴宴，就坐在他身边。他是一个多么风趣的人啊！你知道他对我说些什么吗？这辈子我永远忘不了他那几句话。他说：'配娶您这样美丽的妻子的人并不多，罗达，可是帕格他配。'这就是他说的。你知道，他说这种话只是为了要讨我欢喜。可是，他的确是那样瞅着我，就好像真的是那样想的。死了！罗斯福！这场战事怎么办呢？杜鲁门是一个毫无威望的人呀。哦，这真是一场噩梦啊！"

"太可怕啦！"帕米拉说，她很快地重温了一下全球战略，以确定这件事会不会延迟帕格回华盛顿的日期。

"哈克说，他还留下了一些酒在这里。"罗达说。

"有很多酒。"

"咳，你知道为什么吗？我不去参加那茶会了。让我痛痛快快地喝几杯纯威士忌好吗，亲爱的？喝完酒，我就回家。"

帕米拉在厨房里斟酒的时候，听见了哭声。她赶快回到起坐间里。罗达坐在几个空箱子当中，眼泪直往下淌，帽子歪在一边，华伦的照相簿在她的膝上摊开着。"这个世界完了，"她伤心地说，"它完了。"

第九十六章

悲惨的结局

（摘自阿尔明·冯·隆的《作为军事领袖的希特勒》）

片刻的欢乐

四月十二日，罗斯福的死讯传来，当时我正在视察柏林防务，主要是去替施佩尔调查破坏计划的准备工作已经进行到了什么程度。刚一回到地堡，我就听到欢呼声响彻长长的楼梯。我走进去，正碰到那儿在开庆祝会：香槟、蛋糕、舞蹈、音乐、兴高采烈的祝酒，应有尽有。在一片欢腾和迭次祝酒中，希特勒坐在那儿，乐陶陶地笑着看向大伙儿，右手紧握着左手，以免它不停地哆嗦。戈培尔不惜降贵屈尊，走过来迎接我，他一面蹒跚地走着，一面挥着一份报纸。"今天晚上，瞧这儿人人喜气洋洋，我的好将军！局势终于发生了大转变！那条疯狗死啦！"

就是为了这件事举行宴会。现在德国期待的转变到了，"勃兰登堡王室的奇迹"正在重演，俄国女皇的暴死解救了弗里德里希二世的危难，这一切又重见于一九四五年。星象学家的话可真应验了。他们早就预言，德国在四月中旬会逢凶化吉，遇难成祥。

不用说，俄国军队正在朱可夫的指挥下沿奥得河集结，有一个地方距离地堡只有三十五英里；艾森豪威尔的部队向易北河挺进；南方英美联军正突破我们意大利的防线；另一支由科涅夫统率的俄国大军在巴尔干半岛苦战，企图比朱可夫和美国的军队更快地抵达柏林；而炸弹则日夜不停地从整个柏林上空像雨点般落下来。我国的军工生产实际上已经停顿，我们各地军队的汽油和弹药即将用完。从东西方逃来的千百万难民堵塞了各条公路，以致武装部队都无法调动了。党卫军经常命令这里或那里的火车调轨，这阻碍了铁路运输。然而，以上这一切在总理府底下的水泥"鼹鼠洞"的氛围中又算得了什么呢？那儿已经变成了梦乡与幻境，任何可以寻找来宽慰自己的借口，都被吹嘘成一个"大转变"，虽然它们不能像罗斯福的死讯那样带来片刻的欢乐。

第二天，红军占领了维也纳，这件事多少使大家泄了气。然而，就在那一天，我和施佩尔正坐在那里谈破坏柏林这一严重问题的时候，纳粹劳工阵线首领莱到了，他兴冲冲地宣布，说一个什么德国不知名的天才刚发明了"死光"！制造这种"死光"，跟制造机枪一样既简单又便宜。莱已经亲自看过了计划，几位著名的科学家已经为他检验了这种武器，只要施佩尔立即将这种武器大规模地投入生产，就会给战局带来一个大转变。施佩尔装出一本正经的样子，当场委任莱为"死光制造局局长"，赋予他征用所有的德国工业，以施佩尔的名义去制造这种神奇武器的权力。莱高兴得一路胡言乱语，走了出去。于是我们又重新去讨论那个伤脑筋的问题。

这些彻头彻尾是鬼话的"神奇武器"和"秘密武器"一直使施佩尔感到难堪，自从我当上了他与最高统帅部之间的联络官后，也使我感到难堪。一些将军、厂长、政界中的头面人物以及普通老百姓，都会走过来，用臂肘儿碰碰我，向我眨眨眼睛。"现在该是元首使用秘密武器的时候了吧？什么时候使用它？"我的妻子，这位将门之女和地道的军人之妻，也忧心忡忡地向我提出了这个问题。直到现在，戈培尔还一直借"官方透露"和小道传播的方法来宣传这种恶毒的幻想，那只是为了使人们继续流血，让纳粹的"癌症"继续扩散。

党独揽一切

到了一九四五年，"癌症"已经扩散到了祖国各地。党内像莱之流的混蛋和流氓把持了所有的政府与军事机构。武装党卫军已经变成一支对立的军队，它把最好的新兵和装备一起吸收了去。一月时，希特勒竟然派海因里希·希姆莱去指挥维斯瓦河方面的集团军，迎击红军突破北方阵线后发动的正面攻势。结果当然是遭到一场惨败。希姆莱指挥作战的办法是枪决那些无法遵照他的命令在绝望的情况下守住阵地的将领。后来，他更是发出恫吓，要连那些将领的家属也一起枪决。在他管辖的地区，桥上和村里到处都吊着德国军人的尸体，上面还标着"懦夫"或"逃兵"的字样。

不用说，所有这些国社党的"妙计"只能进一步削弱我军日益衰竭的战斗力。俄国人很快就突破了希姆莱的防线，直抵波罗的海，截断了东普鲁士和拉脱维亚的大部分德国军队。多亏邓尼茨那一次巧妙的海上撤退，那一次比敦刻尔克更为艰巨但被人遗忘了的救援行动，才保全了那些军队和许多平民。后来才被揭露，原来希姆莱那时候正在秘密通过瑞典单独进行和平试探，同时还异想天开地在安排一次谈判，准备释放那些劫后余生的犹太人，以此换取巨额赎金。

最后，希特勒才派海因里希将军去替换这个庸懦无能的坏蛋，可惜已经为时过晚。可是，这时候希特勒自己也暴露了他那地道的纳粹本色。美国人在一次神出鬼没的突击中占据了雷马根桥，希特勒大发雷霆，命令枪毙四个优秀的军官，怪他们没能及时炸毁那座桥。这些人当中凑巧有一个就是我的妹夫，在这种情况之下，你要信守效忠的誓言是困难的。

施佩尔与希特勒

自从当上了施佩尔的联络官，我就发现自己在效忠方面的考验达到了极限，因为我执行破坏任务时，恰巧处于施佩尔与希特勒二者的矛盾之间。元首在敌军东西夹攻的情况下，正颁布一项"焦土政策"，要用我们自己的炸药把柏林主要的公共设施全部炸毁。所有各地武装部队撤退时，都应炸坏桥梁、铁道、航道、公路，只留下一片"舟车绝迹的沙漠"。我们要放水淹没鲁尔区的煤矿，炸毁钢铁厂、发电厂、煤气厂、水坝，实际上是要德国成为一个百年内无法居住的地区。施佩尔试图谏阻，希特勒索性破口大骂，说反正德国人已经证明自己不配继续生存，或者说一些这类强词夺理、毫无心肝的胡话。

施佩尔和所有的纳粹一样忠心耿耿，他对希特勒像狗似的阿谀奉承永远使我感到恶心。然而，同时他又是一位现代工艺专家，对国家的军工生产恪尽职责，这就必然会保持着清醒的头脑。他知道这场战争已经输定了，于是几个月来就一直冒着生命危险，试图打消希特勒的破坏命令。有时候，他连哄带骗，终于让希特勒撤销了这些命令，他说服的理由是我们不久就需要所有的桥梁以及其他设施，来帮助实现元首的神机妙算，进行反攻，恢复失地。也有时候，他篡改了希特勒的命令，只吩咐炸毁一两座桥，而保全了一个地区的其他部分。

倒霉的是，他这种两面派的做法使我的处境为难了，因为我必须去应付那些接受了希特勒命令的将军，我必须劝诱他们延缓执行这些命令。自从处决了那四名雷马根的军官，再要说服这些将军就更加困难了。于是，在军事会议上，我只好夸大那些已经执行的破坏工作，避而不谈其余的事。正像施佩尔一样，我也在玩命。幸而这时候元首已经深深坠入梦境，所以你可以凭自己的运气每次在会上随便回答一两个问题，就那样混过去。

再说，这时候哄骗他的人也不止我一个。四月时召开的这些会议已经成为纸上谈兵，他们根本不去考虑地堡以外的可怕的现实。希特勒总是全神贯注地看那些地图，调度一些影子师团，指挥大规模的反攻，争论一些撤退的细节，表面上一切都像他从前那样，但实际上这些事一件也没发生。我们都心照不宣，约齐了用一些安慰的空话去哄他。然而他本人仍旧要求我们对他矢守忠诚。约德尔和凯特尔发出了一系列井井有条、切合实际的命令，要挽救当时正在崩溃的局势，以免我们随着德国的光荣一起毁灭。当然，这情形是无法持续下去的。现实肯定就要来冲破这个梦境了。

一次爆发

四月二十日，在少数几个人为希特勒举行的一次凄凉的祝寿宴会上，约德尔通知我，叫我立即离开那里，协同邓尼茨的参谋人员组织一个北方最高统帅部。美军和俄军在易北河上的会师就要把我们的陆上交通全部切断了。因此我们作战的方向将有一次九十度的转变，我们今后不是在东西两线迎敌，而是要开辟南北两个"战场"！当时已经无法用言语来表达这一切悲伤与恐怖，所以，我没看到在二十二日召开的军事会议上的具有历史意义的"爆发"，经过了这一件事，希特勒就决意死在柏林，不再飞往上萨尔茨山，去南方据点继续指挥作战了。

在一篇分析柏林之战的文章中，我很详尽地描写了二十二日由于影子攻势"施泰纳攻势"引起的一些事。这一次，希特勒再也不能被几句安慰人的谎话哄过去了，因为俄国人的炮弹不断地落在总理府内，震撼着地堡。他曾经命令党卫军将军施泰纳从南面郊区发动一场大规模的反攻。参谋人员仍旧花言巧语地安慰他，说攻势正在进行中。于是，他就追问，施泰纳哪儿去了？为什么俄国人还没被打退？

希特勒最后得知真实情况，知道并没什么施泰纳的进攻，他愤怒发狂，那情景非常可怕。当时在场的人后来谁都没法儿把那情形原原本本地写下或说出来。那好像是一座垂熄的火山的最后一次爆发。经过了这一次惊心动魄的爆炸，他只留下了我后来亲眼看到的那个烧剩下的僵死的躯壳。连续三个小时，他一直狂喊乱叫，骂他周围那些人阴谋背叛，庸懦无能，害得他无法发挥他的天才，最终打输了这场战争，毁灭了德国。他当场做出了自杀的决定，此后什么也不能改变他的主张了。结果是，第二天就有大批的人离开地堡。约德尔和凯特尔到西北会见邓尼茨，多数的纳粹党人都星离雨散，向西跑到这个或那个洞里各自逃命了！①

---

① 原文是法语。

和希特勒的最后一次谈话

二十四日，我又会见了希特勒一次。在这段时间里，情况正变得十分混乱。人事秘书博尔曼这个跟希特勒形影不离的令人厌恶的家伙，拍给我一份紧急电传打字电报，命令我去总理府报到。当时俄军已经将那座城市包围，天空中密密麻麻都是他们的战斗机，他们的大炮闪出了一圈圈灿亮的火光，但是你仍旧可以凭运气趁黑夜飞越他们的前线，在点有红灯的东西轴心大街离总理府不远的地方着陆。当时我也不考虑自己的安全，就去找了一个年轻的德国空军飞行员，那飞行员竟把这种事看作闹着玩儿的赌博。他弄到了一架鹳式小型侦察机，把我送到了那里，然后又把我带了出来。我永远不会忘记我们是怎样在俄国人照明弹的绿光中从勃兰登堡门上空飞了进去。这里我顺便提一句，那个飞行员现在已经成了慕尼黑一位颇有声望的报刊发行人。

希特勒在他的私室内接见我。他详细地问了我邓尼茨在普伦的司令部的情况、他的参谋人员的工作效率、那地方和南方的通信联络以及邓尼茨的精神状态，等等。可能他正在遴选继承人的问题上做出决定。那时候凌晨一点钟已过，我困倦得要死，可是他却精神抖擞，滔滔不绝地谈下去。他的眼睛变得呆滞了，脸上颜色惨白，映出了青紫色的条斑。他坐在一张扶手椅里，伛偻着身体，左手转动着一支粗短的铅笔。

他那双眼睛在眉毛底下向我恶狠狠地瞪着，他说就在那一天，施佩尔已经向他承认，说过去几个月里都在故意违反他的命令，不去进行破坏工作。"这件事你也有份儿，你要受到应有的惩罚。"他说这话时口气凶狠粗暴，又像从前那样咄咄逼人。在那令人难受的片刻，我猜想这次我是被召唤来枪决的，因为我知道许多战友都遇到了这样的事情，当时我怀疑施佩尔是否还活着。接着，希特勒又说下去："但是，我赦免了施佩尔，因为他对德国有过一些功劳。我也赦免了你，因为虽然你有着那该死的坏种的劣性，虽然我一再看到你犯错误，但是总的来说，你还是一个忠诚的将领。"

这些话一扯开了头，希特勒就慷慨激昂地重复那些陈词滥调，责怪德国参谋人员打输了这场战争。他这人根本不会跟人交谈。他只会说一些独白，每逢人家提了一句，他就会一遍又一遍地重复讲下去，像是一个话匣子打开了，又像是一个演员在表演一整套节目。因此，尽管他有机灵的头脑，会说粗俗的笑话，然而正像一些回忆录中所描写的，你和他在一起时总会感到十分沉闷无聊。

他开头时着重指出，自一九三九年起，我们就开始出卖他，欺骗他，拆他的台。

此后他一直自言自语，十分详细地叙述了这场战争的整个过程，重复了他最喜欢对将领们发的那些牢骚：从布劳希奇和海德尔谈到曼施泰因和古德里安，所有这些倒霉的家伙都要为他所犯的错误承担罪责。要不是因为我们参谋人员工作无能，存心背叛，他那伟大的战略，像他所形容的那样，就不可能失败。凡是曾经在意见上发生分歧的问题，到后来证明他的见解都是正确的，将领们的想法都是错误的。入侵波兰，进攻法国，一九四一年十二月命令在俄国境内死守，凭他那非凡的记忆力列举的所有次要的战术上的争论，以及随后遭到的挫折，直到这一次施泰纳的反攻。

那是我对"军事领袖希特勒"的最后印象———个狂想症患者，坐在俄国人的炮弹震撼着的柏林地下避弹室里，唠唠叨叨，第一千次解释：我们国家遭到这样的灾难是怪所有的人不好，只有他自己没错，他这位自始至终运筹帷幄的独裁者从来就没犯过一次错误。

在战后发现的那一份文件里，也就是在他最后立下的那一份遗嘱里，他责备犹太人不好，他愤慨地指责我们参谋人员。但是，直到最后一息，有一件事是完全明确的：他，阿道夫·希特勒，从来没犯过一次错误。

积年累月的撰述，现在终于告一段落。我相信，通过军事分析，我对这个奇怪的历史人物的一些特点做出了应有的评价。一般追叙希特勒事迹的著作到后来都会出现自相矛盾的论点，这是因为描写"希特勒"的作者都把他当作同一个人。然而，实际上希特勒并不是同一个人。

早期的希特勒像我前面所描写的，无可否认，是"德国的灵魂"。他充分表现了我国人民的强烈愿望：要占有更优越的地位，要维持健康的德国文化不受任何"毒素"的污染，包括亚洲的共产主义、西方的唯物主义以及弗里德里希·尼采指出的犹太教–基督教道德观的虚弱与消极的方面。他的国内政策带来了繁荣与安定。他的外交政策折服了世界上最强大的国家，也就是最近战胜我们的这些国家。他率领我们投入战争时，我们的参谋人员曾提出警告来反对，因为我们根本没准备就绪，但是我国赢得了辉煌的军事胜利。我承认，他在军事战略方面既敢冒险又会掌握时机。这是谁也无法否认的。

然而，后期的希特勒在斯大林格勒出生了。这是另一个人，是一个疯狂的怪物。随着此后遭到的挫折，越来越可以看出他是这样一个怪物。那个早期的希特勒的光辉消失了，他自己彩绘的那些形形色色的面具一个个地脱落了，他终于堕落成为我最后在地堡中看到的那个精神沮丧、言语模糊的家伙了。

对这个人物做出我个人的最后评断时，我必须屏除军事历史学家评判人物时所抱的超然态度，倾吐几句出自一个军人心底的话。

他采取那种自裁的方式，暴露了他的本性。一个将军可以在一次战争结束时伏剑捐躯，一个船长可以随同他的船只葬身海底，但是一位国家元首就不同了。在祖国遭受最大苦难的时刻，他放弃了他的职责，把他的灾难和罪责留下来让他人去消除，枪杀了他的狗，毒死了他的情妇，用枪口去寻找忘川①。难道这是一位国家元首在战争时期应做的事吗？那些为他辩护的人管这种自杀叫作"罗马式的死"。其实这只是一个癫狂懦夫的死。

拿破仑战败后，他表现出的那种作风不愧为一位国家元首。在过去二十年内，他也曾用鲜血染红了整个欧洲。然而，这时他面对着他的胜利者，接受了他们给他的判决，为法国洗清了他所犯的罪。他是一个军人。而希特勒不是，尽管他喋喋不休地谈到自己在战壕中的功绩。

不分青红皂白的纽伦堡审判只能证明一点，那就是：我们的敌人由于未能把希特勒捉到手而积怨难消。这是一出为了复仇而忽视了公理的丑剧，它为了一个人的逍遥法外而处罚了全国的人民，绞死或监禁了那些因为荣誉而必须服从他的将领。如果希特勒下野，让邓尼茨投降，自己归案，以此平息那些胜利者的愤怒，这种英勇高尚的表现就会在很大程度上弥补他的过失。如果他这样做了，我现在也就不会在一间牢房里写这本书。对这一点我是确信无疑的。作为煽动群众的能手，希特勒凭诈术掌握了全德国的大权。然后，作为我们的最高统帅，他辜负了我们的信任。

盖棺定论

我们的国家具有巨大的潜力，它可以在短期内得到恢复。无论我们遭到多么惨重的失败，日耳曼精神还是会继续发扬光大的。要运用现代的战略，要拥有足够的能源，都得把希望寄托在原子分裂上，而这是德国的一个科学发明。美国人能够独步月球，这是因为利用了一个经过改进的德国V-2火箭做推进器才到达了那里，是实现了一项德国人制订的计划。苏联用以控制欧洲的红军的方法，是仿效德国制度组织的，是采取德国方法管理的。被掠夺去的德国科学工程技术充实了俄国，使它能用配备有原子弹的洲际导弹与美国抗衡。

在国际政治方面，希特勒鼓吹的民族主义，再加上社会主义，包括其革命的平均主义的宣传、恐怖装置以及一党专政等，形成了世界范围的政治潮流。它影响了俄

---

① 希腊神话中地狱里的一条河，死者饮了河水会忘去往事。

国、中国以及多数发展中国家。也许，这是丝毫不值得夸耀的事，然而，实际情形确是如此。

在艺术方面，西方那些将形式与美观滥加歪曲的人，只不过是在模仿二十世纪二十年代魏玛共和国的先锋抽象派和腐朽的作品而已。现在他们所做的，没一件不是我国小有才能的颓废派在半个世纪前希特勒执政的那段混乱时期里已经做过了的。

无论在我们取得的胜利方面或者在我们的悲剧方面，我们德国人都是二十世纪以来起带头作用的。虽然我们建立一个世界帝国的英勇尝试遭到了失败，但是我们向大西洋、伏尔加河、高加索等地的伟大进军，将在战史中永放奇光异彩。

然而，我们永远不能忘怀一件历史事实，那就是：当我们国家的力量鼎盛的时候，我们仅仅为了一个普通的懦夫，竟拿我们的命运进行了一场狂赌，并为此耗尽了一切力量。拿破仑安息在荣军院内建筑宏伟的坟墓里[1]，那儿成了全世界的人参拜的圣地。希特勒最后在汽油的火焰中烧成了一团焦烂的尸体。只有莎士比亚能为他写下恰如其分的碑文：

他的一生行事，从来不曾像他临终的时候那样得体。[2]

英译者按：按照隆的说法，早期的希特勒这位"杰克尔博士"在进军斯大林格勒之前一直是位完人。只是到了那里，他才变成了"海德先生"[3]。我相信这是隆的看法。斯大林格勒战役于一九四二年开始。然而，早在那以前，希特勒就已经率领他的人民犯下了那些罪行，以致纳粹德国遭到全世界的唾骂。当时他还在打胜仗。而照隆的说法，则是直到开始打败仗的时候，他才变成了"一个疯狂的怪物"。

---

① 拿破仑1821年死于被放逐的圣赫勒拿岛，其遗骸1840年迁葬于巴黎的荣军院。
② 莎士比亚悲剧《麦克白》第一幕第四场：
　　他的一生行事，从来不曾像他临终的时候那样得体；他抱着视死如归的态度，抛弃了他的最宝贵的生命，就像它是不足介意、不值一钱的东西一样。
　　（《麦克白》第24—25页，人民文学出版社2012年版）
③ 杰克尔博士和海德先生都是英国小说家斯蒂文森（1850—1894）的幻想小说《化身博士》中的人物。杰克尔博士是一个道德学问受人尊敬的人，但他的化身海德先生却禀赋了一切恶劣品质。

第九十七章

最使帕格·亨利吃惊的，是看见总统站起来了。在椭圆形办公室内会见罗斯福座位上的一个矮小的新人，这本身就是一件令人不安的事，何况杜鲁门还在那张桌子（它上面那些熟悉的乱糟糟的东西都被收走了）周围走来走去，那情景更给帕格添了一种奇怪的感觉，仿佛历史潮流正在滚滚向前，而他却留在过去的岁月里，现实正在变为梦境，于是这个态度傲慢、个子矮小，穿着双排纽扣上衣，打着颜色鲜艳的蝴蝶结的"总统"，就有些像一个冒充的人物。哈里·杜鲁门热情地跟他握手，吩咐秘书等贝尔纳斯先生一到就揿铃通知他，然后他请帕格坐下。

"我需要一个海军副官，亨利将军。"他的声音又尖又高，听起来是那么严肃认真，他的口气平淡，是中西部美国人的口气，跟罗斯福那种圆润的哈佛大学声调相比，它完全代表了美国的另一个极端。"瞧，哈里·霍普金斯和莱希将军都推荐你了。你乐意担任这个职务吗？"

"非常乐意，总统先生。"

"那么，你被聘定了。咱们这笔买卖谈妥了。希望这个办公室里所有的交易都能这样简单。"杜鲁门总统发出了不大自然的短促笑声，"再说，将来免不了总会遇到这种情形，军方和总统会在许多问题上有不同的看法，将军。所以，咱们先来把事情谈开。你准备为谁工作——为我，还是为海军？"

"您是我的总司令。"

"好极啦！"

"但是，如果您和海军的看法不一致，我认为您错了的话，那我可得向您指出。"

"好吧。这正是我所需要的。但你要记住这一点：军方的看法也可能是错误的，非常错误的！"杜鲁门为加重他的语气，使劲把双手向下一落，"可不是，我宣誓就职的第二天，三军参谋长向我简单地汇报了战局。他们说，再过六个月可以战胜德国，再过一年半可以打败日本。可是，现在希特勒这老家伙已经死了，或者逃了，关于投降的谈判正在进行，这都是三个星期内发生的事。啊？你怎么说？有关太平洋的战局，三军参谋长也会把时间估计得那么远吗？你是刚打那儿来的。"

"您说的好像是陆军的估计吧。"

"那么，现在到底是什么意思呢？要知道，我是一个野战炮兵①。"

"麦克阿瑟将军主张进行长期陆地作战，总统先生。但是，潜艇的封锁，再加上空军的轰炸，可以比这更快地迫使日本人投降。"

"可是，他们在冲绳打得挺凶哩。"

"他们确实打得挺猛，但是他们需要耗尽作战需要的一切物资。"

"咱们无须进攻本州岛吗？"

"我是这样看的，总统先生。"

"那么咱们不需要俄国人的帮助来结束这场战争吗？"

"是的，我认为不需要了。"

杜鲁门双手放在面前的桌子上，透过闪闪发亮的眼镜，直瞪瞪地瞅着这位将军。帕格用那几句简短而有把握的话不假思索地答复了对方单刀直入的追问，他不知道除此以外还有什么别的应付方法。这个人的作风跟罗斯福完全是两样。罗斯福总是自己先说，或者逗帕格说几句轻松的笑话，再问问他家人，使他不再感到拘束，觉得他们可以闲聊上一整天。杜鲁门仿佛是一位新来的舰长，由于长相和态度都不相同，显得不大像是一个真实的人物。但是，无论这个职位他担任多久，他永远也不会拥有罗斯福那种崇高的威望。看来这一点很明晰了。

"好吧，我希望你说得对。"杜鲁门说。

"我可能和三军参谋长同样是错误的，总统先生。"

"还有留在中国的那些日本大军怎么办？"

"那个嘛，总统，您只要割了章鱼的脑袋，它的肢体就僵了。"

总统露出一个自然的笑容，使他呆板的表情显得温和了，紧闭着的那张嘴也咧开了。他双手勾着脑袋向后一仰，说："我说，那些俄国人究竟是怎么一回事，将军？你被派到那儿去过，他们怎么不遵守自己的协定？"

"什么协定，总统？"

"喏，任何协定。"

"根据我的经验，他们一般是遵守协定的。"

---

① 第一次世界大战时，杜鲁门曾在炮兵部队中任上尉，去法国参战。

"是吗？那你在这一点上就完全错了。在雅尔塔会议上，斯大林同意在波兰进行自由选举，那是一次很庄严的承诺。可是现在他们正在精心挑选全部的候选人，准备强行捧出他们那个卢布林傀儡政府。他们之所以能这样为所欲为，你可以想象，是因为他们有军队占领着波兰。丘吉尔竭力反对这件事，我也竭力反对。上星期我向莫洛托夫谈到我对这件事的看法。他说他有生以来从来没有人跟他这样谈过话。我说：'遵守你们的协定，就不会有人跟你这样谈话了！'"

这时候杜鲁门的表情和谈话都显得那么怡然自得。听他这样谈话时，帕格·亨利一刹那想起：苏联境内遭到破坏后留下的废墟，他和叶甫连柯将军做的几次旅行，斯大林格勒的断壁残垣，那些烧毁了的德国和俄国的坦克，还有那些尸体。他还想起了：他怎样设法跟俄国人打交道，跟他们喝酒、听他们唱歌、看他们跳舞。哈里·杜鲁门是一个实心眼儿的密苏里州人。他以为其他所有人都像他那样，也是一向安居乐业、从未遭到轰炸和入侵、只知道实心眼儿办事的密苏里州人。在这方面美国和苏联存在着一个很大的裂缝。罗斯福知道有这个裂缝，长期以来弥缝了它，这才能够打胜这场战争。也许，此后美国再也不能和苏联保持这样的关系了。

"总统先生，在这个问题上，您有俄国专家们给您出主意。我不是俄国专家。我也不知道《雅尔塔协定》的措辞。对俄国人来说，《协定》的措辞里只要有一个漏洞，他们就会把一辆卡车开过去。在这一点上，您是可以相信的。"

电铃嗡嗡响了，他们听见一个人说："贝尔纳斯先生到，总统先生。"

杜鲁门站起来了。帕格又是一阵惊讶。对这种情景，他需要时间去逐渐习惯。"听说，你刚结婚。"

"是的，总统先生。"

"我想，你需要几周假期去度蜜月吧。"

"总统，我准备这会儿就报到。"

他又那样笑了笑。罗斯福那种举世闻名的笑容要比这更加动人，但是帕格开始更喜欢杜鲁门的笑。它是那么真挚，丝毫没有故作谦虚的意味。瞧，他只是一个朴实又能干的人，然而他却是一位总统，这一点单从他充满自信和毫不矜持的微笑中就可以看出来。他还有点儿不大习惯总统的职位，这可以说是一个可爱的地方。"那敢情好，非常好！越早越好！你新婚的太太是华盛顿人吗？"

"不，总统。她是英国人。"杜鲁门眨巴了一下眼睛。"她父亲是英国随军记者埃里斯特·塔茨伯利。"

"啊，对啦。是那个胖子！他有一次访问过我，他那篇报道写得很真实。他是在北非殉职的吧？"

"是的。"

"我期待见到你太太。"

帕米拉摆弄着她的手套，在她的那辆老道奇牌汽车的附近，在阳光下沿着郁金香花坛走来走去。几个穿制服的白宫警卫一直看她摇摇摆摆地走着，等她拿手套向那位将军一挥手，他们都把眼光从她身上移开了。她亲切中微露出探询的神气。

"现在到哪儿去呢？"他问，"到你们大使馆里去参加那个会吗？"

"如果你有空的话，亲爱的。如果你高兴去的话。"

"咱们这就去吧。"

她仍旧那样急急地把车开出了大门，向北行驶，一再在康涅狄格大街的那些交通灯前面突然刹住，接着又猛地冲出去。往来车辆很多，从敞开的车窗外涌进来的汽油烟味呛得人透不过气。这时维克多·亨利又感觉到，自己被留在过去的岁月里，康涅狄格大街上，有哪一样东西变得跟一九三九年不一样了呢？富兰克林·罗斯福使战争始终不曾影响到这条大街、这个首都、这片国土。像他这样的成功，是不是过犹不及呢？瞧这些人，无忧无虑，驾着汽车行驶在康涅狄格大街上，他们对战争有丝毫的体会吗？俄国人就知道战争是怎么一回事，未来需要的是对战争最坚定的现实主义。

"你的想法只值一便士。"帕米拉对默不作声的丈夫说，她在杜邦环行街驾着车像大耳朵野兔乱窜似的冲过了刚要亮的红灯。

"我可要向你多讨几便士。你再说给我听听，大使馆里开的是什么会。"

"哦，不过是一个小招待会。参加的有我们记者团里的，英国采购委员会里的，还有其他这一类人。"

"可是，为什么举行这个会？"

"老实告诉你吧，这样我就可以把你炫耀一番。"她向他斜瞟了一眼，"可以吗？我的朋友多数都去。哈利法克斯夫人很想见你。"

"好吧。"

帕米拉一边开车，一边拉住他的手，微凉的手指和他的手指交叉在一起。"你瞧，并不是每个英国小妞都能给自己弄到一个美国海军少将的。"

"同时是总统的海军副官。"帕格终于把这句瞒了很久的话说了出来。要是换了罗达，她这会儿早就问了。

他的那只手被握得更紧了。"原来，刚才就是为了这件事。你高兴吗？"

"这个，又像从前那样在军械局和舰船局之间做出选择。你更喜欢这个。所以，我和你一样。"

"他给你的印象怎么样？"

"他不能跟罗斯福相比。可是，罗斯福死了，帕米拉。"

维克多·亨利这次来，显然是为了在会上让人们看一看。帕姆手搭着他的胳膊，在大使馆花园里走来走去，把他介绍给大伙儿。到会的人寥寥无几，他们招呼他时都尽量装出英国人那种冷淡的神气，故意不去盯着他看，也不向他问话，但是他仍旧觉出所有的眼光都在打量他。三十年前，罗达也曾把她这个海军学院的橄榄球后卫拖去赴她斯威特布赖尔同班生的午餐会。有些情景并没多大改变。帕米拉穿着一件印花上衣，戴了一顶车轮帽，看上去十分动人，但她那扬扬得意的神情使帕格觉得有些可笑，又有些愁郁。他并不认为自己有什么了不起的地方，不过他本人没察觉到，他被南太平洋的太阳晒黑了的脸，白色军服上一排排褒奖战功的勋章绶带，给大家留下了多么好的印象。

哈利法克斯勋爵和夫人在他们的客人当中热情地张罗。帕格一直注视着这位身材颀长、秃了顶、带着忧郁神情的人，他知道他从慕尼黑暴动失败，到大战爆发，很多时候在跟希特勒打交道。这位历史人物这会儿站在那里，端着一杯酒，和几位女士聊天。哈利法克斯勋爵触到了帕格的眼光，一直走到他跟前。"将军，我记得，很久以前，萨姆纳·韦尔斯就向我谈到了您。一九三九年，您和贵国总统派去试探和平可能性的一位银行家见过希特勒，是吗？"

"是的。那时候我是驻柏林海军武官。我担任翻译。"

"他这人可不容易对付，对吗？"哈利法克斯郁郁不乐地说，"好在，我们总算把他除掉了。"

"他会在战前就被我们及时阻止吗，大使先生？"

哈利法克斯露出沉思的神情，但接着就直截了当地说："不会！丘吉尔在这一点上估计错了。我们的确犯了错误，但是考虑到我国人民和法国人当时的心情，要阻止他是不可能的，那时候大家都以为战争已经是过时的了。"

"这是一种错误的想法。"帕格说。

"当然是错误的。帕米拉是个可爱的妻子。向您祝贺，祝您好运。"哈利法克斯跟他握手，带着倦容微微一笑，就走开了。

在驱车回公寓的途中，帕米拉说："哈利法克斯夫人说你简直是一头羔羊。"

"这是一句好评吗？"

"这是授给骑士的爵位。"

回到彼得斯的公寓里，帕格洗了一个淋浴，后来闻到了从卧室敞开的门外飘进来烤肉的香味，他穿了一条宽大的灰色旧运动裤，感到很满意，然后再穿上白色开领衬衫和褐红色套衫，趿着鹿皮鞋。这是和平日子里他下班后习惯的打扮。他听见杯子里的冰块发出叮当声。在起坐间里，帕米拉穿着家常衣服，系着围裙，把一杯马提尼酒递给了他。"天哪，看见你这副打扮我真不习惯，"她说，"看上去你只有三十岁。"

帕格哼了一声。"可我已经不像三十岁时那样顶用了。"他说时端着他那杯酒坐下了。这是有关床笫之间的一句暗示：他对此感到非常快乐，希望她也如此。但是就新婚夫妇而言，这也没什么特别的。她的答复是在嗓子眼儿里笑了一声，然后在他脖子上吻了一下。

过了一会儿，他们已经面对面坐在吃早餐的那个角落里，他们总是在那儿吃饭，因为餐厅里太空洞了。他们喝了红葡萄酒，津津有味地吃着菜，说了许多蠢话和明智的话，大笑声几乎没停过。帕格每逢这种时刻，对战事的结束倒也能淡然置之，但在其他时候，则会因为担心自己解甲过早而感到不安。

电话铃响了。帕米拉走到起坐间里去接电话，回来时带着一副非常严肃的神情说："是罗达打来的。"

维克多·亨利立刻想到了这个可怕的念头：是有关拜伦的坏消息。他慌忙赶出去。帕米拉听见他说："我的天哪！"接着又说："等一等，让我去拿支铅笔。好，说下去吧……记下了。不，不，罗达。这件事得由我亲自处理。当然，我会让你知道的。"

帕米拉站在门口。这时候他又拿起了电话听筒，去拨号码。"亲爱的，什么事情？"

他一句话不说，把电话留言簿上潦潦草草写的几个字递给了她。爱尔福特陆军医院为被德国人拘禁的娜塔丽·亨利治疗营养不良、斑疹伤寒，病情险恶。德国的美国红十字会。

三天前，在关岛海外，拜伦收听到了福克斯节目①里广播的电报。当时几艘上面装有FM声呐的潜艇正驶向关岛水域，准备进行最后训练，然后参加一次"狼群"突入日本海的行动。此后无线电里就沉默了。那三天对拜伦来说是漫长的。潜艇驶进关岛时，只见这个重峦叠嶂、像花园般美丽的岛上都是新铺的公路和海军建筑，拜伦在前甲板上踱步，菲尔比则在指挥潜艇靠岸。拜伦不等"梭鱼"号系好缆，就跳过去，穿过并排泊着的潜艇的甲板和舷门，匆匆赶到后勤办公室。他没收到电报，也没办法

---

① 一种密语无线电广播。

很快和他父亲取得联系。"您不妨试着拍一份私人电报,"一个热心的值日军官说,"不过我们这儿已经积压了许多急电和军情优先电报。神风队在冲绳闹得乌烟瘴气。也许,普通电报再等上两个星期也排不上队。"

可是拜伦仍旧去发了以下这份电报:

> 发件人:"梭鱼"号艇长
>
> 收件人:人事局
>
> 维克多·亨利少将亲启,路易斯有无消息?

文书军士把舰队军邮发来的信件送到了他的舱房里。在公文函件中,夹了一封梅德琳的来信。这可是一件跟日全食同样罕见的事,平时拜伦会立马撕开那封信,但是这一次他一心一意地去处理艇上的文书,这样找一些工作做,就好像服阿司匹林药片一样,是为了缓解他的激动心情。

路易斯有无消息?

不管娜塔丽的消息多么令人担心,但她毕竟是好好地活着,而且是在美国人的照看之下。他的儿子音讯全无,这件事更使他心里烦急,因为孩子已经明确不在娜塔丽身边。单是德国人的囚禁已经害得娜塔丽"营养不良,患斑疹伤寒",住院治疗。一个三岁半的孩子,会被他们糟蹋成什么样儿呢?

在军官室里,他吃得那么少,显得那么愁郁,他的几个同事都不住地交换眼神。吃完了饭,他把自己关在舱房里,去读梅德琳的来信。

> 亲爱的勃拉尼:
>
> 原谅我没来看你。我原先打算趁你的潜艇进行大修的时候去圣弗朗西斯科的。真的,我是这样打算的。我这样筹划过,可是现在我过的是一种十分奇特和复杂的生活。从这里发出去的信都得经过检查。对此我不能多谈什么,而且连出进都不那么简单。同时西姆夜以继日地傻干,我觉得留下他一个人不太好,所以一混就把这件事丢开了。我身体不错,一切都好。如果你要知道,我可以告诉你,我目前不会要孩子。只要我们还住在这个与世隔绝的可怕的山上,我就不打算要。
>
> 现在来谈一谈爸爸和妈妈的事吧。我打算去圣弗朗西斯科,主要就是为了把这些事跟你敞开谈一谈。你那样偏听和固执,真叫人心里难受。爸

爸刚回到华盛顿，是的，他是去和帕姆·塔茨伯利结婚的，婚礼很简单，没惊动人。我本来打算飞到那里去和他聚一聚，可怜的孤寂的人啊，但是很不凑巧，没成功。我只希望她能使爸爸生活幸福。如果她真的爱他，我们也没理由认为她不会使他生活幸福。年龄的差距没什么关系，他是世界上最好的人。

你对这件婚事生气，显然是很愚蠢的。有一些事情你不知道，就让我在这里把它们讲出来吧。你记得弗莱德·柯比那个你在柏林经常见到的大个子工程师吗？喏，后来他在华盛顿有了工作，他和妈妈就在那两年里做出了一些荒唐事。你感到意外吗？这是事实。妈妈写信给爸爸，提出了离婚。详细情形我不知道，但是华伦去世后，她又收回了这个提议，他们俩就那样把这件事对付过去了。后来，爸爸去俄国，她和彼得斯上校大谈恋爱，事情就这样闹得不可收拾了。他们俩是不是也有过什么事，我不知道，也不打算多管。妈妈现在已经把一切都安排好了。

但是爸爸和帕米拉·塔茨伯利之间是没有事的，再说即使有什么事，我也不会责怪爸爸。天哪，瞧你怎么啦？这是战争年代嘛！我知道他没这种事，因为他在苏联的时候，彼得斯上校正在热恋妈妈，有一天晚上我和妈妈喝得大醉，妈妈完全糊涂了，语无伦次，就把秘密都泄露出来了。她说，她太伤害爸爸的感情了，即使爸爸始终忍耐下去，一直不去责备她，甚至绝口不去提柯比，可是他们的夫妇关系已经完了。老实说，我相信，是爸爸的那份耐性使妈妈受不了啦。帕米拉在好莱坞的时候告诉妈妈，说她和爸爸有过一段纯洁的恋爱史，自从华伦死后，她就打算撒开手。而且，她的确撒开了手。

我真拿你这个人没办法。你是打哪儿学来的那一套陈腐的道德观念？爸爸是属于另一代的人，对他来说，这是可以理解的，然而在这方面，他却比你更加宽容。我承认，你那次打落休·克里弗兰的假牙的奇怪的做法是帮了我的忙。天呀，瞧那有多么可笑。当时要不是你那么严厉，我可能会跟休一直缠下去——他老是保证，要离婚娶我，你瞧，所以才会有那种事情——但是，像那样一个掉了牙的大胖子，我可吃不消。所以，多谢你那颗尼安德特人①的心，我能趁早和他斩断关系，嫁给西姆·安德森，总算我运气。

① 早期智人，以在德国尼安德特河谷附近发现其骨骸而得名。

好啦，现在我把秘密泄露得太多了，七年来头一次提起笔，话就写不完啦。现在我可要停下了，因为我得烧菜去了。■■将军，一点儿不含糊，是他要来了，这里的人把它当作一件蓬荜生辉的事。但愿肉别烤焦了。我的炉子实在太差劲。这儿所有的东西都是那么简陋，你只好凑合着使用。这儿多数科学家的太太都比小梅德琳的年纪更大，也更能干，但是，多亏在家里受的训练，我的菜烧得比多数人都好，我那干娱乐性行业的经验也起了一些作用。在这些大知识分子当中，甚至有些人喜欢休·克里弗兰。

哦，勃拉尼，我希望娜塔丽和你的孩子都好！欧洲的战事正在结束。我相信你很快就能听到一些消息了。一想到从前我说过一两句恼娜塔丽的话，我就感到难过。当时她叫我看了很害怕，她是那么美丽，那么雍容华贵。你那时候又是那样恨克里弗兰。这儿有一个礼拜堂，我每星期天都要去，西姆可不干，我是去给你的妻子和孩子做祷告的。

希望我的话能把爸爸的事向你解释清楚。你不知道他是多么看重你吧？为了维持你对他的好评，他几乎不惜做任何事情，除了说妈妈的坏话，那可是他死也不做的事情。咱们有一位少有的好爸爸，以前还有过一位少有的好哥哥。至于妈妈——咳，她总是妈妈呀。她现在很好。

祝你打猎丰收，亲爱的，祝你好运。

爱你的梅德琳
一九四五年四月二十日于新墨西哥州洛斯阿拉莫斯

信里面，将军的姓名被齐整地涂掉了，只留下了一个长方形的窟窿。

那天晚上，拜伦登岸，在军官俱乐部里喝得酩酊大醉。第二天早晨，他站在舰桥上看艇队出海进行演习，然后回到舱房里睡了二十四个小时，由菲尔比利用铃声在水底指挥航行，积累经验。

两星期后，那位十分热衷于FM声呐的将军为"狼群"艇长们举行了一次午宴饯别会。为了增添吸引力，像将军所说的那样，一些海军护士也参加了宴会。关岛的护士都显得十分疲倦，有一半的原因是因为有大批伤员从冲绳运了来，还有一半是因为对许多年轻军人的求爱，她们有的拒绝了，也有的迁就了。但是她们仍旧打起精神，对潜艇艇长装出高兴的样子，咯咯地笑着。"你们大伙儿就要起航了，去完成我们已经开始的工作，"将军大声发表简短讲话，"去击沉所有在水面航行的、悬挂着日本旗帜的船只！"

　　拜伦知道，将军对此抱着很大的希望，他甚至向尼米兹提出申请，要亲自率领"狼群"出发，但未获批准。然而，在拜伦看来，整个这出FM闹剧都是不必要的。两年前，他和卡塔尔·埃斯特曾经指挥"海鳗"号穿过拉彼鲁兹海峡，突入日本海。现在他们可以走同样的航道到达那里，也许比穿过对马海峡布雷区的危险更少。他们真想走那条航道。但是为了改进FM声呐，已经费了那么大的事，花了那么多的钱，科学家们耗费了心血，将军又一心要使用它，并没人来征询拜伦的意见。不过他已经使他的水兵相信：他会率领他们穿过布雷区。水兵很少调走，他们一个也没开小差。

　　"狼群"出海后，安全驶抵日本，一路上没发现任何船只。穿过布雷区的时候只觉得时间漫长，紧张得使人痛苦难受。水兵们都不太亲切地称为"地狱之钟"的FM声呐，每遇到鱼群、海底的海藻、温度的升降以及水雷的电缆等，都会发出有细微差别的声音。拜伦多半是在海图上所标示的最大深度绕过危险区，在相距一百英尺铃就会发出声音的深水水雷底下缓缓前进。最危险的时刻是有一次他让潜艇浮上水面，以确定潜艇的位置。他很快测了方位，知道水流并没使他在海底推测的航向形成偏差，然后又继续航行。有两次，水雷的电缆沿着扫雷缆顺着艇身从上而下，慢慢地发出嘎嘎响声。这种时刻最可怕，此外再没有比这更危险的时刻了。

　　他的巡逻区位置在东南面，所以他必须等候"狼群"中其他所有的潜艇都向北进入指定的位置。日本人往来频繁的航船，在他的潜望镜旁边安安静静地驶过，夜里点着灯，白天没有护航，就像纽约港里的船只一样——有小客轮，有沿海岸航行的货轮和油船，有形形色色的小艇，甚至有游艇。他没看见战船。指定"开刀"的时间到来时，拜伦正在瞄准一艘样子笨重的小货轮，他让菲尔比去看潜望镜，然后菲尔比利落地、兴奋地向那艘船发出了鱼雷。

　　总之，在"狼群"两个星期的袭击中，"梭鱼"号一共击沉了三艘船。一九四三年，埃斯特是不肯为最后那两艘船浪费鱼雷的。现在，所有的鱼雷都能很好地命中了。第一批沉船惊动了日本人，此后航船就随着减少。目标变得稀少了，于是拜伦就在本州岛西海岸以外到处航行，欣赏那些美丽的景色。

　　在拉彼鲁兹海峡约定集结的地点，九艘潜艇到了八艘。"狼群"在理想的大雾中离开了那里。他们一驶出飞机搜索的范围，就在海面上快速地驶回珍珠港，沿途高兴地交换他们的捷报，同时焦虑地探询失踪的"北梭鱼"号的消息。"梭鱼"号又去收听福克斯节目，但是，没有拜伦的电报。艇队于七月四日驶进港口，没看到什么庆祝和仪式①。拜伦走到电话局打电话给他母亲，因为他不知道父亲在什么地方。电话很

---

① 7月4日为美国独立纪念日。

快就打通了，但是没人接。

拜伦一走进办公室，那位太平洋舰队潜艇司令部的作战军官就跳过去搂住他。"啊，拜伦！我的救世主，辉煌的胜利呀！"

"比尔，我来申请解除职务。"

"解除职务！你疯了吗？为什么？"

作战军官坐下，一双眼睛紧瞪着他，听他把话说完，边听边咬嘴唇。军官话说得很冷静，带着商量的口气："这情形是很严重。但是，你瞧，你太太这会儿也许已经回到了家里。也许连你的儿子她也找到了。你为什么不先去打听一下？别这样冒失，你这就要立大功了。"

"我已经立了功。我现在申请解除职务，比尔。"

"坐下吧。别这样捶我的桌子。不需要这样嘛。"实际上拜伦是用拳头砸那玻璃板。

"对不起。"拜伦一屁股坐在椅子里。

作战军官向拜伦递了一支烟。然后他开始用信任的口气透露一些惊人的秘密。俄国就要参战了。太平洋舰队的潜艇获得了消息。麦克阿瑟就要在日本登陆：先是九州岛，然后是本州岛。日本海将被划分为美军和俄军的作战区，以后将展开一场崭新的"球赛"。唯一有大油水可捞的地方就是日本海，所以太平洋舰队潜艇司令要用"地狱之钟"大举进攻，要尽一切力量真的来一次大扫荡。"是潜艇打赢了这一仗，拜伦，这一点你应当知道。但是，直到战争快要结束的时候，它们才发挥作用。你干得挺出色。'夫人'埃斯特会为你感到骄傲。你可别临阵脱逃呀。"

"好吧，"拜伦说，"多谢你啦。"

他并不生作战军官的气。这个家伙认为人生在世就是为了捞最大的油水。他找到了热衷于FM声呐的将军的办公室，直接闯了进去。他很镇静地向将军叙述了他跟作战军官的那一席谈话。

"将军，现在是这样，"拜伦说，"您可以以擅离职守的罪名把我送交军事法庭受审，您也可以不这样做。我要去看我妻子，还要去找我儿子——如果他还活着的话。请下令准许我去。我一心报效国家。如果找到了家人，如果那时候战争还在继续打，我就飞回这里，指挥一艘有FM声呐的潜艇进入东京湾。我还要指挥一艘潜艇进入符拉迪沃斯托克，如果您要我那样做的话。"

将军发窘地眯起眼睛，突出了下巴，说："你的胆量可真不小。"他一边说，一边查阅他桌上的一些公文，"无论你个人有多么大的困难，我总不爱听你这样对我说话。"

"原谅我，将军。"

"凑巧我这儿收到了一封海军作战部部长的信——瞧，它摆到哪儿去了？哦，在这儿。海军作战部部长需要一队有经验的艇长去检验在德国缴获的潜艇。根据初步报告，那些潜艇看起来要比咱们出产的好。这真叫人不好意思。要了解真实情况，唯一的办法是带几个艇长去驾驶它们。你懂德语吗？"

"将军，我德语说得挺好。"

"感兴趣吗？"

"天哪，我太感谢您啦，将军！"

"好吧，你有作战经验。你必须先把要到FM声呐潜艇上接替你的人训练好了。让他去莫洛凯岛外的假布雷场航行一个星期。"

"是，长官。多谢您，上帝保佑您，将军。"

"喂，拜伦，你的FM声呐运行得怎么样？"

"好极了，长官。"

"这是自从罐装啤酒以来最大的一次发明。"将军说。

第九十八章

拜伦的铺上摆着一沓每次巡逻回来惯常收到的信件，其中有一个沉甸甸的马尼拉信封，那是他父亲寄来的。拜伦向它扑了过去。里面厚厚的一沓纸上别着一页手写的信。

亲爱的拜伦：

　　我知道你出海作战去了，所以我拆开了欧洲寄给你的信件。就是你现在所看到的这些信件。由于怕这些信件遗失，我已经给它们复制了副本。娜塔丽的经历使我和帕米拉都感到恐怖。"恐怖"这个词还嫌用得太轻了。我们仍旧无法理解，一个美国女子竟然会经受这样的折磨，但看来她是碰在点上了。

　　这儿，在美国，真实情况一直到现在才开始透露。艾森豪威尔将军把新闻记者派到了布痕瓦尔德、达豪、贝尔根-贝尔森以及所有那些地方。报纸上整版刊载了这方面的照片和报道。娜塔丽能够幸存，说明她具有坚强的毅力，同时这也许应当归功于我们祈祷的力量。然而，祈祷并没能挽救几百万被屠杀了的人。这次都亏了一位叫拉宾诺维茨的人，他手下的人当时在图林根工作。我管这件事叫神明的拯救。我相信，她是多亏了神佑才保全了性命。他的信详细说明了事情的经过。

　　许多日子以来，帕米拉一直问我："为什么要进行这样一场丑恶的战争？你的儿子为什么必须牺牲？我们达到了什么目的？现在，这件事清楚了。我们必须将那个能使这种邪恶猖獗泛滥的政治制度从这个星球上肃清。它可是十分顽强的。俄国人、英国人和我们的联合力量，总算勉强遏制了它的势力。否则它是尽可以在整个世界上横行无忌的。因为日本人和这股势力合在一起了，所以我们必须把日本也打垮。华伦是为了一个伟大的正义事业而牺牲的。现在我明白了这一点，将来我也永远不会改变这种想法。

你的孩子好几个月前离开了特莱西恩施塔特，人一直很好，因为娜塔丽看到他在布拉格郊外农场上拍的照片。你不要灰心。也许还要花很长的时间才能找到他。如果你要打电话给我，可以打到白宫海军副官办公室。那是我的新职务。晚上可以打到我们的公寓，那儿的电话号码是共和区4698号。

帕姆附笔问好。

爸爸
一九四五年六月十四日

底下，在一张上端印有"陆军医疗队"的信笺上，拜伦看到打字机打的这样寥寥几行字：

亲爱的拜伦：

我现在好一点儿了。去年七月，班瑞尔来到特莱西恩施塔特，带走了路易斯。后来，我收到了孩子在布拉格郊外一个农场上拍的照片。他看上去挺好的。阿夫兰说，他们会找到他的。我爱你。

娜塔丽
一九四五年五月二十日

（以上口述，由美国看护队陆军中士埃米莉·丹妮护士笔录）

颤巍巍的签名是用绿墨水写的。

阿夫兰·拉宾诺维茨的一封长信，用打字机打在葱皮纸①上的，是用同一支笔签的名。

亲爱的拜伦：

我的口语，要比书面好一些，同时我又很忙。所以，我就把这封信写得简短一些，让你知道事情经过。首先要说的是，她的斑疹伤寒已经好了。她

---

① 供打字复印用的一种几乎透明的纸。

现在需要调养，人非常虚弱。战时难民委员会来访问的是一个愚蠢的女人，所以娜塔丽在陈述书里的那些话，听起来也就像愚蠢的人说的了。现在她人已经清醒，话也说得有条理了，但很容易哭，不愿意谈她的遭遇。那几次访问后，她发了三天烧。这种情形以后再不容许发生了。她托我写这封信给你。你可以看出，因为虚弱她写字时手抖。再说，她也不愿意回忆和写下那些事。

长话短说，我参加的一个救济团体的办事处设在巴黎，至于那些琐碎的细节，我这里就不多谈了。我们正在清理那些遭到纳粹破坏的地区，把一些流浪和挨饿的犹太人送进难民营，以便让他们恢复健康，然后启程去巴勒斯坦。这是一件十分艰巨的工作。德国崩溃的时候，党卫军一时不知道怎么处理这些没被他们屠杀的犹太人。局势变化得太快了，他们来不及杀死所有的犹太人、掩饰那些集中营，虽然他们也曾这样尝试过。他们把犹太人到处赶来赶去，或者关在火车里运走，没有秩序，没有目的地，也没有食物或饮用水，等到美军或者俄军开到，德国人就索性撒腿一跑，把那些犹太人丢在原来留下的地方，我不知道有多少犹太人这样分散在欧洲各地。我们工作人员在一列火车里发现了娜塔丽，那列车是从设有妇女集中营的拉文斯布吕克开来的，后来被阻塞在魏玛郊外的一片森林里，就那样停在那里了。也许那车是准备开往布痕瓦尔德去的。娜塔丽躺在铁路路基上火车跟前。她因为车上周围的妇女一个个地死了，就从车里爬出来。当时我在另一个队里，夜里工作人员跟我通了电话，他们告诉我，说在车下发现了一个妇女，她说自己是美国人。有许多犹太人为了要获得更好的照顾，都冒充美国人。这些工作人员又不会说英语，所以我乘车从爱尔福特赶了过去，没想到会找到你的太太，天哪，但是做这种工作的时候，我还遇到过比这更加离奇的事哩。她不大容易被人认出来，一身皮包骨头，并且有点儿神志不清，可是我认识她，而且她不停地念叨路易斯和拜伦。于是我去美国陆军司令部，向他们报告我们发现了一名美国妇女。那时候是半夜，他们立刻派出了一辆战地救护车去接她。因为她是美国人，部队给她的照顾好极了。

部队正设法送她去巴黎，我相信这件事可以办到。巴黎有一所很好的美国医院，以前娜塔丽在那里工作过一段时期。医院管事的还记得她，虽然医院已经人满，但是管事的愿意接受她。然而官僚作风太重了，比如部队里的工作人员还在设法给她补一张护照，不过这一切都会办妥的。至于你的儿子，确实没一点儿消息。你可以在那份陈述书里看到他们俩是怎样分散的，这件事娜塔丽做得很对。她做得非常勇敢。然而我们去布拉格办理这件事可不容易，因为俄国人占领了那个地方，他们不和我们合作。虽然如此，我们的工作人员仍旧一直在那一带地方进行查核，只是还没有眉目。就在俄国军队开抵布拉格之前，那地方发生了多次骚乱，还有过一次起义，德国人杀了一些共产党和其他的人，等到溃退的时候，德国人又抢劫了那里附近的许多农场，还放火烧了它们，所以后来那儿究竟是个什么情形，就很难说了。看来，你的孩子肯定还在，但是要找到他就像"海底捞针"一样。流浪的犹太儿童本身就是一个问题，他们成千上万，在欧洲各地漂泊，有的已经变成野人和狼孩，他们的父母被杀害了，他们学会偷窃度日。德国人所造成的损害，是永远也没法儿弥补的。红十字会、联总、红联①以及其他组织，正在巴黎和日内瓦收集大量卡片索引，但是直到现在为止，这些资料仍不免挂一漏万。我已经将有关你儿子的资料交给了我们那些查看文件的工作人员，但是资料多得简直叫他们没法儿应付。工作还需要一段时间。所以情况就是这样，我很抱歉，它不能令人更加满意，但是至少娜塔丽健在，并且正在复原。她胃口不好，否则她会恢复得更快些。你的来信会对她非常有益的，你最好是把信寄给我，我会做出安排，让她看到。写信的时候，你要尽量用愉快的口气，告诉她：你相信你的儿子平安，我们会找到他的。

忠实的阿夫兰·拉宾诺维茨

一九四五年五月十七日

陈述书是一份用复写纸单行打的副本，污黑的纸上字迹暗淡，句子不通，以致有些地方拜伦几乎无法看懂。它根本不像是娜塔丽写的，分明是访问的人先做了摘记，然后再匆忙地在打字机上打出来的。它从和平时期的锡耶纳开始叙述，描写了她怎样从偷袭珍珠港事件起就落了难，以及此后一连串的遭遇。两个人在马赛会晤前的那些事，拜伦多半都知道。有关特莱西恩施塔特的大段叙述，尤其是有关党卫军地下室的描写，可把他吓坏了（虽然她或者那位访问者已经略去了那些猥亵的描写）。陈述书开头说有过三次访问，但是从特莱西恩施塔特以后的叙述就少了。有关埃伦·杰斯特罗最后的事写得异常简单。

---

① "联总"与"红联"分别为联合国善后救济总署与国际红十字会联合救济委员会的简称。

我们刚要上火车，遣送组的一个工作人员把我们分开了。此后我就再没看到我叔父。后来我听说，那一次遣送的"知名人士"全部被毒气熏死了。他是一个年老体弱的人。他们只挑出少数几个年轻力壮的留下来，所以我肯定他死了。

总共就是上述的这么几句话。以下她对奥斯威辛的叙述就不大连贯：恍惚记得怎样被剃光了头发，怎样在臂上刺了号码，怎样穿上破烂衣服，妇女们住的那所砖砌的房舍是什么情景，卫生设施和饮食供应又是什么状况。一个从特莱西恩施塔特来的朋友，名叫乌达姆的，给她在抄存犹太人财物的仓库里找到了工作。她被派到儿童玩具部，把那些玩偶人、玩具熊和其他填料玩具拆开，搜查藏在它们里面的钱财和贵重物品，然后把它们修补还原，准备出售或分配给德国儿童。整个陈述书里，最生动的一段是描写做这种工作受罚的情形。

我很熟练地拆开再装配好那些玩具。玩具堆积如山，每一件都代表一个被德国人杀害的小孩儿。但是我们不去想那些事，我们的头脑已经麻木。许多玩具都是一个样式的，是同一个厂里制造的。有时候我们找到一些东西：宝石、金币或者钞票。当然，也有人偷窃。我们冒着生命危险藏起这些东西，因为每天下午离开"加拿大"的时候，我们都要被搜身。仓库那一带地方被叫作"加拿大"，因为波兰人把加拿大看作一片黄金国土。我们必须偷窃，为的是要用那些偷来的东西换食物。仔细想一想吧，这是什么人的财产？它们又不是德国人的！我倒没被捉出来过，但是有一次，完全平白无故地，我差点儿被打死了。我拆开了一个破旧的玩具熊，里面什么也没有。但是后来我怎么也没法儿再把它收拾好。它在我手里散开了。监工是一个该死的希腊犹太女人，她打扮得像一个女党卫军，老是那样大刺刺地在旁边走来走去。因为我是美国人，所以她就恨我，巴不得要找一个机会拿我开刀。她把我的事报告了党卫军。我被判剥光衣服，抽二十藤条，"因为阴谋破坏德国财产"。我当着所有召集到"加拿大"那儿的工人受刑。我必须裸露身体，趴在一个木架子上，由一个男党卫军抽打我。我从来没受过那样的痛苦。他还没用完刑，我已经晕了过去。乌达姆和我的几个女伴把我抬到房舍，乌达姆把我送进医院。要不是他，我会因为流血过多死了的。我有一个星期都走不动路。但是，我发现我自己的体质真强健。我的创伤好了，又回去那儿干活儿了。那个希腊女人就好像没事人一样。

以下就是有关奥斯威辛一般生活的不大连贯的叙述：如何把死尸从丛葬地里掘起来焚烧，发出那股臭气；如何进行黑市交易；耶和华见证教徒如何表现出特别坚定的信心；一个好心肠的党卫军跟房舍内一个女人相好，如何给她们带来许多很好的食物。陈述书里描绘了奥斯威辛内如何传播着俄军将到的谣言，如何听到远处的炮声，几千名妇女如何接连三天在雪地里步行到终点车站，乘敞篷运煤火车开往拉文斯布吕克。她到一个服装厂里工作，经常对拉文斯布吕克的医药实验提心吊胆，因为她早在奥斯威辛就听到了有关这方面的谣传。招待党卫军和武装部队的妓院向这个集中营招收战地娼妓。她对这些事所发的感触虽然已掺杂了访问者的想法与语气，但听起来仍是辛酸可怜的。

这种威胁对我倒没什么影响。我以前也曾经被人认为长得很动人，然而奥斯威辛那几个月的生活竟使我因祸得福。不去管它吧，好在他们只招收那些最年轻娇艳的犹太姑娘。来到拉文斯布吕克的匈牙利犹太妇女，其中有一些真是纤弱的美人。再说，我自从到了拉文斯布吕克就没法儿多弄到一些食物，当时已经像现在这样瘦得像一具骷髅了。而且，因为我身上有那些疮疤，体格检查我也不会合格，德国男人是不会喜欢的。

四月，我们好几千人被一起装上了火车。我们听说，战事就要结束，俄军和美军即将会师，我们都在屈指计算日期，祈祷获得解救。但是德国人把我们塞进了一列封闭的牲口车，不知道开往什么地方，这里根本没有粮食和饮用水供应，也没有医药治疗。斑疹伤寒在集中营里已经开始蔓延，到了车上，这病就越发不可收拾地传染开了。自从离开了拉文斯布吕克，我就记不清当时的事情了。只知道车上的情形十分可怕，我从来没见过比那情形更糟的。我乘的那列车成了一个陈尸所，几乎所有的妇女都已经倒毙，或病在垂危。据说，人家在车下面发现了我。我不知道自己是怎样到那里的；我不明白自己是怎样还会活着的。如果说有什么力量使我能够坚持所有的这几个月，那是因为我希望有一天能够再见到我的儿子。我相信，就是这希望给了我力量，使我能够离开那列车。我没法儿告诉你，车门是谁打开的，我又是怎样出来的。我所知道的，全部告诉你了。

第九十九章

一个力气大的小孩双手可以捧起大约十五磅重的东西，只要那东西的体积不是太大，比如说，两块人工提炼的钚重元素。如果那孩子把这两块钚远远地分开拿着，那样是不会出什么事故的。但是，如果他极快地把双手拍合到一起，如果他又是一个住在大城市里的孩子，那么他就能使两块钚达到"临界质量"①，把上百万人炸死。从理论上说是如此。但实际上并没有一个孩子能把双臂挥动得那么快，最多他只会像点燃一个"嘶"的一声就灭掉了的炮仗那样，仅仅杀害他自己②，引起一场混乱。我们还需要一种装置，要它能够唰地一下把两小块钚合在一起，那样就会引起一次原子爆炸，燃起一场毁灭整个城市的熊熊大火。

这一种自然现象的表演，在一九四五年曾经震撼了全世界，而今已经成为陈旧的故事。然而，听起来它仍旧是奇怪可怕的。我们不愿想到这件事，正如我们不愿多想一个现代的国家如何试图屠杀欧洲所有的犹太人一样。然而，这一切又都是我们现代生活中的绝对现实。我们小小的地球蕴藏着少许开天辟地时留下的原始死灰，只需要少量的这种死灰，它就有足够强大的力量毁灭我们所有人。人类天性中禀赋了少许野蛮本性，持续进化的社会就会用这种物质毁灭我们。这就说明第二次世界大战中两个基本势力的发展。在习见的历史中，这些势力被重大战役扬起的尘埃所遮蔽变得模糊，但是只要等尘埃一落尽，它们就又显得清晰了。人类的故事是不是也像本书中所叙的从此进入了最后一章呢，这可是谁也不知道的了。

再说，钚块第一次爆炸发出了奇光异彩，当时西姆·安德森也在场。

"怎么一回事？"梅德琳嘟哝，半夜里听见警报声。

---

① "临界质量"指原子弹中的U-235或钚爆炸时需要达到的最小质量。
② 钚块虽未引起爆炸，但仍会因靠近而加剧核反应，产生更多放射性射线，致人死亡。

"打扰你了，"他打了个哈欠，"这是集合信号。"

"又是集合？天哪！"她说时翻了个身。

西姆穿好衣服，走到外面冷飕飕的蒙蒙细雨中，登上了一辆拥挤的客车，车子把洛斯阿拉莫斯这些第一流的科学家和工程师一起送到试验场。在这次大会战中，西姆只是一个无名小卒，但他现在是跟那员大将帕森斯上尉一起去。天气不适宜进行这次试验。等了好久，仍旧没决定是不是要延期，爆炸的时刻被推迟了。前往观察的人距离试验塔很远，他们都在黑暗中等着，喝着咖啡，抽着烟，有的兴致勃勃、有的心事重重地谈着话。谁也不能够确定炸弹爆发时是什么情形。有些人并不完全是在开玩笑，谈到爆炸时大气可能着火，或者地球可能分裂。还有些人紧张地谈到，这可能会是一次失败。

进行这次试验就是为了要确定这一点。U-235已经在实验室内获得可喜的成就，科学家们都感到满意，认为它肯定会在临界质量状态下即时引起轰然爆炸，所以可以用它去炸广岛，不必事先再做试验。问题是：庞大的曼哈顿计划进行了那样大量的工作，只提炼出大小像一个有毒的耗子的一块U-235，它仅够制造一枚炸弹。他们发现用钚制造炸弹更简单，它的储量也更丰富。但钚是一种更敏感的物质。谁也不敢担保，两块钚接触时不会过早引起爆炸——那将是一次失败。所以必须对几位世界上最优秀的科技工作人员设计的装置进行一次试验，看它是否能把两块钚拍到一起，在一刹那引起爆炸。这时候风雨逐渐减小，开始进行试验。试验成功了。拜伦从圣弗朗西斯科去华盛顿搭的夜班飞机被恶劣的天气所阻，这时候他看见南面天空隐约闪过一片亮光，但是他以为那是一次闪电。那天凌晨，美国西部许多地方有雷电交作的暴雨。他的妹妹，像多数洛斯阿拉莫斯的主妇一样，在试验进行的整个时间里一直酣睡未醒。

当然，在西姆·安德森眼中，那可不像是一次闪电。他站在二十五英里以外的地方，透过黑玻璃眼镜，目睹了人类从未在地面上见过的闪光，虽然那闪光他们经常在烈日的照耀和星星的闪烁中看到。西姆扑倒在地。这是出于一种本能。等到他站起来时，曾经使奥本海默博士想起《薄伽梵歌》里毗湿奴显灵时的火云已经升到高达数英里的空中。一位陆军准将和一位科学家正站在西姆的旁边，手里拿着咖啡纸杯，透过遮灰尘的眼镜，呆呆地望着。

"这一来战事可要结束了。"他听见科学家说。

"是呀，"他听见准将说，"只要咱们向日本人投下一两枚这种炸弹。"

帕格和帕米拉在安德鲁斯机场接拜伦。自从收到拜伦从关岛寄来的那封很真挚的信，帕格就猜想他儿子会热烈地拥抱他，但现在是拜伦那样热烈地拥抱帕米拉，这使他感觉到自己胜利了。拜伦紧搂住他新过门的后母吻着，抓住了她的肩膀，一面从头到脚地打量她，一面盖过了军事空运局飞机起飞的吼声大喊："你知道吗？要是我叫你妈妈，那才怪哩！"

她高兴得哈哈大笑。"那么，叫帕米拉怎么样？"

"就照老样子吧，"拜伦说，"那样容易记。爸爸，有消息吗？"

"你从圣弗朗西斯科打电话来以后吗？没消息。"

"你是说，她要进疗养院吗？什么时候去？"

"后天。"

"我想看看拉宾诺维茨的信。"

"喏，在这儿。还有一封她的信。"

帕米拉驾着车横冲直撞地赶回华盛顿，拜伦只顾看他的信。"她像是好一点儿了。爸爸，我没法儿搭上去欧洲的飞机。我在圣弗朗西斯科打了几个小时的电话，希望找到办法能先走。"

"你请了几天假？"

"三十天。不大够啊。"

"我明天也要乘飞机去那儿。"

"去哪儿？"

"柏林，波茨坦。"

"天哪，那可好极了。我休假之前，先要去斯维内明德报到。我可以请求跟你一起去吗？"

帕格嘴角边勉强皱起了微笑。"让我试试。"

那天在狐狸厅路和母亲共进午餐要比拜伦预料的更为愉快。彼得斯准将没去。（在洛斯阿拉莫斯说要给日本人投下一两枚炸弹的那个人，就是他。）杰妮丝来了，穿着一条直筒裙和一件素棕色上衣，戴着眼镜，拿着公事皮包。她不肯喝酒。暑假里她在"山上"①工作，怕喝了酒发困。她人发胖了，不大修饰，把头发一直拢到头后面。她娓娓动人地谈到法律学校毕业后的打算。拜伦接触到她的目光，只觉得她在亲切和懂事的神情中透出了机警。她给小维克多拍的那些快照很像华伦在幼儿园拍的，拜伦看了很难过，但是罗达对它们发出做祖母的那种爱怜的声音。

"妈妈酒喝得太多了。"那天晚上拜伦在公寓里对他父亲说。

"她有时候会有一阵子贪酒。你说太多，是喝了多少？"

"午饭前两杯掺苏打的威士忌，吃鸡丁沙拉的时候又是两瓶白葡萄酒。葡萄酒几

---

① 指华盛顿国会。

乎是她一个人给包了。"

"那是喝得太多了。我知道，她因为要见到你感到紧张。她对我说过。"

"搭飞机的事怎么样啦？"

"明天早晨把行李打好，跟我一起去。最多是他们把你赶出来。"

"我根本没打开行李。"

一位急使乘专机，把洛斯阿拉莫斯的一些文件和照片紧急送往波茨坦去给史汀生国务卿和杜鲁门总统，而帕格就是搭那架飞机去的。这则消息不敢用电话或电报通知。它仍旧是一则绝密消息。只用隐语拍了一份简短的海底电报给总统，说一个健康的"婴儿"诞生了，于是总统就通知了丘吉尔。所以这两个人知道了这件事。很可能斯大林也知道了，因为洛斯阿拉莫斯一位主要负责的科学家，是个忠实的共产党间谍。否则它始终是一则绝密消息。因此拜伦很快抵达欧洲，他搭的这架急使的专机终于使局势急转直下，真所谓吹来了一阵恶风。

"我们没有理由担心他已经死了，"拉宾诺维茨说，"她让他逃出了德国人的虎口。她真敢当机立断，我认为这多亏了她。"

"我要去找他，可这件事从哪里着手好呢？"

"这是另一个问题。这问题非常棘手。"

他们在讷伊的一个露天咖啡茶座喝咖啡，等候娜塔丽午睡醒来。"别去跟她谈那些事情，"拉宾诺维茨说，"不可以待得太久，这一次还不可以。她会受不了的。"

"我们肯定会谈到路易斯的。"

"那就谈得含糊点儿吧。只告诉她，说你要去找他。二十五天，时间不多，但你还是可以试一试。"

"最好是从什么地方开始呢？"

"日内瓦。在那儿你可以找到为儿童汇订的大卡片，那儿有红十字会、红联、世界犹太人大会。它们也开始在那儿编制互见索引。去过日内瓦，再回到巴黎来。我们这儿有一些汇订的文件。我可以告诉你许多难民营，它们收留了很多儿童。"

"我为什么不直接去布拉格呢？他肯定在那儿附近。"

"布拉格我已经去过了。"拉宾诺维茨像老年人那样无精打采地对着咖啡。他需要刮胡子了，他那双眍䁖充血的眼睛肿得几乎合拢了。"所有四个收留儿童的中心，我都去过了。我核对了卡片索引，查看了四岁大的儿童。即使他们在一年内改变了许多，我相信我还是认得出他的。至于娜塔丽所说的那所农舍，它已经被烧得精光，只剩下一片野草和荒地。邻舍多半已经不知去向了。只有一个农人肯谈一些情况。他说他记得有那么一个孩子，还说那些人没遭到屠杀，他们都逃了。德国人抢劫了一所空房子。不管怎样吧，反正他是这样说的，你能知道的也就是这么一点儿。所以，这件事很棘手。好在儿童能吃苦，再说路易斯又是一个健壮的孩子，他人挺精神的。”

“我明天就去日内瓦。”

拉宾诺维茨望了望墙上的钟。“她现在该醒了。需要我陪着你吗？”

“好的。你瞧，只是刚见面的时候需要。”

“我也不能多待。拜伦，她对我不止一次说过：如果真能找到路易斯，她要带他去巴勒斯坦。”

“你相信她这话是真的吗？”

拉宾诺维茨耸了耸肩，表示怀疑。“她现在人还不大好。你别去跟她争论这件事。”

他们在接待处报了姓名，然后在一个花木葱茏的园子里等着，在那儿的病人们都坐在太阳底下，有的打扮得很齐整，有的只披着浴衣。她走出来了，穿着深色的衣服，头发剪短了，有点儿像从前那样摇摇摆摆地向他们走过来。她迷茫地露出微笑。她的腿细瘦，面容憔悴。

“啊，拜伦，原来是你来了。”她说时伸出双臂。他抱住她，只觉得一阵震动。她那身体一点儿也不像是一个妇人。胸部几乎是平坦的。他抱在怀里的是一个骨头架子。

她在他怀里向后仰靠，用奇怪的眼光瞅着他。“你看上去像个电影明星。”她说。拜伦穿着那身白色军服，佩着勋章绶带，因为像他对拉宾诺维茨所说的，军装可以使他吓倒那些办公桌后面的傻子。“可是，我看上去怪可怕的，对吗？”

“没有的事。我不觉得你可怕。真的。”

“我该在马赛跟你一块儿走的。”她呆呆地说出了这么一句，就好像是在背一句道歉的台词。

“别去提它了，娜塔丽。”

她向伛偻着身体站在他们旁边吸烟的拉宾诺维茨看了一眼。“你瞧，阿夫兰救了我的命。”

拉宾诺维茨说：“你这条命是自己保下来的。我要办我的事去了，拜伦。”

娜塔丽向拉宾诺维茨扑过去，比对拜伦更热情地吻了他。她用意第绪语说了几句什么。拉宾诺维茨耸了耸肩膀，走出园子去了。

“咱们坐下吧，”娜塔丽对拜伦说，客气得近于做作，“你父亲写了几封很感人的信给我。他是一个好人。”

"你收到我的信了吗？"

"没有，拜伦。我记不起来了。我的记性不大好，现在仍旧不大好。"娜塔丽说这话时带着一种试探的口气，几乎是在竭力回忆什么外国语言。她那双乌黑的大眼睛在凹陷的眼眶中隐隐地露出了害怕和疏远的神情。他们靠近一丛丛盛开的玫瑰，在一个石磴上坐下了。"那不是真的信。你瞧，我是在做梦。我老是在梦里看到你。我也在梦里看到那些信。可是你父亲的那些信，我知道它们是真的信。你的父母分开了，我替他们难过。"

"我父亲很快乐，我母亲也很好。"

"这样才好。可不是，帕米拉我在巴黎就认识了。多么奇怪，你说对吗？再有斯鲁特，斯鲁特怎样了？你知道斯鲁特的近况吗？"

拜伦觉得这次谈话的开头很奇怪。她最近的几封信都要比这次谈话更亲切，更有条理。这会儿她好像心里想到什么嘴里就说出什么，为的则是要遮掩恐惧与不安，没谈到重要的事，没谈到路易斯，没谈到埃伦·杰斯特罗，没说什么亲切的话，只勉强扯了一些闲谈。他顺着她的话说下去。最后他告诉她，斯鲁特为了要国务院给犹太人采取措施，怎样毁了他的前程，后来怎样当上了杰德堡的特工，这些都是他从帕米拉和他父亲那里听来的。娜塔丽听着，她的眼光逐渐变得正常了，那惊慌的神色有一部分消失了。"我的天哪。可怜的斯鲁特，他去跳伞呀！那种事他是不会干得很好的，对吗？可是，你瞧，我从前喜欢他，那并没错。对一个异教徒来说，他的心是好的。这一点我能够觉察出来。"她没注意到，自己这样一说，就突然打断了拜伦的话。她笑嘻嘻地瞅着他。"你这副样子真威武。你经历了许多危险吗？"

"你问我吗？"

"是呀，种种危险。"

"当然，我也有几次死里逃生。但是其余百分之九十九的时间都过得很沉闷。我遇到危险的时候，至少可以拼一下。"

"我也拼过。也许那是愚蠢的，但那是我的天性啊。"她的嘴唇哆嗦起来，"好吧，给我说说，你是怎样死里逃生的。说一些有关'夫人'埃斯特的事情。他现在已经是一位赫赫有名的英雄了吧？"

拜伦谈到埃斯特的战功和他的阵亡。她好像很想听下去，但是她的目光有时候仍旧显得那样迷惘。后来，两个人沉默下来了。他们坐在玫瑰盛开、香气袭人的树荫里，彼此对望着。娜塔丽高兴地说："哦，我终于领到了我的新护照。是昨天送来的。天哪，看来那个小本子还挺有用，拜伦！"

"当然。"

"你瞧，我千方百计地把我那个旧护照保存了很长很长一段时间，一直到我进入奥斯威辛。你能够相信吗？可是一到那儿，他们就把我所有的衣服都拿走了。肯定是'加拿大'的一个姑娘找到了那护照，她大概拿它换了很大一块黄金。"娜塔丽的声音开始颤抖，她的手哆嗦起来，眼睛里满含着泪。

拜伦抢着岔开了这些话。他把她搂在怀里，说："娜塔丽，我爱你。"

她枯瘦的手指紧揪着他，抽抽噎噎地哭着。"对不起，对不起。我还没好。在做噩梦，做噩梦！整个夜里，拜伦。每天夜里。还得服许多药，日日夜夜打针——"

"我明天就到日内瓦去找路易斯。"

"哦，你去吗？感谢上帝。"她拭去眼泪，"你请了多少天假？"

"差不多一个月。我还会回来看你。"

"好的，好的，但要紧的还是去找他。"她两只消瘦的手紧搂住他的胳膊，一双乌黑的眼睛张大了，声音听起来很激动，像是嘶嘶地打着喳喳。"他还在。我知道他还在。去找到他吧。"

"亲爱的，我要玩一手当年学校里的触地球①。"

她像往常那样，眨了眨眼睛，笑起来了。"'玩当年学校里的触地球'。我多么久没听到这句话了！"她双臂勾住他的脖子，"我也爱你。你比从前老练了许多，拜伦。"

护士走到他们跟前，指着她的手表。娜塔丽显出惊讶但又带着宽慰的神情。"哦，亲爱的，时间已经到了吗？"她站起来，护士搀好她，"可是，咱们连埃伦的事都还没谈呢，对吗？拜伦，他很勇敢。处境越是恶劣，他越是勇敢。有关他的事，我能和你谈上几个小时。他已经不是咱们在锡耶纳看到的那个人了。他变得十分虔诚了。"

"我一向认为他是虔诚的，他就是怀着这种心情写耶稣的。"

娜塔丽靠在护士身上，蹙起了眉头。走到进口的地方，她又有气无力地拥抱了他一下。"我很高兴你到这儿来。去找到他吧。原谅我，拜伦，瞧我这样邋遢。下次我可要收拾得像样点儿。"她把干巴粗糙的嘴唇凑过去在他嘴上吻了一下，然后走进去了。

"邋遢。"这句美国土语，听起来是这么自然，拜伦稍许放心点儿了。他找到了主任医师，那是一个样子拘谨、留着像贝当那样白胡子的法国老人。"啊，她算恢复

---

① 美国学生俚语，意思是：尽最大努力去做一件事。美国橄榄球赛中，首先以手触对方球门线后地上的球，可获三分，称"触地球"。

得快的了，先生，那情景是您怎么也想象不到的。解放后，我在那些营里工作了一个月。破坏到那个程度啊！那是但丁笔下的地狱啊！她会复原的。"

"她给我的信里，讲到了腿上和背上的疮疤。"

医生脸上的肉抽搐了一下。"难看吗？可是，咳，先生，她是一个漂亮的女人，再说，她还活着。至于那些疮疤，哎呀①，有整形外科手术，还有其他办法。现在更重要的是怎样治疗精神上的创伤，怎样恢复她的体重，再有，要她精神上保持稳定。"

两个星期，拜伦又是仔细查看日内瓦的卡片，又是访问那些难民营，其间只去看了娜塔丽一次，拜伦终于灰了心。要查的地方多得叫他没法儿应付。在他那本索引手册里，他把探访的线索编列成为三类：

> 有可能性
> 有极小可能性
> 值得一试

单是"有可能性"的线索就有七十多条。四岁大的孩子分散在欧洲各地，这些孩子无论从哪一点来看，从头发和眼睛的颜色起，直至听得懂的语言，都有可能是他的儿子。他已经查阅了为一万多名无家可归的儿童编列的材料。没一张卡片上有路易斯·亨利或者"亨利·刘易斯"——他在一个失眠之夜，不知怎的忽然想到了这样一个名字，于是又跑去查了所有的卡片索引中心。如果根据这些线索去找，也许需要几个月，甚至需要许多年！而他的假期又是有限的。拉宾诺维茨没料到，拜伦会跑到卡皮兴路那家气味难闻的饭馆楼上找到了那间破旧的办公室。

"我要到布拉格去一趟，"拜伦说，"这件事也许没多大希望，但是我要试一试。"

"嗯，好吧，可是你会碰到许多障碍的。俄国人很倔，对这些事又不关心，可那儿完全是由他们控制着。"

"我父亲在波茨坦。他是杜鲁门总统的海军副官。"

拉宾诺维茨随着转椅的刺啦声挺直了身体。"你以前没提过这件事啊。"

"我认为这跟我的事没关系。他从前被派到苏联当差，一口俄国话说得还可以。"

---

① 原文是法语。

"啊，那就可以帮助你在布拉格打交道了。要是那儿的军事管制司令官接到了波茨坦方面给你打的招呼，那情形就两样了。至少你可以知道他究竟在不在那儿。"

"只要他还活着，他怎么可能在其他地方呢？"

"我去找他的时候，拜伦，他就不在那儿，也许，天知道，我把他给漏了。去吧，但是先去跟你父亲谈一谈。"

拉宾诺维茨在里面工作的那个组织不顾英国移民法的限制，把犹太人送往巴勒斯坦。纳粹的恐怖行为刚暴露的时候，这些法律曾一度放松，但后来又管得紧了。拉宾诺维茨忙得没一点儿空闲。娜塔丽·亨利并不是他主要的关心对象。他只觉得她可怜，同时又怀着那么点儿无可奈何的旧情。然而，和大多数欧洲犹太人相比，她现在已经脱离险境，是一个在调养中受到百般照顾的美国妇女。拜伦一到，拉宾诺维茨就把她从心上摆脱，不再去看她了。过了一两个星期，一天夜里两点钟，他巴黎那间房间里的电话铃响起来，惊醒了和他同住的三个人，只听见接线生说："请接伦敦打来的电话。"他瞌睡蒙眬中一时想到了许多正在和伦敦打交道的事，而其中多数都是违法的和带有危险性的。他没想到是亨利家的事。

"喂，我是拜伦。"

"谁？"

"拜伦·亨利。"战后伦敦的电话线路不太好，声音忽高忽低。"……他。"

"什么？你说什么，拜伦？"

"我说，我找到他了。"

"什么？你是说，你儿子？"

"他这会儿就坐在我的旅馆房间里。"

"真的吗？原来他在英国？"

"我后天就把他带到巴黎。还有许多例行手续，再有——"

"拜伦，他身体怎样？"

"不太好，但是我总算找到他了。喂，请你告诉娜塔丽好吗？对找到他的事，让她思想上有个准备。这样，等到看见他的时候，她就不至于太激动。或者使孩子太激动。我不愿意刺激孩子。这件事拜托你好吗？"

"我太高兴了！喂，经过情形是怎样的？我应当怎么对她说？"

"这个嘛，经过情形很复杂。战事刚结束，皇家空军就把一批捷克飞行员送回布拉格。一个英国救济机构的工作人员要求他们用空机带回一些无家可归的儿童。我上星期在布拉格获悉这件事。这完全是凭运气。阿夫兰，那儿的档案乱得叫你没法儿相信。我是在一家酒馆里听一个人谈到这件事——一个捷克飞行员跟一个英国姑娘谈这件事。这是运气。是运气或者是天意。我顺着这条线索查下去，最终找到了他。"

早晨雨下得很大。拉宾诺维茨打了个电话去疗养院，给娜塔丽留下话，说他有重要消息，十一点钟要去那里。他到达那里时，她正站在休息室里等着他，他抖去雨衣上面的水。

"我以为你已经到巴勒斯坦去了。"她的神情很紧张。她的双手在胸前紧攥着，指节透出白色。现在她人开始发胖，深色的衣服里面隐隐映出曲线。

"嗯，我下星期去。"

"你有什么重要消息？"

"我从拜伦那儿得到了消息。"

"怎么说？"

"娜塔丽。"他向她伸出双手，她拉住了他的手，"娜塔丽，他找到他了。"

他没把她的手拉牢。她呆呆地露出了傻笑，栽倒在地上。

那一天，那个力气大的孩子在广岛上空把那两小块东西合到了一起。空前未有的烈焰把六万多人灼成了灰烬。那架单独出航的飞机返回提尼安岛，发出无线电报："任务胜利完成。"

只要人类还存在一天，他们就会对这件事继续争论下去。以下是正反两方面的几个论点：

即使不遭到那些放射性块的轰炸，日本人也是要投降的。他们已经做出和平试探。美国破译人员已经从他们的外交情报中获悉他们切盼求和。

但是，日本人拒绝了波茨坦最后通牒。

杜鲁门要叫俄国人别插手对日本的战争。

但是，在波茨坦，杜鲁门并没解除斯大林承担的进攻日本人的义务。他听取了马歇尔的意见：如果俄国人要进攻的话，你是没办法阻止他们的。

如果进攻日本本土，且别提美国人，单是日本人就要远远比广岛上死得更多。日本陆军将领控制着政府，他们订出了反击计划，要像希特勒那样发动一场血腥的焦土战。只是由于那枚炸弹，天皇才能够在他的会议上强行做出支持主和派的决定。

但是，B-29的轰炸和潜艇的封锁同样可以做到这一步，可以及时取消进攻日本本土的计划。

如果不能做到这一步，如果苏联实质上协助了进攻，红军就会占领部分日本本土。最后日本就会像德国那样被分割成两部分。

但是，日本人究竟是不是因为广岛死了那么多人才认为必须承认失败，从而消除以上的可能性，这一点是完全无法肯定的。

然而，以下的事实却是肯定的。

铀武器是临时赶制出来用在这场战争中的。当时可供使用的炸弹只有两枚；总共只有两枚，一枚是用U-235制的，另一枚是用钚制的。不论是总统，是内阁，还是科学家和军人，他们都主张赶快将炸弹投入战争。后来哈里·杜鲁门说："它是一门更大的炮，所以咱们使用了它。"也有人忧心忡忡，发表了不同的意见，但这种意见占少数，不起作用。已经耗费的金钱与人力、工厂的经营、科学家们的心血，所有这一切形成的压力，都是无法抗拒的。

战争以屠杀人民的方法吓倒一些国家，使其不得不改变它们的政策。不管怎样，反正这是战争的最终表现：用一个孩子握在手里的那点儿东西，去屠杀全城的人。既然有这样的方法，为什么不采用它呢？它确实吓倒了一个国家，使其在一夜之间改变了它的政策。杜鲁门总统听到了广岛的消息说："这可是历史上最重大的事件呀！"

这是自罐装啤酒发明以来最重大的事件。

拜伦从飞机舱门里走出来，手里搀着一个小男孩，孩子面色苍白，灰色的衣服很整洁，乖乖地在他一边走着。虽然他比以前瘦高了一些，但是拉宾诺维茨仍旧认出了那是路易斯。

"你好，路易斯。"孩子一本正经地向他望了望。"拜伦，她今天人挺精神，在等着你哩。我用车送你去吧。你听到原子弹的消息了吗？"

"听到了。我想，这样一来战事可要结束了，这很好。"

他们向拉宾诺维茨那辆很旧的雪铁龙牌汽车走去，一路上谈着各地纷纷传说、人人挂在嘴上的那个话题，谈着那则可怕的消息。

"娜塔丽说，既然你找到了他，她就准备回去了，"拉宾诺维茨在车上说，"她相信，回到那里她可以更快地复原。"

"是呀，上次我去看她的时候，我们就谈到这件事。再有，现在她有产业了。埃伦的出版商已经跟她联系了。有数目很大的一笔钱。还有锡耶纳那所别墅，如果它现在还在的话。他的律师保存了房契。她现在立刻回去，这主意很对。"

"我可以向你担保，她是不会跟你去德国的。"

"我也不指望她去那儿。"

"你本人为什么愿意去那儿呢？"

"我嘛，那些潜艇人员只不过是专干那一行的。我有工作，得去跟他们打交道。"

"他们都是杀人犯。"

"我也是啊，"拜伦摸着路易斯的脑袋，说时并没有仇恨的表示。孩子坐在他怀里，很认真地向窗外看巴黎郊外阳光下那些平坦和碧绿的牧场。"他们是已经被征服了的敌人。他们一投降，我们就要尽快去研究他们的设备和方法。这是必要的。"

拉宾诺维茨沉默了一会儿，后来突然说："我想，她既然肯到美国，就会在那儿长期待下去。"

"以后怎样她还没确定。她要先把身体调养好。"

"你打算陪她去巴勒斯坦吗？"

"这可是一件伤脑筋的事。我还不懂犹太复国主义是怎么一回事。"

"我们犹太人需要有一个自己的国家，在那里安身立命，不至于遭到屠杀。这就是犹太复国主义的全部要点。"

"在美国她也不会遭到屠杀。"

"能让所有的犹太人去那儿吗？"

"那么，阿拉伯人怎么办？"拜伦沉吟了一下说，"那些已经在巴勒斯坦定居的？"

拉宾诺维茨开着汽车，神情变得严肃了，几乎显得凄然。他两眼向前直瞪着，回答得很慢。"阿拉伯人可以是凶恶的，也可以是高贵的。信基督教的欧洲人曾经企图杀死我们。这叫我们有什么别的办法呢？巴勒斯坦一向是我们的家园。伊斯兰教徒一向让犹太人在那里居住。但不是住在我们自己的国土上，不像现在这样，这情形对他们来说可是史无前例的。但是，问题会解决的。"他向路易斯看了一眼，亲切地抚摸了一下这个安静的孩子的面颊，"刚开始是会有许多麻烦的。所以我们需要他。"

"你们需要一支海军吗？"

拉宾诺维茨脸上掠过一丝苦笑。"不瞒你说，我们已经有一支海军。是我帮着组织的。到现在为止还非常小。"

"好吧，等到退伍，我就永远不跟这孩子分开。这主意我已经打定了。"

"他不是很安静吗？"

"他是不说话的。"

"你这是什么意思？"

"就是这个意思。他不笑，也不说话。他从来没跟我说过话。这次为了领他出来，我费了很大的事。他们把他列入心理低能这样一个奇怪的分类。他很听话。他会自己吃东西，自己穿衣服，自己洗脸洗手，说真的，他非常整洁。你说什么他都懂，他听你的吩咐。但就是不说话。"

拉宾诺维茨说意第绪语："路易斯，你瞧我。"孩子转过身对着他，"笑呀，小家伙。"路易斯大眼睛里露出了微含厌恶和轻蔑的神情，接着他又向窗外望出去。

"不用去管他。"拜伦说，"我得签许多倒霉的文件，又吵闹了许多次，好不容易才把他领了出来。幸亏我那时候赶到。他们正准备下星期把大约一百名这些所谓心理低能的儿童送到加拿大去。天知道我们以后还能在哪里找到他。"

"发现他的经过呢？"

"只那么寥寥几句。当然，我看不懂捷克文，卡片的译文又很差。据我推测，他是在布拉格附近的一座森林里被找到的，德国人把许多犹太人和捷克人都押到那里去枪杀。尸体横七竖八地倒在地上。人家就在那些死尸当中发现了他。"

他们走进疗养院那个布满阳光的花园里，拜伦说："瞧呀，路易斯，妈妈在那儿。"

娜塔丽穿着一件新的白色上衣，仍旧站在那个石磴旁边。路易斯挣脱了他父亲的手，先是向娜塔丽走过去，接着就撒开腿跑，扑到她身上。

"哦，我的上帝！瞧你长得多么大了！瞧你多么重！哦，路易斯！"

她坐下来，拥抱着他。孩子搂着她，把脸紧贴在她肩上，她摇晃着他，含着泪说："路易斯，你回来了。你回来了！"她抬起头望着拜伦："看见我他就高兴了。"

"可不是。"

"拜伦，你什么事情都有办法，对吗？'

孩子仍旧紧搂着他母亲，没把他的脸露出来。她一前一后地摇晃着他，开始用意第绪语慢慢地唱：

> 宝宝睡在摇篮里，
> 底下有只白山羊。
> 小小山羊做小贩——

路易斯松开了她，笑嘻嘻地坐在她怀里，学着用意第绪语跟着，沙哑的声音结结巴巴、零零落落地唱：

> 宝宝也干这行当。

葡萄干和杏仁——①

几乎是同时，拜伦和拉宾诺维茨都把一只手罩在眼睛上，仿佛被突然迸射的强烈光芒照得眼睛发花了。

在布拉格郊外的森林中，一个匆遽中掘得很浅的、没有任何标志的坟里，像欧洲各地的那许多残骸一样，横着班瑞尔·杰斯特罗的尸骨。于是，这篇故事也就到此结束了。

当然，这只是一篇故事。根本就不曾有过班瑞尔·杰斯特罗这样一个人。他的故事只是一篇寓言。据说，他的骨骸确实是从法国海岸一直延伸到了乌拉尔山脉，那是一具被杀害了的巨人的枯骨。据说，确实是发生了这样一件神奇的事：班瑞尔·杰斯特罗的故事并没到此结束，因为他的骨骸站了起来，上面长出了肉，神把灵魂吹进了他的骨骸，于是他就转向东方，走回家去了。这件事发生的时候，在那强烈可怕的闪光照耀下，神仿佛发出了信号，表示我们其余的人的故事并不需要到此结束，那新的闪光可能标志着一个多事之秋的开始。

也许，这只是对我们这些幸存者而言，涉及的并不是那些死者，不是那五千多万确实死在世界上最惨烈的灾祸中的人，包括那些胜利者与被征服者，那些战士与平民，那么多国家的人民：男人，女人，儿童，所有死难的人。对那些人来说，他们已经不可能再有什么新的一天开始了。然而，尽管他们的骨骸已经横在墓穴的黑暗中，但是他们并没有白死，如果对他们的回忆能把我们从漫长的战争岁月中带到享受和平的日子里。

---

① 这两句原文是意第绪语。

史实注释

　　这部小说中涉及的战史，像《战争风云》中一样，都是真实的；所引的数字材料，都是可靠的；举凡显赫人物的言语行事，也都是引自正史，或是摘自他们在类似情况下言行的实录。主要的历史人物，其出现的时间与地点，无一不是具有历史真实性的。

　　阿尔明·冯·隆论战略的《世界大屠杀》一书，当然是通篇出诸虚构。然而，冯·隆将军的这部著作可以代表德国职业军人的另一种看法，其内容虽受到那种自我辩护的文献的局限，但仍属可靠。隆所列举的论据，尽管为其深染的民族主义的观点所歪曲，但是除了那些已被维克多·亨利直接驳斥的部分外，其余大体上还是正确的。

　　所有著名的战役与大事——包括新加坡之役、中途岛之役、莱特湾之战、德黑兰会议、英帕尔之役与列宁格勒的攻防战等——有关它们的可靠性，相信熟悉时事的读者们都已了解。以下所附注释，仅说明故事中不大为人知晓或者比较冷僻的历史事实，以及史实与传奇错综交织在一起的那些章节。

　　几艘虚构的潜艇，如"乌贼"号、"海鳗"号和"梭鱼"号，其战绩都是根据真实的战时潜艇巡逻报告编写的。卡塔尔·埃斯特的阵亡，是根据美国潜艇"鲈鱼"号指挥官霍华德·W.吉尔摩的事迹改写的，由于为国捐躯，曾经轰动一时，吉尔摩死后被追授国会最高荣誉勋章。但埃斯特则是一个虚构人物。

　　小说中其他所有的海军舰艇都是真实的，它们的调动与作战经过也都有历史记录可供查证。太平洋舰队里所有的将军都是真实人物，并且是作为重要政治人物来描写的。有关重巡洋舰"北安普敦"号的故事，除了希克曼和亨利两位舰长的故事以外，其余都是参看该舰从珍珠港起航到塔萨法隆格海战中沉没那一段时期里的作战日记写的。

参加中途岛之战的三个鱼雷飞行中队，它们的飞行员和炮手的名字非常难查证，有关的记录很快即已湮灭。小说中所载的名单，是经过长时期的搜集才找到的。欢迎读者提供这方面更可靠的资料，以便重版时做出订正。

"伊兹密尔"号的故事，编写时参看了一些难民从纳粹占领区偷航逃亡的实录，这些人就是那样逃到了巴勒斯坦，或者死在途中。

《万湖会议备忘录》像本书中所描写的，是一份历史文件。由于一次官僚作风的偶然疏忽，这一绝密文件只保留下了它的三十份中的一份。发现一份照相复制本被偷送到美国驻伯尔尼使馆，这件事是虚构的，使馆中的工作人员也是虚构的。

大战中，那些失陷在意大利的美国人像本书中所叙述的那样，都被拘留在锡耶纳。那些失陷在法国南部的，也像小说中所叙述的那样，先被拘留在卢尔德，然后被转移到巴登-巴登，此后德国人就提出了苛刻的条件进行刁难，拖延了一年以上的时间。

德·尚布伦伯爵夫妇确有其人，伯爵确实曾经主管巴黎的美国医院。德国驻巴黎大使奥托·阿贝茨是一位历史人物，韦尔纳·贝克则是一个虚构人物。

一九四二年十二月发布的联合宣言，导致了百慕大会议的召开，这是历史事实。小说中转载了宣言全文。副国务卿布雷肯里奇·朗确有其人，有关他的谈话和一些行事，主要是根据他本人的实录和国会中的做证写的。"狐狸"戴维斯这人物是虚构的。

百慕大会议的召开，经过情形一如书中所述。此后如何逐渐引起公众的反应，又如何设立战时难民委员会，这一切也都是事实。

一九四三年，人们对苏联的阻挠《租借法案》表示强烈不满，这件事主要是根据威廉·斯坦德利将军自传里的材料撰写而成。这里不妨顺便提一句，苏联的这种作风，直到如今我们仍旧可以看到。叶甫连柯将军则是虚构的。

《关于伊朗的宣言》（本书中称之为《伊朗宣言》）是一份历史性文献，发布宣言的一般经过情形也都是史实。当然，维克多·亨利和宫廷大臣侯赛因·阿拉（一个真实人物）的谈话是杜撰的。波斯湾司令部的康诺利将军确有其人，通过那条路将《租借法案》援助物资运送给苏联也是事实。格兰维尔·西顿是虚构人物，但他所描述的是真实的波斯历史。

泰雷津（即捷克斯洛伐克的特莱西恩施塔特）的"犹太乐园"，在大战期间已经是众所周知的。有关这方面的叙述，并没一丝半点是虚构和夸大的，虽然娜塔丽和杰斯特罗博士扮演的角色是编出来的。那些党卫军军官以及高级长老爱泼斯坦和默梅尔斯坦，都是真实人物。有关犹太区的记述都是真的。为一次中立国家红十字会观察员进行参观而组织的"美化运动"，包括所有那些离奇的细节，以及那一次参观本身，都有翔实文献可供稽考。《元首授予犹太人一座城市》这部影片中的片段，仍旧保存在耶路撒冷犹太人大屠杀纪念馆[①]的文物中。电影的拍摄情形，已在本书中做了描绘，但那部影片始终不曾公映。

写有关奥斯威辛（即奥斯赫维兹）的情景时，作者研究了一切可供参考的文献资料，并与一些劫后余生者进行了交谈。这些描写都曾请研究这一可怕题材的著名权威人士仔细审阅核实。奥斯威辛的真相也许永远无法被人们全部理解，现在那儿什么也没有了，留下的只是一个死气沉沉的博物馆，希望那些奥斯威辛的劫后余生者能够把他们的回忆与一个不曾去过该地的人所编写的回忆对照一下，他们就可以看出，为了要让当时不在那里的人永远记得过去的那些恐怖，作者的确是认真做了一番努力的。

将苏联战俘从拉姆斯多尔夫押送到奥斯威辛；人与人相食；用这些苏联战俘试验"齐克隆–B"毒气杀人的效果，以便用来大量屠杀犹太人。所有这一切都是真实的。这方面的一个重要资料来源，是战后鲁道夫·霍斯司令官在候审期间自己写的回忆录。他对那些集体屠杀的罪行供认不讳，后来在奥斯威辛被处绞刑。

除了克林格尔是虚构的以外，其他党卫军军官都是真的。希姆莱的那一次视察，以及他观看使用毒气杀人的整个过程，当时经过的情形与书中描写的细节并无二致，只不过真事发生在七月，而不是六月。焚尸炉的建设工程，奥斯威辛福利区的描写，包括它的工业和农业设备，此外还有如何处理那些试图逃亡的俘虏，如何实行所谓"加拿大"的点名，这些也都是事实。

一〇〇五特别分队这支专门从事挖掘丛葬地和毁尸灭迹的德国流动部队，

---

① 原文Yad Vashem。

是根据史实写的。党卫军上校鲍尔·布洛贝尔是一个真实人物。穆特佩尔的暴动是编出来的。一些俘虏的集体逃亡，是根据与此类似的党卫军奴隶逃亡的叙述改写的。

班瑞尔·杰斯特罗从泰尔诺皮尔经喀尔巴阡山脉到布拉格的那一次传奇式的旅程，是根据几份同样令人难以置信的旅行纪实写的，犹太人在旅程中随身携带照片和文件等证明，逃出死亡营，越过所有纳粹占领的欧洲地区，向外界透露真实情况，但所遇到的人几乎都"不肯轻信"。虚构的尼科诺夫和莱文的游击队是从现有的一些描写游击队的文学作品中演化出来的。在这段描写中，也提到了一些真实的游击队。

有关制造登陆艇和原子弹的描写都属纪实文字。在优先考虑一种连接器的问题上，确实有过争议。维克多·亨利在这件事中的穿插当然纯属虚构；奥本海默博士去橡树岭是虚构的故事；柯比、彼得斯、安德森都是虚构的人物。奥本海默博士曾将海军最新采用的热扩散方法介绍到橡树岭，以便在电磁分离程序中提供充分电量，这样才能够制成一颗供作战用的U–235炸弹，后来在广岛投下了。轰炸长崎的那颗钚弹，则是在汉福德的反应堆里制造的。投掷这两颗炸弹时，的确没有更多根据曼哈顿计划制出的原子弹可供使用了。

有关"地狱之钟"FM声呐的描写，以及它在战争后期的使用，都是符合真实情况的。

总的来说，作者写《战争与回忆》和《战争风云》的目的都是要通过少数几个人在战争大动乱中亲身的经历、观察与感受，清晰而生动地重温过去的事迹。而为了最有效地达到这一目的，就必须力求正确地去叙述一些历史上事件发生的地方与经过，以此作为背景，好让编写的戏剧可以在它的衬托下演出。至少，这是我写作的理想。

赫尔曼·沃克

1962—1978

出版方声明

　　《战争与回忆》（全2册）部分内容的译者暂时联系不到，此部分译者的稿酬暂存出版社。敬请有关译者看到此声明后与我社联系，届时将按地址奉呈稿酬。